[illegible]

[illegible]

[illegible]

[illegible]

[illegible]

[illegible]

Die Bücher

Lübeck im Jahre 1209: Ein verheerendes Feuer zerstört das Elternhaus der jungen Kaufmannstochter Ymme und tötet ihre Eltern. Ganz auf sich allein gestellt, fällt sie dem adligen Scharpenberg in die Hände, der sie verfolgt, verhöhnt und mißbraucht. Ihr Leben kann Ymme nur retten, indem sie den Peiniger ersticht – und flieht. Eine Odyssee durch das mittelalterliche Europa beginnt, die Ymme schließlich nach Toledo bringt, wo sie im Hospital zur *Hakima*, zur Heilerin, ausgebildet wird. Doch als Kreuzfahrer Toledo überfallen, muß Ymme wieder fliehen ... 15 Jahre später hat sich Ymmes Leben beruhigt: Zurück in Lübeck führt sie mit ihrem Ehemann Cornelius ein Hospital. Aber das Glück ist von kurzer Dauer, denn eines Tages wird Cornelius entführt. Der Preis, den Ymme für sein Leben zahlen soll, ist hoch: sie soll Jolanthe, die junge Gemahlin Friedrichs II, in Palermo als Ärztin betreuen. Und so beginnt die Irrfahrt von neuem ...

»Ein lebendiger historischer Schmöker« *Kieler Nachrichten*

Die Autorin

Kari Köster-Lösche, 1946 in Lübeck geboren, veröffentlichte zahlreiche wissenschaftliche Bücher, bevor sie mit ihren historischen Romanen ein begeistertes Publikum fand. Neben ihrer schriftstellerischen Tätigkeit arbeitet sie in ihrer Wahlheimat Nordfriesland als Tierärztin.

Von Kari Köster-Lösche sind in unserem Hause bereits erschienen:

Das Deichopfer
Die Heilerin von Alexandria
Die Hexe von Tondern
Hexenmilch

Die Raubritterin-Trilogie:
Die Raubritterin (Bd. 1)
Tod allen Reichen! (Bd. 2)
Die Tochter der Raubritterin (Bd. 3)

Die Sachsensaga:
Das Blutgericht (Bd. 1)
Donars Rache (Bd. 2)
Mit Kreuz und Schwert (Bd. 3)

Die Wagenlenkerin

Kari Köster-Lösche

Die Hakima
Die Rückkehr der Hakima

Zwei Romane in einem Band

Ullstein

Besuchen Sie uns im Internet:
www.ullstein-taschenbuch.de

Umwelthinweis:
Dieses Buch wurde auf chlor- und säurefreiem Papier gedruckt.

Ungekürzte Ausgabe im Ullstein Taschenbuch
1. Auflage Juni 2006

Umschlaggestaltung: Büro Hamburg
Titelabbildung: © akg-images/Electa
Druck und Bindearbeiten: Ebner & Spiegel, Ulm
Printed in Germany
ISBN-13: 978-3-548-26433-2
ISBN-10: 3-548-26433-6

Die Hakima

Inhalt

Personenverzeichnis

Hauptpersonen des Romans:

Ymme Emeken	Lübeckerin, Ärztin
Johanna Cornela	Augenärztin in Frankfurt
Berthold der Deutsche	Zisterziensermönch
Cornelius von Fischbach	Ritter bei den Johannitern
Guiraude von Cessenon	Adelige in der Languedoc
Esclarmonde	katharische Ärztin
Rodrigo Ximénez de Rada	Erzbischof von Toledo
Isa ibn Hamdus al-Dschayyani	Philosoph
Zwerg	Diener, Koch des Isa ibn Hamdus
Chaldun	Papierhändler, Leinensammler
Don Zag ibn Yahya	Übersetzer, Vetter von Urraca
Idschaz Sarracin	Edelfrau aus Burgos, Tochter von Ibn Hazm
Ibn Hazm	Münzverwalter König Alfonsos von Kastilien

al-Walid	Arzt, Leiter des Hospitals von Toledo
Abu Bakr	Student, später Arzt
Umm Nuria	Ärztin für Frauen

Nebenpersonen in Lübeck:

Luder	Priester des Herzogs Heinrich
Hodica	weise Frau, Hebamme, Ymmes Urgroßmutter
Albert Emeken	Ymmes Vater, Kaufmann in Lübeck
Kyne Emeken	Ymmes Mutter
Volrad Emeken	Ymmes Bruder
Detlef Camerath	Ratsherr in Lübeck
Everard Scharpenberg	Junker einer unbedeutenden Adelsfamilie
Mosse Haluca	Gewürzhändler

Nebenpersonen in/aus Frankfurt:

Ruth	Johanna Cornelas Gehilfin
Rainald zum Paradies	Patrizier aus Frankfurt
Frau von Berleburg	Adelige

Nebenpersonen in der Languedoc:

Raimond Roger	Vicomte von Albi, Béziers, Carcassonne
Raymond	Graf von Toulouse
Améric von Cessenon	Ehemann von Guiraude
Pierre und Jeanne	Knecht/Magd Guiraudes
Herr von Perhela	Adeliger in Saint-Gilles
Galono	Kardinaldekan
Bruder Thomas	Johanniterritter
Guido von Köln	Tempelritter
Arnold von Citeaux	Zisterzienserabt, Legat von Innozenz III.
Pedro I.	König von Aragon

Nebenpersonen in Toledo:

Don Yahya ibn Yunez	Schreiber des Erzbischofs, Vater von Don Zag
der Muhtasib	Polizeiinspektor, Marktinspektor
Juhannu al-Dschayyani	verstorbener Arzt, Bruder des Isa
Berenguela, Isabella	Dienerinnen des Isa ibn Hamdus

Ibn Daud	Schüler des Philosophen
Urraca	Schülerin des Philosophen
Petronilla	Klientin des Philosophen
al-Qurtubi	Apotheker aus Cordoba
La Roldana	Hebamme
ᶜAbdallah	Pförtner im Hospital
Don Abrahen	Arzt in der Judería
Don Enrique	Internist des Hospitals
Abu Chaldun	Vater des Papierhändlers
Ibn Chaldun	Sohn des Papierhändlers
Paulos, Guillem, Octavio	Bewohner des Darb
Domingo Rojo	Spion des Erzbischofs
Hatox	Kranke, Berberin
Juan ben Omar, Sisnando Albanna, Ibn Martin	Studenten der Medizin
al-Dschamyadisch (kastilisch Juan Diaz)	Verwalter des Hospitals

Teil I

Der Weg ins Licht, 1208–1209 n.Chr.

»Glaubet an das Licht, derweil ihr's habt,
auf daß ihr des Lichtes Kinder seid.«
Joh. 12, 36

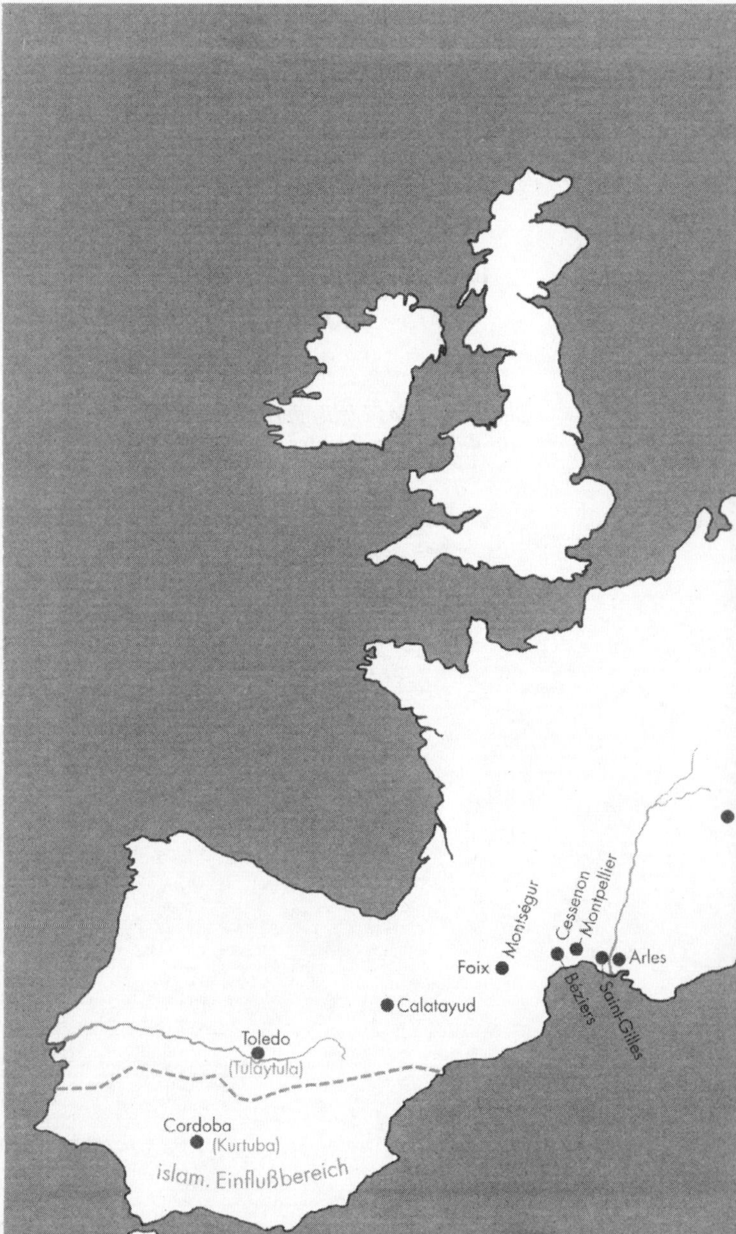

Montségur
Cessenon
Montpellier
Foix
Arles
Béziers
Saint-Gilles
Calatayud
Toledo
(Tulaytula)
Cordoba
(Kurtuba)
islam. Einflußbereich

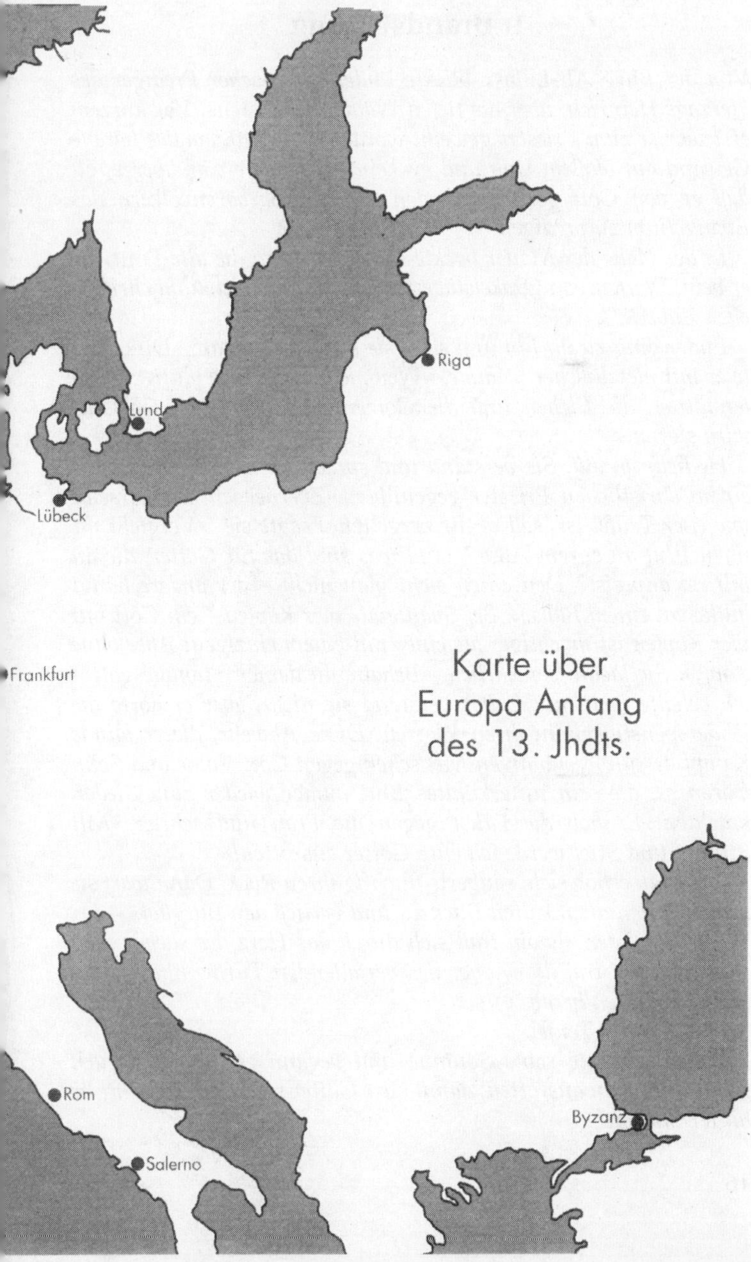
Riga
Lund
Lübeck
Frankfurt
Karte über Europa Anfang des 13. Jhdts.
Rom
Salerno
Byzanz

1. Brandstiftung

Von der Burg Alt-Lubika blickte Luder, asketischer Prediger des Herzogs Heinrich, über die tiefen Wälder des Ostens. Vor kurzem erst war er zum Priester geweiht worden, trug seitdem das härene Gewand auf bloßem Leib und aß kein Fleisch. Er war überzeugt, daß er von Gott gerufen worden sei, den Barbarenvölkern das Evangelium zu predigen.

In der Nähe der Mauer hockte schwer atmend die alte Frau, die er beim Werfen von Orakelstäben ertappt hatte, mitten im christlichen Lübeck.

Luder ging zu ihr hin und stieß sie mit dem Fuß an. »Du«, sagte er mit metallischer Stimme, »Weib, ich werde eure blutigen Opferstätten, die Eichen und die Götzenbilder zerstören. Christus wird siegen.«

Hodica sah auf. Sie verstand und sprach Sächsisch. Aber nicht einem christlichen Priester gegenüber. »Zcerneboch, der derselbe wie euer Teufel ist, soll es dir vergelten«, sagte sie. »Vergießt ihr nicht Blut an eurem Altar? Und was sind das für Götter, die du mir da anpreist? Den einen sieht man nicht – der andere hängt hilflos an einem Balken. Bei Svantevits vier Köpfen – ein Gott mit vier Köpfen ist mächtiger als einer mit einem einzigen! Aber ohne Kopf?« Sie lachte verächtlich. »Behalte du deinen Stammesgott – ich behalte meinen!« Luder verstand sie nicht, aber er hörte die Widerspenstigkeit in ihren Worten. Diese Abwehr, dieser blinde Kampf der unverständigen Menschen gegen Gott Vater und Sohn waren es, die sein unterkühltes Blut immer wieder zum Sieden brachten. Er hob die Faust gegen die Frau und schrie: »Mit Stumpf und Stiel werde ich eure Götter ausrotten!«

Die Frau erhob sich, säuberte flüchtig ihren Rock. Dann warf sie dem Priester einen kalten Blick zu und verließ den Burghof.

Der Blick der Slawin fraß sich durch das Herz des sächsischen Priesters und traf die Mauer des verfallenden Turms hinter ihm. Steine kollerten herab.

Das war der Teufel.

Luder schürzte seine Soutane und begann zu laufen. »Euch selbst muß man ausrotten, damit eure Götter sterben«, kreischte er hinter ihr her.

Hodica, mittlerweile am Fuß des Burgbergs angekommen, inmitten von Händlern und Bauern, die von oder zur Travefähre strömten, drehte sich um und sah dem fremden Priester entgegen. Sie konnte nicht fortlaufen, das Stechen in ihrer Brust kam immer öfter und gegenwärtig zusammen mit einem wilden Pochen ihres Herzens. Sie streckte ihm die gespreizten Finger wie einem wilden Wolf entgegen, um ihn zahm zu machen. Wie versteinert blieb er stehen. »Dein Kleid und deine Hände werden vor Blut triefen, wenn du vor deinen Gott geladen wirst«, keuchte sie und griff sich an die schmerzende Brust. »Deine Kinder bis ins zehnte Glied wird man an ihren blutigen Händen erkennen. Gewalt werden sie säen, und durch Gewalt werden sie umkommen …« Langsam sackte Hodica zwischen die Karrenspuren auf der Straße.

Der Priester wagte sich nicht näher heran. Während die Lübecker die Frau in einem dichten Kreis umstanden, schritt Luder wie benommen davon. An diesem Tag hatte die slawische Vielköpfigkeit über die christliche Dreifaltigkeit gesiegt.

Ymme Emeken, Tochter des Kaufherrn Albert Emeken zu Lübeck, wurde am selben Februartag siebzehn Jahre alt, an dem Lothar Conti im Jahre 1198 des Herrn zum Papst gekrönt wurde. »Gott hat mich über die Völker und Königreiche gesetzt, um auszureißen und zu vernichten, aber auch um aufzubauen und zu pflanzen«, verkündete Lothar Conti, als Stellvertreter Gottes nunmehr Innozenz III., in seiner ersten richtungweisenden Rede, aber davon wußte Ymme nichts. Sie wußte auch nicht, daß sie vom Ausreißen und Vernichten mehr zu spüren bekommen würde, als ihr lieb sein konnte.

Heute hatte sie ganz andere Sorgen. Zur Feier ihres siebzehnten Geburtstags aus dem Kloster nach Hause entlassen und erst vor wenigen Minuten angekommen, verbarg Ymme sich hinter dem dichtgewebten braunen Vorhang des Fensters ihres Elternhauses und starrte durch die Dunkelheit hinunter auf die Straße. Sehen konnte sie niemanden. Aber sie hatte das Gefühl, daß die Sache mit Everard noch nicht ausgestanden war.

Everard Scharpenberg entstammte einer adeligen Familie und versäumte nie, lauthals darauf hinzuweisen. Aber er war nur der fünfte Sohn in einer Reihe von sieben und hatte dazu noch vier Schwestern, die standesgemäß zu versorgen waren. Bargeld war bei den Scharpenbergs knapp. Sich selber innerhalb der reichen Kaufmannsschicht von Lübeck standesgemäß zu versorgen, hatte Everard deshalb für das zweckmäßigste gehalten. Aus verschiedenen Gründen paßte gerade Ymme Meeren ihm gut.

Ymme, nicht nur auf den slawischen Namen ihrer Großmutter getauft, sondern auch mutig und widerspenstig wie ihre Urgroßmutter, hatte seinen Antrag kurz und bündig abgelehnt. Als sie durch die Klosterpforte von Preetz getreten war, hatte Everard ihr den Weg versperrt und sie zum drittenmal im Abstand von wenigen Wochen gebeten, seine Frau zu werden, worauf sie wortlos zu ihrem Pferd geeilt und in scharfem Galopp nach Hause geritten war.

Er war zurückgeblieben. Sein unzufriedenes Lachen hatte sie noch im Ohr, und es ängstigte sie.

Ymme lauschte nach unten. Die Eltern unterhielten sich leise und ein wenig beunruhigt. Es war keine leichte Sache, die Ehre einer adeligen Verbindung auszuschlagen. Aber sie würden ihre Tochter nicht zwingen.

Auf der Straße dröhnten Hufschläge, und Ymme zog den Fensterrahmen mit dünngeschabter Ochsenhaut ein wenig auf. Es war ein feuchter Februarabend, ungewöhnlich, fast beängstigend warm, und graue Schwaden wäßriger Luft krochen auf das Fenster zu. Sie sah nur einen Schatten von Mann und Pferd.

Der Reiter mußte in eine der schmalen Seitenstraßen hinter Sankt Marien oder zur Fronerei abgebogen sein; das Geräusch ebbte ab und wurde vom Nebel verschluckt. Erleichtert atmete Ymme auf und begann sich wieder auf den morgigen Tag zu freuen, den sie in Ermangelung eines richtigen Namenstags festlich begehen würde.

Summend stieg sie die Treppe hinunter.

»Eines weiß ich gewiß: Selbst wenn Volrad sonst nichts zu berichten gewußt hätte – was ich mir gar nicht denken kann –, zum Geburtstag seiner Schwester hätte er geschrieben«, sagte der Vater mit besorgter Stimme.

Während Ymme ihre Eltern mit einem tiefen Knicks grüßte und dabei die Augen ihrer bekümmerten Mutter suchte, mußte sie ihm im stillen zustimmen. Ihr Bruder hatte es nie versäumt, sie zu umarmen oder ihr einen mündlichen oder schriftlichen Gruß zum Geburtstag zu schicken. Aber galt das auch für einen jungen Mann, der versuchen wollte, Geschäfte ganz neuer Art zwischen Lombarden und Dänen anzubahnen?

Kyne Emeken streifte ihre Tochter, die äußerlich ihrem Mann nachschlug, innerlich aber ihr selber, mit einem zärtlichen Blick und nickte. Dennoch sagte sie zuversichtlich: »Briefe können verlorengehen, selbst wenn man mehrere mit verschiedenen Überbringern befördert. Wir wollen auf Gott vertrauen, daß er unseren Volrad stets behütet.« Albert Emeken, der Kaufmann, der wie so viele Kaufleute auf den Ruf des Herzogs hin aus seiner sächsischen Heimat nach Lübeck eingewandert war und der so hellhaarig war wie seine Frau dunkel, zog wortlos die Augenbrauen hoch. Seine Frau, die ihm die spöttischen Gedanken vom Gesicht ablas, lächelte ein wenig. »Ja«, sagte sie dann in eigensinnigem Ton, »Gott erwartet viel von uns, wie der Bischof stets betont, wenn er uns Altlübecker von der Kanzel besonders ins Auge faßt. Ich darf dann wohl auch etwas von ihm erwarten!« Albert lachte von Herzen und umarmte seine Frau, die er nach so langer Zeit immer noch wie am ersten Tag liebte. Für einen Moment schienen seine Sorgen verschwunden. »Gott ist kein Kaufmann, Kyne. Hat dir das noch niemand gesagt?«

»Manchmal habe ich den Eindruck«, murmelte Kyne.

Der Vater erwiderte nichts, aber Ymme wußte genau wie er, daß die Mutter unter einer Vergangenheit litt, die nicht ihre eigene war, sondern die ihrer Großmutter Hodica, was jedoch für ein slawisches Herz keinen Unterschied macht.

Kyne war verstummt, und Ymme faßte sie sanft an der Hand. »Mein Geburtstag«, erinnerte sie leise, denn es wurde Zeit zu besprechen, welche Vorbereitungen getroffen worden waren, was noch zu erledigen war und welche Festkleidung sie anziehen sollte. Und dann vor allem: Welche Kaufmannsfamilien und welche ihrer Söhne waren geladen worden? Ymme brannte darauf, endlich zu erfahren, mit wem sich ihr Vater über eine verwandtschaftliche Verbindung geeinigt hatte. All das war schon lange bedacht und geplant und immer wieder verworfen worden, Ymme jedoch nur in groben Zügen durch die Briefe ihrer Mutter bekannt, allerdings ohne die Namen, die Ymme besonders interessierten. Die Nonnen waren berechtigt, die Briefe zu lesen, sie auch zurückzuhalten, wenn es nötig schien, um das Seelenheil ihrer Zöglinge zu schützen. Kyne mochte weder die Nonnen noch deren Neugier und hatte Ymme mehr verschwiegen als mitgeteilt.

Ymme zog ihre Mutter aus dem Vorderzimmer.

Das Haus Albert Emekens war nicht sehr groß und auch nicht so prächtig wie die steinernen Kemenaten, die sich die Strahlendorps und Gossenbodes zwischen Markt und Domkapitel hatten bauen lassen, kaum war die kaiserliche Vogtei fertig geworden. Aber Ymme liebte rauchgebeizte Balken und weißverputzte Gefache – im Gegensatz zu den kalten Steinwänden der Klosterschule, und in dieser Abneigung traf sie sich mit ihrer Mutter, obwohl sie sonst wie ihr Vater gut katholisch war. Frau Kyne sah ihr lächelnd nach und stieg dann hinter ihrer Tochter ins Obergeschoß, das die Familie in seiner ganzen Ausdehnung bewohnte. Keine Ware lagerte dort, aber der fremdartige, geheimnisvolle und lockende Geruch von Waren aus fernen Ländern durchzog das ganze Haus und konnte niemanden im Zweifel lassen, womit Albert Emeken reich geworden war.

Während Ymme vorauseilte, waren draußen vor dem Haus scharfe Hufschläge zu hören, die abrupt verstummten, und kurz danach klopfte jemand an die Tür, daß sie erzitterte.

Eine erschrockene Magd lief herbei, um die Pforte zu öffnen; Frau Kyne und ihre Tochter wandten sich verwundert um.

Die Tür flog auf, im Eingang stand breitbeinig Junker Everard, mit dem fordernden Blick seiner aquamarinhellen Augen, den Ymme nun schon so gut kannte. Erschrocken versuchte sie sich hinter der Mutter zu verbergen. An ihren Quälgeist hatte sie nicht mehr gedacht. »Gott zum Gruß, Kaufmann Albert«, rief Everard, als wollte er verhindern, daß ihm jemand zuvorkam. »Und ich grüße auch die edle Frau Kyne! Und besonders herzlich Jungfer Ymme, der ich allerdings heute schon meine Aufwartung gemacht habe. Ich bedauere, daß sie meinen Begleitschutz ablehnte. Ihrem Knecht traue ich keine große Gegenwehr zu, wenn es hart auf hart kommt. Die Wälder am Brackrader Mühlenberg sind nicht mehr die sichersten ...« Sein Kopfschütteln über die Zustände ließ seine modisch gelockten Haare um das bartlose Kinn flattern, und er machte den Eindruck eines aufrichtig besorgten Mannes.

Aber Ymme konnte er nicht täuschen. Sie hatte sich durch ihn bedroht gefühlt, und die Zustände, von denen er sprach, entsprangen nicht der Armut der Bauern, sondern der Langeweile beschäftigungsloser Adelssöhne.

Albert, der mittlerweile aus seinem Warenlager im rückwärtigen Teil des Hauses zurückgekehrt war, trug seine Wachstafeln unter dem Arm. Sein Körper war immer noch der eines kampfgewohnten Mannes, auch wenn sein Haar schon grau wurde, und in seine Hände schien ein Schwert eher zu passen als ein Rechnungsbuch. Everard mußte das gespürt haben, denn seine nervöse Geschwätzigkeit verstummte beim Anblick des Kaufmanns. Ymme schmiegte sich an ihre schlanke Mutter und dankte ihrem Schöpfer, daß sie dem hartnäckigen Junker endlich nicht mehr allein gegenübertreten mußte.

»Ich danke Euch für den freundlichen Gruß, Everard Scharpenberg«, erwiderte Albert und neigte höflich den Kopf. »Hinrich ist gewandter, als man ihm ansieht. Meine Tochter war bei ihm immer gut aufgehoben. Dennoch: Auch für Eure Fürsorge Dank.«

»Wollt Ihr mir nicht einen Becher Wein anbieten, Albert? Ich habe Euch einen Vorschlag zu machen, ein Geschäft auf Gegenseitigkeit – gewissermaßen.« Everard tat einen Schritt in die Diele, zog aber nicht einmal seine wappenverzierte Kappe vom Kopf.

Kaufmann Albrecht blieb reserviert und kühl und wies mit der Hand zu den Stühlen hin, auf denen er seine Besucher zu empfangen pflegte. »Ich wußte nicht, daß Ihr unter die Händler gegangen seid.«

»Das ganze Leben ist ein Geschäft«, versetzte Everard verächtlich und warf sich auf den Stuhl, daß sein kurzes Schwert auf dem Steinboden klirrte. Als die Schlitze seines Rockes auseinanderfielen, wurden seine geradezu frivol engen Beinkleider mit dem Rautenmuster sichtbar.

Kyne setzte ihren Weg nach oben fort; wenn sie sonst auch gleichberechtigt an allen kaufmännischen Unternehmungen der Familie teilhatte – dieses unnütze Glied einer Adelsfamilie interessierte sie wenig. Sie bemerkte nicht, daß Ymme ihr nicht folgte, sondern sich auf eine Treppenstufe kauerte. Aus ihrer Position konnte sie die Männer beobachten, selber aber hinter dem geschwungen ausgesägten Treppengeländer nicht gesehen werden.

Albert klatschte in die Hände, und die Magd, die bereits auf seinen Befehl gewartet hatte, beeilte sich, aus einem großen blauglasierten Krug einzugießen. Everard schluckte, als hätte er in seinem Becher ein hausgebrautes Bier und nicht einen guten trockenen Wein. Beim nächsten Mal den sauren, dachte Albert verärgert, wenn's noch ein nächstes Mal gibt.

»Ich will nicht lange herumreden«, sagte Everard und wischte sich mit dem bunten Ärmel seines Rocks die verschwitzte Stirn. Ymme konnte seine Augen nicht erkennen, aber sie ahnte, daß sie nun diesen eigentümlichen Ausdruck haben mußten, bei dem sie stets das Gefühl bekam, Everard erhebe einen Besitzanspruch. »Worte sollen andere machen. Ich bin ein Mann des Kriegshandwerks mit der Aussicht auf die Reichtümer, die sich jeder Mann erwerben kann, der eine schlagkräftige Hand und das Ohr seines Lehnsherrn hat. Ich biete Euch an, Eure Tochter zu heiraten.«

Ymme schlug die Hände vor den Mund, um ihr Entsetzen zu ersticken. Dieser Wüstling, der mindestens doppelt so alt war wie sie! Einen Handel hatte er vorgeschlagen – und sie war die Ware.

Albert Emeken mußte Ähnliches erwartet haben. Er verzog keine Miene und nickte bedächtig. »Ich habe keine Zweifel an Eurer aussichtsreichen Zukunft, selbst wenn Ihr keinen Anspruch auf die Ländereien Eures Vaters habt. Man hört von hohen Preisgeldern bei Turnieren ...«

»Oh, was das betrifft«, fiel Everard mit der Rechtschaffenheit des wahren Gläubigen ein, »ich beabsichtige, mich am nächsten Kreuzzug zu beteiligen. Seine Heilige Eminenz, Papst Innozenz, wird die Ritter des Abendlandes demnächst wieder zur Verteidigung der Christenheit aufrufen, hört man. Jerusalem wird endlich aus der Hand der Ketzer befreit werden!« Er klopfte auf die Schwertscheide, und sein Gesicht nahm einen selbstgefälligen Ausdruck an.

»Ohne Zweifel. Wie beabsichtigt Ihr, in diesen ein oder zwei Jahren Eure Frau standesgemäß zu ernähren?«

Ymme rang die Hände. Sollte ihr Vater allen Ernstes auf diesen Vorschlag eingehen wollen? Vor wenigen Minuten noch war sie der festen Überzeugung gewesen, ihr Geburtstag würde durch die Verlobung mit einem Kaufmannssohn der Stadt gekrönt werden.

Everards Lächeln verlor sich, während er den Kaufmann zunehmend nachdenklich betrachtete. »Auch das ist Teil meines Geschäfts mit Euch. Ich möchte, daß Ihr Ymme während meiner Abwesenheit versorgt, als wäre ich selber anwesend. Außerdem möchte ich, daß Ihr Jungfer Ymmes Mitgift in ein kräftiges Streitroß für mich umwandelt, zuzüglich zweier Knechte mit Pferden à fünf Mark lübisch. Für meine und ihre Bewaffnung sorge ich selbst. Als Gegenleistung werde ich Euch das Lösegeld dreier gefangener Ungläubiger ausliefern, sobald ich wieder hier eintreffe. Das ist ein großzügiges Angebot, das müßt Ihr zugeben. Ich denke, später könnte ich in Euer Geschäft einsteigen.« Der Junker wippte ungeduldig mit dem Schwert, als könne er des Kaufmanns Zustimmung dadurch beschleunigen, und die Spitze gab ein helles »Ding-ding« von sich wie ein fernes Kirchenglöckchen. Ymme biß sich vor Nervosität auf die Fingerspitzen. Sie wußte nicht, wieviel ein arabischer Gefangener von vornehmer Abkunft kostete, aber ihr Vater hatte nicht sofort abgelehnt.

Der Kaufmann nahm sich Zeit. »Ich weiß Euer Angebot zu schätzen«, sagte er schließlich. »Jedoch kommt Ihr zu spät. Die Heirat meiner Tochter ist beschlossene Sache, der Ehevertrag ist aufgesetzt.«

»So?« fragte Everard mit einer Stimme, die um einiges heller als gewöhnlich war. »Die ganze Stadt weiß, daß Ihr Euch aus Hochmut mit Detlef Camerath nicht habt einigen können.« Er beugte sich vor und starrte Albert ins Gesicht, während er hämisch fortfuhr: »Ihr zählt eben doch nicht zu den angesehensten Kaufleuten, mögt Ihr auch reicher als mancher andere sein.«

Ymme, die ihren Vater gut kannte, sah, wie er innerlich steif wurde. Seine unstandesgemäße Heirat war noch nach fünfundzwanzig Jahren nicht vergessen, und Leute wie Everard und seine Familie, die zuweilen nicht wußten, wie sie ihre adeligen Kinder durchbringen konnten, sorgten dafür, daß es so blieb.

»Und doch wären die Emekens Euch gut genug, Junker? Liegt es am Geld oder daran, daß Ihr nicht so wählerisch seid?«

Die Lippen des Ritters zuckten. Er schwankte zwischen Verachtung, Wut und seinem Nutzen. Schließlich entschied er sich für den Nutzen, aber sein Tonfall war endlich so kalt, wie es seinem Angebot entsprach. »Also gut«, sagte er. »Ich will offen sein. Ihr braucht einen Schwiegersohn, und ich brauche eine passable Ausrüstung. Sagt, ob Ihr das Angebot annehmen wollt. Es wäre für uns beide von Vorteil.« Albert Emeken erhob sich. »Nein«, sagte er, und Ymme sank vor Erleichterung in sich zusammen.

In diesem Moment kam Frau Kyne wieder herunter, entdeckte ihre Tochter auf der Treppe und den unliebsamen Gast immer noch auf dem Besucherstuhl. Sie spürte auch die kühle Atmosphäre, die zwischen den beiden Männern herrschte, und trat rasch zu ihnen. »Nun, Junker von Scharpenberg«, sagte sie freundlich, »mag es heute noch zu keinem Geschäft gekommen sein, dann ganz gewiß beim nächsten Mal. Grämt Euch nicht; mancher Anfang ist schwer.« Sie legte ihre Hand begütigend auf des Junkers Arm.

Everard Scharpenberg blähte die Nasenlöcher wie der Drache des Ritters Georg, fand Ymme, als sie seine Wut sah, und hätte beinahe gelacht. Frau Kyne aber, die auf diesen Ausbruch keineswegs vorbereitet gewesen war, trat rasch zurück und sah ihn betroffen an.

»Gegen Euresgleichen wurde vor noch nicht vielen Jahren ein Kreuzzug geführt«, fauchte der Ritter. Ein Geschäft war ihm entgangen, und er hatte sich unter seinesgleichen lächerlich gemacht. »Kaum seid Ihr zum wahren Glauben bekehrt, macht Ihr Euch in der Kaufmannschaft breit, als hättet Ihr den christlichen Seehandel Lübecks selber aufgebaut!«

Albert Emeken atmete tief ein. Er war zu beherrscht, um den Ritter wegen einer solchen Beleidigung zu fordern, und auch zu alt. Aber es konnte nicht angehen, daß ein Lübecker Kaufmann sich von den kleinen Adelsleuten der Umgebung in seinen Rechten beschneiden ließ. Sämtliche Kaufleute Lübecks würden auf seiner Seite sein. »Wenn Ihr die Verunglimpfung nicht auf der Stelle zurücknehmt, werde ich vor König Waldemar klagen«, sagte er schneidend. »Wir sind gute Christen, wie hier jeder bezeugen kann.«

Everard Scharpenberg lachte kalt. »Ich konnte mir ja denken, daß Ihr es mit den Dänen haltet. Meint Ihr übrigens, Eure Frau würde die Feuerprobe bestehen, wenn es hart auf hart käme?«

Ymme konnte einen Schluchzer nicht unterdrücken. Die Feuerprobe! Niemand konnte sie heil an Geist und Seele überstehen. Entweder der Geprüfte war erwiesenermaßen Christ, jedoch tot – oder lebendig und Ketzer.

»Hinaus!« keuchte der Kaufmann. Ymme sah, wie er die Faust hinter der Schreibtafel ballte, und sah seinen Kopf tiefrot werden. Sie bekam Angst um ihren Vater. »Hinaus! Ich verbiete Euch, jemals wieder dieses Haus zu betreten!«

Everard öffnete seine fleischigen Lippen, als wollte er etwas sagen, doch er besann sich eines Besseren. Er wandte sich zur Treppe um und blickte an ihr hinauf. Ymme hatte das Gefühl, als ob er sie durch das Gitterwerk hindurch fixierte, und jäh wurde ihr klar, daß er die ganze Zeit gewußt hatte, daß sie da oben saß und lauschte. Und noch eins wurde ihr klar: Er würde nicht aufgeben.

Während Albert Emeken zornschnaubend selber die Tür aufriß und ungeduldig darauf wartete, daß der Ritter ging, ließ dieser sich Zeit. Sein Blick schweifte von der Treppe über die hölzerne Decke und die warme Holzvertäfelung und blieb schließlich an Frau Kyne hängen. Sie war ungeachtet ihres Alters immer noch wunderschön – ein Mann wie Everard konnte das trotz der Feindschaft, die er ihr entgegenbrachte, nicht leugnen. Ihre unverhohlene Angst gefiel ihm; das bleiche Gesicht ergab einen interessanten Kontrast zu ihrem tiefschwarzen Haar, das ein feiner Schleier bedeckte, und zu ihrem roten Kleid.

Frau Kyne hatte eine instinktive Angst vor diesem Mann, den sie bis zu diesem Tag persönlich nicht gekannt hatte. Schreckensstarr hoffte sie, daß er nun endlich ginge.

»Euer Haus«, sagte Everard mit hoher Stimme, die seine verhaltene Wut verriet, »werde ich nicht mehr betreten. Aber Ihr werdet von mir hören.«

Endlich rührte er sich, und Frau Kyne atmete auf, als er das Haus leiser verlassen hatte, als er gekommen war. Dafür aber schmetterte Albert die Tür hinter ihm zu, und mit lautem Krachen fiel sie ins Schloß. Die beiden Eheleute sahen sich stumm an.

Ymme flog beinahe die Treppe hinunter und umarmte ihren Vater. Sie war so erleichtert, daß sie nichts sagen konnte, aber er verstand sie und strich ihr begütigend über das blonde Haar. »Er ist fort«, sagte er sanft, »glaubtest du, ich könnte einen solchen Menschen für dich auch nur in Erwägung ziehen?«

Ymme schämte sich wegen ihrer Panik, aber sie konnte nicht verhindern, daß in ihrem Herzen Angst zurückblieb und erneut auftauchte, als sie zwei Stunden später vor ihrem Bett stand und sich für die Nacht fertigmachte. Sie war dankbar, daß die Mutter ihrer Bitte zugestimmt hatte, ausnahmsweise nicht bei der Magd im Bett zu schlafen. Sie wäre mit all ihrer Aufregung wegen des Festes und dazu noch der Beunruhigung wegen des Ritters für niemanden eine gute Schlafgenossin gewesen.

Ymme Emeken sank auf die Knie vor ihrem Lager und sprach ein inbrünstiges Vaterunser, wie sie es bei den Schwestern im Kloster gelernt hatte, aber je mehr sie sich auf den Text konzentrierte, desto mehr drängte sich das wütende Gesicht des Junkers zwischen Gott und sie. Schließlich kroch sie verzweifelt in die ausgekühlten Wolldecken und versuchte zu schlafen.

Später in der Nacht erwachte Ymme durch ein Knattern, das sie sich nicht erklären konnte; dazwischen brauste der Wind fast mit Sturmstärke. Sie sprang auf, um aus dem Fenster zu sehen; aber sie hatte ganz vergessen, daß sie im Warenlager schlief, in dem es kein einziges Fenster gab. Einen Moment zögerte sie, dann warf sie sich einen Umhang über, tastete sich auf nackten Füßen zwischen Tonnen, Kisten und Ballen hindurch, bis sie die Hintertür gefunden hatte. Noch während sie sich mit dem Riegel abmühte, spürte sie, daß das seltsame Geräusch etwas mit dem Haus zu tun hatte.

Ihre kalten Finger fanden endlich den Sperrhebel.

Als Ymme die Bohlentür aufgezerrt hatte, starrte sie ungläubig in die gelblichrötlichen Wolkenschwaden, die neben dem Haus in die Höhe gewirbelt wurden. Sie stolperte hinaus und blickte nach oben. Ein Feuer hatte beide obere Stockwerke erfaßt, das mittlere am ausgiebigsten. Unten stand nur der Fensterladen des Vorderhauses in Flammen, und ihr Schein warf flackerndes Licht auf zwei gelbe Kreuze, die in den Putz eingeritzt waren.

»Zu Hilfe!« Ymmes Hilfeschrei erstickte im Rauch glimmender Reetbündel, die vom Dach herabfielen und denen sie gerade noch ausweichen konnte, bevor sie funkensprühend auf dem Erdboden zerstoben. Blindlings sprang sie wieder ins Haus zurück, rannte durchs Lager nach vorn und versuchte, die Treppe zu erreichen. »Vater, Mutter!«

Der obere Teil der Treppe brannte bereits. Dort oben konnte sie niemanden mehr warnen oder gar herunterholen. Schluchzend und hustend machte sie kehrt, ergriff von ihren

Kleidern, was sie ertasten konnte, und suchte nach der Schatulle ihres Vaters. Er würde erwarten, daß sie sie rettete.

Endlich hatte sie das eisenbeschlagene Kästchen gefunden und in die Kleider eingewickelt. Dann hastete sie ins Freie.

Dort hatten sich inzwischen Männer eingefunden, die unter Gebrüll Befehle gaben, Wasser orderten, Leitern, Sand und Decken. Ymme wurde beinahe umgerannt; benommen ließ sie sich schubsen, bis sie irgendwo im Obstgarten hinter dem Haus auf den nassen Boden sank. Noch immer loderten die Flammen in den Himmel. Es zischte, wenn ein Eimer voll Wasser in die Flammen geschüttet wurde und mit Geprassel verdampfte. Von ihren Eltern, den zwei Mägden und dem Knecht war keiner zu sehen. Der schreckliche Gedanke, daß der Vater sich womöglich nicht schon längst an den Löscharbeiten beteiligte, durchfuhr Ymme.

Im Schutz des uralten Apfelbaums, der zu allen Jahreszeiten ihr Lieblingsbaum gewesen war, streifte Ymme notdürftig einige Kleidungsstücke über. Bruchstücke aller Gebete, die sie kannte, kamen ungeordnet über ihre Lippen, während das Wiehern und das Hufeschlagen der verängstigten Pferde im Nebengebäude, das Geschrei der nervöser werdenden Männer und das Brausen des Feuers immer lauter wurden.

Als ganze Reetbündel, vom Aufwind getragen, glimmend durch die Äste ihres Apfelbaums herabstürzten, floh Ymme aus dieser letzten Zuflucht nach vorn auf die Straße. Dort waren jetzt viele Menschen: ihr bekannte Männer aus der Nachbarschaft und deren halbwüchsige Söhne, hilfswillige oder nur neugierige Handwerker und Kerle aus den hafennahen Gassen, deren gierige Gesichter bereits von der Hoffnung auf Beute sprachen, vielleicht auch auf Plünderung. Hastig suchte Ymmes Blick weiter.

Bei den Männern, die löschten, waren weder Albert Meeren noch Hinrich, der Knecht.

Aber sie sah Everard Scharpenberg – wie ein paar Stunden zuvor hatte er sich breitbeinig aufgebaut und die Hände im Gürtel eingehakt. Er stand so nah an der brennenden Wand des Vorderhauses, daß ihm Schweißtropfen über das gerötete Gesicht liefen. Eimer auf Eimer ließ er an sich passieren; er rührte keine Hand, um zu helfen. Und genau wie im Hause wandte der Junker langsam sein Gesicht und schien in der Menschenmenge nach jemandem zu suchen, und als sein Blick auf Ymme liegenblieb, wußte sie jäh, daß er sie meinte.

Einen Moment lang war sie wie gelähmt.

Dann schlüpfte sie zwischen den Kutten zweier Mönche hindurch, die vom Domkapitel zum Markt hinaufeilten, dankbar für deren flatternde Gewänder, und floh blindlings im Schutze der nächsten Häuser.

Everard, der die Eimerkette umgehen mußte, verlor Zeit, und als er sich umschaute, war Jungfer Ymme von der Dunkelheit verschluckt. Sein Mund erstarrte in einem gehässigen Grinsen; gemächlich schob er sich Schritt für Schritt aus der Zuschauermenge hinaus und suchte dann nach seinem Knecht.

Dieser hatte inzwischen das Pferd des Ritters geholt und wartete gleichmütig in der Fleischhauerstraße auf seinen Herrn. Die Zügel des schweren ritterlichen Pferds und seiner eigenen abgearbeiteten Mähre in den Fäusten, spähte er zum Markt hinauf und konnte zu seinem Bedauern außer dem rötlichen Schein über den Buden der Fleischhauer nichts sehen.

»Es stinkt hier wie in einer Abdeckerei.« Everard suchte in der Sattelrolle nach einem Stück Süßholzwurzel und schob es sich zwischen die Zähne.

»Aber bei Nacht ist es immer schön einsam«, gab der Knecht ohne Unterwürfigkeit zurück und bestieg sein eigenes Pferd.

»Wir gehen auf Jagd«, bemerkte Everard Scharpenberg kauend, und danach war nur noch der Hufschlag ihrer Pferde zu hören, die sie zum Johanniskloster hinunterlenkten, fort vom Marktplatz, auf dem vom Haus des Kaufmanns Albert Emeken schon längst nichts mehr zu retten war und wo die Männer sich inzwischen verzweifelt bemühten, die Häuser der Nachbarschaft und damit ganz Lübeck vor einer Feuersbrunst zu schützen.

Ymme Emeken schlug blindlings den Weg zur Wakenitz ein. Erst als sie die Mühlenbrücke hinter sich und die Stadtgrenze auf der anderen Seite des Flusses erreicht hatte, wurde ihr bewußt, daß der Torwächter nicht anwesend gewesen war. Vielleicht wohnte er mit seiner Familie in der Nähe des Brandherdes und war zum Löschen gelaufen.

Sie nahm die Bardowicker Straße nach Süden, ohne viel darüber nachzudenken. Nur fort mußte sie – fort von der Stadt, in der ihre Familie außer den Cameraths kaum Freunde hatte. Mit ihnen aber hatte sich der Vater zerstritten … Und Vater und Mutter waren tot. Oder nicht? Ymme preßte ihre Fäuste vor den Mund.

Mühsam setzte sie einen Fuß vor den anderen. Allmählich wußte sie überhaupt nicht mehr, ob sie noch vorwärts kam. Schließlich brach sie zusammen.

Immer wieder wurde das Haus erschüttert, aber sooft sie die Tür erreicht hatte, zog eine gewaltige Kraft sie wieder zurück. Mit einem letzten Aufbäumen gelang es ihr endlich, sich zu befreien, und sie stieß einen lauten Hilferuf aus.

Der Ruf war weder laut gewesen, noch war Ymme gefangen. Als sie zu sich kam, saß sie aufrecht in einem überdeckten Kasten, dessen rumpelndes Rollen ihr die Gewißheit gab, daß sie sich in einem Fahrzeug befand. Ihr sollte es recht sein, sofern es nur nach Süden rollte. Noch benommen, sah Ymme sich um. Über ihr baumelten an einer Art Holzgerüst Wurzeln von Pflanzen, Bündel getrockneter Kräuter, Beeren an verholzten Ästen, Säckchen neben Säckchen, gefüllt oder halb leer. Die Düfte aller dieser Gewürze und Arzneimittel überlagerten sich, manche kannte sie, andere nicht. Aber sie beruhigten sie unendlich: Everard Scharpenberg war gewiß nicht am Arzneimittelhandel beteiligt.

Plötzlich blieb der Karren stehen. Eine blasse Hand griff um die Kante der Lederschürze, die das vordere Halbrund verdeckte, und zog sie beiseite.

Ymme schlug die Hände vor den Mund. »Der Leibhaftige«, wimmerte sie.

Der Mann, von dem sie nur den Kopf sah, kümmerte sich

nicht um sie. Er beugte sich mit geschlossenen Augen vor und küßte ein kleines hölzernes Kästchen, das am Gestell der Wagenplane befestigt war. Sein Bart war lang und schwarz wie Kohle, und schwarze Schläfenhaare setzten sich beiderseits seiner Ohren in gedrehten langen Locken fort.

Nach seiner kurzen Andacht schlug er die Augen auf und lächelte Ymme freundlich an. »Geht es dir besser?« fragte er langsam, wie überhaupt seine Bewegungen allesamt behutsam waren.

Ymme beruhigte sich allmählich. Nun erkannte sie hinter ihm das Maultier, das vor den Wagen gespannt war, einen schmalen Fahrweg und zu beiden Seiten Wald. Der Mann sprach wie ein Christenmensch, und es gab nichts, was sie im Moment hätte ängstigen müssen. »Danke«, sagte sie erleichtert. »Ihr müßt mich gerettet haben.«

Der Mann, der weder alt noch jung schien, nickte – mehr aus seinen unergründlichen Augen heraus als mit dem Kopf. »Du bist aus Lübeck gekommen. Trotzdem konnte ich dich nicht in die Stadt zurückbringen. Wo es brennt, läßt sich ein Jude besser nicht sehen …«

Ymme war verwirrt. Was war ein Jude, und was hatte er mit Bränden zu tun? Aber sie wagte nicht zu fragen.

Der Mann wandte sich um, ergriff sein Maultier am Zügel und zog es weiter über den grasbewachsenen Weg, der nicht die große Fahrstraße nach Süden sein konnte. Aber für den Augenblick war es Ymme gleichgültig. Hauptsache, sie legten viele Meilen zwischen sich und die Stadt. Wie sie wieder zurückgelangen und sich nach ihren Eltern erkundigen sollte, war eine andere Sache, und sie würde später darüber nachdenken.

»Auch auf der Hauptstraße läßt ein Jude sich besser nicht sehen«, fuhr der Mann in ruhigem Ton fort, als hätte er ihre Gedanken gelesen. »Und mit einem so hellblonden jungen Mädchen wie dir erst recht nicht. Es ist besser, du schlägst den Vorhang zu. Ich werde dir sagen, wann du still sein mußt.«

Ymme begriff allmählich, daß die Gefahr für sie noch nicht vorüber war. Hinzu kam, daß sie offenbar auch ihren Retter in Gefahr brachte. »Bitte, haltet an!« rief sie, rutschte über die Kante nach hinten und lief an dem zweirädrigen Karren vorbei nach vorn, wo sie dem Juden in den Weg trat. Er war auch mit seinem spitzen Hut kleiner als sie, wirkte aber trotz allem kräftig, was auch von dem langen schwarzen Mantel herrühren konnte, der ihm bis zu den Füßen reichte. Er zuckte die Schultern und brachte sein Maultier mit einem Ruck am Zügel zum Stehen. »Erklärt mir, was das alles zu bedeuten hat!«

Der Mann seufzte. »Was habe ich mir nun angetan? In deinem Alter ist eine Frau meines Volkes verheiratet und hat zwei Kinder. Sie kann die Thora sche-be-Ktaw lesen, über die Mischna und vielleicht sogar die Gemara reden, die Bedika bei Geflügel durchführen und es porschen. Denn es steht geschrieben: ›Rabba, Raw Addas Sohn, sagte, und andere sagen, Rabbi Sala sagte, Raw Hamnuna habe gesagt: Jeden, der eine Frau heiratet, die seiner nicht würdig ist, bindet Elia, und der Heilige, gelobt sei Er, geißelt ihn.‹«

»Ich verstehe Euch nicht sehr gut«, bekannte Ymme verlegen, »aber wenn Ihr wollt, daß es anders wird, müßt Ihr mir erklären, was Ihr meint. Erraten kann ich es nicht.«

Der Jude sah sie aufmerksam an und nickte ernst, als sie geendet hatte. Dann hob er den Kopf und lauschte. Ymme kam es so vor, als ob seine Bereitschaft, ihr zu antworten, von den Geräuschen des Waldes abhinge, und unwillkürlich hielt sie den Atem an und horchte ebenfalls. Wind bewegte die Äste, und ein Bach murmelte irgendwo zwischen den Bäumen. Aller Lärm der Natur wurde gedämpft durch den dicken Morgennebel, aber dieser Morgen war friedlich.

Auch der Mann kam zu diesem Schluß und setzte seinen Hut wieder auf den Kopf. »Es heißt: ›Wenn ein Waisenknabe und ein Waisenmädchen kommen, um sich versorgen zu lassen, so versorge man das Waisenmädchen, und dann versorge man den Waisenknaben, weil es einem Mann eher ansteht, von Tür zu Tür zu gehen, aber einer Frau steht es nicht an, so herumzugehen.‹ Als ich dich fand, hatte ich die Wahl, in dir eine Diebin oder ein Waisenmädchen zu sehen. Ich entschied mich für das zweite, denn es steht auch geschrieben …«

Ymme kam das ganze Elend der vergangenen Nacht zu Bewußtsein, als ihr das Kästchen wieder einfiel. »Bitte«, unterbrach sie ihn, »hatte ich etwas im Arm?«

»Du hattest einen kleinen Kasten bei dir, den du selbst in der Bewußtlosigkeit nicht hergeben wolltest. Erst als ich ein wenig energisch wurde, ging es … Er liegt gut versteckt unter dem Heu.«

Ymme war erleichtert. »Ich will Euch jetzt nicht mehr unterbrechen. Sagt mir nun, was ich wissen muß.«

Geduldig begann der Jude seine Erklärung. »Am Vorabend des Pessachfestes wurde Jesus, den ihr Christus nennt, gesteinigt. Er war Jude und wurde nach jüdischem Recht bestraft. Und doch werft ihr Christen uns dies bis zum heutigen Tage vor und verfolgt uns, wo immer ihr uns trefft. Sag selbst: Wie kann ein beschnittener Mann euer Gott sein und alle anderen Beschnittenen des Todes?« Er schüttelte den Kopf, immer wieder aufs neue verwundert über diesen Widerspruch des Christentums; aber das war seine eigene Angelegenheit, nicht die eines unwissenden Mädchens. »Sollten wir zusammen gesehen werden, ein schwarzer Jude mit einer blonden Christin, werden sie mich erschlagen. Was sie mit dir machen, weiß ich nicht. Für dich wird es schlimmer werden als für mich.«

»Dann ist es besser, ich verlasse Euch«, beschloß Ymme spontan, die endlich begriffen hatte, daß dieser Jude zu dem unglücklichen Volk gehörte, das die Schwestern so unermüdlich beschimpften. Die Schwarzen beleidigen Gott, hatten sie gesagt, hütet euch vor Slawen und Juden, sie wollen euch von eurem Glauben abbringen! Wahrscheinlich hatten die Nonnen niemals einen Juden aus Fleisch und Blut gesehen. Aber sie selber wollte die Gutherzigkeit des Juden keinesfalls mit seiner Furcht erkaufen.

»Wie oft hast du schon einen Wolf erschlagen? Weißt du, wie du dich am Leben hältst, wenn später Frost über das Land hereinbricht? Was willst du überhaupt essen? Kannst du giftige Pflanzen von nährenden unterscheiden?« Er lächelte wieder still, tippte mit dem Zügelende auf den Hals des Maultiers und setzte seinen Weg fort, ohne sich nach

Ymme umzusehen. Nach einer Weile sagte er: »Man nennt mich Mosse Haluca. Wie ist dein Name?«

Ymme sah ein, daß er recht hatte. Schweren Herzens beschloß sie, seine Gastfreundschaft anzunehmen, bis sie ein Dorf oder ein Anwesen erreicht hatten, in dem sie gefahrlos eine Weile bleiben und Erkundigungen über den Verbleib ihrer Familie einziehen konnte.

Während sie langsam neben Meister Haluca und seinem grauhaarigen Maultier einherging, erzählte sie ihm von ihrem Leben in der Klosterschule, von ihrem Geburtstag, der heute war und der ganz anders hätte verlaufen sollen, und endlich auch von der vergangenen Nacht. Als sie auf Everard Scharpenberg zu sprechen kam, sah sie, daß Mosse Haluca seine Zähne in die Unterlippe grub.

»Vielleicht ist es ein Fehler, der uns beide viel kosten wird«, bemerkte er endlich. Von dem Augenblick an machte er längere Schritte, und das Maultier mußte seine ungewohnte Eile büßen.

Mosse Haluca und Ymme Meeren wanderten Stunde um Stunde durch dichten Wald; unterbrochen wurde dieser nur von nebelbedeckten Sümpfen, die gesäumt waren von lichteren Birkenhainen. Sie trafen weder auf Dörfer noch auf einzelne Häuser. Der Jude wurde ruhiger, je weiter sie Lübeck hinter sich ließen. Ymme nahm zumindest an, daß sie sich von der Stadt entfernten; sie selber war hilflos ohne die Sonne. Ihr Beschützer mußte sich mit dem Instinkt eines Mannes der Straße zurechtfinden können.

Mit der Zeit wurde Ymme immer beklommener zumute. Mußten sie wirklich durch diese menschenleere Gegend? Sogar über einen halbwilden Köhler wäre sie jetzt froh gewesen. Wohin führte sie der Jude? Sie stolperte immer öfter. Allmählich fühlte sie sich völlig verausgabt, spürte weder ihre Füße noch den Hunger vom Morgen, den sie nicht hatte stillen können. Jegliches Gespräch zwischen dem schwarzgelockten Mann und ihr war versiegt. Ymme wußte voll Scham, daß es nicht die Müdigkeit war, sondern das Mißtrauen, das ihr den Mund verschloß. Willenlos taumelte sie hinter ihm her.

Erst am späten Nachmittag, als es bereits dämmerte, wurde Mosse Haluca langsamer. Ymme, die aus ihrer Lethargie aufwachte, begriff, daß er sich nach einem Lagerplatz umsah. Plötzlich war ihr Mißtrauen verschwunden, und der Hunger stellte sich nagend ein, während ihre Augen dem Juden folgten, der ohne Maultier und Wagen das Gelände abschritt.

Endlich war er zufrieden, holte sie und den Wagen von der Straße und schirrte das Maultier ab. Ihr Lagerplatz war nicht weit vom Weg entfernt, dennoch durch dichtes Buschwerk nach drei Seiten abgeschirmt, und die vierte öffnete sich zu einem der vielen Bäche, die die Moore der Gegend speisten.

In kurzer Zeit hatte Meister Haluca einen wohnlichen Platz für die Nacht bereitet und ein Feuer angezündet. Ymme schickte er zum Holzsammeln, als sie darauf bestand, etwas Nützliches zu tun, aber von selbst gar nicht wußte, was das Leben in der Wildnis einem Menschen abverlangt.

»Morgen weiß ich besser Bescheid«, sagte sie mit einem trotzigen Unterton, als sie einen Armvoll Holz neben ihrem knienden Beschützer abwarf.

»Morgen, ja«, wiederholte Mosse Haluca melancholisch, während er behutsam in dürres Gestrüpp über glimmendem Zunder blies. »Wer weiß, was morgen ist?«

Er hat Angst, dachte Ymme verwundert, aber das vergaß sie sofort über den Essensvorbereitungen von Meister Haluca, bei denen sie nur zusehen durfte. Er erlaubte ihr noch nicht einmal Handreichungen, als er verschiedene Töpfe vom Wagen lud und neben dem Feuer abstellte.

Ymme lief das Wasser im Munde zusammen, während er einen großen Vogel, den sie für einen Fasan hielt, penibler als jede Hausfrau zubereitete. Es dauerte lange, bis er ihn geöffnet und ausgenommen hatte, weil er sich viel Zeit nahm, die Schnittstelle des Messers zu mustern, jede Verfärbung der Haut, das Herz, die Leber. Dann schnitt er die Halsadern heraus, wusch das Fleisch am Bach, wässerte und wusch es erneut, salzte es ein und ließ es stehen. Als er zurückkam, sagte er aufmunternd: »Es gibt ein Festmahl heute. In Seiner unendlichen Güte hat Er uns ein makelloses Tier geschickt, gelobt sei Er.« Ymme, die im Kloster selten Geflügel bekommen hatte, freute sich von Herzen mit Meister Haluca über die Festmahlzeit, die erst fertig war, als es schon stockdunkel war. Zu dem geschmorten Vogel reichte der Gastgeber ihr wohlschmeckendes Pastinakengemüse und einen Becher mit rotem Wein. Das Tischgebet verstand sie nicht, aber sie fügte bescheiden ihr eigenes »Amen« hinzu und war danach sicher, daß auch die Nonnen ihre Gesellschaft gebilligt hätten. Fast sorglos fragte sie mitten im Kauen: »Tut es Euch nicht leid, den Fasan mit mir zu teilen? Allein hättet Ihr daran wohl noch zwei Tage essen können.«

Mosse Haluca strählte sorgfältig seinen Bart, weil er es nicht liebte, wenn sich darin Krümel verfingen, bevor er antwortete: »Rabbi Elieser, der Große, sagt: ›Jeder, der ein Stück Brot in seinem Korb hat und sagt: Was werde ich morgen essen? – der ist nichts als einer von den Kleingläubigen.‹«

Ymme nickte beklommen. Die Wirkung des Weins verflog bei seinen frommen Worten. Selbst die Nonnen hatten ihr nie wie dieser Jude das Gefühl gegeben, bei allem, was sie taten, nach Gottes Wort zu leben. Und andere christliche Geistliche kannte sie kaum.

Meister Haluca ließ Ymme auch bei der Reinigung der Kochtöpfe nicht helfen, aber er verstand allmählich, daß sein junger Schützling sich zurückgestoßen fühlte. »Es sind meine Speisegesetze«, erklärte er. »Es hat nichts mit dir zu tun.«

Ymme sah ihn dankbar an, ohne das geringste zu begreifen.

Mosse Haluca schüttelte ein wenig den Kopf. Konnte die Klosterausbildung so dürftig sein? Offenbar stammte Ymme Meeren doch aus guter Familie. »Der Unendliche, gelobt sei Er, hat uns Juden nicht erlaubt, alle Tiere zu essen, die die Erde bevölkern. Und für die erlaubten gab Er uns Vorschriften.« Er machte eine Pause, während er über einen brauchbaren Ausweg nachsann. »Wenn du glaubst, daß du ein wenig zu unserer Fahrt beitragen möchtest, würde ich dich bitten, einen Riß in meinem Rock zu nähen. Meine Finger sind nicht sehr gelenkig ...« Ohne es eigentlich zu wollen, drehte er die geschwollenen Hände und betrachtete sie. Er handelte schon viele Jahre mit Kräutern und Gewürzen zwischen Venedig und dem Frankenland, und doch hatte er noch nie einen Arzt gefunden, der ihn vom Wasser in den Gelenken befreien konnte. Vielleicht würde er nicht an diesem Wasser, aber doch mit ihm sterben. Gelobt sei Er.

Ymme hatte bereits bemerkt, daß er zuweilen Schmerzen zu haben schien. »Gern«, sagte sie eifrig. »Ich war zwar nicht die beste Altartuchstickerin des Klosters – um ehrlich zu sein, ich war zu ungeduldig –, aber flicken konnte ich recht ordentlich.«

Mosse lächelte in seinen Hart hinein. »Du wirst mir noch ganz unentbehrlich werden. Was habt ihr denn außer Stikken und Flicken gelernt?«

»Lesen, Schreiben, ein wenig Rechnen und, wer wollte, Latein. Die Rechenkünste der Nonnen schienen meinem Vater nicht ausreichend, er hat mich zu Hause zusätzlich über kaufmännische Rechnungslegung und Kredite unterrichtet; mit dem Latein war er zufrieden: ich war die beste von allen Schülerinnen.«

Mosse Haluca war so verblüfft, daß er eine ganze Weile schwieg. Von den Frauen in Venedig, Genua und Marseille war bekannt, daß sie Geschäfte gewissermaßen über die Köpfe ihrer Ehemänner hinweg führten, wozu sie nach Gottes Gebot nicht auf diese Welt gestellt worden waren – aber sie waren Christinnen, und für die galt Sein Gebot nur eingeschränkt. Daß sich jedoch im finsteren Norden, den er selber nur alle paar Jahre und mehr oder minder zufällig aufsuchte, auch solche Bräuche breitmachten, war ihm neu. Und obwohl er also endlich bei diesen Menschen etwas entdeckt hatte, das er verstehen konnte, zitierte er ihr zur Warnung: »Raw Nachman sagte: ›Überhebung ziemt den Frauen nicht.‹«

Ymme senkte den Kopf. Sie fühlte sich erneut abgewiesen, nachdem sie gerade geglaubt hatte, einen Zugang zu seinem verschlossenen Wesen gefunden zu haben. Niedergeschlagen fing sie an, sich einen eigenen kleinen Schlafplatz aus Reisig und Laub zu bauen, und erbat sich dann eine Decke, falls eine übrig sei.

Mosse Haluca schüttelte stumm den Kopf, aber in seinem Verdacht bestätigt wegen ihrer Unwissenheit, was Überleben betraf; er richtete ein Zeltdach aus dickem gewalktem Filz über ihrem Laubbett auf und packte eine Lederdecke darauf. Zum Schlafen gab er ihr einen warmen Fellsack, den sie zunächst ablehnte, weil sie dachte, es sei sein eigener. Wortlos deutete er auf einen zweiten Sack.

Ymme nickte, kniete in ihrem Zelt auf dem Lager nieder und verrichtete ein Abendgebet, das ihr so niemand beigebracht hatte und für das die aufsichtführende Nonne wohl die Peitsche angewandt hätte. Denn in ihrem christlichen Gebet kam ein mitleidiger Jude vor, der ihr das Leben gerettet hatte, und Ymme sah darin überhaupt nichts Erstaunliches, seitdem sie erfahren hatte, daß Christus beschnitten gewesen war.

Als sie am nächsten Morgen durch ein gleichmäßiges Murmeln einer menschlichen Stimme erwachte, schimmerte durch die braune Zeltbahn die Sonne hindurch, und Vögel zwitscherten im nahen Gebüsch. Irgendwo wieherte leise ein Pferd. Wäre sie nicht so unruhig gewesen wegen des Schicksals ihrer Familie, hätte sie den Vorfrühlingsmorgen gewiß genossen. So befreite sie sich nur gespannt aus dem Schlafsack, kroch zum Eingang ihres Zelts und spähte durch die Öffnung hinaus.

In der Nähe stand Mosse Haluca und las mit ehrfürchtigem Gesicht laut in einem Buch, das er zwischen den Händen aufgeschlagen hielt. Auf seiner Stirn war eine kleine Kapsel mit Hilfe eines Riemens befestigt, und seinen Kopf bedeckte ein gestreiftes Tuch mit Fransen an den Kanten.

Noch während sie ihn still in seiner Andacht betrachtete, zerteilte direkt neben ihm ein Mann mit dem Schwert das Gebüsch und starrte sie an. Auf seinem Gesicht breitete sich ein triumphierendes Lächeln aus.

Everard Scharpenberg hatte Ymme gefunden.

2. Ketzerkreuze

Der Ritter schlug den betenden Mann im Vorübergehen nieder. Während Ymme Junker Everard anstarrte wie ein Kaninchen, auf das die Kreuzotter zukriecht, liefen die vermeintlich letzten Sekunden ihres Lebens ab: mit quälender Langsamkeit drangen Geräusche und Bilder in ihren Kopf.

Mosse Haluca sackte auf die Erde; mit geschlossenen Augen stimmte er sein Sterbegebet an, und Ymme verstand daraus nur das Wort »… Israel«. Während an ihrem Arm eine Ameise entlanglief, verstummte er. Auch die frühen Vögel waren nun still.

Dann fiel der Junker wie der Leibhaftige über sie her.

Nachdem er sie aus dem Zelt gezerrt und ihr die Kleider heruntergerissen hatte, verspürte sie noch einen scharfen Schmerz und danach nicht mehr viel. Die Angst und das zufällige Auftreffen ihres Kopfes auf einem Stein ließen sie den Tag ohne Bewußtsein, aber lebend überstehen.

Es gab die Sonne noch, als Ymme wieder zu sich kam, aber sie stand schon sehr tief über den Bäumen. Auch die Welt war nicht untergegangen, aber Ymme wollte es nicht wahrhaben. Sie lag auf dem Rücken, und zwischen den gespreizten Beinen war ihr Unterleib gefühllos. Fassungslos wagte sie erst nach langer Zeit zu ertasten, ob sie überhaupt noch einen Unterkörper hatte.

Zwischen ihren Fingern war plötzlich Schleim und Blut – abgrundtiefer Ekel ließ sie den Kopf abwenden und die Hand zurückziehen. Scharfer Gestank drang in ihre Nase, und als sie die Augen aufschlug, entdeckte sie zu ihrem erneuten Entsetzen, daß die Quälerei immer noch nicht vorüber war. Neben ihr lag hingestreckt der Schänder in lautem Schlaf. Mit jedem Schnarchton blies er weingetränkte Atemluft aus.

Ymme fühlte Panik in sich aufsteigen.

Sie drückte den Nacken auf den kalten Boden und zwang sich zur Ruhe. Trotzdem wäre sie beinahe in Entsetzensschreie ausgebrochen, als jemand an ihrem Ärmel zupfte.

Dicht neben ihrem eigenen Gesicht preßte sich das verschwollene von Meister Haluca auf die Erde. »Bist du jetzt wach? Wenn du dich bewegen kannst, komm«, flüsterte er ihr ins Ohr.

Ymmes Herz klopfte verzweifelt. Sie würde es vielleicht nicht schaffen. Was, wenn Scharpenberg aufwachte?

Ihre Mutter hatte ihr von Urgroßmutter Hodica erzählt. Sie war steinalt gewesen und war trotzdem gelaufen. Sie hatte sich nicht dem Feind in die Hände gegeben … Ymme ballte die Fäuste und nickte.

Es war leichter, als sie gedacht hatte. Nachdem sie erst einmal auf den Knien lag, konnte sie sich mit Hilfe von Mosse Haluca erheben.

Vor ihren Augen schwankte die Welt und wollte nicht damit aufhören. Aber das Pendel schlug so langsam aus, daß Ymme ihm gut folgen konnte, und an seinem Umkehrpunkt befand sich Everard Scharpenberg. Mit blubbernden Lippen lag er entleert in tiefem Schlaf, neben sich die offene Zinnflasche. Und im dürren Gras sein Schwert …

»Nicht!« flüsterte Mosse Haluca und warf entsetzt die Hände in die Höhe.

Ymme hatte das Schwert bereits in den Händen; mit ungeheurer Kraftanstrengung hob sie es hoch über den Kopf und ließ es auf Everard Scharpenberg niederfallen. »Gelobt sei Er«, murmelte sie und sank zu Boden.

Dasselbe dachte auch die braunhaarige Frau, als Ymme sich erstmals im Bett ein wenig rührte, aber sie sagte es nicht laut. Sie hatte durchaus anderes zu tun, als zu beten, denn sie war eine gefragte Ärztin. Johanna Cornelas Kenntnisse in Augenheilkunde waren so berühmt, daß sie sich dank ihrer ein Haus außerhalb der Judengasse von Frankfurt am Main hatte kaufen können.

Vor einer Woche war Meister Haluca bei ihr eingetroffen, viel früher als sonst und darum auch ohne Fenchel, Apfelblätter und Schafgarbe. Ein wenig Alant hatte er auf halber Höhe des Taunus trotz seiner eigenen Verletzung gegraben, um nicht mit ganz leeren Händen zu erscheinen. Aber Bertramwurzel, Buchsbaumsaft, Rosenöl, Olivenöl und viele andere kostbare Extrakte und Essenzen waren mit dem Wagen verloren gewesen, den er auf der Flucht hatte stehenlassen müssen. Er war niedergeschlagen, aber er ging schnell darüber hinweg.

Dieses Mal war er hauptsächlich gekommen, um ihr eine Patientin anzuvertrauen, die Christin Ymme Meeren, die an Körper und Geist so verletzt war, daß sie nicht ansprechbar war.

Danach hatte Mosse Haluca sich von ihr die Schläfe verbinden lassen und war in seine Heimatgemeinde Mainz zurückgekehrt. Das Leben war gefährlich, aber es ging weiter; er mußte sich neu ausrüsten und wieder in den Süden ziehen. Er und Ymme würden sich wiederbegegnen, ließ er ausrichten …

Frau Cornela saß des öfteren am Bett dieses blonden geschundenen Mädchens, das sich der Welt verweigerte. Kurz vor dem Passahfest sei es geschehen, hatte Mosse Haluca gesagt und dann die Augen bedeckt; unter Tränen hatte er erzählt, daß Ymme einen Mann erschlagen hatte. Er hatte ihr auch das wenige berichtet, was er über sie wußte. Nun war April nach dem christlichen Kalender, den Frau Cornela aus praktischen Erwägungen lieber verwandte, und die Kranke war immer noch nicht endgültig aus ihrem Zustand zwischen Ohnmacht, Traum und Verweigerung aufgewacht.

Frau Cornela hielt Ymme nicht für geisteskrank. Sie strich ihr die blonden Haare aus der Stirn, die dringend einer Wäsche bedurften. Ymme mochte sich aus der Gegenwart zurückgezogen haben, um nicht an die Vergangenheit zurückdenken zu müssen. Sie benötigte etwas, das sie wieder hervorlockte – aber die Ärztin war sich noch nicht klar, was das sein konnte.

Vorerst rief sie Ruth herbei, die gleichzeitig ihre Schülerin war und ihr im Haus zur Hand ging. Ruth setzte sich gehorsam ans Bett der Kranken und fing leise an zu singen. Musik stieß Ymmes Lebensgeister an: manchmal hoben sich ihre Augenlider, und sie blickte für kurze Momente klar um sich. Sie schoben ihr dann schnell Brocken mit weingetränktem Brot und andere leckere Dinge zwischen die Lippen. Aber bisher war ihnen kein bleibender Erfolg beschieden gewesen.

Ruth betrachtete die Fremde trotz ihrer Krankheit mit Mißtrauen. Noch nie hatte Frau Cornela eine Christin aufgenommen. Und stand nicht auch geschrieben, daß eine Tochter Israels einer Fremden keine Geburtshilfe leisten soll, weil sie dann einem Anhänger des Götzendienstes zur Geburt verhilft? Zur Geburt – oder ins Leben zurück: der Unterschied war gering. Dennoch führte Ruth gewissenhaft aus, was Frau Cornela von ihr erwartete.

Johanna Cornela saß mehrere Abende an Ymmes Bett und las bei Kerzenschein. Dann besann sie sich plötzlich darauf, daß Mosse erwähnt hatte, Ymme sei im Kloster gewesen. Nachdenklich schlug sie das Buch zu.

Am nächsten Morgen rief sie Ruth zu sich und hieß sie sich setzen. Während Ruth beunruhigt ihre mütterliche Freundin im Auge behielt, die nervös das Studierzimmer vom Fenster zur Wand und wieder zurück durchquerte, wurde sie von Frau Cornela examiniert: »Hast du behalten, was ich dir über den wichtigsten Grundsatz für Arzt und Ärztin sagte?«

»Dem Kranken niemals zu schaden und immer das Beste für ihn zu tun.«

»Ja, so ungefähr«, stimmte die Augenärztin zu. »Nun hör zu. Ymme Meeren ist vier Jahre lang bei den Nonnen im Kloster gewesen. Ich weiß nicht, ob sie sich wohl gefühlt hat. Fest steht aber, daß sie dort nur Frauen zu Gesicht bekommen hat – diese Welt war der absolute Gegensatz zu dem brutalen Mann, dem sie begegnete. Verstehst du?« »Ja.« Ruth runzelte die Stirn.

»Ich möchte, daß du das ›Te Deum‹ der christlichen Frauen lernst und es Ymme vorsingst.«

Ruths Augen weiteten sich vor Angst. »Nein!« rief sie. »Das nicht. Das könnt Ihr nicht von mir verlangen!«

Frau Cornela ließ ihre Augen auf Ruth ruhen. Sie hatte es fast befürchtet. Ruth kam aus einem frommen Haus. Dennoch war sie enttäuscht. Die Lehrer der Medizin befinden sich zuweilen im Widerspruch zu den Lehrern des Gesetzes. Wenn Ruth wirklich Ärztin werden wollte, mußte sie das Leben des Menschen über die religiösen Bräuche stellen.

Zwingen wollte sie ihre Schülerin nicht. Aber was dann? Man konnte keinen Christen ins Haus bitten – dann wäre bekanntgeworden, daß eine jüdische Ärztin eine Christin aufgenommen hatte, oder, was noch schlimmer war, es würde sich das Gerücht verbreiten, daß sie eine Christin gefangenhielt. Sie seufzte. »Es ist gut, Ruth. Ich werde es nicht von dir verlangen. Aber sprich zu niemandem davon.«

Ruth schüttelte den Kopf und lief eilig zu ihrer Arbeit zurück.

Seit diesem Tag sang sie nicht mehr gern am Bett der christlichen jungen Frau. Sie tat es, aber sie sah nun immer den Verführer im Bett liegen. Ihre Angst, durch Ymme auf einen falschen Pfad gelockt zu werden, verringerte sich vorübergehend, als sie sie eines Morgens im Bett sitzend vorfand.

Neben Ymme stand mit strahlendem Blick Frau Cornela. An einen Rückfall glaubte sie nun nicht mehr, denn Ymme blickte sich erstmals mit Verstand um. »Ich dachte eben, ich sei in der Kirche zu Preetz. Wo …?« Sie krächzte etwas, und die Ärztin beschwichtigte sie mit einem Handzeichen. Sie durfte weder sich selber noch ihre Stimme allzusehr anstrengen.

Johanna Cornela schickte Ruth fort, setzte sich neben das Bett und sprach lange zu ihrer Patientin. Hauptsächlich erzählte sie von ihrem eigenen Leben; was Ymme geschehen war, berührte sie nicht mit Worten.

Ymmes verstörtes Herz wurde ruhig, als sie dieser Frau zuhörte, die ihr soviel Zeit widmete. Frau Cornela war älter als ihre Mutter, aber sie war trotzdem nicht alt. Obwohl sie viele durchwachte Nächte hinter sich haben mußte, hatte sie sich Frische und neugierige Aufmerksamkeit bewahrt, ohne zudringlich zu sein. Ymme fühlte sich in ihrem Haus geborgen.

Sie erholte sich nun von Tag zu Tag schneller, und bald konnte sie das Bett verlassen. Wenn Frau Cornela außer Haus gerufen wurde, setzte Ymme sich ins Studierzimmer und blickte sich um. Sie bekam die Erlaubnis, die Bücher zur Hand zu nehmen, aber dabei entdeckte sie, daß sie manche gar nicht lesen konnte: die Folianten in hebräischer Schrift, die von hinten her aufgeschlagen werden mußten; die Bücher und altertümlichen Rollen in griechischer Schrift, die von antiken griechischen Ärzten stammten.

Unermüdlich fragte Ymme abends, und Frau Cornela fand allmählich große Freude an den Fragestunden, die soviel ergiebiger als mit Ruth waren. Zuweilen fürchtete Frau Cornela bereits, ihrer jüdischen Lehrtochter zuwenig Zeit zu widmen.

Ihre Vergangenheit erwähnte Ymme nicht und fragte auch nicht nach Mosse Haluca.

So erholte sich Ymme Emeken zwei Monate im Haus der jüdischen Ärztin: während in Frankfurt der Frühling einzog, die Platanen und die Ahornbäume ausschlugen und die Meisen ihre Nester bauten, wurden Ymmes Wangen wieder voller, und ihre graublauen Augen bekamen einen Teil ihres früheren Glanzes zurück.

Aber Ymme wurde unruhig, ohne daß Worte oder Lieder sie hätten besänftigen können. Wenn die Ärztin ihre Krankenbesuche machte, lief sie die Treppe hinauf in die Kammer, schaute von oben in die Fischergasse hinunter, wo die Menschen vorbeihasteten, und traute sich nicht hinunterzugehen. Die Schusterjungen prügelten sich wie zu Hause, die Fischer winkten einladend mit einem zappelnden Aal, die Bäckerlehrlinge trugen rennend die Brote aus, und Ymme wurde von Heimweh erfaßt.

Es fehlte ihr der Mut, sich in Lübeck einer Gerichtsverhandlung zu stellen. Gerechtigkeit erwartete sie nicht – Der Junker war tot, sie lebte: das würde den Strang rechtfertigen. Statt dessen schrieb sie zwei Briefe, die sie durch Vermittlung von Frau Cornela einem Erfurter Waidhändler mitgab. Der eine ging mit vielen Fragen an ihre Eltern. Den anderen an Kaufmann Detlef Camerath adressierte sie nur widerwillig. Sie wußte sich keinen anderen Rat – in der Hoffnung, daß er ihn um der ehemaligen Freundschaft mit Albert Meeren willen beantworten würde, falls Albert selber dazu nicht mehr imstande war.

Eines Tages bat sie scheu, ob sie die Ärztin bei einem Krankenbesuch begleiten dürfe. Frau Cornela freute sich von Herzen. Irgendwann in allernächster Zeit, versprach sie.

Im Moment jedoch nicht: im Moment war es zweckmäßig, sich unauffällig zu verhalten. In den letzten Wochen waren einige Todesfälle durch Antoniusfeuer vorgekommen ... Sie selbst hielt es für eine Krankheit, ausgelöst durch verdorbenes Getreide, die Frankfurter aber leider nicht. Sie glaubten an Vergiftung durch Ketzer und Juden und beteten zu einem Heiligen um Abhilfe.

Aber all das sagte Frau Cornela nicht. Statt dessen legte sie den Arm um Ymmes Schultern und drückte sie aufmunternd. Fing Ymme erst an, richtig am Leben teilzunehmen, war die vollständige Heilung nicht mehr fern. Außerdem glaubte sie zu bemerken, daß Ymmes Fragen nach medizinischen Dingen aufrichtig waren. Ymme strebte nach Erkenntnis.

Frau Cornela begann, ihr von den Schulen der Wissenschaft in Paris und Montpellier zu erzählen.

Am nächsten Abend fragte Ymme: »Dürfen Frauen dort auch studieren?«

Johanna Cornela wußte sofort, was sie meinte. Sie schüttelte bedauernd den Kopf. »Nur in Salerno, dort lehren keine Mönche.«

»Das ist«, warf Ruth gehässig ein, »vom Haar abhängig, ob du studieren darfst.«

Die Gänsefeder von Frau Cornela machte ein unangenehm kratzendes Geräusch; sie sah vom Pergament auf. Ruth neigte dazu, Dinge von der falschen Seite zu betrachten, von der unwichtigeren ... »Das ist bei uns nicht sehr viel anders«, sagte sie ungehalten. »Bei den Christen ist es die Tonsur, bei den Juden sind es die Schläfenlocken, die zum Studium aller Wissenschaften berechtigen.«

»Wie kommt es denn, daß Ihr studieren durftet?« wollte Ymme wissen.

»Ich habe bei Azach Abinhalim in Alicante studiert, zusammen mit zwei anderen Schülern. Früher kam der Schüler zum Lehrer, und die Schule war, wo er war; heute kommt der Lehrer zur Universität, und nicht sein Name, sondern ihr Name ist wichtig. Wer weiß, ob es früher nicht besser war.« Johanna Cornela machte eine Pause und las in Ymmes Gesicht wie auf ihrem Pergament, und was sie sah, löste wachsende Zuneigung in ihr aus. Christliche Frauen zeigten im allgemeinen wenig Neigung zu den Wissenschaften. Ymme war anders. »Wer weder Arabisch noch Kastilisch spricht, sollte Salerno wählen«, riet sie. Diese Schule war eine der besten Medizinschulen des Abendlandes, obwohl sie bei weitem nicht den Stand einer beliebigen Lehranstalt der arabischen Länder erreichte, nicht vergleichbar mit den Universitäten zu Bagdad oder Kairo.

»Ich möchte dorthin«, sagte Ymme entschlossen.

Ab diesem Tag hatte Frau Cornela eine weitere Schülerin. Sie machte mit Ymme einen Lehrvertrag – Ymme bezahlte aus der von Mosse Haluca geretteten Schatulle zwölf Schillinge, dreiviertel lübsche Mark, was fast der Gegenwert einer Kuh war, und damit waren Krankenbehandlung, Essen und Unterweisung abgegolten. Johanna Cornela war zufrieden und Ymme Emeken erleichtert.

»Der Besy gewinnt«, jammerte die Frau und warf den Kopf auf dem strohgefüllten Kissen hin und her.

Hodica griff nach ihren Händen. »Nein«, sagte sie zuversichtlich, »nein! Schau mich an und presse. Du und ich gewinnen. Nicht der Besy.«

Drei alte Frauen umstanden die junge Frau im Kindbett und Hodica, die Heilerin und Kindsholerin. Monoton und mißtönend hoben sie erneut zu singen, während die junge preßte und schrie, schrie und preßte.

Endlich trat ein Fuß zwischen den Schamlippen der Gebärenden hervor. Der Gesang brach ab. »Die Rusalken haben es gedreht«

flüsterte eine von den Alten, und ihre Augen funkelten, während sie sich hinunterbeugte, um sich zu vergewissern.

Hodica achtete nicht auf die mißgünstigen Weiber hinter ihr. Sie wusch ihre Hände mit Aschenlauge, tauchte sie in Heringstran und schob das zudringliche Klageweib fort. Behutsam suchte sie neben dem Füßchen, bis sie das zweite gefunden hatte. »Singt ein Tanzlied«, befahl sie. »Solch kräftige Fersen haben nur Jungen. Er ist ein Glückskind.«

Die Alten wagten keine Widerworte, und die Junge preßte jetzt klaglos.

Unter den Klängen eines fröhlichen Liedes wurde ein strammer, gesunder Junge geboren.

Viel später, als die drei Frauen abgezogen waren, der jungen Mutter das gewaschene und gewickelte Kind in den Arm gelegt worden war, kam der Vater. Er grinste stolz. » Wir sind dir dankbar, Hodica.«

»Ja«, sagte Hodica mit einem beklommenen Seufzer. »In den letzten Jahren füllt Svantevit Wiegen und Scheunen bis zum Rand. Hoffentlich werden die Götter der Nachbarn nicht neidisch! Ihr solltet euch bei ihm bedanken.«

Der Hausherr nickte. » Wir werden ihm ein Horn voll Met bringen. Aber – um ehrlich zu sein: es war mehr dein als sein Verdienst. Die drei Krähen hätten den Besy mit ihrem Gewinsel herangelockt, wenn du nicht gewesen wärst …«

»Der Mensch ist eine Ganzheit – und du kannst das Ganze nicht heilen, ohne zu wissen, wie es zusammengesetzt ist«, sagte Johanna Cornela. »Frau Hildegard aus Bingen irrt, wenn sie glaubt, die Augen mit dem Firmament vergleichen zu dürfen. Einerseits ist Gottes Werk viel zu erhaben, um ein Ding mit dem anderen zu vergleichen, andererseits hat Er uns in seiner unendlichen Güte in die Lage versetzt, auf einige wenige Dinge Einfluß nehmen zu können. Dazu gehört nach Seinem Willen der menschliche Körper. Aber kann Äbtissin Hildegard auf Sonne, Mond und Wolken Einfluß nehmen? Ich kann es nicht. Die Worte, die sie für einen Körperteil findet, sind die einer Dichterin, nicht die einer

Ärztin. Sie meint einen Befund und spricht von einem religiösen Befinden.

Aber darf die Tätigkeit eines Arztes etwa von seinem Glauben abhängen? Sollen Juden, Christen und Muslime unterschiedlich heilen? Nein, Ymme. Für mich ist die Natur selber die große Ärztin – aber nur mit der Unterstützung des Arztes. Wenn der Glaube dem Kranken hilft, mag er glauben. Sogar an die lächerlichen Zaubermittel, die auf allen Gassen verkauft werden. Der große Arzt Soranos, der gerade für uns Frauen so Wichtiges gelehrt hat, war der Meinung, daß Wundermittel – die er in ihrer medizinischen Wirkung für blanken Unsinn hielt – zuzulassen seien, wenn sie den Mut der Frauen heben. Das ist Weisheit – nicht Medizin –, aber sie macht den großen Arzt aus.« Frau Cornela versagte es sich, Ruth darauf hinzuweisen, daß sie selber an Ymme ein Beispiel für die erfolgreiche Behandlung der Seele erlebt hatten. Sie hob den Finger: »Aber merkt euch – nur wer sich auf der Basis sicheren Wissens befindet, darf auf Glauben und Wundermittel in Einzelfällen als Hilfsmittel zurückgreifen. Solange er das nicht kann, ist er ein Pfuscher, ein Betrüger.

Der Kern der Heilkunde also besteht darin, die Art der Krankheit aufzudecken und danach das rechte Heilmittel zu finden. Das zweite wird leichter, je sorgfältiger wir uns um das erste kümmern. Die Voruntersuchung des Patienten kann gar nicht gründlich genug erfolgen! Laß ihn eine Verletzung am kleinen Finger haben – aber es wird trotzdem nützlich sein, seinen Allgemeinzustand zu beurteilen, seine Zunge und die Augen, den Puls und die Ausscheidungen.

Danach setzen wir mit der Diät als dem einfachsten aller Therapeutika an. Sie unterstützt die Heilung in jedem Fall, auch wenn wir dazu noch Arzneimittel benötigen – pflanzliche, tierische, mineralische. Dazu sind möglicherweise Bäder günstig, Luftveränderung, Körperübungen … Es gibt unzählige Formen der Behandlung, und die Erfahrung des Arztes macht die Kunst aus. Deshalb ist auch nach jahrelangem Studium Bescheidenheit für einen Arzt immer eine gebotene Notwendigkeit. Nur wenige Menschen erreichen jemals das

Wissen von Hunayn ben Ishaq, der zehn Bücher allein über die fünfzig Krankheitsbilder des Auges schrieb, und von Abu ^{c}Ali Yahya ben Isa ben Gazla al-Bagdadi, der als Spezialist für Augenerkrankungen in Bagdad lehrte.«

Dies war nur eine der Einführungsstunden in die Medizin, wie Frau Cornela sie verstand, und sie beabsichtigte keineswegs, ihre Schülerin damit zu erschrecken, sondern ihr nur den Umfang dessen klarzumachen, was sie sich vorgenommen hatte. Ymme hatte schon verstanden, daß sie viele Jahre würde lernen müssen, allein um ein Buch von Hunayn oder Abu ^{c}Ali lesen zu können – wenn es überhaupt zu schaffen war.

Immer noch scheute sich Frau Cornela, öfter als nötig das Haus zu verlassen, obwohl das Antoniusfeuer wie durch einen Zauber abgeebbt war, und so konnte sie dem Unterricht viel Zeit widmen und auch eigene Studien treiben. Zuweilen sah Ymme ihr über die Schulter, aber sie wagte es nicht oft, um nicht zudringlich zu erscheinen. Eines Mittags beugte sich Frau Cornela mit gefurchter Stirn und den Händen auf dem Rücken über ein Bündel junger Ähren. »Manchmal denke ich, daß Gift und Heilmittel dieselbe Natur haben könnten. Wahrscheinlich kann nur unser aller Herr das eine vom anderen unterscheiden. Sieh sie dir gut an, Ymme.«

»Roggen kann doch kein Gift sein?« fragte Ymme zögernd, die nicht wußte, worauf ihre Lehrmeisterin hinauswollte.

Frau Cornela zog eine der Ähren aus dem Bündel und kratzte mit einem Hölzchen an einem schwärzlichen Klumpen, der wie ein Buckel auf den Körnern saß. »Du hast schon recht. Aber dies ist kein Roggen, es ist etwas Fremdes, das mit dem Korn groß wird … Ich bin der Überzeugung, daß es mit dem Antoniusfeuer der Christen zu tun hat, aber ich wage nicht, es auszuprobieren. Wer könnte eine solche Verantwortung auf sich nehmen? Absterbende Zehen, Unterschenkel in ihrer ganzen Länge. Andererseits …« Sie zögerte lange, bis sie die Vermutung aussprach, die sie schon lange mit sich herumtrug, über die sie aber nirgends in den Schriftrollen und Büchern einen Hinweis hatte finden können: »Ich habe Anlaß zu glauben, daß es Blutungen stillen kann. Einer meiner reichen, geizigen Patienten, gefräßig und durstig selbst während der Behandlung, mußte unbedingt schwarzfleckiges Brot essen, wie es auf einen jüdischen Tisch nie gekommen wäre … Merkwürdigerweise hörte die Blutung sofort auf, obwohl ich es vorher vergeblich mit meinen eigenen Mitteln versucht hatte. Falls es stimmt, wäre dies die wichtigste Entdeckung meines Lebens. Ich möchte sie dir schenken.«

Ymme sah Frau Cornela starr an und nickte langsam. Etwas Seltsames war geschehen, etwas Seltenes, und es gab keine Worte, die diesem Geschenk angemessen waren. Sie sprachen nie wieder darüber, aber Ymme hörte nicht auf, an die Arznei zu denken, die Blutungen auf wunderbare Art stillen konnte.

Beim Unterricht saß Ruth neben Ymme, aber sie hatte wenig Freude an den Disputationen, die Frau Cornela und Ymme im Verlauf der nächsten Wochen immer öfter führten. Eines Abends sagte sie: »Es steht zwar geschrieben, daß die kleinen Gelehrten die großen schärfen, so, wie ein kleines Stück Holz ein großes in Brand steckt, aber ich kann nicht glauben, daß Ihr Ymme schon für würdig haltet, Euch ein kleines Stückchen Holz zu sein. Die Ehre habt Ihr mir nach einem ganzen Jahr noch nicht erwiesen.«

Die Ärztin warf ihrer älteren Schülerin einen traurigen Blick zu. Sie wußte, daß Ruth von Eifersucht geplagt wurde, aber auch, daß sie überflüssig war. Ruth besaß kein wirkliches Interesse an der Heilkunst. »Hast du auch bedacht, was Rabbi Chanina sagte? ›Viel habe ich von meinen Lehrern gelernt, von meinen Kollegen mehr als von meinen Lehrern und von meinen Schülern mehr als von ihnen allen.‹«

Ruth starrte ihre Meisterin sprachlos an. Dann fing sie an zu weinen, und unter dem Schluchzen stieß sie hervor: »Ich wußte nicht, daß Ihr überhaupt einen einzigen Satz aus dem Talmud auswendig könnt. Eure Gedanken sind frommer als Eure Hände. Verzeiht mir.«

Frau Cornela nickte zweifelnd. Ruth wußte vieles nicht.

Ymme war es sehr unbehaglich zumute, und Ruth tat ihr leid. Sie spürte, daß Ruth um die Zuneigung von Frau Cornela fürchtete, um die sie selber gar nicht warb. Sie selbst dürstete nach Wissen; bei den Nonnen hatte sie die Grundlagen erworben, und erst jetzt war ihr klargeworden, wie dürftig sie waren.

Von diesem Tag an schien Ruth nicht mehr eifersüchtig zu sein. Ymme vergaß die Unstimmigkeit allmählich, denn ihr Kopf füllte sich rasch mit Wissen. Bis zu dem heißen Augusttag, an dem der Antwortbrief aus Lübeck kam. Der Waidhändler hatte Wort gehalten; Ymme war ihm dankbar, brach aber innerlich zitternd das Siegel, das nicht von ihrem Vater stammte, und las den Brief.

Geschrieben zu Lübeck am 19. Juli im Jahre des Herrn 1208
Jungfer Ymme, Tochter des Kaufmanns Albert Emeken und der Kauffrau Kyne, verehelichte Emeken zu Lübeck, Gruß und christliche Nächstenliebe!
Ich bedauere zutiefst, mich der unendlich schweren Pflicht unterziehen zu müssen, Euch über den Verbleib Eurer Anverwandten zu unterrichten, die mir einst – in weit zurückliegenden Zeiten – Freunde waren. Schwer um so mehr, als Ihr große Schuld auf Euch selbst geladen habt durch den gewaltsamen Angriff auf den edlen Junker Everard Scharpenberg, durch Gottes Gnade Tempelritter, Soldat und Mönch der Mutter Gottes.
Der Herr hat seine Hand hart auf Eure Familie gelegt. Aus Gründen, die nur innerhalb Eurer Familie – oder sollte ich besser sagen: Eurer Mutter Kyne und Urgroßmutter Hodica? – bekannt sein können, hat er Euer Haus in Flammen aufgehen lassen, dazu das Nebengebäude, aus dem zwei Pferde befreit werden konnten. Das Haupthaus mit all seinen Waren, der Einrichtung und dem Geld war verloren, ohne daß auch nur ein einziger Nagel zu retten gewesen wäre. Beklagenswerterweise kamen im Feuer alle Menschen ums Leben, die sich im Haus befanden. Selbst Magd und Knecht wurde keine Frist eingeräumt, ihre Sünden zu bekennen und in Demut beim Allmächtigen einzugehen.

Nur den Unschuldigen leitet der Allmächtige allezeit gütig, und so ist es uns erklärlich, daß er Euch, eine junge Klosterschülerin, an die Hand nahm und Euch aus den Flammen hinausleitete. Um so größeres Entsetzen erfüllt uns, das will sagen, mich und den Rat von Lübeck, wegen Eurer Untat, mit der Ihr Gottes Barmherzigkeit auf das schlechteste vergolten habt. Wir sind uns in diesem Punkt einig mit der Familie des beklagenswerten Junkers Everard, mit allen Ratmannen und mit der Geistlichkeit, insbesondere dem hochverehrten Bischof von Lübeck.

Eure Frage nach Eurem Bruder Volrad ist mir unverständlich. Gewiß ist er hier in Lübeck am allerwenigsten zu finden. Ein junger Mann, der wie er dem Geld bis in die oberitalienischen Städte nachläuft – in einer Zeit, in der die christliche Jugend sich unter dem heiligen Kreuz sammelt, um mit Mut und in Demut für unseren Herrn Jesus zu streiten –, wird nicht ausgerechnet dann in die Stadt seiner Väter zurückkehren, wenn der Herr, von gerechtem Zorn erfüllt, wegen der wachsenden Sündenlast ebendieser Väter dem unchristlichen Treiben ein Ende gemacht hat.

Das Erbe des Herrn Volrad kann selbstverständlich jederzeit von ihm eingefordert werden: der Gegenwert der noch brauchbaren Balken und der zwei Pferde wurde vom Rat der Stadt sichergestellt und wird ordnungsgemäß verzinst.

Mit den wehmütigen Gedanken eines ehemaligen Freundes der Familie schließe ich dieses Schreiben und empfehle Euch der Gnade des Herrn.

Ratmann Detlef Camerath zu Lübeck

Ymme wurde kreidebleich und ließ sich auf den nächstbesten Stuhl sinken. Unter den neugierigen Blicken von Ruth, die sich in ihrer Nähe mit Aufräumen und Staubwischen zu schaffen machte und vergebens versuchte, einen Blick auf den Brief zu werfen, blieb sie regungslos bis zum Abend sitzen. Ihre Eltern waren tot und ihr Bruder verschollen.

Als Johanna Cornela im unbeleuchteten Zimmer beinahe über Ymme gestolpert wäre, reichte ihr diese mit qualvoller Miene das Schreiben. Frau Cornela las lange. Es war nicht einfach, die rechtlichen Folgen aller unausgesprochenen Anklagen zu überblicken, vor allem für jemanden, dem die nördlichen Küstenstädte so ganz fremd waren. Bekümmert sah sie Ymme an, die ihr fast wie eine Ziehtochter ans Herz gewachsen war.

Angesichts ihrer nicht gedachten und erst recht nicht ausgesprochenen Vorwürfe fing Ymme haltlos zu weinen an. Dann erzählte sie der Ärztin die ganze schreckliche Geschichte.

Von allen Seiten wurde Ymme geknufft und gestoßen, als sie wenige Tage später Frau Cornela zu einem Patienten folgte. Besonders viele Menschen waren unterwegs, und ihr Ziel war offensichtlich die Stiftskirche, deren Turm Ymme über den Häusern sehen konnte. Aber es machte ihr nichts aus; zum erstenmal war sie als Schülerin ihrer gelehrten Meisterin in deren Fußspuren in aller Öffentlichkeit tätig, das machte sie froh und stolz.

Schon am Weckmarkt hörten sie die klangvolle Stimme eines Mannes, der das Reden gewohnt war. Anscheinend war er der Menge bekannt, denn in den Pausen, die er einlegte, wurde aus einzelnen Rufen von Zuhörern ein Summen, das zum Lärm anschwoll. Schließlich skandierten die Leute: »Oliver! Oliver!«

Frau Cornela machte auf dem Absatz kehrt und schob Ymme vor sich her, während sie ihr ins Ohr flüsterte: »Das ist der Kreuzzugsprediger Oliver von Paderborn, ein Legat des Papstes. Laß uns einen Umweg machen, wir kommen hier nicht mehr durch.«

Ymme hätte dem Legaten gern zugehört, aber nie hätte sie Frau Cornela widersprochen. Mit der steif gehaltenen Schulter voraus bahnte sie sich beiden den Weg gegen den Strom von Bürgern, Fremden, Bettlern, Taschendieben und Krüppeln. Sie kamen nur langsam vorwärts.

»Wir müssen hinaus!« drängte die Ärztin hinter ihr, und

Ymme glaubte einen Anflug von Angst zu hören, etwas, das sie sich gar nicht vorstellen konnte bei einer Frau, die, ohne zu zögern, auch nachts Patienten besuchte.

Und obwohl Ymme alle Kräfte einsetzte, wurde sie von den Menschen, die sich wie eine Flutwelle über die Kuppe der alten Maininsel ergossen, plötzlich in die Gegenrichtung getragen.

Ymme geriet in die Nähe des redegewandten Klerikers. In ihrer Sorge, den Schal und Frau Cornelas Instrumententasche nicht zu verlieren, entgingen ihr manche Worte, aber den aufrüttelnden Sinn verstand sie sehr wohl.

»Erschüttert werden die Lande und erbeben, weil der Gott vom Himmel sein Land zu verlieren begann. Unsere Sünden schaffen es, daß dort die Feinde des Kreuzes ihr weiheloses Haupt erhoben haben. Einundzwanzig Jahre ist Jerusalem, die Heilige Stadt, nun in den Händen der Ungläubigen«, donnerte der schwarzgekleidete Prediger und ließ seinen Zuhörern Zeit für einen tiefen Seufzer. »Was tut ihr, tapfere Männer? Was tut ihr, Diener des Kreuzes? So wollt ihr das Heiligtum den Hunden und die Perlen den Säuen geben? Ich sehe euch an, ihr Männer, was ihr denkt: Ist denn der Arm des Herrn zu kurz geworden, daß er keine zwölf Legionen Engel schicken kann – und die Erde wäre frei? Er kann – wenn er will! Aber ich sage euch: Er will anderes! Er sucht eine Gelegenheit zu eurer Rettung. Er blickt euch an, ihr Totschläger, Räuber, Ehebrecher und Meineidige! Er will als Schuldner gelten, um seinen Truppen den Nachlaß ihrer Vergehen und ewige Herrlichkeit zu zahlen. Du tapferer Ritter, du Mann des Krieges: jetzt hast du eine Fehde ohne Gefahr, wo der Sieg Ruhm bringt und der Tod Gewinn! Bist du ein kluger Kaufmann: einen großen Markt sage ich dir an; sieh zu, daß er dir nicht entgeht. Nimm das Kreuzeszeichen, und für alles, was du reuigen Herzens beichtest, wirst du auf einmal Ablaß erlangen. Die Ware ist billig, wenn man sie kauft; und wenn man fromm für sie bezahlt, ist sie ohne Zweifel das Reich Gottes wert.« Er machte wieder eine Pause, hob die Hände wie zum Segen und rief: »Der Heilige Vater, Papst Innozenz III., ruft euch, er ruft euch alle, jeden einzelnen!«

Es gab einen unbeschreiblichen Jubel auf dem Platz. Vereinzelt wurden Kreuzfahrerlieder und Kirchenlieder angestimmt, Menschen schwenkten Hüte oder Tücher. Manche schaukelten eingehakt nach rechts und links, und das Wogen erfaßte nacheinander immer mehr Reihen. Ymme, die sich dem nicht entziehen konnte, hielt sich an irgend jemandem fest und dachte mit Schrecken an die Kinder und die Krüppel, die eingekeilt waren und weder den Himmel noch die Sonne sahen. Bekamen sie überhaupt genug Luft da unten? Als sie die Ärztin fragen wollte, entdeckte sie, daß Frau Cornela gar nicht mehr bei ihr war und auch nicht in der Nähe stand. Sie waren getrennt worden. In Ymmes Magen machte sich ein flaues Gefühl breit.

Einer der schwarzgewandeten Begleiter des Domherrn gab von einem Hocker herab Zeichen, daß er das Wort begehrte. »Ein Jahr Ablaß für vier Wochen Teilnahme am Kreuzzug!« gellte seine helle Stimme und überschlug sich vor Aufregung und Wichtigkeit, aber noch einmal nahm die Menge den Triumph auf, der in seinen Worten lag, und brüllte ihre Antwort: »Oliver! Oliver!«

In die Menschenmenge trat jetzt Bewegung. Die einen schoben sich langsam fort vom Platz, die anderen drängten zu Oliver von Paderborn, hinter dem die Mönche in seiner Begleitung in aller Eile schmale Tische und Bänke aufgestellt hatten. Die Männer in Kutten setzten sich, spitzten ihre Gänsekiele und winkten dann die ersten nach vorn.

Ymme blieb, wo sie war, ohne verhindern zu können, daß eine Flut von kampfwilligen Männern sie auf die Tische zutrieb, wo es ihr schließlich gelang, hinter einer Bank stehenzubleiben wie im Schutz eines Deiches. Der hagere Mönch in der Zisterzienserkutte, dem sie fast über die Schulter schauen konnte, ließ seinen Blick über die Männer schweifen und zählte mit den Lippen. Als sie selber in sein Blickfeld geriet, blieben seine tiefliegenden braunen Augen an ihr haften, und sie erschrak über den Haß, den sie in ihnen las. Sie war froh, als er sich endlich über das Buch beugte, weil der Freiwillige seinen Namen gleich dreimal herunterrasselte.

Die Mönche notierten die Namen der Pilger in dicken Folianten, und nur wenige konnten mit mehr als einem gekritzelten Kreuzchen ihr Gelübde bestätigen. Danach sprangen sie mit strahlenden Gesichtern von der Bretterbühne herunter, in den Händen das weiße Stoffkreuz, das die Mönche ihnen aushändigten zum Zeichen, daß die Kirche sie als Kreuzfahrer angenommen hatte. Manche Männer fielen sich gegenseitig in die Arme und schrien: »Tod den Ungläubigen!« oder »Tod den Ketzern!«, und danach stiegen wieder Bruchstücke von Kreuzfahrerliedern in die flirrende staubige Sommerluft über dem Stiftskirchenplatz.

Ymme sah es fassungslos mit an. Die große Stadt Lübeck, in der sie nicht einmal alle Menschen kannte, kam ihr plötzlich nur wie ein kleiner Weiler vor, dieses Frankfurt aber wie eine gigantische Welt für sich, bewohnt von Menschen einer Art, die ihr gänzlich fremd war.

Unverzüglich begann sie sich aus dem Gewimmel freizukämpfen. Sie boxte und schlug sich durch, und wenn die Menschen mit den erstaunten Gesichtern ihr nicht auswichen, hob sie Frau Cornelas Tasche und schlug drauflos. Als sie endlich in einer schmalen Gasse stand, schämte sie sich für ihren Anfall von Panik.

Ymme atmete tief durch, lächelte eine vorübergehende Frau mühsam an und brachte es dann fertig, in unbeschwertem Ton nach dem Weg zur Fischergasse zu fragen. »Erste rechts und dann zweite links«, sagte diese und brachte Ymme freundlich schwatzend zur Mündung der Fischergasse in die Fahrgasse. Als Ymme ihr dankte, zwinkerte sie ihr mit einem Auge zu. »Wir Christen müssen zusammenhalten, gell? Wo doch die Ketzer solche Bösewichter sind!«

Ymme nickte und hoffte inständig, daß die hilfsbereite Frau nicht bis zu Frau Cornelas Haus mitzugehen beabsichtigte. Oder waren Juden nur in Jerusalem bösartig, aber in Frankfurt nicht?

Sie atmete auf, als ihre Helferin sich schließlich winkend verabschiedete, dann eilte sie zu Johanna Cornelas kleinem Haus. Die Gasse lag in ihrer ganzen Länge im warmen Abendlicht der Sonne, und Ymme freute sich schon auf das

Studium der Bücher auf der Bank im verwunschenen Gärtchen hinter dem Haus.

Aber das wärmende Licht erlosch für Ymme, als sie neben der Tür zwei grellgelbe Kreuze entdeckte, die auf die Hauswand geschmiert worden waren. Ihr Herz schlug bis zum Hals, als sie die Tür öffnete. Weder Frau Cornela noch Ruth waren zu Hause. Nur die Katze schmiegte sich schnurrend und hungrig um ihre Beine.

Frau Cornela schlüpfte spät in der Nacht durch die Tür, viel später, als ein einziger Krankenbesuch hätte rechtfertigen können. Ymme, die aus lauter Unruhe weder gelernt noch Licht angezündet hatte, erwartete sie am Fuß der Treppe. »Habt Ihr die Kreuze an der Hauswand gesehen?« fragte sie aufgeregt.

»Ja, gewiß«, antwortete Johanna Cornela bedrückt und umarmte ihre Schülerin erleichtert. »Ich bin froh, daß du da bist. Ich wußte nicht, ob du es geschafft hattest durchzukommen.«

»Was bedeutet das denn?« rief Ymme.

Die Ärztin erkannte, daß ihre Schülerin weit mehr durch die Kreuze am Haus geängstigt wurde als durch die Vorgänge in der Judengasse, von denen sie möglicherweise auch gar nichts bemerkt hatte. Um Ymmes Sorgen willen unterdrückte sie mühsam ihre eigenen. »Die sind nicht so wichtig«, sagte sie beschwichtigend. »Passiert ist ja noch nichts. Wir werden sie einfach übertünchen.«

»Ihr nehmt das so leicht«, sagte Ymme ungläubig. »Haben sie für Euch keine Bedeutung? Als ich zum erstenmal solche Kreuze sah, brannte unser Haus.«

Frau Cornelas braune Augen weiteten sich, und sie starrte Ymme an. »Du bist doch eine gläubige Christin, wie ich festgestellt habe. Warum malte jemand Ketzerkreuze an dein Elternhaus?«

Ymme griff hastig nach dem Arm der Ärztin und klammerte sich daran fest, als ob sie Schutz suche vor einer Erkenntnis, die sie wie ein Schlag traf. »Ihr glaubt, damit sei gemeint, daß Ketzer im Haus wohnen?« keuchte sie entsetzt. »Menschen, die keine Christen sind?«

»Ja«, bestätigte Johanna Cornela. »Das ist damit gemeint.«
»Unser Haus wurde also angezündet«, stellte Ymme tonlos fest. »Weder hat Heinrich vergessen, die Küchenglut zu löschen, noch meine Mutter, die letzte Kerze. Es war Brandstiftung.«
Frau Cornela nickte. Sie tätschelte Ymmes Wange mitleidig, aber dann eilte sie an die Hintertür des Häuschens und zerrte einen Gegenstand aus einem Verschlag. »Du verstehst«, rief sie im Dunkeln, »ich muß jetzt Vorsorge treffen, daß mein eigenes Haus nicht abbrennt.«
Während sie den Bottich ins Haus schleppte, in dem sie ständig für Ausbesserungsarbeiten Kalkputz aufbewahrte, und anfing, diesen aufzurühren, erzählte sie Ymme rasch, warum sie so lange aufgehalten worden war. Sie hatte sich zwar allmählich aus der Menge herausschieben können und war fort gewesen, noch bevor das Einschreiben der Kampfwilligen begann, aber als sie auf dem Rückweg bei einem ihrer Patienten in der Judengasse vorbeigeschaut hatte und endgültig nach Hause gehen wollte, war ihr der Weg abgeschnitten. Beide Enden der Straße waren von aufgeputschten Christen besetzt, die sich anschickten, ihren Kreuzzug in der Frankfurter Judengasse zu beginnen. Der Vorsteher der Gemeinde, als der Älteste und Würdigste, war, zu den Leuten hinausgegangen, die von einem Mönch aufgewiegelt wurden und bereits angefangen hatten, Steine in die Fenster der Häuser zu werfen. Vielleicht war es verkehrt gewesen, ausgerechnet ihn, den schriftgelehrten Mann, hinauszuschicken, der mit jedem seinesgleichen stundenlang hätte disputieren können, denn der christliche Pöbel lachte ihn einfach aus.
»Mir sind die Tränen gekommen, Ymme, als ich den alten Mann wehrlos vor ihnen stehen sah.« Frau Cornela schüttelte den Kopf und rührte wütend mit dem Quast im Matsch, der langsam seine schmutziggraue Farbe verlor und weiß wurde. »Sie machten sich einen Spaß daraus, ihn zu quälen, zuerst nur mit Worten, aber dann wurden die kleinen Buben handgreiflich. Unter den Augen ihrer Väter bespuckten sie ihn, und er blieb tapfer stehen und versuchte auch mit ihnen zu reden. Aber was soll ein jüdischer Weiser gegen christli-

che Gassenjungen schon ausrichten?« Sie blickte schnell auf, als bedauerte sie ihre harschen Worte, aber Ymme war nicht beleidigt.

»Wenn selbst christliche Ritter Frauen schänden, was soll man dann von ihren Kindern erwarten?« sagte sie, bückte sich und nahm der Ärztin den Quast aus der Hand. »Das reicht, den Rest mache ich. Für Eure Hände ist der scharfe Kalk nicht gut. Davon werden die Fingerspitzen gefühllos.«

Frau Cornela erhob sich stöhnend. Immerhin diente ihr Rücken ihr schon vierundvierzig Jahre, und sie war dankbar, wenn er geschont wurde. Jenseits all der Aufregung und Trauer lächelte sie ein wenig über Ymme. »Der gute Mosse hatte eine ganz andere Meinung von dir. Er sagte, du könntest zwar nähen, aber für ein Handwerk seist du wohl doch nicht geeignet.«

»Natürlich bin ich das«, gab Ymme verärgert zurück. »Hätten die Nonnen öfter im Freien geschlafen, statt ihre Kreuzgänge zu weißen, hätte ich auch gelernt, Zelte zu bauen. Ich kann alles lernen, was nötig ist.«

»Das ist gut«, antwortete Frau Cornela leise. »Dann bin ich beruhigt, was deine Zukunft betrifft.«

Ymme hob die Augenbrauen, während Frau Cornela die Vordertür öffnete und vorsichtig hinausspähte. Hatte sie damit etwas Bestimmtes gemeint? Aber die Ärztin, den Finger auf die Lippen gelegt, winkte sie zu sich.

Ymme trug den Bottich auf die Straße und fing in aller Ruhe an, die Kreuze zu übertünchen. Ihre Angst war vorbei. Sie war Christin. Sollten die Frankfurter nur kommen! Nachdem sie sie mehrere Male sorgfältig überstrichen hatte, war das scheußliche Gelb immer noch zu sehen, aber Ymme wußte aus Erfahrung, daß die Farbe erst im trockenen Zustand deckte. Zufrieden schlenkerte sie die Nässe aus dem Quast und trug ihr Arbeitsgerät wieder ins Haus.

Dort war trotz der Ereignisse ein friedlicher Abend eingekehrt, auf dem Tisch standen Kerzenhalter, die sie im Haushalt der Ärztin noch nie gesehen hatte, und das Abendessen war aufgetragen. Als Ymme sich gewaschen hatte und sich zum Essen setzte, bemerkte sie, wie feierlich Frau Cornela war. Und endlich fiel ihr auf, daß Ruth immer noch nicht zurückgekehrt war.

»Ja, das gehört zum zweiten Teil meines Berichts«, sagte Frau Cornela bekümmert. »Sie wird auch nie mehr zu mir zurückkehren. Ich fürchte, daß sie nicht ganz unschuldig ist an den Kreuzen, obwohl sie es bestimmt nicht beabsichtigt hat und gewiß genauso entsetzt wäre wie ich, wenn sie es wüßte.«

Stumm hörte Ymme zu. Ihr Blick blieb auf den Teller geheftet, weil sie nicht wollte, daß Frau Cornela in ihren Augen las, daß sie Ruth nie getraut hatte.

»Laß uns anfangen«, sagte Frau Cornela, aber sie meinte gar nicht das Essen. Sie stand auf und zündete die zwei Kerzen an, während sie leise ein Gebet sprach. Ymme faltete unwillkürlich die Hände, während sie starr abwartete. Noch mehr mußte geschehen sein, Schlimmeres.

Frau Cornela hatte sich niemals an die Bräuche ihres Glaubens gehalten, Ymme hätte ohne Ruth gar nicht gewußt, daß sie jüdischen Glaubens war. Endlich setzte sie sich und goß Ymme feierlich einen kleinen Schluck aus ihrem Weinglas ein. Als sie beide ein wenig davon getrunken hatten, brach Frau Cornela von einem sehr weißen Brot ein Stück ab, stippte es in Salz und reichte es Ymme. Bevor sie es langsam verzehrt hatten, sprach sie kein Wort.

»Ruth war nie mit deiner Anwesenheit in meinem Haus einverstanden. Zuerst dachte ich, es sei Eifersucht. Erst nach einiger Zeit merkte ich, daß sie sich durch dich – natürlich nicht durch dich persönlich, sondern durch dich als Christin – bedroht sah. Aber da war es bereits zu spät. Sie muß in ihrer Not in der Gemeinde davon berichtet haben. Jedenfalls bat mich Samuel Levi in aller Eindringlichkeit, mich von dir zu trennen.«

Ymme blinzelte. Fast hätte sie die Tragweite von Johanna Cornelas Worten nicht begriffen, weil diese weder die Stimme hob noch durch irgendeine Regung der Wangenmuskeln ein Bedauern verriet. »Ich soll fort?« fragte sie.

Frau Cornela umklammerte ihr Messer, daß die Fingerknöchel weiß wurden. »Die jüdische Gemeinde hat Angst, große Angst. Nach den Ereignissen von heute wird ein Funke reichen, um einen Flächenbrand zu entfachen. Es wäre aberwitzig, wenn ausgerechnet eine Christin zum Funken würde.«

Ymme wußte nicht, ob Frau Cornela alles wortwörtlich meinte. Aber das Knistern der Flammen würde sie nie vergessen. Sofort stand sie auf. Frau Cornela legte schnell ihre Hand auf Ymmes und hielt sie fest. »Kind, jetzt doch nicht!« sagte sie entsetzt. »Niemand schickt dich zur Nachtzeit fort, auch ein jüdischer Gemeindevorsteher nicht. Wir werden dir in den nächsten Tagen eine zuverlässige, freundliche Wirtin suchen. Ich habe genügend christliche Patienten, deren Dankbarkeit groß genug ist, um eine Kleinigkeit für mich zu tun. Dann können wir den Unterricht vielleicht fortsetzen …«

Ymme schüttelte tränenblind den Kopf. Sie wollte niemanden gefährden. Eine christliche Wirtin würde den Abschied von Frau Cornela verlängern – abwenden konnte ihn niemand.

Johanna Cornela wußte es auch. Sie versuchte Ymme nicht zum Bleiben zu überreden. Sie tat etwas viel Wichtigeres: sie nahm Ymme das Versprechen ab, nicht in falschverstandener Rücksicht zu fliehen. »Eine Reise muß gut vorbereitet werden«, sagte sie fest. »Vor allem eine Reise, die keine Flucht ist, sondern die Zukunft bedeuten soll. Du wirst nach Salerno gehen und dort die medizinischen Künste studieren und weit mehr lernen, als ich dir jemals beibringen könnte. Denke immer daran, daß ich am liebsten an deiner Seite säße, denn welcher Arzt könnte von sich behaupten, daß er ausgelernt hat?« So tröstete sie Ymme, die nun innerhalb eines Jahres zum zweitenmal vertrieben wurde, aus einem Haus, das fast zu einer neuen Heimat für sie geworden war.

Trotzdem weinte Ymme in dieser Nacht lange in ihr Kissen aus Kummer und Verzweiflung über ihre Lage. Ob sie ihren Bruder auf dem Wege nach Salerno finden würde, war mehr als zweifelhaft, aber er war dennoch die Hoffnung, an die sie sich klammerte. Er war der einzige, den sie jetzt noch hatte.

Am nächsten Morgen stellte Frau Cornela alle weniger

dringenden Besuche bei Patienten zurück. Als sie am Mittag nach einem brutheißen Vormittag nach Hause kam, erwartete Ymme sie bereits an der Tür, erleichtert, ihre Ärztin trotz allem zuversichtlich zu sehen.

»Ich habe eine vertrauenswürdige Begleitung für dich gefunden«, berichtete Frau Cornela und strich sich die verschwitzten Haare unter die Haube zurück, die dünn wie ein Schleier war. »Wer könnte vertrauenswürdiger sein als Pilger unter der Leitung eines Klerikers? Sie treten ihre Pilgerfahrt nach Einsiedeln an, für einige von ihnen eine unaufschiebbare Bittfahrt für einen Kranken. Sie wollen noch vor dem Winter zurück sein, deshalb haben sie es eilig. Ungefähr zwanzig Männer und Frauen sollen es sein.«

Ymme war eine große Gesellschaft recht, je mehr, desto sicherer. »Aber was mache ich mit meiner Schatulle?« fragte sie zaghaft.

Frau Cornela winkte ab. »Das ist gar kein Problem. Wessen die Tempelherren sich neuerdings rühmen, das haben die jüdischen Händler schon vor fünfhundert Jahren praktiziert. Du wirst Kreditbriefe ausgestellt bekommen, die du an Ort und Stelle einlösen kannst. Ich werde dem Geld deines Vaters noch etwas hinzufügen …«

Dank der Ausbildung bei ihrem Vater begriff Ymme rasch den praktischen Wert dieses Angebots. Über eines konnte sie nun beruhigt sein: Niemand würde sie jetzt wegen klingender Münze plündern. Statt dessen mußten die Briefe sorgfältig verborgen werden, am besten eingenäht in den Saum eines so dicken Mantels, daß ein Schriftstück nicht erfühlt werden konnte.

Ein kurzer Besuch der Ärztin in der Judengasse reichte aus, um alles Notwendige zu veranlassen. Die Menschen dort waren erleichtert, von Ymmes Abreise zu erfahren, aber nur um ihrer selbst willen, nicht Ymmes Person wegen. So griffkräftig zu, wer von Nutzen sein konnte, von den Handwerkern bis zu den Ehefrauen. Am Tag vor der Abreise wurde ein gut genährtes Maultier gebracht, bereits bepackt mit Proviant für die erste Zeit, mit Pilgermantel und Pilgerhut sowie einem kleinen Zelt.

Der Mann, der alles vor Frau Cornelas Haus ablieferte, übergab Ymme mit verschmitztem Grinsen auch einen kräftigen Wanderstock. »Er ist mit dem Symbol eines Eurer Heiligen versehen.« Er zeigte auf die geschnitzte Muschel unterhalb des Knaufs. »So könnt Ihr doch beweisen, daß Ihr öfter zu Heiligen zu pilgern pflegt. Das macht einen guten Eindruck und schafft Vertrauen bei den Priestern.«

»Wo habt ihr den denn her?« fragte Frau Cornela halb lachend, halb entsetzt.

»Jakob hat ihn selbst geschnitzt. Der Sohn des Gemeindevorstehers«, wandte er sich erklärend an Ymme.

Frau Cornela schlug die Hände über dem Kopf zusammen. Sie war besser als Ymme in der Lage abzuschätzen, in welchem Ausmaß die Gemeinde daran gearbeitet hatte, das Mädchen auszustaffieren. Keiner konnte ihnen vorwerfen, sie hätten sie weggejagt.

»Kannst du ihr noch einen Rat geben, als persönliches Geschenk?«

Die Augen des Boten leuchteten auf. Frau Cornela ließ jeden zu seinem Recht kommen, auch deshalb war sie so beliebt, daß man ihr den Auszug aus der Judengasse nicht übelgenommen hatte. »Entfernt Euch beim Holzsammeln nie weiter als zwanzig Meter beiderseits der Straße. So kann Euch keiner wegen Holzdiebstahls beschuldigen. Es ist uraltes Recht der Wandernden.«

»Noch etwas?« bat die Ärztin.

Der andere sah sie an wie einer, der im voraus um Entschuldigung bittet. Dann zauberte er ein Messer aus der Tasche. »Wenn Ihr in einen Krieg geratet, stellt Euch tot. Wenn Ihr in einen Kampf geratet, stecht zu, bevor der andere es tut. Aber nie so – sondern so.« Er legte den Daumen auf die Messerschneide und fuhr mit ihr von unten nach oben durch die Luft, und wenn er eine Fingerbreite dichter an Ymme hantiert hätte, so wäre es ein Schnitt vom Bauchnabel bis zur Kehle geworden.

Ymme wurde blaß, und wieder einmal wurde sie daran erinnert, daß eine weite Reise hauptsächlich aus Gefahren und Mühe besteht. Gleichzeitig war sie tief bewegt. Sie würde stets an Johanna Cornela und ihre Helfer zurückdenken.

Aber zu Besinnung und ausgedehntem Abschied reichte die Zeit nicht. Die Ärztin schickte ihre ehemalige Schülerin an diesem letzten Abend frühzeitig ins Bett; sie wußte selber nicht, ob dies ihr mütterlicher oder berufsbedingter Rat war.

Am nächsten Morgen begleitete Frau Cornela Ymme, die an der einen Hand ihr Packmaultier führte, in der anderen den Wanderstock hielt. Sie war gewachsen in der Zeit, in der sie in Frankfurt gelebt hatte, und überragte Frau Cornela um Haupteslänge. Aber es war nicht nur der Körper, der gewachsen war; auch Geist und Seele hatten von der unbeschwerten Jugend endgültig Abschied genommen. Ihr fester Schritt in den kräftigen Wanderschuhen sprach von Selbstvertrauen, und das würde sie auf dem langen, gefährlichen Weg nach Italien auch brauchen.

In Sichtweite des Benediktinerklosters blieb Johanna Cornela stehen. Ihre schrecklichen Erfahrungen mit Mönchen würde sie nie vergessen, und sie vermied sorgfältig, in deren Nähe zu kommen. Sie umarmte Ymme innig. »Euer Gott ist barmherziger als unserer«, sagte sie, »aber seine Anhänger sind es nicht. Versprich mir, dich in acht zu nehmen.«

Ymme nickte mit Tränen in den Augen, und im Unterschied zu ihrer Flucht aus Lübeck drehte sie sich nach dem Abschiedskuß nicht mehr um. So sah sie auch nicht den Segen, den Johanna Cornela ihr wie ein jüdischer Familienvater seinen Kindern erteilte; aber die Ärztin war gewohnt, alles Notwendige selber zu erledigen, und wenn kein Vater da ist, muß es eben die Mutter tun.

3. Berthold der Deutsche

Berthold hatte mit vierunddreißig Jahren bereits ein Leben voller Wirbel und Irrtümer hinter sich gebracht. Aber es behagte ihm, sich treiben zu lassen; bisher hatte er den Sinn seines Lebens noch nicht herausgefunden.

Er beeilte sich ausnahmsweise. Er hatte sich mit dem Vorratsmeister des Klosters an der Stelle am Fluß verabredet, wo dieser am lautesten rauschte.

Als er atemlos ankam, zuckte der Benediktiner nervös mit den Augen, als sähe er bereits die Geißel auf seinen Rücken herabsausen.

»Es ist ganz leicht«, versuchte Berthold ihn zu beruhigen. »Wenn man die Gesetze kennt, läßt sich alles machen. Ich erkläre es dir noch einmal. Paß auf: Du gehst in den Altarraum und entdeckst, daß der Kelch fehlt. Dann sorgst du dafür, daß der Jude geholt wird. An meinen Namen erinnerst du dich natürlich nicht mehr, aber der Jude weiß ihn. Man schickt nach mir. Der Jude wird angeben, daß du ihm den Kelch vor drei Tagen – mit mir als gesetzlich vorgeschriebenem Gewährsmann – verkauft hast. Du wirst bei deiner oboedientia sub abbate schwören, daß du nie an so etwas gedacht hast. Du hast nur wie immer dem Juden Weihrauch abgekauft. Aber der Jude in seiner grenzenlosen Falschheit unserem Herrgott gegenüber hat versucht, dich ins Verderben zu ziehen … Der Jude wird mich als Zeugen aufrufen. Ich werde beschwören, daß er nach dem Kelch gefragt hat.«

»Und, und?« fragte der Vorratsmeister, wobei er ein momentanes Zittern nicht unterdrücken konnte. Wenn es herauskäme, daß er Gelder veruntreut hatte, würde die Geißel nur die erste Strafe sein …

»Und? Du hast natürlich abgelehnt! Du wirst doch nicht einem Feind unseres Herrn Jesus Christus Kirchengerät verkaufen … Aber da der Kelch danach verschwunden war, wird der Jude ihn wohl gestohlen haben.«

»Und das kann klappen?«

»Es wird, Bruder, es wird. Die Gesetze lassen keinen anderen Ausweg: das Kloster bekommt den Kelch zurück, du hast das Geld und der Jude das Nachsehen …«

Der Bruder Vorratsmeister langte in die Tiefe seiner Kutte. Er blickte sich um. »Wieviel?«

»Zwanzig Prozent«, bestimmte Berthold, streckte seine rötlich behaarte Hand aus und fügte rasch hinzu: »Drei Schillinge Freiburger Feinsilber. Weniger als der übliche Zinssatz.«

Der Mönch bezahlte schweigend. Er traute dem anderen nicht, aber es war sein einziger Ausweg.

Auf die mit Dachziegeln schräg abgedeckte Zinne der wuchtigen Klostermauer warf die Sonne ihre ersten Strahlen, und unterhalb davon, noch im Schatten, sammelten sich die Pilger. Kurz nach Sonnenaufgang war es kühl, und wie Ymme trugen auch die drei anderen Pilger ihre schweren braunen oder schwarzen wadenlangen Mäntel.

Ymme grüßte schüchtern, band ihr Maultier an den Ring in der Mauer und stellte sich zu der Frau; die anderen beiden waren Männer, die zuweilen leise wenige Worte wechselten.

Nach und nach kamen die übrigen Pilger, manche allein, einige in Begleitung; ein kleiner Mann mit rundem Gesicht machte sich endlich laut ans Zählen und kam zu dem Schluß, daß nunmehr zwanzig Männer und Frauen, drei Pferde und ein Maultier versammelt seien und nur noch der Kleriker, ihr Führer, fehle.

Während sie warteten, lehnte Ymme sich an die Sandsteinmauer. Es war längst über die verabredete Zeit, und die ersten Boten und Lieferanten hasteten bereits durch die Straße, beäugten die Pilger neugierig und bekreuzigten sich ehrfürchtig. Ymme setzte sich auf einen geweißten Aufstiegsstein und träumte sich noch ein wenig in Frau Cornelas Haus zurück.

Eine durchdringende Stimme riß sie geraume Zeit später aus ihrer Versunkenheit.

»Was meint Ihr, Bruder Winfried, hat wohl eine Jungfer, die mit eigenem Packtier, aber ohne Begleiterin reist, ausreichend christliche Demut für eine Pilgerfahrt?«

»Womöglich erwartet sie, von Euch jeden Morgen geweckt zu werden?«

Ymme sah überrascht auf und wurde blutrot, als sie vor sich zwei Mönche sah; der eine, in einer schwarzen, fleckigen Kutte, die sich über dem dicken Bauch spannte, hatte ein spöttisches Grinsen aufgesetzt, schien aber sonst von gutmütigem Wesen. Er mußte Bruder Winfried sein. Der andere, ein großer Mensch mit länglichem Gesicht, betrachtete sie mißbilligend von oben bis unten. Ymme zuckte zusammen: es war der strenge Mönch aus Oliver von Paderborns Begleitung.

Er erkannte sie im selben Augenblick, und sein Blick wurde noch unangenehmer.

Was habe ich ihm nur getan, dachte Ymme ärgerlich. Sie hob das Kinn und sah ihn ruhig an. »Ihr wart zu spät, nicht ich«, entgegnete sie ohne die Demut, die er verlangt hatte.

»In Gottes Dienst ist man nie zu spät, mein liebes Kind«, erwiderte er knapp und wandte sich ab, aber Ymme hatte das unbestimmte Gefühl, daß er sich ihre Antwort auf einer geheimen Rechentafel notierte.

Offensichtlich sollte der Mönch des Kreuzzugpredigers ihr Führer sein, denn er trug heute über dem weißen Talar mit der schwarzen Kapuze einen grauen Reisemantel, während Bruder Winfried weder Gepäck noch Mantel bei sich hatte. Vielleicht war er von der benachbarten Abtei geschickt worden. Er stand mit gefalteten Händen der aufbrechenden Pilgergruppe im Wege und schien auf ihre Abreise zu warten.

Der graue Mönch erkundigte sich nach den Namen der Pilger, dann teilte er ihre Reihenfolge während der Wanderung ein. Seine Anweisungen waren kurz und barsch und ohne jede christliche Nächstenliebe; Ymme dachte seufzend, daß er sich wahrscheinlich aufgrund seiner Erfahrung im Umgang mit Pilgern diesen unfreundlichen Ton zugelegt hatte. Aber er gefiel ihr nicht.

Willig trat sie, wie befohlen, mit ihrem Maultier als letzte in die Reihe. Hufe wirbeln mehr Staub auf als Füße, erklärte der rundgesichtige Mann, der seine Position ganz vorn hinter dem Führer erhalten hatte, und dabei glotzte er Ymme aus seinen hervorquellenden Fischaugen an. Ymme sah das ein, bis sie entdeckte, daß die Hufe der Pferde offenbar anders beurteilt wurden als die Hufe ihres Maultiers.

Ein Mann und eine Frau zu Pferde folgten dem Rundgesichtigen. Der Kleidung der Frau nach zu urteilen, war sie sehr vornehm, und eine Menge Gepäck war ihrem Tragtier aufgebunden. In ihrer Begleitung befand sich ein viel jüngerer Mann, der zu Ymmes Schrecken eine gewisse Ähnlichkeit mit Everard Scharpenberg hatte. Vielleicht rührte ihr Eindruck aber nur daher, daß er unter seinem Pilgermantel voll bewaffnet war und auch sonst eher einem Ritter als einem demütigen Pilger ähnelte. Dann mußte Ymme lachen. Ihr selber fehlte die Demut ebenfalls, was die beiden Mönche ja bereits beim ersten Blick festgestellt hatten.

Ihre Augen begegneten denen des Ritters zu Pferde. Er hatte ein schmales, offenes Gesicht und grüne Augen. Sein hellbraunes Haar war über der Stirn ungewöhnlich kurz geschnitten und ganz glatt. Für einen Moment lächelte er Ymme an und neigte den Kopf zu einem freundlichen Gruß, was ihm einen unwilligen Seitenblick der Dame eintrug. Dann hob sie ihr Kinn und lauschte bewegungslos dem graugewandeten Mönch. Als sich der Zug in Bewegung setzte, schloß der Ritter zu der Dame auf. Der Benediktiner wanderte hinter Ymme her.

Ymme schritt sofort kräftig aus, aber zu ihrem Erstaunen ging die Wanderung nicht in Richtung Stadttor, sondern zu einer unscheinbaren kleinen Kapelle, vor der die Reiter von den Pferden stiegen und die anderen ihr Gepäck am Fuß der Kirchenmauer ablegten. Ymme sah sich unauffällig um und nahm dann wie die übrigen Tasche, Hut und Stock mit in den Kirchenraum.

Während sie sich vor die Kirchenbank kniete und die Hände faltete, ging ihr auf, daß sie ausgerüstet war wie ein erfahrener Pilger, aber versäumt hatte, sich nach den Bräuchen zu erkundigen, die ohne Zweifel Teil der Pilgerfahrt waren.

Dennoch konnte sie sich der feierlichen Handlung der Messe nicht entziehen. Sie versank in einen ganz persönlichen Hilferuf um Beistand an ihren Gott, der hauptsächlich aus der flehentlichen Bitte bestand, Er möge sie ihren Bruder finden lassen. Danach blinzelte sie schnell hinauf zum Gekreuzigten, aber ein Zeichen wollte er ihr nicht geben. Trotzdem fühlte sie sich bestärkt und hoffnungsvoll, erhob sich und kniete wieder nieder, wie das Ritual es vorschrieb, und betete inbrünstig das Vaterunser. Zum Schluß erteilte der Priester Hut und Stab, die vor den Altar gelegt worden waren, den Segen. Mit dem Gebet »Pro redeuntis de itinere« schloß er die Messe.

Schreck durchfuhr Ymme, als sie als letzte der Pilger in den Vorraum der Kirche trat und Münzen klingen hörte. Sie hatte nicht gewußt, daß sie noch vor der Abreise eine Schenkung tätigen sollte, und ihr Geld war sorgfältig eingenäht. Der Pfarrherr der kleinen Marienkapelle blickte sie abschätzend an, als er ihren Wanderstock sah.

»Und du bist ganz allein auf der gefahrvollen Reise zum Grab des heiligen Jakobus?« Während Ymme den Kopf schüttelte, erhob er sich, hielt segnend die Hände über ihren Stab und über sie selbst und sagte salbungsvoll: »Ich möchte der erste sein, der dich mit ›Deus, adjuva, sancte Jacobe‹ grüßt, ein Spruch, den ich selber während eines ganzen Jahres ständig auf den Lippen hatte. Es ist ein weiter und gefährlicher Weg nach Santiago. Möge Sankt Jakob dich stets behüten und auch die Muttergottes, an deren Altar ich für dich beten werde. Welche Schenkung hattest du meiner kleinen Kapelle zugedacht?«

Ymme wurde rot vor Scham über ihr Versehen. »Ich habe das Geld in meinem Reisebeutel«, sagte sie leise, aber nicht leise genug, um nicht die Aufmerksamkeit des grauen Mönchs hervorzurufen. »Ich war sehr aufgeregt heute morgen.«

Zwischen den Pilgern schob der Mönch sich heran. Aber noch schneller war der Ritter, dessen große Gestalt Ymme erst jetzt hinter sich wahrnahm. »Ich werde der Dame gerne aushelfen«, sagte er fest und trat an ihre Seite. »Das spart uns Zeit; wir beide können unterwegs abrechnen.«

Die schmalen Lippen ihres Führers, auf den Ymme zaghaft blickte, verzogen sich, aber er wandte nichts gegen den Vorschlag des Ritters ein.

Der Ritter stiftete der Kapelle in Ymmes Namen den Wert einer großen, armdicken Wachskerze, womit der Pfarrherr sehr zufrieden schien. Ymme trat der Schweiß auf die Stirn beim Gedanken an weitere solche Gaben. Der Ritter hatte nicht wissen können, wie beschränkt ihre Mittel waren.

Sie atmete auf, als sie endlich die Kapelle verließen und sich wieder formierten.

Die Sonne stand inzwischen merklich höher, und der Tag versprach warm zu werden. Die Pilger zogen ihre Mäntel aus, behielten aber die Hüte auf den gesenkten Köpfen. Vermutlich dachten alle nach den besinnlichen Worten des Pfarrers an ihre Angehörigen zurück und an die Reise, die vor ihnen lag und die für manchen vielleicht die letzte war. Ymme schwankte zwischen Angst und Neugier; ihre Scham wegen der dicken Lüge schmolz, als sie dagegenhielt, daß Jakob und die Gemeinde und nicht zuletzt sie selber in Notwehr gehandelt hatten. Der graue Mönch an der Spitze stimmte das erste Mal den Ruf an, der ihnen bis Einsiedeln immer wieder Mut und Vertrauen geben sollte.

In Gottes Namen fahren wir, seiner Gnade vertrauen wir.
Nun helfe uns die Gotteskraft und das Heilige Grab,
darin Gott selber lag. Kyrieleis.

Als sie die Brücke über den Main passiert hatten und die Kirchtürme der Stadt schrumpften, bis sie nur noch als schwarze Spitzen gegen den Himmel zu sehen waren, waren sie endlich richtig unterwegs.

Ymme fand mühelos ihren Schritt, zumal sie außer dem Zügel des braven Maultiers nichts trug. Die Frau in der Reihe vor ihr hatte es schwerer. Wie Ymme hatte sie bisher mit niemandem ein Wort gewechselt, und Ymme hatte keine Ahnung, warum sie wie eine Vogelscheuche mit ausgestreckten Armen ging. Vielleicht handelte es sich um ein Gelöbnis, aber der Anlaß mußte traurig sein, denn hin und wieder seufzte sie.

Hinter den Pilgern blieben die letzten Hütten eines Dorfs zurück, die Straße wurde schmaler und sandiger. Zu beiden Seiten wuchsen hohe Kiefern, die lichten Schatten gaben, und auf dem Boden helles, weiches Gras.

Nach einigen Stunden ließ der Führer sie zum erstenmal anhalten, um zu verschnaufen und ein wenig zu trinken. Während sich die meisten sofort hinwarfen und ihre Schuhe auszogen, zögerte Ymme noch. Dann folgte sie dem Ritter, der die drei Pferde zu einem Bach führte, mit ihrem eigenen Maultier.

Im Vorübergehen bemerkte Ymme, daß die Dame des Ritters ein munteres Gespräch mit dem Mönch und dem feisten kleinen Mann begann. Einmal meinte Ymme sie sogar leise lachen zu hören.

Ymmes Maultier senkte seine Schnauze direkt neben dem vollblütigen leichten Pferd der Dame in das quirlende Wasser.

»Ich danke für Eure Hilfe«, sagte Ymme scheu. Sie wußte vornehme Gesellschaft besser zu würdigen als ihr Maultier, jedoch war sie bisher nur den Umgang mit Kaufleuten und Nonnen gewohnt. »Ich fürchte, unser Leiter wäre ungehalten gewesen, wenn ich an einer Verzögerung schuld gewesen wäre. Ich wußte es nicht. Gleich heute abend werde ich ...«

»Ihr braucht Euch nicht zu beeilen. Wir bleiben ja noch lange zusammen.« Der Ritter betrachtete Ymme neugierig. Der Ehemann der Dame konnte er nicht sein. »Ihr seid gewiß das erste Mal auf einer Pilgerreise. Ich auch. Das heißt, eigentlich begleite ich Frau von Berleburg im Auftrag ihres Mannes.«

Ymme nickte. »Und wer seid Ihr selber?« fragte sie freimütig.

Der Ritter lachte. »Rainald zum Paradies, gebürtig aus Frankfurt, zweiundzwanzig Jahre alt, mittelblond, blaue Augen. Unverheiratet, zwei Schwestern. Genügt Euch das?«

»Große Füße«, ergänzte Ymme, und sie lachten zusammen ungebührlich laut. Jedenfalls kam es Ymme so vor, als sie verstohlen über ihre Schulter sah und bemerkte, daß sowohl der Mönch als auch Frau von Berleburg argwöhnisch zum Bach herübersahen. Ymme biß sich auf die Lippen. »Wie heißt unser Führer?« flüsterte sie nach einer Weile. »Er ist Berthold«, antwortete Rainald, wieder ernsthaft, »so genannt nach seinem Onkel Berthold von Loccum, der vor einem Jahrzehnt von den Livländern erschlagen wurde. Sein Onkel war Zisterzienser wie er.«

»Vielleicht sind die Zisterzienser ein wenig zu hart mit den Livländern umgegangen?« mutmaßte Ymme, während ihre Gedanken sich mehr um den Neffen drehten als um den Onkel. Zu spät merkte sie, daß sie eine harsche und ganz unbegründete Kritik geäußert hatte. »Oh, es tut mir leid. Ich werde Berthold in mein Abendgebet einschließen.«

Rainald schüttelte entschieden den Kopf. »Lieber mich«, schlug er vor. Ymme wurde erneut rot; sie war so lockere Gespräche mit Männern nicht gewohnt. »Ich meinte den Märtyrer Berthold.«

Der Ritter sah aus, als hätte er das Geplänkel gerne fortgesetzt, aber seine Dame rief nach ihm. Beflissen eilte er hin, ihrem Dienst hatte er sich verschrieben und ihrem Ehemann Treue geschworen. Ymme blieb absichtsvoll lange am Bachlauf, und sie hörte, wie Frau von Berleburg ihren Ritter mit kleinen, unwichtigen Aufträgen hin und her schickte. Ich sollte auch aufhören, mich um ihn zu kümmern, sagte sie sich. Aber sie konnte vor sich selber nicht verleugnen, daß er die einzige Person der ganzen Reisegesellschaft war, mit der sie sich gerne unterhalten hätte. Außer dem feistgesichtigen Mann, der sich andauernd in Dinge einmischte, die ihn gar nichts angingen, waren die Pilger alle ältere Leute, entweder in sich gekehrt und schweigsam, oder sie gehörten als Ehepaar zusammen. Seitdem am frühen Morgen Namen und Herkunft allseitig geklärt waren, sprach keiner mehr mit dem anderen.

Eine trübselige Gesellschaft, fand Ymme, während sie neugierig den Proviant musterte, den die Juden ihr zusammengestellt hatten. Mit Wanderungen kannten sie sich anscheinend bestens aus: außer einem Schlauch Wein enthielt der Sack Hirse, getrocknete Erbsen, Trockenfleisch, Öl des Olivenbaums, Roggenmehl, Haselnüsse, Rosinen, Äpfel, Salz und eine ganze Knoblauchzwiebel, die sie ebenso wie Olivenöl erst in Frankfurt kennengelernt hatte. Sie fühlte sich bestens ausgerüstet und noch wie aus der Ferne von Frau

Cornela behütet. Mit Behagen biß sie in einen kleinen, aber sehr süßen frühen Apfel.

Sie war gerade beim Gehäuse angekommen, als Bruder Berthold sich erhob und gemächlich von einem Pilger zum anderen ging, die Hände in den langen Ärmeln seiner weißen Kutte verborgen. Mit jedem wechselte er einige Worte, seinem Gesichtsausdruck nach zu urteilen, aufmunternd oder tröstend. Er war offensichtlich ein erfahrener Pilgerführer, der wußte, was not tat. Ymme taten die unfreundlichen Gedanken über ihn leid, und sie lächelte ihm entgegen, als er zu ihr trat.

»Ymme Emeken aus Lübeck, wenn ich mich recht erinnere?« fragte Bruder Berthold, obwohl er sich ganz ausgezeichnet erinnerte. »Tochter eines Kaufmanns.«

Ymme nickte und sah ihn aufmerksam an. Was mochte er ihr erzählen wollen?

»Eurem Aussehen nach stammt Ihr immerhin nicht von dem widerspenstigen Volk an der Baltischen See ab, dessen Bekehrung so unsägliche Anstrengungen der heiligen Mutter Kirche erfordert«, sagte der Mönch prüfend.

»Mein Vater wanderte aus Sachsen nach Lübeck ein«, erklärte Ymme. »Auch die Sachsen gehören zu den Bekehrten.«

»Das Volk, dem Ihr entstammt, ebenfalls.« Ymme wußte nicht, woher sie den Mut nahm, diesem Mann so zu antworten. Aber sie war empört über seine hinterhältige Art. Statt sie aufzumuntern, schien er sie anklagen zu wollen. Wessen eigentlich? Sie hielt den Atem an, während sie seine Antwort erwartete.

Der Mönch hob die Augenbrauen und blickte mit fast geschlossenen Augen auf das Mädchen hinunter. Den Rücken hatte er den anderen Pilgern zugekehrt. Ymme war klar, daß er einem Beobachter erscheinen mußte wie vor kurzem noch ihr selbst: wie ein fürsorglicher Leiter einer kleinen Gemeinde von verirrten Schafen. Vielleicht hatte er die anderen Pilger auch gedemütigt? »Und Eure Mutter? Habt Ihr auch eine Mutter?«

»Kyne Emeken.«

»Kyne, so. Kyne ist kein sächsischer Name.«

Ymme begann wütend zu werden. Sie merkte nicht, daß sie den Rand des Lederbeutels unruhig knetete, bis Berthold seinen Blick darauf ruhen ließ, gerade so lange, wie sie benötigte, um seinen Blick zu deuten. »Sie ist eine gute Christin«, entgegnete Ymme heftig, »auch wenn sie zu den von Euch als widerspenstig bezeichneten Völkern gehört.« Als der Mönch ein sparsames Lächeln andeutete, wußte sie, daß sie ihre Mutter, und damit sich selber, ohne Notwendigkeit verteidigt hatte.

Für alle als Segen sichtbar, malte Bruder Berthold ein Kreuz über Ymme in die Luft, aber das konnte auch zur Abwehr des Bösen in ihr geschehen sein, dachte sie hinter ihm her. Der Mönch ging davon, gerade und selbstsicher, ein Mann, dem jeder Vertrauen entgegenbringen mußte. Und doch fühlte Ymme sich durch ihn zutiefst beunruhigt.

Der Zisterzienser setzte sich erst gar nicht wieder hin. Es ging weiter, Stunde um Stunde, meistens schweigend; zuweilen sangen sie eines von drei Wallfahrtsliedern, die alle mit dem Ruf »Kyrieleis« schlossen. Abwechslung brachten nur Menschen, die ihnen entgegenkamen, Bauern und Händler, Fahrende, kleine Ritter und Bettler. Hin und wieder überholten sie selber Ochsengespanne, die noch langsamer als ein Fußgänger waren. Die frommen Männer und Frauen der Straße bekreuzigten sich und richteten Bitten an sie – »Bitte für mich, die Karoline aus Seligenstadt« –, riefen ihnen Ermunterungen zu oder reichten im Laufen eine Kürbisflasche mit gutem Wasser herüber. Es gab aber auch andere, die aus Zorn auf die Kirche frech gegen die Pilger waren.

Ein nasenloser Mann mit der Klapper in den verkrüppelten Händen schrie aus seinen zerfransten Lippen: »Die Schwarzröcke und Rotnasen ziehen euch ja doch nur den letzten Pfennig aus der Tasche! Und das Geld jagen sie durch ihren eigenen Schlund, die Vielfräße und Säufer!«

Das Rundgesicht rannte behende auf den Mann zu und trat ihm zur Strafe ins Hinterteil, so daß er kopfüber in den Graben kippte. Seine lappenumwickelten Füße zappelten, während er sein Gleichgewicht suchte und anschließend die Klapper im Wasser. »Sei froh, daß ich dir nicht das Gehirn zu Brei zertrete«, keifte der Pilger. Am Straßenrand schlich der Verkrüppelte unter den Klängen ihres frommen Liedes davon.

Aber irgendwann hörten die Abwechslungen der Straße auf, neu zu sein. Die Pilger trotteten nun selber wie die Ochsen einher.

Als sie endlich kurz vor Sonnenuntergang bei einer kleinen Herberge an irgendeinem der vielen Flüßchen angelangt waren, fragte auch Ymme nicht mehr, wo sie waren. Hinter Rainald mit seinen drei Pferden brachte sie ihr Maultier in den Stall, warf ihm Heu vor und wankte dann mit ihren zwei Säcken in den Hauseingang.

Hier stand bereits eine Frau – die Frau des Schaffners, wie sich erwies, weil die Herberge zu klein war, um viele Knechte und Mägde zu haben – und musterte die Neuankömmlinge von Kopf bis Fuß. Wer ihr recht war, wurde in einen zum Bersten überfüllten Raum weitergeschoben. Den Bettler, der sich hinter Ymme einschmuggeln wollte, wies sie laut schimpfend ab.

Ymme fand sich zwischen schwitzenden, todmüden Pilgern wieder, die nicht zu ihrer Gruppe gehörten. An ihren Hüten, die an einer Schnur am Rücken baumelten, waren zwei gekreuzte Schlüssel als Pilgerzeichen befestigt. Ymme betrachtete sie respektvoll, mit mehr Bewunderung, als sie noch am Morgen aufgebracht hätte. Diese Männer und Frauen waren in Rom gewesen, wochenlang waren sie marschiert – und das bei vermutlich viel größerer Hitze, als heute geherrscht hatte.

Sie selbst war an große Wanderstrecken nicht gewöhnt – aber vor allem die heiße Sonne Süddeutschlands machte ihr zu schaffen. Als sie endlich auf einer Bankkante knappen Platz gefunden hatte, überkam sie die Verzweiflung. Ob sie den weiten Weg nach Italien überhaupt schaffen würde?

Unglücklich löffelte sie die Suppe mit Gemüse, die ihr ein gutgelaunter Rompilger aus der Küche mitbrachte. Einer Unterhaltung verweigerte sie sich, und er war nicht böse. Am Anfang sei es ihm auch so ergangen, erzählte er, obwohl sie Köln im kalten Frühling verlassen hätten. Aber das gebe sich rasch – sobald die Beine das Laufen und die Lunge das Atmen gewöhnt seien. Das schwierigste sei das Atmen. Sie müsse es bewußt probieren – so: und er machte es ihr vor. Ymme nickte nur apathisch, woraufhin er sie sitzenließ – allein zwischen Menschen, die staubverkrustet waren, stanken und in Dialekten miteinander redeten, die sie noch nie zuvor gehört hatte. Sie sehnte sich verzweifelt zu Johanna Cornela zurück. Sie holte nicht einmal das ihr zustehende Stückchen Käse ab, sondern ging nach oben zu den Schlafsälen.

Im Frauenschlafraum standen vier Betten, auf jeder Seite des Fensters zwei, und dazwischen war gerade genug Platz, um sich zu wenden. Die Betten waren vollständig belegt bis auf eines, in dem bisher nur zwei Frauen lagen. Schnarchen, Gurgeln und Seufzen kam von allen Lagern. Nur im vierten war es still.

Ymme nickte der Frau zu, die vor ihr hergelaufen war.

»Ich kann nicht schlafen«, klagte sie, als sie Ymme wiedererkannte. »Meine Arme schmerzen so, daß ich noch nicht einmal den Löffel halten konnte.«

Ymme runzelte die Stirn. »Dürft Ihr sie denn nicht herunternehmen?«

Der Frau stiegen die Tränen in die Augen, während sie den Kopf mit steifem Nacken in das strohgefüllte, knisternde Kissen drückte. »Ich muß die Strafe auf mich nehmen, ich will es ja. Ich bin auch schon losgesprochen. Wenn ich nur bereuen könnte!« Sie schluchzte auf und weinte dann leise und verzweifelt.

Ymme nickte und zog sich erschöpft aus. Das Kleid legte sie ordentlich gefaltet auf ihre Säcke, die sie unter das Bett schob. Hoffentlich wurde hier nicht gestohlen. Man hörte so vieles. Dann schlüpfte sie neben die Frau auf den Bettsack. Die Herbergsdecke wollte sie nicht benutzen, ihr Mantel war weicher und sauberer.

»Ich habe Ehebruch begangen«, bekannte die Frau und starrte an die Decke.

Ymme holte tief Luft. Die Not der Frau war nicht zu überhören. »Und Euer Ehemann? Weiß der davon?«

Die Frau ließ ein Schnauben wie Ymmes Maultier hören. »Wie sollte er nicht. Meine Mitgift ist längst aufgebraucht und hätte auch nie für eine Wallfahrt nach Einsiedeln ausgereicht.«

»Wenn Ihr wollt, könnt Ihr mit mir beten«, bot Ymme an. Sie fühlte, daß die Frau nickte. Ihre Stimme folgte den von Ymme halblaut vorgebeteten drei Paternostern und dem Ave Maria schleppend und ohne Inbrunst. Es stimmt, dachte Ymme, sie bereut nichts.

»Könnt Ihr nicht endlich still sein?« blaffte jemand, kaum daß das Amen verklungen war.

Ymme wagte sich danach kaum mehr umzudrehen und lag trotz ihrer Erschöpfung die ganze Nacht schlaflos auf dem Rücken. Als die ersten Vögel vor dem Fenster zu zwitschern begannen, nahm sie sich vor, in Zukunft abends einen Schluck Wein aus dem Schlauch zu nehmen, so, wie man ein Arzneimittel einnimmt. Und sie nahm sich vor, ihre Schlafgenossinnen sorgfältiger auszusuchen. Aus Rücksicht auf die abgewinkelten Arme der Büßerin hatte sie kaum Platz gefunden.

Bei ihrem Aufbruch am nächsten Morgen hing ein kaum sichtbarer Nebelschleier über den Dächern der Herberge und dem Stall. Er sollte vom Rhein aufsteigen, hieß es, den man von hier nicht sehen konnte, aber Ymme gab eher dem nahenden Herbst als dem Fluß die Schuld.

Bruder Berthold schien das gleiche zu denken, denn er beschleunigte das Tempo gegenüber dem ersten Tag, obwohl die heiße Sonne schnell alle Feuchtigkeit aufsaugte.

Bald wünschte Ymme sich den Nebel wieder herbei – und noch eines wünschte sie sich: daß sie nicht ausgerechnet hinter der Büßerin hergehen müßte. Die Frau blieb zuweilen stehen, hastete dann vorwärts, um die anderen einzuholen – nur um erneut stehenzubleiben. In einer Wanderpause fragte Ymme den Mönch, ob ein Platzwechsel wohl erlaubt sei, aber den verbot er harsch, und die Frau sah Ymme bitterböse an. Ymme blieb, wo sie war.

Zum einzigen Lichtblick des Tages wurden die Pausen, denn Rainald zum Paradies machte es sich zur Gewohnheit, mit Ymme Neuigkeiten auszutauschen, belanglose zwar, aber doch freundlich gemeint. Beim Tränken der Tiere konnten sie ungehindert, wenn auch nicht unbeobachtet schwatzen. Da hatte schon ein Schuh seinen Dienst aufgekündigt, eine Tasche war in der Herberge vergessen worden, man vermeinte, Donner über den Kuppen des Odenwalds gehört zu haben, und die Füße einer Mitpilgerin schmerzten nun schon höllisch. Darüber brachen sie in Lachen aus, natürlich nicht wegen der Schmerzen, sondern wegen der Hölle im Zusammenhang mit einer Pilgerfahrt. Beim nächsten Mal erzählte Rainald treuherzig, sein größter Wunsch sei es, Ritter zu werden. Er werde noch vor dem nächsten Kreuzzug zu den Johannitern gehen, weil er bei ihnen auch als Nichtadeliger zum Ritter geschlagen werden könne.

»Wollt Ihr denn gar nicht heiraten?« fragte Ymme überrascht. Sie hatte die Tatsache, daß er eine adelige Dame begleitete, für eine Art Minnedienst gehalten, und nie wäre sie auf die Idee gekommen, daß er eines Tages allen Frauen entsagen wollte.

»Nein.« Er sagte es unbeschwert und fröhlich und mißverstand sogar ihre Überraschung als Besorgnis. »Ich habe drei Brüder, von denen jeder einzelne meinem Vater nachfolgen könnte. Mich brauchen sie in Frankfurt nicht.«

Bei der dritten Rast am Spätnachmittag schritt Frau von Berleburg an die Tränkstelle. Ymme sah sie aus dem Augenwinkel früher als der junge Patrizier, der gerade laut über einen Witz lachte, den er selbst gemacht hatte.

»Mir scheint«, sagte Frau von Berleburg mit kultivierter, klangvoller Stimme, »daß die Pferde immer durstiger und Ihr immer lustiger werdet. Ich glaube, Ihr laßt es für eine Pilgerreise an der nötigen Ernsthaftigkeit mangeln. Es beleidigt mein Ohr – und gewiß auch das von Bruder Berthold –, wenn Ihr frivole Späße macht.«

Ymmes Gesicht glühte. »Es würde auch mein Ohr beleidigen, Frau von Berleburg, wenn jemand in meiner Gegenwart frivol redete. Das dürft Ihr Herrn Rainald gewiß nicht vorwerfen!«

»Ach, Ihr seid schon so vertraut miteinander, daß Ihr ihn

verteidigt?« Frau von Berleburg wandte sich mit deutlich zur Schau getragener Überheblichkeit an Ymme. Gleichzeitig reichte sie Rainald ihren Handrücken. Prompt fiel dieser auf ein Knie, um den Handschuh inbrünstig zu küssen. Das Schienbein im von den Pferden aufgewühlten Matsch, den Kopf reuig gebeugt, sah er so ernsthaft und ritterlich, dabei aber so hinreißend komisch aus, daß Ymme anfing zu lachen.

Beinahe sofort bereute sie ihr Lachen. Ihm hatte sie nicht weh tun wollen. Aber als sie der adeligen Dame ins Gesicht blickte, versiegte jedes Reuegefühl und verwandelte sich in Wut. Frau von Berleburg hatte sich aus ihrem Lachen wenig gemacht. Was sie trieb, war nicht die Sorge um Rainalds Seelenheil – sie wollte ihn beherrschen, und das spürte Ymme genau.

Frau von Berleburg verzog die Lippen amüsiert, als das Mädchen mit dem seltsamen Namen den Kopf seines Maultiers ungeduldig hochzerrte und davonging. Als Rivalin konnte sie kaum gelten, sie war so bieder wie das schwerfällige Tier und ohne jeden Schliff. Allerdings ließ sich nicht abstreiten, daß sie schön war. Ohne Hemmungen zeigte Frau von Berleburg ihre Ungeduld, als die Rastzeit verlängert wurde, weil die seltsame Person darauf bestand, die durchgelaufenen Füße einer Pilgerin zu behandeln.

Als die Pilger abends die Herberge am Westtor des Lorscher Klosters betraten, eilte ihnen einer der Vorratsmeister mit besorgtem Gesicht entgegen und scheuchte sie mit ausholenden Bewegungen wieder hinaus. Über die Mauer des Klostergeländes lugten Zeltspitzen hervor, eine neben der anderen, selbst unter den Apfelbäumen. »Tut mit leid«, sagte der Lorscher Mönch bedauernd, »über unserem Abt liegt der Bann, und die Bischöfe von Speyer und Würzburg sind hier, um den Konvent zum Gehorsam gegen ihn aufzurufen. In all den Jahren haben wir wohl zum erstenmal keinen Platz für Pilger. Geht zur Herberge, Brüder, und schließt uns in Euer Gebet an den heiligen Nazarius ein … Wir haben Fürbitte nötig.«

»Ich würde das Kloster gern für euch verwalten, wenn ihr

es mir anvertrauen würdet.« Er meint es ernst, dachte Ymme, die Bruder Berthold beobachtete. Mit geradezu gierigen Augen schien er im Geiste bereits die Länge der Außenmauer zu überschlagen.

»Ach, so ist das. Zisterzienser – Bruder … Fachmann für Wirtschaft und Handel …« Der Benediktiner wandte sich beleidigt um und ließ die Pilger stehen.

Bruder Berthold brachte seine Gruppe gedankenvoll zu einer Herberge am Rand von Lorsch.

Ymme seufzte ein wenig. Ihre Geldvorräte würden schnell abnehmen, wenn sie niemals in Hospitälern oder Klöstern Einlaß fanden.

»Weiber in das Obergeschoß, Kerle in das mittlere!« rief der Pilgerknecht, der die Gruppe in Empfang nahm. »Vor dem Abendessen Betten belegen! Vor dem Schlafen bei mir melden!«

Als Ymme sich mit mehreren anderen Frauen in einen großen Schlafraum schob, war die Meisterin noch dabei, Strohmatratzen zu wenden, und dabei brabbelte sie böse, unverständliche Worte vor sich hin.

Zuerst kümmerte Ymme sich um die wundgelaufenen Füße ihrer Mitpilgerin. Eiter bedeckte große offene Stellen, die die Frau mit Lappen umwickelt hatte. Stöhnend ließ sie sich auf das Lager sinken, während Ymme Wasser holte und die gelblichen, mit Erde verschmutzten Krusten aufweichte. Aber beim Anblick des heißen, bis zum Knöchel geschwollenen linken Fußes wußte sie, daß mehr Hilfe als Wasser nötig war.

Sie eilte die Treppe hinunter, wo sie auf Bruder Berthold stieß, den sie um Rat fragte.

»Heilskunde geht vor Heilkunde! Denkt an Eure Seele! Wart Ihr schon in der Kirche?« fragte er, ohne ihr Auskunft zu geben.

Sprachlos vor Empörung rannte Ymme zum Kloster hinüber, wo sie unverzüglich zum Bruder Pigmentarius am Südtor weitergeschickt wurde. Man gab ihr sogar einen der jungen Oblaten als Wegweiser mit. Als das »Dank sei Gott« ertönte, auf das der Junge nach seinem Klopfen gewartet hatte, schob er die Tür auf und Ymme in das Infirmarium hinein.

Der Benediktiner saß vor einem Glas Wein. Sein Tisch war aufgeräumt, aber in den Regalen hinter ihm lagen und hingen Kräuterbündel und anderes, das Ymme nicht kannte. Der Bruder Pigmentarius schmatzte dem letzten Schluck hinterher, war aber nicht ungehalten über die Störung. Während er seine Besucherin betrachtete, kratzte er sich den breiten, schwarzbehaarten Handrücken und hörte still zu. Als Ymme mit ihrer genauen Beschreibung fertig war, nickte er. »Sie soll Klee zerkauen und auf die Wunden binden. Das kostet sie am wenigsten und hilft.«

»Nein«, widersprach Ymme, vor lauter Müdigkeit und Verzweiflung über sein Unverständnis zu nichts anderem mehr fähig als trotzigem Widerstand.

»Nein, nein«, murmelte der Bruder erzürnt, erhob sich jedoch und ging in den Nebenraum. Mit einem zur Tüte gefalteten Blatt kam er nach einer Weile zurück. Sorgfältig rollte er den oberen Rand ein. »Zerstoßener Wermut. Auf die Wunde streuen und einen Verband darüber legen. Nach zwei Tagen sind die Wunden geschlossen. Wenn sie unterwegs wieder aufbrechen, so hilft auch warme Asche von Nacktschnecken. Diese Arznei könnt ihr selber unterwegs herstellen.«

»Ich glaube Euch ja, daß diese Mittel bei gewöhnlichem Wundlaufen helfen. Aber diese Wunden sind nicht gewöhnlich, Bruder Infirmarius, sie eitern. Habt Ihr nichts Stärkeres?«

»Beten.« Der Mönch blickte Ymme mit vorwurfsvollen Augen an.

»Gut, wir werden beten. Aber das reicht nicht. Was hättet Ihr empfohlen, wenn nicht ich, sondern jemand von den fürstlichen Besuchern gefragt hätte?« Ymme war blaß geworden; aber nachgeben würde sie nicht.

Der Mönch setzte sich und nahm noch einen Schluck von dem guten Roten, der ihn in friedliche Stimmung versetzte, wie immer. Für eine beliebige Kranke würde er heute keine Hand mehr rühren. Aber zur Auskunft war er durchaus bereit. »Du machst dir über den Eiter Gedanken, ja? Ganz falsch. ›Pus bonum et laudabile‹, sagten die Alten, was heißen soll, daß eine Heilung ohne Eiter nicht stattfinden kann. Der Abgang der unreinen Materie ist wichtig. Wer sollte das besser wissen als ihr Frauen? Nur die monatliche Blutung macht euch zu Lebewesen, die man ertragen kann. Alt seid ihr unleidlich. Und wenn die Frau so heiß ist, wie du sagst, ist es das beste Zeichen dafür, daß die Materie sich nun im Zustand der Kochung befindet. Solange sie roh bleibt, ist sie schädlich, gekocht wird sie unschädlich. Kochung und Krisis, das ist das wichtigste. Für die Kochung sorgt Gott, für die Krisis, mit Seiner Hilfe, der Heilkundige. Dafür ist das Pulver.« Er machte eine Pause. Zufrieden mit dem Eindruck, den er bei Ymme gemacht hatte, fuhr er großspurig und mit schon ein wenig undeutlicher Aussprache fort: »Wenn jemand anders gefragt hätte – na ja, dann hätte ich rohe Zwiebeln mit Koriander oder Käseschimmel mit Schafdung in Honig empfohlen, je nach Sachlage und Geldbeutel. Aber die Krisis wäre dieselbe.«

Das junge Mädchen sah ihn erbittert an. Es war, wie sie gedacht hatte. Die beiden besseren Arzneimittel mußten frisch zubereitet werden – und dazu hatte der Mönch keine Lust. »Ja«, sagte sie. »Vergelte es Euch Gott.«

»Das reicht leider auch nicht. Wir betreuen viele Kranke.«

Schweigend bezahlte Ymme, dann rannte sie wieder hinüber zur Herberge, verteilte sorgfältig das Pulver auf der Wunde und legte einen Verband an. Der Bruder Infirmarius hatte wesentlich mehr gewußt, als sie ihm anfangs zugetraut hatte. Widerwillig mußte sie es zugeben. Die Kranke ließ die Behandlung über sich ergehen; sie wandte nicht einmal ihren hochroten Kopf.

In diesem Haus mußten die Pilger die Vorräte abliefern, damit sie zubereitet wurden; nur Salz, Gewürze und Feuer wurden gestellt. Ymme besaß noch genügend Lebensmittel, mit denen sie sich in den Garten zurückzog. Auf einer moosbewachsenen Bank im Schatten einer Buche verzehrte sie ihr Brot mit Zwiebel, und es schmeckte ihr wesentlich besser als am Vortag, weil sie nicht so erschöpft war.

Es hätte ein friedlicher Abend für Ymme werden können, wenn sie nicht eine unangenehme Überraschung erlebt hätte.

Ein Mann, auf den sie aufmerksam geworden war, weil er sie in auffälliger Weise im Auge behielt, entschloß sich plötzlich, sie anzusprechen. Sie kannte ihn nicht, aber ihr war doch, als hätte sie ihn schon einmal gesehen.

»Gott zum Gruß, edles Fräulein«, rief er laut und zog seinen Hut schwungvoll vom Kopf. »Ihr seid doch die Tochter vom seligen Fernhandelskaufmann Albert Emeken, wenn ich mich nicht irre?«

Ymme ließ ihr Messer sinken. Jetzt wußte sie es. Er war aus Lübeck; in der Knochenhauerstraße war sie ihm einmal begegnet. Er hatte ein Schwein zerteilt, während sie auf Gehirn und Bries wartete. Sie nickte zurückhaltend. Erst dann fiel ihr ein, daß er von ihrem seligen Vater gesprochen hatte; womöglich hätte sie sich besser verleugnen sollen? Aber es war zu spät.

»Ihr freut Euch doch gewiß, einen Landsmann zu sehen«, sagte er plump und drängte sich neben sie auf die Bank. Ymme rückte schweigend beiseite. »Habe Euch bestimmt – wartet mal, na, ein halbes Jahr wird's wohl sein – in Lübeck nicht gesehen. Ihr wart die ganze Zeit auf Pilgerfahrt, stimmt's? Sicher eine Bußfahrt! Kann mir denken, daß Ihr viel zu bereuen habt. Haben die meisten, also macht Euch nichts draus!« Der Knochenhauer sprach polternd; er zog sofort die Aufmerksamkeit der Pilger im Garten auf sich. Sein Gesicht war narbig und gemein. Ymme wußte nicht, wie sie einen solchen Menschen zum Schweigen bringen konnte. Während sie ihn tatenlos anstarrte, bildeten die Neugierigen bereits einen Kreis um sie.

Nachdem der Mann sie ausgiebig betrachtet hatte, fuhr er noch lauter fort: »Sie sieht aber noch ganz respektabel aus. Hab' ich nicht recht, Leute? Hat ja auch bessere Bedingungen als unsereins, obwohl ich nicht klagen kann. Mein Erblasser hat mich für die Pilgerfahrt ganz ordentlich ausgestattet. Aber sie geht ja in eigener Sache – allein, mit Maultier … Wer von euch hat schon ein Reittier, he? Und wenn er's hätte, welcher Mensch mit christlicher Demut würde bei einer

Pilgerfahrt reiten, wo unser Herr Jesus selbst nur einen armseligen Esel besaß!«

»Schande über dich!« rief eine Frau mit sonnverbranntem Gesicht und einem Kopftuch unter dem Hut. Sie spuckte Ymme vor die Füße. »Du Hure auf Strafwallfahrt!«

Auf der untersten Stufe der Herbergstreppe stand Bruder Berthold und lauschte interessiert. Ymme war außer sich vor Zorn, daß er ihr nicht half.

»Was fällt dir ein!« fauchte sie. »Hältst du mich vielleicht für Gesindel deinesgleichen, daß du so zu sprechen wagst?«

Der Mann lachte rauh. Er probierte Ymmes Hut auf, den sie auf der Bank abgelegt hatte, und griff gierig nach ihrem Sack. Ymme sprang auf, entriß ihm das Gepäckstück und sammelte hastig ihre Eßwaren ein. Dann ergriff sie die Flucht. »Im Winter«, rief er hinter ihr her, »hättest du vielleicht noch so hochmütig mit mir reden können. Heute nicht mehr, hörst du, du Schlampe? Heute bist du in Lübeck nicht mehr das Schwarze unter dem Fingernagel wert! Vom Domkapitel bis zur Burg.« Er lachte keckernd, und das wiehernde Gelächter der Zuschauer und das begeisterte Trampeln ihrer Füße folgten Ymme bis in den Hauseingang. Das letzte, was sie hörte, war: »Aber auch du wirst deinen Hochmut noch einbüßen.«

Ymmes Wangen brannten vor Scham. Über ihr hingen die Gesichter der Pilger in den kleinen Fenstern, und es gab wohl im ganzen Haus keinen einzigen Menschen, der den Vorfall versäumt hatte. Mein Maultier, dachte sie, sie sind neidisch. Aber sie wußte selber, daß es nicht die ganze Erklärung sein konnte.

Ymme drängte sich an Bruder Berthold vorbei und stürmte die Treppe hinauf. Sie sah nicht, daß der Mönch in den Garten hinausschlenderte, wo er den Knochenhauer ansprach, nachdem sich die Aufregung in Schwatzen und Gelächter aufgelöst hatte.

Ymme meldete sich, wie es die Hausordnung vorschrieb, beim Pilgerknecht. Sie wollte sofort ins Bett, wie auch einige andere Männer und Frauen, die sie verstohlen betrachteten.

Der Pilgerknecht tauchte kauend und mit brummiger Miene aus seiner Kammer auf. »Jetzt schon?« fragte er. »Na gut. Wer von euch hat einen Ausschlag oder offene Geschwüre?«

Eine Frau mit verschlagenem Gesichtsausdruck meldete sich und zeigte unaufgefordert ihre Unterarme vor, die von ringförmigen, schuppigen Mustern gezeichnet waren. »Sie nässen nicht«, beteuerte sie schnell, »in Rom hat niemand etwas dagegen gehabt.«

»Wurscht«, sagte der Knecht. »Wir sind hier nicht in Rom. Stroh! Und wehe, ich erwische dich auf einem Bettsack. Das gibt vierzehn Tage Turm.«

»Hab' ja nur gemeint«, maulte die Frau und verschwand nach oben. Ymme war froh, daß sie mit ihr nicht zusammenliegen mußte. Sie durfte auf dem gefüllten Bettsack mit Kissen schlafen, den sie vorher belegt hatte. Und sie bedauerte die Frau mit den wunden Füßen, die ebenfalls auf Stroh lag.

Die Erschöpfung kam, als sie im Bett lag, und sie schlief ein, ohne zu bemerken, daß noch zwei andere Frauen im Bett ihren Platz suchten. Bruder Berthold führte derweil ein ausgiebiges Gespräch mit dem geschwätzigen Knochenhauer.

Bruder Berthold war zur Matutin in die Klosterkirche hinübergegangen, mit bedächtigem Schritt und fromm gesenktem Haupt. So gelang es ihm am besten, seinen Ärger zu verbergen, der immer aufs neue aufwallte. Spät hatte er sich entschlossen, in den Dienst der Kirche zu treten, und zur Strafe mußte er sich mit diesen Pilgern in Staub und Hitze abmühen. Sein Onkel Berthold von Loccum war von den Livländern erschlagen worden. Es war der falsche Ort und die falsche Zeit zum Sterben gewesen, zu früh jedenfalls, um seinen Neffen noch in eine Position zu heben, die sich zum Absprung auf höhere Ebenen eignete. Der Bischof war selig gesprochen worden, aber das nützte Berthold dem Lebenden wenig.

Berthold, der Mönch, haßte seitdem alle, die so aussahen, als ob sie entfernt an seiner erniedrigenden Position Anteil haben könnten. Und Ymme Emeken hatte die Dreistigkeit gehabt, Ungläubige gegen einen Gesandten der christlichen Kirche in Schutz zu nehmen.

Am nächsten Morgen war von seinem nächtlichen Ärger nichts mehr zu erkennen. Gut gelaunt versammelte er nach dem Morgenmahl seine Schäfchen und ließ sich auch dadurch nicht stören, daß eines zurückbleiben mußte, dem Tode nah. Er versprach Ymme großzügig, daß die Benediktiner sich um ihres Seelenheils willen um die Frau kümmern würden. Dann führte er seine Pilgerschar am alten Kloster vorbei auf die südliche Ausfallstraße der Stadt.

Ymme, die zufällig aufblickte, sah, wie Bruder Berthold unterhalb der letzten Pflaumenbäume des Klosters den Dicken einwies. Dieser lächelte geschmeichelt und zeigte dann seinerseits der adeligen Dame den Weg, der gerade wie eine gespannte Schnur vor ihnen lag und überhaupt nicht verfehlt werden konnte. Sie verzog darum auch keine Miene und hätte ihn beinahe überritten, während Bruder Berthold zurücktrat und die Reihe der Pilger an sich vorüberziehen ließ.

Ymme ahnte, daß er mit ihr sprechen wollte. Vielleicht wegen der Frau, die sie zurückgelassen hatten. Doch eigentlich glaubte sie es nicht. Eine unbestimmte Furcht kroch in ihr hoch. Dieser Mönch war auch ein Mann, und ihr war sein Wesen fremd. Selbst nach drei Tagen in Hitze und Staub war seine Tunika makellos weiß und sah frisch geglättet aus. Er war das genaue Gegenteil des schmuddeligen Benediktiners, der sie in Frankfurt verabschiedet hatte. Außerdem wußte sie nun, wie mäßig er aß, und Wein hatte sie ihn noch nicht trinken sehen. Er entsprach ganz bestimmt nicht dem Bild der Leute, die die meisten Mönche für Schlemmer, Säufer und Hurenböcke hielten.

Während er das Maultier umrundete, um an ihre Seite zu gelangen, lächelte er sie liebenswürdig an. Und doch fühlte Ymme sich von seinem bohrenden Blick fast ausgezogen. Sie errötete und hoffte, er würde es der Hitze zuschreiben.

»Zufällig habe ich gestern Nachricht von meinem alten Freund Hinrich van der Treppen erhalten«, erzählte er beiläufig, als es ihm mit einem Hüpfer gelungen war, sich dem Schritt von Ymme anzupassen. Wie albern, dachte sie und hörte verständnislos zu. »Sagt Euch der Name nichts?« fragte er nach einer Weile mit geheucheltem Erstaunen.

Sie schüttelte den Kopf und wußte nicht, worauf sie sich gefaßt machen mußte. Auf Gutes sicher nicht.

»Hinrich van der Treppen ist seit Mai Pfarrherr von Sankt Marien in Lübeck.«

Ymme nickte gleichmütig. »Das ist sicher so, wenn Ihr es sagt. Ich war seit dem Spätwinter nicht in Lübeck, sondern auf Besuch in Frankfurt. Ihr wißt ja, daß mein Vater Fernhandelskaufmann ist.« Sie wunderte sich selbst, wie glatt ihr die Beugung der Wahrheit gelang.

»War. War«, verbesserte der Mönch lächelnd.

Ymme wurde es sehr heiß unter ihrem Kleid. Er mußte sich mit dem Knochenhauer unterhalten haben. Was hatte er erfahren?

»Es geht auch das Gerücht, Ihr hättet Euch durch einen Feind des christlichen Glaubens aus der Stadt schmuggeln lassen, einen Juden.«

»Ich glaube nicht, daß er ein Feind ist«, entgegnete Ymme überrascht. »Er hatte eigentlich nur Angst vor den Christen. Aber er war ein guter Mensch.«

Berthold schob die Unterlippe vor und schüttelte überlegen den Kopf. »Ein offensichtlicher Feind der Kirche ein guter Mensch? Das kann Euer Ernst nicht sein. Der Umkehrschluß wäre, daß die Kirche nicht gut ist, also im Unrecht der gesamten Christenheit gegenüber. Ich kann nicht glauben, daß Ihr dies behaupten wollt. Sofern Ihr eine Tochter der Kirche seid.«

Ymme war intelligent genug, um zu verstehen, daß er ihr Vorsicht nahelegte. Aber das hätte bedeutet, auf sein Angebot einzugehen. Und sie war viel zu stolz, um Fallen aus Schlauheit zu vermeiden. »Er war barmherzig«, beharrte sie. »Und lehrt nicht Christus Barmherzigkeit?«

»Barmherzigkeit?« zischte der Mönch. »Es war die Barmherzigkeit des Verführers.«

Ymme erschrak vor der Leidenschaft, die in diesem sonst so kühlen Mann plötzlich loderte, und dann ging ihr auf, daß sie selber sie entfacht hatte.

»Gott haßt die Juden, diese Christusmörder!« Er ballte die Hände.

»Wie hättet Ihr Jesus wohl beurteilt zu seinen Lebzeiten? Als Gründer der Kirche oder als ihren Feind?« fragte Ymme nachdenklich. Noch nie war ihr so bewußt gewesen wie gerade jetzt, daß Mosse Haluca ihr Verständnis für den Ort geweckt hatte, an dem zwei Glaubensrichtungen auseinandergegangen waren ... Sie waren gar keine Feinde. Sie waren getrennte Brüder.

Aber der Mönch an ihrer Seite war nicht gekommen, um zu disputieren. Seine Leidenschaft für Christus verwandelte sich in kalte Wut über das Mädchen, das sich anmaßte, den Glauben interpretieren zu wollen. »Das Lehramt steht nur den Bischöfen zu und als ihrem Haupt dem Heiligen Vater, dem Weltbischof. Hast du etwa eine Meinung zu Glaubensfragen zu haben? Hüte deine Zunge, das ist der beste Rat, den ich dir geben kann. Gott haßt nicht nur die Juden, sondern auch alle, die sich weigern, sein Wort in der richtigen Weise anzunehmen ... Papst Innozenz, das Fundament der Christenheit, hat den Ketzern den Krieg erklärt.«

Ymme schwieg. Sie verstand nicht, was er eigentlich wollte. Welchen Krieg meinte er? Es konnte sich doch nur um den neu ausgerufenen Kreuzzug handeln, oder nicht? Aber was hatte der Kreuzzug eines Papstes mit ihr zu tun?

Doch bevor sie eine unverfängliche Erwiderung hatte finden können, fragte er scharf: »Bei wem habt Ihr in Frankfurt Unterschlupf gefunden? Erzählt mir nicht, bei einem Christen!«

Ymme fürchtete, der Mönch könnte hören, wie ihr Herz gegen die Rippen schlug. Auf keinen Fall konnte sie Frau Cornela verraten. »Bei der Frau eines Kannengießers in der Kannengießergasse. Mein Vater ...«

»Schon gut«, sagte Bruder Berthold und verfiel in Schweigen. Inzwischen hatte er sich wieder beruhigt. Er würde herausbekommen, wer ihr geholfen hatte. Daß Kannengießer in ihrer Gasse wohnten, lag auf der Hand, und er kannte solche Leute nicht beim Namen. Es bestand immerhin die Möglichkeit, daß sie die Wahrheit sagte. Und es war grundsätzlich unklug, Menschen mit falschen Beschuldigungen zu erschrecken. Nur unwiderlegbare waren tauglich.

Andererseits hatte er ausgerechnet am Morgen ihres Abmarschs eine sehr denkwürdige Begegnung gehabt, denkwürdig nicht nur deshalb, weil er die Frau längst für tot gehalten hatte, sondern auch, weil Ymme Emeken in einer noch ungeklärten Verbindung zu den Frankfurter Juden stand. Die totgeglaubte Frau war Jüdin – und der Benediktiner Winfried hatte ihm die bekannte Augenärztin Johanna Cornela gezeigt. Früher hatte sie anders geheißen …

»Nach allem, was ich inzwischen erfahren habe, besteht die Möglichkeit, daß die Kirche Euch aus ihrer Gemeinschaft ausgeschlossen hat«, behauptete Berthold mit Nachdruck. »Und nach dem, was ich von Euch selber gehört habe, wäre es in hohem Maße gerechtfertigt.« Ohne Ymme weiter zu beachten, beschleunigte er seinen Schritt und überholte die Frau, die wie der Gekreuzigte einherwankte.

Zutiefst erschrocken, gelang es Ymme nicht, ihre Augen von seinem weißen Ordenskleid zu lösen, bis er ganz vorn an der Spitze seiner frommen Schar angelangt war und sich im gleißenden Licht zwischen den Weinbergen aufzulösen schien. Und unter der prallen Sonne drang der Gedanke, daß sie vielleicht exkommuniziert war, nur ganz langsam in ihr Bewußtsein ein, aber bald beherrschte er sie und erfüllte sie mit Entsetzen.

Gegen die Angst half auch nicht, daß sie sich abends in einer kleinen Dorfkirche mit ausgebreiteten Armen vor den Altar warf und inbrünstig die Taufformel sprach.

Bruder Berthold aber beobachtete Ymme Emeken grimmig und hielt ihre Qual für Schauspielerei. In den nächsten Tagen ließ er sie in Ruhe, damit sie im stillen Gebet zu den Heiligen und zur Muttergottes ihre Angst selber schüren konnte.

Mit ihr war er noch nicht fertig.

4. Der Hahn ist tot …

Staunend blickte Ymme sich um, als sie aus der Herberge auf die Straße trat. Erst heute früh fühlte sie sich nach dem anstrengenden Marsch kräftig genug, wieder Atem zu holen, innerlich wie äußerlich. Sie war planmäßig in Arles angekommen, nachdem sie sich in Einsiedeln einer kleinen Gruppe Kaufleute und mutiger Einzelpilger angeschlossen hatte. Einen geistlichen Führer hatten sie nicht gehabt, aber es war alles gutgegangen. Die Pilger wollten nach Santiago de Compostela und baten sie herzlich, bei ihnen zu bleiben, statt auf eine – erfundene – Gesellschaft aus Turin zu warten. Die Kaufleute schifften sich nach Rom ein – und sie selber würde sich vertrauenswürdigen Pilgern anschließen, die auf dem Rückweg von Galicien nach Oberitalien waren.

Den Pilgern und den Kaufleuten hatte sie nachgewinkt – unmittelbar danach war ihr jedoch geraten worden, lieber in Saint-Gilles Anschluß an Pilger zu suchen, weil es, vor allem zu dieser späten Jahreszeit, mehr Möglichkeiten bot. Das hatte ihr eingeleuchtet.

Als erstes mußte sie jedoch ein wenig Geld einwechseln. Man hatte ihr in der Herberge mit Händen und Füßen, mit Kreide auf den Steinfliesen des Fußbodens und viel Gelächter den Weg zum Wechsler beschrieben. Verstanden hatte sie nicht viel, aber sie war überzeugt, daß sie ihn finden konnte. Überhaupt flößte ihr diese lebendige, übersprudelnde Stadt Freude und Mut ein.

Sie lächelte im Vorübergehen der Marktfrau zu, die Melonen, Trauben und Oliven anbot, und als Ymme die offenen Handflächen nach oben drehte zum Zeichen, daß sie kein Geld hatte, schenkte ihr die Frau ein paar Trauben.

Es war immer noch warm, obwohl schon November. Die Hitze über der Stadt hatte Blätter von Bäumen und Büschen mit hellbraunem Staub bedeckt, aber noch nie war ein Ort ihr so bunt erschienen. Selbst die Häuser und Paläste schienen sich mit Türmchen zu schmücken. Es wimmelte von gutgekleideten Damen und vornehmen Herren in den fröhlichsten Farben. Schwarze Soutanen von Priestern und Mönchen sah sie kaum, die Stadt schien eher von Menschen als von Geistlichen bewohnt. Ein Gefühl von Genugtuung durchflutete Ymme: Kirchen und Kapellen gab es genug, zwischen den Bäumen schimmerte die Kathedrale hindurch – und doch würde hier kein Geistlicher sie zur Reue drängen oder verächtlich mit ihr umgehen, weil sie vielleicht exkommuniziert war.

Nachdem Bruder Berthold ihr seinen Verdacht mitgeteilt hatte, war sie von allen wie eine Aussätzige behandelt worden. Der kleine Dicke war herumgewieselt und hatte Stimmung gegen sie gemacht, sie hatte es gesehen und sich nicht dagegen wehren können. Es war eine bittere Erfahrung gewesen, aber sie würde versuchen, das ganze schlimme Zwischenspiel zu vergessen.

Ymme drückte sich in den Schatten der hohen, dicht beieinanderstehenden Häuser und ließ einen Esel mit Reiter an sich vorüber. Den Geldwechsler an seinem Tisch fand sie schnell; er sprach Deutsch und konnte ihr über das Wechseln hinaus den Weg zur Rhônebrücke beschreiben. Danach holte sie ihr Maultier und wanderte wieder los.

Am Nachmittag hatte Ymme bereits einen Platz in einer der Herbergen von Saint-Gilles gefunden und ihr Maultier untergestellt. Sie machte sich zur klösterlichen Herberge auf, um dort ihr Glück zu versuchen.

Diese Stadt war kleiner, die Straßen waren schmaler, aber der Lärm war gewaltiger als in Arles. Mehrmals wechselte sie auf die andere Straßenseite, um den Betrunkenen zu entgehen, die aus den Kaschemmen wankten. An den drei Kirchen, an denen sie vorbeikam, waren die Türen mit Brettern vernagelt, gleichwohl fehlten die Geistlichen nicht. In ihren Kutten, Soutanen, weinroten oder purpurroten Umhängen betraten sie ohne Scham die Bordelle neben den Kirchen, wo die Huren sich aus den Fenstern lehnten, die Vorübergehenden lästernd und die Kunden lockend.

Hier haben die Kirchen geschlossen und die Bordelle offen, sagte sich Ymme. Und wenn die geistlichen Herren zu dieser Tageszeit vielleicht die besten Kunden waren: außer ihr schien sich niemand darüber zu wundern.

Es dauerte einige Zeit, bis sie das Stadttor gefunden hatte. Scheu trat sie von der Straße ins Gras, als ihr, schon außerhalb der Stadtmauer, mehrere Tempelherren zu Pferde entgegenkamen. Sie ließ die Ritter in ihren weißen Mänteln mit den roten Kreuzen an sich vorüberziehen; sie hatten weder Waffen noch Rüstungen. Doch hatten sie braungebrannte, männliche Gesichter, die von harten Kämpfen herzurühren schienen. Nur der Ritter an der Spitze schien eher ein hoher Geistlicher zu sein, und die jüngeren Ritter umsorgten ihn mit Ehrfurcht. Sie mußte an Rainald zum Paradies zurückdenken, der so gerne Johanniter werden wollte. Auch er hatte sie zum Schluß gemieden, aber da er ihr die ganze Zeit eher wie ein jüngerer Bruder als ein erwachsener Mann vorgekommen war, verzieh sie ihm.

Die kirchlich geleitete Pilgerherberge mit der kleinen Kapelle lag gegenüber dem Haus, aus dem die Tempelherren gekommen waren. Obwohl der Bruder Pförtner dieselbe Ordenstracht wie die Einsiedelner Mönche trug und damit in Ymme eine instinktive Abneigung auslöste, brachte sie es fertig, sich gelassen bei ihm nach Italienpilgern zu erkundigen.

Er starrte sie erstaunt an, was sie ihrer Haarfarbe zuschrieb, und gab dann in einem merkwürdig klingenden Latein Auskunft über die Aussichten, jetzt noch Rompilger anzutreffen. Sehr gut seien sie nicht, meinte er abschließend, aber sie solle Gottvertrauen haben.

Ymme nickte. Sie wäre sonst nicht bis hierher gekommen. Dann bummelte sie nachdenklich den Weg zurück durch das Tor in die Stadt. Was war, wenn sie keine Begleiter fand? Allein in die Lombardei zu wandern war zu gefährlich; die Schiffahrt war wahrscheinlich für den Winter schon eingestellt. Sie preßte die Nägel tief in die Handflächen. Es mußte ihr einfach gelingen! Vielleicht sollte sie die Geldwechsler um Rat fragen, die eine ganze Straße für sich einnahmen, die Rue des Tables. Sie hatten die meisten Erfahrungen mit Reisenden, und anscheinend waren sie zum größten Teil Italiener.

Dann stand sie vor der Abtei des heiligen Aegidius. Plötzlich empfand sie das innige Bedürfnis, sich ihm vor die Füße zu werfen und ihn um Hilfe zu bitten. Auch er war ein Wanderer gewesen, der endlich an seinem Ziel angelangt war. Mit zwei Männern und einer Frau, deren auf den Hut genähte Jakobsmuscheln bewiesen, daß sie von Compostela kamen, betrat sie die Krypta. Vielleicht hatte Aegidius ihr bereits geholfen? Sie lauschte den Fremden mit klopfendem Herzen und entschloß sich dann, sie kurzerhand zu fragen. Nein, nicht auf dem Weg nach Italien seien sie, sondern nach Lyon.

Schnell hatte sich diese Hoffnung zerschlagen. Inbrünstig betete Ymme am Grab des heiligen Mannes und stieg dann über die flache Treppe nach oben, die so lang war, daß sie bei der Prozession ein Paternoster zuließ. Ihre Schritte hallten, und endlich fiel ihr auf, daß sie in diesen Gewölben ganz allein war.

Eine Weile sah Ymme draußen den Steinmetzen zu, die an Figuren für das Portal arbeiteten, aber genau wie am Grab des Heiligen fand sie keine Zuversicht und beim Anblick dieser mürrischen Leute auch keine Zerstreuung.

Als sie sich umwandte, stolperte sie über einen Bettler, der auf einem niedrigen Karren lag, den er mit den Händen vorwärts stieß. Die Stümpfe seiner Beine waren mit rissigen Lederriemen festgeschnallt, aber er selber sah weder verlottert noch abstoßend aus. Er konnte nicht mehr rechtzeitig bremsen; als er es versuchte, klemmte er sich die Hand. Ymme entschuldigte sich erschrocken, während er sich das Blut von den Fingern leckte und sie dabei unter einem schwarzen, dichten Haarschopf anstarrte. Danach hielt er ihr wortlos die offene Hand hin.

Ymme legte ein Geldstück hinein, dessen Wert sie nicht genau beurteilen konnte. Er betrachtete es erstaunt, warf es mehrmals hoch in die Luft und fing es wieder ein. »Was willst du dafür haben?« fragte er für Ymme einigermaßen verständlich.

Sie runzelte die Stirn.

»Beim heiligen Aegidius, es war zuviel!« Er machte eine Pause und strich sich die Haare aus dem Gesicht, so daß Ymme außer der geraden Nase auch seine Augen erkennen konnte. Er war hübsch und noch sehr jung. »Auch unsereins hat seine Ehre, nicht weniger als ein Templer. Du hast Anspruch auf eine Gegenleistung. Sag, was du dafür willst!«

Ymme erkannte ihre Chance. In gewissem Umfang konnte man zu einem solchen Mann Vertrauen haben. »Ich suche eine Pilgergruppe, die nach Italien reist. Weißt du eine?«

Der junge Mann warf sich die Haare aus der Stirn, nicht anders als jeder junge Mann, der die Aufmerksamkeit einer hübschen Frau einfangen will, und überlegte. »Es sind vor drei Tagen welche losgezogen, aber du kannst sie nicht mehr einholen. Und ob sich jetzt noch welche sammeln? Die meisten umgehen die Languedoc nördlich. Seitdem wir mit dem Interdikt belegt sind, kommen sowieso weniger. Manche Männer warten auch darauf, daß der Kreuzzug losgeht, und ziehen gar nicht erst in ihre Heimat.« Er schnalzte mit der Zunge und schüttelte den Kopf. »Was seid ihr denn für Menschen, dort, wo du herkommst? Wißt ihr gar nicht, was in der Christenheit los ist? Zur Zeit ist es nicht vernünftig, freiwillig hierherzukommen.«

Verlegen mußte sie ihre Ahnungslosigkeit zugeben. Niemand hatte ihr etwas erzählt. Aber sie hatte sich auch gar nicht erkundigt, sie war so mit ihren eigenen Problemen beschäftigt gewesen. Natürlich war das kein Grund, den man vor anderen als Entschuldigung benutzen konnte.

»Ich werde mich umhören«, sagte der Bettler kurz. »Wo kann ich dich finden?«

Ymme nannte ihm die Herberge. Aber plötzlich wußte sie, daß es nicht genug war, ein Land wie ein Zugvogel zu durchqueren. »Warum sollten sie ausgerechnet hier auf den Beginn eines Kreuzzugs warten? Ich denke, die meisten Schiffe liegen in Arles? Erzähl mir, was bei euch los ist.«

Der Bettler sah sie prüfend an und lächelte plötzlich. »Du siehst nicht besonders beschränkt aus. Aber weil du gerade erst angekommen bist, will ich dich entschuldigen. Seitdem dieser niederträchtige Legat des Papstes umgebracht wurde, hat Innozenz zum Kreuzzug aufgerufen. Nicht gegen die Ungläubigen, sondern gegen uns, Gott strafe ihn.«

»Gegen wen: uns?« Ymme konnte gut sehen, daß die Augen des Bettlers vor Zorn glühten; aber um einen Kreuzzug gegen Bettler konnte es sich nicht handeln.

»Sieh dich um! Gegen alle außer den schwarzberockten Hurenböcken. Wer weiß, was daraus wird. Raymond, unser Graf, wurde exkommuniziert – und unser Land soll die Beute für den Papst und seine Pfaffen sein. Wir sind hier ganz allein, und die Geier sammeln sich schon.«

Ymme sah sich tatsächlich um, während der junge Mann, in Gedanken versunken, vor- und zurückrollte, und was sie sah, ließ sie steif vor Schreck werden.

Mit langen Schritten näherte sich der Zisterziensermönch Berthold, und nach der Zornesfalte zwischen seinen Augen zu schließen, hatte er die letzten Worte gehört. Doch strafte er den Bettler mit Verachtung.

»Ach«, rief Berthold lauter als nötig und erreichte damit, daß zwei Mönche, die mit dem Baumeister in ein Gespräch vertieft gewesen waren, sofort verstummten, um unauffällig zu lauschen. »So sehe ich Euch also wieder! Gestattet, daß ich den Verdacht ausspreche, daß Eure Wallfahrt vorgeschoben war! In Wahrheit habt Ihr Euch als Ketzerin im Schutz der Kirche zu anderen Ketzern dieses Landes flüchten wollen!«

»Wieso? Ihr seid doch auch hier«, versetzte Ymme.

Der Bettler zu Ymmes Füßen kicherte, und Bruder Berthold warf ihm einen wütenden Blick zu. Währenddessen hatte sich der eine Klosterbruder genähert. Er faltete die Hände und neigte vor Berthold höflich den Kopf, bevor er sprach. »Ihr habt recht, Bruder. Euer Urteil ist scharf, aber es entspricht der Wahrheit. In den letzten Wochen wird es von Tag zu Tag ärger mit den fremden Ketzern. Aus der Gegend von Lyon und aus der Lombardei strömen sie in Scharen hierher, um hier die Unruhe zu verstärken. Wir alle wünschen uns ein baldiges Ende. »Das wünsche ich mir für euch auch«, stimmte der Bettler von Herzen zu und rollte rasch fort, um dem Fußtritt des Cluniazensers zu entgehen. Er grinste breit, weil der ihn verfehlt hatte, und machte eine obszöne Geste.

Bruder Berthold beachtete weder den Bettler noch Ymme. Er verzog den Mund, unter dem die Haut so scharf rasiert war, daß immer noch Blutströpfchen auf seiner Haut standen. Der Mann hatte sich selber zugerichtet wie ein Huhn vor dem Braten. Ymme betrachtete ihn mit Entsetzen und Abscheu. Wie konnte er nur! Wahrscheinlich war er auch innerlich sauber und ohne verborgene Winkel, in denen Unkraut wachsen durfte.

Ohne zu blinzeln, blickte der Zisterzienser geradezu feindselig in die Sonne. Dann sagte er so leise, daß Ymme sich anstrengen mußte, um ihn zu verstehen: »Seid ohne Sorge, Brüder. Das Gericht Gottes wird mit der Gnadenlosigkeit einer Sintflut über die Ketzer hereinbrechen. Der Heilige Vater hat die lehenspflichtigen Herren von ihrem Eid gegenüber Graf Raymond entbunden.«

Der Bettler, der den Kopf schief halten mußte, um dem Mönch ins Gesicht sehen zu können, trommelte in ohnmächtiger Wut mit der Faust auf den Wagen. »Du lügst! Wie kann er!« schrie er. »Wie kann er nur!«

»Und ich habe vom Papst Vollmacht erhalten, diesen Kreuzzug zu predigen«, fugte Berthold hinzu.

Die Mönche sahen ihn plötzlich verschreckt an, und Ymme ging auf, daß die Macht eines Kreuzzugpredigers offenbar unermeßlich war, verglichen mit der eines gewöhnlichen Mönchs.

»Ihr Mörder!« brüllte der junge Mann, stieß sich mit der Wucht einer Steinschleuder ab und fuhr dem Legaten über die weichen, hellen Stadtschuhe. Dieser fiel der Länge nach über ihn, hüllte ihn mit seinem Mantel ein und konnte von den beiden Mönchen gerade noch rechtzeitig beiseite gezogen werden, bevor der Bettler mit seinem Messer zustieß.

Die Cluniazenser stellten Bruder Berthold auf die Füße und klopften ihn ab, während der Mann den Berg hinunterrollte. Es brauchte jedoch nur ein sparsames Deuten mit dem Kinn, und die Mönche rannten mit geschürzter Kutte hinter dem Bettler her. In Sekundenschnelle hatten sie den Wagen umgekippt, die Riemen aufgeschnitten und den Bettler in den Staub geworfen. Wie ein gelernter Gaukler schnellte der Beinlose hoch und rollte dann auf der Straße davon. Er schaffte es bis zur nächsten Ecke; dann stürzten sich die Mönche mit Gebrüll auf ihn.

Und wie bei einer Gauklergruppe gab es plötzlich Zuschauer, die aus dem Nichts auftauchten: Töpfer aus einer Werkstatt, Limonadenverkäufer, Seeleute, Schusterjungen, Frauen, Männer und Kinder. Sie feixten, spotteten und wetteten. Als der Spaß vorbei war, ging das Leben weiter.

Ymme starrte mit angehaltenem Atem hinter den Mönchen her, die den Bettler ins Klostergelände zerrten und hinter den Bauhütten mit ihm verschwanden. Die Angst griff wieder nach ihr. Weder die Steinmetze noch die Zuschauer halfen einem Mann, der außer seiner Dreistigkeit kaum etwas besaß. Tief in Gedanken holte sie seinen Rollwagen, trug ihn zur Klosterpforte und stellte ihn dort ab. Der Bettler würde ihn später suchen.

Bruder Berthold, der sie nicht aus den Augen gelassen hatte, bemerkte in zynischem Ton: »Er wird ihn nicht mehr brauchen. Er ist nachweislich Ketzer.«

Ymme fiel ein, daß ja ursprünglich sie selber Gegenstand seines Interesses gewesen war. Sie wagte keine Widerworte mehr und ging mit weichen Knien davon. Erst hinter der Hausecke, die der Bettler zu erreichen versucht hatte, wirbelten rebellische Gedanken durch ihren Kopf. Wieso hatte Bruder Berthold ihn als Ketzer bezeichnet? Kannte er ihn? Das Messer hatte er ihm nicht vorgeworfen.

»Ho, ho, ihr Süßen, es geht los«, lockte der russische Treiber mit der hohen Bärenmütze und dem langen Bart. Seine Peitsche umfächelte die nackten Jungenbeine. »Ihr werdet springen lernen müssen, meine leckeren Ferkelchen.« Es war Sommer, und es war warm, und der Zug der aneinandergeketteten Jungen ging in den Palast von Ostrom.

Zehn schwerbewaffnete Männer bewachten dreißig verschnitte-

ne Jungen, gut erholt und prächtig herausgefüttert. Aber die Jungen im Alter von sieben bis zwölf Jahren sahen ängstlich aus. Auch sie wußten schon, daß der Weg von Riga nach Konstantinopel weit und gefährlich war.

Berthold stand mit dem Arzt, der die Operationen durchgeführt hatte, ein wenig abseits. »Eine Kölner Mark pro Jungen oder auch sechs bis sieben Byzantiner. Nicht schlecht für das erste halbe Jahr, was meint Ihr?«

Ibn Abrafim grunzte abfällig. »Nicht genug. Von den Jungen werden mehr sterben als von den Treibern, schätzungsweise fünf. Zwei oder drei werden die Treiber so zurichten, daß sie nicht mehr verkauft werden können: die Palasteunuchen nehmen nur feinste Ware. Einem oder zweien wird die Flucht glücken – macht insgesamt einen Verlust von zehn. Zuviel.«

Berthold war beleidigt, aber er wußte, daß der Jude recht hatte. »Mehr Treiber?« fragte er zögernd.

Ibn Abrafim spuckte auf den staubigen Boden. »Mehr Ware.«

»Unmöglich!« sagte Berthold rasch. »Ich kann sie nicht alle auf dem Weg ins Kloster verschwinden lassen. Einer der Bremer Mönche mißtraut mir schon.«

»Laßt Euch etwas einfallen! Ist Euer Oheim nicht Bischof?«

Berthold schob die Unterlippe vor. »Der weiß darüber nichts.«

Der Jude, ungeachtet der Hitze im schwarzen Kaftan, blickte in den weiten livländischen Himmel und drehte die offenen Handflächen nach oben. »Wie Ihr wollt«, murmelte er. »Es gibt noch andere Lieferanten.«

In der folgenden Woche lernte Ymme immer besser zu verstehen, was der Bettler gemeint hatte. In Saint-Gilles herrschte keineswegs die gelassene Stimmung von Arles. Obwohl die Grafen von Toulouse schon lange ihren bevorzugten Sitz in dieser Stadt hatten, bemächtigten sich ihrer jetzt die Mönche, wie ein langsam steigender Fluß eine angrenzende Wiese überschwemmt. Ymme sah, wie sie sich von Stunde zu Stunde zu vermehren schienen, und es wurde für sie selber immer schwieriger, den Cluniazenserkutten aus dem Wege zu gehen. Doch wußte sie sich keinen anderen Rat, als zu hoffen und täglich im Priorat und in der Herberge nach durchziehenden Pilgern zu fragen. Die Stimmung in der Stadt schlug von schläfriger Duldung zu latenter Gereiztheit um. Manchmal sah Ymme, wie Gläubige vor der verschlossenen Kirche das Kreuz schlugen und gleichzeitig dem Priester auf der Straße die Faust unter die Nase hielten. Es kam wohl auch vor, daß ein Geistlicher niedergeschlagen wurde und hinterher niemand etwas bemerkt haben wollte.

Und doch waren die Bürger jederzeit bereit, den wandernden Predigern zuzuhören, die ebenfalls immer öfter auftauchten. Die schwarzgekleideten Männer sprachen mit ruhiger Stimme meistens von einem Brunnenrand oder einer Haustreppe zu den Menschen, und die Zuhörer nickten und erwiderten oder fragten. An solchen Versammlungen beteiligten sich weder Zisterzienser noch Cluniazenser, aber allerhand ärmliche Mönche und Volk, das nicht zu den Bürgern gehörte. Ymmes Neugier wuchs.

Eines Morgens stellte sie sich im Schutz eines Torbogens zwischen einen Johanniterritter und eine junge Frau und lauschte einem Prediger. Da sie die geistlichen Ritter noch nie mit Zisterziensermönchen hatte tuscheln sehen, fühlte sie sich in seiner Nähe einigermaßen sicher. Zudem mußte sie ohnehin warten, bis die schmale Straße wieder frei war.

Der Prediger, ein magerer kleiner Mann, der seine Worte mit ausladenden Gesten unterstützte, hatte schon eine Weile gesprochen, als Ymme hinzutrat. Er legte eine Pause ein, um dann inbrünstig auszurufen: »Gott ist Liebe! Gott ist der Schöpfer! Gott ist Licht! Vertraut Ihm, werft eure irdischen Güter von euch und folgt Ihm! Laßt ab von den Gedanken an Purpur und Seidenkleider, hört auf, Paläste mit Schätzen auszustatten, denkt an Sein Reich, das ewig war und ewig sein wird. Und nun laßt uns gemeinsam beten.« Der Prediger faltete die Hände und senkte den Kopf.

Ymme, die von der Frömmigkeit um sich herum erfaßt wurde, sprach die ersten Worte des Paternosters und verstummte erschrocken. Wo immer sie gewesen war, hatte sie sich im Vaterunser mit fremden Menschen vereint gefühlt. Aber diese hier beteten nicht das lateinische Vaterunser.

Was war das für eine unchristliche Gesellschaft? Der Schweiß trat ihr auf die Stirn, und sie schielte verstohlen zu ihrer Nachbarin hinüber, die mit ihrer kleinen Tochter zusammen andächtig betete. Der Johanniter auf der anderen Seite hatte die Hände gefaltet; er sprach nicht mit, aber sein aufmunterndes Nicken signalisierte ihr, daß er ihren Kummer verstand. Ymme fühlte es und war einigermaßen beruhigt.

Nach einer Weile erschloß sich ihr plötzlich der Sinn der Worte: das Gebet war sehr wohl das Paternoster, jedoch in der Landessprache. Merkwürdig, dachte sie. Auf der einen Seite gibt es hier Ketzer, auf der anderen Seite ist ihre Frömmigkeit so groß, daß sie nicht das kleinste Wörtchen des Gebets wegen einer fremden Sprache verlieren wollen.

Keiner aus der kleinen Gemeinde unter freiem Himmel bemerkte, daß sich am Ende der Straße ein Zug Ritter zu Pferde näherte. Ein Geistlicher in weinrotem Gewand mit breitkrempigem Hut und seine Begleiter in hellen oder schwarzen Roben bildeten das Zentrum der Kavalkade, der sie Schutz und Raum zu verschaffen hatten. Sie drängten die Fußgänger in der Straße nachdrücklich beiseite, und diese warteten mürrisch; sie sperrten sich nicht, aber sie bekreuzigten sich auch nicht, wie es frommen Menschen gebührte.

Ymme blickte in dem Moment auf, als einer der Reiter die Betenden bemerkte, und sah entsetzt, wie er durch das geöffnete Visier den Prediger ins Auge faßte. Dann riß er die Vorhand seines Pferdes hoch.

»Verdammte Patrinos!« brüllte er und sprengte durch die kreischenden Menschen hindurch, die versuchten, den Hufen des schweren Pferdes zu entgehen.

»Eine unbefugte Predigt, Eminenz«, hörte Ymme eine warnende Stimme von einem ganz in eine blau-gelbe Schabracke gehüllten riesenhaften Pferd, das ihr die Sicht auf den Prediger versperrte. Sie schlug die Hände vor den Mund. Vermutlich konnte der Ritter gar nicht sehen, was sich zu den Füßen seines Pferdes tat, und würde das kleine Töchterchen der Nachbarin überrennen, das sich unglücklicherweise in der Verwirrung von seiner Mutter losgerissen hatte.

»Vorsicht, Herr«, rief sie und griff ihm in den Zügel.

Was danach geschah, konnte später nur durch viele Augenzeugen, wenn auch unzureichend, geklärt werden: Der Tumult wurde wahrscheinlich dadurch ausgelöst, daß der brutale erste Reiter den Prediger in den Brunnen stieß und die Menschen sich mit bloßen Fäusten auf ihn und sein Pferd warfen. Jedenfalls eilten zu seiner Rettung die übrigen Ritter herbei, die sich bis dahin zurückgehalten hatten.

Auch der Reiter neben Ymme gab seinem Pferd die Sporen, aber aus einem nicht ersichtlichen Grund wieherte das Pferd und stieg in die Höhe. Ymme war mit einem Satz unter den schlagenden Vorderhufen und zog das Kind fort, als der Mann endlich die Gefahr erkannte und sein Roß mit einem energischen Ruck an der Trense herumriß.

Als Ymme der verzweifelten Mutter das Mädchen in die Arme drückte, blutete das Pferd an der Flanke aus einem kurzen Riß in der Haut. Der dunkelblaue nasse Fleck auf der prachtvollen Decke färbte sich rötlich. Ymme konnte nicht verstehen, wo sich das Tier in diesem Moment hatte derart verletzen können. Der Johanniterritter stand mit unbewegtem Gesicht neben der Hinterhand des Pferdes, die Hände unter dem schwarzen weiten Mantel mit dem weißen Kreuz verborgen.

Während das Getümmel zunahm, wich der Johanniter in den Schutz des Tores zurück, wohin die Reiter nicht folgen konnten. Er zog Ymme mit sich, und mehrere andere folgten. Kurz danach wurde von oben ein Topf mit stinkenden Exkrementen über die Reiter geschüttet, von einem Frauenarm so zielgenau gehandhabt wie die Armbrust von einem Ritter. Von den gegenüberliegenden Häusern ertönte schadenfrohes Gelächter.

Das Fluchen der Reiter mischte sich mit den Schreien verletzter Menschen, die sich zwischen den aufgeregten Pferden wälzten.

Über die Köpfe der Reiter hinweg beobachtete Ymme, wie der rote Kardinalshut sich schaukelnd entfernte.

Der Würdenträger überließ es seinen Reitern, selber festzustellen, daß sie sich in einer Auseinandersetzung befanden, die er nicht angeordnet hatte und die er nicht billigte.

Allmählich schafften es die Ritter, Zügel und Schabracken ihrer Pferde aus der Umklammerung der Fäuste zu befreien. Wo es nötig war, schufen sie sich mit der flachen Seite ihres kurzen Schwerts Raum. Schließlich trabten die sechs Ritter mit scharfem Klappern den geistlichen Herren nach.

Ymme blickte den blauen Umhängen mit der halbierten goldenen Lilie erbittert hinterher, und sie war nicht die einzige. Aber natürlich war die Wut unangebracht, während auf der Straße die Verletzten lagen. Der Johanniterritter eilte längst zwischen ihnen umher.

Sie folgte ihm. »Edler Herr Ritter«, fragte sie schüchtern, »gibt es etwas, wobei ich helfen könnte?«

Der Ritter erhob sich mit grimmiger Miene von einem älteren Mann, dem er die Augen zugedrückt hatte. »Ich wollte, es gäbe gar nichts zu tun.« Ymme sah ihm zum erstenmal richtig ins Gesicht. Er war jünger, als sie gedacht hatte, und längst nicht so kriegerisch wie die Templer, aber er strahlte Ruhe und große Zuverlässigkeit aus. »Vielleicht könntet Ihr es schaffen, die Verwundeten nach Schweregrad einzuteilen, damit die Brüder wissen, um wen sie sich zuerst kümmern müssen? Ich habe schon nach ihnen geschickt. Mich selber ruft eine andere Pflicht.«

Ymme nickte. Ihr fiel ein Stein vom Herzen. Die Brüder vom Hospital würden sich der Verletzten annehmen; das Priorat ihrer französischen Zunge befand sich in Saint-Gilles, wie sie erfahren hatte, und entsprechend ihrer Ordensregel gab es hier gewiß auch ein ausreichend großes Hospital.

Und obwohl Ymme nur Latein sprach, gelang es ihr mit ihrer Unerschrockenheit, die geringfügig Verletzten, hauptsächlich Menschen mit Quetschungen, am Brunnen zu versammeln, während sie die Schwerverletzten liegenließ und einen Angehörigen oder sonstwie Beteiligten bat, sich daneben zu setzen. Aus dem Augenwinkel sah sie, daß der Ritter neben einer Frau niederkniete und mit ihr zusammen ein Gebet sprach; das Ende murmelte er aus blassen Lippen allein, während ihr Kopf auf die Straße sank.

Ymme seufzte vor Mitleid und nahm sich dann eines Jungen an, der darauf beharrte, bei der toten Frau zu bleiben.

Sie ließ ihm seinen Willen und schiente seinen gebrochenen Arm mit Hilfe eines Tuches und einer zerschlagenen Krücke, die sie auflas. Wenn man es sofort nach dem Bruch macht, spürt der Verletzte kaum etwas, hatten die Schwestern in Preetz gesagt, der Schmerz kommt später. Und es stimmte: der Kleine schien ihre Bemühungen fast nicht zur Kenntnis zu nehmen; der Tod seiner Mutter war für seinen jungen Verstand schon zuviel.

Am Brunnenrand traf Ymme nach einer Weile wieder mit dem Ordensritter zusammen. Dieser hatte inzwischen den leblosen Körper des Predigers aus dem Brunnentrog geholt und vorsichtig auf die Straße gebettet; der Schädel war zertrümmert. Ymme zog erschrocken den Atem ein.

Der Johanniter lächelte sie auf seltsame Weise an und schüttelte den Kopf. »Bedauert ihn nicht. Er ist ins Reich des Lichts eingegangen. Dort ist er glücklicher als hier.«

Ymme nickte verwundert, weil sie diese Bezeichnung für Gottes Reich seltsam fand. Aber der fromme Mann hatte auch vom Licht gesprochen, und der Ritter kannte ihn vielleicht näher.

Die ersten beiden Johanniter trafen ein, zu Pferde und mit hölzernen Bahren für Schwerkranke. Am Ende der Straße tauchten schon die wehenden schwarzen Mäntel der Ritter und dienenden Brüder auf.

Der Johanniter trat auf einen der Reiter zu. »Zwei Tote«, berichtete er knapp, »vier Schwerverletzte und sechs Verletzte, die Behandlung brauchen, aber kein Bett.«

»Vier Betten also.« Der Ritter zu Pferde schickte einen der dienenden Brüder abermals los, damit er eine weitere Trage holte. Danach räumten die Ordensbrüder das kleine städtische Schlachtfeld auf, so, wie sie wohl schon manches große aufgeräumt hatten.

Aber diese hier sind Christen in einer christlichen Stadt, gellte es aufsässig in Ymmes Ohren, erschlagen oder verletzt während einer Predigt unter den Augen eines Kardinals von Rittern seines Gefolges, die ebenfalls von sich behaupten, Christen zu sein.

Stumm und fassungslos stellte sich Ymme zu den Zuschauern und den von der Predigt Übriggebliebenen. Sie diskutierten so laut, daß ihre Stimmen zwischen den hohen Häusern widerhallten. Und obwohl sich sonst immer zwei Gruppen mit gegensätzlicher Meinung bildeten, die auch einmal aufeinander einschlugen, – hier waren sich alle einig. Für die geistlichen Herren mit ihren nordfranzösischen Beschützern trat keiner ein.

Man haßte sie.

Die Johanniter hatten die Schwerverletzten auf den Tragen festgebunden; zwei von ihnen bildeten mit den Händen ein Kreuz und halfen einem humpelnden jungen Mann auf diesen Sitz. Die anderen führten oder begleiteten je einen Hilfsbedürftigen.

Die Zuschauer sahen ihnen nach. Ymme, deren Blick, ohne daß sie es wußte, auf dem jungen Johanniter ruhte, bekam von ihm ein fast unmerkliches Neigen des Kopfes und ein leises Lächeln, bevor er sich den anderen anschloß.

Wie hatte der Johanniter ahnen können, daß sie imstande war, seinen Auftrag zu erfüllen? Man konnte einen Verletzten durch falsche Lagerung zugrunde richten. Und doch hatte er ihr vertraut.

Noch in Gedanken versunken, fühlte sie eine Hand an ihrem Ellenbogen. Die Dame, der sie das Töchterchen gerettet hatte, stand neben ihr. Jetzt hatte sie das Kind fest im Arm, und es blickte mit neugierigen braunen Augen auf Ymmes Haar.

»Ich möchte Euch von Herzen danken«, sagte die Frau in einer für Ymme gut verständlichen, langsamen Sprechweise. Sie war elegant gekleidet, sie mußte zu den wohlhabenderen Schichten der Stadt gehören und hatte ihrer Sprache nach eine gute Erziehung genossen. Ymme freute sich trotz all des Unglücks um sie herum, daß hier jemand war, den sie und der sie selber verstehen konnte, besser als alle Mönche und Bettler. Statt einer Antwort streichelte sie die Wange der Kleinen.

»Darf sie Euer Haar berühren?« fragte die Mutter leise, fast beschämt, einen solchen unwichtigen Wunsch jetzt auszusprechen.

Ymme lachte; nestelte ihren Zopf vom Kopf und kitzelte mit den Haarspitzen das Kind an der Nase. Ihr tat diese alltägliche Handlung jetzt wohl und dem Kind, das über sein Alter hinaus Fürchterliches zu sehen bekommen hatte, ebenfalls.

»Ihr seid noch nicht lange hier in Saint-Gilles, aber ich habe Euch schon mehrmals bei der Abtei gesehen. Und Eure Blondheit und Euer Gesicht kommen nicht aus dem französischen Norden.« Die Städterin hatte Ymme unauffällig, aber zutreffend eingeschätzt, und Ymme nickte wortlos. »Ich könnte mir denken, daß Ihr auf eine Pilgergesellschaft wartet. Sollte das der Fall sein – würdet Ihr mir dann das Vergnügen bereiten, Euch in mein Haus einladen zu dürfen? Bis Ihr die passende Reisegesellschaft gefunden habt?«

Ymme sah sie verwundert an. Zuerst wußte sie nicht, ob sie richtig verstanden hatte, aber die Bürgerin setzte flugs das Mädchen auf den Boden und hakte Ymme unter. »Ihr seid doch einverstanden«, beschwor sie Ymme. »Es ist auch ein wenig Eigennutz dabei. Ich weiß nicht, wieviel Ihr von der gegenwärtigen Situation dieses Landes wißt. Raimond Roger, der Vicomte von Albi, Béziers und Carvassonne, ist der Lehnsherr meines Ehemannes; er und Raymond, Graf von Toulouse, sowie alle ihre Vasallen haben sich geweigert, auf das Angebot des Papstes einzugehen. Wenn sie auf seinen Legatenfrieden eingegangen wären, hätten sie sich freiwillig zu Vasallen des Papstes erklärt, und das wäre ein Skandal gewesen! Nun ziehen unsere Ritter im Land umher und versuchen, ihre Lehnsleute wegen des Interdikts und des drohenden Krieges zu ermutigen. Mein Ehemann, Améric von Cessenon, ist beim Vicomte. Versteht Ihr – ich bin allein in meinem Haus, außer einem Knecht und dessen Frau. Ich würde mich sehr freuen über die Gesellschaft einer vertrauenswürdigen Dame, die nicht Nordfranzösin ist. Übrigens – mein Name ist Guiraude.«

Ymme verstand. Die junge Dame Guiraude, Ehefrau des patriotischen Améric, schenkte ihr, der jungen Lübeckerin, nicht lediglich eine Unterkunft, sondern würde sich auch ein Stückchen sicherer fühlen. Geben und Nehmen beruhte auf

Gegenseitigkeit. Noch bevor sie etwas erwidern konnte, fügte Guiraude hinzu: »Unser Stammhaus ist in Cessenon, und in Béziers leben unsere Verwandten. Es war in den letzten Jahren bei den jungen Gefolgsleuten Mode geworden, in Saint-Gilles ein Zweithaus zu besitzen … Wir sind meistens hier.«

Ymme war es peinlich, daß Guiraude annahm, sie müsse ihr zureden wie einem faulen Ochsen. Nur zu gern wollte sie in einem privaten Hause abwarten! Es würde ihre finanziellen Möglichkeiten um Monate verlängern, wenn nötig. Wortlos streckte sie der jungen Frau beide Hände hin, die sie nahm und von Herzen drückte.

Ymme fühlte sich bei Frau Guiraude von Cessenon schnell wohl. Ihr Haus war nicht groß, aber der Wohnraum im ersten Stock war gemütlich eingerichtet, mit Teppichen an den Wänden, mit vielen Fußschemeln und Bänken und vor allem Kissen. Im Kamin köchelte den ganzen Tag ein Gericht im Topf am Kesselhaken und verbreitete Düfte, die Ymme anfangs ganz fremd waren.

Überhaupt kam sie kaum aus dem Staunen heraus. Der Lebensstil war hier völlig anders als zu Hause bei den nüchternen Lübecker Kaufleuten oder gar den Nonnen.

Ihr treues Maultier war bei Frau Guiraudes Reittier zu ebener Erde einquartiert worden, betreut von Pierre, dessen Frau Jeanne den Haushalt versorgte.

Ymme und Guiraude wurden bald Freundinnen. Den Bürgern von Saint-Gilles waren die schwarzhaarige Frau von Cessenon und die hellblonde Fremde, mit dem Töchterchen der Cessenons zwischen sich, nach einigen Wochen ein vertrautes Bild auf den Straßen.

Ohne sich zu verabreden, mieden sie bei ihren Spaziergängen stets die Straße an der Sakristei, wo das große Unglück geschehen war. Ymme wußte inzwischen längst von Guiraude, in welchem Zusammenhang die Gefangennahme des rollenden Bettlers mit einer schlichten Predigt eines von der Kirche nicht autorisierten Mannes gestanden hatte. Trotzdem ließ es ihr keine Ruhe, daß sie nicht wußte, was ihm passiert war.

»Wir werden fragen«, sagte Guiraude einfach. »Bei nächster Gelegenheit.« Sie war zwar ängstlich Pferden und Mäusen gegenüber, auch Gewitter haßte sie ebenso wie Schwerter und Armbrüste, aber mit Worten kämpfte sie wie kaum jemand. Dank ihrer Fähigkeit, sich auszudrücken und dabei auf äußerste Präzision zu achten, hatte Ymme in der Langue d'oc zügig Fortschritte gemacht. Ihre Gastgeberin war eine strenge Lehrmeisterin und hatte Tochter und Freundin, die sprachlich ihrer Meinung nach ungefähr auf dem gleichen Stand waren, zugleich unterrichtet. Dann machte aber Ymme doch schnellere Fortschritte, wie Guiraude lachend zugab, und von nun an ging sie dazu über, Ymme nur noch während ihrer Plaudereien zu korrigieren.

Die Winterzeit war die Zeit der häuslichen Feste und Feiern, die erst im März wieder durch die Stierkämpfe abgelöst werden würden. Ymme merkte bald, daß die Bürger und der niedere Adel – und mit ihnen auch Guiraude – sich durch ein Interdikt nicht davon abhalten ließen, wie gewohnt zu feiern.

Anfangs noch schüchtern, ging Ymme zu den Gastmahlen nicht mit, unter anderem auch wegen des Trauerjahres für die Eltern. Ihr schlechtes Gewissen wuchs, weil sie für sie noch nicht einmal eine Messe lesen lassen konnte.

Aber Guiraude hörte nicht auf, ihr zuzureden, bis sie sich endlich bereit erklärte mitzukommen. »Um so mehr, als du ein Gast wie alle anderen bist«, erklärte Guiraude ergänzend. »Solange noch Hoffnung besteht, daß sich die Unstimmigkeiten zwischen dem Grafen und dem Papst beilegen lassen, werden wir die gesellschaftlichen Beziehungen zwischen Adeligen, Bürgern von Saint-Gilles und geistlichen Herren nicht ändern. Ganz im Gegenteil!«

»Du meinst wirklich«, sagte Ymme staunend, »auf der Straße werfen sie mit Pferdeäpfeln nach den Priestern und anschließend bewirten sie sie mit Wein?«

Guiraude wiegte den Kopf. »Ganz dieselben sind es natürlich nicht, denen die Äpfel und die Trauben gehören. Aber ich muß gestehen, wir sehen es nicht ungern, wenn der Pöbel die Priesterschaft reizt. Derzeit ist es das einzige, womit wir uns Luft verschaffen können.«

Ymme lächelte. Sie verstand nur zu gut, welche Genugtuung ein gut plazierter Pferdeapfel bringen konnte, genau wie Nachttopfinhalte.

Beim Abendessen mit dem Herrn von Perhela und seiner Frau, einigen Adeligen, Bürgern und Geistlichen trug Ymme ein grünes Seidenkleid, eine Gabe von Guiraude, der es nach der Geburt ihrer Tochter zu eng geworden war. An der weißgedeckten langen, schmalen Tafel saß sie, ihrem unbestimmten Rang entsprechend, weit unten auf der Bank, Frau Guiraude viel weiter oben. Ymme hatte einen pickeligen Jüngling als Tischherrn zugeteilt bekommen. Sie schützte Sprachschwierigkeiten vor, um ihm nicht antworten zu müssen, was ihn keineswegs störte. Er gefiel sich darin, sie in die Gesellschaft von Saint-Gilles einzuführen, und flüsterte ihr jeweils zu, wer sprach, mit wem er verwandt war und mit wem er sich demnächst überwerfen würde.

Ymme nickte pflichtschuldig mit interessiertem Gesicht und betrachtete die Gäste auf der Bank gegenüber der Reihe nach – nicht weniger neugierig als die Bettler und Armen, die sich in der Tür drängten, um zuzusehen. Ymme war erstaunt, daß mehrere Frauen ohne ihre Männer am Fest teilnahmen; sie hatte geglaubt, Guiraude sei besonders frei, aber das stimmte nicht: die anderen waren es nicht minder.

»Verehrter Herr Galono«, sagte der Gastgeber und wandte sich zu seiner Rechten, wo sein Ehrengast saß, »was bringt Ihr uns Neues aus Paris?«

»Galono, Kardinaldekan der heiligen Maria del Portico«, flüsterte der Tischherr in Ymmes Ohr. »Das Stiftsbrot wurde seinetwegen eigens aus Arles hergeschickt.«

Ymme war das feine Weizenbrot schon aufgefallen.

Der Kardinal ließ sich mit seiner Antwort Zeit. Er tupfte sich ein wenig Blattgold von den Lippen, das von einem delikat gebratenen Schwan stammte, und überlegte, wie weit er gehen sollte. Er entschied sich gegen eine Konfrontation. Erstens wußte er nicht, was Innozenz plante, weil er dessen volles Vertrauen nicht besaß, zweitens wollte er das Rezept für die Würzmischung haben. Schwäne neigten zur Trockenheit des Fleisches. »Nun«, sagte er behaglich und winkte einem Pagen nach einem Pokal Clairet, »es ist zuweilen schwer, Könige zu beurteilen. Aber es scheint, als wollte Philipp August sich aus dieser Angelegenheit heraushalten. Exquisit, dieses Fleisch, ganz exquisit. Ich wünschte, unser Heiliger Vater hätte auch noch andere Laster als die Tiefe seiner Gedanken. Sein Koch ist erbärmlich.«

»Wirklich?« Der Herr von Perhela schien überrascht, sowohl vom einen wie vom anderen.

»Wie hat Euer Koch den tranigen Geschmack kaschiert?«

»Man bezeichne einen Haufen stinkender Abfälle als Parfüm – schon ist der Gestank nicht mehr vorhanden«, sagte jemand in Ymmes Nähe verhalten, worauf unterdrücktes Gelächter folgte. »Vor allem in Rom pflegt man die Kunst des Übersehens von Balken im eigenen Auge.« Am oberen Tischende wurde das Geschwätz der niederrangigen Gäste nicht beachtet. Ymme richtete sich auf, um Herrn von Perhela über den Pickelkopf hinweg sehen zu können.

Der noch junge Hausherr warf dem Kardinal ein entwaffnendes Lächeln zu. »Meinem Koch liegen die Bedürfnisse unserer Gäste stets am Herzen. Für geistliche Herren pflegt er Flußkrebspulver unter das Salz zu mischen. Es erweist sich, daß es auch bei großer Beanspruchung sehr schnell hilft.«

Unter dem fröhlichen Gelächter der übrigen Gäste machte der Kardinal gute Miene zum bösen Spiel, während der junge Mann für Ymme grinsend übersetzte: »Er meint, die Priester rammeln wie die Böcke!«

»Vielleicht würde es unsere Situation ein wenig entschärfen, wenn Ihr Seiner Heiligkeit das Rezept als Geschenk der Languedoc mitbrächtet?« Die tiefe Stimme des Mannes am untersten Tischende übertönte die abfälligen Bemerkungen und das leise Gelächter der übrigen. Die Gäste wurden sofort still, und alle blickten dorthin, wo Ymme den niedrigsten Rang aller Gäste vermutete.

Der Kardinaldekan beugte sich vor, um den Sprecher in Augenschein zu nehmen. »Ach, Ihr seid selber hier, Graf von Toulouse? In einer Stadt, die wegen Euch dem Interdikt unterliegt? Ich war der Meinung, Ihr gältet als das Gegenteil von tollkühn. Zumindest in Rom.« »Ich befinde mich in meiner Stadt, Eminenz«, erwiderte der Mann mit dem stillen, nachdenklichen Gesicht. »Für geistliche Herren mag es zuweilen gefährlich sein, sich unter die Bevölkerung zu mischen. Vor allem in Rom. Ich bin hier sicher.«

Die Gäste klatschten begeistert in die Hände.

Galono verzog das Gesicht und schob die Reste des Schwanenfleisches angewidert von sich. Er glaubte zwar die Erklärung mit dem Aphrodisiakum nicht, aber das Rezept würde er sich trotzdem nicht geben lassen. Bevor er gemächlich aus den Gerichten auswählte, die der bedienende Knappe in seine Reichweite zog, setzte er das aufgezwungene Gefecht fort. »Wie lange, glaubt Ihr, wird die Bevölkerung sich den Entzug von Beichte und Absolution, von Hochzeit und Prozession gefallen lassen? Meint Ihr nicht, daß irgend jemand Euch plötzlich aus dem Wege räumen könnte?«

»War die Planung des Mordes an mir Gegenstand der Diskussion zwischen Innozenz und Philipp August?« fragte der Graf kühl.

Der Kardinal holte tief Luft. Nicht er hatte es zu dieser unerfreulichen Gesprächswendung kommen lassen, er würde es Innozenz aus reiner Seele beteuern können. Doch mußte dem Mann um der Würde des Papstes willen rechtzeitig Einhalt geboten werden. »Ihr überschätzt Eure Wichtigkeit, Herr Graf. Der Heilige Vater, Gebieter der Christenheit, verhandelt mit seinen Untertanen, seien sie auch Könige, über die Ausrottung der Ketzer. Grafen unterliegen keiner besonderen Aufmerksamkeit.« Während der Knappe Galono eine frische große Scheibe Brot zwischen Messer und Löffel legte, schienen die fröhlichen Damen und Herren zu versteinern. Galono entschloß sich, ein wenig vom Schildkrötenfleisch mit Johannisbeeren zu probieren, und deutete mit behandschuhtem Finger auf den Panzer. Der Knappe bediente ihn vorzüglich, wie er zugeben mußte. Die Leute hier hatten zugestandenermaßen mehr Lebensart als mancher Kardinal in Rom. Ymme, die dem Latein des Kardinals gut hatte folgen können, vergaß, in das Hammelfleisch zu beißen, und der saftige Teigmantel fiel in ihren Rotweinpokal. Er ist verrückt, dachte sie, während eine Hand unter ihrer fettigen Hand hindurchgriff und ihn vorsichtig entfernte; Ymme nickte dem Knappen dankbar zu. Und der Papst – er kann doch nicht geistlicher und weltlicher Herr zugleich sein wollen! Zum Glück hatte niemand ihr Mißgeschick bemerkt. Die Rede des Kardinals war peinlich genug gewesen.

Da zu diesem deutlich formulierten Machtanspruch kein Kommentar nötig war, klatschte der Hausherr in die Hände. Die Knappen sprangen sofort herbei und räumten den Tisch vor den Gästen ab, dann reichten sie Schüsseln und Handtücher.

»Wir wollen uns Unterhaltung gönnen, bevor wir weiteressen«, murmelte der junge Herr von Perhela, dem es momentan schwerfiel, die Pose des neutralen Gastgebers beizubehalten. Er umklammerte seinen Bierhumpen, bis die Knöchel weiß wurden. Frau von Perhela legte ihrem Mann beruhigend die Hand auf den Arm, bis er seine Fassung wiedergefunden hatte. »Der Herr Kardinaldekan soll sehen, daß wir in unserem Lande nicht nur die ersten Universitäten, sondern auch die besten Sänger haben«, fügte er mühsam hinzu.

Ymme, die vorher Majoranwasser gewählt hatte, entschied sich nun für Rosenwasser und reichte dann das Handtuch zurück. Sie wandte sich zur Tür, um keine Sekunde der angekündigten Darbietung zu versäumen. Ein Troubadour trat ein.

Langsam glitten ihre Augen von der Fidel, in deren haselnußbraunem Holz sich eine Kerzenflamme spiegelte, zum Gesicht des Mannes hinauf.

Und dann schlug ihr Herz plötzlich bis zum Hals.

Der Troubadour war derselbe Mann, den sie als Johanniter kennengelernt hatte.

Heute trug er weder einen schwarzen Mantel, noch bestätigte ein Kreuz auf seiner Kleidung, daß er die Profeß abgelegt hatte. Eine enge schwarze Hose und ein weißes Hemd mit weiten, an den Handgelenken aber gerafften Ärmeln bildeten sein schlichtes Gewand. Er wurde mit Beifall begrüßt, aber nichts deutete an, daß er hier bekannt war. Ymmes Nachbar rückte bereits erwartungsvoll näher zu ihr in der

Hoffnung, ihr geneigtes Ohr zu finden. Sie fand seinen weingesättigten Atem widerlich und bog ihren Kopf unauffällig zur Seite.

Der Troubadour spielte eine kurze Sentenz auf der Geige, bevor er ohne ihre Begleitung zu singen anfing. Die Melodie war den Menschen wohl bekannt, wenn auch nicht der Text, den Ymme ohnehin nicht verstand. Doch den Refrain hätte sie bald mitsingen können, der sie ein wenig an das »Kyrieleis« aus dem Wallfahrtslied erinnerte.

»Ein Tagelied«, hauchte der angetrunkene Jüngling in Ymmes Ohr. »Er begrüßt den Tag als Symbol für die Gnade und die Jungfrau Maria.«

Tag, dachte Ymme verwirrt, meint er vielleicht das Licht und nicht den Tag? Sie gab sich der Hoffnung hin, er singe das Lied vielleicht für sie …

Aber das war natürlich Unsinn. Er hatte sie nicht bemerkt, und er sang für die Jungfrau Maria. Sie versank in eine Träumerei, die gespeist wurde vom genossenen Wein, von den warmen Lichtern, der Sättigung und den Melodien, die ihr bei geschlossenen Augen tief ins Herz sanken.

Seine Lieder waren sehr unterschiedlich, aber den Schmelz in seiner Stimme beim Lied an die Geliebte verstand sie auch ohne den hartnäckigen Dolmetscher.

Ymme war so tief berührt, daß ihr die Tränen kamen. Auf den Gesichtern der Gäste spiegelten sich Andacht und Zuneigung. Manche summten ganz leise mit und wiegten sich im Takt, auch die Bettler in der Tür.

Ymme fühlte sich mit ihnen tief verbunden. Zum erstenmal konnte sie wieder mit Sehnsucht und ohne zu erschrecken an einen Mann denken.

Als ihr bewußt wurde, daß ihre Seele sich am Anfang der Heilung befand, öffnete sie staunend die Augen, nur um zu sehen, wie der Troubadour seinen Platz in der Nähe der Hausfrau verließ.

Mit zwei Schritten stand er hinter dem Kardinal. Als der Beifall abgeebbt war und er seine Fidel kurz nachgestimmt hatte, verbeugte er sich ausschließlich vor dem geistlichen Herrn.

Ymme fühlte die Spannung, die plötzlich im Raum lag. Die Liebeslyrik war verweht, und die Bettler scharrten mit den Füßen.

»Ich möchte jetzt ein Lied von einem der Meister der Sänger zum Besten geben, ein Lied, das es verdient hat, bis in alle Ecken der christlichen Reiche getragen zu werden. Des Meisters Name ist: Peire Cardenal.«

Während Ymme verwundert die Ellenbogen auf den Tisch stützte und sich vorbeugte, begann er das Lied von den Aasgeiern mit einem geschmetterten Kriegsruf:

»Aar und Geier wittern nicht
sichrer, wo ein Aas zerfällt,
als es Pfaff und Predger sticht,
sehn sie einen Mann mit Geld;
gleich tun sie vertraut und nett,
daß er auf dem Krankenbett
ihnen einst so viel verschreibt,
daß den Seinen nichts verbleibt.«

Als der Troubadour nach mehreren Strophen schloß, johlten und trampelten die jungen Adeligen und Bürgersöhne, während die Frauen mit hocherhobenen Händen im Takt klatschten. Ymme war auf ihrer Seite, wiewohl sie den Text nur sinngemäß verstanden hatte. Sie sah, daß Galono blaß geworden war.

»So«, sagte Herr von Perhela und schob seinen Lehnsessel zurück, während er sich erhob, »denkt man im Lande über die Ansprüche der Geistlichkeit. Aber auch wenn sich meine Freunde hier über den Text köstlich amüsieren: seid versichert, Eminenz, und teilt dieses bitte auch Seiner Heiligkeit mit – die Languedoc ist ein zutiefst christliches Land. Wir werden unseren christlichen Glauben verteidigen bis zum letzten Blutstropfen.«

Während der Hausherr jemandem an der Tür mit einem Fingerschnippen ein Zeichen gab, erschien ein gelangweilter Ausdruck auf dem Gesicht des Kardinals, der sich rasch in unsägliche Wut verwandelte.

Auf einer prächtigen Servierplatte trug ein Knappe feierlich als letztes Gericht des Abends einen gebratenen Hahn herein, der auf einem Spanferkel ritt. Unter die Flügel waren Schwert und Rose des Papstes aus Blattgold und Silber geklemmt, die Krallen steckten in roten Stiefelchen, und auf dem Kopf thronte die päpstliche Tiara.

»Aber so«, rief der schwarzgekleidete Troubadour und trat wieder ins Kerzenlicht, »verfahren wir mit der Geistlichkeit, die ihre Hand zu weit über unser Land ausstreckt.« Er holte mit einem orientalischen zweispitzigen Schwert weit aus und köpfte den Hahn mit der Präzision eines kleinen Rasiermessers.

Die Damen sprangen erregt auf, und der Kardinal wankte aus der Halle. In der entstandenen Stille konnte man seine würgenden Geräusche hören. Auf dem Treppenabsatz stimmten die Bettler unter Gelächter einen Gassenhauer an:

Der Hahn ist tot,
der Hahn ist tot!
Il ne dira plus coco di, coco da.
Cococ coco coco coco di, coco da.

5. Der Schwarze Ritter

Berthold, der Zisterziensermönch aus Deutschland, der sich darin gefiel, an passender Stelle gelegentlich seine Verwandtschaft mit seinem Onkel, dem Märtyrer, zu erwähnen, saß in einem Raum der Abtei des heiligen Aegidius und studierte die Schriftstücke, die ihm Kardinaldekan Galono mitgebracht hatte. Er zitterte ein wenig; nicht vor Kälte, denn der Raum war eigens für ihn angenehm beheizt worden, sondern vor Erregung.

Diese Languedoc, die er verfluchte wegen ihrer Widerspenstigkeit dem christlichen Glauben gegenüber, gleichzeitig aber liebte wie ein Vater, der aus Liebe züchtigen muß, hatte unversehens die Aufmerksamkeit aller christlichen Länder und des Papstes auf sich gezogen. Und er, Berthold der Deutsche, war von Seiner Heiligkeit höchstpersönlich in dieses Land geschickt worden, um die Menschen zur Umkehr zu bewegen. Er lächelte distanziert: für Umkehr war es zu spät. Der Unglaube mußte mit Stumpf und Stiel ausgerottet werden, bevor er auf andere übergriff. Mochte es jetzt auch grausam scheinen – spätere Jahrhunderte würden wissen, daß Innozenz einer höheren Einsicht gehorcht hatte.

Berthold war der Meinung, daß man schon viel zu lange gezögert hatte. Er plante, unnachsichtig vorzugehen. Er verurteilte scharf den Weg, den zwei Mönche aus Spanien – ein Bischof Ozma und sein Unterprior Dominicus – eingeschlagen hatten: arm und abgerissen predigten sie in der Provinz. Er schnaubte. Von den Ketzerpredigern unterschieden sie sich nur durch ihre kirchliche Erlaubnis zu predigen! Grundfalsch, dachte er zornig, grundfalsch! Die Menschen müssen die Macht und die Herrlichkeit Gottes sehen können – in Gestalt seiner Vertreter und Beauftragten, angefangen beim Papst bis hinunter zu den Priestern.

Nicht zu übersehen war die Tatsache, daß Ozma und Dominicus seinem und anderen Orden möglicherweise die gläubigen Schafe abspenstig machten. Ein keckes Mäh des Hammels – und die Schafe liefen dem unverbrauchten Bock nach, ein goldenes Vlies witternd, wo in Wahrheit nur die Unterwolle nach Urin stank.

Seufzend zog Berthold noch einmal den längst durchgesehenen Stapel von Schriftstücken zu sich. Sie bildeten die Grundlage seines künftigen Tun und Lassens hier in der Languedoc – und das mußte wohlüberlegt sein. Es war seine Chance!

Er strich das zerknitterte oberste Schreiben glatt. Es enthielt die Mitteilung von der Heiligung Castelnaus unmittelbar nach seiner Ermordung – das war zu erwarten gewesen. Gewiß, er war mit Bann und Interdikt vielleicht ein wenig voreilig gewesen; so etwas reizte die Leute. Er hätte vor allem wissen müssen, wie unklug in einer solchen Situation ein persönlicher Streit war. Oder hatte ihm Innozenz Anweisungen gegeben, auf Biegen oder Brechen für einen Eklat zu sorgen?

Berthold schob die Lippen vor und versuchte, den Charakter des Legaten, den er nur vom Hörensagen kannte, zu beurteilen. Wäre er selbst wohl bereit gewesen, das eigene Leben zu riskieren, um einen Kreuzzug zu provozieren? Das hinge weitgehend von der Belohnung ab. Und wenn einer nun die Ernennung zum Kardinal angeboten bekam?

In jedem Fall war es für Castelnau ein kalkuliertes Risiko gewesen. Er hatte verloren, weder Kardinal noch Papst würde er werden. Aber die Kirche hatte gewonnen! Es war das Opfer wert gewesen. Berthold legte das Schreiben wieder beiseite und nahm das nächste zur Hand. Im Zusammenhang mit dem jüngsten Heiligen stand die Abschrift der päpstlichen Bulle, gerichtet an alle Orte, die den Mördern Castelnaus Zuflucht gewährten. Und da man, schrieb Innozenz, »nach den kanonischen Beschlüssen der heiligen Väter jenen nicht Wort halten darf, welche Gott nicht Wort halten, sondern sich aus der Gemeinschaft der Gläubigen entfernen, so entbinden Wir, kraft apostolischer Macht, alle, welche sich diesem Grafen durch Eid, Bündnis oder Treue verbunden glauben, und gestatten jedem Katholischen, mit Vorbehalt der Rechte des eignen Lehnsherrn, seine Person zu verfolgen, seine Länder einzunehmen und zu behalten, zumal wenn dies die Vertilgung der Ketzerei zum Zweck hat«.

Die Bulle wurde längst befolgt, wenn auch keineswegs zur Zufriedenheit aller. Uninteressant. Sie ging ihn nichts an. Berthold schob den Brief von sich. Im Gegensatz zu diesem war nämlich der nächste von herausragender Bedeutung, der an Philipp August von Frankreich gerichtet war und die schwebende Situation geschaffen hatte, in der sie sich befanden. Innozenz bat darin den König, den heiligen Vertilgungskrieg gegen die Ketzer zu führen, die bei weitem ärger als die Sarazenen seien. Als Lohn bot er ihm die Länder des Grafen von Toulouse. Ähnlich lautende Briefe waren an die Erzbischöfe von Tours und Lyon, an die Bischöfe von Paris und Nevers sowie an den Abt von Citeaux gegangen.

»Aber«, hatte ihm Galono anläßlich seines Besuchs im Kloster vertraulich berichtet und erbost seinen Hut über einen Stuhlpfosten gestülpt, »Philipp August ziert sich! Johann ohne Land hat mit sich selber zu tun, Otto umkreist Sizilien – dieser närrische Franzosenkönig stiert auf die beiden, und sonst tut er nichts! Es ist nicht zu fassen!«

»Und nun?«

Galono hatte die Schultern gezuckt. »Wir warten. Philipp August wird nach seinem Vorteil entscheiden. Schließlich ist er Nordfranzose.« Danach hatte er Berthold die Hand zum Kuß gereicht und war abgereist.

So war also die Lage der Dinge.

Man saß und wartete. Natürlich nicht alle. Die Kreuzfahrer beispielsweise sammelten sich bereits an den Toren der Languedoc – die Deutschen, denen im Vorjahr Oliver gepredigt hatte, waren mit Leichtigkeit hierher umgelenkt worden. War es doch näher und ungefährlicher, es lauerten weder wilde Türkenstämme noch unberechenbare Sarazenen oder gar Wassermangel auf die Pilger, im Gegenteil – die eroberten Landhäuser und Paläste der Adeligen waren bequem eingerichtet und boten den größten Luxus von Europa. Und der Ablaß war derselbe. Der Papst brauchte keine Sorge zu haben, etwa mit zu wenigen Kreuzfahrern anzutreten.

Aber die französische Krone war enorm wichtig für ein solches Unternehmen, um ihm den Anstrich auch weltlicher Rechtmäßigkeit zu geben. An Philipp August würden sich die übrigen Herrscher orientieren. Alles war gewonnen, wenn er seine Bereitschaft erklärte.

Bruder Berthold lächelte versonnen. In der Haut von Galono wollte er jetzt nicht stecken. Innozenz würde ihn – oder auch nur sich selbst – fragen, warum es ihm nicht gelungen war, den König zu überzeugen. Aber es war müßig, über Galono nachzudenken – es mußte ein jeder auf sich selber aufpassen. Sorgfältig verwahrte Bruder Berthold die Schriftstücke in einer kleinen Schatulle. Dann rief er einen der Schreiber des Klosters zu sich und diktierte ihm einen Brief.

Obwohl dick vermummt, froren Guiraude und Ymme, als sie sich in der feuchten Kälte des späten Januar zur Abtei des heiligen Aegidius aufmachten. Die wollenen Schals hinderten sie beim Sprechen, aber Ymme hatte dazu ohnehin keine Lust. Nach dem Köpfen des päpstlichen Hahns hatte ein großes Gelächter die ganze Stadt geschüttelt, und nun, wenige Tage später, beabsichtigten die Frauen, den Mönchen allein gegenüberzutreten. Ymme war nicht ganz wohl in ihrer Haut, doch sie hatte es sich in den Kopf gesetzt, nach dem Bettler zu suchen, und Guiraude fand, daß es jetzt sein müsse, bevor sie die Lust verliere.

Die Klosterfront, an der immer noch Steinmetze und Maurer arbeiteten, war so schmutziggelb wie die Luft, und der Bruder Pförtner öffnete die Luke sehr mürrisch. Als er nach ihrem Begehr gefragt hatte, schlug er sie wortlos zu und schlurfte davon. Die beiden Frauen sahen einander an. War das die Verabschiedung, oder fühlte er sich nicht zuständig für die Frage nach einem Ketzer?

Guiraude legte ihre Hand auf Ymmes Arm. »Laß uns noch ein wenig warten«, flüsterte sie.

Ymme nickte und ließ ihre Blicke verstohlen umherschweifen. Die Handwerker hatten, seitdem sie das erste Mal hier gestanden hatte, einige weitere Figuren fertiggestellt.

Ein Abendmahl konnte sie erkennen, und eine Fußwaschung wurde halb durch einen Maurer auf einem Gerüst verdeckt. Als der Handwerker sich zur Seite drehte, tat ihr Herz einen Sprung. Beinahe hatte sie den Schwarzen Ritter zu sehen geglaubt.

»Du lächelst ja«, stellte Guiraude verwundert fest.

Ymme wußte selber, daß es Unsinn war. Es gab Menschen, die einander ähnelten. Zum Glück öffnete in diesem Moment der Pförtner die Tür und winkte die Besucherinnen herein. Und als sie nach einem langen Marsch durch ein verwirrendes Labyrinth von Gängen unerwartet vor Bruder Berthold standen, vergaß Ymme ihre vorübergehende Glückseligkeit und wünschte, sie hätte sich nie mit dem Bettler auf ein Gespräch eingelassen.

Ihr klebte plötzlich die Zunge am Gaumen. Es war ihr klar, daß sie selber das Gespräch führen mußte. Guiraude, auf deren Beredsamkeit sie sich beide doch so verlassen hatten, war der deutschen Sprache zwar zum Plaudern ausreichend mächtig, jedoch nicht für ein Streitgespräch.

Der Zisterzienser verzog keine Miene, obwohl diese junge Deutsche auf ihn allmählich Signalwirkung hatte. In ihrer Nähe hatte es bisher nur Unannehmlichkeiten gegeben, sie schien sie magisch anzuziehen. Die Städterin mit ihrem südlich geschnittenen Gesicht, das jeder Unterwürfigkeit mangelte – man konnte es genausogut frech nennen –, ordnete er, ohne zu zögern, in die Ketzerkreise der Stadt ein. Er hatte einen Blick dafür entwickelt. »Ich freue mich, Euch wohlbehalten zu sehen«, sagte er, als er Ymme ausreichend lange hatte warten lassen, »wenn die Dame in Eurer Begleitung auch der lebende Beweis für meinen Verdacht ist, daß Ihr mit Ketzern sympathisiert. Würdet Ihr sie mir vorstellen?«

Ymme tat es mechanisch und wünschte sich dabei innig, sie hätte sich vorher für alle Fälle zurechtgelegt, wie sie das Gespräch führen würde – wenn sie es tun müßte. Aber es war zu spät.

»Ach, Frau von Cessenon! War Frau von Cessenon nicht auch unter den Eingeladenen bei jener Abendgesellschaft? Ich wünschte, ich wäre dabeigewesen!«

Der Zisterziensermönch war noch hohlwangiger, als Ymme ihn von ihrem ersten Zusammentreffen in Frankfurt her in Erinnerung hatte. Plagte ihn der Hunger oder der Neid? Ymme runzelte die Stirn. »Ich verstehe nicht, warum.«

»Dort waren geladen ...« Der Mönch mußte nicht lange in seinem Gedächtnis forschen. Er zählte einen Namen nach dem anderen in scharfem Ton auf.

Guiraude war zuerst erstaunt, dann äußerst beunruhigt. Warum maß ausgerechnet dieser Fremde den Angelegenheiten ihres Landes soviel Wichtigkeit bei? Und woher hatte er die Namen? Seine Liste war korrekt. Es fehlten nur zwei Teilnehmer.

Bruder Berthold gönnte ihr einen spöttischen Blick und fuhr dann fort: »Wir hätten sie damit alle beisammen. Die vornehmsten Ketzer dieser Stadt. Glaubt Ihr mir nun, daß ich sie gerne kennengelernt hätte?«

Ymme erbleichte. »Ich habe nichts von Ketzern bemerkt! Es wurde nur ein freches Lied zum Besten gegeben, das war alles.«

Der Mönch beugte sich vor und starrte ihr erbost ins Gesicht. Die Versammlung der Ketzer war die eine Seite der Angelegenheit: sie betraf seinen Auftrag und berührte ihn innerlich nicht. Aber er kochte vor Wut beim Gedanken an den Schimpf, den die Bürger einem Vertreter der Kirche angetan hatten. »Ach. Ihr wart auch da? Ich vermute, Euer Name war derjenige, den man mir nicht sagen konnte. Aber die Beschreibung trifft zu. Fehlt nur noch einer.«

»Wer denn?« fragte Ymme verstört. »Wovon sprecht Ihr überhaupt?« Bruder Berthold wandte sich um, trat hinter seinen Studiertisch und setzte sich. »Es tut nichts zur Sache«, sagte er mit schmalen Lippen. »Was wollt Ihr?«

Er ließ die Fingerspitzen ungeduldig aufeinander vibrieren, und doch fühlte Ymme sich jetzt etwas sicherer. Zumindest war nun sie es, die den Gesprächsgegenstand vorgeben würde. »Wollt Ihr uns nicht Stühle anbieten?«

»Nein. Klöster werden zur Erbauung frommer Männer gebaut, nicht zur Erholung ungläubiger Frauen.«

»Ihr seid ein Flegel ohne Erziehung«, brach Guiraude aus.

»Würdet Ihr ein wenig bei den Mönchen der Languedoc in die Lehre gehen, so würdet Ihr zwar auch keine Frömmigkeit, aber doch wenigstens Benehmen lernen!«

»Latein außerhalb von Gebet und Responsen ist für Frauen unnütz, sogar schädlich«, antwortete Bruder Berthold feindselig. »Da bin ich ausnahmsweise einmal mit den Brüdern der Prämonstratenser einer Meinung. Sie haben recht, daß sie keine Frauen mit solchen Flausen im Kopf mehr bei sich dulden wollen. Leider haben wir sie nun.«

Ymme holte mühsam Luft. Dieser Besuch war gescheitert. Sie mußte nun versuchen, wenigstens noch etwas zu retten. »Ich frage mich, aber vor allem Euch, wo der Bettler geblieben ist, den die Mönche auf Euren Befehl in Gewahrsam genommen haben. Er ist nie wieder in der Stadt aufgetaucht.«

»Es gibt zahllose Bettler«, antwortete der Zisterzienser kühl. »An einen einzelnen kann ich mich nicht erinnern. Vielleicht solltet Ihr den Bruder Pförtner fragen. Vielleicht macht er sich Notizen über aus und ein gehende Bettler.«

»Gilt das auch für Gefangene?« Ymme begann maßlos wütend zu werden.

Bruder Berthold sprang auf und stellte sich dicht vor Ymme auf. Sie roch den Duft von Seife und Lavendel und trat unwillkürlich einen Schritt zurück. »Solltet Ihr jemals«, zischte er, »bereit sein zu beeiden, daß in diesem Kloster Menschen gefangengehalten werden, will ich gern das Generalkapitel der Cluniazenser zu einer Untersuchung aufrufen. Natürlich wird das Generalkapitel nichts finden. Anschließend werdet Ihr wegen Verunglimpfung und Beleidigung einer kirchlichen Instanz den weltlichen Behörden überstellt und abgeurteilt. Wißt Ihr, welche Strafe darauf steht?«

Guiraude trat kräftig auf Ymmes Fuß. Aber Ymme wußte selber, wo die Grenze zwischen Hartnäckigkeit und Selbstmord lag. »Ich kam in Sorge hierher«, erklärte sie erbittert, »nicht mit der Absicht, einen Streit mit der Kirche heraufzubeschwören.«

»Weltliche Sorgen können in Zeiten des Interdikts nicht gemildert werden.« Bruder Berthold war mit den Frauen noch nicht fertig, aber er hob es für später auf. Es gab derzeit Wichtigeres. Er kehrte hinter seinen Arbeitstisch zurück.

Ymme starrte seine Kapuze an, wie schon einmal, und gab dann auf. Bevor die Frauen die Tür erreicht hatten, wurde sie schon von einem Mönch des Klosters aufgeschoben. Mit krummem Rücken schlurfte er vor ihnen her zur Pforte und drückte sie hinter ihnen ins Schloß wie hinter dem Teufel persönlich.

Unschlüssig standen Guiraude und Ymme auf den Stufen zum Hauptportal des Klosters. Der gelbliche Nebel hatte sich nun auf die Straßen gesenkt. Es war unerträglich still und unerträglich kalt. Ymme hielt die Stille schließlich nicht mehr aus. »Was machen wir jetzt?«

»Erkundigungen einziehen.« Auch Guiraude bekam die Lippen kaum auseinander. Sie wickelte ihr Tuch um den Kopf und über den Mund, schlug den Zipfel über die Schulter und blickte nach oben, wo die Handwerker ihre Arbeiten inzwischen eingestellt hatten und verschwunden waren. »Die Bettler haben auch ihre Vereinigungen, genau wie die Maurer. Vielleicht wissen die mehr.«

»Es gäbe vielleicht noch einen anderen Weg«, murmelte Ymme beim Anblick der leeren Fassade.

Aber Guiraude hatte keine Lust mehr, diese Dinge im Freien zu diskutieren. Den Blick auf die zum Teil vereisten Stufen geheftet, stieg sie die Treppe hinunter und wartete unten auf Ymme.

Zu den Bettlern, die bei Kälte in einem leerstehenden Schuppen am Hafen hausten, ließ sich Guiraude von Pierre begleiten. Die Männer würden sich vielleicht durch Ymmes Blondheit zu anderem aufgereizt fühlen als zu Antworten. Aber sie kam ohne Ergebnis zurück. Jean Langbein – so nannten sie ihn – war seit einiger Zeit verschwunden, das wohl, aber das war öfter der Fall. Er brauchte eben für jeden Weg dreimal soviel Zeit wie ein anderer. Sie hatten sich keine Gedanken gemacht. »Und vielleicht ist wirklich alles ganz harmlos«, fügte Guiraude hinzu. »Ich finde, du solltest die Suche einstellen. Ein Bettler ist den Aufwand nicht wert.«

Ymme senkte die Augen und nickte. Guiraude hatte aus ihrer Sicht recht. Aber sie selber war nun einmal auf diese merkwürdige Weise mit einem Mann zusammengetroffen – im wahren Sinn des Wortes –, und sie hatte Anteil daran, daß er sich in seiner Wut zum Streit mit Berthold hatte hinreißen lassen. Urgroßmutter Hodica war an einem solchen Streit gestorben, nur hatte der Berthold von damals den Namen Luder getragen. Und dann gab es noch den jüdischen Gewürzhändler Haluca, der sie mit wahrhaft christlicher Barmherzigkeit gerettet hatte … Es drängte Ymme, nichts unversucht zu lassen. »Du bist nicht böse, wenn ich es auf eigene Faust versuche?« fragte sie bittend. »Ich habe nicht mehr viel Zeit. Wenn die Mandelbäume blühen, werde ich aufbrechen – ob mit oder ohne Begleitung. Ich kann nicht länger warten. Verstehst du das?«

Guiraude verstand sehr wohl, aber sie hatte Zweifel, daß es soweit kommen würde. Die Kreuzfahrer begannen den Halbkreis um die Languedoc allmählich enger zu ziehen. Wer wußte, wo sie bei Beginn des Frühlings stehen würden? Zur Zeit war es unmöglich zu reisen. Doch sie sagte nichts, um Ymme nicht zu beunruhigen. »Was willst du tun?«

»Den Schwarzen Ritter suchen.«

Guiraude verschlug es die Sprache. Keiner kannte den Sänger, aber er war in aller Munde. Die Frauen der Stadt schmolzen dahin, wenn man vom Schwarzen Ritter sprach. Herr von Perhela lächelte und schwieg. Wie in aller Welt kam Ymme auf den Gedanken, zwischen dem Bettler und dem Ritter eine Verbindung zu sehen? Oder war sie an dem Mann interessiert und schob die Suche vor?

Ymme ahnte nichts von Guiraudes Überlegungen. Mechanisch kämmte sie das Haar von Guiraudes kleiner Tochter, die sie längst ins Herz geschlossen hatte. Die Ähnlichkeit zwischen dem Handwerker vom Kloster und dem Ritter war ihr nicht aus dem Kopf gegangen. Konnte es derlei überhaupt geben? Andererseits war er bereits in zwei höchst widersprüchlichen Bekleidungen, um nicht zu sagen: Verkleidungen, aufgetreten. Warum nicht in einer dritten?

»Sind meine Haare schon heller geworden?«

»Doch, ein bißchen«, sagte Ymme, ohne zu zögern, und lächelte Guiraude über den Kopf ihrer Tochter hinweg zu.

Nein, Guiraude verwarf ihren Verdacht. Ymme mußte einen handfesten Grund haben. »Warum glaubst du, daß der Ritter dich zu dem Bettler führen kann?«

Ymme wurde verlegen. »Ich kann es dir nicht genau erklären«, sagte sie und zweifelte selber an der Vernunft ihrer Überlegungen. »Es ist mehr ein Gefühl. Dieser Ritter taucht immer auf, wenn etwas Entscheidendes in der Stadt zwischen Geistlichkeit und Bevölkerung vor sich geht: einmal als Johanniterritter und einmal als Troubadour. Kann ein Ritter gleichzeitig Gott und der Liebe dienen?«

Guiraude warf den Kopf zurück und lachte. »In der Languedoc ist alles möglich.«

Ymme mußte mitlachen. »Nein, im Ernst«, mahnte sie dann.

»Du hast wahrscheinlich recht. Eine der beiden Berufungen muß unecht sein. Als Sänger kannte ihn keiner.«

Ymme legte den Kamm beiseite und schob das Mädchen von sich. »Dann ist es entschieden. Ich werde zu den Johannitern ins Hospital gehen.«

»Grüße ihn und richte ihm aus, als Sänger sei er nützlicher für die Languedoc …«

Ymme schüttelte lächelnd den Kopf und legte Kamm und Bürste in eine silberbeschlagene Truhe, die auch einen Spiegel und Maniküreinstrumente enthielt.

»Deine Behauptung mag ja stimmen«, gab Guiraude zu, als sie merkte, daß Ymme auf ihren scherzhaften Ton nicht eingehen wollte – wie überhaupt der Ernst ein wesentliches Kennzeichen dieser Menschen aus dem Norden war; manchmal konnte man vor ihnen Angst bekommen, zum Beispiel vor einem Berthold. »Vielleicht hat der Ritter wirklich etwas mit dem Kampf zwischen der Kirche und uns zu tun. Aber warum nimmst du an, daß dabei der Bettler wichtig ist?«

»Ich nehme nicht an, daß er wichtig ist. Im Gegenteil. Wahrscheinlich ist er nur ein Sandkörnchen, das einem Kreuzzugprediger im richtigen Moment unter den Fuß rollte. Berthold ist ein engherziger Mensch. Ich glaube, er will nicht Unterwerfung, sondern Vernichtung. Vernichtung aller, die ihm Widerstand leisten.«

Guiraude sah Ymme ungläubig an. »Wenn du das denkst … Warum bist du dann nicht ans Ende der Welt geflüchtet, als du ihm hier begegnet bist?«

Ymme biß die Zähne zusammen. Als sie endlich den Mund öffnete, hatte sie fast einen Krampf in den Wangenmuskeln. »Es würde nichts nützen. Er würde mich überall aufspüren. Ich glaube, unser Kampf begann auf dem Marktplatz in Frankfurt. Vielleicht ist er noch älter. Meine Urgroßmutter hat die Christen verflucht …«

»Nein! Mach es nicht so dramatisch! Der Mann kann überhaupt nicht wissen, was deine Urgroßmutter gesagt und getan hat, wenn Lübeck und Frankfurt so weit voneinander entfernt sind, wie du sagst. Und der Mann ist nicht engherzig: er hat wahrscheinlich kein Herz!« sagte Guiraude trokken. »Kommt öfter vor. Und dann gnade uns Gott hier in der Languedoc.«

»Ja, gnade uns Gott!« wiederholte Ymme und stand auf.

Am nächsten Morgen war Ymme früh auf dem Weg zum Johanniterpriorat. Frühes Aufstehen war nicht die Art der Okzitanier, das hatte sie bereits gemerkt. Aber in einem Hospital dürfte der Unterschied zwischen Tag und Nacht nicht sehr groß sein, dachte sie.

Die kleine Gasse, die zum Haus der Händler führte, lag noch still im Morgenlicht, als sie eilig vorüberging. Bald erreichte sie den großen Komplex der Johanniter, zu dem eine zweistöckige Kirche ohne Turm mit seitlicher Treppe und mehrere große Gebäude gehörten. Sie suchte sich ein Tor in der langen Mauer aus, das ein Haupteingang zu sein schien, und trat ein.

Auf dem gepflasterten Hof war tatsächlich von Nachtruhe nicht die Rede. Zum Priorat gehörten nicht nur das Haus der Brüder und die Kirche, sondern auch ein großer Pferdestall, ein scheunenartiges Gebäude, Werkstätten, Schmiede und Backstube. Vor dem Stall wurde gerade eine Reihe von schweren Schlachtrössern gestriegelt. Im Hof schlugen Männer mit dem Beidhänder auf hängende Ledersäcke ein. »Nein, nein, so doch nicht!« brüllte ein Instruktor mit überschnappender Stimme. »Der Sarazene lacht sich tot!«

»Auch in Ordnung!« schrie ein anderer böse. »Hauptsache tot!«

Ymme staunte. So hatte sie sich das Hospital der Johanniter nicht vorgestellt. Aber schließlich waren sie Ritter, die kämpften und üben mußten wie alle anderen …

Einer der dienenden Brüder hastete mit einem Korb voller langer Brote vorüber, nahm sich aber die Zeit, sie höflich zu fragen, ob er ihr helfen könne. Nachdem sie ihm ihr kompliziertes Anliegen erklärt hatte, beschloß er, sie zu einem der Ritter zu führen. Die dienenden Brüder hätten vielleicht mehr auf die Erfüllung ihrer Krankenpflegepflichten geachtet als auf die äußeren Umstände, meinte er.

»Bruder Thomas ist oben im Krankensaal bei den Herren Kranken. Ich führe Euch hin. Wenn Ihr warten solltet, müßtet Ihr Euch bis zum Abend gedulden.«

Ohne weitere Erklärung führte er Ymme über verschiedene Treppen nach oben in den ersten Stock, bis sie schließlich über eine Art Brücke in den Krankensaal gelangten. Auf beiden Seiten konnte Ymme durch ein Gitter hinunter in den Kirchenraum sehen, der tief unter ihr lag. Der Bruder wartete geduldig auf sie. Heute bleiben die Kranken lange hungrig, dachte Ymme beschämt und beeilte sich. Ein langgestreckter Saal lag vor ihr. Unzählige Krankenbetten, alle gleich breit und lang, reihten sich beiderseits der Außenwände, mit dem Kopfende zu den Fenstern. Leere Betten waren mit weißen Laken bezogen, eine grüne Decke ordentlich zusammengefaltet am Fußende.

»Wartet hier. Ich hole Bruder Thomas.«

Gehorsam blieb Ymme stehen. In den Betten lag jeweils nur ein Kranker, wie sie jetzt feststellte. Sie schwitzte vor Aufregung. Sie hatte noch nicht einmal davon gehört, daß es solche luxuriösen Hospitäler gab! Warum hatte ihr Guiraude ausgerechnet das verschwiegen?

»Habt Ihr Euch verirrt?« fragte eine Stimme in ihrem Rücken, und als sie herumfuhr, sah sie einen kleinen schwarzhaarigen Mann mit vielen Runzeln im braungebrannten Gesicht vor sich.

»Ich soll hier auf Bruder Thomas warten.«

»Bruder Thomas.« Seine braunen Augen über der gewaltigen Nase fuhren suchend im Raum umher und blieben schließlich am letzten Krankenbett vor dem Altar hängen. »Er ist dort hinten. Er hat sicherlich noch zu tun. Dort liegt ein Schwerverletzter, der viel Pflege benötigt.«

»Wurde er vielleicht von einem Pferd in den Brustkorb getreten? Oder war es der, dem der Hoden abgequetscht wurde?« fragte Ymme unbedacht.

»Wie kommt es, daß Ihr das so genau wißt?« fragte der Mann ein wenig beunruhigt.

»Ich habe auf Anordnung eines Ritters die Schwerverletzten ausgesondert ...« Ymme strich sich verlegen Haare aus den Augen. Sie wünschte, er hätte nicht gefragt. Sie wußte noch so wenig. »Behandelt Ihr selber Kranke?«

»Ich bin der Arzt der Herren Kranken, ja. Aber ich behandle auch die Frauen unter den Pilgern und die Säuglinge, die hier geboren werden.«

»Ihr seid Arzt. Kein Johanniter?« Es mußte eine Bedeutung haben, daß er diesen Punkt besonders betont hatte. Ungeniert betrachtete sie ihn vom Kopf bis zu den Füßen. Er trug eine ähnliche schwarze Kutte wie die anderen, aber es fehlte ihm in auffälliger Weise das kleine oder große weiße Kreuz auf der Tracht.

Der Arzt holte tief Luft. »Ich glaube, unser aller Gott findet Wahrhaftigkeit und Ehrlichkeit unter den Menschen wichtiger als das Buch, aus dem sie zu ihm beten: Bibel, Koran oder Thora. Ich bin Jude.«

»Gelobt sei Er«, sagte Ymme.

Der Arzt ergriff mit plötzlicher Wärme Ymmes Hände. »Vielleicht werden wir dereinst im gleichen Sinn ›Es gibt keinen Gott außer Gott‹ sagen können. Ich wünschte von Herzen, wir könnten alle in Frieden zum selben Gott unter verschiedenen Namen beten. Aber jetzt sollt Ihr mit Bruder Thomas sprechen.«

Der Johanniter eilte bereits den breiten Mittelgang entlang

und blieb vor Ymme stehen, ohne den Arzt eines Blickes zu würdigen. »Ich hatte zu tun«, erklärte er knapp. »Was wollt Ihr? Ich habe noch mehr zu tun. Ihr wahrscheinlich auch.«

Auf diese barsche Bemerkung hin entfernte sich der Arzt schweigend, und Ymme brauchte nicht viel Feingefühl, um zu spüren, daß die beiden Männer einander feind waren.

»Ich suche dringend den Ritter, der bei dem großen Unglück in der Nähe des Sakristeiplatzes als erster zugegen war.«

»Ich weiß nicht, wer das war«, antwortete der Johanniter ungeduldig. »Noch etwas?«

»Es ist wichtig«, beharrte Ymme. »Es geht um das Leben eines Bettlers, und wenn Euch auch sein Leben gleichgültig sein mag, so sollte sein Seelenheil es nicht sein. Der Ritter, den ich suche, hat Euch angesprochen, und Ihr habt seinen Bericht gehört und vier Betten und eine weitere Trage geordert.«

»Daran erinnere ich mich. Aber nicht an den Mann. Wir sind alle gleich.«

»Das glaube ich nicht!« sagte Ymme verärgert. »Den Meister Arzt habt Ihr eben wie einen Knecht behandelt.«

»Ich glaube nicht, daß Ihr das beurteilen könnt.« Bruder Thomas streckte seinen Zeigefinger aus und schob Ymme nachdrücklich wie mit einem Stock vor sich her zum Ausgang aus dem Saal. Die Köpfe der Leichtkranken hoben sich, um die seltene Besucherin bis zum letzten Wehen ihres Ärmelschals beobachten zu können. »Und was den gesuchten Bruder betrifft, so steht es Euch frei, jeden anderen zu fragen. Ich kann Euch nicht helfen.«

Sie war entlassen. Bruder Thomas winkte einem vorübergehenden Bruder, der sie hinausbegleitete und bis zur Mauer nicht von ihrer Seite wich. Zornig warf sie das Tor hinter sich zu. Warum wurde sie ständig von Mönchen abgeschoben? Der Ritter hatte gewußt, wen sie meinte, da war sie sich sicher.

Als sich von hinten eine Hand auf ihre Schulter legte, erstarrte sie vor Schreck. Aber es war nur der Arzt, niemand, der sich anschickte, sie als Strafe für ihre Fragen zu verschleppen.

»Kommt«, sagte er leise, faßte ihren Ellenbogen und zog sie mit sich.

Die Straße am Priorat hatte sich inzwischen belebt, ein ganz gewöhnlicher Morgen war angebrochen, in dem der nahende Frühling schon zu ahnen war. Ymmes Angst vor dem Mann verschwand mit dem Schlagen eines Buchfinks. Er wirkte gütig, nicht neugierig.

»Ihr seht nicht aus, als wärt Ihr erfolgreich gewesen«, meinte er. »Bruder Thomas ist überlastet, er ist außerhalb seiner Arbeit nicht immer sehr zuvorkommend. Vielleicht kann ich Euch helfen?«

Doch als Ymme ihr Anliegen geschildert hatte, machte er ein bedenkliches Gesicht. Endlich sah er ihr offen in die Augen und beschwor sie: »Es wäre besser, Ihr würdet Euch nicht nach ihm erkundigen.«

»Ihr kennt ihn also?«

»Doch, ja, natürlich«, antwortete der Arzt. »Warum sollte man das leugnen? Aber es wäre für Euch und vor allem für ihn sicherer, wenn Ihr die Begegnung vergessen könntet.« Da Ymme unbewußt den Kopf schüttelte, fügte er hinzu: »Um Euren Bettler wird man sich kümmern. Ich werde dafür sorgen. Damit müßt Ihr Euch begnügen. Der Ritter aber gerät durch allzu viele Fragen in Gefahr.«

So unvermittelt, wie er aufgetaucht war, beendete er die Unterredung. Ymme starrte ihm nach, aber zwischen Handwerkern, Bauern und Hausfrauen war seine unauffällige Gestalt bald verschwunden.

Ymme ging nachdenklich nach Hause. Als sie Guiraude erzählte, wie es ihr ergangen war, kamen sie zu dem gemeinsamen Schluß, daß in einem höchst christlichen Ritterordensspital für gewöhnlich kein jüdischer Arzt Kranke behandelte, der obendrein Verbindung hielt mit einem arabisch bewaffneten Troubadour, der in der Sprache der Languedoc sang. Die Angelegenheit war und blieb rätselhaft.

Guiraude hielt sich auf dem laufenden, was die politische Entwicklung im Lande betraf. Sie schickte auch Pierre, den Hausknecht, aus, um nach Kräften dort Neuigkeiten zu sammeln, wo seine Herrin aufgrund ihrer gesellschaftlichen Position nicht sein durfte.

Hin und wieder hörte Pierre davon, daß der Schwarze Ritter sich im Umland aufhalten sollte, wo er der harmlosen Tätigkeit des Singens nachging. Guiraude und Ymme lauschten besonders interessiert, wie wahrscheinlich jede Dame der Stadt, wenn es um diesen Mann ging. Jedenfalls hatte selbst die Geistlichkeit bisher keinen Anlaß gefunden, ihm mehr als den Vortrag eines einzigen frechen Lieds vorzuwerfen, dessen Text nachweislich nicht von ihm stammte. Es wäre auch unklug gewesen, einen populären Mann wie ihn zu belästigen, denn er erfreute sich plötzlicher Beliebtheit.

Dann hörte Pierre, daß die Zisterziensermönche im ganzen fränkischen Reich ausgeschwärmt waren, um die Christen mit Nachdruck zu den Waffen zu rufen. Angeblich meldeten sich aufgewiegelte Männer täglich zu Hunderten in den Sammelstellen …

Ymme, die meistens dabei war, wenn Pierre berichtete, zitterte vor Angst. »Ich muß doch fort …«

»Nein, Madame, das könnt Ihr nicht«, widersprach Pierre treuherzig. »Die aufgerufenen Männer sind ja nicht nur an den Sammelstellen. Erst müssen sie dorthin. In ganzen Banden ziehen sie durchs Land, und mordlüstern sollen sie alle miteinander sein. Ihr wißt ja, wie Männer dann sind …«

Wie ein Keulenhieb brach über Ymme die Erkenntnis herein, daß es bereits zu spät war.

Zwei Tage später stürmte Pierre ins Haus. »Sie werden zwei Ketzer verbrennen«, keuchte er. »Abgeurteilt sind sie schon. Der Scheiterhaufen ist fast fertig.«

»Das ist das erste Mal hier in Saint-Gilles«, sagte Guiraude leise. »Der Abt macht sich den Bann des Grafen zunutze, um die Bürgerschaft unter seinen Willen zu zwingen. Diese Verräter! Und es wird täglich schlimmer.«

Niemand konnte Guiraude dazu bewegen, der Verbrennung fernzubleiben. »Dazu ist es viel zu wichtig für das Land«, sagte sie entschlossen zu Ymme. »Mein Mann und der Vicomte sind nicht hier. Sie werden wissen wollen, was vor sich ging, wer dort war, neben wem der Abt stand, mit wem er freundlich und mit wem er ungnädig redete oder gar nicht …, wie sich die Templer und die Johanniter verhielten … Das verstehst du nicht, Ymme. Ich muß die abwesenden Männer vertreten.«

Ymme war mehr als verwirrt. »Wer sind denn die Ketzer? Tun sie dir nicht leid?«

Guiraude nannte zwei Namen, die Ymme nichts sagten. »In gewisser Weise tun sie mir schon leid«, meinte sie dann, »aber besser diese zwei als andere. Sie sind für die Stadt nicht wichtig. Aber dein deutscher Zisterzienser hat sehr schlau erkannt, daß er auf diese Weise auf dem scharfen Grat zwischen Duldung und Gegenwehr wandern kann, ohne herunterzufallen. Es ist die brutalste Warnung an die Stadt, die man sich denken kann, ohne die Bürgerschaft zur Verteidigung der Angeklagten zu zwingen. Sie nehmen es hin, weil sie sich nicht wegen zweier Nichtsnutze auf einen Krieg mit dem Papst einlassen wollen. So ist das, Ymme. Und wir werden hingehen. Entweder bleiben alle fern, oder alle gehen hin. Und ich weiß schon, was die Bürger tun werden. Neugierig sind sie nämlich auch.«

Ymme fand es schrecklich, aus Gründen der Politik zu einer Hinrichtung zitiert zu werden. Gleichzeitig mußte sie Guiraudes Selbstbewußtsein bewundern. Wenn ihr Mann der Graf wäre, dachte sie, würde sie das Land regieren. Schweigend machte sie sich fertig mitzugehen.

Zwei Stunden vor der Zeit waren sie auf dem Platz vor der Abtei, der bereits gut besetzt war mit Bürgern, Handwerkern, Kaufleuten, Geldwechslern, Bettlern und Straßenjungen. Guiraude drängte sich hartnäckig durch bis vor den riesigen Reisighaufen. Ymme folgte widerwillig in ihrer Spur, nur einigermaßen beruhigt, weil sie wußte, daß es nicht die Neugier war, die Guiraude trieb.

Als sie aufblickte, schnürte es ihr die Kehle zu. Sie griff mit eiskalter Hand nach Guiraude und zog sie zu sich. »Das ist der Bettler«, flüsterte sie ihr heiser ins Ohr.

»Der ist das?« Guiraude legte den Kopf in den Nacken und musterte ihn mit sachlichem Interesse. Doch ein wenig erschrocken war sie auch.

Man hatte dem Bettler die schäbige Kleidung ausgezogen und ihn mit einem unter den Achseln durchgezogenen Strick an einem Pfahl aufgehängt. Die Beinstümpfe und dazwischen das Geschlecht hingen schlaff herunter. Aber er lebte. Aus den Öffnungen, die nach dem Abschneiden der Nase und der Lippen klafften, lief Blut und tropfte auf seine Brust.

Als ob sie eine Auster auf Eßbarkeit prüft, dachte Ymme, die vor Entsetzen Guiraude im Blick behielt und sich weigerte, ein zweites Mal nach oben zu sehen. Sie hielt ihre Tränen mit Mühe zurück. Der zweite der Nichtsnutze, wie Guiraude sie bezeichnet hatte, mußte sich ebenfalls dort oben befinden, vermutlich auf der anderen Seite. Unendlich lange mußten sie warten. Die Männer sofort zu töten wäre barmherziger gewesen. Ymme quälte sich stumm.

Dann war ferner Gesang zu hören, der von lautem Pferdegetrappel übertönt wurde. Wieder machten die verhaßten blau-gelben Ritter einem Zug von Mönchen den Weg frei. Der erste Mönch trug andächtig das Kreuz, ihm folgten die Cluniazenser des Klosters, denen sich einige vereinzelte Zisterzienserkutten angeschlossen hatten.

Ymme wurde gestoßen und geschoben, bis sich am Scheiterhaufen eine neue Ordnung gebildet hatte. Als die Unruhe vorbei war, hatten sich auf den Stufen der Abtei die Mönche aufgestellt, in ihrer Mitte Berthold der Deutsche. Einige weltliche Männer in Festtagskleidung blieben zwischen dem Fuß des Scheiterhaufens und der Treppe stehen. Mit eisernen Mienen starrten sie vor sich auf den Boden; sie verkörperten aufgrund von Wahlergebnissen aus freiem Willen die städtische Macht – aber als Männer standen sie gegen ihren Willen hier bei der Geistlichkeit.

Die Mönche sangen inbrünstig das Tedeum, während auf einer Schneise, die von bewaffneten Rittern mitten zwischen den Zuschauern freigehalten wurde, der Abt heranschritt. Er war feist wie ein Faß; sein Tempo wurde nicht von der Würde des Amtes, sondern von der Sorge um seine Gesundheit bestimmt.

»Buuhhh«, riefen die Bürger von Saint-Gilles, als der Abt

flüchtig das Kreuz über sie schlug, dann seine Hand irgendwo nach oben in Richtung auf den Holzstoß abglitt. Den Blick in die Weite des Himmels gerichtet, wo er Gott vermutete, fing der Abt pflichtgemäß an, den ungeständigen Ketzern den katholischen Glauben zu predigen. Kaum erhob er seine helle Stimme, überbrüllten ihn die Zuschauer. Recht so, dachte Ymme und schrie mit.

Nach einer Weile gab der Abt auf. Der renitente Pöbel würde ihn nicht predigen lassen. »So laßt wenigstens diesen beiden Sündern die Möglichkeit, in den Schoß der Kirche zurückzukehren«, rief er klagend, kaum war das Geschrei ein wenig abgeebbt.

»Ich bin Christ«, kam es leise und kaum verständlich vom Scheiterhaufen. »Aber Roms Christentum will ich nicht.«

Ymme überlief es eiskalt. Diese geschundenen Männer lebten und waren immer noch imstande, Widerstand zu leisten. Welch ein Mut! Und sie waren nur die Bettler der Languedoc. Wie tapfer mochten erst deren Herrscher sein!

In diesem Moment senkte sich der hocherhobene Arm eines der städtischen Honoratioren. Die Männer, deren Blicke gesammelt auf ihm geruht hatten, traten mit ihren brennenden Fackeln vor und entzündeten das Holz. Das feuchte Holz qualmte an vielen Stellen, bis endlich die Flammen nach oben leckten.

Ymme empfand das Warten und das Schauen, den Geruch und das Knistern wie eine Qual. Sie wurde von Panik überwältigt und wäre am liebsten davongelaufen, aber das war unmöglich.

Während sich das Feuer wie ein Teppich zu Füßen der Ketzer ausbreitete, ertönte auf der immer noch für den Abzug der geistlichen Herren freigehaltenen Schneise das Geräusch von Pferdehufen in verhaltenem Galopp.

Und dann sprengte, nur um weniges schneller werdend, ein leichter weißer Hengst heran; darauf saß ein Reiter in besticktem arabischem Waffenrock über einem geschmeidigen Kettenhemd. Sein Gesicht hinter der schwarzen Augenmaske war unkenntlich.

Die Mönche sahen den Leibhaftigen vor sich. Bis sie sich

bekreuzigt hatten, war der Reiter bei ihnen. Der feingliedrige Hengst schien auf seine Lippenbewegung hin zu beschleunigen und flog wie ein Wirbelwind am Scheiterhaufen vorbei.

Ein Seufzen der Verwunderung ging durch die Menschen. Niemand ahnte, was der Ritter vorhatte, bis er sich tief hinabbeugte und, an der Seite seines Pferdes hängend, zwei Pfeile abschoß. Ymme hörte das Sirren des ersten und blickte nach oben.

Er steckte tief in der Brust des beinlosen Bettlers; sein Kopf war herabgesunken. Die schwarze Tolle hatten ihm die Mönche gelassen; sie verdeckte wie immer seine Augen. Aber Ymme hatte das Gefühl, daß er im Tode wieder lächelte. Und so, wie sie ihn für ganz kurze Zeit erlebt hatte, hielt sie es wirklich für möglich. Fassungslos schluchzte sie auf.

Ihr Schluchzen wurde von dem lauten Gesang übertönt, den die Mönche anstimmten, obwohl der Abt mit den Händen fuchtelte und vergeblich versuchte, den von ihm geplanten Ablauf der Verbrennung durchzusetzen. Aber die Ordnung war dahin. Auch seine sich überschlagende, schrille Stimme drang nicht zu den Brüdern durch, die vor lauter Frömmigkeit und Ekstase nicht mehr Herr ihrer selbst waren.

Du dummer, aufgeblasener Schweinsmagen, dachte Bruder Berthold mit einer Verachtung, die ihn in Versuchung brachte, den Abt auf der Stelle des Amtes zu entheben. Steif stieg er die Stufen hinunter und mischte sich unter den grabesstillen Stadtrat. Es war zu spät, jetzt noch etwas zu retten. Mochten die Brüder ihre Litaneien singen, bis sie wieder im Kloster vor den Weinbechern sitzen konnten.

Ymme kam wieder zu sich, als sie Guiraudes Hand fühlte, die ihre eigene umklammert hielt. Guiraude zog Ymme unbarmherzig mit sich und ließ sie erst los, als sie vor ihrem Haus angekommen waren. »Wir müssen fliehen«, sagte Guiraude.

6. Die Katharer

Pierre und Jeanne waren nicht erstaunt, als ihre Herrin ihnen befahl, sofort alles einzupacken, was sie auf die Reise nach Cessenon mitnehmen wollten.

»Eigentlich ist es keine Flucht«, versuchte Guiraude Ymme zu beruhigen, doch ihre Stimme zitterte dabei. »Uns erwartet am Ende ja ein anderes Haus, das mir und meinem Mann gehört.« Aber es war gelogen, das wußte sie; es sollte nur Ymme helfen: sie hatte ihr Sicherheit bieten wollen, die nun in großer Konfusion endete.

Ymme nickte und packte in Ruhe ihre zwei Ledersäcke. Als ihr das grüne Festkleid in die Hände fiel, konnte sie einen leisen Seufzer nicht unterdrücken. Es erinnerte sie an eine trotz aller Unsicherheit wundervolle Zeit. »Dürfte ich wohl dein Kleid mitnehmen?«

Guiraude erhob sich von ihrer Truhe, lief zu Ymme und umarmte sie. »O Ymme. Dein Kleid, nicht meines. Du weißt es doch.«

»Wenn es dir wirklich recht ist.« Plötzlich mußte Ymme an das Fest zurückdenken, an dessen Vorabend alles begonnen hatte. Damals hatte sie ihr Geburtstagskleid nur anprobiert; danach war es verbrannt. Ob sie dieses ein zweites Mal anziehen würde?

Eine Ahnung überkam sie, die sie schnell verbannte.

Von der Seite sah sie Guiraude an, die schon wieder mit schnellen Händen irgend etwas aus der Truhe warf und in den Sack stopfte, um es im nächsten Moment wieder hervorzuholen. Guiraude war ungewöhnlich nervös.

Ymme war nicht klar, warum sie so hastig aufbrechen mußten. Es war ja über das bereits Bekannte hinaus nichts geschehen. Schweigend sorgte sie zusammen mit Jeanne dafür, daß sie für unterwegs ausreichend Nahrung, Wein und Zunder mitführten – alles, was Menschen auf der Wanderung benötigen, wenn sie Herbergen oder Klöster vermeiden müssen. Mit Hilfe der Erfahrungen eines ewig wandernden Volkes hatte sie gelernt, auf einer Wanderung zurechtzukommen, und es schien, als könnten diese Erfahrungen ihr weiterhin nützlich sein. Mit fünf Pferden und drei Packtieren, unter denen auch Ymmes Maulesel war, brachen sie noch am Abend auf. Guiraude blieb allem Zureden von Pierre und Ymme, die beide bis zum nächsten Morgen warten wollten, unzugänglich. Ihre Angst verstärkte sich mit jeder Stunde.

Mit steinernem Gesicht ritt Guiraude an der Spitze ihres kleinen Zuges voraus. Außerhalb des Stadttors und außer Hörweite des Wächters entspannte sie sich ein wenig und sprach leise auf ihre Tochter ein. Sobald der Strom der rückkehrenden Tagesbesucher der Stadt es zuließ, schloß Ymme an Guiraudes Seite auf. »Warum fliehen wir? Bei Kälte und bei beginnender Nacht!«

Guiraude behielt das eilige Tempo bei, trotzdem hatte sie jetzt wenigstens Zeit für ein kurzes Lächeln. Es beruhigte Ymme mehr als ihre Erklärung. »Der Bettler war ein Zuträger meines Mannes. Du mußt wissen, daß wir dem Norden Widerstand leisten – es gibt ein Netz von Informanten ... Entschuldige, daß ich es dir nicht früher sagen konnte, aber ich wollte dich nicht mit hineinziehen.«

»Ich bin längst hineingezogen«, erkannte Ymme trübe und entwirrte gedankenlos das lederne Zügelende. »Mach dir nichts daraus. Als Ketzerin war ich schon verdächtig, nun gehöre ich eben auch zum Widerstand.«

»Ach, Ymme!«

Guiraudes Stoßseufzer brachte Ymmes Kopf wieder zum Arbeiten. Es fehlte noch ein Stück der Aufklärung. »Du wußtest doch auch vorher, daß der Bettler sterben würde, aber da warst du noch die Ruhe selbst.«

»Nein, nein, auch nicht ganz«, widersprach Guiraude. »Aber davor gab es eben manches, was noch wichtiger war als die Abreise. Erst der arabische Reiter hat meine ganze Planung durcheinandergeworfen.« Der arabische Reiter, ja. Ymme hatte noch keine Zeit gehabt, über ihn nachzudenken, aber sein Auftauchen war sehr sonderbar.

Guiraude parierte ihr Pferd zum Stehen. Es war mittlerweile einsam geworden auf der Straße; einige Fernreisende hasteten der Stadt entgegen, die hinter ihnen in der winterlichen Dunkelheit versank. Die Bewohner des Umlands waren längst zu Hause.

Pierre ritt vor, um den Zustand der kleinen Brücke zu überprüfen. Dieses Sumpfgebiet durchzogen viele überbrückte Wasserzüge, und nicht jede Brücke war gut. Aber sie waren auf die Straße angewiesen und wollten den Sumpf unbedingt hinter sich bringen, bevor sie für den Rest der Nacht rasteten.

Jenseits der Brücke wartete Guiraude, bis Ymme wieder an ihrer Seite war. »Er hat edel gehandelt. Wäre ich ein Mann und unabhängig – ich hätte die beiden auch erlöst. Aber es gibt noch höhere Werte.«

»Nein«, widersprach Ymme entschlossen. »Es kann keine höheren Werte als das Leben eines Menschen geben.«

»Doch. Das Leben von vielen Menschen.«

Ymme holte tief Luft. »Du willst doch nicht sagen, daß der Ritter durch seinen Gnadenakt jetzt viele Menschen in Gefahr gebracht hat?«

»Doch, ich fürchte. Dein Berthold wird spätestens jetzt wissen, daß der Bettler kein Einzelgänger war.« Sie seufzte. »Na ja. Vermutlich hat er es schon während der Folter erfahren.«

Ymmes Pferd machte einen Satz unter der unkontrollierten Bewegung seiner Reiterin. »Wie kannst du behaupten, daß die geistlichen Herren ihn gefoltert haben, Guiraude?«

»Du hast doch gesehen, wie er aussah. Natürlich haben sie ihn gefoltert! Wenn nicht Berthold persönlich, dann hat er den Auftrag gegeben. Er sieht ja nicht gerade so aus, als ob er sich höchstpersönlich die Hände schmutzig machte. So ist der Krieg, Ymme. Und wir befinden uns mitten im Krieg. Der Papst hat ihn erklärt.«

Pierre, der am Schluß des kleinen Zuges ritt, kam nach vorn. »Herrin, glaubt Ihr, daß wir verfolgt werden könnten? Manchmal meine ich, Hufschlag zu hören. Ich bin nicht ganz sicher.«

»Gottes Barmherzigkeit!« flüsterte Guiraude. »Wir müssen unbedingt Cessenon erreichen. Glaubst du, daß es viele sind?«

»Nur einer, Madame. Wenn Ihr meint, daß er uns verfolgt: wir werden schon mit ihm fertig werden.« Pierre klopfte auf sein kurzes Schwert. Pierres feste Überzeugung beruhigte Guiraude wieder. Er war ein zuverlässiger Mann. Ymme hatte noch gar nicht bemerkt, daß Pierre unter dem Umhang bewaffnet war. Sie kannte zwar Améric von Cessenon nicht, aber welcher Mann würde Frau und Tochter ohne Waffenschutz zurücklassen, vor allem dann, wenn er der Frau Aufgaben übertrug, die nicht gefahrlos waren? Sie hätte es sich denken müssen. Trotzdem schob sie ihr Messer in Reichweite.

Noch eiliger ritten sie weiter. Jeanne und das Kind waren nach einigen Stunden völlig erschöpft. Sie mußten rasten, aber es wurde ein unruhiger Schlaf. Ymme erbot sich, Pierre bei der Wache abzulösen, was er dankbar annahm. Er hatte lange genug mit der jungen Lübeckerin in einem Haus gelebt, um ihren praktischen Verstand zu schätzen. Von seiner Herrin würde er ein derartiges Angebot nie angenommen haben: sie gehörte zu den adeligen Damen, deren Herz für die Languedoc schlug und deren Waffe ein brillanter Geist war. Ihr Leib brauchte ausreichend Ruhe.

Am frühen Abend des nächsten Tages hatten sie bereits viele Meilen zwischen Saint-Gilles und sich gelegt. Guiraude bestand darauf, Montpellier auf der alten Römerstraße zu umgehen, weil sich die Stadt nicht eindeutig genug auf die Seite der Okzitanier schlug. »Außerdem gehört sie dem Papst!«

Ymme schmunzelte; auch müde war Guiraude noch eine leidenschaftliche Tochter der Languedoc, selbst wenn es nur um eine Stadt ging.

Es war noch hell genug, um den Weg zu erkennen, als sie sich auf einem Pfad seitwärts schlugen, um einen Platz für die Nacht zu suchen. Guiraude war zu Ymmes Erleichterung ruhiger geworden, je weiter sie sich von Saint-Gilles entfernten, und sie freute sich auf eine hoffentlich ungestörte Nachtruhe.

»Achtung, Madame!« gellte plötzlich Pierres Stimme; kurz darauf brachen drei Männer aus dem Gebüsch und stellten sie.

Es waren abgerissene Kerle, deren Blößen trotz der Kälte nur dürftig mit Fell und Wollfetzen bedeckt waren, Räuber der niedrigsten Art, bewaffnet mit Äxten, Keulen und der verbissenen Gefährlichkeit von Leuten, für die es ums nackte Überleben geht.

Pierre sprengte vor, um sich zwischen die Angreifer und die Frauen zu werfen. »Gottverdammter Buschräuber!« brüllte er und schoß mit vorgestrecktem Schwert auf einen Mann von der Statur eines Ochsenschlächters und mit dem Gesicht eines Ochsen los.

»Weißbrotfresser, Arschficker!«

Pierre hörte den Beleidiger; der Ochse war es nicht: der mahlte mit den Zähnen und brachte nur Schaum hervor. Aber er stieß blitzschnell mit seinem Spieß zu, und Pierre entging ihm um Haaresbreite, während er dem Mann eine tiefe Wunde in die Schulter schlug. Als der Ochse zu Boden gegangen war, sah Pierre sich nach seiner Herrin um. Guiraude hatte keine Waffe, aber gegen einen Räuber war ihr Pferd so gut wie ein Morgenstern. Der Angreifer war bereits benommen durch die schlagenden Hufe, die ihn an Kopf und Hals getroffen hatten.

»Wie war das mit dem Arschficker, du gottlose Kröte?« Pierre sprang vom Pferd und stürzte sich auf Guiraudes Gegner. Er hob sein Schwert, um ihn zu erledigen, als ein Stoß des taumelnden Ochsenschlächters ihn aus dem Gleichgewicht brachte. Der Mann hatte Blut verloren und mit ihm einen Teil seiner Reaktionsfähigkeit, aber nicht den Willen zum Gewinnen und seine Muskelkraft. Er packte Pierre am Gewand und schüttelte ihn hin und her, bis er ihn schließlich zu Boden warf und sich über ihn stürzte. Aus Pierre entwich die Luft wie aus einem angestochenen Dudelsackbalg.

Ymme hatte es mit dem dritten Räuber zu tun. Er zerrte sie vom Pferd herunter, während sie nach ihrem Messer griff. Noch bevor sie auf dem Boden aufschlug, erkannte sie die wilde Gier in seinen Augen.

Der Mann schleuderte Ymme den Umhang über Kopf und Arme und warf sich über sie. Sie bekam mit verzweifelter Kraft ihr Messer frei und stieß es ihm blindlings in die Seite, die Schneide nach oben, immer wieder. Er erstickte sie beinahe mit seinen schmierigen Lumpen, die sich über ihren Mund und ihre Nase gelegt hatten.

Sie brauchte lange Zeit, bis sie begriffen hatte, daß er längst tot war. Erst als sie den übel stinkenden Leichnam von sich gewälzt hatte und darunter hervorgekrochen war, sah sie den Pfeil in seinem Rücken.

Etwas wackelig auf den Beinen, blickte Ymme sich um. Pierre lag gurgelnd auf dem Boden und neben ihm der Ochsenschlächter, dem ein Pfeil aus dem Hals ragte. Guiraude hatte ihre Tochter im Arm, die noch auf ihrem kleinen Pferd saß. Aber beide lebten, ebenso wie Jeanne, der gar nichts geschehen war. Pierres erstickte Atemgeräusche gingen in ein gewöhnliches Stöhnen über; er richtete sich auf.

Der Kampf war vorüber, und sie hatten überlebt.

Ymme wankte zu den Frauen hinüber. Dann fielen sie und Guiraude sich in die Arme, während Jeanne vom Pferd glitt, um ihrem Mann aufzuhelfen.

»Wer hat die Männer erschossen?« fragte Ymme.

Guiraude ließ sie los und schüttelte den Kopf. »Jeanne weiß nicht, wer es war. Sie sagt, der Erzengel Gabriel sei auf einem schwarzen Pferd vorübergeflogen und habe Pfeile auf die Sünder abgesandt. Sie will seine feurigen Augen gesehen haben, und an den Hufen des Pferdes hätten Blitze aufgeleuchtet. Eine vernünftige Aussage kannst du von ihr nicht erwarten, sie ist ganz durcheinander.«

»Hat er den dritten auch getötet?«

Guiraude wischte sich Tränen der Erleichterung von den Wangen und deutete zu einer Gruppe Eichen hinüber. »Der liegt dort hinten.« Dann gaben die Beine unter ihr nach.

Aber es waren nur die ausgestandene Angst und der Schock; ihr Kopf arbeitete wieder, und sie blickte Pierre besorgt entgegen, der schwer atmend auf sie zukam, gestützt von seiner Frau. Jeanne verhinderte vernünftigerweise, daß er sprach. Er war von dem Ochsenschlächter gewürgt worden, nicht viel hatte gefehlt, um ihm den Garaus zu machen. Doch lehnte er Ymmes Hilfe ab, die sich um seine Kehle kümmern wollte.

Als Pierre wieder ausreichend Luft bekam, sammelte er die Pferde ein, die in der Nähe weideten. Die Toten zog er hinter ein dichtes Gebüsch und warf die verstreuten Waffen hinterher. Mit drei Pfeilen in der Faust kam er zurück, die er sorgfältig an seinem Packsack befestigte. Schweigend wartete er neben den Pferden, bis Guiraude sich endlich erhob.

Ymme erwartete, daß Pierre eine Grube ausheben würde, schließlich waren diese Menschen auch Christen; sie hätte ihm dabei geholfen. Aber niemand sprach davon. Guiraudes Gesicht war undurchdringlich und entschlossen. Ymme wagte nicht zu fragen.

Der weitere Ritt forderte den Pferden das Äußerste ab. Guiraude blieb an der Spitze und hielt unerbittlich die Geschwindigkeit.

Der kurze Aufenthalt zwischen dem Ende dieses Tages und dem Beginn des nicht enden wollenden Weiterritts am nächsten konnte kaum als Nachtruhe bezeichnet werden. Ymme nahm am Abend des folgenden Tages kaum mehr wahr, daß ihr jemand vom Pferd half und sie in eine Kammer brachte, wo sie in einem weichen Bett in tiefen Schlaf versank.

Tags darauf wachte sie erst gegen Mittag auf und sah aus dem Fenster in einen Hof hinunter, an dessen Mauer Büsche gelb blühten; über ihr schien strahlend die Sonne.

Améric von Cessenon, dem dieses herrschaftliche Haus in seinem Dorf Cessenon gehörte, hatte sich auch hier lange nicht gezeigt. Jedoch hörte man zuweilen von ihm, denn im Herzen der Languedoc waren die Wege kürzer und die Freunde zahlreicher, die Nachrichten befördern konnten.

Ymme, in deren Seele der Anblick der über den Winter aufgelegten Schiffe von Saint-Gilles und der Geruch von Tang, Salzwasser und toten Fischen stets eine Saite in Schwingung versetzt hatten, die sie an zu Hause erinnerte, gewöhnte sich nun an die hügelige Landschaft der Cevennen. Das Dorf lag umgeben von Weinbergen an einem Fluß, und dahinter erstreckten sich endlose Wälder, die bereits von grünem Flaum bedeckt schienen.

Aus dem Fenster ihres Zimmers überblickte Ymme das ganze Dorf, dessen Häuschen regellos über den Hang verteilt waren, den schützenden Berg im Rücken. Die Häuser waren aus dunklem Bruchstein erbaut, ihre Dächer ebenso wie die Mauerumfriedungen gut instand gehalten. In allen Hausgärten blühten die frühen Obstbäume. Wahrscheinlich sind das die Mandelbäume, dachte Ymme versonnen, bei deren Blüte ich nach Osten aufbrechen wollte, zu Volrad, nach Salerno …

Guiraude nahm ihre üblichen Pflichten in Ruhe wieder auf, nachdem sie als erstes dafür gesorgt hatte, daß ihr Mann den Stand der Dinge in seiner Hauptstadt erfuhr. Für ihren Gast hatte sie hier im Stammhaus der Familie weniger Zeit als in Saint-Gilles, obwohl der Haushalt auch ohne sie wie am Schnürchen lief. Ab und zu aber, wenn sie ausreiten mußte, um die Felder zu besichtigen, um sich bei den Abhängigen im Dorf zu zeigen und sie aufzumuntern oder um Absprachen mit Pächtern zu erneuern, nahm sie Ymme mit.

Die Bewohner von Cessenon waren ganz im Gegensatz zu den undurchdringlichen Wäldern offen und freundlich. Ohne Scheu sprachen sie Frau Guiraude auf der Dorfstraße an, zeigten die jüngsten Kinder vor, die sie noch nie gesehen hatte, lachten und scherzten mit ihr.

Und die adelige Dame, die es notfalls mit Äbten und Kreuzzugpredigern aufnahm, schwatzte unbekümmert mit den Dörflern in einem Dialekt, an den sich Ymme erst gewöhnen mußte. Nur wenn sie, ernster, von der großen Politik berichtete, an der wie alle Menschen auch die Dorfbewohner teilhatten, benutzte sie die Hochsprache.

Dennoch blieb Ymme viel Zeit zum Nachdenken, wenn sie mit Guiraudes Tochter gespielt hatte, bis diese müde wurde. Sie dachte immer öfter an ihren versäumten Aufbruch in die Lombardei wie an eine schuldhafte Handlung. Aber dann machte sie sich klar, daß ihr kein anderer Weg möglich gewesen war, und fing an, sich selbst Aufgaben zu suchen. Der

Frühling kam ihr entgegen; sie erbat sich die Erlaubnis, sich um das vernachlässigte kleine Kräutergärtchen am Fuße der Nordmauer kümmern zu dürfen.

Die Ordnung des Gärtchens war ihr vertraut. Auch wenn Guiraude nicht sagen konnte, wer es angelegt hatte, weil es schon vorhanden gewesen war, als sie hierherkam, konnte sie in den Pilanzen die Vorschriften des »Capitulare de villis et curtis imperialibus« erkennen, nach denen die Benediktinerinnen in Preetz, genau wie alle anderen Mönche und Nonnen der christlichen Welt, ihre Heilpflanzen zogen. Die stacheligen Rosenbüsche, deren noch zarte Triebe bereits dicht belaubt waren, mußten dringend hochgebunden werden. Ein Nagel weit oben in der Mauer bewies sogar, daß man es früher getan hatte. Und die Triebspitzen davor gehörten gewiß einer weißen Lilie.

Ymme ging mit Feuereifer an die Arbeit, jätete und düngte, ließ dunkle, fruchtbare Erde von einem Bauern anfahren, pflanzte um und ein. Was ihr unbekannt war, ließ sie in Ruhe, denn sie war sich im klaren, daß das warme südliche Klima andere Pflanzen hervorbringt als das feuchte kalte des Nordens. Zum erstenmal seit ihrer Flucht war sie zufrieden mit sich.

Die Sonne brannte ihr heiß auf den Rücken, als sie eines Morgens von einer ihr unbekannten Stimme angesprochen wurde. Die dunkelhaarige Frau in schwarzer Kleidung sprach leise und bedächtig, und Ymme konnte sie gut verstehen.

»Frau Guiraude hat mich zu Euch geschickt und läßt Euch bitten, mir zu helfen, sofern Ihr könnt und wollt. Ich benötige frischen Ysop. Die Hilfe ist nicht für mich persönlich, sondern für eine kranke Frau, der das Wasser bereits das Herz einengt.«

»Ich will Euch gern helfen«, entgegnete Ymme überrascht, »wie könnte denn Guiraude etwas anderes von mir annehmen! Nur weiß ich leider nicht, wie Ysop aussieht.« Sie sah die Frau forschend an. Eigentlich schien sie selber Heilmittel zu benötigen. Sie konnte kaum älter als Ymme selbst sein und war doch mager und ihre Haut wie durchscheinend.

Die Frau lächelte. »Dasselbe hat Guiraude auch gesagt. Ich wollte Euch jedoch nicht im unklaren lassen, da Ihr gut katholisch seid, wie ich von ihr selber weiß. Wir gelten bei den Priestern und Mönchen als Abtrünnige.«

»Jetzt weiß ich, wer Ihr seid. Ihr müßt dem Glauben des Predigers in Saint-Gilles anhängen«, rief Ymme, der endlich klar wurde, warum die Frau so zurückhaltend war. Auch unter Améric von Cessenons Dach gab es Gäste, die nichts mit Menschen zu tun haben wollten, die ein apostolisches Wanderleben führten und christliche Armut vorlebten. »Ihr müßt eine Katharerin sein.« Dann nahm sie die zerbrechlich wirkende Besucherin behutsam am Arm und führte sie bis ans Ende des Heilmittelgartens. »Seht selber. Ihr kennt das Kraut besser als ich. Seid Ihr eine heilkundige Frau, eine Ärztin?«

Die Fremde ließ ihren Blick über die jungen Pflanzen schweifen, dann betrachtete sie Ymme prüfend und kam offensichtlich zu dem Schluß, daß sie ihr trauen konnte. »Ihr fragt nicht aus Neugier, das weiß ich. Möchtet Ihr mit mir gehen, um die Anwendung der Kräuter kennenzulernen? Die Herrin Guiraude sagte, dies könnte Euch vielleicht ein wenig mit dem Aufenthalt hier versöhnen.«

Ymme dachte mit Dankbarkeit an Guiraude, die ihr trotz ihrer vielen Pflichten den Weg zu einer heilkundigen Frau geebnet hatte. Der Aufenthalt in diesen Hügeln würde nicht vergeblich sein. Sie stieß einen Seufzer der Erleichterung aus und nickte.

Die Katharerin ließ sich auf die Knie nieder und pflückte vorsichtig junges Grün von einem verholzten und sperrigen kleinen Busch. »Das ist Ysop. Die neuen Blätter haben die größte Heilkraft. Und wenn Ihr soviel Basilikum entbehren könnt, würde ich davon auch gerne zwei Hände voll mitnehmen. Ich werde sie einem Mann geben, der acht Kinder zu ernähren hat und vor lauter Sorge und Arbeit nur noch Haut und Knochen ist; ein dampfendes Basilikumbad wird ihm guttun.«

Ymme hatte den Teppich durchdringend, ein wenig pfeffrig riechender Basilikumblätter von anderen Kräutern befreit und ausgiebig begossen. Sie hatten es ihr gedankt und waren tüchtig gewachsen. Nun freute sie sich, daß sie sie intensiv gepflegt hatte. Ymme sprang auf und ließ sich noch andere ihr unbekannte Kräuter erklären. Die Besucherin, obschon sie es eilig gehabt hatte, nahm sich geduldig die Zeit dazu. Ymme wurde immer eifriger. Aus dem Augenwinkel sah sie, daß Pierre mit einem großen Korb über den Hof ging. Er holte jeden Tag am Waldrand frisches Futter für seine Kaninchen. Als er die Besucherin bemerkte, stockte er, stellte dann seinen Korb ab und kam im Laufschritt herbei wie einer, der einen lange vermißten Menschen wiedersieht.

Pierre, den Ymme nun schon fast ein halbes Jahr kannte und als unerschrockenen Kämpfer kennengelernt hatte, sank vor dem Gast auf die Knie. Mit ehrfürchtigem Gesicht verbeugte er sich mehrmals vor ihr bis auf den Boden und bat: »Schwester, segnet mich. Betet zu Gott für uns Sünder, daß er aus uns gute Christen mache und uns zu einem guten Ende führe.«

Instinktiv faltete auch Ymme die Hände und neigte den Kopf, während die Heilkundige und Ärztin die Hände hob und antwortete: »Diaus vos benesiga; Gott segne dich. Möge Gott aus dir einen guten Christen machen und dich zu einem guten Ende führen.«

»Ich danke Euch, Schwester«, sagte Pierre und eilte beschwingt fort. Ich habe es nie gemerkt, dachte Ymme und starrte ihm nach. Und doch, als sie erst wenige Tage in Saint-Gilles gelebt hatte, hatte ein Gast am Tisch gesessen, der erst die Tischgenossen und dann das Brot segnete, bevor er es verteilte. Sie war so froh gewesen, in ganz ähnlicher Weise wie bei Frau Cornela aufgenommen worden zu sein; überdies war das Vaterunser in provenzalischer Sprache gesprochen worden … so hatte sie den Ablauf des Mahls den lokalen Bräuchen zugeschrieben. Nun schien ihr, daß vielleicht der ganze Haushalt den Glaubensinhalten der Vollkommenen folgte. Und ihr Respekt vor der jungen Frau, die nach dem Brauch der Katharer wie ein weiblicher Priester tätig war und als Vollkommene bezeichnet wurde, wuchs.

Ymmes Vermutung wurde am Abend bestätigt, als sie mit Guiraude am flackernden Kaminfeuer zusammensaß. Die Hausherrin las in einem Buch, das sie plötzlich entschlossen auf die Knie sinken ließ. »Ich habe es dir nie gesagt, aber wir verabscheuen hier die katholischen Priester mindestens ebensosehr wie die römische Machtpolitik. Einem Gebildeten müssen irgendwann Zweifel kommen, ob er der Kirche anhängt, weil er es für richtig befindet oder weil sie es für richtig befindet. Und wenn er dann entdeckt, daß er nie das Recht hatte zu wählen, fragt er sich spätestens zu diesem Zeitpunkt, warum dies so ist. Zweifellos wird er als denkender Mensch darauf kommen, daß jeder Mächtige seine Anhänger braucht, hauptsächlich, um diejenigen zu bezwingen, die sich nicht fügen wollen. Und nach mehreren Jahrhunderten harter Arbeit, die die katholische Kirche benötigt hat, um dieses System der Macht und der Unterwerfung anderer aufzubauen, sind ihr Demut und Glaube verlorengegangen. So erklären es uns die Katharer, und ich sehe, daß sie recht haben, Ymme. Die Katharer wollen uns den wahren Glauben wiedergeben, und sie leben uns wahres Christentum vor; wer könnte leugnen, daß ein Vollkommener wie Christus lebt, den sie als ihren frühen Bruder ansehen.«

Ymme sah Guiraude aufmerksam an. »Bist du denn eine Katharerin?« »Nein, natürlich nicht«, sagte Guiraude überrascht. »So werden nur die Prediger genannt, die ein wahrlich hartes, entbehrungsreiches Leben führen. Wir anderen sind Christen, einfache Gläubige. Wir glauben unseren Predigern, weil sie wahrhaftig sind und Märtyrer wie die frühen Christen. Wer immer von ihnen aufgestanden ist, um den katholischen Priestern ins Gesicht zu sagen, daß sie über dem Machtanspruch Gott und das apostolische Leben vergessen haben, wurde verbrannt. Aber wir Menschen in der Languedoc sind störrisch. Je mehr die Römischen die wahrhaftige Kirche bekämpfen, desto mehr Menschen strömen ihr zu«, fügte Guiraude leise hinzu. »Du wirst es selber sehen.«

»Dann bist du also nicht böse, wenn ich die Ärztin zu ihren Patienten begleite?«

Guiraude umarmte Ymme. »Ach, ich freue mich, daß du uns nicht ablehnst, jetzt, wo du Bescheid weißt. Du wirst bei Esclarmonde viel lernen …«

Esclarmonde war ganz anders als Guiraude, viel ernster. Sie verfügte über ein umfangreiches medizinisches Wissen, und da sie sich entschlossen hatte, Ymme als Schülerin anzunehmen, war sie darauf bedacht, sie alles zu lehren, was sie selber wußte. Selbst wenn sie von einem Haus zum anderen unterwegs waren, nutzte sie jedes Kraut am Weg und jedes Blatt am Baum, um Ymme zu erklären, wozu es taugte, wie man es zubereiten und in welcher Menge verabreichen mußte.

Aber Ymme bekam zuweilen Angst, wenn sie die Intensität von Esclarmondes Leben betrachtete. Als bliebe ihr nicht mehr viel Zeit, dachte sie.

Die Predigerin bewohnte im Dorf ein winziges Haus, das den Cessenons gehörte. Eines Morgens bat Esclarmonde Ymme in ihr Häuschen herein, weil sie noch ein Arzneimittel zubereiten wollte. Beklommen trat Ymme in das dürftig eingerichtete Haus. Esclarmonde hatte den Möbeln als einzigen eigenen Besitz einige Glasgeräte, Reibschalen und Flaschen hinzugefügt, mit deren Hilfe sie Arzneien zubereitete oder aufbewahrte.

Esclarmondes schlanke weiße Hände, die bestimmt nicht die einer Frau waren, die jemals von grober Handarbeit gelebt hatte, schienen viel zu zart, um Brennesselblätter abzustreifen, Wurzeln auszugraben und Fichtenäste von Nadeln zu befreien. Aber sie setzte sich auf einen dreibeinigen Schemel und begann, wollige Blätter zu zerrupfen. Mit einem flüchtigen Lächeln wies sie Ymme einen Sitzplatz auf einer Tonne zu.

»Das wichtigste«, belehrte sie Ymme, ohne aufzusehen, »ist die Sauberkeit. Bei allem, was Ihr tut. Ob Ihr einen Kranken untersucht, ob Ihr sein Arzneimittel zubereitet oder ob Ihr entbindet.«

Davon hatte Ymme noch nie gehört; Frau Cornela wusch sich immer die Hände, aber sie hatte nie erwähnt, daß es Teil ihrer Behandlung war. Ymme hatte dahinter eher einen jüdischen Brauch vermutet.

»Vor allem aber bei Wunden. Wenn Seife nicht zur Hand ist, nehmt notfalls Wein, schlimmstenfalls Essig. Laßt die Hände für die Länge eines Vaterunsers weichen, und trocknet sie an einem sauberen Tuch ab. Nach der Untersuchung tut dasselbe.«

»Aber ...«

»Was den Kranken vor Euch schützt, schützt auch Euch vor dem Kranken. Jeder Stoff enthält das Prinzip des Todes, aber solange der Kranke noch am Leben hängt, darf man ihn nicht an solchen tödlichen Stoffen sterben lassen. Man soll willig sterben dürfen, nicht aus Unachtsamkeit sterben müssen. Wir Ärzte sind deshalb zur absoluten Sauberkeit verpflichtet.« Esclarmonde hatte eine Handvoll zerkleinerter Blätter auf einem frischgewaschenen Tuch aufgehäuft. Der Tisch war alt, rissig und sauber gescheuert, aber die Blätter durften ihn nicht berühren. »Das gilt natürlich auch für Instrumente. Jedes Messer, jedes Spekulum muß geschrubbt werden ... Dort, wo Ihr zu Hause seid«, sagte sie und blickte auf, »gibt es viele unserer Pflanzen nicht. Ihr werdet Euch umgewöhnen. Aber nie dürfte Ihr Euch an Dreck gewöhnen. Daß unser Leib unvollkommen ist, gibt uns Ärzten kein Recht, bei unseren Handlungen unvollkommen zu sein.«

Ymme nickte. Esclarmonde schien immer unter Druck zu stehen. Sie hatte sich angewöhnt, Esclarmonde nur selten zu unterbrechen. Während sie ihrer Lehrmeisterin zusah, mußte sie an Berthold den Deutschen denken. Er erfüllte das Gebot persönlicher Sauberkeit, als wäre er ebenfalls bei Esclarmonde in der Lehre gewesen. Oder gab es eine Schule, in der diese Lehrmeinung unterrichtet wurde?

»Solltet Ihr feststellen, daß sich Eiter auf einer Wunde bildet, habt Ihr unsauber gearbeitet. In einigen Fällen allerdings ist der Dreck bereits vorher hineingeraten, und nur dann braucht Ihr Euch keine Vorwürfe zu machen.«

Esclarmonde schüttete die Blätter des Königskerzenkrauts in dunklen Wein, gab Fenchelsamen dazu und erhitzte alles zusammen. Während sie darauf wartete, daß es aufkochte, fügte sie streng hinzu: »Manche Ärzte behaupten, Eiter sei nötig für die Heilung. Das ist nicht wahr! Vermutlich waren die Gründer dieser Medizinschule einfach schmutzig und wußten es nicht besser …« Nach dem Abseihen goß Esclarmonde den Sud in eine Flasche, die sie in ihre Tasche packte, wo sich noch andere Arzneimittel auf Vorrat befanden. »Wir wollen dann …«, sagte sie.

Als Esclarmonde mit Ymme an ihrer Seite durchs Dorf ging, neigten die meisten Menschen ehrfurchtsvoll die Köpfe. Kleine Kinder kamen angerannt und baten um ihren Segen, den die Erwachsenen nicht ständig erwarteten, weil sie wußten, daß Esclarmonde nicht nur das Wort Gottes verkündete, sondern auch Kranke tröstete, behandelte und beim Sterben begleitete.

Ymme trat dann achtungsvoll zurück. Häufig war ihr nun schon passiert, daß einfache Bauern von ihr die Predigt begehrten; die Katharer seien meistens zu zweit unterwegs, erklärte ihr Esclarmonde, auch die Bauern wüßten dies.

Der alte Mann, den Esclarmonde besuchen wollte, lebte allein in einer Hütte, zu der ein schmaler Pfad in die Höhe führte. Als die beiden Frauen eintraten, legte er die Hand schützend auf die Brust und versuchte von seinem ärmlichen Lager aufzustehen.

»Bleibt liegen«, sagte Esclarmonde und drückte ihn sanft zurück. »Der elende Leib will nicht mehr, ich weiß. Eure Seele aber ist ewig, und sie wird sich dereinst mit Gott vereinen.«

»Bald«, flüsterte der Mann heiser und angestrengt.

»Bald«, versprach die Ärztin. »Und bald wird Eure Stimme wiederkommen, so daß Ihr mit mir zusammen das Vaterunser sprechen könnt. Ich habe Euch eine Kräutermischung mitgebracht, die Ihr angewärmt den ganzen Tag über trinken sollt.«

»Ja.« Der alte Mann wurde zusehends schwächer. »Ich bitte um das Consolamentum.«

Esclarmondes Gesicht wurde tiefernst. »Bruder, willst du dich Gott und dem Evangelium weihen?«

»Ja, Schwester.«

Esclarmonde mit ihrem durchgeistigten weißen Gesicht schien wie ein Engel zu schweben. Sie befand sich plötzlich am Wasserbottich in der hinteren Zimmerecke, hatte dabei Ymme mit sich gezogen und flüsterte ihr ins Ohr: »Bitte geht für eine Weile hinaus. Dies ist eine feierliche Handlung, bei der nur Gläubige anwesend sein dürfen. Und ich bitte Euch, lauft ins Dorf hinunter und holt einen Catharus. Fragt nur; jeder ist recht. Aber schnell muß es gehen.«

Ymme rannte sofort los, den Rock geschürzt, und kam nach Luft ringend bei den Häusern an. Sie bat den ersten Bauern, der ihr begegnete, um Hilfe. Wenige Minuten später keuchte eine alte Frau herbei, die von zwei jüngeren unter den Armen gepackt und den Berg hinaufgetragen wurde. Mehrere Gläubige, Männer und Frauen, folgten ihnen in stiller Andacht.

Ymme blieb der heiligen Handlung fern. Sie wartete unten im Dorf auf ihre Lehrmeisterin.

Esclarmonde kam nach langer Zeit. Heiter schritt sie auf Ymme zu. »Er hatte einen gnädigen Tod. Er ist als Reiner in seinen Gott eingegangen.«

Ymme nickte beklommen. Sie wußte, daß die Katharer ihren Tod so sehr ersehnen, daß sie bereit sind, Freitod zu begehen. Ihr hatte man beigebracht, selbst der Wunsch dazu sei Sünde. Der Mensch müsse sein Leben nach dem Willen des Schöpfers leben, mit allen Gebrechen, in bitterster Armut, selbst als Sklave …

Es hieß, die oströmischen christlichen Kaiser kauften Sklaven, ließen sie kastrieren wie Schweine und hielten sie als Palastwächter …

Ymme erinnerte sich nicht mehr, ob die christlichen Kirchen sich wegen der Sklaven überworfen und getrennt hatten. Aber konnte es wirklich Gottes Wille sein, einen Menschen einem christlichen Kaiser zum Eigentum zu geben? Zum Verschneiden, zum Töten, damit er für seinen Herrn betrog und mordete? Sie beschloß, Guiraude zu fragen. Ihre Gedanken verwirrten sich über dem wenigen, was sie darüber gehört hatte. Nichts davon konnte stimmen.

Esclarmonde war durch den Tod des Alten nicht bedrückt,

im Gegenteil, sie war so gelöst, daß Ymme es wagte, ihr die Frage zu stellen, die ihr schon lange am Herzen lag. »Habt Ihr in Salerno die Medizin studiert?«

»Eine seltsame Frage.« Esclarmonde schritt auf dem vermoosten Waldboden weit aus und hob kaum einmal die Augen, um nicht versehentlich auf ein Tier zu treten, genausowenig wie sie jemals ein Tier für ihre Bedürfnisse schlachten lassen würde. Sie war darin so kompromißlos wie alle Katharer.

»Warum, Frau Esclarmonde?« Ymme war überrascht. Sie hatte gelernt, Salerno sei die wichtigste aller abendländischen Schulen.

Die Lehrmeisterin drehte sich und erwartete Ymme, die sich ebenfalls bemühte, nicht auf Schnecken und Käfer zu treten, dabei aber nur langsam vorankam. »Sie ist abwegig. Ihr würdet mich auch niemals fragen, ob ich Oliven aus Lübeck beziehe.«

»Nein«, sagte Ymme verwundert, »dort gibt es ja keine; höchstens wenn ein Kaufmann sie einführt, der sie schon kennt …«

»Eben. So verhält es sich mit der Wissenschaft von Salerno auch.«

Betroffen stieg Ymme den Waldpfad weiter in die Höhe. Sie schnaufte, sie war das Wandern in Bergwäldern kaum noch gewöhnt. Esclarmonde lief in leichten Lederschuhen vor ihr her. »Dann müßt Ihr ja der Meinung sein, daß es irgendwo einen Ort gibt, wo all das entsteht, was die Händler an Wissenschaft in Salerno einführen …«

»Das ist richtig.« Esclarmonde drehte sich um, und Ymme sah sie zum erstenmal richtig lächeln, weder aus Glaubenseifer noch aus Liebe zu Gott, sondern aus herzlicher weltlicher Freude. Die Predigerin war hinter ihrer ernsten Miene auch eine fröhliche junge Frau; aber nur selten ließ sie ihren Frohsinn durchblicken, und auch jetzt ging der Moment ebenso schnell vorüber, wie er gekommen war. »Die Wissenschaft der Mönche vom Monte Cassino ist aufgekocht, gefiltert und in Wasser gelöst – sie ist nicht die Weisheit der Alten.«

»Aber Ihr macht dasselbe mit Euren Pflanzen«, argumentierte Ymme, »und Ihr erhaltet daraus die konzentrierten Wirkstoffe, die Essenz der Pflanzes ihre Seele …«

»Die Mönche auch«, sagte Esclarmonde mit Nachdruck, »aber sie behalten die Nußschale voll Konzentrat für sich. Ihren Schülern verabreichen sie den Wasserdampf …«

Ymme, die in den Baumkronen die Vögel zwitschern hörte, in den Lichtungen breite Sonnenbahnen auf blühenden Holunder fallen und davor ihre Lehrmeisterin sah, die wiederum den von Geschöpfen Gottes wimmelnden Waldboden betrachtete wie einen Gegenstand, der sie zu Sünde verleiten wollte, biß sich auf die Lippen und sagte nichts. Die Katharer waren von Geist durchdrungen, und sie sehnten sich nach dem Licht. Aber dort, wo es leuchtete, wollten sie es manchmal nicht wahrhaben.

Erst als sie nach einer Weile schweigend auf der Kuppe angekommen waren und der Weg sich zum nächsten Dorf hinunterschlängelte, war Ymme mit einer Ansicht, die derjenigen ihrer geliebten Frau Cornela genau entgegengesetzt war, soweit versöhnt, daß sie auch den Rest hören wollte.

Esclarmonde schien Ymmes Vorbehalte geahnt zu haben. Sie sah sie mit gerunzelter Stirn an und begann dann innerlich zu glühen. »In al-Andalus ist die wahre Wissenschaft zu Hause. Dort wurde das Beste, das Denker und Forscher in Indien, Griechenland, Arabien und Persien jemals zustande gebracht haben, zusammengetragen und in Schriftrollen aufbewahrt. Iberer, Phönizier, Goten, Juden, Griechen, Araber, Berber haben es überdacht und für wahr befunden, neue Erkenntnisse hinzugefügt und so ein unendlich großes Universum des Wissens gebaut. Wäre nach meiner Religion«, fügte sie mit einem Seufzer hinzu, »nicht alles Irdische nichtig, wäre ich dort, wo das Zentrum der Welt ist.«

Sie wandte sich um und begann mit dem Abstieg, während Ymme auf dem feuchten Boden hinterherschlitterte. Sie war fasziniert und beunruhigt zugleich. Als sie im Dorf ankamen, hatte sie für sich den Schluß gezogen, daß Salerno das bittere grüne Fleisch der Walnüsse bieten mochte – der nahrhafte, wohlschmeckende Kern aber steckte unter der harten Schale und war dort nicht zu haben. Wie sollte sie jemals an ihn herankommen?

Über den Pflichten, die nun auch sie schon zu übernehmen hatte, verlor sie die Frage, wo die Ärztin denn nun wirklich studiert hatte, aus den Augen. Während Esclarmonde von Gott sprach, untersuchte Ymme die kleinen Kinder auf Läuse, rieb das absterbende Fleisch der Bettlägerigen mit Johanniskrautöl ein, legte den Gichtigen Tannen-Salbei-Brei auf die schmerzenden Gelenke und gab den Blöden Rosenpulver zum Einatmen auf den Handrücken. Als sie sich wieder auf den Weg machen wollten, rannte ein junges Mädchen über die Dorfstraße auf sie zu und bat sie mitzukommen.

Esclarmonde lächelte flüchtig. »Manchmal dauert es eine Weile, bis die Menschen sich darüber klar sind, ob sie sich krank fühlen. Oft werde ich sogar zurückgeholt, wenn ich schon auf dem Heimweg bin.«

Aber dieses Mal war es kein kranker Mensch.

Der Patient lag auf Stroh und grunzte. »Wir waren so dankbar«, schluchzte das Mädchen, »daß sie so viele Ferkel bekommen hat, und alle sind quicklebendig. Aber nun müssen wir um das Leben unseres Mutterschweins fürchten.«

Während Ymme erschrocken das stete Blutrinnsal beobachtete, das aus den aufgequollenen schwarzen Schamlippen der Sau lief und im Stroh versickerte, kniete Esclarmonde nieder. »Wasser und Seife«, befahl sie knapp. Und obwohl das Leben aus dem Schwein auszuströmen schien, die Haut bleicher wurde und die Ohren blau, wusch sie sich so sorgfältig wie bei der Entbindung einer Frau. Dann tastete sie die fleischigen Teile der Geburtswege der Sau so weit ab, daß ihr ganzer Unterarm verschwand.

Ymme war erstaunter als die Besitzerin des Schweins.

Endlich erhob sich Esclarmonde. »Ich kann keine Verletzung feststellen. Ich werde versuchen, die Blutung zu stillen.« Während sie sich säuberte, ließ sie Ymme ein schwarzes Pulver aus einem Holzkästchen in ein wenig Wasser auflösen. Die Sau mahlte noch mit den Zähnen und kaute Schaum, dennoch gelang es Esclarmonde, ihr den Heiltrank ins Maul zu befördern. Das Tier schien Durst zu haben. Danach blieb ihnen nur übrig zu warten.

Ymme konnte nicht abwarten. Tiere starben, wenn ihre Zeit gekommen war. Dennoch hatte sie geahnt, daß es auch kranke Tiere gab und daß sie gesunden oder sterben konnten wie ein Mensch. »Behandelt Ihr alle Tiere? Und haben sie dieselben Krankheiten wie Menschen?«

Esclarmonde schüttelte den Kopf. »Sicher nicht. Manches entzieht sich unserem Wissen, eigentlich fast alles. Finnigkeit behandle ich nie; ich weiß nicht einmal, ob es eine Krankheit ist. Aber was Geburten betrifft, so sind sie bei Frauen, Pferden und Schweinen gleich.«

Ymme schaute sie verwundert an.

»Doch«, beharrte Esclarmonde. »Vergeßt nicht, daß die irdischen Bestandteile von Stute, Sau und Frau dieselben sind: Urschlamm. Und Luzifer hat über alle von ihm geschaffene Materie dasselbe Leid ausgeschüttet: Schmerzen, Traurigkeit, Sünde. Solange ich auf der Erde bin,versuche ich dieses Leid zu mindern. Sagt mir einen vernünftigen Grund, warum ich ein Schwein anders als einen Menschen behandeln sollte!«

Wenn Ymme ehrlich war, konnte sie keinen Grund nennen. Und doch kam ihr Esclarmondes Begründung anmaßend vor.

Esclarmonde war aufgestanden und hatte begonnen, die Blutspuren an den Hinterbacken der Sau mit einem feuchten Lappen abzuwaschen. Die Haut war prall und stellenweise schwarz, aber an den hell gebliebenen Partien nicht mehr ungesund bleich. Das Blutrinnsal war in einem dicken Tropfen erstarrt. Als die Ferkel quiekend nach den Zitzen suchten, hob die Muttersau den Kopf und betrachtete ihre Kinder. Das Leben schien in sie zurückzukehren.

»Ein guter Wurf«, sagte Esclarmonde anerkennend. »Beim nächsten Mal bekommt sie noch zwei Ferkel mehr, du wirst sehen.«

Die junge Bäuerin strahlte und warf sich vor der Ärztin, Tierärztin und Katharerin ins Stroh. »Schwester, segnet mich«, flüsterte sie ehrfürchtig.

Kaum waren sie wieder auf dem Weg, bestürmte Ymme Esclarmonde, ihr das Pulver und seine Anwendung zu erklären.

Esclarmonde holte tief Atem, dann schüttelte sie den Kopf. »Es geht nicht. Das Mittel ist tödlich und lebensrettend zugleich und darf nur durch eine erfahrene Hand verabreicht werden. Es tut mir leid.«

Ymme wußte, daß Esclarmonde recht hatte. Um so mehr ärgerte sie sich.

Einige Wochen später stürmten spätabends mehrere Reiter auf schäumenden, todmüden Pferden in der Hof. »Mein Mann«, rief Guiraude und strahlte vor Glück und Erleichterung, als sie vom Fenster hinunterblickte.

Die Männer mit den staubverkrusteten Gesichtern und den ausgedörrten Lippen waren seit dem Morgengrauen in scharfem Galopp unterwegs. Sie hatten sich nur Zeit genommen, die Pferde zu tränken, aber sie selbst waren ausgehungert und durstig.

Guiraude war innerlich erregt, noch bevor Ymme gemerkt hatte, daß ein besonderes Ereignis die Ritter hierhergeführt hatte. Trotzdem geduldete sich die Hausherrin mit ihren Fragen und sah schweigend zu, wie die Vorsteherin des Haushalts mit knappen Anordnungen Wein, Lammfleisch und Gemüse in Mengen auftragen ließ und ein Bad für jeden Mann anordnete.

Die Ritter machten sich heißhungrig über das Essen her. In diesem sonst so kultivierten Haushalt war derartiges Schlingen gewiß nicht üblich. Ymme, die den Hausherrn und die sechs anderen Ritter verstohlen beobachtete, schloß daraus, daß die Männer seit Tagen nichts Ordentliches mehr in den Magen bekommen hatten.

Améric von Cessenon überragte die meisten seiner Gefolgsleute um einen Kopf; mit seinen breiten Schultern und dem rötlichen Haar und Bart hätte er Ymme auch zu Hause begegnen können. Hier wirkte er ganz ungewöhnlich.

Als die Ritter den ersten Hunger und Durst gestillt hatten, verschwanden sie, um sich zu waschen und umzuziehen.

Währenddessen wurde im großen Saal abgeräumt und erneut gedeckt – jetzt etwas kultivierter mit weißer Tischdecke und gläsernen Weinpokalen.

»Wenn sie wie Wölfe über das Haus herfallen, werden sie auch wie Wölfe abgefertigt«, sagte Guiraude leise zu Ymme, während sie sie beiseite zog, damit sie den rennenden Mägden und Knechten nicht im Wege waren. »Wenn sie als Ritter zurückkehren, werden sie auch als solche speisen.« Aber in Gedanken schien sie ganz abwesend zu sein.

»Ist etwas geschehen?« wollte Ymme wissen.

»Graf Raymond von Toulouse hat aufgegeben. Näheres weiß ich nicht.«

Wenig später kam Améric im bequemen Hausgewand zurück, mit feuchten Haaren und noch dampfender Haut. Améric nickte seinem Gast kurz, aber nicht unhöflich zu und fing dann sofort an, seiner Frau zu berichten, was geschehen war. »Die Banden des Papstes marschieren«, sagte er. »Voran der Legat Arnold Almaric, Abt von Citeaux, persönlicher Feind des Grafen. Raymond bekam Angst um seine Städte und die Bevölkerung …« Er seufzte tief. »Wer will es ihm übelnehmen, wenn man diese religiösen Fanatiker sieht? Und wir haben sie gesehen. Jedenfalls hat der Graf sich dem Papst unterworfen und um Ablösung des Legaten gebeten, um das Schlimmste für die Menschen abzuwenden … Wir, das heißt der Vicomte und ich, haben bis zuletzt versucht, ihn davon abzuhalten.«

Ymme lauschte seiner tiefen Stimme und gab sich Mühe, den schnell gesprochenen Worten zu folgen.

»Der Graf ist ein kluger Mann. Wäre denn nicht zu hoffen«, fragte Guiraude, während Verstand und Gefühl in ihr miteinander stritten und endlich das Mitleid mit der Bevölkerung die Oberhand gewann, »daß der Papst den Kreuzzug als erfolgreich ansieht und die Truppen zurückzieht?«

So hatte auch Ymme ihn nach der kurzen Begegnung eingeschätzt. Im stillen stimmte sie Guiraude zu.

»Das alles«, sagte Améric mit rauher Stimme, »ist vor acht Wochen geschehen. Als Vorbedingung für die Absolution hat der Graf seither dem Papst und dem neuen Legaten seine bedingungslose Unterwerfung geschworen, seine sieben stärksten Schlösser als Pfand übergeben und sich im voraus einem Urteil gefügt, das der Legat in fünfzehn Klagepunkten über ihn fällen wird.«

Auf Guiraudes Gesicht stand das Entsetzen.

»Vor vierzehn Tagen hat der Graf vor der Kathedrale von Saint-Gilles erneut geschworen, der Kirche zu dienen, die Ketzerei auszurotten, alle Juden aus ihren Ämtern zu entlassen und selbst am Kreuzzug teilzunehmen.« Améric ballte die Fäuste und war augenscheinlich fast am Ende seiner Beherrschung. »Und dann wurde unser aller Graf, Raymond VI. von Toulouse, der seine Ahnen bis zurück zu Hursio, dem Gotenfürsten, zurückverfolgen kann, mit nacktem Oberkörper und einem Strick um den Hals vom Legaten vor den Altar geführt und ausgepeitscht ...«

»Hoffentlich hat der Papst ein Gefühl dafür, daß er den Grafen nun genug erniedrigt hat«, sprach Guiraude zitternd.

Améric schüttelte stumm den Kopf und schluckte bewegt. »Nein, er hat überhaupt kein Gefühl. Der Graf und seine Seele interessieren ihn gar nicht. Unser Land will er haben. Vor zehn Tagen ist das Hauptheer aus Lyon abmarschiert und nun in Montpellier eingetroffen.« Plötzlich sprang er auf und begann wie ein gefangenes Tier im Kreis herumzulaufen. »Der Vicomte«, sagte er stockend. »Unser Vicomte. Er suchte den Legaten auf und bat ebenfalls um Frieden.«

Fassungslos folgte Guiraude mit den Augen ihrem Mann.

»Gott, Vater im Himmel«, sagte Améric, fiel auf die Knie und richtete seinen Blick an die Zimmerdecke. »Wie konnte er das tun! Nach alldem! Er hätte es wissen müssen!«

»Was? Was denn noch?« rief Guiraude, die nun tief verängstigt war, und sprang auf.

Améric ließ seine gefalteten Hände abrupt auf die Knie sinken und sah seine Frau aus klugen blauen Augen an. »Gnade würde dem Vicomte nicht mehr erwiesen werden, sagte der Legat. Er möge sich gut verteidigen!« In dem Moment, als die anderen Ritter die Treppe heraufgepoltert kamen, erhob sich Améric und sagte wie beiläufig: »Der Vicomte hat seine Lehnsleute und Freunde nun in alle Städte,

Dörfer und Weiler ausgesandt, um die Bevölkerung zur Verteidigung aufzurufen. Ihr habt die Aufgabe, morgen das ganze Dorf nach Béziers zu führen, Guiraude.«

»Und Ihr?« stammelte Guiraude bleich.

»Wir müssen weiter. Wir müssen uns davon überzeugen, daß auch weit entfernt liegende Dörfer gewarnt werden. Béziers und Carcassonne können nicht alle Menschen aufnehmen, die übrigen müssen sich in den Wäldern verstecken. In aller Frühe brechen wir auf. Bitte sorgt dafür, daß jeder Ritter Wein, Brot und Oliven für drei Tage bekommt. Wenn alles nach Plan verläuft, bin auch ich bald in Béziers.« »Das wird ein Leben«, sagte ein junger Ritter genießerisch und spitzte die Lippen zu einem imaginären Kuß. »Endlich die schönsten Frauen des Landes auf einem Fleck. Man braucht nur zu wählen!«

Améric warf ihm einen müden Blick zu, und zwei der Ritter lachten laut. Ihre Sorgen waren groß, aber jeder wurde auf andere Weise damit fertig.

Die Ritter konnten sich trotz des gedeckten Tisches kaum mehr aufrecht halten. Die Hausdame ließ ungefragt Felle und Laken nach oben schaffen und den Rittern im großen Saal das Lager bereiten. Améric von Cessenon war der einzige, der ein anderes Bett wählte, und das nahm ihm keiner übel, denn es war absehbar für längere Zeit das letzte Mal, daß er das Lager mit seiner Gattin teilte.

7. Das Schlachten von Béziers

Am Nachmittag sahen die Flüchtlinge aus Cessenon die stark befestigte Stadt Béziers vor sich auf dem Hügel liegen. Guiraude an der Spitze des Zuges von Menschen, Ziegen, Schafen und Hunden trieb unwillkürlich ihr Pferd an. Dem himmlischen Vater sei Dank! Sie hatten es geschafft, vor dem Kreuzfahrerheer einzutreffen. Sie hätte nicht gewußt, was tun, wären sie abgeschnitten worden.

Sie ließ sich zurückfallen und hielt nach Ymme Ausschau. Sie wußte, daß Ymme in den letzten Wochen Esclarmondes Wissen um die Heilkunst wie ein Schwamm aufgesogen hatte, und auch jetzt gingen die beiden Seite an Seite.

Ymme, die mittlerweile ihr Leben als Fliehende ertrug wie Regen und Schnee, war wie früher zu Fuß. Ihr treues Maultier war außer mit ihren persönlichen Dingen beladen mit den gebündelten Heilkräutern aus Guiraudes Garten sowie mit Pulvern und Extrakten aus Esclarmondes Kräuterküche.

Während sie sich den aus gelben Steinen errichteten wuchtigen Mauern mit den darüber emporragenden Türmen und Kirchendächern näherten, fiel Ymme erneut ein, was sie so dringend hatte wissen wollen: »Wo habt Ihr denn nun wirklich Eure Heilkenntnisse gelernt, Frau Esclarmonde?«

Esclarmonde lächelte froh. »In Toledo.«

Von dieser Stadt hatte Ymme zwar schon gehört, aber das war auch alles. »Gibt es dort eine Medizinschule?«

»Nein. Mehrere Medizinschulen und ein arabisches Hospital«, sagte Esclarmonde. »Ihr trefft dort jede Glaubensrichtung und viele Sprachen. Mozaraber, Juden, Muslime, Arianer, Adoptionisten, auch Katharer … Das Durcheinander ist groß, die Duldung und die Neugier auch: es werden jetzt viele Schriften aus der arabischen Sprache übersetzt, und jeden Tag gibt es neue Erkenntnisse. Über allem thront der Erzbischof. Wenn er ebenfalls tolerant ist, wird in seinem

Auftrag übersetzt, wenn nicht, dann heimlich. Zum Glück herrscht die Kirche nicht über die Seelen aller Menschen.«

»Und dort dürfen Frauen studieren?« vergewisserte sich Ymme.

»Man muß sich seinen Weg suchen …«

Das klang eher nach nein als nach ja, fand Ymme, aber jeder Gedanke an den Luxus einer Medizinschule schien überflüssig angesichts der Menschenmassen, die in die Stadt hineinströmten und sich noch unterhalb der Mauern stauten. Vor sich sah sie Guiraude, die halb erleichtert, halb zweifelnd zum Tor blickte.

Dann wandte Guiraude sich um. »Ach Ymme, da bist du ja. Halte dich an mich; meine Verwandten, die uns aufnehmen werden, haben ihr Haus bei der Kathedrale. Sie sind ebenfalls Cessenons, falls wir uns aus den Augen verlieren sollten.«

Esclarmonde hielt Ymme zurück. Sie zögerte, aber unaufhörlich wurden sie dem Tor zugeschoben und konnten jederzeit getrennt werden. »Ich werde diese Stadt lebend nicht verlassen«, flüsterte sie Ymme frohgemut ins Ohr. »Bitte fragt nicht, hört zu. Ich weiß es einfach. Ich möchte Euch etwas anvertrauen, das Ihr Euer Leben lang bewahren und, wenn Ihr kurz vor dem Tode seid, ebenfalls weitergeben sollt. Ich habe es auf dieselbe Weise bekommen.« Sie holte aus einer Innentasche ihres weiten schwarzen Mantels eine verknitterte Pergamentrolle hervor, die sie Ymme zusteckte.

»Was ist es?«

»Eine Schrift des berühmten Arztes Soranos: ›Naturwissenschaftliches über das Gebären‹ heißt sie.«

Während Ymme die Schrift wortlos unter das Gewand auf die Haut schob, überlegte sie fieberhaft, in welchem Zusammenhang der Name Soran gefallen war. Natürlich bei Frau Cornela. Bevor sie Esclarmonde danken konnte, fiel diese ihr ins Wort.

»Dankt mir nicht. Alles ist nichtig. Nicht alles ist Licht. Die Schrift ist in der romanischen Sprache von Toledo geschrieben. Lernt sie verstehen. Und noch etwas: Es tut mir leid, daß ich Euch neulich nicht ausreichend vertraute, um Euch die Anwendung des Pulvers zu erklären. Merkt Euch immerhin den Namen: Es handelt sich um Mutterkorn.«

Esclarmonde blieb zurück, und ihr Kopf tauchte zwischen vielen anderen unter. Sie wollte nicht, daß Ymme ihr folgte. Ymme wußte, daß es eine Art Vermächtnis gewesen war. Und dann begriff sie verspätet, daß Esclarmonde die Muttersau mit Mutterkorn behandelt hatte. Tiere waren nicht anders als Menschen. Frau Cornelas Verdacht war für Esclarmonde schon längst Gewißheit.

Verstört hetzte sie Guiraude hinterher, die schon weit voraus war.

Guiraude war selbst mitten im Getümmel nicht zu übersehen, eine schlanke Frau auf einem großen Fuchs, die vom Pferderücken herab Absprachen mit den Geistlichen bezüglich ihrer Schützlinge traf. Ymme, die sie nach einer Weile eingeholt hatte, fühlte sich irritiert, bis sie endlich merkte, worum es ging: die Dörfler wurden als Flüchtlinge in den Kirchen aufgenommen, nicht als Abtrünnige oder Rechtgläubige. Die schwarzgekleideten katharischen Prediger sammelten sich vor der Kirche. Viele waren es nicht.

Spät am Abend wurden die Tore geschlossen; die Stadt war zum Bersten gefüllt mit Menschen und Tieren. Auf den Straßen flackerten Feuer auf, an denen gekocht wurde. Ymme und Guiraude, die in dem schmalen Steinhaus der Familie Cessenon Unterschlupf gefunden hatten, sahen schweigend auf sie hinunter.

Schon vom Morgengrauen des nächsten Tages an waren die Männer mit der Organisation der Verteidigung beschäftigt. Etliche Ritter mit ihren kriegserfahrenen Abhängigen hatten ihre Landhäuser aufgegeben, weil sie ohnehin nicht verteidigt werden konnten, und waren, bis an die Zähne bewaffnet, in die Stadt gekommen. Sie selber und ihre Pferde waren gepanzert wie für den Kriegsdienst im Heiligen Land. Nach der Inspektion der Wehrtürme und Mauern verbreiteten sie gute Laune. Béziers war aufgrund seiner Lage auf einem Hügel leicht zu verteidigen und konnte dank der Vorräte und der tiefen Brunnen auch einer Belagerung über lange Zeit standhalten.

Die weitaus meisten aber waren Kaufleute, Bauern, Händler und Geistliche oder Gelehrte, die in kleinen Gruppen den Erklärungen und Anweisungen der Ritter lauschten. Die Frauen kochten Essen auf Vorrat und beruhigten die Kinder.

Guiraude hatte nichts dagegen, daß Ymme sich in der Stadt umsah. Das Haus der Cessenons konnte sie nicht verfehlen.

Die Menschen hatten sich inzwischen eingerichtet; eine Art Normalität war entstanden. Man wußte, wo Wasser geholt wurde und wo die Bedürfnisse verrichtet werden konnten. Das größte Übel war die Hitze, und sie bekämpfte man mit aufgespannten Tüchern. Ymme bahnte sich den Weg zur Stadtmauer; sie war hoch und schien unüberwindbar. Für die lachenden Ritter war die Mauer der Schutz gegen die Mächtigen der Welt, aber sie fühlte sich eingesperrt.

Am Tor tat sich etwas. »Der Bischof kommt zurück«, rief man sich dort zu. Die kleine Pforte im Stadttor wurde entriegelt.

Ymme wußte von Guiraude, daß der Bischof mit einer Liste von zweihundert Männer-, Frauen- und Kindernamen zum Legaten geritten war; diese Leute, die er im Verdacht hatte, Katharer zu sein, wollte er um der anderen willen ausliefern. Die Bürger, die allein die Regierung der Stadt stellten, hatten sich geweigert, darauf einzugehen, aber sie hatten ihn nicht daran hindern können, die Stadt zu verlassen.

Eingeklemmt in einer Mauernische, die sonst höchstens Platz für einen Marder bot, sah Ymme den weißhaarigen Bischof vor die Bürger treten. Das also war er.

Sie sah die Männer der Stadt die Köpfe ernst schütteln, sah den Bischof reden und zum Himmel und auf das Feld deuten. Die Bürger waren halsstarrig. Sie wollten keinen Nachbarn ausliefern. Das Heer sollte nur kommen! Schließlich trippelte der Maulesel mit dem Bischof durch das Tor wieder davon.

»Sie sind in Sicht!« brüllten die Wachen auf den Mauern.

Kurze Zeit später riefen die Kirchenglocken die Gläubigen in den Schutz ihrer Mauern, obwohl auch hier das Edikt ausgesprochen war. Ymme blieb, wo sie war.

Während die Sonne im Westen tiefer sank, kauerte Ymme immer noch in der Nische und lauschte wie gelähmt den von der Mauerkrone heruntergebrüllten Beobachtungen der Wachleute: Das ganze Feld vor der Stadt fülle sich mit den Zelten der Armee; an zwei Belagerungsmaschinen werde gleichzeitig gebaut. Ymme wußte nicht, was das war, aber es hörte sich schrecklich an.

Irgendwann entschloß sie sich, zum Haus der Cessenons zurückzukehren. Der Abend war warm und trocken; an einigen niedrig gehaltenen Feuern wurde leise gesungen.

»Der Hahn ist tot, der Hahn ist tot …« An benachbarten Lagerfeuern nahm man das Lied auf, summte mit. Schließlich sangen die Männer, Frauen, Kinder, die Häuser und die Brunnen; und die Wolken tanzten mit der Melodie hinaus aus der Stadt und schütteten sie auf der Ebene über die Kreuzfahrer aus.

Ymme lächelte wehmütig und fühlte gleichzeitig panische Angst.

Das Tor war noch in ihrer Sichtweite, als es aufgeschoben wurde und einige Ritter unter Geschrei auf ihren Pferden hinaussprengten. Ein Ausfall, hieß es, man habe den Legaten ganz in der Nähe gesichtet … Vielleicht konnte man seiner habhaft werden.

Minuten später begann das Chaos, das während der nächsten Stunden nicht aufhören sollte.

Ymme erreichte mit Mühe das Haus der Cessenons. Sie wurde von den Männern beinahe umgerannt, die die Treppe herunterstürmten. Als die Tür aufflog, wurden die Angstschreie am Tor, die Jubelschreie von Männern und darüber die erneut einsetzenden Kirchenglocken zum Getöse. Blindlings stürzte sie nach oben.

Aus einem winzigen Fenster einer leeren Kammer sah Ymme hinunter auf die Straße an der Kathedrale. Die Menschen warfen weg, was sie in den Händen hatten, liefen der Kirche entgegen, fort vom Tor. Ein Schwarm von Fußvolk mit dem weißen Kreuz auf der Schulter folgte ihnen, vermischt mit Rittern zu Pferde. Sie hieben, stachen und schlugen auf die Flüchtenden ein. Die Brüder Cessenon, die das Haus verteidigen wollten, sanken um, nachdem ihnen ein Reiter im Galopp das Schwert durch die Kehlen gezogen hatte. Schon war er weiter, hinter fünf, sechs fliehenden Frauen mit Kindern her.

Die letzten Sonnenstrahlen fielen auf die Straße, sie ließen das dunkelrote Blut auf den Steinen glänzen. Ymme rührte sich nicht. Später wurde ihr bewußt, daß sie immer noch hinunterstarrte. Die Sonne war noch nicht untergegangen, aber die Leichen häuften sich, während die Männer auf alles einschlugen, was sich jetzt noch bewegte. Die Glocken läuteten.

Im Haus unter Ymmes Kammer war alles still.

Aber draußen klang immer wieder der mörderische Schlachtruf der Katholischen: »Gott will es!«

Das Gemetzel hatte sich in andere Straßen verzogen. Auf der Stufe vor der Kathedrale waren einige Kreuzfahrer stehengeblieben; zwei hieben mit Äxten auf die verschlossene Pforte ein. Zwischen den Leichenbergen näherte sich eine einsame Gestalt in Zisterzienserornat. Sie stand vor der Kirche, als die Türen vollends zersplitterten und der Innenraum, zum Bersten gefüllt mit Menschen, offen vor ihr lag. Der Domherr trat mutig durch die Tür und versperrte mit ausgestreckten Armen den Eingang. Hinter ihm wurden Kreuze emporgereckt und das Tedeum angestimmt. Ymme beugte sich aus dem Fenster. Die Ochsenhaut hatte sie längst zerrissen.

Die Ritter blickten den Zisterzienser erwartungsvoll an. Der Mönch hob mit zorniger Miene den Arm und ließ ihn mit einer schneidenden Bewegung fallen.

»Deus lo vult!« jubelten zwei Ritter und schlugen dem wie das Kreuz Christi stehenden Priester die Arme ab. Über den zuckenden Leib hinweg stürmten sie in die Kirche, andere folgten ihnen.

Der Zisterzienser verharrte. Erst als eine rote Lache über die oberste Stufe hinuntertropfte, wich er auf die Straße zurück. Kurz bevor die Ritter ihm mit blutgetränkten Hosen und Wämsern folgten, hörten die Glocken auf zu läuten, und Ymme wußte mit plötzlicher Klarheit, daß nun auch der Glöckner tot war.

Die dröhnende Stille versetzte sie in einen Schock, in dem das Lied des Hahnes zusammen mit den Kirchenglocken in ihren Ohren hallte. Ihr Denken und Fühlen waren Blut, Mord, Sterben; und ihre Erkenntnis, daß Berthold der Deutsche nun neben dem Zisterzienser stand, geschah nicht mit ihrem Willen, und es war ihr auch gleichgültig. Wie unter Zwang stand sie träge auf und stieg unbeholfen zwei Stockwerke tiefer.

Im großen Saal des Obergeschosses waren die Frauen des Haushalts, ihre Kinder bis zum jüngsten Säugling und die Mädchen niedergestreckt worden. Ymme blickte nur flüchtig hinein.

Wie ein Schwertstreich wirkte auf sie die Leiche von Guiraude, die mit ihrem Körper ihre Tochter gedeckt hatte. Ymme mußte über sie hinwegsteigen, und als sie beiden die Augen geschlossen und die Hände gefaltet hatte, wußte sie, daß sie nicht sterben wollte.

Jemand mußte übrigbleiben, um von diesen Morden im Namen Christi zu berichten.

Noch war es draußen hell, und Ymme war noch am Leben. Über den Hinterhof hatte sie einen Ausgang auf eine leere Gasse gefunden und sich dann Meter für Meter weitergetastet. Sie war längst über und über blutig, denn jedesmal, wenn sie von Blut berauschte Kreuzfahrer nahen hörte, grub sie sich zwischen Leichen ein und wartete, als vermeintlich Tote, bis sie vorüber waren.

Lange Zeit hatte sie Glück. In Sichtweite der Stadtmauer verließ es sie.

Diese gespreizten Beine mit dem Würfelmuster an den Strümpfen hatte sie schon einmal gesehen, kurz vor den schrecklichsten Stunden ihres Lebens. Ihre Glieder streckten sich von selbst. Es war alles aus.

»Die kenne ich!« schrie Everard Scharpenberg mit haßerfüllter Stimme. Im Unterschied zum Fußvolk und zu den Raubrittern unter den Siegern, deren trunkenes Grölen von den Totenhäusern widerhallte, war er stocknüchtern. »Der hat der Teufel neun Leben geschenkt. Acht davon hat sie noch …« Mit der Fußspitze trat er Ymme in die Seite und rollte sie herum. Sie schlug die Augen auf und blickte ihn regungslos an.

Er sah anders aus, als sie ihn in Erinnerung hatte. Sein braungebranntes Gesicht täuschte Gesundheit vor, aber er war mager und hielt sich nicht aufrecht. Er konnte sich nicht aufrecht halten, irgend etwas zog seine Bauchmuskeln zusammen.

Widerwillen und unbändige Wut wechselten auf Scharpenbergs Gesicht ab. Er überlegt, was er tun soll, dachte Ymme. Plötzlich hatte sie keine Angst mehr. Der Tod konnte nicht schlimmer sein als das, was er ihr bereits angetan hatte.

Mit der Rückkehr ihrer Denkfähigkeit hörte sie plötzlich, daß er zu ihr sprach, grollend und mühsam beherrscht.

»Weißt du, was du mir angetan hast, Weib? Du hast mich zum Kastraten gemacht, entmannt! Weißt du, was das für einen Mann bedeutet? Nein! Das kannst du nicht … Es gibt bei Frauen nichts Gleichwertiges. Ein paar Kinder mehr oder weniger – was spielt das für eine Rolle? Du aber hast nicht nur meine Männlichkeit zerstört, sondern mein Leben. Die Tempelritter haben mich abgelehnt. Hörst du? Mich abgelehnt! Everard von Scharpenberg, Ritter aus dem Geschlecht der Scharpenbergs. Ich bin es nicht mehr wert, mit dem roten Kreuz auf dem Mantel für Gott zu streiten!« Everard schrie immer lauter. Die letzten Worte gellten in Ymmes Ohren.

»Es stimmt«, sagte Ymme ruhig, »du bist es wirklich nicht wert. Ordensritter morden keine Christen.« Mit plötzlicher Klarheit wußte sie, daß weder Johanniter noch Templer bei den Angreifern gewesen waren.

»Du wirst es büßen! Tausendfach wirst du meine Qualen büßen«, schwor Scharpenberg heiser.

Ymme fuhr der flüchtige Gedanke durch den Kopf, daß jemand leben muß, um tausendfach zu büßen, bevor ein scharfer Schmerz an der Wange ihren Kopf zur Seite riß.

Scharpenberg durchstieß mit der Schwertspitze ihre Wange und beobachtete mit gebleckten Zähnen, wie sie das Fleisch bis zum Auge aufschlitzte.

Ymme lag längst in tiefer Bewußtlosigkeit, als ein gepanzerter Ritter in schwerem Galopp durch die Straße sprengte und vor Scharpenberg durchparierte. Wie dieser hatte er lediglich das kleine Kreuz gewöhnlicher Kreuzfahrer auf seinen Umhang genäht. Aber nicht die Katharer waren seine Feinde. Er hatte nach Everard Scharpenberg gesucht, einem der beiden Männer, die er aus tiefster Seele haßte.

Cornelius verbarg sich mit funkelnden Augen hinter einem Holzstapel. Das Geschrei seiner Freunde im Dorf hatte die Kreuzfahrer längst angekündigt.

»Kyrieleis!« hörte er, noch bevor sie um die Ecke gebogen waren.

Zuvorderst schritt ein Mönch mit einem schweren Holzkreuz, gleich dahinter ritt der Mann, von dem alle Welt sprach, auf einem Esel; seine Beine hingen fast bis auf den Boden herab, und er starrte vor Schmutz. Cornelius vergaß seine Vorsicht und kicherte leise.

Kaum war die Hymne beendet, hob der Wanderprediger an, mit den Händen in die Luft und irgendwo in den nahen Odenwald zu weisen, und Cornelius begriff nach einer Weile, daß er vom Reich des Herrn im Himmel und in Jerusalem sprach.

Mittlerweile waren auch die letzten Mitglieder des langen Zuges von Kreuzfahrern angelangt; zu ihm gehörten nicht nur Fußvolk, sondern auch abgerissene Reiter. Alle miteinander sahen sie ärmlich aus, aber der Eselsreiter übertraf sie alle. Er wurde immer lauter und aufgeregter.

»Darum verdienen sie es nicht zu leben inmitten des Volkes, das des Herrn Leib befreien wird«, schrie er. »Sie haben ihn getötet, ermordet haben sie unseren Herrn Jesus Christus.«

»Kyrieleis! An den Baum mit ihnen«, brüllten die Kreuzfahrer.

Sie öffneten ihren Kreis, und Cornelius sah zu seinem Entsetzen, daß sie die beiden Färber, die sein Vater ins Dorf geholt hatte, in ihrer Gewalt hatten. Das Gesicht von Ephraim bar Jekuthiel war schmerzverzerrt, als er, gefesselt zwischen Fuß- und Handgelenken, zu einer Buche geschleift wurde. Sein Sohn Anselm wehrte sich verbissen und brüllte: »Zu Hilfe! Zu Hilfe!«

Berthold der Wanderprediger beobachtete die Pilger, ohne einzugreifen. Es war ein Versuch gewesen, mehr nicht. Aber er war zu-

friedenstellend verlaufen. Die Männer verhielten sich genauso, wie er es gewollt hatte.

Aus dem Dorf kam keine Hilfe. Nur Anselms Schwester Johanna eilte keuchend herbei.

»Hierher!« zischte Cornelius. Er hatte sie immer gerne gemocht; ein wenig ersetzte sie ihm die tote Mutter, obwohl sie nur zehn Jahre älter war als er. Er sah die Gefahr, die ihr drohte. Der Vater war mit dem Verwalter in Würzburg, und er war allein auf sich gestellt.

Johanna hörte den Sohn ihres adeligen Herrn nicht. Die Männer warfen das Seil bereits um den untersten Ast. Wo blieb nur der Schutzherr? Sie stürzte durch die Pilger hindurch bis zu dem Mann auf dem Esel und warf sich vor ihm auf die Knie, außer sich vor Sorge und Verzweiflung, Zorn und Hoffnung. »Bitte verschont meinen Vater! Nehmt mich für ihn! Bitte, edler Herr Berthold!«

Die Pilger spuckten demonstrativ auf den Boden. Das Angebot war schäbig. Die Juden waren viele Mark Silber wert. Aber keiner wollte für sie zahlen. Was sollten sie mit einem weiteren Leben, wenn kein Geld da war? Berthold rührte sich nicht.

»Ganz recht, die nehme ich«, knurrte einer der Raubritter zu Pferde, der als einziger gepflegte Kleidung trug, sogar modisch enge Beinkleider in auffälligem Muster.

Ephraim bar Jekuthiel gurgelte vor Entsetzen. Er verstand, was das bedeutete. Cornelius auch. »Hör auf, Everard!« kreischte er mit seiner hellen Jungenstimme. Die Pilger brachen in Lachen aus.

Cornelius flog aus seinem Versteck, an der Kruppe des Pferdes hoch und versuchte, den Mann aus dem Sattel zu zerren. Der Ritter lachte belustigt und hackte mit einer Spore nach ihm. Es machte ihm Spaß zu sehen, wie der kleine Sohn seines ehemaligen Gastgebers vor Zorn in den Zügel biß. Behende war er, das mußte man ihm lassen. Der Kleine unterlief sogar die Hufe seines steigenden Rosses.

Aber kurz danach verstand Everard von Scharpenberg die Welt nicht mehr. Er lag auf dem Boden, das schnaubende Pferd blutete an der Flanke; das Mädchen und der Junge waren fort. Und die Pilger brüllten vor Vergnügen und warfen ihre Hüte in die Luft.

Wutschäumend sprang Everard auf und warf sich auf sein Pferd.

Es dauerte kein Avemaria, bis er den Jungen und das jüdische Mädchen eingeholt hatte.

Mit einem halben Tag Verspätung traf er wieder bei dem Pilgerzug ein. Mit überaus zufriedenem Gesicht.

In stockdunkler Nacht führte ein Ritter, auf dessen schwarzem Mantel das achtspitzige Kreuz im Fackellicht des Tores weiß leuchtete, zwei Pferde zum Tor von Béziers hinaus. Auf dem einen lag ein langgestrecktes Bündel über dem Sattel; das andere war mit Panzerhemd, Helm, Schild und Schwert bepackt.

»Halt, Kamerad«, rief die Wache und trat aus dem Mauerschatten hervor, »keine Beute! Es wird später redlich geteilt, der Legat hat es zugesichert. Wer jetzt plündert, wird aufgehängt!« Dann machte er große Augen und nahm Haltung an. »Verzeihung, edler Ritter. Ich habe Euch nicht erkannt. Trotzdem muß ich Euch kontrollieren. Das ist Vorschrift so.«

Der Soldat hatte nordfranzösisch gesprochen. Der Ritter antwortete ihm ebenso, obwohl er einen deutschen Namen trug. »Ich bin Cornelius von Fischbach, Johanniter der Deutschen Zunge.«

»Ich wußte gar nicht, daß auch Ordensritter dabei sind«, murmelte der Wachmann unsicher.

»Johanniter sind überall, wo es Verletzte gibt, das weißt du wohl, mein Sohn.«

Der Mann schüttelte den Kopf, und die schwarzen Schatten sprangen im Fackellicht gespenstisch zwischen den Steinen der zerstörten Mauer umher. »Hier gibt es nur Tote, mit Verlaub …«

»Wir kümmern uns vor allem um die Gläubigen …«

»Haben wir denn auch Verletzte?« fragte der Torposten ungläubig. »Die Ketzer hatten doch kaum Waffen! Zum Glück!« Er lachte keckernd und trat dann pflichtgemäß neben das Pferd des Ritters.

Dieser deckte schweigend das Bündel auf, das sich als ein über dem Sattel hängender schmächtiger junger Mensch erwies. Unter dem schützenden Ordensmantel kam ein dicker

Kopfverband zum Vorschein, darunter ein bleiches, bartloses Gesicht, auf dem blonde, struppige Haarsträhnen klebten. »Der dienende Bruder, der sich um mein Pferd und meine Waffen kümmern sollte. Er geriet unter eine stürzende Mauer.«

»Und jetzt kümmert Ihr Euch um ihn, was? Ist gut, bringt ihn raus.« Er machte einen Schritt zurück und gab den Weg für den Ordensritter frei.

Cornelius von Fischbach führte seine Pferde vorsichtig den steilen Weg des Stadthügels hinunter. Mit hochgezogener Oberlippe blickte er über die Ebene, wo zwischen den Zelten die Kochfeuer brannten und die Kreuzfahrer trunken von Wein und Freude lärmten. Er entschied sich für einen Pfad, der zwischen der Stadt und dem Heer irgendwo in die Sümpfe führte. Es war der einzige gangbare Weg. Bevor er losmarschierte, wendete er seinen Umhang.

Als Cornelius sich zwei Stunden später umdrehte, sah er, wie an mehreren Stellen der Stadt zugleich Lichter aufflackerten, die zu Flammen wuchsen und sich bald zu einer einzigen lodernden Fackel vereinten. Béziers brannte.

Erst im Morgengrauen verwandelte sich der Scheiterhaufen des zornigen christlichen Heeres in Glut, deren Schein sich mit dem sanften Glühen der aufgehenden Sonne mischte. Der Ritter wartete geduldig, bis die Reste des Höllenfeuers vom Licht verschluckt wurden.

Das Licht hatte gesiegt.

Unbeirrt und todmüde stapfte er weiter.

Das Licht wird mich wecken, wiederholte Ymme in Gedanken. Wer hat das gesagt? Und wer hatte schon einmal vom Licht gesprochen? Sie hielt die Augen geschlossen. Trotz der zuversichtlichen Stimme hatte sie das Gefühl, daß das Licht sie zerreißen würde. Allein der helle Schimmer auf ihren Augenlidern tat ihr fürchterlich weh.

»Öffnet die Augen, Ymme«, sprach eine männliche Stimme sanft zu ihr. »Ihr seid in Sicherheit.«

Ymme versuchte es, aber es dauerte lange, bis ihre Wangenmuskeln ihr gehorchen wollten.

Über ihr hing eine Laute an der weißgetünchten Wand. Die hölzerne Decke war dunkelbraun, und am Ende des kleinen Zimmers wehte ein heller Vorhang im Wind, der erfrischend zum Fenster hereinblies. Vorsichtig ließ Ymme die Augen weiterwandern und, als der Schmerz sich nicht wesentlich verstärkte, auch zur Seite.

Dort saß der Arzt aus Saint-Gilles, der hilfsbereite Jude, der Johanniter. Das alles konnte nicht sein. Es mußten Trugbilder sein. Ymme schloß erschöpft wieder die Augen.

»Es gibt jetzt Hühnerbrühe mit Leber und jungen Kastanien«, versprach eine andere Stimme viel später. »Leber nährt, Kastanien machen munter.«

Kastanien wollte Ymme nicht essen, die wurden nur von Schweinen vertragen. »Nein«, sagte sie und schlug die Augen auf, um denjenigen zu sehen, der sie wie ein Schwein behandelte.

Jetzt saß neben dem Arzt der Schwarze Ritter mit einer Schüssel und einem Löffel in der Hand. Die Suppe duftete so gut, daß Ymme von selbst den Mund öffnete, obwohl die Wange unerträglich schmerzte. Keiner sagte ein Wort, bis die Schüssel geleert war.

Der Schwarze Ritter, der heute überhaupt nicht schwarz war, sondern ein blaues Hemd aus Seide zu noch dunkler blauen Hosen trug, half Ymme, sich wieder hinzulegen. »Wir sind hier bei Freunden. Ihr habt ein wenig Ruhe nötig.«

Ymme machte sich keine weiteren Gedanken, und zwei Tage später saß sie im Bett, als der Arzt kam, um ihre Wange zu verbinden. Von nun an schritt ihre Genesung schnell voran. Am Arm des Schwarzen Ritters, der sich ihr als Cornelius von Fischbach vorgestellt hatte, betrat sie Anfang August zum erstenmal den Garten, in dem sie noch nie gewesen war. Der Ritter führte Ymme zu einer steinernen Bank im Schatten.

»Ich bin Euch eine Erklärung schuldig. Fühlt Ihr Euch stark genug, sie anzuhören?«

Ymme nickte. Sie erinnerte sich an Béziers, aber sie wußte nicht, warum sie hier war. Und was ihr Schicksal mit seinem verband.

»Ich will bei den großen Dingen anfangen.« Der Ritter hatte sich nicht zu Ymme gesetzt, sondern wanderte auf dem kleinen, grün beschatteten Plateau oberhalb eines lieblichen Flußtals hin und her. »Béziers gibt es nicht mehr. Auch Eure Freunde nicht, es tut mir leid. Der Vicomte schätzt, daß rund zwanzigtausend seiner Untertanen umgekommen sind, aber es könnten bis zu sechzigtausend sein, wenn er alle Dörfer mitzählt, die in Frage kommen. Er hat vermutlich selbst die beste Übersicht über seine Besitzungen, aber noch ist er nicht in allen Dörfern gewesen …«

»Wie viele sind entkommen?«

»Ihr allein, soviel man weiß.«

»Gab es keine Verwundeten?« fragte Ymme leise. »Denen man hätte helfen können?«

»Unzählige. Man hat die Stadt über ihnen angesteckt, damit sie über die Greuel der Päpstlichen nicht berichten können.«

»Außer mir«, sagte Ymme fest.

Ritter Cornelius sah über das Tal hinaus, in dem im sommerlichen Dunst die Weinberge in der Ferne verschwammen, dort, wo in diesem Moment das Kreuzfahrerheer das Land wie eine ägyptische Plage überzog. Er drehte sich abrupt um. »Ist Euch klar, was das bedeutet?«

»Ich wäre möglicherweise in Gefahr. Ist es das, was Ihr meint? Das könnte aber nur der Fall sein, wenn man von mir weiß.«

»Man weiß. Mein Fehler. Ich ließ Everard von Scharpenberg leben. Ich war in Rüstung, er nicht, und darüber hinaus schien er verletzt. Ich brachte es nicht über mich, ihn in dem Zustand zu töten … Aber, wie gesagt, es war ein großer Fehler. Der Wachmann, der mich gutgläubig durch das Tor ließ, wurde bereits hingerichtet. Nun suchen die Spione von Berthold dem Deutschen in der Languedoc nach einem falschen Johanniter und einer echten Katharerin …«

Ymme sah den Ritter ungläubig an und begann dann verkrampft zu lachen. »Manches auf der Welt ist ganz unglaublich! Statt seine Kraft und Zeit an mir zu vergeuden, sollte der Mönch sich lieber um sein Ziel kümmern. Wie kann er sich durch mich ablenken lassen? Wer bin ich – verglichen mit den unzähligen Menschen dieses Landes? Glaubt Ihr nicht auch, daß das eine Form von Dummheit ist?«

»Das Schlimme ist, daß es vielerlei Formen von Dummheit gibt«, sagte Cornelius, setzte sich neben sie und streckte die Beine weit von sich. »Es gibt sogar die Dummheit eines höchst intelligenten Mannes. Sie dient der Befriedigung seiner Eitelkeit und ist nur eine kleine Krümmung auf seinem Weg zum Ziel. Er wird sich dadurch nie abhalten lassen, sein Ziel zu verfolgen; aber es wird ihm ein kleiner Zeitvertreib sein.«

»Ihr sprecht, als ob Ihr wüßtet, welches sein Ziel ist«, stellte Ymme nachdenklich fest.

»Ja«, bestätigte der Ritter. »Mindestens der Heilige Stuhl.«

»Mindestens? Was sollte er sonst noch werden? König? Kaiser?«

Cornelius von Fischbach schüttelte den Kopf. »Gott.«

Sie schwiegen eine lange Zeit. Ymme fühlte tief im Inneren, daß sie nicht jeder für sich, sondern gemeinsam schwiegen, und es machte sie froh. »Ich habe Euch zu danken«, sagte sie schlicht. »Ich wurde von Euch beschützt; Ihr habt mich gerettet, und es war nicht das erste Mal. Warum?«

Cornelius biß die Zähne fest zusammen und sah sie lange an. Ymmes Herz schlug wie wild.

»Es war mein Auftrag.«

Ymme senkte die Augen. Sie fühlte sich enttäuscht. Sie war ihm gleichgültig. Er hatte sie nicht gerettet, weil sie ihm etwas bedeutete. Ihr war es plötzlich gleichgültig, daß die Antwort des Ritters mehr Fragen aufwarf, als sie geklärt hatte.

»Sobald Ihr Euch kräftig genug fühlt, müssen wir weiter«, sagte der Schwarze Ritter. »Euer Maultier mußte ich leider zurücklassen. Ich hatte das Pferd eines dienenden Bruders mitzunehmen, aber es ist nicht schlecht.«

Ymme befühlte ihre rechte Wange. Die Wunde war verschlossen und eiterte nicht. Wenn sie Glück hatte, würde die Narbe nicht sehr auffällig werden. Noch war sie rot und am Rand wulstig, aber der Arzt war sehr zuversichtlich gewesen.

In diesem Moment kam der Arzt mit schnellen, leisen Schritten den Gartenweg herab. Seine Besorgnis galt seiner Patientin, aber auch seinem Freund Cornelius.

Cornelius betrachtete das Land mit Sehnsucht und Wehmut, auch Liebe lag in seinem Blick. Der Arzt stellte sich still neben ihn. »Wenn wir jemals hierher zurückkehren, wird die Languedoc nicht mehr sein, was sie bisher war. Die Päpstlichen werden sie kahl fressen, fürchte ich, und den Rest werden sie unter sich aufteilen. Vermutlich wird sie ab sofort dem Joch der Nordfranzosen unterliegen. Die armen Menschen …«

»Sie werden ihre Sprache ablegen, ihre Musik, ihre übrige Kultur – und nach einigen Jahrhunderten werden sie gar nicht mehr wissen, daß sie den Nordfranzosen unendlich überlegen waren. Ihr werdet sehen«, sagte der Arzt.

Cornelius lächelte und stand auf. »So lange hatte ich nicht vor zu leben.«

»Ihr werdet es nicht einmal eine Woche schaffen, wenn wir uns jetzt nicht auf den Weg machen«, bemerkte der Arzt trocken. »Carcassonne ist gefallen, Euer Lehnsherr zusammen mit dreihundert seiner Ritter in der Hand des Legaten, dazu fünfhundert Bürger der Stadt, die ältesten und die jüngsten.«

Der Ritter atmete scharf ein. Je gleichmütiger die Miene seines Freundes, desto schlimmer die Nachrichten. Gegenwärtig sah er so unbewegt aus wie ein Teich in windstiller Vollmondnacht.

»Vierhundert, die nicht abgeschworen haben, hat der Legat verbrennen, fünfzig Geständige zur Strafe aufhängen lassen … Gibt es nichts, wovor ein christlicher Legat zurückscheuen würde? Euren Lehnsherrn hat er übrigens nur durch List in seine Hand bekommen. Hat ihm und den dreihundert Rittern durch Eid geschworen, er ließe sie unbehelligt zur Verhandlung kommen und wieder in die Stadt zurückkehren.«

»Und?«

»Sie wurden sofort gefangengesetzt und Simon de Montfort unterstellt.«

Cornelius seufzte. »Der wird sich erst ihre Ländereien ordnungsgemäß überschreiben lassen, bevor er sie ermordet. Kommt, dann ist jetzt höchste Zeit.«

Ymme verpackte die wenigen Dinge, die ihr noch geblieben waren – ihren Mantel, die Pergamentrolle, das Kleid von Guiraude. Der Hals schnürte sich ihr zusammen, als sie den leichten Seidenstoff zusammenfaltete. Das Hausmädchen, das ihr half, plauderte munter, es hatte keine Angst. Wenn die Kreuzfahrer merken, daß man ein guter Christ ist, lassen sie einen laufen, meinte sie. Ymme wußte es besser.

Zwei Stunden später waren sie schon unterwegs.

Sie wandten sich südwärts in Richtung der Berge, die in weiter Ferne in die Höhe ragten. Überall waren Flüchtlinge auf den Straßen; manche flohen aus Angst vor dem sich nähernden Heer, einige hatten die gewaltsame Einnahme ihres Dorfes, die Ermordung von Verwandten, das Töten ihres Viehs und die Verwüstung ihrer Länder bereits hinter sich: sie wußten, wovor sie flohen. Eine Familie aus Carcassonne berichtete Ritter Cornelius Näheres über die Umstände ihrer Flucht: Die Bewohner waren durch die unterirdischen Gänge entkommen, mit Ausnahme der nicht mehr gehfähigen Greise und der schwächeren Säuglinge. Wenn man gewußt hätte, daß der Legat noch nicht einmal die Unmündigen schonen würde, hätte man auch sie mitgeschleppt ... Geschont hatte er nur die Wertgegenstände: das Plündern war verboten worden – Häuser, Waren, Vieh, Geldbestände, eben alles von Wert, hatte er im Namen der Kirche in Besitz genommen. Wer von den Kreuzfahrern etwas für sich genommen hatte, war gebannt worden.

An das namenlose Elend hatte Ymme sich gewöhnen müssen, das Elend, das aus Zahlen bestand: hier hundert Menschen als Ketzer verbrannt, dort eine Dorfschaft vernichtet, ein Schloß seinem Besitzer weggenommen, eine Stadt, ein Landstrich ... Davon zu hören, wie Menschen aus Fleisch und Blut, zum Beispiel Großvater Gyot mit der zwei Wochen alten Adelaide im Arm, in einem Keller zurückgelassen werden mußten, war etwas ganz anderes. Ymme konnte es schließlich nicht mehr mit anhören. Sie ließ die Familie mit der still weinenden Mutter bei Ritter und Arzt stehen …

In der Grafschaft Foix herrschte eher Verwirrung als Angst. Der Graf, der vom Legaten beschuldigt wurde, Ketzer zu sein, hatte sich in die Berge zurückgezogen. Er wolle verhandeln, glaubten die Menschen, am besten gleich mit Arnold von Citeaux persönlich. Aber niemand wußte, wo der Graf war.

In seiner Feste Foix, die sie hoch auf dem Berg vor sich liegen sahen, als sie um einen Felsen gebogen waren, sei er jedenfalls nicht. Die Kunde schien zuverlässig, denn in seiner Stadt hielt zur Zeit Pedro von Aragon hof. Nachdem der Vicomte von Béziers sich unter seinen Schutz gestellt hatte, war er herbeigeeilt und hatte versucht, zwischen diesem und dem Legaten zu vermitteln, der eine in Carcassonne, der andere im Kriegslager vor der Stadt. Der Zisterzienserabt habe den König zuerst als Boten in die Festung geschickt, dann als Spion mißbraucht, hieß es, und der König habe sich endlich auf die Seite seines Lehnsmanns geschlagen und ihm den Rücken gestärkt – mit Worten. Während Carcassonne durch die List des Legaten längst gefallen war, konnte Pedro sich immer noch nicht entschließen, nach Hause zurückzukehren …

Als Cornelius den Mann entlassen hatte, den er mit Hilfe einer kleinen Münze ausgefragt hatte, sagte er nachdenklich: »Pedro ist nicht mutig, aber falsch ist er auch nicht. Wir können es wagen, in die Stadt zu reiten. Ein Bad, Wein und genaue Informationen sind genau das, was wir jetzt brauchen.«

»Kennt Ihr ihn so gut?« fragte der Arzt mit Vorbehalt. Ebenso wie Cornelius hatte er sich – in sicherer Entfernung vom Kreuzfahrerheer und von Béziers – in einen Johanniter verwandelt.

Zwei Johanniter, die eine edle Frau zur Komturei geleiten, damit sie das Lösegeld für ihren in Outremer von Muslimen festgehaltenen Mann bezahlen kann – das sah harmlos genug aus, erklärte Aussehen und Schweigen Ymmes hinreichend. Auf Anweisung von Cornelius ließ sie den blonden Zopf frei hängen, statt ihn aufzustecken. Sie hatte sich daran gewöhnt.

Ritter Cornelius von Fischbach brummelte seine Zustimmung und versuchte, an den Fahnen und Standarten des Zeltlagers unterhalb der Burg zu identifizieren, wer zur Begleitung des Königs gehörte. Zu seiner Enttäuschung kannte er weder die ganzen Löwen noch die halben Stiere oder schwarzen Schwäne.

Demonstrative Friedlichkeit herrschte beiderseits des rauschenden Flüßchens; der König war als Unterhändler und Vermittler im Lande, nicht zur Verteidigung seines vom Glauben abgefallenen Lehnsmannes. Der Posten am Eingang des Zeltlagers trat ihnen nur entgegen, um ihre Namen zu erfahren. Als ihm Ritter Cornelius auf provenzalisch und kastilisch Rede und Antwort stand, winkte er sie mit einladender Geste in den breiten Gang zwischen zwei Reihen von Zelten. Der König war weder im Lager noch in der Stadt, wie sich schnell erwies, sondern auf Jagd und mit ihm die meisten seiner Edlen. Die zurückgebliebenen Knappen und Burschen putzten leichte Kettenhemden und Stiefel, buntgefärbtes Zaumzeug und mit Seidenquasten geschmückte Sättel, schärften Waffen und besserten aus, was sonst überholungsbedürftig war. An langen waagerechten Stangen angebunden, schnaubten zierliche Pferde.

Tiefer im Lager wurden die kleinen spitzen Zelte abgelöst durch große, quaderähnliche Zeltgebäude mit buntem Wimpelfries. Eilige Frauen in schlichter Kleidung mit Wasserkrügen auf dem Kopf oder Mägde, die Felle von den Spuren der vergangenen Nacht befreiten, zeigten hinreichend, daß dies nicht nur ein Männerlager mit den üblichen Huren war, sondern daß die Elite von Aragon außer Geliebten auch Ehefrauen und Kinder mitsamt Bedienung mitgebracht hatte. Cornelius sah sich schweigend und gründlich um.

»Zufrieden – Auge und Ohr des Ordens des heiligen Johannes vom Spital zu Jerusalem?« Die deutsche Stimme, die aus einem weißgebleichten schlichten Zelt ertönte, klang trotz des Spottes gutmütig.

»Guido, seid Ihr es?« rief Cornelius ungläubig und starrte geblendet in die Tiefe des dunklen Zeltes hinein.

»Glaubt Ihr denn, wir überlassen den Johannitern allein

das Feld?« Im Eingang stand plötzlich ein Riese in enger Hose und weitem weißem Hemd, das als einzigen Schmuck ein winziges eingesticktes rotes Kreuz über dem Herzen enthielt. Er breitete die Arme aus, als Cornelius auf ihn zutrat, und umarmte ihn herzlich. Zwei Ringe mit großen Steinen blitzten an seiner rechten Hand auf. »Ich freue mich, Euch gesund zu sehen.«

»Ja, warum nicht?« fragte Cornelius und zwinkerte erstaunt mit den Augen. »Für unsereinen gibt es hier nichts zu kämpfen.«

»Wahr, wahr«, stimmte Guido der Templer zu und senkte dann die Stimme. »Jedenfalls nicht für unsere Waffenröcke.«

»Ach«, fragte Cornelius harmlos, »meint Ihr wirklich, daß Ordensritter sich gegen die Anweisungen des Großkomturs beteiligen? Mit Rüstung, aber ohne Kreuz? Das kann ich mir nicht denken.«

»Von Ordensrittern war nicht die Rede, nur von einem einzigen.« Ritter Guido schien trügerisch sanft, aber Ymme erschrak. Vielleicht hätten sie das Lager besser umgehen sollen. Cornelius schob die Unterlippe vor und betrachtete den Templer nachdenklich. Dieser wies mit einladender Geste auf sein Zelt. »Ich denke, wir sollten hier drinnen weiterreden. Rotes und weißes Kreuz zusammen sind etwas zu auffällig, um unbeobachtet zu bleiben, wenn auch die meisten spanischen Ritter nicht im Lager sind. Für meinen Geschmack gibt es hier sowieso zu viele schwarzweiße Kutten.«

Cornelius sah sich unauffällig um, bevor er Ymme und den Arzt ins Zelt schob. Drinnen erwartete sie eine angenehme Kühle im Vergleich zu draußen. Ein junger Knappe, der die Profeß noch nicht abgelegt hatte, war dabei aufzuräumen; sein Gesicht war so hübsch, daß es viel zu schade schien, um in Outremer zerhackt zu werden, fand Ymme, während sie sich umsah. In einem weiteren, durch einen Vorhang abgetrennten Abteil befanden sich offensichtlich die Vorräte. Der Knappe brachte unaufgefordert Wein und eine große Karaffe Wasser.

Das außen so karge Häuschen war innen so ausgestattet, wie Ymme sich ein muselmanisches Haus vorstellte: mit vielen weichen, bunten Teppichen, einem Scherenhocker und einer geschnitzten Truhe. Ritter Guido wies Ymme den Hokker zu, die Männer setzten sich auf den Boden.

»Die schwarzweißen Kutten sind heutzutage leider in allen Lagern«, sagte Guido, aber seine betrübte Miene täuschte nicht darüber hinweg, daß er sich bereits sehr scharfsinnige Gedanken über die blonde Frau und den Johanniter gemacht hatte. Den Arzt beachtete er nicht weiter. »Oder auch zum Glück – wie man's nimmt. Der Weg von Innozenz zu seinen geliebten Zisterziensern und umgekehrt ist kurz. Wir beide, Bruder, haben einen ungleich weiteren Weg, sogar wenn der Heilige Vater zufällig zwischen uns säße.« Mit frommem Augenaufschlag fuhr Guido fort: »Was Gott verhüten möge! Eine nordländische Katharerin, ein falscher Johanniter, ein verkleideter Jude und ein ungeliebter Templer auf einem Haufen zusammen. Was es nicht alles gibt!«

Der Knappe sah seinen Herrn an und verschüttete vor Schreck den Wein auf den Teppich. Guido schüttelte den Kopf. »Ein zukünftiger Templer muß sich an alles gewöhnen«, tadelte er milde, »an die Wahrheit am allermeisten, und sie ist nicht immer die Wahrheit des Papstes.«

»Zu meiner Überraschung«, warf Cornelius ein, »habt Ihr Eure Zunge immer noch. Ich glaube, das liegt daran, daß ein gebildeter Papst sorgsam jeder Kenntnis des Deutschen oder des Griechischen oder des Romanischen …«

»Oder, oder und so weiter aus dem Wege geht. Ja, das mag sein. Aber meine Ordensoberen verstehen mich um so besser. Schließlich schicken sie mich immer weiter weg in der Hoffnung, mich endlich loszuwerden.«

Cornelius grinste schief. Das alles war gar nicht wahr. Guido von Köln war ein geachteter Diplomat und nahm sich viel Freiheit, auch die, freundschaftlich mit Johannitern zu verkehren, obwohl das Verhältnis der beiden Orden zueinander nicht immer das beste war. »Und weiter als ins Herz der Languedoc wollten sie Euch dieses Mal nicht senden?«

»Umgekehrt! Näher wollten sie mich nicht lassen! An der Grenze zu den Katharern sahen sie das Ende der bekannten Welt.«

Cornelius legte den Kopf zur Seite und runzelte die Stirn. »Aber Ihr wolltet gerne?«

»Natürlich wollte ich das! Leider brauchte der Abt von Citeaux keine Zeugen seiner Bekehrungstätigkeit, und meine Oberen wollten auch nicht, daß ich bezeuge, was nicht stattgefunden hat – und das Gegenteil erst recht nicht. Es ist ein Elend! Ich darf die Kontrahenten – ach, was sage ich: die Rechtgläubigen und die Ketzer – nur umkreisen.«

»Und wenn ich Euch erzählte, was Ihr wissen wollt?« Cornelius nagte an seiner Unterlippe.

»Das trifft sich gut«, erwiderte der Templer fröhlich. »Ich wollte Euch nämlich gerade erzählen, was Ihr nicht wissen wollt.«

Ymme sah von einem zum anderen. Die beiden Ordensbrüder waren sich im Wesen irgendwie ähnlich, obwohl sich Cornelius – in wessen Auftrag? – auf der Flucht befand, Guido dagegen offensichtlich von einem engmaschigen Netz gehalten wurde, das seine persönliche Sicherheit gewährleistete. Und sie schienen sich auf einer Ebene zu verständigen, die jenseits der der übrigen Geistlichkeit lag.

»Was interessiert Euch am meisten?«

»Alles. Aber insbesondere, wer die Verantwortung für die Ermordung der Bewohner von Béziers trägt. Innozenz bedauert brieflich aufs heftigste und wird den Schuldigen unnachsichtig zur Rechenschaft ziehen. Um seinetwillen hoffe ich sehr, daß Ihr nicht jetzt eine Zisterzienserkutte hervorzaubert ... Es habe nicht in der Absicht der Kirche gelegen – sagt Innozenz.«

»Wirklich? Dann muß die Verständigung zwischen Zisterziensern und Papst aber sehr plötzlich abgerissen sein. Abt Arnold gab den Befehl zum Stürmen und auch zum Mord an den katholischen Geistlichen in der Kirche – ich hörte es selber ...« Cornelius zog die Augenbrauen zu einem einzigen Strich zusammen und ballte die Fäuste zwischen den Knien.

Er ist irgendwo dort unten gewesen, dachte Ymme und wurde bleich. Oder dort oben bei den Glocken. Der Hahn ist tot ... Der Legat selbst war es also gewesen, nicht irgendein

Mönch, dem die Ereignisse über dem Kopf zusammengeschlagen waren. »Er watete in Blut«, flüsterte sie und schauderte zusammen, »aber er hat zugesehen, bis die Ritter mit dem Abschlachten fertig waren …«

»Und Ihr Ärmste auch«, sagte Guido mitleidig, und Cornelius drückte ihren Arm. Da erst wurde Ymme sich bewußt, daß sie gesprochen hatte. »Die Ritter wollten wissen, wie sie in der Kathedrale die Rechtgläubigen unter den Abtrünnigen herausfinden sollten. ›Schlagt sie alle tot; der Herr wird die Seinen schon herausfinden‹, sagte der Legat. Ich werde es nie vergessen.«

Guido von Köln blickte erschüttert auf den Boden, bis sich Cornelius wieder gefangen hatte. »Manchmal frage ich mich«, murmelte er, »ob es gerechtfertigt ist, Tausende totzuschlagen, damit zehn übrigbleiben. Warum schlägt man nicht die zehn tot, damit die Tausende ihre Ruhe haben?«

»Ein Gott«, sagte Cornelius heftig, »der aus der Weite des Universums auf uns herabsieht, müßte wirklich in dieser Weise rechnen. Geschaffen hat er sie alle: die Tausende und die zehn. Wie kann jemand behaupten, daß er die zehn lieber hat?«

War Gott wirklich ein Kaufmann? Wer auch immer über Gott sprach, hielt ihn dafür, dachte Ymme, seltsamerweise nur ihr Vater nicht. Vielleicht deshalb, weil er selber einer war.

»Es wird immer so sein«, erklärte plötzlich der kleine Arzt, »solange die Menschen sich anmaßen, mit angeblich göttlichem Maß zu messen. Das Schlimme ist nur, daß das menschliche Maß nicht besser ist.« »Gott kennt kein Maß«, sagte Guido entschlossen. »Er ist im wahren Sinne maßlos, ohne Ausdehnung, ohne Inhalt, ohne Dimension. Wahrscheinlich ist er sogar nur ein Trugbild, eine Abbildung unser selbst. Ein Mensch, der sich seines Namens bedient, verwendet ihn als Metapher für Macht.«

Der Arzt lächelte. »Eben das meinte ich. Wenn man einen Gottesbegriff durch einen anderen ersetzt, bedeutet es lediglich einen Wechsel in den Machtverhältnissen: von Tammuz und Baal zu Gott und Beelzebub, von Inanna zu Maria …«

Der Knappe ließ die Kanne fallen und stürzte schreiend hinaus. Guido war wie der Blitz hinter ihm her und zog ihn am Ohrläppchen wieder herein. »Du erledigst deine Arbeit«, sagte er ärgerlich, »und wenn du etwas hörst, was du nicht verstehst, so mußt du immer daran denken, daß du vollgestopft mit Nichtwissen zu mir gekommen bist, aufgebläht durch deine eigene Unkenntnis. Ein bißchen Luft hast du ja schon abgelassen, aber noch nicht meßbar viel. Erst wer viel weiß, hat das Recht, an der richtigen Stelle aufzuschreien; nur wer alles weiß, darf die anderen überbrüllen – und das sind die wenigsten. Du schweige!«

Der Junge schielte an seinem Ritter hinauf, als hätte er es mit dem Teufel persönlich zu tun, und Ymme konnte ihn verstehen. Mußte nicht bei solchen gotteslästerlichen Reden ein fürchterliches Strafgericht über sie alle kommen? Mit zitternden Händen hob der Knappe die Kanne auf und brachte neuen Wein.

Der jüdische Arzt hatte den Zwischenfall mit spöttischem Händeklatschen kommentiert. »Bravo«, sagte er. »Aberglaube, nichts als Aberglaube, bei euch wie bei uns. Und weder christliche noch jüdische Denker, sondern ein Muslim bietet uns allen den Ausweg aus dem Reigen der Machtbesessenen im Namen verschiedener Götter: Ibn Ruschd, den ihr Averroes nennt, macht uns die Welt zum Geschenk, ungeschaffen, ohne Anfang und ohne Ende. Unsere Seelen, entstanden aus einem großen Ganzen, kehren nach unserem Tod zu diesem Einen zurück. Selbst die schwarze Seele eines römischen Bischofs. Ist das nicht ein beruhigender Gedanke? Uns erwartet keine Strafe, keine Belohnung, keine Hölle, keine Seligkeit. Gott ist nicht Liebe – Gott ist Ewigkeit. Und wir – sind frei!« Der Arzt breitete seine Arme aus und schien sie alle umarmen zu wollen. Das Strahlen seines Gesichts wurde von einem Lachen abgelöst, das zunehmend hohl und schließlich verzweifelt klang. »Wie weit sind wir doch von diesem Idealzustand entfernt«, sagte er unendlich traurig. »Die christlichen Gelehrten haben noch nicht einmal gemerkt, daß der Koran eine Glaubensrichtung beinhaltet: Kloake aller Häresien nennen ihn manche. Geschweige denn, daß sie soweit wären, die Religionen durch etwas Vernünftigeres abzulösen.«

»Wenn Euch die Zisterzienser hörten, würdet Ihr auf der Stelle als Häretiker verbrannt, Jude oder nicht«, warnte Cornelius von Fischbach. »Kann uns hier wirklich keiner belauschen?«

Guido verzog den Mund. »Ganz sicher nicht«, sagte er sorglos. »Ich lese zwar nur selten Ibn Ruschd, aber die Annehmlichkeiten orientalischen Lebens leiste ich mir oft. Mein Leibwächter läßt mein Zelt nie aus den Augen. Er hat den Vorteil, nahezu unsichtbar und ganz unhörbar zu sein.«

»Ich denke, Ihr seid ein christlicher Ritter.« Ymmes Unmut hatte sich allmählich gestaut wie ein Fluß vor einer Barriere. Guido von Kölns orientalische Lebensart war das letzte Hölzchen, das das Wasser zum Überfließen brachte. Cornelius aber war die eigentliche Ursache ihres Zweifels.

Guido und Cornelius sahen einander an und brachen in Gelächter aus. »Schon«, gab Guido zu. »Aber unser Leben in Outremer ist hart und entbehrungsreich. Vor allem, wenn man angesichts der prachtvollsten Städte in der Steinwüste auf den Angriff wartet. Aber dann, nach dem Kampf ...« Er richtete die Augen bewundernd himmelwärts. Als er die Arme kreuzweise über der Brust zusammenschlug und sich im Sitzen vor Ymme verbeugte, blitzten wieder die Ringe auf, aber Ymme sah sie nun als Zeichen der Dekadenz, nicht als persönliche Note.

Cornelius schmunzelte über die schauspielerische Leistung. Dann hielt er es aber für nötig, den Ritter in Ymmes Augen zu rehabilitieren. »Ihr seht selbst, warum Guido von Köln bei seinen Vorgesetzten nicht beliebt ist. Er ist unberechenbar. Aber man soll sich da nicht täuschen lassen. Je komischer er wird, desto gefährlicher ist er. Was er sagen will, ist, daß wir Ordensritter im Kampf für Christus nicht nur den Tod kennenlernen, sondern auch die Kultur der Muslime.«

Ymme rückte empört von ihm ab.

»Doch, sie haben eine«, bekräftigte Guido von Köln behaglich. »Sie haben Musik, Dichtung und Architektur, Ritterlichkeit und Kriegskunst. Abgesehen von Philosophie, Astrologie, Medizin, Rhetorik und Mathematik natürlich. Abgesehen auch von Bädern für jedermann und Behandlung durch spezialisierte Ärzte in spezialisierten Krankenhausabteilungen für jedermann. Möchtet Ihr noch mehr hören?« Ymme sah ihn eisig an. So viele Menschen hatten im Namen der Kreuzzugsidee sterben müssen. Sie hatte den Kreuzzug gegen die christliche Bevölkerung kennen- und fürchten gelernt. Aber irgendwo hatten die Greueltaten in der Languedoc den Anstrich eines großen Versehens gehabt, einer persönlichen Entgleisung eines bestimmten Zisterzienserabts. Und nun gaben ihr zwei christliche Ritter und ein jüdischer Arzt zu verstehen, daß alles eine große Lüge war.

Gott existierte nicht, und die Vertreter des Gottes, der nicht existierte, waren Barbaren. Der Mensch fand den wahren Sinn des Lebens nicht im christlichen Himmel, sondern auf muslimischem Boden.

In diesem Moment schlüpfte ein schmächtiger Mann mit brauner Haut durch die Zeltöffnung. Er gestikulierte mit beiden Händen und einzelnen Fingern vor Gesicht und Oberkörper, und am Widerhall in Guidos gespannter Miene erkannte Ymme, daß es seine Art zu sprechen war.

Als er fertig war, seufzte Guido und nickte. »Der Zisterziensermönch Berthold, genannt der Deutsche, ist auf dem Weg hierher. Er war es, vor dem ich Euch warnen wollte.«

Cornelius schloß die Augen. Berthold der Deutsche.

»Warum spricht er nicht?« fragte Ymme und starrte dem Araber hinterher, der längst verschwunden war.

Guido zog seine Augenbrauen bis an die Haarwurzeln hoch. »Ihm wurde die Zunge herausgeschnitten. Aber fragt mich nicht, wer das gewesen ist. Euren andauernden Zorn würde ich nicht aushalten. Kommt immerhin hinzu ein Zisterzienser, der heute noch zu ertragen wäre …«

8. Der Montségur

Die Tonsur des Mönchs glänzte in der hellen Sonne wie ein Heiligenschein, als er ohne weiteres das Tuch des Zelteingangs beiseite warf und eintrat. »Ihr müßt entschuldigen, Ritter Guido, ich habe erfahren, daß sich hier eine Feindin des Christentums aufhält, der Ihr wahrscheinlich gutgläubig auf den Leim gegangen seid.«

Schreckensbleich war Ymme aufgesprungen, aber der Templer war schneller. Seine große Gestalt im weißen Mantel mit dem roten Kreuz – den der Knappe ihm übergeworfen hatte – überragte imponierend den Mönch. »Gott zum Gruß, Bruder Berthold«, sagte er bedächtig. »Es handelt sich sicher um einen Irrtum. Die Dame Ymme Emeken befindet sich auf dem Weg nach Santiago zum heiligen Jacobus und hat sich meinem Schutz anvertraut. An meiner Seite wird sie bis nach Pamplona reisen.«

Cornelius, der, für Ymme sichtbar, halb verborgen hinter Guido stand, blinzelte erstaunt. Er hatte nichts mit Guido verabredet, aber Guido mußte seine Gründe haben. Obwohl der Templer nicht wissen konnte, daß er den Mönch von früher kannte.

Die Augen des Mönchs funkelten. »Das Versehen liegt bei Euch. Die Ketzerin Ymme Emeken wird von den städtischen Behörden Lübecks gesucht wegen eines heimtückischen Anschlags auf einen christlichen Ritter und vom Bischof von Lübeck wegen Komplotts mit einem Feind Christi; sie war auf seiten der Ungläubigen am Tumult in der Frankfurter Judengasse beteiligt und nahm die Fluchthilfe derselben an, statt sich den Behörden zu stellen; in Saint-Gilles hatte sie Anteil an den Schmähreden gegen den Heiligen Vater und den Kardinallegaten Galono; aus Béziers hat sie sich entfernt, statt als Ketzerin die Gnade Gottes oder sein Strafgericht anzunehmen. Sie gehört erwiesenermaßen zum inneren Kreis der Katharer.« Er genoß den Triumph seines umfassenden Wissens über Ymme. Der Templer konnte sie noch nicht lange kennen.

»Bei den Regeln des heiligen Bernhard, die wir beide befolgen, glaubt Ihr wirklich an alle diese Vorwürfe?« fragte Guido erstaunt. »Meßt Ihr da nicht einem jungen Mädchen zuviel Wirkung auf das Christentum bei?«

»Auch der kleine Finger des Teufels ist mit einer Kralle bewehrt!« Berthold schauderte fromm und schlug das Kreuz, erkannte dann etwas verspätet, daß dieses Mittel allerdings nur bei wahren Gläubigen wirkte. »Übrigens«, fuhr er mit funkelnden Augen fort, »seid Ihr als Templer nicht gerade berufen, Ketzer zu beurteilen. Seit sich der Heilige Vater selbst genötigt sah, den Orden zur Ordnung zu rufen ...«

Guido erlaubte sich ein schmallippiges Lächeln. »Arnold von Citeaux gab den Wink, und Innozenz drohte. Ich weiß. Aber solange sowohl der Abt als auch der Papst mehr Geld benötigen, als sie einnehmen, haben die Templer ein gewichtiges Wort mitzureden. Man rupft nicht das Huhn, das goldene Eier legen soll.«

»Es beruhigt mich, daß Ihr den Orden selber als fettes Huhn bezeichnet«, sagte der Zisterzienser haßerfüllt. »Wenn es nach mir ginge, würde ich es schlachten. Es ist zu eigenmächtig, und es ist zu reich.« »Natürlich! Wenn Ihr Geld braucht, könnt Ihr auch die Juden plündern, nicht wahr? Mancher Bischof hat sie als nie versiegende Geldquelle ja schon entdeckt. Und rechtzeitig, bevor es ans Verzinsen geht, verschwinden die Schuldner auf die von Euch empfohlene und von Innozenz ausgerufene Kreuzfahrt. Welchen Anteil erhält eigentlich der Abt von den in den Bistümern eingesparten Zinsen, und wie läßt sich der Bischof von den dankbaren Bürgern bezahlen?«

Der triefende Hohn des Templers brachte den Mönch auf den Siedepunkt. Aber er war darin geübt, die Beherrschung nicht zu verlieren, vor allem wenn er sich ihren Verlust nicht erlauben konnte. Um Zeit zu gewinnen, schlug er das Kreuz über den Templer und über den Knappen, der sich vor ihm zu Boden warf. Guido blickte belustigt nach unten. »Die Geldgeschäfte mögen Euch mehr am Herzen liegen als mir, das gebe ich zu, aber was Ketzer betrifft – um noch einmal darauf zurückzukommen –, haben wir die größere Kompetenz, wie Ihr zugeben werdet. Ich werde also Ymme Emeken mitnehmen und ein offizielles Verfahren gegen sie einleiten.«

»Ihr nötigt mich«, erwiderte Guido und betrachtete seine gepflegten Fingernägel der Reihe nach, »meinerseits noch einmal auf das Huhn zurückzukommen. Kloster Dünamünde in Livland, zu dem Ihr über Euren Oheim besondere Beziehungen habt, ist mitten in der Planung seiner Erweiterungsbauten, für Marienstatt wird gerade der Grundstein gelegt, und Arnold selber will auch verschönern, wie man hört.« Guido sah auf. »Für alles zusammen werden umfangreiche Anleihen bei den Templern nötig. Was meint Ihr selber, welche Karriereaussichten Ihr noch habt, wenn Arnold etwa erführe, daß die Einstellung der Arbeiten an exemplarischen Zisterzienserklöstern Euch zu verdanken ist?«

Der Mönch schwieg lange. Seine Schläfenadern klopften sichtbar. Theoderich von Dünamünde war nicht gerade sein Freund. Er hielt es zu sehr mit den Dänen. Aber es hatte eine Zeit gegeben, da er ihm liebend gern in seinem Amt gefolgt wäre. Auch jetzt noch war das Kloster ein Leckerbissen, den er im Vorübergehen gerne schlucken würde … Aber nicht nur deswegen gab er nach. Der schlaue Templer hatte natürlich völlig recht. Man mußte immer aufpassen, auf welcher Seite der Waage Arnold von Citeaux saß. »Dieses Mal habt Ihr gewonnen«, sagte er mit Eiseskälte. »Aber eines prophezeie ich Euch: So mächtig Ihr jetzt auch scheinen mögt – eines Tages werden die Templer um ihr Leben betteln, während die Zisterzienser immer mächtiger werden. Aus ihren Reihen werden sie Papst um Papst erheben – und einer von ihnen wird die Templer vernichten.«

Während die beiden Männer stumm ihre Kräfte maßen, wurde es draußen im Lager laut. Fanfaren erschollen, Pferde galoppierten heran, und Hunde bellten.

»Die Jagd ist aus«, sagte Guido. Sein Lächeln erreichte die Augen nicht, und weil er dabei den Blick nicht von dem Mönch ließ, vermutete Ymme, daß er noch mehr den Mönch als den König meinte. Dann zog er den Umhang am Hals enger zusammen und trat vor sein Zelt. Ymme und Cornelius folgten ihm, ohne sich um Berthold den Deutschen zu kümmern.

In dem breiten Gang zwischen den Zelten sprengten die aragonesischen Jäger heran und parierten vor einem zierlichen Mann auf einem Schimmel durch. Lachend nahm dieser ihre Glückwünsche entgegen und mit einem eleganten Schwenken seines Baretts den Beifall und die Huldigungen der Damen seines Hofes. Ein Geistlicher eilte herbei und segnete den Bruch an des Königs Kopfbedeckung.

Das Gebell der königlichen Bracken draußen vor dem Lager steigerte sich zum unerträglichen Lärm, der jäh abbrach, als der Hundemeister den Hunden blutiges Gekröse vorwarf.

Ymme sah überwältigt zu. Draußen im Land tobten Mord und Kampf – hier hielt ein König Hof wie im tiefsten Frieden. Mit der unausgesprochenen Frage, ob er das für gerechtfertigt halte, wandte sie sich zu Ritter Cornelius um. Aber der Ritter hatte nur Auge und Ohr für die Pferde und die Dankesrede des Königs an seine Jagdgenossen, danach für einen herbeihetzenden Jungen.

Der atemlose Knappe beugte das Knie vor Guido von Köln, während er ihm einen blutigen Eichenzweig überreichte. »König Pedro von Aragon gibt sich die Ehre, Euch zu einem Essen zur Feier des glücklichen Jagdausgangs einzuladen. Eure Gäste, von denen er gehört hat, sind ihm willkommen.«

Er stürzte davon, um weitere Einladungen zu überbringen.

»Was meint Ihr, Guido«, fragte Cornelius breit lächelnd, »läßt sich so viel Badewasser herbeischaffen, daß wir bis zum Abend sauber sind?« Guido klopfte ihm freundschaftlich auf die Schulter. »Für die Dame wohl; aber Ordensritter sind in so viele schmutzige Geschäfte verwickelt, daß es zweifelhaft ist, ob sie je sauber werden können.«

Der Mönch, unbeeindruckt vom höfischen Prunk, schlängelte sich an ihnen vorbei nach draußen. Bei Guidos Worten schnaubte er höhnisch. »Das gilt auch für Zisterzienser«, sagte Guido hinter ihm her.

Cornelius wollte den Vorwurf nicht abstreiten, allerdings galt er mehr für Templer als für Johanniter, wie er fand. »Für Pedro wird äußerlicher Glanz reichen«, sagte er diplomatisch.

Ymme, deren Sinne mittlerweile geschärft für alle Gefahrensituationen waren, spürte, daß das Geplänkel der beiden Ordensritter nur oberflächlich war. Sie hatten die gleiche Art, wie ein wildes Tier zu sichern und sich unauffällig zu orientieren, als müßten sie stets einen brauchbaren Fluchtweg bereithalten. Und irgendwie verstanden sie sich wortlos. Ymmes aufkeimende Furcht wurde bestätigt, als sie hörte, wie Cornelius dem Templer zuflüsterte: »Ist Ymme hier in Sicherheit?«

»Im Moment ja«, antwortete Guido, ohne zu zögern.

Ymme hoffte inbrünstig, daß er nicht versäumte, ihr mitzuteilen, wann das nicht mehr der Fall sein würde. Ihr Leben hing vom Wohlwollen zweier Ritter ab, in deren Sog sie ohne ihr Zutun geraten war. Unauffällig betrachtete sie die Männer von der Seite. Guidos schmale Nase und die klugen Augen gaben ihm das Aussehen eines Falken; wahrscheinlich entsprach das seiner Aufgabe im Orden: das Überfliegen eines großen Reviers und die Ausschau nach Beute. Und wenn es ihm paßte, bot er dem Reviernachbarn im Tausch gegen eine abgemagerte Maus einen stattlichen Hasen. Sie verstand nicht, warum er ihr geholfen hatte. Und Cornelius? Bei ihm war sie unsicher. Seine Aufgaben schienen weiter gefächert: auf der einen Seite ritterlicher Kämpfer – auf der anderen Krankenpfleger. Aber das war nicht alles. Er beherrschte mühelos eine erstaunliche Anzahl von Sprachen, und er wechselte die Fronten, wie es ihm gefiel. Wer war er? Und warum war er an ihrer Seite? Bei ihr, der unwichtigsten Person dieses Krieges, nur zufällig hier, während ihm große Aufgaben geradezu vorbestimmt schienen?

Die Chevaliers und Caballeros des Königs gingen auseinander. Man hatte sich für den Abend vorzubereiten. Cornelius drehte sich um. »Nachdenklich, Ymme? Oder müde?«

»Beides«, bekannte Ymme, die sich auch mit einer Ecke zum Schlafen begnügt hätte. Sie fühlte sich hier sicherer als in den Wäldern und Bergen.

Ritter Cornelius nickte verständnisvoll und sah sie dann bedauernd an. »Aber es geht nicht. Ihr reist als Dame in ritterlicher Begleitung, die froh ist, der Unsicherheit eines Landes im Kriegszustand zu entrinnen, um wenigstens ein paar Stunden in der Kultiviertheit des Hofes von Aragon zu verbringen. Denkt daran: Von den Greueln des Krieges wißt Ihr nichts. Ihr seid höchstens in Sorge um Euren Mann in Outremer – wenn Ihr Euch überhaupt äußern müßt.«

Bei seinen Worten verzog Ritter Guido bedenklich das Gesicht.

Bei dem Jagdessen saß Ymme neben Cornelius von Fischbach. Ordensritter brauchten sich nie um ihre Kleidung zu sorgen; sie selbst war froh, daß sie das Seidenkleid gerettet hatte. Beim Ankleiden waren ihr die Tränen gekommen.

Die Damen und Herren aus dem engsten Kreis des Königs sowie einige Senioren des Bürgerrats von Foix feierten in einem großen Zelt inmitten des Lagers. Die Langue d'oc hatte eine für Ymme neue Klangfärbung erhalten, aber sie konnte den Dialekt verstehen. Noch besser allerdings das Latein von Berthold dem Deutschen.

»Sprecht um Gottes willen Latein«, zischte Cornelius ihr ins Ohr, bevor sie einem der spanischen Kavaliere antwortete.

Ymme entschuldigte sich geistesgegenwärtig zuerst für ihre dürftigen Sprachkenntnisse, die zwar zum Verstehen, jedoch nicht zum Sprechen ausreichten. Guido nickte beifällig.

Der König hatte sie mehrmals verstohlen betrachtet, sie hatte es bemerkt. Er war noch nicht sehr alt, vielleicht fünfunddreißig oder vierzig Jahre. Selbstverständlich hatte er seine Frau mitgebracht, aber den Frauen seiner Ritter machte er ungeniert den Hof. Von Gestalt war er das Gegenteil der Ritter Cornelius und Guido, schmal gebaut, mit braunen Haaren und braunem Bart. Ymme konnte ihn sich eher als Troubadour vorstellen als gepanzert auf dem Pferderücken. Sie nippte an ihrem gewürzten Wein. Appetit hatte sie nicht mehr, seitdem sie begriffen hatte, daß der militante Mönch regelrecht Jagd auf sie zu machen schien. Zu ihrem Unbehagen saß er ihr gegenüber.

»Eßt!« flüsterte der Ritter ihr wieder ins Ohr, derart gebieterisch, daß sie rasch zu dem Wildentenschlegel griff, der eine von vielen Vorspeisen war.

In Milch eingelegt und mit sehr viel Ingwer gewürzt, war er für Ymmes Gaumen viel zu scharf. Sie kaute mechanisch. Vielleicht befürchtete Cornelius, daß sie so bald nichts mehr bekommen würden. Da er sie bei den nächsten Gängen unauffällig mit dem Ellenbogen zum Essen nötigte, nahm sie sich auch vom Frischlingsragout im Speckmäntelchen und vom Rehpfeffer. Die Champignonpastete zum Abschluß verweigerte sie mit einem hilflosen Blick in sein anscheinend zufriedenes Gesicht. Sie konnte einfach nicht mehr.

Berthold, der wenig sprach und aß, ließ Ymme nicht aus den Augen. Die ganze Zeit flogen scherzhafte Reden hin und her, man lächelte, trank einander zu, und im Hintergrund zupften zwei Spielleute die Laute. Kein Fremder hätte merken können, daß in der Umgebung der Krieg wütete.

Plötzlich sprang König Pedro auf die Bank, hob seinen bis zum Rand mit fast schwarzem Wein gefüllten Pokal und trank Ymme zu. Mit der anderen Hand riß er sich die rote Samtkappe vom Kopf und rief über die Tafel hinweg: »Doña Iume de Lubicensis! Das Blau des aragonesischen Himmels in Euren Augen und das Gold der aragonesischen Weizenfelder auf Eurem Kopf schließen jede Niedertracht gegen unsere geliebte Jungfrau Maria und ihren Sohn, unseren Herrn Jesus Christus, aus! Ich weiß es! Bedurfte es da wirklich noch eines Beweises, Bruder Berthold? Ich sage nein! Aber: da habt ihr ihn!« Indem der König in großartiger Geste seinen Arm über die Tafel schwenkte, als ob er die Welt meine, rief er dem Mönch triumphierend zu: »Schweinespeck, Wildschwein, Reh und Ente! Man hört, Katharer seien nicht fähig, sich in diesem Punkt zu verstellen …«

Jugendlich wie ein Knappe sprang der König von der Bank, lief behende zu Ymmes Platz, die mit Mühe begriffen hatte, daß Doña Iume die spanische Form ihres Namens war, und beugte vor ihr ein Knie. Er überreichte ihr eine Rosenblüte, die fast so dunkel war wie sein Wein.

Ymme wurde über und über rot, dann ahnte sie, was jetzt von ihr erwartet wurde: daß sie aufstand und der Huldigung des Königs dankte; diese galt weniger Ymme als Doña Iume mit dem hellblonden Haar und dem Wesen, das so licht war wie ihre nördliche Heimat finster.

Die Edelleute des Königs klatschten der Szene höflich Beifall. Sie waren seinen Überschwang gewöhnt. Ymme wurden die Knie weich. Sie knickten ganz von selbst ein, und zu ihrem Glück sprang König Pedro nun genauso emphatisch zu den Musikanten und entriß dem einen die Laute.

Während der König ein Liebeslied intonierte, spielte um die Mundwinkel des Mönchs ein höhnisches Lächeln. Ich bin noch nicht fertig mit dir, sagten seine Augen ... Ymme überlief ein Frösteln.

Am liebsten wäre sie davongelaufen, aber sie mußte ausharren. Als das Gastmahl am frühen Morgen zu Ende war, war sie so erschöpft von der Zurschaustellung alltäglicher Fröhlichkeit, daß Cornelius und Guido sie unterhakten und unter heiterem Geplauder mehr oder weniger zum Zelt des Templers trugen.

Cornelius prustete vor Erleichterung, als sie Ymme sicher im Schutz der vier Wände hatten und er sich auf den Teppich fallen lassen konnte.

»Großartig«, sagte Guido bewundernd und verbeugte sich in höfischer Manier, obwohl Ymme davon wirklich genug hatte. »Einfach großartig, wie Ihr das gemeistert habt. Ich dachte mir doch, daß das Schlitzohr Euch eine Falle stellen will!«

Ymme sah ihn mit vor Müdigkeit und Unverständnis weit aufgerissenen Augen an. »War das alles Absicht?«

Guido lächelte ihr ermutigend zu. »Das kommt darauf an, wie Ihr die Frage meint. Die Einladung selbst kam von Herzen; der König verschenkt das seine zwei dutzendmal am Tag, und so blonde Frauen wie Ihr sind selten wie ein Sieg in Jerusalem. Aber weil er nun durch Berthold auf Euch aufmerksam geworden war, hat er das Spiel natürlich mitgespielt. Ja, man hat Euch ein Turnier mit einem Kleriker aufgenötigt, ohne daß Ihr wußtet, mit welchen Waffen gekämpft wird – sogar ohne daß Ihr überhaupt vom Kampf wußtet. Und ich bin ganz sicher, daß der König heilfroh war, Euch als Siegerin zu sehen. Spanische Männer sind ritterlich. Und in diesem Punkt ist auch der König ein Mann, manchmal sogar vorwiegend.«

Cornelius verschränkte die Arme hinter dem Nacken und rollte sich auf den Rücken. »Nur den Schwur haben sie vergessen. Aber vielleicht kommt der ja noch.«

Ymme runzelte die Stirn. Sie fühlte sich wie eine der Schachfiguren, die die Männer tagelang auf dem Brett hin und her schoben, genauso müde und genauso sinnlos verbraucht.

Guido nickte. »Wenn also«, mahnte er mit einem strengen Blick auf Ymme, »ein Priester jemals verlangen sollte, daß Ihr schwört, tut es! Schwüre werden mehr und mehr zur reinen Demonstration von Gehorsam. Um ihren Inhalt geht es nicht, kümmert Euch gar nicht darum. Schwört bei den heiligen Gebeinen des Absalon von Lübeck oder bei den Splittern des Kreuzes Christi. Die Verweigerung des Schwurs ist für Katholiken der Beweis, daß Ihr Katharerin seid.«

»Gibt es denn einen Absalon von Lübeck?« fragte Ymme im Halbschlaf und gähnte tief.

»Keine Ahnung. Der Euch examiniert, wird es jedenfalls nicht bestreiten.« Guido drehte sich um und winkte dem Knappen, damit er Ymme ins Bett half.

Sie schlief ein mit der Rose unter der hohlen Hand. Irgendwo in ihrem Unterbewußtsein nahm sie noch zur Kenntnis, daß in der Ecke des Zeltes der stumme Araber hockte. Seine Augen waren hellwach, und Ymme hätte laut protestiert, wenn sie geahnt hätte, daß die unscheinbare gedrehte Schnur in seinen Händen sich blitzschnell in ein unfehlbares Mordinstrument verwandeln konnte.

Im Morgengrauen wurde Ymme von Ritter Cornelius geweckt. »Es wird Zeit«, flüsterte er.

Das Lager war noch in tiefer Nachtruhe, als sie leise ihre Pferde am Wachtposten vorbeiführten und dann aufsaßen.

Über dem dunstigen, hügeligen Land ging die Sonne auf, während die drei Reiter noch im Dunkeln die dichten Wälder jenseits des Flüßchens von Foix erreichten. Bevor sie in den Wald eintauchten, verharrte Cornelius von Fischbach einen Moment und blickte nach Osten, wo sich erst Stunden später die Sonne über der Bergkuppe zeigen würde. »Das Licht …«, sagte er andächtig.

Ymme wußte es plötzlich und wunderte sich, daß sie es bisher nicht gemerkt hatte. Cornelius war Katharer.

Als sie am frühen Abend rasteten, kümmerte sich Ymme um die Zubereitung des Fasans, während die Männer das Lager aufschlugen und die Pferde versorgten. Der Arzt tat noch etwas anderes: er stampfte die grünen Schalen von Walnüssen, die er unterwegs gesammelt hatte, zu einem Brei. Ymme sah neugierig zu ihm hin. Cornelius schien unglücklich. Schließlich zuckte er mit den Schultern. »Ymme, Ihr werdet Euer Haar opfern müssen. Und einfärben.«

»Sind wir denn immer noch in Gefahr?« Ymme war so erschrocken, daß sie seine Anweisungen gar nicht in Frage stellte.

»Mehr denn je.« Cornelius' Gesicht umwölkte sich düster. »Berthold der Deutsche hat auf Druck von Guido eingewilligt, Euch laufenzulassen, aber das galt natürlich nur in Sichtweite des Ritters. Vermutlich wird bald jedes Kloster und jede Klause unsere Beschreibung haben. Ihr werdet Euch in einen braunhaarigen jungen Mann verwandeln, der für unsere Pferde sorgt und, wenn nötig, die Langue d'oc fließend und mit dem Akzent der nördlichsten Provence spricht. Und wir müssen so schnell wie möglich über die Berge.«

»Ritter Cornelius«, sagte Ymme und blickte den Ritter fest an. »Tut es Euch nicht leid, aus der Languedoc fortzugehen und Eure Glaubensbrüder zurückzulassen?«

»Glaubensbrüder, Glaubensbrüder … Sie sind es und auch wieder nicht. Alle Menschen sind Glaubensbrüder, dennoch gehe ich ständig irgendwo fort und komme ständig anderswo an. Ymme, was Ihr unter Katharern versteht, weiß ich nicht. Vermutlich weiß überhaupt niemand, was man darunter verstehen soll, denn es gibt zwischen Bibel und Talmud unendlich viele Glaubensausprägungen. Für die römische Kirche zählt alles zu den Katharern oder den Waldensern, was nicht den Papst anerkennt. Für mich selbst?« Er zuckte mit den Schultern, während er die Fasanenfedern bis zum letzten Fläumchen einsammelte. »Ich weiß nicht, was ich bin. Ich denke, nur die Pfaffen brauchen einen Namen für den Glauben an Gott, damit sie ihren Feind definieren können – es mag auch ein anderer sein. Denn solange sie auf den Feind zeigen, müssen sie sich um ihre eigenen Mißstände nicht kümmern.« Cornelius lächelte Ymme an und zog die Augenbrauen in die Höhe.

Sie schüttelte ablehnend den Kopf. »Nein. Das ist mir nicht genug. Ihr fügt ein Rätsel dem anderen zu. Glaubt Ihr dasselbe wie die Katharer? Seid Ihr Johanniter? Seid Ihr wirklich Mönch?«

Der Arzt sah von seinem Farbstoff auf, der sich inzwischen von einem grünen Brei in einen braunen Sud verwandelt hatte. Er schien sich heimlich zu amüsieren. »Ihr entgeht eher den Fragen Eures Präzeptors als denen einer interessierten Frau, Cornelius. Ich fürchte, Ihr werdet Rede und Antwort stehen müssen!«

Cornelius wollte eine heftige Antwort geben, wurde aber von der wütenden Ymme unterbrochen. Interessiert, hatte er gesagt! Blindlings griff sie nach der nächstbesten Beleidigung, die ihr einfiel – auch um ihn abzulenken ... »Ich glaube gar, Ihr seid verheiratet, wenn Ihr das so genau wißt!«

Zu ihrer Überraschung nickte der Arzt. »Welcher erwachsene Jude wäre es nicht? Es ist die Natur des Mannes, mit einer Frau zusammenzuleben.«

Ymme starrte erst ihn, dann Cornelius mit offenem Mund an.

Ritter Cornelius knurrte leise. Irgendwann hatte es kommen müssen, aber warum ausgerechnet jetzt? »Nein, ich bin kein Mönch«, sagte er ruhig. »Die Ritterorden sind keine Spielerei. Jeder, der ihnen beitritt, muß sich zuerst ernsthaft prüfen, ob er bereit ist, das Leben eines Mönchs zu führen.

Ich habe mich geprüft – und ich war nicht bereit. Aber die zweite Hälfte meiner Jugend in Sizilien hat mich zur reiferen Hälfte orientalisch gemacht – und für einen Mann ist die beste Art, Orient und Okzident zu vereinigen, für den Ritterorden zu leben – oder zu sterben. Zu meinem Glück haben sich über die Jahre hinweg die Bedürfnisse des monastischen Ritterordens gewandelt: bei den Johannitern war es zuerst die Fürsorge für die Pilger im Heiligen Land, dann kam der Kampf zum Schutz der Pilger hinzu, schließlich wurde daraus der Kampf um die Stadt Jerusalem. Je mehr sich das Schwergewicht auf den Krieg verlagerte, desto mehr brauchte der Orden auch Unterhändler, Beobachter, Dolmetscher, Unparteiische: solche Männer waren rar. Jetzt gibt es sie, und nun ist er eher eine Bruderschaft als ein Orden. Anfallende Bedürfnisse werden erfüllt, ganz gleich, worum es sich handelt: Kinderbettchen für Pilgersäuglinge oder Vereinbarungen mit Saladin. Zuweilen müssen auch Aufgaben erledigt werden, die sich mit den Gelübden eines Mönchs überhaupt nicht vereinbaren lassen. Kurz: Für bestimmte Aufgaben nehmen sie Spezialisten in ihre Dienste, die bei Bedarf den Mantel tragen …«

Ymme fiel ein Stein vom Herzen. Für sie war längst nicht alles mit einem mönchischen Leben vereinbar, was Cornelius tat. Und nun war er kein Verräter an seinem Orden, sondern ein Ritter im Auftrag des Ordens. Aber um nichts auf der Welt hätte sie ihm ihre Gefühle verraten wollen. »Ist Ritter Guido auch einer von dieser Art?« fragte sie eine Spur zu kühl.

Cornelius ließ sich nicht anmerken, daß er ihr Interesse an Guido zur Kenntnis genommen hatte, aber es ärgerte ihn. »Nicht ganz. Er ist entsprechend seinem Wunsch ordiniert, aber gleichzeitig ein begnadeter Diplomat. Die Templer haben außerhalb des Kriegsdienstes sehr viel Freiheit, noch mehr als wir. Es ist schon in Ordnung, was er tut. Er ist ein treuer Diener seines Ordens und steht auf der Seite der Gläubigen. Ich habe mich immer auf ihn verlassen können.«

In diesem Moment raschelte es neben ihm, und der Ritter fuhr auf. Dann erstarrte er. Vor seinem Gesicht baumelte eine Schlinge.

Das war der Tod.

Ymme schrie auf, und der Arzt hatte plötzlich ein kurzes Schwert in der Hand.

Grinsend entstieg Guidos stummer Diener dem Gebüsch, schlug die Schlinge mit einer raschen Bewegung um sein Armgelenk und holte aus der Tiefe seines mantelartigen Umhangs einen Brief hervor, den er Cornelius aushändigte.

»Gottes Barmherzigkeit«, keuchte Cornelius, »was hast du mich erschreckt!«

»Zu Recht«, sagte der Arzt. »Wir waren sträflich leichtsinnig. Im Ernstfall hättet Ihr nun schon das gedämpfte Licht der Hölle genießen können.«

»Zyniker«, murmelte Cornelius, während er las.

Ymme sank auf einen bemoosten Stein. Ihr Herz klopfte. Sie begriff erst jetzt richtig, wie leicht es war, zwei Männer und eine Frau zu überwältigen, mochten die Männer auch bewaffnet sein. Es kam auf die Art des Feindes an. Nicht alle würden auf gepanzerten Pferden durchs Holz brechen.

Der Ritter faltete das Pergament zusammen. »Auf Guido kann man sich immer noch verlassen. Er schreibt, daß sein sarazenisches Ohr – damit meint er seinen Mann hier – Berthold so ganz zufällig systematisch belauscht hat. Und Berthold hat am Mittag zwei abgerissene Mönche hinter Ymme hergeschickt.« Er blickte hoch. Der Araber machte eine Bewegung quer über seinen Hals und gurgelte tief in der Kehle. »Meuchelmörder also. Guido schlägt vor, daß wir uns in der neuen Festung der Katharer in Sicherheit bringen. Zur Zeit sei auf die Bevölkerung kein unbedingter Verlaß.«

Die pfiffigen Augen des Arabers ruhten auf Cornelius. Als dieser die Festung erwähnte, zeigte er mit dem Daumen auf sich und dann in den Wald.

»Du wirst uns führen, ja.«

Viel Zeit ließ ihnen der Araber nicht. Ungeduldig drängte er vorwärts.

»Wir haben möglicherweise nicht mehr als ein bis zwei Stunden Vorsprung«, bemerkte Cornelius, aber der Mann schüttelte den Kopf. »Also noch nicht einmal.«

Nachdem sie im unwegsamen Gelände den ganzen Tag

nach Osten geritten waren, schlugen sie nun eher südwestliche Richtung ein; ein Pfad führte ins Gebirge, und aus dem frühherbstlich kühlen Wetter des Vorgebirges wurde ein kalter Wind, wie Ymme ihn von zu Hause kannte.

Ymme lief mit gesenktem Kopf neben ihrem Pferd her, einen Schritt hinter dem anderen. Keiner sprach, jeder versuchte sich, so gut es ging, gegen den Gebirgssturm zu schützen.

Zuweilen gab es eine längere Pause in den Böen, dann rauschte der Wald. Jäh empfand Ymme Heimweh. Sie war so weit fort von allem, was ihr vertraut war. Ob sie Volrad je wiedersehen würde?

Plötzlich scheute ihr Pferd. Wiehernd stieg es in die Höhe, und Ymme wurde bewußt, daß sie das Zischen des Pfeils gehört hatte, der nun in der Brust der Stute steckte. Sie schlug mit den Vorderfüßen, verfing sich in einem Busch an der Hangseite des Berges, sank in die Knie und streckte mit einem tiefen Seufzer den Kopf. Cornelius hatte Ymme mit zwei Sprüngen erreicht und zu Boden gezogen.

»Seid still«, flüsterte er in ihr Ohr. Sein warmer Atem traf sie wie etwas Vertrautes und war doch fremd und erregend.

Die Pferde stampften auf dem Pfad, rührten sich aber nicht vom Fleck. Irgendwo lief jemand, Unterholz knackte, dann war es wieder still. Ymme hörte einen gedämpften Schrei.

»Was ist das?« fragte sie, als sie glaubte, die Spannung nicht mehr ertragen zu können.

Cornelius schüttelte den Kopf und legte ihr die Hand auf den Mund. Und dann tauchte der Sarazene wieder auf. Quer im Mund einen Grashalm, schlenderte er den Pfad entlang wie ein Spaziergänger; die gedrehte Schnur ließ er ums Handgelenk kreisen. Als er sie in den Innentaschen seines weiten Gewands verstaut hatte, hielt er zwei Finger in die Höhe und nickte Cornelius zu.

»Alles in Ordnung«, sagte Cornelius und sprang auf. »Wir können weiter.«

Ymmes Pferd war tot. Während Cornelius ihr Gepäck umlud, erklärte er ihr in knappen Worten, was geschehen war.

»Wir wurden verfolgt, wahrscheinlich waren es die Mönche. Sie haben versucht, Euch umzubringen, zum Glück konnten sie schlecht schießen. Na ja.«

»Was: na ja?« fragte Ymme alarmiert. »Werden sie es wieder versuchen?«

»Diese nicht mehr. Sie sind tot.«

»Hat …?«

Cornelius nickte knapp. »Er hat. Was hätte er sonst tun sollen?«

Ymme zitterte. Entweder die einen oder die anderen. In diesem Land überlebte immer nur eine Seite.

Es dunkelte, als sie den Aufstieg auf den Berg Montségur begannen, zu Fuß, die Pferde am kurzen Zügel hinter sich. Schwaden von tiefhängenden Wolken trieben ihnen entgegen, die ihr Wasser in waagerechten Kaskaden entleerten. Der Wind pfiff schmerzhaft um Ymmes Ohren; sie hüllte sich eng in ihren Mantel. Schon längst war sie durch und durch naß.

Die Männer berieten mit dem Araber, ob sie umkehren sollten. Schließlich entschieden sich sich weiterzugehen.

Hagelschauer und Ströme von Wasser auf dem Pfad verwandelten das Unwetter in ein Inferno. Im Lärm des Sturms, polternder Steine und herabrutschender Baumstämme konnten sie sich kaum mehr verständigen. Cornelius sicherte Ymme mit einem langen Tau und zog sie dicht hinter sich her. Sie kamen nur noch langsam voran.

Irgendwann flachte der steile Pfad ab, und wenig später gelangten sie auf ein Plateau; erst als sie fast gegen Wände stießen, erkannten sie zwei Häuser. Mattes Licht schimmerte durch winzige Fensteröffnungen, aber Ymme kam es vor wie eine Festbeleuchtung. Sie hatte nicht geglaubt, je wieder unter Menschen zu kommen.

Die Einwohner hatten keine Wächter aufgestellt; wer hier lebte, hatte nicht die Angst, die unten durch alle Dörfer ging.

Aber ihre Rufe und das Wiehern der Pferde wurden über dem Pfeifen des eiskalten Sturms gehört. Männer kümmerten sich, ohne Fragen zu stellen, um ihre Pferde; Cornelius, der Arzt, der Araber und Ymme wurden in ein Haus geschoben. Bis sie sich trockengerieben hatten und vor einer späten Mahlzeit saßen, sprach niemand sie an. Ymme sank wie tot auf ein Lager.

Am nächsten Morgen trat sie aus dem Haus, in dem nur Frauen geschlafen hatten, hinaus auf ein Plateau, das von blendend weißem Schnee bedeckt war. Die Morgensonne schien strahlend, und die Luft war eisig.

Staunend sah Ymme sich um. Eine Festung erhob sich aus dem Plateau, bewacht von einem klotzigen Wehrturm, ringsum eine kleine Siedlung aus Wohnhäusern, Stallungen und Wirtschaftsgebäuden. Überall außer nach Westen fiel der Berg steil in dunklen Schluchten ab, und schroffe Felsen umgaben ihn.

Was mochte Menschen veranlassen, hier zu leben? War es die Suche nach ihrem Gott oder die Flucht vor Feinden? Gott dieser Menschen? Er war auch Ymmes Gott. Es gab nur diesen – oder keinen.

Hände legten sich leicht um Ymmes Schultern. »Guten Morgen und willkommen«, sagte eine frische Stimme. »Ich kenne Euch ja gar nicht.« Neben Ymme stand eine schmale ältere Frau in schwarzem Kleid. »Kommt, erzählt mir von Euch und der Welt da unten.«

Ymme folgte ihr zu einer Bank vor einer der Hütten. Sie sprachen miteinander, bis die Sonne hoch über ihnen stand und den Schnee zu ihren Füßen wegschmolz. Ymme vergaß das Morgenmahl und Cornelius, während sie sich bemühte, das Mysterium der Katharer zu begreifen.

Und die ganze Zeit wußte sie, daß sie dem Licht nie näher war als hier in den Pyrenäen und daß es notwendig gewesen war, durch die finstere, tosende Nacht zu wandern, um das Licht zu erkennen.

Vielleicht war das Licht Gott?

Teil II

Der bittere Brunnen, 1210–1212 n. Chr.

Der Gesandte Gottes sprach:
»Die Suche nach Wissen obliegt jedem
muslimischen Mann und jeder muslimischen Frau.«

9. Tulaytula

»Im Vertrauen«, sagte Rodrigo Ximénez de Rada zu seinem Schreiber, während er unruhig in seinem privaten Empfangszimmer umherwanderte, »die ganze Judería ist mir ein Dorn im Auge, und die Mozaraber sind um kein Haar besser als die Juden. Bei ihnen bin ich mir nie sicher, ob sie nicht doch diesem Muhammad oder gar dem Häretiker Arius anhängen.«

»Exzellenz«, stammelte Yahya ibn Yunez, der an seinem tragbaren Schreibpult auf das Ende des Diktats wartete und keineswegs darauf gefaßt war, die private Meinung des Erzbischofs so unverhüllt anzuhören. Im allgemeinen war das geistliche Oberhaupt Toledos seinem jüdischen Schreiber gegenüber sogar sehr vorsichtig, und Don Yahya wußte sehr wohl, daß der Erzbischof an dem Tag seine Dienste nicht mehr benötigte, an dem ein Lateinisch, Kastilisch, Arabisch und Hebräisch sprechender und schreibender Kirchenmann zur Verfügung stünde. Er faßte sich schnell. »Die wirtschaftliche Kraft Toledos ruht auf den Schultern beider Gruppen, das ist zu bedenken!«

Don Ximénez warf ihm einen uninteressierten Blick zu. Sein Selbstgespräch erforderte keine Antwort, schloß sie aber auch nicht aus. Zuweilen war es ganz amüsant, sich mit dem Juden ein Scharmützel zu liefern. »Meine kastilischen Untertanen haben wohl in Eurer Rechnung keinen Platz?« Während sich der Schreiber ein wenig verfärbte, verzog der Erzbischof seine Lippen spöttisch. »Ich will die Muslime und die Juden nicht vertreiben, ich will auch nicht, daß sie in Massen konvertieren – der Himmel bewahre uns vor falschen Gläubigen –, aber ich möchte sie vom Christenvolk unterscheiden können.« Don Yahyas faltige Gesichtshaut nahm die Farbe alten Ziegenkäses an. Er verstand. »Ihr wollt sie brandmarken wie die Römer ihre Sklaven!«

»Schreibt nicht Euer eigener Glaube vor: ›Auge um Auge, Zahn um Zahn‹? Unter den Mudéjares mußten die Christen mitsamt ihren Familien und Sklaven andersfarbige Kopfbedeckungen tragen, wie man hört, oder sich durch einen farbigen Flecken kenntlich machen. Hebräer übrigens auch. Kulturnationen haben dergleichen Bedürfnisse.«

»Das geschah nur in Zeiten barbarischer Herrschaft«, entgegne-

te der Schreiber. Seine Hände verkrampfen sich nervös unter der hölzernen Schreibplatte. »Entgleisungen der al-Murabitun. Wollt Ihr die allerkatholischste Majestät veranlassen, sich auf eine Stufe mit nomadisierenden Berberstämmen zu stellen? Der erlauchte Don Alfonso könnte darüber wenig erfreut sein …«

Der Erzbischof lächelte Don Yahya voll Behagen an. »Macht Euch keine Sorgen über das Verhältnis zwischen dem König und mir. Alfonso ist ein treuer Sohn der römischen Kirche und weiß, was er ihr schuldig ist. Ich denke sogar, daß es ein besonders guter Zeitpunkt ist, die Diskussion jetzt aufzunehmen. Macht Euch bitte eine Notiz zu diesem Punkt.«

Mit unbewegter Miene tauchte Don Yahya sein Rohr in die Tinte und schrieb. Wahrscheinlich war bereits sein unvollkommener Widerstand ausreichend gewesen, um des Erzbischofs Interesse just an diesem Punkt zu wecken. Er hätte gar nichts sagen sollen, dann wäre der jüdischen Gemeinde vielleicht noch ein Aufschub von einigen Wochen vergönnt gewesen. Damit mußte er sich bescheiden: Hinhalten, Aufschub, Herabminderung von Härten aller Art – das war alles, worauf man unter diesem besonders starren Sohn seiner Kirche hoffen durfte. Seine Gunst hatten mit beleidigender Ausschließlichkeit die Caballeros villanos, der niedrige Stadtadel, obwohl ihr gesellschaftlicher Nutzen in Friedenszeiten den ihrer Pferde kaum übertraf. Und dennoch fraßen sie sich mit ihrem ererbten Hochmut und ihrem in den Siegen gegen die Mohammedaner erworbenen Stolz in die städtischen Ämter hinein, genauso wie draußen auf dem Land ihre riesigen Schafherden in die vefallenden Gärten der geflüchteten Mudéjares. Nur die Herden der Klöster waren noch größer und noch zerstörerischer. Er war kein besonders inniger Freund von Mudéjares, aber nie hätte er bestritten, daß sie nach den Römern am gescheitesten mit Wasser umgehen konnten und die raffinierteste Bewässerungstechnik eingeführt hatten. Die Franken und ihre Abkömmlinge aber machten aus dem Kulturland Wüsteneien. »Noch etwas, Don Ximénez?«

»Nein.« Der Erzbischof schüttelte gedankenvoll den Kopf. »Oder doch. Wir wollen beim nächsten Hochamt von der Kanzel verkünden, daß Söhne und Töchter der römischen Kirche weder bei Juden noch bei Mudéjares Unterschlupf suchen dürfen, weder

vorübergehend noch ständig. Wir wollen ihre Seelen nicht in Gefahr bringen.«

Die Feder kratzte auf dem Papier. Don Yahya hatte immerhin durchgesetzt, daß er arabisches Papier für seine Zwecke gebrauchen durfte, aber bei einer verstimmten Seele ist es nicht fügsamer als Tierhaut. Erschrocken hielt er inne. »Auch nicht in angemieteten Häusern?«

»Mein lieber Don Yahya«, sagte der Erzbischof während er mißmutig durch das Fenster auf den Marktplatz spähte, »Eure Frage ist so durchsichtig wie ein gläserner Pokal. Gemeint war das Zusammenleben der mir anvertrauten Schafe Haut an Haut mit Andersgläubigen, Buch an Buch, Gebet an Gebet. Ich glaube nicht, daß bereits von den angemieteten Mauern eines jüdischen Hauses schädliche Dünste ausgehen. Aber Ihr habt natürlich recht, und ich werde Eure Anregung im Sinn behalten.«

Der Schreiber seufzte. Er wurde alt. Nicht ohne Grund stand geschrieben: »Dir ist Schweigen ein Loblied.« Er fühlte sich dem Amt und der Verantwortung nicht mehr gewachsen, seitdem beide zunehmend für die Verteidigung der jüdischen Gemeinde in Anspruch genommen wurden. Aber der Erzbischof wollte von einem Ersatz des Vaters durch den gelehrten Sohn nichts wissen, obwohl Don Yahya ihm diesen Vorschlag bereits vor einiger Zeit unterbreitet hatte.

»Den Brief an den König mit drei Kopien wie üblich, die Notizen neben mein Bett.« Der Erzbischof entlief seinen Schreiber mit einem Wink, beschäftigt mit seiner Lieblingsidee, der neuen Kathedrale von Toledo. Wenn er in die Höhe blickte, wo ihm die maurische Festung ein steter Dorn im Auge war, sah er vor sich bereits die Kathedrale in erhabener Schönheit, mit einem Turm, dessen Spitze sich mit den höchsten in der gesamten Christenheit würde messen können. Es würde die Krönung seines Lebenswerks werden. Vor kurzem erst hatte er seinen kleinen Palast gegenüber dem Bauplatz bezogen – den gegenwärtig noch die alte Moschee mit der hineingebauten Kirche beherrschte –, um ihn ständig im Auge zu haben. Licht und Schatten, der weite Himmel im Sommer und der klare im Winter, der Einfall der Stürme im Herbst, das Wehen des roten Sandes – alle Umstände wollten beobachtet und sorgfältig registriert werden, bevor er mit Innozenz und einflußreichen Kardi-

nälen sprach, mit Don Alfonso und den Granden des Königreichs. Nicht bedacht hatte er, daß der Gebetsruf des Muezzins und das Hornsignal des Badewärters ihm mehr auf die Nerven gehen würden als aller Schlachtenlärm im Kampf gegen die Ungläubigen. Zudem stieß ihn das orientalische Gewimmel auf dem Marktplatz vor dem Komplex der Moschee gewaltig ab. Es gemahnte ihn tagtäglich an die Ungläubigen und an seine gewaltige Aufgabe vor Gott.

Don Yahya fertigte die gewünschten Dokumente aus und brachte sie zum Unterschreiben. Der Erzbischof, der ungeduldig gewartet hatte, dachte mit Vergnügen an das delikate, jedoch nicht zu üppige Mittagsmahl aus Sopa de ajo und Milchlämmchen, das auf ihn wartete, an das Gläschen Wein und an die anschließende ausgiebige Mittagsruhe. Sobald sein Jude das Zimmer verlassen hatte, zog er sich zu beidem zurück.

Don Yahya verschloß und versiegelte den Brief für den erzbischöflichen Kurier, danach konnte er sich endlich anderen, lebensnotwendigen Aufgaben widmen. Er stürzte aus dem Haus und eilte, so schnell es ihm seine auffallend kurzen Beine gestatteten, durch das geschäftige Viertel der Mozaraber bis zur Übersetzerschule des Marsus, wo er seinen Sohn zu finden erwartete.

Ymme stand wie erstarrt. Tief unter ihr lag der Fluß wie ein Band um die Stadt, schwarz, still – und angsteinflößend. Die mächtige Burg und die Paläste am Flußufer gegenüber schienen zu bestätigen, daß Furcht, zumindest Respekt angebracht war.

Toledo, das mächtige Toledo lag vor ihr. Seit ihrer aufgezwungenen Flucht durch die Languedoc hatte sie gewußt, daß sie hierherkommen mußte. In diesem Land hatten Frau Cornela und Frau Esclarmonde ihre Kenntnisse der Heilkunst erworben.

Ein Adler segelte im Aufwind den Fluß entlang. Ymme sah, wie er seinen Kopf von einer Seite zur anderen drehte, unendlich langsam, majestätisch. Er ließ sich nicht von den einsamen zwei Menschen am Hochufer aus der Ruhe bringen. Es war sein Revier.

Sie seufzte beklommen.

»Tulaytula«, sagte hinter Ymmes Rücken die Stimme von Cornelius. »Ich lege Euch die Stadt zu Füßen, Doña Iume. Erobern müßt Ihr sie selber.« Als sie sich umdrehte, sah sie, daß der christliche Ritter Cornelius sich umgezogen hatte; über dem Kettenhemd trug er eine gelb bestickte rote Jacke und einen Turban in den gleichen Farben.

Sprachlos sah sie ihn an. Die Vertrautheit zwischen ihnen, die in den Tagen der Flucht durch das Foix erstanden war, die durch den einsamen Aufenthalt bei den strengen Katharern einen ganzen Winter unterbrochen und vor wenigen Wochen erneut erwacht war, verschwand, versickerte im braunen, dürren Gras eines ihr unbekannten Landes.

Er war auch hier zu Hause. Aber sie war eine Fremde.

Mit Tränen in den Augen wandte Ymme sich ab. Schaudernd zog sie ihren Umhang um sich. Der Wind blies kräftig, er pfiff am Steilufer in die Höhe und legte auf der Ebene das Gras flach.

Das Summen einer männlichen Stimme ließ sie aufhorchen. Und als es lauter wurde, schälte sich unter den Windgeräuschen das Lied heraus, mit dem sie die schlimmsten, aber auch die unterhaltsamsten Stunden ihres Lebens verband: »Der Hahn ist tot, der Hahn ist tot …« Als Cornelius ihren Ellenbogen faßte und das Lied dicht neben ihrem Ohr beendete, faßte sie wieder Mut. Er wollte sie trösten, ermuntern: die Vergangenheit war nicht vorbei, sie blieb ja ihr Besitztum.

Plötzlich riß Ymme ihre Augen auf. Sie erkannte seine bestickte Jacke wieder. Der arabische Reiter von Saint-Gilles hatte eine Maske getragen, deshalb hatte sie sein Gesicht nie gesehen. »Ihr habt den Bettler getötet«, sagte sie ihm auf den Kopf zu, und ihr Herz klopfte. »Und Ihr wart es auch, der die Wegelagerer erschoß.« Er bestätigte es mit einem Nicken. »Warum?«

»Was den Bettler betrifft, so wünschtet Ihr selber, daß man ihm helfe. Für einen Halbtoten ist die einzige Gnade der Tod. Es gab keine andere Möglichkeit, ihn vor weiteren Qualen zu bewahren. Nicht alle Menschen sind Feinden gegenüber so ritterlich wie die Sarazenen: die töten ihre Gefangenen auf der Stelle, oder sie senden sie gegen Lösegeld nach Hause.«

»Ihr sprecht immer mehr wie ein Muselmane«, warf Ymme ihm erzürnt vor. Das Schlimme war, daß sie anfing, ihm zu glauben. Vor der Pforte einer Stadt, die nach seinem Bericht eher muslimisch als christlich war und die sie in wenigen Minuten betreten würde, würde er ihr keine Lügengeschichten wie ein Gaukler zu erzählen wagen.

Als wäre der Ritter ihren Gedankengängen gefolgt, sagte er: »Ja, das stimmt. In fränkischem Gebiet könnte ich den Beweis nicht antreten. Hier aber …« Er umschrieb mit einer Handbewegung die ganze Stadt, als sei sie sein Eigentum. »Gehen wir.«

Ymme lächelte wider Willen und griff nach den Zügeln ihres Pferdes. Kurze Zeit später überquerten sie den Tajo auf der Alcántara-Brücke, stiegen im Halbkreis entlang den Mauern unterhalb des Alcazar zur Stadt hinauf, gelangten in eine mauerumschlossene Vorstadt mit rauchenden Töpferschloten und endlich durch ein schmales, wuchtiges Tor aus geschwärzten Steinen in die Unterstadt.

Als sie in die Gassen eintauchten, überschlugen sich in Ymme die Gefühle: kahle, fensterlose schwarze Mauern zu beiden Seiten schlossen sie ein wie eine Schlucht. Sollte sie sich freuen oder fürchten? Dann weitete sich die Straße zu einem unbebauten, bis zur Stadtmauer abfallenden Gelände, auf dem eine Schafherde weidete.

Nicht weit vom Hütehund blieb Ritter Cornelius stehen und klopfte an die Pforte eines Anwesens, das eine weiße Mauer umgab. Kurz bevor die Tür geöffnet wurde, murmelte er: »Wir übernachten heute in einem Funduq, einer Herberge nach arabischer Art. Wir sind hier in der Nähe des Bab al-Yahud.«

Ymme war so müde und ausgelaugt, daß ihr alles gleichgültig war. Aber Cornelius hatte gewiß eine gute Wahl getroffen, denn die unscheinbare Tür öffnete sich auf einen von Öllampen erleuchteten Innenhof mit Arkaden, und Wärme schien ihr entgegenzuschlagen.

Der Pförtner strahlte, nachdem er den abendlichen Gast aus schmalen Augen gemustert hatte. »Neharek said«, rief er und fügte für Ymme auf romanisch hinzu: »Dein Tag werde glücklich, Ritter Cornelius.«

Der Rest des Abends verschwand aus Ymmes Erinnerung. Erst gegen Mittag des nächsten Tages erwachte sie wieder.

Natürlich war sie, offensichtlich entgegen aller guten Sitte, schmutzig zu Bett gegangen. Ymme begriff dies erst, als zwei freundliche Mädchen, die untereinander arabisch und zu ihr durch Gesten sprachen, ihr bedeuteten mitzukommen. Das kuppelüberwölbte Haus, in das sie sie führten, enthielt in dämmerigen Höhlen mehrere Waschbecken; Frauen wuschen sich darin. Ymmes Verlegenheit verflog, als alle durcheinanderschwatzten und lachten, nicht anders als die jungen Mädchen im Kloster, und ging endlich in Dankbarkeit über, als die Frauen mit Rücksicht auf sie zur romanischen Sprache übergingen.

Glänzend sauber, parfümiert und neugierig traf sie schließlich im Innenhof der Herberge wieder mit Ritter Cornelius zusammen, der ebenso wie sie im Bad gewesen war.

Noch war seine Haut vom Rasieren gerötet, das Kopfhaar war zu einer Frisur gestutzt. Er hatte endlich das Kettenhemd – bestes Indiz dafür, daß die Reise bei Tag und Nacht gefährlich gewesen war – abgelegt und trug nun ein weißes Hemd und darunter weite bunte Hosen. »Das Leben kann zum Genuß werden, solange es genügend Wasser zum Baden, Öl zum Massieren und Wein zur inneren Reinigung gibt. Es ist schon etwas Kostbares – das Wasser. Aber nur die Mudéjares wissen es zu würdigen – merkwürdig, nicht? Im Norden haben sie im Gegensatz zu hier mehr als genug davon, aber sie stinken wie die Ziegenböcke. Ihr werdet es auch noch lernen, Franken mit der Nase zu erkennen.«

Wider Willen mußte Ymme lachen. »Ihr seid ja sehr sicher, daß ich die Sitten der Sarazenen annehmen werde.«

»Oh, die angenehmen Dinge sicherlich«, sagte Cornelius leichthin, »warum nicht? Jeder vernünftige Mensch tut das. Darum werdet Ihr auch feststellen, daß es unmöglich ist, christliche Mozaraber, Mudéjares, neue und alte Christen zu unterscheiden. Bequeme Kleidung, Parfüm, Bäder, Bücher wissen alle zu schätzen.«

Ja, warum eigentlich nicht? Und doch war Ymme betroffener, als sie sich anmerken ließ. Die angenehmen Dinge des Lebens hatte es auch in der Languedoc gegeben, aber sie waren zerstört worden von den Fanatikern des Nordens. Sie wollten sie nicht selber haben – aber sie wollten sie auch nicht den kultivierten Südländern lassen. Aber noch hatte Ymme Angst davor, in eine Haut zu schlüpfen, die ihr fremd vorkam. Sie schüttelte unwillkürlich den Kopf.

Ritter Cornelius blickte nachdenklich auf Ymme hinunter. »Ihr werdet viel lernen müssen. Die Medizin ist davon nur ein Teil. Und ich muß Euch morgen verlassen. Ihr seid nun auf Euch selber gestellt.« Während Ymme erschrocken aufsah, nahm er ihre Hand und drückte sie. »Wir werden am Spätnachmittag einen Besuch bei Juhannu al-Dschayyani machen, einem Arzt des Maristan, des Hospitals von Toledo. Ich selber habe bei ihm einige Zeit gelernt …«

Da war es wieder, das Rätsel, das Cornelius umgab wie die Dampfschwaden aus Esclarmondes Glaskolben. Aber Ymme fragte nicht, sie beschäftigte sich mit dem, was auf sie zukam, und ihr Herz begann laut zu klopfen. Ein Arzt des Krankenhauses. Ob er Schüler annahm? Und ob er sie als Schülerin akzeptieren würde?

Am späten Nachmittag, zu einem Zeitpunkt, da selbst ein wohlhabender Toledaner wieder erwacht sein mußte, machten sie sich auf den Weg, quer durch die Vorstadt des jüdischen Viertels, vorbei am alten jüdischen Bad, dem eine neue Kirche den Platz streitig machte, zwischen dem erzbischöflichen Palast und dem Doppelbau von Moschee und Kirche hindurch bis zu einer krummen Gasse, die sich bergab wand. Cornelius drückte ein schweres Tor auf, das nicht in ein Haus führte, sondern in eine noch schmalere Sackgasse mit wenigen Häusern und einem Obstgärtchen hinter einer verfallenden Mauer.

Die unscheinbare Pforte, an die er gleich danach klopfte, wurde von einem zwergenhaft kleinen Mann geöffnet. Er hörte Ritter Cornelius mit unwirschem Gesicht an, dann winkte er sie ins Innere des Hauses, wo in einem offenen Raum hinter einer Arkade ein Mann zwischen zwei Kohlenbecken in einem Buch las. Während dieser sich zögernd erhob, grüßte Ritter Cornelius förmlich: »Lebe tausend Jahre. Gott schenke auch Juhannu al-Dschayyani Leben, den ich in diesem Hause suchte, allein mir kommen bei deinem Anblick Zweifel, ob meine Erinnerung richtig ist. Bitte verzeih mein Eindringen, es ist einer Erinnerung zuzuschreiben, die fast fünf Jahre alt und offensichtlich falsch ist. Ich selber bin Ritter Cornelio vom fränkischen Orden de San Juan.«

Der Mann, den Ymme für Juhannu al-Dschayyani gehalten hatte, ließ seine Hand vor Brust und Stirn hin- und hereilen und neigte den Kopf. Höflich erwiderte er: »Dein Tag werde glücklich und sei zum Bersten gefüllt mit Verwandten und Freunden. Mögen es meine Frauen dir bequem machen, mögest du die Geräumigkeit meines Hauses als die deine annehmen. Deine Erinnerung ist besser, als du denkst, und dieses Haus ist das richtige. Ich bin Isa ibn Hamdus al-Dschayyani. Mein Bruder starb vor einem halben Jahr.« Er bot dem Ritter, den er interessiert betrachtete, Platz an und setzte auch sich selbst. »Falls du mir sagst, was dich aus dem Frankenland zu ihm führt, könnte ich dir vielleicht helfen. Ich habe ihn in jeder Weise beerbt.« Er klatschte laut in die Hände.

Cornelius zog Ymme neben sich auf den Boden. Das entsprach nicht der Sitte, aber der Grund des Besuchs war eben seine Begleiterin, was er dem Hausherrn mit einer Handbewegung andeutete. »Diese junge Frau hat im fernen Frankenreich von der Qualität und der Freiheit eurer Medrasas gehört und strebt danach, die medizinischen Künste zu studieren. Hätte ich vom Tod meines toledanischen Freundes gewußt, hätte ich sie gewiß nicht ermuntert, den weiten Weg zu machen – aber nun ist sie da. Und ich stelle an dich dieselbe Frage, Don Isa ibn Hamdus. Wärst du bereit, eine fränkische Schülerin aufzunehmen? Es würde deinen eigenen Ruhm, der sicherlich weit über Tulaytula hinausreicht, bis ins nördlichste Frankenreich tragen, wenn du Doña Iume unterweisen könntest. Sie ist aus gutem Hause und kann für den Unterricht bezahlen.«

Während zwei schmächtige Frauen kupferne Platten mit einer Kanne und henkellosen Tassen hereintrugen, schwieg ihr Gastgeber. Ymme musterte den Mann verstohlen. Seine kurzen Haare und der schwarze Bart machten einen gepflegten Eindruck, wie auch das Empfangszimmer peinlich sauber war. Der ganze Fußboden war ausgelegt mit bunten Teppichen, und entlang der Wände häuften sich große und kleine Kissen. Plötzlich mußte sie an den Templer Guido denken. In seinem Zelt hatte es ähnlich ausgesehen. Dort war sie willkommen gewesen. Hier hatte sie das unangenehme Gefühl, die Männer zu stören.

Nachdem Don Isa den ersten Schluck des starken, süßen Kaffees zu sich genommen hatte, wandte er sich unvermittelt an Ymme. »Welche der Wissenschaften hast du bisher betrieben? Rechtswissenschaft, scholastische Philosophie, Grammatik, die Kitaba, Poetik, Geschichte?

Oder Philosophie, Logik, Medizin, Arithmetik, Geometrie, Astronomie, Musik, Mechanik und Alchemie?«

Ymme holte erschrocken Luft. Es würde zu Ende sein, noch ehe es begonnen hatte. »Keine«, gab sie zu. »Ich habe bei den Nonnen Latein und Krankenpflege gelernt und auf dem Wege bei zwei Ärztinnen meine Kenntnisse ein wenig erweitert.«

Isa ibn Hamdus schwenkte die Tasse im Kreis und gluckste ein tiefes Lachen in sich hinein. »Ist das die Bildung, die eine junge Frau aus gutem Hause im Frankenland erhält? Nicht einmal Poetik und Grammatik?«

Ritter Cornelius' Lippen wurden schmal. »Sie hat das Beste bekommen, was dort erhältlich ist. Tertullian, der große Kirchenlehrer, sagt: ›Wißbegier ist uns nicht nötig seit Jesus Christus – auch nicht Forschung, seit dem Evangelium.‹«

Ibn Hamdus lächelte hintergründig, dann zitierte er: »Der Gesandte Gottes sprach: ›Die Suche nach Wissen obliegt jedem muslimischen Mann und jeder muslimischen Frau.‹«

»Eben«, versetzte Cornelius. »Und gerade weil Doña Iume um die Forderung des Gesandten weiß, die gleichzeitig auch ein Versprechen ist, hat sie die Mühen und Gefahren der Reise auf sich genommen.« »Sie ist keine Anhängerin des Propheten.«

»Gewiß nicht«, versetzte Cornelius. »Aber du auch nicht, Isa ibn Hamdus al-Dschayyani.«

»Weißt du das so genau, Don Cornelio?«

»Nein, in der Tat nicht. Nur von deinem Bruder weiß ich es. Aber wer weiß, welche Wege Doña Iume einschlagen wird, wenn sie genug gelernt hat, um sich zwischen beiden Büchern entscheiden zu können?« Ymme wollte aufbegehren, aber als sie Cornelius ins Gesicht sah, wußte sie, daß die Entscheidung in diesem Moment fiel – ohne ihr Zutun.

Der Hausherr betrachtete Ymme unschlüssig und ließ dann seinen Blick auf ihren schmalen Händen ruhen. »Sie hat anscheinend gute Anlagen zu einer Hebamme.«

»Ich will nicht Hebamme werden, sondern Ärztin!« In Lübeck – ach, war das lange her – gab es Wehmütter, die im verborgenen arbeiteten, jenseits aller Gesetze. Sie hinterließen Blut und Tote. Ymme erschauerte. Beinahe hätte sie überhört, daß der Hausherr sich erneut an sie wandte.

»Bei uns ist das dasselbe. Um Frauen kümmern sich Frauen, bei allen Krankheiten.«

Ymme richtete sich erregt auf. »Soll das heißen, daß Ihr mich als Schülerin annehmt?«

Ibn Hamdus seufzte und nickte. »Ich bringe es nicht fertig, dich in die Unwissenheit zurückzuschicken. Wir werden einen Vertrag machen. Du wirst mir zwei Jahre bei den Ratsuchenden dienen.«

Cornelius von Fischbach lächelte erleichtert und stellte die zierliche Tasse ab. »Gott ist groß, und seine Wege sind unergründlich. Doña Iume kommt morgen früh. Gute Nacht.« Er erhob sich und durchquerte den Innenhof. Ymme, verblüfft über den plötzlichen Abschied, folgte ihm rasch auf die Straße.

»Bin ich wirklich angenommen?« fragte sie atemlos. Es war bereits dunkel, und nur der Tordurchgang war von einer Öllampe erhellt.

»Ja«, erwiderte Cornelius knapp und in Gedanken. »Obwohl ich nicht verstehe, warum. Er ist von anderer Art als sein Bruder. Vielleicht ist er doch Muslim, und ihn lockt Eure Bekehrung.«

Ymme erschrak. Die Belehrung aus dem Buch der Muslime war der Preis, den sie zahlen sollte? Vermutlich beging sie mit dem Balanceakt am Abgrund eine große Sünde. Vor Béziers hätte sie ihn nie in Betracht gezogen.

Schweigend kehrten sie in die Herberge zurück. Die Sterne in der wolkenlosen Nacht von Toledo funkelten. Ymme blieb stehen und sah zum Himmel hinauf. Dann schüttelte sie den Kopf. Nein, sie war nicht so weit gewandert, um sich ausgerechnet vor einem Buch zu fürchten.

Der Abschied von Ritter Cornelius am nächsten Morgen war schwer. Absichtlich blieb Ymme lange im Frauenquartier und trat erst hinaus in den Innenhof des Funduq, als Pferde wieherten, Esel schrien und die Geräusche allgemeinen Aufbruchs nicht mehr zu überhören waren. Auch Cornelius' Pferd war schon gesattelt und bepackt.

Cornelius hatte nur noch auf Ymme gewartet. Er sah traurig aus. Ymmes Verzweiflung wuchs. Nie hatte er ihr zu erkennen gegeben, daß er ihr zugetan war, doch sie wußte es seit einiger Zeit. Aber ihre Wege trennten sich hier. Ymmes Kehle war wie zugeschnürt.

»Ich wünschte, ich könnte Euch in den ersten Wochen behilflich sein«, murmelte Cornelius undeutlich. »Aber mich ruft mein Orden. Nicht immer kann ich seine Befehle an meine Wünsche anpassen.«

Er schwieg eine Weile, während Ymme mit den Tränen kämpfte. »Frau Johanna Cornela läßt Euch ausrichten, daß sie ganz fest an Euch glaubt, und wenn Ihr selbst es nur halb so intensiv tut, werdet Ihr es schaffen. Sie erwartet Euch nach dem Studium in Frankfurt.«

»Johanna Cornela«, keuchte Ymme und packte ihn an seinem weiten bestickten Ärmel. »Woher kennt Ihr sie?«

Er lächelte über ihren wiedererwachten Sinn für die Realität. »Von unserem gemeinsamen Heimatdorf. Sie war wie eine ältere Schwester für mich, manchmal auch wie eine Mutter. Wie eine Mutter versuchte sie auch, für Euch zu sorgen. Sie schickte mich hinter Euch her, damit Euch nichts passiert.«

»Dann war das alles kein Zufall?« fragte Ymme ungläubig.

»Zufall nur, daß ich zur rechten Zeit mit meinem Ordensmeister in Deutschland ankam. Von Frankfurt aus habe ich Euch immer bewacht. Aber nun ist mein Auftrag fast erledigt.« Unter Ymmes fassungslosen Blicken knöpfte er eine flache Tasche auf, die er auf dem Leib trug, und entnahm ihr ein fingerlanges hölzernes Röhrchen, das mit einem Korkstöpsel fest verschlossen war. »Frau Cornela schenkte Euch ihre Entdeckung einer Arznei, die sie als Mutterkorn bezeichnet. Sie bat mich, Euch die Arznei hier in Toledo zu übergeben, und teilt Euch dazu folgendes mit: Ihr mögt im äußersten Notfall – aber nur dann – bei Blutungen aller Art die Anwendung wagen; nicht mehr als eine Messerspitze voll in einem Löffel Wein gelöst … Ich denke, Ihr wißt besser als ich, was sie damit meint.«

Ymme nickte. Die Tränen flossen ihr übers Gesicht.

Ritter Cornelius küßte Ymme sanft auf die Stirn und schwang sich aufs Pferd. Dann nahm er die Zügel auf und ritt an. »Wäre ich Jude, würde ich jetzt sagen: ›Nächstes Jahr in Jerusalem!‹«

»Nächstes Jahr in Jerusalem …«, flüsterte sie hinter ihm her und hob die Hand. Der Hufschlag seines Pferdes und der Lärm der aufbrechende Kaufleute verhinderten, daß er ihre letzten Worte hörte. Ymme blickte ihm aus der Pforte des Funduq nach, aber Cornelius verließ Toledo durch das Bab al-Yahud, ohne sich umzusehen.

Zwei Stunden später war Ymme bereits in das Haus von Ibn Hamdus umgezogen und hatte sich in einer winzigen Kammer, deren Tür zum Innenhof führte, eingerichtet. Sie war weiß getüncht und kahl: außer einer Bettstelle und einem Haken an der Tür gab es nichts darin.

Ymme stellte nur ihren Sack hinein und trat dann wieder in das helle Licht des Innenhofs, der von einer umlaufenden Galerie aus Bögen mit bunten Fliesen und in Mustern gemauerten Steinen gefaßt war. Aus einem faustgroßen Löwenköpfchen plätscherte Wasser in ein Becken von der Größe ihres Zimmers, und in der Luft lagen unbekannte Blütendüfte, die Ymme mit geschlossenen Augen in sich einsog, als wären sie ein Teil des Wissens, das man ihr versprochen hatte. Der Meister kümmerte sich nicht um sie. Er schob Futterbröckchen abwechselnd durch die Stäbe zweier Vogelkäfige und flüsterte mit den Finken. Nach einer Weile ging er.

Kurze Zeit später holte eine junge Frau, die sich als Berenguela vorstellte, Ymme ab, führte sie durchs Haus und gab in eiligem Romanisch Erklärungen ab. Die vier Flügel um den Hof erwiesen sich als ein kleines privates Hospital mit fünf schmalen Krankenzimmern. Der Raum, in dem sie Don Isa kennengelernt hatten, war morgens Empfangsraum für Konsultanten. Dann ließ Berenguela Ymme einen Blick in einen winzigen Raum werfen, in dem Regale vom Boden bis zur Decke gefüllt waren mit Kräutern und Wurzeln, mit Steinen, Harzen und Pulvern von metallischer, blaugrüner und orangeroter Farbe.

»Kann man die alle auseinanderhalten lernen?« fragte Ymme spontan. Berenguela zuckte gleichmütig die Schultern. »Manche können es, manche nicht. Ich nicht.«

Ymme zeigte ihre Überraschung nicht. Berenguela war also keine Schülerin, ebensowenig wie die ältere Frau namens Isabella. »Weißt du, ob mein medizinischer Unterricht nachmittags stattfindet?« fragte sie.

Berenguela war verblüfft. Dann kreischte sie vor Lachen auf, lief zwischen die Arkaden und verschwand irgendwo im Haus.

Nach einer Weile kam sie mit der düsteren Isabella zurück. Diese trug ein schwarzes Kopftuch, dünn wie ein Schleier, der ihr beiderseits über die Schultern hing. Ihre tiefbraunen Augen blickten Ymme streng an. »Hakim Isa ibn Hamdus al-Dschayyani erteilt niemals Unterricht in medizinischen Fächern.«

»Aber ich bin als Schülerin angenommen«, entgegnete Ymme aufgebracht.

Isabella zog einen Zipfel des Schleiers bis unter die Nase und senkte die Augen. »Wie Ihr meint«, murmelte sie. »Schüler kommen eine Stunde vor dem Almuerzo, niemals zu einer anderen Zeit. Danach zieht sich der Meister zurück.«

Almuerzo, das zweite Morgenmahl. Für heute war es also zu spät. Ohne Zweifel war sie zu dieser Zeit bereits im Hause gewesen, aber Schüler hatte sie nicht erblickt. »Dann werde ich heute nachmittag ein paar Dinge auf dem Markt einkaufen, die ich benötige«, verkündete sie und zog sich unter der unbewegten Miene von Isabella und dem Kichern von Berenguela in ihren Raum zurück.

Sie atmete tief ein und setzte sich aufs Bett. Himmel, welche Atmosphäre in diesem Haus, dachte sie zweifelnd. Wenn sie wenigstens Cornelius davon erzählen könnte!

Aber sie ließ sich selber keine Zeit, um lange nachzugrübeln, sondern legte den großen bunten Schal aus Calatayud um ihre Schultern, der bei Bedarf als Kopftuch, als Regentuch und als Schleier dienen konnte. Dann verließ sie ungehindert das Haus.

Der Brunnen, der der Gasse des Bitteren Brunnens den Namen gegeben hatte, lag einige Schritte tiefer als der Darb, in dem sie nun wohnte, eine Sackgasse mit wenigen Häusern. Sie wandte sich bergauf und sah in dem Spalt zwischen den Häusern schon nach wenigen Schritten die Umfassungsmauer der Freitagsmoschee.

Während Ymme sich zum Markt hindurchkämpfte, rief der Muezzin zum Gebet; sein Ruf kam aus der Gasse, aus der sie gekommen war. Sie drückte sich an die Mauer eines Hauses, um die Gläubigen nicht zu stören. Aber nur wenige Männer und Frauen warfen sich entsprechend der Aufforderung auf den Boden. Wie Cornelius gesagt hatte: Alle sahen wie Araber aus, aber die wenigsten waren Mudéjares. Ihr Blick verweilte forschend auf einem in blaue Seide gekleideten Mann, der sie seinerseits beobachtete und dann eine höfliche, zurückhaltende Verbeugung andeutete. Ymme grüßte überrascht zurück und setzte ihren Weg zu den ersten Verkaufsständen fort. Von Cornelius wußte sie, daß sie sich an der langen Mauer der Moschee entlang bis zum Viehmarkt, dem Suq al-Dawabb, unterhalb des Alficén erstreckten.

Alles war viel imposanter als in Saint-Gilles. Aber auch dort hatte es Oliven, Nüsse, Orangen und Zitronen gegeben.

Und wie dort gab es Händler, die ihre forschenden Blicke nicht für Begehrlichkeit oder Bettelei hielten.

»Die gibt es nur in Toledo«, sagte ein junger Mann in grüner Schürze nach einem erstaunten Blick auf ihre Haare und drückte Ymme eine halb weiße, halb grüne längliche Frucht in die Hand. »Die besten Feigen der Welt! Die Sultana in Bagdad bestellt jedes Jahr.« Ymme konnte gar nicht anders, als den feinen Geschmack der Sultana zu bestätigen.

Sie folgte der Straße, die rund um die Moschee führte, sah über sich den kleinen Kuppelbau, unter dem sich die Gebetsnische befand, und beschleunigte ihre Schritte, als sie endlich den Eingang zu den überdeckten Hallen sah, die sie am meisten lockten. Die Qaysariyya.

Mit aufgerissenen Augen ließ sie sich durch die Stände der Stoffhändler treiben. Ballen von Wollstoffen und Leinen oder Seide in langen Bahnen waren ausgelegt, fertige Kleidungsstücke hingen an hölzernen Galgen von den Dächern der Stände herab. Ein Händler schnarrte: »Almexia, Mutebag, Algupa, Adorra, Moffarrex?«, aber sie schüttelte lächelnd den Kopf und beobachtete einen Mann mit seltsamem Gebaren.

Eine gedrehte grüne Schnur, die ihm über die Schulter bis zur Mitte des feisten Leibes hing, gab ihm einen offiziellen Anstrich, der verstärkt wurde durch seinen Knecht mit der Waage in der Hand. An seinem auf der grünen Tuchbahn entlangrutschenden Daumen und den murmelnden wulstigen Lippen erkannte Ymme, daß er die Fäden des Stoffes in seiner Hand zählte. Der Stoffhändler sah zunächst mürrisch drein, aber als der Marktaufseher den Stoff auf den Ladentisch schmetterte, versuchte er hastig eine wehleidige Erklärung.

Der Marktaufseher kümmerte sich nicht um ihn. Er zog seinen scharfen Dolch zweimal quer durch den ganzen Ballen und setzte dann seinen Weg fort.

Ymme folgte dem Mann wie gebannt von seiner Macht. Er kontrollierte manche Ladentische nur andeutungsweise, andere überaus genau, ließ Abfall und Unrat beseitigen, wo es ihm paßte. Als eine helle Frauenstimme ausrief: »Wolle von den Banu Marin!«, wandte er sich sofort zu ihr.

Er griff in den offenen Sack, rieb die kurzen Wollfäden zwischen Daumen und Zeigefinger, roch daran und warf sie wieder zurück. »Brot zu Brot und Wein zu Wein!« sagte er der hübschen jungen Frau leise ins Gesicht. »Du willst einem Abkömmling der Hudiden doch wohl nicht weismachen, daß dieser Stahldraht Wolle eines Merinoschafes von den Berbern sein soll? Hast du vielleicht ein römisch-katholisches Schaf geschoren?« Die Händlerin legte den Kopf zur Seite und blickte den Marktaufseher aufreizend an. Für einen Moment erschien ihre Zungenspitze zwischen den Lippen. »Schick die Wolle den Franken, die merken den Unterschied nicht«, brummelte der Aufseher besänftigt. »Ich will sie hier nicht mehr sehen! Beim nächsten Mal kommst du in den Block, verstanden?«

Die Frau nickte und band den Sack mit zitternden Händen zu.

Ymme verstand beileibe nicht jedes Wort, aber die Gesten waren deutlich genug gewesen. Der Stoffhändler tat ihr leid, die Frau nicht. Von ferne war Geschrei zu hören. »Almotacén, Almotacén!«

Der gewichtige Marktaufseher horchte auf und stieß sich dann den Weg durch die dichten Reihen der Käufer frei. Die Wollhändlerin blinzelte dem benachbarten Händler zu und lächelte siegreich. Das Zittern hatte sie eingestellt, sobald der Muhtasib ihr den Rücken zugekehrt hatte.

Ymme kehrte um. Zum Viehmarkt wollte sie nicht. Sie ging auf die Nordwestmauer der Moschee zu, wo sich der Haupteingang befand. Neben dem Tor in der Mauer entdeckte sie einen Buchstand.

Der Buchhändler bewachte seine Bücherschätze wie einer, der sie nur ungern verkauft. Er war schon sehr alt, aber sein grüner Turban leuchtete frisch, und er wirkte zufrieden. Liebevoll wischte er hier ein Stäubchen fort und polierte dort einen Flecken vom Ledereinband. »Sind die alle verkäuflich?« fragte Ymme ungläubig in einem Gemisch aus dem Romanischen der Languedoc und neuerlernten toledanischen Wörtern.

Der Buchhändler richtete seine braunen Augen auf sie und betrachtete sie aufmerksam. »Dhimmis aus dem Norden sind meistens Barbaren«, sagte er in kultiviertem Romanisch. Ymme errötete und wandte sich stillschweigend zum Gehen. »Nein, geh nicht!« rief er hinter ihr her, als er ihren Irrtum verstand. »Ich wollte dir ja nur sagen, daß eine Dhimmi, die sich für Bücher interessiert, keine Barbarin sein kann. Mit anderen Worten, ich fragte mich, ob du überhaupt aus den nördlichen Ländern kommst, obwohl du ein ganzes Weizenfeld auf dem Kopf zu tragen scheinst. Andererseits weiß natürlich jede Kastilierin und jede Araberin, wahrscheinlich sogar die elendste Berberin, daß ich hier Bücher und Rollen feilbiete, die infolgedessen natürlich verkäuflich sind. Deine Heimat ist also vermutlich nicht Spanien, auch nicht das südliche Frankenreich, vielleicht aber Irland oder England? Aber warum sprichst du zu sieben Achteln in der Zunge unserer aragonesischen Nachbarn? Das alles stürzt mich in einen Aufruhr meiner Gedanken, den ich nicht gewohnt bin. Ich werde mich von der zweiten Frau meines vierten Sohns bei der Abendmahlzeit mit Mandelcreme verwöhnen lassen. Abu Bekr Muhammad ibn Zakariyya ar-Razi sagt, daß Mandelcreme mit weißem Zucker das Rückenmark und das Gehirn vermehrt, den Körper fett macht und ihn in hohem Maße ernährt. Wenn du morgen noch einmal kommen möchtest, werde ich alle meine Gedanken geordnet haben und werde dir höflich wie ein arabischer Ritter auf deine Frage erklären, daß du alle meine Bücher kaufen kannst, bis auf eines, das mir besonders lieb ist.«

Ymme sah den Buchhändler sprachlos an. Sie hatte alles verstanden, aber seine Wortflut beraubte sie der Stimme. »Welches ist das?« fragte sie schließlich, als ihr nichts anderes einfiel.

»Der Koran. Im Namen Gottes des Barmherzigen, des Erbarmers. Seinen Inhalt kann man nicht kaufen. Die Worte des Propheten muß man im Herzen tragen.« Er stand von seinem Hocker auf, nahm von einem Bord des Verkaufsstandes den Koran, der prachtvoll in Leder gebunden und mit goldener Schrift geschmückt war, und küßte ihn liebevoll. Dann schlug er das heilige Buch auf und zeigte es Ymme von innen, ohne es aus der Hand zu geben.

»Aber das kann ich gar nicht lesen«, stellte Ymme unglücklich fest.

»Schon unsere Kinder lernen es«, sagte der Buchhändler, und Ymme wußte nicht, ob sie aus seiner klangvollen Sprache Bedauern oder Überheblichkeit heraushören sollte. Er wandte seinen Kopf zur Moschee. »Hörst du sie? Sie haben längst gelernt, was du dir vielleicht im Moment wünschst. Aber dein Wunsch wird nicht anhalten.«

In diesem Moment tobten die Allerjüngsten aus der Moscheeumfriedung heraus, Jungen und Mädchen von etwa sechs, sieben Jahren. Ymme sah ihnen neidvoll nach und holte tief Luft. »Ich wünsche mir keineswegs, den Koran lesen zu können«, sagte sie bestimmt und wußte im gleichen Moment, daß sie gelogen hatte. Denn hier, von Büchern umgeben und unter dem Kreischen von Kindern, für die Lesen zu ihrem gewöhnlichen Tagwerk zählte, empfand sie erstmals im Leben den Verlust von Zeit, die Vergeudung von Möglichkeiten. Aber wem hätte sie vorwerfen können, daß niemand sie als Kind darin unterwiesen hatte?

»Also doch eine Barbarin?« Der Buchhändler starrte dem blonden Mädchen mit dem feinen Gesichtsschnitt hinterher und war sich nicht ganz sicher, ob seine Beurteilung gerecht war. »Die vielen grüßen die wenigen, der Vorübergehende den Sitzenden, der Reiter den Gehenden«, zitierte er in Gedanken den arabischen Weisen. Dem Gast im Lande gebührt aufmerksamkeit und Hilfe vor dem, der dort geboren ist. Möglicherweise hatte er sich falsch verhalten. Der alte Mann winkte eines von den Schulkindern heran und bat es, kurz auf seinen Stand aufzupassen.

»Ja, Abu«, versprach der Junge, baute sich hinter den Büchern auf, stemmte die Fäuste in die Seiten und blickte wild um sich. Wie ein Löwe würde er jeden verjagen, der es wagte, sich an den Büchern des Großväterchens zu vergreifen.

Der Buchhändler watschelte Ymme zwischen Kerzen- und Weihrauchhändlern nach, aber er war nicht mehr so gut zu Fuß wie in jüngeren Jahren. Ihr buntes Tuch leuchtete über mehrere Köpfe hinweg, als er neben dem Papierhändler innehielt und sich schnaufend auf dessen Verkaufstisch stützte. »Hat sie etwas gesagt, Chaldun?« verlangte er zu wissen.

»Wer soll was gesagt haben? Und was soll sie schon gesagt haben? Du balzt ja wie ein Auerhahn!«

»Du weißt genau, wen ich meine«, tadelte der Buchhändler streng. »Dies ist keine Frage des Frühlings, sondern der Höflichkeit. Sie ist schön wie ein Dschinn, und ich habe sie beleidigt.«

»Nun, das meine ich eben«, versetzte Chaldun grinsend. »Gesagt hat sie nichts, aber Augen gemacht wie ein kastilisches Rad.«

»Lauf ihr hinterher«, befahl der Buchhändler, »entschuldige dich bei ihr, und schenke ihr fünf Blätter. Ich werde sie dir bezahlen.«

Chaldun, der trotz seiner Jugend eine Organisation von Lumpensammlern in Neukastilien aufgebaut hatte, um die aussortierten Leinenabfälle an die Papiermühle in Jativa verkaufen zu können, und entsprechend materialistisch gesinnt war, schnaufte verächtlich. »Warum widmest du ihr nicht ein Gedicht? Muß es ausgerechnet mein Papier sein?« Dann griff er sich ein Bündel von sorgfältig geglättetem und sehr weißem Papier und hastete der Frau nach, die aus irgendeinem Grunde seines väterlichen Freundes aufmerksamkeit gewonnen hatte.

Er umrundete Ymme in weitem Bogen, so daß er in der Lage war, ihr entgegenzukommen. Durch den Gruß, der ihr galt, wurde sie auf ihn aufmerksam. Chaldun hatte ein Gedicht auf der Zunge, das zu ihren Haaren paßte, und dieses wäre auch dem jugendlich entfachten Feuer des Buchhändlers angemessen gewesen. Rechtzeitig aber fiel ihm ein, daß sie Arabisch nicht würde verstehen können. Statt dessen ließ er sein schnelles Romanisch auf sie herabregnen wie einen Frühlingsschauer. »Ich überbringe dir die Entschuldigungen des Buchhändlers Ibn Mahmud. Er ist der Meinung, er habe sich falsch benommen. Weil er nun deinen Geschmack hinsichtlich Literatur nicht kennt, wagt er nicht, dir ein Buch zu schicken, und hofft, dir vielleicht einen größeren Gefallen zu tun, indem er leere Blätter überreicht, die du nach Gefallen füllen mögest.«

Ymme wagte nicht abzulehnen. Wahrscheinlich wäre sie ihrerseits unhöflich gewesen, obwohl sie überhaupt nicht begriff, warum der Buchhändler sich entschuldigte. »Ist dieses wirklich zum Beschreiben?« vergewisserte sie sich leise. Aber während sie es an sich drückte, wußte sie bereits, was sie damit anfangen wollte …

Der Papierhändler kratzte sich hinter dem Ohr und verzog den Mund. »Zum Schreiben. Ja, gewiß. Könnte man es zu etwas anderem benutzen?«

»Nein, so meinte ich es nicht«, erwiderte Ymme hastig. »Ich kenne nur Rinderhäute …«

Der Händler lachte verschmitzt. »Wir wundern uns immer über die vielen Ochsen in den christlichen Klöstern. Was du sagst, erklärt alles zu meiner Zufriedenheit.«

Ymme stimmte in sein Lachen ein, und der Papierhändler verstand mit einemmal, warum sein Freund so außer sich gewesen war. Die Fränkin war umgänglich und klug dazu. Sie würde möglicherweise eine Konkubine von erfrischender Andersartigkeit werden.

10. Beseelte Sphären

Nervös wartete Ymme auf den Beginn des Unterrichts. Als es soweit war, trug sie vorsichtig Papier, Schreibrohr und ein Tintenfläschchen in den Empfangsraum hinüber.

Drei andere junge Leute saßen bereits auf den dicken bunten Kissen, zwei Männer und eine Frau. Ihre Köpfe wandten sich nach vorübergehender Verwunderung wieder aufmerksam der Tür zu, die zu den Privatgemächern des Meisters führte. Ymme kauerte sich neben das junge Mädchen auf ein viertes bereitliegendes Kissen. Als sie sich unauffällig umsah, entdeckte sie in einer Ecke des Zimmers auf einem niedrigen Hocker angehäufte Früchte,einen Zwiebelzopf, Knoblauch, eine randvolle Tonkanne mit Öl und einen duftenden Brotfladen.

Kurz danach betrat Meister Isa ibn Hamdus al-Dschayyani mit hocherhobenem Kopf den Unterrichtsraum, gekleidet in die schwarze Robe des Weisen mit weiten Ärmeln. Unter dem Arm trug er ein Buch, das er jedoch nicht aufschlug. Er begann seinen Unterricht mit leiser, melodiöser Stimme wie ein Dichter seinen Vortrag.

»Wir setzen die Lesung aus meinem Buch ›Vom erhabenen Mikrokosmos und der Pflicht zur Gotteserkenntnis‹ fort an der Stelle, an der wir in der letzten Stunde aufhörten. Ich wiederhole nur für meine neue Schülerin, daß ich meine Lehren zusammengestellt habe aus den Worten der Philosophen älterer und neuerer Zeit und aus den Werken verschiedener Verfasser. Vielleicht werde ich zuweilen Erörterungen einzelner in größeren Zusammenhängen bringen, aber ich halte es für müßig anzugeben: der war es, und der hat gesagt … Soviel dazu. Nun zur Stellung der Philosophie: Sie nimmt die höchste Position ein. Warum? Sie schürt die Sicherheit der Unsicherheit, Gott zu begreifen. Sie läßt zweifeln. Sie stürzt in Abgründe; sie erhebt. Mit anderen Worten: Sie unterstützt den Gläubigen in der Pflicht, nach Gotteserkenntnis zu streben. Ihr Wesen ist Sehnsucht. Ihre Wirkung ist die, daß wir Gott ähnlich zu werden suchen.«

Einer der jungen Männer, mit dunkelbraunen Haaren und schlaffen Gesichtsmuskeln, hob lässig den Arm. Der Meister dozierte mit fast geschlossenen Augen, als habe er die Anwesenheit seiner Schüler vergessen. Endlich gab er dem jungen Mann fast erschrocken das Wort.

»Ist diese Sehnsucht dieselbe, von der unser erster Lehrer in seinem zwölften Buche der Metaphysik spricht?«

»Eben dieselbe«, bestätigte Meister Isa feierlich. »Alles mündet in Aristoteles. Die von ihm postulierte Sehnsucht ist die Ursache steter Bewegung aller beseelten Sphären, von der höchsten bis zur niedrigsten.«

»Meister. Welches sind die beseelten Sphären?«

»Alle Hohlkugeln, die sich konzentrisch um die Erde schichten, mein Sohn«, führte Don Isa wohlwollend aus. »Sie halten Ausschau nach der höchsten Intelligenz, nach Gott, und diese ihre Sehnsucht beflügelt ihre Bewegung. Im kleinen folgen alle Dinge den großen Sphären – alles ist eine unendliche Kette von Ursachen und Wirkungen. Im Gegensatz zu diesem Makrokosmos steht der Mensch, den ich als Mikrokosmos bezeichne.«

Plötzlich gluckerte es tief im Hals des jungen Mädchens neben Ymme. Der Meister verstummte und sah sie so streng und auffordernd an, daß sie keine Wahl hatte, als ihr Lachen zu begründen. »Wenn nun nachweislich ein Ding keine Bewegung zeigt, hat es dann schlüssig auch keine Intelligenz?«

»Ja, gewiß …«, begann der Meister, um dann mitten im Satz abzubrechen und anders fortzufahren. Ein Blick zu seinem vornehmsten Schüler bestätigte ihm leider, daß dieser die Anspielung noch nicht verstanden hatte. »Urraca, solltest du, wie so oft, einen Mitschüler aufs Korn genommen haben, so muß ich dich bitten, dich aus dem Unterricht zu entfernen. Solltest du noch ein einziges Mal durch unsachliche Beiträge dein Licht glänzen lassen wollen, sehe ich mich genötigt, mit deinem Vater zu sprechen.«

Urraca ließ reuevoll den Kopf hängen, was den Meister sofort wieder milde stimmte. Durch eine Handbewegung gebot er ihr sitzen zu bleiben. Kaum sah er weg, blinzelte sie Ymme vergnügt zu.

Wahrscheinlich war sie es gewöhnt, daß Isa ibn Hamdus ein wenig drohte, dachte Ymme und lächelte zögernd zurück. Bei vier Schülern konnte er es sich vermutlich nicht leisten, auch nur einen einzigen zu verlieren.

Plötzlich merkte sie auf, weil der Meister seine Stimme erhoben hatte. Er beauftragte den von Urraca bespöttelten jungen Mann, sich auf eine Disputation mit ihm, dem Meister, über die »Materie, deren notwendige Ursache Gott ist« vorzubereiten. Gewiß galt dies als Entschädigung für die Beleidigung, denn als sie nun in eine Pause entlassen wurden, wälzte sich der Jüngling hochnäsig an Urraca vorbei. Im Vorübergehen bedachte er auch Ymme mit einem verächtlichen Schnauben.

Urraca nahm Ymme bei der Hand und zog sie hinaus in den Brunnenhof. Die Sonne stand hoch am Himmel und schien frühlingshaft und angenehm warm auf sie herunter. Das junge Mädchen lehnte sich an eine der Arkadensäulen und wärmte sich den Rücken wie eine alternde Katze. »Nun erzähle, wer du bist«, forderte sie mit geschlossenen Augen. »Und verschweige mir nichts. Ich bekomme alles heraus, dafür bin ich berühmt – und gefürchtet bei solchen Idioten wie Ibn Daud.«

Ymme mußte lachen. Sie glaubte ihr aufs Wort. Dann erzählte sie ihr das Wichtigste. Urraca gefiel ihr, sie war ungewohnt freimütig im Vergleich zu den zurückhaltenden Menschen, die sie bisher kennengelernt hatte. Ihr sehr schmales Gesicht hatte eine bräunliche Haut, die faltenlos und makellos rein war. Das schwarze Haar hatte sie unter dem Kopftuch zu einem Zopf aufgesteckt, und er schien genauso lokkig und etwas wirr befestigt zu sein wie Ymmes eigener.

Endlich fühlte Urraca sich genügend gestärkt, um der neuen Mitschülerin zu antworten. »Ach, du Ärmste«, sagte sie, »all die Fächer! Und noch den Koran dazu. Ich nehme an, daß du ihn nicht einmal lesen kannst?«

»Nein«, gab Ymme zu. »Und heute habe ich auch kaum etwas verstanden.«

»Kann man dir nicht übelnehmen«, stellte Urraca sachkundig fest. »Den Meister versteht auch sonst keiner. Außer Ibn Daud. Der liest ihm jedes Wort von den Lippen ab. Da er der einzige ist, ist er der Lieblingsschüler des Meisters.« Aber Urraca lachte, und Ymme glaubte keine Sekunde, daß sie nichts verstand. Dann folgte sie ihr zurück in den Unterrichtsraum.

Mit einigen Minuten Verspätung traf der Meister ein. Urraca putzte sich verstohlen mit geziert abgespreiztem kleinem Finger die Mundwinkel und einen imaginären Bart und hob dann die Augenbrauen. Ymme nickte: er hatte inzwischen einen kleinen Imbiß zu sich genommen. Ihr Magen knurrte ebenfalls.

»Ist die Materie ungeworden und ewig wie Gott – oder wurde sie erschaffen?«

Diese Frage beinhaltete das Disputationsthema von Ibn Daud. Prompt meldete er sich. »Im Namen Allahs, des Erbarmers, des Barmherzigen! Erschaffen hat er die Himmel und die Erde zur Wahrheit. Erhaben ist er über das, was sie ihm beigesellen.«

Undiszipliniert rief Urraca dazwischen: »Du Tölpel! Gott ist ewig. Wie kann er sich dann plötzlich besinnen und eine Welt schaffen?«

Mit rechtschaffener Miene betrachtete der fette Ibn Daud die junge Frau. »Nicht wahr, Meister, Gottes Wort muß nicht erklärt werden? Wenn du die sechzehnte Sure auswendig wüßtest, hättest du nicht fragen müssen, Urraca.«

Der Meister lächelte milde. »Alle Völker der drei Bücher glauben an die Erschaffung der Welt durch Allah, Gott oder Jahwe. Ihr habt beide recht: es ist ein Dilemma, das viele Philosophen beschäftigt. Gott ist ewig – und das Entstehen der Welt ist nur erklärbar durch Emanation, das Verströmen seiner Selbst ohne Abnahme oder Veränderung seiner Kraft. Gott hat die Welt nicht erschaffen müssen – sie ist durch ihn.« »Was ist Emanation?« Ibn Daud, natürlich.

Ymme gewann den Eindruck, daß der Lehrer und sein Meisterschüler sich die Bälle zuspielten.

»Viele Theosophen und Mystiker haben versucht, die

Emanation bildlich begreiflich zu machen. Es gelingt nicht, denn wer kann Gott erklären? Ihr müßt euch zufriedengeben mit dem Hinweis auf die Sonne: ihr Licht ist Leben – und ihre Kraft nimmt nie ab. Was die menschliche Intelligenz betrifft, so steht sie im selben Verhältnis zu Gott wie das Licht der Sonne zu seiner Quelle.«

»Auch bei Ibn Daud?« flüsterte Urraca vernehmlich.

»Was aber würdet ihr antworten«, fuhr der Meister mit erhobener Stimme fort, »wenn einer behauptete, daß in der Materie, welche ewig ist, alle Formen bereits enthalten seien; eine einzige von ihnen kristallisiere sich heraus und erscheine uns als Wirklichkeit?«

»Verbrennen! So sprechen Häretiker!« trompetete der Lieblingsschüler.

»Daß Gott ewig ist, ist unumstößlich und zugleich das einzige, was unumstößlich ist«, rief Urraca. »Alles andere darf behaupten, wer es gut belegen kann! Nicht häretisch!«

Der Meister lächelte listig. Es lag nicht in seiner Absicht, die Kontroverse zu vertiefen. Man näherte sich wankendem Boden, und die zunehmenden erzbischöflichen Eruptionen der letzten Wochen geboten Vorsicht. Trotzdem setzte er zu einer Erklärung an. »Unser erster Lehrer Aristoteles hat ein gewaltiges Gedankengebäude erschaffen. Noch zu seinen Lebzeiten fingen die Denker an, alle Türen zu öffnen, die er vorsorglich eingebaut hatte. Es gibt nun leider aber auch Pseudodenker, die eine Tür öffnen, die sie lediglich zu sehen glauben. Nicht immer führt eine derart gedachte Tür zu einem realen, ja zuweilen nicht einmal zu einem imaginären Zimmer. Ein solcher Mann in einem Zimmer, das es nicht gibt, mit einer Tür, die nicht vorhanden ist, war Ibn Ruschd. Es war seine Theorie, die ich euch vortrug. Er starb als muslimischer Häretiker in der Verbannung. Die christlichen Lehrer kennen ihn kaum, aber zweifellos wäre er auch für sie ein Häretiker.«

Ibn Daud strahlte wegen seines hervorragenden Instinkts, aber Urraca maulte über den Abbruch der Diskussion. Zu gerne ging sie reizvollen Thesen nach, an denen sie ihren Geist schärfen konnte. Es war wie ein Schachspiel ohne Figuren: die Art des Sprungs stand fest, aber unter den Figuren durfte man frei wählen.

Von diesem Mann hatte der jüdische Arzt gesprochen. Ymme erinnerte sich nun wieder sehr genau. »Es gibt auch Christen, die die Erschaffung der Welt unabhängig von Gott erklären«, warf sie ein, zaghaft zunächst, weil sie nicht wußte, ob sie alles verstanden hatte. »Für sie ist Gott ewig – die Welt aber wurde nicht von Gott, sondern von einem seiner Geschöpfe, von Luzifer, erschaffen; so erklären sie das Böse auf der Welt.«

»Luzifer als Emanation Gottes!« Urraca lachte und klatschte entzückt in die Hände. Endlich ein ganz neuer Sprung. Ihr Lehrer, der Verehrungswürdige, konnte manchmal zum Sterben langweilig sein.

Meister Ibn Hamdus blinzelte ein wenig. »Dualismus. Er liegt weit abseits des Unterrichtsstoffs. Ich würde ihn als Kehricht bezeichnen. Ich möchte davon nichts hören. Auch würde ich dir raten, ihn in dieser Stadt nicht zu erwähnen. Der Erzbischof ist gegen Ungläubige aller Schattierungen sehr empfindlich. Und seine Waffen sind sehr scharf.«

Ymme fühlte sich unnötig hart getadelt. Sie hatte die Meinung der Katharer nicht als eigenes Gedankengut verbreitet. Ungeduldig sehnte sie das Ende des Unterrichts herbei.

Der Meister anscheinend auch. Er kam sehr schnell zum Schluß; dann bedankte er sich bei den Schülern für die Lebensmittel, besonders überschwenglich bei dem schmächtigen Jüngling, der kein einziges Wort gesagt hatte und nun schreckhaft zusammenzuckte.

Unendlich viel später, als die Sonne bereits tiefen Nachmittag und ihr Magen hohle Leere anzeigten, wurde Ymme zum Essen gerufen, einem Salat in viel Öl und danach einer mit Brot angedickten, mit Knoblauch gewürzten Suppe, in der ein Ei schwamm. Es schmeckte vorzüglich, aber ihre Erwartung war nicht befriedigt worden, und so blieb sie zu ihrer eigenen Beschämung hungrig. Auch hungrig nach Unterricht und nach Wissen blieb sie an diesem und an vielen weiteren Tagen, und das war viel schlimmer zu ertragen.

Sie zählte längst nicht mehr die Tage, die sie bereits im Hause des Meisters lebte, als dieser sie nach der Mahlzeit rufen ließ.

Meister Isa lief zwischen den Arkadensäulen umher wie ein Hahn hinter dem Zaun. Nicht einmal seinen geliebten Finken gönnte er einen Blick. »Es wartet eine begüterte Dame mit ihrer Tochter im Empfangsraum«, schnarrte er nervös. »Wo warst du nur? Eine Schülerin hat sich Tag und Nacht bereitzuhalten. Sie ist nicht adelig, aber man kann erwarten, daß sie sich erkenntlich zeigt. Du wirst mir zur Hand gehen.«

Unter Entschuldigungen lief Ymme hinter dem Meister um das Wasserbecken herum. Don Isa hatte sich nach der Hauptmahlzeit umgezogen und das schwarze Lehrergewand gegen eine lange grüne Seidenjacke und eine runde Kappe aus bunten Seidenstreifen ausgetauscht. Als Ymme fand, daß sie sich nun genug entschuldigt habe, bemerkte sie erheitert, daß der Meister seine Arme in zu kurzen Ärmeln zu verstecken suchte.

Im Unterrichts- und Empfangsraum, der nun endlich auch Untersuchungsraum war, wartete eine Frau, dünn wie ein Schreibrohr und zu alt für eine Tochter. Hinter dem tragbaren Schirm, dessen vier Wände mit Seide bespannt waren, summte eine Frauenstimme ungeniert falsch ein Lied. Die Stimme gehörte also zur Tochter, doch war sie vermutlich nicht wegen ihrer grauenhaften Unmusikalität hier.

Meister Isa grüßte förmlich, komplimentierte die Frau auf die Kissen und bat sie, ohne Umschweife zu erzählen, was sie und ihre Tochter herführe.

»Meine Tochter ist in gesegneten Umständen«, berichtete die ältere Frau und blähte sich vor Stolz auf. »Nach so langer Zeit, gelobt sei Jesus Christus! Da es das erste ist, möchten wir wissen, ob es ein männliches Kind ist, Hakim.«

Ibn Hamdus nickte verständnisvoll und legte die Fingerspitzen aneinander. »Unser verehrter Meister Hippokrates hat folgendes gelehrt.« Die Schwangere hinter dem Schirm beachtete er nicht, aber die Mutter fixierte er wie eine Schlange die Maus, während er anfing, mit tragender Stimme zu rezitieren: »›Wenn der Same der Frau und der des Mannes beide zusammen kräftig sind, so wird das Kind ein Knabe; wenn der Same beider dünn und schwach ist, wird es ein Mädchen. Im Samen beider ist sowohl das Männliche als auch das Weibliche.‹ Aristoteles aber hat gelehrt: ›Wenn die Wärme im Samen vorherrschend ist, so wird das Kind männlich; wenn aber die Kälte siegt, so wird das Kind weiblich. Daher ist der Mann schneller in der Bewegung und tiefer in der Sprache, sein Glied ist kalt und herabhängend; aber den Samen schleudert er wegen seiner Wärme kräftig ins Innere hinein.‹«

Die Mutter nickte beeindruckt. Hinter dem Wandschirm ging das Singen in ein verschrecktes Weinen über, das sich zum verzweifelten Heulen steigerte.

»Warum macht Eure Tochter diese unnützen Geräusche?« fragte Ibn Hamdus aufgebracht. »In jeder Weise.«

Als Ymme hinter den Schirm blickte, hockte dort eine baumlange Frau auf einem Scherenstuhl, mit einem schwärzlichen Ansatz von Schnurrbärtchen über den Lippen und weit über das Alter für ein erstes Kind hinaus. Die dunklen Ringe unter den Augen warfen ein düsteres Bild auf ihre Schwangerschaft.

»Hör auf zu brüllen, Petronilla, davon bekommst du schlechte Augen!« schmetterte die Mutter.

»Warum weint Ihr, Doña Petronilla?« übersetzte Ymme freundlich.

»Woher weiß der Hakim, daß das Glied meines Mannes kalt und herabhängend ist?« schluchzte die Klientin. »Es schlenkert wie eine Kälberzunge, wenn er mir beiliegen will. Wenn es eine Tochter wird, wird er mich schlagen.«

Ymme, die bei ihrem Anblick sehr nachdenklich geworden war, gab ihr im stillen recht. Der Samen einer solchen Frau konnte nicht anders als dünn sein. Aber da sie als Schülerin anscheinend für die Hilfsarbeiten zuständig war, schüttelte sie begütigend den Kopf.

Die Mutter preßte die Hände über ihren Mund und blickte den Meister bestürzt an. Zwischen den Fingern hindurch bekannte sie: »Ich habe meinem Tochtermann einen kräftigen

Erstgeborenen versprochen, wild wie ein Wolfsjunges, hungrig wie ein Bärchen und rundbäuchig wie ein Zicklein mit zwei Müttern.«

»Man darf nicht das Halsband kaufen, bevor man den Windhund gekauft hat«, murmelte der Meister abwesend und besann sich dann auf sein Geschäft, wozu er das einschlägige Buch aus einem Gestell an der Wand hervorzog. Er blätterte eilig in den Seiten.

»Gelockt hast du ihn«, schrie die Schwangere leidenschaftlich, stieß Ymme beiseite, sprang hinter dem Schirm hervor und trat in ungezügeltem Jähzorn gegen ein Kissen, dessen gelbliche Federn hervorquollen wie das Gekröse eines überfütterten Schlachttiers und dann über dem Teppich zerstoben. »Eingekauft und ausgezahlt! Mit dem Erbe meines Vaters! Ich wollte ihn nicht, den Schlappschwanz!«

»Wolltest du unverheiratet bleiben wie eine Hure?« kreischte die Mutter.

Ibn Hamdus hatte gefunden, was er suchte, und hob würdevoll die Hand. Die Frauen schwiegen betreten. Ymme setzte sich erleichtert. »Meister Hippokrates sagt auch, daß der Baum, der auf guter Erde steht, so groß werden wird wie die Bäume von Tabaristan, womit er sagen will: wie die Zedern des Heiligen Landes oberhalb des Grabes unseres Herrn Jesus Christus.«

Die alte Frau strahlte; selbst die jüngere verlor ihren mürrischen Ausdruck und wagte den Meister anzusprechen: »So haltet Ihr mich für eine gute Erde, Hakim?«

Der Meister schlug das Buch zu. Aus verschiedenen Gründen kannte er sich in den Büchern des Aristoteles wesentlich besser aus als in den Schriften des Hippokrates. »Ohne Zweifel, meine Tochter. Hat nicht auch Aristoteles gelehrt, daß die Fetten unter den Menschen und den übrigen Lebewesen wenig Samen und daher auch wenig Kinder haben? Du dagegen bist wohltuend dürr wie eine getrocknete Pflaume. Aus denselben Gründen beschneiden übrigens die Bauern die Zweige ihrer Bäume, damit die Nahrung zu den Früchten kommt und nicht zu den Zweigen.«

Die Mutter sagte sehr zufrieden: »Ihr seid ein ebenso guter

Arzt wie Euer verstorbener Bruder, Gott hab' ihn selig. Was die Leute sich erzählen, stimmt nicht. Ich werde Euch die eine Hälfte des Honorars jetzt auszahlen, die zweite nach der Geburt des Stammhalters.« Sie wedelte verlangend mit der Hand und ließ sich von ihrer Tochter hochziehen, was eher eine Forderung des Respekts schien als eine Notwendigkeit des Alters.

Ibn Hamdus blieb als einziger sitzen und machte Ymme heftige Zeichen, sich verstärkt um die Kundinnen zu kümmern. Dann faltete er fromm die Hände und beugte sich vor. »Für meinen Ratschlag nehme ich keine Gebühr; jedoch wäre mir der Zeitaufwand zu ersetzen.«

»Den hat er jetzt gehabt«, warf Petronilla vernünftig ein und setzte ein triumphierendes Lächeln auf, als ihre Mutter trotz eines schiefen Blickes widerspruchslos zum Beutel griff.

»Der Zeitaufwand eines Philosophen mit Gehilfin ist nicht gering zu veranschlagen«, fügte Hakim Isa ibn Hamdus al-Dschayyani hinzu und reckte erwartungsvoll den Hals, als Ymme resolut die Hand aufhielt. Die Kundin ließ eine Münze nach der anderen hineinträufeln. Als sie – über die Lebensnotwendigkeit hinaus – schon für die Bequemlichkeit des Lebens ausreichend bezahlt hatte und allmählich beim Luxus anlangte, nickte Don Isa widerwillig. Der Münzenstrom versiegte.

»Das Leben eines Knaben kann nie zu teuer sein«, murmelte der Hakim und begleitete die Frauen persönlich durch den Hof bis ans Tor. »Geht mit Gott.«

Als er zurückkam, war Ymme dabei, die Kissen aufzuschütteln. Don Isa rieb sich die Hände und forschte dann nach dem Geld, das sie als Türmchen auf einem Buch aufgeschichtet hatte. »Prächtig!« sagte er während des Zählens und verschwand ohne ein weiteres Wort dorthin, wo seine Schüler keinen Zutritt hatten.

Ymme ging nach einer Weile ratos hinaus. Noch immer wußte sie nicht, ob er wirklich verlangte, daß sie Tag und Nacht zur Verfügung stehe. Im Hof rannte der Zwerg sie fast um, der so eilig mit rückwärts gerichtetem Kopf dem

Tor zustrebte, daß er nicht einmal das Ende der ihm von Isabella nachgebrüllten Anweisungen abwarten konnte.

»Heute gibt es ein Festessen«, trällerte er mit hoher Stimme, »Wein, ein Zicklein vielleicht, Rebhühnchen, einen Hecht, wenn ich einen auftreiben kann …« Danach schlug das Tor zu, und Ymme hörte nur noch den allgemeinen Lärm der Straßen, der wie eine Dunstglocke über der Stadt zu hängen schien.

Nicht lange danach schien der Wirbel, den der Zwerg auf die Straße hinausgetragen und wieder zurückgebracht hatte, den ganzen Haushalt zu erfassen. Beladen mit Gemüse und Obst von der Alcana, Fleisch aus der Fleischhalle der Judería und Wein aus ganz Kastilien, stolperte er singend über den Hof.

Es wurde spät, bis herrliche Düfte den Hof durchzogen und Berenguela und Isabella das Essen auftrugen. Ymmes Nase machte Thymian, Knoblauch, Zitrone, Lorbeer und Oliven aus, und über allem lag der schwach beißende Geruch von Holzkohle.

»Du hast mir Glück gebracht, Doña Iume de Lubicensis«, lallte Ibn Hamdus, der zusammen mit dem Zwerg in einer Ecke saß, und trank ihr mit einem Gläschen einer glasklaren Flüssigkeit zu.

Ymme nippte gehorsam an dem Trank, den Berenguela ihr nach dem geschmorten Feldzicklein, dem Eintopf auf weißen Bohnen, Rüben und Golddisteln und dem Rebhühnchen mit Kohl sowie dem würzigen Schafkäse hingestellt hatte. Er verschlug ihr vor Schärfe den Atem. Nach dem ersten Schlückchen klärte er aber auch ihre Gedanken, denn endlich begriff sie, daß es ein armes Haus war, an das sie sich vertraglich gebunden hatte. Der Reichtum mußte vom verstorbenen Bruder stammen – und vielleicht bestand er nur aus dem prachtvollen Anwesen.

»Al-Barquq«, schwärmte der Meister mit träumerischem Blick, »die Pflaume ist die Frucht des Paradieses: saftiger als die Feige, köstlicher als die Naranja, süßer als asch-Schekkar. Und vergoren bringt sie himmlische Freuden.«

»Welch ein Segen, daß du dir die himmlischen Freuden

nicht jeden Tag leisten kannst. Es könnte leicht sein, daß dann noch weniger Patienten deinen Rat suchen würden«, bemerkte Isabella säuerlich, aber nicht allzu laut.

Doch hatte Don Isa mit der hellhörigen Empfindlichkeit eines leicht Angetrunkenen sie sehr wohl verstanden. »Glaubst du, ich hätte noch nicht einmal den Verstand eines Schädelpolierers? Mäßige deine Zunge, Isabella«, brauste er auf. »Wenn ich mir auch kein zweites und drittes Weib nehmen werde wie ein Muslim, so kann ich mich doch leichter von dir trennen als ein Jude von seiner Frau.«

Statt aller Worte lachte Isabella meckernd. Hinter den falschen Tönen konnte Ymme unschwer ihre Angst heraushören, aber derzeit waren ihr die Sorgen anderer gleichgültig, sie kämpfte mit ihren eigenen: Wenn die ärztliche Praxis des Hakim so klein war, daß sie nicht jeden Tag genug zum Leben einbrachte – wann würde sie dann ihre Lehre beenden? Worauf, um Gottes willen, hatte sie sich eingelassen?

Am nächsten Morgen war sie früher auf als alle anderen, und sie wäre, immer noch ratlos, stillschweigend auf den Markt gegangen, wenn der Zwerg ihr nicht im Innenhof entgegengetaumelt wäre. Sein Kopftuch war unordentlich gewickelt und sein fast dreieckiges Gesicht jämmerlich bleich. »Der verfluchte Pflaumenschnaps!« wimmerte er mit halbgeschlossenen Augenlidern. »Beim Barte meines elfenbeinfarbenen Ziegenbocks: Ich schwöre, ich rühre ihn nie wieder an!«

»Hast du Kopfschmerzen?« fragte Ymme.

»Wie kannst du fragen, blondes Weib!« Der Zwerg zog eine Grimasse und breitete dann seine dünnen Arme aus. »Dreimal so breit ist die Öffnung des Bab al-Mardum. Aber ob du's glaubst oder nicht: ich bin lieber in das Bad am Platz der Brunnen gegangen. Für meinen Kopf gibt es heute kein passendes Tor!«

»Soll ich dir eine Medizin machen?« fragte Ymme hilfsbereit, obwohl es weder ihr Haus noch ihre Kräuter waren.

Der Zwerg zog die Arme ein und starrte sie an. »War deine Frage zweifelhaftes Romanisch nach fränkischer Art, oder war dein Angebot echt?«

»Ich meinte einen Trank gegen deine Kopfschmerzen.«

Der Kleine schüttelte erstaunt den Kopf und rollte schmerzverzerrt mit den Augen. »Noch nie hat jemand eine Medizin für mich gemacht. Mein Kopf ist fast leer, aber ein Gedichtchen befindet sich noch darin, und das möchte ich dir zum Dank schenken. Es ist nicht von mir, aber fast so gut, als hätte ich's selber gemacht. Hör zu:

›Zertritt nicht die winzige Ameise,
die da ein Korn schleppt.
Sie hat ein Leben wie du
und will's nur in Frieden genießen.‹«

Ymme ging spontan auf ihn zu und umarmte ihn. »Danke! Mir hat noch nie jemand ein Gedicht geschenkt.« Des Zwergs Gesichtszüge wechselten von Geniertheit über Verwunderung zu Freude. Er klatschte in die Hände und griff sich dann an den Kopf. »Tut mir leid«, murmelte er. »Vor allem, daß ich dir deine Freude trüben muß. Es wird keine Medizin geben.«

Ymme schob ihn vor sich her in den Kräuterraum. Er sperrte sich wie die widerstrebenden Kinder im Preetzer Kloster. Genau wie Schwester Gunhilde hätte sie ihn beinahe mit »papperlapapp« zu beruhigen versucht. »Natürlich wird es«, sagte sie statt dessen, »natürlich.«

An der Schwelle packte den Zwerg wirkliche Angst. »Er erlaubt es nicht«, zischelte er und sah sich besorgt um. Der lange Gang zwischen den geweißten Wänden war jedoch leer.

Solche kindischen Einwände kannte Ymme ebenfalls. Mit den Händen auf dem Rücken sah sie sich um, ob sie ein Mittel finden konnte, das sie kannte. Hirschzungenfarnpulver, Veilchensaft und Apfelknospenöl waren gute Mittel gegen Kopfschmerzen, jedes zu seiner Jahreszeit.

An zwei Seiten des Zimmerchens waren deckenhohe Regale angebracht, an der dritten befand sich unterhalb des winzigen Fensterausschnitts ein Arbeitstisch. Krümel und ein benutztes Messer lagen darauf. Der Meister pflegte offensichtlich nicht Staub zu wischen. Als sie mit der Nase einem seltsam stechenden Geruch nachging, stieß sie auf ein Tiegelchen Fett, wahrscheinlich Butter; daneben weißes, ranziges Fett, das nach Bock stank, Öle mit runzeliger Haut, eingedickte Flüssigkeiten mit grünlichem Pilzbefall und eine Menge undefinierbarer Dinge.

Ymme stieg die Röte ins Gesicht. Esclarmondes Auffassung von Arzneimitteln war eine durchaus andere als die des Meisters: eingestaubte Blätter und überalterte Fette hatten nicht dazugehört. Regungslos entschloß Ymme sich zum Handeln. Sie würde nicht davor zurückschrecken, hier sauberzumachen.

Lediglich an der Übersichtlichkeit hätte auch Esclarmonde nichts zu bemängeln gefunden. In großen schwarzen Buchstaben waren die Medikamentenbezeichnungen auf den Tiegeln und hölzernen Röhrchen verzeichnet. Aber die Zutaten für den Kopfschmerztrank würde sie hier nicht finden.

Als sie sich zu dem Zwerg umdrehte, hatte der sich aus dem Staub gemacht.

Vom Ende des langen Ganges waren die Stimmen des Meisters und Isabellas zu hören. Sie stritten sich in abgehackten, gezischten Worten.

Ymme konnte und wollte nichts verstehen und trat aus dem Medizinraum, damit ihre Anwesenheit bemerkt wurde.

Isabella schwieg abrupt, der Meister aber machte wütende lange Schritte, bis er vor Ymme stand. »Was machst du hier?« herrschte er sie an.

Ymme ließ sich nicht einschüchtern. »Ich suchte eine Medizin«, erklärte sie, »aber bevor man hier etwas findet, muß man erst einmal saubermachen. Ich kann mir nicht denken, daß Ihr ranziges Fett und stinkende Exkremente für irgendeine Medizin benötigt, noch nicht einmal als Brechmittel.«

Die Wut des Meisters mäßigte sich. Seine schwarzen Augen verrieten argwöhnische Wachsamkeit, und doch stimmte er ihr unerwartet zu. »Wirf nichts fort, was noch brauchbar ist«, befahl er nörgelnd und setzte sich wieder in Bewegung.

Ymme nickte stumm hinter ihm her. Geizkragen, dachte sie.

Sie arbeitete den ganzen Vormittag.

Als sie kurz vor dem Beginn des Unterrichts fertig war, standen nun leere Töpfe, Tiegel, Schalen, Kästchen und Röhrchen auf dem gesäuberten Regal. Pulver, soweit sie trocken waren und ihren Eigengeruch aufwiesen, hatte sie nicht angerührt, genausowenig wie stark duftende Öle und Säfte in verschlossenen Glasgefäßen. Sie brachte den Kübel mit dem unappetitlichen Gemenge überalterter Flüssigkeiten, Pulver und Fette in den Brunnenhof und rannte dann mit einem vollbeschriebenen Blatt Papier in den Unterrichtsraum. Nun besaß sie eine eigene Aufstellung von Arzneimitteln – Bestandsliste einer kompletten Hausapotheke und Einkaufsliste zugleich.

Isa ibn Hamdus al-Dschayyani warf ihr einen bösen Blick zu, als gelte der Arzneischatz weniger als der philosophische Geistesschatz. Aber selbst daran störte sich Ymme nicht. Immer wieder betrachtete sie heimlich ihre Notizen und versuchte sich vorzustellen, was hinter den geheimnisvollen Namen stecken konnte: Karuba, Chamäleoneier, Amlag-Früchte, Askabira, al-Charschuf, Wasser von ar-Ruz, Galbanum, Qurraisch barri, Rhizinussamen.

Während der Meister an diesem Tage dozierte, ohne sich unterbrechen zu lassen, warf Urraca schnelle, neugierige Blicke auf Ymmes Papier. In der Pause studierten sie es ungestört gemeinsam im Schutz eines Hofwinkels. Die Sonne stand bereits hoch am Himmel, die weißgekalkten Wände reflektierten ihre Helligkeit unangenehm grell. Ymme kniff die Augen zusammen.

»Mußt du jemanden vergiften?« raunte Urraca ihr ins Ohr. »Tut es nicht auch ein Messer? Ich könnte dir ein scharfes leihen.«

»Urraca!«

Urraca schüttelte sich vor Lachen, als sie Ymme so entsetzt sah. »Sind alle, die am Rande des Eises wohnen, so unterkühlt wie du? Laß mich raten! Bestimmt hatte Gott alle heiße Materie schon für die kastilische Hölle aufgebraucht. Für euch blieb einfach nichts Feuriges mehr übrig. Ihr Ärmsten!«

»Nein, das glaube ich nicht«, widersprach Ymme und lachte mit.

»Hühnchen, die morgens gackern, werden mittags aus dem Tontopf geklopft«, warf ihnen hämisch Ibn Daud zu, der mit dem schmächtigen stillen Jüngling, auf den er unaufhörlich einredete, durch den Hof wandelte. Im Vorübergehen köpfte er eine der Geranien, die die Wände schmückten.

Urraca streckte ihm die Zungenspitze heraus.

»Ich kenne diese Bezeichnungen nicht«, bekannte Ymme. »Weißt du, worum es sich handelt?«

»Nur zum Teil. Ar-Ruz natürlich, der Reis; al-Charschuf ist die Artischocke, die anderen kenne ich nicht. Sie sind nicht gebräuchlich. Am besten fragst du einen Übersetzer; die haben schließlich täglich damit Umgang.«

»Was für Übersetzer?« fragte Ymme nach einer Weile. Sie mußte sich den fremden Begriff erst auf der Zunge zergehen lassen, bevor sie begriff, daß es Leute gab, die Worte von einer Sprache in die andere übertrugen.

»Es gibt eine bekannte Übersetzerschule am Platz der Brunnen«, sagte Urraca. »Aber in der Judería arbeiten auch welche. Vom Arabischen ins Kastilische, vom Syrischen ins Hebräische, von beiden ins Lateinische; Griechisch können auch einige: außer Lübeckisch kannst du bekommen, was du willst. Und bezahlst.«

Ymme stieß einen Seufzer aus. Das war der Haken. Die Bezahlung. Das Übersetzen war ein Beruf wie der Fischfang und das Kornmahlen. Der Käufer kaufte nicht den Fisch oder das Mehl, sondern das lateinische Wort.

Als die Unterrichtsstunde vorüber war, stellte Ymme beschämt fest, daß sie nicht einmal eine Ahnung vom heute abgehandelten Unterrichtsstoff hatte. Aber der Meister hatte nichts dagegen, daß Ymme am nächsten Tag auf den Markt ging, um Ersatz für die fortgeworfenen Medikamente zu besorgen. Außerdem teilte er ihr mit, daß nach der Mittagsruhe die erste medizinische Lesung angesetzt sei.

Aufs höchste gespannt saß Ymme lange vor der verabredeten Zeit auf ihrem Kissen und wartete auf ihre Mitschüler.

Daß es andere sein würden als während des philosophischen Unterrichts am Vormittag, war ihr klar.

Als der Meister kam, war sie immer noch allein.

Ibn Hamdus äußerte sich dazu nicht, sondern schlug das Buch auf. Im Raum und auf dem Hof war es so still, daß Ymme die Buchblätter rascheln hörte. »Ich lese aus dem Buch ›Wiege der medizinischen Weisheit‹, das mein Bruder Juhannu ibn Hamdus al-Dschayyani für die Unterweisung seiner Schüler verfaßt hat. Als einzigem unter seinen Verwandten hat er mir die Lizenz erteilt, weiter daraus zu unterrichten. Es gibt nirgendwo jemanden, der dir diesen Unterricht bieten könnte, außer mir. Verstehst du?« Er blickte Ymme forschend an, und sie nickte überwältigt. Aber sie fragte sich, welche Rolle das spielen sollte.

»Ich beginne mit den Ursachen und dem Wesen der Krankheiten bei Frauen. Bekanntermaßen bedeutet Gesundheit eine harmonisch ausgeglichene Mischung der vier Kardinalflüssigkeiten, Blut und Schleim, gelbe und schwarze Galle. Krankheit entspricht infolgedessen einer fehlerhaften Säftemischung oder einer Veränderung dieser Säfte, man nennt es Dyskrasie. Das Gegenteil davon, die Eukrasie, ist der normale Stoffwechsel, die richtige Zufuhr, die ordentliche Ausfuhr. Vor allem bei der Frau ist die ungenügende Ausscheidung ein Hauptübel und die häufigste Ursache von Erkrankungen. Sie braucht in besonderem Maße die Reinigung, mehr als der Mann. Deshalb ist die Reinigung des Mannes unregelmäßig, zum Beispiel durch die Ausscheidung vermittels der Hämorrhoiden; und bedarf daher gelegentlich der Nachhilfe durch den Arzt oder den Bader mit Egeln oder Schnäpper.

Ist die Dyskrasie bei der Frau eingetreten, so kommt es nur in den seltensten Fällen zu einem Ausgleich der Primärqualitäten. In den meisten Fällen sammelt sich dagegen die Krankheitsmaterie an, bei Allgemeinkrankheiten im ganzen Körper, bei Lokalkrankheiten an bestimmten Stellen. Wenn die Natur den Kampf mit der Materie aufnimmt, so wird diese von der Naturheilkraft mit Hilfe der Körperwärme gekocht: der Mensch bekommt Fieber oder eine lokale Entzündung, und das Ergebnis dieses Stadiums ist die Ausscheidung von Stuhl, Harn, Milch, Schweiß und so weiter. Ja?«

Ymme hatte fasziniert zugehört. Dies war endlich der Unterricht, auf den sie die ganze Zeit gewartet hatte. Da sie wußte, daß der Meister sich ganz gerne unterbrechen ließ, hob sie ohne Scheu die Hand. Er runzelte zwar die Stirn, aber davon ließ sie sich nicht abhalten. »Sind Männer und Frauen in dieser Beziehung gleich?«

»Ja, ja, gewiß«, bestätigte Ibn Hamdus und fuhr fort. »Das wichtigste Organ der Frauen ist die Gebärmutter. Sie ähnelt einem großen Schröpfkopf mit zwei Hörnern, die ihre Bewegungen weich abfangen sollen. Manche sagen, daß die Gebärmutter wie ein Tier unaufhörlich umherwandert und erst in der Schwangerschaft zur Ruhe kommt.«

Ymme meldete sich wieder. »Behauptet das auch Soranos, Hakim?« Sie war stolz auf ihre Kenntnisse über Soran; wenn es auch bitter wenig war, wollte sie doch gerne ihrem Lehrer zu verstehen geben, daß sie sich mit den Grundlagen der Medizin bereits befaßt hatte. Aber in diesem Fall kam der Umstand hinzu, daß sie Soran anders in Erinnerung hatte. Frau Cornela hatte zwar weniger über die Gebärmutter als über das Auge gesagt, aber nachdem sie beim Auge sogar die einzelnen Schichten und Häute unterschieden hatte, wäre es ihr bestimmt nie eingefallen, die Gebärmutter wie einen Frosch zu schildern. Ymme fürchtete fast: Soran auch nicht.

»Was auch immer Soranos sagt, ist gleichgültig. Mein Bruder, Gott habe ihn selig, sagt, und betroffene Frauen bestätigen, daß Hysterie entsteht, wenn das Tier in ihnen nicht zur Ruhe kommt. Die christlichen Kleriker empfehlen in solchem Fall klösterliche Abgeschiedenheit, um das Tier durch Gesang und Handarbeit zu beruhigen.«

Doña Iume schwieg höflich, aber Ymme, die Urenkelin der ungezähmten Hodica, mußte sich auf die Lippen beißen, um die rebellischen Worte zurückzuhalten. Sie konnte nicht glauben, daß ein wesentlicher Teil ihres Körpers tat, wozu er Lust hatte, ohne ihren Willen zu berücksichtigen. Ymme senkte den Kopf und preßte die Nägel in die Handflächen.

»Kommt es aber zur Schwangerschaft und wächst der Fetus, das Kind also, ernährt es sich von den Kotyledonen, napfartigen Vertiefungen in der Gebärmutter, indem es an diesen saugt. So wird es an den Saugvorgang gewöhnt.«

Ymme beruhigte sich langsam wieder. »Meister?« fragte sie schüchtern, »würdet Ihr mir noch eine Frage zum Vorherigen erlauben?«

Er tat es widerwillig.

»Kann ein Arzt das Tier bei einer Untersuchung dingfest machen?«

Ibn Hamdus stöhnte laut. »Es ist eine üble Angewohnheit von euch jungen Leuten, die Weiseren beim Lehren zu unterbrechen. Der Stoff über die ›Praktischen Erfahrungen im Paradies des Weibes‹ wird in etwa sechs bis sieben Jahren gelesen werden, vorher nicht. Wenn du immer wieder unterbrichst, dauert es noch länger.«

Ymme nickte schreckerfüllt. »Gibt es denn auch beim Mann ein solches Tier?«

»Natürlich nicht«, widersprach der Hakim entrüstet. »Nie darf ein Mann es soweit kommen lassen, daß er das Gefühl hat, ein Tier herrsche in ihm! Die Frauen aber sind von ihrer Natur her schwächer, sie brauchen sich deswegen nicht zu schämen. Don Juhannu schreibt an anderer Stelle, daß Platon jungen Männern, die übermäßig in die Höhe schießenden Bäumen gleichen, empfiehlt, tüchtig zu koitieren. Sonst können sich melancholische Zustände einstellen.«

»Ist das nicht dasselbe wie Hysterie?«

»Das Gegenteil«, antwortete der Meister, nun allmählich aufgebracht. »Das Gegenteil. Deshalb sollen die Frauen ja ins Kloster, die Männer aber ins Hurenhaus.«

Ymme nickte. »Dann habe ich nun auch verstanden, warum der gute Gärtner das Aufschießen durch Verschneiden verhindern muß: damit die Nahrung zu den Ehefrauen und nicht zu den Huren kommt.«

Dem Meister traten die Augen aus den Höhlen. Vor Empörung wußte er nichts mehr zu sagen. Steifbeinig erhob er sich und verließ den Unterrichtsraum. Er hatte gleich geahnt, daß eine fremdländische Schülerin Probleme bereiten würde, selbst wenn es nur Sprachschwierigkeiten waren.

Ymme notierte beschwingt die letzten Worte des Meisters. Sie ahnte nicht, warum er die Stunde beendet hatte, aber vermutlich hatte ihn ein innerer Gong zum Essen oder Ähnlichem gerufen. Sie aber hatte endlich das Fadenende der medizinischen Wissenschaften in die Hände bekommen, und an ihm würde sie ziehen, bis sie alles vor sich ausbreiten konnte.

Ein Lied summend kehrte sie in ihren Schlafraum zurück.

Kurz nach dem Abendruf des Muezzins, an den sie sich nun schon gewöhnt hatte, wurde Ymme von der aufgeregten Berenguela geholt. Der Meister sei nicht im Hause, erklärte sie hastig, Isabella bei einer Nachbarin, und der Zwerg hokke vermutlich im Freudenhaus bei der üppigen Rothaarigen, die drei von seiner Sorte auf einmal bedienen könne.

Neben dem Tor stand ein kleiner Junge mit tränenüberströmtem Gesicht. Er umklammerte fest das Handgelenk der linken Hand, an der die zwei äußersten Finger in unnormalem Winkel abgespreizt waren.

»Er wußte sich keinen Rat, als zu uns zu kommen«, berichtete Berenguela. »Er ist der Sohn meines Vetters, aber Chaldun reist gerade über Land. Er besucht seine Lumpenaufkäufer.«

Ymme achtete nicht auf ihr Geschwatze. Sie setzte den Jungen auf den Brunnenrand und untersuchte die Finger behutsam. Sie waren eindeutig gebrochen und das Fleisch rund um die Bruchstelle teigig wie eine Pastete. »Warum bist du nicht gleich gekommen, als es passiert war?« fragte sie ihn liebevoll. »Jetzt muß ich dir Schmerzen bereiten, auch wenn ich es überhaupt nicht will.«

Er sah sie starr an, ohne zu antworten.

Berenguela redete auf ihn ein, und Ymme verstand kein Wort. »Er ist einverstanden«, sagte sie schließlich. »Er hält dich für eine Teufelin, aber es macht ihm nichts aus. Mut fehlt ihm nicht, und ein Krüppel will er nicht werden.«

»Warum soll ich eine Teufelin sein?« fragte Ymme abwesend, während sie darüber nachdachte, wie sie ohne den Zwerg eine hölzerne Schiene besorgen konnte. Der Kräuterraum enthielt fast nichts mehr, und Verbandmaterial war nie darin gewesen. Im Garten hinter dem Haus gab es keinen Baum und im Hof nur zwei Vogelkäfige – die allerdings aus lauter ebenmäßig runden, sauber geschälten Ästen zusammengebaut. Für zwei kleine Jungenfinger genau richtig.

»Weil du gemerkt hast, daß er nicht gleich herkam«, sagte Berenguela und schüttelte stellvertretend für die Mutter des Jungen den Kopf. »Die Finger stehen ab wie gebrochene Radspeichen, und der Racker geht angeln!«

»Als er angelte, standen sie noch nicht ab. Glaubst du, man kann die Finken in einen Käfig zusammensperren?«

»Soll der Junge in den anderen?« Berenguela war entsetzt, während der Kleine tapfer seine Hand in die Höhe hielt und auch nicht mehr weinte.

Ymme schüttelte den Kopf. »Ich brauche die Stäbe für seinen Verband.« Dann fiel ihr etwas Besseres ein. »Oder weißt du, wo der Hakim seine Schreibrohre aufbewahrt?«

Berenguela sah sie zweifelnd an, dann die Vogelkäfige, schließlich ihren Verwandten. Endlich entschied sie sich und rannte ins Haus.

Nach einer Weile brachte sie mehrere noch nicht zugespitzte Schreibfedern zu Ymme. »Wenn die Finken sich grämen, hat keiner von uns gute Stunden«, sagte sie, nicht ohne den Vögeln einen bösen Blick zuzuwerfen. »Die Rohre wird er verschmerzen können.«

»Man kann ja auch wieder welche besorgen.«

Berenguela verzog die Mundwinkel geringschätzig nach unten. Als sie aber sah, wie sachkundig Ymme die Knochen in ihre richtige Lage versetzte, die Rohre abpolsterte und die ganze Hand schiente, stieg ihre Achtung ein wenig, gerade so viel, daß sie sich nicht mehr abfällig über sie äußern würde. Der Zwerg war schon nach wenigen Tagen ein Opfer dieser Franca rubia gewesen, aber sie war zum Glück kein Mann.

11. Die Übersetzerschule des Don Zag

Der Meister befahl dem Zwerg, Ymme beim Einkaufen der Arzneimittel zu begleiten, zum Weisen des Weges, zum Dolmetschen, zum Tragen der Arzneimittel. »Eine Frau aus meinem Haushalt geht nicht allein auf den Markt«, hatte er mit solcher Würde gesagt, daß sie keinen Widerspruch gewagt hatte.

Der Zwerg, quirlig wie ein Lachs im Holzbottich, lief bald neben ihr, bald vor ihr her, schob Leute beiseite und rief »Platz da!«, griff sich eine Nuß oder eine Frucht von den Marktständen und ließ Ymme probieren.

Nun kannte sie bereits manche Gesichter; die Verkäufer an den Ständen waren immer dieselben und die Käufer anscheinend auch. Der junge dunkelblau gekleidete Gelehrte, der stets eine flüchtige Verbeugung andeutete, begegnete ihr fast jeden Tag.

Unwillkürlich schweiften ihre Augen zum Buchhändler hinüber; er saß und blätterte in einem Buch, als sei er der Käufer und nicht der Verkäufer. Hinter ihm strömten junge Leute aus dem umfriedeten Moscheenbezirk heraus, Studenten, die in der Madrasa die Fächer lernten, die der Hakim ihr am ersten Tag aufgezählt hatte, Muslime, Juden, Christen, ohne Unterschied. Aber die meisten Lehrer lehrten in arabischer Sprache. Ymme seufzte unwillkürlich.

Der Zwerg hüpfte jenseits eines Standes auf und nieder, um ihre Aufmerksamkeit einzufangen, als Ymme von hinten angesprochen wurde. Sie erkannte ihn sofort: Chaldun, der Papierhändler, in einem prachtvollen weiten Gewand, das aus lauter bunten Leinen- und Seidenstreifen zusammengesetzt und auffällig wie eine Nuß im Klingelbeutel war.

»Lebe tausend Jahre. Wir wußten nicht, daß es im Lande der Franken Hakimas gibt, die sich der Finger kleiner unnützer Jungen annehmen«, sagte der junge Mann überschwenglich. »Das Geschrei, das er anfangs machte, als er bei seiner Mutter angekommen war, schien darauf hinzudeuten, daß du die Finger abgehackt hättest, aber heute früh war er ganz zufrieden. Er kann sie schon ein wenig bewegen.«

»Aber das ist doch genau das, was er nicht soll!« Ymme war ärgerlich. Sie hatte es ihm mehrmals gesagt.

»Die Helden seiner Geschichten und Märchen kennen auch keinen Schmerz!« Der Papierhändler lächelte sie an, aber Ymme war auf der Hut. In seinen Augen schimmerte Begehrlichkeit, und sie hatte keine Absicht, auf eine verfeinerte, arabische Version eines Everard Scharpenberg hereinzufallen.

»Vermutlich wollen die Helden seiner Geschichten sterben?« fragte Ymme. »Hat er das auch vor?«

»Nein! Wie kannst du das glauben, Doña Iume aus dem Frankenland? Er ist mein Ältester, ein sehr verständiger Junge. Er wird die erste Papiermühle in Tulaytula bauen!«

»Dann richte ihm aus: Für ein Handwerk benötigt er alle Finger, die Gott ihm gegeben hat. Er soll sich nicht darüber erhaben dünken. Sende ihn noch einmal zu uns, damit der Meister meinen Verband überprüfen kann.«

Chaldun sah einen Augenblick irritiert aus.

»Chaldun«, warf der Zwerg ein, der sich zwischen den Beinen von Menschen, Eseln und Verkaufstischen hindurchgeschlängelt hatte und nun plötzlich zwischen dem Papierhändler und Ymme auftauchte, »du störst uns beim Einkauf. Wir müssen unseren Kopf frei haben für Pflanzen und Medikamente, deren Namen du noch nicht einmal gehört hast.«

Ymme mußte lachen. Sie legte ihre Hand begütigend auf die Schulter des Zwerges und verabschiedete sich vom Papierhändler. Über den kleinen Patienten war alles gesagt.

Chaldun dünkte Ymme trotz des schirmenden Tuches über Kopf und Schultern blonder und begehrenswerter denn je. In seinen Lenden zuckte es begehrlich. Er schmunzelte und legte seine Hand über die verräterische Ausbuchtung, als er der jungen Frau nachblickte, für die der Zwerg nun wie eine Pflugschar eine Gasse pflügte. Sein Lächeln verschwand, während er die anwachsende Härte unter seinem Gewand spürte.

Unterhalb des Kastells lag über der Straße, die auf den Suq al-Dawabb mündete, ein höllischer Lärm. Der Zwerg machte einen freudigen Luftsprung, kreuzte die Beine in den weiten Pluderhosen wie eine Schere und schlug sie mit einem Knall zusammen. Dann machte er die Geste des Geldzählens zu Ymme hin. »In zwei Tagen ist das beste Rennen dieses Jahres angesetzt. Ich zeige dir meine Favoritin.«

Ymme hatte nicht das Herz abzulehnen, obwohl sie um die ausgestellten Windhunde am liebsten einen großen Bogen geschlagen hätte. Die Hunde waren in jämmerlich engen Käfigen untergebracht und diese dicht an dicht zusammengerückt worden. Der Gestank ihres Urins, das Knurren und Zähnefletschen, der gewaltsam unterdrückte Drang nach Rangkämpfen machten die Tiere wild und spornten ihre Kampfwut über ihren Selbsterhaltungstrieb hinaus an. Aber Ymme sah auch Hunde, die den Schwanz zwischen die Beine kniffen, die Augen verdrehten, die Ohren zurücklegten, bis sie flach auf dem Hals lagen, und deren Beine hölzernen Säulen glichen.

Der Zwerg hatte seine Favoritin gefunden: ihr Besitzer hatte sie aus dem hölzernen Verschlag geholt und präsentierte sie mit geflüsterten Worten einem Mann, der zu den kastilischen Stadtherren zu gehören schien. Überhaupt waren hier viele Kastilier, und die Franken aus dem Barrio de los Francos zwischen dem Alficén und Santa Magdalena drängten sich überall neugierig und zudringlich hinein. »Er hat sie erst vor zwei Wochen einem Engländer abgekauft«, raunte der Zwerg in Ymmes Ohr, nachdem er sie zu sich heruntergezogen hatte. »Auf der Bahn gehen ihre Füßchen wie Trommelschlegel, und sie trägt ihren Hals wie die stolzeste Huri. Ahh, schön! Sie wird gewinnen, glaub mir!«

»Der Hakim wartet auf seine Arzneimittel«, mahnte Ymme.

»Ja,ja«, stimmte der Zwerg mit listiger Miene zu, »aber was nützt ihm das schon?«

Ymme setzte sich resolut in Bewegung. »Pff«, fauchte der Zwerg und übernahm wieder die Führung.

Der Apotheker hatte sein Haus am Blutbogen, ein respektables zweistöckiges Haus, dessen der Straße zugewandter Teil seinem Gewerbe vorbehalten war. Hinter der blendendweißen Mauer seines Anwesens blühte ein Apfelbaum, und die filzigen Blätter eines Quittenstrauchs streuten graue Tupfer in die weiß-rosafarbene Pracht.

Der Zwerg stieß die Tür auf, die mit dem Klingen eines Glöckchens an die Wand schlug. Ein kleiner, eingeschrumpfter Mann unter dem grünen Turban des Sayyid wog an einem hochbeinigen Tischchen Pulver ab, notierte die Mengen und legte die gewogenen Teile getrennt von anderen in gläserne Schälchen. Endlich klappte der Apotheker die Arme der Waage zusammen und wandte sich ihnen zu.

Der Zwerg machte eine flüchtige Verbeugung. »Es gibt keinen Gott außer Gott, und Muhammad ist der Prophet Gottes«, murmelte er.

»Glück und Gesundheit dir selber, deinen drei Söhnen und fünf Enkeln, al-Qurtubi.«

»Allah hat mich überreich beschenkt«, bestätigte der Apotheker, ein alter Mann mit einem intelligenten, ernsten Gesicht. »Hast du dich hierher verirrt, Zwerg? Bist du sicher, daß du nicht Rosenöl beim ᶜAttar holen solltest?«

Für Ymme klangen die Worte des Apothekers abweisend, aber am Zwerg perlten sie ab. Er sprang auf eine Tonne, breitete die Arme aus und deklamierte mit einschmeichelnder Stimme: »Es ist kein Geheimnis, daß deine Arzneimittel die besten in der Stadt, ja sogar im ganzen Dschibal Tulaytula sind. Die Stadt Kurtuba muß an Medizinen verarmt sein, seitdem du sie verlassen hast. Was den ᶜAttar betrifft, nun, mein Meister hat beschlossen, nur noch das Beste vom Besten zu kaufen. Duftwässerchen für Sinnestäuschungen kommen nicht mehr in Frage.«

»Aha. Kann er meine Arzneien denn bezahlen?«

Wie ein Gaukler schlug der Zwerg vom Deckel der Tonne herunter ein Rad, zauberte einen Beutel aus dem Gewand und schüttelte klingende Münzen über dem Ladentisch aus. Zwei Darahim rollten über den Rand hinaus. Er verschränkte die Arme und sah den Apotheker mit einer Mischung aus Triumph und Genugtuung an.

»Nur ein reicher Mann kann sich Unhöflichkeit gestatten. Ich bin es nicht.« Der Apotheker bückte sich schwerfällig und tastete unter einem Schränkchen nach den Münzen. Als er sie gefunden hatte, strich er sich kaum sichtbaren Staub von den Knien. Er atmete angestrengt und brachte schnaufend heraus: »Und dein Herr muß jetzt sehr reich sein.« Ymme war beschämt. Aber der Zwerg ließ sich nicht beirren. »Wir brauchen eine große Ausstattung«, erklärte er mit weit ausholender Geste über die Regale. »Eigentlich alles, was ein Arzt benötigt. Ich habe hier die neue Schülerin von Isa ibn Hamdus mitgebracht. Sie hat die medizinischen Fächer bereits bei berühmten Hakimen im Frankenland studiert und weiß auch ein bißchen über die bei uns gebräuchlichen Arzneimittel Bescheid.«

»Es gibt in Narbonne einen jüdischen Arzt«, merkte der Apotheker an, »einen weiteren bei den Hospitalitern in Saint-Gilles und einen bei den Benediktinern in Lyon. Berühmte Ärzte sind nicht bekannt.« »Berühmte Ärzte haben es nicht nötig, einem kleinen Apotheker aus Tulaytula bekannt zu sein.«

Ymme legte dem Apotheker schnell ihre Liste vor. Dieser warf noch einen erbosten Blick auf den Zwerg und nahm dann Ymmes Papier zur Hand. Nach einer Weile richtete er seine Worte in kollegialem Respekt an Ymme.

»Der Zwerg hat nicht gelogen. Wer diese Medikamente zusammengestellt hat, ist Arzt. Ich entschuldige mich bei dir und ihm und hoffe, daß ich dich selbst mit meinem Mißtrauen nicht gekränkt habe.« Noch bevor Ymme den Irrtum richtigstellen konnte, eilte er in die nicht einsehbaren Räume seiner Apotheke davon.

Ymme warf einen fragenden Blick auf den Zwerg, und dieser winkte mit verächtlicher Gebärde ab.

Sie hörten den Apotheker auf der anderen Seite der Trennwand hin- und hergehen, eine Tür schlug auf und wieder zu, ein unsichtbarer Helfer stellte etwas Schweres auf dem Boden ab.

»Sayadilah, nun beeile dich«, murrte der Zwerg, aber er wagte nicht, den Apotheker noch mehr herauszufordern. Seine schnelle Verwandlung vom ungern gesehenen Schnorrer zum finanzkräftigen Kunden reichte für heute.

Nach langer Zeit kam der Apotheker mit einem ganzen Korb gefüllter Papiertütchen zurück, den er vor Ymme hinstellte. »Einige Grundstoffe fehlen mir leider«, bekannte er. »Früher wurden Medikamente dieser Zusammensetzung häufig aus dem Maristan geordert, aber das ist schon einige Zeit her, deshalb habe ich mir abgewöhnt, sie vorrätig zu halten. Ich werde versuchen, sie in Kurtuba besorgen zu lassen. Wenn du mir zehn Tage Zeit gibst, wird alles zu deiner Zufriedenheit hergestellt sein. Ich werde es ins Haus deines Meisters schicken lassen.«

Der Zwerg war hoch zufrieden mit der ehrerbietigen Behandlung, wie Ymme mit einem Seitenblick feststellte, dagegen war ihr selber höchst unbehaglich zumute. Aber jetzt war es zu spät für eine Erklärung.

Der Apotheker übergab dem Zwerg den Korb. »Die ›Hände der Götter‹ sollten einem alten Ziegenbock wie dir nicht anvertraut werden. Glaubst du, du schaffst es, sie unbeschädigt und unbeschmutzt nach Hause zu tragen, oder soll ich dir einen Träger mitgeben?« Sein Sarkasmus richtete sich ausschließlich gegen den Zwerg. Vor Ymme verbeugte er sich tief und ging ihr bis zur Tür voraus.

Erst als sie außer Sicht waren, kehrte er in die Apotheke zurück, und Ymme befahl den Zwerg an ihre Seite. Dieser schleppte schwer an dem Korb, der fast auf dem Boden schleifte, und maulte, als Ymme ihn rief. »Warum warst du dem Apotheker gegenüber so respektlos?« fragte sie ungehalten. »Er kann deine Achtung erwarten, nicht nur, weil er die Wissenschaften studiert hat, sondern auch, weil er alt ist.«

Bis in Sichtweite des Tors zu ihrem Darb hielt der Zwerg beleidigt den Mund. Dort aber klappte er ihn staunend auf: »Kundschaft.«

Vor dem Tor lag ein Mann auf dem Boden, und um ihn scharten sich diejenigen, die immer auf die Straße stürzen müssen, wenn Ungewöhnliches vor sich geht. Als Ymme die Blutlache sah, fing sie an zu laufen. »Warum tragt ihr ihn nicht hinein?« Ihr vorwurfsvoller Ton stieß auf Achselzucken.

Der Zwerg schaute neugierig auf den Mann hinunter. »Wer soll öffnen, wenn ich nicht da bin?«

Ymme sah, daß es dem Mann schlechtging; sein Blut floß auf der Straße statt durch seinen Körper.

»Kannst du ihm helfen?« fragten die Frauen drängend.

»Nein!« rief Ymme. »Wie soll ich das können? Ich bin ja Schülerin! Aber mein Meister wird wissen, was zu tun ist.«

»Dein Meister wird es nicht wissen«, sagte eine energische klare Stimme aus dem Hintergrund der Frauengruppe. »Dein Meister ist ein Philosoph – kein Arzt.«

Ymme drehte sich hastig zum Zwerg um. Sie schüttelte ungläubig den Kopf und stotterte beinahe. »Kein Philosoph, nicht wahr, Zwerg?« Einen Augenblick sah der Zwerg verlegen aus. »Doch«, bestätigte er leise. »Ein Philosoph.«

Zwei Tage später, an einem Sonntag, lud der Zwerg sie so eindringlich zum Hunderennen ein, daß sie nicht das Herz hatte abzulehnen.

Sie nahmen den Weg durch die Judería zur Judenpforte auf dem kürzesten, aber wegen des Stadtteilmarkts und der Fleischhallen auch belebtesten Weg. Das Gedränge erwartungsvoller Menschen war schon am Stadttor groß; in der Ebene des Tajo, hinter dem Friedhof der Mozaraber, zwischen den königlichen Gemüsegärten und den Gärten von al-Hufra, zog eine nicht übersehbare Menschenmenge hinaus zur Rennarena. Der Zwerg schwatzte nach rechts und links, gab Wettips ab und machte hin und wieder Luftsprünge, um die Menschenmenge überblicken zu können.

Ymme folgte.

Hinter ihnen verklang schon das Klappern der Noria, und erste Landhäuser tauchten auf, als die Spitze des Zuges stockte und kleine Jungen zurückjagten: offensichtlich war man angekommen. Es dauerte lange, bis sich der Zwerg und Ymme durch das festgefügte Halbrund dichtgedrängter Männer gezwängt hatten, und weniger lange, bis der Zwerg ihnen in der vordersten Reihe einen Platz verschafft hatte. Die Toledaner wichen widerspruchslos zurück vor einem hellblonden weiblichen Gast mit einem Zwerg als Platzmacher – wie eine Sultana in einer der Taifas durfte sie beste Aussicht verlangen.

Während sie warteten, fingen die Wettmacher im Hintergrund an zu schreien, und der Zwerg verschwand vorübergehend. Als er zurückkam, hatte das erste Rennen schon begonnen. »Meine Huri ist in der dritten Runde dran«, berichtete er nervös.

Der Spurmacher mit dem blutigen Hasen an einem Seil hinter dem Pferd hatte die halbe Bahn schon überquert, als die ersten fünf Hunde nicht weit von Ymme losgelassen wurden.

Als sie an ihr vorbeikamen, kurz vor dem Ziel, hörte sie ihr Keuchen und fühlte einen warmen Luftstrom, dann waren sie schon vorüber. Bellen und Geschrei erfüllte die Luft, und Männer machten sich auf, ihre Gewinne einzufordern, während die Hundebesitzer die Tiere einfingen, bevor sie aufeinander losgingen.

Belustigt verfolgte Ymme die wirbelige Aufregung von Läufern und Zuschauern, bis die zweite Runde begann, in der zwei bekannte Sieger mitliefen. Viele Wetten, aber zu niedrige Gewinne, raunte der Zwerg in Ymmes Ohr und bekam recht, denn die Zuschauer kehrten mit mürrischen Mienen auf ihre Plätze zurück.

Der Favorit, ein häßlicher, langbeiniger Rüde mit wilden Augen, startete in der dritten Runde, zusammen mit der zierlichen Huri des Zwergs. Jeder Zuschauer wußte klar, welche vier Hunde unterliegen würden. Nur der Zwerg machte ein eigensinniges Gesicht. Als die Hunde anfingen zu laufen, kniff er trotzdem die Augen zu. »Verkünde du die Botschaft«, forderte er Ymme mit zitternder Stimme auf. Ymme bekam Mitleid mit ihm. Hoffentlich hatte er nicht zu hoch gesetzt.

Die Hündin des Zwergs war die kleinste. Als sie zurückblieb, wußte Ymme, daß der Zwerg sich verschätzt hatte.

»Was ist? Sag doch!« quengelte er.

Ymme wurde selber vom Fieber der Zuschauer ergriffen. Sie beugte sich vor und sah mit atemloser Spannung, daß der große Knochige nach beiden Seiten schnappte, als er mit zwei anderen um die erste Kurve preschte. Einer jaulte auf und blieb zurück. Der zweite, auf der Innenseite der Kurve, wurde aus dem Tritt gebracht und rutschte dem Favoriten unter die Läufe.

Die Huri des Zwergs, inzwischen dicht auf, übersprang das Knäuel von liegenden Gegnern. Ymme murmelte hinter ihren Fäusten voller Begeisterung: »Sie wird siegen. Sie siegt!« Dann riß sie die Arme hoch und wurde vom Zwerg umarmt, der außer sich war vor Glück.

Das Jubeln der wenigen Wettgewinner wurde vom tosenden Lärm der Hunde verschluckt, die immer verrückter wurden. Am närrischsten benahmen sich die Hunde, die gerade ihren Lauf beendet hatten, obwohl sie ausgepumpt waren. Der Favorit fing unter dem strafenden Schlag seines Besitzers an, um sich zu schnappen, und riß sich los. Wie ein wilder Wolf stürzte er sich auf die Siegerin und verbiß sich in ihrem ungeschützten Bauch. Beide Hunde gingen zu Boden, aber der Rüde ließ nicht los. Sein Besitzer, ein Mozaraberl, konnte den Fang des Favoriten nur mit großer Mühe lösen und ihn am Nacken davonschleifen.

Der Kastilier starrte entgeistert auf seine Siegerin hinunter. Sie gab im Liegen ein schwächliches Jaulen von sich und schien zu wissen, daß ihre Eingeweide aus einem Loch im Fell quollen.

Der Zwerg sprang über die Abgrenzung und zog Ymme hinter sich her. Als sie bei der Hündin und ihrem Besitzer ankamen, die von vielen Zuschauern umringt waren, standen dem reglosen Kastilier die Tränen in den Augen. Er hatte große Hoffnungen in sie gesetzt, aber jetzt war sie so gut wie tot. Der Zwerg schob Ymme nach vorn. Ohne sich zu bedenken, kniete sie sich neben dem verletzten Tier nieder und untersuchte es. Mehrmals teilte sie die kurzen grauen Haare über der Bißstelle, bis sie sich sicher war.

Ymme sah zu dem Kastilier auf. »Es ist nur diese eine Stelle, an der der Fangzahn durchgegangen ist. Alles andere heilt rasch. Ich werde versuchen, die Wunde zu schließen. Vielleicht überlebt sie.«

Der Kastilier war ratlos. Er schnaufte und antwortete nicht. Daß jemand, noch dazu eine Frau, einem sterbenden Hund das Fell verschließen wollte, ging über seinen Verstand.

Der Zwerg hopste in die Höhe und tauchte vor dem Gesicht des Kastiliers auf und nieder, bis er dessen unwillige Aufmerksamkeit einfing. »Du Flegel!« schrie er. »Die Hakima Doña Iume, Gelehrte zweier Länder, will deine Hündin retten, die schönste Huri von Kastilien, Siegerin über den berühmtesten aller berühmten Läufer. So sag wenigstens etwas, wenn du ihr schon nicht dankst!«

Durch den Kastilier ging ein Ruck. »Meinst du, du kannst sie wieder gesund machen?« fragte er ungläubig. »So daß sie wieder rennen und gewinnen kann?«

Ymme erschrak jetzt selber vor ihrer Kühnheit, aber es war zu spät, sich zurückzuziehen. »Ich will es versuchen.«

Während der Kastilier sich bedachte, schlossen die Zuschauer Wetten ab, ob die Hündin zu retten war oder nicht. Die meisten stimmten dagegen, bis ein alter Mann erbost schrie: »Was seid ihr alle für Schwätzer und Dummköpfe! Ibn Musqiq, der al-Baitar der königlichen Pferde auf dem Alficén ist, würde auch nie eins seiner Tiere aufgeben, ohne es versucht zu haben. Warum soll sie es nicht können?«

Der Zwerg, der anfänglich allein für Ymme gewettet hatte, sah seinen Wettgewinn nun bereits geschmälert, aber da es auch um die Ehre ging, machte er gute Miene zum bösen Spiel. Er begann die Einsätze anzunehmen.

»Gut«, sagte der Kastilier plötzlich. »Wer am Ertrinken ist, klammert sich an einen glühenden Nagel.«

Ymme fand keine Zeit, sich darüber zu ärgern, daß es für die Männer um eine Wette ging. Für sie handelte es sich um ein verletztes Lebewesen Gottes. Wer kranken Menschen half, mußte auch bereit sein, kranke Tiere zu behandeln. Es war keine Anmaßung, es war selbstverständliche Pflicht. Mit klopfendem Herzen begann sie ihre Arbeit.

Der Zwerg mußte helfen, was er halb geniert, halb stolz tat, während der Kastilier nur den Hund festzuhalten hatte. Schwungvoll goß der Zwerg Wasser aus einem Lederschlauch, das ein Zuschauer zu opfern bereit war, über die Darmschleife, die Ymme in ihrer hohlen Hand aufgefangen hatte. Sie war nicht lang und war außerdem unverletzt geblieben, eine wichtige Vorbedingung für die Heilung.

»Ist Wein zugemischt?« fragte Ymme erstaunt, weil das Wasser tief rosa war, obwohl sie kaum einen Tropfen Blut hatte entdecken können.« »Na ja, etwas vielleicht«, gab der Mann zu und rief ein schallendes Gelächter der Umstehenden hervor. Jeder wußte, daß ein Mudéjar, der schon vor dem Mittagsgebet Wein trinkt, auch sonst damit nicht sparsam sein kann.

Ymme war sehr zufrieden mit der Mischung; sie war geradezu ein Glücksfall. Sorgfältig putzte sie auch noch die winzigsten Körnchen von Sand von der rosagelb schimmernden Oberfläche des Darms. Wie eine schlaffe Wurstpelle vor dem Befüllen lag er in ihrer Hand und war, genaugenommen, auch nichts anderes. Vermutlich sah der Darm eines Hundes wie der eines Schweins aus – und wie der eines Menschen.

Schließlich schien er ihr sauber genug, um ihn vorsichtig durch das Loch zurückzuschieben, das der Fangzahn gerissen hatte. Dann entnahm sie dem unteren Ende ihres Kleids eine Nähnadel mit Faden, eine Vorsorge, die sie sich auf ihrer langen Wanderung angewöhnt hatte und die ihr schon mehrmals sehr nützlich gewesen war. Zum Nähen einer Haut allerdings noch nie. Sie schürzte die Haut der Bißstelle wie für einen Beutel, umwickelte sie mit dem Faden und stach schließlich mehrmals über den Kamm hin und her, bis sie den Faden gut verknotete und abriß.

Bevor der Zwerg sich erneut als Marktschreier betätigen konnte, legte sie ihm bittend die Hand auf den Arm. Er grollte nicht lange, daß er seine Hakima nicht anpreisen durfte. »Deine Huri ist so gut wie neu«, sagte er nur stolz zu ihrem Besitzer.

Der Kastilier glotzte ihn an, dann lockte er seine Hündin, und sie stakste ein wenig wackelig an seiner Seite davon. Die Zuschauer strömten wieder an ihre Plätze zurück, und das unterbrochene Rennen ging weiter.

Es dauerte noch einige Tage, bis Ymme sich entschloß, Urraca nach einem gelehrten Mann zu fragen, der ihr Rechtsauskunft geben konnte.

Urraca sah sie teilnahmsvoll an. »Ich hatte die ganze Zeit das Gefühl, daß du nicht auf dem schnurgeraden Wege warst. Allein, weil Philosophie ja auch zu den Studienfächern gelehrter Ärzte gehört ...«

Ymme nickte grimmig. Der Meister hatte der Versuchung nicht widerstehen können, eine zahlungskräftige Schülerin aufzunehmen. Er hatte nicht davon gesprochen, was sie bei ihm nicht lernen würde – und sie hatte auch nicht gefragt. Der Irrtum war ganz allein ihre Schuld. Jetzt mußte sie zusehen, wie sie wieder herauskam. »Ich könnte mir denken, daß Don Isa mich nicht freiwillig gehenläßt ...«

Urraca schob die Lippen vor. Dann sagte sie: »Zu Recht. Der Zwerg hat mir erzählt, daß neuerdings die Kranken in die Behandlungsstunde strömen ...«

Wider Willen mußte Ymme lachen. »Das sieht ihm ähnlich. Davon stimmt kein Wort. Und ich habe einen weiten Weg durch die halbe Welt zurückgelegt, um mehr zu lernen als das, was ich bereits konnte ...«

»Deshalb werde ich dir auch helfen«, sagte Urraca, hakte Ymme unter und zog sie einfach während der Unterrichtspause auf die Straße. »Ich finde dich großartig. Ich würde mich nie trauen, so mir nichts, dir nichts nach Lübeck zu gehen ...«

»Ich mich auch nicht mehr«, sagte Ymme bitter.

Urraca plauderte munter, aber Ymme hörte ihr weder zu, noch achtete sie auf den Weg. Erst als sie die besprengten Ziegelsteine unter sich bemerkte, sah sie, daß sie sich am Platz der Brunnen mit dem großen muslimischen Bad befand. Dort war sie schon gewesen, aber nicht in den benachbarten Palästen der vor langer Zeit ausgewanderten Mudéjares; von hier erstreckten sie sich den Berg hinunter.

»Die Übersetzerschule des Markus. Er selber ist schon lange tot, aber er hat natürlich Nachfolger.« Urraca deutete auf ein Gebäude mit prachtvollem Tor, von dem der rote Putz in Fladen von den Ziegel- und Feldsteinen der Mauer abgeplatzt war. Über einem Fenster waren aufgemalte Arkaden erkennbar. »Sogar seine Eminenz Ximénez de Rada ist ab und zu dort zu Gast. Er nimmt lebhaften Anteil an den Übersetzungen, sagt er selber. Allerdings finde ich, daß seine Lebhaftigkeit der eines Scheintoten gleicht. Für den alten Erzbischof war die Übersetzung der arabisch geschriebenen Bücher wirklich ein Anliegen, und dafür flogen ihm die Herzen der Mozaraber entgegen.«

»Dann bist du wirklich Christin?« fragte Ymme überrascht.

Die Trauer in Urracas Gesicht verschwand. »Natürlich, was dachtest du denn?« Sie schob das schwere Tor auf, dessen geschnitzte Kassetten abgesplittert waren; die bronzene Klopfhand hing nur noch an einem Nagel. Sie überquerten einen Innenhof und stiegen eine breite Treppe hinauf.

Den jungen Mann, dem sie gleich darauf gegenüberstanden, erkannte Ymme sofort. Er war der höfliche Mann von der Straße. Von nahem schielte er ein wenig aus grauen Augen, und sein Lidschlag ging ungewöhnlich langsam, was ihm ein etwas starres Aussehen vermittelte. Er verbeugte sich tief. »Ich hatte nicht erwartet, die blonde Fränkin hier anzutreffen«, sagte er in einer sorgfältigen, altmodischen Sprache. »Ich fühle mich geehrt.«

»Und ich?« fragte Urraca schelmisch und drehte sich um die eigene Achse fast unterhalb seiner Nase. »Mich siehst du wohl gar nicht?«

»Ich sehe dich«, entgegnete der junge Übersetzer ruhig, »aber da ich dich jeden Morgen sehe, hielt ich es für überflüssig, dich darauf hinzuweisen, daß ich dich jetzt auch sehe.«

Urraca gab sich lachend geschlagen. »Don Zag«, sagte sie,

»Doña Iume braucht rechtskundige Hilfe. Sie hat einen Vertrag geschlossen, der ihr nun leid tut.«

»Die Voraussetzungen haben sich als unrichtig erwiesen«, stellte Ymme richtig.

Don Zag wartete mit gerunzelter Stirn, bis Ymme das arabisch geschriebene Dokument auf einer großen, von Schriftstücken und Büchern übersäten Arbeitsplatte entrollt hatte. Wortlos vertiefte er sich darin.

Unauffällig betrachtete Ymme den Raum. Offensichtlich benötigten Übersetzer für ihre Arbeit zahllose Werke, auf die sie zum Nachschlagen zurückgreifen konnten. Oder hatten Don Zag und seine Kollegen sie womöglich alle übersetzt?

»Don Zag«, erklärte Urraca mit lauter Stimme, »ist der Sohn von Don Yahya, Sekretär und Schreiber beim Erzbischof. Er wird einmal der Nachfolger seines Vaters im Amt werden.«

Don Zag sah hoch und richtete seine Frage an Ymme, ohne sich um Urracas Geplauder zu kümmern. »Welches sind die Voraussetzungen?«

»Daß ich in den medizinischen Fächern unterrichtet werde.«

»Das steht hier. Mehr nicht? Keine stillschweigenden oder zusätzlich mündlich vereinbarten?«

Ymme schüttelte stumm den Kopf.

Don Zag sah erstaunt aus. »Worüber beklagt Ihr Euch dann?«

»Ich wollte zur Ärztin ausgebildet werden. Don Isa ist kein Arzt! Nur wußte ich das nicht.«

Don Zag schürzte bedauernd die Lippen. »Der Vertrag lautet über Lesungen aus dem nachgelassenen Werk von Don Juhannu. Der Notar hat ordnungsgemäß seine Urkunde mit den Worten ›Im Namen Gottes, des Barmherzigen, des Gnädigen …‹ begonnen, drei Zeugen haben unterschrieben, und es endet mit dem Datum. Formal und inhaltlich ist das Dokument korrekt.«

Ymme war entsetzt. Es stimmte ja alles … »Ich verliere zuviel Zeit, wenn Don Isa ein einziges Werk vorliest; ich erfahre weder etwas über die Anatomie der Organe noch über die Anzeichen der Krankheit, noch wie man sie unterscheidet, noch gar über deren Heilung. Bis jetzt weiß ich nur, daß der wichtigste Teil der Frau eine Froschnatur hat!« Sie fing an, sich in einen ungerechten Zorn hineinzusteigern, sie spürte es selber, aber ihre Enttäuschung war zu groß. Sie hatte sich alles anders vorgestellt, gleich am ersten Tag wollte sie mit ihrem Meister Kranke besuchen.

»Verlangt Ihr nicht etwas zuviel?« fragte Don Zag behutsam und schob Ymme unauffällig einen Hocker hin, auf den sie niedersank. »Von Euch selber und von Eurem Lehrer. Man muß erst die Buchstaben beherrschen, bevor man Worte daraus fügt, und noch viel später erst lernt man verstehen, daß dieselben Buchstaben in einer anderen Sprache eine ganz andere Bedeutung besitzen. Das alles erschließt sich niemandem sofort, und ich glaube, gerade einen Arzt darf man nicht verfrüht zu einem Kranken lassen. Hütet Euch davor, die medizinische Wissenschaft oberflächlich zu erlernen.«

»Ich will trotzdem versuchen zu erreichen, daß Don Isa den Vertrag löst«, erwiderte Ymme heftig und erhob sich.

Don Zag gefiel ihre Unbeirrbarkeit, aber viel Hoffnung hatte er nicht für sie. Vor allem ein Philosophielehrer lebte von seinen Schülern. »Sollte«, fügte er mit tonloser Stimme hinzu, denn sein Angebot an die junge Frau würde dem Leiter des Hauses nicht besonders willkommen sein, »Euch keine Besserung der Umstände möglich sein, so biete ich Euch an, die arabische medizinische Literatur in unserem Hause einzusehen. Die Stiftungssatzungen erlauben das.«

Ymme, die sich zur Tür gewandt hatte, fuhr herum. »In lateinischer Sprache?«

»In der Volkssprache. Aber die werdet Ihr leicht lesen lernen können.«

»Ich kann sie bereits«, sagte Ymme froh. »Ich habe einen Text von Soran auf kastilisch.«

»Ach? Welches Werk ist das? Und von wem ist es übersetzt?«

»Der Text heißt ›Naturwissenschaftliches über das Gebären‹. Den Übersetzer kenne ich nicht.«

Don Zag verlor plötzlich seinen Gleichmut. Er machte einen langen Schritt zu einem der Bücherregale und breitete die Arme aus. »Dies alles sind Sorans medizinische Schriften. Wir sind der Meinung, daß wir eine lückenlose Kenntnis seines Werks haben. Manche Schriften liegen vermutlich noch irgendwo zwischen Alexandria und Gundishapur und werden nicht mehr auftauchen. Von anderen kennen wir die arabischen Übersetzungen, wissen, wo sie aufbewahrt werden, und leihen sie uns zu gegebener Zeit aus. Viele sind bereits übersetzt, unter anderem nach unseren Unterlagen auch ›Naturwissenschaftliches über das Gebären‹. Nur ist es leider verschwunden. Und die arabische Originalschrift wurde in Zaragoza während der Reconquista verbrannt. Ihr werdet verstehen, daß ich ungeheuer interessiert bin, Einblick in das in Eurem Besitz befindliche Buch zu nehmen. Ihr wäret bei uns hoch willkommen.«

Ymmes Augen leuchteten auf. Nun hatte ihr Besuch doch zu etwas Gutem geführt, wenn auch das Ergebnis ganz anders war als erhofft. Sollte sie die Hilfe von Don Zag in Anspruch nehmen müssen, käme sie wenigstens nicht mit leeren Händen.

Draußen auf der Straße trennte sie sich von Urraca. Der Unterricht war gewiß längst beendet. Nachdenklich schlenderte sie am öffentlichen Bad vorbei. Vorher war ihr nie aufgefallen, daß die meisten seiner Besucher Mozaraber sein mußten. Wer ein schwarzes Käppchen auf dem Kopf trug, ging nicht hinein.

Als sie ins Haus von Don Isa zurückgekehrt war, war der Meister nicht zu sprechen. Erst am nächsten Mittag geruhte Don Isa, für Ymme Zeit zu haben, und dies war ohnehin ihre Unterrichtsstunde. Es kränkte sie, daß er sie derart mißachtete, zumal er ihr kurz vorher die Behandlung eines Verletzten aufgenötigt hatte.

Der Zwerg, der ihr den Mann brachte, hatte die Schultern gezuckt und mit dem Daumen dorthin gezeigt, wo sich der Meister inzwischen vermutlich in seiner Mittagsruhe befand. Da sie für den Schnitt in der Hand, den sich der Melonenverkäufer beim Zurichten einer Frucht zugezogen hatte, keine

Sprachkenntnisse benötigte, überdies den Mann mit seinem schauerlichen Dialekt auch gar nicht verstand, hatte sie widerwillig zugestimmt. Diese Behandlung traute sie sich zu. Mit ihren wütenden Gedanken beim Meister, war Ymme an die Arbeit gegangen. Zuerst hatte sie die Wunde im fließenden Wasser am Brunnen auf dem Hof mit viel Seifenkrautpulver gesäubert und die Hand anschließend wie gewaschene Wolle trockengewalkt; schließlich hatte sie den klaffenden Schnitt mit einem frischgewaschenen Leinentüchlein überdeckt, das sie an beiden äußeren Enden mit Mastix verschmierte. An dieser Stelle ließ sich der Daumenballen zum Glück gut zusammenziehen, wodurch beide Wundränder aneinandergepreßt wurden. Sie wußte nicht, wozu der verstorbene Meister das Mastix in seiner Hausapotheke verwendet hatte, aber als Klebemittel ließ es sich ganz ausgezeichnet einsetzen. Heftig entwand sie ihre eigenen Finger seiner Klebekraft.

Der Melonenhändler hatte ihr zuerst mit aufgerissenen Augen zugesehen, denn eine solche Behandlung hatte er noch nicht erfahren. Ymme auch nicht. Aber ihr gefiel die neue Methode. Und ihre resolute Behandlungsweise mußte den Mann überzeugt haben. Gehorsam hatte er sich erhoben und die Hand mit abgespreiztem Daumen an eine Weinrebe geklammert, die am Spalier einen Teil des Hofes überdeckte. Ymme hatte ihn danach verlassen, um die blutigen Tücher fortzubringen und den Rand der Brunnenschale abzuspülen.

Als sie nach einer Weile zurückgekehrt war, hing er wie ein Affe immer noch zwischen den wintertrockenen Ranken und wagte erst auf ausdrücklichen Befehl, den Arm herunterzunehmen. Da keine verräterischen Spuren auf ein neuerliches Einsetzen der Blutung hindeuteten, entließ Ymme den Mann.

Mit einer tiefen, höflichen Verbeugung übergab ihr der Patient zwei Darahim, die sie voller Genugtuung annahm. Sie bestellte ihn zur Nachkontrolle in drei Tagen.

Aber ihre ganze Freude verschwand, als sie mit ihrem Schreibzeug vor Don Isa erschien. Noch bevor sie ihm ihre

Bitte vortragen konnte, hieß er sie mit einer knappen Handbewegung schweigen. »Habe ich dich nicht von der Straße aufgenommen?« fragte er mit erregter Stimme. »Ich, Isa ibn Hamdus al-Dschayyani, Hakim aller philosophischen Fächer, habe mich bereit erklärt, eine Fränkin, eine Frau ohne jede wissenschaftliche Vorbildung und mit dürftigen Sprachkenntnissen, zu unterweisen wie ein Lehrer seinen geliebten Schüler. Dafür darf ich lebenslange Achtung, unbedingte Treue und hingebungsvolles Dienen erwarten! Aber was erfahre ich von dir?«

Ymme erbleichte und schwieg.

Der Meister bestand nicht auf einer Antwort. Dem Unterricht konnte Ymme trotzdem kaum folgen. Ihre Notizen über die Diätetik des Hippokrates blieben unvollständig und dürftig.

»Meister«, sagte sie ehrerbietig, als Ibn Hamdus endlich sein Buch wieder zugeschlagen hatte, »es fehlt mir nicht an Achtung vor dem Lehrer, im Gegenteil. Ich habe jedoch das Gefühl, daß ich für Euch die falsche Schülerin bin. Ich bitte deshalb um Lösung des Vertrags.« Ibn Hamdus lächelte dünn. »Die Verantwortung des Lehrers erstreckt sich auf seinen Lehrstoff und seine Schüler. Nicht auf die Fächer, die seine Schüler in ihrer grenzenlosen Beschränktheit nicht gewählt haben. Der Vertrag bleibt bestehen.«

»Aber …«

»Du bist die Schülerin der berühmten Hakime des Nordens, erinnerst du dich? Wer im Maristan würde dich noch unterrichten, wenn dein Schwindel bekannt würde?«

Ymme ballte ihre Fäuste. »Welcher Patient käme noch zu Euch, wenn ich trotz allem ginge? Und welcher Schüler würde sich für das medizinische Werk Eures Bruders interessieren, wenn ich über den Zustand der von Eurem Bruder hinterlassenen Arzneimittel plauderte? Beispielsweise in der Apotheke? Der Apotheker ist nicht gerade Euer Freund.«

In Don Isas Augen flackerte Unruhe auf. Er war nicht unverwundbar, sogar mehr gefährdet, als Ymme wußte.

»Ich will wenigstens eine Ergänzung des Vertrags«, forderte Ymme. »Ich will das Recht haben, mich außerhalb der Unterrichtsstunden in der Übersetzerschule Don Zags aufzuhalten.«

Ibn Hamdus lachte höhnisch. »Wenn du glaubst, daß Rodrigo Ximénez Frauen in seiner Schule duldet …« Er verließ das Zimmer.

Ymme sah ihm nach und tat dann einen tiefen Atemzug, um sich von ihrer Beklemmung zu befreien. Die Schule des Erzbischofs! Aber sie hatte ihren Kampf mit Ibn Hamdus immerhin nicht verloren, und das gab ihr den Mut, ihn notfalls auch mit dem Erzbischof aufzunehmen. Am Nachmittag suchte sie Don Zag auf, um mit ihm abzusprechen, welche Werke sie studieren durfte. Es erwies sich, daß er wußte, welche medizinische Schriften an der Madrasa gelehrt wurden, sogar in welcher Reihenfolge. Anhand seiner Ratschläge arbeitete Ymme bis zum späten Abend einen Lehrplan für sich selber aus.

Ihre Zielstrebigkeit machte auf Don Zag mehr Eindruck, als er wahrhaben wollte. Im Gegensatz zu seiner Base Urraca kokettierte Doña Iume weder mit Wissen noch mit Unkenntnis, auch nicht mit ihrer Weiblichkeit, sondern ging streng mit sich selber um wie ein jüdischer Talmudschüler.

Kurz nachdem er die Öllämpchen angezündet hatte, entschloß er sich, der stillen Studentin ein Geschenk zu machen. Er holte ein großformatiges, in Rindsleder gebundenes Buch aus einem mit einem Hängeschloß versehenen Schrank herbei. Wortlos legte er es Ymme vor und schlug es auf.

Sie blickte ihn verwundert an und las dann den in sorgfältigen großen lateinischen Buchstaben wie gemalten Text.

»Siehe, in der Schöpfung der Himmel und der Erde, und in dem Wechsel der Nacht und des Tages, und in den Schiffen, welche das Meer durcheilen mit dem, was den Menschen nützt, und was Allah vom Himmel niedersendet an Wasser, womit er die Erde belebt nach ihrem Tode, und was er auf ihr ausbreitete an allerlei Getier, und in dem Wechsel der Winde und der Wolken, die fronen müssen dem Himmel und der Erde, wahrlich, darinnen sind Zeichen für ein Volk von Verstand!« Ein Frösteln überlief sie. Zum erstenmal blickte sie in das heilige Buch der Muslime. Eine Weile blieb sie stumm. Dann überdeckte sie behutsam den Namen Allahs und sah zu Don Zag auf. »Ohne diese fünf Buchstaben hätte ich gedacht, in der Bibel zu lesen. Darf ich weiterlesen? Mit den fünf Buchstaben.«

Don Zag nickte und setzte sich neben sie, während er die Eingangstür im Auge behielt. Er sprach mit gedämpfter Stimme. »Es gibt zwei Exemplare der Koranübersetzung. Die eine befindet sich in einem Kloster der Cluniazenser, die zweite ist hier. Gebt gut darauf acht. Erwähnt bitte niemandem gegenüber, daß Ihr sie gesehen habt. Ich fürchte, Don Ximénez würde den Koran verbrennen lassen; ihm fehlt der Weitblick von Peter von Cluny.«

»Wenn ich Euch recht verstehe«, warf Ymme ein, »weiß der Erzbischof nicht, daß sich die Koranübersetzung hier befindet, obwohl er der Herr des Hauses ist?«

Don Zag seufzte und nickte. Schon oft hatte er überlegt, ob er das Buch in die Judería bringen sollte, aber in welcher Synagoge wäre es sicher? Die Gerechten aller Religionen pflegen kein heiliges Buch anderer Gerechter zu dulden.

»Warum zeigt Ihr es mir?«

»Ich habe das Gefühl, es könnte Euch nützlich sein. Wenn Ihr Euch dazu überwinden könntet, solltet Ihr den Koran stellenweise auswendig lernen.«

Ymme lachte glücklich. »Überwinden? Wenn Ihr wüßtet, Don Zag! Die Schrift war das Hindernis, sonst hätte ich längst angefangen. Aber nur aus Neugier – versteht mich nicht falsch. Ich kann mir nicht denken, daß eine Christin in einer christlichen Stadt den Koran kennen muß.«

»Aus Neugier, so. Das ist ein guter Grund. Dann fangt jetzt an«, empfahl Don Zag trocken und entfernte sich.

Als Ymme spät in der Nacht nach Hause zurückkehrte, trat eine kleine Gestalt aus dem Schatten eines Hauses in ihren Weg. Sie erschrak und duldete, daß ein Junge ihr ein Netz mit einem schweren Gegenstand in die Hand drückte. »Als Dank für die Heilung des Hundes«, murmelte er und verschwand wieder.

Am nächsten Morgen nahm der Zwerg den geräucherten

Schweineschinken mit entsetztem Gesicht entgegen. Viel später erst merkte Ymme, daß sie niemals von ihm auch nur ein Schwärtchen zu essen bekam.

Eine harte Lehrzeit begann für Ymme. An den Anfang aller Bücher hatte Don Zag »De animalibus« von Aristoteles gestellt, das an den christlichen Schulen verboten war; danach folgte der »Canon medicinae« von Ibn Sina, der das große Gebäude der Medizin in Theorie und Praxis schied, die letzte in Chirurgie, Heilmittel und Diät unterteilt.

Ymme studierte heißhungrig, bis irgendwann aus Ölmangel das Lämpchen erlosch. Einige Bücher durfte sie in ihr Kämmerchen mitnehmen, aber es spielte keine Rolle, wo sie las.

Don Zag lernte sie gewissermaßen aus dem Augenwinkel näher kennen. Er war ein ruhiger Arbeiter; stundenlang folgte er den kleinen schwarzen Schleifen und Punkten des arabischen Textes und übertrug ihn ins Kastilische, ohne sich von seinem dreibeinigen Hocker zu rühren. Er war auch ein zuverlässiger, unermüdlicher Helfer, wenn sie nach einem bestimmten Buch suchte oder einem Textausschnitt, den sie ein zweites Mal lesen wollte. Aber er war immer nervös, wenn die kostbare Koranübersetzung auf dem Tisch lag. Manchmal dachte sie, daß er Angst hatte, sie könnte sie mitnehmen.

Wenige Wochen nachdem sie ihr Studium aufgenommen hatte, bemerkte sie, daß Don Zag sich nicht mehr wie vorher kleidete. Mit seinem neuerdings schwarzen knielangen Rock und dem kleinen Käppchen des jüdischen Gläubigen trug er einen Schwall Düsterkeit in den Arbeitsraum. Sie kannte den Grund nicht, aber eines Tages begriff sie von selbst die Zusammenhänge.

»Seine Exzellenz kommt!« Don Zag lauschte. Er konnte den Erzbischof bereits auf der Treppe von anderen Besuchern unterscheiden; sein Gewand ließ er stets schleifen, statt es zu schürzen, und das leise Rascheln zusammen mit dem Klacken der Stiefelabsätze war unverkennbar.

Ihm stieg die Röte ins Gesicht. Die Fränkin Iume de Lubica

saß ausgerechnet jetzt vor dem Koran, aber es blieb keine Zeit, ihn wegzuschließen. Hastig schob er einige Bücher darüber und legte den Finger über die Lippen, als sie protestieren wollte.

»Es beruhigt, dich noch bei der Arbeit vorzufinden, mein Sohn«, sagte Don Rodrigo Ximénez de Rada, während er ins Zimmer rauschte, und hielt Don Zag seine behandschuhte Hand zum Kuß hin. »Das kleinste, unscheinbarste Glied in der Kette muß seinen Dienst tun, genau wie das Schluß- und Anfangsglied, auf das sich aller Augen richten.«

Der Übersetzer verbeugte sich schweigend.

Über das schmale Gelehrtengesicht des Erzbischofs flog ein kühles Lächeln. »Ihr werdet deshalb auch verstanden haben, daß ich meine Forderung nach Erkennbarkeit des Glaubens zuerst innerhalb meines eigenen kirchlichen Bereichs durchzusetzen hatte. Ich gebe zu, daß Eure bunten Seidenstoffe dieses düstere Zimmer früher aufheiterten. Aber wie ich sehe, habt Ihr Euch bereits Ersatz verschafft.«

Ymme erhob sich. Sie hatte seinem eleganten Latein mühelos folgen können und doch nicht alles verstanden.

»Eine Tochter der Kirche zur Belustigung meines jüdischen Übersetzers? Wie ist das möglich? Oder irre ich mich, und Ihr seid wegen der arabischen Bücher hier?«

Ymme errötete heftig, während sie auf ein Knie sank und ihren Kopf über die Erzbischöfliche Hand beugte. Sein Tonfall war so süffisant wie seine Worte, und ihr fiel es schwer, so ehrfürchtig zu antworten, wie er es erwarten konnte. »Ich bin römisch-katholisch erzogen, Exzellenz«, erwiderte sie, »und ich studiere hier die Übersetzungen der alten griechischen Ärzte. Die Satzungen des Hauses lassen Studenten zu, wurde mir gesagt. Ich bitte zu entschuldigen, wenn ich aus Unwissenheit einen Fehler begangen haben sollte.«

»Ohne Zweifel lassen sie Studenten zu, ohne Zweifel. Wenn es auch um der Ernsthaftigkeit des Studiums besser wäre, alle Studenten trügen die Tonsur.« Don Ximénez wanderte bedächtig um den Tisch herum und ließ seinen Blick von Ymmes blondem Haar bis zu ihren sommerlichen Schuhen wandern, bis er auf dem Arbeitstisch zur Ruhe kam. Mit purpurnem Zeigefinger stieß er die oberen Schriften beiseite. »Daß Muhammad zu den griechischen Ärzten zählt, müßt Ihr mir allerdings erst nachweisen.«

Don Zag knetete nervös seine Finger und setzte mehrmals zum Sprechen an, bis ihm der Erzbischof ungeduldig zunickte. »Es handelt sich um eine Neuerwerbung zusammen mit einem Konvolut arabischer Schriften. Ich habe Doña Iume dieses ungewöhnliche Werk gezeigt …«

»Ich bestand darauf, Eminenz«, warf Ymme entschlossen ein.

»Oh, gewiß. Eurem Aussehen nach zu schließen, kommt Ihr von weit her, und da ist Neugier verständlich. Sofern Euer Glaube gefestigt ist, was ich voraussetze, braucht sich die Kirche darüber keine Sorgen zu machen.«

Ymme atmete auf. Der Erzbischof schien ein keineswegs sanftmütiger Hirte seiner Gläubigen zu sein; unter dem Habit vibrierte er vor Ungeduld. Er war kaum älter als Don Zag.

Als der Erzbischof sich dem Übersetzer wieder zuwandte, waren seine grünen Augen eisig geworden. »Die Kirche hat zur Zeit größere Sorgen, vor allem die kastilische und die aragonesische. Wir sind von allen Seiten von Ungläubigen umgeben, im Norden von provenzalischen Ketzern, im Süden … nun ja, es gibt hinreichend viele Rechtgläubige, die die Muslime als nichts anderes bezeichnen denn einen Auswuchs des arianischen Sektierertums. Mit anderen Worten: im Norden wie im Süden Häretiker.«

Don Zag hörte mit gesenktem Kopf zu. Wie ein unscheinbarer schwarzer Käfer hatte er sich seit einiger Zeit in diesem Hause vergraben, hoffend, daß man ihn übersehen würde. Aber natürlich war der Erzbischof nicht gekommen, um ihn zu übersehen.

Ximénez de Rada hob die Stimme. »Dazu in kirchlichen Einrichtungen Hebräer. Wie soll ich Seine Heiligkeit Innozenz von einem Kreuzzug gegen die Ungläubigen überzeugen, wenn er mich zu Recht auffordern kann – auffordern muß –, sie zuerst in meinem eigenen Hause zu bekämpfen?«

Don Zag wagte nicht zu antworten. Die Warnungen seines Vaters hatten sich eher bewahrheitet, als er hatte glauben wollen.

»Es würde mich daher sehr beruhigen«, fuhr der Erzbischof fort, »und auch meine Aufgabe erleichtern, wenn ich vor meiner Abreise nach Rom von Eurer bevorstehenden Bekehrung erführe. Ich ließe mein Haus gern gesäubert und wie für eine Braut geputzt zurück … Bereit zum Empfang der frommen Gläubigen und Pilger aus aller Welt, wenn sie sich – hoffentlich schon im nächsten Jahr – in heldenhafter Anstrengung auf die Ungläubigen in Andalusien werfen, um sie endgültig zu vernichten.« Don Rodrigo kräuselte die Lippen verächtlich. Er war nur selten hier. Er liebte zwar Bücher, aber nicht diejenigen, die nicht dem Schoß der heiligen Mutter Kirche entstammten, und vor allem nicht die, bei denen allein schon die Buchstaben suspekt waren. »Ihr habt eine Woche Zeit zum Überlegen. Ich werde Eure Entscheidung respektieren, wie immer sie ausfällt. Keiner wird von Rodrigo Ximénez de Rada behaupten können, er habe einen Juden zum Glaubenswechsel gezwungen. Aber Ihr werdet auch verstehen, wenn ich mich zu Konsequenzen genötigt sehen würde …«

Er deutete einen knappen Gruß an, während er mit gefalteten Händen das Zimmer verließ. Sie schwiegen, als sie den erzbischöflichen Schritten auf der Treppe lauschten, die nun nahezu im Dunklen liegen mußte. Dennoch ging der Erzbischof seinen Weg ohne Unsicherheit, ohne Zögern, zielstrebig und stet.

Erst als die Pforte zugefallen war, wagte Ymme sich zu erkundigen: »Was meinte Seine Eminenz mit Konsequenzen?«

»Für Seine Eminenz gibt es nur eine Konsequenz«, antwortete Don Zag. Hinter den Fingern, die nervös seinen schwarzen strähnigen Bart kämmten, verzog er den Mund bitter. »Er schließt das Haus. Er wagt es, seinen erbärmlichen kleinen Glauben gegen das Wissen der Welt zu setzen, an dem seine Glaubensbrüder bis jetzt keinen Anteil haben. Aber welchen könnten sie haben! Araber und Juden mit ihrem uralten Wissen sind ein reiner Glücksfall für Spanien.

Und jetzt?« Er riß die Augen auf und hob seine Hände in Hilflosigkeit. »Was ist jetzt?« Ymme schwieg. Don Zags Frage konnte ebensogut ein Hader mit seinem Gott wie die Klärung seiner Gedanken unter Ausschluß Dritter sein.

»Mein Vater hat es kommen sehen«, fuhr Don Zag fort. »Noch bevor es in der Kathedrale verkündet worden ist, wissen es die Juden in der Gemeinde schon. Nur die Muslime werden noch lange nicht begriffen haben, daß mit Ximénez de Rada in Toledo das tolerante Zusammenleben endgültig beendet wurde und ein anderes Zeitalter eingesetzt hat das christliche.«

»Aber wenn Ihr konvertiert …«

»Mein jüdisches Seelenheil setzt ein kastilischer Christ gegen griechisches Wissen!« schnaubte Don Zag. »An mir, dem ungeliebten Juden, bleibt die Entscheidung, ob ich Kastilien mehr oder weniger Wissen schenke! Ihr habt recht. Wenn ich zum christlichen Glauben übertrete, wird der Erzbischof mich noch eine Weile gewähren lassen …«

»Und was werdet Ihr tun?« fragte Ymme.

»Das werde ich dem Entschluß des Unendlichen überlassen müssen. Er ist es, der dieses gigantische Schachspiel führt.«

»Das glaubt Ihr – obwohl er sich dabei einer kastilischen Hand bedient?« fragte Ymme. Es empörte sie, daß er sich zu beugen schien, obwohl anscheinend noch nicht feststand, wem.

Don Zag zuckte die Schultern und begann aufzuräumen. Nur aus Gewohnheit schloß er den Koran weg. Er war tief in Gedanken, als Ymme ihn verließ.

Ymme war noch nie so spät unterwegs gewesen. Die Rufe der Nachtvögel und unbekannte Geräusche aus den Durub machten sie hellhörig und vorsichtig. Zu ihrer Erleichterung fand sie die Straße, die vom Platz der Brunnen zur Moschee führte, erleuchtet vor. Im selben Augenblick, als sie in ihre eigene stockdunkle Gasse einbog, wurde ihr klar, daß die Schließung der Übersetzerschule für sie ein weit größeres Unglück bedeuten würde, als es das Ungemach eines einsamen Heimwegs je bedeuten konnte.

Exakt eine Woche später traf Ymme Don Zag ohne Käppchen und in der unauffälligen Kleidung eines christlichen Angehörigen des erzbischöflichen Stabes an.

Ymme sah ihm an, daß er litt. Am Abend, als er gegen seine Gewohnheit den Koran auf dem Tisch liegenließ und Ymme ihn auf das Versehen aufmerksam machte, sah er sie ruhig an und sagte: »Es ist gleichgültig, wo der Koran auf seine Vernichtung wartet. Ich kann ihn nicht mehr schützen. Als Jude konnte ich es, als neubekehrter Christ darf ich es nicht wagen.«

Ymme sah ihn betroffen an. »Wer hat das beschlossen? Und warum?« Don Zag verzog die Lippen trotz der Trauer, die ihn wegen vieler Dinge befallen hatte – wegen seiner eigenen Ängstlichkeit, seiner Unfähigkeit, dem Erzbischof die Stirn zu bieten, wegen seiner Trennung von der jüdischen Gemeinde, aber auch wegen des Abgrunds, auf den er Kastilien zusteuern sah. Und nun saß diese Fränkin vor ihm und schien es mit allen aufnehmen zu wollen, die ihr den Koran entreißen wollten. Er wußte nicht genau, welcher christlichen Richtung sie angehörte. Aber dem Koran brachte sie Ehrfurcht entgegen. Seufzend schüttelte er den Kopf. »Niemand hat es beschlossen. Wer Augen im Kopf hat, kann es selber sehen.« Er legte die Hand mit den gespreizten Fingern über das Gesicht und fuhr mit geschlossenen Augen fort: »Es gab einmal einen gotischen König in diesem Land, der um der Einheit und der Stärke des Landes willen beschloß, den arianischen Glauben seiner Vorväter aufzugeben und mit seinem ganzen Volk zum katholischen Glauben überzutreten. Rodrigo Ximénez de Rada ist Historiker. Und von hohem Adel. Ich glaube, er will dasselbe wie damals der Gote Rekkared. Er will alle spanischen Länder einigen, unter einem Glauben und unter einem König.«

Ymme blickte ihn entsetzt an. »Und dazu muß er den Koran vernichten?«

Don Zag wiederholte tonlos: »… den Koran, den Talmud, Muslime, Mozaraber, Juden, den Fortschritt … Ich fürchte, er hält Zerstörung um der hispanischen Einheit willen für nötig.«

Ymme wußte nur zu gut, was er mit dieser Art Zerstörung meinte, vielleicht sogar besser als er. Sie erhob sich. »Darf ich versuchen, den Koran zu retten? Bei mir wird ihn keiner vermuten.«

Der Übersetzer erwachte aus seiner Lethargie, als Ymme entschlossen anfing, den Koran in ein Tuch einzuschlagen. Er hatte eher von einem jahrzehntelangen Prozeß gesprochen, den der Erzbischof in Gang setzen wollte, die politische Absicht gesehen – sie aber schien an eine unmittelbar bevorstehende Vernichtungsaktion durch die Knechte des erzbischöflichen Palasts zu denken. Er hinderte sie nicht.

Aber er wußte, wie gefährlich es war, was sie tat.

12. Das Mutterkorn

Rodrigo Ximénez de Rada, Erzbischof von Toledo, an seinen Bruder in Christo Jafa de Lerida, Bischof von Vich:

Jubelt mit mir, Bruder Jafa, mit mir und der ganzen Christenheit! Es ist vollbracht: es wird wieder einen gemeinsamen Kampf der Christen gegen die Ungläubigen geben.
Es war mir vergönnt, unseren Heiligen Vater Innozenz III. in diesem Sommer aufzusuchen und unsere besonderen kastilischen, leonesischen, katalonischen und aragonesischen, kurz: spanischen Schwierigkeiten, Gefährdungen, Versuchungen von Grund auf mit ihm zu erörtern. Er stimmt mit mir überein, daß viele gewonnene Schlachten noch keinen Sieg über die Ungläubigen darstellen, im übrigen die Schmach von Alarcos noch nicht vergessen ist. Um seinem Mitgefühl sichtbar Ausdruck zu verleihen, wird seit diesem denkwürdigen Gespräch jede Woche in der Capella Hispaniensis eine Messe für die tapferen spanischen Kämpfer gelesen, deren kleine Scharmützel den Feind bis zum großen, alles vernichtenden Sieg zermürben werden – Und dieser Sieg wird kommen! Wir werden zum Kreuzzug gegen die Ungläubigen aufrufen, die Briefe sind geschrieben, die Boten abgesandt. Ich werde im nächsten Jahr die Freude haben, im Namen Seiner Heiligkeit die weltlichen Herrscher der Christenheit persönlich aufzusuchen und zu überzeugen. Im Triumph werde ich zurückkehren – doch keine Angst, Bruder, es wird ein Triumph in Christo sein, kein persönlicher.
Mein persönlicher Triumph, ein ganz winziger – und Gott und unser Herr Jesus Christus werden ihn mir als Zeichen menschlicher Schwäche auslegen und verzeihen – wird der Bau der Kathedrale von Toledo sein, der nun endlich ermöglicht wird: Das eroberte mohammedanische Gold wird in das edelste Sinnbild christlichen Jubels umgemünzt werden, das sich denken läßt – in ein Bauwerk zu Ehren Gottes!
Es ist etwas Erhabenes um die Umwandlung eines spanischen Kampfes in einen Kampf der abendländischen Christen, Bru-

der, – und diesen Moment zu erleben erfüllt mich mit tiefer Freude.
Was Eure Klage bezüglich des Salomon Avinnerduth aus Huesca betrifft, muß ich Euch recht geben. Wenn das Beispiel der Könige Schule macht, Juden abgabenfrei zu verschenken, werden die jüdischen Gemeinden überall große Schäden erleiden, die sie nicht werden dulden wollen. Die Juden sind gemeinhin zu klug, um einer Aufspaltung ihrer gemeinsamen Interessen zuzustimmen. Sollte König Pedro bei seinem Vorsatz bleiben, wird dies zu großer Unruhe unter den jüdischen Gemeinden führen, sogar eine Auswanderung nach Frankreich bzw. – hier bei uns – zu den Sarazenen halte ich für möglich … Das kann aus finanziellen und einigen anderen Gründen nicht in unserem Sinn sein. Ich hoffe, Ihr und andere Amtsbrüder werdet auf den König einwirken.
Eine ganz andere Seite derselben Angelegenheit sind die Templer. Dem Komtur von Monzon ist Pedro außerordentlich tief verpflichtet. Es wäre nicht gut, ihn just in diesem Moment zu verprellen. Wir benötigen die Ordensritter dringend als starke Stütze im Kampf gegen die Ungläubigen: als kluge Strategen, als mit den sarazenischen Taktiken Vertraute, als tapfere Krieger … Pedro sollte also nicht Juden, sondern deren Besitzungen verschenken. Die Templer sind nicht weniger auf Häuser und Weingärten erpicht als die Johanniter. Im übrigen verunsichern mich die Tauschaktionen von Besitzungen Pedros gegen Juden der Johanniter in diesem Sommer nicht wenig. Ich kann mir nicht vorstellen, was außer Beunruhigung dabei herauskommen soll.
Aber – lieber Bruder in Christo: Diese Dinge, die Euch im Moment bekümmern, werden im Augenblick von Gottes Fanfarenstoß vor dem großen Kampf zerstieben, zerschmelzen wie Eis im Frühling. Und Gottes Frühling wird auch in Spanien anbrechen, der großen christlichen Nation der vier Königreiche – oder, wenn wir nur wollen: des einzigen, einigen Königreichs.
Rodrigo Ximénez de Rada, Erzbischof von Toledo, gegeben am Tag des heiligen Martin im Jahre des Herrn 1210

Don Zag, Abtrünniger der jüdischen Gemeinde zu Tulaytula, Kaschtalla, an Benveniste de Portella, seinen Vetter, Dayan zu Almuhekar, al-Andalus …

Vetter, ratlos, zerstört, muß ich mich jemandem anvertrauen, bevor ich in Versuchung gerate, mich die Felsen hinab in den Tajo zu stürzen. Zwischen meinen Lieben – ich nenne sie nur in diesem Brief so, im wirklichen Leben verwehren sie es mir seit meiner Taufe – und mir hat sich eine Kluft aufgetan, die niemals mehr zu überbrücken sein wird. Mit Urraca, dem nicht dummen, aber flatterhaften Gänschen, ist kaum eine Verständigung möglich, weil sie den Zustand der Konversion niemals am eigenen Leibe gespürt hat.
Wer bleibt also? Du.
Obwohl: wer weiß? Auch du hast den Zustand der Konversion niemals durchlitten, du Glücklicher! Winde die Gebetsriemen um den Arm und laß mich an einem winzigen Endchen daran teilhaben!
Meine persönlichen Bekümmernisse wären jedoch noch zu verschmerzen, wenn sich nicht alles, was ich sonst glaubte für meine Stadt und die Gemeinde tun zu müssen, als sinnlos erwiesen hätte.
Mein Opfer des Glaubenswechsels war sinnlos.
Meine Übersetzungsarbeit war sinnlos.
Mein Leben –
Rodrigo Ximénez de Rada, bisher mein Gönner, hat am vergangenen christlichen Sonntag – oh, wie christlich war er! – seine Bekanntmachungen verlauten lassen: zuerst aus seinem eigenen Mund im Gottesdienst den Römisch-Katholischen, Stunden später durch ihre eigenen Geistlichen den weniger geliebten mozarabischen Brüdern, der Aljama der Mudéjares durch ein Schreiben, den Juden gar nicht. Du siehst, Vetter, der Erzbischof wählt jeden Morgen die Waffen des Tages aus, wetzt sie eigenhändig und beginnt dann mit Umsicht sein Tagewerk.
Kurz und gut: Rodrigo Ximénez de Rada hat das Einverständnis seines römischen Bischofs zur Kenntlichmachung der Nichtchristen mitgebracht. Es hieß, um Mißverständnissen in

Handel und Wandel vorzubeugen. Niemand hat sich je darum gekümmert, ob er seine Morabetinos oder Dinare an einen Christen, einen Juden oder Araber abgibt – der Verlust ist schmerzlich genug. Aber der Erzbischof will es wissen. Ab sofort müssen sich die Hebräer und Mudéjares seines Erzbistums nun kenntlich machen durch ihre Kleidung. Wenn sie dazu keine Neigung verspüren: durch Stoffflicken. Stell es dir vor, Vetter: Die gelehrtesten Männer dieser Stadt werden nun gebrandmarkt, sichtbar für jeden christlichen Dummkopf. Es wird nicht lange dauern, und sie geben jeden von ihnen zum Anspucken frei – oder zu noch Schlimmerem.
Allerdings glaube ich nicht, daß es soweit kommen wird. Wie so oft wird sich alles nur als eine neue Form der Sondersteuer herausstellen. Dies beschäftigt mich daher weniger als der Kreuzzug, den Ximénez endlich erreicht hat. Die Gefahren, die aus ihm für alle erwachsen werden, sind so groß, daß selbst die eingesessenen Franken sie begreifen.
Aber nicht nur die: die kleinen und großen Hidalgos der Stadt fluchen gotterbärmlich und hocken abends zur Beratung in den winzigsten Kaschemmen zusammen. Gemunkelt wurde über einen Kreuzzug schon lange – aber was kümmerten Gerüchte bisher einen kastilischen Edelmann? Und jetzt ist das Unglück da. Viel lieber würden sie weiterhin Raubzüge in die Grenzgebiete unternehmen – aber ohne muslimische Taifas kein Grenzgebiet und ohne Grenzgebiet keine Beute! Und wie sollen sie ihre kleinen Landhäuser zwischen dem Tajo und der Sierra de Guadarrama vor der Flutwelle der Kreuzfahrer schützen? Wie ihre Schafherden vor den Proviantmeistern des Heeres und dem heimlich plündernden Lumpenpack des Trosses? Niemand weiß besser als die Hidalgos selber, wie sich Truppen benehmen, die durch ein Land ziehen. Die Hidalgos also murren. Aber: diese Leute sind die Lieblinge des Erzbischofs!
Seine Stiefkinder dagegen, die Mozaraber, werden treu die Stadt verteidigen, wenn es hart auf hart gegen die Muslime kommen sollte. Sie haben ihr Leben zu verlieren, keine Schafherden.
Was die Judería unternehmen wird, ist mir unklar. Aber ich

glaube nicht, daß man ihr dieses Mal einen Abschnitt der Mauer anvertrauen wird.
Und die Mudéjares? Sie verkaufen bereits ihre Häuser, angeblich wegen des Wohnungsedikts – aber das glaube ich nicht. Sie fürchten um ihr Leben.
Ja, Rodrigo Ximénez de Rada hat sich in einem einzigen Sonntagsgottesdienst viele Gegner zugezogen, soviel ist sicher.
Vetter, ich glaube, die Felswand ist zu steil, und der Sturz wird weh tun, abgesehen davon, daß ich dabei mein Leben lassen muß. Ich werde mich statt dessen auf einen weniger spektakulären Sturz vorbereiten – vom jüdischen Übersetzer zum christlichen Nachbeter.
Don Zag, Toledo, am Tag von Christi Geburt, im Jahre des Herrn 1210

Toledo war nach dem Abebben der großen Sommerhitze endlich erträglich geworden. Der Erzbischof hatte die ersten seiner Maßnahmen zum Schutz der Christenheit von der Kanzel verkünden lassen, aber Ymme war es wichtiger, nachts wieder schlafen zu können, ohne schweißgebadet aufzuwachen und das Kissen auf die kühle Seite drehen zu müssen.

Sie hatte Fortschritte gemacht, die sich sehen lassen konnten, wie sie fand. Weiterhin übernahm sie zur Behandlung allerleichteste Fälle, meistens Verletzungen und Kümmernisse der Anwohner aus den benachbarten Sackgassen. Sie achtete sorgsam darauf, Patienten mit Erkrankungen, die über eine Bagatelle hinausgingen, ins Hospital zu schicken. Die kleinen Handwerker waren dankbar für ihre Hilfe und zeigten sich mit ihren Produkten erkenntlich. Es war immerhin genug, um ihre Anwesenheit im Hause des Don Isa zu rechtfertigen.

Um so erstaunter war Ymme eines Nachmittags, als sich eine junge Frau mit pelzverbrämtem Wollumhang, die vor ihr in den Darb wankte, nicht als Konsultierende des Hakim, sondern als Patientin der Hakima erwies. Der Zwerg winkte die Frauen entschlossen herein, und die Dienerinnen trugen ihre Herrin fast über die Schwelle von Don Isas Haus. Ymme war danach jede Möglichkeit genommen, die Frau als Patientin abzulehnen, auch weil unter dem schmiegsamen Seidenkleid der Dame Blut auf die gelben Fliesen des Eingangsbereichs herabtropfte.

Als die Patientin ins Krankenzimmer getragen wurde, hatte Ymme bereits das Bett aufgeschlagen und den hölzernen Fensterladen geöffnet, um frische Luft hereinzulassen.

Die Frau war noch ein sehr junges Mädchen, und ihre Augen starrten Ymme blicklos an wie ein Mensch, der in sich hineinhorcht und im nächsten Moment in Panik ausbrechen wird. Ymme rief nach Berenguela, befahl kaltes Wasser aus dem Hahn, saubere Tücher in Mengen und schlug dann den langen Wickelrock von den Beinen der Patientin zurück.

Es war noch nicht sichtbar, daß sie schwanger war, aber ohne Zweifel handelte es sich um eine Fehlgeburt. »Isabella soll die Hebamme holen!« rief sie hinter Berenguela her.

Die Frau krümmte sich plötzlich vor Schmerzen. Ymme dachte an Esclarmonde zurück, setzte sich neben sie und nahm ihre Hand. Sie war verschwitzt, die Augenschminke verschmiert, genau wie das Lippenrot; aber jenseits dieser Äußerlichkeiten hatte sie ein schmales, vornehmes Gesicht mit olivbräunlicher Hautfarbe; die lockigen Haare ringelten sich naß auf den Schläfen. Ihr arabisches Gewand war aus weichstem Tiraz, die Unterkleidung aus fast durchsichtigem ägyptischem Leinen. Sie mußte aus gutem Hause stammen. Vermutlich hatten die Wehen sie beim Einkauf auf der Qaysariyya überfallen.

Ymmes Ruhe und ihr Lächeln wirkten Wunder. Das junge Mädchen, kaum älter als vierzehn oder fünfzehn Jahre, entspannte sich. Als sie sauber und trocken war und das blutige Waschwasser hinausgebracht worden war, gewann sie trotz der Schmerzen ihre Würde zurück und lächelte Ymme an, bevor sie ihre Blicke über die kahlen weißgekalkten Wände schweifen ließ.

Ymme öffnete ihr das Gewand am Hals, löste die Schleifen über der Körpermitte und entflocht sanft den dicken schwarzen Zopf. Meister Soran verbot alles Einengende für Gebärende.

»Bitte tut etwas«, flüsterte eine der Dienerinnen verängstigt in Ymmes Ohr. »Unsere Herrin ist die Herrin Idschaz, die Tochter von Ibn Hazm, Verwalter der königlichen Münzstätte, und Ehefrau des Edelmanns Guillelmus Raimundi Sarracin aus Burgos.«

Ymme wußte nicht, wer das war, aber die Namen klangen imponierend und nicht ungefährlich.

Sie beugte sich über Idschaz. »Ihr wißt, was mit Euch geschieht?« fragte sie behutsam. Als sie Idschaz' umherflatternde Aufmerksamkeit eingefangen hatte, fuhr sie fort: »Ihr werdet leider das Kind verlieren. Ich vermute, daß es Euer erstes ist?«

Idschaz stockte der Atem, und sie senkte voll Schmerz die Augenlider. Sie hat es nicht gewußt. Ymme erschrak. Dann blickte sie dem Mädchen beschwörend in die Augen. »Es liegt in Gottes weisem Ratschluß, uns Frauen das eine Kind austragen zu lassen, das andere nicht. Wir können es nur hinnehmen. Ich selber glaube, daß es so gut ist. Dürften wir wählen, würden wir den falschen Weg gehen.«

Die Wehen fingen erneut an, sie wurden sichtlich zu einer fast ununterbrochenen auf- und abschwellenden Welle von Schmerz. Idschaz schrie laut und schrill, und ihre Beine streckten sich im Krampf. Ymme massierte ihr die Waden mit einem parfümierten Öl.

Eine Weile rang Idschaz um eine Antwort, wie jemand, der sich neben sich selber stellt, wenn er das Unerträgliche erleiden muß. »So glaubt Ihr, daß es aus irgendeinem Grund gut ist, daß ich das Kind verliere?« Sie sprach die reine Sprache der Vornehmen.

Die beiden Dienerinnen kreischten empört auf, als Ymme bejahte und sie entschlossen hinauswinkte. Isabella war ausnahmsweise mit Ymme einverstanden und schloß sehr nachdrücklich die Tür. Das Klagen im Gang wurde von anderen Stimmen abgelöst; vermutlich kam die Hebamme.

»Herr im Himmel«, sagte Ymme angesichts der ältlichen Hebamme, die in einem schmutzstarrenden Kittel hereinschlurfte. Von den Mundwinkeln der Frau breitete sich ein dunkelroter, schuppiger Ausschlag über beide Wangen, auf ihren Lippen lagen gelbliche eingetrocknete Schaumspuren. Die lederartige Haut ihrer Hände war außen und innen bis zum Handgelenk wie in Wein getaucht. An Berenguelas Verstand mußte man wirklich zweifeln. »Wußtest du nicht, wen ich meinte?«

Berenguela war sich keiner Schuld bewußt. »Hätte ich vielleicht über alle Märkte rennen sollen?« fragte sie schnippisch. »Es eilte. Und eine ist so gut wie die andere.«

Das stimmte nicht, Berenguela wußte es. Aber die muslimische Hebamme wohnte in der Nähe der Moschee am Bab al-Mardum. Sie hätte bergauf und wieder bergab laufen müssen. Und das Ganze zurück.

Mit der christlichen Hebamme war ein Duft nach Knoblauch und ranzigem Fett ins Zimmer geweht. Angesichts der arabischen Kleidung rümpfte sie die Nase, aber die Gier in ihren Augen bewies, daß sie sofort erkannte, worauf man Ymme erst hatte aufmerksam machen müssen. »Dann wollen wir mal, Liebchen.« Sie streifte die Ärmel ihres Kleides nach oben und sah sich um. »Ich brauche Wasser und eine Schüssel.«

In diesem Augenblick krümmte sich Idschaz' Rücken, zwischen ihren Beinen glitt ein blutiger Klumpen hervor und blieb in der langsam versickernden Pfütze auf dem Laken liegen.

Schaudernd mußte Ymme an den Mann Everard denken. Diese Hebamme sah auf ihre Weise genauso rabiat aus. »Nein!« widersprach sie scharf. »Es war ein Versehen, wir brauchen Euch nicht mehr.«

Die alte Hebamme zuckte die Schultern und hielt die Hand auf.

Berenguela kicherte laut. Ymme brach ihre Erheiterung mit einer verärgerten Handbewegung ab und befahl ihr,der Hebamme zwei Dinare für die Mühe zu geben. Dann wies sie ihr resolut den Weg. In den Türspalt murmelte die Hebamme noch hinein: »Wenn ich Ihr wäre, ich würde wenigstens ein Amulett besorgen. Das Liebchen hat's nötig.« Idschaz stand die Erleichterung in den Augen geschrieben, als die Tür sich geschlossen hatte. Im Augenblick ging es ihr etwas besser. »Warum ist es besser, daß ich dieses Kind verliere?«

Ymme fand Gefallen an dem Mädchen. Sie kämpfte so tapfer. »Es mag sein«, sagte sie, »daß dieses Kind keines war – eine faule Frucht, eine Fehlentwicklung oder bereits tot. Seinen Tod habt Ihr wahrscheinlich gar nicht bemerkt. Die Fehlgeburt ist nicht der Beginn des Kindstodes, sondern dessen Ende.«

»Warum sagt Ihr mir das?«

»Damit Ihr Vertrauen zur Zukunft faßt. Was geschehen ist, ist geschehen; aber es hat keinen Einfluß auf das, was morgen geschieht oder übermorgen. Vielleicht stellt Ihr mir im nächsten Jahr zum Herbstanfang schon Euren Sohn vor.«

»Ich hoffe«, murmelte Idschaz und schlief mit einem Lächeln auf den Lippen ein.

Ymme versuchte, so gut es ging, mit Hilfe der beiden Frauen, die sie wieder hereingeholt hatte und die nun willig alle Befehle ausführten, unter Doña Idschaz sauberzumachen und ihr frische Bettwäsche unterzuschieben. Danach beobachtete sie sie eine Weile. Idschaz' Atem ging ruhig, doch gefiel sie Ymme nicht. Völlige Erschöpfung rechtfertigte keineswegs die Hautfarbe, die ins Graue hineinspielte. Und unter ihren Augen schien Idschaz' gepflegte Haut faltig zu werden. Sie sank ein.

Ein solcher Verlauf von Geburt oder Fehlgeburt bedeutete nichts Gutes. Er lag weit jenseits der Kenntnisse von Ymme. Sie sandte sofort den Zwerg zum Maristan und Berenguela zu der erfahrenen und gut beleumdeten muslimischen Hebamme, mit der Bitte, unverzüglich zu kommen.

Als Ymme wieder ins Krankenzimmer zurückkehrte und die leichte Überdecke zurückschlug, die sie über Idschaz gebreitet hatte, weil diese vor Kälte gezittert hatte, entdeckte sie den Grund der Verschlechterung: Blut sickerte unaufhörlich aus dem Schamspalt.

Ymme überlief es kalt. Soran hatte zu einer solchen Komplikation nicht Stellung genommen; und die schmierige

Hebamme hatte anscheinend trotz ihres abstoßenden Äußeren Derartiges vorausgesehen. Sie selbst aber wußte nicht, was zu tun war.

Im Hof gab es erneuten Lärm, aber es konnten weder Arzt noch Hebamme sein. Die Boten waren sicherlich noch nicht einmal an ihren Zielen angelangt.

Berenguela schob den Kopf durch den Türspalt, um sich zu vergewissern, daß die junge Frau bedeckt war. »Der edle Ibn Hazm hat vom Unglück seiner Tochter gehört und ist bestürzt hierhergeeilt. Er möchte sie jetzt sehen!«

Schlimmeres hätte kaum geschehen können. Aber Ymme wagte nicht abzulehnen. Vielleicht blieben dem Vater nicht mehr viele Stunden, sich um die Tochter zu sorgen.

Der Verwalter der königlichen Münzstätte sah ganz anders aus, als sie ihn sich vorgestellt hatte: seinem Namen nach mußte er arabischer Herkunft sein, dem Aussehen nach war er ein kastilischer Adeliger, klein, drahtig und mit energischem Gesicht.

»Meine Tochter ist mein einziges Kind«, erklärte er grußlos, »ich liebe sie über alles, und ich werde nicht dulden, daß sie im Hause eines zweitklassigen Philosophen zu Tode behandelt wird.« Breitbeinig stand er vor Ymme, das kurze Schwert im Gehänge hatte er nicht einmal am Krankenbett seiner Tochter abgenommen.

Ymme biß sich auf die Lippen. Widersprechen konnte sie nicht. Trost hatte sie auch nicht. »Eure Tochter ist nicht transportfähig. Ich habe nach Hakim al-Walid geschickt.«

Er sah sie zornig an, als ob die Fehlgeburt ihre Schuld sei. Beim Anblick des bleichen Gesichts von Idschaz mäßigte er sich vorübergehend. »Beten wir«, sagte er rauh, und es klang wie ein Befehl. »Gott und al-Walid sind die einzigen, die hier noch helfen können. Gott verzeihe mir, daß ich ihr den falschen Mann aufgezwungen habe – der Arzt rette sie mir!«

Ymme wurde hellhörig. »Ihr Ehemann ist Don Guillelmus, hörte ich. Was ist mit ihm?«

Der Münzmeister fuhr in namenloser Wut herum. »Er steckt in alles seinen Schwanz hinein, was ein Loch hat; ob Eselin oder seine Frau, ist ihm gleich. Er macht mich lächerlich! O Gott, der du die Sonne über den Eichenwäldern aufgehen und über den roten Segeln der Biskaya untergehen läßt, warum hast du mich nicht vor diesen ehrlosen Kaufleuten des Nordens gewarnt?«

»Kann es sein, daß er zu rauh mit ihr umgeht?«

Ibn Hazm warf ihr einen verärgerten Blick zu. Die meisten anderen Hebammen hätten sich ihm zu Füßen geworfen, ihre Unschuld beteuert und wären froh gewesen, wenn er sie ohne Strafe hätte laufenlassen. Diese Person fing an, ihn zu stören. »Er übt sein eheliches Recht aus. Warum?« fragte er absichtlich barsch.

»Die Fehlgeburt wurde durch einen Umstand verursacht, den wir nicht kennen.«

Jetzt begriff er. Diese Fränkin wollte anscheinend ihr eigenes Spiel spielen. »Und der Umstand könnte also mein wenig wählerischer Schwiegersohn gewesen sein? Lächerlich!«

Ymme betrachtete den Münzmeister forschend. Er war offensichtlich in seinem Stolz getroffen, weil Guillelmus Raimundi Sarracin ihn, Ibn Hazm, herabsetzte, indem er sich des ehemaligen Eigentums von Ibn Hazm bediente, wie es ihm in den Sinn kam. Der Mann brachte es beim Anblick seiner kalkweißen Tochter fertig, von eigenen Gefühlen zu sprechen! Himmel, was gab es für Männer! »Was wißt Ihr denn von Frauen? Man kann sie nicht benutzen wie eine Eselin oder einen Eimer!«

Ibn Hazm interessierte sich nicht für die Gründe einer Fehlgeburt. Das war Frauensache. Fügen mußte er sich auch, was den Transport seiner Tochter betraf. Aber er konnte sehen, daß es Umm Idschaz schlechtging. Und es ärgerte ihn mehr als angebracht, daß diese Fränkin ihn dafür verantwortlich zu machen schien. Erregt wanderte er mit kurzen, schnellen Schritten zum Fenster und kehrte wieder zur Tür zurück. Seine Hacken verursachten harte, dumpfe Geräusche auf dem gestampften Lehmfußboden, aber ihm selber verschaffte es Erleichterung in der Tatenlosigkeit. Er war gewohnt, rasche Entscheidungen zu fällen. »Sobald ich und Idschaz das Haus verlassen haben, wird sich der Muhtasib um Euch zu kümmern haben«, erklärte er.

Ymme brauchte eine Weile, um sich an den Marktaufseher zu erinnern, der auf dem Markt für Sauberkeit und vorschriftsmäßige Warenqualität zu sorgen hatte.

Zu seinem Verdruß konnte Ibn Hazm in ihrem hellhäutigen Gesicht keine Angst ausmachen. Diese Fränkinnen waren kalt wie die eisigen Berge, zwischen denen sie vegetierten. Er zuckte die Schultern und wandte sich seiner Tochter zu. Wenn man es genaunahm, so war die Fränkin nichts anderes als eine Art Aufpasserin und Pflegerin, bis al-Walid endlich eintraf.

Ymme saß mittlerweile wieder an Idschaz' Lager, hatte ihren Körper warm eingehüllt und wischte ihr den kalten Schweiß von der Stirn. Sie richtete ein stummes Gebet an den kastilischen Gott, der unter drei verschiedenen Namen angerufen wurde, – daß nur ja der Arzt bald kam. Idschaz würde nicht mehr lange durchhalten.

Endlich wurden Stimmen laut, mehrere Personen näherten sich mit hastigen Schritten, dann wurde die Tür ruckartig geöffnet. Im Eingang stand al-Walid, der berühmte leitende Arzt des Hospitals von Tulaytula.

Ymme erhob sich langsam, während er ans Krankenbett trat und die Decke zurückschlug. Einige Sekunden blieb er sinnend stehen, als ob er die Kranke als ganzen Menschen erfassen müsse, bevor er sie untersuchte.

Er überragte Ymme um Kopfeslänge, dabei war sie größer als die meisten der hiesigen Menschen. Sein langes Gewand aus gestreiftem Leinen war ärmellos, wie für Chirurgen üblich. »Du hast Kummer mit deiner Tochter, wie ich sehe, Ibn Hazm«, sagte er, ohne den Blick von ihr zu lassen. Er setzte sich ans Fußende des Bettes. »Wie lange geht das schon so?« fragte er, ohne sich an jemand Bestimmten zu richten. »Ungefähr seit dem Mittagsgebet«, antwortete Ymme. Der Meister nickte, als ob ihm ein Verdacht bestätigt worden sei. »Mir scheint, daß der Kummer groß genug wäre, auch Don Guillelmus' Anwesenheit zu rechtfertigen. Wir werden sehen.«

Ymme merkte erst jetzt, daß sich eine Frau in der Begleitung des Arztes befand, die einen verschlossenen Kasten auf einem Hocker abstellte. Al-Walid nickte der Frau zu, die sowohl eine Hebamme wie eine Ärztin sein konnte, und diese begann Idschaz' eingefallenen Bauch abzutasten. Sie ging sorgfältig und geschickt vor; sie untersuchte den Bauch zwischen Schambein und Rippen und von einem Hüftknochen zum anderen. Schließlich schüttelte sie den Kopf mit schmalen Lippen.

Als sie zurückgetreten war, ließ Al-Walid kurz seine Hand über dem Nabel von Idschaz federn. Danach blickte er sich nach Ibn Hazm um, der, zwischen Abscheu und Hoffnung schwankend, der Untersuchung beigewohnt hatte. »Ich kann nur mit Imran ben Hittan nach dem Tode von Mirdas sagen: ›Ich fürchte, daß ich im Bette sterben werde; dabei erhoffe ich den Tod unter den Speerspitzen.‹ Für die Frauen ist der Tod unter der Geburt oder im Kindsbett wie für den Mann der Tod im Glaubenskrieg. Ich weiß nicht, ob dich das tröstet …«

Ibn Hazm schlug die Augen nieder. »Ich weiß auch nicht, ob es mich trösten kann«, murmelte er. »Vor einiger Zeit hätte ich vielleicht im Glauben Trost finden können, aber einen Dschihad gibt es für mich nicht mehr.«

Ymme spürte die Trauer des Mannes, aber seltsamerweise schien sie nicht seiner Tochter, sondern ihm selber zu gelten. Das empörte sie. »Seid Ihr ganz sicher, Meister al-Walid?« fragte sie unbeherrscht. »Warum ist keine Hilfe möglich?«

Al-Walid nahm Ymme zum erstenmal zur Kenntnis. Aus ihrem Tonfall hörte er Respektlosigkeit seinem Urteil gegenüber heraus. Ohnehin war er noch nie einem Franken begegnet, der umfassende Erziehung mit Rittertum verbunden hätte; fränkische Frauen kannte er überhaupt nicht. Abweisend betrachtete er sie, ohne zu antworten.

»Hakim, bitte!« Ymme fürchtete plötzlich um das Leben des Mädchens, nicht weil sie sein Urteil eingesehen hätte, sondern weil er sich nicht rührte. Es konnte doch nicht sein, daß er wegen seiner Hoffnungslosigkeit die Behandlung verweigerte! »Warum?«

Al-Walid runzelte die Stirn. Ihre Hartnäckigkeit erstaunte ihn, obwohl er sich ihr Interesse nicht erklären konnte. »Die

Gebärmutter ist flach wie ein Fladenbrot und weich wie ungebackener Teig. Sie hat aufgehört zu arbeiten. Der Blutstrom wird fließen, bis nichts mehr da ist …«

»Könnt Ihr ihn nicht aufhalten?« Ymme schob die Helferin des Arztes beiseite und trat an Idschaz' Bett. »Rabban at-Tabari schreibt, daß gegen Blutungen kalte adstringierende Mittel helfen.« Sie ballte unbewußt ihre Fäuste, es eilte, sie fühlte es. Idschaz' Atmung war langsamer geworden.

Al-Walid preßte die Lippen aufeinander. Jetzt fiel ihm ein, daß er über eine Fränkin hatte sprechen hören, die gelegentlich Leute behandelte. Bis jetzt hatte sie ihn nicht gestört, deshalb hatte er auch keinen Wert auf Einzelheiten gelegt. »Ihr geht mit Worten um, deren Inhalt Ihr nicht kennt, Fränkin«, bemerkte er kühl und erhob sich. »Der Körper dieser Frau ist bereits im Übermaß kalt und feucht. Wenn Ihr sie jetzt gleich umbringen wollt, nehmt kaltes Wasser.«

»Und Kampfer?«

Es hatte keinen Zweck.

Al-Walid hatte Idschaz aufgegeben und beachtete Ymme nicht mehr. Er legte Ibn Hazm mitleidig die Hand auf die Schulter. »Es tut mir leid. Vielleicht wird der Prophet für sie Fürsprache einlegen, und die Gnade Allahs ist ohne Grenzen. Du mußt versuchen, Trost im Gebet zu finden. Auch dein neuer Gott kennt die Trauer um Angehörige.« »Besteht gar keine Hoffnung?« fragte Ibn Hazm bittend.

Der Arzt wiegte den Kopf. »Eine ganz winzige Möglichkeit läge darin, daß der Blutfluß von selbst versiegt. Wir kennen Allahs Ratschlüsse nicht. Manchmal …« Er nickte seiner Helferin zu; sie nahm den Instrumentenkasten, der nicht benötigt worden war, und ging vor dem Arzt hinaus. Draußen wechselte sie leise Worte mit den Dienerinnen, die daraufhin schluchzend das Krankenzimmer betraten.

Ymme kannte die Ratschlüsse Allahs ebensowenig, aber sie faßte einen eigenen Entschluß. Während die sich entfernenden Stimmen der Männer im langen Gang zum Arkadenhof widerhallten, lief sie zu ihrem Zimmerchen. Mit zitternden Händen räumte sie Kleider aus ihrer Truhe, bis sie zuunterst das Röhrchen mit Frau Cornelas Mutterkornpulver fand.

Als der Muezzin zum Abendgebet rief, war Ymme ein wenig zuversichtlicher geworden. Sie hatte mit Berenguelas Hilfe Idschaz den Trank eingeflößt, was schwierig genug gewesen war, da diese bereits halb ohnmächtig war. Diese erste Klippe aber hatten sie geschafft und die zweite auch: die Medizin war im Körper geblieben. Seitdem hatte sich äußerlich nicht viel geändert – aber der Blutfluß hatte aufgehört, und Idschaz war noch am Leben. Und noch etwas hatte Ymme festgestellt, das sie fast mit Stolz erfüllte: Als sie nach dem Vorbild von al-Walids Helferin den Bauchraum von Idschaz abgetastet hatte, war ihr keineswegs ein flacher Fladen unter die Hand gekommen, sondern ein Knoten – fest wie ein Hühnermagen und etwas größer. Das mußte die Gebärmutter sein, und sie arbeitete wieder.

Die Frage war nun: Konnte Idschaz auch mit wenig Blut in den Adern leben? Besorgt beobachtete sie ihre Patientin. Sie war immer noch blaß, aber in ihre Glieder war mit den erhitzten Feldsteinen wieder Wärme gekommen, und sie atmete ruhig.

Ymme wagte nicht, sich auf das Lager zu legen, das Berenguela ihr bereitet hatte, sondern kauerte auf einem Haufen Kissen. Die beiden ratlosen Dienerinnen, die ihr nicht einmal die Frage beantworten konnten, warum der besorgte Vater nicht mehr zurückgekommen war, hatte sie draußen im Gang schlafen geschickt.

Aber der gleichmäßige Atem der Kranken gab die ganze unendlich lange Nacht keinen Anlaß, etwas zu unternehmen, und Ymme schlummerte im Morgengrauen erschöpft ein. Das Gezwitscher der Finken im Hof und im Käfig weckte beide Frauen zugleich. Ymme sah überwältigt, wie Idschaz sich auf dem Ellenbogen aufzurichten versuchte.

In ihrer frohen Aufregung befahl Ymme die Dienerinnen zu sich, scheuchte Berenguela in die Küche und stützte Idschaz. »Hast du Schmerzen?« fragte sie sie wie eine ältere Schwester und vergaß ganz, daß sie eine vornehme Patientin betreute, der sie Respekt schuldete. Idschaz lächelte schwach und schüttelte den Kopf. »Ich habe Hunger.«

»Gott und Allah sei Dank«, brach Ymme aus. »Ich glaube, du hast es geschafft.«

Idschaz vertrug das Essen gut und forderte solche Mengen, daß gegen die Mittagszeit der Zwerg mit neugierigem Gesicht in der Tür erschien. »Wer ist der heißhungrige Löwe, der meine Vorräte schneller verzehrt, als ich sie ergänzen kann? Bist du es, Hakima?« Dabei lachte er so herzhaft zu seinem eigenen Scherz, daß die verblüffte Ymme mitlachte.

»Die Löwin liegt im Bett, Zwerg. Sei vorsichtig und behandele sie ehrerbietig, damit sie nicht aufspringt. Vielleicht bist du ihr als Bissen gerade recht.«

Fast konnte Ymme den Zwerg vor Behagen schnurren hören, als er sich tief vor der Herrin Idschaz verneigte. Sie wußte auch, warum. Allein die Gerüchte über diese Heilung würden den Ruf des Philosophen mehren, sei es auch nur, weil er die Klugheit besessen hatte, eine Helferin wie Ymme zu beschäftigen. Und wo ein guter Ruf war, kamen Klienten, Patienten, Ratsuchende aller Gattungen. Besonderen Lohn rechnete er sich natürlich auch aus. Wer kochte denn das Gemüsesüppchen, das Rebhühnchen, das Kürbispüreetörtchen?

»Noch habe ich keinen Appetit auf Zwerge«, warf Idschaz ein, und allein ihr Kopfschütteln war ein gutes Zeichen dafür, daß sie ihre Kräfte allmählich zurückgewann.

Am Spätnachmittag verflog die Freude jäh, die sich dem ganzen Haus mitgeteilt hatte. Ibn Hazm, zu dem man einen Boten gesandt hatte, war immer noch nicht erschienen. Statt dessen verlangte der Muhtasib mit fast gewalttätigem Klopfen am Tor Einlaß. Ymme bemerkte die fatale Entwicklung erst, als er bereits durch den Innenhof stampfte, den protestierenden und schimpfenden Zwerg neben sich. Wo der Polizeiinspektor einen Schritt machte, hüpfte der Zwerg zwei.

Der Muhtasib wischte ihn schließlich mit einer Handbewegung weg. »Ich will Isa ibn Hamdus al-Dschayyani sprechen. Was soll ich mit dir, Zwerg?«

»Aber so laßt Euch doch erklären, Euer Gnaden«, schrie der Zwerg in höchster Aufregung, »hier gibt es nichts, was beaufsichtigt werden müßte. Und nichts, was irgend jemand erklären müßte! Dies ist das Haus des ehrenwerten Philosophen Ibn Hamdus und die Arbeitsstätte der Hakima Doña Iume de Lubicensis in den Hospitalräumen des verschiedenen Hakim Juhannu ibn Hamdus al-Dschayyani!«

»Ja, eben! Deswegen bin ich hier. Es erging an die Hisba eine Anzeige.«

Der Zwerg war aufgebrachter denn je. »Hisba! Hisba! Wir haben schon lange keine Hisba mehr. Aber ein Beni irgendwas aus einem namenlosen Ort in Marokko bringt das nicht in seinen dicken Schädel! Auch wenn er ›Euer Ehren‹ genannt werden will. Und bei uns wird nicht einfach dschtdscht gemacht!« Ymme, die, geschützt durch einen geschnitzten hölzernen Fenstereinsatz, in den Innenhof spähte, sah, wie der Zwerg mit einem imaginären Messer kreuzweise in die Luft schnitt, und sie meinte beinahe, wieder das Reißen des Seidenstoffs zu hören.

Der Marktaufseher griff sich den Zwerg am Gürtel und hob ihn mit Leichtigkeit in die Höhe. »Sprich du nicht über meine Sippe«, drohte er. »Dich hätte die deinige früher in den nächsten Wüstenbrunnen geworfen, du Gaukler, der von Muschriks abstammt!«

Der Zwerg kicherte in hohen Tönen, aber Ymme hörte heraus, daß ihm die Luft unter dem verrutschten Gewand knapp wurde. »Besser Muschrik als Converso!«

Mit einem Fluch warf der Muhtasib den kleinen Mann in das Wasserbecken, daß es spritzte, und knirschte hörbar mit den Zähnen. Er war königlicher Beauftragter, aber manchmal vergaß auch er sich. Am liebsten hätte er dieser halben Portion von Araber auf gut berberische Weise den Garaus gemacht.

Der Zwerg kletterte vorsichtshalber auf der gegenüberliegenden Seite aus dem Becken und war immer noch nicht geschlagen. Er hätte seine Schmähreden fortgesetzt, wenn nicht in diesem Moment der Hausherr erschienen wäre, durch den ungebührlichen Lärm in seinem Nachmittagsschlaf gestört und darum äußerst verärgert. Aber noch rechtzeitig gelang es ihm, seinen Ärger zu verbergen, als er des Polizeiinspektors ansichtig wurde. Er verbeugte sich respektvoller als üblich, tiefer als nötig.

»Salam, auch ich grüße dich, Isa ibn Hamdus al-Dschayyani«, schnarrte der Muhtasib, »und das hätte ich auch schon vor einigen Minuten tun können, wenn dein kleiner Skorpion nicht seinen Stachel ausgerollt hätte. Zweifellos nicht in deinem Auftrag … Der ehrenwerte Ibn Hazm hat sich über deine Schülerin beschwert, und dem habe ich nachzugehen.«

»Deine Anwesenheit ehrt mich tief. Meine Schülerin mag manchmal ein wenig unvorsichtig mit der Beurteilung der Krankheiten sein. Bagatellen, nichts für das Gericht …« Ibn Hamdus winkte ab und brachte es gleichzeitig fertig, seine Duldung einer zu behandlungsfreudigen Schülerin mit lauernder Aufmerksamkeit gegenüber den Schachzügen des Polizeiinspektors zu paaren. Ymme umklammerte zornig die Holzverzierung, während Isa die Stimme hob und mit geschmeidiger Glätte weitersprach. »Es gibt keinen Grund, daß sich ausgerechnet Ibn Hazm über sie beschwert. Gerade heute hat meine Schülerin seine Tochter vom Tode errettet. Der erhabene al-Walid hatte sie aufgegeben …«

Der Muhtasib legte seine Stirn in Falten und schob die dicke Unterlippe vor. Dann schüttelte er ausgiebig den Kopf. »Du mußt dich irren. Die Tochter ist tot, und die Franca rubia ist schuld. Sie muß vor Gericht.«

Ibn Hamdus knetete seine Hände unruhig hinter dem Rücken. Plötzlich streckte er sie starr nach hinten. »Wenn du meinst, Herr …«

Aber es stimmt doch nicht, wollte Ymme schreien und sah sich nach dem Zwerg um, der so tapfer Widerstand geleistet hatte. Jetzt war er fort. Auch die Frauen waren wie vom Erdboden verschluckt.

Hastig lief sie in ihr Zimmer, Flucht konnte es nicht geben, der Hof hatte nur den Ausgang, vor dem der Muhtasib stand. Was in uralten Zeiten zur Verteidigung gedient hatte, wurde ihr zur Falle. Dennoch fürchtete sie sich nicht ernstlich, der Irrtum würde sich aufklären; ihre größte Sorge waren im Augenblick das Mutterkorn, die Soranschrift und ihre Aufzeichnungen.

Don Isa und der Muhtasib sprachen draußen in gedämpftem Ton weiter, während sie sich mit ihren Kostbarkeiten wieder in das Zimmer stahl, wo Idschaz lag. Sie war wach, und ihre frisch mit al-Kuhl geschminkten Augen blickten Ymme aufmerksam und fragend an.

»Ich kann dir so schnell nicht alles erzählen«, flüsterte Ymme und setzte sich auf das Bett dicht neben Idschaz. »Der Muhtasib wird mich aufgrund einer Anzeige deines Vaters gleich mitnehmen. Bitte bewahre meine medizinischen Schriften auf. Sie sind für mich die Arbeit eines ganzen Jahres …«

Idschaz legte in namenlosem Entsetzen die Hand vor den Mund. »Der Muhtasib! Weißt du, was das bedeutet?«

»Er sprach von einem Gericht …«

Idschaz fing an zu beben. Sie verträgt noch keine Aufregung, dachte Ymme mitleidig und wickelte das Mädchen erneut warm ein. Ihre Schriften stopfte sie unter das Laken und zog es darüber straff. Niemand würde etwas Ungewöhnliches bemerken.

Harte Schritte näherten sich im Flur. Ymme wartete ergeben. So hörten sich nur Männer mit einem Auftrag an, mit königlichem oder mit kirchlichem … Es war gleich, wer sie schickte, sie verkörperten dann nur noch ihr Amt, den Menschen unter der Amtsrobe gab es nicht mehr. Beklommen fragte sie sich, was Idschaz gemeint hatte.

Der Polizeiinspektor wußte, wo er die gesuchte Person finden würde. Er riß die Tür auf und trat über die Schwelle, obwohl es sich um das Krankenzimmer einer Frau handelte, in dem er nichts zu suchen hatte. Idschaz stieß einen dünnen Angstschrei aus und fiel in Ohnmacht.

»Du weißt wohl inzwischen Bescheid, nehme ich an«, brummte der Muhtasib, packte Ymme und zog sie zu sich. Dann legte er ihr eine dünne Schnur um den Hals, deren Ende er um sein Handgelenk wickelte.

Ymme leistete keinen Widerstand. Verzweifelt wies sie auf Idschaz. »Dort liegt die Kranke, die angeblich tot sein soll. Überzeugt Euch doch selbst, daß sie atmet.«

Der Muhtasib sah nicht einmal hin. »Wenn Ibn Hazm sagt, daß seine Tochter tot ist, ist sie tot. Was weiß ich, wer dort im Bett liegt und auch nicht sehr lebendig ist?« Er ruckte an der Fessel. »Wir gehen!«

Niemand ließ sich im Hof sehen, als Ymme abgeführt wurde.

Dagegen war der Darb gefüllt mit Menschen, die gewartet zu haben schienen. Fast alle kannte Ymme mittlerweile: Da war der lange al-Hallâl, der Essigmacher, dessen Haut wie im eigenen Essig gegerbt schien und dem sie die Schrunden mit Wollfett heilte; Paulos, der Schröpfer; der Glasbläser Guillem, der immer wieder unter handtellergroßen Brandblasen litt; Abu Hassan, der Töpfer von Moras ollas aus Murcia, der in krankhafter Weise die Kugelform seiner Töpfe angenommen hatte und dem sie Abkochungen von Petersilienwurzel zu trinken gab, weil er sich weigerte, in den Maristan zu gehen; Octavio, der Korksohlenschneider, und Felipe Wasserträger. Ihre Frauen standen abseits mit feindseligen Gesichtern und drückten die Kinder an sich.

Am liebsten hätte Ymme ihren Tränen freien Lauf gelassen. Warum stellten ihre Nachbarn sich gegen sie? In ihr brannte unerträgliches Schamgefühl, und sie senkte den Kopf, um nichts mehr sehen zu müssen.

Plötzlich flogen Steine. Ymme hörte sie satt auf der brokatverzierten Amtskleidung des Muhtasib aufprallen und zu Boden fallen. Kein einziger verfehlte ihn.

Aber sie wurde von keinem einzigen getroffen.

Da erst verstand sie und blickte auf. Die braunen, schwarzen, grünen und blauen Augen, die ihr begegneten, sprachen ihr stumm Mut zu, bis eine wütende Stimme schrie: »Bring uns unsere Hakima wieder!«, der Muhtasib an der Fessel ruckte und seine Schritte beschleunigte. Ymme mußte den Kopf abwenden und auf den Weg schauen, um nicht zu stolpern.

Der Muhtasib zerrte sie ohne ein Wort der Erklärung durch die Stadt, durch das muslimische Stadtviertel in das christliche, das sie nicht so gut kannte. Gemeinsam war den muslimischen und christlichen Neugierigen, daß sie Ymme verstohlen beobachteten und sich schnell abwandten, wenn der Polizeiinspektor auf sie aufmerksam wurde.

Ihr Ziel war ein verwahrlostes Haus mit vergitterten Fensteröffnungen, das direkt an die Stadtmauer angebaut war.

Das Gefängnis.

Ymme dachte mit geschlossenen Augen an den lieblich angelegten muslimischen Friedhof, der unterhalb dieses Mauerabschnitts lag, mit seinen verstreuten Hügeln, den lichten Affenbrotbäumen, den knorrigen Olivenbäumen …

Dann zerrte der Muhtasib sie brutal ins Haus, und Kälte und Modergeruch schlugen über ihr zusammen. Ein Wachmann hob den Kopf, als sein Vorgesetzter mit seiner Gefangenen eintrat, und händigte diesem einen großen Schlüssel aus. Er begleitete sie nicht nach unten.

Das Kellergeschoß war weitläufig und bei weitem größer als der Gefängnisbau darüber. Einzelne Männerstimmen wurden von den Wänden zurückgeworfen, und dazwischen ertönten Schreie von Menschen in Todesqualen. Ymme krampfte sich zusammen vor Angst.

Die Rattenaugen, die am Ende des Gangs im Schein der Fackel aufleuchteten, schienen ihr weniger abschreckend als die kreischenden Frauen in der übervollen Zelle, auf die der Muhtasib zustrebte. Doch der Polizeiinspektor zog die Gittertür um einen Spalt auf, der nur knapp ausreichte, um Ymme hineinzuschieben, und schlug sie wieder zu. Viele Arme streckten sich ihr entgegen, die sie hereinzerrten, und noch bevor des Muhtasibs schallendes Lachen verhallt war, war Ymme ihrer Kleidung verlustig gegangen. Die Frauen ließen sie erst in Ruhe, als Ymme nichts als ein dünnes Unterkleid und ein zerrissenes Hemd verblieben waren.

Ymme ließ sich in namenlosem Entsetzen an der feuchten Wand hinuntergleiten und verharrte reglos in einem Gemisch von menschlichem Kot, Strohresten und zersplitterten Rattenknochen.

13. Ibn Hazms Macht

Von den ersten wärmenden Sonnenstrahlen im Jahr des Herrn 1211 merkte Ymme nichts, sie spürte überhaupt nichts. Sie lag in tiefer Ohnmacht auf dem kalten Boden der Gefängniszelle, unbeachtet von den gleichgültigen Frauen, die alle dieselbe Behandlung wie Ymme hinter sich hatten bringen müssen.

Seitdem Ymmes Haar nicht mehr blond, sondern schmutzverklebt, ihre glatte junge, helle Haut blau und schwarz von Tritten des Aufsehers bis hinunter zum Beschließer war und ihr Unterkörper von der Scham bis zum After aus vielen Schrunden und Wunden blutete, ließen die Wärter sie in Ruhe.

Ihre Bewußtlosigkeit währte schon viele Stunden, als die Frauen durch ungewöhnliche Geräusche im oberen Stockwerk aufmerksam wurden. Noch konnte das Heer mit seinem berechtigten Anspruch auf Huren nicht zur Stelle sein. Langsam zogen sie sich an die Zellenwände zurück, während die unterwürfige Stimme des Aufsehers sich näherte. Der Schall verzerrte die Worte, doch es wurde bald klar, daß sein Gesprächspartner jemanden suchte. Und auch, daß der Betreffende nicht davor zurückschrecken würde, den Aufseher zu enthäuten, falls der gesuchten Person etwas passiert sein sollte.

»Die Franca rubia«, flüsterte die Gefangene, die als einzige mit Ymme gesprochen hatte. Sie hatte schnell gemerkt, daß die Fremde ein Irrtum des Almotacén war, jedenfalls kein Weib, für das ein Ende im Tajo oder am Galgen normal gewesen wäre.

Keine von ihnen hatte jemals den Verwalter der königlichen Münzstätte gesehen, aber jede konnte eine hochgestellte Persönlichkeit von einem gewöhnlichen Aufseher unterscheiden. Die Wut des kastilischen Edlen konnte sich gegen jede einzelne von ihnen richten, und die des Wachpersonals würde sich auf jeden Fall später an ihnen austoben. Hastig zog die aufmerksame Gefangene ihre neuen Schuhe aus und warf sie auf Ymmes Leib, der, leblos wie eine Leiche, hingestreckt war.

Ibn Hazm verzog angeekelt das Gesicht und hielt sich die Nase zu, aber er schwieg. Die Männer seiner dreiköpfigen Leibwache wußten, was sie zu tun hatten. Einer riß die Gittertür auf und stapfte in die Zelle. Während er Ymme mit einem weiten Mantel bedeckte und sie sich über die Schulter warf, winselte der Aufseher: »Euer Gnaden, wir haben nicht bemerkt, daß die Frauen über die Gefangene hergefallen sind, sie müssen ja über sie hergefallen sein, welche Schweine könnten es sonst gewesen sein …? Den Schlüssel gebe ich nicht aus der Hand …«, fügte er tonlos hinzu.

Ibn Hazm würdigte ihn keines Blicks. »Es wird von euch nicht viel übrigbleiben, wenn ich mit euch fertig bin«, äußerte er knapp und wandte sich zum Gehen. Er ließ Gefangene und Wachleute in tiefer Furcht zurück. In persönlichen Angelegenheiten war er nicht minder unbarmherzig als in seinem Amt des königlichen Verwalters.

Als Ymme wieder aufwachte, wußte sie vom ganzen Ausmaß ihrer Erniedrigung nichts; gewaschen, in blütenweißem Leinen, lag sie zwischen duftenden Bettüchern. Staunend erkannte sie die an den Wänden aufgeschichteten bunten Kissen, das Bücherregal und die Werke des Aristoteles. Don Isa hatte gestattet, daß man den Unterrichts-, Empfangs- und Untersuchungsraum zu ihrem Krankenzimmer machte.

Erst als Ymme viel später entdeckte, daß auch Idschaz' Krankenlager sich im Unterrichtsraum befand, daß sie beide von den Dienerinnen bedient und vom Zwerg bekocht wurden, verstand sie, daß Ibn Hazm Raum und Dienstleistungen gekauft haben mußte, den Ausgleich von Ibn Hamdus' Einnahmeverlusten inbegriffen.

Es war ihr recht. Die nächsten Stunden und Tage dämmerte sie vor sich hin, während ihr Körper sich langsam zu erholen begann. Sie wachte erst richtig auf, als Ibn Hazm zu Besuch kam, ehrfurchtgebietend trotz seiner geringen Größe, mit einer breiten goldenen Kette um den Hals.

»Wie soll ich Euch danken, Ibn Hazm«, sagte Ymme zu ihrem eigenen Erstaunen, fasziniert vom Funkeln des Schmucks auf der roten Jacke. Nur zu gut wußte sie, daß sie noch im Gefängnis hätte liegen können. Für den Münzstättenverwalter wäre es der unauffälligere Weg gewesen.

»Tut es nicht.« Ibn Hazm hatte nicht die Absicht, über Vergangenes zu reden. Derlei passierte jeden Tag, überall. »Meine Tochter bestand auf einer umfangreichen Erklärung. Bei ihrer wunderbaren Genesung hatte der Prophet nur insofern seine Hand im Spiel, als er Eure führte. Ihr werdet nicht erwarten, daß ein Ibn Hazm sich dafür nicht erkenntlich zeigt ...«

Ymme wußte nicht, was sie erwartet hatte, eigentlich nichts Gutes nach dieser Probe seiner Macht.

»Nennt Eure Belohnung.«

Da Ymme geradezu hartnäckig schwieg, brummelte der Edelmann unzufrieden. Weshalb erwartete man von ihm, sich um unentschlossene Frauen zu kümmern? »Umm Idschaz hat mir erzählt, daß Ihr hergekommen seid, um an der Madrasa zu studieren, vor allem aber, um im Maristan zu lernen ...«

Ymme lauschte mit zusammengepreßten Lippen, nickte und vergaß alle Schmerzen. Sie vergaß fast zu atmen.

»Ich werde dem Leiter des Krankenhauses empfehlen, Euch als Studentin zuzulassen.«

Ymme schwindelte es wieder wie in den ersten Stunden nach ihrer Befreiung. Der Leiter des Krankenhauses – al-Walid. »Glaubt Ihr nicht«, fragte sie endlich heiser, »daß er mich ablehnen wird?«

»Ich glaube es nicht im geringsten«, erwiderte Ibn Hazm, hochmütig wie immer und schon im Gehen. Er hatte keinen Anlaß, ihr mitzuteilen, daß das Hospital von Stiftungen und Schenkungen der Muslime und ihrer Freunde getragen wurde. Und er war ein sehr hochherziger Freund.

Als er draußen war, sank Ymme zurück, jetzt vor glückseliger Schwäche. Wie lange und unter welchen Opfern hatte sie kämpfen müssen, um ihr Ziel in greifbarer Nähe zu sehen!

Idschaz wurde nach einigen Tagen von Ymme von ihrem Krankenlager entlassen, was sie beide belustigte, war doch die Ärztin bei schlechterer Gesundheit als die Patientin. Ymme sah Idschaz nach, die von den beiden Dienerinnen und zwei Wachen begleitet wurde. Dann rief sie Berenguela herbei und zog mit ihrer Hilfe wieder in ihren eigenen Raum um. Der Unterricht wurde noch am selben Tag wiederaufgenommen – Don Isa konnte sich keine unnötigen finanziellen Verluste erlauben.

Darum traf der Schlag, den der Philosoph ihr versetzte, Ymme um so unerwarteter.

Nach der nachmittäglichen Lesung entließ er Ymme nicht, sondern kaute eine Weile auf Worten herum, und Ymme verstand schnell, daß es dem Sinn nach arabische Worte waren. »Ich kann es mir nicht leisten, weiterhin eine Christin im Haus zu haben.«

Ymme antwortete nicht.

Ibn Hamdus seufzte. Über das Wohnedikt bezüglich der Muslime und Hebräer war er nicht glücklich, aber auch nicht besonders unglücklich. Er besaß kein Haus, das er vermietet hatte. Die Christin hätte er gern für sich arbeiten lassen. Aber er konnte es sich in seiner gegenwärtigen Lage nicht erlauben, der christlichen Herrschaft aufzufallen. Seine Klientel war in erfreulicher Weise gewachsen, eine kleine Einschränkung der ärztlichen Praxis würde nicht schaden. »Der Erzbischof«, führte er ungeduldig aus, »hat Anordnungen bekanntgeben lassen. Christen dürfen nicht bei Muslimen oder Juden wohnen.«

Don Isa war also Muslim, geschickt verborgen hinter philosophischen Theorien aller Richtungen. Aber die Erkenntnis verblaßte hinter der Tatsache, daß sie wieder ein Haus verloren hatte – vielleicht einen Studienplatz besaß, aber keinen Schlafplatz … »Und mein Unterricht?« fragte Ymme erbittert.

Ibn Hamdus rieb sich nervös die Hände. Er hatte sich dieselbe Frage vorgelegt und sich entschlossen, vorsichtig zu sein. Der Erzbischof war erst seit zwei Jahren im Amt, aber noch niemals hatte er die Zügel lockerer gelassen, immer nur angezogen. In düsteren Farben malte sich der Philosoph aus, wie Ximénez mit der Kandare einen Kopf nach dem anderen beugte, die edlen arabischen zuerst, dann die jüdischen und irgendwann auch die mozarabischen. »Nein«, sagte er schrill vor Besorgnis. »Nein! Er ist beendet!«

Ymme ging mit gesenktem Kopf. »Zwerg, wo soll ich hin?« fragte sie traurig. Er wollte gerade zum Tor hinaus, als sie ihn abfing, mit dem Korb in der Hand wie üblich, aber der grüne, auf seiner Kleidung aufgenähte Fleck war neu an ihm.

»Weiß ich auch nicht«, knurrte der Zwerg verdrießlich. »Wahrscheinlich ins Frankenviertel. Dieser eiserne Bischof läßt ja keinen Menschen auf anständige Art grau werden. So viele Jahre lebe ich nun hier in Tulaytula und war in meinem Herzen immer grün, weil's die Lieblingsfarbe des Propheten ist. Aber bin ich denn ein Fink, daß ich sie auch auf dem Federkleid tragen muß?« Ehe Ymme sich's versah, katapultierte der Zwerg einen dicken Batzen Speichel quer über den Hof dem überrascht zwitschernden Vogel in den Käfig.

Der Zwerg zog das Tor auf und verschwand durch den Spalt hinaus. Ymme stand immer noch unter dem Bogen und überlegte.

Das Viertel der Franken – die Hebamme fiel ihr ein. Und das Gefängnis. Nein, sie würde im Mozaraberviertel bleiben mit seinem schützenden Gewirr von unübersichtlichen Gassen. Aber sie kannte nur wenige Menschen so gut, daß sie sie um Hilfe bitten konnte – eigentlich nur Urraca …

Schon am nächsten Morgen, als sie entgegen ihrem besseren medizinischen Wissen zur Übersetzerschule hinübergeschlichen war, zerschlug sich auch diese Hoffnung.

Urraca stattete ihrem Vetter einen Besuch ab – wie üblich vor ihrem Unterricht. »Nein, Ymme«, sagte sie zögernd, »ich glaube, es geht nicht. Wir haben schon so viel zu leiden gehabt wegen unseres Glaubens. Die Familie hat deswegen ihre Heimat verloren und sich darüber gespalten. Die eine Hälfte sind Juden geblieben, die anderen sind Christen geworden – kurz bevor die Berber einzogen, was ein ganz und gar verkehrter Wechsel war … Wenn wir dich aufnehmen, richtet sich die Aufmerksamkeit wieder auf uns. Du bist nicht gerade die unauffälligste Christin, die ich mir denken könnte.«

Ymme nickte. Sie hatte es sich fast gedacht.

»Und der wichtigste Mann der Stadt kennt dich …«

Ibn Hazm, al-Walid? Ymme wußte nicht, wen Urraca meinte. Don Zag sah es ihr an: »Seine Eminenz.«

»Er hat nur ganz kurz mit mir gesprochen«, erinnerte ihn Ymme.

Der Übersetzer lächelte sein trauriges Lächeln, das jetzt immer häufiger auf seinen Lippen erschien. »Er hat dich und den Koran zugleich gesehen. Das reicht.«

Ymme hörte ihm gar nicht mehr zu, weil die Nennung des Korans ihr wieder die fürchterliche Entdeckung ins Gedächtnis zurückbrachte, die sie beim Packen ihrer wenigen Dinge gemacht hatte: er war spurlos verschwunden. Alle Dinge in Idschaz' Verwahrung hatte sie zurückerhalten – aber der Koran war fort. Nur die Männer des Muhtasib konnten ihn mitgenommen haben.

Zu der Zeit, zu der sie sonst ihren Nachmittagsunterricht gehabt hätte, ging Ymme an diesem Tag in den Hammam, um sich auf den Besuch bei al-Walid vorzubereiten, äußerlich wie innerlich. Chaldun, der Papierhändler, verbeugte sich von weitem, und sie winkte zurück. Papier benötigte sie heute nicht. Vor dem Eingang des Kuppelbaus besorgte sie sich Seife und eine parfümierte Salbe; wie alle Frauen wurde sie kontrolliert, ob sie aussätzig war, und dann stieg sie schon den Korridor hinunter in den großen An- und Auskleideraum.

Ymme mußte sich erst an das Dämmerlicht gewöhnen, das, durch die sternförmigen Öffnungen in der Kuppel sanft gefiltert, auf den Springbrunnen fiel. Kaum hatte sie ihre Wäsche abgelegt, war sie bereits von einer aufmerksamen Badefrau mit erschrockenen Augen in ein rosa Tuch gehüllt und in Pantoffeln gesteckt worden. Sie geleitete Ymme besonders fürsorglich zu einer Bank, auf der sie sich ausstrecken konnte. Der Raum war angenehm erwärmt.

Nur wenige Besucherinnen waren hier, aber aus dem benachbarten Raum hörte Ymme gedämpftes Schwatzen. Dort waren der Dampf und die Hitze. Sie fühlte sich todmüde, ausgelaugt, zerschlagen. Um nicht bereits hier einzuschlafen, winkte sie die Badefrau nachdrücklich wieder zu sich und ließ sich im »Haus der Hitze« eine der in Nischen versteckten Badewannen zuweisen. Dann glitt sie ins Wasser hinein.

We-nig-stens heu-te, dachte sie im Rhythmus der Hände, die den nach dem Waschen verbliebenen Schmutz aus ihrer Haut herauskneteten. Die Frau ging außerordentlich vorsichtig mit ihrem geschundenen Körper um, aber weh tat es trotzdem. Das sanfte Einmassieren der parfümierten Salbe tat ihr wohl. Sie war froh, daß sie keine Erklärungen abgeben mußte. Bei geschlossenen Augen merkte sie, daß die Badefrau von einer anderen abgelöst wurde, die ihre Finger- und Fußnägel schnitt, die Nagelhäutchen entfernte, die Augenbrauen in Form zupfte. Als eine Stimme leise fragte: »Wie soll ich dich schminken? Wie für eine Hochzeit, wie für einen Liebhaber oder wie für ein Fest?« schrak Ymme auf.

»Nur die blauen Flecken unsichtbar machen«, antwortete sie ruhig. »Ich habe weder einen Ehemann noch einen Liebhaber.«

»Im Eismeer, wo Doña Iume herkommt, heiratet eine Frau erst im achtundvierzigsten Jahr, kurz bevor sie eintrocknet«, behauptete eine neue Stimme. Vor Ymme stand die lachende Idschaz und neben ihr die Badefrau mit offenem Mund.

»Ich dachte, dein Vater hat ein privates Bad«, sagte Ymme geniert und richtete sich auf. »Ich habe dich noch nie hier gesehen.«

»Das ist so langweilig. Ich habe Unterhaltung nötig.« Ihre Lippen verzogen sich zu einem erschrockenen Ausruf, als das Badetuch von Ymmes Schultern rutschte. »Du hast mir nicht erzählt, was sie mit dir gemacht haben …«

Ymme schüttelte den Kopf.

»Es stimmt also, was sie erzählen?«

Ymme nickte gequält. Sie plauderten eine Weile über Nebensächlichkeiten, während Ymme geschminkt wurde. Ungeduldig wartete sie darauf, daß die Badefrau Schere, Feilen und Schminkpalette zusammenpackte und sie sich endlich in eine der Nischen auf einen Diwan zurückziehen konnten.

Nach und nach gab Ymme preis, was sie in den letzten entscheidenden Stunden erlebt hatte, das namenlose Entsetzen, die Hoffnung und nun wieder der Verlust einer Hoffnung.

»Daß du überlebt hast, ist allein schon ein Wunder«, stellte Idschaz fest und streckte die Beine auf der lederbezogenen Liege aus. »Meinen hochverehrten Vater werde ich an seine Ehre erinnern, und eine Wohnung wird sich in einem seiner Häuser finden. Also, keine Sorge. Ich gebe dir Nachricht.«

Ymme sah Idschaz unschlüssig an. Sie hätte das junge Mädchen mit ihrem Kummer nicht belästigen sollen, aber nun war es zu spät. Sie schwieg, während sie beobachtete, wie in ihrer Nähe die Handinnenflächen und Fußsohlen eines kichernden jungen Mädchens mit Henna gefärbt wurden. Hier verflüchtigten sich die Sorgen mit dem Wasserdampf, und alles, was man zu tun hatte, war, sich den Badefrauen zu überlassen.

Aber al-Walid wartete.

Als die Putzfrauen in verborgenen Räumen mit ihren Eimern und Besen zu klappern begannen, um unauffällig auf das Ende der Frauenbadestunden hinzuweisen, zogen Ymme und Idschaz sich an und verließen das Badehaus. Draußen bereitete sich schon der Schädelpolierer auf die Ankunft der Männer vor.

Ymme verabschiedete sich und eilte in den Maristan. Der Abend war eine gute Zeit, um einen Arzt aufzusuchen, ohne ihn von seinen Pflichten gegenüber den Kranken abzuhalten. Aber trotz ihrer Eile umging sie das fränkische Viertel mit seinen rohen Knechten, deren nordfranzösische Dialekte zwischen den Mauern der Magdalenenkirche und den umfriedeten weiten Corrales widerhallten. Überall sonst in der Stadt fühlte sie sich sicher, nur hier nicht.

Nicht weit von der Apotheke lag das Hospital. Seine Front war nicht viel länger als das Haus von Ibn Hamdus, alt, aber besser instand gehalten: beide Stockwerke waren rot getüncht, die schmalen Fenster mit ockerfarbener Bemalung verziert und das Dach mit einem neuen hellroten Ziegeldach versehen. Es war das erste Mal, daß sie es betrat. Den Pförtner, der auf einer Bank hinter dem Tor saß, fragte sie nach Meister al-Walid.

Der alte Mann mit den Bartstoppeln im Gesicht und dem wollenen Mützchen auf dem Kopf betrachtete sie neugierig. »Um diese Zeit berät er sich mit den anderen Ärzten über schwierige Fälle. Jetzt kannst du nicht zu ihm. Komm morgen zur Sprechstunde wieder.«

»Nein, ich werde warten«, sagte Ymme bestimmt und trat ungehindert durch das Tor in den Garten innerhalb der viereckigen Anlage. Wasser plätscherte in einem Becken, irgendwoher erklang leise Musik, und unter den Orangenbäumen unterhielten sich die Rekonvaleszenten.

Ymme blieb unschlüssig stehen. Sie biß die Zähne aufeinander. Morgen würde ihr vielleicht der Mut fehlen.

Nach einer Weile kam eine Gruppe von Männern, mitten unter ihnen Meister al-Walid. Ihn behandelten sie respektvoll, dennoch war er ein Teil von ihnen, lachte mit ihnen. Zwei der Jüngeren riefen einem Kranken Scherzworte zu und verschwanden dann in dem Tordurchgang, durch den Ymme den Garten betreten hatte. Die anderen zerstreuten sich in den Arkaden, sprachen noch leise mit dem einen oder anderen Patienten. Einer fing gedankenverloren an, im Brunnen nach Lichtstrahlen zu fischen.

Ymme trat bescheiden auf al-Walid zu.

»Was wollt Ihr?« fragte er; die Ablehnung stand ihm deutlich im Gesicht. Freundliche Erinnerungen erweckte die Fränkin nicht in ihm. Mit den Händen auf dem Rücken starrte er in den Orangenbaum, der voller reifer Früchte war.

»Ich würde so gerne bei Euch studieren, Hakim al-Walid«, sagte Ymme, bereit, fluchtartig den Rückzug anzutreten. Der Mut hatte sie verlassen. Warum sollte er ausgerechnet sie als Studentin annehmen? Ihr Anspruch war zu hoch und ihre Fähigkeiten zu gering.

»Wozu?« fragte er abweisend und löste seine Blicke von den Apfelsinen. »Was wollt Ihr mit unserem Wissen? Und was wollt Ihr mit unserem medizinischen Wissen ohne unsere Bildung? Es paßt nicht zu euch Franken. Jedes Land hat sein eigenes Wissen …«

Ymme senkte den Kopf. Ibn Hazm hatte sein Versprechen nicht eingehalten. Sie hätte darauf nicht hoffen sollen. Aber daß al-Wadis Ablehnung sich auf ihre Herkunft gründete, wollte sie nicht gelten lassen. »›Ich bin ein Mensch wie ihr …‹«, zitierte sie trotzig.

Der Arzt, der bereits im Gehen war, kehrte zurück. »Was meint Ihr damit?« fragte er scharf.

»Der Prophet hat niemals einem Dhimmi den Anspruch auf sein Leben nach seiner eigenen Art verwehrt, auch nicht auf seinen Glauben«, erklärte sie tapfer, obwohl sie sich vor seinem strengen Blick fürchtete.

»Richtig! Weiter!«

Ymme ballte die Fäuste. Wenn er sie hinauswarf, sollte er wenigstens hinreichend Grund dafür haben. »Der Gesandte spricht: ›Die Suche nach Wissen obliegt jedem muslimischen Mann und jeder muslimischen Frau.‹ Wenn er aber den Buchbesitzern ihr Leben zubilligt, muß er ihnen auch zubilligen, daß sie ihr Wissen vermehren wollen.« Al-Walids Runzeln auf der Stirn verschwanden. Er schien sich plötzlich zu amüsieren wie beim Schachspiel oder Hunderennen. »Der Dichter aber spricht«, entgegnete er: »›Wer Wissen um des Nächsten Lebens willen anstrebt, rettet sich durch einen Zuwachs rechten Handelns. Doch wehe denen, die nach Wissen streben, um einen Vorteil über die Diener Gottes zu erlangen!‹«

Ymme schüttelte den Kopf. »Wie könnte ein Dhimmi durch muslimisches Wissen einen Vorteil über Muslime erlangen? Im Gegenteil: Wenn ich muslimisches Wissen in ein fremdes Land trage, werden die Muslime – ohne es zu wissen – einen Vorteil über die Nichtmuslime erlangen.«

»Wird es ihnen nützen, wenn sie es nicht wissen?«

»Es wird ihnen nützen. ›Wissen ermöglicht, das Erlaubte vom Verbotenen zu unterscheiden; es erhellt den Weg zum Paradies; es ist unser Freund in der Wüste, unsere Gesellschaft in der Einsamkeit, unser Gefährte, wenn wir allein sind; unser Kamerad in der Fremde.‹ Da der Prophet es sagt, muß ich annehmen«, fuhr Ymme fort, »daß muslimisches Wissen einen Ungläubigen ganz von selbst auf den Weg des Propheten führen wird. Das wird den Muslimen nützen, es wird sogar ein großer Sieg für den Propheten sein.«

Al-Walid verschränkte die Arme ineinander und blickte wiederum streng auf Ymme hinunter. »Muhammad, gelobt sei er, würde es wagen, wollt Ihr mir zu verstehen geben? Nun, so will ich es auch mit dir versuchen. Wer bin ich denn, daß ich weniger Gottvertrauen als der Prophet haben könnte? Aber ich rate dir, beim nächsten Mal Zitate mit der Formel ›Im Namen Gottes, des Gnädigen, des Barmherzigen‹ zu beginnen, und zwar in der Sprache des heiligen Koran: ›Bismillah ir-Rahman ir-Rahim‹. Etwas mehr Fleiß erwarte ich von dir!«

Ymme blieb stocksteif stehen. Eine Botschaft – ein Tadel, eine Forderung. Vorher Ihr – jetzt du. Was um Himmels willen meinte er?

Al-Walid lächelte kaum sichtbar. Nicht jeder, der sich bewarb, konnte als Student angenommen werden. Er hatte Bittsteller mit den unterschiedlichsten Methoden erlebt, aber noch nie war es vorgekommen, daß eine fränkische Christin mit dem Koran um einen Studienplatz kämfte. Er hob den Arm und deutete in eine Ecke, in der Ymme wegen der einbrechenden Dunkelheit keine Einzelheiten erkennen konnte. »Dort melde dich morgen früh. Man wird sich um dich kümmern.«

Ymme nickte, vergaß zu danken und fand irgendwie den Weg zu Ibn Hamdus' Haus zurück. Diese Nacht durfte sie zwar noch bleiben, aber die Gemeinschaft mit ihr war aufgehoben. Niemand rief sie zum Nachtessen. Es machte ihr nichts aus.

Am frühen Morgen wurde Ymme auf ein leises Scharren an ihrer Tür aufmerksam, das sie nur hörte, weil sie vor Aufregung bereits wach war. »Zweierlei, Doña Iume«, flüsterte der Zwerg durch den Türspalt. »Erstens: Du sollst deine Wohnung in Ibn Hazms Haus am Bab al-Mardum nehmen, die kleine Herrin Idschaz hat eine Botschaft geschickt. Zweitens: Dein Koran ist bei Chaldun in Sicherheit, dem Papierhändler.«

Ymme öffnete weit die Tür und fiel ihm vor Freude und Erleichterung um den Hals. »Ich dachte, der Muhtasib hätte ihn.«

Der Zwerg starrte sie erschrocken an. »Dann wärst du längst zum Tode befördert worden, und kein Mensch hätte dich retten können. Für den Almotacén wäre das ein Sakrileg.«

»Ich denke, er ist zum Christentum übergetreten?« Ymme erinnerte sich genau an die Schimpfworte, die zwischen beiden geflogen waren. »Ja, das wohl.« Der Zwerg konnte seine Verachtung kaum verbergen. »Aber nur zum Schein. In Wahrheit ist er strenggläubiger Muslim. Sein Alim erlaubt ihm Finten um des Propheten willen.«

»Und dir nicht?«

»Nein, ganz gewiß nicht. Ich gehöre nicht seiner Glaubensrichtung an«, sagte der Zwerg gekränkt. »Lieber trage ich grüne Flicken.« Er blinzelte ihr zu. Da bemerkte sie endlich, daß er auf seine eigene Weise versuchte, den Erzbischof zu überlisten. Sein grünes Gewand war an verschiedenen Stellen mit Applikationen besetzt, mit hellgrünen Damastmondsicheln, grasgrünen Seidenpfauen, piniengrünen Tirazrauten …

Aber Ymme war nicht in der Lage, darauf einzugehen. »Danke, daß du nicht auch böse darüber warst, daß ich euer heiliges Buch lese«, fügte sie hinzu.

»Nicht nötig«, sagte der Zwerg leichthin. »Den einen überzeugt man im Dschihad, der andere muß es selbst lesen …«

Später, als Ymme die letzten Habseligkeiten in ihren Sack packte, mußte sie über den listigen Zwerg lachen. Aber als er sie dann hinausließ und sie ein letztes Mal durch das Tor des Darb ging, kamen ihr die Tränen. Auch dieses Haus war eine Zeitlang eine Heimat gewesen.

Während Ymme eine aufregende Anfangszeit im Maristan verbrachte, in der sie von jeder Wahrnehmung außerhalb ihrer Arbeit wie abgeschnitten war, wurde eines Morgens der

Gefängnisaufseher unterhalb der Stadtmauer aufgefunden. Auf seinem zerfleischten Rücken waren nur noch Reste von Haut vorhanden.

Da niemand Wert auf seine Leiche legte, wurde er als Demonstrationsobjekt in den Maristan eingeliefert. »Nilpferdpeitsche«, sagte al-Walid einsilbig, der die anatomische Unterrichtsstunde selbst leitete. Daß eine solche nicht alltäglich war, merkte Ymme daran, daß er es für nötig befand, am Anfang seines Unterrichts ein mahnendes Wort an die Studenten zu richten: »Die Anatomie steht im Einklang mit dem Koran«, sagte er nachdrücklich und wartete auf die Zustimmung seiner acht Studenten. Nur einer, mit dem Ymme noch kein einziges Wort gewechselt hatte, weil er jedem gegenüber beleidigend abweisend war, nickte nicht. »Abu Bakr?« erkundigte sich al-Walid knurrig.

Der Student mit der hageren Gestalt und dem sparsamen Wortschatz bequemte sich nach einigem Überlegen widerwillig zu einem halben Zugeständnis: »Ist er ein Ungläubiger?«

»Meister!« rief Sisnando Albanna, einer von Ymmes Mitstudenten, in gequältem Ton. »Doña Iume! Soll sie etwa …?«

Ymmes Blick traf auf den eines nachdenklichen al-Walid, der ihr offenbar selber die Entscheidung ließ, sich zu entfernen oder auch nicht, während er dem Knecht ein Zeichen gab. Dieser rollte den Toten um seine Längsachse, und noch bevor er damit zu Ende gekommen war, hatte der fürsorgliche Sisnando errötend ein Tuch über den Unterkörper der Leiche geworfen.

»Ich kann dich beruhigen, Abu Bakr«, antwortete Ymme ohne äußerlich sichtbare Gemütsbewegung. »Er ist unbeschnitten. Er hat mich mindestens fünfmal vergewaltigt.«

Während sich die vorwurfsvollen Blicke der Studenten auf Ymme sammelten, zog der Anatomieknecht das Tuch vom Unterkörper des Getöteten. Ein gewaltiges Glied ruhte unverletzt in der Weiche.

»Nachdem wir Abu Bakr nun beruhigt hätten«, fuhr al-Walid fort, während er sich ein Messer von dem Knecht reichen ließ und die Bauchhaut des Toten vorsichtig aufschnitt, anfangs allein mit dem Instrument, dann indem er zwei Finger unter die Haut schob, um die Därme zu schonen, »müssen wir ihn nur noch davon überzeugen, daß die Anatomie nützlich ist, ich möchte sogar behaupten: Sie ist die Mutter der Chirurgie. Welcher Chirurg würde zwei Knochen zusammenfügen können, ohne zu wissen, wie ihr Gefüge aussehen muß? Umgekehrt: Wie kann ein Bein entfernt werden, ohne daß der Chirurg weiß, welche Blutgefäße er abbinden muß? Sogar der Aderlasser kann seinen Schnäpper nur an einer bestimmten Stelle ansetzen.«

Fasziniert sah Ymme zu, wie der große Chirurg die Bauchdecke aufklappte und die inneren Organe freilegte. Zum erstenmal blickte sie in einen Menschen hinein.

»Wir werden diese Leiche Stück um Stück zerlegen«, fuhr al-Walid fort, »beginnend im Inneren, weil dieses sich zuerst zersetzt. Unter Lufteinwirkung findet eine Kochung statt, die das natürliche Gefüge verändert, bis es für unsere Nase nicht mehr erträglich ist. Das Gedärm werden wir deshalb entfernen. Wenn wir anschließend jeden Muskel, jeden Knochen betrachtet haben, werden wir den Menschen in unseren Köpfen Stück um Stück wieder zusammensetzen können …«

Abu Bakr, der steif abseits stand, die Hände in den Ärmeln verborgen, leistete stummen Widerstand.

Der Meister schien ihn zu spüren. »Auch Abu Bakr mit seiner bekannten Vorliebe für das schriftliche Wort«, fuhr er fort, »wird dann gelernt haben, daß nicht alles, was geschrieben wurde, stimmen muß. Mein verehrter Lehrer, Abu Muhammad 'Abd al-Latif al-Bagdadi hat manchen Irrtum geklärt, unter anderem, daß der Unterkiefer des Menschen aus zwei Knochen bestehe. Wir werden es zu gegebener Zeit selber überprüfen. Es kostet Überwindung, Fehler zuzugeben, besonders Fehler der Meister, ich weiß, aber wir werden es tun.«

Ymme beobachtete Abu Bakr verstohlen. In ihm arbeitete es gewaltig. Seine Ehrfurcht vor seinem Lehrer stand offenbar im Widerstreit zu seiner Meinung. Plötzlich riß er die Hand aus dem Ärmel und deutete in die Höhe. »Al-Walid, erhabener Lehrer! Dein Tadel berührt mich nicht, ja, ich verstehe ihn nicht einmal. Der verehrte Meister Abu Bakr Muhammad ben Zakkariya ar-Razi, dessen Anatomie ich auf dein Anraten hin sorgfältig durchgearbeitet habe, beweist die Weisheit des Schöpfers aus der Anatomie. Wie kann ein Chirurg, und sei er der größte, die Weisheit Allahs anzweifeln!«

Al-Walid ließ das Messer ruhen und sah auf. »Das ist eine gefährliche Behauptung, Abu Bakr, und du solltest gründlich über sie nachdenken. Keiner zweifelt die Weisheit des Erhabenen an – den Menschen fehlt es zuweilen daran.«

»Ja!« sagte Abu Bakr hochfahrend. »Es fehlt an Weisheit. Aber nicht den Lehrern Aristoteles, Platon, Galen und ar-Razi!«

Die Studenten Sisnando und Ibn Martin sahen bestürzt von ihrem Lehrer zu Abu Bakr. Eine solche Kontroverse mußte den Ausschluß aus der Gemeinschaft der Studierenden zur Folge haben. Noch nie hatte man gehört, daß ein Student seinem Lehrer indirekt fehlendes Wissen vorgeworfen hatte.

Abu Bakr war augenscheinlich selbst der Meinung. Er ging und war schon an der Tür, als al-Walid ihn zurückrief.

»Du hast kein Recht, dich unentschuldigt aus der Unterrichtsstunde zu entfernen«, tadelte er Abu Bakr sanft. »Glaubst du, ich würde euch zum Ungehorsam den verehrten Lehrern gegenüber aufrufen, ohne ebendiesen Ungehorsam selber ertragen zu können?«

Verblüffung stand in Abu Bakrs dunklen Augen, aber er widersprach nicht und kehrte zögernd an seinen Platz zurück. Doch blieb er die ganze Stunde reserviert. Zuweilen, wenn ihm der Anblick des menschlichen Inneren unerträglich schien, schloß er die Augen und bewegte die Lippen wie im Gebet.

Ymme fand ihn mutig, denn er hatte unerschrocken seine Meinung gegen die Mehrheit geäußert. Dennoch blieb er ihr unangenehm, vor allem wenn er hinter ihrem Rücken stand. Seine Augen schienen Brandlöcher zu hinterlassen, wo immer er hinblickte.

Al-Walid breitete die Organe vor seinen Studenten aus, erklärte die Leberlappen, die einzelnen Abschnitte des Darms, die Milz. Mit ihren Gedanken war Ymme beim Darm, der tatsächlich ganz wie der des Hundes Huri aussah, als al-Walid sie unerwartet ansprach.

»Es wird schwierig für dich werden ohne Lehrbuch, Doña Iume. Du solltest dir vielleicht Aufzeichnungen von der Lage all dessen machen, was ich demonstriere ...«

»Das will ich gern tun«, sagte Ymme bereitwillig. »Trotzdem möchte ich dich darauf aufmerksam machen, daß ich die Anatomie des Meisters Abu'l-Qasim sehr genau durchgearbeitet habe.«

Al-Walid stutzte kaum merklich. »›Warum findet man heutzutage keine geschickten Chirurgen mehr?‹«

»›Weil die scientia anatomiae im argen liegt‹«, antwortete Ymme prompt.

»Ist der Beweis erbracht, Abu Bakr?« erkundigte sich der Meister knapp.

»O ja. Beide Zitate sind korrekt«, bestätigte Abu Bakr widerwillig, »wenn ich auch nicht weiß, woher sie es hat ...«

»Es spielt keine Rolle«, brummte al-Walid nachdenklich. »Wichtiger ist die Frage, ob es wirklich klug ist, Übersetzungen zuzulassen.«

Außer Ymme verstand keiner, was der Meister meinte.

Al-Walid beeilte sich sichtlich, denn ein Anatom befindet sich immer im Wettlauf mit der Zeit. Sie arbeiteten ungewöhnlich lange an diesem Nachmittag, und es wurde schon dunkel, als der Hospitalleiter dem Helfer befahl, aufzuräumen und sauberzumachen. Ymme stellte noch die letzte ihrer Zeichnungen fertig, bevor auch sie ihr Schreibmaterial einpacken konnte.

»Weißt du, wer ihn getötet hat?« fragte al-Walid, während sie zusammen auf der oberen Galerie zur Treppe gingen.

»Nein«, sagte Ymme. Aber sie ahnte, daß ein Mann, der wie al-Walid mit dem Messer kleinste Bausteine des Körpers freilegte, sich damit nicht begnügen würde.

»Weißt du denn, warum?«

»Ja.« Dankbar dachte sie daran, daß Ibn Hazm in gewisser Weise ihr Beschützer geworden war. Wenn auch die Rache nicht ihre, sondern seine gewesen war.

Al-Walid blieb einen Moment an der Treppe stehen. »In diesen Zeiten ist es sehr gesundheitsfördernd, mächtige Gönner zu haben. Du hast sehr schnell eine arabische Sitte gelernt. Wir nennen einen Menschen, der sich beschützen läßt, einen Mawla, einen Klienten. In aller Regel muß für diese Leistung bezahlt werden.« Er ging grußlos.

Verständnislos sah sie ihm nach. Erst als sie viel später im Garten von Ibn Hazms kleiner Moschee unter dem Feigenbaum stand und fröstelnd über die nördliche Vorstadt blickte, fiel ihr die Erklärung ein. Die Röte stieg ihr jäh in die Wangen. Er hatte die Rache gemeint – sie die Wohnung. Und natürlich kam für das Geschenk einer blutigen Rache nur eine einzige Leistung in Frage, sofern der Bittsteller eine Frau war ... Die Entdeckung, daß ausgerechnet ihr wichtigster Lehrer so schlecht von ihr denken könnte, war bitter.

Er war nicht der einzige. Einige Tage danach bekam Ymme abends Besuch von Chaldun, dem Papierhändler. Sie hatte ihn schon lange nicht mehr gesehen, weil sie bei Tage kaum aus dem Maristan herauskam, sich andererseits einen ausreichend großen Papiervorrat zugelegt hatte.

Das Mietshaus, in dem sie wohnte, grenzte an seiner Rückseite an Ibn Hazms Garten. Ymmes Zimmerchen war nicht groß, besaß aber einen Zugang zu diesem Garten, in dem sich die schöne alte Moschee vom Bab al-Mardum befand. Sie wurde von den Gläubigen heutzutage nicht benutzt, aber die tiefen Rillen in der Brunnenumfassung bewiesen, daß sie in früheren Zeiten ständig besucht worden war. Ymme war immer ganz allein im Moscheegarten, nur selten traf sie den Gärtner.

Die offiziellen Eingänge zu den Wohnungen befanden sich auf der Vorderseite des Hauses und öffneten sich zum Innenhof, der seinerseits auf eine schmale Gasse führte.

Ymme öffnete Chaldun die Tür und sah sofort, daß er sich verändert hatte. Seine Augen. Es waren seine Augen. Früher hatte er sie voll Sehnsucht betrachtet, vermischt mit der Traurigkeit eines Hundes, der sich an einen Knochen nicht heranwagt. Jetzt sah er den Knochen in erreichbarer Nähe.

Und der Knochen war sie.

Er hatte getrunken. Obwohl kein Mann Mut brauchen sollte, um sich einer Frau zu nähern, die – weit davon entfernt, des reichen Mannes Konkubine zu sein – nur geholt wird, wenn es Ibn Hazm gelüstet. Es machte ihn wütend. Ganz gleich, ob Muslim oder Christ – wer das Geld hatte, konnte sich jede Frau leisten.

Er war nicht so betrunken, daß auch seine Gefühle eingeschlafen waren. Allein beim Anblick des blonden Haars, das im Lauf der Tagesarbeit aus dem Zopf herausgerutscht war und sich um Ymmes schmales Gesicht legte, stockte sein Blut.

Er zog Ymme an sich. »Ich werde dir eine passendere Wohnung verschaffen«, flüsterte er, als sei er seiner Stimme nicht ganz sicher. »Er zählt dich ja noch nicht einmal zu seinem Gesinde!«

Ymme entzog sich seinem Griff und plazierte ihn geschickt auf die Sitzkissen. »Ihr braucht Euch nicht um mich zu sorgen, ehrenwerter Chaldun. Es geht mir gut hier. Ihr seid gewiß gekommen, um mir den Koran zu bringen.«

Chaldun wachte einen Moment aus seinen schwankenden Gefühlen auf, und ihm fiel ein, worauf sie anspielte. »Diesen Koran«, sagte er undeutlich, »würde ich gern noch eine Weile behalten. Es könnte ja sein, daß der Erzbischof ihn sehen möchte. Nicht wahr, christliche Würdenträger legen manchmal Wert auf das heilige Buch der Muslime?«

Zutiefst erschrocken, starrte sie ihn an. Sie weigerte sich, an die Bedeutung seiner Worte zu glauben.

Erst als er sich mühsam hochgearbeitet hatte und auf sie zukam, wußte sie, daß er es ernst meinte.

Ymme spannte ihre Kräfte an. Seitdem ihr der Jude unter Frau Cornelas Augen die Anfangsgründe der Verteidigung gezeigt hatte, hatte sie dazugelernt. Sie trat dem Mann mit aller Wucht zwischen die Beine und riß die Tür auf. Das gurgelnde Japsen, mit dem Chaldun auf die Kissen zurücksank, hörte sie im abendlich belebten Innenhof nicht.

Der Pförtner des Krankenhauses ließ sie gutmütig ein. Die Studenten hatten genau wie die Ärzte zuweilen nächtlichen Dienst, und sie hatte sich verspätet. Er grinste hinter ihr her.

Seit diesem Tag spielte sich Ymmes Leben hauptsächlich im Maristan ab. Sie wagte sich nur bei Tag in ihr Zimmer, das sie wenigstens nichts kostete. Als Aufbewahrungsraum war es großzügig bemessen. Ihr Schlafplatz in einem unbenutzten Verschlag des Hospitals war dagegen mehr als eng, und kalt war er auch. Sie lief jeden Nachmittag ins benachbarte kleine Bad hinüber, um sich umzuziehen, aufzuwärmen oder tatsächlich zu baden. Das trug ihr den Ruf ein, unfränkisch sauber zu sein.

Noch intensiver befaßte sie sich mit ihren Studien. Der Vormittag war den Patienten gewidmet. Im Wechsel praktizierten drei Gruppen von Studierenden bei den drei Ärzten des Hospitals; nur Ymme wurde zusätzlich von Frau Nuria, der Frauenärztin, zu praktischen Übungen an den Frauenbetten gerufen. Ymme war seit dem ersten Tag mit dem finsteren Abu Bakr zusammengespannt, sie als jüngste mit ihm, dem ältesten Studierenden. Wenn jemand etwas nicht wußte, dann Ymme, und wenn einer alles wußte, dann Abu Bakr. Aber er konnte kaum eine einzige Krankheit erkennen, wenn er sie vor sich sah, und darin überholte Ymme ihn schnell. Sie hätte den finsteren Mann gern gegen jeden anderen Studenten eingetauscht.

Ymme sah mit einem Anflug von Neid al-Walid und seinen drei Schülern nach, während sie oben auf der Galerie der Frauen stand und wartete. Die übrigen Studenten diskutierten bereits seit dem frühen Morgengrauen zusammen mit dem noch jungen Arzt der inneren Krankheiten und einem der Köche Diätpläne für die verschiedensten Krankheitsbilder. Vermutlich hielten sie sich im Küchenflügel des rückwärtigen Trakts auf; im anderen Flügel waren die Bibliothek, die »Das kleine Haus der Gelehrsamkeit« genannt wurde, und der Raum der Verwaltung sowie die Arzneiausgabe untergebracht, die seit einiger Zeit ein zum Krankenhaus gehöriger Apotheker betreute.

Im Garten sah sie immer noch Abu Bakr mit rhythmischen Schritten wie ein Storch hin- und hergehen und aus einem Buch repetieren. An ihm vorbei eilte Umm Nuria und rief ihn so energisch an, daß er sofort gehorsam das Buch zuschlug und ihr folgte. Ein eiliger Fall offensichtlich, aber Ymme kannte die Patientin noch nicht.

Die Frau wimmerte mit geschlossenen Augen, während sie das Zimmer betraten. Umm Nuria fragte die Wärterin flüsternd nach auffälligen Vorkommnissen. Nein, nichts Neues, zuweilen Bewußtlosigkeit, im Zustand des Wachens Kopfschmerzen und Erbrechen. Die Ärztin bat Ymme, die Qualität des Pulses festzustellen, während sie die Frau vorsichtig aufdeckte.

Mit drei Fingern suchte Ymme die Ader in der Verlängerung des Daumenballens der Patientin. Deren Leib war aufgetrieben, und als Umm Nuria ihn abtastete, stieß sie hohe Schreie aus.

»Klein und sehr schnell«, befundete Ymme, »fast fadenförmig.«

Frau Nuria nickte, ohne überrascht zu wirken. Sie band der Frau seufzend eine Schnur mit anhängendem schwarzem Stein vom Leib. »Immer wieder kommen sie mit diesen Amuletten an. Es wird sich nie herumsprechen, daß sie einengen und nicht helfen.« Die Frau lag schwer und bewegungslos im Bett und schlug die Augen erst auf, als die Ärztin ihr an die Schulter griff und sie sachte rüttelte. »Wie lange trägst du den schwarzen Stein?«

»Seitdem ich auf die Geburt meines Sohnes wartete.«

»Wie alt ist er?«

»Ein halbes Jahr.«

»Hast du danach gewöhnliche Abgänge gehabt?« Als die Frau träge nickte, wie im Schlaf, sagte Umm Nuria: »Ich werde dich jetzt auf die Seite drehen. Erschrick nicht. Es passiert dir nichts.«

»Nein. Laßt mich sterben.«

»Nicht, solange es Allah nicht gefällt.«

»Im Namen Gottes, des Gnädigen, des Barmherzigen«, betete Abu Bakr und richtete seinen Blick zur Decke.

Ymme verzog das Gesicht und begegnete unausgesprochenem Tadel in Frau Nurias Augen, ohne ihn einsehen zu können. Abu Bakr rührte keine Hand, während sie selber Umm Nuria half, die Frau auf die Seite zu drehen, ihre

Handgriffe beobachtete und versuchte, die Erklärung zu verstehen.

»Es ist eine akute Entzündung, deren Lokalisation unbedingt festgestellt werden muß: es kann sich um den Oberbauch handeln, um die Gebärmutter und dort wieder um den Hals oder die verschiedensten Orte der Höhlung. Hat sich der Schmerz jetzt verändert?«

»Ja«, keuchte die Frau. »Jetzt ist er nur unten, aber stärker.«

Abu Bakrs Beten wurde lauter, aber Ymme vernahm keine einzelnen Worte. Wahrscheinlich wollte er die Schmerzensschreie der Frau von seinen Ohren fernhalten. Als Umm Nuria mit dem Finger durch die Öffnung des Anus den Bauchraum von innen abtastete, drehte er sich zur Wand. In sein anschwellendes Beten sagte die Ärztin mit mildem Vorwurf: »Abu Bakr! Allah hört auch ein leises Gebet.«

Ymme sah von der Seite Abu Bakrs galligbittere Miene und dachte ketzerisch, daß ein Gebet, ob laut oder leise, anstelle einer Untersuchung gar nicht helfen würde. Aber damit hätte sie die beiden nur beleidigt.

»So«, sagte Umm Nuria begütigend zur Patientin, »ich habe mir nun ein Bild deiner Krankheit gemacht. Versuche ein wenig zu schlafen, während ich das Arzneimittel für dich anfertigen lasse. Mit Gottes Hilfe wird dir bald besser werden.«

Schnell verließ sie das Krankenzimmer und marschierte auf der offenen Galerie bis zur Treppe. Ymme machte Laufschritte, um ihr folgen zu können. Liebend gerne hätte sie sich an einen der Pfeiler des vorgebauten Gangs angelehnt und sich erholt. Das Krankenzimmer wurde zwar über ein kleines Fenster belüftet, aber trotzdem war es stickig und voll von üblen Gerüchen gewesen, die dem Darm der Frau entwichen waren.

»Es sieht nicht gut aus«, stellte Umm Nuria fest. »Die Entzündung befindet sich an der Gebärmutter selber, im vorderen Teil des Gebärmutterkörpers. Falls eine Kochung eintritt, kann sie den Schaden begrenzen; bestenfalls bricht der Herd später auf und entleert seinen Inhalt auf natürlichem Weg.

Aber Kinder kann sie ohnehin nicht mehr bekommen. Für ihren Mann wäre ihr Tod das beste.«

»Besteht keine Möglichkeit der Heilung?« wollte Ymme wissen, ratlos, warum der gesunde Mann angesichts der todkranken Frau so erwähnenswert war.

»Ich glaube nicht. Ibn Sina sagt zu solch einem Fall, daß der Tod näher ist, je häufiger das Erbrechen und je höher das Fieber ist.«

»Und was sagt Ihr selber?« erkundigte sich Ymme.

Die Ärztin drehte sich auf der Treppe um und sah zu Ymme hoch, eine Mischung aus Verwunderung und Tadel in den Augen. »Ich sage gar nichts. Es gibt eine große Anzahl von Ärzten, bei denen ich alles nachlesen kann, was ich wissen muß. Wer bin ich, gemessen an solchen Meistern?«

Ymme preßte die Lippen zusammen. Jetzt wußte sie, warum Umm Nuria Abu Bakr gegenüber Nachsicht zeigte. Auch für sie war das schriftliche Wort wichtiger als die Schlußfolgerung aus der eigenen Beobachtung.

In dieser Nacht, in der oben eine Frau mit dem Tod kämpfte, unterstützt durch ein wirkungsloses Arzneimittel, das Umm Nuria ihr verabreichte, weil es ein wirksames nicht gab, ließ sich Ymme vom Pförtner die Grundzüge des königlichen Schachspiels zeigen. Schnell begriff sie die Kampfregeln der zwei Heere mit König und Wesir an der Spitze, mit Elefanten, Schlachtwagen und leichten Truppen. Als der hagere ᶜAbdallah ihr mit leichter Hand asch-Schah mat, Schachmatt dem König, bot, überkam sie eine Ahnung, daß die Menschen ganz genauso geschoben wurden: geschoben von einer riesenhaften Hand, die niemand kannte.

Vielleicht würde sie wissen, wessen Hand schob, wenn sie die Züge selber beherrschte.

Die meiste Zeit praktizierten die Ärzte im Hospital. Selten einmal kam es vor, daß al-Walid ins Kastell gerufen wurde, wenn der König dort weilte; dann hauptsächlich, um eine zusätzliche Meinung abzugeben, eine Gegenmeinung gegen die Diagnose des jüdischen Arztes von Don Alfonso. Der königliche Arzt benötigte eigentlich keine Gegenmeinung – es handelte sich meistens um eine kollegiale Disputation, die bei einem Essen fortgesetzt wurde, um einen Akt der Geselligkeit, den al-Walid immer gern wahrnahm.

Wenn aber Umm Nuria gerufen wurde, wie an einem kalten Februarmorgen, so früh, daß der Hahn noch Flattern und Krähen mischte, eilte es grundsätzlich. Der Junge, der Bescheid gesagt hatte, rannte vorweg, die Ärztin, Ymme und der Hospitaldiener mit dem Instrumentenkasten hinterher.

Schließlich erreichten sie das armselige Häuschen zwischen einem Weinfeld und den Bauhütten der zukünftigen Kirche Santa Leocadia. Wagenräder, angefangene neue und zerbrochene alte, lagen verstreut vor dem Eingang, in dem ein rothaariger Mann mit unruhigen Augen sie erwartete. Der christlichen Hebamme, der Roldana, die sich bei ihrer Ankunft aus dem Haus stahl, blickte er mit mahlenden Kiefern nach. Umm Nuria und Ymme brauchten nicht zu fragen, was das zu bedeuten hatte.

Dumpfe und muffige Luft schlug ihnen entgegen. Neben dem Bett der Frau kauerte ein murmelnder Mönch, die Ellenbogen auf der dünnen Decke aufgestützt, den Kopf zwischen den gefalteten Händen.

»Verkürze dein Gebet«, bat Umm Nuria.

Erzürnt blickte der Mann in der Kutte der Cluniazenser auf. »Dieser Frau hilft nur noch Gebet, was störst du mich, Weib?«

»Ich wurde gerufen, um mich ihrer anzunehmen.«

Der Mönch warf einen kurzen, verächtlichen Blick auf den Radmacher. »Du wirst nicht gebraucht. Der Aragonese weiß nicht, wann Gott ruft. Er sperrt sich gegen Gott.«

Der Hausherr trat mit geballten Fäusten vor das blutige, zerwühlte Lager. »Du und die Hebamme habt ihr eingeredet, es wäre alles in Ordnung. Aber ich kenne die Anzeichen bei einer Muttersau, und ich konnte sie auch an meinem Weib sehen.«

Umm Nuria schob den Mönch fort und ließ den Mann mit seinem späten Hader stehen. Die Frau im Kindbett war bleich wie eine Wachspuppe und hatte die Augen geschlossen. Ymme stieß unauffällig den Bottich, in dem ein toter

Säugling mit verrenkten Gliedern lag, hinter einen Vorhang. Umm Nuria nickte ihr zu, sie hatte ihn gesehen. Sie benötigte nur kurze Zeit für ihre Untersuchung, vor der der Mönch protestierend floh.

Wie ein Alptraum tauchte vor Ymmes Augen derselbe Befund auf, den sie mit Idschaz durchgekämpft hatte. Sie flüsterte der Ärztin ins Ohr. Umm Nuria nickte zögernd. Ymme erklärte dem Hospitaldiener in aller Hast, was benötigt wurde. Er rannte los, den Jungen mit sich nehmend. Er würde das Medikament am schnellsten zurückbringen können.

Umm Nuria und Ymme säuberten unterdessen die Frau und das Lager, so gut es ging. Streifenförmig, wie Jahresringe eines Baumes, hatte sich das Blut an der Unterlage abgesetzt. Die Frau mußte sich schon Stunden gequält haben, nur betreut von den gierigen Fingern von La Roldana und einem Mönch. Der Aragonese war hilflos. Mit hängenden Schultern, unbeweglich wie ein umgekippter Karren, stand er im Raum und sah zu. Nur die empörten Augen bewiesen, daß ihm nicht gleichgültig war, was geschah.

»Sie hat dem Kloster zwei Räder für die Gebeine des heiligen Domenikus versprochen«, sagte er plötzlich. »Gott verdamme den Mönch. Er wird sie einfordern, auch wenn die Frau stirbt.«

Gesang ertönte neben der Hütte. Der Mönch sorgte dafür, daß seine Anwesenheit nicht vergessen wurde.

Die Frau gab kein Lebenszeichen von sich, außer daß ihr Herz hart schlug und sie leise und angestrengt atmete. Die Wartezeit wurde ihnen lang. Ymme lauschte immer wieder, ob sie die Schritte des Jungen nicht schon hören konnte.

Endlich flog die Tür an die Wand, und er stand im Haus, mit dem gut verpackten Röhrchen und allem, was sie benötigte. Ymme fiel ein Stein vom Herzen.

Gemeinsam und unter Schwierigkeiten flößten sie der Frau das aufgelöste Pulver ein. Dann begann erneutes Warten, während der Mann stumm auf seine Frau schaute, der Mönch monoton betete und der Junge wie besessen auf dem Hof rumorte.

Ymme hatte in ihrer Besorgnis der Frau mehr Pulver gegeben als Idschaz. Umm Nurias feinfühlige, erfahrene Hand konnte schon bald ertasten, daß sich die schlaffe Gebärmutter zusammenzuziehen begann, noch bevor die Blutung aufhörte.

Aber um das Leben der Frau zu retten, war es zu spät. In ihr floß kaum noch Blut. Sie krampfte sich zusammen, streckte sich und lag still mit offenen Augen.

Umm Nuria wandte sich zu dem Vorhang um, der den Raum teilte, und begann in arabischer Sprache zu beten. Als Ymme mit gefalteten Händen aufstand, hetzte der Mönch herein, warf seine schwarze Kutte über die Tote und übertönte mit einem lauten lateinischen Choral das arabische Gebet.

Sie ließen den Mann in seinem Schmerz und den Sohn in seiner verzweifelten Unruhe zurück. Im Augenblick konnte niemand ihnen helfen als Gott allein und die vertrauten Nachbarn. Weder der Mönch noch sie als Ärztinnen waren dazu berufen. Umm Nuria sagte in einem Haus Bescheid, das als benachbart gelten mochte. Die Frau nickte resolut und legte sich ein Kopftuch über. Als Umm Nuria und Ymme Santa Leocadia erreicht hatten, strebte die Nachbarin bereits dem Totenhaus zu.

Als Ymme einige Nächte später wieder mit ᶜAbdallah Schach spielte, war sie sich ganz sicher, daß sie in der Hand des Schöpfers nichts als eine Schachfigur war. Denn obwohl die Arznei wirkte, hatte Gott doch beschlossen, daß die Frau sterben mußte.

Der Pförtner schien ihre Gedanken zu ahnen. »Es ist ein lehrreiches Spiel«, sagte er, als er die Figuren liebevoll und sorgfältig auspackte und aufstellte, »es lehrt, Begierden zu zügeln. Begierden, die jeder hat, ganz gleich, ob er sie in seinem Darb oder im Palast zu verwirklichen strebt. Im Schachspiel lernt er, daß er seinen Platz hat und daß sein Tun wichtig und notwendig ist, daß er bei einem falschen Zug sogar den Untergang des ganzen Heeres verursachen kann. Das macht bedächtig und schärft die Sinne für das Handeln anderer Menschen.« Mit pfiffigem Gesicht forschte er in

Ymmes jungem nach, ob sie verstanden hatte. Junge Leute benötigen Zeit, bis sie die Weisheit der Alten lernen, und beim einen geht es schneller, beim anderen langsamer.

Ymme sah ihn mit großen Augen an. Plötzlich begriff sie Umm Nuria von einer anderen Seite. So, wie der leichte Reiter niemals über das Schachbrett wie ein Wezir eilen wird, verstand die Ärztin sich als Fußsoldat, der zum Wohl des Ganzen handelt, wie es ihm zukommt. Ihr Wezir und ihr König waren Ibn Sina und Razes, und ihre Weigerung, sie anzuzweifeln, war Bescheidung, nicht Unfähigkeit.

Ymme nickte und beobachtete ᶜAbdallah still, der einem Elefanten vorsichtig den Rüssel polierte. Nachts war er immer hier, aber sie wußte nicht, was er tagsüber machte oder wo er wohnte. Auch er fügte sich lautlos in die abgeschlossene Welt des Hospitals. Nur sie selber stellte gewissermaßen eine Störung dar, sie wollte springen, obwohl ihr nach den Regeln des Schachspiels nur ein Schritt nach dem anderen zustand. Nach ᶜAbdallahs Auffassung war das eine Anmaßung. Nie würde er ihr es unverblümt sagen, aber sie hatte ihn verstanden.

Und doch … Warum hatte al-Walid sie zum Studium zugelassen? Vielleicht, weil er selber in der Tiefe seiner Seele ein Springer war?

14. Die hitzigen Fieber

Federigo Bordeto, militärischer Führer des kleinen normannischen Fähnleins, setzte seinen runden Helm mit dem glattflächigen Gesichtsschutz und dem Kreuz über den Augen ab und sah sich um. Es war selbst für einen Sizilianer schon heiß, der Schweiß lief ihm in Strömen über das Gesicht und sickerte unter das Kettenhemd.

Dennoch war er hoch zufrieden. Weit hinter ihnen war die Stadt Valencia, die sie umgangen hatten, im Dunst verschwunden; die Ansiedlung, die sie nicht umgangen hatten, lag in Sichtweite. Immer noch schwebte der schwarze Rauchpilz der Brände über den Hügeln.

Hinter ihm verhielten die zwölf Edelleute ihre Pferde, und die Knappen zügelten ihre eigenen leichten Araber und die hochbeladenen Packmaultiere.

Der Edelmann wußte nicht, ob das Gebiet, das sie aufgrund ihres Schiffsverlustes notgedrungen hatten betreten müssen, sarazenisch war oder nicht. Es spielte keine Rolle. Jeder, auch der Heilige Vater, in dessen Diensten sie sich fühlten, wußte von dem Zwang, in dem Kreuzfahrer im fremden Land stehen. Ablaß für Härten war den Soldaten Christi sicher.

Notgedrungen auch hatte sich ihr Trupp seit der Plünderung des Städtchens um einige Sklaven vermehrt, die die Beute schleppten, sowie um Frauen, die anderen Zwecken dienten. Sie verlangsamten die Marschgeschwindigkeit der Reiter, aber das spielte keine Rolle. Erst im Herbst würden sich die Kreuzfahrer allmählich bei Toledo versammeln. Bis dahin blieb ihnen ein halbes Jahr, das sie gewinnbringend verleben würden.

Die Kundschafter, die Federigo ausgesandt hatte, kehrten auf ihren schnellen kleinen Pferden zurück. Er besprach sich leise mit ihnen und gab dann den Befehl zum Absitzen. Außer zwei Schafhirten mit ihren Hunden und der Herde hatten sie niemanden gesehen. Die Hirten lagen nun am Grund einer Schlucht, ihre Schafe waren in einer steinigen Einfriedung eingesperrt. Man brauchte nur zuzugreifen.

Wie jeder gute Leiter einer militärischen Einheit machte Federigo Bordeto am späten Abend die Runde durch sein kleines Feldlager. Die Wachen waren aufgestellt, die Pferde von zwei Knappen bewacht, die männlichen Sklaven aneinandergekettet. Gesättigt mit allem, was die städtischen Weinkeller, die Huertas und das Weideland heute hergegeben hatten, amüsierten sich die meisten Kreuzfahrer träge mit den Frauen, Schild und Lanze griffbereit und niemals gänzlich ohne Wachsamkeit. Nur drei von ihnen hatten sich schon niedergelegt, alle drei rotblonde Recken, gut ernährt, durchtrainiert und in den besten Jahren. Sie wälzten sich mit verklebten Haaren und hochroten Gesichtern stöhnend auf dem steinigen Boden. Federigo betrachtete sie nachdenklich. Am nächsten Morgen wurde der Aufbruch der Kreuzfahrer verzögert, weil drei Gräber ausgehoben und Gedenkgebete gesprochen werden mußten.

Die Atmosphäre in Toledo war im ganzen Winter gespannt gewesen, und das lag nicht nur an der ungewöhnlichen Kälte, sondern vor allem am Zorn verschiedener Bevölkerungsgruppen über die entwürdigenden Maßnahmen des Erzbischofs. Don Zag erzählte Ymme bekümmert, daß eine Abordnung der Juden unter der Leitung des Nasi der jüdischen Gemeinde, Abu 'Amr Yussuf ibn Sosan, und unter der verstohlenen, aber wirksamen Unterstützung seines Vaters Don Yahya ibn Yunez bei Rodrigo Ximénez de Rada vorstellig geworden war und mit ihm ein langes, erbittertes Gespräch geführt hatte.

Für die Gemeinde unterschied sich die Ablösung der Kennzeichnungspflicht mit Hilfe finanzieller Zuwendung nicht von den zahllosen Zahlungen früherer Zeiten, die unter dem Begriff Steuer, Schenkung, Rechtsverleihung, Abgabenfreiheit, Immunität vertraglich festgehalten worden waren, bis ein erweiternder Vertrag notwendig wurde. Der Erzbischof hatte es ähnlich gesehen, war aber unerbittlich geblieben – bis zum Angebot einer schwindelerregenden Summe.

Nun würde man später auf den betreffenden Kirchturm der Kathedrale deuten können, den die jüdische Gemeinde bezahlt hatte.

»Und die Mudéjares?« hatte Ymme gefragt. »Wie wehren die sich?«

Die Aljama der Mudéjares waren nicht vorstellig geworden; weder waren sie sich einig über die beste Vorgehensweise, noch waren sie in der Lage, sich finanziell entsprechend entgegenkommend zu zeigen. Sie waren eine kleine und in ihrer Zahl schwankende Gruppe. »Sie hatten nur einen Tag ihre Geschäfte in der Qaysariyya geschlossen«, berichtete Don Zag, zuckte die Schultern und ging wieder an die Arbeit.

Ymme beobachtete ihn verstohlen. Ohne das Käppchen fielen ihm die schwarzen Haare über die Augen, und sie waren jetzt glatt abgeschnitten wie bei einem Ritter. Aber er würde im Herzen immer ein Jude bleiben, bestimmt war das auch dem Erzbischof nicht entgangen. Für einen Moment bekam sie Angst um ihn. Aber man konnte ihm nicht helfen. Es gab so viele, denen man nicht helfen konnte.

Kurz vor der Abreise des Erzbischofs an den Hof des französischen Königs wurde die Kennzeichnungspflicht der Juden aufgehoben, wie Don Zag vorausgesagt hatte. Ymme bemerkte die Veränderung der städtischen Stimmung am schnellsten durch die Ärzte der jüdischen Gemeinde. Kaum war der letzte Mann von Don Rodrigos berittener Eskorte jenseits der Puerta Bisagra entschwunden, schritt ein Jude in schwarzem Kaftan durch den Innenhof des Maristans. Ymme wußte von ihm, daß er Don Abrahen hieß und vermutlich über einen Fall plaudern wollte, den er zwei Wochen vorher in das Hospital eingewiesen hatte.

Al-Walid kam ihm mit offenen Armen über den Hof entgegen und begrüßte ihn herzlich. Dann waren sie schnell beim Fachgespräch über den Fäkalienhändler mit den Kopfschmerzen, den Ohnmachtsanfällen und der zuweilen aussetzenden Atmung angelangt.

»Alle Ursachen, die wir sonst kennen, haben wir ausgeschieden«, sagte al-Walid bekümmert. »Weder Rücken noch Beine, noch Zähne scheinen beteiligt zu sein. Don Enrique und ich sind zu dem Schluß gekommen, daß er eine Geschwulst im Kopf haben muß. Entweder dies, oder die Krankheit hängt mit dem Beruf des Mannes zusammen.«

Don Abrahen preßte so plötzlich in einem Aufruhr von Begeisterung al-Walids Schultern zusammen, daß dieser erschrak. »Ich auch, ich auch«, beteuerte er. »Ich glaube, es sind die Senkgruben. Inzwischen habe ich mich bei seinem Nachbarn erkundigt, der darüber sehr gut Bescheid weiß, weil er in früheren Zeiten am Geschäft beteiligt war. Er berichtete mir, daß sein Vater beim Ausräumen einer Grube umgekommen ist. Deswegen war er vorsichtig und hat sie immer verlassen, wenn ihm schwindelig war, dummerweise meistens kurz bevor sie leer war.«

»Warum hat er sein Gewerbe überhaupt aufgegeben?« fragte al-Walid, denn es war äußerst einträglich, die Fäkalien an die Gemüsebauern zu verkaufen.

»Aus Angst. Seitdem so viele Mudéjares die Stadt verlassen haben, werden die Bedürfnisanstalten an den Moscheen nur noch von einem Mann betreut: Astrug de Porta.« Don Abrahen kicherte ein hohes Altmännerlachen. »Der Nachbar fürchtete weniger Ohnmacht und Tod als die zunehmende Trägheit seines Darms.« Ymme verstand sofort, daß sein Lachen den Unverstand des Menschen gegenüber seinen Schwächen betraf. »Zurückgeblieben sind seltene Anfälle von Kopfschmerzen und die Vorliebe für Pflaumen«, fügte Don Abrahen hinzu.

Al-Walid lächelte. »Nachdem du nun offensichtlich den Fall gelöst hast – möchtest du deinen Patienten zurückhaben? Ich glaube nicht, daß wir ihm eine andere Behandlung geben können als du selber.«

Don Abrahen wehrte bescheiden ab. »O nein, al-Walid, ich gönne euch von Herzen, daß Ihr es seid, der den Mann zur Grube zurückschickt.«

»Ja, aber zu welcher?« fragte al-Walid, ohne auf den hintergründigen Humor seines Kollegen einzugehen. Der Mann würde seiner Meinung nach bald sterben. Er hatte anscheinend den Punkt überschritten, an welchem die Schäden rückgängig zu machen waren.

Don Abrahen verabschiedete sich, kam aber zu Ymmes Erstaunen am nächsten Abend bereits wieder und minderte die Freude im Hospital über die sichtliche Entspannung erheblich durch seine Vermutung, daß bei zwei Kindern in der Judería die gefürchtete Spätwinterkrankheit ausgebrochen sei.

»Wenn sie es ist«, fügte Don Abrahen nach seinem Bericht düster hinzu, »werden in kurzer Zeit die meisten Kinder erkranken. Der Erhabene gebe uns die Stärke, auch diese Prüfung zu überstehen.«

Don Enrique, der Arzt für innere Krankheiten im Hospital, wiegte den Kopf und strich seinen Bart. Da er trotz seiner Jugend eine Kapazität auf seinem Gebiet war, richtete sich Don Abrahens unvoreingenommene Aufmerksamkeit sofort auf ihn. »Ich habe«, sagte er, »unter meinen Patienten den Vater des Leinenlumpensammlers Chaldun sowie seinen Sohn, beide mit Symptomen, die mich noch nicht erkennen lassen, ob es sich um Masern oder Pocken handelt, aber mit den üblichen Erscheinungen wie hohes Fieber, rasender Kopfschmerz, Lichtscheu … Der Greis ist derart mager und trokken, daß ich beides für unwahrscheinlich halte – es andererseits mit meinen eigenen Augen in typischer Form sehe. Ich weiß nicht, was ich davon halten soll. Nichts Gutes«, fugte er knapp hinzu.

Ymme dachte an den Jungen zurück, der sie für eine Teufelin gehalten hatte. Für einen Augenblick sah sie ihn vor sich, verheult anfangs, später dann von Berenguela trockengerieben und sauber. »Der Junge hatte Pockennarben«, versetzte sie. »Nicht besonders auffallend und nur wenige.«

Die Arzte und Studenten konzentrierten sich plötzlich auf Ymme. Sie errötete leicht. Aber niemand zweifelte daran, daß sie meinte, was sie sagte, und um die Bedeutung ihrer Erkenntnis wußte.

»Gegenwärtig ist er im Gesicht etwas verschwollen. Von Narben war nichts zu sehen.« Don Enrique nagte an seiner Unterlippe. Hatte er genau genug untersucht? Er meinte, ja. »Ich glaube, wir sollten es nochmals prüfen. Doña Iume, ich lade dich ein mitzugehen, auch wenn du gegenwärtig bei meinem verehrten Kollegen praktizierst.« Er sprang auf, wie immer neugierig auf neue Facetten einer Krankheit. In diesem Punkt dachte er ganz ähnlich wie der Hospitalleiter.

Al-Walid trommelte mit den Fingerspitzen den Rhythmus

eines Liedes auf den Boden, das nur er hörte. Als Ymme schon fast an der Tür war, hob er die Hand, um sie aufzuhalten. »Enrique, überlege, was du tust.« Seine Stimme hatte einen warnenden Unterton, obwohl er sachlich blieb, überhaupt sich nicht gern einmischte. »Denk daran, daß Menschen in Ländern außerhalb ihrer Heimat viel schwerer von Krankheiten befallen werden als zu Hause. Wir sollten Doña Iume dieser Gefahr nicht aussetzen.«

Ymme trat sofort von der Tür zurück, aus Respekt vor der Empfehlung des Chirurgen. Seine Fürsorge erstreckte sich nicht nur auf Patienten, sondern auch auf die Ärzte und Pfleger, bis hinunter zu den Pförtnern. Sie stand nicht im Widerspruch zu seinem Argwohn gegen sie, der immer noch nicht ausgeräumt war.

»Er hat recht. Ich werde mitgehen«, bot Don Abrahen an. »An einem Greis wie mir haben Pocken und Masern keine Freude.«

Als der alte Arzt der Judería mit dem jungen christlichen Internisten des muslimischen Hospitals davonging, gefolgt von drei Studenten, schwiegen die Zurückgebliebenen. Ihre gemeinsame Sorge war groß; wenn der Verdacht stimmte, würden in diesem Frühjahr viele Menschen sterben.

Al-Walid hielt seine Hände über die große Kohlenpfanne, in der die glühende Kohle leise knackte, und rieb sie. Er seufzte leise. Als er Ymmes fragendem Blick begegnete, verzog er den Mund zu einem wehmütigen Lächeln. »Ein Chirurg muß seine Hände geschmeidig halten. Der Prophet halte zum Vorteil der Kranken Kälte und Gicht von mir fern!«

»Im Namen Gottes, des Gnädigen, des Barmherzigen«, fügte Ymme in arabischer Sprache hinzu.

»Noch fühle ich, was ich sehe, noch kann ich greifen, was ich fühle«, fuhr der Klinikleiter nachdenklich fort, »dennoch wäre mir wohler, wenn ich meinen Nachfolger im chirurgischen Fach bereits anlernen könnte.« Ymmes Protest schnitt er mit einer Handbewegung ab. »Verantwortung drückt sich auch darin aus, daß ein Kranker sich bei allen Ärzten in guter Hut weiß. Wer mir nachfolgt, darf nicht weniger

Kenntnisse haben als ich. Keiner darf weniger wissen als die anderen.«

»Aber einer muß mehr wissen!«

»Ja, allerdings«, bestätigte al-Walid knapp und fing an, mit dem Schürhaken die Glut aufzurühren. »Auch das macht mir Sorge, auch ihn sehe ich noch nicht.«

Ymme zog ihr langes arabisches Gewand dichter über die Beine. Sie fröstelte. Toledo bestand nicht nur aus Hölle, wie die hier Geborenen behaupteten. Sie hatte sich noch nie bewußtgemacht, daß das Hospital ein wesentlich komplizierteres Gebilde war als die Summe von Kranken und Ärzten. In seinem Dienst standen auch der Apotheker, ein Arzneigehilfe, der Koch, der Diätkoch, der Bibliothekar, ein Musikant, der Krückenmacher, die Gärtner, Wäscher, Reiniger, Pförtner … Al-Walid mußte vermutlich einen wesentlichen Teil seiner Arbeitskraft opfern, um für das exakte Ineinandergreifen aller Rädchen zu sorgen. »Wie bei der Noria am Tajo«, sagte sie spontan. »Aus Wasser werden Pfirsiche – aber nur, wenn zur richtigen Zeit geschöpft wird, wenn die Schaufeln und Zahnräder die genau abgemessene Menge Wasser aufnehmen und wenn die Schieber rechtzeitig geöffnet werden. Aber das wichtigste ist die Sonne. Ohne sie wächst kein einziger Pfirsich.« Al-Walid blickte seine Schülerin erstaunt an, ohne sie zu unterbrechen. Ymme atmete tief ein, bevor sie fortfuhr. »Der leitende Arzt eines Hospitals ist wie die Sonne innerhalb seines Hauses. Aber würde die Sonne sich denn um die Schaufelräder, die Esel und die Treiber kümmern? Nein«, sagte sie bestimmt, »dafür ist der Gartenbesitzer zuständig. Al-Walid, warum suchst du nicht einen Mann, der sich um alle Rädchen im Hospital kümmern kann? Einen Verwalter der Räder. Arzt darf er nicht sein, damit er nicht nach den Kranken schielt. Er soll nur die Rädchen betreiben. Und du gewinnst Zeit, deinen Nachfolger auszusuchen und auszubilden.«

Al-Walids helle braune Augen betrachteten Ymme so intensiv, daß sie unruhig wurde. Sie biß die Zähne zusammen. Wahrscheinlich hatte sie ihn verärgert. Wie kam sie dazu, ihm Ratschläge geben zu wollen? Sie hatte das alles gar nicht beabsichtigt. Verlegen senkte sie den Blick. Plötzlich warf al-Walid den Schürhaken auf die Fliesen und lachte schallend. »Auf die Idee, ein Hospital mit einer Noria zu vergleichen, kann nur eine Fränkin kommen«, sagte er und wischte sich die Tränen aus den Augenwinkeln. »Du hast den Vorteil des unbekümmerten Umgangs mit frommen Stiftungen und landwirtschaftlichen Notwendigkeiten gleichermaßen. Du würdest sicherlich auch die Kuppel der Moschee als Ort zum Trocknen von nasser Wäsche vorschlagen, wenn eine solche Frage auftauchte. Der Erhabene verzeihe den Gedanken. Aber ich muß dir recht geben. Vielleicht ist das ein brauchbarer Ausweg, für das Hospital, für mich …«

Ymme wagte ihren Ohren kaum zu trauen. Er hatte sie nicht ausgelacht.

»Ich werde darüber nachdenken«, sagte al-Walid. »Auch ein wenig mehr Schlaf könnte ich gebrauchen.« Er lächelte flüchtig. »Al-Mansur, der ruhmreiche Reichsverweser, hat gesagt: ›Der Wächter der Welt schläft nicht, wenn die Herde schläft.‹ Nun, so geht es mir in manchen Nächten, wenn auch mein Reich viel kleiner ist als das von al-Mansur.«

Die Tür flog auf. Al-Walid sah seinen Kollegen entgegen, die ihre Untersuchung des Jungen beendet hatten. Gemessen an einer gewöhnlichen abendlichen kollegialen Diskussion nahmen sie außerordentlich schweigsam Platz.

Don Enrique ließ dem Arzt aus der Judería den Vortritt. Er war es, der auf die mögliche Gefahr aufmerksam gemacht hatte, und wie es schien, schwebten die jüdischen Kinder gegenwärtig in der größeren Gefahr.

»Es sind Pockennarben«, bestätigte Don Abrahen tonlos. »Und es sind genau dieselben Hautefflorationen wie bei meinen kleinen Patienten.« »Also Masern.«

Diese Erkenntnis drückte ihre Stimmung nieder. Es gab mehrere ähnliche Krankheiten, aber kaum eine war so gefährlich wie Masern, vor allem für die jüngsten Kinder, weil ihre Säftebildung am stärksten ist. Trotz ihrer Freude über das Gespräch mit al-Walid kroch Ymme an diesem Abend voller Befürchtungen unter ihre Decken.

Vorübergehend wurde der gewöhnliche Tagesablauf der Studenten außer Kraft gesetzt, damit alle Gelegenheit bekamen, das tägliche Fortschreiten der Masernerkrankung zu beobachten. Zum Vergleich mit dem Jungen diente der Greis, der mit seinem Enkel zusammen in einen Raum gelegt worden war.

Während sich Ärzte und Studierende um das Bett des kleinen Ibn Chaldun scharten, stand Ymme draußen im Freien auf einem Hocker und sah und hörte über die Köpfe der anderen hinweg den Erklärungen von Don Enrique zu. Der Junge schlummerte mit hochrotem Kopf, aber als das Geräusch der vielen Füße ihn aufweckte, richtete er seine Augen still und wachsam auf den Arzt.

Don Enrique lächelte ihn an und befreite dann den sehnigen Körper des Jungen von der dünnen Decke und dem Hemd. Auch Ymme konnte aus ihrer Entfernung erkennen, daß die Haut noch die schwache Bräune des vergangenen Sommers aufwies, daß sie glänzte von Schweiß, im übrigen aber nicht rot war wie das Gesicht.

»Es spricht alles für Masern«, sagte Don Enrique. »Der Kopf ist zuerst von der Rötung befallen worden, der Körper ist noch blaß. Ihr mögt alle nacheinander hinter seinen Ohren nachschauen, dort enthalten die erhabenen Bläschen bereits Wasser. Wenn die roten Flecke blaß bleiben – ob großflächig oder kleinflächig, spielt keine Rolle –, wird der Verlauf gutartig sein. Werden sie jedoch schmutzig oder gar grünlich oder veilchenfarben, so sind sie bösartig.«

»Dann ist der Tod ihr nächster Geselle«, ergänzte Abu Bakr.

Ymme mußte sich das Lachen verkneifen. Abu Bakr schien Suren des Korans zu zitieren, was auch immer er sagte, aber dieser Satz entstammte ar-Razis Abhandlung über die Pokken.

Der Arzt des Inneren nickte ernsthaft. »Wir wollen trotz des Anscheins der Gutartigkeit sorgfältig überprüfen, ob die Befunde mit allem im Einklang stehen, was wir wissen – was wir zu erwarten haben … Es ist zwar jeder Fall anders, dennoch dürfen wir uns niemals von den Symptomen überraschen lassen. Wir müssen vorausahnen, was eintreten wird. Das ist für den Arzt der inneren Krankheiten oberstes Gebot. Ein Chirurg und ein Augenarzt können sich erlauben, anders vorzugehen, denn wenn sie ihr Handwerk verstehen, sind sie es selber, die die Voraussetzungen schaffen. Mit Gottes Hilfe«, setzte Don Enrique hinzu, als wolle er Abu Bakr entgegenkommen. Dann wandte er sich an den kleinen Kranken selber. »Tut dir etwas weh?« fragte er freundlich.

Der Kleine antwortete nicht. Ymme erinnerte sich, wie er ihr gegenüber geschwiegen hatte. Sie hatte es damals auf ihr unvollkommenes Kastilisch zurückgeführt, jetzt stellte sie beschämt fest, daß sie über sein Schweigen fast froh war.

Don Enrique klopfte dem Jungen leicht auf die Schulter. »Was hat sich geändert zwischen uns? Du hast mir vor drei Tagen doch soviel erzählt. Tut dir etwas weh?« wiederholte er energischer.

»Nein«, antwortete Ibn Chaldun.

»Wirklich nicht?« beharrte der Arzt und wandte sich auf das Kopfschütteln des Jungen hin zufrieden an seine Zuhörer. »Bei der Pockenerkrankung können wir – abgesehen von allen anderen Anzeichen – als Leitsymptom die Schmerzen im Rücken ansehen, die außerordentlich stark sind. Wenn der Junge aber gar keine hat, spricht es gegen Pocken und für eine nur leichte Masernerkrankung. Da die Ausschwitzung bereits eingesetzt hat, können wir uns in diesem Fall darauf beschränken, die geeignete Kost zu verordnen und den Darm vor verderblicher Entleerung zu bewahren. Ein sehr zufriedenstellender Fall, bei einigem Glück ganz ohne Komplikation. So wird der Verlauf leider nicht bei allen Kindern zu erwarten sein.«

Eine Warnglocke setzte in Ymme ein. »Meister Don Enrique!« rief sie leise. Da sich alle umdrehten, sah sie sich zu ihrer Pein gezwungen, wie von der Kanzel herab zu sprechen. Aber es gab kein Zurück. »Meister Don Enrique. Ibn Chaldun ist ein junger Held wie aus den alten Märchen. Er kennt keinen Schmerz. Jedenfalls wird er ihn nie zugeben. Deshalb glaube ich nicht …«, sagte sie und hörte mitten im Satz auf. Sie biß sich auf die Lippen.

»... daß seine eigene Aussage ausreicht«, ergänzte der Arzt und drehte sich betroffen zu dem Jungen um, der nun teilnahmslos auf seinen Bauch starrte. »Ibn Chaldun?« fragte er leise.

Er reagierte nicht.

»Er hört auch nicht!« rief Ymme überrascht.

Don Enrique setzte sich und zog Ibn Chalduns Kopf mit beiden Händen sanft vom Kopfkissen. Als er von außen leicht auf die Gehörgänge drückte, schrie der Patient laut auf.

»Ihr habt heute«, sagte Don Enrique sehr ernst, während er den Jungen zurückgleiten ließ, »etwas gelernt, was man als Arzt leicht vergißt: Nicht jeder Kranke hat das Bestreben, behandelt zu werden. Wenn man allerdings auch außer acht läßt, daß ein Kind den Zusammenhang zwischen Schmerzen und Behandlung gar nicht immer ermessen kann, wäre es vielleicht besser, man würde sich als Dichter sein Brot verdienen.«

Während nun der Arzt Ibn Chalduns Ohren sorgfältig untersuchte, verstummte das sonst übliche Flüstern unter den Studierenden ganz. Ymme wußte mit einemmal, daß es die Stärke dieses Mannes war, Fehler zugeben zu können. Sie kannte sonst keinen, der dazu fähig war.

Endlich beendete Don Enrique seine Untersuchung und stand auf. »Er hat in der Tat eine schwere Entzündung der Ohren beiderseits. Dieses wird seine Behandlung sein: Nach jedem Rufen des Muezzins sollen seine Ohren mit warmem Rosenöl ausgegossen und mit Baumwolle abgedeckt werden. Wir werden ihm Kürbiswasser zu trinken geben – wenn die Schmerzen stark sind, versetzt mit Mohnsaft. Später erhält er Gerstenwasser, wenn der Stuhlgang gegen Ende der Erkrankung nicht zu weich wird, mit Kandiszucker. Dazu darf er entrahmten sauren Quark mit sehr gut durchgebackenem Zwieback essen. Im übrigen gilt, wie für alle Krankheiten, daß er nicht zu warm und nicht zu kalt liegen soll; verboten sind ihm in nächster Zeit heiße Bäder, Reisen zu Fuß oder auf dem Esel, der Aufenthalt in der Sonne und der Genuß von stehendem Wasser und schmutzigen Früchten. Und so werden wir ihn mit Gottes Hilfe seinem Vater gesund zurücksenden.«

Ymme war erleichtert, daß Don Enrique trotz der Komplikation keine Gefahr sah. Ibn Chaldun würde bald Erleichterung erfahren, denn sein Pfleger machte sich bereits auf den Weg in Apotheke und Küche, um die Anweisungen weiterzugeben.

Don Enrique wandte sich dem Großvater des Jungen zu. »Abu Chaldun«, sagte er höflich zu dem alten Mann, »dein Enkel wird gesund werden, du hast es gehört. Du aber hast keine Masern. Wir sind sicher, daß du an den Pocken erkrankt bist, wenn wir uns auch wundern, wie das möglich ist. Denn bei Greisen wie dir bricht diese Krankheit nur bei einem besonders verseuchten, verfaulten Zustand der Luft aus. Davon aber kann man zur Zeit in Toledo nicht reden.«

»Nein«, keuchte der Alte, der sich trotz seines schlechten Zustands sichtlich Mühe gab, zuzuhören und zu antworten, »hier ist es bitter kalt.« In mehreren langen Wellen überkam ihn ein Zittern,wobei ihm die Zähne aufeinanderschlugen. »Mein Sohn hat mich hierhergeholt. Hätte er mich doch in Torrente gelassen. Im Namen Gottes, des Gnädigen, Barmherzigen.« Sein Murmeln wurde leiser und wäre in Bewußtlosigkeit übergegangen, hätte ihn der Griff des Arztes an seiner knochigen Schulter nicht wieder zurückgeholt.

»Gab es dort Pockenerkrankungen?«

Der Greis schüttelte müde den Kopf. Don Enrique ließ ihn nicht in Ruhe. Ymme ballte die Fäuste vor Mitleid mit dem Kranken, aber sie spürte genau, daß der Arzt jetzt nicht aufhören konnte.

»Was hast du dort gemacht?«

»Ich bin Wassermühlenbauer.«

Das sollte wohl heißen, daß er im Zusammenhang mit seinem Gewerbe im Süden gewesen war, aber damit war sonst nichts erklärt. Doch der Alte hatte nur Luft geschöpft, um einen langen Satz hervorzustoßen, der ihm wichtig schien. »Mein Sohnessohn wird Papiermühlen bauen. Deswegen habe ich den Normannen die geraubten Stoffballen weggenommen.«

»Er phantasiert.«

Abu Bakr, natürlich, der sich auf das schriftliche Wort verließ und dem es gleichgültig war, daß der Alte sich aus irgendeinem Grund zu rechtfertigen suchte. Ymme sah grimmig auf seine Kopfbedeckung hinunter, während der Atem des Kranken hörbar schwächer wurde. Don Enrique beugte sich über ihn. »Der Prophet wird Fürsprache für dich einlegen. Wie konntest du normannischen Kriegern denn etwas fortnehmen? Gab es einen Kampf zwischen dir und ihnen?«

Der Alte verzog die Lippen, und es konnte die Atemnot sein, die ihn dazu zwang, aber Ymme hatte eher das Gefühl, daß seine Augen aufleuchteten und er zu lächeln versuchte. Irgend etwas beschäftigte ihn, und seine letzten Atemzüge sparte er sich nicht für ein Gebet zu seinem Gott auf, obwohl er ohne Zweifel im Sterben lag. Und Don Enrique fragte ihn hartnäckig aus, statt ihn in irgendeiner Weise zu behandeln. Vielleicht war das die Behandlung.

Endlich hatte der Kranke genügend Kraft gesammelt. »Wie die Pferdeäpfel lagen sie auf der Straße aufgereiht, sieben Mann, junge und alte. Ein Pferd hatte sich in einem Busch verfangen, die anderen hatten sich davongemacht. Ich habe den Ungläubigen alles weggenommen und mit einem normannischen Schwert in der Hand die ganze Nacht und den halben Tag auf der Beute gesessen und gewacht, bis mein Ältester kam! Im Namen Gottes, des Gnädigen, des Barmherzigen.« Mit diesem Triumph auf den Lippen starb er, und da sein Triumph auch der seines Propheten war, durfte er damit zufrieden sein.

Während Abu Bakr mit lauter Stimme eine Sure des Korans anstimmte, zogen Don Enrique und die anderen Studenten sich aus dem Sterbezimmer zurück. Kurze Zeit später wurde das Bett des Enkels abgeholt.

Ymme wußte nicht, ob der Junge verstanden hatte, daß sein Großvater gestorben war. Sein Gehör war eingeschränkt und seine Aufnahmefähigkeit durch das Fieber und die Untersuchung geschwächt. Aber als er an ihr vorbeigetragen wurde, glänzten seine Augen auf, und er drehte den Kopf nach ihr trotz der Ohrenschmerzen.

»Hakima«, rief er leise, während sich sein Bett schaukelnd entfernte. Seine offene Hand blieb in der Luft hängen, als ob er nach ihr zu greifen versuche.

»Ich möchte bei ihm bleiben«, sagte Ymme entschlossen zu Don Enrique, der dem Umzug mit den Augen folgte. »Jetzt, wo sein Großvater tot ist, wird es ihm helfen.«

»Ihm wird es helfen«, bestätigte der Arzt ruhig. »Aber uns nicht. Wir haben ja schon darüber gesprochen.«

»Ich bin jetzt so lange hier in Tulaytula«, entgegnete Ymme, »ich bin nicht mehr fremd. Ich verspreche, mich jeden Tag nur ganz kurz bei Ibn Chaldun aufzuhalten – für die Länge einer Heldengeschichte.«

Don Enrique schüttelte zweifelnd den Kopf. »Leichtsinn gehört nicht zu den Tugenden eines Arztes. Ich glaube nicht, daß du es wagen solltest. Es sind genügend andere hier, die Märchen erzählen können. Manche haben nachweislich Masern und Pocken gehabt, und es ist ganz und gar unwahrscheinlich, daß sie dafür sehr anfällig sind.«

»Wäre ich kleinmütig«, sagte Ymme stolz, »wäre ich überhaupt nicht hier.«

»Frage al-Walid!«

Ymme war schon am Davoneilen. »Ibn Chaldun braucht mich jetzt, nicht nachher«, rief sie und verschwand in der neuen Krankenstube des Jungen. »Nachher werde ich al-Walid fragen!«

Hier waren drei andere Männer untergebracht, und Ymme war noch nicht bei ihnen gewesen, da sie zu den Patienten von Don Enrique gehörten. Es dauerte eine Weile, bis sie ihnen erklärt hatte, daß sie nicht als Ärztin, sondern als Märchenerzählerin kam, und dann noch viel länger, bis sie dem Jungen, der nach dem Verstopfen seiner Ohren mit Baumwolle noch schlechter hörte, die Geschichte erzählt hatte. Er freute sich, und das war für sie Rechtfertigung genug.

Trotzdem trat Ymme nachher mit schlechtem Gewissen in den Hospitalgarten. Al-Walid wartete mit bitterbösem Gesicht auf sie. Er ließ keine Erklärung und keine Ausrede zu. »Ich erwarte von den Studierenden«, grollte er, »daß sie sich mit der gleichen Umsicht zwischen den Kranken bewegen wie Ärzte. Dir hatte ich wegen deiner hellen Haut den Umgang mit dem Jungen und seinem Großvater verboten.« Ymme schämte sich ehrlich. Im Überschwang hatte sie die berechtigten Einwände Don Enriques beiseitegeschoben. Und al-Walids Sorge hatte sie in Unkenntnis der Schwere der Krankheit wohl unterschätzt. Sie blickte zu Boden und nickte.

»Deine Reue beruhigt mich nicht«, sagte al-Walid unversöhnt. »Du wirst immer deine Meinung über die der Älteren und Weiseren setzen; eine Anleitung zum Zweifeln brauchst du gewiß nicht. Dein fränkischer Kopf arbeitet anders als unsere Köpfe. Welcher Kastilier wäre wohl auf die Idee gekommen, einen Hund zu retten! Es wäre mir lieb, du würdest im Hause Ibn Hazms wohnen, bis die Spätwinterkrankheit sich gibt. Vielleicht ist die schlechte Luft bei Nacht noch gefährlicher als bei Tage.«

»Nein!« rief Ymme entsetzt und legte dann die Hände über den Mund. »Bitte, laß mich weiterhin im Hospital schlafen.«

»Ich dachte, du hättest verstanden?« Al-Walid empörte ihre Anmaßung. Er beabsichtigte nicht zu dulden, daß die Fränkin mit zerknirschtem Gesicht bereits wieder ihren Willen durchsetzte.

Ymme merkte es. Ihr blieb nichts übrig, als die Wahrheit zu bekennen. »Ich habe Angst, dorthin zu gehen.«

»Warum?«

»Ich wurde überfallen«, gestand Ymme. »Der Papierhändler Chaldun begehrt mich. Weil er betrunken war, konnte ich entkommen, aber ich vermute, daß er beim nächstenmal ausreichend nüchtern sein wird.«

Der Arzt war vorübergehend verblüfft. »Ich war der Meinung, daß Ibn Hazm dich beschützt, in welcher Weise auch immer …«

»Nein, das hat er nie getan! Er gab mir auf Bitte seiner Tochter Idschaz eine Unterkunft, weil meine Arznei sie gerettet hat, aber sonst kümmert er sich um mich nicht … Bitte, al-Walid.«

Al-Walid sah die Gestalt des kleinen Ibn Hazm vor sich, den Mann, der handelte, bevor ein anderer sich bedachte, den Mann, der in aller Öffentlichkeit nacheinander unzählige Geliebte neben seiner katholischen Frau favorisierte. Und ausgerechnet er sollte auf eine Frau wie Ymme verzichtet haben? Sein Lächeln blieb Ymme unverständlich, aber seine Anweisung war glasklar. »Bitte halte dich in nächster Zeit nicht unnötig oft in der Nähe von Kranken mit hitzigen Fiebern auf. Ich werde ᶜAbdallah mitteilen, daß du vorläufig von Nachtwachen befreit bist. Über die Arznei werden wir gelegentlich sprechen.«

Eine größere Mißtrauenserklärung hätte der Hospitalleiter ihr gar nicht geben können. Aber dieses Mal biß sich Ymme auf die Wangenhaut, bis sie schmerzte. Sie wollte nicht ihren Studienplatz wegen Ungehorsams verlieren. Sie nickte in seinen unnachgiebigen Blick hinein und ging hocherhobenen Hauptes. Von der Galerie aus grinste Abu Bakr zu ihr herab.

Zwei Stunden später war es schon so dunkel, daß sie kaum die Hand vor Augen sah, als sie das Hospital verließ. Der Wächter ᶜAbdallah starrte ihr über die bereits aufgestellten Schachfiguren verwundert nach. Zu dieser Zeit war das Bad längst für Männer geöffnet, und die Markthändler schlossen spätestens jetzt ihre Stände. Was wollte sie jetzt im fränkischen Viertel?

Ymme lief im Schatten der Häuser um den Suq al-Dawabb und tauchte dann in die Gassen dahinter ein. San Nicholas war hell erleuchtet, und der Gesang darin brach sich an der Mauer des kleinen Vorplatzes. Aber in dieser Gegend mußte sie sich vor Chaldun nicht fürchten. Auch in Ibn Hazms Mietshaus war alles beim alten geblieben. Die Männer und Frauen nickten ihr nachbarschaftlich zu, und niemand schien etwas Besonderes darin zu sehen, daß sie am Abend nach Hause zurückkehrte.

Beruhigt öffnete Ymme ihre Wohnungstür. Sie hatte sich unnötige Sorgen gemacht.

Als wenige Tage später al-Walid vom abendlichen Freitagsgebet in das Hospital zurückkam, war Ymme noch anwesend. Bevor er seinem Zornesausbruch freien Lauf lassen konnte, winkte Ymme ihn zu sich auf die Galerie der Frauen. Umm Nuria, die Nachtdienst gehabt hätte, war plötzlich bewußtlos zusammengebrochen, und sie selber hatte die Ärztin mit Hilfe einer Pflegerin ins Bett gebracht. Inzwischen war Umm Nuria wieder zu sich gekommen, warf sich aber zwischen Fieberschüben und Frostschauern im Bett hin und her, ohne ansprechbar zu sein. Derzeit war die Decke beiseite gelegt, und ihre Waden waren mit kalten Wickeln eingehüllt. Auf einem Hocker stand eine Schüssel mit Wasser.

Al-Walid seufzte. »Nicht einmal jeder, der immer hier gelebt hat, ist gefeit. Nun, es ist nicht zu ändern. Du kannst jetzt gehen.«

»Aber die Abteilung ...«, wandte Ymme überrascht ein. Die Frauen würden sich von einem Mann nicht behandeln lassen.

»Wir werden morgen den Dienstplan ändern«, versprach al-Walid. »Heute nacht bleibe ich hier.« Danach schickte er sie mit einer unmißverständlichen Handbewegung aus dem Zimmer.

Ymme machte sich verdrossen auf den Weg nach Hause. Selbst in einer solchen Situation blieb er unnachgiebig. Es ärgerte sie.

Ihre Gedanken flogen an diesem Abend wie kleine Stechmücken von einem Unbehagen zum anderen. Seltsamerweise ärgerte sie sich jetzt auch, daß sie die Prüfungen in den medizinischen Fächern wegen ihrer Unkenntnis der arabischen Sprache nicht ablegen konnte. Und die bevorstehende Prüfung von Abu Bakr machte ihr mehr zu schaffen, als sie wahrhaben wollte: sie konnte ihre Neidgefühle nicht unterdrücken. Erst spät gelang es ihr einzuschlafen.

Am nächsten Tag übernahm sie erstmals die Abteilung der Frauen und der Säuglinge in eigener Verantwortung. Innerlich bebte sie, aber äußerlich war sie ganz ruhig. Jedoch hätte sie jederzeit Don Enrique zu Hilfe holen können, während al-Walid mit der Prüfung von Abu Bakr befaßt war. Genaugenommen tat sie kaum etwas anderes als in den letzten Wochen, in denen ihr Umm Nuria überraschend früh sehr verantwortliche Arbeit übertragen hatte. Aber plötzlich zweifelte sie an allem, was sie gelernt hatte, alle ihre Anweisungen kamen ihr falsch vor. Im Verlauf dieses einen Vormittags wurde ihr vor Sorge elend zumute.

Noch schlimmer wurde es, als die anderen Studierenden Abu Bakr jubelnd auf den Schultern durch den Hof trugen: den allgemeinen Teil der theoretischen Medizin hatte er nun hinter sich. Der spezielle Teil würde am übernächsten Tag, die praktische Medizin, wiederum unterschieden in allgemeine und spezielle Kenntnisse, in den nächsten Wochen folgen, ebenso wie der Nachweis über die Kenntnis der Herstellung und Anwendung von Drogen. Das Lachen der Studierenden war bis in den Instrumentenraum zu hören, in dem Ymme für eine notwendige Untersuchung einer jungen unfruchtbaren Frau einige Sonden und ein Spekulum in einer Schale bereitlegte. Bitter verzog sie die Mundwinkel.

»An diesem Tag soll man fröhlich sein«, sagte al-Walid, der in diesem Moment den Raum betrat. »Jeder künftige Arzt ist eine Freude für den Propheten und ein Vorbild für die Mitstudierenden.«

Ymme nickte wortlos. Sie war, genaugenommen, keine künftige Ärztin.

»Seit wann hast du keine abweichende oder zumindest nicht eine eigene Meinung?« fragte al-Walid und betrachtete sie forschend. »Du bist blaß. Nun, das kann bei Frauen vorkommen.«

Ymme biß sich verärgert auf die Lippen.

»Oder ist es die Tatsache, daß Abu Bakr geprüft wird?«

Ymme wandte sich heftig um. »Nein, es ist die Tatsache, daß ich nicht geprüft werde.«

»Aber es war dein eigener Wunsch.«

»Ja«, gab Ymme widerwillig zu. Wütend starrte sie ihm nach, als er mit seinen Kathetern den Raum verließ.

Sie war nicht unzufrieden mit sich, als am späten Nachmittag ihre Arbeit beendet war, aber auch nicht glücklich. Sie fühlte sich nur ungewohnt matt.

Trotzdem machte sie, zum erstenmal seit drei Wochen, einen Besuch bei Don Zag, zu dieser Stunde nicht mehr, um zu arbeiten. Aber er hatte als neuer Christ so viele Sorgen, die niemand mit ihm teilte – nur sie, die gut katholische Fremde mit der in Jesu Christo widerspenstigen Mutter und der ungläubigen Urgroßmutter. Während sie den Zocodover-Platz hinter sich ließ und die Marktstraße entlanglief, in der die Händler ihre geschäftigsten Stunden mit allgemeinem Kaffeetrinken einleiteten, fragte sie sich unwillkürlich, ob es überhaupt stimmte, daß sie noch gut katholisch war. Mozaraber, Juden, Mudéjares waren diejenigen, mit denen sie umging, sonntags besuchte sie den mozarabischen Gottesdienst von San Lucas, aus Neugier hatte sie schon hinter der Abtrennung in der kleinen Synagoge von Benzizá gestanden, und sie lernte aus arabischen Büchern. Sie verzog ihr Gesicht. Beim besten Willen konnte man aus alldem nicht die treue Anhänglichkeit an die römische Kirche nachweisen, die der Erzbischof ihr vor langer Zeit geglaubt hatte. Nur: Welches Unrecht beging sie?

Von der Marktstraße an ging es unaufhörlich abwärts. Aber Ymmes Schienbeine und Waden hatten schon lange aufgehört, auf Toledos Berg-und-Tal-Straßen zu schmerzen. Sie lächelte. Es stimmte, was sie Don Enrique gesagt hatte.

Sie traf Don Zag so ernst an, wie sie selber den ganzen Tag gewesen war. Wortlos öffnete er ihr die Tür und ging bis zu seinem Arbeitstisch vor ihr her. »Don Zag!«

»Ja, Doña Iume«, sagte er und legte in charakteristischer Weise die Hand über seine Augen. »Entschuldigt, aber ich zermartere mir den Kopf und weiß keinen Ausweg.«

»Was ist?« fragte Ymme.

»Ihr wißt nicht?« fragte der Übersetzer und drehte sich heftig um. »Wißt nicht, daß Urraca sich seit zwei Wochen im Gewahrsam der erzbischöflichen Knechte befindet und auf ihre Bestrafung wartet?« Sein ersticktes Schluchzen hörte sich wie Weinen an.

Ymme erbleichte. Urraca mit ihrer durch einen liebevollen Vater und eine zärtliche Mutter außerordentlich behüteten Jugendzeit würde einen Aufenthalt in diesem Gefängnis nicht durchhalten. Sie wollte Don Zag ihren Verdacht ersparen, aber sie mußte laut vor sich hin gesprochen haben, denn er antwortete ihr genau darauf.

»Glaubt Ihr etwa, gewalttätige Wärter könnten es noch schlimmer machen? Ich glaube, seit dem Zeitpunkt, an dem man ihr verkündet hat, daß man an ihr ein Exempel statuieren wird, wünscht sie sich, daß sie nur im gewöhnlichen Gefängnis inhaftiert wäre.«

Ymme nickte, aber sie verstand noch nicht.

»Sie ist zum Feuertod verurteilt. Wegen unerlaubter Unzucht mit einem Juden!«

Vorübergehend wurde Ymme von einem heftigen Schwindel befallen. Sie setzte sich. In namenlosem Entsetzen schüttelte sie den Kopf. »Sie ist so leichtsinnig«, fuhr Don Zag tonlos fort. »Hätte sie ihrem Vater nur gehorcht oder meine Anträge angenommen! Jetzt ist es zu spät.«

Ymme ballte die Fäuste. »Kann die Judería sie nicht freikaufen? Ein Mensch ist wichtiger als ein Kirchturm!«

Don Zag hob die Schultern, wo sie verweilten, bis er sie nach unendlich langer Zeit wieder sinken ließ und weitersprach. »Was hat Urraca mit der Judería zu tun? Sie gehört schon lange nicht mehr zu ihr. Genaugenommen gehört unsereins überhaupt nirgends hin. Wir jüdischen Neuchristen haben hinter uns weder die ererbte Macht der Stellung und des Geldes unserer Väter noch die erworbene der Hidalgos. Wir sind die ungeliebtesten Söhne und Töchter Toledos. Und die schutzlosesten. Der Erzbischof weiß das …«

»Ihr meint …?« fragte Ymme. »Er würde keine Gnade gewähren?«

Don Zag schüttelte langsam den Kopf. »Er braucht einen Fall wie den von Urraca. Die römischen Christen wird er dadurch zusammenschmieden – die Mozaraber auch, aber zudem werden die sich als die besseren gegenüber uns Neuchristen fühlen –, und beide Gruppen werden sich erkennbar hinter den Erzbischof stellen. Die Judería wird aus Angst stillhalten. Ja, jetzt, kurz vor dem Eintreffen der ersten Kreuzzugstruppen, braucht der Erzbischof eine Urraca, um jedem Christen bis in die letzten Fasern seines Gehirns einzubleuen, wo sein Platz ist.«

Jeglicher Trostversuch wäre Schwindel gewesen. Ymme versuchte es erst gar nicht. Aber sie blieb so lange in der

Übersetzerschule, bis Don Zag selber sie mahnte, sich auf den Weg zu machen. Ymme merkte, daß sie ihn nun allein lassen konnte.

Der warme Abend und ihre Gedanken, in denen sich viele Sorgen abwechselten, trieben Ymme nach einer hastigen Mahlzeit in den Garten von Ibn Hazms Moschee.

In der Krone des Feigenbaums, in dem sonst die Finken schlugen, war es heute still, aber der Brunnen plätscherte laut wie immer. Sein Wasser floß durch eine Rinne aus Ziegelsteinen zu einem flachen Wasserbecken im Zentrum des Gartens. Zwei steinerne Ruhebänke luden die Gläubigen ein, nach dem Gebet inmitten der anderen Geschöpfe Gottes zu verweilen, ohne den Wunsch nach anderem als Beschaulichkeit.

Die friedliche Stimmung teilte sich Ymme ganz allmählich mit. Sie setzte sich auf die Mauer. Unten in der Vorstadt, auf die noch der letzte Schein der untergehenden Sonne fiel, befanden sich die Bewohner in abendlicher Geschäftigkeit; in den Wohnhäusern flackerten Lichter auf, die Kochfeuer wurden geschürt, und aus den Öfen der Töpfer quollen rosa Rauchschwaden. Über manchen Öfen lösten die Wolken sich auf, bis nur noch ein fadenförmiger Strick in den Himmel zu führen schien. Dort wurde der Brand gelöscht, am nächsten Tag würde der Töpfer die Tonware ausräumen, blau und gelb glasierte Schalen, Töpfe, Kannen …

Ymme sah auf ihre leeren Hände hinunter. War ein Töpfer glücklicher als eine Ärztin? Ihre Tätigkeit beschränkte sich darauf, das Menschenleben zu erhalten; nicht immer gelang es, den Kranken so wiederherzustellen, wie sein Schöpfer ihn erschaffen hatte. Ein Töpfer aber erschuf aus eigener Macht etwas Neues, aus Ton machte er Toledaner Schönheit, die in ganz Kastilien berühmt war: er war selber ein Schöpfer.

Der Erzbischof hätte solche Gedanken nicht geschätzt, aber selbst Ymme quälten sie. Sie erhob sich und ging langsam auf den Hinterausgang des Moscheegartens zu, wo die unscheinbare Pforte zu Ibn Hazms Mietshaus führte. Jetzt stand sie weit offen, obwohl Ymme sie wie immer geschlossen hatte, und Lichtstreifen aus den Wohnungen fielen auf den gepflasterten Weg.

Alarmiert blieb Ymme stehen.

Noch ehe sie sich besonnen hatte, ertönte aus dem Baum über ihr ein entsetzliches Geschrei, und dicke schwärzliche Tropfen fielen vor ihren Augen auf die hellroten Ziegelsteine. In einem Wirbel herabsegelnder Federn stürzte ein flatternder Hahn vor ihre Füße. Er war klein, aber mit kräftigen Sporen ausgestattet. Ein Kampfhahn.

Und ihm fehlte der Kopf.

Ymme sank besinnungslos auf die Steine.

15. Dschihad

Als Ymme wieder zu sich kam, schimmerte kein Stern durch den Schirm des Feigenbaums; unten in der Vorstadt waren die meisten Lichter ausgegangen. Sie erhob sich mit zitternden Beinen, aber erst als sie sich mit klebrigen Händen den Schmutz vom Rock klopfen wollte, fiel ihr jäh ein, was geschehen war.

Hastig richtete sie sich auf und lauschte.

Diesmal war die Stille die der Ruhe, in der nur der Erdboden zu atmen scheint und die Nachttiere auf Beutesuche verstohlen rascheln. Die Feigenbaumblätter über ihr bewegten sich sacht, und sie klammerte sich an einen jungen glatten Ast, der sich neben dem alten Stamm in die Höhe wand.

Der Fremde war nicht mehr da.

Schwankend und mit halb geschlossenen Augen schleppte Ymme sich zum Pförtchen. Jetzt war es zugezogen.

Die Nacht verbrachte sie auf dem Boden, quer vor ihrer eigenen Tür liegend, um einem Angreifer den unmittelbaren Zugang zu ihrem Zimmer zu verwehren. Aber je länger sie sich verstört und schlaflos auf dem harten Lager wälzte, desto klarer wurde ihr, daß keine unmittelbare Gefahr bestand. Wahrscheinlich hatten Jungen aus dem Mietshaus ihr einen groben Streich spielen wollen, und sie hatte ihn viel zu ernst genommen.

Wie gerädert schlich Ymme am nächsten Morgen ins Hospital. Al-Walid runzelte nur die Stirn, als er sie im Vorübergehen zu Gesicht bekam; später sprach er sie im Aufenthaltsraum an.

Ymme brach in Tränen aus. Unter Schluchzen erzählte sie, was geschehen war.

Der Klinikleiter betrachtete sie verwundert, bemerkte ihr fleckiges Gesicht mit den ungewohnt verschwommenen Konturen und legte seine Hand auf ihre Stirn. »Ich kann mir nicht vorstellen«, sagte er, unbeeindruckt von ihrem Tränenausbruch, »daß ein totes Hähnchen für eine solche trockene Hitze deines Körpers verantwortlich sein kann, mag es auch blutig und kalt gewesen sein. Ich denke eher, daß du jetzt büßen mußt, weil du unsere Warnungen in den Wind geschlagen hast. Wir werden dich zu Umm Nuria ins Zimmer legen.«

Ymme fand keine Kraft, ihm zu widersprechen. Bebend zog sie sich wenig später mit Hilfe einer Hospitaldienerin aus und sank auf das Bett.

Die nächsten Tage und Nächte verschwammen ineinander, sie unterschied nur Zeiten, in denen jemand ihren erhitzten Körper abwusch, ihr eine kühlende Salbe auf die Lippen strich und sie aufrichtete, um ihr einen säuerlichen Saft einzuflößen – und die anderen, in denen man sie in Ruhe ließ.

Als die Tür und das Nachbarbett eines Morgens endlich wieder vernünftige Ausmaße hatten und auch ihre gewohnten Positionen einnahmen, bemerkte sie zum erstenmal die roten Flecken auf ihren Armen. Wie sie es gelernt hatte, betastete sie behutsam ihre Haut, stellte fest, daß die Flecken nicht schmerzten, sich ein wenig erhaben und körnig anfühlten, jedoch kein Wasser enthielten.

Gleich darauf betrat al-Walid mit seinen drei Studenten im Gefolge den Raum.

»Ich habe Masern«, verkündete Ymme.

»Wir sind zu einem ganz ähnlichen Ergebnis gekommen«, stimmte al-Walid schmunzelnd zu und wandte sich dann an die Studenten. »Ihr wißt, daß wir um eure Ausbildung eifrig bemüht sind. Jedoch kommt es nur selten vor, daß sich ein Arzt gezwungen sieht, die Demonstration eines klassischen Krankheitsbildes mit Hilfe des eigenen Körpers durchzuführen. Unserer Doña Iume danken wir dafür sehr herzlich und hoffen, daß sie sich entschließt, nunmehr unverzüglich gesund zu werden.«

Unter dem freundlichen Gelächter der drei jungen Männer errötete Ymme heftig und zog die Decke bis zum Kinn.

»Mit Umm Nuria steht es leider nicht so gut.« Al-Walids schmales männliches Gesicht befand sich in Ymmes Blickfeld, während die Studenten sich verstohlen an das Bett der Frauenärztin heranschoben. Es war sehr ernst geworden. Al-Walid erklärte jedoch nichts, und die Rücken der jungen Männer versperrten Ymme die Sicht.

Sie schloß daraus, daß der Zustand von Umm Nuria bereits besprochen war und sich seitdem unverändert hielt. Er hielt sich auch weiterhin, während es Ymme nun von Tag zu Tag besserging. Sie war sich des glücklichen Umstands bewußt, daß sie von Komplikationen verschont blieb, und bestand nach einigen Tagen darauf, ohne Hilfe aufzustehen.

Al-Walid machte eine resignierende Handbewegung und trat dicht an Umm Nurias Bett, um ihr Platz zu machen. »Versuch es.«

Ymmes Knie gaben beim dritten Schritt nach.

Al-Walid legte die Fingerspitzen aneinander, während die Pflegerin auf sein Nicken hin Ymme schnell auf und wieder ins Bett half. »Die Schwäche im Gefolge von hitzigen Fiebern machen wir dafür verantwortlich, daß der Körper in diesem Stadium widerstandslos ist gegen Folgeerkrankungen wie Taubheit, Blindheit, Verwirrtheit des Geistes,beim Mann gegen den Verlust der Zeugungskraft ...«, dozierte er, den Blick zur Zimmerdecke gewandt. »Wir raten deshalb grundsätzlich zu einer ausreichenden Erholungszeit, in der der Rekonvaleszent keinerlei Anstrengungen auf sich nehmen, sich nicht lange in der Sonne aufhalten darf ...«

»Al-Walid, bitte höre auf«, murmelte Ymme verlegen. »Ich habe verstanden.«

»Meine Zweifel wachsen zu Bergeshöhe«, sagte der Arzt freundlich und verließ das Zimmer.

Tagelang lag Ymme nun wieder im Bett, wälzte sich ruhelos hin und her und wünschte, wenigstens kräftig genug zu sein, um sich an der Pflege von Umm Nuria zu beteiligen. Denn die Ärztin verharrte auch bei gesunkenem Fieber in einer dumpfen, erschreckenden Teilnahmslosigkeit. Und obwohl die Ärzte nach dem Ausbruch der Pocken hofften, daß Umm Nuria jetzt das Schlimmste überstanden hätte, stieg das Fieber wieder höher als zuvor, fing die Ärztin zu murmeln und später zu schreien an, warf die Decke von sich und wurde so ungebärdig, daß man sie zuweilen festhalten mußte aus Angst, sie könnte sich selber verletzen. Al-Walid und Don Enrique hielten jetzt längere Zwiegespräche an ihrem Lager in arabischer Sprache. Ymme verstand mittlerweile ein wenig; sie merkte, daß al-Walid und Don Enrique sich in der Behandlung der Pocken nicht einig waren. Don Enrique bestand darauf, alles zu versuchen, um die Krankheit zum Reifen zu bringen, al-Walid erklärte es für nutzlos, weil sie seiner Meinung nach zu den unheilbaren gehörte.

Ymme hoffte zitternd, daß Don Enrique recht behielt. Eine Pflegerin kümmerte sich nun ständig um Umm Nuria. Vor und nach dem Rufen des Muezzins tupfte sie die pockenbefallenen Hautstellen mit warmem Weizenwasser ab, träufelte Rosenwasser in die Augenwinkel, goß die Gehörgänge mit einer Mischung aus lauem rotem Essig und Hornmohnsalbe aus und spülte ihr die Mundhöhle mit Maulbeersaft. Umm Nuria war zu schwach und zu abwesend, um selber gurgeln zu können, und deshalb half Ymme der Pflegerin beim Aufrichten der Kranken und stützte ihren Kopf.

Umm Nuria hatte auch eine starke Halsentzündung; ihre Stimme wurde heiser, und sie litt unter Atemnot. All dies und die Tatsache, daß die Pocken weder reiften noch zurückgingen, ließen al-Walid zunehmend hoffnungslos den Kopf schütteln. Don Enrique gab nicht auf, obwohl auch seine Hoffnung sank.

Danach aber erlebte Ymme eine große Freude: nacheinander kamen alle ihre Patienten aus dem Darb sie besuchen, an jedem Tag ein anderer, mit derart pünktlicher Verläßlichkeit, als ob al-Walid erst jetzt die Erlaubnis dazu erteilt hätte. Auf Ymmes Bett breiteten sie frühe Importpfirsiche, späte Feigen, winzige Apfelsinen und große Granatäpfel, Artischocken und anderes Gemüse aus. Manches wurde nach der Besichtigung und der Billigung durch Ymme in die Krankenhausküche gebracht, anderes mußte sie sofort und unter den Augen des oder der Besucher essen – man hatte sich vorsorglich bereits die Erlaubnis geben lassen. Ymme lachte und aß.

In der Mitte von Ymmes zweiter Krankheitswoche betrat eine verschleierte Frau das Krankenzimmer, einige Zeit nach der Runde des Gehilfen, der Wasser und Zitronengetränk austeilte, lange vor dem Rufen des Muezzins und gerade, als die Pflegerin den Raum für kurze Zeit verlassen hatte. Ymme kannte keine strenggläubige muslimische Frau, deshalb dachte sie, der Besuch gälte Umm Nuria.

»Ich habe den Auftrag«, sagte die Frau, »dir einige Bücher zu bringen, die du für dein Studium benötigst.« Unter Ymmes erstauntem Blick winkte sie einer Sklavin, die einen großen Weidenkorb hereinschleppte. Er war randvoll mit lose gehefteten Werken; Ymme erkannte sofort die Übersetzungsexemplare – auf Schönheit wurde in diesen Fällen der rohen ersten Übersetzung kein Wert gelegt. Es gab weder Verzierungen von Anfangsbuchstaben noch Goldbelag auf dem A von Allah, die Schrift war kleiner und die Bücher dünner.

Ymme fieberte vor Gier, sie in die Hand nehmen zu dürfen. Zuoberst lag das »Rezeptbuch für Krankenhäuser« von Ibn Abi al-Bayan, in dem sie als erstes viele Seiten über Arzneien für die Zahnbehandlung fand; das nächste war ein alchemistisches Manuskript mit Abbildungen von Destillationsapparaten, ähnlich, wie sie ihr bei Esclarmonde begegnet waren. Es folgte ein Taqwim, ein Tabellenwerk, in dem Krankheitsbilder anhand astronomischer Gesetzmäßigkeiten aufgelistet waren. Ymme sah auf. »Ich danke dir«, stammelte sie bewegt. »Wer gab dir den Auftrag? Wem soll ich sie zurückbringen?«

Die Frau schüttelte den Kopf. »Sie gehören dir, im Namen des Propheten. Dein Gönner möchte nicht genannt werden.« Sie zog sich so schnell zurück, daß Ymme ihr nur nachstarren konnte. Als die Tür zugefallen war, mußte sie sich durch einen Blick auf den Korb überzeugen, daß die Bücher kein Spuk waren.

Al-Walid fand Ymme später inmitten ihrer auf dem ganzen Bett ausgebreiteten Manuskripte vor. Er hob die Augenbrauen und starrte auf sie hinunter.

»Es ist alles da, was ich jemals brauchen könnte«, sagte Ymme überwältigt. »Und noch mehr. Derjenige, der sie sammelte, war kein Arzt. Wer mag sie mir nur geschenkt haben?«

»Dein Beschützer?« schlug al-Walid vor.

»Ich …« Ymme hielt ihren scharfen Protest zurück. Al-Walid wollte sie nicht ärgern, das wurde ihr sofort klar. Es hätte sich nicht mit seinem Verständnis der Behandlung eines Rekonvaleszenten vertragen. »Nein«, sagte sie.

Al-Walid war zufrieden mit dem Ausmaß ihrer Geistesgegenwart. Ymme gesundete sichtlich. »Dann frage einen Buchhändler. Am besten Ibn Mahmud, er hat nach Ibn Sura in Kairo die größte Erfahrung mit antiquarischen Büchern aus aller Welt.«

Das leuchtete Ymme ein. Während al-Walid sich Umm Nuria zuwandte, strich sie mit den Händen über die Einbände und suchte sich dann zum Lesen als erstes ein Buch über Augenkrankheiten heraus.

Wenige Tage später durfte Ymme zum erstenmal aufstehen. Ihr wurden Spaziergänge empfohlen, anfangs nur im Hospitalgarten, aber Don Enrique hatte nichts dagegen, daß sie sie langsam und stetig erweiterte, bis ihre Kräfte vollkommen wiederhergestellt waren. Mit Absicht suchte Ymme bald den Garten Ibn Hazms auf, um zu prüfen, ob das schreckliche Bild des geköpften Hahns ihr noch etwas anhaben konnte. Sie machte einen Bogen um den Feigenbaum, aber das Wispern seiner dunkelgrünen gelappten Blätter verströmte eine Friedfertigkeit, der sie sich nicht entziehen konnte.

Kein Vogelkadaver moderte in den Büschen, keine Federn hatten sich in den niedrigen beschnittenen Buchsbaumhecken gefangen; das Ziegelpflaster wurde vor jedem Freitaggebet sauber geschrubbt, wie Ymme wußte. Allmählich schien ihr, daß ihre ganze Furcht auf Einbildung beruhte, heraufbeschworen von den beginnenden Fieberschüben der Masernerkrankung, die sie verkannt hatte.

Erleichtert trat sie an die Mauer, von der aus sie den Arrabal überblicken konnte und die Schleife des dort noch behäbig breiten Tajo, bevor er die Ebene verließ und sich zwischen die Hügel drängte, die Toledo im Süden schützten.

Das Schwemmland des Flusses unterhalb der Palastanlage der Galiana war schwarz von Menschen, aber eine Bewegung war nicht auszumachen. Truppen konnten es nicht sein. Im selben Moment hörte sie fernen Singsang, eigentlich eher ein auf- und abschwellendes Summen; es kam aus der Vorstadt. Als plötzlich die Glocken von Santiago del Arrabal ihr dünnes Geklingel ertönen ließen, wußte sie jäh, was es war. Mönche und Nonnen aus den vielen Klöstern der Stadt wanderten in einer unendlich langen Prozession hinaus, den Menschen im Schwemmland entgegen. Ymme wußte nichts von einer Prozession der Christen zu Ehren dieses Tages. Erst morgen war Sonntag; heute war der Feiertag der Juden.

Ymme zog die Luft so scharf ein, daß ihre Brust schmerzte, dann sank sie auf die kalten Mauersteine nieder. Auf den Tag genau waren heute vier Wochen vergangen, seit Don Zag ihr die schreckliche Mitteilung über Urraca gemacht hatte. Sofern ihre Angehörigen oder einflußreiche städtische Juden keine Begnadigung erreicht hatten, würde heute das Urteil an Urraca vollstreckt werden, vollstreckt nach einer seit uralten Zeiten bestehenden Bestimmung, an die sich nie jemand gehalten hatte.

Wie gebannt sah Ymme dem Aufmarsch zu. An der Puerta de Bisagra scherte ein Trupp kastilischer Reiter des Königs in den Zug der Nonnen und Mönche ein, der jenseits der Westmauer zwischen dem Circo Romano und dem Graben entlanggekommen sein mußte. Die Ritter auf schweren, wuchtigen Kampfrossen waren voll gerüstet mit Schild und Schwert, ihre Knappen führten bunte Standarten und Wimpel mit sich, als ob alle wichtigen Familien ihr Einverständnis zu diesem Strafvollzug mit dem Familienwappen bestätigen müßten.

Noch bevor die ersten Mönche das Feld erreicht hatten, sprengten unterhalb von Ymme leichte Reiter, einer hinter dem anderen, die Straße hinab, die vom königlichen Schloß an der alten Mauer vorbei in den Arrabal führte. Die zierlichen Pferde, die bestickten Satteldecken, die tuchumwickelten Helme: die arabischen Söldner des Königs, eine Elitetruppe. Ymme hielt den Atem an.

In verhaltenem Galopp schlossen sie zu den übrigen auf, dann, auf ein unsichtbares Zeichen hin, streckten sich die

Pferdeleiber, flogen wie ein unendlich langer Drache an den Knappen, den Rittern und den Mönchen vorbei, bis in die Mitte der wartenden Menge.

Die Reiter formierten sich zu einem Stern, die Pferdeköpfe dem Zentrum zugewandt, danach ließen sie ihre Pferde um die Hinterhand kreiseln. Die Mäuler kauten sich langsam am Mundstück ab, die Hälse streckten sich, die Reiter versammelten ihre Pferde wieder und ließen sie Schritt für Schritt nach hinten treten. Die Schaulustigen wichen respektvoll vor den Hufen zurück, bis den nachfolgenden Klerikern ein ansehnlicher Kreis geöffnet worden war.

Die nächste Stunde verging damit, daß Mönche und Nonnen in grauen, braunen und weißen Kutten ihre Plätze einnahmen. Ymme schlug die Hände vor die Augen und nahm sie nach einiger Zeit wieder herunter. Was, um Gottes willen, wollte sie hier? Sie fühlte sich zu geschwächt, um aufzustehen, aber nicht schwach genug, um dem Schrecken ausweichen zu dürfen.

Die weltlichen Geistlichen im schwarzen Habit trafen nun ein, und ihre festen Schritte und ihr rhythmischer Gesang gaben den eher leisen Tönen der Mönche eine neue Härte. Ein Teil von ihnen war zu Pferde, und sie hielten geschlossen zusammen.

Guiraude, Esclarmonde und nun auch Urraca. Ymme zwang sich, jede Einzelheit in sich aufzunehmen.

Sie würde es bis zum Ende durchstehen.

Der Aufmarsch dauerte bis in die hereinbrechende Dämmerung. Ein Kreis von flackernden Fackeln leuchtete außerhalb der arabischen Reiter auf, in der äußeren Kette von kastilischen Soldaten zu Fuß. Noch konnte Ymme alles sehen, aber die von unten rot angestrahlten Wolken warfen ein gespenstisches Licht auf die Szene. Als hätte sich jemand ein gigantisches Schauspiel ausgedacht, eine Krönung oder eine andere Festlichkeit. Vielleicht hatten die Römer oder die Goten etwas Derartiges als Volksbelustigung gekannt.

Ymme brach in ein klägliches Weinen aus. Nein, es war keine Krönung und auch kein Wagenrennen.

Als sie die Hände herunternahm, stiegen die Rauchschwaden bereits in die Höhe, wirbelten den rosagrauen Wolken entgegen wie schwärzlicher Höllenqualm dem Licht. Ymme konnte Urraca nicht erkennen, aber sie fiel auf die Knie und betete laut, bis der Qualm in hellrote Flammen umschlug. Viel später erst, als alles vorbei sein mußte, fragte sie sich, ob sie überhaupt zum richtigen Herrn gebetet hatte. Oder sah der Herr mit den Namen Allah, Gott und Jahwe sich dieses alles genauso bestürzt an wie sie?

Am nächsten Tag hatte Ymme wieder Fieber. Als die Ärzte zur Visite bei Umm Nuria kamen, deren Zustand seit Wochen unverändert war, lag Ymme in ihrem Bett und versuchte, ihr Zittern zu unterdrücken. Al-Walid sprach sie erst an, nachdem Don Enrique seine Anweisungen an die Pflegerin von Umm Nuria erneuert hatte.

In al-Walids Stimme konnte Ymme erstmals Ungeduld hören. »Alle unvernünftigen Menschen dieser Stadt waren gestern auf dem Nordfeld.«

Ymme nickte gequält. »Ich nicht«, widersprach sie leise. »Aber ich sah von oben zu.« Sie zog die Decke fester um sich und setzte sich auf. »Al-Walid, kann man vor Gott eine Schuld auf sich laden, indem man sich mit Menschen anfreundet, die an einen anderen Gott glauben?« Der Arzt gab Don Enrique ein Handzeichen, mit der Visite fortzufahren. Während dieser das Zimmer verließ und zu Ymmes großer Erleichterung Abu Bakr mit sich nahm, rückte al-Walid sich ein Kissen zurecht und ließ sich darauf niedersinken. »An den gleichen Gott, aber an ein anderes Buch«, verbesserte er sie. »Nein, das kann man nicht. Nur die Menschen sehen die Unterschiede. Ich bin sicher, Gott achtet nicht auf die Buchstaben zwischen den Buchdeckeln.«

»Drei junge Frauen, die ich gut kannte«, berichtete Ymme leise, »sind im Namen Gottes getötet worden, obwohl sie sich alle zum christlichen Glauben bekannten. Es ist fast wie eine Warnung für mich selber … Al-Walid, ich habe Angst.«

Al-Walid atmete ganz flach. »Wäre es dann nicht an der Zeit, den Glauben der Toleranz anzunehmen?« fragte er mit sanfter Stimme. »Die Muslime kennen den Dschihad nur gegen Ungläubige, gegen glaubenslose Barbaren, jedoch nicht gegen die Völker der Bücher – und der Gläubige hat die Freiheit, das Ausmaß seines Glaubens selber zu bestimmen. Es ist nicht wie im Christentum, wo jeder Bischof seinen Dschihad gegen die eigene Gemeinde führt, bis er sie wie ein feindlicher Fürst unterworfen hat.«

Ymme schwindelte es. Da war er, der Versucher. Er wollte sie vom schmalen Grat herunterziehen, auf dem sie seit langem wandelte. Sie hatte sich für stark genug gehalten, ihm zu widerstehen. Aber es wurde mit jedem Tag schwieriger. Mit jedem Tag, an dem der christliche Dschihad härter wurde.

Al-Walid war ein kluger Mann. Er erhob sich, um Ymme nicht zu einer Antwort zu drängen, die sie vielleicht bereuen würde, und verließ das Zimmer.

Ein Wirbel von Lärm und Bewegung auf der Galerie hinderte ihn daran, die Tür hinter sich zu schließen. Vor ihm stand ein Zwerg, in seinem Gefolge zwei baumlange Männer mit ineinandergestellten Schüsseln und dampfenden Schalen auf den flach ausgestreckten Händen, und sie drängten alle zugleich in das Krankenzimmer hinein. »Zwerg!« rief Ymme in einer Mischung von Jubel und Erleichterung. »Was machst du hier?«

»Ich, werte Hakima«, sagte der Zwerg mit einer Verbeugung, die so tief war, daß er sich die Kopfbedeckung festhalten mußte, »lege dir heute nicht ein Gedicht zu Füßen, sondern ein Gericht. Ach, was sage ich, viele Gerichte, nach tagelanger Vorbesprechung mit meinem mißgünstigen Kollegen dieser Hospitalküche, nach einer Planung, die eines Königs würdig wäre! Nicht alle denkbaren Gerichte der andalusischen Küche eignen sich für dich – sagt er –, und nicht alle denkbaren Gerichte der kastilischen Küche eignen sich für mich, wie du weißt.«

»Wie viele Gäste hast du denn eingeladen?« wollte Ymme nach einem erschrockenen Blick auf den Umfang des mitgebrachten Geschirrs wissen.

»Gäste?« rief der Zwerg empört. »Gäste! Du allein wirst Gast sein, und wenn du wie der ›Vater der Zärtlichkeit‹ an meinen Speisen nippst, werden wir die Reste an die Armen verteilen, wie der Prophet es vorschreibt. Sogar an christliche Arme, für die er nichts vorschreibt. Wenn du möchtest. Im Namen des Gnädigen, des Barmherzigen.«

Al-Walid schüttelte belustigt den Kopf und ging.

Während Ymme sich bemühte, zu des Zwergs Zufriedenheit dem Essen zuzusprechen, setzte er sich mit gekreuzten Beinen neben ihr Lager, legte ihr vor und achtete darauf, daß sie von allem probierte.

Geschmeichelt hörte er ihre Lobessprüche an. Dann entdeckte Ymme eine Speise, die man ihr im Haus am Bitteren Brunnen nie vorgesetzt hatte, denn Ibn Hamdus hätte kein Gericht der katholischen Fastenzeit geduldet.

»Käsehonig! Daß du dich daran noch erinnern konntest.«

Obwohl schwerer verdaulich als alles andere, nahm Ymme von dem geschmolzenen, mit Honig verrührten und über gebratene Brotscheiben gegossenen Käse mehr, als ihr zuträglich sein konnte. Der Zwerg klatschte vor Freude in die Hände. Wehmütig dachte Ymme daran zurück, wie Ritter Cornelius und sie während ihrer Wanderung im Bergland von Hirten zu ihrem einfachen, aber köstlichen Essen eingeladen worden waren. Irgendwann hatte sie es dem Zwerg gegenüber erwähnt.

Erst als Ymme sich nur noch in großen Abständen hie und da einen Bissen in den Mund steckte, fing der Zwerg an zu erzählen, wie es dem Haus Ibn Hamdus ergangen war. Der Philosoph jedenfalls war durchaus auf seine Füße gefallen – Plattfüße, wie sich der Zwerg mit mißbilligendem Naserümpfen ausdrückte. Seine Beratungspraxis für Probleme aller Art hatte einen großen Aufschwung erlebt. Nur die Nachbarn im Darb kamen nicht mehr.

»Ach, überhaupt«, sagte er, während seine aufgeblähte Fröhlichkeit in sich zusammenfiel, »hat sich dort alles geändert. Die meisten unserer christlichen Nachbarn und Freunde – der Prophet strafe Rodrigo Ximénez für seinen römischen Starrkopf – haben den Darb verlassen: Paulos ist bei den Schröpfern der Freitagsmoschee untergetaucht und trägt ein Tuch um den Kopf, um sich zu tarnen; Guillem ist nach Valencia ausgewandert, wo der Sultan seinem neuen Christen eine Werkstatt eingerichtet hat; und Octavio ist zu den Franken ins Viertel des Königs umgezogen – denen verkauft er die Korksohlen als arabisches Wunderwerk.«

»Ich dachte, es seien alle Verordnungen wieder zurückgenommen«, sagte Ymme erschrocken.

Der Zwerg warf den Kopf zurück. »Pfff!« fauchte er erbost. »Verordnungen! Verordnungen gibt es immer. Um die muß man sich nicht kümmern! Man muß nur wissen, wie gut kontrolliert wird. Die Flecken haben wir stillschweigend fallenlassen, nachdem die Juden ihre nicht mehr trugen. Aber die armen Römischen werden in der Beichte peinlich gefragt, wo sie wohnen ... Ihnen zwinkert kein Prophet zu, und als Buße reicht auch keine dicke Kerze. Was sollen sie also machen? Sie verlassen den Bitteren Brunnen. Aber seit Paulos fort ist, weiß niemand mehr, wer das Säubern befehlen, wer den Frauen das Streiten verbieten und wer den Kindern die Ohren langziehen soll ...«

»Wie schrecklich«, sagte Ymme entsetzt.

»Ja«, stimmte der Zwerg so kurz und bündig zu, daß Ymme zutiefst beunruhigt war. Und nach muslimischer Art verabschiedete er sich mit so wenigen Worten, wie Ymme es zum erstenmal bei Cornelius gehört und für Unhöflichkeit gehalten hatte. Mittlerweile wußte sie es besser. Dennoch – glücklich hatte er sich nicht angehört. Sie starrte ihm noch nach, als die Tür bereits ins Schloß gefallen war.

Das Essen und der unerwartete Besuch hatten Ymme wieder auf die Beine gebracht, und am nächsten Morgen stand sie endgültig auf. Als sei sie gar nicht krank gewesen, wurden ihr die Frauen wieder zur Betreuung überlassen. Gegen das Mittagsgebet trat ihr kalter Schweiß auf die Stirn, und daran merkte Ymme, daß sie noch nicht ganz wiederhergestellt war, aber sie war so froh und dankbar für al-Walids Vertrauen in ihre Fähigkeiten, daß sie auf sich selber keine Rücksicht nahm.

Mit Umm Nuria dagegen stand es immer noch nicht besser. Sie war nur noch zuweilen bei Bewußtsein. Man mußte jeden Tag mit ihrem Ableben rechnen.

Ansonsten waren momentan nicht viele Kranke in ihrer Abteilung, was Ymme Zeit gab, sich erneut in alles hineinzufinden. Der junge Mann, der ihr nachmittags die Wäsche in die Frauenabteilung brachte, plauderte von diesem und jenem, und Ymme war dankbar, ihre Beine für kurze Zeit ausruhen zu können. Während sie die Bettücher zählte, bestätigte er ihr einiges von dem, was der Zwerg berichtet hatte. Er selber sei Mozaraber, er brauche keine Angst zu haben, sagte er, ihnen sehe der Erzbischof nicht sehr genau auf die Finger, aber die römischen Katholiken, holá, die hätten es jetzt schwer.

»Aber«, wandte Ymme ein und hielt mit spitzen Fingern ein zwar sauberes, jedoch zerknittertes Bettuch in die Höhe, worauf der junge Mann es beschämt unter den Arm klemmte, »Seine Eminenz kann doch nicht beabsichtigt haben, ausgerechnet die römischen Christen mit seinen Maßnahmen zu treffen.«

Der Wäschereigehilfe zuckte mit den Schultern. »Es trifft mal diesen, mal jenen. Der Erzbischof hat vor seiner Abreise angeordnet, daß die Altspanischen von San Torquato jetzt auf Santa Justa und San Lucas aufgeteilt werden, damit die umgezogenen römischen Katholiken eine eigene Pfarrkirche bekommen; mir ist es gleich, ich gehöre zu San Sebastian. Und den Muslimen will er die Moschee in der Torneria wegnehmen. So ist das Leben.«

So ist das Leben, ging Ymme am nächsten Tag im Kopf herum, als ein einziger Patient das ganze Haus in Aufregung versetzte. Gebracht wurde er von seinem Bruder, einem schmächtigen, dünnen Kerl mit verschlagenen Augen und einer kurzen, stark gebogenen Nase. Seinen Namen wollte er nicht sagen, nur den seines Bruders, Domingo, genannt Domingo Rojo. Domingo selbst war nicht in der Lage zu sprechen. Ihm lief das Blut aus beiden Nasenlöchern: tiefen, klaffenden Öffnungen. Den Kopf hatte er in den Nacken gelegt, und den Mund sperrte er weit auf, während die Blutrinnsale verschiedene Bahnen zogen; bereits angetrocknete, verkrustete dehnten sich bis zum linken Ohr, später hatte die Blutung anscheinend von neuem eingesetzt, als er sich erhoben hatte, denn die Blutspuren neben den Mundwinkeln glänzten frisch wie Lack.

»Wer hat ihm die Nase abgeschnitten?« fragte al-Walid finster.

»Ich weiß nicht«, antwortete der Bruder abweisend. »Ich habe damit nichts zu tun!«

Aus ihm würde nichts herauszuholen sein. Al-Walid entließ ihn mit einer uninteressierten Handbewegung. »Wir werden uns um ihn kümmern«, murmelte er, faßte dabei das spitze Kinn des Verletzten und hob und schob den Kopf wie den einer Puppe in verschiedene Richtungen. Domingo war auf dem Brunnenrand niedergesunken, und einer der Pfleger mußte ihn stützen, damit er nicht rücklings ins Wasser stürzte.

Mit vorläufig tamponierten Nasenlöchern ließ al-Walid den Verletzten in ein Krankenzimmer bringen. Der Klinikleiter knetete wieder seine Hände – das tat er in letzter Zeit häufig, wie Ymme auffiel. »Wir werden versuchen, Domingo eine neue Nase zu verschaffen, vielleicht nicht ganz so schön wie die seines Bruders, aber doch als Nase erkennbar. In seinem jetzigen Zustand würde er auf ewig wie ein Aussätziger behandelt werden, dabei ist er doch nur ein Dieb, ein gesunder dazu.«

»Meister, kannst du das alles am Zustand seines Blutes ablesen?« fragte vorwitzig ein Student, der gerade erst sein Studium aufgenommen hatte. Er starrte al-Walid verblüfft an.

Al-Walid drehte sich lächelnd zu ihm um. Er schien nun sehr zuversichtlich und hatte aufgehört, die Finger zu krümmen und zu strecken. »Leider nicht, Juan ben Omar. Es ist ein Märchen für Leichtgläubige, daß der Arzt aus dem Blut weissagen kann. Laß deinen eigenen Verstand spielen; er wird selber darauf kommen, daß der Mann von einem Muslim oder einem Mozaraber bestraft worden sein muß, weil römisch-christliche Strafen anders aussehen. Vermutlich hat er nicht wirklich gestohlen, sondern seine Nase in Dinge gesteckt, die ihn nichts angehen. Wäre es anders, wäre er vor den Toledaner Alcaldén gekommen.«

Ymme preßte ihre Fingernägel in die Handflächen. Je länger sie in Toledo lebte, desto intensiver spürte sie die verschiedensten Strömungen. Nach außen hin war alles ruhig und geordnet, aber im Untergrund brodelten Fehden, die privat ausgetragen wurden und weder dem Alcaldén noch den jüdischen Dayanim angezeigt wurden: Mudéjares untereinander, Mudéjares gegen Mozaraber, Christen gegen Mozaraber … Vielleicht war der Hahn im Moscheegarten doch nicht so harmlos gewesen.

»Ich werde«, fuhr al-Walid nun ernst fort, »eine chirurgische Behandlung vornehmen, die nur glücken wird, wenn Allah es will. Ein Chirurg hat in seinem Leben höchstens zwei- oder dreimal die Möglichkeit, sie durchzuführen, und so bleibt es ein Experiment, abhängig von vielerlei, vor allem von der Jugend des Patienten und von der Sauberkeit, mit der der Chirurg arbeitet. Das eine bringt der Patient – das andere wir Ärzte.«

Er eilte mit wehendem Mantel in den Instrumentenraum, seine erstaunten Studenten hinter sich lassend. Nachdem al-Walid einem Helfer befohlen hatte, genügend heißes Wasser zu bereiten, suchte er eine Vielzahl von Messern, Spatelsonden, Wundhaken, Pinzetten und Scheren aus dem Bestand heraus und fing eigenhändig an, sie mit einer scharfen Bürste zu bearbeiten. Die Studenten begannen leise zu tuscheln. Die Werkzeuge waren sauber weggelegt worden, warum also wusch sie al-Walid erneut? Nur Ymme wußte, daß ihm für diese schwierige Operation die einmalige Säuberung nicht ausreichte. Endlich sah sie Esclarmondes Leitgedanken auf so klare Weise durch den besten Chirurgen ihrer eigenen Welt bestätigt. Ihr Herz flog al-Walid plötzlich entgegen. Errötend senkte sie den Kopf, als sein in sich gekehrter Blick zufällig auf sie fiel.

Al-Walids Anweisungen an die zwei Helfer waren kurz und bündig. Am frühen Nachmittag waren die Vorbereitungen beendet. Es war keine Zeit zu verlieren; der Chirurg wollte sich die frische Wundfläche zunutze machen. Er hatte einen Raum freimachen lassen, der sonst nicht für Eingriffe benutzt wurde; er benötigte das Licht der schon sinkenden

Sonne auf dem Gesicht des Patienten. Nichts, was geschnitten oder genäht werden sollte, durfte im Schatten liegen.

In al-Walids Gesicht spiegelte sich höchste Konzentration, und erneut lockerte er seine Finger. Stumm sah er dem Gehilfen zu, der dem Patienten einen Mandragoratrank einflößte. Die Studenten wagten längst nicht mehr zu flüstern. Die Sonne hatte inzwischen das Fenster des Operationsraums erreicht; ihre Strahlen wurden durch ein dünnes Gazetuch in diffuses helles Licht zerteilt. Plötzlich wußte Ymme, was al-Walid dazu brachte, eine solche Operation zu wagen, obwohl weder Domingo Rojo noch sein Bruder in der Lage schienen, dem Hospital eine angemessene Spende zu überreichen. Es mußte mit seinem Alter zu tun haben und seinen Gelenken, die vielleicht anfingen, ihm Schwierigkeiten zu bereiten. Vielleicht war das Risiko für al-Walid größer als für Domingo. Der Arzt konnte sein Zutrauen zu sich selbst verlieren, Domingo hatte nichts zu verlieren.

Und dann forderte al-Walid Ymme auf, sich die Hände zu waschen. In Ymmes Ohren rauschte das Blut, als sie begriff, daß ihr die Ehre zufallen sollte, dem Hospitalleiter zu assistieren. Sie hastete in den Vorbereitungsraum, schrubbte sich die Hände, bis sie feuerrot waren, und rannte wieder zurück.

Der verletzte junge Mann atmete nun schneller, und seine Muskeln schienen zu erschlaffen. Al-Walid griff zu einem der vielen bereitliegenden gebleichten Tücher und begann die Wundfläche und die Umgebung der Nasenöffnungen auf das sorgfältigste zu säubern. Er hob den Blick nicht, er hielt nur die offene Hand hin, und Ymme reichte ihm ein neues, sobald sich das benutzte vollgesogen hatte, als hätte sie nie etwas anderes getan.

Endlich waren alle Blutspuren beseitigt.

Unter den erstaunt aufgerissenen Augen der Umstehenden ließ al-Walid nun durch seinen zweiten Helfer den linken Oberarm des Patienten fixieren, schnitt an drei Seiten eines Vierecks die Haut ein und schälte sie von ihrem Untergrund dünn ab. Während der Helfer den Arm über das Gesicht des Mannes zog, Ymme zwei Röhrchen aus Holunderholz auf der Wundfläche festhielt, nähte al-Walid die freien Kanten der Oberarmhaut auf beiden Wangenseiten fest. Endlich saß die Haut über dem Holunderholz wie ein Nasenrücken fest. Sie blieb jedoch mit einem Stiel am Arm befestigt.

Anschließend band al-Walid den Arm des jungen Mannes mit Hilfe eines hölzernen Gestells an seinem Körper und am Bett fest. Er atmete tief ein, als er sich endlich erhob und auf seinen Patienten hinunterblickte.

Die Studenten klatschten begeistert in die Hände.

»Die Methode des Antyllos«, sagte al-Walid, als ob er ihr Lob von sich ablenken wollte. Aber Ymme sah Freude und Erleichterung hinter seiner lächelnden Miene.

Zu diesem Zeitpunkt wußte sie noch nicht, daß der Eingriff zwar handwerkliche Fertigkeit erforderte, jedoch die folgenden Wochen viel schwieriger zu bewältigen waren als das erste Verlagern der Haut. Es begann die Sorge um das Anwachsen der Haut auf der Unterlage, dann die Sorge um die Wundränder, die ihren Anschluß nicht fanden und sich einzurollen schienen, dann das Mitleid mit dem jungen Mann, der regungslos wie ein Toter liegen mußte und sich immer wieder bewegen wollte, selbst um den Preis, daß alles vergebens war. Die Helfer begannen am dritten Tag, den Patienten mit fest eingerollten Handtüchern von der Unterlage hochzustemmen, seinen Rücken zu massieren, mit Wein abzureiben oder mit parfümiertem Öl zu salben. Domingo wurde jede Minute des Tages und der Nacht bewacht.

Ymme lief al-Walid zur und von der Visite bei Domingo nach wie ein Fächerwedler seinem Fürsten, und der Chirurg gewöhnte sich daran, seine Besuche auf die Zeit außerhalb von Ymmes eigener Krankenbehandlung zu legen. Sie versäumte keine einzige Visite, während es den anderen Studenten freigestellt war, ob sie nachmittags erscheinen oder lieber wie üblich die Bücher studieren wollten. Abu Bakr zog es offenbar vor, für seine letzten Prüfungen zu lernen, er kam nie.

Endlich war der Tag gekommen, an dem al-Walid den

Stiel abschneiden und den Arm von seiner Verbindung zur Nase befreien wollte.

Domingo war so gleichgültig gegen den Ausgang des Experiments geworden, daß er mit einem ungewohnt nasalen Ton zustimmte und sich dann nicht weiter darum kümmerte.

Seine Lebensgeister erwachten erst wieder, als er sich wenige Tage später im Bett aufsetzen durfte. Da erst schien er zu bemerken, daß der Arm frei war, daß er den Kopf wenden durfte, wie er wollte, daß er durch eine neue Nase atmen konnte. Stehend durfte er schon zusehen, wie die jungen Studierenden al-Walid im Triumph über den Hof und zum Tor hinaustrugen. Ymme lief jauchzend mit, über den Suq al-Dawabb, vorbei an den edlen Pferden, die wie immer dienstags zum Verkauf standen und vor dem ungewohnten Lärm scheuten.

Al-Walid ließ sich die Huldigung gefallen; Ymme freute sich von Herzen mit ihm. Sie ahnte, daß es für ihn um mehr ging als um einen chirurgischen Erfolg. Er hatte für eine Weile das Altern seines Körpers besiegt.

Als sie wieder ins Hospital zurückkehrten, war Umm Nuria tot.

Es war eine Helferin bei ihr gewesen, aber Ymme schämte sich. Umm Nuria hätte erwarten dürfen, daß ein Mensch ihre Hand gehalten hätte, der nicht wegen einer Anordnung blieb, sondern aus Zuneigung. Bei der Mitteilung, die durch die Helferin selbst überbracht wurde, sah Ymme al-Walid mit verzweifelter Miene an.

Al-Walid verzog die Lippen zu einem schmerzlichen Lächeln. »Höhen und Tiefen erleben wir oft dicht hintereinander. Manchesmal sind es sowohl die Höhen als auch die Tiefen anderer Menschen. Wir können nichts dagegen tun: wir sind alle in Allahs Hand.«

Ymme nickte still und stieg die Treppe zu den Frauenräumen hinauf. Umm Nuria hatte in arabischer Sprache gebetet, aber nach welchem Buch? Sie nahm sich vor, die Helferin zu fragen, welchen Geistlichen man geholt hatte.

Domingo erwies sich als ein geradezu schwatzhafter Mann, als endlich feststand, daß die Heilung die erwarteten Fortschritte machte. Ymme hatte nun weniger mit ihm zu tun, weil al-Walid für die rein pflegerischen Aufgaben die Studierenden heranzog. Trotzdem fiel ihr auf, daß Domingo niemals von sich sprach, und wenn doch, wollte er sich nie festlegen; er räumte jeweils viele Möglichkeiten ein und stritt nicht ab, was man ihm auf den Kopf zusagte.

Ganz und gar unangemessen benahm er sich, wenn er sich allein glaubte: er öffnete verstohlen Türen und schlüpfte in Räume, in denen er nichts zu suchen hatte. Als Ymme ihn eines Abends in einem leerstehenden Frauenraum auf der Galerie erwischte, beschwerte sie sich bei al-Walid.

»Du hast ihm eine lebenslange Schande erspart, wir alle hüten ihn seit Wochen wie den Stirnreif eines Gotenkönigs – und er läuft herum, als sei er ein Agent des Sultans«, sagte Ymme erzürnt. »Glaubt er, unser Hospital sei feindliches Gebiet?«

Wider Erwarten nahm al-Walid ihre Frage ernst. Er saß auf seinem roten Polsterkissen, in der Hand ein neuerworbenes Buch, in dem er jedoch gar nicht gelesen hatte, als Ymme den Raum betrat. »Seltsam, daß du mich das jetzt fragst«, meinte er. »Ich dachte auch gerade über unseren Domingo Rojo nach. Ich habe mich nach ihm erkundigt. Er und sein Bruder sind noch nicht lange in Toledo. Möglicherweise könnte man sie als Vorhut der Vorhut des Kreuzfahrerheers betrachten. Fest steht, daß wir allerhand zwielichtiges Volk zu erwarten haben.«

Ymme erschrak. Über dem Lernen, ihrer eigenen Krankheit, der großen Verantwortung, die sie trug, hatte sie so vieles aus den Augen verloren.

Al-Walid schlug sein Buch endgültig zu. »In wenigen Wochen werden die Pyrenäen verschneit sein. Dann kommt niemand mehr. Die ersten Soldaten eures Gottes Christus aber sind bereits aus Zaragossa und Burgos gemeldet worden. Allah …« Den Rest verschluckte er und ballte unter dem Buch die Fäuste. Ymme sah es genau.

»Und was werden sie hier machen?« fragte sie atemlos.

Das eine Augenlid des Arztes zuckte nervös. »Ich weiß es nicht. Ohne Zweifel werden die kleineren Kontingente von Pilgern sich in Tulaytula breitmachen. Die organisierten Truppenteile sollen zwar nach Montalbán geführt werden, um dort in der Obhut der Templer auf den Beginn der Kämpfe zu warten, aber erfahrungsgemäß zieht immer ein Teil von ihnen auf eigene Faust los. Natürlich werden auch sie sich hier umsehen wollen. Gegen ihre eigenen schäbigen Dörfer und Ansiedlungen ist Toledo wahrscheinlich schon eine Vorstadt von Cordoba oder Sevilla.«

Ymme wußte nicht, was sie davon halten sollte. »Wird das irgendwie gefährlich für uns?«

Al-Walid hob die Schultern. »Das kommt darauf an, ob Kreuzfahrer imstande sind, ein christliches Land von einem muslimischen zu unterscheiden. Es gibt Beispiele dafür, daß sie dies nicht können. Don Abrahen hat mir vor ein paar Tagen erzählt, daß der Nasi und der Albedim der Aljama eine Begehung ihrer Stadtteilmauer beschlossen haben. Die Maurer warten schon auf ihre Befehle. Die Juderíia wittert Gefahr immer ein wenig früher als andere.«

»Aber ein Hospital?« Kaum hatte Ymme es ausgesprochen, schämte sie sich tief.

Al-Walid lächelte ein trübes Lächeln. »Ist dir bewußt, daß über dem Tor in kufischer Schrift eine Anrufung an Allah steht?« Er erhob sich. »Nein, entweder sie respektieren die Stadt als Ganzes, oder sie wird insgesamt zur Beute. Ein Heer im Rausch ist nicht in der Lage, Freund und Feind zu unterscheiden.« Im Hinausgehen setzte er hinzu: »Ausnahmsweise setze ich in diesem Fall meine ganzen Hoffnungen auf Ximénez de Rada. Wenn ihm seine Stadt zerstört würde, könnte er keine Kathedrale bauen. Ich glaube, wir können darauf vertrauen, daß er dies klar erkennt. Er ist einer der klügsten Köpfe von Toledo.« Damit verschwand der Arzt.

Al-Walid würde jetzt noch eine Runde im Krankensaal der Männer und durch die kleineren Krankenräume machen, danach würde er nach Hause gehen, wie Ymme wußte. Sie selber hatte in dieser Nacht Aufsicht bei den Frauen und war im Notfall bei den männlichen Patienten dafür verantwortlich, daß Don Enrique geholt wurde. Sie machte es sich auf dem Kissenlager an der Wand bequem und zog die Beine an. Aber auch sie ließ ihr Lehrbuch zugeschlagen und starrte in die Lampe an der Wand.

Al-Walid hatte mit Don Abrahen gesprochen. Das war vermutlich in der Stadt gewesen, hier im Hospital waren die jüdischen Ärzte seit Urracas Tod nicht mehr gewesen. Und da die Massenepidemie abgeebbt war und die Pocken verschwunden schienen, hätten sie Gründe genug und auch die notwendige Zeit gehabt zu kommen.

Ymme nagte nachdenklich an ihrer Unterlippe. Das freie Leben in Toledo mit seiner unbekümmerten Vermischung verschiedener Religionen, Sprachen und Völker schien seinem Ende entgegenzugehen. Gegenwärtig strebten sie auseinander wie in Wasser aufgeschüttelte Öltröpfchen.

Und dann fiel Ymme endlich auf, wie wenig sie sich selber noch zu den römischen Christen zählte. Diese Entdeckung beunruhigte sie am allermeisten.

16. Die Kindeszerlegung

Mit verschränkten Armen stand Guido, der Templer mit den diplomatischen Aufgaben unbestimmter Natur, auf dem Ostturm der Burg Montalbán, blickte über den Hang mit den uralten Steineichen hin und sinnierte. Jenseits der Berge und jenseits des Tajo lag Toledo – nicht mehr als fünf Reiterstunden entfernt und doch in einer anderen Welt. Er mußte sich eingestehen: gern hätte er seinen weißen Umhang mit dem roten Kreuz gegen den ärmellosen arabischen Umhang getauscht, seine Beinschienen gegen die leichten syrischen Hosen.

Aber es war nicht möglich, natürlich nicht. Den Kreuzfahrern, die im Begriff standen, sich für die entscheidende Schlacht gegen die Ungläubigen zu sammeln, dufte man nicht die Annehmlichkeiten ebendieser arabischen Zivilisation vorführen. Seufzend senkte er den Blick. Noch war das Plateau, das vom Fuß der Burgmauer und der Kapelle langsam bis zum Vorwerk anstieg, leer. Nur auf der gepfasterten Kuppe waren unter den spärlichen Eichen bereits Zelte von kleineren französischen Rittern aufgeschlagen, unbedeutenden Männern, bei denen auch zu Hause die Grenze zwischen Rittertum und Raubrittertum fließend war.

Seit Wochen waren sie unterwegs, unternahmen Cabalgadas in das Bergland im Süden und schleppten fleißig Raubgut herbei. Guido war erst ein einziges Mal bei ihnen gewesen; die Gesellschaft dieser rohen, ungebildeten Kerle behagte ihm nicht, mochten sie sich auch Christen nennen. Aber als Futter für die ersten Salven sarazenischer Pfeile würden sie gut sein; gut auch, um durch ihr undiszipliniertes Kämpfen Verwirrung in die geschulten Reihen der Araber zu tragen. Guido gab sich über den Nutzen der verschiedenen Arten christlicher Truppenteile keinen Illusionen hin, deren Spektrum vom nahezu unbewaffneten Pilger bis zum vollständig eingerüsteten Ritter auf schwerem Kampfroß reichte. Die Befehlshaber der Heere verstanden durchweg, ihre Kreuzfahrer in der richtigen Weise einzusetzen.

Hinter seinem Rücken war leises Waffenklirren zu hören. Im weiten Innenhof der Burg übten die ganz jungen Tempelritter mit stumpfen Schwertern, andere ritten gegen aufgehängte Sandsäcke. In die hitzeflirrende Luft erhoben sich Staubwolken. Hier war

Platz genug, seitdem die Stammbesatzung verkleinert worden war, weil die Grenze zwischen den christlichen Königreichen und den muslimischen Taifas nach Süden gerückt war.

Guido beugte sich zwischen den Zinnen vor und erschrak. Zwei dienende Brüder trugen eben eine Bahre mit einem verhüllten Toten durch das kleine Pförtchen der Ostmauer. Über ihnen kreisten die Geier in immer engeren Spiralen, begleitet wie stets von den pfeilschnellen Habichten. Er sah ihnen nach, bis sie aus seinem Blickfeld hinter der Apsis der Kapelle verschwanden und den Abstieg ins Tal begannen.

Es war der fünfte Tote innerhalb der letzten drei Wochen. Begonnen hatte es, nachdem ein Lumpenhändler bei den Franzosen gewesen war. Er hatte Leinen gegen Seide getauscht, und die Nordfranzosen waren sich bei dem günstigen Tausch mächtig schlau vorgekommen. Guido verzog trotz seiner Sorgen den Mund. Im Gegensatz zu den Franzosen wußte er, daß Leinen für Chaldun, den Papierhändler aus Toledo, kostbarer war als die Seide, die er dafür gegeben hatte. Ohne Zweifel stammte diese aus al-Andalus und war vielleicht ebenso geraubt wie das Leinen der Franzosen.

Chaldun war weitergezogen, und kurz danach waren im Zeltlager die Pocken ausgebrochen.

Für seine eigene Person hatte Guido keine Angst. Er war in der Nähe von Akko im Heiligen Land fast auf den Tod an Pocken erkrankt gewesen, und nach allem, was die Ärzte behaupteten, bekam man sie danach nur in leichter Form. Den übrigen älteren Tempelrittern erging es ähnlich; für die jungen mußte man fürchten. In seiner Sorge hatte Guido mit dem Marschall gesprochen und erreicht, daß alle, die noch nicht im Heiligen Land gewesen waren, einem Besuchsverbot bei den Franzosen unterlagen. Man hatte hoffen können, daß sie auf diese Weise verschont blieben.

Er wünschte plötzlich sehnlichst einen der Ärzte von den Johanniterbrüdern herbei. Der Tempel hatte als reine Kampfgemeinschaft weder in der Pflege noch im Heilen erfahrene Brüder, denn im Heiligen Land konnten sie sich immer auf das Hospital verlassen.

Aber hier in der Einöde nicht.

Und der Tote, den die dienenden Brüder eben zum Friedhof trugen, war ein Templer. Das rote Kreuz auf der Totenbahre war nicht zu übersehen gewesen.

Ymme fühlte sich in ihren Aufgaben immer sicherer. Allmählich erst merkte sie, wie gut ihre Schulung bei Umm Nuria gewesen war. Diese hatte zwar nie viel erklärt, dafür aber unermüdlich mit Ymme die Praxis an den Patientinnen geübt: die Lagerung bei der Untersuchung, diagnostische Handgriffe, Therapie durch Massage, durch Einrenken von Gelenken oder gebrochenen Knochen, das Auffinden der richtigen Schnittstelle bei Harnsteinen und vor allem die geburtshilfliche Praxis. Da die Frauen der Umgebung viel Zutrauen zu der Ärztin hatten, was ihre technischen Fertigkeiten betraf, waren sie mit komplizierten Angelegenheiten immer ins Hospital gekommen. Sie übertrugen ihr Vertrauen ohne weiteres auf Ymme, und da diese zudem noch beliebter war als Umm Nuria, gewöhnten sie sich an, auch mit Kleinigkeiten zu kommen, wie früher die Nachbarn im Darb. Manche Frau schaute auch nur einmal vorbei, um ein Hühnchen oder einen Flußfisch abzuliefern.

»Sagt es der Hakima«, hieß es dann in der Küche, und die Küchenjungen rannten mit der Botschaft herum, bis Ymme Bescheid wußte. »Das Vertrauen des Patienten ist manchmal wichtiger als das Skalpell des Arztes«, sagte al-Walid lächelnd und freute sich uneingeschränkt, denn die Spenden und Schenkungen nahmen wieder zu, was auch darauf zurückzuführen war, daß das aufziehende Kreuzfahrerheer bis zum Herbst noch keine Veranlassung für beunruhigende Gerüchte oder Ängste in Toledos Bevölkerung gab.

An dem Tag, an dem Idschaz das Hospital aufsuchte, hätte kein Küchenjunge Ymme holen müssen. An dem überraschten Pförtner vorbei, der wie üblich im Torbogen auf seiner Steinbank saß, ritten zwei leichte arabische Reiter in den Hof und ließen ihre Pferde hörbar auf den Fliesen tänzeln. Ein kleiner Negersklave schlüpfte mit ihnen zugleich hinein, sprang auf die Brunnenumfassung und begann vehement,

Trommelwirbel in komplizierten Rhythmen zu schlagen. Wer von den Patienten auf den Beinen stehen konnte, stürzte ans Fenster oder hinaus in den Hof.

Als die Sänfte von den dunkelhäutigen Trägern abgesetzt wurde, stand Ymme oben auf der Galerie und ahnte an den Farben der Kleidung der Sklaven und der Seidenbespannung der Sänftentüren, wer da kam. Sie flog die Treppe hinunter und umarmte Idschaz, die steif aus ihrer Sänfte geklettert war. Kaum aber war Ymme zurückgetreten, um der jungen Frau ins Gesicht zu sehen, erschrak sie.

Idschaz kam nicht als Besucherin, sie war krank.

Wie ernstlich krank stellte sie erst nach einer zweiten, gründlichen Untersuchung fest. Sie bat danach um eine Unterredung mit al-Walid.

»Ich bin ganz sicher«, sagte Ymme wie versteinert, »daß das Kind tot ist. Damals habe ich ihr gesagt, daß sie um diese Zeit schon einen gesunden Jungen haben könnte. Ich glaubte, daß ihr Ehemann wie ein brünstiger Hengst über sie hergefallen war und das erste Kind getötet hatte. Wie es scheint, liegt es jedoch an ihr selber.«

»Hast du es ihr gesagt?« fragte al-Walid mit schmalen Augen. Er wußte besser als Ymme, wie gefährlich Ibn Hazm war: nur ein tollkühner oder dummer Mensch würde wagen, seine Interessen zu durchkreuzen. Und gewiß lag es in seinem Interesse, daß seine Tochter ihrem adeligen Ehemann Erben gebar.

»Noch nicht. Ich müßte ihr gleichzeitig erklären, was ich tun werde. Sie weiß nicht, daß eine Totgeburt etwas anderes ist als eine gewöhnliche Geburt. Sie weiß auch nicht, daß der Fetus jetzt kein Bedürfnis mehr hat, sich von ihr zu befreien …«

Al-Walid wurde um eine Spur blasser.

»Würdest du, zur Sicherheit …« Ymme verstummte, und al-Walid nickte.

Zusammen stiegen sie die Treppe hoch. Vor dem letzten Zimmer, in dem Idschaz allein lag, kauerte eine ihrer Dienerinnen, die zweite hockte neben dem Bett, bereit, auf den kleinsten Wink ihrer Herrin aufzuspringen. Aber Idschaz war zu krank, um Befehle zu geben. Sie richtete ihre matten Augen auf Ymme. Noch war Hoffnung in ihnen, und Ymme bestätigte sie ihr unter Beklemmungen. Es stand nicht gut. Al-Walid untersuchte Idschaz, ohne sich zu erklären, und die junge Frau mit dem verhärmten Gesicht fragte nicht. »Wir müssen abwarten.« Seufzend kam al-Walid zu demselben Schluß wie Ymme, wie er auch nicht anders erwartet hatte. Ihre Erfahrung auf diesem Gebiet war mittlerweile größer als seine eigene. »Du bist in den besten Händen«, tröstete er Idschaz und gab Ymme ein Zeichen, ihm unverzüglich nach draußen zu folgen.

»Ich habe dich nie nach deinem Wundermittel gefragt«, begann er. »Aber mit jedem Tag, an dem ich dich besser kennenlerne, merke ich, daß du weder Marktschreier noch Gaukler bist. Umm Nuria berichtete, daß dies eins der stärksten Mittel sei, die sie jemals kennengelernt habe. Kann das Mittel Idschaz helfen?«

Ymme hätte gerne mit ja geantwortet. Aber es schien ihr ausgeschlossen. »Mutterkorn zieht die Gebärmutter zusammen. Ich fürchte, das Kind könnte in ihr eingeschlossen werden. Ich wage es nicht.«

Al-Walid nickte düster. Auch er verließ sich manchmal auf sein Gefühl mehr als auf die Bücher. Trotzdem zog er sich in die Bibliothek zurück in der Hoffnung, irgendeinen Hinweis bei den alten Meistern zu finden.

Ymme saß in der Zwischenzeit bei Idschaz wie schon einmal. Damals hatten sie beide gekämpft. Diesmal war es anders. Idschaz war ohne Mut. Ymme erschrak, als ihr bewußt wurde, daß die junge Frau möglicherweise eine Stimmung wiedergab, die von ihr selber ausging. Soran fiel ihr ein und seine Abneigung gegen Zaubersteine. Erstmals wünschte sie von Herzen, daß sie wenigstens daran glauben könnte. Gegen Abend betrat Ibn Hazm, wie üblich rücksichtslos und unter großer Lärmentfaltung, den Hof. Ymme hatte ihn schon erwartet. Sie sprang auf und trat hinaus auf die Galerie.

Unten hatte al-Walid sich des Münzmeisters bereits angenommen. Mit gespanntem Gesicht hörte Ibn Hazm ihn an, während Ymme die Treppe hinunterstieg. Wegen der neugierigen Patienten im Hof, die die letzten warmen Strahlen der Oktobersonne einfingen, führten sie das Gespräch leise. »Wir müssen warten«, war das einzige, was Ymme hörte.

Der Münzmeister deutete eine knappe Verbeugung in ihre Richtung an. »Wir sehen uns, wie es scheint, nur unter besonders unglücklichen Umständen. Wenigstens habe ich sie nicht immer verschuldet.«

»Oh, Ibn Hazm«, sagte Ymme warmherzig, »niemand spricht von einer Schuld. Wenn es überhaupt eine gäbe, so hättet Ihr sie längst gutgemacht.«

»Ja«, stimmte al-Walid unerwartet zu, »wir verdanken dir einige unserer interessantesten Fälle.«

Ibn Hazm fuhr zu ihm herum. »Was das betrifft«, sagte er mit nicht überhörbarem Hohn, »bist du zu den Feinden übergegangen?«

Die Augen des Hospitalleiters wurden wachsam. »Wenn Gott einen Plan gefaßt hat, führt er ihn auch aus«, sagte er nach kurzer Pause.

Ibn Hazm beruhigte sich so schnell, wie er sich aufgeregt hatte. Er lächelte sogar ein wenig. »Das ist richtig. Aber ich kann mir nicht denken, daß Allah sich um Nasen von Männern kümmert, die mit Teufeln paktieren.«

Al-Walid zog an den Fingern der rechten Hand, bis die Gelenke knackten. Mit gedämpfter Stimme sagte er: »Ich vermute, daß du mit einem der Teufel Ximenéz de Rada meinst. Er gestattet mir nicht, an seinen Gefangenen meine Methoden zu erproben – nun, so müssen eben seine Anhänger dran glauben.«

Ibn Hazm brach in Lachen aus, und Ymme starrte ihn entsetzt an.

»Der Erzbischof verbietet es wahrlich nicht aus Barmherzigkeit«, ergänzte al-Walid. »Er ist grundsätzlich gegen die medizinische Kunst eingestellt, weil er sie für eine arabische Erfindung hält.«

»Ich erkläre mich unter diesen Umständen mit deinem Experiment einverstanden. Deine Erkenntnisse werden hoffentlich auch Anhängern des Propheten zugute kommen.«

»Das wird wohl von der Zukunft der Stadt abhängen«, entgegnete al-Walid säuerlich. »Was hat deinen Zorn gegen Domingo Rojo hervorgerufen?«

»Er hat mich als Wendehals beschimpft. Als Spion des Erzbischofs sollte er etwas vorsichtiger sein. Allein dafür gebührte ihm eine Strafe; ich nehme an, in diesem Punkt stimmt Ximénez de Rada sogar mit mir überein.«

Al-Walid war zu vorsichtig, um sich über den Spott lustig zu machen. Es entbehrte jedoch nicht einer gewissen Komik, daß der römisch-katholische Kastilier, der in seinem Herzen das Grün des Propheten trug, einen Mann bestrafte, der zwar in gewisser Weise die Wahrheit gesprochen, damit aber gegen einen Erlaß des Erzbischofs verstoßen hatte. Aber das war nur eine Feststellung am Rande. Sorge machte ihm etwas anderes, und das konnte er nicht verschweigen. »Du müßtest doch wissen, daß in jeder Kaschemme abends Wetten darüber abgeschlossen werden, wer den Kampf gewinnt: der Münzmeister des Königs oder der Erzbischof des Königs. Hältst du es für gut, euren Machtkampf ausgerechnet jetzt auf die Spitze zu treiben?«

»Wenn er der Erzbischof des Königs wäre«, entgegnete Ibn Hazm scharf, »gäbe es schwerlich einen Machtkampf. Dann hätten wir beide unseren Platz an der Seite Don Alfonsos. Aber er ist eben nicht Erzbischof des kastilischen Königs, sondern eines machtbewußten Römers! Solange ich Einfluß habe, werde ich verhindern, daß unsere Krone einem italienischen Papst hörig wird!«

Ymme, die bedrückt neben den Männern stand, hielt ihre Anwesenheit an Idschaz' Krankenlager für wichtiger als männliche Spekulationen über die Zukunft des Landes. Sie nickte ihnen zu und ging wieder nach oben. Flüchtig fuhr ihr durch den Sinn, daß Don Zag den Erzbischof milder beurteilt hatte als Ibn Hazm.

Als sie leise den Krankenraum betreten hatte, fiel ihr erstmals ein unangenehmer Geruch auf, ein Hauch von Verwesung lag in der Luft, obwohl der hölzerne Laden offenstand. Die Frau, die an Idschaz' Bett wachte, hatte von Wehen nichts bemerkt und auch sonst keine Veränderung.

Idschaz lag auf dem Rücken und starrte an die Zimmerdecke, regungslos, trostlos, aufgegeben von sich selber.

Am nächsten Morgen war der Himmel schwarz und trüb wie Ymmes Gedanken. Aber wie so oft im Oktober klärte er sich nach einigen spärlichen Regentropfen auf, bis die Sonne schräg über die Dächer der Galiana strahlend in den Innenhof des Hospitals schien. Ausnahmsweise rennend, suchte Ymme treppauf, treppab nach al-Walid und fand ihn in der Bibliothek vor einer alten Pergamentrolle.

Sie atmete heftig. »Al-Walid! Das Kind ist tot. Wehen hat Idschaz noch immer nicht gehabt, trotz der Wehenmittel und obwohl das Fruchtwasser abgegangen ist. Ich habe mich entschlossen, das Kind im Mutterleib zu zerlegen.«

Al-Walid wurde blaß. »Es gibt die Methode, ich kenne sie aus den Schriften. Aber hier hat niemand sie je angewandt. Die Christen verbieten sie.«

Ymme nickte ungeduldig. »Ich weiß, ich weiß. Aber wenn wir nichts tun, stirbt Idschaz. Es gibt keine andere Möglichkeit, als es wenigstens zu versuchen. Idschaz selbst ist einverstanden, ich habe ihr alles erklärt, auch die Gefahr.«

Al-Walid schüttelte zutiefst beunruhigt den Kopf. »Möge uns Gott ein gutes Ende bestimmen«, sagte er. »Aber nicht ein solches!«

Ymme fuhr zurück. »Traust du mir nicht zu, daß ich es schaffe?« fragte sie betroffen.

Der Arzt blickte sie unschlüssig an, er öffnete und schloß die Lippen wieder. Es dauerte lange, bis er eine Antwort fand. »Ich weiß es nicht, Iume. Aber es scheint mir, als wolltest du Allah in die Hand fallen. Das kann nicht gut ausgehen.«

Ymme hob die offenen Hände und hielt sie ihm entschlossen vor die Augen. »Allah hat mir diese Werkzeuge gegeben, und er hat mir dich und Umm Nuria als Lehrer gegeben! Glaubst du, er will nun, daß ich aus Furcht alles fortwerfe und davonrenne? Vielleicht braucht er Idschaz für eine besondere Aufgabe und hat mich nur dafür ausgebildet, daß ich sie ihm erhalte! Vielleicht will er, daß ich springe und dem Tod asch-Schah mat biete!«

Al-Walid ließ sich ächzend neben dem Lesepult auf den Boden sinken. Er starrte sie sprachlos an. Gegen diese Mischung aus Hochmut, Zuversicht und Glauben war er machtlos. Ymme wurde von einem inneren Feuer getrieben, gegen das es nichts zu argumentieren gab. Und auch nichts zu verbieten.

Aber er war kein Feigling. Er würde die Verantwortung übernehmen. Er nickte.

Ymme hastete zurück in den Krankenraum, ließ Idschaz von zwei Krankenwärterinnen in den Untersuchungsraum hinunterbringen und sorgte selbst für den Transport ihrer Instrumente. Sie waren, ebenso wie al-Walids chirurgische Instrumente, frisch geschrubbt und in saubere und geglättete Leintücher eingeschlagen. Sie öffnete das Paket erst, als Idschaz gelagert war und sie selbst, angetan mit einem schlohweißen Wickelkleid, mit geschrubbten Händen und Armen bereit war.

Idschaz warf ihr einen verzweifelten Blick zu, bevor ihr das Schwämmchen mit einer Mischung aus Mandragorasaft, Opium und Bilsenkraut auf den Mund gelegt wurde. Ymme ließ außerdem ein Tuch vor ihr Gesicht spannen, damit sie nicht sehen konnte, was um sie herum geschah.

Dann ging sie bedächtig an den Eingriff, der blutig war und unschön, der aber das Leben Idschaz' retten würde, wenn Allah ihr beistand. Ymme war entschlossen, ihn zu zwingen, ihr beizustehen. Auch die beiden Helferinnen herrschte sie an. Sie gehorchten nur unwillig, und eine blieb mit den blutigen Tüchern, die sie hinauszubefördern hatte, fort.

Nachdem Ymme das Schwämmchen zweimal hatte auswechseln lassen, lagen alle Teile der zerstückelten Kindesleiche auf dem Boden. Ymme zwang sich, dem klugen Rat des griechischen Arztes Philemonos zu folgen und zu überprüfen, ob alle Teile vorhanden waren und nichts in der Gebärmutter zurückgeblieben war. Sie atmete auf, als die Nachgeburt, fast schon mürbe, von selbst folgte. Dann entfernte sie das Betäubungsschwämmchen; gern hätte sie Idschaz den Dämmerschlaf gegönnt, aber wichtiger war, daß sie eine geringe Dosis des Mutterkorns schluckte.

Danach war alles wie ein Jahr zuvor: das Zittern und Warten, das Hoffen. Von der atemlosen Stille im Krankenhaus fühlte Ymme sich wie erdrückt. Der Sänger, der die Geistesverwirrten und alten Kranken zu unterhalten hatte, schwieg; die Schreie der Vögel hoch über dem Hospital waren verstummt; selbst die Kurierpferde in den königlichen Ställen wieherten nicht.

Bei beginnender Dämmerung kam al-Walid zu Ymme, die seit Stunden regungslos an Idschaz' Bett saß und der Verzweiflung nahe war. Idschaz rührte sich nicht, sie lag mit geschlossenen Augen, ihre Brust hob sich kaum beim Atmen.

Aber Idschaz mußte gehört haben, wie die Tür ins Schloß fiel. Sie schlug die Augen auf. Al-Walid betrachtete sie, dann beugte er sich über sie und berührte sacht ihre Hand. »Morgen wird es dir bessergehen«, flüsterte er, als ob er Angst hätte, daß bereits ein Laut ihr Unbehagen verursachen würde. »Die Schmerzen werden morgen schlimmer werden, aber sie sind besser als die, die du gestern nicht hattest.«

Idschaz verstand seine komplizierte ärztliche Aussage gar nicht, aber sie verzog getröstet die Lippen und schloß die Augen wieder. Al-Walid winkte Ymme mit sich und zog sich auf Zehenspitzen auf die Galerie zurück.

»Sie ist nicht über den Berg, aber es geht ihr besser«, sagte er verhalten. »Preis ihm, dem einzigen Gott.«

Ymme schüttelte den Kopf. »Nein, ich glaube nicht, daß es ihr schon bessergeht«, widersprach sie mit gepreßter Stimme. »Ihr Zustand ist unverändert.«

Al-Walid legte ihr die Hand auf die Schulter, eine vertrauliche Geste, die er sich bisher nicht gestattet hatte. Ymme erschrak so sehr, daß sie ihm anfangs gar nicht zuhörte. »Umm Iume! Glaube einem alten Mann seine Erfahrung. Ich habe euch Studierenden gegenüber nie meine Erfahrung hervorgekehrt, wie du bemerkt haben dürftest. Ich tue es jetzt nur, um dich aus deiner ungläubigen Trostlosigkeit zu befreien: Idschaz wird gesund werden.« Er nickte ihr zu und stieg die Treppe hinunter.

Alter Mann, dachte Ymme, als sie ihm nachsah. Erstmals bemerkte sie, daß al-Walid sich steif und schwunglos bewegte. Und dann versuchte sie, ihm zu glauben. Aus Barmherzigkeit würde er sie nicht anlügen, das wußte sie. Aber sie war beim besten Willen nicht in der Lage, an Idschaz' Gesichtszügen zu erkennen, warum er so zuversichtlich war.

Bis zum Abend des nächsten Tages dauerte es; dann wußte auch Ymme, daß al-Walid recht hatte. Als Idschaz mehrere Löffel stärkender Brühe bei sich behielt, lief Ymme zu al-Walid hinüber, der mit gefurchter Stirn über ungeliebten Rechen- und Verwaltungsaufgaben saß.

»Sie hat gegessen!« rief Ymme und warf sich ungestüm auf ein Kissen. Al-Walid nickte lächelnd. Dann holte er aus einem Nebenzimmer eine Glaskaraffe mit Wein und zwei Gläser. Er schenkte ein und brachte Ymme ein Glas. Nachdenklich schwenkte er sein eigenes, bis die rote Flüssigkeit kreiselnd an den Rand stieg. »Ich würde gerne wissen, woher du den Mut hattest, diesen Eingriff vorzunehmen – ohne ihn zu kennen, ihn wenigstens einmal gesehen zu haben?«

Ymme wurde langsam so rot wie der Wein. Dann setzte sie sich kerzengerade hin. »Ich habe ihn mit Umm Nuria geübt. An Schweinen.«

Al-Walid ließ beinahe sein Glas fallen. »Das glaube ich nicht! Nicht mit Schweinen!«

»Warum nicht? Umm Nuria sagte, daß Ferkel in mancher Beziehung eine gewisse Ähnlichkeit mit … mit …« Ymme stockte. Wie sollte sie es denn aussprechen? Sie wollte den Muslim al-Walid nicht beleidigen. »Jawohl: mit Menschen haben«, brachte sie ihren Satz zu Ende. »Vor allem ihre Haut und die Zähne, der Darm und ihre Größe.«

»Umm Iume! Doña Nuria hat dir etwas geschenkt, dessen Größe du vielleicht gar nicht ermessen kannst. Wahrscheinlich hat sie es dir mit Absicht verschwiegen: Sie glaubte an Allah und seinen Propheten Muhammad!«

Draußen zupfte der Sänger leise auf seinem Instrument, und die Geräusche der hereinbrechenden Nacht umfingen das Hospital wie Allahs Liebe; Allah, der eine Christin dazu bestimmt hatte, das Leben von Idschaz zu retten, indem eine muslimische Frau ihren Abscheu vor einem unreinen Tier überwand.

Dazu war nichts weiter zu sagen. Der Klinikleiter und seine Ärztin Umm Iume verstanden sich auch ohne Worte. Und Ymme fühlte sich geborgen in der Vorsehung, die Allah und Gott hieß. Nach einer Weile stand sie auf, dankte al-Walid mit den Augen und verließ das Zimmer. Am nächsten Morgen schickte Ymme eine Botschaft an den Zwerg, die lautete: Wo bleiben die Süppchen, die Püreechen …?

Schneller als der Wüstenwind erschien der Zwerg selber im Hospital. »Ist die Kleine Herrin wieder da?« vergewisserte er sich mit vor Freude überschnappender Stimme.

Von diesem Tag an begann ein steter Strom von köstlichen Gerichten vom Darb des Philosophen in der Straße des Bitteren Brunnens zur Frauengalerie des Hospitals zu fließen. Auf einen Wink Ibn Hazms hätten sein eigener Koch und der des Hospitals alles zubereitet, was Idschaz' Herz begehrte, aber Idschaz wollte nur den Zwerg, und er durfte kochen, was ihm einfiel. Sie und Ymme lachten herzlich, als er darüber merklich eitel wurde.

Als auch Idschaz selber an das Wunder ihrer Genesung zu glauben begann, schickte sie Botschaften in alle Richtungen der Stadt, und einige Tage war das Hospital von Frauen belagert wie ein Bienenkorb von Bienen. Sie behandelten Ymme mit einer seltsamen Mischung aus Bewunderung und Entsetzen. Ymme bekam zu spüren, daß nicht jedermann es uneingeschränkt für richtig hielt, ein Menschenleben zu retten – auch wenn Kenntnisse und Hilfsmittel dies ermöglichten. Al-Walid aber änderte seine Einstellung zu Ymme nicht, und Idschaz war uneingeschränkt dankbar. Ein wenig Angst entwickelte Ymme insgeheim gegenüber Ibn Hazm. Er war noch nicht erschienen, und sie wagte sich nicht auszudenken, was geschehen würde, wenn er erfuhr, welche Mittel sie hatte anwenden müssen. Sie konnte nur hoffen, daß Idschaz zu einer geschickten Verteidigung in der Lage war.

Am dritten Tag kam Ibn Hazm, ausnahmsweise leise, denn er kam in einer Sänfte, und ihr entstieg außerdem eine nach arabischer Art verschleierte Frau. Der Münzmeister deutete verstohlen auf Ymme, die sich zufällig im Innenhof befand. Dann kam Ymme eine Weile nicht mehr zur Besinnung, denn die Frau rannte auf sie zu, umarmte sie und küßte sie auf beide Wangen. Ohne ihr schnelles Arabisch mit eingemischten kastilischen Worten zu verstehen, brachte Ymme sie zu Idschaz hinauf. Ibn Hazm folgte in angemessenem Abstand.

Die Frau war Idschaz' Mutter. Die Familie entwickelte eine derart überschäumende Freude – ihr Lachen scholl bis in den Hof –, daß Ymme sich zurückzog. Ihr Platz war nicht dort.

Ibn Hazm suchte die Retterin seiner Tochter nach einer Weile und fand sie mit al-Walid und Don Enrique im Gespräch. Nur der Internist sah dem Münzmeister neugierig entgegen.

Ibn Hazm hob die Augenbrauen, schließlich zuckte er verlegen lächelnd die Achseln. »Als Betroffener weiß man, daß Lehrmeinung und Wirklichkeit sehr voneinander abweichen können. Wäre Idschaz gestorben, hätte ich Allah gepriesen – mit den Lippen nur, fürchte ich. Jetzt preise ich Allah mit dem Herzen und bedanke mich bei der mutigen Frau, die die Arbeit geleistet und das Risiko getragen hat. Außerdem auch bei dem Hospital, dessen Ärzte solche Entscheidungen ermöglichen. Al-Walid, ich möchte dem Hospital eine Schenkung machen, von der es sich lohnt, sie als solche zu bezeichnen. Ich erwarte nicht von dir, daß du mir jetzt schon etwas nennen kannst – nimm dir die Zeit, die du brauchst.« Er wandte sich an Ymme. »Ibn Mahmud hat alle Bücher aufgekauft, von denen er meinte, daß du sie benötigst. Es wäre sinnlos, ihn endlos damit fortfahren zu lassen. Mir ist andererseits zu Ohren gekommen, daß du einer religiösen Gemeinschaft ein Dorn im Auge bist, die dich zu belästigen beliebt. Diesen Leuten gegenüber sind mir gegenwärtig die Hände gebunden, aber ich möchte etwas anderes für dich tun. Mir gehörte bisher das Haus in der Gasse des Bitteren Brunnens, das dem Brunnen gegenüberliegt. Seit heute früh gehört es dir, die Urkunde ist ausgefertigt und liegt beim Notar. Dazu gehört eine Frau, die dir das Essen und die Wäsche besorgen wird, sowie ein zuverlässiger, kräftiger Hausknecht. Sie warten auf deine Befehle.«

Während Ymme so überwältigt war, daß sie nichts zu sagen vermochte, war al-Walid zu einem Entschluß gekommen. Bevor er ihn bereuen konnte, sprach er ihn aus: »Ibn Hazm. Du lobst unser freies Klima. Ich gebe dir recht. Es könnte jedoch noch viel freier werden, wenn ich von der Beaufsichtigung und Organisation des Hauses befreit würde und mich ausschließlich den Kranken und der Ausbildung der Studierenden widmen könnte.«

Der Münzmeister nickte. Das verstand er gut. Er selber würde auch nie die Goldtransporte begleiten, solange es mit dem Schwert erfahrene Männer gab.

»Ich hätte gerne einen Verwalter meiner Rädchen.«

Al-Walid hatte sich so oft Gedanken um Ymmes Erneuerungsvorschlag gemacht, daß es ihm überhaupt nicht komisch vorkam, was er gesagt hatte. Ibn Hazm aber brach in Gelächter aus, und Ymme gab dem Druck der verschiedenen Gefühle der letzten Tage endlich nach und lachte, bis ihr die Tränen über die Wangen liefen. Auch weil sie nun endgültig wußte, daß al-Walid zu den Springern unter den Schachfiguren gehörte. Wie sie.

»Du sollst den Verwalter deiner Rädchen haben«, versprach Ibn Hazm und ging.

Abu Bakr sprach in den folgenden Wochen mit Ymme überhaupt nicht; wenn er ihr zufällig begegnete, erntete sie eiskalte, verächtliche Blicke. Sie litt darunter, denn die Harmonie und die freundliche Atmosphäre des Hospitals liebte sie über alles. Aus demselben Grund aber wollte sie sich nicht beschweren: das hätte bedeutet, al-Walid einzubeziehen, vermutlich ohne eine Verbesserung zu erreichen. Sie ging Abu Bakr deshalb aus dem Wege, so gut es sich machen ließ.

Ohnehin sah sie ihn weniger häufig, als der letzte Teil seiner Prüfungen in greifbare Nähe rückte. Darüber war sie erleichtert; weniger, als sie merkte, daß al-Walid über Abu Bakr bekümmert schien. Sie verstand es nicht, denn von Abu Bakr hörte sie von allen Seiten nur Gutes: seine Belesenheit hatte sich zur Besessenheit gesteigert, und es gab kaum eine akademische Frage, die er nicht beantworten konnte.

Am Morgen von Abu Bakrs Prüfung in Augenheilkunde kam zufällig ein fränkischer Ratsuchender. Ymme, die den Franken in die Pförtnerstube eintreten sah und seine barsche Frage nach dem Arzt hörte, wunderte sich nicht, daß bereits eine Stunde später das Prüfungsthema gewechselt worden war: von einem Starstich bei einem Mozaraber auf den Franken, von dem sie nicht wußte, was ihn ins Hospital führte. Aber das Stechen eines Stars war schwierig, und um des verschrumpelten alten Mannes mit der übergroßen Angst willen war es besser, wenn der erfahrene al-Walid den Eingriff selber vornahm.

Die zwei Studenten sowie Ymme, die in bezug auf Augenkrankheiten ebenfalls noch als Lernende galt, waren bereits anwesend, als al-Walid Abu Bakr feierlich hereinführte. Der künftige Arzt trug schon die schwarze Tracht des Gelehrten, und seine schmale Körpermitte schien des Gelehrtengürtels geradezu auffällig zu entbehren. Ymme erhaschte die Blicke, die sich ihre Mitstudenten beziehungsvoll zuwarfen. Nicht alle waren Freunde des ehrgeizigen Abu Bakr, obwohl seine umfangreichen Kenntnisse neidlos anerkannt wurden.

Der Franke, ein Klotz von einem Mann, der ohne das Pferd, auf dem er sonst wohl seinen Herrn auf Kriegszügen begleitete, schwerfällig wirkte, wurde von einem der Hospitaldiener in den Untersuchungsraum gebracht. Ihm war nicht wohl in seiner Haut, was Ymme lächelnd registrierte. Ihr wäre es als fränkischer Patientin in dieser orientalischen Umgebung genauso gegangen.

Der Haussklave deutete auf eine Liege, und der Patient legte sich gehorsam hin, während Studenten und Prüfer näher rückten. Der Geruch von Lagerfeuer und Pferd stieg in Ymmes Nase, aber sie stellte sofort fest, daß jemand die Kleidung des Soldaten instand hielt.

Al-Walid verbeugte sich höflich vor dem Franken. »Dein Arzt wird Abu Bakr gerufen«, sagte er. »Habe Vertrauen zu ihm und gehorche ihm, so wirst du mit Gottes Hilfe geheilt werden.« Dann übergab er den Mann mit der Geste seiner flachen ausgestreckten Hand an Abu Bakr. »Der ehrenwerte Kranke ist zu dir gekommen. Untersuche ihn, stelle die Diagnose, überlege dir die Differentialdiagnosen, mache einen Vorschlag zur Behandlung, behandle ihn und gib ihm Ratschläge, die ihn davor bewahren werden, ein weiteres Mal von dieser Krankheit belästigt zu werden.«

Im Gesicht des Prüflings stand heimliche Genugtuung, als er auf seinen Patienten hinunterblickte, aber darein mischte sich eine Spur Verachtung. Ymme fand dies zwar ärgerniserregend, aber sie verstand ihn. Auch auf sie wirkte heutzutage ein solcher Mann wie ein wilder ungeformter Bergriese. Gleich darauf konnte sie Abu Bakr ihre Bewunderung bei der Diagnose der Erkrankung nicht versagen.

Ohne es nötig zu haben, sich zu bücken, hatte er sofort erkannt, was den Mann plagte. Mit halb geschlossenen Augen konzentrierte er sich kurz und begann dann seinen Vortrag. »Es gibt nach Abi'l-Qasim 'Ammar ben ᶜAli al-Mausili dreizehn Krankheiten der Augenlider. Es sind die folgenden: Krätze, Hagelkorn, Steinbildung, Verwachsung, Blase, Lidrandentzündung, Verkürzung, Läuse, Wimpernausfall, überschüssiges und eingestülptes Haar, Gerstenkorn, Grind. Dieser Mann leidet vermutlich unter der dritten der vier Arten von Krätze.« Abu Bakr wandte sich abrupt dem Patienten zu und sprach ihn so harsch in romanischer Sprache an, daß dieser zusammenzuckte. »Spürst du unter dem oberen Lid ein Stechen wie von Dornen? Röte, Brennen und Tränenfluß?«

Der Mann nickte gehorsam, und Ymme wunderte sich nur vorübergehend, daß er selbst die Röte bestätigte, die er doch gar nicht sehen konnte. Sie war jedoch sehr einverstanden mit Abu Bakrs vorläufiger Diagnose; das eine Augenlid des Patienten war geschwollen und lastete schwer auf dem Augapfel, dabei war der untere Rand unregelmäßig geformt, als sei er eingerissen.

Al-Walid stimmte mit einer kurzen Kopfbewegung zu.

»Die Behandlung«, fuhr Abu Bakr fort, und al-Walid runzelte die Stirn, was den Prüfling unter plötzlicher Hast fortfahren ließ: »Nach dem Aderlaß an der Kephalica und Abführen mit Pillen muß das Augenlid mit einem Messerchen geschabt werden, bis nichts mehr von den Rauhigkeiten übrigbleibt. Danach streue ein wenig Safranpulver auf die gereinigte Lidfläche und träufle ins Auge Eigelb mit Veilchenöl. Lege einen Bausch Baumwolle auf das Auge und verbinde es für die Zeit von vier Stunden. Träufle morgens und abends, und wiederhole den Verband für einen Tag, nicht länger.« Abu Bakr schloß, und er machte ein Gesicht wie eine Katze, die Milch geschleckt hat. Al-Walid schien nicht restlos zufriedengestellt. Aber bevor er einen Kommentar abgeben konnte, richtete sich der Mann auf der Untersuchungsliege auf. »Nein!« stieß er hervor wie einer, der kurz vor der Beinamputation steht. »Ich will keinen Aderlaß! Ich will nur die Augenbehandlung! Und die Pillen könnt ihr mir mitgeben!«

Die Studenten, der Arzt und der Hospitalgehilfe betrachteten den Mann erstaunt. Gewöhnlich pflegten die Ratsuchenden dem Rat zu folgen, den man ihnen gab. Ymme sah zu al-Walid hinüber. Augenscheinlich wollte er sich mit diesem unberechenbaren nordischen Berserker nicht auf eine Diskussion einlassen. Er nickte Abu Bakr zu. Der Prüfling schürzte sein langes Kleid, streckte die Hand nach einem Skalpell aus und ging dann neben dem Kranken in die Knie, nachdem Ymme ihm unaufgefordert aus mehreren Messern verschiedener Art und Größe ein kleines mit krummer Schneide herausgesucht hatte.

Der Gehilfe hielt den Patienten fest, der wehleidige Laute von sich gab, während Abu Bakr sich abmühte, mit dem Messer unter das Augenlid zu gelangen.

Ymme verschränkte ihre Hände fest auf dem Rücken, damit sie sich nicht selbständig machten. Was tat Abu Bakr nur?

Als der Mann sich in seiner Angst aufzubäumen begann, nickte al-Walid Ymme zu. Dankbar, weil nun die Quälerei ein Ende haben würde, rutschte sie neben Abu Bakr auf die Knie und schob seine Hände fort, während sie mit einem Holzstäbchen geschickt das Augenlid nach außen wendete. Dann stieß sie ihn mit dem Ellenbogen an, damit er anfing.

Abu Bakr führte die Behandlung nicht elegant, aber doch

zu al-Walids Zufriedenheit zu Ende. Der Klinikleiter hörte sich ebenfalls mit großer Geduld die Nachbehandlung des kleinen Eingriffs mit grünem Kollyrium an, obwohl er gar keine Zweifel hatte, daß Abu Bakr auch diese auswendig wußte.

Während der Diener den Baumwollbausch zurechtzupfte und der Patient immer noch wie erstarrt lag, als hoffte er, auf diese Weise weiterer Aufmerksamkeit zu entgehen, fragte al-Walid in abschließendem Ton: »So ist dieser Mann zu deiner Zufriedenheit behandelt, Abu Bakr, und kann nach Hause geschickt werden?«

»Ja«, antwortete Abu Bakr erwartungsvoll, denn mit der Entlassung dieses Patienten war seine Prüfung beendet.

Al-Walid richtete seine Augen fragend auf die Studenten. Die jungen Männer nickten. Desto eher konnte die Feier beginnen.

»Nein«, sagte Ymme leise.

Al-Walid wartete mit hochgezogenen Augenbrauen auf die Begründung ihres Einwands.

»Der Mann hat erwachsene Läuse in den Kopfhaaren und an den Wurzeln der Wimpern junge Läuse. Sie haben die Krankheit verschärft. Ich glaube, er badet sehr selten«, schloß Ymme, »und das andere Auge ist schon gefährdet.«

Der Patient drehte seinen Kopf zu Ymme und sperrte den Mund auf. Für ihn gab es keinen Zusammenhang zwischen der Erkrankung seines Augenlids und dem Läusebefall, und ihre Bemerkung beleidigte ihn.

Abu Bakr aber, der die Literatur kannte, wurde rot vor Ärger. »Es hat keinen Sinn, den Mann gegen Läuse zu behandeln, deswegen bin ich darauf nicht eingegangen! In den fränkischen Lagern suhlen sie sich wie Schweine, statt zu baden.«

Das war nicht von der Hand zu weisen – aber gegenwärtig kam der Mann nicht aus einem Kriegerlager, sondern wohnte irgendwo im fränkischen Viertel und konnte jederzeit ein städtisches Bad erreichen.

Doch wollte al-Walid aus bestimmten Gründen seinen Prüfling nicht das Gesicht verlieren lassen. »Ihr habt beide recht«, entschied er diplomatisch. »Dennoch schlage ich dringlich vor, ihn auch gegen die Läuse zu behandeln, damit ihm künftige Geschwüre erspart bleiben. Wir werden ihm eine Alaun-Natron-Lösung mitgeben, die er anwenden mag, wenn die Lidwunde verheilt ist, und ausreichende Anweisungen dazu.«

Der Franke sprang mitten in al-Walids Rede auf wie ein Wildschwein im Dickicht und jagte durch die Tür, durch die er mit dem Diener hereingekommen war. Dieser rannte ihm nach, kürzte den Weg ab und stellte ihn im nächsten Gang. Man müsse das Medikament erst zubereiten, das würde einige Zeit dauern und darauf habe der Soldat zu warten, machte er ihm klar. Der Patient brauchte lange, bis er beruhigt war, und während er dem Diener zuhörte, warf er mißtrauische Blicke auf Abu Bakr und Ymme, die ihm ebenfalls nachgelaufen waren.

Al-Walid gratulierte Abu Bakr und entschwand dann eilig über den Hof. Er hatte zu tun, noch war der Verwalter nicht gefunden. Auch Ymme würde nicht mitfeiern können, ihre Frauen warteten auf die tägliche Visite.

Im Instrumentenraum traf Ymme den Hospitalleiter später wieder an. Mürrisch machte er sich an einem Schränkchen zu schaffen, und Ymme wagte nicht, ihn anzusprechen. Plötzlich drehte al-Walid sich um. »Warum bleiben mir solche Männer nicht erspart?« klagte er erbittert. »Warum bestehen Väter auf bestimmten Berufen ihrer Söhne, auch wenn diese dazu so untauglich sind wie ein Sieb zum Wasserholen? Was macht Väter so blind?«

»Wahrscheinlich zwingen sie ihren Söhnen ihren eigenen lebenslangen Wunschtraum auf«, vermutete Ymme, die erst jetzt das Ausmaß von al-Walids Verdruß verstand. Abu Bakrs offensichtliche Schwächen rührten weder von mangelnder Erfahrung noch von ungenügend gereifter Sicherheit her: al-Walid hielt ihn einfach für unbegabt.

»Ja«, knurrte al-Walid. »Das Schlimme ist: dem Vater ist es gleichgültig, daß sein Sohn unglücklich werden wird.«

»Warum wehrt Abu Bakr sich nicht?« fragte Ymme. Frauen hatten nie eine Wahl – aber ein junger Mann aus guter

Toledaner Familie? Ihm mußte die Welt doch offenstehen, vom kastilischen Königshof bis zu einem der Sultanspaläste in den Taifas.

»Er möchte seinem Großvater nacheifern. Der hat das Hospital gestiftet. Er war ein frommer Mann.«

»Dann würde es vielleicht reichen, wenn auch Abu Bakr fromm wäre und ein Hospital stiften würde«, schlug Ymme nüchtern vor.

Al-Walids Laune besserte sich schnell. Er lachte in sich hinein. »Aber wer soll es ihm sagen?«

»Du, al-Walid. Denk an Galens Schrift über Scharlatane.«

Al-Walid konnte sich ihrer Aufrichtigkeit nicht entziehen, fast war er versucht, die Augen niederzuschlagen. Sie hatte recht. Eigentlich war es seine Aufgabe, sowohl den Vater als auch den Sohn darauf hinzuweisen. Er atmete tief ein und sagte dann: »Es gibt Zwänge, Umm Iume, von denen du nichts weißt, und dafür solltest du Allah danken. Die Hospitäler erfreuen sich unter muslimischer Herrschaft stets der Gunst hoher Herren – ja, man kann sagen, sie wetteifern darum, dem Hospital eine Küche, ein Bad, eine Bibliothek zu stiften. Die römischen Christen sind aus ebendiesem Grund mißtrauisch gegen die noch bestehenden Krankenhäuser; lieber sehen sie die Kranken unter der Obhut der Mönche und Nonnen, damit die Gläubigen – ob tot oder lebendig – ihre Schenkungen den Klöstern überschreiben. Wir sind deshalb mehr denn je auf das Wohlwollen einiger weniger angewiesen. Es werden immer weniger.«

Ymme sah al-Walid betroffen an. Mit dem zugesagten Verwalter hatten seine Sorgen also keineswegs aufgehört. Offenbar wurden sie immer größer.

Zwei Tage nachdem für Abu Bakr die Zeremonie des feierlichen Stuhlaufstellens in der Halle der Untersuchungen stattgefunden hatte, entdeckte Ymme, daß ihre anatomischen Zeichnungen verschwunden waren. Sie hatte getreulich fast vom ersten Tag in der Klinik an diese zeichnerischen Befunde angelegt, viele aus der vorhandenen Literatur abgemalt, sogar aus den arabisch geschriebenen der Bibliothek in der Madrasa; wann immer sich eine Gelegenheit ergeben hatte, eigene Beobachtungen an aufgerissenen Muskeln, abgetrennten Gliedmaßen oder verrenkten Knochen zu machen, hatte sie sie ergänzt.

Das dicke Bündel loser Papiere hatte fest verschnürt oberhalb ihres kargen Lagers in der Klinik an einem Haken gehangen. Mit hastigen Bewegungen verstreute Ymme Bettücher und Kissen hinter sich, aber sie blieben verschwunden. Sie sank auf die Bettrolle. Wer mochte die Papiere an sich genommen haben? Chaldun fiel ihr ein. Ihr Koran war immer noch in seinem Besitz. Er verkaufte Papier, und offensichtlich stahl er es auch. Wütend nahm sie sich vor, mit ihrem neuen Knecht zu ihm zu gehen und ihn zur Rede zu stellen.

Al-Walid, dem sie im Vorübergehen zornig erzählte, was geschehen war, zupfte nachdenklich an seiner Unterlippe. »Denke lieber noch zwei Tage nach, bevor du etwas Unkluges tust«, warnte er sie. »Und daß du eine Koranübersetzung vermißt, solltest du überhaupt niemandem gegenüber erwähnen. Ich verstehe dich – aber nach unserem Glauben ist eine Übersetzung Blasphemie, weil die Worte Allahs unübersetzbar sind …«

Ymme biß sich auf die Lippen. Don Zag hatte sie damals gewarnt, aber sie hatte über dem medizinischen Alltag die Fragen der Religionen vergessen. Und auch, daß ihr Seelenheil für die meisten Menschen wichtiger war als körperliches Wohlbefinden. In dieser Hinsicht hatte sie bereits eine Menge Illusionen aufgegeben. Er hatte recht, es war gefährlich.

Es war ohnehin nicht nötig, etwas zu unternehmen.

Am nächsten Morgen schwammen ihre anatomischen Zeichnungen im Zierbecken des Hospitalgartens. Der Pförtner ᶜAbdallah stand daneben und hieb mit der flachen Hand in ungegezügelter Wut auf die Marmorumrandung. Sein erbostes Geschrei lockte Patienten und Ärzte heran.

Still verfolgten sie, wie er das Papier wie große welke Feigenblätter herausfischte. Abermals richteten sich Blicke auf

Ymme, als ob sie durch ihre Darstellungen, mit ihren Greueln von Satans Werk, Allahs Zorn aus den Himmeln herabgerufen hätte.

Der Unrat aber blieb zurück: der Kot und die Urinreste, mit denen die Zeichnungen verunreinigt worden waren, sackten auf den Grund des Beckens. Man mußte das ganze Wasser auslassen, das Becken reinigen und neu füllen.

17. Auf dem Stuhl der Weisheit

Die Wachen des Erzbischofs kannten Domingo Rojo. Sie hatten Befehl, ihn einzulassen, wann immer er den Erzbischof zu sprechen wünschte.

Domingo bedeckte seine Nase mit der Hand, eine Geste, die er sich in letzter Zeit angewöhnt hatte, und knurrte den bewaffneten Mann vor dem erzbischöflichen Palast an. Der trat erschrocken beiseite.

Ungehindert schlug der Mann aus Burgos den Weg zu den Wirtschaftsräumen ein, von wo er auf einer Hintertreppe zu den Privaträumen des Erzbischofs gelangen würde. Er betastete die Nase. In seiner schmalen Hand fand sie leicht Platz, und er hatte das beklemmende Gefühl, daß bald noch eine zweite Nase darin Platz finden könnte. Sie schien zu schrumpfen.

Mit glühenden Augen dachte er über Ibn Hazm nach, während er den nur notdürftig beleuchteten leeren Gang entlanghuschte. Der hätte ihn leicht töten lassen können, aber er hatte es nicht getan. Mit Absicht. Die abgeschnittene Nase war dem Erzbischof durch einen Sklavenjungen zugestellt worden. Er konnte froh sein, daß sein Kopf nicht noch an der Nase gehangen hatte.

Er mußte auch froh sein, daß man ihn nicht bei einer der Frauen oder richtiger: Nebenfrauen Ibn Hazms erwischt hatte. Dann würde ihm heute nicht die Nase, sondern etwas anderes fehlen. Aber Grund zur Dankbarkeit hatte er nicht. Er haßte Ibn Hazm von ganzem Herzen.

Das war auch der Grund, weshalb er in jüngster Zeit sogar das Hospital in die von ihm beobachteten Häuser und Menschen einbezogen hatte. Es gehörte zum Einflußbereich des königlichen Münzmeisters.

Er war an der Tür angelangt, wo der private Bereich des Erzbischofs begann, eine schwere geschnitzte Tür nach arabischer Art, die notfalls durch einen einzigen Bewaffneten verteidigt werden konnte, bis der Palastinhaber auf anderem Wege entkommen war. Solche Kniffe und Geheimnisse der Araber wußte auch Domingo Rojo zu schätzen. Überhaupt hatte er nichts gegen die Bauweise der Häuser einzuwenden, die in seiner Heimat unbekannt war. Ganz im Gegenteil zu den Mozarabern und den Ju-

den. Auch dieser Christusmörder Yahya ibn Yunez, der Schreiber des Erzbischofs, stand auf seiner Liste weit oben. Der schwatzte zuviel.

Domingo Rojo klopfte mit dem vereinbarten Signal.

An einem kalten, windigen Abend, nach dem christlichen Kalender kurz vor Jahreswechsel, gab al-Walid den Ärzten und Studierenden des Hospitals die Neuregelung der Organisation bekannt. Die wichtigste Neuerung betraf ihn selbst: er würde sich ab dem morgigen Tag ausschließlich den Kranken und dem Unterricht widmen. Der neue Verwalter, den er als al-Dschamyadisch aus Tarragona vorstellte, auf kastilisch genannt Juan Diaz, war bereits da: ein kleiner Mann mit abschätzenden Augen und flinken Fingern. Er verbeugte sich höflich vor jedem einzelnen in der Runde, zuletzt vor Ymme. Ihre Abneigung gegen den Mann war spontan.

Die zweite Regelung betraf die Frauenabteilung. Ymme merkte erstaunt auf. Al-Walid hatte ihr mit keiner Andeutung zu verstehen gegeben, daß er unzufrieden mit ihr war.

Der Leiter des Hospitals blätterte flüchtig in den Papieren, die ihm Juan Diaz schon als erstes Ergebnis seiner neu aufgenommenen Tätigkeit überreicht hatte. »Abu Bakr wird zum Leiter der Frauenbetten ernannt«, sagte al-Walid wie nebenher und ohne aufzublicken.

Die Studierenden drängten sich um Abu Bakr und gratulierten ihm neidlos. Don Enrique klopfte ihm kollegial auf die Schulter, und Juan Diaz verdrehte entzückt die Hände wie eine Frau, die sie mit Henna färben will. Anscheinend hatten alle außer Ymme mit Abu Bakrs Ernennung gerechnet, auch er selbst.

Ymme saß wie versteinert auf dem Kissen. Sie brachte es beim besten Willen nicht fertig, Freude zu heucheln. Wie durch Baumwollbäusche in den Ohren hörte sie, daß Juan Diaz dem Internisten erläuterte, wo er bisher tätig gewesen war: zunächst als Hilfsschreiber des Schreibers beim Baile des aragonesischen Königs; dort habe er auch Rechnungen der Bauleute zu überprüfen gehabt. Aber nun habe König Pedro seinen Juden und dessen Vertraute durch römisch-katholische und über jeden Verdacht erhabene Männer ersetzt.

Und mich hat man auch ersetzt, dachte Ymme und stahl sich aus dem Zimmer, danach aus dem Hospital.

Ziellos lief sie zwischen den Mauern der Häuser in der Oberstadt umher, die düstere Kälte ausstrahlten. Erst als sie jenseits des Zocodover in das fränkische Stadtviertel kam, wurde es belebter, aus den Corrales fiel sogar Lichtschein zwischen nur halb geschlossenen Torflügeln auf die Straße. Männer an Lagerfeuern grölten Trinklieder, und Pferde stampften.

Ymme kehrte um. Solche betrunkenen Stimmen kannte sie, Kreuzfahrer, Soldaten. Die waren gefährlich, wo immer sie in Horden auftraten. Seit kurz vor dem Weihnachtsfest vermehrten sie sich wie die Flöhe. Wahrscheinlich hatte eine milde Wetterlage im Norden die Überquerung der Pyrenäen ermöglicht.

Ohne sich zu besinnen, betrat sie die Kirche Santa Magdalena und tappte leise zum Altar, wo Kerzen ein flackerndes Licht verbreiteten. Der Länge nach warf sie sich auf den Boden. Erst als die Kälte sie bis ins Innerste durchdrang, erhob sie sich widerwillig. Gebetet hatte sie nicht, sie hatte es nicht vermocht. Statt dessen hatte eine Art Betäubung von ihr Besitz ergriffen, die bittere Erkenntnis, wie abhängig sie war, hin- und hergeworfen vom Willen der Männer, die sich mehr oder minder zufällig in ihrer Nähe befanden. Waren Männer in ihren eigenen Augen nur etwas wert, wenn sie ihren Willen durchsetzten, notfalls mit dem Schwert? Nie hatte sie selbst versucht, anderen ihren Willen aufzuzwingen – außer bei der Behandlung von Krankheiten, aber das war etwas anderes –, und andere Frauen taten es ebenfalls nicht. Die Männer waren immer die Überlegenen; Frauen mußten nachgeben oder sterben.

War eine ungerechte Welt nach dem Willen Gottes?

Mit einem Hauch von Trotz betrachtete sie Christus am Kreuz. Ein Jude in einer römischen Kirche mit einem muslimischen Minarett. Und in allen drei Religionen galt Gott als männlich. Die Frauen, wie die heilige Magdalena am Seitenalter, waren nur Beigabe, ein oberflächlicher Trost …

Bevor ihr Trotz sich zur Auflehnung auswuchs, schlich Ymme auf Zehenspitzen wieder hinaus. Der Gesang in der Ferne war leiser geworden und klang nicht mehr so wild.

Mit der Heftigkeit einer Sturmbö überkam sie die Sehnsucht nach Ritter Cornelius. Sie hatte sich lange Zeit jeden Gedanken an ihn verboten, aber nun war er plötzlich da und nistete sich in ihrem Kopf ein. Cornelius hatte Wege, Richtung und Tagesstrecken vorgegeben – nicht anders als sie selber die Art der Behandlung von Erkrankungen; aber nie hatte er die Berechtigung ihres Wunsches, Medizin zu erlernen, angezweifelt, nicht einmal die Stadt, wo sie dies tun wollte. Cornelius hatte ihr statt dessen unter Gefahren für das eigene Leben geholfen, Toledo zu erreichen, und sich erst zurückgezogen, als er für sie nichts mehr tun konnte.

Ymme wünschte verzweifelt, sie wüßte wenigstens, wo er war.

Auf einer der seitlich gelegenen Marktstraßen, die jetzt alle in tiefem Dunkel lagen, eilte sie in Richtung der Großen Moschee, bog zum Bitteren Brunnen ab und war bald zu Hause. Während sie wartete, daß der Knecht ihr öffnete, wuchsen Zweifel und Unzufriedenheit in ihr. Das Tor zum Darb, den sie eine Zeitlang ebenso als ihr Heim empfunden hatte, lag in Sichtweite. Es war geschlossen. Aber es wohnten andere Menschen darin als zu ihrer Zeit. Es ging so schnell – plötzlich war jemand verschwunden … Ymme seufzte ungeduldig. Wann kam der Mann denn endlich? Wahrscheinlich war dieser Kreislauf einfach das Leben.

Die Frau öffnete ihr; der Knecht sei gegenwärtig nicht im Haus, sagte sie und verzog die Lippen. Ymme lächelte ihr verständnisvoll zu. Männer!

Am nächsten Morgen wäre es beinahe zum ersten Streit mit Abu Bakr gekommen. Auslöser war die ziemlich unwesentliche Frage, wann bei einer alten Frau, die heftigen Schüttelfrost hatte, Fieber zu erwarten sei. Ymme gab einer Helferin die Anweisung, die Frau warm einzupacken und sich bis zum Mittagsrufen des Muezzins mindestens dreimal zu vergewissern, ob fiebersenkende Mittel angebracht seien.

»Überflüssig«, merkte Abu Bakr außer Hörweite der Pflegerin an. »Frauen neigen, wie du weißt, wegen ihrer natürlichen Kälte mehr zu Schüttelfrösten. Diokles aus Karystos, den du wahrscheinlich nicht gelesen hast, wie überhaupt alle Vertreter der hippokratischen Schule sind sich einig, daß es eine Reihe von Symptomen bei Frauen gibt, die aus ihrer schleimigen Konstitution resultieren.«

»Ich neige mehr den Alexandrinern zu«, entgegnete Ymme in aller Ruhe, »die auf dem Standpunkt stehen, daß bei gewöhnlichen Krankheiten kein Unterschied zwischen Frauen und Männern besteht. Ich werde darum ein beginnendes Fieber bei einer Frau genauso sorgfältig beobachten, wie ich es bei einem Mann tun würde.«

»Ich gestatte es dir, solange nichts Dringenderes vorliegt«, sagte Abu Bakr, bevor er würdevoll davonschritt.

Wie ein Hahn auf dem Misthaufen, dachte Ymme wütend, kehrte um und verordnete der Kranken ab sofort in zweistündigem Abstand einen Meßlöffel voll eines Essig-Rhabarber-Trunks, der gegen Halsentzündung und Seuchen aller Art nützlich und überdies fiebersenkend war.

Er würde zunächst einmal, hatte Abu Bakr ihr erklärt, im Unterrichtsraum neben der Bibliothek seine zweistündige Vorlesung halten. Das gebe ihr Zeit, die Kranken zu behandeln. Danach würde er die Studenten nach oben führen, und sie würden ein gemeinsames Kolloquium am Krankenbett abhalten, wobei ihm die theoretischen Erörterungen zukämen, ihr die praktischen Demonstrationen.

Wie auch immer, Ymme war froh, daß er sich anscheinend nicht in die Behandlung einzumischen gedachte. Als sie die Medizin in den Arzneiraum zurückgebracht hatte, traf sie auf al-Walid, der mit fröhlichem Gesicht Skalpelle schärfte, eine Tätigkeit, die er noch nie ausgeübt hatte, solange sie im Hospital war. Er betrachtete das Messer liebevoll mit zusammengekniffenen Augen, prüfte mit der Daumenkuppe die Schneide, nickte und griff nach dem nächsten.

»Auch das gehört zum Beruf des Arztes«, sagte er, ohne

aufzusehen. »Nicht nur der Empfang des Ehrenkleids für die Heilung der Lieblingsgattin des Sultans. Seit meiner Zeit in Jaén habe ich es nicht mehr tun können. Ich bin froh, daß ich jetzt für die geringen Dinge wieder Zeit habe. Manche geringen Dinge stellen sich als die nützlichsten heraus.«

»Ehrenkleider werden mir ohnehin in Zukunft versagt sein.« Ymme setzte ihren Weg an ihm vorbei fort.

»Mir war, als hättest du gerade eine Kleinigkeit erhalten. Oder irre ich mich?«

»Ich bin Ibn Hazm sehr dankbar für das Haus. Aber es hat mit der Leitung der Frauenbetten nichts zu tun«, erwiderte Ymme heftig. »Warum diskutierst du mit mir die Unfähigkeit von Abu Bakr, um ihm gleich danach die Verantwortung für die Frauenabteilung zu übertragen? Habe ich etwas falsch gemacht?«

Al-Walid nahm ein krummes Messerchen auf und schüttelte mißbilligend den Kopf. »Unbrauchbar! Wer hat denn damit Kamelklauen gereinigt? Das Haus und die Frauenbetten haben sehr wohl miteinander zu tun. Wenn man bedenkt, wessen Hand die Gnade hat, beides zu verleihen …«

»Aber es ist nicht gerecht!«

»Ibn Hazm verteilt Belohnungen oder Bestechungen, keine Gerechtigkeit. Gerecht ist nur Gott.« Al-Walid entschloß sich endgültig, das schartige Instrument fortzuwerfen. Dann setzte er das nächste am Ölstein an.

Ymmes Zorn gegen al-Walid mäßigte sich. Daß Ibn Hazm Abu Bakrs Ernennung verfügt hatte, war leichter zu ertragen, wenn sie auch nicht verstand, weshalb sein Einfluß so groß war. Aber natürlich konnte sie keine Rechenschaft vom Hospitalleiter verlangen. »Aha«, sagte sie sarkastisch und setzte ihren Weg demonstrativ fort. »Der gute Christ Ibn Hazm.«

»Er ist in der Tat ein guter Christ«, rief al-Walid ihr nach, »er hat gerade zweihundert Miscales für ein Begräbnis in der Kathedrale und dreihundert für eine Kaplanei gestiftet. Ein guter Muslim würde nur die Armen beschenken …«

Aber Ymme wollte nicht mit ihm rechten. Innigst wünschte sie, daß sie die Prüfungen bereits abgelegt hätte. Vielleicht wäre es dann anders gekommen.

In ihrem Zorn beobachtete Ymme den neuen Leiter der Frauenbetten nun besonders genau. Sie wunderte sich nicht, als er für jede weibliche Person die Vorschrift erließ, an den Krankenbetten den Schleier zu tragen. In der Stadt benutzten ihn die Frauen nach Belieben, er war nicht einmal ausschließlich vom Bekenntnis abhängig. Aber hier mußten sie ihn nun tragen. Al-Dschamyadisch gab die Schleier an die Wärterinnen aus. »Nein, für dich nicht, ehrenwerte Iume«, sagte er, und Ymme las an seinem spöttischen Grinsen ab, daß seine Weigerung nicht eine Begünstigung der Ärztin, sondern eine Herabsetzung der Christin war.

Aber am selben Abend noch bekam sie Hilfe von al-Walid, der allerdings nicht wußte, daß sie sich während seines Gesprächs mit Abu Bakr auf der Galerie befand.

Al-Walid hielt seinen jungen Kollegen auf, als dieser mit einem Buch unter dem Arm aus dem »Kleinen Haus der Weisheit« zurückkehrte. »Der Umfang deiner Kenntnisse gereicht dem Hospital zur Ehre, Abu Bakr«, sagte er freundlich. »Aber auch du mußt einige Stunden der Nacht schlafen. Und da wir uns des großen Gespürs unserer Doña Iume für Krankheitsursachen erfreuen dürfen, gibt es keinen Grund für übermäßiges nächtliches Studieren. Vertraue ihr so, wie ich ihr vertraue.«

Als Ymme merkte, worum es ging, war es zu spät zum Gehen. Rot vor Scham blieb sie wie eine heimliche Lauscherin hinter einer Säule stehen.

Abu Bakr, der sonst dazu neigte, mit krummen Schultern dem Gras beim Wachsen zuzusehen, richtete sich energisch auf. »Doña Iume traue ich nicht einmal soweit, daß ich ihr nachts das Losungswort für ein Tor mitgeben würde«, erwiderte er heftig. »Ein Student des ersten Jahres weiß mehr als sie.«

»Du bist ungerecht, Abu Bakr. Sie weiß nicht den Wortlaut, den du kennst, und das liegt ohne Zweifel daran, daß die Texte übersetzt worden sind. Und wenn sie von den Vorschriften für die Heilung abweicht, so deshalb, weil sie ihre

Erfahrungen einfließen läßt. Sie tut das, was ich euch Studenten stets auf den Weg gebe: vergleichen mit dem, was geschrieben steht, und abändern, wenn es vernünftig scheint.«

»Ich werde mich auf ihre Vernunft nicht verlassen, ehrenwerter Meister«, sagte Abu Bakr trotzig. Nur die Ehrfurcht vor seinem Lehrer verhinderte, daß er weiterging. Al-Walid bemerkte es bekümmert und beendete das Gespräch von sich aus.

Ymme nahm sich fest vor, besonnen zu bleiben, um al-Walid nicht zu enttäuschen. Vielleicht wollte Abu Bakr nur erproben, wie weit er gehen konnte. Sie widersprach deshalb Abu Bakr nicht, als er sich eines Morgens selber einer Kranken annahm, die ein junger Mann brachte, das heißt, Ymme fand, daß er sie eher wie eine abzuliefernde Ware mitten auf den Hof stellte. Er selber kam zu Pferde, die Frau hinter ihm zu Fuß. Der Mann trug die Berbertracht und schien begütert zu sein, denn seine rote Schärpe war reich bestickt. Die Frau war nicht verschleiert; Ymme bemerkte, daß sie krampfhaft die Zähne zusammenbiß und schwer atmete.

Der Ehemann wandte sich unmittelbar an Abu Bakr: »Sie hat sich mir heute nacht verweigert, als ich das Laken mit ihr teilen wollte. Erst heute früh sagte sie mir, daß sie sich sehr krank fühlt.« Er warf ihr einen wütenden Blick zu. »Ich habe sie nun drei Jahre, und sie hat mir keinen einzigen Sohn geboren. Meine geehrte Mutter empfiehlt mir, Hatox zu verstoßen.«

Abu Bakr, der sich trotz seiner Jugend zwei Frauen leisten konnte, nickte verständnisvoll. »Du bist also nicht sicher, ob sie nicht wollte oder nicht konnte?«

Der Berber war nicht sicher, was er antworten sollte. Dann fiel ihm ein listiger Ausweg ein. »Entscheide du. Laß mich wissen, wann ich sie wieder abholen soll.«

»Ich werde mich selbst um sie kümmern«, versprach Abu Bakr.

Ymme führte die junge Frau vorsichtig ins Zimmer der Konsultationen und ließ sie sich auf dem Ruhebett hinter dem Schirm niederlegen. Als Abu Bakr nach einer Weile kam und sich auf seinem Stuhl niederließ wie einer, der die

Gunst persönlicher Audienz gewährt, saß sie neben Hatox und umfaßte beruhigend ihre Hand.

»Überkommen dich diese Zustände der Unlust öfter?« fragte Abu Bakr.

»Nein«, flüsterte die Kranke, und Ymme gab es weiter. Die Frau sah matt aus, ihre Temperatur war nicht erhöht, aber der Puls ging hart. Ymme hütete sich jedoch, Abu Bakr Mitteilungen zu machen, die er nicht hören wollte.

Er gab sich mit der ausführlichen Befragung über die Familie der Kranken und ihre bisherigen Indispositionen viel Mühe. Die Frau erduldete sie widerspruchslos, aber sie wurde immer schwächer, so daß Ymme schließlich sagte: »Abu Bakr, es ist jetzt eine Pause notwendig, wenn du erlaubst.«

Das gleitende Geräusch des Stuhls signalisierte Ymme, daß Abu Bakr aufgestanden war. »Nicht nötig«, sagte er im Hinausgehen. »Es deutet alles darauf hin, daß ihre Unlust, dem Manne beizuliegen, aus einer gewissen Enge des Gehirns herrührt. Aufgrund der Gleichartigkeit des nervösen Baus des Gehirns und der Gebärmutter mögen die Geburtswege verschlossen sein, so daß sie deshalb noch nicht empfangen hat. Wir werden unverzüglich die Durchgängigkeit mit Hilfe von Räucherwerk überprüfen.«

Ymme brauchte ihre Verachtung über seine Diagnose nicht zu verbergen, denn die Kranke hatte die Augen geschlossen. Erst nach längerer Zeit hatte sie sich soweit erholt, daß Ymme sie behutsam aufrichten und zum Behandlungszimmer führen konnte.

Mit hörbarem Nachdruck hatte Abu Bakr alles in die Wege geleitet. Die Hospitalknechte rannten, als ginge es um ihr Leben. Die Kohlenpfanne stand bereits unter einem Hocker mit durchlöcherter Sitzfläche, angefüllt mit glühender Asche. Als der Knecht Wasser darüber ausgoß, zischte Dampf in Schwaden unter dem Hocker heraus.

Zwei Wärterinnen setzten die zitternde Frau auf den Hocker, zogen ihren Rocksaum sorgfältig ringsum bis auf den Boden herunter und legten ihr überdies noch eine schwere Kamelhaardecke über die Knie. Ymme hielt ihre

Hand und sprach ihr ermunternd zu, fragte, ob sie die Hitze aushalte, und versprach, daß es nicht sehr lange dauern würde.

Nachdem zum zweitenmal Dampfschwaden erzeugt worden waren, kam Abu Bakr. Nachdenklich zog er an seinem Bart. »Spürst du Hitze auf der Zunge, oder schmeckst du Rauch?« fragte er eindringlich, und Ymme verstärkte ihren Handdruck, damit die Frau fügsam antwortete und schneller erlöst wäre.

»Nein«, sagte Hatox.

Statt die umstrittene Methode nun zu beenden, befahl Abu Bakr dem Knecht, die in süßem Wein angesetzte Kräutermischung auf die Glut zu gießen. Während der Vorbereitungen lief er im Raum umher und dozierte den angetretenen Studenten mit seiner neuerworbenen Würde, die außer Ymme niemand komisch zu finden wagte.

»Das Fehlen von Rauchspuren im Mundraum beweist nach der hippokratischen Schule zweifelsfrei den Verschluß des Uterus. Gleichzeitig spricht insbesondere die schwere Atmung der Kranken dafür, daß die Gebärmutter sich auf den Magen gelegt hat. Ich will versuchen, sie mit angenehmen Dämpfen herunterzulocken. Sobald sie ihre gewöhnliche Position eingenommen hat, wird sich die Atmung normalisieren.«

Die Frau sank allmählich in sich zusammen, aber Abu Bakr beobachtete nur gespannt die erneute Dampfentwicklung und kräuselte die Nase, als die Diener trotz ihrer Schnelligkeit nicht verhindern konnten, daß ein aromatischer Duft von Wein, Fenchel und Rosen sich im Zimmer ausbreitete.

»Soran verwirft Lageveränderungen des Uterus«, sagte Ymme viel lauter und entschiedener, als sie beabsichtigt hatte. »Die Gebärmutter ist kein Tier. Sie kann sich nicht bewegen, ihre Bänder halten sie fest. Sie kann auch den Magen nicht beengen, es sei denn bei Schwangerschaft.«

Beabsichtigt hatte sie lediglich, Abu Bakr umzustimmen, damit er die Kranke endlich von der Quälerei erlöste – sie mußte flach gelagert werden! –, aber Abu Bakr vernahm die

Kritik an seiner Methode, den unangebrachten Tadel seitens einer Frau, die nicht einmal als Ärztin approbiert war. Ymme sah in seinen Augen die flackernde Unsicherheit, aber äußerlich sichtbar wurde nur das kalte Lächeln, mit dem er sie streifte, ohne ihr zu antworten.

Auf die übrigen Studenten machte er den Eindruck eines fähigen, souveränen Lehrers. Sie lauschten konzentriert und lernbegierig. »Mit Räucherungen dieser Art bekämpfen wir auch Muttermund- und Gebärmutterverhärtungen sowie Gebärmutterschmerzen. Was diese Patientin betrifft, so wird die Therapie um so länger dauern, je länger der Zustand bereits angehalten hat. Nach ihrer eigenen Aussage ist sie seit drei Jahren verheiratet und ebenso lange kinderlos geblieben. Wir werden durch die einmalige Räucherung daher vermutlich noch keinen Erfolg haben. Wir werden in der Behandlung eine Pause von drei Tagen einlegen und danach mit Spülungen arbeiten und später – sofern nötig – ein erwärmend wirkendes Leinwandpessar einlegen. Es ist jetzt genug.« Die letzte Bemerkung galt den Wärterinnen, die die Patientin flink aus der Decke schälten und vom Hocker herunterhoben.

Die Frau war so geschwächt, daß sie nicht allein stehen konnte, sondern auf einer Trage nach oben gebracht werden mußte, wo Ymme sie in den großen Frauenraum legen ließ. Ihrer Meinung nach lag es im Bereich des Möglichen, daß Hatox an Hysterie litt. Es war dann besser, ihr Gesellschaft zu verschaffen, am besten zwischen den zwei schwatzhaften, munteren Frauen, die zwar in den nächsten Tagen nach Hause geschickt werden, aber bis dahin Fröhlichkeit verbreiten würden.

Am späten Abend ging Ymme nach Hause, nachdem sie sich vergewissert hatte, daß der Atem der Frau ruhig ging und der Puls regelmäßig war. Al-Walid hatte dafür gesorgt, daß Abu Bakr mit seiner Amtsübernahme in die Routine des alleinverantwortlichen Nachtdiensts einbezogen wurde, und er hatte sich ausnahmsweise sogar energisch bei ihm vergewissert, daß er den Nachtdienst einhalten würde, wie man es von allen Ärzten gewohnt war. Unter diesen Umständen konnte sie Abu Bakr nicht anbieten, am Bett der Hysteriekranken zu wachen. Das Verhältnis zwischen ihr und ihm war so schwierig geworden, daß sie gar nicht gewagt hätte, ihm zu erklären, warum eine Bettwache notwendig war.

Ymme war andererseits froh, nach Hause gehen zu dürfen. Es war ein Privileg, ein Haus zu betreten, in dem Licht brannte, in dem Kohlenbecken Wärme verbreiteten, in dem Düfte von Gebratenem und Gesottenem den Innenhof durchzogen und man nur auf ihre Heimkehr wartete. Es war nicht zuletzt auch eine Frage der Sicherheit. Und der Sauberkeit. Das Bad, das sie früher immer aufgesucht hatte, war ganz in der Nähe. Ymme fing an, sich hier glücklich zu fühlen. Es war ihr erstes eigenes Heim – fast eigenes Heim …

Entspannt aß sie in Gesellschaft der Frau, die Maria Illan hieß und Mozaraberin war, lernte noch ein wenig und ging dann zu Bett.

Am nächsten Morgen kam sie in aller Frühe gerade rechtzeitig, um zu sehen, wie die Hausknechte, begleitet vom muslimischen Totenwäscher, ein längliches weißes Bündel auf einer Trage die Treppe heruntertrugen.

»Wer ist das?« fragte sie erschrocken und griff nach dem Tuchzipfel, um ihn zurückzuschlagen. Sie hatte keine einzige Patientin gehabt, die gefährdet gewesen war. Außer Hatox natürlich.

Es war die Berberin. Mit verdrehten Augen, eingetrockneten Speichelspuren am Kinn und der blau angelaufenen, zerbissenen Zungenspitze zwischen den Zähnen hing sie mit aufgetriebenem Leib zwischen den Knechten. Es sah ganz nach einem hysterischen Anfall aus.

»Es ist gut«, sagte Ymme leise. »Ihr könnt gehen.«

Im Frauenraum setzte sie sich auf das Bett zwischen den beiden fast gesunden Frauen. Diese standen immer noch unter dem Eindruck der letzten Stunden. Einander ins Wort fallend, berichteten sie Ymme, was geschehen war. Die Berberin hatte also mitten in der Nacht geschrien, daß sie verbrenne, danach habe sie nichts mehr gesagt, sondern mit den Zähnen geknirscht, mit den Armen und Beinen gezuckt und den Rücken zur Brücke gewölbt wie einen guten arabischen Leimbogen. Auf ihr Rufen sei Abu Bakr nicht bereit gewesen zu kommen, und die Berberin sei einige Zeit später zurückgesackt, habe gurgelnde Laute ausgestoßen und sei verschieden.

Ymme seufzte und stand auf. »Versucht ein wenig zu schlafen«, meinte sie, »solche Aufregungen sind nicht gut für die Heilung.«

»Ach«, widersprach die eine von ihnen, »als Abwechslung zu persischem Gesang war es ganz brauchbar, jedenfalls zu der Zeit, als wir an nichts Böses dachten und den ehrenwerten Abu Bakr einzufangen versuchten.«

»Heißt das, er wollte nicht kommen?« fragte Ymme alarmiert.

Beide Frauen nickten mit funkelnden Augen, aber mehr wollten sie nicht sagen. Ymme nickte und ging. Mehr wollte sie auch nicht hören. Soran schrieb, daß Schaumspuren für Epilepsie typisch seien. Die und die Beschreibung der Frauen ergaben, daß die Berberin nicht unter Hysterie, sondern unter Epilepsie gelitten hatte.

Inmitten eines Krampfanfalls war Hatox im besten Hospital von Kastilien gestorben, ohne daß ein Arzt zugegen gewesen wäre, der sie wenigstens vor dem Tod des Erstickens hätte bewahren können.

Ymme behielt ihre Entdeckung und ihre Zweifel an Abu Bakr zunächst für sich; danach war es zu spät.

Kurz vor der zweiten Morgenmahlzeit kamen bewaffnete Knechte in den Farben des Erzbischofs, um Doña Iume de Lubicensis, genannt Umm Iume, abzuholen, und das Erschrecken des frühen Morgens wurde durch andere Schrekken abgelöst.

Die Männer trugen kuttenähnliche Umhänge, waren aber nicht tonsuriert. Auf ihren hohen Pferden sitzend, nahmen sie Ymme zwischen sich. Mit hochrotem Gesicht, zutiefst empört lief sie mit. Auf dem Zocodover-Platz und am Rande der Alcaicería begehrten die Knechte laut Platz für sich, und die Aufmerksamkeit flog ihnen zu.

Am Palasteingang wurden die Knechte durch einen Geistlichen abgelöst, der Ymme schweigend durch das Haus bis vor eine hohe Doppeltür führte. Ein kleiner verhutzelter Mann nahm sie mit in einen weiten Saal, in dem sich viele Menschen aufhielten, vorwiegend Geistliche, die sich in kleinen Gruppen unterhielten, andere spazierten mit den Händen auf dem Rücken einsam und nachdenklich umher. Alle warteten auf etwas.

»Ich bin Don Yahya ibn Yunez«, raunte ihr Führer und drückte Ymmes Ellenbogen sacht. Sie warf ihm einen dankbaren Blick zu. Er mußte der Vater von Don Zag sein. Sie war also nicht ganz allein. Er brachte sie zur Stirnwand des Saals und hieß sie sich auf eine Bank setzen.

Die Marmorbank gehörte nicht hierher, Ymme fühlte mit Unbehagen die Seitenwangen unter sich knirschen. Der polierte kahle Steinboden war stellenweise stumpf geworden von harten Stiefeln und Lederschuhen. Vermutlich hatten ihn früher dicke weiche Teppiche bedeckt. Vielleicht waren die Frauen eines Wesirs zwischen den grauen Marmorsäulen unter den Bogen mit weißen Ranken und Blättern auf rotem Grund einhergeschritten ... Ihre Gedanken verloren sich in der erdachten Vergangenheit eines Palastes. Aber sie beruhigten.

Währenddessen schrieb Don Yahya an seinem Stehpult, die Feder fuhr schwungvoll auf dem raschelnden Papier hin und her; die Geräusche im Saal schwollen an und ab, unaufhörlich drängten schwarz- oder buntberockte Neuankömmlinge herein, und andere verließen wieder den Raum.

Dann rauschte plötzlich Seine Eminenz Rodrigo Ximénez de Rada durch eine schmale, brokatbespannte Tür in den Raum. Die Absätze seiner Reitstiefel hallten so laut, daß Ymme aufschreckte. Der Erzbischof wirkte noch energischer als bei ihrer ersten Begegnung. Er überflog die Anwesenden kurz und trat dann zu Don Yahya.

Nach einer Weile deutete Don Yahya verstohlen mit der Feder auf Ymme.

Ximénez de Rada drehte sich um. »Ach ja. Die Person, die Gott ins Handwerk pfuscht.« Während er auf Ymme zukam, schienen sich seine glühenden Augen an ihr festzusaugen.

Wie unter Zwang erhob sich Ymme von der Bank. Gerade noch rechtzeitig fiel ihr ein, daß sie dem Erzbischof einen Kniefall schuldete, und sie glitt mit gesenktem Kopf vor den Saum seines roten Gewandes. Die Stiefel waren aus weichstem Leder, schon abgenutzt, aber gut poliert. Die erzbischöflichen Finger streckten sich ihr dieses Mal nicht entgegen.

»Mir ist zu Ohren gekommen, daß du inzwischen Anerkennung im Hospital gefunden hast«, begann der Erzbischof hoch über ihr und erhob dann seine Stimme zu allseits vernehmbarer Lautstärke, während die Gespräche ringsum verstummten. Ymme stand auf und fühlte ihre Angst in der Magengrube wachsen. »Aber mir ist auch zu Ohren gekommen, wie nah du am Abgrund wandelst. Die kanonischen Rechtsverfügungen der Kirche gestatten im Einklang mit dem fünften Gebot keine Zerlegung des Kindes im Mutterleib!«

Jäh wußte Ymme, weshalb sie geholt worden war. »Es lebte nicht«, verteidigte sie sich unsicher. »Es ging um das Leben der Mutter.«

»Die Entscheidung lag nicht bei dir! Unser aller Leben und Sterben liegt in Gottes Hand.«

Die erzbischöflichen Worte hallten im Raum, und Ymme sah aus dem Augenwinkel, wie die Audienzbesucher zusammenrückten und einen dichten Halbkreis bildeten. Sie wußte mit Bestimmtheit, daß der Fetus abgestorben gewesen war, bereits auf dem Weg zur Erde zurück, noch vor seiner Aufnahme in die christliche Kirche. Aber ihre Kiefer krampften sich zusammen, und sie vermochte kaum den Mund zu öffnen, um sich so laut und energisch zu verteidigen, wie es notwendig war. »Es war bereits mazeriert«, murmelte sie. »Zerfallen.«

»Die Seele«, erinnerte Ximénez de Rada mit seinem unendlichen Hochmut, den er hinter geschlossenen Augenlidern verbarg, wobei er dennoch bis in die Fingerspitzen die Stimmung im Saal erspürte, »die Seele. Sie wäre gemeinsam mit der Seele von Idschaz, verstorbener Ehefrau des Guillelmus Raimundi Sarracin aus Burgos, in Sein Reich eingegangen. Gott zieht zwei gerettete Seelen einer verlorenen vor.«

»Ich befand mich im Einklang mit den Lehren von Soran«, stammelte Ymme, das Gesicht unter den blonden Haaren fast weiß vor Angst.

»Aber nicht im Einklang mit Gott!« Ximénez öffnete die Augen mit quälender Langsamkeit. Unter denen, die an diesem Morgen zur Audienz erschienen waren, waren kastilische Edelleute und einige begüterte Mozaraber mit ihren Frauen. Seine Macht kannten sie; es war zweckmäßig, ihnen auch seine Gnade vor Augen zu führen. »Muhammad und Soran, so, so«, setzte er gedankenvoll hinzu.

Einer der Priester in schwarzer Soutane, der auf ein zustimmendes Nicken des Erzbischofs hinzugetreten war, flüsterte diesem eine Weile ins Ohr.

Die Stirn von Ximénez de Rada furchte sich. »Ich höre, du entrichtest deinen Zehnten an Santa Magdalena, aber nicht die sonntägliche Oblatio. Wie ist das möglich?«

»Ich bin zu Santa Magdalena eingepfarrt, aber zum Gottesdienst gehe ich zu San Lucas«, bekannte Ymme, die am Übergang der Befragung von den Seelen zum Zehnten den Stimmungsumschwung der geistlichen Herren bemerkt hatte. Sie spürte, daß er nicht zu ihren Gunsten war, das Thema sich aber auf eine andere Ebene verlagert hatte, auf der sie kämpfen konnte.

Der Geistliche in der Soutane fuhr mit einem kaum unterdrückten Aufschrei der Wut zurück, während der Erzbischof erstarrte und sich eine lähmende Stille im Saal ausbreitete.

»Wer hat dich dazu verführt?« fragte de Rada knapp. »Die mozarabischen Gemeinden haben kein Recht, römische Christen aufzunehmen.«

Ymme verstand nicht, was er meinte, und schüttelte hilflos den Kopf.

Don Yahya, der scheinbar unberührt weitergeschrieben hatte, wußte, wie die geistlichen Herren das Kopfschütteln deuten würden, vor allem der Archidiakon: Verstocktheit, Widerspenstigkeit, Widerstand gegen die römische Kirche. Dazu die Kindeszerlegung, eine Todsünde, gewissermaßen unter den Augen der Öffentlichkeit. Er legte das Rohr auf die Schreibplatte. Leise erklärte er: »Die meisten Mozaraber des Bitteren Brunnens sind erbrechtlich an einen Kirchenstuhl in San Lucas gebunden. Doña Iume de Lubicensis ist aufrichtigen Herzens mit ihnen gegangen, wie ich vermute. An der Baltischen See, wo sie zu Hause ist, gibt es keinen altspanischen Kirchenritus, und als Frau ist sie selbstverständlich in kirchenrechtlichen Fragen unerfahren.«

»Ihr glaubt es wohl um so mehr zu sein, Don Yahya ben Yunez«, hackte der Archidiakon giftig auf ihn ein, aber es war zu spät. Die Erklärung des Schreibers war nicht von der Hand zu weisen.

Die Zuhörer zerstreuten sich wieder in den Hintergrund des Saales, und die ausgetauschten Neuigkeiten und Tratschereien schwollen in Kürze zum gewohnten Geräuschpegel an, während Ximénez de Rada seine Augen unverwandt auf Ymme ruhen ließ. Den Archidiakon, der wiederum auf ihn einreden wollte, wehrte er ab. Endlich trat der Geistliche mit betretenem Gesicht in den Halbkreis der verbliebenen ersten Reihe zurück.

Seine Eminenz hatte in Sekundenbruchteilen eine kirchenrechtliche Entscheidung zu treffen, von der Ymme nichts ahnte und für die sich die meisten der Anwesenden nicht interessierten.

Nur Don Yahya, alt und listig geworden in den Diensten verschiedener christlicher Herren, wußte, daß Referenzentscheidungen meistens anhand scheinbar unwichtiger Ereignisse fallen und am Leib unbekannter Personen erprobt werden. Hinter seinen buschigen schwarzen Augenbrauen glommen winzige Lichter, während er abwartete.

»Doña Iume de Lubicensis ist ohne Zweifel eine ungewöhnliche Frau«, verkündete der Erzbischof mit weit tragender Stimme, »und wir gehen immer noch davon aus, daß sie eine gläubige Tochter der römischen Kirche ist. Die Torheiten, deren sie sich schuldig gemacht hat, wird sie in Santa Magdalena beichten und dafür die gehörige private Buße üben. Sollten wir aber jemals zur Überzeugung kommen, daß das Gift der Ungläubigen Doña Iumes Blut überschwemmt, wird kein Gericht und kein Jude sie vor schärfster Bestrafung retten können …«

Mit einem unhörbaren Seufzer nahm Don Yahya sein Rohr wieder auf.

Ymme war entlassen.

Fragend blickte sie Don Yahya an, aber dieser schüttelte wie zur Warnung verstohlen den Kopf und bedeutete ihr, allein ihren Weg hinauszufinden. Er konnte es sich nicht leisten, sie jetzt zu begleiten, mehr um ihretwillen als seinetwillen. Sie verstand.

Mit zitternden Knien bahnte Ymme sich ihren Weg und fand irgendwie durch das Haus zur Eingangspforte. Die Soldaten, die mit einem Spieß in den Händen breitbeinig beiderseits des Tors Wache hielten, kümmerten sich nicht um sie. Trotzdem eilte sie, so schnell ihre Beine sie trugen, in einen der angrenzenden Gänge der Qaysariyya, wo sie in der Menge untertauchen konnte.

Der Papierhändler Chaldun sah sie. Grübelnd blickte er ihr nach. Er hatte alles gesehen: Iume zwischen den Knechten zu Pferde, Iume blaß wie gebleichtes Leinen in der Pforte zum Palast … Ihre Gunst schien gesunken.

Als Ymme ins Hospital zurückkehrte, rannte al-Dschamyadisch mit flatterndem Mantel durch den Außengarten des Hospitals und suchte sie. Zum erstenmal erfuhr sie, wie sehr al-Walid Seele und Antriebskraft des Hauses war. Er war schon in der Nacht an das Lager seines sterbenden Vaters gerufen worden, und niemand wußte, wann er aus Jaén zurückkehren würde.

Don Enrique gestand ihr mit verlegenem Lächeln, daß seine Finger für eine saubere Gefäßunterbindung von Arterien zu sehr aus der Übung gekommen waren. Neben ihm hockte ein Messerschleifer, dem er über einem ausgerissenen Mittelfinger einen Druckverband angelegt hatte. Erleichtert bat er Ymme, die Naht zu übernehmen. Abu Bakr hatte er nicht gefragt. Von ihm wußte man inzwischen, daß er die Theorie höher schätzte als die Praxis.

Ymme hatte kaum Zeit, sich den Besitzer der Hand anzusehen. Sie hinterstach das Blutgefäß, schlang es an, zog es heraus und unterband es. Sie war froh, einen dringenden Fall versorgen zu müssen. Als sie fertig war und die blutige

Nadel und die Schere wusch, wich die aufgekommene Erleichterung erneuter Beklemmung. Der Erzbischof hatte über alles genau Bescheid gewußt; was er von ihr wissen wollte, war keine spontane Befragung aufgrund eines Gerüchts gewesen. Und doch hatte er sich zur Milde entschlossen. Warum war er bei Urraca ausgesprochen scharf vorgegangen und bei ihr nicht? Sollte sie als Beispiel für Milde herhalten, so wie Urraca für Härte? Eins schien sicher: Was auch immer geschah – es waren Schachzüge, keine persönliche Feindschaft oder christliche Milde. Aber auch er war ein Springer.

Plötzlich begriff sie, welche Angst al-Walid bei ihrer Kindeszerlegung auszustehen gehabt hatte. Die unberechenbaren Schachspieler waren die gefährlichen.

Ymmes Geburtstag jährte sich an dem Tag zum einundzwanzigsten Male, als ein junger Tempelritter, verdreckt und erschöpft, zum Tor hereintaumelte. Al-Walid war noch nicht zurückgekehrt, und so verwies Ymme ihn an Don Enrique und brachte ihn gleich selbst in den hinteren Anbau, wo sich die Diätküche befand und der Internist Speisefolgen für einen nierenkranken Patienten besprach.

Der Templer überreichte Don Enrique schwer atmend ein Schreiben; der Arzt überflog es und lud dann den Gast ein, sich im Zimmer der Disputation auszuruhen oder zu baden, ganz wie es ihm beliebe. Der junge Mann wollte nur ausruhen und vielleicht ein Glas Wein trinken … Don Enrique ließ Abu Bakr holen und bat auch Ymme zu der Besprechung hinzu.

»Seid Ihr sicher, daß es sich um Pocken handelt?« fragte Don Enrique, als sie alle Platz genommen hatten.

»Der Marschall hat es sich von Guido von Köln versichern lassen, der damit Erfahrung hat«, antwortete der Templer. »Mehrere von uns waren eigentlich sicher, aber Guido versteht ein wenig mehr davon …«

Ymme durchfuhr ein freudiger Schrecken. Guido, der Diplomat, der Araber …

»Guido schreibt, daß zwei Ärzte ausreichen sollten. Ihr habt dort derzeit etwa einhundert Kranke …«

»Aber es gab jeden Tag mindestens zehn neue Fälle«, unterbrach der Bote den Arzt. »Und fünfzig Neuankömmlinge aus dem Norden.«

Don Enrique verfiel in Schweigen, und Ymme wußte, daß er überschlug, wie viele Medikamente mitgenommen werden mußten und wie viele Lasttiere dazu nötig waren. Aber welcher Arzt würde gehen? Zwei konnten sie nicht entbehren. »Würdest du mich gehen lassen, Don Enrique?« fragte sie hoffnungsvoll.

Der Templer schüttelte so energisch seinen Kopf, daß einige Weintropfen aus seinem Glas flogen. »O nein, Doña«, sagte er. »Das Soldatenlager ist nichts für Euch. Sie sind rauhe Männer, diese Pilger. Wegen nichts fallen sie übereinander her, und ohne die scharfen Strafen würden sie sich gegenseitig erschlagen. Unsere eigenen Knappen dürfen bei Nacht nicht aus der Burg, die Pilger würden sie zu Tode reiten ... Verzeihung, Doña«, fügte er hinzu und mußte einen Schluckauf unterdrücken.

Ymme lächelte. Er war jünger als sie, und sie fühlte sich plötzlich wie seine ältere Schwester. Der Wein auf nüchternen Magen war ihm nicht bekommen. Sanft löste sie das Glas aus seinen Fingern und rückte ihm ein Kissen unter den Kopf, der an der Wand heruntergeglitten war.

»Ich werde selber hinreiten«, entschied Don Enrique.

Abu Bakr entblößte die Zähne wie ein Pferd, das Witterung aufnimmt. Ihm paßte das alles sichtlich nicht. Er wäre mich gern losgeworden, dachte Ymme klarsichtig. Don Enrique – als stellvertretender Leiter des Hospitals – würde sich in die Frauenbehandlung nicht einmischen, und ich könnte ihm nicht über die Schulter schauen.

Aber es war beschlossene Sache. In aller Eile wurden drei Maultierlasten mit Arzneimitteln gepackt. Don Enrique widmete sich den ganzen Tag zusammen mit Sisnando Albanna den Vorbereitungen, versorgte zwischenzeitlich Umm Iume mit mündlichen Informationen über seine Patienten, die sie übernehmen würde, und war gegen Abend fertig. Er und der Student wollten am nächsten Morgen kurz nach dem Morgengebet aufbrechen.

Don Enrique, Sisnando und der Templer entkamen nur knapp dem Kreuzfahrerkontingent, das in den Morgenstunden die Stadt umzingelte und eindrang. Unmittelbar nachdem sie mit fünf Packmaultieren das Bab al-Yahud an der Westmauer passiert hatten, wurde auch dieses Tor besetzt. In scharfem Galopp und mit Unruhe im Herzen ließen sie Toledo hinter sich.

Die Soldaten waren tatsächlich so brutal und ungestüm, wie der Templer sie beschrieben hatte. In kleinen Horden durchstreiften sie die Stadt, betrachteten begehrlich Paläste und Innenhöfe und hatten angeblich eine Frau erschlagen, die ihre Tochter schützen wollte. Niemand wußte, wer die Männer waren und mit wem man in Verhandlung treten konnte. Aber es sprach sich schnell herum, daß die Aljama der Judería ihre eigenen Stadttore schloß und unter Bewachung hielt, weil die Fremden sich vorwiegend vor ihren Mauern sammelten.

Ymme wagte sich nicht aus dem Hospital, aber sie konnte ausreichend Erkundigungen einziehen. Das Haus schwirrte von Informationen, Gerüchten und Vermutungen, und jederzeit wurden völlig gegensätzliche Behauptungen als wahr beschworen.

Gegen Abend endlich wurden die Nachrichten konkreter. Ibn Hazms Knechte, die der Münzverwalter zur Bewachung des Hospitals geschickt hatte, wußten zu berichten, daß ein Don Lope aus Aragon und ein gewisser Peire Drut, ein kleiner Landadeliger aus dem mittleren Frankreich, sich mit ihren ungefähr hundert Hörigen zusammengetan hatten, um auf eigene Faust Juden und Muslime aus den christlichen Ländern zu vertreiben und dabei ein wenig Beute zu machen. Gegenwärtig war eine Abordnung von ihnen in den erzbischöflichen Palast zu Verhandlungen eingeladen worden.

In dieser Nacht konnte Ymme nicht schlafen, obwohl sie sich nach alter Gewohnheit auf ihr Hospitallager gelegt hatte. Es beunruhigte sie, daß sie nicht wußte, was mit ihrem Haus am Bitteren Brunnen geschah, und auch, daß sie keine

Nachricht hatte hinschicken können. Außerdem verbrüderten sich, dem Lärm nach zu urteilen, die fremden Soldaten mit denjenigen, die immer noch in den fränkischen Corrales gastierten, und die Mischung aus Gesang und Gebrüll in der Nachbarschaft des Hospitals schwoll zu bedrohlicher Lautstärke an.

»Christen!« troff es am nächsten Morgen verächtlich von Abu Bakrs schmalen Lippen, als der Tag Toledo in sein plötzliches Licht tauchte und weder Teile der Stadt eingeäschert waren noch Leichen auf den Straßen sichtbar herumlagen.

Ymme mochte ihm nicht widersprechen. Überhaupt sprach an diesem zweiten Tag niemand viel. Die Kreuzfahrer hatten Kopfschmerzen, die Straßen waren ruhig, und die Verhandlungen zogen sich in die Länge.

Erst abends belebte sich der Kampfplatz wieder, insbesondere vor dem jüdischen Tor bei Santo Tomé, so berichtete einer der zehn Knechte Ibn Hazms, der sich hingeschlichen hatte und wieder zurückgekommen war, als seine Sensationslust für eine Weile befriedigt war. Dort hatten die Männer unter Gelächter von der Mauer herab einen Juden mit dem Seil eingefangen und herausgeholt, einfach hochgehoben. Der Platz vor dem Tor war menschenleer gewesen, und der Mann hatte ihn mit gesenktem Kopf überquert. Niemand aus den benachbarten Häusern hatte Widerstand zu leisten gewagt, außer einem Mann, der mit dem Tallith auf dem Kopf und einem winzigen Messerchen in der Hand aus einer Tür gestürzt sei. Unter Gejohle hätten die Kreuzfahrer beide an einem Feigenbaum aufgehängt. »Ihre Füße waren nur eine Handbreit über der Erde, aber sie haben sich totgezappelt«, sagte der Mozaraber, und in seinem Bericht schwang so deutliche Bewunderung mit, daß Ymme, die von der Galerie mithörte, ein Schauder über den Rücken lief. Die Männer waren alle gleich.

Ymme überlegte, ob die jüdische Gemeinde bei allem Unglück nicht noch einigermaßen glücklich davongekommen war: die Juden hätten sich an ihrem Sabbat womöglich nicht verteidigt, wenn es den Kreuzfahrern heute in den Sinn gekommen wäre, sie zu überfallen. Leise stahl sie sich in einen der Frauenräume.

Am nächsten Morgen zogen die Kreuzfahrer ab. Niemand wußte, was der Erzbischof ihnen als Entschädigung versprochen hatte; aber natürlich würden die Juden einen Großteil des Lösegelds übernehmen, schließlich waren sie die Hauptbetroffenen.

Eine Lehre zogen der Erzbischof, der Nasi und der Almocarife aus den Ereignissen: Toledos Tore wurden nun auch bei Tag verschlossen gehalten und durch starke Aufgebote bewacht.

Der Kreuzzug gegen die Ungläubigen hatte begonnen. Leider konnten die Pilger zwischen Ungläubigen und Gläubigen nicht deutlich unterscheiden.

18. Der Verführer

Chaldun liebte seinen Sohn über alles. Daß Doña Iume ihn zweimal gerettet hatte, machte ihn dankbar ihr gegenüber. Deshalb und aus Vorsicht angesichts der politischen Konstellation innerhalb der Stadt, hatte er sich damit begnügt, ihr kleine Nadelstiche beizubringen, die sie unruhig machen mußten, bei denen sie sich in Gedanken mit ihm befassen würde … Er dachte oft an sie. Eine Rache für die Zurückweisung waren die Nadelstiche nicht gewesen. Die hätte anders ausgesehen. Chaldun lachte mitten auf dem Marktplatz laut auf und bemerkte nicht, wie ihn die Männer der Nachbarstände befremdet musterten. Sein merkwürdiges Lachen bestätigte ihnen, daß der Papierhändler sich seit geraumer Zeit geändert hatte – aus einem lustigen Zechkumpan war ein in sich gekehrter Mann geworden, der einen Schmerz mit sich herumschleppte, über den er nicht sprechen wollte.

Die Tatsache, daß Chaldun Ymme mehrmals an einem Tag zu Gesicht bekommen hatte, hatte seinen Gedanken wieder Nahrung gegeben. Schon lange trug er sich mit einem Plan; jetzt würde er ihn wahrmachen.

Al-Walid, Umm Iume und Abu Bakr hatten ein erstes Kolloquium über Pocken einberufen. Don Enriques Brief, den er nach ungefähr drei Wochen geschrieben hatte und der gespickt war mit neuen Erfahrungen, lag vor ihnen, und für medizinische Neuigkeiten dieses Umfangs und dieser Qualität hatte sich sogar Don Abrahen aus der Judería herausgewagt.

Ärzte, Studierende sowie einige Pflegerinnen und die städtische muslimische Hebamme waren erschienen. Trotz des ernsten Themas wurde gelacht, man saß vor Schalen mit Obst und Nüssen und gefüllten Weingläsern. Es war wie ein Atemholen vor dem drohenden Krieg. Nachdem al-Walid den Brief vorgelesen und mit einem Augenzwinkern den besonderen Gruß von Guido dem Templer an Doña Iume, Hakima zu Toledo, weitergeleitet hatte, blieben sie eine Weile still. »Wie ich immer vermutet habe«, sagte endlich der Klinikleiter, »sind Fremde empfindlicher als Einheimische gegen hitzige Krankheiten. Die Kastilier werden kaum befallen; die Männer aus Toulouse schon eher; die größten Verluste gab es unter einer Schar Engländer, von der nur ein einziger übrigblieb, der schon eine Wallfahrt nach Jerusalem – Preis Ihm, dem einzigen Gott – hinter sich hat.«

»Deswegen ist auch die Brieftaube gesund geblieben«, scherzte der junge Juan ben Omar. »Sie ist sehr einheimisch, viel einheimischer als ein Franke.«

Al-Walid schien mit gerunzelter Stirn durch den Studenten hindurchzublicken, der sich unbehaglich rührte, als hätte er eine unpassende Bemerkung gemacht. »Auch das fragte ich mich öfter schon: Können Tiere Pocken haben?« Die Rätsel, die Pocken und Masern aufgaben, hätte er gern noch gelöst. Aber al-Walid wußte, daß Don Enrique ein fähiger Arzt und guter Beobachter war. Vermutlich würden sie, wenn er wieder zurück war, sehr viel mehr wissen als vorher.

»Razes äußert sich zu solchen Fragen nicht«, bemerkte Abu Bakr, was bei ihm natürlich heißen sollte, daß ihnen keinerlei Gewicht beizumessen war.

Ymmes und al-Walids Augen begegneten sich.

»Ich glaube es«, bekannte Ymme fest. »Unsere Kuh bekam an der hellen Haut ihrer Zitze, die unserer Haut ähnelt, ebenfalls Pocken.« Ohne Abu Bakrs Gewohnheit, spielerische Überlegungen über Krankheitsursachen im Keim zu ersticken, hätte sie nie davon zu sprechen gewagt. Aber er reizte sie immer mehr zum Widerspruch, je mehr er das Gehabe des erfahrenen Arztes annahm.

Don Abrahen beugte sich interessiert vor. Er spürte die unterschwelligen Strömungen; aber die Kinder der Judería hatten keine Pocken gehabt – er konnte den Beobachtungen anderer nichts Neues hinzufügen.

Al-Walid unterdrückte ein Lächeln. Er mochte die junge Frau sehr gern, nachdem er sich, fast widerwillig, davon überzeugt hatte, daß ihre Absichten rein wie Bergwasser waren. Er spürte auch die Verwandtschaft zwischen ihnen: ihr brennender Wille, die Medizin zu erlernen, hatte sie Hindernisse überwinden lassen, mit denen die meisten der Anwesenden nicht fertig geworden wären. Vor allem Abu Bakr nicht, dem nicht die Medizin als Sehnsucht und Erbe mitgegeben worden war, sondern eine ehrgeizige Sippe und Geld sowie ein erheblicher Mangel an Phantasie. »Was hast du außerdem festgestellt?« Umm Iume errötete wie immer, wenn sich die allgemeine Aufmerksamkeit auf sie richtete. »Man konnte die Borken ablösen, genau wie bei pockenkranken Menschen.«

Jetzt funkelten al-Walids Augen vergnügt, und er machte kein Hehl mehr daraus. Er hatte geahnt, daß sie auch früher schon diesen Dingen nachgegangen war. Sie hatte einen Schatz seltsamer Beobachtungen über Symptome von Krankheiten und Unpäßlichkeiten aus ihrem fremdartigen Land mitgebracht, damals unreflektiert und undiskutiert – auch das war zu erkennen gewesen. Aber sie fügten sich nach und nach in die Kenntnisse ein, die sie hier gewonnen hatte, und aus diesem Grund wurde Umm Iume zu einer Fundgrube an Wissen, die sie selber noch gar nicht ausgelotet hatte. »Hast du eigentlich eine Erklärung gefunden, weshalb du die Pocken nicht bekommen hast, wohl aber die Masern?« fragte er herausfordernd und durchaus mit dem Ziel, seinen jüngsten und, wie er fand, eine Spur lächerlichen Arzt ein wenig zu reizen. Er selber hatte sich darüber längst Gedanken gemacht – und Umm Iume vermutlich ebenfalls.

Ymme kümmerte sich nicht mehr um Abu Bakr. Sie wußte sich nun endgültig im Gleichklang mit al-Walid, und das gab ihr Mut. »Ich muß die Pocken bereits gehabt haben«, sagte sie einfach. »Vermutlich hat man sie nur ein einziges Mal im Leben, sofern man sie überlebt.« Al-Walid nickte verblüfft, dann brach er in ein schallendes Gelächter aus. »Und ich dachte, daß sich unsere Ansichten auf ewig wie Feuer und Wasser verhalten würden!«

Don Abrahen ließ sich, was selten vorkam, aus seiner stillen Zurückhaltung reißen und fragte schmunzelnd: »Ist das Feuer nun gelöscht, oder ist das Wasser erhitzt?«

Al-Walid, der sich behaglich an die Wand zurückgelehnt und die Hände gefaltet hatte, zuckte mit den Schultern und drehte die Daumen nach außen. Ymme aber durchdachte die Frage ernsthaft. »Beides«, sagte sie. »Beides muß geschehen. Erst muß die Materie gekocht werden, damit sie reift; wenn sie wieder abgekühlt ist, werden die Schlacken ausgeschieden. Was zurückbleibt, sind klare Gedanken, Gesundheit …«

»Eine vollkommene Übersetzung der Krankheitslehre in eine Gedankenlehre«, erklärte Don Abrahen feierlich und verbeugte sich, gegen Ymme gewandt, im Sitzen.

Abu Bakr schob die Lippen vor und schwieg hartnäckig. Juan ben Omar aber wollte beim Austausch noch nicht ausgesprochener Gedanken nicht zurückstehen. »Don Enrique schreibt, daß Chaldun vor Beginn der Erkrankungen in der Templerburg gewesen sei. Warum hält er diese Feststellung für nötig?«

»Ich kann dir seinen Gedankengang erklären, nicht aber Schlußfolgerungen daraus ziehen. Noch nicht. Die Sache verhält sich folgendermaßen«, begann al-Walid. »Im vergangenen Herbst wurden die Pocken für uns zuerst sichtbar, weil Chalduns Vater daran starb, und zwar kurz nachdem er normannischen Kriegern Beute abgenommen hatte. Es war keine Heldentat, sie lagen tot auf der Straße. Offensichtlich hat nun Chaldun die geraubte Ballenseide in Montalbán an die Kreuzfahrer gegen Leinen getauscht. Er braucht Leinen als Rohmaterial, und sie sind wild auf Seide. Aber Chaldun erkrankte nicht, weder vorher noch nachher.«

Juan ben Omar legte den Kopf schief und sagte tollkühn: »Die Fußspur des Kamels führt trotzdem schnurgerade von den pockenkranken Normannen zu den pockenkranken Franken. Die Pocken waren kein Zufall, sie kamen in den Satteltaschen.«

Abu Bakr stand auf. »Ich werde mir das Geschwätz eines Kamels nicht anhören«, blaffte er unhöflich und verließ das Zimmer.

Al-Walid schüttelte den Kopf, und Ymme konnte nicht unterscheiden, ob er das Benehmen des Arztes oder die Theorie des Studenten meinte. »Wir müßten den Fußspuren des Kamels nach dem Verlassen von Montalbán folgen. Vielleicht hast du recht.« Der Gedanke gefiel ihm gut, und den jungen Mann würde er im Auge behalten. »Ja. Wir werden es tun.«

Juan ben Omar strahlte. Kühn hatte er eine Vermutung hingeworfen, und al-Walid hatte sie für bedenkenswert gehalten. Ymme freute sich still mit ihm. Sie wußte, wie ihm zumute war.

Wenig später brach Don Abrahen auf; sein Weg war weit. Ymme ging mit ihm, bis zur Großen Moschee hatten sie den gleichen Weg, und danach waren es nur noch einige Schritte bis zu ihrem Haus.

Draußen war es still und sternenklar. Ihre Schritte hallten unangenehm laut unter dem Blutbogen, und Ymme sagte: »Es riecht nach Frühling. Wie schön!«

»Meine Enkeltochter Cethor möchte gerne bei dir studieren«, brummelte Don Abrahen unzufrieden. In zweierlei Hinsicht war er unzufrieden: Er war der Meinung, daß er ihr selber genug beibringen konnte; aber es gab noch etwas anderes, und das ging weit über Unzufriedenheit hinaus. Don Yahya hatte nur Gutes über die Fränkin berichtet, und sein eigener Eindruck stimmte damit überein. Deshalb entschloß er sich, mehr zu sagen. »Laue Luft macht zuweilen glücklich und blind für Gefahren. Wenn du auch, wie ich hörte, derselben Glaubensgemeinschaft anhängst wie Rodrigo Ximénez, sei auf der Hut vor ihm. Und vor Ibn Hazm. Beide kämpfen um die Gunst des Königs, und in einem gnadenlosen Spiel wie dem ihren kann leicht ein Mensch wie du zum Faustpfand werden. Wenn ich auf irgend jemanden in dieser großen Stadt Tulaytula deuten sollte, den ich für gefährdet halte, so wärst du es.«

»Ich?« fragte Ymme ungläubig und blieb stehen. Die frohe Erkenntnis, daß sie von einem jungen Mädchen als Lehrerin für würdig befunden wurde, mußte einstweilen zurückstehen. »Was könnte ich so wichtigen Männern denn überhaupt bedeuten?«

Der jüdische Arzt lächelte schmerzlich. Er deutete mit der Hand zum Bauzwitter einer christlichen Freitagsmoschee und dann zur anderen Seite, wo sich, im Dunkeln unsichtbar, zwischen den jüdischen Geschäften eine Synagoge befand. »Hier, in diesem Gewimmel von christlichen Kirchen, muslimischen Moscheen und jüdischen Synagogen, zieht niemand die Aufmerksamkeit in besonderem Maße an sich – außer dem Nasi, dem Erzbischof und dem Münzstättenverwalter. Die ganze jüdische Gemeinde ißt nach dem Tod ihrer zwei Mitglieder sieben Tage lang nur Eier und Fisch, aber die Mozaraber und Mudéjares regt ihr Tod nicht auf, wie du bemerkt haben dürftest. Aber es bleibt ja noch eine Doña Iume de Lubicensis, stadtbekannt als Hakima Umm Iume. Wenn es um sie geht, merkt jeder auf, sie läßt keinen kalt …

Man könnte sie Don Alfonso von Kastilien präsentieren als fränkische Christin, die arabisches, jüdisches und mozarabisches Wissen aufs wunderbarste erlernt und in römisch-christliche Ärztekunst verwandelt hat; aber auch als römische Christin, die mit der mozarabischen Häresie liebäugelt; sogar als römische Christin, die den Einflüsterungen der Ungläubigen im Bunde mit dem Teufel erlegen ist und eine Gefahr für das Seelenheil der Bevölkerung darstellt. Für dich bliebe keine der Versionen ohne Auswirkungen; für Mozaraber, Muslime und Juden würden die Folgen je nach Ausgangslage unterschiedlich sein.«

»Danke für deine Warnung«, murmelte Ymme spröde. »Ich werde es überdenken.«

»Tu das, tu das«, bekräftigte Don Abrahen leise und sah ihr besorgt nach. Noch bevor sie in die Gasse zum Bitteren Brunnen einbog, war sie von der Dunkelheit verschluckt. In Gedanken versunken, setzte er seinen Weg zum Nordtor des alten jüdischen Viertels fort.

Er wußte nicht, daß leichte Schritte auf weichen Ledersohlen sich exakt in Ymmes Takt einfügten, und auch Ymme selber hörte sie nicht.

Sie spürte nur den Schlag gegen ihren Kopf, der dröhnte, als sei ein Baugerüst auf sie herabgefallen. Erst als ihr ein Lappen in den Mund gestopft wurde, bekam sie einen Schrecken und wußte mit eisiger Klarheit, daß Don Abrahens Warnung zu spät gekommen war oder vielmehr, daß sie sich zu spät darauf eingestellt hatte.

Dann wurde ihr schwarz vor Augen; die Luft wurde knapp, und sie tauchte in die schwarze Tiefe des Tajo, wo kein Mensch leben und atmen kann.

Die Wasserpflanzen und Farne, zwischen denen Ymme auf dem Grund des Flusses lag, bewegten ihre Blätter sacht im Strom. Sie wunderte sich nicht, daß sie wieder Luft bekam, vielleicht waren ihre Vorstellungen vom Tod ganz falsch. Sie schloß die Augen erleichtert, sog die kühle Luft tief ein und lauschte dem Zwitschern der Fische. Erschrocken schlug sie nach einer Weile die Augen auf und richtete sich auf. Durch eine kleine Öffnung weit oberhalb von ihr fiel ein kalter Luftstrom in das Zimmer. Die Wände waren grün bemalt, sie sah sich von Farnen und Schlingpflanzen umgeben und lag auf einer Fülle von Kissen.

Sie lag nicht im Tajo. Sie befand sich in einem ihr völlig unbekannten Zimmer für Frauen. Es war verschlossen, und sie war gefangen.

Der Tag verging, die folgende Nacht und wieder die Hälfte des nächsten Tages. Niemand sprach mit Ymme, niemand erklärte ihr, warum sie gefangengenommen worden war, auch nicht die Frau, die ihr das Essen brachte und den Eimer für die Notdurft leerte.

Nachdem Ymme sich mit ihrer Lage wohl oder übel abgefunden hatte, vermißte sie am meisten das Baden und die täglich frischen Kleider. Sie lag dösend auf dem Rücken und hörte stundenlang den Finken zu.

Ihre Gedanken wanderten zu ihrem Haus. Was hatte die Frau unternommen, als ihre Herrin nicht nach Hause gekommen war? Oder hatte sie gar nichts unternommen, weil sie sich an Ymmes ungeplante Nachtdienste gewöhnt hatte? Die Frau kochte viel mit Schweineschmalz, kastilische Gerichte eben; auch hier war das Essen ausgezeichnet, aber auf der Basis von Olivenöl. So hatte der Zwerg gekocht.

Am nächsten Tag lag auf dem niedrigen Tisch mit den Frühstückshäppchen ein Buch. Ymme griff gierig danach und staunte, daß es sich um ein ihr völlig unbekanntes

Werk von Soran in kastilischer Sprache handelte. Trotz der Unruhe in ihrem Inneren brachte sie es fertig, sich darin zu vertiefen.

Vor der Stadt zog der erste große Teil des Kreuzfahrerheers heran, eine unendliche schwarze Masse von Soldaten, Geistlichen, Wallfahrern, Frauen, Pferden, Ziegen, Schafen, Wagen und Kriegsmaschinen – schweres Gerät und schwerfällige Truppenteile. Alfonso, König von Kastilien, hielt sich noch in Burgos auf, und viele Edle des Landes waren bei ihm. Bis zum Ende des siebzehnjährigen Waffenstillstands zwischen Muselmanen und Christen waren noch zwei Monate Zeit, und so lange dachte Alfonso gar nicht daran, sich zu rühren.

Arnold Almaric, Abt von Citeaux, zu Beginn der Eroberungskriege in der Languedoc Legat des Papstes, inzwischen aus eigener Ermächtigung Herzog von Narbonne, hatte Grund genug gehabt, sein neues Herzogtum für eine Weile zu verlassen. Während er in Andalusien für Christus zu streiten beabsichtigte, würde im Herzogtum Narbonne die Zeit manche Untat überdecken, mancher Zeuge sterben …

Mit missionarischem Eifer stand Arnold an der Spitze der Kolonnen. Das Heer würde sich vor Toledo teilen: Der größere Teil sollte den Tajo abwärts und dann in die Hügel hinauf nach Montalbán ziehen. Ein kleinerer Teil mit dem Herzog und Erzbischof von Narbonne, mit dem Erzbischof von Bordeaux und dem Bischof von Nantes würde der Einladung durch Rodrigo Ximénez de Rada folgen und in Toledo Quartier nehmen, bis die glaubensträgen Kastilier und Aragonesen nachkamen.

Arnolds Stab, der aus Geistlichen und bewaffneten Knechten bestand, hatte sich Ritter Cornelius von Fischbach angeschlossen. Seitdem Toledo in Sichtweite war, hatte er sich langsam bis hierher vorgearbeitet. Einen Ritter des Johanniterordens im Gefolge des streitbaren Zisterziensers würde man nicht scharf kontrollieren.

Die Wachen an der Puerta Bisagra hatten sich zurückgezogen, aber wie Cornelius vermutet hatte, schickten sie die einfachen Soldaten zurück, außerdem ein Troßweib, das sich trotz des Verbotes einzuschmuggeln versuchte. Er aber gelangte ungehindert in die Stadt.

Cornelius von Fischbach hatte nie aufgehört, an Ymme zu denken. In seiner Vorstellung war sie eine angesehene Ärztin des Maristan von Toledo geworden. Aber er wußte nicht, ob sie sich überhaupt noch deutlich an ihn erinnerte, ihren Begleiter für eine kurze Strecke des Lebens, die nur eine Wegstrecke gewesen war. Als er durch die von Soldaten und Pilgern übervolle Stadt seinen Weg zum Hospital suchte, klopfte sein Herz mehr als vor einer Schlacht.

Im Hospital sprach er den älteren Mann an, der sein Gesicht betrachtete wie einer, der nach Anzeichen von Krankheit sucht. Cornelius verbeugte sich leicht und fragte, ob hier eine Doña Iume bekannt sei. »Ja«, sagte al-Walid kummervoll. »Durchaus. Und wer seid Ihr? Ihr Bruder? Pocken habt Ihr jedenfalls nicht.«

Cornelius, der spürte, daß etwas nicht stimmte, gab hastig Auskunft. Al-Walid sah den bestürzten Ausdruck in den Augen des Johanniters. Er entsprach seinen eigenen Ängsten, und diese glichen den bangen Gedanken eines arabischen Ritters an eine unerreichbare Geliebte, genauer: an eine, die er nicht erreichen will. »Wir wissen nicht, wo sie ist«, gab er zu. »Seit drei Tagen ist sie spurlos verschwunden. Mir schwant Übles. Als letzter hat Don Abrahen sie gesehen, ein Arzt der Judería. In ihrem Haus, in dessen Nähe er Umm Iume verließ, kam sie nie an.«

»Ich werde sie finden«, versprach Cornelius mit überraschender Härte in der Stimme. »Gebt mir ein paar Anhaltspunkte. Ihr spracht von ihrem Haus?«

Al-Walid hatte immer wieder sein Gedächtnis gemartert. Zu einer schlüssigen Möglichkeit war er bisher nicht gekommen.

Und gerade jetzt, wo Don Enrique fort war und dazu die ersten kranken Kreuzfahrer das Hospital in Anspruch nahmen, hatte es keine Möglichkeit für eine ausgedehnte Suchaktion gegeben. Er war erleichtert, dieses Problem in die Hände eines energischen Mannes zu legen, der noch dazu anscheinend große Zuneigung zu der jungen Frau hatte. »Vor langer Zeit erwähnte Umm Iume, daß der Papierhändler Chaldun sie begehrte; sie hatte Angst vor ihm … Und Ibn Hazm machte eine Bemerkung über eine religiöse Gruppe, die mir angst macht …«

Cornelius atmete scharf ein. »Und weiter?«

»Ich habe Ymme gezwungen, sich der Gefahr auszusetzen, glaube ich«, gab al-Walid betreten zu. Er hatte erst viel später verstanden, daß Ymme nicht zum Klagen neigte – und wenn doch, war sie ernsthaft krank. »Möglicherweise waren der geköpfte Hahn, der ihr vor die Füße fiel, und die verunreinigten Zeichnungen Warnungen … Aber sie hat nie gesagt, wovor.« Verunsichert brach er ab. Zusammengenommen ergaben die Geschehnisse tatsächlich etwas wie eine Spur. Nur: wohin? Aber das alles war einem Fremden nicht zu erklären. »Ich wünsche dir Glück«, sagte er bewegt. »Und bring sie uns wieder! Sie ist meine beste Ärztin.«

Cornelius lächelte, als er die Sorge des Arztes sah. Es gab ihm die Gewißheit, daß Ymme den Unterricht und die Zuwendung erhalten hatte, die sie gesucht hatte. Aber im Inneren war er zutiefst beunruhigt. »Ich lasse dich wissen, was ich erfahre«, sagte er kurz.

Al-Walid seufzte tief, während er ihm nachsah. Umm Iume mußte Feinde gehabt haben, aber er hatte es nicht einmal bemerkt. Wie hatte ihm das nur passieren können? Als er sich umwandte, sah er den Rücken von Abu Bakr entschwinden. Als hätte er gelauscht, fuhr ihm unwillkürlich durch den Sinn. Aber gleich darauf tadelte er sich selber, weil seine Gedanken mit ihm durchgegangen waren wie ein scheuendes Pferd.

Cornelius von Fischbach fragte sich auf dem Markt zum Stand des Papierhändlers Chaldun durch. Aber dort stand nur ein halbwüchsiger Junge, der angab, seinen Vater mehrere Tage nicht gesehen zu haben. Nein, auf Geschäftsreise sei er nicht, vielleicht bei Verwandten auf dem Land.

Cornelius erkundigte sich auch im Haus beim Bitteren Brunnen. Aber die Frau war mißtrauisch und gab ihm überhaupt keine Auskunft. Der Knecht schlug ihm die Tür vor der Nase zu.

Bis zum Abend hatte Cornelius keine Spur von Ymme entdeckt. Alle wußten, wer sie war, aber niemand hatte sie gesehen. Nur der jüdische Arzt machte eine vorsichtige Andeutung, daß auch die städtische Ranküne beachtet sein wollte. Damit war nichts gesagt, aber alles viel komplizierter geworden.

Cornelius fand mit Mühe einen Platz für sein Pferd im Funduq am Bab al-Yahud, für sich selber aber nur eine Schlafstelle auf dem Stroh des Wirtes. Aber es spielte keine Rolle, denn er schlief ohnehin nicht, sondern wälzte sich schlaflos bis zum Morgengrauen hin und her. Dann machte er sich erneut auf die Suche in der noch schlafenden Stadt.

Der Papierhändler Chaldun war den ganzen Morgen über im Bad gewesen, hatte sich Haare und Nägel kürzen und den Bart stutzen lassen und sich schließlich mit Wolken von Ambra, Aloe und Blüten parfümiert. Seine Vorbereitungen waren umfangreich und sorgfältig gewesen. Nichts hatte er dem Zufall überlassen. Denn noch nie hatte er einer einzelnen Frau soviel Aufmerksamkeit gewidmet, daß er für sie eine Singsklavin gedungen oder einen slawischen Pagen Rosen hätte streuen lassen.

Als er durch die engen Gassen zu Doña Iume schwebte, ohne die Soldaten überhaupt wahrzunehmen, sah er aus wie eine Katze, die den Löwen vertritt. Seine Gedanken weilten bei der Christin Iume. Er hatte auch den Auftrag gegeben, Iume einen Badezuber zu verschaffen. Nach anfänglichem Mißtrauen war sie hineingestiegen, denn sie sagte sich, daß sie sich in schmutzigem Zustand auch nicht besser wehren konnte als in sauberem. Eine junge Sklavin hatte sie wie einen willkommenen Gast umsorgt, ihr Leckereien hingestellt, sie gebadet, parfümiert, in frische, duftende Kleider gehüllt …

Danach lag Ymme dösend auf den Kissen und hörte den Finken zu. Eine sonderbare Friedfertigkeit hatte sie erfaßt. Sie blickte hinauf zu dem kleinen Fensterchen, das zu hoch war, um es zu erreichen, zu klein, um hinauszuschlüpfen. Sie wußte genau, daß sie dennoch mit allen Mitteln hätte versuchen müssen, hinaufzugelangen und das Verbrechen hinauszubrüllen …

Ymme schmunzelte. Ein Verbrechen? Eigentlich war es gar keins. Ihr ging es hier gut. Träge richtete sie sich auf und lehnte sich an die Wand. Jemand kam zu Besuch.

Chaldun trat mit Gefolge ein wie ein Fürst, und so prachtvoll sah er auch aus. Ymme hatte keine Angst vor ihm. Liebhaber bringen kein Personal mit.

Unter Ymmes staunenden Augen wurde ihr Raum rasch zum Speisesaal umgestaltet, niedrige Tischchen, kupferne Platten und glasierte Schüsseln wurden hereingetragen, Krüge und Karaffen. Chaldun ließ sich nieder, nahm einen Schluck des tiefroten, fast öligen Weines und suchte nach Worten, und Ymme verstand allmählich, daß er für sie ein arabisches Gedicht in kastilische Worte übersetzte:

»›Das ist besser als Wachen vor der Tür
und zwei Fesseln
und ein kneifendes Halsband.‹«

Als Ymme verständnislos nickte, fuhr er mit feurigem Blick fort:

»›Zerstreue die geheimen Sorgen durch Musik,
und genieße immerfort
die Tochter der Rebe!
Wende dich dem Leben in seiner Fülle zu,
und folge nicht den Spuren dessen,
der zum Schluß Reue empfindet!‹

Solche Worte verstehen nur arabische Dichter zu setzen!« fügte er hinzu.

Ymme hatte keinen Grund, ihm zu widersprechen. Sie nickte und vernahm erst jetzt, daß die Sklavin verhalten sang und sich dazu auf einer Laute begleitete.

Als der Herr, der sie gemietet hatte, schwieg, erhob die

Sklavin ihre Stimme zu einem Lied, dessen leidenschaftliches Klagen und Schluchzen Ymme auch ohne Worte verstand. Chaldun war hingerissen, hielt die Augen geschlossen und öffnete sie nur, wenn er Ymme wortlos zum Mittrinken aufforderte. Gedankenlos tat sie es ihm nach. Für die Dauer des ersten Weinglases lauschten sie gemeinsam der Sängerin.

In den Duft der Speisen mischten sich die Gerüche der Parfüme zu einer wabernden, schweren Dunstglocke, die drückend im Zimmer lag. Ymme verspürte weder Hunger noch Appetit, aber aus Höflichkeit mochte sie nicht ablehnen. Ihr fuhr durch den Sinn, daß Chaldun sich in hohe Kosten gestürzt hatte, und dann, als sie diesem Gedanken weiter nachgehen wollte, verlor sie plötzlich den Faden. Aber es war etwas Wichtiges gewesen, das wußte sie.

Abwesend formte sie nach Chalduns Beispiel kleine Bällchen aus Reis und steckte sie in den Mund, während sie die übrigen Speisen betrachtete. In Öl gebackenen Fisch, mit Sesamsoße übergossen und mit Granatapfelkernen und Walnußsplittern gefüllt, hatte sie vor langer, langer Zeit gegessen. Das war ausgerechnet an dem Tag gewesen, als sie entdeckt hatte, daß der Philosoph sonst nicht viel zu beißen hatte. Ymme lachte leise und zupfte sich aus dem festen weißen Fischfleisch einen Bissen heraus.

Sie griff auch wahllos nach dem zerteilten Rebhühnchen und den kleinen Fleischbällchen. Die letzte süße Speise, die Chaldun ihr aufmerksam hinschob, verweigerte sie. Ihr fiel das Käsegericht am Rand einer Platte auf.

Honigkäse der Berghirten.

Für einen Augenblick verflog der Nebel in Ymmes Kopf: den Honigkäse hatte der Zwerg von Isa ibn Hamdus al-Dschayyani für sie zubereitet, für sie allein …

Er gab ihr ein Zeichen.

Sie war in Isa al-Dschayyanis Haus gefangen und aß seit mehreren Tagen die Speisen, die sein Zwerg zubereitete, und es waren seine Finken, deren frühlingshaftem Gezwitscher sie lauschte.

Verstohlen betrachtete sie Chaldun, und unter Aufbietung

all ihrer Willenskraft gelang es ihr, den verlorenen Faden wiederzufinden. Chaldun paßte nicht in diesen Raum. Was tat er überhaupt im Hause des Philosophen? Warum gab er ihr ein Festessen? Bevor sie zum Ende ihres trägen Gedankengangs gekommen war, spürte sie, daß sich etwas verändert hatte.

Die Singsklavin hatte ihren Gesang eingestellt und packte ihre Laute ein, der kleine Page war bereits verschwunden.

Chaldun rückte näher, und in Ymmes Nase stiegen die mit Wein angereicherten süßlichen Düfte seines Parfüms. Einer Frau hätte sie die Mischung verziehen, nicht aber einem Mann. Sie schloß die Augen, um ihn nicht ansehen zu müssen.

»Ich bin nicht grausam wie al-Mu'tadid, der täglich von den Schädeln seiner erschlagenen Feinde die Namensschilder ablas, oder wie ein Herrscher, der aufgespießte Köpfe bei der Siegesparade mitführt. Ich bin ein sanfter Mann, wenn ich bei einer Frau liege«, flüsterte der Papierhändler in Ymmes Ohr. Sein Bart kitzelte sie, und sie rieb ihre Wange an seiner seidenbekleideten Schulter, während sie lauschte. Seine Stimme lullte sie angenehm ein, wie ein Dichter, dessen Sprache man nicht versteht und von dem man trotzdem ahnt, daß er die Geheimnisse der Welt in Worte kleidet. »Und du wirst zugeben, daß ich geduldig gewartet habe«, hauchte Chaldun.

Ymme nickte. Er hatte wirklich lange gewartet.

»Aber nun habe ich genug gewartet!« Mit geschickten Händen fing Chaldun an, Ymmes Kleider zu lösen.

Den ganzen Morgen war Cornelius unermüdlich auf den Beinen gewesen, um sich durchzufragen. Ymme blieb verschwunden.

Ratlos schob er sich durch das Gewühl von Einheimischen, Fremden und den immer noch eintreffenden Neuankömmlingen im Gefolge weiterer geistlicher Herren. Zwischen der Großen Moschee und dem erzbischöflichen Palast stockte der Verkehr, hier war kein Durchkommen mehr. Über die Köpfe der Menschen hinweg sah er Gaukler und

Possenreißer mit ihren Tieren; die Zuschauer drängten zurück, um den Spaßmachern Platz zu verschaffen. Ritter Cornelius stemmte sich wie ein Zweikämpfer mit vorgeschobenen Schultern gegen die Leute und hatte bald eine Position, von der aus er die Darbietungen von Säbelschluckern, von Männern mit rechnenden Ziegen und tanzenden Bären gut verfolgen konnte.

Eingekeilt in der Menge war auch der Zwerg, den es im Hause Ibn Hamdus' nicht hielt, nicht an diesem Tag. Er brachte es nicht fertig, sich Wand an Wand mit der Hakima das Lustgestöhn des Papierhändlers und Doña Iumes ergebenes Seufzen oder ihre gequälten Schreie anzuhören. Ohne lange zu überlegen, stürzte er sich zwischen die professionellen Gaukler, sprang in die Höhe, schlug ein Rad, lief auf den Händen, hüpfte auf einer Hand – führte lange vergessene Bewegungen aus, als hätte er nicht viele Jahre im Hause eines geachteten Philosophen gekocht. Die Franken riefen »Ah« und »Oh« und warfen zuweilen kleine Münzen zwischen die wirbelnden Glieder der Gaukler. Wie einst sammelte der Zwerg sie im Mund. Cornelius schüttelte belustigt den Kopf. Er meinte, den Mann schon einmal gesehen zu haben. Aber wahrscheinlich lag es daran, daß Zwerge alle einen zu großen Kopf haben.

Als dem Zwerg nach einer Weile schwindelig wurde, fiel ihm ein, daß sein Mund wesentlich nützlicher sein konnte, wenn er sich wie früher als Mudahhik bei Hofe betätigte, als Witzbold. Aus seinem unendlich großen Schatz von Sprüchen, Versen und Gedichten suchte er sich passende aus, machte einen hohen Luftsprung und landete vor demjenigen, den er je nach seinem geistigen und finanziellen Vermögen bedenken wollte. Wer arm wirkte, bekam einen gepfefferten Spruch, über den er sich ärgern durfte, zur Schadenfreude der Umstehenden, die ihn gehörig auslachten. Fränkischen Hackklötzen gönnte der Zwerg noch nicht einmal eine so langsame Aussprache, daß sie den Spott wenigstens verstehen konnten. Aber vor den lachenden Mozarabern und Juden hielt er die Hand auf. Sie gaben reichlich. Da konnten auch seine Bekannten mit der Belohnung nicht zurückstehen und vor allem nicht die Toledaner Kastilier, denen er den Honig eimerweise um den Mund schmierte.

Plötzlich erblickte er den Ritter, der Doña Iume gebracht hatte. Endlich wußte er, welcher fränkische Mann sich so hartnäckig in der Stadt nach ihr erkundigte.

Der Zwerg überlegte fieberhaft. Es wäre einen Versuch wert. Wenn er klappte, war der Ritter der Hakima würdig, sonst ohnehin nicht.

Mit einem tadellosen Salto landete er vor den Füßen des Ritters, der ihn neugierig und forschend anblickte.

»Das Täubchen hockt verängstigt im Verschlag,
der gier'ge Falke jagt ihm nach«,

deklamierte der Zwerg, bevor er sich mit einem Rückwärtssalto entfernte.

Cornelius blinzelte verblüfft. Zuerst war er enttäuscht, dann verärgert. Der Zwerg wußte klassische Gedichte alter arabischer Dichtkunst herzusagen; der wilde Falke kam in Jagdgedichten vor, zu ihm paßten Bilder von edlen Pferden, Trappen und Hasen. Die Taube, als Bestandteil der Liebespoesie, gehörte nicht dazu. Der Zwerg hatte ihn mit einem lächerlichen Zwitter abgespeist, geeignet für jedermann ohne Erziehung, besonders natürlich für einen Franken. Er hatte ihn regelrecht verhöhnt. Das Kichern der Umstehenden bewies, daß sie den Spott verstanden hatten.

Cornelius blieb mit gesenktem Kopf stehen und achtete nicht auf die Possenreißer, die sich langsam die Straße hinunterbewegten. Die Zuschauer vor der Moschee waren abgeschöpft.

In diesem Gedicht paßte überhaupt nichts zusammen. Auch der Zwerg paßte nicht zu den anderen Gauklern. Er war weder bunt noch irgendwie auffällig angezogen. Dann wußte er, wo er ihn gesehen hatte: im Hause von Juhannu und Isa al-Dschayyani.

Cornelius sprach das Gedicht leise vor sich hin. Bei der Wiederholung begriff er: Es war kein Gedicht, es war eine Botschaft! Ymme war gefangen, und jemand machte Jagd auf sie. Aus irgendeinem Grund hatte ihm der Zwerg genausowenig wie alle anderen offen mitteilen wollen, wo sie war. Wenigstens gab es keinen Zweifel, wo sie sich befand. Wäre sie nicht in Ibn Hamdus' Haus, hätte der Zwerg noch eine Zeile angefügt.

Cornelius begann zu laufen, dann zwang er sich zur Schrittgeschwindigkeit, die freilich so schnell war, daß er das Schwert an seiner Seite festhalten mußte.

Der Darb des Philosophen war menschenleer, als er anlangte, und die Tür zu seinem Haus verschlossen. Niemand öffnete auf sein Klopfen.

Ymme war willenlos. Das zumindest merkte sie, mit zunehmendem Entsetzen; aber es gelang ihr nicht, Chaldun abzuwehren, denn ihre Glieder wollten ihr nicht gehorchen. Arme und Beine ruhten schlaff an ihrer Seite, als gehörten sie nicht zu ihr.

Chalduns liebevolle schmale Hände streichelten und kneteten Ymmes Brust, sein Mund umfing die Brustwarzen und leckte an ihnen. Ymme stöhnte. Sie spürte jede seiner zarten Berührungen wie das Fächeln von Engelsflügeln auf ihrer Haut, aber sein Obergewand scheuerte wie Reibsand. Trotzdem drängte ihr Rücken seinem Bauch entgegen. Die Stimme der Singsklavin setzte wieder ein, anscheinend draußen im Garten.

Chaldun richtete sich plötzlich auf und lauschte, und seine eckige Bewegung brachte Ymme zu sich. Nicht die Sklavin sang vor dem Fenster, sondern eine Männerstimme.

»Mi gallo se murió ayer
mi gallo se murió ayer
Ya no cantará cocodi cocodá.
Ya no cantará cocodi cocodá.
Coco – coco – coco – cocodí – cocodá.
coco – coco – coco – cocodí – cocodá.«

Der Hahn ist tot, der Hahn ist tot … »Cornelius!« rief Ymme. Die Erleichterung, die sie empfand, sprengte ihr fast die Brust, und ihr eigener Ruf dröhnte ihr wie Gebrüll in den

Ohren. Im Garten war nur ein zaghafter Laut zu vernehmen, aber Cornelius hatte genug gehört.

Mit einem Satz sprang er über die Mauer des Gärtchens und stürmte wieder an die Tür, bereit, sie mit dem Schwert in Stücke zu hauen. Aber es war nicht nötig. Sie schwang von selbst auf.

Im Innenhof war niemand. Die Finken erstarrten beim Anblick des gerüsteten Kämpfers und schwiegen. Mit dem Orientierungssinn des in den Burgen von Outremer erfahrenen Ritters fand Cornelius umweglos Ymmes Gefängnis und stieß die Tür mit dem Fuß auf.

Die Gesetze der Ritterlichkeit und des Gastrechts hinderten ihn, den nackten Mann mit dem Schwert zu durchbohren, der sich in die Ecke des Raums drückte. Ohne sich um ihn zu kümmern, hüllte er Ymme in die Gewänder, die verstreut auf dem Boden lagen, und trug sie aus dem Haus. Aus den Augenwinkeln sah er die Finken mit verdrehten Köpfen und gesträubtem Gefieder im Wasserbecken treiben.

Hinter ihm fiel die Tür leise ins Schloß.

Ritter Cornelius brachte Ymme auf dem schnellsten Weg ins Hospital, weil sie weder stehen noch reden wollte. Als er ankam, war er so sehr außer Atem, daß er al-Walid keine ausführliche Erklärung geben konnte.

Dafür erklärte der Arzt um so mehr, nachdem er Ymmes Augenlider gehoben und die Schleimhäute betrachtet hatte. »Man hat ihr etwas eingeflößt, das sie willenlos machte, vermutlich Haschisch. Es gibt auch bei uns Haschischiyun, Haschischesser. Wer war es?«

»Ein beschnittener, nackter Mann.« Mehr wußte Cornelius nicht.

Aber während sie gemeinsam über Ymme wachten, die in einen unruhigen Schlaf fiel, stellte sich heraus, daß Cornelius noch eine ganze Menge mehr wußte: Der Hausherr war es nicht gewesen, denn den kannte der Ritter. Und zu den guten Bekannten des Philosophen gehörte zufällig der Papierhändler, vor dem Ymme Angst hatte. Seine Verwandte lebte sogar im Haus.

»Der Zwerg hat mich mit einem Rätselgedicht hingeschickt«, berichtete Cornelius. »Warum aber hat er mir nicht offen mitgeteilt, wo Ymme gefangengehalten wird?«

»Er gehört zum Haushalt des Philosophen«, sagte al-Walid kopfschüttelnd. »Er kann sich nicht gegen ihn stellen! Das verstieße gegen den Willen und die Ordnung Allahs.«

Cornelius runzelte die Stirn. »Dann hat vermutlich er den Finken des Hausherrn den Kragen umgedreht. Merkwürdig war auch, daß die Tür anfangs verschlossen, dann aber offen war. Der Zwerg muß mich eingelassen haben – alles aus Protest gegen seinen Herrn.«

»So ist es wohl gewesen.« Al-Walids Gedanken befaßten sich bereits mit der nächsten Aufgabe. »Wir werden Umm Iume bewachen müssen«, schlug er vor und hoffte auf die Zustimmung des Ritters. Denn wie sollten sie dies im Hospital bewerkstelligen können, überlastet, wie sie waren, in einem Hause, das gegenwärtig einem Taubenschlag ähnelte? Und es waren hauptsächlich fremde Tauben – an eine Kontrolle war überhaupt nicht zu denken.

Cornelius von Fischbach nickte grimmig und blieb an Ymmes Bett sitzen, bis sie am nächsten Morgen erwachte.

Ymmes Kopf war schwer und schmerzte. Lichtscheu kniff sie die Augen wieder zu und lauschte den Stimmen, die sich über ihr unterhielten wie Ärzte und Studenten über einem Patienten.

»Du führst einen lockeren Lebenswandel, wenn man dich aus den Augen läßt, Umm Iume«, tadelte al-Walid, den sie gut erkannte, mit erträglicher Lautstärke. »Rauschmittel und Wein zugleich! Hat dir dein ärztlicher Lehrer denn nicht beigebracht, daß diese beiden Arzneimittel nicht zusammen genommen werden dürfen?«

»Ich glaube gar, sie hat hier nicht fleißig gelernt«, spottete eine andere Stimme freundlich, bei der ihr mehrmals der Name Cornelius in den Sinn kam, sie sich aber beim besten Willen nicht darauf besinnen konnte, welchem Arzt sie gehörte.

»Ach, doch, ich habe keine Klagen. Du hast mir die beste aller Ärztinnen zurückgebracht.«

Ymme spürte, wie al-Walid ihr sanft über die Wange strich. Ohne die Augen aufzuschlagen, wußte sie plötzlich, daß Cornelius gekommen war. Sie rollte sich zusammen und fiel in einen tiefen und erholsamen Schlaf.

Zwei Tage später nahm Ymme ihren Dienst auf, als sei nichts geschehen. Cornelius hatte in ihrem Haus Quartier bezogen und begleitete sie nahezu auf Schritt und Tritt, allerdings nicht zu den Betten der Pockenkranken. Ärzte und Studierende teilten sich den Dienst an den Krankenbetten ungeachtet der früheren Trennung in eine innere, eine chirurgische und eine Frauenabteilung; Unterricht gab es derzeit nicht.

Die Kranken hatten keinen Anspruch darauf, von einem männlichen Arzt behandelt zu werden, und die Franken hätten auch keine eigenen Wünsche zu äußern gewagt. Die Klügeren unter ihnen waren ausnahmslos überwältigt von der Tatsache, daß ihre Krankheiten hier mit Buchwissen bekämpft wurden; bei den Mönchen wären sie barmherzig zu Tode gepflegt worden oder dank der Kraft ihrer eigenen Natur von selbst genesen. Mancher aber hatte Angst wie jener Franke mit der Augenkrankheit. Ymme wußte jetzt besser als früher, welcher klaffende Unterschied zwischen der christlichen und der arabischen Gesundheitspflege bestand, aber auch welcher Unterschied im Anspruch an die Behandelnden. Fränkische Kranke verlangten häufig nichts als geistlichen Trost, toledanische Kranke hingegen Heilung.

Noch kopfschüttelnd betrat Umm Iume den großen Raum, in dem die Verletzten versammelt waren; sie wurden hauptsächlich von al-Walid behandelt, der sich jetzt aber einige Stunden auf einem Hospitalbett ausruhen mußte. Sie ging von Matratze zu Matratze, lächelte ermunternd, tupfte einem Mann den Schweiß von der Stirn, einem anderen Wasser auf die Lippen. Manche kannte sie schon. Die Belegung wechselte täglich, es waren so viele, daß man alle zum Heer zurückschickte, die dort weiterbehandelt werden konnten. Die Patienten hatten durchweg keine tödlichen Verletzungen: komplizierte Knochenbrüche, schwere Quetschungen von Kriegsmaschinen, versehentliche Pfeilschüsse und Lanzenstiche. Bei einer Quetschung, die brandig geworden war, hatte al-Walid allerdings ein Bein abnehmen müssen. Der Mann würde überleben.

Hinter einer spanischen Wand lag ein Mann, über den al-Walid in der abendlichen Diskussionsstunde einen Bericht abgegeben hatte. Der Mann sei Nordfranzose und habe eine überaus merkwürdige Wunde, derentwegen ihn die Soldaten den »Hockpisser« zu nennen pflegten. Al-Walid hatte sein Mitleid mit einem Mann nicht verbergen können, der seine Notdurft wie eine Frau verrichten mußte, weil ihm die Geschlechtsteile bis auf einen Stumpf amputiert worden waren. Gegenwärtig lag er jedoch im Sterben und würde vom Spott der Kameraden bald erlöst sein.

Ymme schlug einen Flügel der Wand beiseite und trat zu dem Soldaten. Entsetzt fuhr sie zurück. Sie blickte in Everards Gesicht, ein Gesicht, das nur noch Haut und Knochen war.

Everard war wach. Er zog die Oberlippe von seinen überlangen Zähnen zurück, was ein Lächeln andeuten sollte, aber es war nicht menschlicher als früher. »So lebst du also doch noch«, krächzte er. »Und besser als ich. Den Zisterzienser wird es freuen. Der verbrennt gern Ketzer, je jünger und gesünder, desto zufriedenstellender für seinen Gott.«

»Für seinen Gott?« Ymme war entsetzt über seine rohe Sprache, aber noch mehr darüber, daß er sich von seinem Gott abgewendet zu haben schien – er, der christliche Ritter.

»Für seinen«, bestätigte Everard und ließ die Augen nicht von der Frau, die er einmal begehrt hatte. Längst hatte er vergessen, daß er ihre Mitgift noch viel intensiver begehrt hatte. »Ich habe keinen mehr. Ich will nicht mit dem Gott auf den Lippen sterben, für den ich gelebt habe. Einmal muß er satt sein.« Er stieß ein dünnes Lachen aus und krümmte sich, als ihn die Schmerzen erneut wie ein Schwertstreich durchfuhren. Ymme bückte sich und hielt ihm nach Abklingen des Krampfes den bereitstehenden Trank aus Mandragora und Opium an die Lippen. Es gab nichts, was sie sonst für den Mann tun konnten. Al-Walid vermutete, daß der Dickdarm, der aus einer Leistenwunde herausgetreten war und sich in einem narbigen Sack verfangen hatte, allmählich mit diesem verwachsen war. Everard konnte kaum etwas essen. Er verhungerte buchstäblich.

Bevor er einschlief, warf Everard ihr einen Blick zu, der so mörderisch und voller Haß war, daß sie erschrak und zurücktrat. Bei der Berührung eines schwarzen Mantels merkte sie, daß Ritter Cornelius hinter ihr stand und seine Augen nicht von Everard ließ. Der Kranke gurgelte unverständliche Worte, die Cornelius galten, aber die Kraft, seine Wut zu zeigen, hatte er noch.

»Wenn du wissen willst, warum unsere Wege sich immer wieder kreuzen«, antwortete Cornelius auf die Frage, die er erraten konnte und die er beantworten wollte, solange der Mann noch fähig war, die Antwort zu hören, »so ist wohl unser Schicksal verknüpft durch die Bluttaten, die du begingst, als ich das Schwert zur Verteidigung Unschuldiger noch nicht heben konnte. Ephraim bar Jekuthiel starb durch deine Hand und seine Tochter Cornela war nahe dran. Und das Mädchen, das so gut Frau Cornelas Ziehtochter wurde, wie ich ihr Ziehsohn war, hast du ebenso geschändet wie vor meinen kindlichen Augen Cornela. Der Knappe Cornelius legte bald darauf vor Gott das Gelübde ab, den Schutzlosen gegen Männer deinesgleichen beizustehen. Bis heute hat der Ritter Cornelius es gehalten …«

Ymme schüttelte ungläubig den Kopf. Sie hatte versucht, diese Ereignisse, so gut es ging, zu vergessen. Aber die Kräfte des Schicksals waren stärker als sie.

»Daß du jetzt an den Wunden stirbst, die Doña Iume dir schlug«, fuhr Ritter Cornelius ohne Mitleid fort, »gibt mir die Sicherheit, daß es einen gerechten und guten Gott gibt. Wärst du durch meine Hand gestorben, hätte ich allein an meine Kraft glauben müssen.«

»Du bist kein Richter, Cornelius«, murmelte Ymme angstvoll. »Versündige dich nicht!«

Cornelius hielt ihre Hand fest. »Nein, das will ich auch nicht. Aber auch Gott soll sich die Klagen der Menschen anhören müssen, die in seinem Namen erschlagen oder ermordet werden. Was gibt ihm das Recht, solche Greuel zu gestatten? Es ist genug! Genug!«

»Gott kümmert sich darum nicht. Er ist der Erhabene.« Al-Walid, den Ymme nicht hatte kommen hören, stand unversehens neben ihnen. »Der glücklichste Mensch ist der, der ohne Vorbehalte glaubt. Am schlimmsten trifft es den, der seinen Glauben ablegt.« Ohne Zweifel meinte er Everard, aber der hörte ihn nicht mehr. Er würde einsam sterben, ohne priesterlichen Beistand.

Ymme fiel auf die Knie. »Beichte«, flüsterte sie ihm ins Ohr. Und gehorsam sprach Everard die Worte nach, die sie ihm vorsagte. Dann war er tot, gestorben als Christ, und seine Sünden waren ihm vergeben.

Al-Walid seufzte tief und wechselte einen Blick mit Cornelius. »Umm Iume, du wirst es immer schwer haben. Du bist wie ein Lachs, der stromaufwärts schwimmen muß. Man kann sich darauf verlassen, daß du dich tollkühn in alle Gefahren stürzt, die sich dir bieten. Ich fürchte, du wirst immer wieder dein und das Leben anderer durch deinen Mut und deine Unabhängigkeit in Gefahr bringen. Aber deswegen bin ich nicht gekommen. Ich bin gekommen, weil beim Pförtner zwei Knechte des Erzbischofs stehen, die den Auftrag haben, dich zu ihm zu bringen. Es steht dir frei abzulehnen. Ich werde ihnen dann sagen, du hättest Hals über Kopf Toledo verlassen, um Don Enrique in Montalbán zu unterstützen.«

Ymme brauchte nicht lange zu überlegen. Sie war sich keiner Handlung bewußt, die Rodrigo Ximénez de Rada als neue Übertretung hätte werten können. Überdies würde Cornelius bestimmt mit ihr gehen, wenn sie ihn darum bat. »Ich bin bereit«, sagte sie.

Al-Walid sah den beiden besorgt nach. Zum Erzbischof hatte er nicht das geringste Vertrauen. Und seitdem das Heer in der Stadt war, hatten sich manche Voraussetzungen und manche Absprachen geändert.

Die Anwesenheit von Ritter Cornelius ließ die barschen Befehle der erzbischöflichen Knechte im Nu zu einer höflichen Bitte werden. Die Knechte wußten mit Sicherheit nur, daß Seine Eminenz mit Doña Iume zu sprechen wünsche. Vielleicht sei er sogar krank und brauche den Rat einer christlichen Ärztin eher als eines muslimischen Arztes …

Geleitet von den Knechten, gelangten sie schnell durch das Marktgebiet. Auf dem Platz der Großen Moschee drängten sich Pilger, Soldaten und Mönche.

»Cornelius, bist du gekommen, um am Kampf gegen die Andalusier teilzunehmen?« fragte Ymme.

In diesem Moment ertönten aus der Richtung von San Tomé Geschrei und Hufschlag. Die flanierenden Menschen drückten sich verschreckt an die Hauswände, während die heransprengende Reiterschar am unteren Ende der Straße sichtbar wurde. Cornelius zog Ymme auf die oberste Treppenstufe des Palastes.

»Sie kommen in der Tracht der Abbasiden«, rief der Ritter erregt, zog sein Schwert und schob Ymme hinter sich. »Das bedeutet Dschihad, heiligen Krieg!«

19. Asch-Schah mat, Schachmatt

Sie waren nicht viele. Die sechs Krieger im knielangen Panzerhemd, darüber kurze schwarze Jacken, über der Metallhaube ein schwarzes Stirnband, zügelten vor dem erzbischöflichen Palast ihre Pferde; der linke Flügelmann mit einem schwarzen Banner statt des Schildes schwenkte ein, während der rechte seinem Schimmel die Sporen gab, bis sie alle zugleich vor der Treppe anhielten.

Ymme klammerte sich vor Angst an Cornelius' Umhang, aber die Sarazenen kümmerten sich nicht um die Menschen, die auf der Treppe Schutz suchten. Sie blickten wild und stolz auf die Fenster über ihnen, wo wahrscheinlich in diesem Moment der Erzbischof und seine geistlichen Berater, der päpstliche Legat und die französischen Bischöfe erschienen waren.

»Sie wollen sterben«, flüsterte Cornelius tonlos über die Schulter und behielt das Schwert lediglich zur Sicherheit in der Hand. »Sie haben sich an den Sätteln festgebunden. Ich glaube, sie kommen als Märtyrer.«

»Im Namen Gottes, des Gnädigen, des Barmherzigen«, rief der Krieger in der Mitte, der als einziger Schwert und Speer statt Lanze und Rundschild führte. »Ihr Ungläubigen sollt den Krieg haben, den ihr angefangen habt! Gott wird unser Schild sein!«

»Er wird unsere Nacken vor dem Joch bewahren«, brüllte der rechte Flügelmann und rückte einen Schritt vor. Als er sicher sein konnte, daß aller Augen auf ihn gerichtet waren, hielt er ein gewickeltes Bündel in die Höhe, riß das schwarze Tuch herunter und schwenkte einen bluttriefenden Kopf an den verklebten Haaren. »Ihr aber werdet fliehen wie das Straußenjunge vor dem Jäger! Sonst endet ihr alle schimpflich wie dieser da!« Mit dem letzten Wort schleuderte er den Kopf seines Feindes wie eine Wurfschlinge im Kreis und ließ los. Er prallte zwischen den oberen Fenstern an die Wand.

Ymme grauste es. Sie drückte ihr Gesicht mit geschlossenen Augen an Cornelius' Umhang. Aber das Bild des Kopfes, dem sie in stundenlanger Mühe eine neue Nase gegeben hatten, war nicht auszulöschen. Hinter Cornelius und Ymme ertönte im Palast Waffenlärm, gleich darauf flogen die Tore auf, kaum daß sie sich in Sicherheit bringen konnten. Knechte im Lederpanzer und mit runden Topfhelmen stürzten sich mit entliehenen Lanzen auf die Sarazenen, während zwei von ihnen stehenblieben und Pfeile verschossen.

Der Anführer blickte fast mitleidig auf sie hinab, wendete ohne Hast seinen Schimmel und galoppierte aus dem Stand an. Bis auf einen folgten ihm alle; das eine Pferd aber brach unter dem unverletzten Reiter zusammen und begrub ihn unter sich. Er stach mit der Lanze erbittert um sich und versuchte sich vor den Schwertstreichen der herbeieilenden Hidalgos zu schützen, die auf ihn einschlugen, bis sie ihn zerhackt hatten.

Cornelius legte seinen Mantel um Ymme und führte sie durch die herbeidrängenden Zuschauer davon. Er hatte nicht die Absicht, sich am Abschlachten der verblendeten Mudéjares zu beteiligen. Er sah, wie die fünf sarazenischen Reiter von fanatisch brüllenden Mönchen und erbitterten Kreuzfahrern eingekeilt wurden und schließlich zwischen ihnen verschwanden. Noch einige Zeit konnte er ihre freudigen Rufe hören: »Es gibt keinen Sieger außer Gott!«, bis ihre Stimmen verstummten und sie, die Große Moschee vor Augen, aus zahllosen Stichwunden blutend, im Namen desselben Gottes zertrampelt worden waren.

Ein Joglar, der aus dem Nichts aufgetaucht schien, fing die Aufmerksamkeit der aufgewiegelten Männer mit dem Ruf ein: »Hört, ihr Männer, eine Weise!« Als sie ruhig geworden waren, stimmte er das Heldenlied des Cid an, dramatisch zuerst, ließ sich beim Refrain willig von den einfallenden kastilischen und leonesischen Soldaten und Pilgern begleiten, um endlich jubelnd in der Tonhöhe zu enden, die seiner Stimmlage am meisten schmeichelte. Als der letzte Lautenton verklungen war, erhob die Menge ein ohrenbetäubendes Geschrei.

Cornelius bebte vor Ohnmacht und Zorn. Der Joglar war gut, zu gut. Die Männer würden nun erst recht nach Blut dürsten. Während es ihm gelang, Ymme und sich in einer winzigen Seitenstraße in Sicherheit zu bringen, flüsterte er ihr zu: »Nein, Ymme, ganz sicher bin ich nicht gekommen, um gegen die Spanier von al-Andalus zu kämpfen. Dich wollte ich in Sicherheit bringen vor der Hölle, die Toledo bald sein wird.«

Aber Ymme hörte ihn nicht, und er war ganz froh darum.

Wenige Minuten später hatte Cornelius ganz andere Sorgen. Der Platz, auf den die Gasse mündete, war voller Bewaffneter. Gott mochte wissen, woher sie kamen und wer sie in die Stadt eingelassen hatte. Der Weg zum Hospital war abgeschnitten.

Cornelius wandte sich in westliche Richtung, in das Viertel der neueren Kirchen und Klöster, in der Hoffnung, sich im Bogen um die ganze Medina zu schlagen und das Hospital von der anderen Seite zu erreichen. Als er beim Friedhof anlangte, war Ymme endlich wieder zu sich gekommen.

»Wir gehen quer durch die Judería und verlassen sie durch die Puerta Albocha oder am Bab al-Portiel«, bestimmte er nach kurzem Überlegen. »Das dürfte das Sicherste sein.« Ymme stimmte ihm zu.

Auch die Aljama der Juden war beunruhigt und hatte bereits reagiert. Hinter Ymme und Cornelius ratterte das schwere hölzerne Gitter des Tors zur Madinat al-Yahud zu Boden. Die ledergepanzerten Jünglinge, die die kleine Nebenpforte auf Begehren öffnen würden, nahmen mit teils stolzem, teils verlegenem Grinsen auf der Bank im Tordurchgang Platz. Der Größere von beiden versuchte, die harte Lederkante am Hals zu lockern. Ymme lächelte ihn verständnisvoll an, und er grüßte die fränkische Hakima höflich.

Am Fleischmarkt vor dem Schlachthof herrschte die übliche Betriebsamkeit, aber im Vorhof der Großen Synagoge standen die Männer und besprachen sich laut und besorgt. Ymme fiel ein, daß die Läden in der Alcana zum Teil schon geschlossen gewesen waren. Irgend etwas lag in der Luft …

Cornelius wurde noch aufmerksamer und änderte seine

Richtung an der Synagoge, ohne sich über die Gründe zu äußern, und Ymme fragte nicht. In unruhigen Zeiten hatte ein kriegserfahrener Mann wie er den besseren Instinkt. Als sie die Hyazinthengasse überquerten, hörten sie vom Tor bei San Tomé Hilfeschreie. Über ihnen wurden mit lautem Knall die Fensterläden der Wohnhäuser zugeschlagen, auch an den schattigen Nordseiten.

»Bring dich in einem Haus in Sicherheit«, sagte Cornelius hastig zu Ymme, »ich muß hin, ich wurde auf die Hilfsbedüftigen verpflichtet …«

»Ich auch«, erwiderte Ymme und hielt eigensinnig mit ihm Schritt, obwohl sie gegen einen Strom von fliehenden Hausfrauen, Jungen mit Marktkörben und Händlern mit Eseln ankämpfen mußten.

Der kleine Platz vor dem Tor von San Tomé war leer bis auf zurückgelassene Körbe mit Obst und Gemüse. Das Tor war geschlossen worden, und um die offengebliebene Pforte kämpfte ein nur mit einem kurzen Schwert bewaffneter Jude gegen einen eindringenden Franken. Einige Männer und Frauen drückten sich starr vor Angst an die Hausmauern.

Im Laufen löste Cornelius den Umhang mit dem Kreuz und zog sein Schwert.

Der Franke im Kettenhemd, ohne Kopfschutz, jedoch mit Schild und Schwert, sah ihn kommen. Auf seinem Gesicht spiegelte sich Verärgerung, weil er nun so frühzeitig die Beute mit einem anderen würde teilen müssen, aber dann zuckte er die Achseln und holte zu einem entscheidenden Schlag gegen den Juden aus.

Cornelius fand gerade noch Zeit, den Schlag, der den Mann in der Mitte spalten sollte, abzufangen. »Ich lasse dir die Möglichkeit, dich zurückzuziehen«, bot er dem verblüfften Franken in französischer Sprache an und stieß ihm die Schwertspitze unters Kinn. Der Jude stützte sich mit hängendem Kopf schwer atmend auf seinen Schwertgriff.

»Das sind Ungläubige!« schrie der Franke empört zurück, der allmählich begriff, daß Cornelius nicht ihm zu Hilfe geeilt war. »Wir wurden gerufen, um die Ungläubigen zu vernichten.«

»Nicht diese hier«, erwiderte Cornelius kalt, »diese gehören dem König oder dem Erzbischof. Weißt du, welche Strafe in Kastilien auf Raub von königlichem Eigentum steht?«

Der Franke wurde unsicher.

»Am Hals aufgehängt zu werden ist überall tödlich«, erklärte ihm Cornelius in kameradschaftlichem Ton, steckte das Schwert in die Scheide und begleitete den Mann zum Tor. Der Franke zögerte; immer noch wußte er nicht genau, ob der andere ihn nur übers Ohr hauen wollte, um die Schätze selber an sich zu reißen.

Erst als Cornelius die Pforte hinter ihm zuwarf, wußte er, daß er betrogen worden war, und stieß ein wütendes Gebrüll aus.

Der Jude warf unsichere Seitenblicke auf Cornelius, während er in aller Hast die Innenflügel des Tors verriegelte und dann das Fallgitter herunterließ. Als der Ritter auf ihn zutrat, griff er zum Messer.

»Laßt stecken«, sagte Cornelius und wechselte ins Romanische. »Wo sind Eure waffenfähigen Männer?«

Der Jude stieß einen Seufzer der Erleichterung aus. »Sie kommen«, beteuerte er eifrig, »sie kommen! Es gab keinen Grund anzunehmen, daß es ausgerechnet heute losgehen würde. Aber jeder ist bereit.«

»Es wird jede Minute losgehen«, sagte Cornelius grimmig und lauschte. Hinter dem Tor hatte der Franke eine laute und aufgeregte Diskussion entfacht, an der sich mehrere Männer in fränkischen Mundarten beteiligten.

In diesem Augenblick liefen die ersten Bewaffneten auf den Platz zurück. Eigentlich war es weniger ein Platz als eine um höchstens zwei Esellängen zurückgesetzte Hausfront, deshalb füllte er sich schnell mit den Männern. Ymme wich in einen Hauseingang zurück. Ihr Blick blieb für die Länge eines Atemzugs an der Höhlung für die Mesusa hängen. Damals, im Wagen des Arzneimittelhändlers, hatte sie die schrecklichen Stunden hinter sich: jetzt konnte noch mehr und Schlimmeres vor ihnen liegen.

Die bewaffneten jüdischen Weinbauern, Händler und Geldwechsler sammelten sich wie von selbst um Cornelius und hörten seine Vorschläge zur Verteidigung an. In Windeseile hatte sich herumgesprochen, daß ein Kreuzritter in Begleitung der blonden Hakima des muslimischen Hospitals gekommen war, und das verschaffte ihm ein gewisses Vertrauen. Außerdem nickten der Nasi und der Rab, die unbewaffnet den Männern Beistand leisteten, nachdrücklich zu seinen Worten.

»Wer von euch kann mit dem Bogen umgehen?« rief Cornelius und wies den Schützen ihre Plätze auf der zinnenbewehrten Plattform des Tors an. »Schießt auf jeden, der dem Tor auf eine Pferdelänge nahe kommt. Schießt auch auf alle, die Haken über die Mauer werfen oder Leitern anstellen. Aber schießt nicht auf eure Nachbarn von drüben.« Während ein widerspenstiger Esel, der mit Schwertern und Schilden bepackt war, auf den Platz gezerrt wurde, verschossen die Schützen bereits die ersten Pfeile. Im Tordurchgang hallten Axthiebe, die abrupt endeten. Ein Triumphschrei kam vom Tor.

Aber die Mauer war lang und nicht sehr hoch, und ihr fehlte der Wehrgang, denn sie war nicht für die Verteidigung, sondern für eine Scheidung zwischen muslimischem und jüdischem Glaubensleben gebaut worden. Die größte Gefahr würde nach Cornelius' Überlegung vom al-Aqaba, dem Hügel in der jüdischen Vorstadt, kommen, in der einige reiche Handelsherren wohnten. Ihre Häuser zogen die fränkischen Pilger an, die tagtäglich dort herumlungerten in der Hoffnung, einen Blick in die Innenhöfe werfen zu können, oder auch nur, um die prachtvoll gekleideten Türsteher oder das kostbare Zaumzeug der angebundenen Esel zu bewundern. Es würde nicht lange dauern, bis sie durch den Lärm herbeigelockt wurden.

Und es gab nicht genügend erfahrene Bogenschützen.

Jeder wußte es. Der Rab stimmte ein klagendes Gebet an, dessen Melodie hinter Cornelius zurückblieb, während er die enge Treppe auf den Turm hochstieg. Im Vorübereilen fielen ihm die wassergefüllten Bottiche und Eimer auf, die Frauen und Kinder der Judería vorsorglich gegen Brand anschleppten, dann stand er selber oben.

Das Torhaus war nicht hoch und der Rundblick nicht weit. Aber er reichte aus, um zu erkennen, daß auf der Straße zur Großen Moschee bewaffnete Pilger unterwegs waren, in ihrer Mitte auch Reiter. Die Männer auf dem Turm sahen sich stumm an und legten die Pfeile bereit.

Zwei Stunden leisteten die Männer der Judería erbitterten Widerstand. Als es den Kreuzfahrern gelungen war, das Tor aufzubrechen und in die Medina einzufallen, verließ Cornelius den Turm.

Auf dem Platz unterhalb des Tors hatte die Gegenwehr längst aufgehört. Die Einwohner waren geflohen, und die Kämpfer setzten ihnen nach. Durch das Tor drängten bereits Pilger, die am Kampf gar nicht teilgenommen hatten, die nur dem allgemeinen Sog gefolgt waren. Cornelius stürzte in das Haus, in dessen Eingang er Ymme zuletzt gesehen hatte. Die Tür stand offen, und er blickte in den Innenhof, in dem ein Wasserstrahl ein muschelförmiges Becken füllte – unberührt von den Untaten, die sich hier abgespielt hatten. Der Boden wies eine Schleifspur von Blut auf.

Ungetrübt wie das Wasser kam von oben Ymmes Stimme: »Ich bin hier, Cornelius.«

Der Ritter blickte erleichtert nach oben, wo Ymme neben einer liegenden Gestalt kniete und ihr den Kopf stützte. In wenigen Sätzen nahm er die Treppe im Inneren des Hauses, ohne jemandem zu begegnen. Er sah einen Toten vor einer Wohnungstür. Möglicherweise hatte Ymme seit Béziers einen Schutzschild um sich herum errichtet, der ihr gegen Taten dieser Art bestehen half.

Ymme beendete ihr kurzes Gebet für die Tote, als Cornelius bei ihr anlangte. Es gab nichts mehr für sie zu tun, auch im übrigen Haus nicht. Sie hatte sich umgesehen, nachdem die Pilger wieder abgezogen waren.

Der Lärm, der von der Straßenschlucht heraufbrandete, schien jetzt mehr aus der Gegend der Großen Synagoge zu kommen. Ritter Cornelius zog Ymme entschlossen durch das halb zerstörte Tor in die jüdische Neustadt. Auch hier waren Spuren von Tod und Zerstörung zu sehen, jedoch gab es keine Kämpfe mehr. Neugierige Pilger öffneten Häuser und betraten sie ungehindert.

Cornelius riet ab, aber Ymme bestand darauf, zum Erzbischof zu gehen – jetzt erst recht. Vielleicht konnte man ihn durch einen Augenzeugenbericht veranlassen, die Übergriffe einzudämmen. Je näher sie dem Palast des Erzbischofs kamen, desto fester glaubte Ymme, daß die Aussagen eines christlichen Ritters und einer christlichen Ärztin genug Gewicht haben sollten, um den Erzbischof zu überzeugen.

Die geistlichen Herren, die sonst die Treppen und Vorräume zu bevölkern pflegten, waren nicht im Haus. Aber die Wache meldete den Ritter und die Frau ordnungsgemäß beim Erzbischof.

Vor der großen Saaltür trafen sie Don Yahya, dessen Augen sich bei Ymmes Anblick entsetzt weiteten. Er hatte sie gewarnt, Don Abrahen hatte sie gewarnt, und jetzt erschien sie hier wieder mit dem Ausdruck des Vertrauens in ihren blauen Augen. Aber es war zu spät. Stumm führte er sie und den Ritter in den Saal. Auch er war leer bis auf den Erzbischof, der sich am Fenster mit einem Mönch unterhielt. Als der Mönch sich umdrehte, blieb Ymme verstört stehen. »Bruder Berthold!« murmelte sie.

Auf dem Gesicht des Zisterziensermönchs spiegelte sich Triumph. Ymmes leibliches Erscheinen bestätigte den Verdacht, den er so lange gehegt hatte: die Frau war nicht in den Wirren des Katharerkriegs gestorben, sondern mit des Teufels Hilfe entwischt. Er hatte dem Erzbischof die Verfehlungen und Verbrechen der Lübeckerin gegen den christlichen Glauben aufgezählt, und dieser war nur zu bereit gewesen, seinem Wunsch zu entsprechen.

»Wir werden dich, Ymme aus Lübeck, hier genannt Doña Iume de Lubicensis oder auch Hakima Umm Iume, nach dem Kirchenrecht exkommunizieren«, sagte Berthold, jeglichem einleitenden Wort des Erzbischofs zuvorkommend. »Wir werden ein Offizialverfahren gegen dich wegen des Mordes an einem ungeborenen Kind eröffnen.« Ritter Cornelius mußte Ymme stützen, damit sie nicht zu Boden sank.

Rodrigo Ximénez de Rada stand mit gefalteten Händen

und innerer Genugtuung neben dem Zisterziensermönch: Berthold der Deutsche löste das Problem, das Doña Iume ihm als Kastilier aufgebürdet hatte. Es würde wahrscheinlich einer kleinen Nachhilfe bedürfen, um alles zu seiner Zufriedenheit zu lenken, jedoch konnte er es sich leisten abzuwarten.

Auch Berthold konnte es sich jetzt leisten, christliche Demut an den Tag zu legen. Fesseln, härenes Gewand, Wachen – all dies war nicht nötig. Ymme von Lübeck würde ihrer Strafe nicht entgehen, nicht hier, im gläubigen Zentrum von Kastilien. Er wechselte mit dem Erzbischof einen Blick des Einverständnisses und übernahm dann die weiteren Formalien. »Außer dem Mord an besagtem Kind werfen wir dir vor, Häretikerin zu sein und einen christlichen Ritter auf grausame Art ums Leben gebracht zu haben. Wegen der Schwere und der Offenkundigkeit deiner Vergehen wirst du auf Lebenszeit aus der Kirche ausgestoßen«, setzte Berthold seine Ankündigung fort, die auch sein eigenes, persönliches Strafgericht für Ymme war. Am sichersten für die Kirche wäre der Verbrennungstod gewesen. Vermutlich würde die Frau Lügen über Béziers verbreiten, wo immer sie Gehör fand.

Ymme hatte sich rasch gefaßt. Aber den Zorn, den sie all die Jahre gegen diesen und andere Mönche genährt hatte, konnte und wollte sie jetzt nicht verbergen. Sie löste sich aus Cornelius' hilfreichem Griff, trat einen Schritt vor und sprach furchtlos Berthold direkt in sein asketisches Gesicht, das sie mittlerweile haßte. »Ihr habt Guiraude, Esclarmonde und Urraca umgebracht! Ich klage euch Kirchenmänner an, daß ihr vorsätzlich Frauen beseitigt, die sich eurem Diktat nicht beugen wollen, ob christlich oder nicht. Ferner laßt Ihr geschehen, daß in der Judería Menschen im Namen von Christus umgebracht werden. Das sind die wahren schweren und offenkundigen Verbrechen, die hier geschehen!«

Der Erzbischof erbleichte. Bevor Berthold die Knechte rufen konnte oder einen ähnlich unüberlegten Schritt beging, hob er seine beringte Hand. Diese Frau würde ihren eigenen Tod herbeireden, wenn er nicht eingriff. Aber das durfte nicht sein, nicht in Toledo. Er brauchte sich nur auszumalen, wie die Bevölkerung reagieren würde, wenn er ausgerechnet zu diesem Zeitpunkt eine beliebte und hochgeachtete Frau wie Doña Iume, noch dazu römische Katholikin, mit dem Verbrennungstod bestrafte. Die Folgen für die Moral vor allem der Mozaraber während des kommenden Kreuzzugs wären unabsehbar. Die von Berthold vorgeschlagene Strafe deckte sich daher leider nicht im entferntesten mit seinen eigenen Erfordernissen und denen der spanischen Kirche. »Es ist anzunehmen, daß Ihr mit der Großen Exkommunikation die Poenitentiatin in die Arme von Häretikern und Ungläubigen treibt, Bruder Berthold. Doña Iumes freiwilliger Hinweis, daß sie mit Urraca, einer ehemaligen Jüdin, bekannt war, beweist aufs neue, daß solche Leute wie Juden, Muslime, Mozaraber und innerlich widerspenstige Christen sich immer wieder zusammenfinden, um der heiligen Mutter Kirche Schaden zuzufügen. Für eine Häretikerin aber halte ich sie nicht. Ihr ganzer Lebenswandel spricht nicht dafür.« Ximénez de Rada wandte sich mit ernstem Gesicht an Ymme, und sie hatte jetzt schon oft genug mit ihm gesprochen, um die Eindringlichkeit seiner Worte zu spüren. Er wollte etwas von ihr, und es würde nicht zu ihrem Nachteil sein …

»Schwört, daß Ihr keine Häretikerin seid, Doña Iume!«

Ymme hörte wie aus weiter Ferne die Stimme Guidos im Zelt vor Foix. »Ich schwöre bei den heiligen Gebeinen des Absalon von Lübeck«, sprach sie mit fester Stimme und christlicher Aufrichtigkeit.

Der Erzbischof nickte und übersah mit Absicht Bertholds Stirnrunzeln. »Auch eine Mörderin ist sie nicht, zumindest läßt sich der Nachweis nicht erbringen. Ich meine deshalb, man sollte Doña Iume aus Toledo entfernen; wenn sie bliebe, wäre sie ein schlechtes Beispiel für die toledanischen Frauen. Ich glaube auch, wir sollten den augustinischen Grundsatz vom Character indelebilis der Taufe nicht aus dem Auge verlieren. Für Doña Iumes Seelenheil bleiben wir – trotz aller ihrer Untaten – verantwortlich. Ich möchte nicht dereinst vor Gott bekennen müssen, daß ich eine gut römisch getaufte Seele verlor. Ich schlage Euch deshalb vor, Ihr belaßt es beim Verlust der kirchlichen Rechte und der aktiven Gerichtsfähigkeit im Rahmen der Kleinen Exkommunikation. Meinetwegen verschärft sie noch durch die Zwangsbuße, beispielsweise durch gute Taten. Wie wäre es mit diesem Gebiet der Ungläubigen am Baltischen Meer, das Ihr erwähntet ...« Ximénez ließ seine Stimme ausklingen in der Hoffnung, daß der Köder für Berthold den Deutschen ausreichend gewürzt war.

Berthold schnappte gierig wie ein Wolf danach. Er konnte sich leicht auf die augenblicklichen Gegebenheiten einstellen, und die Änderung seiner Pläne bot sogar Vorteile, an die er vorher gar nicht gedacht hatte. »Livland! Alles, wie Ihr vorgeschlagen habt, Eminenz. Dazu werden wir sie mit der Buße belegen, fünf Jahre lang im Dienste der Kirche in Livland den Neubekehrten ihr ärztliches Können zur Verfügung zu stellen. Damit sollen für die Kirche ihre Straftaten abgebüßt sein. Vor Gottes Richterstuhl mag sie sich selber verteidigen.«

Ymme machte ihm nicht das Vergnügen, unter der Last der ihr aufgeladenen Pflichten zusammenzubrechen. Wie erstarrt schloß sie die Augen. Sie hatte die Wahl: ihr weiteres Leben in Toledo unter dem Schutz al-Walids und Ibn Hazms zu verbringen – um vielleicht auf der anderen Seite des Grates anzukommen – oder in absehbarer Zeit in ihre Heimat zurückkehren zu dürfen.

Ymme entschied sich für Lübeck. »Ich nehme die Strafe an«, sagte sie und spielte ihren, wenn auch nur winzigen Triumph aus, »obwohl ich mir bewußt bin, daß Ihr die medizinischen Wissenschaften für ein zutiefst unchristliches Werk haltet. Nur Muslime und Juden wissen, daß die Medizin zu den Gaben Gottes gehört, deren man sich nach Kräften bedienen darf. Im tiefsten Inneren wollt Ihr die Medizin nicht ... Und darüber hinaus nehme ich nur an unter der Bedingung, daß Ihr das Morden in der Judería einstellen laßt!«

Don Yahya ibn Yunez zerbrach unter der Kraft seiner nervös angespannten Finger das Schreibrohr mit einem knackenden Geräusch. Doña Iume wagte zuviel! Ihr Mut näherte sich bedenklich der Tollkühnheit, und man mußte Zweifel haben, ob der Erzbischof ihm nicht ein gewaltsames Ende setzen würde. Halb bewundernd, halb erschrocken starrte er sie an und begegnete dabei dem Blick des für einen Moment aus seinem Gleichmut gebrachten Ximénez de Rada. Der Erzbischof aber beendete die unklugen Einwürfe Doña Iumes mit einer entschiedenen Handbewegung. »Genug! Ihre Strafe sei beschlossen. Was die Judería betrifft, so ist selbstverständlich für sie gesorgt, auch ohne daß sich eine Doña Iume für sie verwenden muß.« Er nahm den Arm von Berthold und geleitete ihn zu der Tür, die zu seinen Privatgemächern führte. »Ich habe einen vorzüglichen Wein, den Ihr probieren sollt«, schlug er vor. Plaudernd entfernten sie sich. Als sie fort waren, ließ Don Yahya hörbar die angehaltene Luft ausströmen. Er wünschte innig, sein Sohn hätte nur einen Teil des Mutes dieser Frau. Vielleicht wäre dann die Aljama nicht ganz so schutzlos. »Das war knapp«, sagte er, geschwätzig vor Aufregung, zu Ritter Cornelius. »Mein Herr war im letzten Moment noch versucht, Doña Iume dem Ketzergericht vorzuwerfen. Ich kenne ihn. Aber glücklicherweise kann man sich darauf verlassen, daß seine politische Klugheit siegt. Wenn auch manchmal sehr spät«, fügte er bitter hinzu. Mehr Anteilnahme für die Judería aufzubringen, sah er sich nicht mehr in der Lage. Seine Bindungen an die Judería hatten sich durch Don Zags Konvertierung und durch Urracas Verfehlung, durch die zunehmende Angst in der Gemeinde und durch seine eigene selbstgewählte Abkapselung zusehends gelockert. Er war besorgt um die Judería, aber er ließ sich durch ihre Angelegenheiten nicht mehr auffressen. Er hatte gelernt, daß er gegen die großen Veränderungen machtlos war. Kleine persönliche Angelegenheiten beschäftigten ihn seit einigen Wochen viel mehr. Er wandte sich an Ymme und nahm ihre kräftigen Hände in seine alten. »Dir wünsche ich alles Gute, meine Tochter«, sagte er mit zitternder Stimme. »Das Leben wird immer schwieriger, aber du bist ein erfreulicher Lichtblick gewesen. Es wird hier dunkler sein, wenn du fort bist. Geh in Frieden …«

Ymme starrte den ergrauten Schreiber aus tränenblinden Augen an. Jetzt erst wurde ihr bewußt, daß seine Verabschiedung ihr Scheiden aus Toledo bedeutete. Es handelte sich nicht um eine Drohung, die in ferner Zukunft wahrgemacht werden würde. Jetzt mußte sie gehen, jetzt sofort! Tränen rollten ihre Wangen hinunter. »Gelobt sei Er!« flüsterte sie.

Als Ymme und Cornelius wieder draußen vor dem bischöflichen Palais standen, war Ymme sich zum erstenmal nicht mehr sicher, ob sie Ihn wirklich loben wollte. Es fiel ihr immer schwerer. Vielleicht kümmerte Er sich weder um das Lob, das Ihm galt, noch um den Kampf, der in Seinem Namen geführt wurde. Vielleicht hatte al-Walid recht. Wer konnte mit Sicherheit behaupten, daß die Soldaten Christi, die gegenwärtig in der Judería plünderten und in wenigen Wochen vielleicht schon Tausende von Muslimen erschlagen haben würden, Seinen Segen besaßen? Und fand Er es wirklich besser, daß sie in einem fernen Land Krankheiten heilte statt in Toledo oder Lübeck? Mußte Er sich nicht sagen, daß ihr Tun innerhalb eines Stabes von Kollegen, in der Nähe von Bibliotheken, von gesammelter Weisheit und Erfahrung größere Wirkung hatte als in den finsteren Wäldern des Nordens? Sie spürte erneut Widerstand in sich wachsen, der erstmals vor dem Altar von Santa Magdalena gekeimt war. Sie kam nicht dagegen an ... Cornelius mußte am Krankenlager von Everard ähnliche Gedanken wie sie gehabt haben.

Schweigend und eilig durchquerten sie nun ungehindert die Qaysariyya und gelangten zum Hospital. Dort erfuhren sie auch erste Nachrichten über das Ausmaß der Schlacht in der Judería. Fünfundzwanzig Schwerverletzte waren bereits eingeliefert worden, und die Juden, die sie gebracht hatten, wußten von vielen Toten. Cornelius berichtete seinerseits al-Walid vom Beginn der Ausschreitungen am Palast des Erzbischofs.

Plötzlich wurde Ymme bleich und mußte sich setzen. »Al-Walid«, schluchzte sie haltlos, »der Muhtasib war der Anführer der Männer, die Cornelius als muslimische Märtyrer bezeichnet. Und Abu Bakr seine rechte Hand. Er hat Domingo Rojo den Kopf abgeschlagen ...«

»Das ist üblich gegenüber Feinden«, bestätigte der Arzt

traurig, »und Domingo gehörte zu denen, die unermüdlich hetzen. Mehr bekümmert mich der Tod von Abu Bakr. Obwohl ich nun weiß, daß er sich in seiner Verblendung dazu hinreißen ließ, deine Zeichnungen zu beschmutzen und zu zerstören. Das hätte er – auch aus Respekt mir gegenüber – nicht tun dürfen.«

»Der Muhtasib war der Berber?« fragte Cornelius, während Ymme trotz aller Abneigung gegen Abu Bakr die beiläufige Feststellung von al-Walid fast nicht glauben mochte.

»Ja. Aber ihr gemeinsamer Kampf für den Glauben führt Araber und Berber natürlich wieder zusammen«, sagte al-Walid. »Das Schlimme ist, daß die Grausamkeiten von Christen und Sarazenen sich gegenseitig aufschaukeln. Gestern früh sprach sich in Windeseile herum, daß zwei Hidalgos einen städtischen Juden mit ihren Hunden draußen in den Gärten zu Tode gehetzt haben. Die Hidalgos waren Toledaner. Vor wenigen Wochen wäre eine solche Tat undenkbar gewesen. Wer weiß, in welchem Ausmaß sie sich heute in der Judería beteiligen …«

»Ja«, stimmte Cornelius mit harter Stimme zu, »der Mensch ist zu allem fähig, wenn er glaubt, Befehle zu erfüllen, auch wenn sie noch nicht und vielleicht niemals gegeben werden. Es ist das Denken, das gefährlich ist, nicht die Worte; und wenn viele von solchem Denken erfaßt werden, ist es an der Zeit, sich und seine Lieben zu retten. Ich bin deshalb gekommen, um Ymme zu holen.«

Ymme sah ihn regungslos an. Nach diesen niederschmetternden Erlebnissen hätte sie nun plötzlich mit den Vögeln im Hospitalgarten jubeln mögen. Aber heute war nicht der Tag des Jubelns, sondern der Trauer. Noch mußte sie außerdem al-Walid eröffnen, daß sie Toledo zu verlassen hatte – auf Befehl der Erzbischofs; man konnte auch Gnade sagen, wenn man Don Yahya glaubte, der ihn gut kannte.

Al-Walid bat Ymme, den Glauben des Propheten anzunehmen und in Toledo zu bleiben, aber Ymme schüttelte den Kopf. Auf Abfall vom Glauben stand der Tod, er wußte es so gut wie sie. Als gehorsame Christin durfte sie nicht bleiben –

als Konvertierte konnte sie es nicht. Ungesagt blieb, daß Everards Tod im Hospital es Ymme unmöglich machte, weiterhin dort zu arbeiten. Sobald sie den Saal betrat, in dem er gelegen hatte, trat ihr der Hautsack vor Augen, den sie verursacht und der Everard zum qualvollen Sterben während mehrerer Jahre verurteilt hatte. Ihr ärztlicher Blick war geschärft, und ihre Gewissensbisse waren nicht zum Schweigen zu bringen – trotz allem.

Al-Walid spürte ihren Kummer, der alles das umfaßte, was Umm Iume in den letzten Tagen erlebt hatte. Er drängte nicht mehr. »Ich weiß«, sagte er mit einem wehmütigen Lächeln, »daß bei euch Leuten des Nordens der Wandel das Ziel ist. Bei uns Muslimen ist es das Gleichmaß, das Ruhen in der Welt. Deswegen wußte ich von Anfang an, daß Umm Iume eines Tages zurückgeht. Und nun ist dieser Tag gekommen.«

Ymme nickte.

Kurz bevor Cornelius und Doña Iume am nächsten Tag aufbrachen, kam ein erzbischöflicher Bote. Ymme setzte bereits zum Protest an, als sich herausstellte, daß er ihr lediglich eine schriftliche Botschaft von Rodrigo Ximénez de Rada mitsamt einem eingewickelten Päckchen zu übergeben hatte.

Erst nachdem sie ihn ohne Antwort losgeworden war, wagte sie es zu öffnen und zu lesen. Es war der Koran, ihre Koranabschrift, die Chaldun vor dem Muhtasib hatte retten sollen. Der Brief lautete:

> Rodrigo Ximénez de Rada, Erzbischof von Toledo, an Doña Iume de Lubicensis, gehorsame Tochter der römischen Kirche:
> Das beigefügte Werk – vermutlich dasselbe, auf das mein Übersetzer Don Zag als Beispiel einer kastilischen Übersetzung einer griechischen medizinischen Schrift in Eurer und meiner Gegenwart verwies – sende ich Euch, da Ihr es vermutlich besser anwenden könnt als ich. Zur Erklärung füge ich hinzu, daß es mir vor wenigen Stunden vom Papierhändler Chaldun mit dem Hinweis, es gehöre Euch, ausgehändigt wurde. Er schien hieraus ei-

ne schuldhafte Handlung ableiten zu wollen, in Unkenntnis der Tatsache, daß die Übersetzung medizinischer Schriften durchaus in unserem Sinne ist.
Gott sei mit Euch auf allen Euren Wegen.

Rodrigo Ximénez de Rada, Erzbischof von Toledo, gegeben am dreiundzwanzigsten Mai im Jahre des Herrn 1212.

Toledo lag weit hinter ihnen, verschluckt vom gleißenden Licht der Mittagssonne, als Ritter Cornelius auf den Brief des Erzbischofs zurückkam. »Er hat gewußt, daß es sich um die Koranübersetzung handelt, soviel steht fest, du sagst es selbst. Aber er erwähnt sie nicht, was dir die Möglichkeit gibt, seinen Brief zu verwenden: als Ausweis, als Legitimation, als Beweis dafür, daß du eine gute Katholikin bist. Du hältst nicht viel von ihm, aber ich glaube, er wollte dir mit diesem Brief helfen.«

Ymme trieb ihr Pferd mit den Hacken energisch an. »Ja«, sagte sie. »Er kann nicht nur aus politischer Klugheit bestehen. Ich glaube, er ist auch ein Mensch, der mir zum Abschied ein Zeichen der Versöhnung geben wollte.« Sie seufzte. »Das macht mir den Abschied leichter. Toledo bedeutet nun einen Abschnitt meines Lebens, den ich aus eigener Wahl hinter mir lasse. Vielleicht hätte ich ohne Berthold den Zeitpunkt anders gewählt – vielleicht aber auch nicht. Ich glaube, ich hatte manchmal in den letzten Wochen Sehnsucht nach Lübeck. Und ich bin froh, daß al-Walid nun so große Hoffnung auf Juan ben Omar setzen kann. Ganz zum Schluß teilte er mir glücklich mit, daß Juan die Spur des Kamels verfolgt hat ... Ich meine«, verbesserte sie lächelnd, »natürlich war es kein richtiges Kamel. Ben Omar fand jedenfalls heraus, daß die Pocken tatsächlich mit Chaldun weitergewandert sind. Vielleicht hilft uns dieses Wissen in Zukunft, ihnen zu entgehen ...«

Cornelius nickte, insgeheim dankbar, daß Ymme trotz all der schrecklichen Ereignisse wieder in der Lage war, sich medizinischen Problemen zu widmen.

Bei sonnigem und warmem Sommerwetter erreichten Ymme und Cornelius Lübeck. Ymmes Unruhe hatte sich in den letzten Tagen zur Angst gesteigert. Sie wußte nicht, ob sie in den Augen der Ratsherren als schuldig am Tod von Everard Scharpenberg galt, und wenn, ob man diese Angelegenheit noch verfolgte. Noch zweifelhafter war, ob sie ihren Bruder vorfinden würde …

Als sie das solide Steinhaus von weitem erblickte, das auf dem elterlichen Grundstück wie eine kleine trotzige Burganlage erbaut worden war, hätte sie sich nicht gewundert, einen der Ratsherren im Garten wandelnd vorzufinden. Aber statt dessen lief ein kleines blondes Mädchen darin umher, nicht anders als sie selber vor vielen Jahren, und auf der Steintreppe stand ihr Bruder Volrad Emeken, anscheinend kaum älter geworden, zufrieden wirkend, ohne die Behäbigkeit eines gesättigten Mannes.

Noch Stunden später konnte Volrad die Augen nicht von seiner auferstandenen Schwester lassen. Die Wiedersehensfreude wurde nur unwesentlich durch die Tatsache getrübt, daß Ymme für fünf weitere Jahre fortbleiben würde. »Gebannt!« sagte Volrad grimmig und begann insgeheim nach einem Ausweg zu suchen.

Da wagten Ymme und Cornelius Volrad und seiner Frau die ganze Geschichte zu erzählen.

Volrad nahm Ymmes Rehabilitierung vor den Ratsherren in seine tatkräftigen Hände. Er war längst zu einem mächtigen Kaufmann in Lübeck geworden, während Everard Scharpenbergs Familie wenig Ansehen genoß. Und da der Ritter vor aller Augen Lübeck lebend verlassen hatte, konnte von einem Totschlag nicht die Rede sein. Außerdem gab es da noch den fast schon herzlichen Briefwechsel zwischen dem Erzbischof in Toledo und der allseits anerkannten Hakima Umm Iume, was auf deutsch bedeutete: Ärztin der Medizinwissenschaften, so hatte Ritter Cornelius übersetzt … Die Ratsherren erhoben sich von ihren Sitzen und beglückwünschten Kaufmann Volrad Emeken zu seiner Schwester. Man war sich ganz und gar einig, daß ein solch glanzvoller Aufstieg einer Frau zu Ruhm und Ehre nur in einer aufstrebenden und der Welt zugewandten Stadt wie Lübeck denkbar sei.

Volrad brachte noch eine andere erfreuliche Nachricht mit zurück in das Steinhaus: Im Hafen werde gerade das Schiff beladen, das mit Weinen, Gewürzen, den wundertätigen Gebeinen des Heiligen Vicelin und anderen dringend benötigten Waren für das Bistum Riga bestimmt sei. Unter Leitung eines Zisterziensermönchs, der Nachfolger des schwer erkrankten Albert von Riga werden sollte, werde das Schiff in See stechen, sobald dieser eingetroffen sei. Wenn Ymme darauf bestehe, ihr neuartiges Wissen den Heiden zur Verfügung zu stellen, dürfe sie gerne an Bord gehen. Allerdings bitte man sie von Herzen, in Lübeck zu bleiben.

»Die Pfeffersäcke wollen dir sogar ein Haus zur Verfügung stellen«, sagte Volrad und lachte aus vollem Halse. »Ist das nicht gut?« Dann wurde er ernst. »Sie wollen außerdem nicht sehr gern Ärger mit Erzbischof Absalon von Dänemark. Und du könntest natürlich der Funke sein, der den Brand auslöst. Absalon ist Legat von Livland, und Livland ist sein Gebiet. Es liegt bei ihm, ob er Händler oder bewaffnete Pilger ruft, sagt er, und so sagt auch unser König Waldemar. Und die Lübecker Kaufleute halten es selbstverständlich mit ihrem König. Bischof Albert von Riga aber kann weder den dänischen König noch seinen Erzbischof leiden – er hält es mit dem Papst, der zum Kreuzzug nach Livland aufruft, und mit verschiedenen deutschen Fürsten, die Livland ebenfalls zu ihrem Interessengebiet erklärt haben. Die Kaufleute würden am liebsten verhindern, daß von Lübeck aus Jahr für Jahr deutsche Kreuzfahrer nach Livland aufbrechen, und Waldemar hat schon mit der Sperrung des Hafens gedroht.«

»Ich hätte es gern angenommen«, sagte Ymme mit einem Seufzer. Ein eigenes Haus: das bedeutete – ein kleines Hospital! Vielleicht würden die Ratsherren in fünf Jahren auch noch so großzügig sein. Und dann wurde ihr jäh etwas anderes klar: sie würde auch in Livland in politische und kirchliche Streitereien verwickelt werden. Sie war ja bereits auf dem besten Weg dazu … Statt daß die Männer mich nun heilen lassen – was allen zugute kommen würde –, glauben sie schon wieder, aus mir persönliche Vorteile pressen zu können, dachte sie verächtlich. Aber ihrem Bruder gegenüber verschwieg sie ihren Zorn. Er hätte ihn nicht verstanden, diesen nicht …

Ungeduldig wartete sie dennoch auf das Eintreffen des Mönchs. Je eher er kam, desto eher würde ihre Verbannung zu Ende sein. Aber er ließ bis Ende August auf sich warten.

Zu Ymmes Überraschung wurde sie bereits am nächsten Tag zu ihm gerufen. Ein verhutzelter kleiner Mönch brachte ihr die Vorladung und erklärte ihr nuschelnd in einem süddeutschen Dialekt, daß er den Weg weisen werde. Schon lag ihr die Antwort auf der Zunge, daß sie sehr wohl noch den Weg zum Domkapitel wisse, aber dann beschloß sie weise, die Bekanntschaft mit dem Nachfolger von Bischof Albert von Riga nicht sofort mit Widerspruch zu beginnen.

Der Mönch huschte vor ihr her, und sie folgte ihm, so rasch sie konnte. Cornelius flüsterte sie zu: »Ich verstehe gar nicht, wo er hin will. Wir gehen in die falsche Richtung.«

Cornelius nickte wachsam und überprüfte sein Schwertgehänge.

Als sie den Burgberg hinaufstiegen, begriff Ymme. Der Mönch hatte sie auf die Baustelle geführt, die sich dort befand, wo in früheren Zeiten einmal die Burg Alt-Lubika gestanden hatte. In einer Zeit, in der ihre Urgroßmutter Hodica vermutlich auch hier oben gewesen war. Ymme hatte Hodica nicht gekannt, aber sie fühlte plötzlich sehr stark das Band, das sie mit ihr verband.

Am Fuß des wehrhaften Turms angekommen, der ebenso wie mehrere andere Gebäude noch im Bau war, pfiff der Mönch durchdringend. Dann wies er ihnen mürrisch die Treppe. Der Zisterzienser warte oben. Cornelius lockerte das Schwert und blieb Ymme dicht auf den Fersen.

Die Turmtreppe war eng und gewunden; die sich nach außen öffnenden Ausguckfenster waren zum Teil noch nicht fertiggestellt. Noch nicht abgebundener Mörtel zeigte, daß die Maurer an der Arbeit waren, zur Zeit war jedoch keiner von ihnen im Neubau anwesend. Nur von oben forderte eine hallende Stimme Ymme auf, bis zur Plattform hinaufzusteigen.

Cornelius mußte Ymme, die wie ein störrischer Esel stehengeblieben war, beiseiteschieben, um den letzten Schritt hinaus ins Freie tun zu können. Vor ihnen stand mit einem in sich gekehrten, bösen Lächeln der Zisterziensermönch Berthold, designierter Bischof von Riga.

Einen Augenblick weidete er sich an ihrer Überraschung. »Die Heiden wurden bei Navas de Tolosa geschlagen«, sagte er dann mit leuchtenden Augen. »Das ist der Beginn ihrer endgültigen Vertreibung aus Spanien. Die Judería von Toledo wäre auch längst dem Erdboden gleichgemacht, wenn sich nicht der unberechenbare Ximénez vor sie geworfen hätte – aber es werden Zeiten kommen, wo es keinen Ximénez gibt ... Die übrige Christenheit aber wird sich jetzt um die Heiden des Ostens kümmern!«

Ymme gab einen gequälten Laut von sich. Jetzt verstand sie erst das volle Ausmaß seiner kleinlichen Rache.

Berthold kehrte nur widerwillig aus seiner Erinnerung an die blutige Schlacht an »den Hängen« zurück, bei der sechshunderttausend heidnische Barbaren tot liegengeblieben waren – auch ohne Hilfe der französischen Truppenteile, die nach der freiwilligen Übergabe von Calatrava vom kastilischen König gehindert wurden, die Muslime totzuschlagen, und daraufhin endgültig beschlossen abzuziehen. Er seufzte. Mit eigenen Augen war er Zeuge eines Ereignisses gewesen, das einen Wendepunkt in der christlichen Geschichte darstellte. Die Schiffsreise war zu schnell gewesen, um ihm den Übergang von einem Paradies wie Spanien in diesen erbärmlichen Landstrich mit armer, verkommener Bevölkerung erträglich zu machen.

Endgültig wandte er seine Aufmerksamkeit der Frau zu, die vor ihm stand. »Die Lübecker mochte ich noch nie«, sagte er mit unverhohlenem Haß in der Stimme, »und dich am allerwenigsten, Ymme Emeken. Vom ersten Augenblick an, an dem ich dich auf dem Stiftskirchenberg von Frankfurt sah. Aber wir werden schon miteinander auskommen. Fünf Jahre. Erinnerst du dich?«

Ymme nickte verstört.

»Und willst du auch wissen, warum ich die Lübecker nicht leiden kann?« fuhr Berthold leidenschaftlich fort. »Weil sie meinen Vater Luder, Prediger des Herzogs Heinrich, erschlagen haben und weil sie nicht verhindert haben, daß mein Oheim Berthold von Loccum in Livland erschlagen wurde. Das ist Grund genug, findest du nicht auch?« Ymme geriet in Zorn, wie schon so oft, weil sie die ungeheure Entstellung von Tatsachen nicht hinnehmen konnte, die Ungerechtigkeit, die daraus sprach und die sie soeben erst begriffen hatte. Und endlich begriff sie auch, daß sie vor diesem kleinen, erbärmlichen Mönch weder ihre Mutter noch sich selber, noch die Lübecker verteidigen mußte. Er gehörte zu den Männern, die sich hinter jemandem verstecken müssen, um Machtgelüste zu befriedigen. Anfangs waren es Luder und Berthold von Loccum gewesen, später Gott persönlich. Für mehr hatten seine Fähigkeiten nicht ausgereicht. »Was deinem Oheim geschah, weiß ich nicht, wohl aber, daß du lügst, was deinen Vater betrifft. Luder hat meine Urgroßmutter gequält, und bevor sie durch ihn starb, hat sie ihn verflucht.«

Berthold sah sie aus tiefliegenden aufgerissenen Augen an. Jetzt wurde ihm klar, warum er diese Frau so unaussprechlich haßte. Er fühlte sich unfähig, ihr Einhalt zu gebieten, als sie wie ein Richter mit ihrem unversöhnlichen Strafgericht fortfuhr.

»Urgroßmutter Hodica hat auch seine Nachkommen bis ins zehnte Glied verflucht … Du wirst in Livland täglich daran denken, sobald du mich siehst, Mönch Berthold. Und auch beim Anblick von Ritter Cornelius, der mich begleitet, wird dir keine Ruhe vor deiner Vergangenheit gegönnt sein: er ist der Mann des Gastmahls von Saint-Gilles, dessen Namen du nie erfuhrst. Damals schlug er nur einem Hahn mit Tiara den Kopf ab …«

Ymme wußte, was sie ihm antat, und auch, daß sie sich später dafür schämen würde, aber jetzt wollte sie sich selber nicht Einhalt gebieten. Es war das mindeste, was sie dem Andenken ihrer Urgroßmutter schuldig war. Bertholds Bestrafung würde Gott übernehmen müssen – oder es gab ihn nicht.

Der Mönch gab ein häßliches Geräusch von sich, ein Geräusch, das einem erstickten Gurgeln näher als einem Lachen war. Dann machte er einige unsichere Schritte, um in die Nähe der Treppe zu gelangen. Ymme konnte seine Angst heraushören. Wie viele fanatische Menschen war er anscheinend abergläubisch und zog die Wirksamkeit des Fluchs nicht in Zweifel. Sie war erleichtert, daß er das Gespräch für beendet ansah. Sie wagte sich nicht auszudenken, wie zermürbend die Jahre in Livland werden würden.

Berthold hatte durchaus vor, nach unten zu gehen – hinter dem Ritter. So viel Klarsicht, daß er ihm nicht traute und ohne Unterlaß auf sein Schwert achtete, hatte er sich noch bewahrt, ansonsten war er zutiefst verstört.

»Du brauchst keine Angst zu haben, daß ich einen wehrlosen Mann erschlage«, warf Cornelius voll Verachtung ein. »Du bist kein Jude und ich kein Wanderprediger. In Gegenwart von deinesgleichen brauchen Menschen Schutz – das ist alles.«

Berthold schien zu versteinern. Schon öfter hatte er unwillkommene Hinweise auf Gottes Allmacht erhalten, aber in seiner grenzenlosen Überheblichkeit hatte er sie zurückgewiesen. Und jetzt dünkte ihn, daß ein ihm ganz unbekannter Mann ihm eine längst verjährte und vergessene Tat seiner Jugend vor Augen hielt. Er streckte den beiden Menschen, die der Satan hinter ihm hergeschickt hatte, die gespreizten Finger abwehrend entgegen. »Jetzt weiß ich, wer du bist!« stammelte er. »Der Mann, der die Katharerin schützte! Du bist mit dem Teufel im Bunde!« In panischer Angst versuchte er, dem Turm zu entfliehen.

Mit seinem ersten Schritt in die Sicherheit rutschte Berthold auf dem Mörtel aus, mit dem die Maurer vor kurzem die oberste Steinschicht gefügt hatten, und schlitterte über den Rand in die Leere. Ymme und Cornelius hörten seinen letzten, gräßlichen Schrei, bevor er aufschlug.

Als sie unten ankamen, stand der mürrische Mönch bereits neben dem Leichnam Bertholds des Deutschen und starrte untätig auf ihn hinunter. »Ich habe ihn gewarnt«, seufzte er, »und die Maurer auch. Aber er wußte alles besser. Noch nicht in Riga, und schon plante er eine Festung.«

Ymme wagte sich nicht näher heran und blieb am Fuße der Treppe stehen. Die weiße Tracht der Zisterzienser hatte sich im Flug barmherzig über den Mönch gebreitet. Nur seine blutigen schlanken Finger waren zu sehen, dann aber sog das fleckenlose Gewand sich an seiner rechten Seite wie ein Schwamm voll Blut und schmiegte sich an eine gräßliche Wunde. Sie blickte in die Höhe. Das Gerüst, das zur Sicherheit der Maurer aufgebaut worden war, hatte Berthold vermutlich noch in der Luft das Leben gekostet.

Cornelius, der zusammen mit dem alten Mönch Berthold auf ein Schalbrett geladen hatte, holte Ymme kurze Zeit später an der Treppe ab.

»Hakima Iume de Lubicensis, Ärztin des künftigen Hospitals von Lübeck«, sagte Cornelius von Fischbach mit soviel Zuversicht in der Stimme wie schon lange nicht mehr, und sie hatte das Gefühl, daß er die Zukunft meinte, obwohl er auch von Vergangenem zu sprechen schien. »Die Sarazenen sagen auch: ›Jeder Anfang muß ja einmal enden. Preis dem, der ewig bleibt!‹«

Ymme nickte und nahm seinen Arm an. Das Ende des Mönchs Berthold bedeutete den Anfang eines Hospitals in Lübeck, dessen Räder Cornelius in Gang halten, dessen Kranke sie betreuen und dessen Unterhalt die Kaufleute bezahlen würden. Die Pfeffersäcke von Lübeck würden lernen müssen, daß beim Kampf gegen Krankheiten ein steter Strom klingender Münze nötig war. Schlau, wie sie nun einmal waren, konnten sie ihr barmherziges Werk als Ausrede verwenden, wenn Innozenz seinen Kreuzzugsaufruf gegen die Livländer wiederholte.

»›Deus lo vult‹, Gott will es!« bekräftigte Ymme. »Er ist das Licht.«

Nachwort

Die Geschichte ist frei erfunden, basierend auf einem Hintergrund, der sich unterschiedlich eng an die Geschichtsschreibung hält.

Historische Personen sind Papst Innozenz III.; Erzbischof Rodrigo Ximénez de Rada von Toledo; Raimond Roger, Vicomte von Albi, Béziers und Carcassonne; Raymond, Graf von Toulouse; Simon de Montfort; Arnold Almaric, Abt von Citeaux; sowie Ibn Sura, bedeutendster Buchhändler Kairos im 13. Jahrhundert.

Historisch ist auch der Kampf in der Languedoc, wenn auch nur eine entscheidende Phase von dem jahrzehntelangen Krieg in das Romangeschehen einbezogen wurde; die Zahl der in Béziers ermordeten Menschen ist unbekannt. Den Ausspruch des Legaten Arnold vor der Kathedrale von Béziers habe ich zitiert; es ist ebenfalls unbekannt, ob er tatsächlich getan oder nur im Sinne des Geschehens »gut erfunden« wurde.

Ob es in Toledo ein muslimisches Hospital gab, ist unbekannt,jedoch meines Erachtens wahrscheinlich. Toledo war als ehemalige Hauptstadt der Westgoten auch für die Muslime eine wichtige Stadt, und es entspräche damaligen Gepflogenheiten, neben der Freitagsmoschee auch eine Lehranstalt und ein Hospital zu errichten. Lokalisiert habe ich das Hospital am selben Ort, an dem 1504 u. Z. das Spital Santa Cruz erbaut wurde.

Die in der Karte eingezeichneten Gebäude, Mauern, Tore und Brücken sind historisch; erfunden sind die als solche ausgewiesenen. Der Bittere Brunnen existiert heute noch an der angegebenen Stelle als Straßenname: *Bajada Pozo Amargo*; mit ihm verknüpft sich eine hübsche Legende.

Die medizinischen Details sind ausgerichtet an der damaligen Praxis, den Möglichkeiten und Kenntnissen. Die Technik der Nasenplastik beispielsweise wurde in Süditalien aus Arabien eingeführt und dort lange tradiert.

Beeinflußt wird das Romangeschehen in Toledo vom stark von der Reconquista geprägten historischen Hintergrund. Toledo, das 1085 von den Christen zurückerobert wurde, blieb danach nur wenige Jahre (oder sogar nur Monate) in bezug auf die Religionsausübung tolerant. Zug um Zug wurden trotz gegenteiliger Vereinbarungen Moscheen und Synagogen in christliche Kirchen umgewandelt. Die Akzeptanz der arabischen Wissenschaften war abhängig von der jeweiligen persönlichen Einstellung der weltlichen und kirchlichen Obrigkeit. Im 12. Jahrhundert entstanden zahlreiche Übersetzungen aus dem Arabischen ins Kastilische und weiter ins Lateinische vor allem in der Zeit des Erzbischofs Juan (1152–1166), im 13. Jahrhundert unter Alfons dem Weisen, König von Kastilien (1221–1284). In den Zeiten dazwischen zeichnete sich Toledo keineswegs durch Übersetzungen aus; wie überhaupt die »Übersetzerschule« ein eingängiger, aber heute nicht mehr zu haltender Begriff ist. Übersetzt wurde in Spanien an vielen Orten.

Erzbischof Rodrigo Ximénez de Rada, der eine Neuübersetzung des Korans in Auftrag gab, tat dies keineswegs im Rahmen einer Übersetzungspolitik, sondern ausschließlich zur geschickteren Bekämpfung der »Ungläubigen«. Hinsichtlich seiner Person habe ich aus wenigen Informationen ein Charakterbild zu schaffen versucht, das vielleicht stimmen mag. Fest steht, daß er bei Papst Honorius für Kastilien die Aufhebung des 1215 beim Vierten Laterankonzil festgelegten Beschlusses der Kennzeichnungspflicht von Juden auf Kleidungsstücken erwirkte. Gegen Zahlung einer jährlichen Quote stellte er ab 1219 die toledanischen Juden unter seinen Schutz. Der Grundstein zur Kathedrale wurde 1226 gelegt.

Ausschreitungen gegen Juden fanden in den Jahren der Kreuzzüge immer wieder statt, in den Ausmaßen vermutlich abhängig von der Sprachgewalt der jeweiligen Kreuzzugprediger. Wie viele Menschen in der Judería von Toledo getötet wurden, bleibt unklar; fest steht, daß einige ausländische Kontingente, zum größten Teil französische, sich dem

Morden widmeten. Aus Verärgerung – die Toledaner selbst, Ximénez de Rada und Alfons VIII. von Kastilien verhinderten weitere Morde an Juden und Muslimen sowie Plünderungen – zogen sie sich vor Beginn der eigentlichen Kämpfe gegen die muslimischen Truppen zurück.

Die erwähnte Schlacht von Navas de Tolosa ist historisch; sie signalisierte das Ende mohammedanisch regierter Gebiete in Spanien.

Kari Köster-Lösche

Worterklärungen

Abbasiden: eine arabisch-islamische Dynastie, die 749/50 n. Chr. den Omaijaden das Kalifat entriß und diese Würde bis 1258 innehatte

Albedim: Polizeichef

Alcaicería/Qaysariyya: ständiger, bedeckter Markt

Alcana: Handelszone der Stadt

Alficén: Palastzone (damals Kastell/später Alcazar und Paläste der Galiana)

Alim, Pl. *Ulama:* Gelehrter muslimischen religiösen Wissens

Aljama: Mauren- oderJudenviertel: nichtchristliche Gemeinde im christlichen Spanien

Almocarife: Vorsteher der muslimischen Gemeinde

al-Andalus: die Iberische Halbinsel: Bezeichnung der muslimischen Herrscher, der Omaijaden von Cordoba, für Spanien

Almotacén: Marktaufseher, s. a. Muhtasib

Almuerzo: Morgenmahl

Antoniusfeuer: Erkrankung durch Mutterkornvergiftung

al-Aqaba: Hügel

Arrabal: Vorstadt

ᶜAttar: Gewürzhändler

Bab: Tor

al-Baitar: Tierarzt

Banu Marin: marokkanische Berber; führten Merinoschafe in Europa ein

al-Barquq: Pflaume

Bedika: Fleischbeschau

Besy:	slawischer Dämon
»Buchbesitzer«:	Ahl al-Kitab – Juden und Christen, die beide eine heilige Schrift besitzen (im Unterschied zu den Muschrikun, den Heiden)
Cabalgada:	Raubzug von Christen in muslimisch regiertes Gebiet
al-Charschuf:	Artischocke
Corral:	(Wirtschafts-)Hof
Converso:	zum Christentum konvertierter Muslim
Darb, Pl. *Durub:*	abgeschlossene kurze Gasse, Sackgasse
Dayan, Pl. *Dayanim:*	Richter
Dhimmi:	»Schutzgenossen«: andersgläubige Minderheiten (u. a. Christen, Juden, Nestorianer, Kopten, Chasaren, Parsen, Buddhisten)
Dirham, Pl. *Darahim:*	Silbermünze
Dschibal Tulaytula:	Bezirk Toledo
Dschihad:	heiliger Krieg
Franco, Franca:	Franke, d. h. in Spanien Europäer von jenseits der Pyrenäen
Franca rubia:	blonde Fränkin
Gemara:	Erklärung, Kommentar zur Mischna
Hakim, Hakima:	der Weise, der Arzt; die Weise, die Ärztin
Hammam:	Warmbad
Hidalgo:	spanischer Adeliger
Hisba:	Aufsichtsbehörde; niedere Gerichtsbarkeit
Hudiden:	Berberdynastie in Zaragoza ab 1040 n. Chr.
Huertas:	künstlich bewässertes Gemüseland
Huri:	Jungfrauen im islamischen Paradies
Joglar:	Spaßmacher, Gaukler
Kafir:	Ungläubiger, Gottloser

Kaplanei: eine tägliche Messe für einen Verstorbenen

Kitaba: Kunst der Staatsverwaltung

al-Kuhl: Antimon-Kollyrium zum Schwärzen der Augenlider

Kurtuba: Cordoba

Madrasa: Schule

Maristan: Hospital

Mawla: Klient, Abhängiger eines islamischen Clans

Medina; Madinat al-Yahud: Stadt; Stadtteil der Juden

Mesusa: kleine Schriftrolle in einer Kapsel am Türpfosten jüdischer Häuser mit Textstellen aus dem 5. Buch Mose

Mischna: Sammlung derjüdischen Gesetzeslehre, Grundlage des Talmuds

Morabetino: erste eigengeprägte Münze von Kastilien

Moras ollas: maurische Töpferware

Mozaraber: christliche Spanier, die die arabische Kultur während der muslimischen Herrschaft annahmen und nach der Rückeroberung beibehielten, aber stets eine eigene Kirche hatten

Mudahhik: Witzbold

Mudéjares: Muslime im Bereich von Toledo (unter christlicher Herrschaft)

Muezzin: Gebetsrufer, der die gläubigen Muslime vom Minarett herab zu den fünf täglichen Gebeten auffordert

Muhtasib: Marktaufseher, Zensor, Gewerbe- und Polizeiinspektor

Muschrik: Heide, Polytheist – im Unterschied zum *Kafir,* dem Ungläubigen (Nichtmuslim oder muslimischer Renegat)

Naranja:	Orange
Nasi:	Fürst, Vorsteher der jüdischen Gemeinde
Noria:	Wasserrad, betrieben durch Tiere
Patrinos:	Schimpfwort für Katharer
porschen:	Fleisch koscher machen
Rab:	Rabbi
Rusalken:	slawische Dämonen
ar-Ruz:	Reis
asch-Schekkar:	Zucker
asch-Schah mat:	beim Schachspiel: »Der König ist tot«
Suq al-Dawabb:	Viehmarkt, heute Zocodover-Platz in Toledo
Svantevit:	Feuergott der Oderslawen
Taifas:	unabhängige muslimische Kleinstaaten nach dem Zerfall des Kalifats (1031 n. Chr.)
Tallith:	Gebetsmantel
Thora sche-be-Ktaw:	schriftlicher Teil des Gesetzes
Tiraz:	persischer Brokat, in Spanien kopiert
»Vater der Zärtlichkeit«:	Schmetterling

Anmerkungen

Die abgedruckten Lieder bzw. Gedichte wurden folgenden Werken entnommen:

Seite 111: Das Lied von Peire Cardenal, in: *Die Trobadors*, hrsg. von H. G. Tuchel, Leipzig 1985.

Seite 233: »Zertritt nicht …«, Firdusi, in: *So lebten die Muselmanen im Mittelalter*, Aly Mazaheri, Stuttgart 1957.

Seite 415: »Das ist besser …«, 'Adi b. Zaid, in: *Grundzüge der klassischen arabischen Dichtung*, Ewald Wagner, Darmstadt 1988.

Seite 415: »Zerstreue die geheimen …«, al-Walid, in: *Grundzüge der klassischen arabischen Dichtung*, a. a. O.

Unter den unzähligen für die Entstehung dieses Romans notwendigen einschlägigen Büchern seien stellvertretend zwei erwähnt:

Louis Cardaillac, Hrsg.: *Toledo, siglos XII-XIII. Musulmanes, cristianos y judíos: La sabiduría y la tolerancia.* Madrid 1992.

A. M. López Alvarez, R. Izquierdo Benito, S. Palomero Plaza: *Guia del Toledo Judío*. Toledo 1990.

Beide Werke wurden im Hinblick auf den vorliegenden Roman aus dem Spanischen von meinem Mann Karl-Heinz Lösche übersetzt, dem ich an dieser Stelle herzlich dafür danken möchte.

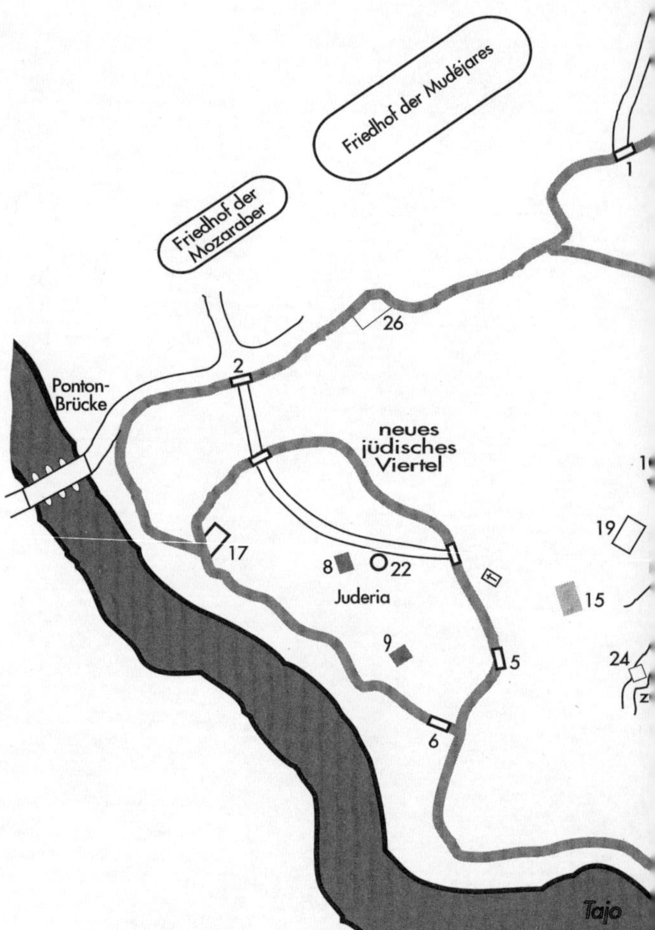
Friedhof der Mudéjares
Friedhof der Mozaraber
Ponton-Brücke
neues jüdisches Viertel
Juderia
Tajo
1
2
5
6
8
9
15
17
19
22
24
26

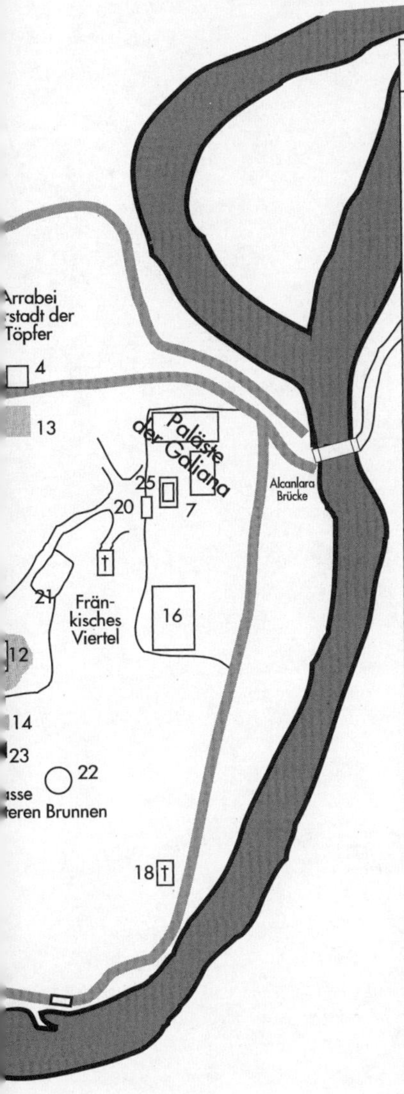

Toledo ca. 1210

1 Puerta de Bisagra
2 Puerta de los Judios
Bab al-Yahud
3 Puerta del Bibmardon
Bab al-Mardum
4 Puerta de Alarcone
Turm ar-Rif'a
5 Puerta Albocha
6 Puerta del Portillo
Bab al-Partiel
7 Blutbogen
8 Große Synagoge
9, 10 } Synagogen
11 Freitagsmoschee
12 Kathedrale
13 Moschee
14, 15 } Moscheen
16 Kastell (Alcazar)
Alficén (mit Palästen)
17 Altes Schloß der Juden
18 San Lucas
19 Palast des Erzbischofs
20 Viehmarkt
Suq al-Dawobb (Zocodover)
21 Markt
Alcana / Qaysariyya
22 Bäder
Stadtmauer
Stadttore

Fiktive Orte des Romans

23 Haus von Isa ibn Hamdus
24 Ymmes Haus
25 Hospital
26 Gefängnis

Die Rückkehr der Hakima

Inhalt

Prolog
Die Schwarze Bruderschaft

Die Höhle war finster, die Kleidung der sechs Männer schwarz wie auch ihre Handschuhe und die tütenförmigen Kapuzen, die nur einen Schlitz für die Augen freiließen.

»La Madonna della Ziz«, flüsterte einer und entzündete ein Licht, dessen Schein kaum den Rand des steinernen Altars erreichte, auf dem es stand. Er drehte sich zu den fünf anderen um, die sich im Halbkreis aufstellten, die Hände in den weiten Ärmeln ihrer Kutten verborgen. Nicht einmal er war jetzt in der Lage, die Männer, die er selbst ausgesucht hatte, zu identifizieren. »Wir tun es für Palermo, die Schöne.«

»Für die Madonna della Ziz, für Palermo«, wiederholten die anderen.

»Absolutes Schweigen, absoluter Gehorsam, Tod den fremden Herrschern!«

»Si si, capo!«

»Nun geht im Namen der Madonna della Ziz. Ihr erhaltet Nachricht vom Bruder zur rechten Hand, sobald es notwendig wird.«

Der Anführer der Verschwörer entließ die Männer, wie er sie eingelassen hatte, einzeln und mit der Verpflichtung, sich nicht um denjenigen zu kümmern, der ihm mit einigem Abstand folgen würde.

Er hatte ein großes Ziel vor Augen, und nur er allein kannte es: Sizilien für immer unter den Schutz des Heiligen Vaters in Rom zu stellen. Siziliens Herrscher der letzten Jahrhunderte mußten jedem wahren Christen ein Gräuel sein: arabische Sultane und französische Normannen, die nicht besser waren. Der Allerschlimmste aber war der Staufer Friedrich II. in diesem Jahr des Herrn 1224.

Teil I

Lübeck 1224–1225 n. Chr.

Der Maristan von Lübeck

1.

Die sizilianische Delegation

»Was ist nur heute in der Stadt los?« Ymme von Fischbach, in Lübeck noch immer unter ihrem Mädchennamen Ymme Emeken bekannt, sah beunruhigt von dem Krankenbett auf, in dem ein Schwerverwundeter lag, der ihr große Sorge machte. »Die frommen Bürger sollten jetzt in der Kirche sein.«

Cornelius von Fischbach, seit ihrer glücklichen Rückkehr aus Toledo mit Ymme verheiratet, fuhr gleichmütig fort, die Kerzen in dem großen Saal anzuzünden. Draußen dunkelte es, und ein Luftzug blies das Licht in seiner Hand aus. Der Ritter, der sich dem Dienst an den Kranken ebenso verpflichtet hatte wie Ymme, schirmte die Kerze mit dem Rücken ab und schlug erneut Feuer. »Es hängt vermutlich mit der Delegation aus Sizilien zusammen. Die Menschen bestaunen einen Mann, von dem sie wissen, daß er die Jagdleoparden und den Elefanten des Kaisers beim Namen nennen kann«, sagte er nach einer Weile. »Nicht, daß man es ihm ansehen würde. Er ist ein Deutschordensritter, allerdings der Höchstrangige.«

Ymme ließ sich von ihrer Helferin saubere Binden reichen. Sie schüttelte bestimmt den Kopf. »Es hört sich aber nicht nach Bewunderung an, sondern nach Kriegslärm, finde ich. Und was mich betrifft, so gehe ich einem Deutschordensritter, der mitsamt seinem Kaiser, der Ziehkind des schrecklichen Papstes Innozenz war und Pfaffenkönig genannt wurde, liebend gern aus dem Weg.«

»Still, Ymme, es ist nicht ungefährlich, so zu reden«, brummelte Cornelius.

»Wir sind hier, gottlob, nicht von Spitzeln umgeben«, entgegnete Ymme aufgebracht. »Ich bin dankbar, daß wir dänische Untertanen sind und einen handfesten Bauern zum Herrscher haben. Ich wette, daß König Waldemar, wenn er mit seinen Jagdfreunden zecht, über die seltsamen Sitten des Kaisers spottet.«

Der Ritter, der wie meistens beim Dienst im Lübecke Spital, dem er vorstand, die Tracht der Johanniter trug, drehte sich so abrupt um, daß sein schwarzer Mantel sich bauschte, und lauschte zum Fenster hin.

Die Helferin verließ eilig den Saal, den Arm voller blutiger Tücher; im Bett stöhnte leise der Kranke, und Ymme hätte auch gehen können, denn schließlich warteten noch mehr schwerkranke Männer und Frauen auf sie, aber sie blieb stehen und starrte auf den Rücken ihres Mannes. Eine unbestimmte Furcht ergriff sie, die sie in all den glücklichen Jahren, in denen sie ihr Spital nach dem Vorbild des Maristan von Toledo erfolgreich aufgebaut hatten, nicht gespürt hatte.

Aber jetzt war sie wieder gegenwärtig wie in den Zeiten, als sie von dem fanatischen Zisterziensermönch Berthold verfolgt worden war. Plötzlich stand ihr auch das Gemetzel der Kreuzfahrer im französischen Béziers wieder vor Augen. Ymme atmete tief durch. »Wirklich nur Gaffer?« fragte sie mühsam.

»Nein, keine Gaffer«, antwortete der Ritter gepresst und sichtbar beunruhigt. »Im Gegenteil. Die Kaufleute der Stadt sind in höchster Aufregung; ich erkenne deinen Bruder. Einige Ritter aus der Umgebung sind auch dabei. Ich werde mich erkundigen, was los ist.«

»Sei vorsichtig, Cornelius«, sagte Ymme spontan und umfing ihren Mann mit liebevollen Blicken. »Kaiser Friedrich und alles, was mit ihm zu tun hat, machen mir angst.«

Während Cornelius sich zu den Rittern begab, die inzwischen von einer wachsenden Volksmenge umringt waren, ging Ymme in den anderen großen Saal hinüber. Sie musterte voll Genugtuung die zehn Betten, die ordentlich ausgerichtet standen, einige durch Wandschirme abgetrennt.

Liebend gerne hätte sie mehrere kleine Räume gehabt, damit die Kranken mehr Ruhe bekamen, aber davon hatte sie die Lübecker Kaufleute nicht überzeugen können. Sie waren der Meinung, daß es schon übertriebener Luxus sei, wenn jeder Kranke ein eigenes Bett hatte und obendrein auf weißem Linnen liegen durfte. Auf weniger hatte sich wiederum Ymme nicht eingelassen, und da die Kaufmannschaft stolz darauf war, sich ein Spital mit einem Arzt leisten zu können, der in Toledo arabische Medizin studiert hatte, war dieser Kompromiß geschlossen worden.

Für die Pfeffersäcke war der einzige Haken dabei, daß der Arzt eine Frau war; sie vermieden es, darauf hinzuweisen, indem sie Ymmes toledanischen Namen verwendeten, den kaum jemand übersetzen konnte, und vom Spital der Hakima Iume de Lubicensis sprachen. Damit konnte sie leben. Ymme lächelte in sich hinein und trat zum ersten Bett.

»Nun, Taleke«, sagte sie. »Glaubst du mir jetzt, daß du wieder gesund wirst?«

Die alte Frau verzog ihr bräunliches Gesicht zu einem zahnlosen Lächeln. »Svantevit will nicht, daß ich schon sterbe«, flüsterte sie. »Ich weiß sehr wohl, daß er es war, der mir Euch schickte.«

»Taleke!« sagte Ymme vorwurfsvoll, »sprich nicht so! Du gefährdest dich und mich mit deinem heidnischen Gerede.«

Taleke ließ ihre Augen durch den Saal wandern. Der gewitzte Ausdruck in ihrem Gesicht ließ keinen Zweifel daran, daß sie sich auf dem Weg der Besserung befand, ganz im Gegensatz zu ihrer Nachbarin, die dank eines Mohntrankes in tiefem Schlaf lag. »Wer sollte mich hören? Hier schleichen keine Mönche umher, bei denen einem sofort die Galle überfließt, wenn man ihnen nur in die heuchlerischen Gesichter sieht.«

»Jetzt ist es genug, Taleke«, sagte Ymme deutlich. »Du bekommst noch einen Apfel, und dann schläfst du. Eine letzte Nacht im Spital. Wir brauchen das Bett für Menschen, die wirklich krank sind …«

Taleke lächelte verschmitzt. Ymme schüttelte leise den Kopf und wandte sich ab. Sofern sie es sich finanziell leisten konnten und gerade ein Bett frei war, bemühten sie sich, die Ärmeren aus der Bevölkerung über die Heilung ihrer Krankheit hinaus unauffällig aufzupäppeln. Aber jetzt mußte Taleke, die offenbar der Meinung war, sie hätte Ärztin und Spitalleitung überlistet, gehen.

Ymme untersuchte gerade die Kranke im übernächsten Bett, als in der offenen Tür ein Mönch erschien. Sie musterte den Unbekannten verwundert, während er von ihr keine Notiz nahm, sondern sich umsah, als sei er ein Mitglied der alljährlichen Prüfungskommission der Pfeffersäcke.

Wenigstens war er kein Zisterzienser; aber vertrauenerweckend wirkte er trotzdem nicht. Er sah abgerissen aus, wie einer, der auf der Landstraße lebt. Unter der fleckigen braunen Kutte schauten nackte Zehen hervor. Die Kapuze hatte er sich so tief in die Stirn gezogen, daß von seinem Gesicht kaum mehr als der zerzauste Bart zu sehen war.

Ymme ging rasch auf ihn zu, um ihn am Betreten des Saales zu hindern. »Vielleicht kann ich Euch behilflich sein?« fragte sie höflich. »Ich nehme an, Ihr sucht jemanden, Bruder, aber der Zutritt ist nicht jedermann gestattet. Hier liegen schwerkranke Menschen, die der Ruhe bedürfen.«

Der Mönch wandte sich Ymme abrupt zu. Über sein langes hohlwangiges Gesicht ging ein flüchtiges hochmütiges Lächeln. »Der Herr hat überall Zutritt. Bestreitet Ihr das, Tochter?«

»Wenn Ihr Euch mit dieser Bezeichnung meint, ja«, erwiderte Ymme ruhig. »Diesen Raum betreten nur Herren mit sauberen Füßen.«

Der Mönch bekreuzigte sich mit zitternden, schmutzig schwarzen Fingern. »Gilt das auch, wenn ein Kranker nach dem letzten Trost verlangt?« fragte er mit mühsam gezügelter Erregung.

»Bestimmt nicht durch Euch«, sagte Ymme kühl. »Ihr seid einer der neuen Bettelbrüder, die keine Priester sind.«

Der Franziskaner schob die Kapuze vom Kopf und schürzte die Lippen. Erst jetzt nahm er Ymme richtig wahr, aber er schien sie für eine Dienstmagd zu halten. »*Armut und Demut: Nur so wirst du einen Schatz ins Himmelreich fahren.*«

Ymme straffte den Rücken und hob das Kinn. Sie war die Herrin dieses Hauses, sie hatte es geschaffen, und mit ihren immer noch blonden Haaren sah sie gut und respektabel aus.

»Ihr seid ein wenig dreist für eine Bürgerin, die in christlicher Demut im Spital barmherzige Werke verrichtet«, bemerkte er lauernd.

Ymme meinte, hinter sich ein vergnügtes Keckern aus dem ersten Bett zu hören. Am liebsten hätte sie Taleke mit ihren Blicken zum Schweigen gebracht, aber sie zog es vor, diesem Menschen nicht den Rücken zuzukehren.

»Der Heilige Vater hat unserer Bruderschaft übertragen, zum Kreuzzug aufzurufen, Tochter! Wir predigen in allen Ländern, in denen der Herr Sein gottesfürchtiges Volk weiß.« Der Mönch sah Ymme mit gefurchten Augenbrauen an und drang Schritt für Schritt in das Krankenzimmer vor, zielstrebig wie ein Schlachtroß, das nach erfolgreichem Kampf an die Krippe drängt.

Mit Gewalt konnte sie ihn nicht daran hindern. Sie stemmte die Hände in die Seiten und wartete ab, ob er wagen würde, sie beiseite zu stoßen.

Das hochmütige Gehabe des Franziskaners wich plötzlichem Mißtrauen, und er blieb stehen. »Wer seid Ihr? Eine Kauffrau der Stadt? Eine Stifterin?«

»Ich bin die Ärztin dieses Hospitals«, antwortete Ymme ruhig. »Ich bin unter dem Namen Umm Iume de Lubicensis bekannt und erfreue mich eines guten Rufes hier in der

Stadt und in der Umgebung. Was man von Eurer Bruderschaft nicht so sehr behaupten kann. Mir drang kürzlich zu Ohren, daß der Heilige Vater sich gezwungen sah, die Franziskaner durch Dominikaner zu ersetzen, weil sie bei ihren Kreuzzugspredigten zu Unrecht Ablaß erteilten.«

Der Mönch warf Ymme einen Blick zu, in dem mörderische Wut brannte. »Diese Unverschämtheit wird Euch noch leid tun«, fauchte er, bevor er sich umdrehte und davonschlurfte.

Ymme starrte ihm verärgert nach, hauptsächlich über sich selbst, weil sie sich so hatte hinreißen lassen. Daran war vor allem die Erinnerung an die brutale Ermordung unzähliger Katharer und Katholiken in Béziers schuld – trotzdem hätte sie sich besser im Zaum halten sollen.

Ein unterdrücktes Gelächter hinter ihr ließ sie herumfahren.

»Dem habt Ihr es aber gegeben. Recht so«, krächzte Taleke und sabberte vor Vergnügen aus dem fast zahnlosen Mund. »Ich glaube gar, Ihr seid selbst eine Tochter von Svantevit.«

»Du redest Unsinn, Taleke«, sagte Ymme scharf. »Schlaf jetzt!« Sie streifte die übrigen Kranken mit einem prüfenden Blick und verließ dann den Saal. Sie empfand das dringende Bedürfnis, Cornelius von dem Vorfall zu berichten. Auseinandersetzungen mit Mönchen konnten lebensgefährlich sein, wie sie am eigenen Leib hinreichend erfahren hatte.

Cornelius stürmte gerade durch das große Tor des Anwesens, als Ymme auf die oberste Treppenstufe trat. Es war dunkel geworden, aber Fackeln erhellten den Durchgang zum Innenhof, und sie konnte seine angespannte Miene erkennen.

»Ymme, sie werden in einem Augenblick eintreffen!« rief er, als er sie bemerkte. »Der Leiter der sizilianischen Delegation, Hermann von Salza, soll vergiftet worden sein, durch dänische Adelige, heißt es. Er liegt angeblich im Sterben, verlangt aber nach einem Arzt statt eines Priesters. Und die Lübecker Kaufleute sind aufgebracht, als stünden sie kurz vor einem Aufruhr.«

Ymmes Handflächen wurden feucht, während sie die möglichen Folgen bedachte. Wenn der Abgesandte des Kaisers in ihrem Hospital starb, würde man zweifellos ihr die Schuld geben, schon um andere reinzuwaschen. Sie sah sich ein zweites Mal aus Lübeck fliehen, möglicherweise wieder aus einem brennenden Haus …

Sie rief nach ihren Helferinnen, während sie zum kleinen Krankenzimmer für vornehme Gäste eilte, um sich zu überzeugen, daß es in Ordnung war.

Selbstverständlich war es in Ordnung, man brauchte nur noch das Licht anzuzünden. Der Knecht entfernte sich gerade, als vier südländisch aussehende Knappen hereindrängten, zwischen sich eine Lederdecke, auf der ein leichenblasser Mann lag. Seine Augen waren geschlossen, der Atem kaum wahrnehmbar.

»Was ist geschehen?« fragte Ymme und griff nach dem Handgelenk des Kranken, noch während ihn die Männer auf dem Bett zurechtschoben.

»Sie sind Sizilianer, sie verstehen Euch nicht«, antwortete eine frische, jugendliche Stimme, die die Knappen mit einigen fremd klingenden Worten hinausschickte.

Als Ymme sich umdrehte, verbeugte sich ein junger Mann vor ihr, der höchstens sechzehn Jahre zählen konnte. Er trug ein orientalisches, grün, scharlachrot und schwarz gestreiftes Seidengewand, aber sein kantiges Gesicht unter dem roten Barett wirkte durchaus abendländisch.

»Gestattet, daß ich Euch erkläre. Mein Name ist Nicolaus von Hohenburg, Valet im Dienste des Kaisers, derzeit mit der besonderen Aufgabe betraut, mich um die ritterlichen Pferde der Delegation zu kümmern.«

»So«, sagte Ymme, wenig interessiert an all dem, »und was ist nun mit dem Kranken? Hermann von Salza, wenn ich richtig verstanden habe.«

»Der Leiter unserer Abordnung, ganz richtig. Und zudem ein enger Vertrauter des Kaisers.« Der junge Mann machte ein ehrfürchtiges Gesicht und fuhr fort. »Man könnte fast …«

»Später. Was ist …«

»Oh, natürlich. Es geschah während der Verhandlungen um den dänischen König Waldemar. Die Dänen sind über seine Gefangennahme empört, die widerrechtlich ist, wie sie meinen. Nachdem sie mit dem Grafen von Schwerin zu keiner Einigung gelangten, erwarteten sie, daß der König nach Ankunft der kaiserlichen Delegation auf der Stelle freigelassen würde. Aber der Kaiser hat eigene Vorstellungen und läßt verhandeln. Mit anderen Worten: Er stellt Bedingungen. Das hat die Dänen so erbost, daß sie den Hochmeister während des Essens vergiftet haben.«

»Aha.« Ymme ließ sich auf einem Hocker nieder, streifte dem Kranken den Ordensmantel von den Schultern und öffnete das dünne, feingegerbte Lederwams am Hals. Sie begann ihn zu untersuchen. »Sprecht ruhig weiter. Wie hat seine Krankheit begonnen? Gewiss wart Ihr beim Essen dabei.«

»Es ist keine Krankheit«, widersprach Nicolaus eigensinnig. »Es ist eine Vergiftung, deshalb hat niemand etwas bemerkt, bis der Hochmeister während des festlichen Mahls begann, Unsinn zu reden, mit Verlaub zu sagen. Und dabei holperte seine Zunge, als ob sie gelähmt wäre. Kurz danach fiel er vom Stuhl, und seitdem ist er ohne Bewußtsein.«

»Er hat sehr hohes Fieber«, murmelte Ymme gedankenverloren. »Das spricht nicht für eine Vergiftung.«

»Wir haben ihn zu Euch gebracht gegen den Rat der meisten in der Delegation, vor allem Frater Leonardo hält nichts von Frauen, die dem Herrn ins Handwerk pfuschen.«

Nein, natürlich nicht, dachte Ymme.

»Der Frater bot an, für ihn zu beten und an seinem Krankenbett zu wachen, aber die Lübecker Kaufleute sangen Euer Loblied, und selbst der Graf von Schwerin gab auf Befragen zu, daß Ihr als Ärztin einen guten Ruf genießt. Habt Ihr wirklich bei den Sarazenen gelernt? Und werdet Ihr den Hochmeister gesundmachen?«

»Ich habe im Hospital von Toledo gelernt. Es sieht nicht besonders gut für Euren Delegationsleiter aus«, bemerkte Ymme nachdenklich und betrachtete mißbilligend die außergewöhnlich prall gefüllten Adern, die sich am rechten Arm des Ordensritters bis zum Handrücken abzeichneten. Als sie die Hand umdrehte, entdeckte sie mitten in der Innenfläche eine Schwellung, die blaurot verfärbt war und sich als teigig erwies. »Seit wann hat er diese Verletzung?«

Nicolaus reckte sich, um Ymme über die Schulter zu sehen. »Oh, das«, sagte er sorglos, »der Hochmeister bat mich gestern, ihm beim Überziehen seines Handschuhs zu helfen, weil er seine Schildträger gerade mit Aufträgen fortgeschickt hatte. Da muß er wohl schon Kummer mit der Hand gehabt haben. Hat aber nichts zu bedeuten. Im Morgenland ziehen sich die Männer unentwegt Verletzungen an der Haut zu. Würmer, wißt Ihr …?«

Ymme widersprach ihm nicht. Sie stand auf.

Der Edelknappe trat wohlerzogen zurück. »Soll ich diese Nacht bei unserem Herrn wachen?« fragte er eifrig.

Ymme mußte lächeln. »Lieb, daß Ihr Euch sorgt, aber das ist nun meine Aufgabe. Solltet Ihr Euch nicht lieber um die Pferde kümmern? Wenn Herr von Salza aufwacht, wird er wissen wollen, daß alles seinen gewohnten Gang geht …«

Nicolaus' Gesicht nahm fast die Farbe seines scharlachroten Baretts an, und er blickte so betreten drein, daß Ymme, die schon in Gedanken die benötigten Heilmittel zusammenstellte, aufmerksam wurde.

Beim Anblick ihrer hochgezogenen Augenbrauen antwortete er freiwillig. »Der Lieblingshengst des Grafen ist vor drei Tagen gestorben. Wenn er aufwacht, wird er sich als erstes daran erinnern …«

»War es Eure Schuld? Hat Herr von Salza Euch Vorwürfe gemacht?« fragte Ymme behutsam.

Nicolaus zögerte und schüttelte dann den Kopf. »Nein, so einer ist er nicht … Aber dem Kaiser werde ich es gestehen müssen. Der Hengst war ein Geschenk des Sultans.

Und dann versetzt er mich zur Strafe womöglich zu den Jagdleoparden …« Er schluckte trocken.

Unwillkürlich strich Ymme ihm tröstend über die Wange, wie es wahrscheinlich auch seine Mutter getan hätte. In diesem Augenblick war Nicolaus nicht der Edelknappe des Kaisers mit Vorrechten, um die ihn viele beneidet hätten, sondern ein furchtsamer Junge, der sich möglicherweise verantwortlich für den Tod des Hengstes fühlte. Oder der Angst vor den Leoparden hatte.

Und dann überraschte er Ymme.

Er ergriff ihre Hand, sank auf ein Knie und küßte sie, obwohl sie rissig und durchaus nicht die Hand einer Edeldame war, sondern nach scharfer Lauge zum Säubern roch. »Bitte macht Hermann von Salza mit Gottes Hilfe gesund«, flüsterte er. »Ich bitte Euch sehr.«

In der Nacht versank der todkranke Hochmeister in tiefe Bewußtlosigkeit. Seine Gesichtsfarbe wechselte von weiß zu rot, und sein Herz hämmerte. Ymme erneuerte immer wieder die Wadenwickel, aber das Fieber wollte nicht sinken. Trotz des dicken Verbandes mit Zwiebelmus, den sie ihm um die Hand gewickelt hatte, blieben die Adern des Arms prall gefüllt und pochten heftig. Fast ohne Hoffnung saß sie Stunde um Stunde neben ihm.

Sie war dankbar, als Cornelius mitten in der Nacht von seinem neuerlichen Erkundungsgang zurückkehrte. »Gottlob«, sagte sie, und er küßte sie leicht auf den Mund, bevor er sich zu ihr setzte.

»Noch keine Änderung?«

Ymme schüttelte den Kopf. »Allenfalls schlechter. Ich hoffe, sein Herz hält es aus.«

»Als Ordensritter ist er immerhin alles gewohnt, was die Welt zu bieten hat: Hitze, die einen Mann wie eine Dörrpflaume aussehen läßt, Kälte, die ihn zum Eisblock macht …«

Ymme lächelte in sich hinein. »Ich weiß, Cornelius. Glutäugige Schönheiten, berauschende Düfte, Wein, der aus Brunnen fließt ...« Dann gab sie sich einen Ruck. »Was hast du in Erfahrung gebracht?«

Cornelius kaute auf den Lippen, ein sichtliches Zeichen von Besorgnis. »Ebenfalls nichts Gutes. Die Kaiserlichen sind der festen Überzeugung, daß Hermann von Salza vergiftet worden ist. Besonders der Graf von Schwerin tut sich mit Hetzreden gegen die Dänen hervor. Und die schäumen vor Wut über die Unterstellung.«

»Woher weißt du das denn?«

»Ich war im Hirschen, wo die dänischen Adeligen sich beraten. Und sich dabei hemmungslos betrinken. Einer ihrer Knechte ließ mich ein, als ich sagte, daß ich vom Hospital käme. Sie erhofften sich von mir die Nachricht, daß es dem Hochmeister schon besser geht ...« Cornelius lachte grimmig. »Sie haben ihn bestimmt nicht vergiftet. Sie fürchten ja nichts mehr, als daß er stirbt. Dann sind nämlich die Lösegeldverhandlungen für König Waldemar auf der Stelle beendet. Sie haben sogar Angst, daß er in dem Fall als Gefangener nach Sizilien verschleppt wird. Als Geisel, wie die Kaiserlichen sagen würden.«

»Kein Gift, von dem ich gelesen oder gehört habe, führt zu Karbunkeln und Fieber«, widersprach Ymme. »Cornelius, ich weiß, daß es eine Zumutung ist. Aber könntest du dich erkundigen, was mit dem Pferd des Hochmeisters war, bevor es starb? Der Valet, der sich um die Pferde der edlen Herren zu kümmern hat, liebt anscheinend Hermann von Salza von Herzen. Jedenfalls mehr als Pferde und Leoparden. Es hatte keinen Sinn, ihn weiter zu befragen. Aber es ist wichtig.«

Cornelius seufzte und stand auf. »Ich sehe schon, mein hochgelehrtes Weib verdächtigt ein Pferd, den Deutschordensritter vergiftet zu haben. Seinen eigenen Herrn! Pfui, wie treulos!«

Ymme schüttelte den Kopf. »Ach, du weißt doch, wie ich es meine. Hermann von Salza wird es nicht helfen, wenn wir die Ursache seiner Krankheit kennen, ich weiß, aber vielleicht den Dänen. Und das ist es doch wert ...«

»Und leider auch noch eilig! Und ich, der ich dachte, daß ich jetzt endlich meinen Pokal Wein trinken dürfte … Der Besuch bei den Dänen hat mich durstig gemacht«, seufzte Cornelius. Er bückte sich, um Ymme zu umarmen. »Nicht nur auf Wein …«

Ymme sah ihm nach, als er die Tür zum schwach erleuchteten Gang hinter sich leise schloß. Alle ihre gemeinsamen Wünsche hatten sich erfüllt – außer dem nach eigenen Kindern. Zwölf Jahre lebten sie jetzt schon nach ihrer Rückkehr aus Spanien in Lübeck, und Ymme hatte jede Hoffnung auf Kinder aufgegeben. Ausgerechnet sie, die auch Hebamme war. Vielleicht war es der Preis für die Kenntnisse, die ihr der Herr ermöglicht hatte. Das Hospital jedenfalls zog seinen Nutzen daraus. Es war für sie beide zum Inhalt ihres Lebens geworden, und Kinder hatten sie nunmehr viele …

Ihr Blick ging wieder zurück zu Hermann von Salza. Er rang mit dem Tode und wäre nicht der erste vornehme Verstorbene im Hospital. Aber noch nie hatte sie einen Kranken betreut, dessen Tod solche politischen Verwicklungen nach sich ziehen konnte. Wenn man es zu Ende dachte, konnte darüber das dänische Königreich stürzen und dem deutschen Kaiserreich einverleibt werden.

Ymme fröstelte plötzlich. Wer wollte schon Untertan eines Herrschers sein, der sein Reich wie ein Sultan regierte? Lieber ein König, der wie ein Bauer zechte, als ein Sultan, der sein Besitztum an Menschenhälsen zählte.

2.
Verrat

Cornelius machte sich im Schutz der Nacht zur Burg von Lübeck auf, wo außer den Soldrittern in König Waldemars Diensten auch die Delegation aus Sizilien untergebracht war. Er hoffte, im Stall jemanden zu finden, der ihm Auskunft geben konnte.

Die angespannte Stille in der Stadt war nicht weniger alarmierend als Schlachtenlärm, und er bewegte sich vorsichtig wie eine Katze. Einen Augenblick blieb er stehen, um seinen Umhang mit dem leuchtenden weißen Kreuz herumzudrehen, und setzte dann seinen Weg im Schatten der Häuser fort. Zuweilen hatte er das Gefühl, daß ihm jemand auf den Fersen war.

Aber als er unvermittelt in einen Torbogen schlüpfte und lauschte, war alles ruhig. Wahrscheinlich gaukelte ihm sein Gespür für brenzlige Situationen, das er all die Jahre nicht benötigt hatte, eine Gefahr nur vor. Er lachte leise über sich selbst.

Völlig unbehelligt erreichte er die Burg. Im Schatten der Mauer legte er seinen Mantel wieder richtig herum an und trat zu dem kaiserlichen Wachtposten, den er kurz das Kreuz auf seinem Rücken sehen ließ. »Man verlangt nach mir. Einer der dänischen Ritter hat sich verletzt«, erklärte er.

Er wurde schweigend durchgelassen. Zuversichtlich ging er auf den Stall zu, der schwach erleuchtet war.

Die Geräusche von schlafenden Pferden waren Cornelius so vertraut wie früher. Mit einem Lächeln trat er über die Schwelle.

Ein Knecht mit dunkelhäutigem Gesicht sprang von einem Schemel auf. Über seinen Knien hatte eine Axt gelegen, die er nun drohend in der Hand hielt.

»Mein Name ist Cornelius von Fischbach«, erklärte der Ritter mit verwundert hochgezogenen Augenbrauen langsam und deutlich, weil er nicht wußte, ob der Mann Deutsch verstand. »Herrscht Krieg im Stall des Kaisers?«

»Was wollt Ihr?« entgegnete der Knecht scharf. »Ihr seid keiner von den Unseren.« Er bediente sich eines Gemisches aus Italienisch und Deutsch und schien jeden Augenblick willens zu sein, mit der Axt auf Cornelius loszugehen.

»Ruhig, mein Sohn«, sagte Cornelius beschwichtigend und ließ ihn das Kreuz sehen. Angestrengt suchte er in seiner Erinnerung nach Brocken des italienischen Volgare. »Ich bin auch kein Däne, ich komme vom Hospital, wo euer Deutschherr liegt.«

»Ausgerechnet Johanniter! Ob das meinem Herrn wohl recht ist?«

»Ich habe in Ägypten und im Heiligen Land gekämpft wie dein Herr, und vermutlich wäre er dankbar, wenn er wüßte, daß sich ein Waffenbruder im Namen des Herrn um ihn bemüht. Abgesehen davon, daß die beste Hakima des Nordens es tut.«

»Habe schon davon gehört«, brummte der Knecht unentschlossen und stellte dann die Axt an die Wand. »Ist sie wirklich Sarazenin?«

»Nein, das ist sie nicht«, sagte Cornelius vorsichtig. »Aber sie hat die Heilkunde der Araber in Toledo studiert.«

»Ich habe nichts dagegen«, sagte der Italiener plötzlich freimütig. »Ich habe mir einmal in Lucera von einem Hakim einen Pfeil aus dem Oberschenkel ziehen lassen. Ist tadellos verheilt. Womit kann ich Euch helfen?«

Cornelius holte tief Luft. »Die Hakima benötigt eine Auskunft von dir. Könnte sein, daß die Heilung deines Herrn dann schnellere Fortschritte macht.«

Der Knecht grinste schief. »Nicht, daß ich Eure Schmeichelei glaube, aber wenigstens schlafe ich nicht ein, wenn Ihr mich unterhaltet. Worum geht's?«

»Es soll vor einigen Tagen ein Schlachtroß hier im Stall gestorben sein.«

»Es war niemand schuld«, antwortete der Knecht wütend und trat dicht an Cornelius heran. »Wer das behauptet, lügt!«

»Beruhige dich! Darum geht es mir als Johanniter doch gar nicht.«

»Das ist wahr«, gab der Knecht reuig zu. »Braucht die Hakima vielleicht Pferdefett?«

»Nein, nein, nur die Auskunft.« Cornelius griff nach dem kleinen Beutel, den er unter seinem Umhang trug. »Es soll dein Schade nicht sein. Ist dir etwas an dem Hengst aufgefallen?«

»An dem Hengst gab es nichts, das nicht aufgefallen wäre«, sagte der Knecht bereitwillig und befingerte neugierig den lübschen Halbpfennig.

»Einen Humpen Bier oder den Kuß einer Dirne bekommst du dafür«, klärte Cornelius ihn lächelnd auf.

Der Knecht zwinkerte ihm zu. »So etwas von Euch, Bruder Ritter? Der Hengst blutete aus allen Löchern gleichzeitig, wie ich es noch nicht gesehen habe. Und die Haut war aufgequollen, als sei sie mit Wasser gefüllt. Wenn man draufdrückte, kam aber nichts heraus.«

»Hast du draufgedrückt?« erkundigte Cornelius sich.

»Nein, nur der Deutschritter selber. Von uns wagte sich niemand an den Hengst heran. Hier hatte Satan seine Hand im Spiel, und dagegen ist nur ein so hoher Herr wie Hermann von Salza gefeit.«

Der Italiener begann ausschweifend vom grausigen Ende des Pferdes zu erzählen; so wortkarg er am Anfang gewesen war, konnte er jetzt kaum ein Ende finden.

»Wie seid ihr das Pferd denn losgeworden?« Cornelius unterbrach ihn schließlich. Er war halb erstaunt, halb belustigt.

»Mit Mistgabeln auf ein großes Brett gewälzt und dann ab damit in einen Brunnen«, erklärte der Knecht kurz und bündig und schüttelte sich.

»Ja, ob die Hakima damit etwas anfangen kann, weiß ich nicht, aber auf jeden Fall ist es die Auskunft, die sie wünschte. Ich danke dir«, sagte Cornelius freundlich.

Als er schon in der Stalltür stand, wurde er nochmals aufgehalten. »Herr Ritter«, sagte der Knecht zögernd. »Wir werden für unseren Herrn Hermann und für die Hakima beten und Kerzen anzünden. Frater Leonardo hat's verboten, aber jetzt, wo ich Euch kenne ...«

»Tut das, sie ist für jede Hilfe dankbar«, sagte Cornelius und entfernte sich mit einem Nicken. Als er das Burggelände hinter sich gelassen hatte, fragte er sich, wer zum Teufel dieser Bruder Leonardo sein mochte und warum ausgerechnet er keinen himmlischen Beistand für den Hochmeister wünschte. Oder hatte sich der Italiener nur unglücklich ausgedrückt?

Der Zustand des Deutschordensherrn hatte sich weiter verschlechtert. Sein Gesicht war inzwischen mehr grau als rot, trotzdem glühte er vor Hitze. Eigentlich hätte Ymme nach dem Priester der Kirche Zum Heiligen Geist schikken müssen, die am nächsten lag.

Aber die Letzte Ölung würde die Zeit in Anspruch nehmen, die sie für einen letzten Versuch benötigte. Schon auf dem Weg zur Tür, gestand sie sich ein, daß sie sich womöglich versündigte. Sie würde trotzdem handeln, wie sie es für richtig hielt.

»Ermgard!« rief sie in den langen Gang vor den Krankenzimmern. »Zwei Pferdedecken, Betttücher und zwei Kübel Wasser, schnell! Und die Küche soll Knoblauchmus vorbereiten! Bring Hindrik mit!«

Laufende Schritte bestätigten, daß ihre Befehle auf der Stelle ausgeführt wurden, indes sie selbst den Kranken von seiner restlichen Kleidung befreite. Als Ermgard und der Knecht Hindrik kamen, lag der Hochmeister nackt auf den Laken.

Ymme erklärte ihnen hastig, was sie vorhatte. Dann begannen sie mit Hilfe der zerrissenen Bettücher den Kranken mit kaltem Wasser abzureiben, jeden Zentimeter Haut immer und immer wieder.

Obwohl Ymme immer noch nicht recht klar war, ob ein Zusammenhang zwischen der übrigen Erkrankung und dem Karbunkel bestand, wäre ihr lieber gewesen, ihn offen zu wissen. Aber er war noch nicht reif. Wenn sie ihn jetzt öffnete, würden die Gifte aus dem Karbunkel den Körper überschwemmen, und dann wäre Hermann von Salza mit Sicherheit noch vor dem Morgengrauen tot.

Sie arbeiteten schweigend. Nur Hindriks Keuchen war zu hören, wenn er von Zeit zu Zeit den narbenübersäten Leib drehte, der zwar mager, aber durchtrainiert und keineswegs leicht war.

Endlich war Ymme zufrieden. Die Haut des Kranken glühte nicht mehr, und fast schien es, als ob er leichter atme. »Jetzt wickeln wir ihn fest in beide Decken«, befahl sie. »Ermgard geht wieder auf ihren Posten, und Hindrik räumt die Sachen fort und legt sich schlafen.«

»Ja, Herrin«, sagte Hinrik gehorsam.

»Soll ich das Knoblauchmus holen, Meisterin?« fragte Ermgard.

»Nicht nötig, ich hole es selber. Du kannst dich auf deine Runde durch die Krankenzimmer machen.« Während ihre Helfer den Raum verließen, blieb Ymme noch einen Augenblick bei ihrem Patienten. Zweifellos befand er sich zwischen Leben und Tod.

Sie dachte an Cornelius. Wenn er nur endlich zurück wäre! Konnte es zwischen dem Tod eines Pferdes und der Krankheit seines Besitzers einen Zusammenhang geben? Der Gedanke, so unwahrscheinlich er auch war, ließ sie nicht los.

Sie ermahnte sich energisch, nicht noch tiefer in solchen Grübeleien zu versinken, und machte sich auf den Weg in die Hospitalküche. Von hinten sah sie Ermgard in einen der letzten Räume verschwinden. Soweit war also alles in Ordnung.

Die Küchenhilfe war offenbar wieder zu Bett gegangen, aber eine Holzschüssel mit dem wäßrigen Mus stand bereit. Ymme atmete zufrieden den scharfen, würzigen Duft ein; sie hielten für Heilzwecke stets die Knoblauchzehen aus Alsen bereit, die als die besten galten.

Sie verließ den Küchentrakt und betrat wieder den leeren Gang vor den Krankenzimmern. Ermgard machte offenbar noch ihre Runde an den Krankenbetten. Sie konnte sehr selbständig arbeiten. Überhaupt war Ymme stolz auf all die Helfer, die sie inzwischen ausgebildet hatte. Man konnte durchaus sagen, daß in ihrem Haus alles wie am Schnürchen lief.

Mit einem Gefühl der Zufriedenheit betrat sie den Raum des Deutschritters, wo sie jäh stehenblieb. Am Krankenbett machte sich eine Gestalt zu schaffen. »Hindrik! Zu Hilfe!« schrie sie aus Leibeskräften und versuchte, den Mann an seinem weiten Gewand vom Bett fortzuzerren.

»Nimm deine frevlerischen Hände von der Kutte des Herrn!« herrschte er sie an und richtete sich auf.

Ymme erkannte mit Entsetzen den Franziskanermönch vom Vortag. In der Hand hielt er ein Messerchen mit krummer Schneide, und sie wußte nur zu gut, wozu er es benutzen wollte. »Raus hier! Was erlaubt Ihr Euch!« fauchte sie.

»Die Behandlung des Kranken nach den Regeln der Kunst!« gab er aufgebracht zurück. »Ich habe in Salerno die Aderlaßschriften studiert und in Paris die *sectio rationis*. Und Ihr seid eine impertinente, unverschämte Person!«

»Aderlaß! Das dachte ich mir«, versetzte Ymme bebend vor Zorn. »Nichts wäre geeigneter, den Kranken schneller zum Tode zu befördern als ein Aderlaß.«

»Und der Karbunkel muß aufgeschnitten werden«, fuhr der Mönch fort, als ob sie für ihn Luft wäre.

Jetzt erst bemerkte Ymme, daß der nun leichenblasse Arm des Hochmeisters über den Rand des Bettes hing. Sie beruhigte sich, als sie sah, daß der Mönch noch nicht geschnitten hatte. Aber sie war zweifellos keinen Augenblick zu früh gekommen. »Das wäre die zweite Möglichkeit gewesen, ihn zu töten«, bemerkte sie erbittert und lauschte nach draußen. Cornelius oder Hindrik! Wenn nur einer von ihnen käme! Aber im Gang rührte sich nichts.

Der Mönch schob die Ärmel seiner Kutte bis an die Schultern hoch. »Fort mit dem Teufelszeug!« befahl er mit einem Blick auf die Schüssel, die Ymme immer noch in ihrer bebenden Hand hielt, und ließ sich auf die Knie sinken. »Und schafft einen Priester herbei!«

»Im Gegenteil! Ich schaffe einen Mönch hinaus«, schrie Ymme und stülpte ihm wutentbrannt die Schüssel über die Tonsur. Bröckchen von weißlichem Knoblauch und Saft rannen durch die spärlichen Haare und Augenbrauen und tropften ihm auf die Schultern.

Sein Gebrüll war von bemerkenswerter Lautstärke. Er ließ das Skalpell fallen und rieb sich mit einem Kuttenärmel die Augen.

Nur zu, dachte Ymme zufrieden. Desto länger bist du außer Gefecht gesetzt. Gottlob hörte sie im Gang hastige Schritte von beiden Seiten.

Als erste trat die alte Frau Taleke ein, die ganz gewiß jetzt am wenigsten zu gebrauchen war. »Sieh an«, sagte sie und spitzte genüßlich die Lippen. »Ich habe mir doch gedacht, daß Ihr Euch auf weiteres Handwerk versteht als nur die Heilkunde. Das Verdreschen von Mönchen ist ein besonders befriedigender Beruf, findet Ihr das auch, Frau Hakima?«

»Mein Gott, Taleke, bitte geh«, zischte Ymme. »Sei so gut und suche Hindrik.«

»Schon da, Herrin.« Hindrik tauchte in der Tür auf. Beim Anblick des Mönches bekreuzigte er sich. »Eure Frisur, Bruder …«, hob er bedächtig an. »Und Euer Gesicht. Ihr solltet so nicht Christenmenschen unter die Augen treten, man könnte meinen, Ihr wärt vom Teufel besessen.«

Ymme warf Hindrik einen scharfen Blick zu. Sie wußte nicht genau, ob ihr biederer Helfer es ernst meinte oder ob er wirklich zu solchem Spott imstande war. Der Franziskaner schien es anzunehmen; er sprang heulend auf und versuchte, das Zimmer zu verlassen. Aber er stieß gegen das Bett, drehte sich um sich selbst und fand den Ausgang nicht.

»Wascht Euch die Augen mit Wasser aus, aber reibt nicht zu sehr«, riet Ymme, mäßig freundlich, und schob ihn zur Tür. »Am Ende des Ganges findet Ihr einen Kübel. Übrigens ist es sehr einsichtig von Euch, das Skalpell hierzulassen. Schon unser großer Heiliger Vater, Innozenz III., hat auf dem vierten Laterankonzil den Klerikern die manuelle Heilkunde verboten.«

Der Mönch tappte hinaus. Sein dumpfes Stöhnen verlor sich im Gang, begleitet von Talekes gluckerndem Lachen, die sich offenbar selbst davon überzeugen wollte, daß er den Ausgang fand. Ymme lauschte ihnen nach, von bösen Ahnungen geplagt. Sie konnte nur hoffen, daß der Erzbischof von Lübeck nicht allzuviel von Franziskanern hielt. Dann wandte sie sich wieder dem Krankenbett zu.

Ferner Lärm schreckte Cornelius aus dem Grübeln auf. Laufende Schritte in der Nähe von Sankt Jacob entfernten sich in Richtung Markt. Der Ritter raffte seinen Mantel zusammen und setzte ihnen nach.

Als er die Schrangen hinter sich gelassen hatte, ahnte er, was los war. Die Dänen im Hirschen!

In der Mitte des Marktplatzes war die dunkle Masse von Pferdeleibern zu erkennen; von Knechten in Gruppen am Zügel gehalten, traten sie unruhig auf der Stelle. Cornelius' Blick wanderte zum Hirschen hinüber. Das Wirtshaus wurde ganz offensichtlich von Lübecker Bürgern belagert. Er hörte einzelne wütende Rufe. »Sie sind Dänen im dänischen Königreich! Der Graf von Schwerin hat ihnen freies Geleit zugesichert! Gebt sie frei!«

Also waren die Kaiserlichen gekommen, um die dänischen Adeligen widerrechtlich gefangenzunehmen. Er hatte gefürchtet, daß es mit dem Verdacht eines Anschlags auf den Leiter der kaiserlichen Abordnung nicht sein Bewenden haben würde. Wenn doch nur Ymme da wäre, um ihnen die Idee von der Vergiftung auszureden! Aber es war zu spät, sie zu holen.

Entschlossen legte Cornelius die letzten Schritte zum Wirtshaus zurück und erreichte es gerade in dem Augenblick, als der Mann, der der Graf von Schwerin sein mußte, über die Schwelle trat. Die wütenden Rufe steigerten sich zu einem Höllenlärm, als er die Treppe herabstieg, gefolgt von seinen eigenen Leuten sowie den Rittern und Knechten der sizilianischen Delegation, die die betrunkenen Dänen die Stufen hinunterstießen.

Cornelius wartete, bis der Menge der Atem ausgegangen war, dann trat er dem Grafen in den Weg. »Einen Augenblick, Herr Graf«, sagte er mit lauter Stimme. »Mein Name ist Cornelius von Fischbach, Vorsteher des Hospitals und den Johannitern zugehörig. Es handelt sich offensichtlich um ein Mißverständnis: Der Hochmeister wurde nicht vergiftet, die Dänen sind unschuldig. Ihr habt kein Recht, sie gefangenzunehmen.«

Der Graf betrachtete ihn wie ein lästiges Insekt. Schließlich ließ er sich mit auffallend heller Stimme zu einer Äußerung herab. »Weder ich noch mein Kaiser sind der Meinung, daß sich Ritter des Johanniterordens zu Angelegenheiten der Deutschherren äußern sollten.«

Cornelius straffte die Schultern und sah sich kurz um. In seiner Nähe standen Kaufleute mit samtenen Baretten, einer von ihnen trug die goldene Kette des Ratsherrn um den Hals. Ihre Mienen signalisierten Zustimmung, aber auch Bedenken. »Und weder ich noch andere Lübecker Bürger sind der Meinung, daß wir Übergriffe des Grafen von Schwerin auf dänische Untertanen dulden sollten. Seit dem Jahr 1214 ist ganz Schleswig Besitztum des dänischen Königs Waldemar. Und untersteht nicht dem deutschen Kaiser. Ich mache Euch nochmals darauf aufmerksam, daß Ihr widerrechtlich handelt!«

Brüllendes Gelächter erhob sich unter den Kaiserlichen; der Graf lächelte nur kalt. »Am besten kommt Ihr mit uns, Ritter … wie war noch Euer Name?« sagte er schließlich und wandte sich zum Gehen. »Wir werden uns Eurer Angelegenheit zuwenden, sobald wir Zeit haben.«

Eine Hand fiel derb auf Cornelius' Schulter, und als er sich umwandte, blickte er in das bärtige Gesicht eines älteren Knappen. »Kommt Ihr freiwillig mit?« fragte er, »oder muß ich Euch in Fesseln legen?«

Als Ymme am Morgen entdeckte, daß Cornelius in der Nacht nicht zurückgekehrt war, schlug ihre Besorgnis in Angst um. Hindrik, den sie aussandte, um nach ihm zu suchen, wußte nur zu berichten, daß die dänischen Adeligen gefangengenommen und in der Burg festgesetzt worden waren.

»Glaubst du, daß Cornelius bei ihnen ist?« fragte Ymme aufgebracht.

»Kann schon sein. So wie man den Herrn Ritter kennt, hat er wahrscheinlich versucht, den Dänen zu helfen«, murmelte Hindrik.

»So oder so«, sagte Ymme entschlossen. »Er muß dort sein. Und ich muß hin! Du wirst Ermgard helfen. Sie weiß, was zu tun ist. Taleke verläßt heute das Hospital. Sollte sie ..., ich meine, sollte sie ...«

»Ganz recht. Wenn sie nicht gehen will, stellen wir sie zum Rübenputzen an. Das macht sie nicht gern. Seid ohne Sorge, Herrin. Mit dem Weib werden wir schon fertig.«

Ymme lächelte ihn dankbar an und holte dann ihren Umhang. Die Sonne war noch kaum über die Kirchturmspitze von Sankt Marien hinausgekommen, als sie ihren Gang zur Burg antrat.

Unterwegs dachte sie darüber nach, wie sie ihr Anliegen vortragen sollte. Vermutlich war der derzeit wichtigste Mann auf der Burg der Graf von Schwerin, über den sie bislang noch kein einziges gutes Wort gehört hatte. Gegen ihn hatte sie sich zu wappnen; aber sie war schließlich schon mit anderen Situationen und Männern fertig geworden. Sie überquerte gerade den menschenleeren Burghof, als sie von hinten angerufen wurde.

»Meisterin Ymme! Wie geht es unserem Hochmeister?«

»Unverändert schlecht«, antwortete Ymme ehrlich und wandte sich dem Valet des Kaisers zu. »Tut mir leid, es sagen zu müssen: Er ringt mit dem Tod.«

»Und dann seid Ihr hier?« Nicolaus' Bestürzung war kaum zu übersehen, und er ballte die Fäuste, daß Ymme Angst bekam, er würde auf sie losgehen.

»Was soll ich denn machen!« rief sie aufgebracht. »Ich hatte meinen Mann Cornelius gebeten, auf der Burg nach einer Spur zu suchen, die mir möglicherweise bei der Behandlung des Hochmeisters helfen kann, und seitdem ist er verschwunden. Das einzige, was mir einfällt, ist, den Grafen von Schwerin zu fragen …«

Der junge Mann schnitt ihr mit einer Handbewegung das Wort ab. »Wenn's nur das ist«, sagte er, »dann kommt mit.«

Ymme konnte kaum Schritt halten, als er den Wohnturm umrundete, dicht an der Mauer entlang, so daß man sie von oben nicht sehen konnte, wie sie trotz ihrer Aufregung bemerkte.

»Sie haben ihn von den Dänen getrennt. Die Dänen sitzen in den Verliesen.« Nicolaus blieb vor einer gewöhnlichen Stalltür stehen und schob den Riegel nach oben. »Euer Mann hat mit ihnen verglichen eine Luxuskemenate.«

»Oh«, sagte Ymme und sog naserümpfend die Luft ein, die ihr entgegenschlug. »Hier hat früher die Sau des Hauses genächtigt.«

»Genau«, sagte Nicolaus und lud sie mit einem Grinsen ein, in den halbdunklen Raum zu treten.

Cornelius saß auf einem steinernen Trog und sah Ymme ungläubig entgegen. Dann lagen sie sich in den Armen.

»Nun ist es genug«, murmelte Nicolaus verlegen. »Vielleicht solltet Ihr ein Ende finden, bevor wir alle drei ertappt werden. Ich für meinen Teil würde zum Futterknecht für Jagdleoparden degradiert werden, wenn nicht zu ihrem Futter.«

»Danke, Nicolaus, danke«, sagte Ymme überwältigt.

»Auch die Dankbarkeit verschieben wir besser. Und ich muß bei Euch bleiben, um die Tür zu bewachen ...«

»Wie Ihr wollt.« Ymme sah Cornelius forschend an. Er war nicht verletzt, eher schien Ärger an ihm zu nagen. Das konnte warten. »Cornelius, hast du etwas erfahren?«

»Eine Menge. Hermann von Salza hat keine Feinde. Er ist anscheinend bei den meisten Menschen beliebt, was auf Gegenseitigkeit beruht. Aber er liebt auch Tiere: In den letzten drei Tagen sorgte er sich vor allem um sein Pferd, er war stundenlang im Stall, sagte der Stallknecht. Sein Hengst hätte eine Krankheit gehabt, die Hermann von Salza schon im Heiligen Land gesehen hat.«

Ymme hob ruckartig den Kopf und starrte ihn gespannt an.

»Was ist?« fragte er irritiert.

»Was für eine? Erzähle weiter!«

»Das Blut, das dem Hengst aus den Nüstern und aus dem After lief, sah aus wie flüssiges Pech, und seine Augen waren blutunterlaufen.«

Ymme atmete tief ein. Da war es. Auf eine solche oder ähnliche Erklärung hatte sie gehofft. »Er hat das Blut womöglich angefaßt?«

»Er hat den Finger hineingetaucht.«

»Nicht nur das«, sagte Nicolaus von der Tür her und schüttelte sich. »Er hat es zwischen den Handflächen verrieben, daran gerochen und sogar geleckt.«

»Das muß er bei einem Arzt im Orient gelernt haben«, sagte Ymme wider Willen lächelnd. »Nur, daß es ihm in diesem Fall die Krankheit eingetragen hat. Ich kenne sie, glaube ich. In Toledo kam sie mehrmals bei Arbeitern in der Abdeckerei vor. Milzfäulnis hat al-Walid sie genannt ...«

»Was Ihr alles wißt«, sagte Nicolaus bewundernd. »Allmählich verstehe ich, daß sie Euch empfahlen. Bruder Leonardo hätte nur einen Aderlaß gemacht. Er hat sich mächtig geärgert, daß Hermann von Salza nicht ihm anvertraut wurde.«

Ymme nickte, mit den Gedanken ganz woanders. »Cornelius, ich werde jetzt gleich zum Grafen von Schwerin gehen und ihn zu überzeugen versuchen, daß die Dänen mit der Krankheit des Hochmeisters nichts zu tun haben. Ich hoffe, er läßt dich sofort frei.«

»Der Graf wird Euch nicht vorlassen«, bemerkte Nicolaus bedauernd. »Frauen kann er nicht leiden, und auf ihr Wort gibt er sowieso nichts.«

Ymme hielt erschrocken den Atem an. »Dann muß ich sofort zurück, ich kann den Hochmeister nicht so lange allein lassen. Wie ist es mit Euch? Würde er Euch vorlassen?«

Nicolaus nickte düster. »Liebend gern …«

»Aber?«

»Ich gehe ihm aus dem Weg …«, antwortete Nicolaus zögernd.

»Er stellt Euch also nach. Nein, dann kann ich es von Euch nicht verlangen.« Ymme nahm Cornelius bei beiden Händen. »Ich hoffe, es geschieht dir nichts«, sagte sie weich. »Ich werde den Rat der Stadt alarmieren. Ich wüßte nicht, was ich sonst tun könnte.«

»Hermann von Salza heilen«, sagte Nicolaus hoffnungsvoll. »Er ist der einzige, dem sich der Graf von Schwerin beugen muß.«

Ymme schüttelte beklommen den Kopf, bis es ihr gelungen war, sich die Kehle freizuräuspern. »Die Arbeiter der Abdeckerei sind ausnahmslos gestorben. Für diese Krankheit gibt es kein Heilmittel.«

Der Valet sank mit verzweifeltem Gesicht auf den schmutzigen Boden des Schweinestalls und begann laut zu beten.

Cornelius sah Ymme mit versteinerter Miene nach, als sie hinaus ins Freie trat.

3.
Das Komplott

Die Gewissheit, daß der Hochmeister sterben würde, erfüllte Ymme mit Entsetzen. Hinzu kam, daß ein Mann wie der Graf von Schwerin wahrscheinlich versuchen würde, ihr die Schuld daran zu geben. Und wenn sie erst einmal Gegenstand einer Untersuchung war, würde auch herauskommen, daß sie exkommuniziert war, ein Geheimnis, das sie bisher vor den Lübeckern hatte verbergen können.

Sie war so in Gedanken, daß sie vor dem Hospital um ein Haar mit einem Mann in brauner Kutte zusammengestoßen wäre, der gerade den Tordurchgang betreten wollte. »Ihr schon wieder!« sagte sie abweisend. »Ich dachte, Ihr hättet verstanden, daß Ihr hier nicht erwünscht seid.«

Der Franziskaner lächelte. Zwischen den schmalen, grauvioletten Lippen konnte Ymme die schadhaften Zähne mit dem gelben Belag sehen.

»Ihr werdet mich kaum hindern können«, sagte er und hielt mit Ymme Schritt.

»Ich brauche nur meinen Ehemann, den Leiter dieses Hauses zu bitten, die Stadtwache zu holen.« Ymme ließ sich nicht mehr provozieren und handelte statt dessen mit kühler Überlegung. Sie hoffte sehr, daß ihre energische Drohung überzeugend klang.

»Das wäre ein Mißgriff, meine Tochter. Der Graf von Schwerin fackelt nicht lange mit Feinden des Kaiserreichs. Ihr solltet es gemerkt haben.«

Ymme blieb abrupt stehen. »Wer seid Ihr eigentlich?« fragte sie alarmiert.

»Ich bin Frater Leonardo, Medicus des Deutschordensherrn, der ein Freund unseres Kaisers ist, und der gesamten Delegation.«

Ymme starrte ihn mit offenem Mund an. Dieser Stümper wollte ein studierter Arzt sein? Dann kam ihr jäh zu Bewußtsein, was der Valet erzählt und was bis eben für sie keinerlei Bedeutung gehabt hatte. »Ihr seid also Bruder Leonardo«, murmelte sie unbeholfen.

»Richtig. Laßt uns also zu Hermann von Salza gehen und gemeinsam feststellen, wieviel Leben in ihm ist. Ich hoffe, Ihr seid klug genug gewesen, für Priester zu sorgen, die an seinem Bett beten. Immerhin muß man in Betracht ziehen, daß Hermann von Salza jeden Augenblick vor das Angesicht des Herrn gerufen werden könnte.«

Mit diesem widerwärtigen Mann wollte Ymme sich ganz bestimmt nicht austauschen über das, was dem todkranken Mann Not tat. Insbesondere, weil er bereits tot sein konnte. So ganz konnte sie sich des Eindrucks nicht erwehren, daß Bruder Leonardo damit sehr einverstanden gewesen wäre. Sie raffte ihren Mantel zusammen, stieg die Treppenstufen hinauf und wünschte sich weit fort von diesen Männern aus dem Süden, die eine ganze Stadt innerhalb kürzester Zeit in Aufruhr und Schrecke versetzten und sogar vor einem Hospital nicht haltmachten.

Was in seinen Augen weiß hätte sein sollen, schimmerte gleichzeitig blau und dunkelrot. Aber Hermann von Salza sah ihnen entgegen, wenn er auch noch etwas benommen wirkte.

Ymmes Blick wanderte hinüber zu Ermgard, die es fertigbrachte, breit zu lächeln, obwohl sie genauso überrascht schien wie Ymme selbst.

»Er ist gerade eben aufgewacht«, sagte Ermgard leise. »Als hätte er gewußt, daß Ihr kommt, Meisterin Ymme.«

»Er kennt meinen Schritt«, behauptete Leonardo und drängte sich vor Ermgard in das Blickfeld des Hochmeisters. »Dem Herrn sei Dank«, fuhr er vernehmlich fort. »Sein weiser Ratschluß ist es, daß Ihr unter uns Menschen weiterhin segensreich wirken sollt, den Heiden ein nie nachlassender Schrecken, ein Brillant des Ruhms in der Krone unseres verehrten Herrn Kaisers, unserem Herrn im Himmel zum täglichen Lob. Willkommen zurück von der Schwelle des Todes, Hermann von Salza.«

Ymme zuckte zusammen, auf solch einen schmeichlerischen Wortschwall war sie nicht vorbereitet.

Der Kranke sagte nichts. Noch war er damit beschäftigt, zu sich zu kommen. Aber er war in der Lage, dem Mönch zuzuhören.

»Gegen meinen ausdrücklichen Willen hat man Euch hierher geschafft, edler Herr, aber da selbst der Graf von Schwerin dafür sprach, stand ich fast allein mit meiner Meinung. Es ist wie ein Wunder, daß Ihr gesundet, obwohl Ihr im Hause einer Ungläubigen liegt.«

Ymme stockte der Atem. Nun war es heraus: Er wußte, daß sie exkommuniziert war. Der Blick des Kranken schweifte für einen winzigen Augenblick zu ihr herüber.

»Auch wenn sie nicht wie eine Ungläubige aussieht, Herr«, fuhr Bruder Leonardo eifrig fort, »ist sie eine. Sie hat es selbst gesagt. Ihr Name ist Umm Iume de Lubicensis. Und wer wüßte besser als Ihr, daß nur Sarazeninnen sich Umm nennen?«

Nein, er ahnte nichts. Ymme atmete auf, zumal sie glaubte, im Gesicht des Ritters einen Schimmer von Interesse erkannt zu haben, soweit man das von einem Menschen sagen konnte, der einige Stunden zuvor noch mit dem Tode gerungen hatte. »Ich wurde in Toledo zur Ärztin ausgebildet, zur Hakima Iume«, sagte sie einfach. »Die Frauen, deren Hebamme ich war, nannten mich Umm.«

Der Hochmeister schloß die Augen.

Frater Leonardo sank auf die Knie und verbarg sein Gesicht in den Händen. »Wir befinden uns im Zeitalter des Antichrist!« rief er klagend aus. »Wer hätte vor einem Jahrzehnt daran denken mögen, daß die Ungläubigen den kalten Norden erobern, bevor die Heerscharen Christi es tun!«

»Nun haltet aber inne, Bruder Leonardo! In Lübeck gibt es seit einem Jahrhundert keine Heiden mehr, seine Bewohner sind so gläubig wie die von Köln oder Rom!«

Täuschte sie sich, oder ging der Anflug eines Lächelns über das Gesicht des Kranken? Jedenfalls brachte die Erkenntnis, daß sie sich nicht verteidigen mußte, Ymmes Gedanken wieder zu ihrer eigentlichen Aufgabe zurück. »Ermgard, wann hast du zuletzt den Verband gewechselt?« erkundigte sie sich.

»Als die Sonne aus dem Fenster gewandert war. Es wird Zeit, ihn zu erneuern. Ich werde das Mus holen.« Ermgard stand auf. »Kann ich Euch mit Bruder Leonardo wirklich allein lassen?« fragte sie respektvoll, schon auf der Schwelle.

»Ich denke, Bruder Leonardo wird jetzt gehen wollen. Er hat sich nun davon überzeugt, daß es mit Herrn Hermann von Salza aufwärts geht«, sagte Ymme entschlossen.

»Ja.« Die Zustimmung des Ritters kam krächzend, aber eindeutig.

Frater Leonardo verzog sein Gesicht und warf einen bösen Seitenblick auf Ymme. Aber offenbar fand er keine Ausrede und folgte schließlich Ermgard, die hinter ihm die Tür nachdrücklich schloß.

Ymme setzte sich neben den Kranken und schob ihm ein Trinkröhrchen zwischen die Lippen. Mit wieder geschlossenen Augen sog er bedächtig. Es dauerte lange, bis der Becher mit Kamillentee zur Hälfte geleert war. Aber wer hätte am Vortag daran zu denken gewagt?

Als Ermgard mit dem Mus kam, nahmen sie sich der Hand des Ritters an. Der Karbunkel war aufgegangen. Das Gemisch aus Knoblauch und wäßrigem Blut mußte abgewaschen werden, bevor Ymme den Wundkrater genau betrachten konnte. Er wirkte unscheinbar, aber trotzdem bestand kein Zweifel, daß der Kranke in dem Augenblick ins Leben zurückgekehrt war, als der Karbunkel aufgegangen war.

»Weißt du was«, sagte Ymme leise, um den Hochmeister nicht aufzuwecken, zu Ermgard, »ich glaube, daß die Krankheit mit dem Karbunkel begonnen hat, der nicht, wie der Valet meinte, eine Verletzung war, wie die Ritter sie im Morgenland gewohnt sind. An diese Art Verletzung gewöhnt man sich nicht, denn im allgemeinen stirbt man daran. Er hat sie sich durch das Blut seines Pferdes zugezogen.«

»Wie das?« Hermann von Salza schlug die Augen auf. Trotz der Verfärbung erkannte Ymme, daß er sie neugierig betrachtete. »Durst«, murmelte er.

»Ja, gewiß. Ihr habt viel Blut verloren, Ihr müßt sehr, sehr viel trinken.« Ymme schob ihm das Rohr wieder zwischen die Lippen.

»Ich habe kein Blut verloren«, widersprach er, als der Becher leer war.

»Doch, nach innen«, widersprach Ymme. »Ihr habt es besser überstanden als Euer Hengst. Ich glaube, daß Ihr am Leben geblieben seid, weil Ihr nicht auch noch Husten hattet. Die Arbeiter der Abdeckerei in Toledo hatten meistens Husten, und dann trat der Tod besonders schnell ein. Die Krankheit hieß dort Milzfäulnis … Ich will Euch nicht langweilen«, endete sie rasch, als sie merkte, daß sie schon zu viel gesagt hatte. Am Ende würde er noch merken, daß sie anatomische Studien betrieben hatte.

»Milzfäulnis, also. Ich habe in Jerusalem einmal eine Kuh auf der Straße liegen sehen. Genau wie bei meinem Pferd lief das Blut aus allen Körperöffnungen …«

»Eben«, sagte Ymme eifrig. »Bei Euch ist es glücklicherweise nur in die Augen getreten. Die Krankheit hat Euch wohl in ihrer leichtesten Form erfasst …«

»Dem Herrn sei Dank«, warf Ermgard mechanisch ein, während sie Ymme den Mustopf hinhielt.

»Ja, Ihm auch«, stimmte der Graf zu.

Ymme runzelte die Augenbrauen. Hermann von Salza war ein kluger Mann. Sie nahm sich vor, vorsichtig zu sein.

»Frater Leonardo mag Euch nicht, Hakima Iume. Hat er außer allgemeiner Eifersucht einen speziellen Grund?«

Also nicht nur klug, sondern scharfsinnig, obwohl noch deutlich geschwächt von der Krankheit. Ymme seufzte unhörbar. »Er hat einen Grund. Ich habe ihm eine Schale mit Knoblauchmus über den Kopf gestülpt«, gab sie zu. »Um ihn daran zu hindern, Euch umzubringen.«

Hermann von Salza rümpfte die Nase. »Mit seinem krummen Messerchen etwa? Er schlägt damit zu wie ein Uhu bei Nacht, wenn man ihn nicht aufhält. Das ist mir auch schon aufgefallen.«

Ymme lächelte unwillkürlich. »Ihr zeigt wenig Respekt vor Eurem Arzt.«

»Der Herr bewahre mich vor solchen Ärzten! Er hat sich unserer Delegation angeschlossen, um gefahrlos über die Alpen zu gelangen, wie er sagte …« Hermann von Salza schwieg erschöpft.

»Er hat behauptet, Euer Arzt zu sein«, sagte Ymme betroffen und empfand eine unerklärliche Beunruhigung. »Und er hat sich damit den Zugang zu Euch erzwungen, nachdem wir ihn anfänglich aus dem Hospital geworfen hatten. Er drohte sogar mit dem Grafen von Schwerin …«

»Was hat Euch veranlasst, ihn hinauszuwerfen?«

»Eine Bemerkung, die er machte.«

»Würdet Ihr sie mir mitteilen wollen?« fragte der Hochmeister höflich.

Nein, das wollte sie nicht. Allerdings schien ihr Patient nicht zu den Menschen zu gehören, die sich von einer Sache abbringen ließen. »Es war die *sectio rationis*«, gab Ymme zu und fühlte, wie ihr das Blut zu Kopfe stieg. Es war ein besonders heikles Thema. »Wenn Bruder Leonardo sich damit brüstet, nur über Anatomie gelesen zu haben, statt sie an Tieren zu studieren, weiß ich, daß er zu den Männern gehört, über die man in Toledo die Nase rümpfte. Als abendländische Stümper haben sie die Mönche bezeichnet, die fast ohne Kenntnisse Krankheiten mit pulverisierten Schlangen, Mäusekot und allerlei Dreck behandeln …«

»Ihr seid sehr offen«, bemerkte Hermann von Salza nachdenklich.

»Ihr habt es herausgefordert.«

Der Deutschordensritter lächelte plötzlich. »Ich weiß gerne, mit wem ich es zu tun habe. Und vergeßt nicht, ich bin des öfteren im Heiligen Land gewesen. Außerdem stehe ich im Dienst des Kaisers. Er schätzt das Gute aus beiden Welten.«

Aha, dachte Ymme verblüfft. Offenbar hatte der Kaiser auch gute Seiten. Sie erhob sich, stellte fest, daß der Krug mit Tee beinahe geleert war und nahm ihn an sich. »Ihr müßt jetzt ruhen, Herr, Ihr habt viel aufzuholen.« Unvermittelt setzte sie hinzu: »Wundert Euch nicht über Geräusche vor der Tür. Ich werde Hindrik Wache halten lassen.«

»Wolltet Ihr damit sagen, daß er schnarchen wird?«

Ymme warf ihm über die Schulter ein Lächeln zu. Anscheinend waren alle Männer, die im Morgenland gekämpft hatten, unverwüstlich.

Ymme wußte auch nicht genau, warum ihr der Einfall mit der Wache gerade jetzt gekommen war. Vielleicht war es das Gefühl, daß es Männer gab, die mit dem Tod Hermanns von Salza sehr einverstanden gewesen wären. Allerdings nicht auf dänischer Seite.

Kaum saß Hindrik mit grimmiger Miene und bewaffnet mit einem Knüppel vor der Tür des Hochmeisters, suchte Ymme nach einem der anderen Knechte, um ihn mit der frohen Botschaft zur Burg zu schicken. »Aber du sagst es nur dem jungen Edelknappen, dem Nicolaus von Hohenburg«, schärfte sie ihm ein. »Und er möchte bitte sofort ins Hospital kommen.«

Der Knecht kam sehr bald in Begleitung des Valets zurück, und Ymme fiel ein Stein vom Herzen. Sie winkte ihm, ihr zu folgen, und brachte ihn wortlos in den kleinen Innenhof des Hospitals, in dem es jetzt am Abend spürbar kühl war, weil die Sonne ihn nicht mehr erreichte.

Ymme setzte sich auf eine steinerne Bank. »Hermann von Salza ist auf dem Wege der Besserung«, verkündete sie mit gedämpfter Stimme. »Ich bin in Sorge, daß seine Genesung auf deutscher Seite nicht überall Jubel hervorruft.«

Nicolaus sah sie überrascht an. Dann setzte er sich neben sie. »Ihr habt recht«, sagte er leise. »Aber wie kommt Ihr darauf?«

»Seit meinem Gespräch mit dem Hochmeister weiß ich, daß Bruder Leonardo nicht im geringsten berechtigt war, ihn zu behandeln. Ich kann es nicht beweisen, aber wäre es nicht denkbar, daß der Mönch den Aderlaß, mit dem er gerade beginnen wollte, als wir ihn erwischten, zu weit getrieben hätte? Es war eine ideale Situation für jemanden, der den Hochmeister tot sehen wollte. Sein Tod hätte leicht als Grund für den endgültigen Bruch zwischen dem Kaiser und König Waldemar herhalten können. Nebenbei gesagt: Mir hätte man die Schuld aufgehalst.«

»Bruder Leonardo wird des öfteren zum Grafen von Schwerin gerufen. Es heißt, sie beten zusammen.«

Ymme zuckte die Schultern. »Das wißt Ihr besser als ich. Ich habe mich jedenfalls entschlossen, Hindrik vor der Tür des Hochmeisters wachen zu lassen. Er hat den Befehl, außer den Leuten des Hospitals niemanden hineinzulassen. Aber ich wollte Euch bitten, ihn abzulösen. Hindrik muß auch mal schlafen.«

»Das geht in Ordnung. Ich übernehme am besten die Nächte und Euer Hindrik die Tage.« Nicolaus sah Ymme so begeistert an, daß sie lächeln mußte. »Man wird mich nicht vermissen, und der Graf von Schwerin hat mir nichts zu befehlen.«

Sie verstand. Es war leichter, als Ymme gedacht hatte. »Noch eines«, sagte sie wieder ernst. »Die Dänen und mein Ehemann Cornelius. Darüber konnte ich mit dem Hochmeister nicht auch noch sprechen, es war ohnehin fast zu viel für ihn. Wir gerieten nämlich in eine Diskussion über Milzfäulnis. Er war sehr interessiert. Die Dänen und Cornelius müssen jetzt freigelassen werden! Könnt Ihr Euch darum kümmern?«

»Ja, natürlich«, versprach Nicolaus beruhigend. »Ich spreche morgen mit Hermann von Salza, sobald er aufwacht, und nehme dann seinen schriftlichen Befehl mit auf die Burg. Ihr müßt mir nur mit Schreibmaterial aushelfen. Ich habe lediglich meinen ›Herzspalter‹ dabei.« Er klopfte auf das Schwert im Gehänge.

Ymmes Blick blieb für einen Augenblick daran hängen. Ein schauriger Name, passend für einen feurigen jungen Mann im kaiserlichen Dienst. Aber sie war ihm unendlich dankbar. Er löste ihre Schwierigkeiten auf wunderbare Weise. Sie sprang auf.

Nicolaus ergriff Ymme am Handgelenk und sah ihr eindringlich ins Gesicht. »Meisterin Hakima, sprecht mit niemandem darüber, daß Ihr einen Mordanschlag auf Hermann von Salza vermutet. Er ist für den Kaiser der wichtigste Berater, ein großer Diplomat und unentbehrlich. Natürlich hat er Neider. Und ein Außenstehender, der zwischen die Mühlsteine gerät, wird ganz leicht zerrieben.«

»Das hört sich ja an, als ob Ihr eher an ein Komplott denkt, als an einzelne Neider«, sagte Ymme hellhörig. »Wußtet Ihr vor der Erkrankung des Hochmeisters schon davon?«

Der Valet schüttelte den Kopf. »Ich hätte ihn dann nie unbewacht hier im Hospital gelassen. Nein, die Gefolgsleute des Grafen von Schwerin trinken in diesen Stunden der Muße mehr, als für sie gut ist, und wenn man sich unter sie mischt, erfährt man üble Dinge.«

»Ich hoffe, Hermann von Salza ist bald wieder auf den Beinen«, wünschte Ymme aus vollem Herzen. »Kommt, junger Ritter, wir gehen jetzt zu ihm.«

Sie gingen den kurzen Umgang entlang, der dem Kreuzgang eines Klosters ähnelte, bis sie zu der Tür kamen, die in den Flügel der Kranken führte. Hindrik sah ihnen entgegen und berichtete, daß alles ruhig geblieben sei.

Als sie in das Zimmer hineinblickte, schlief Hermann von Salza. Sein Atem ging in gleichmäßigen Zügen. Kein Zweifel, er befand sich auf dem Wege der Besserung. Ymme schickte Hindrik ins Bett; als Nicolaus von Hohenburg seinen Platz eingenommen hatte, wußte sie, daß wenigstens hier im Hospital alles in Ordnung war.

Endlich eine Nacht, in der sie einigermaßen ruhig würde schlafen können. Wenn alles gut ging, würde Cornelius bald wieder neben ihr liegen. Zuversichtlich stieg Ymme nach oben in ihre kleine Wohnung, in der sie mit Cornelius lebte, und legte sich sofort zu Bett.

Der Hahn ist tot, der Hahn ist tot!
Il ne dira plus coco di, coco da.

Ymme flog am ganzen Körper, und ihr Herz schlug bis zum Hals. Sie setzte sich im Bett auf. Seit vielen Jahren hatte sie nicht an dieses Lied gedacht, das im Kampf der Katharer gegen die übermächtige römische Kirche sowohl als Signal als auch zur Warnung gedient hatte. Plötzlich wurden alte Ängste wieder wach. Sie lauschte mit geschlossenen Augen. Das Lied mußte sie sich eingebildet haben; im Hospital kannte es keiner außer Cornelius.

Aber aus dem unteren Stockwerk kamen Schreie, vermutlich aus dem Gang vor den Krankenräumen. Noch während Ymme sich hastig die Kleidung überstreifte, fragte sie sich, was um Himmels willen geschehen sein mochte. Nur kein Feuer! Herr im Himmel, kein Brand!

Auf dem Weg nach unten registrierte sie, daß die Kerzen in den Wandhaltern erloschen waren; aber sie konnte sich hier blind bewegen. Dann spürte sie flatternde Gewänder. »Ermgard, bist du es?«

Nebeneinander hasteten sie den Gang hinunter. Rauch war nicht in der Luft, dagegen klirrten Waffen. »Halt!« schrie Ymme.

Vor dem Krankenzimmer des Hochmeisters stolperte Ymme und schlug hin. Ihre Hand griff in eine Blutlache.

»Hol Licht, Ermgard. Schnell! Hier liegt ein Verwundeter.«

Während Ermgard sich mit klappernden Schuhen entfernte, trat einer der Kranken mit einer Kerze in den Flur. »Etwas passiert«, flüsterte seine ängstliche Stimme.

Ymme nickte nur, ihr Hals war wie zugeschnürt. Auf den Fliesen lag Nicolaus von Hohenburg in seinem Blut. Es war nicht zu erkennen, ob er noch lebte.

Bestimmt hatte der Anschlag Hermann von Salza gegolten, nach dem sie jetzt sofort schauen mußte, dachte Ymme, während sie am Handgelenk des jungen Mannes nach dem Puls tastete.

In diesem Augenblick schlug die Tür neben ihr auf, und der Hochmeister erschien in Beinlingen und mit nacktem Oberkörper. Mager, blaß und unrasiert hielt er sich an der Türlaibung fest und schien sofort zu begreifen, was geschehen war. »Lebt Nicolaus?« fragte er.

»Ja«, sagte Ymme erleichtert.

»Ich verdanke ihm mein Leben. Wenn Ihr Recht habt, war es bereits der zweite Anschlag.«

»Ja«, sagte Ymme wieder.

»Und Ihr habt es geahnt.«

»Ja.«

»Bei aller Eintönigkeit, ich hoffe Ihr beantwortet die nächste Frage ebenfalls mit ja. Könnt Ihr Nicolaus gesundmachen?«

Der Ordensritter zeigte alle Anzeichen von Ungeduld. Ymme sah zu ihm hoch. »Das kann ich erst sagen, wenn ich ihn richtig untersucht habe.«

»Wollt Ihr ein Bett in mein Zimmer stellen?« schlug Hermann von Salza vor. »Ich könnte ein Auge auf ihn haben, und gleichzeitig wäre Nicolaus eine Art Schutzschild gegen weitere Anschläge für mich. So würde er es jedenfalls sehen, das weiß ich.«

»Meint Ihr das ernst?« fragte Ymme.

Der Deutschritter nickte nachdrücklich.

»Dann wüßte ich kein besseres Mittel, um seine Heilung zu unterstützen«, stellte Ymme fest. »Andernfalls würde er seine Verwundung als Niederlage betrachten, was sich ebenso schlimm auswirken könnte wie der Hieb, den er abbekommen hat. Er ist schnell zu begeistern, und ich vermute, daß er genauso schnell schwermütig werden könnte. Und Ihr seid sehr feinfühlig, wenn Ihr mir die Bemerkung erlaubt.«

In diesem Augenblick eilte Hindrik mit einem der leichten Notbetten herbei, die bei Platzmangel überall aufgeschlagen werden konnten. Ein junges Mädchen folgte ihm mit Bettzeug und zum Schluß Ermgard mit einer Waschschüssel und Verbandsmaterial.

»Eine solche Organisation kenne ich nur aus der kaiserlichen Falknerei«, murmelte Hermann von Salza verwundert und machte Platz, damit Hindrik das Zimmer betreten konnte.

»Oh, hier weiß jeder, was zu tun ist«, sagte Ymme leichthin und rieb sich die Hände an einem von Ermgards Tüchern sauber. »Ihr wolltet damit sicherlich nicht andeuten, daß die Falken des Kaisers in Betten schlafen.«

»Nein, aber sollte jemals ein Falke andeuten, daß er ein Bett haben möchte, würde er es bekommen. Der Kaiser erfüllt ihnen alle Wünsche.«

»Trotzdem fragt es sich, ob sie nicht ohne Bett und ohne Kaiser glücklicher wären«, meinte Ymme, während sie ihre Helfer beim Umlagern des ohnmächtigen Edelknappen in das schmale Bett überwachte, das inzwischen mit fleckenlosem Linnen bezogen worden war.

Dazu äußerte sich der Deutschritter nicht. Er zog sich auf sein Bett zurück, um nicht im Wege zu sein. »Mein armer Nicolaus von Hohenburg«, sagte er mitleidig.

Ein scharfes Messer hatte dessen Oberschenkelmuskulatur gespalten. Aus einem Aderstumpf pulsierte hellrotes Blut. Die Ader ließ sich mit den Fingern zudrücken aber als Ymme nachließ, schoß das Blut heraus wie vorher. »Ich muß nähen«, sagte sie zu Ermgard, die sofort loslief, um alles Erforderliche zu holen.

Zum Glück hatte Nicolaus das Bewußtsein noch nicht wiedererlangt, als Ymme die Nähte setzte, erst am blutenden Aderstumpf, dann zwei, um eine durchtrennte Sehnenplatte zusammenzufügen, und schließlich zum Verschließen der Haut, wofür sechzehn Knoten nötig waren. Als aber die Blutgerinnsel abgeputzt waren, sah die Wunde sehr ordentlich aus. Sie nickte Ermgard zu, die ihr assistiert hatte, und diese räumte das gewachste Tuch und die blutigen Leinenstreifen vom Bett.

»Ich habe noch nie eine Frau so etwas machen sehen.« In der Stimme des Deutschordensritters hinter Ymmes Rücken lag ungläubiges Staunen. »Ich dachte, dazu bedürfe es der Nervenstärke von Männern und muslimischer oder jüdischer Geschicklichkeit.«

»Warum sollten muslimische oder jüdische Finger geschickter sein als christliche?« erkundigte sich Ymme kühl. »Und was die Nervenstärke angeht: Ich denke, manche Frau beweist unter der Geburt mehr davon als ein Ritter in der Schlacht.«

»Richtig. Hebamme seid Ihr ja auch noch!« Hermann von Salza ließ jetzt rückhaltlose Bewunderung erkennen, was Ymme schnell wieder versöhnte.

»Zu Eurer Frage. Ich bin ziemlich sicher, daß Nicolaus wieder gesund wird. Es sei denn, die Messerschneide wäre in Gift getaucht gewesen. Wer sind eigentlich Eure Feinde?«

Hermann von Salza antwortete nicht. Tief in Gedanken, schien er sich darüber selbst nicht schlüssig zu sein. Zutiefst beunruhigt verließ Ymme das Zimmer. Offenbar gab es nicht nur eine Möglichkeit.

Am Morgen war der Valet aus der Ohnmacht erwacht. Nun schlief er etwas unruhig und fieberte unbedeutend. Natürlich gab es weder einen ausgefertigten Befehl, die Gefangenen freizulassen, noch war Nicolaus in der Lage gewesen, zur Burg zu gehen.

Ymme mußte selbst mit Hermann von Salza sprechen.

Sie fand ihn auf dem Bett sitzend vor. Er las in dem Brevier, das sich in seiner Kleidung befunden hatte. »Ich störe ungern, aber ich muß mit Euch sprechen, Herr«, sagte sie bestimmt.

Er legte das Buch beiseite und wies einladend auf den Hocker.

»Es geht um die Dänen, die alle auf einen Streich gefangengenommen wurden, nachdem sich das Gerücht verbreitete, sie hätten Euch vergiftet.«

Der Hochmeister nickte. »Der Graf von Schwerin weiß die Gunst der Stunde zu nutzen. Das hat er schon bewiesen, als er König Waldemar als Geisel nahm.«

»Aber es war widerrechtlich«, widersprach Ymme. »Die dänischen Adeligen sind dem deutschen Kaiser nicht untertan, sie haben sich aus eigenem Antrieb zu einer Delegation zusammengeschlossen, die die Lösegeldbedingungen für den König aushandeln wollte. Es war zwischen beiden Seiten abgemacht, daß kriegerische Handlungen unterbleiben.«

»Mit der Annahme eines Anschlags auf meine Person waren solche Abmachungen hinfällig …«

»Die Annahme war falsch, Herr Ritter, Ihr wißt es …« Ymme brach verunsichert ab. Vielleicht hatte sie ihn nicht richtig verstanden. »Jetzt muß ganz schnell der Rechtszustand wiederhergestellt werden«, setzte sie erneut an. »Abgesehen davon, daß schon die Gefangennahme des Königs in seinem eigenen Königreich unrechtmäßig war.«

Hermann von Salza lächelte unbestimmt und ließ seinen Blick zur Fensteröffnung schweifen, in der die schon ziemlich hoch stehende Frühjahrssonne stand.

Ymme ballte die Fäuste vor Ungeduld, aber sie wagte nicht, ihn zu stören. Schließlich war Cornelius noch gar nicht zur Sprache gekommen.

»Der Kaiser wurde in Schwaben, der Heimat seiner Familie, immer *das Kind von Pülle* genannt«, sagte der Deutschritter unvermittelt. »Die Schwaben liebten ihn von der ersten Stunde an, in der er sich in Deutschland zeigte, unter anderem, weil er eine ebenso harte Jugend hatte, wie die meisten von ihnen. Zeitweise lebte er als Straßenkind in Palermos Gassen. Manchmal ernährte er sich von Abfällen …«

»Und das bedeutet?« fragte Ymme mühsam beherrscht.

»Wer gelernt hat, nach Brot zu greifen, wenn es sich ihm bietet, weil es am nächsten Tag sehr wahrscheinlich keines gibt, wird keinen Vorteil verschenken, in dessen Besitz er gekommen ist, sei es durch Zufall oder auf anderem Weg.«

Der Hochmeister beendete seine besinnliche Betrachtung des wolkenlosen Himmels und wandte sich wieder Ymme zu. Er schien zu merken, daß sie nicht verstand, worauf er hinauswollte. »Mit anderen Worten«, erläuterte er, »der Kaiser sieht nie einen Grund, Gefälligkeiten ohne Gegenleistung zu verschenken. Die Dänen müssen sich freikaufen.«

»Unterstützt Ihr den Kaiser bei diesem Unrecht?« fragte Ymme zornig.

Wieder lächelte Hermann von Salza. »Seid dankbar, daß Ihr es nur mit mir zu tun habt«, sagte er mahnend. »Der Kaiser kann nie im Unrecht sein. Er ist das Gesetz. In seinem Namen werde ich das Lösegeld für die dänischen Gefolgsleute festlegen: die Verpflichtung, in voller Rüstung, bewaffnet, mit Kampfroß und Reservepferd sowie einem berittenen Knecht an der Befreiung Jerusalems teilzunehmen.«

»Eigentlich«, sagte Ymme eisig, »paßte Eure angebliche Vergiftung also sehr gut in Eure Pläne. Für die Dänen ist es, wie mir jetzt klar wird, völlig unerheblich, ob Ihr lebt oder nicht. Der Kaiser wird König Waldemar und den Adeligen auf jeden Fall das Kreuz aufzwingen.«

»Bedenkt, was Ihr sagt, Hakima!« Hermann von Salzas Ton war schneidend. »Die Befreiung Jerusalems ist eine Herzensangelegenheit der gesamten Christenheit. Die dänischen Adeligen kommen billig davon, wenn der Kaiser sie um Christi willen laufen läßt, ohne persönlichen Vorteil aus ihrer Gefangenschaft zu schlagen.«

Ymme kniff die Augen zusammen und preßte die Hände auf die Ohren, um in ihrem Kopf nicht immerfort die Todesschreie der Menschen hören zu müssen. *Der*

Hahn ist tot, der Hahn ist tot … Im Kreuzzug von Südfrankreich waren die Einwohner auf Befehl des Papstes, damals noch Innozenz, zu Tausenden hingemetzelt worden. Sie wußte, was es hieß, auf der anderen Seite zu stehen. Sie kämpfte gegen den Drang an, sich Luft zu machen.

»Fehlt Euch etwas?« fragte der Hochmeister konsterniert.

Sie ließ die Hände in den Schoß sinken. »Ganz und gar nicht! Ich dachte lediglich an die Menschen, die bei der Befreiung Jerusalems sterben werden. Frauen, Kinder … Ich frage mich schon lange, ob Christus das gewollt hat. Glauben kann ich es nicht!« Mit einiger Mühe gelang es ihr, nicht allzu höhnisch zu klingen.

Ein verkniffener Zug um Hermann von Salzas Mundwinkel sagte nur allzu deutlich, daß er hierüber mit Ymme nicht diskutieren würde.

Ihr war es recht. Sie sprach auch nicht gern über das, was sie gesehen hatte. »Es betrifft mich auch persönlich«, nahm sie den Gesprächsfaden wieder auf. »Bedauerlicherweise ist mein Ehemann zusammen mit den Dänen in den Gewahrsam des Grafen von Schwerin geraten, als er versuchte, ihnen Gerechtigkeit zu verschaffen. Aber ein Däne ist er nicht, sondern ein deutscher Adeliger aus dem Hessischen. Ich bitte Euch, sorgt dafür, daß wenigstens er freigelassen wird …«

»Er dient dem etwas dubiosen Orden der Johanniter, nicht wahr?« erkundigte sich Hermann von Salza. »Man hat mir ziemlich seltsame Dinge über sein bewegtes Leben erzählt. Ich würde ihn gerne freilassen, wenn ich könnte – die Deutschordensritter stehen sich zwar nicht gerade gut mit den Johannitern, wirklich verfeindet aber sind sie nur mit den Tempelrittern –, das müßt Ihr mir glauben. Aber Euer Ehemann ist nicht Gefangener des Kaisers, sondern des Grafen von Schwerin. Auf ihn besitze ich nicht den geringsten Einfluß.«

Es dauerte einen Augenblick, bis Ymme sich über die Konsequenzen klarwurde. »Dann ist er ja in einer noch schlimmeren Situation als die Dänen«, rief sie voller Entsetzen aus. »Die dürfen wenigstens nach Jerusalem! Aber mein Mann? Der Graf kann ihn jahrelang einkerkern, wenn er will, nur um die Lübecker Kaufleute zu ärgern, beispielsweise …«

»So verhält es sich wohl«, meinte der Hochmeister gleichmütig.

Ymme sprang auf. »Mehr habt Ihr dazu nicht zu sagen? Mein Ehemann ist Teil dieses Hospitals, genau wie ich selber! Und …«

»Und ein wenig Dankbarkeit stünde mir gut an, wollt Ihr mir bedeuten?«

»Da Ihr es für Recht befindet, wenn der Kaiser Gefälligkeiten einfordert, müßt Ihr mir das gleiche Recht zugestehen«, erwiderte Ymme erbittert.

»Nein. Keineswegs. Niemand kann sich mit dem Kaiser des Abendlandes vergleichen. Er ist der Beherrscher der christlichen Welt. Man merkt, daß Ihr die Bedeutung des Kaisertums gar nicht ermessen könnt«, sagte Hermann von Salza kopfschüttelnd. »Na ja, woher auch? Ich werde Euch einen Brief für den Grafen von Schwerin mitgeben mit einer Empfehlung bezüglich Eures Ehemanns. Ist Euch damit gedient?«

Es war besser als nichts. Ymme nickte verzweifelt. »Ich lasse Euch Schreibmaterial bringen«, sagte sie dumpf. »Bitte beeilt Euch.«

Kurz vor Mittag wurde Ymme zu Hermann von Salza gerufen. Gottlob, dachte sie erleichtert, als sie das Schreiben zusammengerollt und fertig gesiegelt in seiner Hand sah. Tinte, Feder und Siegellack standen ordentlich auf dem Hocker aufgereiht.

»Nun liegt es bei Euch, Umm Iume«, sagte er freundlich und mit den Gedanken sichtlich abwesend, als er ihr die Botschaft übergab. »Ich habe für Euren Mann getan, was ich kann. Ich habe mein Petschaft nicht hier, aber irgendjemand auf der Burg wird bezeugen können, daß dies meine Handschrift ist.«

»Ich werde mich später dankbar erweisen«, sagte Ymme, gespannt wie eine Feder. »Jetzt muß ich mich beeilen, wie Ihr verstehen werdet. Wenn Ihr möchtet, geht in den Garten, er liegt geschützt, und es ist warm, wenn die Sonne scheint.« Ohne auf seine Antwort zu warten, verließ sie eilig das Zimmer.

Im Tordurchgang fiel Ymme die Anrede ein, die der Deutschritter verwendet hatte. Warum diese und warum jetzt? Er hätte sie Hakima nennen können, wenn er in ihr die arabische Wissenschaft ehren wollte, oder andernfalls Meisterin. Umm Iume, als sei sie eine Muslimin ... Das schuf Distanz.

Sehr merkwürdig. Ihr Schritt verlangsamte sich. Bei aller Eile, irgend etwas warnte Ymme, das Schreiben ungeprüft abzuliefern.

Sie kehrte um und ging nach oben in ihre Wohnung, verriegelte die Tür, warf sich auf die Bank unterhalb des Fensters und begann vorsichtig, das Siegel abzulösen. Endlich konnte sie das Schreiben entrollen und lesen.

Werter Graf von Schwerin,
wie mir zu Ohren kam, hat ein Zufall Euch den Ritter der Johanniter, Cornelius von Fischbach, den Leiter des hiesigen Hospitals, in die Hände gespielt. Seine Frau dauert mich persönlich, aber aus Gründen, die ich hier nicht ausführen kann, wäre es mir lieb, wenn Ihr den Ritter weiterhin in Gewahrsam halten würdet. Ich wünsche jedoch, daß er ehrenvoll behandelt wird. Gegeben zu Lübeck und so weiter.

Hermann von Salza

Ymme war vollkommen fassungslos, und die Schrift vor ihren Augen verschwamm. Hatte der Kaiser so wenig Kreuzfahrer, daß er zu solchen Winkelzügen greifen mußte? Aber letzten Endes waren im Augenblick die Gründe unerheblich. Sie mußte einen anderen Weg finden, um Cornelius zu befreien.

Ihr Bruder Volrad? Er war Kaufmann wie ihr verstorbener Vater und Mitglied des Stadtrates. Die Ratsherren von Lübeck waren die eigentlichen Herren der Stadt. Ymme ließ das Schreiben in den Schoß sinken und dachte nach.

Nein, es ging nicht. Die Kaufleute würden sich vor allem darüber empören, daß sie widerrechtlich ein versiegeltes Schreiben geöffnet hatte und damit des Beistands des Rates nicht würdig sei … Ymme konnte sich die Ausflüchte genau ausmalen, mit denen die Kaufleute einer Parteinahme aus dem Weg gehen würden. Von ihnen war keine Hilfe zu erwarten.

Sorgfältig rollte sie das Schreiben zusammen und ließ Siegelwachs über das gebrochene Siegel tropfen. Sie würde es den unsicheren Händen des kranken Hochmeisters zuschreiben, sofern jemand aufmerksam wurde.

Es gab keine andere Möglichkeit als den Gang zur Burg.

Der Burghof war menschenleer. Aus irgendeinem Grund waren sogar die Wachen am Tor abgezogen. Eine verzweifelte Idee durchfuhr Ymme und veranlaßte sie, auf der Stelle ihr Vorhaben zu ändern.

Mit gesenktem Kopf rannte sie bis zum Fuß des Wohnturms, umrundete ihn und sah vor sich den Stall liegen. Als sie den Riegel zurückschlug, ohne daß jemand sie von hinten anrief, glaubte sie schon fast, gewonnen zu haben.

Aber nur einige Schmeißfliegen schwirrten ihr entgegen. Cornelius war nicht im Schweinestall.

Es war eben ein Versuch, dachte sie trotzig und machte sich auf den Rückweg in den großen Hof. Noch bevor sie um den Turm gebogen war, hörte sie Lärm, Rufe und das Wiehern von Pferden.

Immer mehr Ritter und Knechte sammelten sich im Hof, während Ymme sich umsah. Es war ein denkbar ungünstiger Moment, um mit dem Grafen zu sprechen. Trotzdem, versuchen mußte sie es.

Sie bahnte sich den Weg zu dem auffallend langen Ritter, der zweifellos der Anführer war. Scherze über ihre Anwesenheit wurden gewechselt, Pfiffe erklangen, und schließlich wurde der Graf aufmerksam und sah sich um.

Als er sie entdeckt hatte, verstummte das Aufbruchsgetöse, und die Ritter wichen zur Seite. Ymme sah einen Mann vor sich mit schütteren blonden Haaren und einer wulstigen, etwas aufgeworfenen Oberlippe. Er mißfiel ihr vom ersten Moment an.

»Wer seid Ihr, und was wollt Ihr?«

Ymme erschrak. Seine helle Stimme rief in ihr Erinnerungen wach an Männer, die in frühester Jugend kastriert worden waren. Zuweilen entwickelten sie sich zu grausamen Erwachsenen. »Mein Name ist Ymme von Fischbach, Ehefrau des Cornelius von Fischbach«, begann sie gefaßt. »Ich suche meinen Mann. Er soll hier sein.«

In diesem Augenblick drängte sich ein Stallknecht in geflicktem Wams zum Grafen durch und begann ihm ins Ohr zu flüstern. Der Graf von Schwerin runzelte die Stirn und stieß den Knecht von sich fort, als er mit der Botschaft zu Ende gekommen war.

»Von der Dreistigkeit Eures Ehemannes haben wir schon eine Kostprobe erhalten«, murrte der Graf. »Ihr steht ihm in nichts nach, höre ich eben. Wolltet Ihr mir meinen Gefangenen stehlen?«

Es hatte keinen Sinn zu leugnen. »Das würde wohl jede Ehefrau getan haben«, antwortete Ymme ruhig. »Schließlich gibt es kein Vergehen, dessen Ihr ihn anklagen könnt, und bis ins dänische Königreich reicht Eure Machtbefugnis nicht.«

»Ihr seht ja, wohin sie reicht«, erwiderte er lachend. »Und haben die vollgefressenen Ratsherren von Lübeck sich auch nur mit einem Wort für die Dänen verwandt? Oder für Euren Mann? Mir scheint, sie sind ganz froh, wenn ich die Dänen aus Lübeck verjage. Schließlich hat der Kaiser Schleswig und Lübeck nur aus Gründen der taktischen Klugheit an den Dänen abgetreten. Es wird allmählich Zeit, beides aus den gleichen Gründen zurückzuholen.«

»Auch wenn Lübeck dem Kaiser gehörte, hätte mein Mann kein Unrecht begangen«, wandte Ymme ein.

»Da irrt Ihr aber ganz gewaltig, Frau«, raunzte der Graf unhöflich. »Er hat sich gegen den Willen des Kaisers aufgelehnt. Das ist Hochverrat. Darauf steht Hängen, Ritter hin oder her.«

Ymmes Knie wurden weich. Sie griff nach einem Steigbügel, um sich aufrecht zu halten. Der Graf von Schwerin beobachtete sie lauernd. Unter seinem hämischen Grinsen brach Ymme der Schweiß aus. Allmählich wurde ihr klar, daß nur noch das Schreiben des Hochmeisters Cornelius' Leben retten konnte. Sie griff in ihren Ärmel, zog die Rolle heraus und hielt sie dem Grafen bittend entgegen. Die wenigen Schritte zu gehen wagte sie nicht. Sie zitterte am ganzen Leib.

Es gab auch Ritter unter des Grafen Leuten, die weniger brutal waren. Ymme fühlte sich plötzlich am Ellenbogen gestützt, und das ziemlich dunkle, freundliche Gesicht eines älteren Mannes schob sich in ihr Blickfeld.

»Alles in Ordnung, Ymme von Fischbach?« fragte er höflich. »Gebt mir die Rolle. Ich bringe sie dem Grafen.«

»Was ist das?« fragte der Graf und musterte die Botschaft mit argwöhnischer Miene.

»Hermann von Salza hat sich für meinen Mann verwendet«, sagte Ymme und biß die Backenzähne zusammen, um sich nicht versehentlich zu einer Äußerung über die hochmeisterliche Großzügigkeit hinreißen zu lassen.

»Tatsächlich? Seit wann sind ihm denn die Johanniter so lieb und wert?« Der Graf erbrach das Siegel, entrollte das Schreiben, las es und begann schallend zu lachen.

Seine Männer grinsten erheitert. Vermutlich war es für sie ein gutes Zeichen, wenn ihr Herr etwas zum Lachen fand. Ymme fand es widerlich.

Der Graf von Schwerin ließ das Schreiben achtlos fallen und schwang sich auf sein schwarzes Roß. Er trieb es die wenigen Schritte zu Ymme hin. Spöttisch musterte er sie eine Weile von oben herab. »Dem Ersuchen des Deutschherrn werden wir ausgesprochen gerne nachkommen«, sagte er. »Den Gestank des Schweinekobens hatten wir ihm erspart. Aber jetzt, wo wir wissen, zu welchen

Unbedachtheiten Ihr selber imstande seid, werden wir Euren Cornelius zu den Dänen stecken. Und alle zusammen in die Verliese ganz tief unter der Burg, die seit des Sachsenheinrichs Tagen nicht mehr benutzt wurden.«

Er ritt an. Seine Männer ordneten sich lärmend hinter ihm. Als der Graf den Burghof bereits verlassen hatte, stand Ymme immer noch auf dem gleichen Fleck und sah den Rittern nach. Das Pergament rollte, getrieben von einer Windbö, mit kratzendem Geräusch auf dem abschüssigen Pflaster hinterher.

4.
Das Ultimatum

Ymme hatte zu Recht vermutet, daß die Lübecker Kaufmannschaft sich nicht mit dem Grafen von Schwerin anlegen würde, um Cornelius zu retten. Volrad Emeken, ihr Bruder, gab sich sehr viel Mühe, ihr die Fülle von Gründen begreiflich zu machen.

Durch das Wohlleben ein wenig dicklich geworden, saß er vor ihr in seinem Stuhl mit hoher Lehne, fingerte an der Kette, die ihn als Ratsherrn kennzeichnete – obwohl man es in seinem eigenen Hause vermutlich schon seit einigen Jahren wußte, dachte Ymme erbittert, während sie seinem Monolog lauschte.

»Ymme, liebes Schwesterchen«, sagte er schließlich, »sosehr sich der Rat von Lübeck auch geehrt fühlen mag, daß du mit deinem Ehemann ein Hospital aufgebaut und betreut hast, in dem fremdländische Medizinen verabreicht werden – es wird auch ohne gehen, so wie vor deiner Rückkehr nach Lübeck. Die Benediktiner haben in ihrem Kloster ausreichend Platz für Sieche.«

»Fremdländische Medizinen?« unterbrach Ymme ihren Bruder hitzig. »Glaubst du wirklich, damit wäre es getan? Meinst du, man könnte einer beliebigen Person die Rezepturen überlassen, und davon würden die Kranken gesund werden? Die Mönche pflegen nur, sie heilen nicht! Die wollen ohnehin am liebsten, daß die Menschen unter ihren Augen sterben und dem Kloster Schenkungen vermachen …«

Der Ratsherr hob seine Hand, um ihren Redefluß zu unterbrechen. An drei Fingern blinkten vier Ringe. »Ymme, an dieser Stelle nicht weiter. Unsere heidnische Urgroßmutter Hodica hätte so sprechen können, aber für dich ziemt sich das nicht. Versteh mich recht, ich will deine Verdienste nicht schmälern, aber der Rat der Stadt Lübeck läßt sich nicht von einer Frau drohen. Wenn du das Hospital aufgeben möchtest, tu es.«

Ymme sah ihren standesgemäß ausstaffierten Bruder ungläubig an. Er schämte sich seiner Urgroßmutter und war offenbar bereit, sich auch von seiner Schwester zu distanzieren, wenn sie sich nicht wohlgefällig verhielt.

»Den Stadtsäckel wird es von hohen Ausgaben entlasten, deshalb würden einige aus dem Kollegium die Kunde ausgesprochen zufrieden vernehmen«, fuhr Volrad behäbig fort. »Sie haben stets verlangt, daß ich dir ins Gewissen rede wegen der Armen, die ihr durchgefüttert habt. Das war nicht recht vom Hospital, das sehe auch ich so. Arme, die auf den eigenen Beinen stehen konnten, hättet ihr fortschicken und der Barmherzigkeit der Klosterbrüder überlassen müssen.«

»Wenn sie stehen konnten, haben sie für ihren Unterhalt gearbeitet«, fauchte Ymme und sprang auf. »Was seid ihr Ratsherren doch für ein frömmelndes Pack! Eure Barmherzigkeit ist soviel wert wie dein Gold vor Gottes Thron!«

Volrad umschloß die goldenen Kettenglieder fest mit der Hand. »Da ich hier als Bruder zur Schwester spreche und nicht als Ratsherr, habe ich deine unangemessene Beschimpfung nicht gehört. Ich will von dir jetzt nur noch wissen: Schließt du das Hospital oder nicht?«

»Nein«, schrie Ymme und ging. Die Zimmertür dieses vornehmen Ratsherrenhauses schmetterte sie hinter sich zu, daß die Balken erzitterten.

Nicolaus von Hohenburg hatte nur noch auf Ymmes Rückkehr gewartet, um sich von ihr zu verabschieden. Hinkend lief er im Gang auf und ab, als sie kam.

»Jetzt verlaßt Ihr mich auch«, sagte Ymme melancholisch. »Ich wünsche Euch alles Gute. Trotz, oder vielmehr wegen des Beins.«

Nicolaus zuckte die Schultern und grinste verschmitzt. »Vielleicht nicht ganz so schlimm, wie man meinen möchte. Ich hoffe, der Kaiser erlaubt mir jetzt endlich, in den Kanzleidienst zu treten.«

»In den Kanzleidienst?« Ymme sah ihn verwundert an.

»Ja«, sagte Nicolaus verschämt. »Euch kann ich es ja sagen. Tiere sind mir unheimlich, weil sie nicht meine Sprache sprechen, und Pferde insbesondere sind mir zu groß. Ich habe zwar mit Anstand kämpfen gelernt, auf dem Erdboden und zu Fuß, aber noch lieber dichte und schreibe ich. Das war auch der Grund dafür, daß ich den Angreifer zu spät bemerkt habe …«

»Ihr habt gedichtet, Nicolaus …« Endlich konnte Ymme sich einige Ungereimtheiten erklären, vor allem, weshalb er sich hatte von dem vermummten Feind niederschlagen lassen. Und warum er so wenig darüber zu sagen gehabt hatte.

»Darf ich Euch eine Kanzone zum Abschied widmen?«

»Lieb von Euch, Nicolaus«, sagte Ymme überwältigt. »Aber laßt uns dafür in den Garten gehen. Rosen passen besser zu einem Abschiedslied als kahle Steinmauern.«

Im Innenhof dufteten die Kletterrosen in der frühsommerlichen Wärme, als Ymme sich auf die Steinbank setzte.

Nicolaus kniete vor ihr nieder, sah strahlend zu ihr auf und begann:

»Ach, alles was ich sah,
hat mich so sehr verdrossen,
daß ich an keinem Ort mehr Frieden find'.
So quält' und sehnt' ich mich,
hab' Ruh nie mehr genossen
und Spiel und Lachen mir verächtlich sind.
Wenn ich gedenk' der Wohlgestalt, der zieren,

wähn' ich aus Herz und Mut all' Freude zu verlieren,
und nirgends wahrlich kann ich froh mehr sein
als stets nur bei der süßen Fraue mein.«

»Oh, Nicolaus«, begann Ymme und wußte nichts weiter zu sagen als: »Wunderschön. Ihr habt es selbst gedichtet?«

Der Valet schüttelte den Kopf, und seine blassen Wangen färbten sich. »Der Kaiser selbst war es. Ich habe die Kanzone nur übersetzt. In sizilianischer Sprache ist sie noch schöner, aber ich möchte doch, daß Ihr die Schönheit begreift.«

»Oh, das tue ich«, beteuerte Ymme überwältigt und ergriff den jungen Mann bei beiden Händen. »Ich danke Euch. Ich werde es nie vergessen.«

»Lebt wohl, Hakima Iume«, sagte Nicolaus, sprang auf und verbeugte sich, wie er es bei Hofe gelernt hatte.

Als er fort war, blieb Ymme noch eine Weile sitzen. So viele Dinge gingen ihr durch den Kopf. Für diesen kurzen Augenblick mußten auch einmal die Sorgen zurücktreten.

Während Hermann von Salza längst die Verhandlungen mit den Dänen wieder aufgenommen hatte und zu hören war, daß sie kurz vor dem Abschluß stünden, war Cornelius wie vom Erdboden verschwunden.

Ymme verrichtete ihre Arbeit im Hospital mit grimmiger Entschlossenheit. Jetzt, da sie wußte, daß die Kaufleute ihr Verschwinden sogar begrüßen würden, dachte sie gar nicht daran, das Haus zu schließen.

An dem Tag, als die Dänen aus der Gefangenschaft entlassen wurden und Lübeck unter großer Anteilnahme der Bevölkerung, jedenfalls der Handwerker und Tagelöhner, verließen, suchte Ymme Hermann von Salza auf.

Sie legte eine Schriftrolle vor ihn auf den Tisch. »Ich bitte Euch von Herzen, diesen Brief dem Kaiser zu übergeben«, sagte sie.

Der Deutschritter musterte die Rolle, dann Ymme. »Was ist das?«

»Ein Bittgesuch an den Kaiser«, sagte Ymme. »Die Bitte, daß der Kaiser in seinem Reich für Gerechtigkeit und Ordnung sorgen möge. Das Staatswesen kann nicht funktionieren, wenn die Fürsten tun, was sie wollen. Ein Graf von Schwerin mag einen König gefangennehmen, aber nicht einen Gefolgsmann eines anderen Herrn.«

Hermann von Salza nickte. »Damit habt Ihr sogar recht. Ich bin sicher, es wird sich alles zu einem guten Ende fügen. Ich nehme Euer Schreiben mit und werde es dem Kaiser vorlegen.«

Und für den Fall, daß er sie ein zweites Mal betrog, beförderte Nicolaus von Hohenburg eine Abschrift in seinem Gepäck. Aber Ymme hütete sich, dem Hochmeister dies zu erzählen.

»Wir reisen morgen«, erklärte Hermann von Salza unnötigerweise. »Wir werden uns in Eilmärschen südwärts bewegen. Durch meine Krankheit haben die Verhandlungen weitaus länger gedauert, als sie hätten sollen. Euch ist es zu verdanken, daß sie überhaupt zu einem vorläufigen Abschluß gebracht werden konnten. Der Graf von Schwerin …« Er zögerte, weiterzusprechen.

Ymme wunderte sich. Er hatte sie gelehrt, vor ihm auf der Hut zu sein. Dankbarkeit von seiner Seite hatte sie jetzt nicht mehr erwartet.

»Der Graf von Schwerin sollte im Falle meines Ablebens mit den Dänen verhandeln, so war die klare Absprache. Ein Ergebnis hätte er selbstverständlich erzielt. Aber er hätte der dänischen Seite die Selbstachtung genommen; es wäre ihm gelungen, Waldemar und seinen Adel zu unversöhnlichen Feinden des Reichs zu machen. Das war nicht in des Kaisers Sinn. Deshalb hat er mich geschickt. Ich hoffe, Ihr versteht nun, Ymme von Lübeck, Hakima de Lubicensis et Toledo.« Hermann von Salza erhob sich und verneigte sich vor ihr.

Ymme starrte den Ordensritter sprachlos an. Während der wenigen Schritte, die er sie fürsorglich zur Tür begleitete, geriet ihr bisheriges Urteil über seine Person ins Wanken. Auf einmal die Vertraulichkeit, dieses Werben um

Verständnis, nachdem er sie zuvor so schändlich hintergangen hatte.

»Aufgrund dieser Eile«, fuhr er fort, »ist es nicht unmöglich, daß Ihr die Antwort des Kaisers noch in diesem Jahr erhaltet.«

Sie nickte. Trotz allem würde sie froh sein müssen, überhaupt eine Antwort zu erhalten. Das dänische Reich mochte für den Kaiser wichtig sein, Cornelius war es nicht. Sie ging, ohne sich Illusionen zu machen.

Der Sommer und der Frühherbst zogen an Ymme vorüber, ohne daß sie es wahrnahm. Ihre Sorge um Cornelius wuchs mit jedem Tag, aber die Kaufleute und der Stadtrat ließen sie nicht einmal mehr vor, wenn sie um eine Unterredung bat. An einem trüben Nachmittag kam ihr im düsteren Hospitalflur Nicolaus von Hohenburg entgegen.

Er grinste übermütig und riß sich sein grünes Barett vom Kopf. Nicolaus trug Jagdkleidung, jetzt erkannte sie es. Er sank auf ein Knie. »Verehrte Donna Iume«, rief er, »Euer Bote aus Apulien ist da.«

Ymme legte beide Hände vor das Gesicht und versuchte sich zu fassen. »Nicolaus«, sagte sie gedämpft. »Hat der Kaiser wirklich geantwortet?«

»Oh ja«, sagte der Valet und sprang auf. »Ihr genießt jetzt schon großes Ansehen bei unserem Herrn. Natürlich hat er geantwortet.«

Das war zwar alles etwas unverständlich, aber annehmbar. Ymme beschloß, mit Nicolaus unter vier Augen in ihrer Wohnung zu sprechen. »Hat es einen besonderen Grund, daß Ihr Jagdkleidung tragt?« fragte sie auf der Treppe.

»Oh ja. Ich stehe im Dienst der Falknerei des Kaisers«, antwortete er hinter ihr.

»Ihr mögt doch Tiere nicht«, sagte Ymme, erstaunt über seine unangemessene Fröhlichkeit. »Habt Ihr Euch anders besonnen?«

»Keineswegs, Meisterin. Es ist nur vorübergehend. Ich soll im kommenden Frühjahr einen isländischen Jagdfalken in das sizilianische Königreich bringen. Meiner Ausbildung im Stall und in der Falknerei ist damit Genüge getan – der Kaiser hat selber schon festgestellt, daß ich besser mit der Schreibfeder als dem Federkrönchen eines Jagdvogels umgehen kann. Nach der Rückkehr erhalte ich den Ritterschlag, und dann wechsele ich hinüber in die Kanzlei.«

»Und doch schickt er Euch auf den weiten Weg in den Norden und vertraut Euch einen kostbaren isländischen Falken an?«

»Ihr habt schon recht, Donna Iume«, plauderte er, während sie hören konnte, daß er das Bein immer noch nachzog, »aber ich trage die Verantwortung und nicht den Falken. Dafür gibt es die sachkundigen Burschen, die das Tierchen vom Norden bis hinunter nach Sizilien umsorgen. Und in erster Linie ging es ja um die Botschaft an Euch, die ich gerne überbringen wollte.«

»So ist das also«, sagte Ymme, schenkte ihm einen Pokal Wein ein und setzte sich ihm gegenüber. »Dann trinkt, während ich lese.«

»So einfach ist das nicht, Donna Iume«, sagte Nicolaus mit einem kurzen Lachen und behielt das Schreiben in der Hand. »Laßt mich zuerst erklären.«

Was soll es denn da zu erklären geben, dachte Ymme und musterte den jungen Mann aufmerksam.

»Der Kaiser wird im nächsten Jahr seine zweite Ehe eingehen«, begann der Valet umständlich. »Er heiratet Jolanthe von Jerusalem.«

»Nicolaus«, sagte Ymme entschlossen, »mir ist klar, daß für Euch diese Ereignisse am Hof des Kaisers wichtig sind, und ich werde mir geduldig alles anhören, was Ihr mir berichten möchtet. Aber laßt mich zuerst erfahren, was der Kaiser auf mein Gesuch geantwortet hat, ja? Ich bitte Euch.«

Nicolaus schüttelte den Kopf. »Ich bitte Euch. Hört mich an. Meine Reihenfolge ist die Richtige. Jolanthe also ist vierzehn Jahre alt und wird bei der Hochzeit fünfzehn sein. Der Kaiser würde sich glücklich schätzen, wenn

Ihr bereit wärt, seiner jungen Frau, der künftigen Kaiserin des Reiches, als Hebamme und Ärztin zur Seite zu stehen.« Er griff nach seinem Pokal und trank einen winzigen Schluck.

Ymme registrierte es stumm. Mit einem Mal begriff sie, daß der Valet sich trotz der Jagdkleidung auf einer diplomatischen Mission befand, einer ersten Bewährungsprobe, bevor er in die Kanzlei eintreten durfte. Sie selbst war sein Ziel, nicht der Falke.

»Hermann von Salza hat Euch dem Kaiser in glühenden Worten geschildert. Seine Erhabenheit hat die Überzeugung gewonnen, daß es niemand Besseren geben könnte als Euch, um Jolanthe im Kindbett beizustehen. Er gewährt Euch den Rang einer Kammerfrau. Sobald Jolanthe der Dienste einer Hebamme nicht mehr bedarf, seid Ihr frei, nach Lübeck zurückzukehren.«

»Seine ... Seine Erhabenheit erweist mir zu viel Ehre«, stammelte Ymme hilflos. »Allein: Es geht nicht!«

»Oh, es geht alles«, warf Nicolaus mit glänzenden Augen ein. »Was immer der Kaiser will, es geht.«

»Mag sein«, stimmte Ymme nachgiebig zu und versuchte sich zu fassen. »Aber ich will nicht. Ich will vom Kaiser nur Gerechtigkeit für meinen Ehemann. Wir sind Untertanen des dänischen Königs, und keine sizilianische Erhabenheit kann mich zu etwas zwingen.«

»Nein, das kann der Kaiser nicht«, sagte Nicolaus sanft, »aber er kann dafür sorgen, daß Ihr Euren gefangenen Ehemann im gleichen Augenblick zurückerhaltet, in dem Ihr Euch als Jolanthes Kammerfrau verpflichtet.«

Jäh begriff Ymme. Es war Hermann von Salzas Plan von Beginn an gewesen, sie nach Sizilien zu holen. Um sie gefügig zu machen, für alle Fälle gewissermaßen, hatte er dafür gesorgt, daß Cornelius im Gewahrsam des Grafen von Schwerin blieb. Sie brauchte gar nicht zu fragen, was mit ihm geschehen würde, wenn sie ablehnte. Sie lächelte leer. »Jetzt?« erkundigte sie sich.

»Jetzt«, bestätigte Nicolaus von Hohenburg.

»Zeigt mir den Vertrag.«

Der Valet erbrach vor ihren Augen das kaiserliche Siegel und entrollte das Schreiben. Es enthielt alles, was er gesagt hatte. Zu erwähnen vergessen hatte er lediglich das Angebot an Cornelius, Ymme als Troubadour an den Hof zu begleiten. Sobald sie entlassen wurde, durften sie zusammen zurückkehren.

»In Gottes Namen«, sagte Ymme und holte Feder und Tinte.

»In Gottes und des Kaisers Namen«, murmelte Nicolaus. Er wartete, bis die Tinte getrocknet war, dann rollte er das Schreiben zusammen und ging zum offenen Fenster. Noch waren die Ochsenhäute nicht aufgezogen. Er beugte sich hinaus, steckte zwei Finger in den Mund und pfiff durchdringend.

Wenige Augenblicke später hörte Ymme auf der Treppe die vertrauten festen Schritte von Cornelius. Sie flog in seine Arme. Im Augenblick gab es nur Freude, Erleichterung und Dankbarkeit.

Die Vorbereitungen ihrer weiten Reise zogen sich über den Winter hin. »Wie mag Sizilien sein?« fragte sich Ymme immer wieder, wenn ihr bewußt wurde, daß sie dieses oder jenes möglicherweise zum letzten Mal machte. Das Hospital war bereits an die Johanniter übergeben worden, deren Kloster nur klein war und kaum Platz für Arme und Kranke bot; ihre Hauptsorge war jetzt die Ausrüstung für die Reise.

»Ähnlich wie Spanien, mein Herz«, antwortete Cornelius und unterzog die Schneide seines Schwertes einer gründlichen Prüfung. »Du wirst dich wie zu Hause fühlen.«

»Na ja.« Ymme lachte leise. »So sehr, wie es sich jetzt anhört, habe ich mich dort nicht zu Hause gefühlt. Dazu waren wir zu häufig in Gefahr. Auch jetzt ist mir nicht wohl dabei, mich freiwillig in ein Land zu begeben, in dem sich ein blutrünstiges Kreuzfahrerheer sammeln wird.«

»Pilger«, verbesserte Cornelius automatisch. »Gewöhne dich besser an die Bezeichnung bewaffnete Pilger. Es ist der Kreuzzug eines Kaisers, der erste überhaupt, der nicht von der Kurie ausgeht. Man könnte es übel vermerken, wenn du die Teilnehmer als blutrünstig bezeichnest. Die Elite des Abendlandes ist dazu aufgerufen.«

»Das ist sie bei jedem Kreuzzug. Aber gesehen haben wir hauptsächlich gierige Beutemacher.« Plötzlich gaben Ymmes Beine fast nach. Sie erreichte gerade noch den Stuhl am Tisch. »Cornelius, manchmal wird mir angst und bange. Stell dir vor, die junge Frau stirbt bei der Geburt des ersten Kindes. Läßt mir der Kaiser dann den Kopf abschlagen? Nicolaus hat mir so viel von der Pracht am Hof erzählt, die weit eher morgenländisch als abendländisch ist. Sie haben viele orientalische Sitten übernommen. Kamele, Eunuchen und Schwarze sind am Hof ganz normal, sagt er. Aber Frauen zählen weniger als ein Esel.«

»Ich werde dich Tag und Nacht beschützen. Sei ohne Sorge«, sagte Cornelius heiter.

»Ich glaube, du freust dich«, stellte Ymme halb fragend fest.

Cornelius nickte. »Lübeck ist mir zu eng geworden. Die Macht der Kaufleute – von denen dein Bruder noch einer der großzügigsten ist – schnürte mir allmählich die Luft ab. Und ich freue mich darauf, Sizilien wiederzusehen …«

»Nicht nur dir schnürt Lübeck die Luft ab«, warf Ymme ein. Der Bittgang zu ihrem Bruder hatte auch ihr die Augen geöffnet. In Toledo hatte sie Menschen gefunden, die beinahe Freunde geworden waren, und so würde es auch in Palermo sein. Und niemand zwang sie, mit Hermann von Salza noch ein einziges Wort zu wechseln. Dieser Entschluß stimmte sie ein wenig zuversichtlicher.

»Weißt du was?« sprach Cornelius weiter, ohne etwas von ihren Erwägungen zu ahnen, »ich werde Nicolaus von Hohenburg fragen, ob er mit mir üben möchte. Ich bin träge und fett geworden.«

Ymme sah ihn belustigt an und schüttelte den Kopf. »Oh nein, Cornelius, ich wüßte nicht, was an dir zuviel sein sollte. Aber ich bin froh, daß du es bist, der mich beschützt. Ohne dich wäre ich nicht gegangen. Um mich dazu zu zwingen, hätte der Kaiser mir schon hier den Kopf abschlagen lassen müssen.«

Cornelius ließ das blanke Schwert auf den Boden gleiten und streckte die Hände nach ihr aus.

Die Bäume trugen bereits volles Grün, als die Kaufleute eintrafen, mit denen sie reisen sollten, dazu einige schwerbewaffnete Ritter des Grafen von Schwerin, die sich zur Teilnahme am Kreuzzug verpflichtet hatten. Sie würden insgesamt etwa dreißig Personen sein, eine gute, wehrhafte Gruppe, die Räuber kaum zu fürchten brauchte.

Dies alles erzählte Cornelius seiner Frau, nachdem er ihre Pferde am Vortag der Abreise in den Stall der Burg gebracht hatte. Der Reiseleiter, ein junger Kaufmann, hatte darauf bestanden, ihre Reihenfolge vor der Abreise detailliert festzulegen. »Daran merkt man, daß er Erfahrung hat«, urteilte Cornelius zufrieden. »Er überläßt nichts dem Zufall.«

Dann kam der Abschied von Lübeck. Ymme und Cornelius hatten ihren Platz weit vorn in der Reisegruppe, entsprechend ihrem Ansehen. Jedermann wußte, daß hier die Kammerfrau der künftigen Kaiserin mit ihrem Ehemann reiste. Sie ritten unmittelbar hinter Nicolaus von Hohenburg mit zwei Falken, vier Knappen und zwei Vogelpflegern.

Der Kaufmann an der Spitze gab das Signal. Auf dem abschüssigen Burgberg drehte Ymme sich um. Der Zug war geordneter als der des Grafen von Schwerin und darum länger. Die bewaffneten Ritter, es mochten ungefähr zehn sein, waren so aufgeteilt worden, daß jeder Abschnitt der Karawane verteidigt werden konnte. Ymme begann allmählich Vertrauen in die Unternehmung zu fassen. Man konnte wohl sicher sein, daß der Kaiser für seine geliebten Falken die besten Reisebedingungen schuf, die für Geld zu bekommen waren. Ein Jagdfalke, der auch ein Bett beanspruchen durfte, wenn ihm danach war, war vielleicht der beste Schutz überhaupt.

Dann fiel Ymmes Blick auf den letzten Mann, eine lange dunkle Gestalt auf einem Maultier. Es lief ihr kalt über den Rücken. »Cornelius, dieser Bruder Leonardo ist auch schon wieder da«, flüsterte sie.

Als hätte er sie gehört, stieß er ein gespenstisches Geheul aus, das in einem Klageruf endete. »Wehe, wehe! Das Zeitalter des Sohnes geht dem Ende entgegen. Der Herr bewahre uns vor dem Antichrist!«

Wie auf Kommando fielen sämtliche Pferde der Karawane in Trab, es schien, als wollten Reiter und Tiere der Prophezeiung eines wahnsinnigen Mönches entfliehen. Aber schon kurze Zeit später hatte das Maultier von Frater Leonardo sie mit hart trippelnden Schritten eingeholt.

»Warum sucht er immer unsere Nähe?« fragte Ymme argwöhnisch. »Hoffentlich will er nicht auch nach Palermo. Er hat etwas Unheimliches an sich.«

Teil II

SIZILIEN, 1225–1228 N. CHR.

Die drei Betrüger des Ibn Rushd

5.
Die Königin von Jerusalem

Jolanthe, seit ihrer Abreise aus Jerusalem vor wenigen Wochen gekrönte Königin ihrer Heimatstadt, starrte den Erzbischof an, ohne viel zu sehen. Über ihr dröhnten die Kirchenglocken des Doms von Brindisi, der Weihrauch erstickte sie fast, und der festliche Kopfputz drückte schmerzhaft auf ihre Stirn.

Eine Armlänge entfernt saß ihr künftiger Ehegemahl, in ihrem Rücken war der Kirchenraum bis auf den letzten Platz mit den wichtigsten Männern des Reiches besetzt, und trotzdem fühlte Jolanthe sich einsam wie nie im Leben.

Ihr Vater, der viele Jahre als Baille der Heiligen Stadt in ihrem Namen die Regentschaft ausgeübt und diese schwere Bürde von ihr ferngehalten hatte, hatte sie zu überzeugen gewusst, daß auf sie in Sizilien ein neues Leben warte. Jetzt bereute sie, auf alle Freundinnen verzichtet zu haben, außer auf Kusine Margarete, mit der sie sich obendrein nicht besonders verstand.

Oh, von ihr aus hätte der Vater sich gerne auf Lebenszeit König nennen dürfen, wenn sie dafür in Akkon hätte bleiben können! Jolanthe lächelte in sich hinein. Die Herren der Stadt, die einstmals als normannische Eroberer gekommen waren, führten ein bequemes Leben. Umsorgt von Sklavinnen und Eunuchen, hatten alle vornehmen

Familien den orientalischen Luxus in vollen Zügen genossen, besonders die jungen, noch unverheirateten Mädchen. Ohne Pflichten, hatten sie ständig zusammengehockt, und ihre Schlafräume waren von endlosem Gelächter erfüllt.

Das war vorbei. Ihr Blick streifte den Mann auf der anderen Seite des Ganges. Sie war zwar mit ihm verlobt, aber sie kannte ihn nicht. Den Verlobungsring hatte in Akkon ein anderer Mann an ihren Finger gesteckt, ein hagerer Deutscher, ein Ritter im weißen Mantel, der sie wie ein Kind behandelte und den sie schon vor Ende der Zeremonie aus ganzem Herzen gehaßt hatte.

Erst der Deutschordensritter und jetzt sein Kaiser, der auch Sohn eines Deutschen war. Beide dünkten sie Produkte des finsteren Nordens, der von Satan regiert wurde. Voll Furcht ballte sie ihre kleinen Hände zu Fäusten. Ihre Welt schwankte stärker als das Schiff, mit dem sie gekommen war.

Der Chor verstummte. Eine Bewegung des Kaisers ließ Jolanthe zusammenzucken. Die schütteren rötlich-gelben Haare und die blauen Augen waren das einzige, was sie auf dem Weg von der Domtreppe zum Kirchenstuhl vom Herrscher der Welt wahrgenommen hatte; ohne den mit Adlern verzierten Mantel hätte er wie eine räudige ägyptische Katze ausgesehen. Er war aufgestanden und streckte ihr ungeduldig seine Hand entgegen.

Jolanthe erhob sich mürrisch und trat an seine Seite. Der Kaiser duftete nach unbekannten Essenzen. Sie hatte erwartet, daß er wie ein Franke stank. Als der Erzbischof ihre beiden Leben zusammenfügte, wußte sie, daß sie Federico trotzdem abscheulich fand.

Selten war es Ymme so schlecht gewesen, wie auf der Seereise von Pisa nach Palermo. Es war brütend heiß, obwohl der Sommer zu Ende ging, zumindest war er in Lübeck längst zu Ende; aber hier erfüllte die Sonne das Schiffsdeck mit einer Glut, die noch durch die Schuhe zu spüren war. Aus diesem Grund hielt sie sich bei Tage meistens unten auf ihrer Pritsche auf. Dies hatte zudem den Vorteil, daß sie nicht auf den Franziskaner traf, der sich hartnäckig anscheinend dort aufzuhalten wünschte, wo sie sich befand. Ihre Hoffnung, daß er mit Nicolaus von Hohenburg zum Kaiser reisen würde, hatte sich nicht erfüllt.

Der Valet hatte in Pisa ein anderes Schiff des Konvois bestiegen, um mit Falken, Falknern und Kreuzrittern Neapel anzulaufen. Sie selbst segelten mit einer unauffälligen Tartane unter pisanischer Flagge, die von waffenstarrenden Pisanern beschützt wurde.

Cornelius steckte seinen Kopf durch die Luke. »Komm hoch, Ymme«, rief er, Begeisterung in der Stimme. »Palermo ist schon zu sehen, und es ist auch nicht mehr so heiß!«

Mit einem Mal war Ymme ganz beklommen zumute. Sie nickte stumm und versuchte, sich trotz des schwankenden Schiffes ein wenig frisch zu machen. Aber es war ein recht aussichtsloses Unterfangen, da das Wasser kaum kälter war als der Schweiß, der ihr in Strömen zwischen den Brüsten und am Rücken entlanglief.

Als sie an Deck kam, machten die Bewaffneten Platz, und Cornelius reichte ihr seine Hand, um sie zu stützen. Beeindruckt sah Ymme sich um. Das Schiff hielt auf hohe, schroffe Berge zu. Vor ihnen lag, eingebettet in eine grüne, halbmondförmige Insel, die Stadt.

Cornelius zeigte über die wogende Wasserfläche, die im Augenblick keine Schaumkronen trug, in die weite Bucht hinein. »Sieh, auf dem Hügel liegt das eigentliche Palermo. Alles andere sind Stadtteile mit eigenem Namen. Wir werden den Hafen bei Anbruch der Dunkelheit erreichen, sagt der Admiral.« Er wechselte mit dem Mann am Ruder ein kumpelhaftes Grinsen.

»Jetzt besteht keine Gefahr mehr durch Seeräuber«, brummte der Pisaner zufrieden.

Ymme drehte sich um. Der Mann hatte schwarze Zähne, ein Tuch um die gebräunte Stirn geschlungen und sah selbst aus wie ein Seeräuber. Cornelius legte den Arm um ihre Schulter und zog sie an sich.

Der Seemann ließ sich mit Vergnügen taxieren. »Bei uns turteln in Eurem Alter nur noch die Tauben«, sagte er so langsam, daß Ymme ihn verstand.

Sie hatte sich trotz der Seekrankheit schon ein wenig an die Sprache der Männer gewöhnt, Lateinisch und Kastilisch waren hinreichend brauchbar, um sich mit ihnen zu verständigen. »Wir fangen eben später an«, antwortete sie auf Latein.

Er lachte schallend und deutete mit dem stoppeligen Kinn Richtung Küste.

Inzwischen waren bereits Einzelheiten zu erkennen: Kirchtürme und Minarette glänzten im Abendlicht, und außerhalb der gewaltigen Mauern und Festungsanlagen, die sich beiderseits der Hafeneinfahrt hinzogen, standen Mühlen im satten Grün der Flußniederungen. Die Sonne versank schon hinter einem Vorgebirge, als sie in dem nahezu runden Hafenbecken anlegten.

Kaum war das Schiff fest vertäut und eine Planke auf den Kai geschoben, kamen zwei Männer an Bord, die vom pisanischen Kapitän mit besonderer Höflichkeit empfangen wurden.

Die Kaufleute unter den Passagieren belagerten die Männer und hielten ihnen Listen der Waren unter die Nasen, die sie einzuführen gedachten. Sie wurden auf ein großes Gebäude hinter einer Palmenreihe hingewiesen, zu dem sie sich begeben sollten.

»Fóndaco«, wiederholte Ymme flüsternd. »Hörst du, Cornelius, sie sollen zum Fondak. Wie in Spanien.«

Cornelius ließ seine Augen nicht von den Kaufleuten und den kaiserlichen Beamten. Offenbar wechselten Münzen die Besitzer.

»Ob wir auch dort übernachten sollen?«

»Das glaube ich nicht«, meinte Cornelius. »Wir sind Gäste des Kaisers.«

»Vielleicht wäre es trotz allem nützlich, eine kleine persönliche Anerkennung bereitzuhalten«, flüsterte Ymme ihm ins Ohr, »damit sie uns ganz bestimmt nicht mit Kaufleuten oder Räubern verwechseln. Der Pisaner hat uns ja trotz seines Aussehens ungeschoren gelassen, aber wer weiß ...«

»Schon vorbereitet«, murmelte er beruhigend aus dem Mundwinkel.

Während die ersten Kaufleute ihr Gepäck bereits auf den Kai hievten, ein Letzter noch einen erbitterten Streit mit dem Beamten ausfocht, kam der andere zu ihnen. Cornelius und das Gepäck, das sichtlich keine Handelsware war, mißtrauisch musternd, stellte er sich als Magister doanae vor. Cornelius reichte ihm ihren Passierschein.

Die Augen des Zöllners weiteten sich angesichts des kaiserlichen Adlers überrascht, und er warf einen kurzen respektvollen Blick auf Ymme, während er das Trinkgeld in seiner Tasche verschwinden ließ. Dann ging alles schnell und reibungslos. Auf seinen Pfiff hin sprangen vier Männer, die offenbar am Kai auf Aufträge gelauert hatten, über die Bordwand. Wunderbarerweise schafften sie es ohne Anweisung, die richtigen Gepäckstücke zu ergreifen und sie heil ans Ufer zu bringen. Ohne weitere Erkundigungen einzuholen, machten sie sich mit den Packsäcke auf den Schultern auf den Weg.

Ymme schaute ihnen besorgt hinterher.

»Keine Sorge, Dama, alles wird korrekt im Cassaro abgeliefert werden. Ihr zahlt keine Fondacatsgebühren, nichts. Ich habe genaue Anweisungen aus der königlichen Kanzlei erhalten.« Der Zollbeamte breitete die Hände aus und lachte beruhigend. »Seht Euren Cavaliere an, er nimmt es wie ein geborener Palermer.«

»In jedem Fall würde Mißtrauen zu nichts führen«, meinte Cornelius mit heiterem Gesicht und bot Ymme den Arm, um ihr auf die Pier zu helfen.

Der Zollbeamte bedeutete ihnen zu warten und stützte seine Ellenbogen auf die Reling. Wenige Augenblicke später trafen zwei Männer im Laufschritt ein und setzten einen Tragsessel vor ihnen ab.

»Sie erwarten uns anscheinend«, stellte Ymme dankbar und ein wenig erstaunt fest, während sie hineinkletterte. Daß sich außerdem der Franziskaner in Luft aufgelöst zu haben schien, war ein gutes Omen für den Beginn ihrer Tätigkeit in Palermo. Sie fühlte sich jetzt stark genug, es mit allem Neuen aufzunehmen.

Jolanthe, Gemahlin des Kaisers und Königs Friedrich II., brannte vor Zorn. Ihre Hochzeitsfeier konnte sich nicht messen mit der von Konstanze, der ersten Ehefrau des Kaisers. Wohlmeinende Stimmen hatten es ihr zugeflüstert, kaum daß der Kaiser aus dem Saal geschritten war, umgeben von Beratern und Freunden, aber ohne sie.

Mit ihr hatte er während der Stunden des Festmahls überhaupt nicht gesprochen, sich dagegen immer wieder über ihren Kopf hinweg mit Kusine Margarete verständigt. Ausgerechnet Margarete, die falsch war wie eine Gazelle und Haare wie Weizenstroh hatte. Und was heißt, verständigt? Alberne Scherze hatte seine Erhabenheit ihr zugerufen, und die dumme Kuh hatte anfänglich in gleicher Münze zurückgegeben, um allmählich in verliebtes Zwitschern überzugehen.

Während der Saal sich leerte, ließ Jolanthe sich jede Einzelheit ihrer öffentlichen Demütigung durch den Kopf gehen. Mehrmals warf sie ihre Rachepläne über den Haufen, bis sie endlich zufrieden war. »Margarete«, sagte sie laut, um ihr auf der Stelle den Kopf zu waschen; mochten die Gäste es ruhig hören, sie kannte sie sowieso nicht. »Margarete!«

»Du wirst wohl einige Zeit warten müssen, bis sie zurückkehrt, meine Tochter«, sagte hinter ihr die leise Stimme ihres Beichtvaters. »Gott vergebe ihr, aber ich fürchte, sie ist bereit, die Sünde des Ehebruchs auf sich zu nehmen.«

Jolanthe fuhr herum. »Woher wißt Ihr das, Pater?«

»Margarete hat eingewilligt, sich zu einem Lustschloß des Kaisers bringen zu lassen. Es liegt ganz in der Nähe …«

»Und mein Ehemann?«

Der Pater, ein älterer Mann mit der faltigen, gebräunten Haut derer, die lange unter der Sonne des Morgenlan-

des gelebt haben, schob die Unterlippe vor und überlegte lange.

»Bitte sagt es mir, Pater«, flehte Jolanthe.

»Dein Ehemann hat gerade seinen Hengst kommen lassen und sich bis morgen verabschiedet.« Der Pater beugte sich herab und zischte seinen Zorn in Jolanthes Ohr hinein. »Er ist die Pestilenz des Abendlandes, eine Beleidigung des Herrn und seiner Kirche, wie alle Staufer. Möge der Herr die Kraft seiner Lenden versiegen lassen und die Familie mit Stumpf und Stiel ausrotten!« Mit gesenktem Haupt und gefalteten Händen entfernte er sich.

Er schien von einem Augenblick zum anderen so in sein Gebet vertieft, daß Jolanthe nicht wagte, ihn aufzuhalten. Aber sie war sich fast sicher, ihn richtig verstanden zu haben. Sie hatte einen Feind der Kirche geheiratet, und niemand hatte sich vorher die Mühe gemacht, es ihr mitzuteilen.

Sie stand auf, um ihren Vater zu suchen. Auch Johann von Brienne schien vom Erdboden verschluckt worden zu sein.

Der Königspalast lag auf dem höchsten Punkt der von Mauern umschlossenen Stadt. Eine schnurgerade Straße führte vom unteren Tor zu ihm hinauf. Ymme starrte wie betäubt von Hitze, Lärm und dem Gewühl der Menschen nach oben, während die beiden Träger sich im Laufschritt ihren Weg bahnten und immer wieder Gruppen von schwatzenden Männern, Eselkarren und streunenden Hunden ausweichen mußten. Es dämmerte, doch die Palermer kamen offenbar jetzt erst aus ihren Häusern.

Endlich lichtete sich der Strom von Menschen. Zwischen den keulenförmigen Stämmen von Palmen wurde die Sänfte so abrupt abgesetzt, daß Ymme in die Höhe hopste. »*Qua?*« bellte der schwarzhaarige Mann an den vorderen Holmen, ohne sich auch nur zu seinen Kunden umzudrehen.

»Wohin?« wiederholte Cornelius unschlüssig. »Nach oben. Zum Palasteingang.«

Der Palermer winkte so brüsk ab, daß Ymme umgehend den Tragsessel verließ. Die Münze, die Cornelius ihm gab, betrachtete er mit größtem Mißfallen. Für seine Unhöflichkeit hatte er so viel Geld gar nicht verdient, fand Ymme und folgte Cornelius, der schon auf dem obersten Absatz der Treppe auf sie wartete.

Als sie ihn erreicht hatte, sah sie ein dunkles, kastenartiges Gebilde, flankiert von zwei düster wirkenden Wehrtürmen. Auch Cornelius musterte den Königspalast skeptisch.

Von einem Schwarzen mit blendendweißem Gebiß, aber ohne Kenntnis gängiger Sprachen, erhielten sie eine Wohnung im hinteren Teil des Palastes, der aus mehreren Gebäuden bestand, zugewiesen. Statt Cornelius' in fast vergessenem Volgare gestotterte Fragen zu beantworten, rollte der Eunuch mit den Augen und zog sich geräuschlos zurück. Notdürftig richteten sie sich für die Nacht ein. Erst am nächsten Morgen entdeckten sie den atemberaubenden Ausblick auf die Berge.

Der Kaiser und seine junge Ehefrau waren noch nicht eingetroffen, so viel konnten sie immerhin in Erfahrung bringen. Ymme fand den gegenwärtigen Zustand etwas unbehaglich. In diesem unübersichtlichen Palast, in dem gelegentlich ein schwarzer Sklave über den Gang schlenderte, gab es anscheinend niemanden, der ihr sagen konnte, was sie zu tun hatte.

Sie beschlossen abzuwarten. Am dritten Tag gelang es Cornelius, einen kleinen schwarzen Jungen zu bewegen, ihnen regelmäßig Mahlzeiten aus der Palastküche zu besorgen. Aber es war sehr kostspielig.

Am Sonntag nach ihrer Ankunft geriet der Palast in Bewegung. Schrille Fanfarenstöße im unteren Teil der Stadt kündigten die Ankunft des Hofstaates an. Ymme und Cornelius sahen von einem Fenster im dritten Stockwerk zu, während sich vor dem Palast ein Empfangskomitee formierte, das hauptsächlich aus den Männern der Palastwache bestand.

Die sarazenischen Reiter trafen zuerst ein, in ihrem Schutz folgten Kamele mit Sänften. »Dort sind die Frauen«, meinte Cornelius, dem das Leben im Orient ja nicht fremd war. »Auch dein Zögling ist darunter.«

»Zögling! Cornelius! laß niemanden eine solch respektlose Rede hören«, mahnte Ymme. »Sie ist die Kaiserin.«

Er grinste. »Wir werden sehen. Orientalische Frauen sind anders als du.«

Immer mehr Menschen strömten hinzu, eine unabsehbare Menge versammelte sich unter den hohen Palmen vor der Vorderfront. Endlich ritt der Kaiser ein, auf einem hohen schwarzen Schlachtroß, auf dem er seine Sarazenen mit den zierlichen arabischen Pferden deutlich überragte. Sein weiter blauer Mantel lag wie eine Schabracke über der Kruppe des Rappen, und zwei kleine dunkelhäutige Sklaven waren nötig, ihn zu halten, während sich der Rücken eines dritten Schwarzen dem kaiserlichen Fuß als Schemel darbot.

Ymme hatte nur Augen für die Sänften und fand nach kurzem Suchen die junge Frau, die Jolanthe sein mußte, eine üppige Schönheit, die von weitem wie eine reife Frau wirkte. Und einsam. Die Scharen von Mädchen, die nach und nach aus den Sänften kletterten, hielten respektvoll Abstand zur künftigen Kaiserin. Endlich wurde sie von einem Schwarzen unter einem Schirm in den Palast geleitet. Der Kaiser hingegen war keinen Augenblick allein; Würdenträger in grellbunt gefärbten Gewändern umringten ihn, und selbst im Gehen nahm ein Schreiber mit einem tragbaren Schreibpult sein Diktat auf.

Als sämtliche Reittiere und allerlei merkwürdiges und Ymme völlig unbekanntes Getier in Käfigen und auf den Fäusten von Knappen oder Tierpflegern den Palast gemächlich umrundet hatten und außer Sicht geraten waren, stieß sie einen tiefen Seufzer aus. »Ich hätte nicht geglaubt, daß es so etwas gibt«, sagte sie. »Am besten haben mir die Kamele gefallen.«

Cornelius nickte. »Und trotzdem glaube ich, wir sollten uns auf den Weg machen. Wahrscheinlich erfahren wir jetzt endlich, was sie von uns erwarten.«

Nicolaus von Hohenburg kam ihnen auf der Treppe schon im Laufschritt entgegen. »Beeilt Euch«, rief er vorwurfsvoll. »Die Ansprache des Kaisers an die Palermer hat schon begonnen. Und Seine Erhabenheit nimmt es sehr übel, wenn man gegen das Protokoll verstößt!«

Ohne sich näher zu erklären, hetzte er den Weg wieder zurück, in der Erwartung, daß sie ihm ebenso schnell folgen konnten.

Im Saal drängten sich die Würdenträger des Hofstaates, viele von ihnen trugen griechische Gewänder und Bärte, einige auch arabische Tracht. Hermann von Salza im strahlend weißen Rittermantel stand mit deutlichen Anzeichen von Ungeduld neben einem Pagen mit wippendem grünem Federbusch, der die letzten Eintretenden überprüfte. Erleichtert ergriff er Ymme am Oberarm und zog sie zu sich heran. »Hat Euch niemand das Protokoll erläutert?« raunte er ihr streng ins Ohr.

Sie schüttelte erschrocken den Kopf und lauschte nebenher einem Mann in schwarzer Amtstracht, deren breiter Saum purpurfarben war, ebenso wie das füllige Barett, dessen Stoff ihm bis in den Nacken fiel. Mit tragender Stimme hielt er einen Vortrag, ohne sonderlich auf die Rolle in seiner Hand blicken zu müssen.

»Der Logothet hält die Ansprache des Kaisers anläßlich seiner Ankunft in Palermo«, flüsterte Hermann von Salza, »danach seid gleich Ihr an der Reihe. Ich werde Euch vorstellen.«

Um Gottes willen, dachte Ymme nervös; ihre Kleidung war unscheinbar, und Schmuck hatte sie nicht angelegt, aus Gewohnheit stets im Hospitaldienst, obwohl bisher niemand sie in Anspruch genommen hatte. Sie folgte den skeptischen Blicken, mit denen der Hochmeister Cornelius musterte. Er trug das bei deutschen und dänischen Rittern übliche Kettenhemd; zwar war es ziemlich grobgliedrig, aber doch gut geputzt, und das Loch im Wams hatte sie gestern erst geflickt.

»Im allgemeinen tragen an diesem Hof die Cavalieri gefältelte Mäntel und Seidenstrümpfe«, murmelte der Hochmeister, »aber jetzt muß es auch so gehen.«

Ymme rutschte das Herz in die Kniekehlen. Auf eine solch stürmische Entwicklung der Dinge war sie nicht vorbereitet gewesen. Vor Aufregung verstand sie kaum ein Wort von dem, was der Logothet erst auf Griechisch, dann auf Latein sprach. Sie fand eben noch Zeit, ihr Kleid zu glätten, bevor er seine Ansprache beendete.

Der Hochmeister trat den Gang vor den Thron an, Ymme fühlte sich von seiner Hand an ihrem Ellenbogen unerbittlich vorwärts geschoben. Hinter ihnen klirrte leise Cornelius' Schwertgehänge. Ymme wagte kaum aufzusehen, von allen Seiten bemerkte sie kritische Blicke und verstohlene Lacher.

Sie hatten schon den Thron erreicht, als sie endlich ihre Fassung wiedergefunden hatte. Und sie dort um ein Haar erneut verloren hätte. Ungläubig starrte sie dem gedrungenen rotblonden Mann mit dem Stirnreif in die blauen Augen.

»Die Proskynase!« flüsterte Hermann von Salza ungeduldig. Seine Hand in ihrem Nacken zwang sie zu Boden, bis sie vor dem Herrscher lag, Cornelius neben sich, der die Hofetikette schneller begriffen hatte.

»Erhebt Euch, Dama Iume, Cavaliere Cornelius von Fischbach«, sagte Kaiser Friedrich streng. »Ihr seid von dieser Stunde an Mitglieder meines Hofstaates. Über Eure Pflichten laßt Euch in der Kanzlei aufklären.« Dann wandte er sich mit etwas freundlicherem Gesicht an seine junge Frau, die neben ihm saß. »Ich möchte Euch Eure Hebamme im Rang einer Kammerfrau vorstellen, Jolanthe, Dama Iume de Lubicensis.«

Ymme verrenkte sich den Kopf, um ihr ins Gesicht zu sehen. Jolanthe, die, wie sie wußte, von seiten ihres Vaters normannischer Herkunft war, hatte schräg stehende Augen wie eine Nomadin aus den Steppen von Asia! Sie konnte es kaum fassen.

»Dama Iume de Lubicensis«, wiederholte der Kaiser mit Nachdruck.

Aber Jolanthe war nicht nur füllig, sondern auch ohne Erziehung. Wie ein eigensinniges Kleinkind schob sie die Unterlippe vor und betrachtete ihre auf und ab wippenden Füße, die in hellrosa Seidenschuhen steckten.

Oder hatte der Kaiser sie gemeint? Ymme zuckte unwillkürlich zusammen und senkte den Blick. Sie war gerade bei der Überlegung angelangt, daß möglicherweise auch eine Unterwerfung für die Gemahlin von ihr gefordert war, als der Kaiser sie erlöste.

»Ihr habt noch viel zu lernen, Dama. Ihr dürft Euch zurückziehen.«

In seinen Worten schwang ein ziemlich eindeutiger Tadel. Ymme kniff die Lippen zusammen, erhob sich mühsam und entfernte sich einige Schritte rückwärts, bevor sie sich umdrehte und aus dem Saal floh.

Im Gewimmel der Menschen vor den Saaltüren holte Cornelius Ymme ein. Sie sah ihn kläglich an, sie hatte das Gefühl, alles verpatzt zu haben. Er legte schützend seinen Arm um sie.

Gerade, als sie den Gang betraten, der zum Treppenhaus führte, schlüpfte Nicolaus von Hohenburg aus dem Saal und kam auf sie zu. »Das ist ja gerade noch mal gutgegangen«, sagte er leise, »aber Ihr müßt Euch den Sitten hier wirklich anpassen! Am Hof unseres Herrn hier in Palermo und auf den Schlössern in Apulien gibt es eine strenge Etikette. Hermann von Salza hat beim Kaiser für Euch ein Wort eingelegt, damit Ihr nicht bestraft werdet. Und was Hakima Iume betrifft, wird der Kaiser bei seiner Frau bestimmt selbst ein Machtwort sprechen.«

Ymme sah ihn wütend an. »Wir haben uns nichts zuschulden kommen lassen. Wir wurden in diese Situation gebracht, ohne daß irgend jemand es für nötig hielt, uns darauf vorzubereiten.«

Der Valet hörte Ymme höflich zu. »Das mag wohl sein«, sagte er ungerührt, »und wenn Ihr in Zukunft etwas nicht wißt, wendet Euch an die Kanzlei. Jetzt aber kommt mit in den Saal der hundert Blüten. Dama Iume hat Anspruch auf zwei Mädchen und einen Jungen und Cavaliere Cornelius auf einen Jungen.«

»Was heißt das?« fragte Ymme erstaunt.

»Ihr müßt Diener haben; andernfalls würdet Ihr Euch jedes Ansehen verscherzen. Bezahlen müßt Ihr sie aus eigener Tasche.« Nicolaus winkte ihnen auffordernd, ihm in einen schmalen Gang zu folgen.

»Habt Ihr auch Diener?« fragte Ymme ratlos.

»Als Valet habe ich Anspruch auf zwei Schildträger und drei Pferde«, antwortete Nicolaus mit leisem Lächeln, »und dazu habe ich noch einen Jungen, der für meine persönlichen Bedürfnisse sorgt, Wäsche, Essen und ähnliches.«

»Warum hat denn Cornelius ...?«

»Hier geht es nach unten«, sagte Nicolaus und betrat einen Turm, durch den sich eine Treppe offenbar von unten nach oben zog. Auf ausgetretenen Stufen stieg er hinab. »Cavaliere Cornelius wurde als Troubadour verpflichtet, nicht als Ritter. Im allgemeinen steht der Kaiser fahrendem Volk skeptisch gegenüber, da ist ein Junge zur Bedienung schon eine große Gunst.«

Ymme begann zu lachen, aber in ihr Lachen mischte sich Bitterkeit. »Cornelius als Angehöriger des fahrenden Volkes? Das kann nicht Euer Ernst sein!«

»Seine Erhabenheit schätzt Templer und Johanniter sowie Männer, die sich diesen Orden verpflichtet fühlen, noch weniger. Wir haben uns deswegen für den Troubadour entschieden ...«

»Wir?« Ein bitterer Geschmack lag plötzlich auf Ymmes Zunge, und sie wußte, was er antworten würde. Der Ordensritter und der Valet hatten ein regelrechtes Komplott geschmiedet, um sie nach Palermo zu holen; sie konnte von Glück sagen, daß man sie nicht gewaltsam hergebracht hatte.

»Der Hochmeister und ich«, antwortete Nicolaus aufrichtig. Er schien keine Ahnung zu haben, welchen Sturm der Empörung er in Ymme ausgelöst hatte. »Er meinte,

Ihr würdet nicht bereit sein, Euren Mann für die paar Jahre zu verlassen.«

»Da hat er allerdings recht gehabt!« versetzte Ymme erbost. »In diesem Fall hättet Ihr mich in Fesseln herbringen müssen.«

»Wir haben auch das überlegt ...«

»Bei so viel Planung Eurerseits: Wer hat denn dafür gesorgt, daß wir in Unkenntnis über das Protokoll gelassen wurden?« fragte Ymme scharf. Sie war so wütend, daß sie beinahe übersehen hätte, daß sich der Valet darüber ebenfalls gerade den Kopf zerbrach. Das Ergebnis seiner Überlegungen schien nicht besonders erheiternd zu sein.

Vor dem Saal der hundert Blüten wachten bewaffnete Sarazener. Noch hatte sich Ymme nicht an diese Soldaten gewöhnt, die so kriegerisch und fremd wirkten. Nicolaus wies sich mit einem Losungswort aus, worauf sie sofort die Flügeltüren öffneten.

Die Pracht machte Ymme ganz sprachlos. Der Fußboden bestand aus bunten Mosaiksteinen, die Geschichten erzählten, geschnitzte Hölzer bildeten die Raumdecke. Die hundert Blüten waren anscheinend die Mädchen, die in Gruppen verteilt saßen und stickten oder andere Handarbeiten ausführten. »Ist dies ein Harem?« fragte sie unbedacht.

»Nein, nein.« Der Valet unterdrückte ein Grinsen, »wenn es so wäre, dürften weder Cavaliere Cornelius noch ich hier herein. Nein, hier arbeiten Mädchen und Frauen, die sich auf das Sticken mit Seidengarn verstehen. Aber sie sind auch begehrt als Dienerinnen bei den Damen, die zum Hofstaat gehören. Sucht Euch hier zwei Mädchen aus. Ich will Euch gerne beraten.«

»Danke.« Ymme wich einer jungen Frau mit schnippisch-spöttischer Miene aus, die bei einer Gruppe von vier jungen Mädchen gestanden und, auf die Schultern ihrer Nachbarinnen gestützt, offenbar ausgiebig und amüsant mit ihnen getuschelt hatte. Mit einem langen Blick musterte sie abschätzig den Edelknappen, kräuselte bei Ymmes Anblick noch verächtlicher die Oberlippe und verließ den Saal mit schwingenden Hüften.

»Geht nur herum, Dama«, forderte Nicolaus sie leise auf.

Ymme machte sich zaghaft auf den Weg von Gruppe zu Gruppe. Das Schwatzen und Kichern verstummte; bräunliche oder olivfarbene Gesichter wandten sich ihr neugierig zu. Es war ganz offensichtlich, daß alle wußten, warum Ymme sie inspizierte. »Wie verständige ich mich mit ihnen?« fragte sie ratlos.

»Oh, die meisten sprechen Griechisch und Sizilianisch, Deutsch nur zwei. Zu ihnen würde ich raten. Sie sitzen dort hinten.«

Ymmes Blick folgte seiner Handbewegung. Sie konnte es sich nicht erklären, aber die beiden jungen Frauen waren ihr unangenehm. Sie taxierten sie auf eine berechnende Art und Weise, die geradezu aufdringlich war. »Wenn es Euch nichts ausmacht«, sagte sie rasch, »würde ich gerne die ältere Frau dort in der Ecke und das Mädchen daneben für mich auswählen. Vorausgesetzt, sie sind einverstanden.«

»Sie werden nicht gefragt«, versetzte Nicolaus kühl. »Sie sind Mutter und Tochter und sprechen nur Griechisch, glaube ich.«

Er war verärgert, daß Ymme seinem Ratschlag nicht folgte, aber damit konnte sie leben. Sie machte sich auf den Weg zu ihnen.

Das junge Mädchen konnte nicht älter als fünfzehn oder sechzehn Jahre sein. Als sie ihre schwarzen Flechten zurückwarf, las Ymme in ihren Augen einen Schimmer von Neugier. Die Mutter war zurückhaltender, ließ das buntbestickte Tuch auf ihren Schoß sinken und wartete mit gesenktem Kopf ab.

»Ich würde Euch gerne in meine Dienste nehmen«, sagte Ymme freundlich.

Nicolaus übersetzte Ymmes mit kastilischen und lateinischen Worten durchsetzte Bitte. Beide nickten und standen sofort auf. Im Hinausgehen hatte Ymme den Eindruck, daß der Valet sich mit den beiden deutschsprachigen Mädchen verstohlen verständigte. Konnte eine von ihnen seine heimliche Geliebte sein? Nun, es ging sie nichts an.

Angelina, die Mutter, und Stella, die Tochter, waren Sizilianerinnen aus dem östlichen Teil der Insel und sprachen, anders als Nicolaus behauptet hatte, eine Art Italienisch, das Ymme ganz gut verstehen konnte. Während sie ihre Arbeit in den fast leeren Räumen mit kritischem Kopfschütteln aufnahmen, wurde Ymme zum ersten Mal zu Jolanthe gerufen.

Gespannt folgte sie dem Schwarzen eine Treppe tiefer, wo die Gänge breit und hoch waren, im Unterschied zum obersten Stockwerk. Eine Flucht von Gemächern stand der Gemahlin des Kaisers offensichtlich für ihren persönlichen Bedarf zur Verfügung.

Der zweite Raum bildete den Wohnbereich. Ymme fühlte sich fast geblendet von all den goldenen Gesichtern mit Heiligenschein, die von den Wänden herabstrahlten. Bestickte deckenhohe Seidenvorhänge teilten den hinteren Teil des Saals in nicht einzusehende Nischen. Der Eunuch stieß Ymme mit einem Finger vorwärts, bis sie am Fußende eines marmornen Liegebettes angelangt war. Es hätte einer großen Familie Platz geboten. Jolanthe ruhte darauf in einer fast durchsichtigen Robe.

Die junge Gemahlin des Kaisers naschte gelangweilt rosa und giftgrün gefärbtes Konfekt von einem Kupfertablett und dachte gar nicht daran, Ymme zur Kenntnis zu nehmen. »Pfui Teufel!« rief sie plötzlich aus und spuckte angeekelt eine halbzerkaute Praline aus.

Ymme verzog keine Miene. Der Dienst bei Jolanthe versprach anstrengend zu werden.

Der Eunuch wanderte mit schwingenden Armen um das Bett herum, betrachtete das klebrige Etwas auf dem dikken kostbaren Teppich und klatschte in die Hände. Während zwei kleine Jungen mit Tüchern und einem Eimer Wasser zur Tür hereinschoßen, geruhte Jolanthe, Ymme zu bemerken.

Ihre vollen Lippen rundeten sich, und ihre schwarzen Augenbrauen zogen sich zusammen. Ymme sah sie abwartend an, unschlüssig, ob sie sich auf den bereitstehenden Hocker setzen durfte. Statt sie angemessen zu begrüßen, packte Jolanthe das Tablett und schleuderte es unbeherrscht in den Raum.

Das Tablett segelte durch die Luft, verfehlte Ymme um Haaresbreite und prallte auf den Eunuchen, der sich mit einem schrillen Schrei den Bauchansatz rieb. Er brachte es fertig, gleichzeitig seiner Herrin Ergebenheit zu signalisieren und Ymme mit einem zornigen Blick zu bedenken.

Jolanthe beachtete ihn nicht. Sie saß aufrecht und richtete ihren anklagenden Blick auf Ymme. »Ich will Euch nicht«, schrie sie. »Der Kaiser behandelt mich wie eine Feindin! Alles nimmt er mir weg, meine Freundinnen, meine Kusine, meine Herrschaft über Jerusalem, meinen Vater ...« Sie mußte Luft holen.

»Das ist schlimm«, sagte Ymme sanft. »Ihr seid plötzlich sehr einsam geworden. Ich bin sicher, daß der Kaiser dies gar nicht beabsichtigt hat.«

Für einen Augenblick hatte Ymme Jolanthe den Wind aus den Segeln genommen. Sie wirkte unschlüssig, dann aber stürzten ihr die Tränen aus den Augen.

Gegen ihren Willen empfand Ymme Mitleid. Es gab zwar ein schlimmeres Schicksal, als Kaiserin zu werden, aber auf der anderen Seite wohl kaum ein Amt, das härter auf seiner Trägerin lastete. »Ich werde Euch helfen, wo immer ich es kann«, sagte sie spontan.

»Dafür werdet Ihr bezahlt! Ich werde Euch bestrafen, wenn Ihr es nicht tut«, stieß Jolanthe hervor. »Ihr seid von ihm geschickt worden, und Ihr steht auf seiner Seite. Deutsche! Aber seid sicher, daß ich gewitzt genug bin, um mich Eurer Aufsicht zu entziehen!«

»Ich bin weder Eunuch noch Dienerin«, entgegnete Ymme verblüfft. »Ich wurde gebeten, mich um Eure Gesundheit und die Eurer künftigen Kinder zu kümmern.«

Jolanthe schnaubte vor Verachtung. »Glaubt Ihr wirklich, das zu können? Eine Frau aus dem ketzerischen, zurückgebliebenen Frankenland? Oder bedient Ihr Euch Zaubermittel, die ich nicht kenne?«

Ymme schüttelte den Kopf. »Ich habe unendliche Mühe aufgewendet, um mir das Wissen des Morgenlandes anzueignen. Ich lernte sogar, Suren aus dem Koran zu zitieren, um studieren zu dürfen und zur Hakima ausgebildet zu werden.«

Die junge Frau starrte Ymme angewidert an und streckte ihr blitzschnell die zehn abgespreizten Finger entgegen. »Jungfrau Maria! Moro, hole Teresina! Sie soll mich frisch machen.«

Der Eunuch wandelte plattfüßig zur Tür, während Ymme ratlos schwieg. Welches Unheil versuchte Jolanthe abzuwehren? Die Kammerfrau aus dem zurückgebliebenen Abendland? Den Koran? Oder die Erkenntnis, daß eine Frau wie ein Mann studieren konnte?

»Hakima!« schnaubte Jolanthe, als der Schwarze außer Hörweite war. »Das ist ja widerwärtig! Reichen Eure Reize nicht einmal aus, um einen Mann des Nordens für Euch zu interessieren?«

Zum Glück erwartete sie keine Antwort, aber Ymme sah dennoch Moro erleichtert entgegen, als er mit einer Dienerin zurückkehrte. Diese trug ein Tablett mit Flaschen und Karaffen, deren Inhalt ölig hin und her schwappte, und brachte Ymme nicht mehr Aufmerksamkeit entgegen als einem streunenden Hund, obwohl sie einander schon im Saal der hundert Blüten begegnet waren. Dabei hätte Ymme zu gern gewußt, warum sie den Valet mit solcher Verachtung angesehen hatte.

Hinter Teresina tappte einer der Sklavenjungen her mit blütenweißen Handtüchern über dem Arm. Ymmes Blicke folgten ihnen, als sie sich vor dem Liegebett auf die Knie warfen. Die schwarze Haut des Jungen war von frischen hellroten Narben überzogen.

Während Ymme sich verstohlen umsah, schlenderte Jolanthe hinter den cremefarbigen Vorhang, der ihre Silhouette durchscheinen ließ. Sie ließ ihre Robe von den Schultern in die Hände von Teresina gleiten und stand, unerwartet für Ymme, völlig nackt da. Ihre vollen Brüste hoben sich deutlich von der Umgebung ab, während sie sich einen Moment streckte und dehnte, bevor sie zwei Stufen hinunterstieg und aus dem Blickfeld der Zuschauer verschwand.

Ymme verstand jäh, was die Bezeichnung Kammerfrau bedeutete. Das war kein Ehrentitel, sondern machte sie zu Jolanthes Dienerin. Auf einen solchen Titel konnte sie gerne verzichten. »Darf ich mich zurückziehen, Eure Erhabenheit?«

»Was fällt Euch ein? Ich habe Euch nicht entlassen, Dama Iume. Fang an, Teresina.«

Leises Plätschern war zu hören, und ein Duft nach Zitronen durchzog den Raum. Der Eunuch hatte die Augen geschlossen, und auf seinem rundlichen Gesicht malte sich Verzückung.

Ymme sah sich suchend um. Überall im Raum waren Kissen verstreut. Auf Zehenspitzen schlich sie zur Wand hinüber und ließ sich auf einem nieder. Der kleine Sklave kauerte in ihrer Nähe, das Gesicht in den Armen versteckt.

Sie gab sich ihren eigenen Gedanken hin. Warum in aller Welt hatte Jolanthe nicht erst die Unterredung mit ihr zu Ende führen können? Gerne hätte sie erfahren, was von ihr erwartet wurde. Auf jeden Fall plante sie, sich als erstes einen Grundstock an Heilmitteln zuzulegen. Sie war ganz sicher, daß es in Palermo einen Markt für Kräuter gab. Wo Araberinnen lebten, konnte man Pflanzen und Mineralien zur Herstellung von Kosmetika und Heilmitteln, was manchmal das Gleiche war, kaufen.

Ein Grunzen weckte Ymmes Aufmerksamkeit, und ihr Blick wanderte zu Moro hinüber. Auf seiner Stirn perlte Schweiß, und während sie darüber nachdachte, hörte sie das sausende Geräusch einer Peitsche, dann Stöhnen und einen Schmerzensschrei, der von Teresina stammte. Der Junge neben Ymme begann zu zittern. Plötzlich wußte sie, wer ihm die Wunden zugefügt hatte.

Ymme erhob sich leise. Moros brauner Rücken glänzte, als sie sich noch einmal umwandte. Unbemerkt erreichte sie die Tür und schlüpfte an dem Sarazenen vorbei, der wie ein Standbild vor der Tür wachte.

Hinter der nächsten Ecke lehnte Ymme sich an die Wand und atmete tief durch, bevor sie mit weichen Knien durch die Gänge zu ihrer eigenen Wohnung lief. Sie kannte nun ein Geheimnis der kaiserlichen Gemahlin, und dies konnte vermutlich außerordentlich gefährlich sein. Es bestand kein Zweifel daran, daß Jolanthe alles absichtlich so herbeigeführt hatte.

6.
Der Anschlag

Am nächsten Morgen wurde Ymme noch vor Sonnenaufgang von Stella geweckt. »Bitte kommt, Dama«, flüsterte sie, um Cornelius nicht zu stören. »Die Gemahlin hat Moro geschickt, um Euch zu holen.«

»So früh?« Schlaftrunken fragte Ymme sich, ob sie richtig gehört hatte. Das Wort Gemahlin hatte sehr verächtlich geklungen. Sie sprang aus dem Bett und begann sich anzukleiden.

Stella versuchte zu erraten, was Ymme benötigte, war aber nicht besonders geschickt darin, weil ihr die Kleidungsstücke fremd waren.

Im Nachbarraum lehnte Moro im Licht der Sonne an der Wand und stocherte mit einem Gerät aus Elfenbein zwischen den Zähnen. Seine dicken Lippen waren zurückgezogen, die Zähne weiß und kräftig wie die eines Pferdes. Es war offensichtlich, daß er dabei war, sie einer gründlichen Säuberung zu unterziehen.

»Wenn du bereit wärst, deine Morgentoilette zu unterbrechen, können wir gehen«, sagte Ymme ungeduldig. »Schließlich verlangt die Kaiserin nach mir. Ist etwas passiert?«

»Was soll passiert sein, Dama?«

Ymme schüttelte den Kopf und geduldete sich, bis Moro den Zahnstocher in einer tiefen Tasche verwahrt hatte und geruhte, aus der Wohnung zu schlendern. Er erbot sich nicht einmal, ihren Korb mit den Instrumenten zu tragen.

Noch lagen die Gänge des Palastes leer und ruhig, im Lustgarten und selbst in den Ställen unterhalb der Palastmauer regte sich nichts. Mit leiser Sehnsucht blickte Ymme auf den Gürtel von Zitrusbäumen vor den Bergen. Es mußte dort jetzt wunderbar sein, bestimmt war die Luft frisch und kühl, im Gegensatz zum Palast.

In Sichtweite von Jolanthes Gemächern machte Moro halt und steuerte einen kleinen Raum mit dürftiger Ausstattung an, in dessen Mitte Jolanthe stand. Ymme beugte verdutzt das Knie und registrierte nebenbei, daß die junge Frau geradezu widerwärtig unberührt ein wimmerndes Bündel zu ihren Füßen beobachtete.

Das Bündel war der schwarze Knabe, der in Jolanthes Dienst stand. Er hatte alles ausgebrochen, was sein Magen enthielt. Brocken von unverdautem Brot schwammen in gallegelbem Schaum und rötlicher Flüssigkeit.

»Warum spuckt er?« wollte die kaiserliche Gemahlin mit einem hinterhältigen Lächeln wissen.

»Ich weiß es noch nicht«, sagte Ymme ehrlich und begann mit der Untersuchung.

Jolanthe kicherte, und Moro stimmte gluckernd ein.

Der Junge befand sich in einem bestürzend schlechten Zustand. Seine Haut war bereits erkaltet, und das Herz schlug langsam und in unregelmäßigen Abständen. Ymme drehte ihn behutsam auf die Seite. »Er liegt im Sterben. Warum wurde ich nicht früher geholt?« fragte sie. »Ich hätte ihm möglicherweise noch helfen können. Jetzt ist es zu spät.«

»Ja, Moro. Warum hast du sie nicht früher geholt?«

Als Ymme aufsah, begegnete sie Jolanthes kalter Miene, in der ein Anflug von Genugtuung zu erkennen war.

»Die Dama Iume mitten in der Nacht wecken?« fragte Moro, nur dem Anschein nach erschrocken.

Er scheute sich nicht, sich in Gegenwart seiner Herrin über Ymme lustig zu machen, das gab zu denken. Sie beschloss, ihre Arbeit schweigend zu verrichten.

»Ts, ts«, machte Jolanthe.

»Die Erhabenheit kann jederzeit einen anderen Jungen zum Säubern der Teppiche bekommen«, fuhr Moro mit schmeichlerischer Stimme fort. »Wenn es mir gestattet ist, meine Meinung zu äußern: Man hätte ihn sowieso zurückschicken müssen. Er hat es an Ehrfurcht vor Eurer Erhabenheit fehlen lassen.«

Der Junge stieß ein leises Seufzen aus, dann sank sein Kopf zur Seite. Er war tot. Seine Fäuste, die so verkrampft waren, daß Ymme die kreideweißen Nägel sehen konnte, erschlafften und öffneten sich.

»Das also ist die Heilkunst einer Frau, die Verse Satans aus einem Zauberbuch aufsagen kann«, versetzte Jolanthe spöttisch und rauschte aus dem Raum. Moro beeilte sich, ihr zu folgen.

Ihre Schritte verhallten auf dem Gang. Eine Tür wurde geöffnet und wieder geschlossen. Ymme saß in der Hocke, streichelte die Wange des kleinen Jungen, und dachte über Jolanthes Frisur nach. Jede einzelne Locke war mit Hilfe von Brennscheren und Nadeln an ihren Platz gezwungen worden. Eine solch perfekte Frisur hatte niemand, der aus dem Bett kam. Oder war sie noch gar nicht im Bett gewesen? Irgend etwas stimmte nicht mit dieser jungen Frau.

Aber das Rätsel Jolanthe hatte zu warten. Ymme beugte sich zu dem toten Jungen hinunter und schnupperte an seinem Mund. Es roch ein wenig säuerlich und auch bitter, und beides war völlig normal.

Trotzdem fischte sie den am wenigsten verdauten Brotbrocken aus der Pfütze von Erbrochenem und verwahrte ihn sorgfältig in einer hölzernen Schale mit Deckel, die sich stets in ihrem Korb befand.

Cornelius war angezogen und lief, die Hände auf dem Rücken, um einen runden Tisch herum, auf dem das Morgenmahl stand, das anzurichten sich Angelina widerstrebend bereit erklärt hatte. Im Gegensatz zu einem sizilianischen Magen benötigte ein Magen aus dem Norden vor Beginn der Arbeit eine Grundlage. Ymmes Blick fiel auf den buntglasierten Krug mit Wasser, in dem eine Zitronenscheibe schwamm, daneben zwei Scheiben Brot und Orangen. Immerhin.

»Oh, du bist da«, sagte Cornelius erfreut und durchquerte den Raum, um Ymme die Wange zu küssen.

Ymme entzog sich ihm. »Nicht, Cornelius! Ich muß mich erst waschen.«

Er kam hinter ihr her in den kleinen gefliesten Raum, während sie sich aus dem gefüllten Vorratskrug bediente. »Irgend etwas Besonderes?«

Ymme seifte sich mit dem Schwamm bis über die Ellenbogen ein. »Ein kleiner Junge, der gestern noch putzmunter war, aber das Unglück hatte, sich den Unwillen von Jolanthes Eunuch Moro zuzuziehen, ist gerade gestorben. Er muß fürchterliche Krämpfe gehabt haben; der Fußboden schwamm von Galle.«

»In Palästen geht es oft zu wie bei Soldaten im Feldlager«, meinte Cornelius achselzuckend. »Parteienbildung, Streit und Intrigen. Das ist normal.«

»Hoffentlich hältst du es nicht für normal, daß dabei Menschen umkommen?«

»Ach, Ymme! Was denkst du denn von mir?«

»Ja, entschuldige«, sagte Ymme zerstreut. »Cornelius, ich habe einen Brotbrocken mitgebracht, den der Kleine nur kurz im Magen gehabt haben kann. Ich möchte ihn ungern an einen Hund verfüttern, aber ich möchte auch wissen, ob mein Verdacht richtig ist ...«

»Wäre dir eine Ratte recht?« erkundigte Cornelius sich. »Ganz unten, wo die unterirdischen Gänge ihren Anfang nehmen, gibt es jede Menge.«

Ymme sah ihn unglücklich an. »Für die Katharer hat jedes Leben den gleichen Wert, so haben sie mich gelehrt ... Aber: Ja.«

»Ich werde eine Ratte finden, der ich den Fall erklären kann«, sagte Cornelius friedfertig.

Ymme öffnete vorsichtig die fest verschlossene Dose und hielt den Spalt an ihre Nase. »Nichts Auffälliges. Womöglich irre ich mich. Vielleicht wäre es besser, wenn du nicht hinuntergehst. Stell dir vor, es gäbe dort Brunnenschächte oder ähnliches, und du fällst hinein.«

»Gibt es. Auch ähnliches. Aber du bist nicht zum Aushalten, wenn du einer Sache nicht auf den Grund gehen kannst, weißt du das eigentlich?« Cornelius zog Ymme an sich und küßte sie entschlossen.

Sie konnte nicht einmal widersprechen, und als es ihr wieder einfiel, war er schon fort.

Cornelius nahm jeweils drei der flach ausgetretenen Stufen auf einmal. Diese stille Treppe zwischen einem älteren und einem neuen Palastteil war vorzüglich geeignet für seine Streifzüge durch den Palast. Der Kaiser, der nichts von dem fahrenden Volk hielt, zu dem er sich neuerdings zählen mußte, benötigte Cornelius nicht.

Er hatte Zeit genug gehabt, sich umzusehen, wobei er im untersten Geschoß zufällig ein Türchen entdeckt hatte, das einst hinter einem heruntergekommenen Wandteppich verborgen gewesen war. Inzwischen bestand er nur noch aus Fetzen, wodurch Cornelius auf die Tür aufmerksam geworden war.

Die kurze Treppe hinter der Tür und ein großer Raum mit auffallend niedriger Decke waren von Abfall übersät gewesen. In der Mitte befand sich ein schadhafter Brunnenschacht, der tief unten Wasser enthielt, wie ein hineingeworfener Stein bewies. Noch interessanter aber war, daß am hinteren Ende des Raumes ein Gang seinen Anfang nahm, der schräg nach unten in tiefe Dunkelheit hinein abfiel. Ein kühler Luftzug war Cornelius entgegengekommen, und er hatte ein fernes Rauschen gehört.

Cornelius vergewisserte sich, daß er allein war, und schob das Türchen vorsichtig auf. Er nahm sich vor, den Gang, der möglicherweise aus dem Palast hinausführte, bei nächster Gelegenheit zu untersuchen.

Im schwachen Licht, das durch eine Öffnung unterhalb der Decke von außen hereinfiel, sah er die Ratten zwar nicht, aber er hörte ihr Rascheln und leises Fiepen. Er legte das Stück Brot auf einen großen Kalksteinblock, in den jemand eine Kuhle geschabt hatte, und zog sich lautlos zurück.

Als er in ihre Wohnung zurückkam, erbrach Ymme gerade unter den Blicken eines sarazenischen Wachsoldaten das Siegel eines Schreibens. Sie reichte es ihm.

Es war ein Befehl, der die Dama und den Cavaliere in die Kanzlei beorderte. In dieser Reihenfolge. Cornelius von Fischbach blickte starr auf die wenigen Worte und das Kanzleisiegel. Als Begleiter seiner Ehefrau besaß er so gut wie keinen eigenen Wert.

Es wurde Zeit, diesen Zustand zu ändern. Er mußte die Laute hervorholen und seine Stimme ölen, damit er endlich Zugang zum inneren Kreis des Kaisers erhielt.

Der Bote marschierte schweigend voraus, während Ymme mit Cornelius einen amüsierten Blick wechselte. Offenbar war ein Kanzleibesuch eine hochoffizielle Angelegenheit.

Die Kanzlei belegte einen ganzen Trakt in einem Geschoß zu ebener Erde. Manche Türen waren geöffnet; in den Räumen standen mehrere Pulte, an denen Männer schrieben. Mit der Verwaltung des Königreiches war offenbar ein ganzes Heer von Personen beschäftigt. Ymme mußte zugeben, daß sie beeindruckt war. Sie hatte sich bisher keine Gedanken darüber gemacht.

Der Mann, zu dem sie geführt wurden, war einer der Würdenträger des Hofes, worauf schon sein hellblau und rostbraun gestreiftes Seidengewand hindeutete. Seine Nase sprang vor wie ein Adlerschnabel, und sein Kinn zeigte trotz der scharfen Rasur dunkle Schatten.

»Ich bin Nicola della Vigna«, sagte er hochmütig, den Blick aus seinen dunkelbraunen Augen aufreizend knapp an seinen Besuchern vorbeigerichtet, »Justitiar des Großhofs. Ich werde Euch über Eure Pflichten aufklären, was im allgemeinen wirklich nicht zu meiner Tätigkeit gehört, jedoch wurde ich von Seiner Erhabenheit darum gebeten. Aus gutem Grund, der Euch bekannt sein dürfte.«

Ymme nickte beiläufig.

Der Justitiar blähte leicht die Nasenflügel und fuhr noch einen Grad abweisender fort. »Daß am Hof unseres erhabenen Kaisers die Proskynase gebräuchlich ist, habt Ihr inzwischen erfahren, wie man mir berichtet hat. Über Eure Kleidung wurde offensichtlich noch nicht gesprochen. Sie hat dunkel zu sein, Dama, denn Ihr bekleidet den niedersten Rang der an den Hof Berufenen.«

Ymme ließ sich nicht verleiten, schuldhaft an sich hinunterzublicken, sondern starrte den Adlerschnabel trotzig an. Sie liebte helle Farben, und sie fand sie bei der Hitze angenehmer als dunkle Kleidung.

Nicola della Vigna hielt Ymmes Zustimmung für selbstverständlich. Mit einem Ruck wandte er sich ein wenig nach links, genug, um Cornelius zu signalisieren, daß jetzt er an der Reihe war. »Deutsche Ritterbekleidung ist am sizilianischen Hof nicht gebräuchlich, Cavaliere.«

»Ich habe es bereits bemerkt«, murmelte Cornelius säuerlich.

»Die sonntägliche Messe werdet Ihr bei seiner Eminenz, dem Erzbischof Berard von Palermo, hören, die übrigen Messen sowie Beichten sind Eurem Belieben anheimgestellt.«

Ymme stockte der Atem. Mit Vorschriften dieser Art hatte sie nicht gerechnet.

»Ihr habt Euch Tag und Nacht zur Verfügung zu halten. Sollte Euch noch etwas unklar sein, erkundigt Euch bei den Kanzlisten, am besten bei Notaio Girolamo Naso. Ich wünsche Euch einen schönen Tag. Dama. Cavaliere.«

»Einen Augenblick, Justitiar della Vigna! Man hat uns sämtliche für diesen Hof wichtigen Informationen vorenthalten, außer der, daß wir Dienstboten zu halten haben, die zu bezahlen sind. Wie hoch ist unsere eigene Entlohnung?« Ymme litt darunter, diese Frage stellen zu müssen, aber sie brauchte Klarheit.

Das erschütterte die Würde des Justitiars. Mehrmals fuhr seine Zunge wie bei einer Eidechse über seine blassen Lippen, ohne daß er einen Ton herausbrachte. Schließlich gelang ihm, gestützt auf die Pultecke, ein indigniertes

Flüstern. »Eine schamhafte Frau ist attraktiver als eine reiche. Geht zum Notaio.«

Mit hochgerecktem Kinn blinzelte er heftig, um sie zum Gehen zu bewegen. Da klar war, daß er kein einziges Wort über Geld verlieren würde, deutete Cornelius eine Verneigung an. »Nicola della Vigna«, sagte er in genau demselben unpersönlichen schwebenden Ton wie der Justitiar und ergriff Ymmes Hand.

An der Tür prallten sie mit einem der schwarzgekleideten unauffälligen Männer zusammen, die überall im Flur herumzulungern schienen. Der Mann schoß auf den Justitiar zu, zog dessen Hand an sich und küßte sie. »Ich bitte tausendmal um Vergebung, Euer Gnaden, wie konnte ich ahnen, daß Ihr gerade Besucher empfangt? Laßt mich wissen, daß Ihr mir verziehen habt, wenn ich später wiederkomme, um meinen Auftrag abzuholen.«

Obwohl der Justitiar keinerlei Reaktion erkennen ließ, machte sein Untergebener mit dankbarer Miene kehrt und ließ die Tür für Ymme und Cornelius offenstehen.

»Das reinste Tollhaus!« stieß Ymme hervor, als sie außer Hörweite der Kanzlisten waren. »Laß uns zum Gewürz- und Kräuterbasar gehen. Dort wird es ein paar normale Leute geben. Erstens muß ich mir Heilmittel besorgen und zweitens überhaupt.«

»Beide Gründe sind wahrhaft überzeugend«, stimmte Cornelius zu, streifte das Kettenhemd über und bewaffnete sich mit seinem kurzen Schwert. »Aber auch ohne Gründe bin ich bereit. Die Etikette an diesem Hof ist ja unerträglich!«

Als sie zum Ausgehen fertig waren, erschien Angelina in der Tür, stemmte die Hände in die Seiten und schüttelte mißbilligend den Kopf. »Ihr könnt so nicht gehen, Dama! Cavaliere! Was soll man von Euch denken?«

Ymme sah an sich hinunter. Daß ihre Kleidung als unpassend galt, wußte sie ja bereits. Aber um sich andere zu besorgen, mußte sie in die Stadt.

»Was meinst du damit, Angelina?« fragte Cornelius.

»Ihr braucht die Begleitung eines Mannes von der Palastwache. Und Dama Iume darf keinesfalls selbst den Korb tragen. Man hat ihr doch gesagt, daß sie auf einen Jungen Anspruch hat, genau wie Ihr, Cavaliere. Ich werde Euch für diesen Gang in die Stadt einen Schwarzen besorgen. Sie sind heute in aufrührerischer Stimmung, aber wenn ich etwas Geld hätte, würde es mir sicher gelingen, einen zu bestechen …«

»Einen Wachmann brauchen wir nicht«, widersprach Cornelius entschieden. »Schließlich bin ich selbst bewaffnet.«

»Warum sind die Jungen in Aufruhrstimmung?« fragte Ymme.

Angelina sah hinter sich, dann kam sie widerstrebend näher und stellte sich auf die Zehenspitzen, um Ymme ins Ohr zu flüstern. »Wegen des Kammerknaben, der heute nacht gestorben ist.«

»Weißt du etwas darüber?« Unbewußt flüsterte auch Ymme.

»Nichts«, sagte Angelina schroff, um unmittelbar fortzufahren: »Was ist jetzt mit den Begleitern? Ohne sie werdet Ihr kein Ansehen auf dem Markt genießen. Und meine Tochter und ich werden verachtet werden.«

Ymme und Cornelius wechselten verständnislose Blicke, was Angelina mit einer ungeduldigen Geste quittierte. »Versteht doch! Wenn die Herrschaft angesehen ist, sind es auch ihre Diener. Teresina als Vertraute der Gemahlin genießt großes Ansehen. Sie kann sich jetzt alles erlauben.«

»Nein, wir brauchen keine Begleitung«, versetzte Ymme heftig. Sie dachte gar nicht daran, sich einen ständigen Beobachter aufdrängen zu lassen. Wenigstens außerhalb des Palastes wollte sie mit Cornelius reden, wie ihr ums Herz war.

»Du hörst es, Angelina«, sagte Cornelius. »Aber danke für deine Warnung.«

»Man wird Euch das Fünffache abfordern«, murrte Angelina ihnen nach, und es klang weniger wie eine Warnung als nach einer Hoffnung.

»Gott sei Dank«, seufzte Ymme, als sie den Palast verlassen hatten, ohne daß sich einer der Wächter an ihre Fersen geheftet hatte. Im Garten öffneten die Gärtner gerade die Schieber der Wasserrinnen und ließen Wasser in die Wurzelbereiche der Palmen strömen. Die Luft war frisch und kühl, und Ymme sog sie in tiefen Atemzügen ein.

»Ja«, stimmte Cornelius nachdenklich zu, »aber vielleicht ist es unklug, sich den Gebräuchen zu widersetzen. Angelina wünscht uns jetzt bestimmt kleine sizilianische Teufel an den Hals.«

»Ich kann nicht immer klug handeln!«

»Nein? Ich dachte«, sagte Cornelius lachend und zog Ymme an sich.

Ymme schob ihn von sich. »Das scheint ebenfalls nicht Brauch zu sein. Die Männer schauen alle her, Cornelius.«

»Sollen sie doch! Sie kennen keine blonden Frauen in hellen Kleidern, das wissen wir ja jetzt.« Cornelius verschränkte unbekümmert seine Finger mit ihren. Hand in Hand schlenderten sie den Gartenweg entlang bis zur Treppe in der Mauer, verfolgt von den ungläubigen, verstohlenen Blicken der Gärtner.

Sie fanden den Markt in der alten Stadt, vom Palast aus geradewegs bergab in Richtung Hafen und dann ein wenig rechts.

Der Suq-el-attarin erwies sich als ein Gewirr von Gassen zwischen niedrigen Häusern, verwinkelt und lärmend. Verkäufer sangen ihr Angebot in regelmäßigen Abständen, die meisten mit arabischen Worten, an die sich Ymme noch erinnerte. Auf diesem Kräutermarkt gab es auch Fleisch, Fisch und Gebäck.

Sie wanderte neugierig von Gewölbe zu Gewölbe, von Stand zu Stand, um sich einen Eindruck von dem Angebot zu verschaffen, während Cornelius sich der kleinen Jungen zu erwehren hatte, die ihn in eine der Schenken hineinzuziehen versuchten. Als er die Bengel endlich in die Flucht geschlagen hatte, hielt er sich dicht an ihrer Seite, die Hand auf dem Schwert.

»Ist etwas?« fragte sie, ohne den Blick von den frischen Rosmarin- und Thymianzweigen zu wenden, die ein älterer Mann ihr lockend unter die Nase hielt.

»Ich hatte den Eindruck, wir würden verfolgt«, murmelte Cornelius. »Das gleiche Gefühl beschleicht mich manchmal im Palast. Ich wollte es dir nicht sagen, um dich nicht zu beunruhigen.«

»Basilikum benötigst du sicher auch, Herrin? Keine Pasta ohne Basilikum.«

»Ich will mit den Kräutern nicht kochen«, wehrte Ymme verlegen wegen ihrer Sprachschwierigkeiten ab, während sie erstaunt die Riesenpflanzen betrachtete, die ihr bis zum Knie reichten. »Ich möchte Heilmittel herstellen.« Mit Gesten bedeutete sie, daß sie von dem herrlichen Basilikum ein Blatt kosten wollte. »Eure Pflanzen sind viel größer als die in Toledo.«

Der Mann sah sie ungläubig an.

»Tulaytula«, bekräftigte Ymme einigermaßen verständnislos. »In Kastilien.«

Der Händler machte eine ihr unverständliche Geste. »Heilmittel! Sag das nicht laut, Herrin! Man weiß nie, wer mithört. Die Spitzel des Kaisers sind überall.«

Cornelius beugte sich zu Ymmes Ohr herab. »Ich komme gleich wieder«, raunte er und bahnte sich den Weg zu einem kleinen Platz, auf dem hinter Karren, Eseln und Marktständen ein Minarett in die Höhe ragte.

Ymme lächelte den Standbesitzer aufmunternd an. »Erklärst du mir, was es mit den Spitzeln des Kaisers auf sich hat? Ich bin noch nicht lange in Palermo.«

»Das mußt du mir nicht sagen. Das weiß ich. Ich habe dich auch nur warnen wollen, weil der Cavaliere ganz ahnungslos war, als der Kerl sich hinter ihm vorbeidrängte. Ein *bonum vir* des Kaisers. Nimm dich vor solchen Schwarzkitteln in acht!« Der Alte zischte vor Wut.

Ymme schrak zusammen. »Wer sind denn die ehrenwerten Männer?« flüsterte sie.

»Die gehören zum Orden der Justitia als Spitzel für Federicos Richter. Aber sie sind genauso korrupt wie die *boni viri* unter König Wilhelm. Die Zeiten waren damals trotzdem erträglicher. Am besten lebte unsereiner unter *al-Mâlik al-mu'azzam al-mu'tazz bi-llâh*. Dem verehrungswürdigen König von Gottes Gnaden, Roger«, fügte er hinzu, als ihm einfiel, daß seine Kundin ihn wahrscheinlich nicht verstand.

Ymme betrachtete den Araber mit der bräunlichen Haut und dem langen gestreiften Gewand forschend. »Aber wovor soll ich mich in Acht nehmen?«

Der alte Kräuterverkäufer, der sich inzwischen in seiner Erinnerung an die Vergangenheit verloren hatte, lächelte vor sich hin. Es dauerte einen Moment, bis Ymmes Frage in sein Bewußtsein drang. »Sie spionieren jedem nach. Es hat keinen besonderen Grund. Unser Federico ist streng geworden mit uns Palermern. Aber wenn du laut von Heilmitteln sprichst, die du herstellen willst, erweckst du wirklich Argwohn, Herrin.«

»Warum?«

Der Alte tappte um den Schragen herum und stellte sich neben Ymme auf die Zehenspitzen. Ein Hauch von Minze stieg ihr in die Nase, als er ihr ins Ohr wisperte. »Unser König hat der Giftmischerei den Kampf angesagt. Recht hat er. Gift ist einfältig. Es gibt phantasievollere Methoden, sich an jemandem zu rächen, aber Frauen beherrschen sie nicht. Medizinen dürfen jetzt nur noch durch Apotheker hergestellt werden.«

»Für mich kann das keine Geltung haben«, sagte Ymme überzeugt. »Dein König hat mich als Ärztin in seinen Palast gerufen.«

»Wie du meinst«, sagte der Araber kurz und streckte die Hand aus. »Fünf *grana* für alles zusammen.«

In diesem Augenblick kehrte Cornelius mit nachdenklicher Miene zurück. Als Ymme alle Kräuter im Korb verstaut hatte, bahnte er ihr den Weg durch das dichter werdende Gewühl der einkaufenden Männer.

»Hast du etwas herausgefunden?« fragte Ymme.

»Nicht genug, um wirklich etwas zu wissen.«

»Aber ich«, sagte Ymme. »Friedrich hat ein Spitzelsystem, mit dem er die gesamte Stadt überwachen läßt. Vermutlich sind es diese Schwarzkittel, die wir im Kanzleiflur gesehen haben. Der Händler hatte gehörigen Respekt vor ihnen. Und dummerweise mache ich mich anscheinend verdächtig, weil ich meine Heilmittel selbst herstelle. In Sizilien sind dafür Apotheker zuständig. Allerdings kann ich mir nicht vorstellen, daß die kaiserlichen Verfügungen wirklich für mich Gültigkeit haben sollten. Schließlich konnte der Kaiser mich nur mit Haut und Haar bekommen, will sagen, mit meinen eigenen Heilmitteln.«

»Sogar nur mit mir«, sagte Cornelius und preßte für einen Moment die Lippen zusammen. »Komm, laß uns zum Hafen gehen. Ich brauche eine frische Brise.«

Ymme nickte und wich einem Mann aus, dem sie auf dem Weg zum Suq schon begegnet waren, wo er auf nasse Algen gebettete rote Fische ausgetragen hatte. Jetzt stand die Sonne höher, und in seinem Korb waren die Algen trocken und verschrumpelt. Gestank und Fliegen umgaben ihn.

Der Markt endete an einem breiten Tor in der inneren Stadtmauer. Kaiserliche Spione und Giftmischerinnen! In welchem Land sind wir nur gelandet, dachte Ymme und schauderte in dem düsteren Gewölbe zusammen.

Im Saqâlibah-Viertel zwischen der alten Stadt und dem Hafen interessierte sich kein Mensch für sie außer dem Händler, bei dem Cornelius zwei Schalen Sharbat erstand, und der auch nur, um ihnen einzuschärfen, die Schalen zurückzubringen.

Cornelius versprach alles, und sie wanderten zum Hafenbecken hinunter, um sich hinzusetzen. Ymme blickte gedankenverloren über die wirbelige Geschäftigkeit an Bord der Boote mit den dreieckigen Segeln, während sie das süße Getränk schlürfte. Plötzlich merkte sie, wie gut es schmeckte.

Cornelius war schnell fertig. »Ich komme gleich wieder«, rief er über die Schulter zurück, während er sich zu einem anderen fliegenden Händler aufmachte.

Ymme blieb sitzen und ließ ihren Blick über die festungsartigen Mauern am Ufer wandern, die das alte Sklavenviertel vom Wasser trennten und von mehreren schmalen Tordurchgängen durchbrochen waren. Auf der anderen Seite des Hafenbeckens ragten über die Mauer arabische Paläste empor, dazwischen waren Palmenwipfel und die ausladenden Kronen von Feigenbäumen zu erkennen.

Nach einer Weile kehrte Cornelius mit einer dick belegten Brotscheibe von den Ausmaßen eines Würdenträgerbaretts zurück.

Ymme betrachtete das fettriefende Ding mit medizinischer Genauigkeit. »Sieht aus wie verschiedene Innereien.«

»Ich mußte es einfach ausprobieren«, bekannte er und biß nur mit Schwierigkeiten hinein. »Milz, Herz und Niere von einem jungen Kalb. Alles mit Schmalz überbacken und mit Stutenkäse bestreut. Schmeckt herrlich. Willst du kosten?«

»Ein andermal«, lehnte Ymme ab. »Nicht nach einem Sharbat. Ich hoffe, der Geschmack von Jasminblüten in meinem Mund hält sich bis in den Palast, Kutteln wären mir jetzt zuwider.«

»Was den Palast angeht ...«, sagte Cornelius mit einem Blick auf den Stand der Sonne. »Wir müssen zurück und uns zur Verfügung halten. Aber ich bin froh, daß diese Stadt auch ihre guten Seiten hat. So satt war ich schon lange nicht mehr.«

Ymme nickte widerwillig. Eine Weile hatte sie den Hinweis des Justitiars auf die Verpflichtung zum Meßbesuch verdrängen können. Der Anblick des Königspalastes brachte ihr sofort in Erinnerung, daß es eines ziemlichen Geschickes bedürfen würde, um auf Dauer ihre Exkommunikation zu verheimlichen. Ob die Menschen hier fromm waren, hatte sie noch nicht feststellen können. Aber das Protokoll des Kaisers war es bestimmt.

Am Abend machte Angelina ihre Ruppigkeit wieder gut. Sie servierte als ersten Gang eine Kichererbsensuppe mit Nudeln, die sie *attuppateddi* nannte, danach Melanzane, die mit einem scharfen Käse gefüllt und mit viel Basilikum abgeschmeckt waren.

»Na, Cavaliere?« fragte Angelina ein wenig herrisch und blieb, die Fäuste in die Seiten gestemmt, an ihrem Tisch stehen.

»Habe noch nie etwas so Köstliches gegessen«, erklärte Ymme stellvertretend und bediente sich zum dritten Mal mit einer großen Eierfrucht.

»Das will ich meinen«, sagte Angelina. »Aber der Cavaliere! Warum sagt er nichts?«

»Es schmeckt herrlich«, stöhnte er, »aber ich schaffe einfach nicht mehr.«

Während Angelina sie hochzufrieden verließ, bemerkte Ymme ein wenig schadenfroh, daß Cornelius sich krampfhaft bemühte, nicht auf die Teller zu blicken. Vermutlich war ihm ziemlich schlecht.

Jolanthe fand das Leben in Sizilien unerträglich langweilig. Ihr Ehegemahl war ihr so fremd wie die bärtigen Eulen in der Menagerie, die sie manchmal besuchte, um etwas zum Lachen zu haben. Aber auf Dauer konnte kein Affe und kein Panther den Spaß mit den Freundinnen ersetzen, vor allem, wenn sie sich im Bad amüsiert hatten.

Nachdenklich wanderten ihre Augen zu dem Schwarzen, der wie eine ägyptische Statue neben der Tür stand. Er war groß, und hätte trotz seines runden Schädels ein schöner Mann sein können, wenn er etwas schlanker gewesen wäre. Sie fragte sich, ob er überhaupt wahrnahm, was um ihn herum vorging. Seine hellbraunen Pupillen zitterten ständig wie Dotter in einem aufgeschlagenen Ei.

Auf nackten Füßen und mit wiegenden Hüften begab sich Jolanthe in den benachbarten Raum, wo ihr hoher Metallspiegel stand. Ohne Eile probierte sie mehrere Posen aus, die sie für aufreizend hielt. Endlich entschloß sie sich zu einer besonders verwegenen. Sie drapierte ihren dünnen Schleier über ihrem ansehnlichen Busen derart, daß nur eben die Warzenhöfe verborgen waren, und kehrte zu ihrem Liegebett zurück, um Moro zu sich zu rufen.

Leise tappte er heran und wartete mit unterwürfiger Miene auf ihre Befehle. Daß sie ihn warten ließ, verwirrte ihn. Ihr gefiel es.

»Seit wann bist du kein Mann mehr?« fragte sie plötzlich.

Moros Gesicht nahm eine braungraue Farbe an, die Jolanthe interessiert zur Kenntnis nahm. Sie hatte ihn offenbar an seinem empfindlichsten Punkt getroffen. »Nun?«

»Ich muß fünfzehn oder sechzehn Nilschwemmen gesehen haben …«

»Du bist aus Ägypten? Dann haben dich also Sarazenen entmannt und verkauft?« Jolanthe stützte sich auf den Ellenbogen und ließ den Schleier etwas tiefer gleiten.

Der Sklave schloß die Augen und seiner Kehle entrang sich ein haßerfülltes Gurgeln. Jolanthe war sicher, daß sie herausfinden würde, an welchem Punkt sein Haß in Lust umschlagen würde. Gelassen wartete sie auf seine Antwort, die er am liebsten verweigert hätte.

»Sarazenen haben mich geraubt, ein Jude aus Djerba hat mich entmannt, und Christen haben mich an den Imberadour verkauft«, sagte Moro gequält. »Aber als Mann fühle ich mich trotzdem.«

»Laß sehen«, verlangte Jolanthe.

Der große Mann begann zu zittern.

»Du widersetzt dich?« fragte Jolanthe in scharfem Ton.

Er grunzte eingeschüchtert, kam näher heran und hob seinen Schurz mit beiden Händen hoch, den Kopf in den Nacken gelegt.

Jolanthe betrachtete zufrieden seine gespannte Miene und griff ihm zwischen die Beine. Wo die Hoden hätten sein sollen, befand sich eine Art Höcker, eine Narbe wohl. »Und du empfindest nichts?« forschte sie.

»Ich empfinde alles«, antwortete Moro dumpf, stemmte die Knie gegen die Bettkante und wartete zitternd darauf, daß sie ihn erlöste.

Jolanthe ließ ihre gepflegte Hand über seine Eichel gleiten. »Wenn du es möchtest«, flüsterte sie, »komm morgen nach dem Nachtgebet.«

»Jetzt«, flehte er mit beinahe kindlichem Wimmern.

»Vorher mußt du einen Botengang für mich erledigen«, sagte Jolanthe beiläufig und roch an ihren Fingerspitzen. »Du mußt mir Stierhoden vermischt mit dem Monatsblut von Frauen besorgen.«

Der Schwarze versuchte, sein Glied an Jolanthe zu reiben, aber sie rückte von ihm ab. »Versprichst du mir das?«

Moro ließ das Gewand sinken. »Ist das ein Heilmittel gegen Krankheit?« fragte er resignierend.

»Ja, ein Heilmittel« antwortete Jolanthe spöttisch lächelnd.

»Denn wenn die Spitzel des Kaisers mich erwischen, wie ich bei einer Giftmischerin Gift bestelle, bin ich ein toter Mann, Herrin.«

»Das bist du auch, wenn ich dem Justitiar des Großhofes erzähle, was du heute in meinem Gemach gemacht hast.«

Langsam veränderte sich der Ausdruck in Moros Gesicht. Mit einer Mischung aus Bestürzung und Angst starrte er Jolanthe an.

Sie nickte bedächtig. Eine angenehme Wärme durchflutete sie. So fühlte es sich also an, wenn man Macht über Leben und Tod eines anderen hatte.

7 · Der falsche Eunuch

»Laßt das, Dama Iume, und erhebt Euch.« Kaiser Friedrich saß an einem hoch mit Rollen und Folianten beladenen Tisch und grummelte vor sich hin, während Ymme Anstalten machte, sich vor ihm auf den Boden zu werfen. »Das ist die Etikette für den Saal. Hier brauchen wir das nicht.« Er hielt ihr den Ring zum Kuß hin, und Ymme kroch auf Knien gehorsam zu ihm.

Ymme, die ohne Cornelius zum Kaiser gerufen worden war und ihn zu ihrem Erstaunen ohne Hofstaat, ohne Berater und Eunuchen vorfand, erhob sich nach dem Kuß mit weichen Knien. Bei ihrer ersten Begegnung im großen Saal hatte sie den Eindruck gewonnen, daß er allen Menschen Angst einflößte.

Jetzt im Morgenlicht eines sonnigen Tages wirkte er ganz anders. Er war blond wie sie, hatte ein kantiges Gesicht, und als er seine stahlblauen Augen forschend auf sie richtete, fühlte sie sich nach Lübeck zurückversetzt. In seinem blauen Alltagsgewand hätte der Kaiser auch ein Kaufmann wie ihr Bruder sein können; nur trug er statt einer goldenen Ratskette auf der Brust einen in das Gewand eingewebten goldenen Streifen mit gestickten Adlern.

»Ihr erinnert mich an meine erste Frau, Kaiserin Konstanze. Sie war groß und so blond wie wir beide. Setzt

Euch, Dama. Wir wollen miteinander reden.« Mit dem Kinn deutete er auf eine blau geflieste Bank an der Wand, auf der ein dickes Seidenkissen lag. »Fühlt Ihr Euch wohl in Palermo?« fragte er mit einer gewissen Neugier, als Ymme auf der Kante Platz genommen hatte.

»Eigentlich nicht, Eure Erhabenheit«, antwortete Ymme ehrlich. »Es ist alles sehr ungewohnt.«

Der Kaiser machte sich eine Notiz, aber Ymme bildete sich nicht ein, daß sie mit ihr zusammenhing. »Palermo lebt noch von seiner arabischen Vergangenheit. Wahrscheinlich stört Euch das.«

»Nein, überhaupt nicht! Das arabische Palermo erinnert mich an Toledo …«, widersprach Ymme lebhaft und stockte dann. Reichlich spät fielen ihr plötzlich die Ermahnungen Hermanns von Salza ein. Einem Kaiser widerspricht man nicht, vor allem eine Frau nicht …

Er lächelte sie offen an. »Sprecht nur. Wir sind unter uns.«

»Ich habe dem Arzt des Hospitals von Toledo, al-Walid, fast alle meine Kenntnisse zu verdanken«, sagte Ymme ehrlich. »Ich werde das nie leugnen, ebensowenig, wie ich leugnen werde, daß die medizinische Wissenschaft der Araber der abendländischen haushoch überlegen ist. Verzeiht, Eure Erhabenheit …«

Der Kaiser winkte ab und betätigte die Glocke. Ein älterer Mann mit gekrümmtem Rücken hastete aus einem Nebengemach herein, ließ sich dem Kaiser zu Füßen sinken und quälte sich wieder hoch, ohne die Schreibtafel und die Feder fallen zu lassen. Offenbar wurde er häufig gerufen, um plötzliche Einfälle seines Herrn zu notieren, denn er wartete mit schon tintenfeuchtem Federkiel.

»Erkundigt Euch, wieviel Salma Land ich in Gergent besitze und ob sich dort mehr Getreide anbauen läßt. Es scheint, daß in Nordafrika der Regen lange ausgeblieben ist, so daß sie die Ankäufe wahrscheinlich vergrößern müssen, um das nächste Jahr zu überstehen.«

Der Schreiber notierte schweigend.

»Und dann möchte ich wissen, ob der Gerfalke des Maltesers sich von der Mauser erholt hat. Wenn nicht, soll er auf der Stelle nach Apulien geschickt werden.«

»Sehr wohl, Eure Erhabenheit.« Der Schreiber kannte wohl die Gewohnheiten des Kaisers sehr genau. Er zog sich still und unauffällig wie eine Hausmaus zurück, ohne daß Ymme ein Zeichen für das Ende des Diktats bemerkt hätte.

Der Kaiser nahm den Gesprächsfaden sofort wieder auf. »Ihr meint also wirklich, wir könnten von den Arabern lernen? Den Feinden der Christenheit, die die Heilige Stadt besetzt halten und uns Christen den Zugang zum Grab Christi verwehren?«

Warum mußte der Kaiser ihr ausgerechnet solche Fragen stellen? Sie war kein Kleriker und beherrschte nicht die Kunst, kluge, ausweichende Antworten zu geben. Ymme holte tief Luft. »Jawohl«, sagte sie standhaft. »So ist es. Mag die Kurie in Rom auch etwas anderes lehren.«

Friedrichs blaue Augen blitzten auf, als er leise lachte. »Habt Ihr jemals von Ibn Rushd gehört? Man nennt ihn auch Averroes.«

Ymme erschrak. »Ja, Eure Erhabenheit. Er lehrte in Al-Andalus. In Toledo gab es Gelehrte, die ihn übersetzten. Ibn Rushd hat sich viel auf Aristoteles, einen griechischen Philosophen, gestützt.«

»Den die Kurie ebenfalls ablehnt ...«, unterbrach Friedrich sie.

Ymme nickte. Sie hatte nun nicht mehr die Furcht, daß sie einer Prüfung unterzogen wurde, an deren Ende sie in Schimpf entlassen oder fortgejagt werden sollte. Sie entspannte sich und verschränkte die Hände um ein Knie.

»Es würde mich nicht mehr überraschen, wenn auch Avicenna Euch bekannt wäre, Dama Iume.«

»Die Werke Avicennas wurden in Toledo von einem Engländer namens Michael Scottus übersetzt. Wenn Ibn Sina mir unbekannt geblieben wäre, Eure Erhabenheit, würde mich in Toledo niemand Hakima genannt haben. Das könnt Ihr mir glauben!«

Seine Erhabenheit hatte zunehmend erheitert zugehört und brach schließlich in lautes Gelächter aus. Ymme merkte, daß sie sich im Ton vergriffen hatte.

»Ihr seid erfrischend anders«, sagte er, ohne sich näher zu erklären. »Avicenna hat Schriften von Aristoteles herausgegeben, die Michael Scottus unter dem Titel *Liber animalium* übersetzt hat. Ist sie Euch bekannt?«

Ymme schüttelte verwirrt den Kopf.

»Magister Scottus hätte ich gern an meinem Hof«, sagte er träumerisch. »Nun, wie dem auch sei. Was haltet Ihr von anatomischen Studien, Dama Iume? Sollte man sie aus Achtung vor der Schöpfung des Herrn verbieten? Oder gar vorschreiben? Ebenfalls aus Achtung vor der Schöpfung des Herrn.«

»Der Herr hat uns die Fähigkeit zum Erkennen und Lernen geschenkt. Hieße es nicht, Seine Schöpfung böswillig zu verschwenden, wenn wir Menschen sterben ließen, weil wir uns weigern zu erkennen oder unsere Erkenntnisse anzuwenden?«

»Verschwendung! Ja, das wäre Verschwendung«, sagte der Kaiser nachdrücklich. »Ich gebe Euch recht. Wir werden also das Studium der Anatomie des menschlichen Körpers für Salerno vorschreiben.«

Ymme hörte ihm fasziniert zu.

»Die Studenten von Salerno sollen einmal jährlich einen Verbrecher sezieren.« Er versank von einem Augenblick zum anderen in ein dumpfes Brüten. Plötzlich hob er den Kopf und sah Ymme eindringlich an. »Salerno macht Uns Sorgen. Es genießt aus alten Zeiten noch einen guten Ruf, aber das ist auch alles. Ich berufe keinen meiner Leibärzte aus Salerno.«

Ymme nickte und wollte etwas sagen, aber dann ließ sie es bleiben.

»So sprecht endlich freimütig«, befahl er ungeduldig.

»In Toledo waren die fortschrittlichen Gelehrten sich einig, daß Veränderung die Triebkraft der Verbesserung ist, nicht die Bewahrung der alten, unvollkommenen Zustände.«

»Und das soll heißen?«

»Es heißt, daß Salerno von seiner berühmten Vergangenheit zehrt. Es kommt nichts hinzu, weil die alten Männer das Alte eifersüchtig bewachen und alles Neue abwehren.«

»Neues zuzulassen birgt immer eine Gefahr in sich.«

»Aber wenn man zu lange am Alten festhält, könnte es sein, daß man das Gute übersieht«, unterbrach Ymme ohne Bedenken den Kaiser. »Es ist besser, es auszuprobieren und dann zu verwerfen. Nichts kann die eigene Erfahrung ersetzen.«

»Ich sehe, Ihr haltet es bei der Heilkunde wie ich bei den Vögeln. Aristoteles hat sich in vielen Dingen geirrt, was Vögel betrifft, wahrscheinlich hatte er einen Teil seiner Kenntnisse vom Hörensagen. Das ist ein Fehler, den man vermeiden sollte.«

Ymme erschrak. Er kannte Aristoteles viel besser, als sie vermutet hatte. Er hatte sie in gewisser Weise doch einer Prüfung unterzogen. Sie war auf der Hut gewesen und hatte es trotzdem nicht bemerkt.

»Ich bin zufrieden mit Euch, Dama Iume«, sagte der Kaiser und wandte sich wieder seinen Büchern zu.

Sie war entlassen.

»Ach, Cornelius, der Kaiser ist ganz anders, als ich dachte«, schwärmte Ymme, als sie wieder in ihre Wohnung zurückgekehrt war. »Man kann gut mit ihm reden. Er wollte meine Meinung zu verschiedenen Dingen hören. Salerno macht ihm Kummer. Ich glaube, er will dort Veränderungen einführen, aber er ist noch unschlüssig, welche es sein könnten.«

»Wirklich?« fragte Cornelius ungläubig. »Es heißt allgemein, er habe noch nie einer Frau Einfluß auf sich zugestanden. Er braucht Frauen wie Kater die Katzen, mehr nicht.«

»Pfui, Cornelius, wie kannst du so etwas sagen? Der Kaiser ist ein sehr charmanter Mann. Man kann ihn nicht mit einem Kater vergleichen.«

»Gut, dann eben mit zehn Katern«, schlug Cornelius nachgiebig vor und küßte Ymme leidenschaftlich. »Ich kann mich im Augenblick gut in die Katerseele des Kaisers einfühlen; das erinnert mich aber daran, daß ich vorher die Pflichten eines ritterlichen Katers im Gewölbe der Ratten wahrnehmen muß.«

Ymme machte sich von ihm los. »Ich komme mit.«

»Nein!«

»Doch, Cornelius.« Hatte sie nicht noch vor kurzem gegenüber dem Kaiser von den eigenen Erfahrungen gesprochen? Es kam gar nicht in Frage, sich allein auf die Beobachtungen ihres Mannes zu stützen. »Schließlich bin ich kein Aristoteles der Rattengewölbe«, setzte sie hinzu.

»Ein Aristoteles der Rattengewölbe! Was für eine Idee«, murmelte Cornelius säuerlich und konnte einen Anflug von Eifersucht vor Ymme nicht verbergen. »Stehst du jetzt unter dem persönlichen Schutz des Kaisers?«

»Davon hat er nichts gesagt«, antwortete Ymme. »Aber ich finde, es war gut, daß er mit mir gesprochen hat. Wegen der Herstellung der Arzneimittel habe ich jedenfalls keine Bedenken mehr.«

»Das ist allerdings wahr«, gab Cornelius versöhnt zu.

Während Ymme sich ein dunkles Kopftuch über die Haare legte und im Nacken festband, nagte trotzdem ein leiser Zweifel an ihr, ob Cornelius' Mißstimmung wirklich verflogen war. Er hatte keinen Anlaß an ihr, aber jeden Grund, am Kaiser zu zweifeln. Inzwischen hatte sich am Hof das Gerücht verbreitet, daß er seine Hochzeitsnacht mit der Kusine seiner Gemahlin verbracht hatte. Jolanthe hegte ihrem Ehemann gegenüber vermutlich großen Zorn, aber Ymme gegenüber hatte sie nie ein Wort darüber verloren, obwohl Ymme jetzt täglich bei ihr war. »Jolanthes Vertrauen habe ich nicht«, sagte sie unvermittelt.

»Vielleicht liegt es daran, daß du blond wie der Kaiser bist.«

Ymme fuhr herum. Tatsächlich, er war eifersüchtig. Dennoch war seine Bemerkung völlig richtig. Es wurde ihr jetzt erst klar. »Er hat mich mit Konstanze verglichen, der verstorbenen Kaiserin, stell dir vor.«

Cornelius' Miene verdüsterte sich. »Sie war auch blond. Und viel älter als er.«

»Dann habe ich ja die besten Voraussetzungen, um dem Kaiser zu gefallen«, versetzte Ymme verärgert. »Warum bist du so schlecht gelaunt?«

Cornelius antwortete nicht. Er überzeugte sich mit einem Blick, daß Ymme fertig war, und ging voraus.

Girolamo Naso, Notaio der königlichen Kanzlei zu Palermo, verstand es, die Vorgeladenen bereits mit seinen Blikken zu demütigen. Es war selbstverständlich, daß eine Dienerin wie Teresina ihm die Hand küßte, und besonders gefiel ihm, daß sie sich dafür so tief bücken mußte. »Nun?« fragte er.

»Ihre Erhabenheit hat sich ausgezeichnet eingelebt«, berichtete Teresina. »Sie ist eine Herrin, die nichts durchgehen läßt, mit Strafen ist sie schnell bei der Hand ...«

»Ihre Waffen sind die Nägel?« vermutete Naso, nachdem er kurz die lange Schorfspur auf der Wange der Dienerin in Augenschein genommen hatte.

»Ja, auch. Ein Ochsenziemer gehört ebenfalls zu ihrem Repertoire. Dama Jolanthe schreibt im übrigen sehr ausführlich an ihren Herrn Vater, breitet sich aus über jeden Ärger, der ihr zustößt, und das mit äußerst kräftigen Beschimpfungen. Der Schreiber, der ihr Diktat aufnahm, wagte beim ersten Mal zu fragen, ob er ihre Worte ein wenig abmildern dürfe.«

»Und? So sprich schon!«

Teresina schüttelte den Kopf. »Nein, er durfte nicht. Und da er wegen des Blutes, das er über dem Pergament vergoß, alles abschreiben mußte, hat er es nie wieder versucht. Ihre Erhabenheit beschwerte sich bei ihrem Vater, daß niemand das Badewasser parfümieren kann, wie sie es gewohnt ist, daß das Essen ein Fraß für Schweine ist, daß Seine Eminenz, der Erzbischof, sie nicht beachtet und jede Begegnung mit ihm die reinste Beleidigung ist. Des weiteren macht sich Ihre Erhabenheit über die Kleidung Seiner Erhabenheit lustig, weil er versucht, den griechischen Heiligen in der Palastkapelle ähnlich zu sehen. Aber er wäre alles andere als ein Heiliger. Er wäre …«

Nasos Hand schnellte vor und schlug Teresina auf den Mund. »Sag es mir leise!«

Die Frau beugte sich gehorsam zu ihm herab. Eine schwarze Haarsträhne kitzelte ihn am Kinn. Unmerklich sog er den süßlichen Duft ein, der ihn umwehte, während sie ihm ins Ohr flüsterte.

Als sie geendet hatte, preßte der Notaio mit entsetzter Miene seine flache Hand auf das Herz.

Teresina beobachtete ihn mit beleidigter Miene. »Kann ich jetzt gehen, Notaio?«

Zuweilen dumm wie eine Melone, dachte er, wo es doch überall Ohren im Palast gibt. Als ihre klappernden Schritte auf dem Gang verhallt waren, eilte er in die entgegengesetzte Richtung und klopfte verhalten an Nicola della Vignas Tür. Auf Zehenspitzen betrat er den Raum, den der Jurist nur selten benutzte und der dennoch im Vergleich zu Nasos kargem Arbeitszimmer bequem und komfortabel ausgestattet war.

»Ist es genehm, mein wöchentlicher Bericht …, Giudice«, flüsterte er.

Der Justitiar nickte kaum erkennbar.

Naso berichtete wortwörtlich, selbst Jolanthes unsäglichen Ausspruch. »*Affe,* sagte sie über Seine Erhabenheit«, hauchte er verschämt.«

Nicola della Vigna zeigte kein Erschrecken. »Nun ja«, sagte er ungerührt, »ich denke, es reicht aus, wenn wir Seiner Erhabenheit mitteilen, daß Ihrer Erhabenheit das Essen nicht schmeckt und daß sie mit ihrem Vater korrespondiert, wie es einer guten Tochter zukommt. Ein Segen, daß wir es nicht auch noch mit Kusinen und Freundinnen aus Jerusalem zu tun haben, die zu *beschützen* wären. Ich glaube, Teresina war eine gute Wahl.«

Naso verbeugte sich geschmeichelt, denn der Vorschlag stammte von ihm. »Es freut mich außerordentlich, zu Eurer Beliebtheit bei unserem Kaiser ein Quentchen beitragen zu dürfen.«

Della Vigna verzog die schmalen Lippen. »Zu Eurer auch, denke ich.«

Naso zog sich so unauffällig zurück, wie er gekommen war. Ihr Wissen diente dem gegenseitigen Vorteil. Aber er würde immer einen Vorsprung behalten, dafür wollte er schon sorgen.

Im Gegensatz zu den bewohnbaren Stockwerken des Palastes war es in dem unter der Erde liegenden Kellergeschoß grabesstill. »Es scheint so, als wäre hier unten außer mir nie jemand«, sagte Cornelius gedämpft. »Allerdings muß der Abfall ja irgendwie in diesen Raum kommen.«

Ymme war nicht zum Schwatzen aufgelegt. Da war die Diskussion gewesen, die sie abgebrochen hatten, und außerdem drückte ihr die Stimmung dieses düsteren Ganges aufs Gemüt.

Cornelius schob die schmale Tür auf und verschwand ins Dunkle. Er streckte eine Hand nach ihr aus und half ihr hinunter. Schaudernd stieg Ymme über die Abfälle hinweg. Sie waren nur zum Teil angefressen worden, faulten und stanken. Offenbar konnten die Bewohner des Gewölbes es sich leisten, wählerisch zu sein.

In dem schwachen Licht, das von draußen hereinfiel, erkannte Ymme einen Brunnenrand. Mit den Augen folgte sie Cornelius, der sich neben einem niedrigen Stein bückte, der wie ein Trog geformt war. »Komm her«, sagte er und winkte ihr. »Du mußt es selbst sehen.«

Genau. Deshalb war sie hier. Vorsichtig suchte sie sich ihren Weg durch den Unrat, hockte sich neben Cornelius nieder und betrachtete die Ratte, die schon steif war. Ymme schüttelte sich. So etwas hatte sie noch nie gesehen. Das Rückgrat der Ratte war durchgebogen wie eine gespannte Armbrust, und ihr Fell war bis zum Hals mit schmierigem grünlichem Kot beschmutzt. »Woher weißt du, daß es diese Ratte gewesen ist, die das Brot gefressen hat?« erkundigte sie sich.

»Sonst ist keine da«, sagte Cornelius nüchtern. »Auf diesen Stein hatte ich das Brot gelegt. Es ist fort.«

Die Beweisführung war zwar nicht unanfechtbar, aber die Wahrscheinlichkeit sprach für sie. Ymme nickte. »Der kleine Junge lag genauso verkrampft wie die Ratte. Bestimmt war es ein Gift. Er erbrach es, weil die Dosis sehr hoch war. Die Ratte bekam viel weniger.«

»Woher weißt du denn, daß es sich um die gleiche Vergiftung handelt, wenn ein Mensch erbricht und eine Ratte in ihrem Kot liegt?«

»Durch den Krampf. Das Erbrechen und die Entleerung der Därme ist prinzipiell daßelbe; den Unterschied macht nur die Dosierung. Hätte die Ratte zwei Brotbrocken mit dem Gift gefressen, wäre sie schneller gestorben. Dann hätte das Rückgrat gar nicht so viel Zeit gehabt, sich durchzubiegen.« Ymmes Finger folgte dem Bogen der Wirbelsäule. »Möglicherweise wäre ich mir weniger sicher gewesen, wenn sie mehr Gift ...« Sie brach ab, weil Cornelius seine Hand auf ihren Unterarm legte und ihn warnend drückte. Erschrocken schielte sie zu ihm hinüber.

Er hatte seine Position nicht verändert, aber er kauerte neben ihr, die Muskeln aufs äußerste angespannt. Plötzlich schoß sein Blick nach oben, und er tat einen Sprung vorwärts wie eine Wildkatze.

Eine Luke in der Decke schloß sich mit einem Knall, und während Cornelius sich mit den Schulterblättern dagegenstemmte und keuchend versuchte, den von Feuchtigkeit schmierigen Deckel zu lüften, wurde dieser mit einem schabenden Geräusch verschlossen. Danach war alles still.

»Zu spät. Verriegelt.« Cornelius sank auf den viereckigen Stein. »Der Spitzel hat genügend von Gift zu hören bekommen, daß er uns anzeigen kann«, sagte er beunruhigt. »Aber wahrscheinlich versteht er ja kein Deutsch ...«

»Hast du irgend etwas erkennen können?«

Er schüttelte ärgerlich den Kopf. »Nur dunkle Augen zwischen schwarzen Tüchern und ein wenig weiße Haut.«

»Tücher wie bei Sarazeninnen?« fragte Ymme aufmerksam.

»Weiß ich nicht. Wirklich, Ymme. Laß uns gehen; du hast erfahren, was du wolltest, und ich habe erfahren, woher die Abfälle kommen. Das ist genug für zwei wißbegierige Menschen an einem einzigen Tag.«

Ymme mußte lächeln. Cornelius verstand immer, das Gute an einer Situation zu sehen. Mit Ausnahme, vielleicht, wenn es um den Kaiser ging.

»Nun, was hast du gehört?« fragte Jolanthe scharf und betrachtete Moro, der vor ihr stand, ohne sein unstillbares Verlangen nach ihr verbergen zu können. Sie saß so gut wie nackt auf dem steinernen Rand ihrer Badewanne. Noch hatte er Spuren der weißen Tinktur im Gesicht, mit der er sich unkenntlich gemacht hatte. Sie ließ ihre Hand wie die Pranke eines Berglöwen vorschnellen und fuhr ihm mit den langen Nägeln durch das Gesicht. Die roten Risse verliehen ihm ein interessantes Aussehen. Wie Blut in Stutenmilch. »Sprich endlich!«

Der Schwarze erschauerte und erwachte aus seiner Erstarrung. Er wagte nicht, sein Gesicht zu betasten. »Sie haben das Wort mehrmals verwendet, das Eure Erhabenheit mir nannten. Gift. Außerdem haben sie eine tote Ratte untersucht.«

Jolanthe ließ sich in das parfümierte Wasser gleiten. »Sehr schön«, sagte sie. »Beim nächsten Mal wirst du einem der Comestabuli deinen Verdacht mitteilen. Aber wage nicht, dir eine taube Nuß auszusuchen. Mein Plan muß auf Anhieb funktionieren.«

Moro fiel vor der Wanne auf die Knie. Er verbarg seine breitflächige Nase hinter den Pranken, als ob er versuchen wollte, das Gurgeln in seiner Kehle zu unterdrücken. »Welches nächste Mal, Erhabenheit? Welchen Verdacht?«

»Das Erste geht dich nichts an.« Jolanthe versteckte ihre zufriedene Miene hinter dem Schaum, den sie spielerisch mit der Hand aufwirbelte. Als Moro seinen dunklen Blick fragend auf sie richtete, ließ sie sich um eine Handbreite nach oben treiben. Auf der Wasseroberfläche ringelten sich ihre dunklen Schamhaare.

Jolanthe beobachtete ihn genüßlich. Der Eunuch hielt den Atem an. »Den Verdacht, daß die Nordländerin eine Giftmischerin ist, natürlich.«

Moro verstand jäh und nickte mit bejammernswerter Miene.

»Außerdem bringst du die Frau, die Heilmittel herstellt, zu mir!« befahl Jolanthe. »Sie soll mir ihre schönste Alraunwurzel verkaufen.«

»Pellagra, die Triefäugige? Hier in den Palast?« rief Moro aufs höchste alarmiert. »Das geht nicht, Eure Erhabenheit! Sie gilt als die beste und gefährlichste Giftmischerin von Palermo. Es könnte sein, daß jemand sie erkennt. Bestimmt sogar!«

»Beruhige dich, mein großer schwarzer Ziegenbock«, murmelte Jolanthe, richtete sich auf und tastete mit ihrer fülligen, kleinen Hand unter seinem Gewand, bis sie fand, was sie suchte.

Als er die Augen schloß, sprach sie sanft wie eine Mutter, die ihr krankes Kind in den Schlaf wiegt, auf ihn ein. »Es ist ganz einfach. Wenn nach dem Abendgebet Ruhe in der Stadt einkehrt, holst du diese Pellagra ab. Gib dem Palastwächter am Tor zehn Grana, das reicht, und schmuggle sie in meine Gemächer. Vor Morgengrauen bringst du sie wieder zurück. Das ist alles.«

»Das ist alles«, wiederholte er tonlos und rührte sich nicht von der Stelle.

Jolanthe versetzte ihm einen Stoß, der ihn von dem Podest warf. Moro kam wieder zu sich. Er warf sich zur Proskynase auf den Bauch und zog sich rückwärts kriechend so hastig zur Tür zurück, daß er beinahe über sein Gewand gefallen wäre.

Angelina stand mit undurchdringlichem Gesichtsausdruck neben dem Bett und wartete, bis Ymme ganz wach war.

»Wieder die Kaiserin?« fragte sie abwehrend. Plötzlich fiel ihr ein, wo sie war. Um Gottes willen! »Natürlich die Kaiserin! Selbstverständlich. Ich komme.«

»Nein«, sagte Angelina hart. »Die Schlampe, die das Kind erwartet!«

Ymme strich sich die Haare zurück und sah ihre Dienerin forschend an. Im Königreich Sizilien schien man viele Dinge so völlig anders zu sehen, als zu Hause in Lübeck. So mitleidlos, wie die Sonne brannte, waren auch die Menschen. Angelina hatte kein Verständnis für Ymme, die die Verpflichtung zu helfen als oberstes Gebot betrachtete.

Als sie das magere Mädchen vor der Spülküche gesehen hatte, deren fortgeschrittene Schwangerschaft angesichts ihres noch kindlichen Gesichts beinahe unglaublich erschien, hatte Ymme sich spontan erboten, ihr beizustehen, wenn es so weitsein sollte. Angelina war sehr zornig geworden, als Ymme sie angewiesen hatte, sie in diesem Fall auf der Stelle zu wecken. »Aus der Küche! Das sind doch alles Huren!« hatte sie gefaucht und um ein Haar auf den Boden gespuckt.

Und jetzt war es also soweit.

Ein wenig verärgert trat Ymme den weiten Weg nach unten an. Mochte der Himmel wissen, wer der Bote gewesen war, und warum er nicht auf sie gewartet hatte. Sie hätte zumindest eine Warnung erwartet, wenn Angelina ihre Befürchtungen teilte. Mit Frauen ihrer Art war es schwer zurechtzukommen.

Der Gang zur Treppe war durch blakende Fackeln nur notdürftig erhellt. Die Nachtgeräusche des Palastes waren gespenstisch. Käuzchen riefen, und Tauben gurrten im Schlaf.

Aus dem Treppenschacht drangen gezischte Worte von zwei Personen. Ymme trat hastig zurück und drückte sich an die Wand. Wahrscheinlich hatte jemand, der begütert genug war, die Wachen zu bestechen, nach einer käuflichen Frau geschickt. Sie hatte davon munkeln hören.

Die zwei schienen sich am Fuß der Treppe zu streiten. Vorsichtig lugte Ymme in den Schacht hinunter. Beleuchtet vom Licht der Fackel, blickte sie einer Frau direkt in die Augen.

Sie fuhr zurück und hielt den Atem an. Aber es geschah nichts. Die Frau schlug keinen Alarm, anscheinend war ihr daran gelegen, öffentliches Aufsehen zu vermeiden. Die ärgerliche Männerstimme entfernte sich endlich in den Gang, der zu Jolanthes Gemächern führte, und wurde schließlich von ihm verschluckt.

Die Besucherin war weit über das Alter einer Hure hinaus gewesen und außerdem viel zu häßlich. Was führte eine solche Frau um Mitternacht in den Palast? Und wer hatte sie hergeführt? Und was wollte sie bei Jolanthe? Ymme lachte leise. Sie hätte mit dem Kaiser wetten mögen, daß er keine Ahnung hatte, was in der Nacht in seinem Palast vorging.

Jolanthe musterte das Weib vom Kopf bis zu den Füßen, das Moro ihr schlotternd vor Furcht ins Zimmer geschoben hatte. Außer den vielen Runzeln und den hängenden Unterlidern war an ihr nichts Bemerkenswertes. »Du bist also Pellagra, die Giftmischerin«, stellte sie fest.

Die Frau starrte sie ausdruckslos an, erwischte trotz Jolanthes abwehrender Geste einen Ärmel und drückte die Lippen darauf. »Das bin ich auf keinen Fall, Gnadenreiche, Krone beider Sizilien«, murmelte sie. »Ich bin Pellagra, die Kräutersammlerin.«

»Das ist doch daßelbe«, sagte Jolanthe spöttisch.

»Nicht in Sizilien, Krone beider Sizilien! Das eine ist ein Gewerbe, das mich dürftig ernährt. Das andere wäre tödlich.«

»Papperlapapp! Ich brauche ein Gift, das schnell wirkt«, sagte Jolanthe, ohne sich für Einwände zu interessieren. »Und rein muß es sein. Ich habe aus Jerusalem ein Mittel mitgebracht, für das der Lieferant den Tod verdient hätte ...«

»Was wärt Ihr bereit auszugeben, Krone beider ...«

»Hör schon auf damit«, unterbrach Jolanthe sie unwirsch. »Ich habe kein eigenes Geld. Wieviel verlangst du? Moro wird es beschaffen.«

Pellagra streckte ihr abwehrend die knochigen Finger entgegen. »Kein weiterer Mitwisser!« zischte sie mißtrauisch. »Gebt etwas anderes.«

»Einen Edelstein, vielleicht?« Jolanthe schwebte bereitwillig zu ihrer Truhe hinüber und entnahm ihr ein Kästchen, dessen Elfenbeinintarsien dem kostbaren Inhalt entsprachen.

Als sie damit zu Pellagra zurückkehrte, lief der Frau ein Speichelfaden aus dem Mundwinkel, den sie vor Habgier nicht einmal bemerkte. Naserümpfend wählte Jolanthe einen Diamanten aus, den sie wegen seines blauen Schimmers sowieso nicht mochte, und ließ ihn in die Hand fallen, die Pellagra ihr unter die Nase hielt. Die gekrümmten Finger schlossen sich über dem Edelstein.

Beim Anblick der gewellten gelben Nägel schüttelte Jolanthe sich. »Gib mir jetzt die Alraune!« befahl sie.

»Ihr werdet zufrieden sein, Krone beider Sizilien«, flüsterte Pellagra, hob ihre Röcke und löste das Band, mit dem sie die Wurzel an ihren Oberschenkel gebunden hatte.

Begierig betrachtete Jolanthe das Wurzelmännchen, das in einen ehemals roten Tuchfetzen gehüllt war, schnellte vor und riß es der Alten aus den Klauen, um sich mit ihm auf das Bett zurückzuziehen.

Die Alraune schien sie verschmitzt anzulächeln wegen ihres Sieges über die Alte. Jolanthe wiegte sie überglücklich in ihrem Schoß, bevor sie ihr das Kleidchen auszog und leise summend das Bad zurechtmachte.

Dann badete sie das Wurzelmännchen eigenhändig, obwohl es dafür der falsche Wochentag war, und spürte dabei, wie ihr zärtliches Gefühl für das Alräunchen mit jeder Handreichung in Windeseile wuchs. Anschließend zog sie ihm ein mit hauchfeinen Stichen bedecktes weißes Seidenmäntelchen an und betrachtete es stolz.

Die sorgfältige Behandlung gefiel dem Alräunchen, weder wehrte es sich, noch heulte es. Jolanthe konnte jetzt sicher sein, daß sich alle ihre Wünsche erfüllen würden. Die Pellagra fiel ihr ein, und sie sah sich nach ihr um.

Das Weib war verschwunden, ohne daß sie sie entlassen hatte. Während Jolanthe einen ganzen Flakon Rosenöl im Raum verteilte, um den zurückgebliebenen Gestank zu vertreiben, malte sie sich bebend vor Zorn aus, wie sie die Giftmischerin für ihren Ungehorsam bestrafen würde.

Die Arme der jungen Frau bestanden nur aus Knochen, wie es schien, und der Bauch wölbte sich spitz vor. Bekümmert betrachtete Ymme sie; sie mochte etwa fünfzehn Jahre alt sein, zu jung und zu schlecht ernährt, um ein Kind zu bekommen. Im Lübecker Hospital hätte sie zu den Armen gehört, die sie entgegen den Vorschriften aufgepäppelt hätten. Im blakenden Licht wurde Ymme zu ihrem Erstaunen der tiefblauen, fast violetten Augen gewahr, die sich auf sie richteten, bevor sich die Augenlider wieder schlossen.

Bei der jungen Frau hatte ein jüngeres Mädchen ausgeharrt, höchstens dreizehn Jahre alt, wahrscheinlich die Schwester, nach der Ähnlichkeit zu schließen und der Tatsache, daß sie ebenfalls blaue Augen hatte. Die Kleine griff vorsichtig nach ihrer Hand und küßte sie dankbar, als sie nicht zurückgestoßen wurde.

Ymme streichelte ihr flüchtig die Wange, bevor sie sich der Gebärenden zuwandte. Sie erkannte sofort, daß die Geburt sich lange hinziehen würde. Sie konnte sich Zeit lassen. Mit beruhigendem Lächeln setzte sie sich neben die karge Bettstatt, eine einfache Strohschüttung auf dem gestampften roten Fußboden, und umschloß die schlaffe kalte Hand der jungen Frau mit ihren Händen.

So etwas wie einen Gebärstuhl gab es im Palast wohl nicht. Auf jeden Fall war es zu spät, ihn zu besorgen. Es würde auch auf ebenem Boden gehen, aber wenigstens mußte das Lager sauber sein. »Ich brauche eine Decke und weiße Tücher und frisches Stroh«, radebrechte Ymme in ihrem neuerworbenen Sizilianisch.

Nach einiger Zeit verstand die Kleine, was sie wollte, und lief zur Tür hinaus.

Die Wehen kamen noch in großen Abständen. Ymme hatte Zeit, sich umzusehen. Es schien sich um die Wohnung der beiden Mädchen zu handeln, denn sie sah einen Kamm neben einer flachen Schüssel mit Wasser. Ihr kam eine Idee. Sie holte Kamm und Schüssel und legte sie neben sich. »Komm«, sagte sie sanft und zog das Mädchen zum Sitzen an die Wand.

Dann begann sie ihr die Haare zu kämmen und erntete ein überraschtes Lächeln. Ymme holte tief Luft vor Erleichterung. Der erste Schritt war getan. Ohne Vertrauen zur Hebamme konnte keine Geburt bewältigt werden.

Als das jüngere Mädchen mit einem umfangreichen Bündel zurückkam, das von einer groben Decke verhüllt wurde, saß die Schwester ordentlich frisiert und mit geschminkten Lippen auf ihrem Lager.

Die Augen der Kleinen rundeten sich vor Erstaunen, und das Bündel rutschte ihr von der Schulter. Ein unverkennbarer Duft nach Pferd breitete sich im Raum aus.

Warum nicht, dachte Ymme. Eine Pferdedecke ist besser als eine, die von menschlichem Schweiß durchdrungen ist. Sie bedeutete dem Kind, was zu tun war.

Als einige Zeit später die junge Frau auf dem frischen Stroh lag, sie das alte Stroh beseitigt und die Ecke einigermaßen gefegt hatten, begann Ymme der Geburt zuversichtlich entgegenzusehen. Sie verlangte nach frischem, warmem Wasser und einer zusätzlichen Fackel. Die Kleine ging mit verschmitztem Grinsen auf die Suche, die Fakkel stibitzte sie zweifellos irgendwo.

Am frühen Morgen, als der Gang vor dem Raum sich mit Menschen und Lärm zu füllen begann, wurde der Junge geboren, runzelig, aber ganz gesund, soweit Ymme zu erkennen vermochte. Es war das erste schwarze Kind, dem sie auf die Welt half.

Als Ymmes Blick auf ihre kleine Helferin fiel, die zu zittern begonnen hatte, ging ihr auf, daß diese Geburt möglicherweise unliebsame Schwierigkeiten nach sich ziehen würde. Sie hatte in Palermo noch keine Schwarzen gesehen. Der Vater des Kindes mußte also im Palast zu suchen sein.

Es schien offensichtlich, daß einer der Eunuchen nicht vollständig entmannt war.

8.
Seine Erhabenheit, der Kaiser

Cornelius bestand am nächsten Morgen darauf, Ymme bei ihrem Besuch der Wöchnerin zu begleiten. Allein der Gedanke an die vom Wachpersonal nur unregelmäßig überprüften, düsteren Gänge, durch die Ymme in der Nacht allein gegangen war, erschreckte ihn.

»Ich hatte eine seltsame Begegnung mit einer Frau, die wie ein Nachtmahr aussah«, sagte Ymme und schüttelte sich unwillkürlich.

»Vielleicht hatte sie etwas zu verkaufen«, mutmaßte Cornelius. »Wenn nicht ihren Leib, dann Informationen, zum Beispiel ...«

»Mag sein. Bei Tage hätte man sie wahrscheinlich nicht in den Palast gelassen. Aber sie geht mich nichts an.«

In der Nähe der Küche kam ihnen der Duft von Hammel in einer Wolke von Kräutern entgegen, untermischt mit dem scharfen Geruch von Lorbeer und Fischen. Cornelius blähte die Nasenflügel und sah sich interessiert um, während Ymme die in das Gewölbe eingelassenen Bohlentüren abzählte und schließlich eine öffnete.

Das Strohlager war leer, und hinter der aufgestoßenen Tür hörten sie leises Schluchzen. Die kleine Schwester der Wöchnerin kauerte an der Wand, hatte ihren Kopf auf die Knie gelegt, schaukelte auf den Fersen hin und her und gab sich ihrem tiefen Schmerz hin.

Ymme hockte sich neben sie und faßte sie sanft bei den Schultern. »Warum hast du mich nicht geholt, als es deiner Schwester schlecht ging? Oder einen Küchenjungen geschickt?«

Das Mädchen sah Ymme mit riesengroßen Augen an. Dann ergoß sich aus ihrem Mund ein Schwall von Worten, dem Ymme nur mühsam folgen konnte. Es dauerte eine Weile, bis sie verstand, daß die Wöchnerin nicht gestorben war, zumindest nicht an den Folgen der Geburt.

Die Palastwachen hatten sie und das Kind abgeholt. Danach zeigte das Kind mit zitterndem Zeigefinger in die dunkelste Ecke des Raums. Ymme brauchte einen Augenblick, um zu erkennen, daß dort ein abgeschnittener Hundekopf lag. Die blutleere Zunge hing ihm aus dem Maul, das Weiße in den Augen war eingefallen und von krabbelnden Käfern bedeckt.

Ymme kämpfte mit Mühe gegen ihren Ekel an und blickte zu Cornelius hoch. »Was bedeutet das?«

»Soviel ich weiß, ist es eine Drohung«, antwortete Cornelius gepreßt. »Jemand verlangt, daß sie über das, was passiert ist, schweigt.«

»Woraus sich klar ergibt, daß etwas passiert ist«, stellte Ymme nüchtern fest.

Cornelius nickte mit zusammengepreßten Lippen. »Die Kleine hat Angst. Sie vermutet, daß ihre Schwester beseitigt worden ist.«

»Wie sahen die Palastwächter aus?« Ymme kniete neben das Mädchen, ohne sie loszulassen.

Sie zuckte mit den Schultern. »Wie alle Sarazenen eben.«

»Nicht schwarz?«

»Oh nein. Araber. Aber den einen von ihnen, den mit den schrägen Augen, habe ich schon mit dem Eunuchen der Königin sprechen sehen. Dem Fetten.« Die Kleine sprang auf und stolzierte mit vorgestrecktem Bauch durch das Gelaß.

»Mit Moro?« erkundigte sich Ymme erstaunt.

Sie nickte.

»Es besteht die Möglichkeit«, sagte Cornelius nachdenklich und auf Deutsch, »daß höhergestellte Personen in diese Angelegenheit verwickelt sind. Die Frau des Kaisers und ihr Eunuch. Ich glaube, daß das Mädchen in Gefahr ist. Irgendwann wird man auch sie verschwinden lassen.«

»Wir könnten sie zu uns nehmen«, schlug Ymme nach einem Blick auf das magere Geschöpf vor, das für den Moment seine Sorgen vergessen hatte. »Sie scheint mir ganz gewitzt zu sein, und sie ißt nicht viel.«

»Du mußt mich nicht überreden«, sagte Cornelius. »Frag sie einfach.«

Mit dem Gespür eines kleinen Hundes für Leckerbissen, schien das Mädchen zu ahnen, worum es ging. Ihre Augen leuchteten auf, als Ymme ihr erklärte, daß sie ihre Helferin werden dürfe.

»Weißt du noch etwas über Moro und den Sarazenen?«

Sie nickte. »Moro war vor einigen Tagen hier unten, obwohl er sich sonst nie in der Küche sehen läßt.«

»Wann war das?« fragte Cornelius aufmerksam. »Und wo war er genau?«

»Ich zeige es Euch, Cavaliere«, sagte sie eifrig. »Kommt mit!«

Die üblichen Küchengeräusche, das Klappern von Kupfertöpfen, ein Gemisch aus dunklen und hellen Frauenstimmen und dem Plätschern von Wasser kam weiter hinten aus dem Gang. Niemand war zu sehen, als das Mädchen eine Tür aufdrückte.

Der Raum war leer bis auf einige Schüsseln mit Essensresten. In der Mitte des Bodens befand sich eine Klappe aus schweren Bohlen. Cornelius schloß die Tür, entriegelte die Klappe und zog sie am Ring auf. Gedankenvoll starrte er in die Tiefe.

»Was ist?« fragte Ymme beunruhigt und warf einen Blick aus der schmalen Fensteröffnung nach draußen, um festzustellen, daß sie sich am äußersten Ende des Palastes befanden. Im Hintergrund ragten die Berge auf, und direkt vor ihr stand ein hoher alter Feigenbaum. Es wäre ein idyllisches Bild gewesen, hätten an seinen Ästen nicht kopfüber zwei Menschen gehangen. Ihr verschlug es die Sprache.

»Ich dachte es mir fast«, antwortete Cornelius bedächtig. »Wir befinden uns im Turm über dem Raum mit den Abfällen.«

Ymme versuchte krampfhaft, sich auf die Abfälle zu konzentrieren. »Ja. Dann könnte es ja sein …«

»Ja, aber sprich den Namen nicht aus. Der Schwarze könnte sehr wohl hiergewesen sein, als wir die Ratte untersuchten.«

Ymme schüttelte ungläubig den Kopf. »Der Lauscher war hellhäutig.«

Cornelius grübelte vor sich hin, als Ymme ihn resolut zum Fenster zog und nach draußen zeigte. »Sieh mal.«

»Da hängen Männer«, stellte er sachlich fest. »Wahrscheinlich ein Experiment des Kaisers. Er ist dafür bekannt, Untersuchungen anzustellen. Aber jetzt hör mir bei meinen Überlegungen doch einmal zu …«

»Gesù Maria!« schrie Angelina entsetzt, als Ymme, gefolgt von dem Mädchen mit schmutzigem Gesicht und zerrissenem Kleid, durch die Tür trat. Cornelius war noch unten im Turm geblieben. »Laßt sie draußen warten, Dama! Eine Sarazenin kommt mir nicht in die Wohnung!«

Angelinas scharfe Ablehnung traf Ymme unvorbereitet. Sie legte die Hand auf die Schulter des Mädchens. »Angelina«, sagte sie entschlossen, »diese junge Frau steht ab heute unter dem Schutz von Cavaliere Cornelius und mir. Sie wird in Zukunft meinen Korb tragen.«

Angelina schien in ihrem Inneren eine ganze Kaskade von Flüchen auszustoßen. All diese Aufregung für ein so kleines Mädchen, dachte Ymme kopfschüttelnd. »Wie heißt du eigentlich?«

»Constanza«, antwortete sie und lächelte verschämt.

Angelina zischte wie eine Schlange und vollführte eine Reihe verschiedener Gebärden. Im Gegensatz zu Ymme verstand Constanza sie sehr gut. Aber nach einem Seitenblick auf Ymmes hochgezogene Augenbrauen verzichtete sie auf eine Antwort.

»Du hast wohl einen der normannischen Dreckskerle zum Vater!« erkundigte Angelina sich provokant.

Soviel Häme ertrug Constanza nicht. Sie stemmte die Arme in die Seiten. »Jawohl! Einen normannischen Vater habe ich und eine arabische Mutter! Was kümmert es dich, Angelina? Ich habe von dir schon gehört! Dein Herz soll so hart wie ein Olivenkern sein, sagt man.«

So erklärten sich die blauen Augen als Erbe des Vaters, während das schmale Gesicht und die olivfarbene Haut von der Mutter herrührten. »Constanza muß baden und braucht Kleider«, erklärte Ymme knapp. »Und, ja, Angelina, sie wird heute unser eigenes Waschbecken benutzen. Mehr gibt es dazu nicht zu sagen.«

Mit ihrem Mitleid hatte sie wahrscheinlich Feindschaft in die Hausgemeinschaft getragen – aber es war nicht zu ändern. Außerdem konnte sie nicht dulden, daß Angelina hier die Herrschaft ausübte.

Sobald Ymme sicher war, daß Angelina ihren Anordnungen Folge leisten würde, machte sie sich auf den Weg in den Garten. Sie mußte unbedingt in Erfahrung bringen, was es mit den aufgehängten Männern auf sich hatte. Schließlich war der Palastgarten keine Richtstätte.

Am Fuß der Palastmauer blieb sie stehen und spähte, die Hand über den Augen, zum Feigenbaum hinüber. In seinem Schatten saß an einem winzigen Tisch ein dunkel gekleideter Mann, der die Hängenden beobachtete und sich gelegentlich Notizen machte. Er blickte demonstrativ an ihr vorbei, als Ymme auf ihn zueilte.

»Was geht denn hier vor sich?« fragte sie atemlos und klammerte sich an eine der Luftwurzeln, um das Zittern ihrer Hände zu verbergen.

»Was Ihr seht, Dama«, antwortete er uninteressiert und ruckte mit seinem Strohseilstuhl ein wenig herum.

Was sie sah, war ein Mann in arabischer Kleidung, mit sehr dunklen kurzgeschnittenen lockigen Haaren. Als der

Wind ihn sacht drehte, blickte sie ihm in die braunen Augen. Er lebte. Der zweite Mann war ein Hüne, dessen lange blonde Haare beinahe den Boden berührten. Sein Wams und die weiten Hosen erinnerten an die Tracht der Seeleute zu Hause.

»Wofür werden die Männer bestraft? Müssen Sie noch lange so hängen?«

Der Schreiber schürzte die Lippen. Seine Feder kratzte ausgiebig auf dem Papyrus. Ymme wartete noch einen Augenblick, bis sie davon überzeugt war, daß er ihr keine Auskunft geben würde. Verstört kehrte sie in die Wohnung zurück.

Schon an der Tür hörte sie Angelinas zeternde Stimme. »Sie ist zu freundlich zu unnützen Geschöpfen wie dir, um wirklich eine vornehme Dama zu sein. Also mach dir keine Hoffnung, du könntest mit ihrer Hilfe etwas Besseres werden! Und bilde dir auch nicht ein, daß ich dir irgendetwas durchgehen lasse!«

»Wer auf andere hofft, in dessen Topf kocht es niemals«, antwortete Constanza und rettete sich offenbar mit einem Sprung vor Angelinas Hand.

»Werd' nicht unverschämt!« schimpfte Angelina.

Es gab bessere Tage, stellte Ymme deprimiert fest.

Am Abend war in einem der kleineren, intimen Säle des Palastes eine illustre Gesellschaft geladen, die als privat galt, wie der kleine Kammerknabe Ymme versichert hatte, der ihr die Einladung überbrachte. Cornelius gehörte nicht zu den Gästen, sondern war als Troubadour bestellt.

Um Himmels willen, dachte Ymme und sah ihn bedrückt an. Er war gerade erst zurückgekommen und wirkte erhitzt. Sie hätte sich nie darauf einlassen sollen, nach Sizilien zu gehen. Aber hatte sie eine Wahl gehabt?

»Es ist schon in Ordnung, mein Herz«, sagte Cornelius grimmig und nahm die Laute zur Hand, um sie zu stimmen. »Als dein Ehemann wäre ich nie eingeladen worden. Ich bin ja dankbar, daß ich endlich gerufen werde. Es wird Zeit, daß ich mich für meinen König nützlich mache.«

»Hast du etwas herausgefunden? Dort unten, meine ich.«

»Wenig. Sie sind alle sehr schweigsam. Nur der Stallbursche, der die Maultiere und Esel des Palastes versorgt, war ein wenig mehr zum Schwatzen aufgelegt. Bevor der Hofstaat nach Palermo zurückkehrte, hat er gelegentlich Moro mit einer hübschen jungen Frau im Garten gesehen. Moro kennt er, von der Frau weiß er nur, daß sie in der Küche beschäftigt ist.«

»Es wäre also sehr wohl möglich, daß Moro eine Beziehung zu Constanzas Schwester hatte. Aber seitdem er zum obersten Eunuchen der Gemahlin aufgestiegen ist, konnte er sich das nicht mehr leisten ...« Ymme fand ihre Schlußfolgerung sehr vernünftig und logisch, aber Cornelius wiegte den Kopf.

»Nicht zu voreilig, Ymme. Es kann auch ganz anders gewesen sein. Die Sizilianer sind heißblütig. Womöglich wurde die junge Frau entführt und lebt jetzt irgendwo in Palermo als glückliche Ehefrau ...«

»Äußerst märchenhaft, Cornelius. Immerhin besser als alle anderen Möglichkeiten.«

»Genau«, sagte Cornelius und legte die Laute so heftig aus der Hand, daß die Saiten klirrten. Er wirkte selbst nicht sonderlich überzeugt.

Wenigstens besaß Ymme inzwischen angemessene Kleidung, in der sie sich zu Jolanthe begab, um diese als Gesellschafterin und Kammerfrau zu begleiten.

»Was wollt Ihr denn schon hier?« fragte Jolanthe schnippisch, während sie von Teresina frisiert wurde und nur die Augen wandern lassen konnte. »Mich überwachen?«

»Eure Erhabenheit geleiten«, erklärte Ymme und verkniff sich die Bemerkung, daß sie gern darauf verzichtet hätte. »Seine Erhabenheit, der Kaiser, und die Seigneurs warten sicherlich schon.«

»Hört auf, mich zu belehren«, warf Jolanthe schlechtgelaunt ein.

Ymme sah wortlos zu, wie eine Locke nach der anderen festgesteckt wurde. Teresina blieb geduldig und verstand es geschickt auszuweichen, wenn Jolanthe nach ihr schlug, weil ihr irgend etwas nicht passte.

Eingehüllt in eine schwere Duftwolke von Moschus, erklärte sich Jolanthe endlich bereit zu gehen. Sie mußten um Stunden zu spät sein, und Ymme machte sich Gedanken, wie der Kaiser es aufnehmen würde. Es war schließlich eine Auszeichnung, daß er Jolanthe überhaupt zu der Gesellschaft gebeten hatte. Er führte, soweit sie gehört hatte, keinen Hof, wie es im Abendland sonst üblich war. Anders als dort pflegte die Ehefrau des Gastgebers hier keine wesentliche Rolle zu spielen.

Aber vielleicht wollte der Kaiser jetzt anders verfahren. Vor Nervosität ballte Ymme die Fäuste, während Jolanthe im Gang gemächlich von Fenster zu Fenster schlenderte und sich außerordentlich für die Aussicht auf Palermo und seine Vorstädte zu interessieren schien. Von der Seite wirkte Jolanthe wie ein unreifes Kind, das trotzig versucht, für den größtmöglichen Ärger zu sorgen.

Womöglich beabsichtigte Friedrich, seine Frau an diesem Abend in die Rolle einer Kaiserin des Abendlandes einzuführen. Vielleicht sollte es der Abend werden, der über Jolanthes Zukunft entscheiden konnte. Aber sie war dabei, alles zu zerstören.

»Wie langweilig es sein wird!« platzte Jolanthe mit plötzlicher Gehässigkeit heraus. »Geht Ihr allein hin, Dama, Ihr paßt im Alter besser zu den Greisen, die dort versammelt sind, um den Kaiser anzuhimmeln. Mein Ehemann wird sowieso kaum merken, ob ich da bin oder nicht.«

Ymme betrachtete erschrocken ihre neuerworbenen arabischen Schuhe, bis sie eine diplomatische Antwort formuliert hatte. »Niemand kann Eure Aufgabe übernehmen, Eure Erhabenheit. Ihr repräsentiert zusammen mit dem König das Königreich Sizilien …«

Jolanthes Unterlippe zitterte. »Mir würde es reichen, das Königreich Jerusalem zu repräsentieren«, versetzte sie schroff. »Aber das hat er mir weggenommen.«

Das war es also! Ymme hielt den Atem an und überlegte, wie sie die Situation retten konnte.

Plötzlich setzte sich Jolanthe in Bewegung. Gott sei Dank ist sie wenigstens unberechenbar, dachte Ymme und schritt hinter ihr her.

Als die Flügeltüren von den schwarzen Pagen aufgestoßen wurden, zeigte es sich, daß man auf sie gewartet hatte. Gemessenen Schrittes begab sich der Kaiser zu seiner Ehefrau, reichte ihr seinen Arm und wandte sich dann mit ihr zusammen der im Saal versammelten Gesellschaft zu. »Seigneurs«, sagte er feierlich, »Ihre Erhabenheit, meine Gemahlin Jolanthe.« Danach schritten sie zu den Ehrenplätzen in der Mitte eines langen Tisches.

Ymme sah ihm bewundernd nach. Friedrich II. war an diesem Abend sehr symbolisch in den Farben gewandet, die im Königreich vertreten waren: Rot für alle, die sich als Sizilianer bezeichneten, Grün für die Araber, Blau für die Griechen, dazu der goldene kaiserliche Saum, der alles einschloss.

Sie sah sich suchend um und entdeckte Nicolaus von Hohenburg, der sich winkend zu ihr hindurchdrängte, während alle anderen Gäste schon zu ihren Plätzen strebten. Cornelius, der offenbar bereits gesungen hatte, blieb im Schatten der Fensternische sitzen und zupfte leise an den Saiten seiner Laute. Was Symbole anging, hatte er sich dem Kaiser angepaßt; seine Kleidung war so dunkel, daß nicht auszumachen war, ob sie schwarz oder blau war, und Ymme meinte für einen kurzen Moment, wieder den Schwarzen Ritter aus der Provence vor sich zu sehen. Hoffentlich faßte der Kaiser es nicht als Provokation auf …

»Kommt, Dama, wir sitzen am unteren Ende«, murmelte Nicolaus und schob Ymme unauffällig vor sich her. »Wo wart Ihr nur so lange? Seine Erhabenheit ist wütend.«

»Wenn Seine Erhabenheit einem Kind das Spielzeug fortnimmt, muß er damit rechnen, daß es mault«, flüsterte Ymme in das Ohr ihres Begleiters.

Nicolaus sah überrascht auf sie herab. »Ihr meint das Heilige Land? Eure Direktheit ist hierzulande ungewohnt«, sagte er. »Aber Ihr habt schon recht. Vielleicht hat mein Herr darauf vertraut, daß Kinder eines Spielzeugs schnell überdrüssig werden.«

»Ein Königreich ist kein Holzpferdchen«, gelang es Ymme noch eben zu erwidern, bevor eine Fanfare zur Aufmerksamkeit rief.

Die Saaltüren sprangen auf im gleichen Augenblick, als die Lichter in den Wandhalterungen gelöscht wurden. Ein Gepard betrat den Raum, so leichtfüßig, als sei er auf der Jagd. Dabei zog er einen an allen vier Ecken von Kerzen erleuchteten Wagen, auf dem Affen standen, jeder mit einer dampfenden Schüssel in den Händen.

Der Anblick war überwältigend. Unter dem ohrenbetäubenden Beifall der Gäste wurden die dressierten Tiere von je einem Wärter schnell und geschickt hinausgeführt, während die schwarzen Sklaven die Verteilung der Schüsseln auf dem Tisch übernahmen.

»Willkommen, Dama meines Königreiches, willkommen Seigneurs und Cavalieri«, ließ sich der Kaiser vernehmen, und nahm einen Schluck aus einem von Edelsteinen blitzenden Pokal.

Auch Ymme tat einen Schluck, obwohl sie offensichtlich nicht gemeint war. Sie fragte sich allmählich, warum sie überhaupt eingeladen worden war. Vermutlich aus dem gleichen Grund wie Cornelius: als Dienerin. Die Heilerin aus dem Norden und ihr Troubadour, garantiert nicht verschnitten und darum teurer als Paare auf dem Sklavenmarkt. Vor Ärger nahm Ymme einen zweiten Schluck, als sie durch das Geraune darauf aufmerksam wurde, daß am Platz des königlichen Paares etwas vorging.

Offensichtlich erwartete Friedrich eine Erwiderung seines Grußes durch Jolanthe. Er sah sie ermunternd an.

Jolanthe erhob mit leisem Trotz den funkelnden Pokal. »Willkommen, Dama, willkommen, Seigneurs und Cavalieri«, wiederholte sie und trank der Gesellschaft zu.

Ymme, unversehens in die Aufmerksamkeit ihrer schmunzelnden Nachbarn gerückt, errötete. Der Kaiser ließ keine Reaktion auf den Mißgriff seiner Frau erkennen. Ungerührt wandte er sich Hermann von Salza zu und begann mit ihm ein leises Zwiegespräch.

»Habt Ihr eine besondere Strafe verdient, daß Ihr hier neben mir sitzen müßt?« fragte Ymme provozierend.

Nicolaus grinste. Über den Becherrand hinweg flüsterte er ihr zu: »Im Gegenteil. Es ist eine Ehre für mich. Ohne Euch dürfte ich hier gar nicht sitzen. Die Valets aus den niederen Diensten haben kaum je Zutritt zu den Gesellschaften im kleinen Kreis.«

Ymme starrte ihn stumm an. Sie war also für keinen der Cavaliere eine passende Tischdame gewesen. Bedächtig nickte sie, obwohl sie am liebsten aufgesprungen und fortgelaufen wäre. Es wurde still. Mit Tränen der Wut in den Augen, blickte Ymme zum Platz des kaiserlichen Ehepaars.

Federico hob gerade seinen Pokal in die Höhe und betrachtete den rosa schimmernden Wein im Licht der tausend Kerzen, bevor er gefühlvoll zu deklamieren begann:

»Palmen der beiden Seen von Palermo,
ihr könnt euch am ständigen Naß
des Regens satt trinken!
Möget ihr ein glückliches Dasein genießen,
und jeden Wunsch erlangen,
und alle Feindseligkeiten mögen ruhen!«

Wunderschön, fand Ymme und war wie gebannt. Der Kaiser seufzte leise, als hätte er einen unerfüllbaren Wunsch ausgesprochen.

»Die Schönheit der Lieder von al-Iltrabânischî ist unerreichbar«, sagte leise Hermann von Salza. »Es fragt sich, ob jemals ein Dichter Palermo wieder so wunderbar wird besingen können.«

»Es fragt sich auch, ob Palermo so schön bleiben wird, daß jemand den Wunsch hat, es zu besingen«, versetzte Friedrich und wandte sich dann seiner Frau zu. »Könnt Ihr uns auch mit ein paar schönen Zeilen erfreuen«, fragte er freundlich. »Akkon hat seinen Reiz, und gewiß wird dort ebenfalls gedichtet …«

»Ich werde keine Zeile unserer Erzfeinde zitieren«, schleuderte Jolanthe ihm voll Verachtung entgegen. »Mein Beichtvater würde nicht einmal erlaubt haben, daß ich diesen Schund lese!«

Betretenes Schweigen erfüllte den Saal.

»Euer Vater vermutlich auch nicht«, versetzte Friedrich mit gleichgültiger Höflichkeit. »Ich hörte, er hat sich nach Rom zurückgezogen, um seine Wunden zu lecken. Betätigt er sich möglicherweise auch als Speichellecker der Kurie?«

Jolanthe sah ihn haßerfüllt an. »Er hatte sich vor unserer Hochzeit ausbedungen, bis an sein Lebensende Regent von Jerusalem zu bleiben. Er ist der Regent, nicht Ihr. Er will sich des Beistandes der Kurie versichern, bevor er Euch in aller Form auf sein Recht aufmerksam macht.«

Der Kaiser streifte seine Frau mit einem knappen Blick, bevor er sich entschuldigend lächelnd wieder seinen Gästen zuwandte. »Lassen wir die Politik des Tages«, sagte er. »In der sanften Luft der Nacht und bei einem milden Wein ist nicht ihr Ort. Ich räume ein, daß eine Wortspielerei mich zum Angriff verführte …«

»Ich bin sicher, daß der Heilige Vater Honorius meinem Vater recht gibt«, beharrte Jolanthe.

Um Himmels willen, dachte Ymme, sie setzt ihre Zukunft aufs Spiel, wenn niemand sie bremst … »Darf ich etwas zitieren, Eure Erhabenheit? Gewissermaßen stellvertretend für Ihre Erhabenheit?« warf sie unter Herzklopfen ein und besann sich auf einen Text, den Cornelius ihr vor kurzer Zeit vorgelesen und aus dem Stegreif übersetzt hatte.

Die blauen Augen des Kaisers richteten sich auf sie. Er lächelte überrascht und nickte.

»laß den alten goldenen Wein in die Runde gehen,
und trinke von morgens bis abends,
Trink zum Klang der Laute und der des Ma'bads würdigen Lieder.
Es gibt kein frohes Leben, außer im Schatten des geliebten Siziliens ...«

Ein dissonanter Laut unterbrach Ymme. Sie drehte sich verwundert um. Cornelius' rotblonde Augenbrauen waren zu einem dicken Strich zusammengezogen. Unvermittelt begann er *Der Hahn ist tot, der Hahn ist tot* zu zupfen.

Ymme stockte der Atem. Nur dieses Lied nicht! Es bedeutete Gefahr, wenn sie auch gegenwärtig nicht wußte, welche.

»Troubadour«, sagte der Kaiser scharf, »wann es Zeit ist, an meiner Tafel jemandem Einhalt zu gebieten, bestimme ich allein! Und wie kommt Ihr dazu, ausgerechnet das Ketzerlied aus dem Languedoc an meinem Hof zu spielen?«

Es wurde totenstill im Raum. Was hast du nur getan, Cornelius, dachte Ymme verstört. Seine Warnung kehrte sich gegen ihn selbst.

»Gab es da nicht den Schwarzen Ritter, der den Aufstand gegen den Heiligen Vater Innozenz und die Nordfranzosen schürte?«

Eine leise gestellte Frage, aber Ymme wagte nicht, sich nach dem Fragenden umzusehen. Zuviel Interesse hätte möglicherweise jemanden auf die Idee gebracht, daß sie über den Schwarzen Ritter Bescheid wußte. Dabei hatte sie gehofft, daß er längst vergessen sei.

»In der Tat, die Bemerkung scheint nicht unangebracht«, murmelte der Kaiser nachdenklich.

Cornelius trat aus der Deckung der Nische heraus. Das Licht einer Wandkerze ließ den tiefblauen Seidenstoff seines Wamses silbrig schimmern. »Eure Erhabenheit, die einfache Melodie dieses Liedes haftet jedem Musikanten auf ewig im Gedächtnis, der sie einmal gehört hat. Es tut mir leid, wenn sie Eure Ohren beleidigt hat, gemeint hatte ich allerdings nur meine Frau.«

Der Kaiser schien beschwichtigt. »Es gibt keinen Grund, Eure Frau mitten im Vortrag eines Gedichtes zu unterbrechen. Noch dazu, da es von 'Abd ar-Rahmân stammt, den ich sehr verehre. Übersetzt habe ich ihn allerdings noch nie gehört.« Abrupt wandte er sich Ymme zu. »Bitte, sprecht zu Ende, Dama.«

Ymme spürte ein Rinnsal von Angstschweiß zwischen den Schulterblättern. Cornelius, der mit arabischer Dichtkunst gut vertraut war, hatte befürchtet, daß sich Friedrich beleidigt fühlen würde, weil im Gedicht ein anderer Herrscher gemeint war. Das fürchtete sie nicht. Sie hatte nur noch Angst um Cornelius. »Es endet folgendermaßen:

Es gibt kein frohes Leben, außer im Schatten des geliebten Siziliens,
Unter einer Dynastie, die die kaiserlichen Dynastien der Könige übertrifft.«

Die Zuhörer applaudierten begeistert, der Kaiser lächelte Ymme hingerissen an.

Ymme dankte nach allen Seiten und versuchte zu überspielen, wie unbehaglich ihr zumute war. Vor sich sah sie die tödlich beleidigte Miene von Jolanthe. In ihrem Rükken spürte sie das tiefe Schweigen ihres abgekanzelten Ehemannes.

Am nächsten Morgen wurde Ymme außergewöhnlich früh geweckt. Der Kaiser, von dem bekannt war, daß er sehr diszipliniert und lange zu arbeiten pflegte, ließ sie rufen.

Cornelius war wach, aber er drehte sich nicht einmal zu ihr um, als sie ging. Der erbitterte Streit, den sie nach dem Abendessen wegen des Vorfalls gehabt hatten, war noch nicht ausgefochten.

Ymme eilte durch die Gänge, trotz allem neugierig und gespannt.

»Setzt Euch bitte, Dama Iume«, sagte der Kaiser und bedeutete ihr, es ohne jegliche Hofetikette zu tun. Er wirkte rastlos, beschäftigt mit einem Problem, das ihm große Sorgen zu bereiten schien. Die Lichter an den Wänden brannten, obwohl es bereits heller Tag war; vermutlich hatte er einen Teil der Nacht an seinem Schreibtisch verbracht.

»Mit meiner jungen Frau ist es wie bei manchen jungen Stuten«, setzte der Kaiser entschlossen an. »Sie verweigert sich mir.«

Ymme zuckte zusammen. Ein sehr ungewöhnliches Gesprächsthema, wenn man bedachte, wer er war. Und wer sie war. Sie versuchte auszuweichen. »Ihre Erhabenheit ist noch sehr jung.«

»Ihre Erhabenheit ist eine dumme Gans«, versetzte der Kaiser brüsk. »Orientalische Stuten werden früher rossig als die schwerfälligen Pferde des Nordens. In Jerusalem hätte Jolanthe längst zwei Kinder, die sie mit rosa Pralinen fett füttern würde. Tatsache ist, daß sie nicht will. Und ich bin kultiviert genug, sie nicht zu überfallen.«

»Sie muß selbst wollen«, sagte Ymme zustimmend.

Friedrich nickte. »Man hat mir schon geraten, Jolanthe einen der Liebestränke einzuflößen, die man in Palermo an jeder Ecke erstehen kann. Aber ich hasse diese Giftmischerinnen! Ich glaube nicht an die gute Wirkung ihrer Tränke, nur an die tödliche. Ich werde gegen diese Frauen Gesetze erlassen, sobald ich dafür Zeit finde.«

Ymme hielt den Atem an, als ihr die Frau auf der Treppe einfiel. Vielleicht war sie eine Giftmischerin, von der Jolanthe sich helfen ließ, um Widerstand gegen ihren Ehemann zu leisten.

»Was ist?« fragte der Kaiser mit leichtem Mißtrauen. »Hattet Ihr daran gedacht, Euch einer dieser Frauen zu bedienen? Das schlagt Euch aus dem Kopf.«

»Ich verstehe nicht, Eure Erhabenheit«, sagte Ymme verwirrt. »Ich hatte noch nie mit einer Giftmischerin zu tun.«

»Das ist gut. Dann seht zu, daß es so bleibt, Dama

lume, und geht an die Arbeit. Ihr habt nur wenige Tage Zeit. Danach reise ich ab. Jolanthe und Ihr bleibt hier.«

Ymme merkte selbst, daß sie den Kaiser anstarrte wie das Kaninchen die Schlange. Ihr Hals war mit einemmal ganz trocken.

Er lächelte flüchtig. »Nun geht«, sagte er mit plötzlicher Milde. »Ich bin sicher, Ihr werdet diese krankhafte Weigerung Jolanthes, mein Lager zu teilen, heilen können, wenn Ihr Euch nur Mühe gebt. Über die Strafen für die Vernachlässigung Eurer Pflichten wollen wir noch nicht sprechen.«

Nein, dachte Ymme mit zusammengebissenen Zähnen, aber es ist ganz natürlich, daß ich bestraft werde, wenn Eure Erhabenheit es nicht schaffen, Ihre Erhabenheit in das kaiserlich eheliche Bett zu zerren. Vielleicht auch durch Aufhängen an den Füßen. Oder ist das zu unschicklich? Werden Frauen an den Händen aufgehängt?

Sie zog sich rückwärts aus dem Arbeitszimmer zurück, ohne daß der Kaiser es auch nur bemerkte.

9.
Die Giftmischerin

Ymme stieg über Constanza hinweg, die auf der Schwelle zum Schlafzimmer schlief, und weckte Cornelius unbarmherzig.

»Was ist?« murmelte er schlaftrunken. »Schüttele mich nicht so. Troubadoure werden unter diesem Kaiser nie so geliebt sein wie in der Provence, aber vielleicht hat er ja doch ein wenig Erbarmen, wenn seine Hakima ihren Sänger mißhandelt.«

»Cornelius«, rief Ymme und unterdrückte gewaltsam einen Schluchzer. »Der Kaiser wird mich bestrafen, wenn es mir nicht gelingt, ihm Jolanthe ins Bett zu legen.«

»Glaube ich nicht. Er hält von dir mehr als von ihr.«

Ymme schüttelte über diese kindische Eifersucht den Kopf. »Wahrscheinlich werde ich aufgehängt wie die Männer da unten«, sagte sie düster.

»Wohl kaum«, sagte Cornelius und schwang seine Beine aus dem Bett. »Die werden nicht bestraft, die befinden sich in einem Experiment. Ich sagte es dir doch schon.«

Ymme vergaß für einen Moment ihre Sorgen und starrte ihn fragend an.

»Der Kaiser will wissen, ob ein kleiner Mann eher stirbt als ein großer, wenn man ihn an den Füßen aufhängt«, führte Cornelius bereitwillig aus. »Der Sarazene ist zwei

Kopf kürzer als der Engländer. Möglicherweise zerdrückt ihm das Blut das Gehirn früher.«

»Dann muß ich ja hoffen, daß er sich nicht dafür interessiert, wie schnell es bei einer mittelgroßen Lübeckerin geschieht.«

Cornelius kratzte sich die Bartstoppeln. »Ich vermute, du bist ihm zu teuer für ein solches Experiment. Er gilt als knauserig bei seinem Hofstaat, wovon auch wir ein Lied singen können. Was ist mit Jolanthe?«

Endlich. Erleichtert setzte Ymme sich neben ihn. »Sie verweigert sich dem Kaiser, was er als eine Art Krankheit ansieht. Aus seiner Sicht ist es ganz selbstverständlich, daß ich sie gesundmache.«

»Jolanthe ist ein vom Leben verwöhntes Weib! Von einem Luxusleben ins andere gekommen.«

»Aber als Ware«, verbesserte Ymme. »Ich bezweifle, daß der Kaiser sie ohne den Titel geheiratet hätte. Sie sind so völlig verschieden. Sie kann ihm nicht genügen, und ich glaube, er hat gestern abend gemerkt, daß es hoffnungslos ist. Man kann sie nicht erziehen.«

»Du mußt es ja wissen«, sagte Cornelius ausdruckslos. »Eine deutsche Hebamme, die arabische Lyrik zitieren kann, hat ihm in seiner Sammlung von afrikanischen Eunuchen und indischen Aras mit Federkrönchen bestimmt gefehlt. Du bekommst sicher öfter noch Gelegenheit, deine Kunststücke vorzuführen.«

»Cornelius! Du bist ungerecht! Dabei ist sie nicht ohne Begierden«, fuhr Ymme fort, ohne sich auf seinen unsinnigen Groll einzulassen. »Manchmal habe ich den Verdacht, daß sie sich ihrem Eunuchen an den Hals werfen könnte.«

Cornelius fuhr in die Höhe und legte den Finger auf den Mund. »Nicht hier im Palast«, flüsterte er ihr ins Ohr.

Ymme hob entsetzt die Augenbrauen.

Im Schutz ihres Körpers machte er ein Zeichen Richtung Tür.

»Haben wir einen Spion im eigenen Haushalt?« flüsterte sie.

»Ich fürchte es«, murmelte er.

Ymme nickte. »Jasminblüten müßten einen wohlschmekkenden Tee ergeben«, sagte sie laut. »Ich will sehen, ob ich sie auf dem Markt kaufen kann. Und etwas Baldrian dazu. Er hat beruhigende Wirkung. Sie verliert immer dann die Fassung, wenn er durchblicken läßt, daß ihm die römische Kurie nicht sonderlich viel bedeutet.«

»Damit allein willst du es schaffen?«

»Ich weiß nichts anderes.« Ymme stieß einen tiefen Seufzer aus. »Jolanthe ist sehr beeinflußbar. Und ich verlasse mich auf die Ratschläge von Soran. Er hat für die meisten Jolanthes dieser Welt ein Rezept. Heute übers Jahr werde ich vielleicht wissen, ob er recht hatte.«

Mit Constanza zusammen fühlte sich Ymme wesentlich unauffälliger als mit ihrem hochgewachsenen Ehemann im Kettenhemd, und so standen die Chancen gut, daß sie den Spitzeln des Kaisers nicht sofort ins Auge fallen würde.

Überdies wählte Constanza den Weg durch die Nebenstraßen von Palermo, die wahrscheinlich weniger gut bewacht, dafür aber viel kurzweiliger waren als die lange Prachtstraße des Cassaro. Hier standen Kirchen neben Moscheen, in Ställen wieherten Maultiere und Esel, und Hühner flatterten über die Gassen. Constanza war in diesem Teil der Stadt mit aller Welt bekannt, und wenn sie stehenblieb, spürte Ymme die zurückhaltende, aber wohlwollende Neugier der Bewohner.

Unversehens standen sie am Anfang des Suq. Wie bei ihrem ersten Einkauf waren hauptsächlich Männer unterwegs, die zur Begrüßung die Hände ineinander verschlangen und sich gegenseitig auf die Wangen küßten, aber diesmal war es voller, und es stank nicht nach vergammeltem Fisch. Constanza verhüllte das Gesicht vorschriftsmäßig mit ihrem dünnen Schleier.

Ein Teller mit zwei schwarzen runden Mohnkapseln fiel Ymme in die Augen, daneben lagen eine Handvoll Röhrchen aus Schilf, die an beiden Enden verschlossen waren.

Etwas Besseres gegen Durchfall und Schmerzen gab es nicht, sie kannte das Mittel aus Spanien. Sie verständigte sich mit dem Händler über den Preis von zwei Röhrchen.

»Der Herr im Himmel beschütze uns vor den Giften der Ungläubigen!«

Hier Deutsch zu hören erweckte Neugier, auch wenn die Männerstimme impertinent genug geklungen hatte, um sie zu ignorieren. Ymme drehte sich um und musterte fassungslos den Mönch in der braunen Kutte. »Ihr schon wieder, Bruder Leonardo«, brachte sie schließlich hervor. »Ihr wißt sehr wohl, daß ich Übung darin habe, Heilmittel herzustellen!«

»In diesem Land betrachtet man solche Kenntnisse mit Argwohn!« Der Franziskaner grinste hinterhältig und ließ sich von den Passanten in der Mitte des Ganges vorwärtsstoßen.

Ymme biß sich voll Wut auf die Lippen. Mindestens einen Kopf größer als die meisten, konnte sie inmitten der weißen Kopfbedeckungen der Männer und der schwarzen Kopftücher der wenigen Frauen noch lange seinen krausen Haarkranz erkennen, in dessen Mitte die Tonsur gelblich schimmerte.

»Wer war das?« fragte Constanza naserümpfend. »Einer von dieser neuen Sekte des römischen Imams?«

»So ungefähr«, antwortete Ymme zerstreut und stellte fest, daß ihr die Hände zitterten. Widerlicher Kerl! Man hätte meinen können, daß er ihr nachstellte, um sie bei Fehlern zu ertappen! Vorsorglich bog sie in eine Nebengasse ein, in der die Läden noch kleiner und die Gewölbe niedriger waren. Hierher würde er nicht kommen.

Sie berührte die Blätter einer eingetopften Zitronenmelisse, die gerade begossen worden und noch tropfnaß war.

Der Kräuterhändler nickte herablassend. »Wieviel soll ich abschneiden, Dama? Ihr wißt, daß Ihr sie sofort verwenden müßt? Wenn Ihr sie täglich benötigt, kommt morgen wieder.«

»Ich weiß es«, sagte Ymme lächelnd. »Habt Ihr auch Baldrianwurzel?«

»Oh, für eine Kranke«, stellte der Mann um einiges respektvoller fest und grub eine fleischige Wurzel aus einem mit feuchter Erde gefüllten Korb aus. Er rieb sie zärtlich zwischen den Handflächen, um die Erdkrumen zu entfernen. »Sie ist so hart, Dama, wie Euer Ehemann in seinen besten Zeiten. Das macht zwei Tarí.«

»Zwei Grana, meinst du wohl!« zischte Constanza empört. »Willst du die Dama betrügen, die Hakima der Kaiserin?«

»Beim Blut der Madonna! Ich und betrügen?« Der Händler legte schwungvoll eine Hand auf sein Herz, ein wenig unter dem Ausschnitt seines Hemdes, aus dem ganze Büschel schwarzer Haare hervorlugten. »Es ist die beste Ware von Palermo! Hier, die geheimnisvollen Düfte der schwarzen Erde der Madonie! Und meine Zitronenmelisse ist die Königin unter den Melissen Palermos!« Er hielt Ymme die Wurzel unter die Nase.

»Schneid nicht so auf, Totó«, keifte jemand hinter Ymme. »Das alles ist kein Grund, der Dama nicht einmal mehr die Augen zum Weinen zu lassen.«

Ymme drehte sich erstaunt um. Zu ihrem Schrecken erkannte sie die Frau, die sie nachts im Palast gesehen hatte. Sie war einen Kopf kleiner als Ymme, und als ihre Augen an der krummen Nase vorbei Ymme fixierten, erinnerte sie an ein kleines gieriges Raubvögelchen. Aber immerhin war sie dem Händler in den Arm gefallen. »Ich danke Euch«, sagte Ymme höflich.

»Man hilft sich gegenseitig, nicht wahr?« Die Alte kicherte hinter ihrer flachen Hand, vermutlich um die Zahnstummel zu verdecken, und Ymme wandte sich wieder dem Händler zu.

»Fünfzehn Grana also«, verlangte dieser.

Er würde wohl nicht weiter heruntergehen, und Ymme hatte das Feilschen sowieso satt. Sie bezahlte schweigend.

»Morgen, wenn Gott will, wird es besser«, sagte der Händler hochzufrieden.

Zu Ymmes Erstaunen schloß sich die Alte ihnen an, als sie weitergingen. Ymme spürte ihre Hand von Zeit zu Zeit auf der Hüfte, und es gelang ihr nicht einmal, sie abzuschütteln, als sie das Tempo beschleunigte. Constanza zupfte beharrlich an ihrem Gewand. Ymme fühlte sich regelrecht bedrängt von den Frauen an ihren Fersen.

Plötzlich warf Constanza sich ihr an den Hals. »Das ist die Giftmischerin Pellagra«, hauchte sie Ymme ins Ohr. »Ihr dürft nicht mit ihr zusammen gesehen werden! Wir müssen sie abhängen!«

Ymme reichte Constanza die Hand und begann zu laufen.

»Wartet!« kreischte Pellagra hinter ihnen her.

Das letzte, das Ymme von ihr sah, bevor sie abbogen, war der knochige Finger der Alten, der hoch über ihrem Kopf in ihre Richtung wies und dann in der Menge verschwand, offenbar weil jemand sie umstieß.

Constanza kämpfte sich durch den Strom der Passanten, sprang über Warenkörbe hinweg und tauchte unter Sonnensegeln hindurch. Mehrmals schlüpfte sie durch Torbögen in die sarazenischen Sackgassen, die Ymme auch aus Toledo kannte, aber wie durch ein Wunder fand sie stets einen Durchgang zur nächsten größeren Straße.

Keuchend folgte Ymme ihr ein abschüssiges Gäßchen entlang und durch eine unbewachte Pforte in der Stadtmauer. Dahinter fanden sie sich in einer anderen Stadt wieder. Ymme fühlte sich sofort an die Juderia von Toledo erinnert. Sie ging am Flußufer in ärmliche Hütten aus gelben Bruchsteinen, Schwemmholz und Schilfwänden über.

»Dies ist die Giudeca«, erklärte Constanza verächtlich. »Kein Grund, sich hier umzusehen. Wir müssen ohnehin weiter.«

Endlich, nachdem sie das Elendsviertel durchquert und durch ein weiteres Tor das alte Palastviertel der Araber betreten hatten, blieb Ymme mitten auf einem kleinen Platz unter Bäumen stehen. »Ich kann nicht mehr«, keuchte sie.

»Was ist eigentlich los? Warum rennst du so? Die Alte kann uns doch bis hierher nicht gefolgt sein.«

Constanza musterte ein hohes Gebäude ohne Fenster auf der anderen Straßenseite. »Nein, die Pellagra würde bestimmt auch nicht hierher in die Khâlisah kommen, wo es keine Märkte gibt. Aber der Spitzel, dem sie ein Zeichen gab, der ist hinter uns her. Kommt, Dama, wir müssen hier weg. Dies war in früheren Zeiten das Gefängnis des Sultans. Aber die Leichen sind ganz neu. Sie hängen hier zur Abschreckung, und ich habe keine Lust, eine von ihnen abzulösen.«

Stumm vor Schreck blickte Ymme durch das Tor auf zwei Galgen in der Mitte des Hofes und einen Schandpfahl in einer Ecke, an dem ein Mann in zerrissener Kleidung angekettet auf dem Boden lag.

»Das plätschernde Wasser soll das Stöhnen überdekken«, erklärte Constanza eifrig und setzte sich wieder in Bewegung.

Die Brunnen waren wirklich das einzig Angenehme an dem ganzen Anwesen. Ymme wandte schaudernd den Blick ab und eilte hinter dem Mädchen her, das auf einen Lichtflecken in der Stadtmauer jenseits des Parks zusteuerte.

Welch ein Anblick! Ymme trat beinahe geblendet aus dem dunklen Tordurchgang auf einen Streifen Sand, auf den die Wellen des Meeres anrollten. Zwischen der Mauer und dem Meer wuchsen Tamarisken und Palmen. Ein steinerner Lustpavillon, der noch aus des Sultans Zeiten zu stammen schien, sprach trotz seiner verfallenden Mauern und dem herangewehten umherliegenden Abfall von friedlichen, schönen Zeiten.

Constanza saß schon im schütteren Gras, als Ymme anlangte und sich neben sie fallenließ. Nur einen Augenblick lang gestattete sie sich, den Anblick des Meeres zu genießen. »Wer ist diese Pellagra?« fragte sie, als sie wieder zu Atem gekommen war.

»Die bekannteste Giftmischerin von Palermo«, antwortete Constanza. »Wer mit ihr zusammen gesehen wird, gerät leicht in den Verdacht, ihr Mittelchen abzukaufen.«

»Ich kenne Pellagra doch gar nicht. Warum hat sie versucht, mir zu helfen?« Ymme ahnte bereits, daß es die falsche Frage war, während sie auf die Antwort wartete. Sie griff nach einer Herzmuschel und wischte den Sand ab. »Solche haben wir zu Hause auch«, sagte sie wehmütig. »Warum sagst du nichts?«

Constanza hörte auf, ihre Unterlippe zu kneten und begann statt dessen, Figuren in den Sand zu malen. »Ich überlege, wer seinen Schnabel an Euch zu wetzen versucht, Herrin.«

»Wie bitte?«

»Wer könnte damit Geld verdienen wollen, Euch an Friedrichs Spitzel zu verraten?«

»Meinst du wirklich?« fragte Ymme betroffen. »Ich weiß es nicht. Ich habe meines Wissens niemanden beleidigt oder verärgert.«

»Damit hat es nichts zu tun«, widersprach Constanza und versuchte vergeblich, ihr schelmisches Lachen zu unterdrücken, um Ymme nicht zu beleidigen. »Ihr seid fremd hier, und jemand will Euch ausplündern, ganz einfach.«

»Ganz einfach«, wiederholte Ymme tonlos. Als ihr eine Brise den Gestank aus den Zuckersiedereien am Fluß in die Nase wehte, wünschte sie sich plötzlich, sie säße an der schäumenden graugrünen Ostsee statt am öligen Wasser vor Sizilien.

»Wir müssen gehen«, sagte Constanza und stand auf. »Sie werden die Khâlisah bald durchkämmt haben und dann auch hierherkommen.«

»Du meinst, sie verfolgen uns immer noch?« fragte Ymme entsetzt.

»Natürlich«, antwortete Constanza überzeugt. »Was denkt Ihr denn? Sie sind wie Jagdhunde, gut dressiert. Aber nicht immer die schlauesten.«

Sie übernahm die Führung, trottete zwei Schritte voraus, mit gesenktem Kopf und dem Korb in der Hand, wie eine gelangweilte Sklavin. Aber Ymme hatte sich inzwischen davon überzeugen können, daß Constanza solchen Situationen gewachsen war und sie ihr vertrauen konnte.

Die Mauer des Palastviertels endete vor dem runden Hafenbecken, wo dichter Verkehr aus Eselskarren und Lastenträgern herrschte. Constanza lotste Ymme über den Fischmarkt und durch ein schmales Tor in das Viertel der Sklaven, das bei den Arabern *Harat as-Saqâlibah* und bei allen anderen *degli Schiavani* hieß, bis sie wieder in die alte Stadt kamen.

»Schnell!« fauchte Constanza, während Ymme noch auf den Palasthügel starrte, der schon beträchtlich näher gerückt war.

Die Jagd ging wieder los, obwohl Ymme nicht wußte, vor wem sie jetzt davonliefen. Wieder schlug Constanza Haken in die alten Darbs, überquerte die lärmende Marktstraße und zog sie endlich über ein paar Trümmer hinweg hinunter in einen Garten.

Zwischen Oliven, Palmen, Agaven und Efeu befanden sie sich plötzlich an einem Ort der Stille, die nur vom Plätschern des Wassers in einer mit Steinen ausgelegten Rinne durchbrochen wurde. Ymme empfand unwillkürlich Andacht.

Sie kletterte dem Mädchen in einer Art Turm nach, bis sie oben am Rande eines Kreuzgangs ankamen. Inmitten des winzigen Innenhofes befand sich ein Brunnen, dessen kuppelförmiges Dach von einer knorrigen Schlingpflanze mit orangefarbenen Blüten bedeckt war. Und rot leuchteten die Kuppeln auf dem Dach des Gebäudes, das Ymme über einem uralten Feigenbaum aufragen sah. Sie zog fragend die Augenbrauen in die Höhe.

Constanza machte ein wehmütiges Gesicht. »Früher war es eine Moschee«, flüsterte sie. »Heute heißt das Kloster San Giovanni degli Eremiti. Es gibt hier nur wenig Mönche, aber wir müssen uns trotzdem vor ihnen in acht nehmen. Merkt Euch den Weg zum Palast, er ist nicht weit, und Ihr könntet ihn vielleicht noch einmal benötigen.«

Sie huschte gebückt durch den Kreuzgang, robbte an einer Lücke in der Mauer über die Steine und war nicht mehr zu sehen. »Kommt«, flüsterte Constanza von unten. »Keine Angst.«

Ymme sah sie unter sich auf einem schmalen Absatz stehen, ließ sich selber abwärts rutschen und landete auf hartem Boden. Constanza schlüpfte zwischen zwei Mauern hindurch, nahm Ymme an die Hand und tappte einen Gang entlang, in dem das Licht abnahm, bis sie sich schließlich im Stockfinstern befanden.

Endlich zeigte ein grauer Schimmer vor ihnen Tageslicht an. Constanza kletterte auf einer Leiter, der einige Sprossen fehlten, nach oben und verschwand schließlich hinter grünem Blattwerk. »Die Luft ist rein, Ihr könnt hochkommen, Dama«, hallte es zu Ymme herunter.

Als Ymme sich oben aus dem Gebüsch befreit hatte, stand sie im Palastgarten.

»Jetzt seid Ihr nicht mehr in Gefahr, Dama«, sagte Constanza zufrieden.

Sie lächelten sich an.

Als seien sie gerade von einem gewöhnlichen Spaziergang aus der Stadt gekommen, nahm Constanza Ymme den Korb ab und schlug einen der Gartenwege zum Palast ein.

Ymme wurde zunehmend nachdenklicher. Im Schatten einer ausladenden Palme blieb sie stehen »Wenn jemand an mir Geld zu verdienen versucht, weiß er, wer ich bin. Und dann war doch die ganze Flucht sinnlos, Constanza. Oder glaubst du, daß ich im Palast sicher bin?«

»Oh nein! Es ist noch nicht entschieden, wer der Auftraggeber ist«, meinte Constanza überzeugt. »Der kann im Palast leben, oder in den Rîbats am Meeresstrand. Aber so ist Euch erst einmal erspart geblieben, Euch von den Spitzeln freikaufen zu müssen. Heute solltet Ihr entkommen, glaubt mir, Dama! Bei uns sagt man: Wenn Gott einen Plan gefaßt hat, führt er ihn auch aus.«

»Ich kenne den Koranvers aus Toledo«, sagte Ymme lächelnd.

Constanza sah sie überrascht an. »Ja, ich habe schon gemerkt, daß Ihr ein Mensch seid, Dama.«

Ymme fand nur ganz kurz Zeit, Cornelius über die Verfolgungsjagd zu berichten, und er flüsterte ihr zu, daß er inzwischen herausbekommen habe, was mit Constanzas Schwester und dem Kind passiert war.

»Bitte, kommt jetzt«, quengelte Moro ungeduldig.

Jolanthe saß auf der mit Mosaiksteinen belegten Bank am Fenster und schaute mit starrem Blick auf Palermos Kirchturmspitzen und Klöster. Von Zeit zu Zeit schlug sie das Kreuz. »Was fällt Euch ein, Euch ohne meine Erlaubnis zu entfernen!« schnaubte sie, ohne sich umzuwenden, als sie Ymme eintreten hörte.

»Ich glaubte nicht, daß ich eine Erlaubnis benötige«, antwortete Ymme fest, als ihr einfiel, daß sie an ein Protokoll gebunden war, auch ohne eine Sklavin zu sein. Sie ging für einen sehr kurzen Moment in die Knie. »Ich habe mich von der Kanzlei informieren lassen, welche Pflichten und Rechte ich habe. Zu meinen Rechten gehört das Erstehen von Kräutern auf dem Suq nach freiem Ermessen.«

»Und zu Euren Pflichten, mich zu informieren, welche dies sind und wozu Ihr sie benötigt«, versetzte Jolanthe giftig. »Und wehe Euch, wenn sie für anderes als meine Gesundheit gekauft wurden!«

»Durchaus nicht, Eure Erhabenheit«, erwiderte Ymme. »Ich habe frische Zitronenmelisse besorgt. Daraus läßt sich ein schmackhafter Tee bereiten.«

»Pah! Glaubt Ihr, ich wüßte das nicht«, sagte Jolanthe verächtlich. »Ich will ihn nicht, ich habe gerade Mandelmilch und Konfekt bestellt.«

»Zitronenmelisse hilft, Wünsche zu erfüllen«, sagte Ymme ruhig.

»Wünsche?« Jolanthe drehte sich zu ihr um, sichtbare Neugier in den Augen. »Zaubert Ihr auch, Dama de Lubicense?«

»Nein, Eure Erhabenheit, nicht ich erfülle die Wünsche. Ich errate sie nur und helfe, sie zu verwirklichen.«

Jolanthe blieb eine Weile stumm, während sich auf ihren fülligen Zügen, die auch durch Schminkkunst nicht schmaler wurden, widersprüchliche Gefühle spiegelten. »Glaubt Ihr denn, ich hätte solche Wünsche?« fragte sie endlich.

»Doch, ganz bestimmt«, sagte Ymme überzeugt. »Ihr habt nicht ohne Grund eingewilligt, einen Kaiser zu heiraten, der Herrscher über die Hälfte der Welt ist.«

Jolanthe ballte die Fäuste. »Das einzige Ergebnis meiner Heirat war, daß ich Jerusalem verloren habe, obwohl ich die rechtmäßig gekrönte Königin der Stadt bin. Nicht einmal einen Mann habe ich in meinem Dienst, der für mein Recht eintreten könnte. Ich habe mir deshalb die beste Alraune besorgt, die zu haben war, aber noch hat sie ihre Wirkung nicht entfaltet.«

»Ich glaube nicht, daß eine Alraune in diesem Fall helfen kann. Aber Ihr habt es selbst in der Hand, an Friedrichs Seite zu stehen«, fuhr Ymme fort, »als Kaiserin des Römischen Reiches Deutscher Nation, Königin der beiden Sizilien und Königin der Heiligen Stadt Jerusalem: Sind diese Titel nicht Eure geheimen Wünsche? Die Könige der ganzen Welt werden zu Euren Füßen liegen, wenn Ihr sie erst tragt.«

Jolanthe starrte Ymme an. Hoffnung und Mißtrauen wechselten auf ihrem Gesicht.

Ymme hoffte, daß sie nicht zu stark übertrieben hatte. Aber es gab nur diesen einen Weg, um Jolanthes und Friedrichs Wünsche unter einen Hut zu bringen.

Plötzlich runzelte Jolanthe die Stirn. Ihre Lippen wölbten sich mißmutig.

»Eure Kusine, die Seiner Erhabenheit für eine Nacht als Mätresse zu Diensten war, wird sich zu Tode ärgern«, fuhr Ymme fort, bevor Jolanthe ihren Einwand geltend machen konnte. Sie war darauf gefaßt, der in Jolanthes Reichweite stehenden Kupferkanne auszuweichen.

Aber Jolanthes Züge hellten sich auf. »Das stimmt«, pflichtete sie bei. »Nur: Wer soll den Kaiser überreden, daß er mich anerkennt? Wenn mir nicht einmal das Alräunchen hilft ... Wollt Ihr es mal sehen?«

Ymme hatte keine Wahl, obwohl es sie Überwindung kostete. »Gern. In meiner Heimat gibt es sie nicht, es tauchen dort nur Fälschungen auf. Eine echte Mandragora habe ich noch nie gesehen.«

»Ich wußte, daß Ihr aus einem zurückgebliebenen, bedauernswerten Land kommt, Dama«, sagte Jolanthe ungewöhnlich mitfühlend. Dann rutschte sie von der Bank und zeigte auf einen mit Brokatstoff überzogenen Schemel. »Setzt Euch dahin.«

Beklommen betrachtete Ymme die verschrumpelte Wurzel im Seidenkleid, die Jolanthe ihr mit der gleichen Andacht in den Schoß legte, wie sie eine Reliquie behandelt haben würde.

»Ich bade sie jeden Freitag«, erzählte Jolanthe treuherzig. »Geschrien hat sie nie. Geholfen aber auch nicht. Vielleicht erwartet sie mehr von mir. Nur weiß ich nicht, was ...«

»Es könnte sein«, sagte Ymme behutsam, »daß sie über einen Kaiser keine Macht hat. Wer weiß schon alles über Alraunen?«

»Glaubt Ihr das?« fragte Jolanthe betroffen. Plötzlich entriß sie Ymme die Wurzel und schleuderte sie wutentbrannt in Richtung auf die Fensteröffnung. Ohne anzustoßen, segelte sie durch die im unteren Teil des hölzernen Fensterladens geöffnete Klappe hinaus in den Garten.

Jolanthe sah ihr verblüfft nach, rannte dann zu ihrem breiten Bett hinüber, warf sich der Länge nach auf die Seidendecke und stützte den Kopf in beide Hände. »Jetzt erzählt mir, was zu tun ist! Und wagt nicht, etwas auszulassen!«

Nur die engsten Vertrauten des Kaisers waren anwesend. Es war einer der Abende, an denen es kein Protokoll gab, und es hieß, daß zuweilen sogar Tanzmädchen die handverlesene Runde erfreuten. An diesem Abend gab es zur Belustigung keine Tanzmädchen, sondern den Troubadour Cornelius.

Er saß an der Wand auf einem dicken Kissen und wartete auf die Aufforderung zum Spielen, was ihm Gelegenheit gab, die Gäste unauffällig zu beobachten. In der großen Gesellschaft, an der auch die Gemahlinnen zugegen gewesen waren, war Politik natürlich nicht zur Sprache gekommen. Hier aber hoffte er auf aufschlußreiche Informationen.

Scheinbar gedankenverloren zupfte er an den Saiten. Auf keinen Fall würde er sich noch einmal gestatten, derart die Beherrschung zu verlieren wie zuletzt, als Ymme das arabische Gedicht vorgetragen hatte. Ohnehin wunderte er sich, daß der Kaiser es ihm nicht nachtrug.

Die Gäste saßen in lockerer Verteilung auf bequemen Scherenstühlen neben kupfernen Tabletts, auf denen Karaffen mit unterschiedlichen Weinen bereitstanden.

Neben dem Kaiser befand sich auf einem Tablett ein nicht beendetes Schachspiel. Er konnte auch witzig und liebenswürdig sein und verstand es, Menschen für sich einzunehmen, wie Cornelius im Laufe des Abends festgestellt hatte. »Seid Ihr froh, Nicolaus, daß Ihr endlich die Vogelfedern mit der Schreibfeder tauschen durftet?« hörte er Friedrich fragen.

»Von Herzen, Eure Erhabenheit, aber ich würde mich freuen, beides verbinden zu dürfen. Ich würde Euch gerne als Schreiber für Euer Vogelbuch dienen!« Der Valet glühte vor Diensteifer, und Friedrich betrachtete ihn mit einem Schmunzeln.

»Keine schlechte Idee«, meinte er. »Vielleicht komme ich darauf zurück.«

»Beherrscht Ihr auch solche Künste, Cavaliere Cornelius? Oder lernen Ritter in den Burgen Deutschlands ausschließlich den Turnierkampf zur eigenen Unterhaltung und das Lautespielen zur Unterhaltung der Damen?«

Cornelius brachte die Saiten mit der flachen Hand zum Verstummen und faßte den spitzzüngigen Erzbischof ins Auge. Es war bemerkenswert, daß ein Priester wagte, einen vom Kaiser fast verachteten Musikanten in das Gespräch einzubeziehen. »Der ritterliche Kampf für den

Lehnsherrn und für unseren Herrn im Himmel ist die Pflicht der Ritter, Eminenz«, antwortete er unverbindlich.

»Ah, dann werdet Ihr Euch gewiß dem Kreuzzug Seiner Erhabenheit anschließen. Er hofft sehr auf große Kontingente aus Deutschland.«

In den Worten des Erzbischofs klang naive Neugier, aber Cornelius blieb vorsichtig. »Ich wurde an diesen Hof als Sänger verpflichtet«, stellte er richtig. »Außerdem ist Waldemar mein König.«

»Schön, dann werdet Ihr ganz sicher mit uns das Heilige Land erobern«, sagte der Erzbischof überzeugt. »Als ritterlicher Gefolgsmann des dänischen Königs. Ich hörte auch, daß Ihr zu den Johannitern gehört, von denen man in diesem Teil der Welt wenig hält.«

Cornelius machte eine unbestimmte Geste und ließ eine kleine leichtfüßige Melodie erklingen.

»Geht nicht zu scharf mit ihm ins Gericht, Berard«, versetzte der Kaiser. »Deutsche Männer muß man mit Freundlichkeit behandeln, dann sind sie treu wie Hunde, zumindest ihrem Herrn gegenüber.«

Sollte das eine Beleidigung sein? Ein schneller Blick belehrte Cornelius, daß der Kaiser ihn scharf beobachtete. Plötzlich hatte er das unangenehme Gefühl, daß seine Absichten durchschaut waren.

»Darüber hinaus«, fuhr Friedrich ironisch schmunzelnd fort, »haben Deutsche häufig einen Knoten in der Zunge. Mit sizilianischer Schnelligkeit können sie sich nicht messen.«

»Ist es nicht ein etwas stumpfsinniges Dasein, nur zu singen?« spottete ein anderer. »Und was treibt Ihr nur mit Eurer Frau? Man munkelt, daß Ihr ungewöhnlich viel Zeit mit ihr verbringt. In Sizilien macht man seiner Frau Kinder und verbringt seine freie Zeit mit Freunden. Freunde habt Ihr nicht. Und Kinder?«

Cornelius schüttelte mühsam beherrscht den Kopf.

»Nun gebt etwas zum besten«, befahl der Kaiser.

»Sehr wohl«, murmelte Cornelius und intonierte ein Liebeslied aus der Provence.

Man klatschte höflich Beifall. Nicola della Vigna, der Justitiar, kräuselte die Oberlippe, als ob er diese Musik abscheulich fände.

Der Kaiser wandte sich dem Spielbrett zu, das er eine Weile unschlüssig gemustert hatte. »Wer spielt die Partie gegen mich zu Ende?« fragte er plötzlich. »Ihr, Hermann?«

Hermann von Salza hob abwehrend die Hände. »Ich ergebe mich freiwillig. Laßt mich laufen, mein Kaiser.«

Augenscheinlich wollte niemand mit Friedrich spielen. Dessen Blick fiel auf Cornelius. »Wie ist es?« fragte er. »Ein Ritter bei den Johannitern, der in Spanien gelebt und in der Provence zu singen gelernt hat, spielt auch auf sarazenische Weise. Da wette ich meinen zweitbesten Jagdfalken.«

Der Kaiser war der einzige in der Runde, der Cornelius nicht zu unterschätzen schien. Deswegen, und weil es ihm plötzlich in den Fingern juckte, nickte er und legte die Laute beiseite. Dann nahm er dem mächtigsten Mann der Welt gegenüber Platz, als sei auch dieser nur ein einfacher Ritter.

Der Kaiser beachtete Cornelius' Formlosigkeit nicht. Er zog den Wesir, kaum daß Cornelius saß.

Er spielte durchdacht und intelligent. Aber nach sechs Zügen war er am Ende. »Asch-Schah mat«, sagte Cornelius befriedigt und sah auf.

Die Gesichter der Übrigen wirkten betreten, als hätte Cornelius gegen die Etikette verstoßen. War es etwa üblich, den Kaiser gewinnen zu lassen? Nein, das konnte niemand von ihm verlangen. Er war ein ehrlicher Spieler. Cornelius stand auf und verneigte sich.

»Ja, geht nur, Cavaliere. Ich entlasse Euch für heute«, sagte der Kaiser tonlos und winkte ihm mit dem Handrücken.

Als Cornelius sich mit der Laute unter dem Arm zurückgezogen hatte, wurde ihm klar, daß er eine Chance verspielt hatte. In diese Runde würde man ihn nicht mehr vorlassen.

Am späten Abend wurde Ymme ein zweites Mal zu Jolanthe gerufen. Teresina legte gerade letzte Hand an Jolanthes Frisur an. Die junge Frau war auf orientalische Weise in einen cremefarbenen Kaftan und ebensolche Hosen gekleidet. Der natürliche Fall des Seidenstoffes schmeichelte ihren weichen Zügen und machte sie wahrhaft zu einer Prinzessin aus einem fernen Land.

Jolanthe kicherte, als sie an Ymmes Gesicht sah, daß ihr die Überraschung gelungen war.

»Wunderschön«, sagte Ymme begeistert und klatschte in die Hände. »Eurer Erhabenheit steht diese Kleidung viel besser als die abendländische.« In den buntbestickten Stoffen byzantinischer Machart pflegte Jolanthe auszusehen wie ein wandelndes Altartuch, aber sie hütete sich, darauf hinzuweisen.

»Der Herr möge mir verzeihen«, sagte Jolanthe in einem Rückfall in die gewohnte Frömmigkeit, »aber wir Normanninnen in Akkon haben uns alle solche Kleidung beschafft und dann Harem gespielt. In einer befreundeten Familie gab es sogar einen echten Eunuchen.« Sie legte die Hand vor den Mund, um nicht hinauszuprusten.

»Bitte hüpft nicht andauernd hin und her, Herrin«, verlangte Teresina steif. »Ich kann Euch nicht frisieren, und Ihr werdet aussehen wie ein Besen.« Es war nicht zu verkennen, daß sie mit Jolanthes Kleidung nicht einverstanden war.

Ausnahmsweise reagierte Jolanthe nicht beleidigt, sondern zog ihre Dienerin lediglich kräftig an einer ihrer schwarzen Flechten.

Ihr Gemüt war begeisterungsfähig wie das eines Kindes. Gott sei Dank, dachte Ymme und verkrampfte die Hände hinter ihrem Rücken. Offensichtlich war sie selbst nervöser als die junge Frau. Es konnte so viel noch schief gehen.

Zwischen Frisieren und Schminken trank Jolanthe den Melissentee, den Ymme in Auftrag gegeben hatte. Teresina nebelte Jolanthe gerade in einer Wolke von Moschusduft ein, als der Kaiser das Gemach betrat. In den Händen hielt er eine mit glitzernden Edelsteinen reichverzierte Halskette.

»Mein zuckersüßer Schatz«, hörte Ymme, als sie gleichzeitig mit Teresina durch die Tür in den Vorraum schlüpfte. Moro hatte sich, wie es sich für einen Eunuchen gehörte, bereits unauffällig in Luft aufgelöst.

An diesem Abend war Ymme zum ersten Mal, seitdem sie im Dienst des Kaisers stand, richtig mit sich zufrieden. Dies konnte selbst der Gedanke an die rätselhafte Verfolgungsjagd nicht trüben.

Was allerdings Cornelius ihr zwischen den duftenden Oleanderhecken zu berichten hatte, brachte Ymme jäh zum Bewußtsein, daß sie von ungelösten Rätseln und Gefahren umgeben waren. Seit ihrer Ankunft waren nun schon drei Menschen im Palast gestorben.

Die Leichen der jungen Frau und ihres Kindes waren im Teich des Lustgartens gefunden worden. Allgemein war man der Meinung, daß sie sich mit dem Kind das Leben genommen hatte, so wie es eben manchmal nach Geburten vorkam.

»Glaubst du das?« fragte Ymme.

»Nein, natürlich nicht. Du hast mit deinem Verdacht ins Schwarze getroffen, daß Moro der Vater des Kindes war. Der Palastwächter, den Moro bestochen hatte, sie für ihn zu beseitigen, hat es mir anvertraut. Und er behauptet, jeder einzelne von ihnen sei zu schlau, um nicht eine Leiche verschwinden lassen zu können.«

»Weiß Constanza es schon?«

Cornelius nickte. »Sie wußte es spätestens von dem Augenblick an, als der Palastwächter, den sie mit Moro zusammen gesehen hatte, in die Kammer kam, um die Schwester abzuholen. Der Eunuch ist dumm und trotzdem tückisch wie eine Natter.«

Ymme seufzte. »Ich glaube, ich muß Jolanthe warnen. Wahrscheinlich setze ich damit unser gerade etwas besser gewordenes Verhältnis aufs Spiel, aber stell dir vor, sie gäbe sich der Illusion hin, er sei vollständig entmannt!«

»Das kann dein Ernst nicht sein!«

»Doch, Cornelius«, beharrte Ymme. »Jolanthe ist kindisch und durchtrieben zugleich, und Moro ist immer gegenwärtig. Wenn sie es darauf anlegt, ihn bis zum Äußersten zu reizen, kann es irgendwann zu spät sein. Für sie beide.«

Ein Tier strich wie ein Vogel über sie hinweg. Ymme sah ihm nach. Fledermäuse gab es auch zu Hause in Lübeck.

Cornelius verschränkte seine Finger mit ihren, während sie gemächlich über den Fliesenweg zur Palastmauer schritten, an dessen Ende die Treppe hinunter in den Lustgarten führte. »Jeder Tag ist wie ein Tanz auf dem Seil, findest du nicht? Wir können nur verlieren, nichts gewinnen. Ich bin hier sowieso nur ein Gaukler, der geduldet wird, weil du nicht ohne deinen Gaukler gekommen wärst. An meinem Lied fand der Kaiser keinen Gefallen, und obendrein habe ich mir beim Schachspiel seinen Zorn zugezogen.«

Ein kühler, feuchter Hauch strich über Ymmes Gesicht, als sie die letzte Stufe hinter sich gelassen hatte. »Wurden die Leichen in diesem Teich gefunden?« erkundigte sie sich ausweichend.

»Ja, in diesem«, sagte Cornelius düster. »Weil er am nächsten zum Palast liegt, behaupten sie, daß die junge Frau sich eben noch bis dahin hat schleppen können.«

»Dann möchte ich nicht dorthin. Laß uns zum Feigenbaum gehen und zwischen seinen Wurzeln sitzen. Der Herr gebe, daß Jolanthe fruchtbar wie ein Kaninchen ist. Und wenn ihr Kind geboren ist, gehen wir nach Hause. Egal, ob es schwarz oder blond ist.« Ymme spürte Cornelius' Lächeln mehr, als daß sie es sah.

Plötzlich wurden seine Schritte schneller und sein Handgriff fester. Die hüfthohen Erdwurzeln der Feigenbäume und ihre hängenden Luftwurzeln boten einen guten Schutz für Liebende …

Zwei Tage später stieg Ymme gerade die Treppe nach oben, als der Kaiser herabstürmte, auf den Fersen einen Falkner mit einem Vogel auf dem Handschuh. Ymme sank tief in die Hocke und bemerkte aus dem Augenwinkel die grüne Kleidung des Kaisers, die ebenfalls auf einen Jagdausflug hindeutete.

»Ah, Dama Iume«, sagte er erfreut, und blieb neben ihr stehen, um ihr aufzuhelfen. »Eure Medizin tut meiner jungen Frau sehr gut. Ich bin glücklich, das feststellen zu dürfen.«

Ymme bedankte sich mit einem Lächeln.

»Nach meiner Rückkehr aus den Madonie-Bergen will ich mit Euch reden«, sagte der Kaiser bestimmt. »Ich lasse Euch holen.«

Ymme sank wieder in die Knie und blieb dort, bis die Schritte des Kaisers verhallt waren. Sie wußte nie, ob solche Privataudienzen Gutes oder Schlechtes bedeuteten, und sie spürte wieder diese unbestimmte Furcht, die sich nicht beschwichtigen lassen wollte.

10.
Die Kanzlei

Gleich nach seiner Rückkehr von der Jagd ließ der Kaiser Ymme rufen. Protokollgemäß sank sie zu Boden. Er streckte ihr die Hand entgegen, um ihr aufzuhelfen, und sie nahm sie, etwas überrascht und ohne Arg.

Der Kaiser führte Ymme zum Fenster. Irritiert ließ sie den Blick über Palermo schweifen, bis sie ihren Irrtum bemerkte. Er beabsichtigte keineswegs, ihr die Schönheit der Stadt vor Augen zu führen.

Sein fester Griff lockerte sich, und sein Daumen strich zärtlich über ihren Handrücken. »Ihr habt keine Kinder, Dama, nicht wahr?« fragte er unvermittelt.

»Nein«, antwortete Ymme scheu. »Der Herr hat unsere Liebe nicht mit Kindern gesegnet.«

»Vielleicht ist Euer Ehemann nicht zeugungsfähig. Bei edlen Arabern kommt das auch vor.«

Seine Direktheit schockierte Ymme. Es dauerte einen Augenblick, bis sie erkannte, daß er von Pferden sprach. Cornelius war aber kein Hengst! Leider wußte sie nicht, wie sie ihm die Ungehörigkeit seines Vergleiches klarmachen sollte, ohne ihn zu beleidigen.

Er achtete ohnehin nicht darauf. »Ich habe sieben oder acht Kinder, vielleicht noch mehr«, bekannte er lächelnd.

»Wie wunderbar«, stammelte Ymme.

Statt einer Antwort zog er sie in seine Arme und küßte

sie. In ihrem Schrecken wurde sie steif wie ein Stück Holz. Aber der Kaiser ließ sich nicht beirren, kostete Ymmes Lippen und rieb sanft ihren Nacken, bis sie sicher war, daß er nicht beabsichtigte, ihr Gewalt anzutun und sich entspannte.

»Bitte nicht«, flüsterte Ymme, als es ihr gelungen war, ihre Lippen von seinen zu lösen.

»Nein, aber denkt darüber nach, welches Angebot ich Euch gemacht habe, Dama ... Noch seid Ihr nicht zu alt.«

Ihre Knie gaben von selbst nach, als ihr aufging, wie der Kaiser es gemeint hatte. Dieses Mal half er ihr nicht auf, sondern ging zu seinem Schreibtisch hinüber, um ausgiebig nach einer bestimmten Rolle zu suchen. Ymme gelang es mit Mühe, sich zu fassen, während er das Schriftstück aufrollte und sich darin vertiefte.

»Hier steht, daß die Welt von den drei Betrügern Moses, Christus und Muhammad irregeführt worden ist. Was sagt Ihr dazu, Dama Iume?«

Ymme erschrak aufs neue. Würde er denn nie aufhören, sie zu prüfen? Wenn sie nicht aufpaßte, konnte sie sich jetzt auf der Stelle um Kopf und Kragen reden. »Wer das behauptet, würde in allen betroffenen Ländern zum Tode verurteilt werden«, antwortete sie tapfer. »Es gibt jedoch noch andere Länder. Dort würde man wahrscheinlich nichts gegen diesen Satz einzuwenden haben. Es ist eine Frage des Standortes, keine der absoluten Wahrheit.«

»Gut geantwortet. Es ist noch mehr, es ist auch eine Frage des Standpunktes. Der Heilige Vater würde der Aussage zu Muhammad zustimmen. Ich bezeichne Muhammad nicht als Betrüger. Und Ihr vermutlich auch nicht, Dama Iume?«

»Nein«, sagte sie fest.

»Falsch! Ihr werdet Euch außerhalb der Mauern dieses Palastes in solchen Fragen gefälligst an die Meinung der Kurie halten. Alles andere wäre Ketzerei und damit Hochverrat in meinen Augen.«

Ymme preßte die Lippen zusammen und ließ sich auf die Knie sinken. Der Kaiser runzelte die Stirn und nickte widerwillig. »Verteidigt Euch, wenn Ihr glaubt, es zu müssen.«

»Eure Erhabenheit, ich verdanke meine Kenntnisse der Tatsache, daß der Prophet Muhammad das Wissen nicht auf muslimische Gläubige beschränkt sehen wollte. An den Medresen dürfen auch Andersgläubige studieren. Und ich selber bin das lebende Beispiel dafür, daß die Heilkunde nicht davon abhängig ist, ob jemand an den Sohn des Herrn oder an seinen Propheten glaubt.«

»Das steht nicht zur Diskussion«, sagte er abweisend. »Schließlich habe ich die Universität Neapel gegründet, wo die Juristerei von Männern studiert wird, die keine Kleriker sind. Nein, es geht allein darum, daß Ihr Euch in allen religiösen Fragen an die Auslegung der Kirche zu halten habt. Ich warne Euch nicht ohne Grund.«

Besser, sie sagte jetzt gar nichts mehr. Diese Wendung des Gesprächs versetzte Ymme in Angst und Schrecken. Irgendwann würde er sie so in die Ecke drängen, daß sie sich bezüglich ihrer Exkommunikation verriet.

Aber Barmherzigkeit gehörte nicht zu den Eigenschaften des Kaisers. Er ließ sie nicht gehen, sondern nahm vielmehr eine bequeme Position ein, aus der er sie im Licht betrachten konnte. »Was haltet Ihr von verfaulenden und stinkenden Abfällen? Sollte man sie in der Nähe von Menschen verfaulen und stinken lassen?«

Ymme zog die Augenbrauen hoch. Er verstand es stets, sie aufs neue in Erstaunen zu versetzen. Aber auf diesem Feld fühlte sie sich wohler. »Nein, das sollte man nicht. Sie ziehen Ratten an. Und in der Nähe dieser schmutzigen Tiere treten stets Krankheiten auf.«

Der Kaiser stützte sein Kinn in die Hand und ließ seinen Blick wandern, bis dieser plötzlich wie ein Pfeil erneut auf sie zuschoß. »Oder ist es umgekehrt, Dama Iume, und die Krankheiten ziehen Ratten an?«

»Ich weiß es nicht. Aber ich bin nicht dafür, es auszuprobieren.«

Er lächelte mit mildem Spott. »Gefallen Euch meine Experimente nicht?«

»Nicht, wenn sie tödlich ausgehen.« Und nicht nur seine. Aber das behielt Ymme für sich.

»Ihr seid ehrlich, das gefällt mir. Die Männer waren ohnehin zum Tode verurteilt. Was ist nun mit den Abfällen? Haltet Ihr sie für gefährlich?«

»Sie sind gefährlich und sollten vergraben oder verbrannt werden. Und anfangen sollte man damit hier im Palast.«

»Wieso? Abfall wird auf meine Anordnung ins Meer geworfen.«

»Mag sein«, sagte Ymme nachgiebig, »aber ich kenne einen ganzen Keller voll mit stinkendem Unrat. Die Ratten schaffen es nicht einmal, alles aufzufressen. Die Abfälle stammen aus der Palastküche.«

»Ich dachte, ich wäre über alles informiert, was in meinem Haus vorgeht, Dama Iume, aber das wußte ich nicht.«

Seine Verärgerung war nicht zu überhören, aber sie überraschte Ymme etwas. Es gab ja wesentlich Schlimmeres als Abfall, das ihm verheimlicht wurde. »Ich glaube, ich wurde von Euren Spitzeln bereits verfolgt«, sagte sie, ohne lange darüber nachzudenken. »Zweifellos werden sie Eurer Erhabenheit gelegentlich melden, daß ich mich in den Gewölben umgesehen habe.«

Seine blauen Augen verschwanden nahezu hinter den zusammengezogenen Augenbrauen. »Ich habe keine Spitzel«, sagte er drohend. »Es handelt sich um ein Agentensystem, das sich bereits unter den Normannen bewährt hat und das ich ausgebaut habe. Die Männer sind absolut zuverlässig. Wenn sie Euch verfolgt haben, hatten sie einen Grund dafür.«

»Ja, Eure Erhabenheit. Wenn Ihr meint«, sagte Ymme resignierend und sank wieder zu Boden.

»Eure Widerspenstigkeit ist ungehörig.«

Ymme nickte zustimmend. Es war das einzige, in dem sie sich heute einig waren.

»Es ist genug. Geht jetzt, Dama Iume.«

Gottlob. Sie begann sich zurückzuziehen und versuchte dabei keinen Patzer zu machen, der den Kaiser veranlassen konnte, sie zurückzurufen. Nach allem, was sie bisher über ihn gehört hatte, war die Aufmerksamkeit, die er ihr widmete, ungewöhnlich, und sie hätte gerne darauf verzichtet.

»Du hast ihm gesagt, daß der Keller voll Unrat ist?« Cornelius sah Ymme grübelnd an.

»Ja.«

»Und wie hast du ihm erklärt, was du dort zu suchen hattest?«

»Noch gar nicht. Er verwirrt mich manchmal.« Erst hatte der Kaiser sie geküßt, ohne daß sie sich gewehrt hatte, dann sie mit religiösen Fragen in die Enge getrieben, und zuletzt hatte sie ihm ein völlig unnötiges Geständnis gemacht. Ymme errötete langsam. Cornelius hatte recht. »Im Grunde ist es doch auch belanglos.«

»Das ist es nicht, Ymme.«

Angelina erschien in der Tür. Sie sah Cornelius an, bis er ihr ungeduldig zunickte. »Da ist ein Mann, Cavaliere, der Eure Frau zu sprechen wünscht.«

»Du kannst es mir direkt sagen, Angelina!« Was zuviel war, war zuviel. Aber es war nicht zu verkennen, daß sich das Verhältnis zwischen ihr und den Frauen mit jedem Tag verschlechterte.

Die Dienerin betrachtete den Boden zu ihren Füßen. »Soll ich ihn hereinholen?«

»Ja, natürlich.«

Ein unauffälliger kurzbeiniger Mann wieselte ins Zimmer. Ymme wußte sofort, daß er ihr nicht gefiel, vor allem nicht sein düsterer schwarzer Umhang. Cornelius bewegte sich beiläufig in Richtung auf die Truhe, auf der er sein Schwertgehänge und das kurze Messer abzulegen pflegte.

»Nicht nötig, Cavaliere«, sagte der Besucher mit kehliger Stimme. »Heute mache ich nur einen Besuch. In einer vertraulichen Angelegenheit, versteht sich.«

Ymme betrachtete sein dreieckiges Gesicht voll Abscheu. Ein berufsmäßiger Gauner, ein Mann, der, ohne

Ritter zu sein, die Waffenhand eines anderen im Blick behielt. Sie überlegte, ob sie Angelina zur Palastwache schikken sollte, um Hilfe zu erbitten.

»Was wollt Ihr?« fragte Cornelius barsch.

»So ist es recht«, antwortete der Mann geschmeidig, »Ihr solltet in Zukunft auf Eure Frau aufpassen wie ein Palermer, dann wird ein weiterer Besuch nicht mehr nötig sein.«

Cornelius steckte das Messer in seinen Bund.

Der Fremde lächelte mild und fuhr mit der Hand blitzschnell in sein Wams. Plötzlich wirbelte ein blinkender Gegenstand im Bogen durch den Raum und senkte sich haarscharf neben Cornelius' Knie in die Truhe. »Ich wollte Euer Beinkleid schonen«, bemerkte er, »aber zweifelt nicht daran, daß ich eine Fliege im Flug spalten kann.«

»Spaltet Fliegen, wo Ihr wollt«, versetzte Cornelius grob und setzte sich auf die Truhe. »Bei mir nicht. Bei mir laßt Eure unverschämten Finger vom Stilett. Und jetzt nennt endlich Euren Namen und Euer Begehr, damit Ihr uns schnell von Eurer Gegenwart befreien könnt.«

»Sinibaldo Ferrara, Mitglied des Ordens der Gerechtigkeit. Ich komme im Auftrag der königlichen Kanzlei.«

Ymme starrte ihn ungläubig an. Ein Strolch war er, der sie zu verblüffen versuchte.

»Weist Euch aus«, verlangte Cornelius.

»Ich selbst bin der Ausweis, kein vernünftiger Mensch würde bestreiten, daß ich ein Comestabulo bin, Cavaliere Cornelius von Fischbach.« Er lächelte, aber das machte sein Fuchsgesicht nicht freundlicher.

Cornelius wurde nachdenklich.

Ferrara holte einen sehr dunkel eingefärbten, fast schwarzen gefalteten Bogen Pergament aus einer Innentasche. Er schlug ihn auf, brauchte aber nicht hineinzusehen. »Eure Frau, Cavaliere, ist wegen Giftmischerei angezeigt worden.«

»Giftmischerei!« rief Ymme. »Das weist mir einmal nach! In meinem ganzen Leben habe ich noch kein Gift verwendet.«

»Ich brauche nichts nachzuweisen, wie ich schon sagte«, bemerkte Sinibaldo Ferrara ausdruckslos. »Wir Mitglieder des Ordens der Gerechtigkeit sind ehrenhafte Männer, unser Wort gilt. In diesem Fall kommt hinzu, daß eine Anzeige vorliegt.«

»Meine Frau hat aber recht«, warf Cornelius ein. »Ihr werdet uns zwar nicht sagen wollen, wer sie angezeigt hat, aber wenn wir es wüßten, könnte sie sich leicht von dem Vorwurf reinwaschen.«

»Selbstverständlich sollt Ihr erfahren, wer sie angezeigt hat, Cavaliere, so entspricht es unseren Vorschriften«, erwiderte Sinibaldo höflich. »Es ist in diesem Büchlein verzeichnet, mitsamt dem Tag, an dem die Anzeige erfolgte. Das Büchlein gehört Eurer Frau, zur ständigen Mahnung gewissermaßen. Ich muß es mir lediglich ausborgen, falls eine weitere Anzeige erfolgt. Aber die Eintragung geht schnell und wird Eure Frau nicht sonderlich belästigen.«

Ymme sank auf die Wandbank. »Wer ist es?« fragte sie mit zitternder Stimme. »Wer hat mich angezeigt?«

Erstmals wandte sich der Comestabulo direkt an sie. »Die Anzeige erfolgte durch Moro Lo Nigro, den Eunuchen der mit dem König verehelichten Jolanthe von Brienne, Tochter des ehemaligen Regenten von Jerusalem, Johann von Brienne.«

Titel über Titel. Ymme preßte die Hände auf die Ohren. Was sollte dieses ganze Lügengebilde überhaupt? Sie einschüchtern?

Cornelius sprach, ohne daß sie ihn verstand. Als Sinibaldo Ferrara den Kopf schüttelte, ließ Ymme ihre Hände in den Schoß sinken. Es war besser, dem Kommenden ins Auge zu sehen.

»Noch nicht«, sagte er. »Es ist eine Warnung an Eure Frau. Sie darf sich, solange sie sich in den Diensten Seiner Erhabenheit befindet, keinesfalls mehr mit dem Mischen von Giften befassen. Für das Zusammenstellen von Medizinen ist allein der Apotheker von Palermo zuständig. Wie alle größeren Städte hat Palermo einen Apotheker.«

»Aber ich stelle meine Medizin immer selbst zusammen«, wandte Ymme ein. »Ich habe darin Erfahrung.«

»Das mag in Lubeca so sein, in beiden Sizilien ist es durch das Gesetz des Königs verboten. Die Kanzlei hat Euch davon unterrichtet, daß Ihr Euch nach dem Gesetz des Landes zu richten habt?«

Ymme hob hilflos die Hände und ließ sie wieder sinken. »Aber nur ich weiß, welche Zusammensetzung ich für meine Medizinen benötige«, murmelte sie.

Sinibaldo Ferrara lächelte überlegen auf Ymme herab. »Ich glaube nicht, daß jemand das Mischen von Medizinen besser beherrscht als der Apotheker von Palermo. Und selbst für eine Kaiserin würde eine Hebamme aus Sizilien ausreichen, glaubt mir. Ich denke, Seine Erhabenheit wird es auch bald einsehen.«

Er warf Ymme das Pergament in den Schoß, verneigte sich knapp und verschwand ohne ein weiteres Wort.

Sie blieben beide stumm sitzen, bis Ymme das Schweigen brach. »Ich will nach Hause.«

»Dieser Moro ist wirklich ein hinterhältiger Kerl«, sagte Ymme, als sie sich beruhigt hatte. »Zu welchem Zweck versucht er, mich einzuschüchtern? Bin ich ihm im Wege, oder ist es einfach der Neid, weil Jolanthe einem Ratschlag von mir gefolgt ist?«

»Keine Ahnung. Aber warum auch immer, Moro hat sich öffentlich zu deinem Feind erklärt, Ymme.« Cornelius betrachtete immer noch das Pergament mit der Anzeige. »Du darfst ihm keine Handhabe bieten. Denk an den Tod des kleinen Sklavenjungen.«

Sie sah ihn verdattert an. »Du meinst, ich soll Jolanthe nicht vor ihrem Eunuchen warnen?«

»Ja. Du darfst es nicht riskieren. Ich würde in ständiger Angst um dich leben, Ymme.« Cornelius verschloß ihren Mund mit einem innigen Kuß. Er spürte, daß sie allmählich nachgab. »Weißt du, mir ist es lieber, Jolanthe kommt mit einem Maurenkind nieder, als daß du um ihretwillen zu Schaden kommst. Sie ist nur ein Luder.«

»Ich will es mir überlegen.«

»Das genügt mir nicht.«

»Also gut, ich verspreche es. Wenn du mit deiner unsinnigen Eifersucht aufhörst!«

Cornelius nickte feierlich.

»Da wäre noch etwas«, sagte Ymme, »was ich ganz vergessen hatte. Ich sah den Franziskanermönch Leonardo auf dem Markt. Wie der Hölle entsprungen, stand er plötzlich hinter mir, gerade als ich Schlafmohn kaufte. Stell dir vor!«

»Dann hätten wir ja schon jede Menge Zeugen für deine notorische Neigung, Gifte zu mischen«, sagte Cornelius kopfschüttelnd. »Als hätten sich alle verschworen, dich dabei zu erwischen. Dabei ist er kein Sizilianer, eher Deutscher. Was hatte er im dänischen Königreich zu suchen? Und jetzt hier? Und immer in deiner Nähe. Das kann kein Zufall sein.«

»Aber?«

Cornelius betrachtete Ymme zweifelnd. »Ich würde mich gerne für einige Stunden an seine Fersen heften. Nur mußt du mir versprechen, im Palast zu bleiben, sonst hätte ich keinen ruhigen Augenblick. Angelina oder Stella könnten dir doch Gesellschaft leisten.«

»Damit ich endlich sticken lerne? Nein, wirklich nicht, Cornelius«, protestierte Ymme. »Aber wenn es dich beruhigt, rufe ich Constanza. Sie ist sehr gewitzt. Und arabisch erzogen, das darf man nicht vergessen. Im Palermo von heute kann sie es getrost mit dem Kaiser aufnehmen. Sie wird mir helfen, die Palastintrigen lebend zu überstehen.«

Mit Umsicht bereitete sich Cornelius vor, bevor er außer Sicht der Wächter den Königspalast verließ. Die Palastintrigen, denen Ymme sich ausgesetzt sah, waren vorauszusehen gewesen, weil sie sich als Fremde gut als Opfer eignete. Sie konnte ihnen aus dem Weg gehen, wenn sie sich hütete, zu sehr Partei zu ergreifen.

Der Franziskaner beschäftigte ihn weit mehr. Ein Mönch, der nichts mit dem Königshof zu tun hatte und dennoch hartnäckig sowohl in Lübeck als auch in Palermo in der Nähe von Personen auftauchte, die selbst zum Hof gehörten, hatte ein anderes Gewicht. Beinahe drängte sich der Verdacht auf, daß er sich jetzt über Ymme Zugang zum Hof zu verschaffen suchte.

Cornelius durchquerte in zügigem Tempo die alte Stadt. Erst im Sklavenviertel begann er sich herumzutreiben wie viele andere auch. Er lauschte dem rhythmischen *hey, hey,* das aus einer Moschee drang und schneller wurde, bis es mit einem langgezogenen *Allah* endete. Beim letzten *Gottes Segen!* schlenderte er weiter. Als er der Meinung war, mögliche Verfolger von seiner Harmlosigkeit überzeugt zu haben, setzte er sich in eine Taverne.

Am Nebentisch hatte sich eine lustige Runde von Seeleuten, Fuhrleuten und Bewohnern des Viertels versammelt, die Wein tranken und würfelten. Sie erkannten schnell, daß er trotz seiner Verkleidung mit weiter Hose und Weste kein Spitzel des Kaisers war. Ihren Spott ließ er an sich abprallen, und dann dauerte es nicht mehr lange, bis sie sich zu einer Runde Wein einladen ließen und Cornelius mitten unter ihnen saß.

»Wißt ihr noch, wie Federico im Hafen mit den anderen Jungen nach Münzen tauchte?« fragte einer der Älteren und hielt seine zitternde flache Hand in Brusthöhe vor sich. »So klein war er noch, aber er schwamm schneller als sie alle.«

»Oh, deine Erinnerungen«, warf ein anderer abwertend hin. »Er würde dich trotzdem auspeitschen lassen, wenn du versuchst, einen Bajulo zu bestechen. Auch wenn du ihn als Kleinkind zur Pasta eingeladen hattest.«

»Seine *comestabuli* nehmen täglich mit jedem Finger mehr ein, als ich in meinem Leben mit der ganzen Hand«, murmelte der Alte störrisch. »Wer wüßte das besser als Federico? Er muß streng sein!«

Cornelius hörte still zu. Es schien, daß der Kaiser viele Anhänger in der Bevölkerung hatte, zumindest unter den Älteren, die ihn in seiner unbeaufsichtigten Jugend durchgefüttert hatten.

Angelegentlich ergab es sich, daß Cornelius das Gespräch auf die braunen Mönche bringen konnte. Eindeutige Gesten zeigten ihm, wie unbeliebt sie waren. »Schwätzer«, sagte sein Nebenmann böse und spuckte auf den Fußboden. »Herumtreiber.«

Nach einer Weile erfuhr Cornelius, daß sich manchmal einige von ihnen bei der Kirche Sant' Antonio Abate versammelten, die den Benediktinern gehörte, aber nicht mehr benutzt wurde.

Es war eine Geduldsprobe gewesen, die sich gelohnt hatte. Hätte Cornelius die Palermer direkt nach den Franziskanern gefragt, hätten sie vermutlich sogar bestritten, jemals etwas von den Mönchen gehört zu haben.

Die Kirche war so gebaut, wie die ersten Normannen sie bei den arabischen Bauhütten in Auftrag gegeben hatten. Zwei rote Kuppeln überragten den kastenartigen Bau, die dritte war bereits eingestürzt. Ein Feigenbaum hatte sich vor dem Eingang breitgemacht. Cornelius umrundete unauffällig das Gebäude, um zu überprüfen, daß er sich am richtigen Eingang befand, und begab sich dann zu einem der überall gegenwärtigen Röster, um eine gegrillte Eierfrucht zu erstehen.

Die große Scheibe Thunfisch, die er anschließend bestellte, schmeckte zwar besser und half ihm über eine längere Wartezeit hinweg, aber Mönche ließen sich immer noch nicht sehen.

Gemächlich schlenderte Cornelius davon, in Richtung auf den nahen Markt, dessen Geräusche bis hierher drangen. Gerade als er in eine kleine Gasse einbog, huschte eine gebeugte Gestalt mit weit ins Gesicht gezogener Kapuze um die Ecke und verschwand unter dem Feigenbaum.

Cornelius ging schneller, verirrte sich in den Gassen des Gerberviertels und fand endlich zu Sant' Antonio Abate zurück.

Seltsamerweise knarrte das Portal nicht, jemand mußte die Angeln geölt haben. Unhörbar schob er es wieder zu und blickte sich um. Über sich sah er freien Himmel. Die

Steine der Kuppel und Teile der Seitenwand lagen auf einem großen Haufen. Gedämpftes Gemurmel drang bis zu ihm. Gebückt schlich er hinter die Steine, mied Taubendreck und Hundekot sowie die Stellen, die nach Urin stanken.

Dann spitzte er die Ohren. Zwei Männer waren zu hören, deren schnelles Italienisch sich vom Volgare Siziliens unterschied. Der Name Federico fiel mehrmals. Sie planten etwas, an dem auch der Heilige Vater Anteil hatte.

Etwas Flatterndes strich um Cornelius' Gesicht. Während er das Tier abwehrte, verlor er den dünnen Gesprächsfaden. Plötzlich glaubte er, den Namen Iume zu hören, was eigentlich unmöglich war. Er beugte sich weiter vor. Dann bückte er sich, um sein Messer aufzuheben, das ihm aus dem Bund gerutscht war. Als er sich aufrichtete, traf ein harter Gegenstand mit unglaublicher Wucht seinen Kopf.

Ymme lernte allmählich, daß der Kaiser aufs Genaueste durchführte, was er ankündigte. Er ließ den Keller durch eine Kolonne schwarzer Sklaven putzen, als ob er in Zukunft darin Feste abzuhalten wünschte. Sie fand es ganz in Ordnung, bis Angelina ihr, zischend wie eine aufgebrachte Gans, den Zorn der Männer und Frauen aus dem Küchentrakt übermittelte. Ab sofort hatten sie den Abfall weit jenseits der Gärten und Stallungen in den Oreto zu kippen, was eine Menge Mehrarbeit bedeutete.

Ymme gelang es erst, die Schimpftirade zu beenden, als ein Bote sie in die Kanzlei befahl. Trotzdem eilte sie mit unguten Gefühlen hinter dem Jungen her, der ihr eine der Türen aufstieß und dann kehrtmachte.

Als sie eingetreten war, fiel ihr Blick als erstes auf einen Haufen blank geputzter weißer Knöchelchen, die auf einem Schreibpult aufgeschichtet waren.

»Erkennt Ihr sie wieder, Dama?« fragte eine dünne Stimme hinter ihr.

Ymme drehte sich um und ließ ihren Blick abwärts wandern. Der Zwerg! Sie hatte schon von ihm gehört. Er war im Palast gefürchtet, weil er im Gegensatz zum Justitiar della Vigna stets in der Kanzlei in Palermo blieb, dort geradezu zu wohnen schien, Buch über alles und jedes bis hin zur Zahl der wöchentlich verzehrten Trauben führte, und doch seltsam unsichtbar war. »Nein, Herr Notar.«

Er musterte sie aus grünen, etwas vorstehenden Augen von bemerkenswerter Kälte. Obwohl er scharf rasiert war, hob sich ein dunkler Bartschatten von der olivfarbenen Haut ab. »Man hat sie in dem Gewölbekeller, der Euch gut bekannt sein dürfte, an der Stelle ausgegraben, die Moro Lo Nigro bezeichnet hat.«

»Ja, das glaube ich«, erwiderte Ymme erbittert. »Erst vergräbt er sie, und dann zeigt er mich an. Ich habe diese Knochen noch nie gesehen.«

Der Zwerg kletterte auf einen Hocker, der vor dem Pult stand, beugte sich über die Knochen, die er mit dem besonders langen Nagel seines linken kleinen Fingers wendete, und roch daran. »Rattenknochen«, stellte er sachkundig fest. »Möchtet Ihr Moro Lo Nigro anzeigen?«

»Ja«, sagte Ymme, verwirrt wegen seiner intimen Kenntnis von Knochen, aber dankbar über den aufgezeigten Weg. »Ja, das möchte ich. Wegen Verleumdung.«

»Selbstverständlich. Euer Beweis, Dama?« Der Notar tauchte die Feder ein und legte einen Bogen Papier bereit.

Ymme starrte erst ihn, dann den Papyrus an. Dokumente, die zur Aufbewahrung bestimmt waren, wurden auf Pergament geschrieben. Papier war für Quittungen und andere Mitteilungen, die bald weggeworfen wurden. Er wußte, daß ein Beweis unmöglich war. »Ich kann es nicht beweisen«, antwortete sie leise.

»Auch gut.« Versonnen lächelnd schob der Notar das Papier zur Seite. »Dann gebt mir Euer Heftchen.«

»Welches Heftchen?« fragte Ymme verblüfft.

»Sinibaldo Ferrara hat es Euch überreicht, Dama. Meine Comestabuli sind sehr zuverlässig.«

»Wie sollte ich denn wissen, daß ich es mitbringen muß?« fragte Ymme kleinlaut.

»Wenn Ihr zur Kanzlei befohlen werdet, Dama, könnt Ihr es getrost schon in Euer Beutelchen packen«, sagte der

Notar streng und entließ sie mit einem Wink, der dem des Kaisers nicht unähnlich war. »Schickt Angelina damit her.«

Oh Ymme, dachte Cornelius, ich, der ich versprochen habe, dich zu beschützen, verlasse dich in einem fremden Land. Nach einer Weile stellte er erleichtert fest, daß er nicht tot war, sondern auf kleinen Mosaiksteinen lag, die ihm in den Rücken stachen. Er spürte, daß er allein war. Die Mönche mußten ihn niedergeschlagen und anschließend die Kirche verlassen haben.

Ihm schwindelte, als er sich langsam an den Vorsprüngen des Gemäuers hochzog, aber schließlich fand er das Gleichgewicht wieder und schlich hinaus. Die Hitze traf ihn wie ein erneuter Hieb, und er blieb einen Augenblick unter der Feige stehen, um Luft zu holen.

Der Röster stand noch am gleichen Ort wie vorher. Er starrte Cornelius, der wie ein Schilfhalm schwankte, mit offenem Mund an. Dann wandte er sich ab, packte Gemüse und Fische hastig zusammen und schob den Karren fort.

Sein Verhalten verwirrte Cornelius, der seine Hose betrachtete, die schmutzig, aber sonst nicht auffällig war. Erst als ihm Blut in die Augen lief und er vorsichtig seinen gefühllosen Kopf betastete, entdeckte er, daß er seine Mütze verloren und eine klaffende Wunde davongetragen hatte.

Offenbar schien es in Palermo ratsam, Opfern von Gewalt aus dem Weg zu gehen.

»Wer muß auf wen aufpassen?« fragte Ymme liebevoll, als sie Cornelius' Platzwunde säuberte.

»Daß ein Mönch so zuschlagen würde, hätte ich nicht gedacht«, murmelte Cornelius. »Sie planen anscheinend irgend etwas gegen den Kaiser. Ich vermute, sie werden dem Hofstaat nach Foggia folgen.«

»Das wird noch einige Wochen dauern«, erwiderte Ymme. »Es hat sich herumgesprochen, daß der Kaiser seine Pläne geändert hat.«

»Und warum? Weiß man das auch?«

Ymme zuckte die Schultern. »Es heißt, er sei noch mit der Aufzeichnung neuer Erkenntnisse beschäftigt. Aber Jolanthe ist anderer Meinung.«

»Du stehst wohl gut mit ihr in jüngster Zeit?« Cornelius zuckte zusammen, als Ymme seine Kopfschwarte mit einer Nadel durchstach.

»Sei nicht so wehleidig«, sagte sie streng, um sofort wieder zu dem Punkt zurückzukehren, der sie mit ausgesprochen gemischten Gefühlen erfüllte. »Nicht gut in dem Sinne, den du meinst. Sie ist eitel und hat das Bedürfnis, jemandem mitzuteilen, daß es ihr gelungen ist, den Kaiser für sich zu interessieren. Dieser Jemand bin im Augenblick ich.«

»Und?« fragte Cornelius und versuchte, ihrer Nadel zu entgehen.

»Deswegen halte ich es für ausgeschlossen, daß sie mir den Zwerg Naso auf den Hals gehetzt hat. Es bleibt ein Rätsel, was ich Moro getan habe, daß er mich derart verfolgen läßt. Jetzt hat er der Kanzlei die Rattenknochen zugespielt. Es steht alles in meinem schwarzen Büchlein …« Ymme durchstach zügig die zweite Kopfhautschwarte und zog die Wunde mit einem Ruck zusammen.

»Au!« schrie Cornelius. »Du wirst also Jolanthe nicht mehr warnen?«

»Nein, ganz bestimmt nicht! Und was war mit den Mönchen?«

»Ich konnte nicht alles verstehen«, gab Cornelius verdrießlich zu. »Aber wenn Mönche sich in aller Heimlichkeit treffen, und es fällt der Name eines staufischen Kaisers, kann es nichts Gutes bedeuten. Nur bin ich leider nicht der Mann, dem Friedrich Gehör schenken würde. Und außerdem hat er ja seinen ausgezeichneten Spitzeldienst …«

»Eben«, sagte Ymme laut, um Cornelius' Schmerzensschrei zu übertönen, den er bei ihrem letzten Stich zweifellos ausstoßen würde. »Du hast recht, wir müssen uns aus allem heraushalten, das uns nichts angeht.«

Die darauffolgenden Wochen schlichen dahin, es regnete viel und wurde unangenehm feuchtkalt. Die Feier zu Christi Geburt ging vorüber. Der Kaiser war immer noch nicht abgereist. Eines Morgens wurde Cornelius in die Kanzlei befohlen.

Oh je, dachte Ymme bekümmert. Jetzt würde wahrscheinlich auch er ein Heftchen überreicht bekommen. Stunden später kehrte Cornelius zurück, aufgebracht, wie sie ihn selten erlebt hatte.

»Ich muß mit dem Hof nach Foggia«, platzte er nach einer Weile heraus.

»Was? Aber das ist gegen die Abmachung«, rief Ymme.

Cornelius schüttelte den Kopf. »Genaugenommen nicht. Laut Vertrag bin ich nicht zu deinem Schutz, sondern zu seiner Unterhaltung hier.«

»Und wenn du dich weigerst? Was ist dann?« Ymme war erbittert angesichts der Vorstellung, daß sie möglicherweise Monate ohne ihn in diesem Palast verbringen mußte, in Gesellschaft einiger Eunuchen. Und Jolanthes. Jolanthe hatte an Erfahrung gewonnen. Und das machte sie nicht angenehmer.

»Unmöglich«, antwortete Cornelius mit einem Seufzer. »Hochverrat. Alles ist Hochverrat, was seinen Vorstellungen widerspricht. Wir reisen in drei Tagen.«

Diese drei Tage waren erfüllt mit Hektik. Überall wurde gepackt. Gottlob auch in den Kanzleiräumen, wie Ymme bemerkte, als sie zufällig daran vorbeiging. Noch hatte sie keine Ahnung, wer dableiben würde, um Jolanthe zu bedienen. Wahrscheinlich eine verkleinerte, aber alles in allem vollständige Hofhaltung. Eunuchen, Dienerinnen, Sklaven, Palastwachen, Stickerinnen, Köche. Ein Hund, ein Falke und ein Notar. Aber kein Troubadour.

Am Morgen der Abreise war Ymme schrecklich beklommen zumute. Sie lauschte Cornelius' Schritten nach, die im Treppenhaus verklangen. Sie fühlte sich ganz leer. Hoffentlich sah sie ihn jemals wieder. Mit schleppenden Schritten machte sie sich auf zu den Gemächern der Gemahlin, die nach ihr verlangte.

Über Jolanthes Räumen lag tiefe Stille. Der Eunuch war nirgendwo zu sehen, und ebensowenig hörte sie die Kammerknaben oder Teresina mit irgend jemandem flüstern. Es wäre schön, wenn sie alle nach Foggia gingen, dachte Ymme ohne große Hoffnung und fand sich trotzdem damit ab, daß sie Jolanthe nun öfter Gesellschaft zu leisten hatte.

Zusammen standen sie am Fenster und beobachteten, wie sich vor dem Palast der Hofstaat versammelte. Es ging ähnlich zu wie bei der Ankunft. Ein Gewimmel von Sänften, Kamelen, Leoparden, Vogelkäfigen, Falken, Würdenträgern und Schwarzen, die sich im Schneckentempo zu einer Art Zug formierten. Die Leibwache ritt hauptsächlich kastanienbraune Pferde, offenbar aus der apulischen Zucht, auf die der Kaiser so stolz war. Ymme suchte nach Cornelius, ohne ihn zu entdecken.

Vermutlich hielt er sich bei den Leuten von niedrigstem Rang auf. Sie ging zwei Fenster weiter und spähte senkrecht nach unten. Aber auch zwischen den Sarazenen, die mit den Geparden auf den Kruppen ihrer Pferde abmarschbereit warteten, befand er sich nicht.

Ein dumpfes Geräusch ließ Ymme herumfahren. Sie entdeckte, daß Jolanthe ohnmächtig am Boden lag.

Teil III

Die Katakomben

11.
Die Bastonade

Ymme preßte den Rücken an die kühlende Wand und trat von einem Fuß auf den anderen. Wie so oft war sie ohne Grund gerufen worden und wartete jetzt darauf, ebenso unvermittelt wieder entlassen zu werden. Jolanthe war, seitdem sie sicher war, den Sohn des Kaisers zu tragen, unerträglich geworden. Sie ließ sich in jeder Hinsicht gehen, warf mit Gegenständen, schikanierte Teresina und die anderen Dienerinnen derart, daß Ymme mehr als einmal das Bedürfnis verspürte, einzugreifen und für Ausgleich zu sorgen.

Im Schlafgemach Jolanthes herrschte wirbelnde Geschäftigkeit. Nahezu alle Personen, die zu Jolanthes Hofstaat gehörten, waren anwesend.

Als die Morgentoilette kurz vor Mittag beendet und alle Dienerinnen hinausgeschickt worden waren, rauschte Jolanthe zu dem kupfernen Tablett, auf dem ihre jeweils neuesten Errungenschaften lagen, Geschenke von Personen, die sich einschmeicheln wollten, sowie Dinge, die sie selbst hatte kommen lassen.

Mit anklagender Miene hielt sie Ymme eine goldene Kette entgegen, jedes Glied dick wie ein Daumennagel. »Was soll das?« klagte sie. »Wozu schickt er mir die? Er soll kommen und sich nach mir erkundigen. Schließlich habe ich Beschwerden, die er nie kennengelernt hat!«

»Eure Erhabenheit hat keine größeren Beschwerden als andere Frauen, die ein Kind erwarten«, berichtigte Ymme milde. »Während die Aufgaben Seiner Erhabenheit die jedes lebenden Menschen übersteigen: die Rückeroberung der Heiligen Stadt.«

»Ich allein bin die Königin der Heiligen Stadt!« schrie Jolanthe erbittert. »Ich bin die Mutter des künftigen rechtmäßigen Königs von Jerusalem! Aber von mir spricht niemand.« Sie ließ die Kette fallen und trampelte mit ihren Seidenschühchen darauf herum. Ihr Gesicht verzog sich vor Schmerz, aber sie hörte nicht auf.

Ymme bemühte sich, ihr Unbehagen zu verbergen. Es war einer Königin nicht würdig, sich so gehenzulassen. Zum ersten Mal kam ihr der Gedanke, daß der Kaiser nie beabsichtigt haben könnte, Jolanthe einen Platz an seiner Seite einzuräumen, weil er ihre Schwächen kannte.

»Weg damit! Ich will es nicht mehr sehen.«

Eines der jungen Mädchen huschte gebückt herein, um die Herrin von dem Anblick der anstoßerregenden Kette zu befreien.

Jolanthe klatschte in die Hände. »Ich will jetzt Musik hören!«

Vier schwarze Musiker drängten sich durch die Tür, sanken auf Polster an der Wand und begannen mit ernsten Gesichtern aufzuspielen. Ymme zog sich zurück, ohne um Erlaubnis zu ersuchen. Wenn Jolanthe so weitermachte, würde es irgendwann zu einer Katastrophe kommen.

Der Palast war so still, daß es beängstigend war, wie alle Tage seit dem Auszug des Hofstaates. Ymme erschrak, als eine leise Stimme sie zur Kanzlei befahl. Der barfüßige Kammerknabe wiederholte den Befehl, als sie ihn unschlüssig anblickte.

Sie hatte sich nichts zuschulden kommen lassen, aber es war besser, sich zu beeilen. Während sie nach unten lief, kam ihr der Gedanke, daß die Aufforderung möglicherweise mit dem kaiserlichen Boten zu tun hatte, der am Vormittag aus Foggia angekommen war. Vielleicht eine

Nachricht von Cornelius. Endlich. Sie fühlte sich sehr einsam ohne ihn.

Der Zwerg erwartete sie schon. Ymmes Hoffnung sank in sich zusammen, als sie die penible Ordnung im Raum sah, ohne jeden Hinweis auf Postsäcke eines Nachrichtenreiters.

Der Notar schnalzte mit der Zunge und schüttelte betrübt den Kopf, während er die leere Platte seines Pultes nach einem nichterkennbaren Gegenstand absuchte und schließlich sogar darunter nachsah. »Ich bin untröstlich, Dama, Euch schon wieder belästigen zu müssen ...«

Ymme nickte. Sie auch.

»Man könnte Angst um Euch bekommen, Dama«, begann er schließlich. »Ihr versteht die Spielregeln dieses Landes nicht. Man muß Euch helfen, um dem König zu Diensten zu sein.«

»Erklärt Euch bitte«, sagte Ymme würdevoll.

»Nicht so eilig«, erwiderte er. »Es ist wichtig, daß Ihr Eure Situation begreift, Dama.«

Ymmes Augenbrauen zogen sich von selbst zusammen.

Der Notar nickte bedeutungsschwer. »Ja, so ist es. Im Gegensatz zu unserer Sprache, die Ihr schnell gelernt habt, außerordentlich schnell, was ich Euch gar nicht zugetraut hatte, sind Euch unsere Sitten fremd geblieben. Und Euer Ehemann, dessen Aufgabe es wäre, Euch zu schützen – ist fort. Fort.«

»Hat jemand dafür gesorgt, daß er fortmußte?« fragte Ymme, der jäh diese Möglichkeit bewußt wurde. War es vielleicht gar nicht das Bedürfnis des Kaisers nach Cornelius' Musik gewesen, sondern hatte jemand, der nicht wollte, daß er in Palermo blieb, dafür gesorgt, daß Cornelius den Kaiser nach Foggia begleiten mußte?

Naso lächelte leer und faltete seine kleinen Hände auf der dunkelbraunen Platte des Pultes.

»Hat ...«

»Oh ja. Unser Großhofjustitiar, Nicola della Vigna, hat Euren Mann sehr ins Herz geschlossen. Er war es, der ihn Seiner Erhabenheit, König Federico, empfahl. Ihm ist der Cavaliere zutiefst verpflichtet. Ich weiß nicht, ob der Cavaliere das verstanden hat; spätestens nach seiner Rückkehr wird er meine Offenheit honorieren, denke ich. Es wäre ein großer Fehler, die Bedeutung dieser Empfehlung zu ignorieren.«

Ymme sah den Notar zweifelnd an. Der Justitiar hatte sich bei Cornelius nicht erkundigt, ob er diese Art der Protektion überhaupt wollte. Aber der Zwerg erwartete von Cornelius einen Dank für die Information. Hatte er sie deshalb rufen lassen?

»Nicola della Vigna, der Freund Eures Ehemannes, ist ebenfalls nicht hier. Aber auch Ihr braucht Freunde, die Euch schützen können.«

Er kam allmählich zur Sache, wie Ymme jetzt verstand.

»Man bedenke, es geschähe ein Unglück bei der Niederkunft Ihrer Erhabenheit, Königin Jolanthe«, fuhr der Notar fort. Seine Augen funkelten, als könne er sich noch viel mehr Unglücksfälle vorstellen, für deren Abwehr sie Freunde benötigte. »Wie schnell kann es da zu Gerüchten und Mißverständnissen kommen. Girolamo Naso hat ebenfalls einen Ruf im Orden der Justitia!« Der Zwerg klopfte sich stolz auf die Brust.

Zweifellos. Und er schien die Absicht zu haben, Ymme unter seine Fittiche zu nehmen. »Was meint Ihr mit Gerüchten und Mißverständnissen?« erkundigte sie sich argwöhnisch.

Seine Augen weiteten sich vor Verblüffung. »Oh, Dama, Ihr seid doch als Zierde der Gebärstuben von Lubeca hierher berufen worden. Ihr müßt am besten wissen, wie schnell ein Kindchen bei der Geburt zu Tode kommen kann, oder der Fall eintritt, daß ihm ein Buckel entsteht oder etwas anderes Entsetzliches widerfährt. Für all das würde man Euch verantwortlich machen. Und der Weg zum Galgen in der Kalsa ist nicht weit.« Unversehens trübte sich seine Miene, als ob er Ymme bereits auf dem Weg dorthin sähe.

Ymmes Herz tat einige unregelmäßige Sprünge. Sie mußte auf der Stelle anfangen, Jolanthe zu überwachen.

Darauf, daß dem werdenden Leben Gefahr anderer Art als durch die Natur drohen könnte, war sie noch gar nicht gekommen, aber für seine Warnung hatte Naso vermutlich gute Gründe. Sie war ihm tatsächlich dankbar.

»Übrigens …« Der Notar sprang von seinem Hocker herunter, eilte an ein Regal an der Wand, betrachtete die herabhängenden Etiketten und zog schließlich ein Schriftstück heraus, das er mit leisem Murmeln durchlas.

Sie verstand kein Wort. Aber es war auf Papyrus geschrieben. Dann konnte es nichts Gravierendes sein.

»Schlafmohn«, murmelte Naso. »Ich wußte, da war etwas. Ja, Ihr habt Euch Schlafmohn besorgt. Euch ist bekannt, daß das verboten ist.«

»Nein, davon weiß ich nichts«, widersprach Ymme kämpferisch. »Schlafmohn ist ein ausgezeichnetes Mittel, wenn man es richtig anwendet.«

»Und Ihr könnt das, Dama? Tatsächlich? Soviel ich weiß, wächst im kalten Lubeca kein Schlafmohn. Trotzdem, da ich Euch nun ein wenig besser kenne und entschlossen bin, Euch zu helfen … Außerdem erfreut sich die Person, die Euch angezeigt hat, keines besonders guten Rufes …«

»Aha! War es wieder Moro?«

»Nein, Moro war es nicht.« Naso bestieg wieder seinen Hocker und begann das Papier mit nachdenklicher Miene über einer brennenden Kerze hin und her zu schwenken.

Als vom Rand ein dünner Rauchfaden aufstieg und der Notar das Flämmchen ausblies, begriff Ymme. »Ich würde mich natürlich erkenntlich zeigen«, stieß sie fast gegen ihren Willen hervor.

»Das könnte helfen«, räumte Naso ein. »Man könnte die Person mit einigen Münzen zufriedenstellen. Sagen wir: mit zwanzig Augustalen.«

Ymme erschrak zutiefst. »Wer war es? Sagt mir zuerst das.«

»Pellagra, die Kräutersammlerin.«

»Pellagra? Ich habe so viel Geld nicht«, wandte Ymme verstört ein. »Außerdem sind die Augustalen dem Kaiser vorbehalten, soviel ich weiß.«

Naso nickte mitfühlend. »Wer hat schon zwanzig Augustalen?« fragte er und stieß einen Seufzer aus. »Aber die Frau ist schlau, die kennt den Wert ihrer Mitteilung. Ich werde die Summe im Wert von zweiundzwanzig Tarí vorstrecken, und Ihr bleibt sie mir schuldig. Wenn Ihr nur Euren werten Namen unter das Dokument setzen wolltet, Dama …« Er winkte Ymme zu sich und entrollte vor ihren Augen flink ein Stück Pergament, das er an den Ecke beschwerte.

Er hatte die Schuldverschreibung bereits vorbereitet. Ymme empfand ein unbestimmtes Gefühl der Beunruhigung, als sie das Schriftstück durchlas, aber das legte sich, als Naso die Anzeige vor ihren Augen verbrannte. Er warf die Reste in eine kupferne Schale, klopfte sich die Asche von den Händen und lächelte Ymme wohlwollend an.

Sie lächelte willenlos zurück, aber erleichtert, daß die Anzeige aus der Welt war. Sie unterschrieb.

Erst als sie mit weichen Knien im Flur stand, fiel ihr ein, daß der Notar ja jederzeit eine neue Anzeige schreiben konnte. Und überdies wirkte Pellagra nicht wie eine Frau, deren Gewohnheit es war, zweiundzwanzig Tarí für einen Dienst zu fordern. Und schon gar keine *Augustalen.*

Die Stille im Palast kam Ymme jetzt noch bedrückender vor. Sie beschloß, ihr zu entfliehen, ohne erst nach oben zu gehen, um Constanza zu holen.

Als sie draußen zwischen den Palmen stand, fühlte sie sich erleichtert. Einmal ohne Helfer, Aufsichtspersonen, Wächter, oder wie immer man sie bezeichnen sollte, unterwegs zu sein, würde erfrischend angenehm sein. Obwohl ihr der Schweiß, kurz nach dem Höchststand der Sonne, an den Schulterblättern entlanglief. Fast trotzig machte sie sich auf den Weg zum Markt. Es war kurz vor Marktschluß, aber einige Händler würden noch nicht zusammengeräumt haben.

Der Gewürzhändler, bei dem sie ihren allerersten Einkauf in Palermo getätigt hatte, grinste freundlich, als sie unter seine Markise trat. »Die Dama aus dem Palast«, begrüßte er sie. »Dein Tag werde glücklich.« Seine Hände deuteten den Selâm-Gruß an und verwiesen dann übergangslos auf die noch nassen frischen Kräuter.

»Leb tausend Jahre«, dankte Ymme höflich und nahm voller Genugtuung zur Kenntnis, daß sie seine Stimmung genau richtig getroffen hatte.

Plötzlich umwölkte sich sein Gesicht. Er beugte sich zu Ymme vor, um ihr ins Ohr zu flüstern. »Du und dein Ehemann ebenfalls. Hast du Nachricht von ihm und weißt, daß es dem Cavaliere gutgeht?«

»Nein«, sagte Ymme tonlos und erkannte Bekümmerung in seinen nussbraunen Pupillen. »Überhaupt keine Nachricht. Warum?«

»Es gehen Gerüchte um. Ich will dich nicht beunruhigen, Dama«, murmelte er. »Es heißt, daß viele Männer am Hof in Foggia auf den Tod erkrankt seien; die ersten sollen bereits gestorben sein.«

»Davon weiß ich nichts«, sagte Ymme betroffen. »Aber ich bin sicher, die Kanzlei müßte darüber informiert sein. Ich komme gerade von dort. Man hätte mich bestimmt davon unterrichtet …« Doch, ganz bestimmt sogar. Denn schließlich hätte eine solche Mitteilung, und wäre es nur der Verdacht gewesen, Cornelius könnte erkrankt sein, Nasos Warnung noch verstärkt.

»In diesem Fall vielleicht nicht, Dama.« Der Kräuterhändler schob die Unterlippe vor und wiegte seinen Kopf hin und her.

»He! Ciccu!«

Die Warnung des Händlers am Nachbarstand, der emsig damit beschäftigt war, die kleinen Melanzane, die ihren Namen Eierfrucht zu Recht trugen, zu einer Pyramide aufzuschichten, wäre in jeder Sprache verständlich gewesen.

Der Kräuterhändler warf den Kopf zurück.

»Wieso? Was ist denn los?« fragte Ymme ratlos.

Der Händler sah sich verstohlen um, bevor er seinen Mund mit der erdigen Hand abschirmte. »Federico soll etwas ausprobiert haben. Schon als Kind stürzte er sich Hals über Kopf in Abenteuer. Es geht angeblich um Pocken. Daß seine Männer sterben, hat er aber bestimmt nicht gewollt.«

Ymme wich mit einem Ruck zurück und starrte den Händler mit großen Augen an. Pocken waren eine furchtbare Erkrankung. Sie hatte sie nicht nur selbst in Toledo gesehen, sondern auch darüber gelesen. Ar-Razi hatte eine sehr ausführliche Abhandlung über Pocken und Masern geschrieben.

»Beunruhige dich nicht. Vielleicht ist der Cavaliere nicht dabei.« Der Mann legte eine Hand auf Ymmes Arm und drückte ihn vorsichtig.

Ein freundlicher Mann. Mitleid kannte man hier in Palermo sonst nicht. Ymme versuchte ein Lächeln und schüttelte schwach den Kopf. Wenn das Gerücht stimmte, war zweifellos auch Cornelius betroffen. Er war für den Kaiser nicht wichtiger als ein Eseltreiber. Und bei seiner Größe würde er sich als Vergleich zu einem sonnengedörrten kurzbeinigen Sizilianer bei dem Experiment bestens eignen. Mit Mühe überwand sie ihre Beklemmung. »Wer hat denn die Nachricht gebracht?«

»Die Männer eures Imam, die in braunen Kutten gehen, haben sie mitgebracht, sagt man.«

»Franziskanermönche?« Ymme runzelte die Stirn. Eine Erinnerung kam ihr in den Sinn und verflog wieder.

»Ja. Aber, Dama, nicht alles stimmt, was man hört. Palermer sind als rachedurstig bekannt. Womöglich will eine Familie der anderen Angst einjagen.«

»Gibt es denn Palermer unter den Franziskanern? Das war mir nicht bekannt«, murmelte Ymme.

Der Händler streckte statt einer Antwort alle zehn Finger von sich, einen unverständlichen Fluch auf den Lippen.

»Nicht? Aber dann kann es sich kaum um die Rache von Palermern handeln«, stellte Ymme unglücklich fest. Sie wäre weniger unruhig gewesen, wenn es sich nicht gerade um Franziskaner gehandelt hätte.

Daß er sich vielleicht geirrt hatte, wollte der Mann nicht zugeben. »Wer weiß, wer weiß«, sagte er vernehmlich und sah sich bedeutungsvoll zwischen seinen Pflanzen um. »Soll ich dir einen Korb leihen, Dama? Ich weiß, du bringst ihn zurück.«

»Ja, sehr gern«, antwortete Ymme und wählte zum Dank mehr Pflanzen, als sie eigentlich benötigte. Der Händler schnürte die Kräuter zu Büscheln zusammen, und sie sah sich vorsichtig um.

Am Nachbarstand prüfte ein Mann die Güte einer glattschaligen Eierfrucht, indem er sie in der Hand zerquetschte. Daraufhin entschied er sich für eine größere mit ansehnlichen Stachelblättern, die aussah wie eine Rosenknospe. War er vielleicht ein Spitzel?

Plötzlich sah Ymme den Eintrag in ihrem Büchlein schon vor sich: Verbreitung von beleidigenden Gerüchten über den König beider Sizilien. Das galt bestimmt als Hochverrat! Die Angst schnürte ihr auf einmal fast die Kehle zu.

Als sie den Korb aus geflochtenen Strohseilen in Händen hielt, schaffte sie es noch gerade, sich mit knappen Worten zu bedanken. Ihre verzweifelten Tränen verbarg sie in einem Busch von Nelken, der kräftig nach Pfeffer roch. Aber ausnahmsweise interessierten sie die unbekannten Eigenschaften von Nelken nicht.

Im Palast lief ihr Constanza bereits auf der Treppe über den Weg. »Wißt Ihr schon, daß wir umziehen, ins Jah'nat al-Ard«, schrie sie voll Begeisterung.

»Was ist das?« fragte Ymme und blieb stehen.

»Das irdische Paradies. Es ist ein großer Park mit wilden Tieren und Bächen und Vogelkäfigen und Lustschlössern. Wir werden in Al-Azizah wohnen, das bei den Normannen die Zisa heißt.«

»Ach so! Ja, davon habe ich natürlich gehört«, sagte Ymme uninteressiert. »Gut, daß ich dich treffe. Komm mit in den Garten.«

Constanza nahm ihr schweigend den Korb aus der Hand, während sie zu dem Mauerabschnitt wanderten, von dem aus sie die roten Kuppeln von San Giovanni sehen konnten. Es lag ein gewisser Trost darin zu wissen, daß es den Fluchtweg noch gab.

»Hast du etwas über die Franziskaner gehört?« fragte Ymme. »Gerüchte irgendwelcher Art?«

»Man redet in der Stadt von ihnen. Sie schwatzen viel, das stimmt«, sagte Constanza. »Einer von ihnen vergibt Sünden, wenn er Almosen erhält. *Um Gottes Barmherzigkeit, für den neuen Orden Christi,* ruft er, wenn er jemanden anbettelt. Wenn einer zögert, versäumt er nie, hinzuzufügen: *Nicht für den unheiligen Kreuzzug des Antichrist, so wahr mir Gott helfe.*«

»Und wer soll das sein?« fragte Ymme zögernd.

»Der Imberadour natürlich!«

Ymme griff nach Constanzas Arm und versuchte sich zu erinnern, was Bruder Leonardo bei ihrem Aufbruch vor dem Stadttor von Lübeck gerufen hatte. Genau wußte sie es nicht mehr, aber es war eine Warnung vor dem Antichrist gewesen. »Glaubst du, daß diese Mönche mit Absicht Böses über den König sagen?«

»Bestimmt!« antwortete Constanza überzeugt. »Gutes habe ich jedenfalls noch nie von ihnen gehört. Und es werden immer mehr.«

»Tatsächlich«, murmelte Ymme. War es denn möglich, daß der Orden der Franziskaner zu einem bestimmten Zweck Gerüchte in die Welt setzte? Um den Kaiser vor den Augen seiner Untertanen schlechtzumachen? Unter diesen Umständen war die Behauptung, daß er schuld an den Pocken sei, wahrscheinlich nur eines der besonders bösartigen. Bestimmt hielt Cornelius sich von den Kranken fern und war gar nicht in Gefahr.

»Alles in Ordnung?« erkundigte sich Constanza besorgt. »Laßt uns in den Schatten eines Baumes gehen, Dama. Es ist unvernünftig, in der Sonne herumzustehen.«

Das bohrende Gefühl, daß sie irgend etwas übersehen hatte, ließ Ymme unbeweglich verharren. Dann wußte sie es plötzlich: Um mit Pocken zu experimentieren, wie der Händler gesagt hatte, mußte man nämlich mehr über Pokken wissen als Ar-Razi. Aber auf dieser Welt gab es niemanden, der mehr wußte.

»Alles in Ordnung, Dama?« wiederholte Constanza besorgt. »In dem Fall wäre es mir angenehm, wenn Ihr mich nicht umklammern würdet wie die Schlange die Tempeltänzerin.«

»Ja, gewiß«, antwortete Ymme, noch immer tief in Gedanken. »Was hast du gesagt? Wie die Schlange die …?«

»Tempeltänzerin. Die kommen von weit jenseits des Meeres und der Wüsten. Die Zigeuner erzählen davon.« Constanza befreite ihren Arm und wies mit der Hand flüchtig in eine unbestimmbare Ferne.

Ymme nickte beiläufig. »Constanza, kannst du dich in Palermo nach den Franziskanern umhören?«

»Gewiß«, erwiderte das junge Mädchen. »Aber dazu müßte ich Euch über Stunden allein lassen. Wenn der Cavaliere Cornelius davon erfährt, zerfleischt er mich und wirft mich den Fischen im Bach vor.«

Ymme lächelte über das nette Wortspiel. »Ich weiß eine Lösung, mit der du nicht gegen seine Anweisung verstößt. Ich gehe mit dir.«

Constanza begann zu lachen und in die Hände zu klatschen. Ymme ließ sich von ihr anstecken.

»Wirklich als Sarazenin, Herrin?«

»Als Sarazenin«, bestätigte Ymme. »Was dachtest du denn? Die Schleier können auch sehr praktisch sein, finde ich. Man wird uns für Dienerinnen halten und überhaupt nicht beachten.«

»Das stimmt«, gab Constanza mit funkelnden Augen zu. Kleidung für Ymme aufzutreiben war für sie kein Kunststück. Nachmittags, als es für Frauen die übliche Zeit war, den Hammâm zu besuchen, machten sie sich auf den Weg in die Stadt, von den Augen der verblüfften sarazenischen Wächter verfolgt, aber ohne angesprochen zu werden.

Sie schlüpften aus der Porta S. Agata und folgten der Stadtmauer im Bogen bis zum Platz von Sant' Antonio, wo der Röster stand, von dem Cornelius erzählt hatte. Ymme betrachtete im Vorbeigehen die gegrillten Melanzane. Man konnte ihnen nicht ansehen, daß sie langweilig schmeckten.

Constanza zog an Ymmes Hand. »Ihr müßt Euch wie eine Palermerin benehmen, damit Ihr nicht auffallt«, flüsterte sie. »Wir schauen nicht nach den Männern.«

»Es war nur die Eierfrucht«, murmelte Ymme kleinlaut.

»Keine Eier und keine Früchtchen!« befahl Constanza streng, bevor sie in hemmungsloses Kichern ausbrach.

»Aus dem Weg, ihr Huren des Mohammedaners«, schnauzte hinter ihnen eine Männerstimme.

Ymme überlegte noch, wie sie reagieren sollte, während Constanza schlagfertig eine Antwort parat hatte: *»An-nâsir an-nasraniyya.«*

Bestimmt hatte sie recht. Ymme stammelte wahllos einige dänische Worte, die sie mit arabischen Kehllauten versah, bis ihr noch eine Zeile aus dem Koran einfiel.

»Aus dem Weg, sage ich!« Eine Hand stieß grob gegen Ymmes Schulter.

Das gab ihr das Recht, sich umzudrehen, ohne gegen palermische Sitten zu verstoßen. Sie hatten Glück. Es war einer der Franziskaner, ein großer Kerl mit einem faltigen Kamelgesicht. Er wedelte mit seiner schmutzigen braunen Kutte und versuchte sie mit hochmütiger Miene von den quadratischen Platten, mit denen ein Teil des Platzes gepflastert war, zu scheuchen.

»Ungehobelter Mushrik!« schimpfte Constanza, als sie beim Ausweichen stolperte und in einem Haufen Eselsdung landete.

Während der Franziskaner stehenblieb und Constanza mit zusammengezogenen Augenbrauen musterte, als ob er sich überlege, welche Strafe für sie angemessen wäre, holte Ymme ihre Hand aus den Falten des Gewandes hervor, um sich demonstrativ die Nase zuzuhalten. Gut, daß sie sich die Arme mit Walnußsud braun gefärbt hatte. Mal sehen, ob sie ihn reizen konnte. Aber nur ein verständnisloser Blick traf sie.

In diesem Augenblick schoß ein zweiter Mönch aus der Kirchentür heraus, stürzte auf den Langen zu und umarmte ihn stürmisch. »Bruder Jacopo!« rief er ein ums andere Mal. »Schön, daß du endlich da bist! Wir haben dich mit Sehnsucht erwartet.«

»Mein Aufenthalt in Rom dauerte länger, als ich gedacht hatte«, berichtete Bruder Jacopo. »Der Erzbischof Hugo von Ostia – des Herrn Segen über ihn, möge sein Wohlwollen für unseren Orden ein langes Leben anhalten! – setzte uns seine Pläne auseinander, bis jedes Schaf unter den Brüdern sie verstanden hatte.«

»Nicht hier, Bruder Jacopo«, unterbrach ihn der andere hastig. »Palermo ist nicht Rom, mußt du wissen. Aber zufällig sind in der Kirche einige Brüder versammelt, die deine Neuigkeiten bestimmt ebenfalls gerne hören möchten.«

»Wenn du die beiden verängstigten Vogelscheuchen da meinen solltest ...« Bruder Jacopos Kopf wies abfällig zu Ymme hinüber. »Die sprechen kein Latein und kein Italienisch. Nur die barbarische Sprache der Muselmanen.«

Hast du eine Ahnung, dachte Ymme, die inzwischen Constanza mütterlich in den Arm genommen hatte, was ihr Gelegenheit gab, der Unterhaltung der Mönche zu lauschen, um nur ja kein Wort zu verpassen.

Constanza spielte mit. Im richtigen Augenblick schniefte sie laut und stieß gekonnt einige Schluchzer hervor, woraufhin Ymme ihr unartikulierten Unsinn ins Ohr säuselte. Sie spürte, daß die Blicke der Männer auf ihnen ruhten.

Jacopo begann zu husten, tief aus der Brust heraus. Der Anfall weckte Ymmes Interesse, das war kein einfacher Katarrh, der Mann war ernsthaft krank.

»Seine Eminenz, der Erzbischof«, fuhr Jacopo wichtigtuerisch fort, nachdem er sich geräuspert und in den Straßenstaub gespuckt hatte, »hat recht, wie nur einer, der die beiden Sizilien kennt. Ungläubige, wohin man sieht. Der Antichrist regiert sein Land in der Tat nicht anders als der Sultan von Bagdad! Sarazeninnen vor dem Portal von

Sant' Antonio Abate! Ihr Schamgefühl reicht nicht einmal aus, um einem Diener des Herrn aus den Augen zu gehen!«

»Das wirst du in Palermo noch öfter erleben«, sagte der andere Mönch. »Dies ist immer noch die Stadt der zwei Bücher ...«

»Muhammad! Buch! Ich nenne es Schrift des Satans!« zischte Bruder Jacopo. Ein letzter Blick aus seinen glühenden Augen traf Ymme und Constanza, dann eilten die beiden Mönche Schulter an Schulter zum schräg gegenüberliegenden Portal der Kirche hinüber.

Ymme ließ ihren Blick nach oben wandern. Die Front der Kirche war mit einer steinernen Rosette geschmückt, und obwohl die Tür leise hinter den Mönchen zufiel, polterten sofort zwei Steine herab und blieben auf einem Schutthaufen liegen. An dieser Kirche war alles außer der Tür baufällig. Ein guter Treffpunkt für Männer, die irgend etwas Verruchtes ausheckten. »Und so was nennt sich Mönch!« schimpfte sie.

»Böse Leute«, bemerkte Constanza zustimmend. »Und es gibt noch mehr von der Sorte. Deswegen verlassen immer mehr meiner Landsleute Sizilien.«

Ymme runzelte die Stirn. »Welche Landsleute? Du bist doch hier geboren. Und die anderen auch.«

Constanza zuckte die Schultern und dachte einen Augenblick nach. »Ja. Aber alle halten zu ihrer eigenen Gruppe, nicht einmal in Palermo mischen sie sich.«

»Dann wollen wir jetzt lieber gehen«, befand Ymme. »Dahinten kommt wieder ein Mönch. Einer von einem anderen Orden, die sich zwar auch nicht mischen ...«

»Wollen wir sie denn nicht belauschen?« fragte Constanza enttäuscht. »Bestimmt kann man sich in dieser Kirche irgendwo verstecken.«

Ymme schüttelte den Kopf. »Zu gefährlich. Selbst Cornelius wurde niedergeschlagen, obwohl er gewandt und kräftig ist. Wir müssen uns einen anderen Weg ausdenken.« Sie glättete die Falten ihres Gewandes und machte sich auf den Weg. »Was ist? Kommst du, Constanza?«

»Bin schon da. Jetzt seid Ihr wieder der Dschanib. Und ich bin Euer Silâhî«, sagte Constanza fröhlich.

»Und das heißt?«

»*Dschanib* ist der Feldadjutant und *silâhî* der Knappe.«

»Du meine Güte«, sagte Ymme beeindruckt. »Irgendwie klingt es, als wolltest du in den Heiligen Krieg ziehen.«

»Oh, den kennt Ihr auch? Ihr seid wirklich eine Hakima!« rief Constanza bewundernd aus.

»Gewiß. Nur mißt man eine Ärztin nicht an militärischen Fähigkeiten«, widersprach Ymme und lachte leise. »Was bedeutete übrigens deine Beschimpfung, *an-nâsir* ...? An den Rest erinnere ich mich nicht.«

»Das war die reine Wahrheit, keine Beschimpfung.« Constanza lachte so sehr, daß sie sich an Ymme festhalten mußte. »*An-nâsir an-nasraniyya* ist der Verteidiger des Christentums!«

Als ob Constanza allen weiteren Mönchen aus dem Weg gehen wollte, führte sie Ymme auf dem Rückweg an Darbs und Minaretten vorbei. »Aber sprecht nicht, Dama«, flüsterte sie warnend. »Die alten Männer würden bei Eurem Anblick wahrscheinlich vor Bewunderung dahinschmelzen und anschließend die Straßenköter auf Euch hetzen, weil Ihr Euch eingeschmuggelt habt.«

»Kein Wort«, beteuerte Ymme und blickte voll Erinnerungen an Toledo in die Innenhöfe, deren Tore geöffnet waren. Überall hingen Blumentöpfe, und sie hörte vereinzelt arabische Sätze, aber kaum jemand war zu sehen.

Sie kamen an einem öffentlichen Backofen vorbei, neben dem ein fliegender Zuckerbäcker seine Ware verkaufte, dann standen sie plötzlich in einer Durchgangsstraße, auf der sich Männer und hoch beladene Karren drängten. Auf der Straßenseite, die dem Anbinden von Lasttieren vorbehalten war, traten Esel und Maultiere auf der Stelle.

Plötzlich lief aus einer Gruppe von Frauen mit Kindern ein kleiner Junge direkt unter die Hinterhufe eines ausschlagenden Maultiers. Die Frauen schrien gellend.

»Nicht, Dama!« rief Constanza, aber es war zu spät, Ymme aufzuhalten.

Sie riß sich den Schleier vom Kopf und zog inmitten der auseinanderstiebenden Frauen das Kind aus dem Gefahrenbereich.

Es war bewußtlos. Ymme bettete seinen Kopf behutsam auf ihren Schleier und begann, ihn zu untersuchen. Hinter sich hörte sie Constanza mit etwas aufgeregter Stimme Erklärungen abgeben, die sie nicht verstand.

Der Junge, der vier oder fünf Jahre zählen mochte, wies außer dem halbkreisförmigen Abdruck eines Hufes oberhalb der linken Schläfe keine weiteren Verletzungen auf. Trotz der beginnenden Schwellung konnte Ymme feststellen, daß der Schädelknochen den Schlag unbeschadet überstanden hatte.

Sie drehte sich zu Constanza um, während eine der Frauen neben ihr auf die Knie fiel und laut zu klagen begann. »Constanza«, befahl Ymme, »sage ihr, daß ihr Sohn liegend nach Hause geschafft werden muß und mindestens drei Tage nicht aufstehen darf. Vielleicht wird er erbrechen. Und ich benötige auf der Stelle Wasser. So kalt wie möglich.«

Ihr entschlossener Ton wirkte. Constanza übersetzte folgsam, sauberes Wasser wurde herbeigeschafft, und die Mutter beruhigte sich ein wenig.

Ymme machte dem Jungen einen Verband aus ihrem Schleier. Als der Turban fertig war, schlug der Junge die Augen auf.

»Allâhu akbar!« rief die Mutter erstaunt.

Die Frauen begannen durcheinander zu schwatzen, einige betrachteten Ymme neugierig.

»Ihr hättet es nicht tun sollen, Dama«, jammerte Constanza und trat nervös von einem Bein aufs andere. »Wer weiß, was jetzt passiert.«

Männer hatten in diesem geschlossenen Kreis von Frauen anscheinend nichts zu suchen, bis sich einer mit barschen Worten zu dem Jungen durchdrängte. Einen Moment fiel sein Blick auf Ymme, dann wandte er sich der

Mutter des Kindes zu, um sie anzubrüllen. Er schien ihr die Schuld am Unfall des Jungen zu geben.

Ymme zog erbost die Augenbrauen zusammen und holte tief Luft. Aber bevor sie ihm die Meinung sagen konnte, bückte der Araber sich und warf sich seinen Sohn über die Schulter.

»Nein!« protestierte Ymme scharf und ihre Hand klatschte auf seine Wange.

Das weiße Käppchen auf seinem Kopf verrutschte. Sein Unterkiefer sank herab, während er Ymme verblüfft ins Gesicht starrte.

Sie deutete unmißverständlich mit dem Zeigefinger auf den Boden. »Leg deinen Sohn sofort wieder hin! Vorsichtig. Ganz langsam! Wenn du das nicht tust, tötest du ihn.«

Mit verunsicherter Miene gehorchte er, richtete sich wieder auf und breitete fragend die Hände aus. Was nun?

»Nun wirst du ein breites Brett besorgen, eine Tür oder Ähnliches, und darauf werdet ihr ihn ... Wie heißt dein Sohn?«

»Abû l-Hasan Ibn al-Hallâl«, antwortete der Mann willig und mit einem gewissen Stolz.

»So, du bist also Essigmacher«, bemerkte Ymme nebenbei. »Ja, ihr werdet also Abû l-Hasan behutsam in dein Heim tragen. Er muß dort drei Tage flach auf dem Rükken liegen. Gebt ihm Wasser zu trinken, das ganz leicht mit Essig gesäuert ist, und wenn er essen möchte, Reis mit wenig gewürztem Lammfleisch. Tränkt den Turban immer wieder in kaltem Wasser. Das wäre alles. Und wenn ich dir noch einen persönlichen Rat geben darf: Möglicherweise kannst du es dir leisten, als Dank für die Errettung deines Sohnes der Madrasa oder der Bibliothek eine Spende zu überreichen.«

»Es wird alles geschehen, wie Du befiehlst, auch die Spende«, stammelte er und wandte sich dann an Constanza mit einer ungeduldigen, gezischten Frage.

»Hakima Iume de Toledo et Lubicensis, Dama am Hof des Imberadour Federico«, antwortete Constanza in einem

Gemisch aus vier Sprachen, wobei es ihr mühelos gelang, würdig weit über ihre Jahre hinaus zu wirken.

Der Essigmacher war tief beeindruckt. Während von irgendwo herbeigeholt, ein breites Brett in den Kreis der Frauen gebracht wurde, vollführte er stumm den Selam.

Ymme ließ sich von Constanza helfen, den kleinen Abu l-Hâsan auf das Brett zu betten, streichelte ihm die Wange, grüßte knapp in die Runde und ging dann, Constanza auf den Fersen, ihrer Wege. Erst allmählich wurde ihr bewußt, daß das Ganze auch anders hätte ausgehen können.

»Allâhu akbar!« sagte Constanza dankbar hinter ihr, und um ein Haar hätte Ymme vernehmlich mit eingestimmt.

Aber sie fühlte sich so unbehaglich in ihrer unvollständigen Verkleidung, daß sie jedes weitere Aufsehen vermeiden wollte, und nickte nur.

Am Palastportal trat ihnen einer der Sarazenen in den Weg. Die goldene Stickerei an den Kanten seines weißen Mantels wies ihn als den Leiter der im Palast verbliebenen Truppe aus. »Ihre Erhabenheit erwartet Euch auf der Stelle, Dama«, sagte er, nicht unhöflich, aber Ymme hörte den unmißverständlichen Befehl heraus.

Ymmes Magen zog sich zusammen. War irgend etwas? Dann fiel ihr ein, daß sie sich ohne Erlaubnis aus den Gemächern der jungen Herrscherin gestohlen hatte. Und seither war sie ununterbrochen auf den Beinen gewesen und hatte mit zu vielen Problemen zu tun gehabt, um an die verwöhnte eigensinnige Jolanthe zu denken. »Geh schon vor«, sagte sie leise zu Constanza und gab ihr einen nachdrücklichen Schubs, der sie aus der Reichweite des Soldaten brachte.

»Wir kümmern uns um sie.«

Hinter dem Leiter der Palastwache tauchte ein einfacher Soldat auf, auch er mit zwei beeindruckenden Krummdolchen bewaffnet. Er packte Constanza am Oberarm und führte sie auf dem Gartenweg fort. Seine Schritte knirschten auf dem Sand, Constanza stolperte neben ihm her, und das letzte, was Ymme von ihr sah, war der bestürzte Blick, den sie ihr über die Schulter zuwarf.

Stumm vor Furcht folgte Ymme dem Palastwächter zu Jolanthes Gemächern. Als sie von einem der Knaben eingelassen worden war und in der Tür stand, setzte sich Jolanthe so heftig auf ihrem Bett auf, daß die Pralinen und Nüsse, denen sie in immer größeren Mengen zusprach, durch die Luft flogen und mit einem häßlichen Geräusch auf den Fliesen zerplatzten.

»Habe ich Euch endlich dabei ertappt, Dama«, schrie sie schrill, »daß Ihr Euch unerlaubt aus meinem Dienst entfernt! Ich hatte Euch nicht erlaubt zu gehen! Dafür werde ich Euch bestrafen!«

»Ihr habt recht, Eure Erhabenheit. Ich habe mich entfernt, weil meine Anwesenheit Euch nicht beruhigen konnte. Eher im Gegenteil.«

Jolanthe schob die Unterlippe wie ein Kleinkind vor. »Ihr gebt es zu?« fragte sie mißtrauisch.

»Ich gebe es zu«, bestätigte Ymme. »Es geschah ja nicht ohne Grund. Ihr solltet Euch in Eurem Zustand nicht aufregen.«

»Eure Schuld, Dama.« Jolanthe war jetzt ganz kalt. »Geh in die Kanzlei!«

Erwartungsvolle Stille lag über dem Raum, als die leisen Schritte des Kammerknaben sich entfernt hatten. Jolanthe erhob sich schwerfällig aus dem Bett. Ihr durchsichtiges Gewand schwebte hinter ihr her wie große weiße Schmetterlingsflügel, als sie sich zum Fenster schob.

Das Licht des späten Nachmittags fiel auf Jolanthes Gesicht. Um die leicht geöffneten Lippen lag ein grausamer Zug. Und sie sah sehr zufrieden aus.

Ymme atmete ganz flach. Durfte die Kanzlei eine willkürliche Strafe verhängen? Oder gab es ein festes Strafmaß für ihren Fall?

Ohne daß Ymme die Tür hatte gehen hören, entdeckte sie plötzlich ein Barett, das durch die Luft schwebte. Girolamo Nasos dicker schwarzer Haarschopf berührte fast den Boden, als er sich verneigte. »Zu Diensten, Eure Erhabenheit«, murmelte er.

Ymme fiel ein Stein vom Herzen. Glücklicherweise der Notar, der sie zu schützen versprochen hatte.

»Sprecht, Naso!« Jolanthe wandte sich ihm gelangweilt zu.

Ymme zuckte zusammen, als Jolanthes ausladender Bauch im Gegenlicht sichtbar wurde. Jemand hätte sie daran hindern müssen, sich derart vor einem Mann zu entblößen. Allerdings war dieser jemand nicht sie.

»Ich habe den ganzen Nachmittag an dem von Euch vorgelegten Problem gearbeitet, Eure Erhabenheit«, sagte Naso geschmeidig und hob die Rolle in seiner Hand.

»Und zweifellos seid Ihr auf ähnliche Fälle gestoßen.« Jolanthe verschränkte die Hände unter dem Bauch und spazierte gemächlich auf und ab.

Der Notar heftete seine Augen auf den Teppich. »Auf keinen einzigen, Eure Erhabenheit. Es gibt keine Präzedenzfälle. Niemals wagte jemand, der im Dienst des königlichen Hofes stand, sich ohne Erlaubnis zu entfernen.«

Jolanthe wurde ungeduldig, Ymme erkannte die Anzeichen. Mit ihrer dicklichen kleinen Hand wedelte sie vor der Nase des Notars herum, ohne daß er zurückzuweichen wagte. »Also sagt schon, was verdient sie?«

Girolamo Naso verbeugte sich erneut bis zum Boden. »Ich weiß es nicht, Eure Erhabenheit«, flüsterte er.

Ymme erstarrte, als ihr Blick auf Jolanthes Gesicht fiel. Ein wenig aufgedunsen, aber geschminkt, wirkte sie wie ein Kröte, die im Begriff ist, sich über eine schmackhafte Fliege herzumachen.

»Dann entscheide ich. Die Dama bekommt die Bastonade. Zehn Peitschenhiebe. Es wird einige Wochen dauern, bis sie wieder in der Lage sein wird, nur den Palastgarten zu durchqueren.« Sie lachte leise wie über einen guten Witz.

Ymme hatte Mühe, sich aufrecht zu halten.

12.
Der Kopf des Kammerknaben

Nach einigen Tagen war Ymme wieder imstande, sich auf ihren dick umwickelten Füßen langsam durch die Palastflure zu quälen. Constanza ging es viel schlimmer. An die Zahl der Schläge konnte sie sich nicht erinnern. Ymme war berichtet worden, daß sie bewußtlos geworden war.

Wie es ihre Pflicht war, suchte Ymme als erstes Jolanthe auf. Die junge Frau lag auf ihrem breiten Liegebett, bohrte mit ihren langen Fingernägeln karminrote kandierte Früchte aus einem mit gelbem Marzipan überzogenen Kuchen, und beaufsichtigte die Mädchen und Frauen beim Packen.

Ymme sank zu Boden, indes Teresina eine Auswahl von Schmuck auf einem brokatbezogenen Kissen hereinbrachte.

Jolanthe warf einen gleichgültigen Blick darauf, um plötzlich ihren Sinn zu ändern. »Was habe ich gesagt, was du bringen sollst!« schrie sie erregt. »Nur blaue Steine! Alle anderen bringen Unglück! Willst du, daß es ein Mädchen wird?« Um ihren Worten Nachdruck zu verleihen, fuhr sie Teresina mit den Nägeln durch das Gesicht.

Teresina war beherrschter, als Ymme es ihr zugetraut hätte. Blut trat aus den Striemen, aber ihre Miene zeigte keine Regung. Jolanthe verzog angeekelt ihre breite Nase und wandte sich ab, wobei ihr Blick auf Ymme fiel.

»Fort mit Euch, ich brauche Euch nicht! Haltet Euch morgen bereit. Ihr werdet auf einem Maultier neben uns reiten, damit Ihr zur Hand seid, wenn mir schlecht wird.« Sie kicherte ihr albernes Jungmädchenlachen und wedelte energisch mit dem Handrücken.

Ymme zog sich zurück und begann Kräuter und Instrumente zusammenzustellen, die sie mitnehmen wollte. Jolanthe ging es besser als den meisten Schwangeren. Obwohl die heißeste Jahreszeit angebrochen war, litt sie noch nicht einmal unter der Hitze, sie hielt es aber für ihr gutes Recht, unbeherrschter denn je zu sein.

Die Zisa. Ymme richtete ihren staunenden Blick auf das schlichte Gebäude, das allmählich aus dem Meer von Bäumen emporwuchs, nur ein wenig gestört von Jolanthes schrillem Lachen, das sich von Zeit zu Zeit aus ihrer Sänfte erhob.

Der äußere Ring von Orangen- und Olivenbäumen war offenbar bereits den Palermern zum Abernten überlassen worden, aber je mehr sie sich dem Lustschloß näherten, desto sichtbarer wurde die Arbeit der Gärtner, die Wege waren in Mustern geharkt und die Bewässerungsrinnen unter den Palmen noch feucht. Wasserflächen schimmerten durch das Grün hindurch, und am viereckigen Fischteich vor dem mittleren Portal des Schlosses waren zwei Jungen damit beschäftigt, Laub und Pinienzapfen aus dem Wasser zu fischen.

Während das Getöse des eintreffenden Hofstaates allmählich verebbte, stand Ymme im Garten, ohne sich an der Palastanlage satt sehen zu können. Der Fischteich wurde gespeist mit Wasser, das aus der Wand einer mosaikgeschmückten Halle floß und durch eine Rinne plätscherte, die mal schmaler, mal breiter war. Die Luft war frisch. Sie atmete tief durch. Es war so wunderschön hier.

»In Gottes Namen, unser Salsabil, der Paradiesbrunnen«, bemerkte eine Stimme hinter Ymme. »Aber glaubt nicht, daß Ihr hier im Paradies seid, Dama. Seid Ihr die Hakima Iume? Ich soll Euch holen.«

Sie drehte sich um und grüßte freundlich. Der Mann schien eine Art Aufseher zu sein.

Gesprächig war er nicht. Schweigend stieg er vor ihr her die Treppe hinauf bis in das oberste Stockwerk, wo Stella bereits angefangen hatte, die zwei ihnen zugewiesenen Räume wohnlich zu machen.

Ymme gab sich als erstes dem herrlichen Luxus hin, sich mit einem tellergroßen Schwamm unter fließendem Wasser vom Staub und Schweiß der Reise zu säubern. Leise plätschernd floß das gebrauchte Wasser durch eine Rinne im Fußboden und verschwand im Loch einer Bodenfliese mitten im Raum.

Sie zog sich gerade frische Kleidung an, als Stella hereinkam.

»Heute abend gibt es Spiedini, Dama«, verkündete sie mit wichtiger Miene. »Hackfleisch, Schafskäse und Wurst am Spieß. Uns zu Ehren wird der Verwalter zwei Schafe schlachten, und ich glaube, das haben wir mehr Euch als Ihrer Erhabenheit zu verdanken.«

»Mir?« fragte Ymme verblüfft.

»Der Mann, der Euch heraufbrachte, ist Araber.« Aus Stellas Mund klang es zwar etwas verächtlich, aber es bereitete Ymme eine gewisse Genugtuung zu hören, daß ihr Ansehen um ein Weniges gestiegen war. Diese Entdekkung passte sehr wohl zu dem kleinen Paradies, das Zisa hieß.

Erst am nächsten Vormittag ließ Jolanthe Ymme zu sich rufen. »Was meint Ihr, werde ich nach der Geburt die Kleidung tragen können, die ich früher trug?« erkundigte sie sich unvermittelt. Sie saß auf dem Boden, ihr kaftanartiges Gewand um sich herum ausgebreitet, und ließ spielerisch das Wasser durch ihre Finger gleiten, das auch hier im großen Saal durch eine Rinne im Boden strömte und die Luft kühlte.

Aufgrund ihrer Sucht nach Pralinen hatte sie mit Sicherheit beträchtlich zugenommen. »Nicht sofort, Eure Erhabenheit«, antwortete Ymme vorsichtig.

»Wenn der Kaiser an mir keinen Gefallen mehr findet, ist es Eure Schuld, Dama! Habt Ihr wenigstens alle Vorbereitungen für die Geburt getroffen?«

»Ja, Eure Erhabenheit. Trotzdem würde ich mit Eurer Erlaubnis gerne in den Garten gehen, um zu sehen, welche Heilpflanzen es hier gibt. Vielleicht könnte einer der Gärtner ...«

»Keiner der Gärtner könnte«, unterbrach Jolanthe sie rüde. »Ihr bleibt hier in meiner Nähe! Nehmt Euch der Kinderkleidung an, wenn Ihr Euch langweilt.« Ihre Geste deutete vage auf die Truhen, die an den Wänden abgestellt waren.

Der große Saal war wohl kaum der passende Ort, um Wäsche für ein Neugeborenes aufzuheben. Um Jolanthe nicht zu reizen, sah Ymme nach und stellte fest, daß sie recht gehabt hatte. Durch die geschnitzten Wände, die vor den Luftschächten aufgestellt waren, hörte sie die Stimmen der Dienerinnen und ging ihnen nach.

Teresina schnaubte bei Ymmes Frage verächtlich durch die Nase und erteilte einem der ihr unterstellten Mädchen den Auftrag, die Säuglingswäsche in den Saal zu bringen. Ausnahmsweise konnte Ymme ihr nur beipflichten. Die Mädchen beschäftigten sich seit Monaten mit nichts anderem.

Als sie in den Saal zurückgekehrt war, meldete der wachhabende Sarazene gerade respektvoll, daß ein Bote eingetroffen sei, der vom Vater der Erhabenheit komme. Er bringe auch Nachricht vom Imam in Rom.

Plötzlich war Ymme mit Jolanthes albernem Befehl sehr einverstanden. Jolanthes Vater hatte sich am Tag nach der Hochzeit seiner Tochter in den Schutz der Kurie begeben. Offenbar befand er sich also immer noch dort. Leise stahl sich Ymme in den Winkel zwischen der hohen mosaikverzierten Truhe und einem der Paravents, schickte das Mädchen, das ihr mit dem Korb voller Wäsche gefolgt war, wieder fort und nahm ihre Arbeit auf.

Dicht gefolgt von Moro, schlurfte Bruder Jacopo in den Gang vor den Fenstern und stieg mit finsterem Gesicht die zwei Stufen in den Saal herab, eingehüllt in eine Dunstwolke von Gerüchen. Ymme senkte den Kopf tief über die Windeln und begann, sie fieberhaft zu sortieren, bis ihr einfiel, daß der Mönch ihr Gesicht ja gar nicht kannte. Ihr Herzschlag beruhigte sich wieder.

Jolanthe betrachtete den Mönch mit hochgezogenen Augenbrauen und erhob auch keine Einwände, als er linkisch einen Rundgang begann, um jede einzelne Nische des Raumes zu betrachten. Der Anblick eines fröhlich unbeschwerten Wandmosaiks, das ein Leben in paradiesischer Nacktheit darstellte, schien ihm besonders zu mißfallen.

Er schlug das Kreuzzeichen und wandte sich Jolanthe zu, die immer noch neben dem Rinnsal saß, das ihm ebenfalls nicht zu gefallen schien. »Der Heilige Vater segnet Euch und versichert Euch seiner Anteilnahme. Er und der Kardinal Hugo von Ostia senden mich, um Euch Trost zu spenden und Mut zuzusprechen. Harrt aus und tut ein frommes Werk, indem Ihr Eurem Gemahl ein vorbildliches Beispiel für ein christliches Leben seid!«

Ymme musterte ihn mit gerunzelter Stirn. Glaubte er wirklich, daß eine Frau, die so sichtlich orientalischen Sitten frönte, überhaupt ernsthaft gläubig sein konnte? Aus Sicht der Kurie mußte dieser ganze Palast wie heidnisches Teufelswerk erscheinen.

Er schien ihre aufmüpfigen Gedanken gespürt zu haben. Plötzlich musterte er Ymme mit mißtrauischem Blick. »Ist sie eine Sarazenin? Schickt sie hinaus, Königin Jolanthe. Meine Botschaft ist nur für Eure Ohren bestimmt.«

In Jolanthe stritten sich widersprüchliche Gefühle, der Stolz, vor den Ohren Dritter als Königin angeredet zu werden sowie das Verlangen, einen Bericht aus Rom ohne Zeugen zu hören. Aber da war auch die Abneigung, von irgend jemandem eine Anweisung entgegenzunehmen. Ymme ahnte, wie sie sich entscheiden würde. Sie setzte eine bescheidene, etwas dümmliche Miene auf.

»Sie ist nur meine Hebamme, eine christliche Frau. Wie könnt Ihr etwas anderes von mir denken, Bruder Jacopo?

Sie weiß nichts von Rom. Gebt mir den Brief und sprecht unbesorgt.«

Der Mönch schüttelte den Kopf. »Einen Brief gibt es nicht. Ich mußte die Botschaft auswendig lernen. Ich habe ein gutes Gedächtnis für Worte.«

Ymme legte einen Stapel Windeln auf ihre Knie und begann unter leisem Murmeln zu zählen.

Jacopo schien endgültig von ihrer Einfalt überzeugt und verlor jegliches Interesse an ihr. Einen Finger an die Nasenwurzel gelegt, sammelte er sich kurz, um die Botschaft vorzutragen. »Eurem Vater, Johann von Brienne, geht es gut. Er betrachtet sich trotz Eurer Heirat mit dem Antichrist weiterhin als Baille von Jerusalem und sorgt sich um die Heilige Stadt. Der Heilige Vater und der Kardinal stehen auf seiner Seite.«

Jolanthe hob die Hand zum Einspruch. »Sobald der Erbe des Königreiches Sizilien geboren ist und ich volljährig geworden bin, werde ich mich um Jerusalem kümmern. Ich werde Anspruch auf meinen ererbten Titel als Königin von Jerusalem erheben und, wenn das Heilige Land erobert ist, dorthin reisen! Bis dahin mag sich mein Vater Regent nennen. Sagt ihm das.«

»Ja«, sagte Jacopo verblüfft. »Darüber weiß ich nicht Bescheid. Ich bin nur das Pergament, das beschrieben wurde.«

»Nun gut«, befand Jolanthe gnädig. »Also weiter.«

»Euer Vater ist aufgebracht über das Verhalten Eures Ehemanns.«

»Ich auch«, stimmte Jolanthe von Herzen zu.

»Es gibt Absprachen zwischen dem Kardinal und Eurem Vater«, fuhr der Mönch fort, »für den Fall, daß sich die Beziehungen der Kurie zu Eurem Ehemann weiter verschlechtern sollten.«

»Wirklich?« Jolanthe erhob sich stöhnend und wanderte schwerfällig zu einem bequemen Polster hinüber. »Es wird bald soweit sein«, erklärte sie dem Mönch mit wichtiger Miene, aber Ymme sah auch, daß ihre Augen vor Neugier funkelten.

»Der Herr gebe, daß es ein Sohn wird, der frommer ist als sein Vater!« Der Mönch stieß die Worte hervor, die zweifellos nicht zu seiner Botschaft gehörten, ohne Rücksicht darauf, daß er der werdenden Mutter gegenüberstand.

Ymme hätte den Kerl aus dem Palast geworfen, aber Jolanthe hatte nichts dagegen einzuwenden.

»In der Kurie munkelt man allerdings, daß für einen Staufer jede Hoffnung vergebens ist ...«

Auf Jolanthes Lippen erschien ein kaltes Lächeln. »Ich werde ihn erziehen, deshalb wird er fromm werden. Sein Vater wird sich auf dem Kreuzzug befinden. Sein Urgroßvater starb auf einem Kreuzzug.«

Ymme schauderte es angesichts der Kälte, die Jolanthe ausstrahlte. Es hörte sich wahrhaftig an, als ob sie Friedrichs Tod ernsthaft in Erwägung zog, weil dessen Großvater Barbarossa auf dem Kreuzzug ertrunken war.

»Dieser von Kaiser Friedrich ausgerufene Kreuzzug, Königin, schwärt wie ein vergifteter Pfeil in der Brust der Kurie ...«, fuhr Jacopo emphatisch fort, bis seine Schwärmerei in einem Hustenanfall endete.

Brust der Kurie, dachte Ymme erheitert. Wo sich die wohl befinden mag?

Jacopo sah sich suchend um, fand keinen Ort für seinen Auswurf und spuckte ihn schließlich in die hohle Hand, die er an der Kutte abrieb. »Hört zu, Königin! Niemand außer der Kirche Roms darf zu einem Kreuzzug aufrufen, auch ein Kaiser nicht! Der Kardinal bittet Euch deshalb von Herzen, alles zu tun, was in Eurer Macht steht, um diesen kaiserlichen Kreuzzug zu verhindern!«

Jolanthe öffnete den Mund zu einem scharfen Tadel, der ihr im Halse steckenblieb, als ihr aufging, was er gesagt hatte. Auch Ymme verstand die Welt nicht mehr. Die Kurie konnte einen Kreuzzug *nicht* wollen?

»Euer Vater ist der Meinung, daß Ihr die letzte Rettung der Christenheit seid, daß nur Ihr auf friedlichem Wege den Kreuzzug eines Ketzers verhindern könnt.«

»Das mag wohl wahr sein«, gab Jolanthe geschmeichelt zu, »nur ist er nie da. Er hält sich meistens in Foggia auf.«

»Und bei seinen geliebten Teufelsanbetern in der Sarazenenstadt Lucera«, warf Jacopo ein. »Das alles ist der Kurie bekannt. Aber zur Taufe des Thronfolgers von Sizilien wird er kommen.«

»Wahrscheinlich. Ganz bestimmt sogar.« Jolanthes für gewöhnlich mißmutige Miene hellte sich auf, als sei die nahe Rückkehr ihres Ehegemahls ihre eigene Entdeckun gewesen. »Teilt meinem Vater mit, daß ich alles Erdenkliche tun werde, um der Kurie zu dienen. Und ruft alle Heiligen an, Bruder Jacopo, daß sie mir zu Hilfe eilen.«

Der Mönch fiel auf die Knie und hielt das hölzerne Kruzifix in die Höhe, das an einem Band um seinen Hals hing. »So wahr mir Gott helfe, ich werde für Euch beten«, sagte er und küßte das Kreuz inbrünstig. »Und der Heilige Vater wird es ebenfalls tun. Verflucht soll er sein, der Antichrist!«

Den letzten Worten des Franziskaners folgte ein dumpfer Schlag, der Ymme aus ihrer angeregten Beschäftigung mit den Windeln erlöste. Sie sah auf. Der Mönch lag schwer atmend auf dem Boden.

Jolanthe klatschte träge in die Hände.

»Kümmere dich um den frommen Bruder«, sagte sie scharf zu Moro, der sich nur unwillig näherte und mit gerümpfter Nase auf die schäbige braune Kutte starrte.

Ein Gestank wie aus einer Fäkaliengrube erreichte auch Ymme. Der Mönch hatte die Kontrolle über seinen Darm verloren. Sie fragte sich, ob es sich wirklich nur um einen Anfall von frommer Ekstase handelte.

»Hat er sich vergessen?« Jolanthe beugte sich vor und forderte Moro durch eine Handbewegung auf, die Kutte zu lupfen.

Moro verschränkte die Hände auf dem Rücken und wich in kleinen Schritten zurück. Er schüttelte störrisch seinen feisten rasierten Kopf. »Zwingt mich dazu nicht, Herrin. Ein Muslim berührt kein Schwein ...«

Jolanthe ließ ihren Blick drohend auf ihm ruhen.

Plötzlich glitt er zu ihr hin, warf sich auf die Knie und streckte ihr seine Hände entgegen. »Herrin«, bettelte er, »diese Hände, in denen vor kurzer Zeit noch die wunderbarsten alabasterfarbenen Perlen dieser Welt lagen, dürfen nicht zu so niederen Diensten mißbraucht werden! Das dürft Ihr Euch nicht antun, Herrin. Habt Erbarmen mit mir und mit Euch selbst!«

Was hatte denn nur dieser seltsame Vergleich zu bedeuten, der aus der arabischen Dichtung zu stammen schien? Dann erkannte Ymme trotz des Gegenlichtes, daß Jolanthe totenbleich geworden war.

Herr im Himmel! Ymme biß sich auf die Lippen, beugte sich erneut über die Säuglingswäsche und wünschte sich weit fort.

Das Klatschen einer Ohrfeige folgte, dann hörte Ymme am Rascheln von Jolanthes Gewand, daß diese sich durch den Raum bewegte, um an einer der Stellen, an der die Wand durchbrochen war, damit die kühlende Luft zirkulieren konnte, scharf an das Holz des Mushrabiyya zu klopfen. Moro brach in lautes Schluchzen aus und wankte in den Gang vor den Fenstern, durch den in diesem Augenblick Teresina hereinstürzte, gefolgt von den Kammerknaben.

»Der Mönch scheint erkrankt zu sein«, sagte Jolanthe, klirrend vor Abscheu. »Schafft ihn nach Palermo hinunter. Dama Iume, bei Eurem Leben, Ihr bleibt bei ihm und sorgt dafür, daß Bruder Jacopo den Königspalast erst verläßt, wenn er wieder auf eigenen Beinen stehen kann!«

Ymmes Hals war wie zugeschnürt, als sie auf den Boden sank. Erst als die Knaben, die schwer an der langbeinigen Gestalt des Mönchs zu schleppen hatten, außer Sicht waren, fand sie den Mut zum Widerspruch. »Es ist nicht angebracht, Euch jetzt allein zu lassen, Erhabenheit.«

»Ihr wollt damit wohl sagen, daß der Mönch Eurer Pflege nicht wert ist«, fuhr Jolanthe sie an. »Eine Lektion für Euren deutschen Hochmut wird Euch guttun!«

»Warum nur willst du mit dem Mönch nichts zu tun haben?« fragte Ymme ärgerlich. Eine ganze Woche hatte sie sich nach ihrer Rückkehr in den Königspalast Bruder Jacopo widmen müssen. Er war ein anspruchsvoller Kranker, und ihn zu pflegen war beinahe über ihre Kräfte gegangen.

»Ich bin eine fromme Frau«, entgegnete Angelina würdevoll. »Aber dieser neue Orden lebt nicht im Herrn. Diese Männer sind nichts anderes als verkleidete Ketzer!«

Ymme betrachtete sie nachdenklich. Die Franziskaner waren vor ihrer Anerkennung als römischer Orden als Ketzer angesehen worden. Sie konnte sich noch daran erinnern, daß sie in einem Atemzug mit den Anhängern von Arius oder Nestor genannt worden waren. Oder mit den Katharern.

Ihr Herz tat einen Sprung, als sie an ihren Winter in der Katharergemeinschaft zurückdachte. Nicht auszudenken, daß die fleißigen, von Herzen frommen Katharer, die so viele medizinische Kenntnisse besaßen, mit diesem gehässigen, schmutzigen Mönchspack über einen Kamm geschoren wurden. Außerdem waren sie zu Hunderten oder Tausenden ermordet worden. Die Mönche aber lebten und vermehrten sich wie Fliegen. »Der Heilige Vater hat sie aber anerkannt«, sagte sie provokativ.

Angelina schüttelte heftig den Kopf. »Ihr versteht nichts!« fauchte sie. »Nichts, Dama! Diese Wandermönche predigen den Gläubigen, daß Seine Erhabenheit der Antichrist ist. Wenn seine Zeit um ist, müssen wir alle sterben. *Welt ist gewesen, dieselbe Welt wird nicht mehr sein!*«

Ymme sah sie verständnislos an. Angelina war so aufgebracht, daß von ihrer sonst zur Schau getragenen Würde nicht mehr viel übrigblieb. Ihre noch nicht aufgebundenen roten Haare ließen sie aussehen wie einen Straßenkater mit gesträubtem Fell.

Doch Angelina hatte ihrer rätselhaften Rede nichts hinzuzufügen, schwenkte nur die geschlossene Faust, aus der sie den Daumen und den kleinen Finger herausstreckte, das Zeichen des Gehörnten.

Ymme seufzte leise und machte sich auf den Weg zurück zu ihrem Patienten.

Noch war es früh am Morgen und der Palast nicht erwacht. Ymme stand im Gang an einem Fenster, das ihr den Ausblick auf die Zisa erlaubte. Die nachtfeuchte Luft strömte durch die Fensterbögen herein, und draußen sangen die Vögel. Aber was war das alles gegen das kleine Paradies der Zisa! Ymme schloß die Augen und versetzte sich in Gedanken dorthin zurück. Die Zeit hatte nicht ausgereicht, um das Lustschloß richtig kennenzulernen, aber sie war lange genug dort gewesen, um große Sehnsucht danach zu empfinden.

»Dama!«

Der leise Ruf ließ Ymme aufschrecken und herumfahren. Wie ein Schatten huschte der Notar Naso dicht an der Wand auf sie zu. Was wollte der denn? Ymme hatte ihm nicht verziehen, daß er die Bastonade nicht verhindert hatte.

»Dama! Es spricht sich herum, daß nun bald mit der Niederkunft der Erhabenheit zu rechnen ist …«

Ymme nickte widerwillig.

Er hielt die Hand über den Mund und flüsterte weiter, nachdem er sich vergewissert hatte, daß niemand sich in Sichtweite aufhielt. »Denkt an die Zeugen, Dama!«

Sie sah ihn offenbar so verständnislos an, daß er sich zu einer Erklärung veranlaßt sah. »Bei einer königlichen Geburt müssen Zeugen zugegen sein, Ihr versteht … Zum Schutz des Kindes, damit es später keine Gerüchte gibt, etwa, daß ein anderes untergeschoben wurde … Zu Eurem eigenen Schutz auch.«

»Tatsächlich?« Ymme war betroffen und zugleich dankbar, daß er sie gewarnt hatte. »Und wer sollte das sein?«

»Die Palermer! Laßt die Erhabenheit auf einem der Plätze entbinden. Federicos Mutter hat es auch so gehalten. Und trotzdem gab es Gerüchte, er wäre der Sohn eines Schlachters!«

Ein Marktplatz! Ein widerlicher Gedanke! Womöglich würden Ratten an den Zehen des Kindes schnuppern. Ymme rümpfte die Nase.

Naso ließ sich von ihrem Widerwillen nicht beeindrukken. »Und denkt gelegentlich an die Augustalen! Es könnte sein, daß man ungeduldig wird.« Er vollführte mit den Händen eine der unverständlichen sizilianischen Gesten und war verschwunden.

Ymme sah ihm erbittert nach. Sie verstand sich nicht darauf, Geld zu beschaffen. Wo sollte sie es hernehmen? Ihr eigener Lohn reichte gerade für die Frauen und das Essen.

Erstmals war Ymme dankbar für die Auflage, jeden Sonntag die Messe in der Kathedrale besuchen zu müssen. Sie bot auch die Befreiung aus der Beengtheit des Palastes, die Möglichkeit, andere Gesichter sehen zu dürfen, das ganz normale Leben von Palermo. Freiheit für ein paar Stunden. Großzügig ging sie davon aus, daß der Besuch der Messe vom Hausarrest, den Jolanthe als zusätzliche Strafe verhängt hatte, nicht berührt wurde, aber ganz sicher war sie natürlich nicht.

Im Palasthof war alles still. Keine bereitstehende Sänfte wies darauf hin, daß eine von den Frauen der Würdenträger zur Kathedrale aufbrechen würde. Gut so. Zufrieden machte Ymme sich auf den kurzen Weg.

Erst als sie festlich gekleidete Menschen sah, die sich schon auf dem weiten Platz vor der Kathedrale drängten, schwankte sie für einen Augenblick. Wirkliche Freiheit wäre es, nicht zur Messe zu gehen und sich neben dem Lustpavillon vor der Kalsa in den Sand zu setzen und den Wellen zu lauschen. Aber sie wagte es nicht. Die Wahrscheinlichkeit, daß sie überwacht wurde, war groß, besonders an einem Tag, an dem der Erzbischof höchstpersönlich die Messe las.

Als Ymme die noch herumliegenden Trümmer der abgerissenen Moschee erreicht hatte, war sie bereits von Gläubigen eingekeilt. Eine Weile stand sie in den Wolken des Gestanks, der die Bedürfnisanstalt umgab. Im Gegensatz zur Bibliothek hatte man sie stehenlassen, offensichtlich aber sparte man sich die übliche gebührenpflichtige Säuberung durch einen Wärter. Vom Portal an wurde Ymme von einer Gruppe schwarzgekleideter Frauen bis vor die Absperrung im Hauptschiff getragen.

Die Messe mit ihren unendlich langen Wechselgesängen, mit dem Hinknien und Aufstehen, ließ sie über sich ergehen wie einen langen Gewitterregen. Verstohlen betrachtete sie die goldenen Einlegearbeiten und Mosaiken an den Wänden.

Als sie während des Segens aufsah, hatte sie das Gefühl, dem Erzbischof, der seinen Thron verlassen hatte, geradewegs in die aufmerksamen Augen zu blicken. Sie hatte ganz vergessen, daß sie zwischen den palermischen Frauen auffallen mußte wie ein Kamillenstengel zwischen Oleanderblüten. Hoffentlich hatte der Erzbischof sie nicht schon länger beobachtet!

Sie war dankbar, als die Messe endlich vorüber war. Zu ihrem Entsetzen stand jedoch der Erzbischof mit seinen Priestern am Eingang der Kathedrale. Unmöglich konnte sie ungesehen an ihm vorbei nach draußen gelangen.

»Dama Iume, nicht wahr?« erkundigte er sich, während sie in die Knie sank, um seinen Ring zu küssen. Sein eindringlicher Blick ruhte forschend auf ihr, aber nicht ohne Wohlwollen.

»Ja, Eminenz«, antwortete Ymme zögernd. Sie spürte, daß er sie nicht ohne Absicht angesprochen hatte.

»Seine Erhabenheit erwähnt Euch gelegentlich, Dama, wenn wir, wie es öfter vorkommt, in freundschaftlichem Gespräch zusammensitzen. Frauen sind nicht das übliche Thema eines Kaisers und eines Erzbischofs, wie Ihr verstehen werdet.«

Ymme blieb auf der Hut. »Nein, gewiß nicht«, pflichtete sie ihm bei.

»Ich will damit sagen, daß der König hohe Achtung vor Eurem Können hat, mit dem Ihr ihm mehrmals schon großen Dienst erwiesen habt.«

»Oh, das ist zuviel Ehre«, wehrte Ymme bescheiden ab. »Bisher habe ich immer noch nicht das tun können, wofür er mich nach Sizilien berief: ihm seinen Sohn in die Arme legen.«

Der Erzbischof lauschte mit wachsendem Befremden. Erst verwirrte es Ymme, dann wurde sie allmählich nervös, vor allem, als sich hinter ihr die Kirchgänger stauten. Aber Berard von Castacca hatte die Augen geschlossen und dachte gar nicht daran, sie zu entlassen.

»Der Hofstaat pflegt bei mir die Beichte abzulegen«, sagte er nach einer Weile, »aber ich bin sicher, Eure Stimme noch nie in meinem Beichtstuhl gehört zu haben.«

Ymme verschlug es vor Schreck zunächst die Sprache. »Ich habe mir einen Beichtvater eigener Wahl gesucht«, stammelte sie schließlich.

»Das steht Euch natürlich frei«, bemerkte der Erzbischof entgegenkommend. »Allein: Es ist im Kreis der Personen, denen der Kaiser sein besonderes Vertrauen schenkt, üblich, doch wenigstens an Ostern und zur Feier der Geburt Christi meinem Beichtstuhl, der auch der des Kaisers ist, die Ehre zu erweisen. Wie leicht könnte sonst der Eindruck entstehen, derjenige oder diejenige stünden in innerer Distanz zu allem, was dem Kaiser heilig ist.«

»In der Sprache des Hofes, Eminenz«, säuselte hinter Ymme eine Stimme, die verdächtig nach Girolamo Naso klang, »ist dies gleichbedeutend mit Hochverrat.«

Sie fuhr herum. Schwarz gekleidet von Kopf bis Fuß, aber mit grellfarbenen Streifen aus grüner Seide, die seine Stellung deutlich über die ihre erhoben, stand der Notar zwei Stufen höher, was ihn auf gleiche Augenhöhe mit ihr brachte, und lächelte verschlagen. Sicherlich galt das ihr, obwohl er den Erzbischof nicht aus den Augen ließ.

»Nun, nicht zwangsläufig, verehrter Notaio Naso«, widersprach der Geistliche höflich. »Es gibt gottlob viele Beichtväter in unserer Stadt, die auf der Seite des Königs stehen.«

Naso machte eine zustimmende, fast unterwürfige Geste. »Um Klarheit zu schaffen, wäre es doch ganz einfach,

Dama Iume würde seinen Namen nennen«, sagte er geschmeidig.

»Das wäre es«, stimmte Seine Eminenz zu und fuhr, an Ymme gewandt, fort, »aber ich bin sicher, daß Dama Iume bei der Wahl ihres Beichtvaters allenfalls aus Unkenntnis und nicht mit der Absicht des Hochverrats vorgegangen ist.«

»Ich bin gewohnt, unterschiedslos alle Priester als treue Diener der Kirche zu betrachten«, antwortete Ymme, während ihr Herz wie rasend schlug. »In Lübeck muß niemand den Namen seines Beichtvaters angeben, und das werde ich auch hier nicht tun.«

Der Erzbischof nahm Ymmes Abfuhr ohne sichtliche Gemütsbewegung entgegen. »Die Sitten sind nicht überall gleich, meine Tochter.«

Während er sich mit seinen Priestern in Bewegung setzte, rückte der Notar so dicht an Ymme heran, daß sie die dampfende Hitze seines gedrungenen Körpers spüren konnte.

»Jetzt habt Ihr Euch verdächtig gemacht«, zischte er ihr gehässig ins Ohr. »Ihr hättet allen Schwierigkeiten aus dem Weg gehen können, wenn Ihr meinem Rat gefolgt wärt und den Namen genannt hättet.« Er ging an ihr vorbei und schlug mit seinen hüpfenden Schritten den Weg zum Palast ein.

Ymme sah ihm nach. Ihr Herz beruhigte sich langsam. Was ging es den Notar an, welchen Beichtvater sie hatte? Allein seine Einmischung war impertinent. Trotzig wählte sie einen anderen Rückweg als er, obwohl er weiter war. Aber zum Nachdenken gut. Als sie, dem Bogen der Stadtmauer zur Porta Rota folgend, den Palast wieder vor sich sah, war ihr klargeworden, daß sie solchen Fragen in Zukunft geschickter begegnen mußte.

Sie brauchte einen Beichtvater.

Bruder Jacopo saß auf der steinernen Bank am Fenster und schaute in den Garten, wo die Gärtner die Palmen und Zitronenbäume gerade großzügig mit Wasser versorgten. Gottlob, dachte Ymme. Er war auf. Dann würde sie wenigstens diese Verpflichtung bald los sein.

»Ein Paradies«, bemerkte er säuerlich, als er Ymme kommen hörte. »Aber ein heidnisches. Seid dankbar, daß Ihr im Dienst der frommen Jolanthe steht.«

Darauf hätte sie vieles antworten können. Aber Ymme hatte bisher ihm gegenüber wenig von sich preisgegeben. Auch jetzt nickte sie nur.

»Oder seid Ihr etwa eine Sklavin wie die Schwarzen, die ihre unkeusche Nacktheit zur Schau stellen?« erkundigte sich der Mönch mißtrauisch.

»So ähnlich«, murmelte Ymme sarkastisch. »Aber nie nackt.«

Jacopo blinzelte aufgeschreckt und starrte sie aufmerksam an. »Mir ist, als wäre ich Euch schon einmal begegnet«, meinte er. »In Palermo, nicht im Palast.«

Oh je, dachte Ymme. Noch einer, der sein Augenmerk auf sie richtete. Sie hütete sich, den Mann mit dem guten Gedächtnis zu belehren, daß es nicht in Palermo, sondern in der Saqâlibah gewesen war. »Ich darf den Palast nur verlassen, um zur Messe zu gehen«, widersprach sie wortkarg, während sie sich bückte, um die geleerten Krüge einzusammeln, in denen sich verschiedene Medizinen befunden hatten. Bruder Jacopo war ein anspruchsvoller Kranker.

»Das ist gut. Obwohl Eure Seele in dieser Stadt gleichwohl Schaden nehmen kann. Ungläubige, wohin man blickt. Im ganzen sizilischen Königreich ist es nicht anders, selbst in der Nähe von Rom. In Lucera die Ungläubigen, nahebei die Byzantiner, die kaum besser sind, und in Trani die Hebräer, die unseren Herrn verraten haben. Diesen Kaiser hat Satan selber geschickt!«

Sein Selbstgespräch hatte ihn in beruhigend weite Fernen getragen. Ymme fühlte sich wieder sicherer. »Da seid Ihr überall schon gewesen, Bruder Jacopo?« fragte sie bewundernd.

»Ja, ja. Seine Eminenz Kardinal Hugo von Ostia sendet uns durch das ganze Abendland, damit wir das Wort des

Herrn verkünden.« Jacopos Augen unter den buschigen Augenbrauen leuchteten vor Freude. »Seine Eminenz lebt seinen Glauben mit ebenso glühendem Herzen wie wir armen Anhänger des heiligen Franziskus.«

Ymme nickte still. Sie zweifelte nicht mehr daran, daß die Franziskaner umherwanderten und mit glühendem Herzen bösartige Gerüchte über den Kaiser verbreiteten. Aber was bezweckten sie damit? Vielmehr, was bezweckte dieser Kardinal Hugo? Ganz bestimmt war er es, der die Mönche anstiftete, wenn nicht sogar zu seiner persönlichen Waffe schmiedete. Zu einer Art Heer.

Vor Schreck ließ sie einen Tonbecher fallen, der mit dumpfem Geräusch zerbrach. Die Scherben rutschten in alle Richtungen über die Fliesen. Verärgert begann Ymme ihnen nachzukriechen, um sie einzusammeln.

»Quält Euch irgend etwas, meine Tochter?« fragte Bruder Jacopo. »Wollt Ihr Euch mir anvertrauen?«

Behüte! »Ich bin nur müde«, antwortete Ymme, heftig bemüht, nicht zu ablehnend zu klingen. »Außer Euch habe ich ein sehr krankes Mädchen zu betreuen. Ich freue mich, daß Ihr Euch so gut erholt habt, Bruder Jacopo.«

»Auch ich bin dem Herrn dankbar. Aber noch würde ich das Ende des Gartens nicht auf eigenen Beinen erreichen.«

Das sollte heißen, daß er nicht beabsichtigte, den Palast so bald zu verlassen. Ymme sah ihn forschend an. Wahrscheinlich konnte nur Jolanthe den Mönch hinausbefördern. Andererseits konnte keinem Anhänger Friedrichs daran gelegen sein, daß dieser Jacopo mit seiner Botschaft schnell nach Rom gelangte.

Bruder Jacopo ließ sich ihre intensive Musterung geschmeichelt gefallen. Dann nickte er, wie um sich selbst zu bestätigen. »Ja, ich muß Euch schon begegnet sein, ich bin ganz sicher.«

Ymme wurde der Boden unter den Füßen heiß. Zügig räumte sie das Geschirr in den Korb und verließ das Zimmer. Sie fragte sich, wie lange der Mönch es als Unterschlupf benutzen wollte. Und wozu? Hatte er hier in Palermo noch andere Aufträge des Heiligen Vaters zu erfüllen?

Unberechenbar in ihren Entschlüssen wie immer, kehrte Jolanthe plötzlich aus der Zisa zurück. Sie ließ Ymme sofort zu sich rufen, was diese dazu nutzte, das Gespräch gleich auf wesentliche Dinge zu lenken.

»Der Erzbischof von Palermo als Zeuge bei einer Geburt?«

Ymme nickte.

Jolanthe sah sie angewidert an, während sie an ihrem Handgelenk schnupperte, das sie gerade in Parfüm gebadet hatte. »Eine perverse Idee! Der Erzbischof ist ein Mann!«

»Niemand würde am Wort seiner Eminenz zweifeln«, beteuerte Ymme beharrlich. »Sofern er sich bereit erklärte, im Nebenzimmer zu warten, könnte man ihn unmittelbar nach der Geburt hereinrufen oder das Neugeborene zu ihm hinaustragen. Niemand würde dann wagen, die Rechtmäßigkeit des Kindes anzufechten, Eure Erhabenheit.«

»Es ist rechtmäßig! Was fällt Euch ein!« zischte Jolanthe, und ihr sprühender Speichel flog bis zu Ymme. »Eure Idee ist absurd, Dama, eine Ausgeburt der Kälte, aus der Ihr kommt!«

Ymme widerstand dem Verlangen, den Speichel abzuwischen. »Ihr versteht nicht, Eure Erhabenheit«, sagte sie eindringlich. »Man hat mich darauf aufmerksam gemacht, daß solche Gerüchte in die Welt gesetzt werden, um Söhnen die Thronfolge streitig zu machen. Auch ein Notar sollte sich bereit halten, um die Geburt zu bestätigen. Alles dient dazu, um Eure Rechte und die Eures Kindes zu sichern!«

»Kein Notar!« schrie Jolanthe, außer sich vor Wut. »Und seine Eminenz soll meinen Sohn taufen! Es kommt gar nicht in Frage, daß er mich wie eine werfende Eselin in meinem Blut liegen sieht!« Sie holte aus und drehte sich mit Schwung um die eigene Achse, bevor sie die Parfümphiole losließ und an die Wand schmetterte.

Um Haaresbreite verfehlte das Fläschchen Moro, der wie stets stumm auf die Befehle seiner Herrin wartete. Er riß erschrocken die Augen auf und drückte sich mit gespreizten Händen an die Wand.

Das Fläschchen wäre an seinem dicken Leib nur abgeprallt. Ymme wunderte sich, daß sein Gesicht grau war vor Furcht. Eunuchen!

Am nächsten Morgen wurde Ymme wiederum zu Jolanthe gerufen. »Es eilt!« rief der Kammerknabe ein ums andere Mal und ruderte mit dem Arm, um Ymme anzutreiben.

Aber als Ymme schnaufend in Jolanthes Gemächern anlangte, hatte keineswegs die Geburt eingesetzt, sondern Jolanthe wanderte in höchster Erregung durch ihr Gemach.

Schnell träufelte Ymme Baldriantinktur in einen gläsernen Pokal und goß Wein darauf.

Jolanthe stürzte den Beruhigungstrank in einem Zug hinunter. »Moro ist fort«, sagte sie mit schriller Stimme. »Er ist nirgendwo zu finden.«

»Ah so«, machte Ymme verständnislos. Es war nicht Jolanthes Art, sich um jemanden zu sorgen, weder während noch vor der Schwangerschaft. Daß sie sich über Kleinigkeiten zunehmend erregte, war allerdings nicht zu übersehen. »Man wird ihn finden«, ergänzte sie tröstend.

»Scheußlicher Geschmack«, befand Jolanthe. »Dama, würdet Ihr Euch an der Suche beteiligen? Tut mir den Gefallen, dann beruhige ich mich schneller als durch Eure Mittelchen. Moro muß hier im Palast sein, der Befehlshaber der Palastwächter hat ihn in aller Frühe noch gesehen. Der Kammerknabe wird Euch begleiten.«

Es handelte sich also nicht um eine besorgte Bitte, sondern um einen Befehl. Ymme stellte das Arzneiglas mit Nachdruck auf einem Tisch ab, winkte dem vor Aufregung zappelnden Jungen und verließ wortlos das Gemach.

Sie verstand trotz allem Jolanthes Beunruhigung nicht. Der Eunuch würde von selbst auftauchen, wenn ihm einfiele, daß die Schläge der Bastonade sich mit der Zeitdauer seines Ausbleibens erhöhten. Dann erinnerte sie sich daran, daß er schon am Vortag vor Angst geschlottert hatte.

»Wohin, Dama?« fragte der Junge tatendurstig.

»Was?« Ymme sah ihn überrascht an. »Ach, gehen wir zuerst nach unten«, schlug sie vor. Die privaten Gemächer des Kaisers kamen bestimmt nicht in Frage; die der Bediensteten würden diese schon selbst absuchen. Die Kanzlei? Vielleicht. Vielleicht hatte ja auch Moro zwanzig Augustalen zu zahlen.

»Im Garten suchen sie auch«, berichtete der Kammerknabe, der sich kurz über die Brüstung gelehnt hatte, um hinunterzuschauen. »Vielleicht ist er in den Teich gefallen.«

Ymme warf ihm einen leicht verärgerten Blick zu. Aber er wirkte so unschuldig; vom Tod der Frau und ihrem Säugling wußte er wahrscheinlich nichts.

Im Flur vor den Kanzleistuben standen zwei Wachleute und beratschlagten mit Girolamo Naso. Der Notar wedelte mit den Armen in alle Richtungen. Dort war also nichts. Auf dem Weg in den Küchentrakt hatte Ymme eine bessere Idee. Moro mußte, bevor er sie wegen angeblicher Zauberei anzeigte, die Rattenknochen ja selbst vergraben haben. Möglicherweise bereitete er in diesem Gewölbekeller gerade einen neuen Schurkenstreich vor. Es wäre ihr eine Genugtuung, ihn dabei zu ertappen.

Sie winkte den Kammerknaben hinter sich her und lief voraus.

Die Tür zum Keller war geschlossen. Sie drückte sie neugierig und ein wenig beklommen auf. Dieses Mal schlug ihr kein Gestank entgegen, und der Boden war trocken und sauber. Aber neben dem Brunnenschacht lag Moro.

Moro trug einen grünen seidenen Mantel, der auf der Brust blutig rot war. Ymme sank neben ihm auf die Knie.

Da erst entdeckte sie, daß jemand ihm die Kehle durchgeschnitten hatte, das Messer lag halb unter seinem Hals begraben. Ymme preßte die Hände auf das Brustbein des

Eunuchen, dann suchte sie am Handgelenk nach dem Puls. Da war nichts mehr zu machen, er war tot.

Ein eigenartiges Geräusch ließ sie herumfahren. Entsetzt folgte ihr Blick dem Kopf des Kammerknaben, der auf sie zurollte und vor ihren Knien liegenblieb. Zwischen den grünen Kanten seiner Brokatweste schoß aus dem Halsstumpf eine pulsierende Fontäne von Blut.

Und darüber näherte sich das schnauzbärtige Gesicht des Palastwächters mit der massigen Gestalt und den schräg gestellten Augen. Sein Anblick ließ sie stumm vor Furcht erstarren.

»Ihre Erhabenheit wird dankbar sein, daß man die barbarische Hebamme vor der Geburt des Thronfolgers überführen konnte«, zischte er in einem merkwürdigen Sizilianisch und wischte sein Krummschwert an Ymmes Übergewand ab.

13.
Die unerwünschte Tochter

Ymme wußte gar nicht, wie viele Stunden oder Tage sie im Verlies gesessen hatte, als Lärm und Aufregung vor der schweren Tür eine Veränderung der Dinge anzeigten.

Aber die Hoffnung, daß man gekommen war, um sie freizulassen, trog. Zwei Palastwächter packten Ymme brutal bei den Oberarmen und schleiften sie mehr oder minder in ihre eigene Wohnung, wo Angelina und Stella schon an der Tür bereitstanden.

»Wer mit Schlauköpfen zu tun hat, muß seine Augen offenhalten«, sagte Angelina hochnäsig. Stella kräuselte nur stumm die Lippen.

Es schien Ymme so, als hätte sie sich mit ihrer Gefangenschaft obendrein die Verachtung ihrer eigenen Dienerinnen zugezogen. Fragen zu beantworten weigerten sie sich, dagegen legten sie eine sonst unübliche Geschwindigkeit an den Tag. Angelina riß Ymme grob die verschmutzten Kleider vom Leib, scheuchte ihre Tochter umher, badete Ymme und trocknete sie flüchtig ab. Ihre Haut war unter der frischen Kleidung noch feucht, aber Ymme hatte keine Kraft zu widersprechen. Vor dem Baderaum hörte sie die beiden Wächter miteinander schwatzen. Es gab nicht die geringste Möglichkeit zur Flucht.

Dann wurde Ymme wieder den beiden Wächtern übergeben. »Was ist los?« rief sie, inzwischen fast in Panik.

»Ihre Erhabenheit kommt nieder!«

Endlich begann Ymmes Kopf wieder richtig zu arbeiten. »Meine Medikamente«, keuchte sie. »Ich benötige alles, was ich vorbereitet habe. Constanza weiß Bescheid. Ich brauche sie außerdem als Helferin!«

Die Wächter verständigten sich mit unsicheren Blicken »Hol diese Constanza«, befahl der eine Angelina schließlich, die ohne Protest gehorchte.

Kurz darauf erschien Constanza mit dem Korb in der Hand. Ihr Gesicht war noch von Krankheit gezeichnet und blaß, aber sie war ordentlich ernährt und angemessen gekleidet. Ymme betrachtete sie erleichtert.

»Schön, daß du bei mir bist«, sagte sie leise, als sie kurze Zeit später durch den Flur getrieben wurden wie zwei Schafe zum Markt.

Constanza sah sich flüchtig um. »Ich muß mit der Hakima reden«, sagte sie vernehmlich. »Wenn bei der Geburt etwas schiefgeht, wird man wissen, wer es verschuldet hat. Und der Orden der Justitia fackelt nicht.«

Ymme verstand weniger die arabischen Worte als den drohenden Ton, aber sie schienen die Wächter zu beeindrucken. Die knappe Antwort des Soldaten klang maßvoll, und Constanza nickte zufrieden.

»Die Geburt soll schon vor Stunden angefangen haben«, berichtete sie. »Sie haben eine Hebamme aus Palermo geholt, aber die hat noch nichts zustande gebracht. Ich denke, sie haben jetzt alle Angst bekommen vor den harten Strafen des Imberadour …«

Ymme nickte stumm. Ihre Kehle war wie zugeschnürt vor Elend. In ihrer Verfassung fühlte sie sich nicht gerade in der Lage, bei einer schwierigen Geburt geschickt zu arbeiten.

Constanzas Hand stahl sich auf Ymmes rot geschrubbtes Handgelenk. »Ihr schafft es, Hakima«, flüsterte sie. »Beim Bart des Propheten, Ihr schafft es mit Allahs Hilfe. Wer sonst?«

Ymme holte tief Luft und trat über die Schwelle zu Jolanthes Gemach.

Die verhutzelte alte Frau neben dem Gebärstuhl hätte eine Geburtshelferin in einem vergessenen Obotritendorf sein können. Ymme erkannte sofort, daß sie mit ihrer Weisheit am Ende war. Und Jolanthe hing schlaff im Stuhl, als hätte sie ihre Kräfte schon verausgabt.

Das konnte sie nicht zulassen. Ymme lächelte Jolanthe ermunternd an, während sie sich gleichzeitig einen Überblick über die Unordnung im Raum verschaffte. Nichts von dem, was sie sah, gefiel ihr.

Sie verlangte, die Schüsseln auszutauschen und frisches Wasser und saubere Leintücher zu bringen. Der verängstigte neue Eunuch war entbehrlich, hingegen fehlte ein respektabler Zeuge. »Hole Notaio Naso!« befahl sie dem Schwarzen, der sich erleichtert unter wiederholten Verbeugungen entfernte. Dann begann sie zusammen mit Constanza ihre Hilfsmittel auszupacken.

Die Untersuchung ergab nichts Gutes. Das Kind war sehr kräftig gebaut. »Es ist alles in Ordnung, Erhabenheit«, sagte Ymme, um Jolanthe Zuversicht einzuflößen. »Versucht Euch zu entspannen, so wie wir es geübt haben.«

Jolanthe ballte die Fäuste, als eine neue Wehe sie überfiel. Ymme sprach leise und beruhigend auf sie ein.

Allmählich zeigte ihre unerschütterliche Zuversicht Wirkung. Jolanthe gab ihren Widerstand auf und konzentrierte sich auf Ymmes Anweisungen. Jetzt war sie nur noch eine blutjunge Frau, die dankbar Ymmes sachkundige Hilfe annahm.

»Jetzt, Jolanthe, noch einmal mit aller Kraft pressen«, rief Ymme. »Es kommt, ich verspreche es, und dann ist alles gut.«

Jolanthe warf ihr einen wilden Blick zu und preßte. Das Kind glitt in Ymmes Hände.

Während sie das Neugeborene auf der durch einen Vorhang abgetrennten, erhöhten Plattform neben dem Badebassin wusch, abtrocknete und in ein Tuch hüllte, begleitet von Schreien, die schon jetzt eigensinnig klangen, war Constanza eifrig um Jolanthe bemüht, half ihr in eine bequemere Lage und wartete dann, um die Nachgeburt mit einem sauberen Tuch aufzufangen.

»Geh mir aus dem Weg«, sagte Jolanthe scharf und spähte um das Mädchen herum zu Ymme hinüber. »Ist er gesund? Ist alles an ihm dran, was er haben muß, um ein Thronfolger zu sein?«

»Es ist ein Mädchen«, antwortete Ymme, liebevoll auf das Neugeborene blickend. Sie stieg die Stufe hinunter, um Jolanthe das Kind in den Arm zu legen.

Jolanthe preßte die Arme an den Körper und ballte die Fäuste. Ymme erschrak, als sie begriff, daß Jolanthe ihre Tochter nicht annehmen wollte; ihr versteinertes Gesicht zeigte deutlich, daß Jolanthe ein Mädchen nie in Betracht gezogen hatte.

Im gleichen Augenblick fiel Ymme auf, daß der Eunuch mit dem Notar noch nicht zurückgekehrt war. Abgesehen von zwei völlig verstörten jungen Mädchen, die zu Jolanthes Bewunderinnen gehörten und neuerdings stets in ihrer Nähe anzutreffen waren, und dem alten Weib, das mit unbeteiligtem Gesicht an der Wand kauerte, waren sie und Constanza allein mit der Ehefrau des Kaisers. Und ihrer Tochter.

Ymmes Magen zog sich zusammen. »Eine von euch macht sich auf und sucht den Notar Naso!« befahl sie. »Und wagt nicht, ohne ihn zurückzukehren!«

Vielleicht hätte sie das nicht sagen sollen, überlegte sie. Was, wenn die Hofdame ebenfalls verschwand? Hoffentlich erkannte wenigstens Jolanthe die Brisanz der Situation nicht. Der Angstschweiß rann zwischen ihren Schulterblättern hinab. »Es ist eine wunderhübsche, gesunde Tochter«, sagte sie beschwörend. »Seht, Eure Erhabenheit, sie hat trotz der langen Geburt keine Schwellungen im Gesicht. Sie ist jetzt schon eine makellose Schönheit.«

»Was habt Ihr da oben hinter dem Vorhang gemacht, Dama?« fragte Jolanthe drohend, die sich mit bewundernswerter Schnelligkeit erholte. Sie schlug Constanza, die inzwischen begonnen hatte, ihr behutsam die Oberschenkel zu waschen, ihren Handrücken ins Gesicht.

»Was meint Ihr, Erhabenheit?« erwiderte Ymme beklommen. Ihr war soeben auch noch eingefallen, daß sie es am gebotenen Respekt hatte fehlen lassen: ein unentschuldbares Vergehen, die Herrscherin mit dem Vornamen anzusprechen.

»Wo ist mein Sohn? Wie ist es Euch gelungen, dort oben ein neugeborenes Mädchen zu verstecken? Wo habt Ihr es her?«

Ymme schluckte. Jolanthe stand am Rande eines hysterischen Anfalls. »Ich werde Euch einen Trank bereiten, der Euch schläfrig macht, Eure Erhabenheit«, sagte sie besänftigend. »Nach der schweren Geburt tut Euch Erholung not.«

»Ich nehme keinen Tropfen zu mir, bevor ich weiß, wie Ihr es angestellt habt«, schrie Jolanthe. Ihre bleichen Hände hatten sich um die Lehnen des Gebärstuhls gekrampft, und ihr Gesicht war grau wie abgestandene Molke. Sie machte Anstalten, sich zu erheben.

»Ihr dürft nicht aufstehen«, beschwor Ymme sie erschrocken, das Neugeborene im Arm. Sie überließ es Constanza, Jolanthe behutsam zurückzuhalten.

Jolanthe gab auf und begann zu weinen. Constanza wickelte sie behutsam in eine seidene Decke.

In diesem Augenblick kehrte die Hofdame mit dem Notar im Gefolge zurück. »Er wollte nicht. Er kam erst mit, als ich ihm sagte, das Kind sei schon da«, erklärte sie wichtigtuerisch abwechselnd in Jolanthes und in Ymmes Richtung.

»Er hätte die ganze Zeit hier sein sollen!« keuchte Jolanthe, die an ihrer Erregung fast zu ersticken drohte. »Er soll nachsehen, was sich hinter dem Vorhang befindet und ein Protokoll darüber aufsetzen.«

Girolamo Naso mied Ymmes Blick, die immer noch versuchte, mit der überraschenden Wendung der Dinge fertig zu werden. Hatte Jolanthe jetzt sogar vergessen, daß sie es gewesen war, die einen rechtskundigen Zeugen abgelehnt hatte?

Der Notaio überzeugte sich flüchtig, wer anwesend war, dann stieg er hüpfend die Stufen zur Plattform hinauf, unter dem Arm sein Schreibzeug, und sah sich neugierig um. Durch den durchscheinenden Vorhang konnten sie verfolgen, wie er das Badebecken und die am Rand liegenden Tücher in Augenschein nahm. Zuweilen bückte er sich, um etwas zu untersuchen, und machte sich anschließend Notizen.

Schließlich kam er wieder herunter und verbeugte sich bis zum Boden vor Jolanthe.

»Nun sprecht«, forderte sie ungeduldig. »Was habt Ihr gesehen?«

»Ich, Erhabenheit, habe blutige Tücher gesehen«, antwortete der Notar leidenschaftslos. »Zwölf an der Zahl, kleine und große. Eine Menge, die in armen Familien für zwölf Neugeborene gereicht hätte. Eins von ihnen trägt nicht das kaiserliche Wappen und auch nicht das des Baille von Jerusalem.«

»Sondern?«

Girolamo Naso zuckte mit den Schultern. »Gar keins, Erhabenheit.«

»Das ist mein Tuch«, unterbrach Ymme den Dialog. »Meine Instrumente waren darin verpackt.«

»In einem bluttriefenden Tuch«, ergänzte Naso mit entschuldigendem Lächeln und machte erneut einen Bückling.

»Schön«, versetzte Jolanthe eiskalt. »Ihr werdet auf der Stelle ein Protokoll über Eure Beobachtungen anfertigen, Notaio. Fügt hinzu, daß die Hebamme Iume de Lubicensis dafür gesorgt hat, daß ich meinen Verdacht bezüglich der Anwesenheit eines anderen Kindes, meines leiblichen Sohnes, nicht überprüfen konnte, indem sie mich hinderte aufzustehen. Inzwischen ist es zu spät. Die Hebamme wird selbstverständlich dafür auch Sorge getragen haben, meinen Sohn unauffällig entfernen zu lassen.«

»Das ist alles Phantasie, Erfindung ...«, rief Ymme angsterfüllt, die fühlte, wie sich das Netz dieses ungeheuerlichen Vorwurfs gefährlich um sie zusammenzog.

»Sehr wohl. Es wird alles gemacht, wie Ihr befehlt, Erhabenheit«, sagte Girolamo Naso und zog sich rückwärts gehend und unter weiteren Bücklingen zur Tür zurück.

Constanza umarmte Ymme, als würde sie sich für alle Zeiten verabschieden, dann wurde Ymme in den Kerker zurückgebracht. Die kurze Zeit der Freiheit versank in der Vergangenheit, und bald schien es ihr, als ob sie sich die Geburt des königlichen Töchterchens in Wahrheit nur erträumt hatte.

Weiterhin erhielt sie ihr kärgliches Essen, ohne daß sich darüber hinaus jemand um sie kümmerte. Erst einige Zeit später, als es im Palast wieder lebhafter zuging und sie daraus schloß, daß der Kaiser mit dem Hofstaat zurückgekehrt sein mußte, schöpfte sie Hoffnung. Jetzt mußten sie kommen und sie freilassen.

Aber statt daß sie offiziell abgeholt wurde, hörte sie vor der Zellentür verstohlene Geräusche. Ymme sprang auf und zog sich an die Wand zurück. Außer einem Schemel besaß sie keine Waffe. Aber sie war entschlossen, es den Meuchelmördern so schwer wie möglich zu machen.

Die Tür wurde ein Stück weit aufgeschoben. Cornelius sah herein, einen Finger über den Lippen. Dann war er heran, und Ymme fiel ihm in die Arme.

»Der kleine Notar hat mir verraten, wo du bist«, murmelte Cornelius Ymme ins Ohr, als sie zwischen den Küssen Luft holten. »Angelina und Stella behaupteten, nichts zu wissen.«

»Natürlich wissen sie es«, sagte Ymme erbittert. »Wieviel hast du Naso für die Auskunft bezahlen müssen?«

»Genug«, antwortete Cornelius knapp. »Und du wirst mir später erzählen, woher du weißt, daß man ihn bezahlen muß. Das ist jetzt unwichtig. Zuerst mußt du hier raus. Ich werde mit dem Kaiser sprechen, und wenn ich mich mit dem Schwert zu ihm durchschlagen muß.«

Ymme trat einen Schritt zurück, um ihn zu betrachten. Hauptsache, er war da und bei bester Gesundheit. »Warum läßt du dich nicht einfach anmelden?«

»Keine Aussicht auf Erfolg. Der Kaiser sprüht vor Zorn über die unnütze Hebamme, die nicht in der Lage ist, die hysterischen Zustände seiner Frau zu beenden. Sie ist ganz außer sich vor Kummer um ihren verschwundenen Sohn. Im ganzen Palast spricht man darüber.«

»Aber das stimmt doch gar nicht! Sie hat eine Tochter geboren. Sie will es nur nicht einsehen.«

»Ich glaube dir natürlich«, sagte Cornelius. »Wem der Kaiser glaubt, weiß ich nicht.«

»Ihr«, erwiderte Ymme, »er kann sie schlecht zur Lügnerin stempeln ...« Sie versuchte für einen Augenblick die Bedrückung über ihr ungewisses Schicksal zu vergessen und strich Cornelius über die stoppelige Wange. Er hatte sich noch nicht einmal gewaschen, bevor er auf die Suche nach ihr gegangen war. »Wie ist es euch ergangen? Sind viele an den Pocken gestorben?«

»Pocken?« fragte Cornelius erstaunt. »Was für Pocken?«

Unversehens durchschaute Ymme das Lügengebilde der Mönche. »Ihr hattet also überhaupt keine Pocken! Die Franziskaner haben das Gerücht in Palermo verbreitet und zugleich behauptet, der Kaiser sei schuld.«

»Cavaliere«, flüsterte es von der Tür her, und Ymme bemerkte erst jetzt den Mann von der Palastwache, der Cornelius die Tür geöffnet haben mußte. »Die Liebe ist wie eine Gurke, fängt süß an und endet bitter. Du wirst deine Hakima schon herausbekommen, aber nicht wenn wir beide hier erwischt werden. Komm jetzt.«

Er hatte natürlich recht. Cornelius umarmte Ymme und küßte sie innig, dann war er schon verschwunden, und nur der Geruch nach Pferd und Schweiß, der eine Weile in der Luft lag, bevor er sich verflüchtigte, bewies Ymme, daß sie nicht geträumt hatte.

Es war die erste Nacht in dieser Zelle, in der Ymme etwas Ruhe fand, weil sie Cornelius in der Nähe wußte. Aber das verhinderte nicht, daß sie immer wieder den Galgen in der Kalsa vor Augen hatte. Gegen Mittag wurde sie abgeholt und Angelina übergeben, die sie, weil Cornelius im Nebenraum war, weniger ruppig behandelte.

»Der Kaiser wartet schon«, rief er ungeduldig durch die Tür.

Aber Ymme wollte sich nicht beeilen. Sie machte sich schlaff und genoß das Wasser und den Schwamm auf ihrer Haut. Vielleicht war dies das letzte Bad ihres Lebens.

Leider konnte sie nicht ewig im Wasser treiben.

Als sie in den kaiserlichen Gemächern ankamen, lief Seine Erhabenheit durch das Arbeitszimmer wie ein Tiger in der Menagerie. Keiner seiner Berater war anwesend. Ymme sank voll Furcht zu Boden.

Der Kaiser drehte sich um und betrachtete sie zweifelnd. »Dama Iume, Ihr bereitet mir Kummer«, sagte er schließlich. »Warum gelingt es Euch nicht, meine Ehefrau zufriedenzustellen? Es ist Eure Aufgabe, ihr als Hebamme zu dienen.«

Natürlich ist es nebensächlich, daß Jolanthe ein herzloses, verwöhntes Lebewesen ist, dachte Ymme. Sie biß die Backenzähne zusammen, um sich keine Kritik an Ihrer Erhabenheit entschlüpfen zu lassen. Sie würde ihre Verurteilung mit Würde entgegennehmen.

»Warum?« wiederholte der Kaiser beharrlich.

»Ich vermute«, sagte Ymme mühsam, »es liegt daran, daß wir aus so unterschiedlichen Welten stammen.« Die irrwitzige Hoffnung, daß er sie nach Hause schicken könnte, sofern er nicht vorhatte, sie wegen Kindesunterschiebung hinrichten zu lassen, jagte ihr durch den Kopf.

»Mag sein. Deutschland ist anders als mein geliebtes Sizilien und Dänemark um so mehr«, murmelte Friedrich nachdenklich. »Aber Lübeck ist jetzt nicht mehr dänisch, sondern deutsch, und Ihr werdet Gelegenheit erhalten, Euch erneut zu bewähren. Ich brauche mehr eheliche Söhne. Die Welt ist gefährlich für uns Staufer.«

Ymme starrte ihn fassungslos an. Keine Bestrafung. Außerdem waren Cornelius und sie offenbar seit neuestem Untertanen des Kaisers. Ihre ursprüngliche Vereinbarung hatte damit keine Bedeutung mehr. Er konnte ihr jetzt befehlen, wenn er es auch höflicher ausgedrückt hatte. »Ich dachte ..., ich wollte ...«, stammelte sie verwirrt.

Der Kaiser wartete geduldig auf das Ende des Satzes. Als keines kam, schüttelte er bedächtig den Kopf. »Solange Jolanthe Euch benötigt, erinnert Ihr Euch jetzt wieder? Und natürlich benötigt sie Euch. Jetzt gleich. Sie ist außer sich, und nichts kann sie beruhigen. Mir scheint, ein langer Schlaf wäre das Beste für sie.«

»Aber das Kind«, sagte Ymme und knetete aufs äußerste beunruhigt ihre Hände. »Ihre Erhabenheit erkennt ihr schönes Töchterchen nicht an.«

Friedrich machte eine wegwerfende Geste. »Ja, Bianca ist wirklich schön geraten. Bis hin zu dem Muttermal auf dem Pobäckchen.«

»Der Schmetterlingsflügel, ja.« Es war ein liebenswertes kleines Schönheitsmerkmal. Ymme begegnete unerwartet einem Lächeln des Kaisers, und sie lächelte zurück. »Er macht Bianca unverwechselbar, finde ich.«

»Eben. Genau wie ihre Mutter. An der gleichen Stelle«, fügte er hinzu. Der Kaiser straffte sich. Der kurze persönliche Moment war vorüber.

Ymme war völlig durcheinander. Der Mensch Friedrich hatte sich ihr für einen winzigen Augenblick zu erkennen gegeben. Und sie begriff ihr unermeßliches Glück. Auch ohne notarielle Beglaubigung war sie dem Henker entkommen.

»Dama, in den Kerker müßt Ihr nicht zurück, aber Ihr werdet weiterhin unter Hausarrest stehen. Ihr wurdet mit blutigen Händen neben dem Leichnam des Eunuchen Moro entdeckt, hat man mir berichtet. Ihr wart die einzige Person, die Grund hatte, ihn zu hassen. Die Curia hat den schriftlichen Befehl erhalten, die Sache umgehend aufzuklären.«

»Es war eine Falle«, sagte Ymme aufbrausend. »Man hat mich absichtlich in den Gewölbekeller gelockt, um mich dann neben Moro aufzufinden. Und der kleine Kammerknabe, der das hätte bezeugen können, wurde in meinem Beisein enthauptet.«

»Sizilianer sind listenreich«, bekräftigte der Kaiser unbeeindruckt. »Wer hat Euch in den Keller gelockt? Nun, das interessiert mich eigentlich nicht, dafür sind die Comestabuli zuständig.«

Ymme atmete auf. Wie hätte sie dem Kaiser sagen sollen, daß sie seine eigene Ehefrau in Verdacht hatte? Gleich darauf fiel ihr ein, daß es noch viel unmöglicher war, Jolanthe einem Comestabulo gegenüber zu belasten.

»Ihr dürft Euch zurückziehen. Kümmert Euch als erstes um Jolanthe.«

»Ja, Eure Erhabenheit«, sagte Ymme beklommen, aber doch schon wieder mit ihren nächsten Schritten befaßt. »Darf ich mich noch erkundigen, wie ich Messe und Beichte mit dem Hausarrest vereinbaren soll?«

»Messe und Beichte sind davon ausgenommen! Daß ich Euch nicht zur Messe der Würdenträger in der Palastkapelle zulassen kann, werdet Ihr verstehen.«

Der Kaiser winkte ungeduldig, und Ymme zog sich formvollendet zurück. Wenn er gewußt hätte, wie dankbar sie war, die Messe im Palast nicht besuchen zu müssen. Als exkommunizierte Frau eine solche Sünde unter den Augen des Kaisers zu begehen, wäre entsetzlich gewesen. Beim Gedanken daran brannten ihr schon die Wangen.

Draußen wartete Cornelius neben einem der Palastwächter. Er sah ihr angespannt entgegen.

»Ich bin gerettet. Der Kaiser weiß, daß Bianca seine Tochter ist, weil sie das gleiche Muttermal wie Jolanthe hat. Wenigstens die Anschuldigung, einen kaiserlichen Erben um die Ecke gebracht zu haben, habe ich vom Hals. Aber das ist auch alles«, sprudelte Ymme hervor. »Stell dir vor, wir dürfen noch nicht nach Lübeck zurück, unter anderem, weil wir jetzt deutsche Untertanen sind! Immerhin muß ich nicht wieder in den Kerker. Ich stehe nur unter Hausarrest in dieser Schlangengrube von Palast. Und ich muß dir so viel erzählen!«

»Schon gut«, beschwichtigte Cornelius sie mit einem Seitenblick auf den Wächter. »Laß uns in den Garten gehen.«

Diese Idee hatten auch schon andere gehabt. Als sie die Palasttreppe hinabstiegen, schlurfte eine Gestalt in brauner Kutte auf sie zu. Ymme sah ihm unangenehm berührt entgegen. Bruder Jacopo hatte sich offenbar auf Dauer im Palast mit seinen Wohltaten eingenistet. Mehr als seinen Namen konnte sie Cornelius nicht zuflüstern, bevor er in Hörweite kam.

»Gott zum Gruße«, sagte der Mönch fromm und musterte Cornelius mit neugierigen Blicken vom Kopf bis zu den Füßen.

»Geht es Euch wieder besser?« fragte Ymme.

Jacopo wandte sich ihr zu. Schon wieder fixierte er Ymme mit diesem merkwürdigen Blick, vor dem sie am liebsten davongelaufen wäre. »Seid Ihr gesund, Bruder Jacopo?« wiederholte sie ihre Frage.

»Jetzt weiß ich es!« rief der Mönch triumphierend aus. »Ihr sprecht das Volgare wie Bruder Leonardo, der aus Deutschland gebürtig ist. Aber noch nie habe ich einen solchen Zungenschlag bei Sarazeninnen gehört.«

Ymmes Herz klopfte hart. »Ich habe leider keine Ahnung, wovon Ihr sprecht, Frater Jacopo«, versetzte sie kühl. »Ich weiß dagegen gut, daß Ihre Erhabenheit, Kaiserin Jolanthe, angeordnet hat, daß Ihr nach Eurer Genesung den Palast verlassen müßt.«

Jacopo lauschte andächtig mit halbgeschlossenen Augen. »Genau.« Er nickte bekräftigend. »Aber die andere, die war echt. Doch was treibt eine christliche Hebamme dazu, sich als Sarazenin verkleidet in Palermo herumzutreiben? Nur gottlose Neugierde? Oder seid Ihr gar heimlich zum satanischen Widersacher der Heiligen Mutter Kirche übergetreten?« Erfüllt von plötzlichem Mißtrauen, wich er einige Schritte zurück und musterte Ymme mit vorgestrecktem Hals.

»Macht Schluß mit diesem unsinnigen Geschwätz, Bruder«, warf Cornelius unwirsch ein. »Ymme ist meine christlich angetraute Ehefrau. Beantwortet endlich ihre Frage, damit wir von der Stelle kommen.«

Jacopo wurde unsicher. »Vielleicht ist es eine Verwechslung«, gab er zu. »Ich bin noch nicht ganz gesund, Cavaliere, und deshalb bin ich auch mit gutem Recht hier. Und was den Palast betrifft, so haben zwei Kammerknaben mein Zimmer bezogen. Ich schlafe jetzt in einem Verschlag dort hinten.« Sein Daumen wies über seinem Rücken irgendwo in das weitläufige Gelände des Palastgartens hinein.

»Dann ist ja alles geklärt. Der Herr sei mit Euch, Bruder.« Cornelius packte Ymme am Handgelenk und zog sie mit sich fort.

Ymme hätte sich trotz allem gerne noch nach den neuen Symptomen seiner Krankheit erkundigt, aber sie sah ein, daß Cornelius recht hatte.

»In Foggia mußten sie die Bettelbrüder dreimal täglich hinausbefördern«, knurrte Cornelius, als sie neben einem plätschernden Bächlein standen. »Diese Franziskaner fallen wie Heuschreckenschwärme über die Menschheit her und verbreiten üble Gerüche.«

»Und üble Gerüchte.«

»Stimmt. Die auch.«

»Anscheinend werden sie vom Kardinal Hugo von Ostia ausgesandt«, berichtete Ymme. »Ich glaube, sie bereiten ein Komplott gegen den Kaiser vor.«

»Tatsächlich? Du warst also wirklich als Sarazenin unterwegs?« fragte Cornelius erheitert.

Ymme nickte mit einem Kloß im Hals. »Und was auch immer Bruder Jacopo glaubt, könnte mich den Kopf kosten. Entweder nimmt er an, daß ich eine heimliche Muselmanin bin, oder er begreift, daß ich etwas von den Plänen mitbekommen habe, die die Kurie gegen den Kaiser schmiedet. In ihrem Mittelpunkt steht Kardinal Hugo, und Jolanthe ist auch darin eingebunden. Sie wollen mit ihrer Hilfe den Kreuzzug verhindern.«

Cornelius stieß einen überraschten Pfiff aus. »Deswegen die Gerüchte! Alles soll wohl darauf hinauslaufen, daß aus der Bevölkerung niemand das Kreuz nimmt. So ist das also.«

»Ich glaube, ja.« Doch, es passte alles.

»Aber es gibt keine Möglichkeit, den Kaiser zu warnen«, stellte Cornelius fest. »Seine Spitzel werden es auch nicht tun, die verdienen schließlich am meisten in diesem System von Abhängigkeiten. Girolamo Naso ließ mich mit zwei Tarí zur Ader.«

»Das war ja preiswert«, sagte Ymme. »Ich muß zwanzig Augustalen zahlen, damit die Giftmischerin Pellagra ihre Anzeige gegen mich zurückzieht, und einige davon behält er bestimmt selbst, wenn nicht sogar die meisten.«

»Er erpreßt dich um zwanzig Augustalen?« wiederholte Cornelius ungläubig.

»Pellagra tut es. Er hat meine Bastonade nicht verhindert«, meinte Ymme nachdenklich, »aber immerhin hat er mir klargemacht, wie wichtig ein Zeuge bei der Geburt ist. Wer weiß, wie es für mich ohne das zufällige Muttermal ausgegangen wäre. Er ist alles in allem nicht so übel, glaube ich.«

Cornelius äußerte sich dazu nicht und schüttelte nur den Kopf. Dann zog er sie zu einer Steinbank im Schatten einer Palme. Den Palast im Rücken, blickten sie auf das üppige Grün, in das Palermo eingebettet war, auf die gelblichen kahlen und schroffen Berge und den stahlblauen Himmel darüber. In der Nähe arbeiteten zwei Gärtner, und in der Menagerie schrie ein Pfau.

Ymme seufzte. »Es ist wunderschön hier. Eine etwas trügerische Schönheit allerdings.«

»Das kann man wohl sagen! Und ich würde gerne darauf verzichten, wenn ich dafür nicht in ständiger Sorge um dich sein müßte«, versetzte Cornelius. »Nun erzähle mir alles. Wieso hat Jolanthe dich in das Verlies werfen lassen?«

Wenn er wüßte, welche Sorgen sie sich um ihn gemacht hatte! Sie lächelte leise. Dann begann sie mit ihrem Bericht.

Als sie geendet hatte, blieb Cornelius lange still. »Ich glaube, wir beide sind, ohne es zu wollen, mitten in eine

Schlacht zwischen dem Kaiser und dem Papst geraten. Sie wird tödlich werden, und nur einer kann gewinnen. Um uns schert sich keiner, wir müssen selber sehen, wie wir da mit heiler Haut herauskommen.«

Seinem Resümee gab es nichts hinzuzufügen.

Als Ymme und Cornelius zu ihrer Wohnung zurückkehrten, hörten sie schon im Gang die lauten Männerstimmen. Ymme begann zu laufen.

In der Mitte des vorderen Raumes stand Girolamo Naso auf einem Schemel. Seine Befehle, die in alle Richtungen gingen, wurden mit prompten und unterwürfigen Berichten aus den anderen beiden Räumen beantwortet. Ymme sah in den Baderaum hinein und erblickte einen Comestabulo, der den Wasserkrug leerte und anschließend die Hand hineinsteckte.

»Nichts, Notaio«, rief er.

»Euer Büchlein, Dama«, forderte der Zwerg und drehte sich zu ihr um.

»Wieso?« fragte Ymme verblüfft.

»Ich habe es Euch schon mehrmals erklärt, meine ich«, sagte Naso, nicht einmal übermäßig unfreundlich. »Ihre Erhabenheit, Jolanthe von Jerusalem, erstattet gegen Euch Anzeige wegen Kindesraubs.«

Ymme lächelte ihn kühl an. Er war sich seiner Position sehr sicher. »Tatsächlich? Solltet Ihr Euch dieses Mal zu spät auf die richtige Seite geschlagen haben, Notaio? Seine Erhabenheit selbst hat einen untrüglichen Beweis dafür, daß die kleine Bianca die Tochter Ihrer Erhabenheit Jolanthe von Jerusalem ist. Was meint Ihr wohl, wen wird man verantwortlich machen, wenn Ihr jetzt noch auf der Anzeige beharrt? Eine Herrscherin, deren Gedanken vor Kummer über einen Sohn, den sie nicht bekommen hat, absonderliche Wege gehen? Läge es da nicht eher auf der Hand zu fragen, warum die einzige rechtskundige Person des Königspalastes ihr einen so falschen Rat gab?«

»In der Tat seid Ihr der einzige, den man zur Rechenschaft ziehen wird, Girolamo Naso«, warf Cornelius ein, während er sein Schwertgehänge, das er seit seiner Rückkehr wieder ständig trug, abschnallte und deutlich kundtat, wie wenig er sich von der Wichtigtuerei des Notars beeindrucken ließ.

Es war nicht zu übersehen, daß der Zwerg Naso äußerst beunruhigt war. Er blinzelte heftig und wußte ausnahmsweise nichts zu erwidern. »Wer bin ich, daß ich die Verfügungen Ihrer Erhabenheit anzweifeln könnte?« fragte er schließlich, weit weniger überlegen als sonst.

Cornelius nickte milde lächelnd. »In der Tat, wer seid Ihr, Notaio? Auf jeden Fall ein passender Sündenbock, wenn hier gegen die Interessen Seiner Erhabenheit gehandelt wird. Zieht Eure Männer zurück.«

Der Notar kletterte vom Hocker herunter, das Gesicht zu einer Grimasse verzerrt.

»Auf die zwanzig Augustalen braucht Ihr Euch übrigens keine Hoffnung mehr zu machen. Bezahlt die Pellagra selber.«

»Ich werde mich bei Ihrer Erhabenheit nach ihren derzeitigen Befehlen erkundigen«, murmelte Naso und marschierte mit seinen kurzen Trippelschritten zur Tür hinaus. Die schwarzen Mäntel verschwanden stillschweigend hinter ihm.

Ymme sank auf eine Truhe. »Dem Herrn sei Dank, daß er fort ist! Aber fertig ist er mit mir nicht. Er wird jetzt alles daransetzen zu beweisen, daß ich den Mord begangen habe. Und er hat sein Gesicht vor seinen Männern verloren. Ich glaube, das war überflüssig, Cornelius. Und unklug.«

Cornelius setzte sich neben sie und nahm ihre Hand. »Ich konnte nicht widerstehen. Und wie du schon sagtest, man kann nicht immer klug handeln.«

Am gleichen Tag, an dem Bruder Jacopo endlich den Palast verließ, wurde Ymme in die Kanzlei zu Nicola della Vigna bestellt.

»Die Untersuchungen wegen des Todes des Eunuchen Moro sind eingestellt worden. Euer Hausarrest, Dama lume, ist von dieser Stunde an aufgehoben«, verkündete der Justitiar, hochnäsiger denn je.

Ymme sah ihm erbittert ins Gesicht. Erwartete er jetzt etwa, daß sie ihn für den Vorzug, nicht gehängt worden zu sein, mit Augustalen bezahlte? »Wer hat Moro denn abgeschlachtet, wenn ich es nicht war?« erkundigte sie sich trotzig.

»Es gibt keinen Mörder«, antwortete er, als ob es das Selbstverständlichste von der Welt sei.

»Ihr meint?« fragte Ymme dumpf und fast unfähig, ihren Hohn zu verbergen, »er hat sich selbst die Kehle durchgeschnitten?«

»So wird es wohl gewesen sein. Das Messer hat man ja neben ihm gefunden.«

Ymme ballte die Fäuste. »Ihr als Justitiar des Großhofs, als Vorsitzender des Hofgerichts, oberster Richter des Kaisers und oberster Magistrato des Ordens der Gerechtigkeit – habe ich alle Ämter erwähnt? – habt die Stirn, die Untersuchung mit einer solchen Begründung zu beenden? Sie ist einfach lächerlich!«

»Niemandem ist in einer solchen Angelegenheit zum Lachen zumute«, erwiderte der Justitiar ernst, »und Ihr solltet auch nicht lachen, sondern dankbar sein.«

Ymme stieß voll Verachtung Luft durch die geschlossenen Lippen. »Moro fürchtete sich am Tag vor seinem Tod. Ich habe es deutlich gesehen.«

»Wo, Dama?« fragte della Vigna mit trügerisch sanfter Stimme.

Sie merkte es, aber jetzt konnte nichts sie noch aufhalten. »In den Gemächern Ihrer Erhabenheit Jolanthe«, platzte sie heraus.

»Ihr wollt damit gewiß nicht sagen, daß sich der Eunuch fürchtete, von den zierlichen zarten Händen Ihrer Erhabenheit umgebracht zu werden, Dama?«

Durch Ymmes Kopf geisterte plötzlich ein aberwitziger Gedanke. Moro hatte Jolanthes Brüste mit seinen Händen liebkost. Jetzt erst ging ihr die Bedeutung dessen auf, was er an jenem Tag gesagt hatte. Vielleicht war es auch zu mehr als dem gekommen. Und nachdem er sich einmal vor Zeugen verplappert hatte, mußte er zum Schweigen gebracht werden. Moro hatte sein Ende in dem Moment geahnt, als ihm der verhängnisvolle Satz über die Lippen gekommen war.

Ymme mußte sich am Stehpult festhalten, damit ihre Beine nicht nachgaben. Sie spürte, wie ihr die Schweißperlen an den Schläfen herabrannen. Jolanthe hatte kaltblütig einen Mann umbringen lassen. Und sie selbst war Zeugin eines Bekenntnisses gewesen, das sie niemals hätte hören dürfen.

»Ist Euch nicht gut, Dama?« erkundigte sich der Justitiar. In seiner Frage lag weniger die Besorgnis um sie als die Befürchtung, sie könnte sich in unziemlicher Weise gehenlassen.

»Doch, doch, Exzellenz Nicola della Vigna«, widersprach Ymme mühsam. »Es ist die Erleichterung, daß die Sache geklärt ist, die mir in die Knie gefahren ist.«

»Ja, wir dürfen uns alle glücklich schätzen«, stimmte er tonlos zu.

Irgendwie gelang es Ymme, die Kanzlei zu verlassen, ohne doch noch die Fassung zu verlieren.

14.
Der römische Würgegriff

Das Schnellschiff mit den Schlüsseln in der Flagge ließ die Palermer an der Cala zusammenströmen. Ymme und Cornelius wurden von dem Strom mitgerissen. Im Nu verbreitete sich die Nachricht von dem Tod des Heiligen Vaters Honorius sowie der Wahl des neuen Papstes in der Stadt. Die Mutmaßungen über den Namen des neuen Papstes schlugen hohe Wellen, als sie in den Palast zurückkehrten.

Am frühen Nachmittag dieses Märztages, der so ungewöhnlich heiß war, daß es abergläubischen Menschen wie eine Warnung vor kommendem Unglück schien, wurden zu einer Zeit, als die Arbeit hätte ruhen sollen, alle Würdenträger und Amtspersonen in die Palastkapelle gerufen. In gespannter Erwartung ging Ymme neben Cornelius die breite Treppe hinunter.

Still schoben sie sich zusammen mit vielen anderen in die Kapelle. Überwältigt von all dem Gold und Blau über ihr, starrte Ymme hinauf in die Kuppeln. Cornelius zog sie an eine Säule, neben der sie stehenblieben, während sich rings um sie der Kirchenraum füllte.

Dann betrat der Erzbischof in violettem Ornat die Kapelle, gefolgt vom Kaiser und seiner Gemahlin. Wo mochte der Kaiser sitzen? Ymme erschrak, als sie in ihrer Nähe den steinernen Thron entdeckte, auf dem er in steifer Haltung Platz nahm, während Jolanthe außerordentlich gelangweilt schien. Der Erzbischof hatte inzwischen die Kanzel erreicht, die weit und hoch über ihnen in den Raum ragte. Neben ihm stand der Logothet.

Es wurde still, als die Türen der Kapelle geschlossen worden waren. Der Duft von Weihrauch und Kerzenwachs füllte den Raum.

»Seine Erhabenheit Friedrich II., König beider Sizilien und von Jerusalem, Kaiser des Heiligen Römischen Reiches Deutscher Nation«, verkündete der Logothet, »bittet Seine Eminenz, den Erzbischof von Palermo, Berard von Castacca, zum Tod des Heiligen Vaters zu sprechen.«

»Unser geliebter Heiliger Vater Honorius ist nach kurzer schwerer Krankheit am achtzehnten Märztag dieses Jahres des Herrn 1227 gestorben«, begann der Erzbischof mit matter Stimme.

Ymme hatte plötzlich einen Kloß im Hals. Honorius war, anders als sein Vorgänger Innozenz III., ein milder und duldsamer Kirchenfürst gewesen. Aber würde sein Nachfolger es ebenfalls sein?

»Am Tag darauf ist Hugo von Segni, Kardinal von Ostia, zum neuen Oberhaupt der römischen Kirche gekrönt worden. In Fortführung des segensreichen Schaffens seiner Vorgänger hat er den Namen Gregor IX. angenommen.«

Ymme wechselte einen erschrockenen Blick mit Cornelius. Der Name Gregor verhieß nichts Gutes. Hatte nicht ein Gregor Heinrich IV. so tief gedemütigt, wie kein Papst jemals einen Kaiser vor ihm? Als sie sich wieder der Kanzel zuwandte, bemerkte sie aus dem Augenwinkel das wächserne Gesicht des Kaisers.

»Bei der Krönung«, fuhr der Erzbischof fort, »beschenkte unser Heiliger Vater das römische Volk mit beispielloser Großzügigkeit, um erneut und immer wieder den Sieg des Christentums vor der Welt zu demonstrieren.« Während des verhaltenen Händeklatschens, das seine Verkündung unterbrach, streichelte der Erzbischof gedankenverloren den Schnabel des Adlers, der die Buchstütze hielt.

Ymme fragte sich, was er mit beispielloser Großzügigkeit meinte.

»Die Gläubigen dürfen sich freuen, an den Feierlichkeiten Roms teilzuhaben, indem sie gebeten werden, einen Krönungspfennig zu spenden. Die Feier hat die Kasse des Heiligen Stuhls leider bis auf den Grund geleert.«

Das betretene Schweigen der Versammelten gestattete dem Erzbischof, seine Stimme zu senken. Überhaupt wirkte er bei weitem nicht so glücklich, wie er es nach einer erfolgreichen schnellen Papstwahl hätte sein sollen. »Nach seinem eigenen Verständnis tritt Gregor IX. in der Nachfolge von Innozenz III. an. Wie sein geistlicher Vorgänger hat er nach seiner Krönung verkünden lassen, er sei weniger als Gott, der Herr im Himmel, aber mehr als ein Mensch.«

Und mehr als Jesus Christus, dachte Ymme erschrocke und sah unwillkürlich zu seinem Bild in der Kuppel hinauf. Christus schien nichts gegen ihre Kritik zu haben, aber Cornelius griff nach ihrem Unterarm und drückte ihn mahnend.

»Der Heilige Vater, Gregor IX., sendet Sizilien seinen Segen und erwartet größere Demut gegenüber der Kurie, als sie bisweilen in den letzten Jahren zum Ausdruck gekommen ist.«

Tiefe Andacht bemächtigte sich der Gläubigen, als sie nach der Ansprache des Erzbischofs auf die Knie gesunken waren. Jolanthe kniete ebenfalls vor dem Thron, nur der Kaiser blieb sitzen, in Gedanken versunken, das Kinn auf die Hand gestützt.

Ymme, deren Blick auf ihn gerichtet blieb, schien es, als ob Hermann von Salza, der neben der erhöhten Plattform des Thrones kniete, mit sich rang, ob er seinen Kaiser darauf aufmerksam machen sollte, daß er den ersten Segen eines neuen Papstes wie jeder andere Christ des Abendlandes auf den Knien entgegenzunehmen habe.

Berard von Castacca ließ einen Augenblick verstreichen, dann erteilte er den Segen ohne die kaiserliche Anteilnahme.

»Ausgerechnet dieser schreckliche Hugo!« sagte Ymme erbittert, die sich auch nach einem Spaziergang im Garten noch nicht von ihrem Schrecken erholt hatte. Sie blieb stehen und starrte über die Bäume hinweg. »Sieh mal, sogar die Berge tragen Trauer … Seltsam.«

Die Bergspitzen waren in schwarze Wolken gehüllt, und die Nebelschwaden sanken so schnell an den schroffen Felswänden herab wie Segel, die im Hafen gefiert werden.

»Wundert mich nicht. Sizilien ahnt, was ihm unter einem Gregor blüht.«

Ymme lächelte. Sonst war Cornelius so nüchtern, er würde einer Insel nie Gefühle unterstellt haben. »Gerade er mußte es werden! Seine Zöglinge, die Franziskanermönche, waren vorher mehr oder minder nur Boten, die hinter dem Rücken von Honorius agierten. Aber jetzt sind sie mit einem Schlag zur persönlichen Armee eines Papstes geworden …«

»Vergiß die Dominikaner nicht, die Hunde Christi«, sagte Cornelius so düster, wie seine Stimmung war. »Die bellen nicht nur, die beißen auch. Hugo hat seine Bettelbrüder sehr klug aufgeteilt: auf der einen Seite ein Orden, in dem fanatische Laien die Drecksarbeit für die Kurie übernehmen – auf der anderen Seite ein Orden mit klugen, ehrgeizigen Priestern, die ihm jede Auslegung und Begründung liefern werden, die er braucht.«

»Er muß seit Jahren darauf hingearbeitet haben, Papst zu werden«, mutmaßte Ymme.

»Seine Eminenz, der Erzbischof von Palermo, kam in Rom an, als die Türen schon hinter den Kardinälen verschlossen worden waren, heißt es, obwohl er sich nach dem Bekanntwerden der Erkrankung von Honorius sofort eingeschifft hat.« Cornelius schaute sich um.

Ymme sah, daß sein Blick eine Weile an einem kraushaarigen und krummbeinigen Gärtner hängenblieb, den sie selbst schon gelegentlich in ihrer Nähe bemerkt hatte.

»Laß uns zu den Ställen gehen«, sagte er und fuhr erst auf der Treppe fort zu reden. »Verstehst du? Für die deutschen Kardinäle, die wenigstens zum Teil auf Friedrichs

Seite stehen, war es unmöglich, Rom vor der Wahl zu erreichen, und das war Absicht. Sie hätten Hugo nicht gewählt; wer, mit klarem Verstand, würde nach den Massakern in Frankreich schon einen leiblichen Verwandten von Innozenz zum Papst machen und riskieren, daß die eigenen Gläubigen durch Ketzerverfolgungen dezimiert werden? Kann man eine solche Erkrankung, wie Honorius sie hatte, eigentlich auch auslösen?«

Ymme legte erschrocken den Finger auf die Lippen. »Cornelius«, flüsterte sie entsetzt. »So etwas darf man nicht einmal denken! Aber was meinst du mit dem Hinweis auf Innozenz? Auch der Erzbischof hat schon von ihm gesprochen!«

»Der Erzbischof dachte nur an die Überhöhung, die Innozenz und Gregor für sich selbst in Anspruch nehmen«, sagte Cornelius grimmig. »Muß ein Familienerbe sein. Ich rede davon, daß Hugo von Ostia ein erbberechtigter Neffe von Innozenz ist. Innozenz hatte Hugos Familie die Grafschaft von Sora zum Lehen gegeben, die er als Sicherheit für die ihm zustehende Vergütung der Vormundschaft über Friedrich überantwortet bekommen hatte. Kaum war Friedrich volljährig, bezahlte er und verlangte dafür die Grafschaft zurück, die ja seine war. Aber für den Verlust dieser Grafschaft, die ihm eben nicht gehörte, haßt Hugo von Ostia Friedrich bis auf den heutigen Tag. Bei allen diesen Händeln von Kirchenfürsten und weltlichem Adel geht es vor allem um die eigene Macht und persönliches Besitztum.«

»Deswegen war der Kaiser wie versteinert«, erkannte Ymme. »Aber woher weißt du das alles?«

Cornelius lächelte trübe. »Mein Herz, in Foggia wird nicht nur Schach gespielt. Und weil der Kaiser mich nicht mehr so oft benötigte, hatte ich um so mehr Zeit, mit Leuten zu schwatzen.«

»Seltsam, daß er dich überhaupt mitgenommen hat!«

»Ich konnte nie eine handfeste Begründung dafür finden«, sagte Cornelius zustimmend. »Aber ich habe es auf meine Weise genutzt. Ich war zum Beispiel des öfteren in der Sarazenenstadt Lucera, um meine Arabischkenntnisse zu erweitern. Wenn jemand Arabisch spricht, akzeptieren sie einen sofort, vor allem, wenn man sich während der Gebetszeiten unauffällig verhält.

»Das hört sich ja so an, als ob Friedrich auf deine Künste als Troubadour kaum Wert gelegt hat?«

Cornelius zuckte gleichmütig mit den Schultern. »Wenn ich ihm deswegen an den Hof gefolgt wäre, wäre ich mir völlig überflüssig vorgekommen. Aber ...«

Dieses Mal verschloß Ymme mit dem Finger seine Lippen. Er hatte es nicht am eigenen Leibe zu spüren bekommen, wie gefährlich dieser intrigante Hof war. Die Anwesenheit des Kaisers milderte nur die sichtbaren Auswirkungen. Und sie wußte ja, daß und für wen er Erkundigungen einzog.

Hinter der Mauerkrone wurden in diesem Augenblick die geistlichen Würdenträger sichtbar, die den Erzbischof begleitet hatten.

Cornelius entzog sich Ymmes Hand, die seine Lippen liebkoste. »Sieh nach oben. Die Priester haben offenbar auch das Bedürfnis, die Entwicklung zu diskutieren. Möglicherweise macht sich sogar der Erzbischof Sorgen. Bis jetzt gilt er als Anhänger des Kaisers. Aber was ist, wenn der neue Papst ihn zwingt, sich zwischen Kaiser und Kurie zu entscheiden?«

»Ich glaube, er ist zu klug, um sich in eine solche Zwangslage zu begeben«, meinte Ymme. Alles in allem war sie zu dem Schluß gekommen, daß der Erzbischof sie wegen des Beichtvaters eher hatte warnen als ihr drohen wollen. Er hatte sich durch die spitzfindigen Einwürfe des Notars nicht provozieren lassen. Aber sie war gewarnt.

Sie hatte sich vorbereitet.

Man hatte Ymme und Cornelius am Wasserbecken bemerkt. Ein junger Mann in der Kleidung eines Novizen lief die Treppe herab und schoß auf sie zu. »Ich bin ganz untröstlich«, schnaufte er, als er sie erreicht hatte, »daß ich mir erlaube, ein vertrautes Gespräch zwischen dem

Cavaliere und der Dama zu unterbrechen, jedoch wünscht seine Eminenz, ein, zwei Worte mit Euch zu wechseln. Ich weiß …«

»Es ist gut«, unterbrach Cornelius seine Entschuldigungen, »wir kommen.«

Berard von Castacca lächelte ihnen wohlwollend entgegen. Die Schar schwarzgewandeter Männer wich auseinander wie ein sich öffnender Fächer, als sie herantraten.

»Ich bedauere sehr«, entschuldigte der Erzbischof sich für einen Palermer recht knapp, um auf sein Anliegen zu kommen, während Ymme und Cornelius noch seinen Ring küßten. »Ich hoffe, meine Ansprache ist nicht zu schnell erfolgt, um in allen ihren Konsequenzen für Euch verständlich gewesen zu sein.«

Ymme sah ihn verwundert an.

»Uns ist die Verwandtschaft zwischen den Heiligen Vätern Innozenz und Gregor bekannt«, antwortete Cornelius beherrscht, womit eigentlich alles gesagt war.

Der Erzbischof nahm es mit knappem Nicken zur Kenntnis. »Was die Beichte angeht … Es wäre möglicherweise günstig …«

»Oh, was das betrifft, Eminenz«, sagte Ymme beherzt, »ich habe inzwischen begriffen, daß Ihr Euch wegen der besonderen Lage Sorgen macht, in der sich die sizilianischen Geistlichen gegenüber ihrem König und Rom befinden. Unser Beichtvater ist Pater Thaddäus Spinola vom Orden der Zisterzienser. Wir können bei ihm in deutscher Sprache beichten, deswegen …«

»Ich verstehe«, sagte der Erzbischof. »Schön. Wir werden sehen, was die Zukunft bringt. Der Herr sei mit Euch.« Sie waren entlassen.

»Was sollte das denn?« fragte Ymme am Fuß der Treppe. Die Geistlichen waren schon außer Sicht, offensichtlich eilten sie in den erzbischöflichen Palast zurück. »Sieht auch er eine Gefahr voraus? Aber welche?«

»Ich weiß es nicht«, antwortete Cornelius abwesend. »Hast du mir nicht erzählt, daß der Notar Girolamo Naso versuchte, den Erzbischof gegen dich aufzuhetzen? Jetzt war er wieder mitten unter den Priestern. Teufel auch, ich glaube, er verwechselt ständig sein Amt mit dem eines Priesters. Und warum jagt ihn der Erzbischof nicht davon?«

»Immerhin weiß er jetzt, welchen Beichtvater wir haben und wird endlich Ruhe geben.« Ausnahmsweise war Ymme sehr mit sich zufrieden.

Ymme war gerade dabei, Biancas Wadenwickel zu erneuern, als der Kaiser die Gemächer seiner Frau betrat. Sie wollte sich sofort zurückziehen, aber er bedeutete ihr, weiterzumachen. Die Hände auf dem Rücken verschränkt, sah er ihr zu.

»Ist es gefährlich?« fragte er besorgt.

»Ich denke nicht, Eure Erhabenheit«, antwortete Ymme. »Bianca hat schon mehr überstanden. Sie ist nicht nur ein schönes, sondern auch ein robustes Mädchen.«

»Ja, nicht wahr?« Friedrich lächelte versonnen. »Hat sie schon Zähne?«

Ymme mußte lachen. »Aber sicher, Eure Erhabenheit! Sie ist doch schon fast acht Monate alt.« Obwohl der Kaiser von seinen anderen Töchtern nie Notiz genommen hatte, schien er Bianca zärtlich zu lieben. Vielleicht lag es daran, daß sie ihm mit ihrem kantigen Gesichtchen, das einen festen Willen bekundete, so sehr ähnelte. Im Übrigen waren ihre Augen braun und ihre Haut dunkler; trotzdem schien sie eher die Tochter des Kaisers als seiner Ehefrau zu sein.

»Es klingt, als ob Ihr Prinzessinnen das gleiche zutraut wie Prinzen, Dama?«

»Mindestens!« antwortete Ymme bedenkenlos und ließ Bianca den Finger, den diese fest umklammerte.

»So, so. Glaubt Ihr, sie würde mich zurückweisen?« Friedrich reckte den Hals und ähnelte irgendwie einem Uhu auf der Stange, der nicht genau weiß, ob die Maus vor ihm eßbar ist. Bianca schien nichts gegen Mäuse und Uhus zu haben.

»Nein«, sagte Ymme. »Nur zu.« Oh je, dachte sie mit verspäteter Einsicht, so redet man nicht mit Kaisern.

Aber er hatte nur Augen für sein Töchterchen. Er kitzelte Bianca vorsichtig unter dem Kinn, und sie krähte vergnügt trotz ihrer heißen, roten Wangen. Es gefiel ihnen beiden. Friedrich sah verblüfft zu Ymme hinüber, und sie nickte. Da seht Ihr, hätte sie beinahe gesagt.

»So kommt Ihr auch einmal in meine Gemächer, Friedrich?« fragte Jolanthes eifersüchtige Stimme aus dem Hintergrund. »Zu der ungeliebten Ehefrau oder zu der unnützen Tochter?«

Friedrich drehte sich abrupt um. »Oh, seid Ihr da, Jolanthe? Ich wähnte Euch im Garten. Alles andere betrachte ich als ungesagt.«

Jolanthe löste sich von dem Vorhang, hinter dem sie gestanden hatte, möglicherweise schon, als sich Ymme noch mit Bianca allein glaubte. »Dazu bin ich wohl verurteilt. Und im Gegensatz zur Dama traut Ihr Prinzessinnen keineswegs das Gleiche zu wie Prinzen. Dafür bin ich der lebende Beweis! Ich bin die gekrönte Königin von Jerusalem, und Ihr seid niemals auf die Idee verfallen, mich in Eure das Heilige Land betreffenden Pläne einzubeziehen.«

Der Kaiser betrachtete seine junge Ehefrau, die sich so überraschend in seine Geschäfte einzumischen versuchte, mit Abneigung. »Ihr versteht nichts vom Regieren, Jolanthe. Auch Euer Vater war ein mieser Regent, wie das ganze Abendland gesehen hat. Es ist ihm nicht gelungen, Jerusalem zurückzuerobern. Seid dankbar, daß der Papst Euren Vater unter seinen Schutz genommen hat, obwohl dazu wahrlich kein Grund bestand. Im übrigen kümmere ich mich jetzt um Jerusalem. Ihr braucht also keine Sorge zu haben.«

Jolanthe wurde dunkelrot vor Zorn. »Ihr habt mich nur geheiratet, um Jerusalem in die Hand zu bekommen«, zischte sie.

»Und Ihr mich, um Kaiserin zu werden«, antwortete Friedrich, der sich wieder gefangen hatte. »So ist das Leben. Einer hilft dem anderen.«

»Ich wurde nicht gefragt«, sagte Jolanthe gehässig.

»Aber Ihr habt recht. Jetzt bin ich volljährig und will Königin von Sizilien sein und Kaiserin des Reiches.«

Friedrich maß sie mit abschätzigen Blicken. Es war erkennbar, daß er seine ungewandte Frau, die nach der Geburt von Bianca deutlich an Umfang zugenommen hatte und im übrigen mehr denn je einer Muselmanin aus den östlichen Teilen des Sultanats ähnelte, nicht in der Rolle der Kaiserin sah. Fast empfand Ymme Mitleid mit ihr.

»Nach der Geburt meines Sohnes sprechen wir darüber«, schlug der Kaiser vor. »Bis dahin habt Ihr den Umgang mit den Großen dieser Welt vielleicht erlernt.«

Jolanthe brodelte vor Wut. »Indem Ihr mich hier im Palast einsperrt? Laßt mich an der Gesellschaft der Könige und Päpste teilhaben.«

Friedrich verzog das Gesicht. Die Diskussion wurde ihm lästig. »Wir werden in den nächsten Monaten nichts dergleichen haben, Jolanthe. Wir bereiten den Kreuzzug vor.«

»Den Kreuzzug?« Jolanthe starrte ihn mit offenem Mund an. »Ich dachte, Ihr hättet ihn aufgegeben, während Ihr Euch in Foggia der Jagd und den Künsten hingegeben habt. Und jetzt, wo wir einen neuen Heiligen Vater haben, solltet Ihr erst ihn um Rat bitten ...«

»Ganz im Gegenteil, meine Liebe«, unterbrach sie der Kaiser barsch. »Ganz im Gegenteil. Seitdem Gregor Papst ist, betreiben wir die Vorbereitungen des Kreuzzuges mit größerem Nachdruck denn je. Er ist von anderem Format als Honorius. Wir werden uns von ihm nicht vorwerfen lassen, wir hätten unsere Verpflichtungen nicht erfüllt, und wir werden ihn keinesfalls um einen Rat fragen, den wir nicht benötigen.« Er machte kehrt und rauschte so schnell hinaus, daß der Kammerjunge die Tür um ein Haar nicht schnell genug aufbekommen hätte.

Ymme sah ihm verstohlen nach. Seine Worte hatten bestätigt, daß er in Gregor einen härteren Gegner als in Honorius sah, der es möglicherweise darauf anlegen würde, den kaiserlichen Kreuzzug zu verhindern. Der Kaiser wußte um die Gefahr. Jolanthe würde es nicht schaffen, ihm den Kreuzzug auszureden, so wie sie es dem Mönch gegenüber versprochen hatte. Dann fiel ihr Blick auf Jolanthe.

Deren geballte Faust zitterte, während sie ihrem Ehemann blicklos nachstarrte. Tränen der Wut standen in ihren Augen. »Ich hasse dich«, flüsterte sie. »Oh, wie ich dich hasse!«

Auf dem Weg zu ihrer Wohnung wurde Ymme von einem sarazenischen Wächter abgefangen, den sie noch nie gesehen hatte. Er vollführte den traditionellen Gruß. »Der Qawm des Hennaverkäufers Ibn Abdûn im Darb der Roten Farben ersucht um deine Hilfe, Hakima«, flüsterte er. »Es sind nur zwei Frauen und zwei junge Söhne ... Sie wissen nicht, was sie machen sollen.«

Ymme betrachtete ihn verwundert. Allein die Botschaft war merkwürdig. »Sind sie krank?« erkundigte sie sich.

»Ja, sehr.« Der Wächter sah sich aufgeschreckt um und lauschte Schritten, die durch den Flur hallten, ohne daß jemand zu sehen war. »Ich muß gehen. Frage Constanza, Hakima. Sie weiß, wo das ist. Und beeile dich. Bitte!«

Na, gut. Ymme beschloß, der Familie zu helfen. Mit Verwunderung nahm sie allerdings zur Kenntnis, daß Constanza sie ungewöhnlich respektlos und fast abweisend anstarrte, bevor sie sich achselzuckend entschloß, Ymmes Korb zu holen.

Ymme schüttelte den Kopf und begann zu überlegen, was sie möglicherweise noch benötigen könnte. Wenig später verließen sie den Palast. Es war später Nachmittag und nicht außergewöhnlich heiß.

»Was ist eigentlich mit dem Klan?« fragte Ymme, als sie im Schatten der Häuser den Palasthügel abwärts wanderten. »Du verhältst dich ziemlich sonderbar, seit ich von ihnen gesprochen habe.«

»Ja«, sagte Constanza zögernd, »sie sind Berber, Dama. Wir Araber mögen sie nicht. Am besten wären sie bei ihren Leuten in Kerkent geblieben. In Eurer Sprache Girgenti. Da gibt es viele Berber. Wo Araber und Berber an einem Ort leben, gibt es Streit.«

»Ah so«, murmelte Ymme erstaunt. Gerade, als sie eine weitere Frage stellen wollte, rief aus nächster Nähe ein Muezzin zum Nachmittagsgebet. Im ehemaligen Stadtteil der Sklaven gab es noch viele Minarette, im Gegensatz zu Palermo, wo offensichtlich nicht nur die große Freitagsmoschee, sondern auch die meisten kleineren abgerissen worden waren.

Während Constanza sich wie viele andere Passanten nach Mekka wandte, wandte Ymme sich einer Hauswand zu und betete still. In der Ferne rief ein Händler seine Ware aus.

»Ist dieser Klan vielleicht deshalb so klein, weil nur ein einziger Mann mit seinen Frauen in Palermo eingewandert ist?« fragte sie, als Constanza wieder aufgesprungen war.

»Nein, das kann die Ursache nicht sein«, antwortete Constanza überzeugt. »Vielleicht sind die Männer auf Reisen.«

Aber Ymme vermutete im Darb der Roten Farben, der aus nur sieben Haustüren zu ebener Erde hinter einem in den Angeln schief hängenden Tor bestand, noch bevor sie die Wohnung des Hennaherstellers betreten hatte, daß möglicherweise eher ein Todesfall der Grund für die Abwesenheit von Männern war. In der Mitte des Hofes lagen die Scherben von Tonkrügen, die als Zeichen der Trauer zerschlagen worden waren.

Die Türöffnung war mit einem Vorhang aus Schnüren verhängt, an denen leise klappernde Fruchtkapseln hingen, und Ymme konnte erkennen, daß eine in Weiß gekleidete Frau neben einer Bettstatt saß. Die Wohnung bestand aus diesem einzigen Raum.

»Du bleibst in der Tür stehen, Constanza«, befahl Ymme und schritt über die Schwelle.

Die Frau strich sich ihre gelösten Haare aus den verweinten Augen und sah auf. Sie erkannte Ymme sofort. »Danke, daß du gekommen bist, Hakima«, schluchzte sie mit einem seltsam schleppenden Klang in der Stimme. »Ich weiß mir keinen Rat. Vor kurzem haben wir die Totenfeier für meinen Ehemann ausgerichtet, jetzt liegt mein Sohn im Sterben, und ich habe keinen männlichen Beistand.«

Ymme trat näher, an einer ebenfalls weiß gekleideten Gestalt vorbei, die an der Wand kauerte und ein zweites Kind an der Brust wiegte. Der Junge im Bett hatte einen hochroten Kopf und dampfte vor Hitze. »Wie lange war sein Vater krank?« erkundigte sie sich behutsam.

»Gar nicht. Er wurde auf der Straße von einem herabfallenden Gerüst erschlagen.«

»Und bei der Totenfeier waren alle Nachbarn anwesend?«

»Ja, aber nur die aus diesem Darb«, gab die Frau mit kläglicher Miene zu. »Wir haben hier nicht sehr viele Freunde ...«

»Sind denn auch Nachbarn erkrankt? Haben sie möglicherweise das Essen nicht vertragen?«

Die Hausfrau schüttelte tieftraurig den Kopf. »Außer meinem älteren Sohn niemand. Von dem Fremden wissen wir es nicht. Er kam als letzter Gast zur Leichenfeier. Er hat wohl nicht bemerkt, daß wir ..., daß wir Berber sind, obwohl er die 'imama meines Ehemannes ja deutlich hätte sehen müssen. Vielleicht hatte er besondere Gründe, uns nicht vor den Kopf zu stoßen ...« Ihre Worte verloren sich hinter den Händen, die sie vor das Gesicht geschlagen hatte.

Ymme kniete neben dem Lager nieder. Der Junge atmete schwer. So vorsichtig es ging, drehte sie seinen Kopf zum Licht. Sein Schmerzensschrei war nur ein mühsames Krächzen.

»Er hat Angst ...«, murmelte seine Mutter.

Ymme nickte und schaffte es, dem Jungen in den Mund zu sehen. Trotz des gedämpften Lichtes erkannte sie, daß sein Zäpfchen hochrot war. »Geh in den Hof, Constanza«, sagte sie leise, »und komm ja nicht zurück!«

Ihre Stimme ließ die Frau aufmerksam werden. »Was ist es? Wird er sterben?«

Ymme wiegte den Kopf. »Ich weiß es nicht. Ich fürchte, er hat Masern oder Pocken. Beide Krankheiten können tödlich enden.«

»Vor drei Jahren war am Hof des Imberadour ein gelehrter Mann aus Spanien zu Gast. Viele Kinder in der Saqâliba waren damals erkrankt, meine beiden auch. Der Hakim hat gesagt, es wären Masern, und behauptet, wer davongekommen wäre, würde sie nie mehr bekommen.«

Das mochte stimmen, davon wußte Ymme nichts, aber dann war die Prognose um so schlimmer, dann blieben nur die noch gefährlicheren Pocken. »Ich möchte mir deinen jüngeren Sohn auch ansehen«, sagte sie ausweichend.

Er war weniger heiß und atmete ohne Mühe. Als sie sein Hemd anhob, fand sie eine kleine Pustel am Bauch. Ymme seufzte. »Es sind Pocken.«

»Dann werden sie sterben.« Die Frau des Hauses begann zu weinen.

Ymme umfaßte ihre Schultern und drückte sie sanft. Als das Schluchzen leiser geworden war, sagte sie: »Ob ein Pockenkranker überlebt, hängt auch von der richtigen Pflege ab. Ihr werdet euch beide Tag und Nacht abwechseln. Hauptsache, ihr erkrankt nicht auch noch.«

Die Frau trocknete ihre Tränen und sah Ymme scheu an. »Meine Schwester und ich waren als Kinder an den Pocken erkrankt. Wir wurden damals gesund und werden es wieder schaffen.«

Ymme nickte zerstreut und begann ihnen Anweisungen für die Krankenpflege zu geben. »Geht sowenig aus wie möglich«, schloß sie, »und laßt niemanden herein.«

»Das haben wir auch vorher nicht getan. Und jetzt haben wir unsere Pflichten gegenüber dem Toten zu erfüllen.«

Ymme stand zögernd auf und sah sich scheu im Raum um. Begütert war diese Familie ganz sicher nicht. »Was war mit diesem Fremden?« fragte sie direkt.

Die Schwester der Hausfrau forderte sie mit einem Wink auf, ihr in den Hof zu folgen. »Mein Name ist Kahina«, stellte sie sich vor. »Wir kannten den fremden Gast nicht. Mir war er unangenehm. Er spähte umher, als ob er unser kleines Haus auskundschaften wollte. Aber die Höflichkeit gebietet, alle Arten von Trauer zu akzeptieren, mögen sie uns auch unbekannt sein.«

»Sprach er wie einer, der in Palermo geboren ist?« Eigentlich wußte Ymme selbst nicht, worauf sie hinauswollte. Aber sie hoffte, noch mehr zu erfahren, indem sie das Gespräch in Gang hielt.

Kahina sah sie überrascht an. »Darüber habe ich mir keine Gedanken gemacht«, gestand sie. »Wir leben noch nicht so lange hier, verstehst du? Wir sprechen anders.«

Ja, das hatte selbst Ymme bemerkt.

»Aber etwas anderes finde ich jetzt sonderbar. Er benahm sich nicht wie ein Muslim.«

Ymme hob die Augenbrauen. Ein Mann, der kein Muslim ist, besucht Menschen bei einer muslimischen Trauerfeier, die er nicht kennt.

»Ja«, fuhr Kahina fort, augenscheinlich froh, über anderes als die alltäglichen Sorgen sprechen zu können, »er hat den anderen Männern verstohlen abgeguckt, was sie machten, und sprach wenig. Es war, als ob er nicht auffallen wollte, er hielt sich meistens bei den Kindern auf. Während einer Trauerfeier macht man sich darüber keine Gedanken. Jeder ist anders, und vielleicht hatte er einfach nur Hunger. Allah nährt jeden, und wie er es macht, liegt bei Ihm.«

»Wie sah der Mann aus?« erkundigte Ymme sich.

»Nicht anders als andere Menschen. Glatte dunkle Haare, dunkle Augen und vielleicht etwas hellere Haut. Aber nicht wie du, Hakima!«

Ymme lächelte flüchtig und nahm die Hände der jungen Frau. »Ich wünsche euch alles Gute«, sagte sie warmherzig. »Ich komme morgen wieder, um nach den Jungen zu sehen. Lebe wohl.«

»Cornelius«, sagte Ymme nach einer schlaflosen Nacht, »diese Pocken beunruhigen mich. Ich weiß nicht, warum.«

»Sie müssen sich nicht ausbreiten. Ich habe das oft genug im Heiligen Land erlebt.«

»Ja, sicherlich«, sagte Ymme zögernd, »aber erst war die Rede davon, daß der Kaiser einen seiner Versuche durchgeführt hat und die Folge davon eine Pockenepidemie sei – obwohl mir völlig unklar ist, wie er das angestellt haben sollte –, und jetzt treten sie hier wirklich auf. Kann das Zufall sein? Zumal die Umstände ganz seltsam sind.«

»Und die wären?«

»Die Leute leben für sich allein, weil sie Berber sind. Und da sollen sie plötzlich Pocken bekommen? Ich habe immer nur davon gehört, daß Pilger oder Soldaten sie aus fremden Ländern einschleppen. In Kastilien war es auch so …«

»Ein Hennaverkäufer kommt zwangsläufig mit Lieferanten und Kunden zusammen. Vielleicht hat er sich die Pocken bei ihnen geholt.«

Ymmes Gedanken gingen zurück in die Vergangenheit, wo sie am Maristan von Toledo schon einmal geglaubt hatte, dem Geheimnis der Pocken ganz dicht auf den Fersen zu sein. »Weißt du, was du gerade gesagt hast? Pokken – als wären sie wie Läuse, die man sich bei unsauberen Leuten holen und weitergeben kann … Wie winzige Läuse. Noch kleiner. Unsichtbar …« Ihre Stimme verlor sich angesichts der Unmöglichkeit, sich etwas Unsichtbares vorzustellen.

»Dama!«

»Was ist, Angelina?« Ymme war ungehalten, weil sie sich bei ihren Gedankengängen gestört fühlte.

»Constanza verweigert die Arbeit«, antwortete Angelina mürrisch.

»Das tut sie nie!« widersprach Ymme verblüfft.

»Manche Personen werden einfach überschätzt. Überzeugt Euch selbst«, versetzte Angelina schnippisch, warf den Kopf zurück, wie sie es immer tat, wenn sie sich über Ymmes Meinung hinwegsetzen wollte, und ging ihrer Wege.

»Daß sie ihre Streitigkeiten stets über mich austragen müssen«, murmelte Ymme verärgert und folgte ihr in den anderen Raum.

Constanza lag rücklings auf den Fliesen. Ihr Kopf war so hochrot, daß Ymme sofort ahnte, was los war. Pocken.

»Cornelius, komm bitte und hilf«, rief sie seufzend. Immer etwas Neues, bevor alte Probleme erledigt waren! Mußte das denn sein?

Er erkannte auch ohne Erklärung, was geschehen war, nahm Constanza auf den Arm – er hatte im Morgenland so oft mit Pocken zu tun gehabt, daß er keine Angst davor hatte. »Wohin mit ihr?«

»Im Palast können wir sie nicht lassen«, überlegte Ymme laut. »Die Gefahr wäre viel zu groß, vor allem für Bianca. Aber es muß in der Nähe sein, damit ich sie pflegen kann.«

»Erinnerst du dich an den Verschlag, den Bruder Jacopo erwähnte?« fragte Cornelius. »Ich weiß, wo er ist. Er steht leer.«

Ymme hob sich auf die Zehenspitzen und küßte ihn auf die stoppelige Wange. »Also auf, dorthin. Wohl der Frau, die einen tapferen Ritter ihr eigen nennen kann, der sich sowohl im Kampfes- als auch im Turniergelände auskennt!«

»Ja«, sagte Cornelius und blickte dem jungen Mädchen mitleidig ins Gesicht, »aber ein Turnierspaß wird es nicht werden. Meistens sind es die Kinder, die sterben.«

»So habe ich es nicht gemeint, das weißt du wohl«, versetzte Ymme. »Ich war vielmehr erleichtert zu wissen, daß du alle diese Dinge im Auge behältst, die uns vielleicht einmal nützlich sein werden. Seitdem ich mit meinen unbedachten Worten dem Justitiar zu verstehen gab, wer den Mord an Moro angeordnet haben könnte, meine ich manchmal schon die Schlinge zu spüren, die wir beide um den Hals haben.«

»Der Kaiser selbst hat dich beschützt, er wird es auch weiter tun. Komm, laß uns jetzt gehen.«

Ymme nickte und warf ein leichtes Tuch über Constanza, das ihr Gesicht für andere verhüllte.

Sie durchquerten den Garten, ohne jemandem zu begegnen. Zu Ymmes Verwunderung stellte sich das, was der Mönch verächtlich als Verschlag bezeichnet hatte, als ein arabischer Lustpavillon heraus, der in einem Hain von wild wuchernden Granatapfelbäumen versteckt war. Wunderschön! Und wäre sie nicht so besorgt wegen Constanza gewesen, wäre sie von dieser unerwarteten Entdeckung begeistert gewesen.

Am Nachmittag betrat Ymme ein Trauerhaus, in dem sich die Trauer verdoppelt hatte. Der ältere der beiden Jungen war gestorben. Die Mutter war in ihrem Schmerz so versteinert, daß sie, alle Bräuche mißachtend, die Klageweiber abgewiesen hatte. Nachdem sie ihren Sohn eigenhändig gewaschen und bekleidet hatte, hatte sie zwei Träger angemietet und war inzwischen mit der Leiche ihres Sohnes auf dem Weg zum Friedhof.

»Wir Frauen der Amarzigh fühlen uns freier als die Araberinnen«, bekannte Kahina entschuldigend und bekümmert. »Meine Schwester kann niemand aufhalten, wenn sie sich etwas vorgenommen hat.«

Gegenüber Ymme hätte es keiner Entschuldigung bedurft. Aber sie verstand, daß Kahina glaubte, erklären zu müssen, warum sich ihre Schwester anders verhielt, als es unter Musliminnen üblich war.

Was den anderen Jungen anging, war Ymme zuversichtlich. Die Pocken hatten sich inzwischen über sein ganzes Gesicht ausgebreitet, waren jedoch nicht in die Gehörgänge vorgedrungen und auch nicht auf die Hornhaut der Augen – zudem war er nicht übermäßig heiß, als ob die Kraft der Erkrankung mit dem vollständigen Ausbrechen der Pusteln auf der Haut geschwächt worden wäre. »Wenn Allah sich etwas vorgenommen hat, führt Er es auch aus. Es sieht aus, als ob der junge Mann es schafft«, sagte sie zuversichtlich.«

Kahina warf ihr einen dankbaren Blick zu.

»Wieviele Kinder waren eigentlich bei der Trauerfeier für ihren Vater anwesend?« fragte Ymme.

»Spielt das eine Rolle?« Kahina machte zwar ein ungläubiges Gesicht, aber sie versuchte sich zu erinnern und zählte dabei an den Fingern ab. »Unsere beiden und dann die drei Mädchen aus der Nachbarschaft«, sagte sie schließlich.

»Aber die Mädchen haben sich gewiß bei ihren Müttern aufgehalten und nicht bei euren Jungen?«

»Ja, wo denkst du hin, Hakima! Niemand hätte ihnen erlaubt, bei den Jungen zu sitzen.«

»Und die Mädchen sind gesund?«

Kahina nickte.

»Der Fremde hielt sich also meistens bei euren Jungen auf?« fragte Ymme, ohne sich anmerken zu lassen, daß dies ihre wichtigste Frage war. Gottlob schien die Tante des Patienten viel Geduld zu besitzen. Oder unter Einsamkeit zu leiden.

Kahina streichelte zärtlich die Wange des Kleinen und lächelte ihm zu, was ihm ein Seufzen entlockte. »Ja, er saß zwischen den beiden. Unser Kleiner hier beklagte sich anschließend, daß der Mann Disteln oder Kaktusstacheln an seiner Kleidung gehabt hatte, denn er hatte sich an ihm gestochen. Wahrscheinlich kam der Gast vom Land, obwohl sein Gesicht mehr nach einem Zolleintreiber aussah. Wenn du verstehst, was ich meine. Habgierig.«

Ymme nickte und schluckte ihre Aufregung hinunter. Diese Auskunft war wichtig, sie spürte es genau, obwohl sie noch nicht ahnte, was sie zu bedeuten hatte. Sie legte Kahima ihre Hand kurz zum Trost und als Dank auf die Schulter und verließ leise das Haus.

Nach ihrer Rückkehr in den Palast schaute Ymme als erstes im Lustpavillon vorbei, in dem Cornelius an Constanzas Lager wachte. Ihr Zustand war unverändert ernst, ihr Herz raste im Fieber.

Cornelius erneuerte geschickt die kalten Wadenwickel Natürlich mußte er dabei Constanzas Beine bewegen, was ihr jedoch keine zusätzlichen Beschwerden verursachte. Wenigstens das sprach für einen günstigen Ausgang. Im übrigen verlief Constanzas Erkrankung nicht ganz typisch; die Schnelligkeit, mit der sie ausgebrochen war, erschien Ymme merkwürdig. Zudem hatte die Kranke zuerst Bläschen hinter den Ohren gehabt, was ebenfalls nicht normal war.

Als Cornelius Constanza wieder mit einer leichten Decke zugedeckt hatte, griff er in sein Wams und holte ein Stück Papier heraus. »Komm mit, ich zeige dir, was ich unter dem Bettzeug gefunden habe. Bin gespannt, was du dazu sagst.«

Ymme folgte ihm neugierig an einen Fensterbogen, der Licht und Wind, aber keine Sonne hereinließ.

Cornelius las vor: »An den ehrenwerten Bruder. Die Ereignisse überstürzen sich. Deine sofortige Anwesenheit ist erforderlich. Sei nach dem Abendgebet in der Gasse der Flötenspielerinnen gegenüber dem Leuchtturm. Der Bruder zur rechten Hand.«

»Barmherziger Gott!« stieß Ymme aus. »Was soll das wohl bedeuten? Es klingt nach einer geheimen Bruderschaft.«

»Die Franziskaner sind auch eine Bruderschaft«, gab Cornelius zu bedenken. »Als die Kurie noch nicht entschieden hatte, ob sie Ketzer sind oder nicht, hat sicher mancher seine Zugehörigkeit geheimgehalten. Und immerhin hat hier Jacopo gewohnt, bis er wie vom Erdboden verschluckt war.«

»Abendgebet klingt aber mehr nach Muslimen.« Ymmes Blick wanderte zu Constanza hinüber.

»Du hast recht«, stellte Cornelius fest, »die einzige, die uns hierbei helfen kann, ist Constanza. Aus irgendeinem Grund habe ich das Gefühl, daß die Botschaft auch für uns von Bedeutung ist.«

15.
Die Gasse der Flötenspielerinnen

Zu Ymmes maßloser Verblüffung blieb es bei diesen drei Pockenfällen – wie auf einer winzigen Insel mit drei Einwohnern. Nach einigen Tagen sprang der kleine Berberjunge schon wieder umher, Constanza war allerdings noch zu schwach, um aufzustehen.

Cornelius, der sie bewachte und betreute, wie er es vor Jahren im Krankendienst der Johanniterritter gelernt hatte, spielte gegen sich selbst Schach, als Ymme zu ihrer täglichen Visite kam. Er sprang auf und küßte sie. »Warum werden wir eigentlich nicht krank?«

»Ich weiß es auch nicht«, sagte Ymme. »Ich habe noch nie gehört, daß ein Mensch, der schon einmal Pocken hatte, sie ein zweites Mal bekommen hätte. Es ist eines der Geheimnisse dieser Welt – vielleicht ist es auch nur ein Irrtum, eine Hoffnung. Du hast schon Pocken gehabt. Ich aber nicht. Zum Glück bin ich mit dir verheiratet …«

Er grinste wie ein verliebter Jüngling. »Zuviel der Ehre. Gegen Pocken wurden Ritter noch nie eingesetzt. Vielleicht hast du nicht gemerkt, daß du sie schon hattest.«

Ymme sah ihn seltsam berührt an, aber er nahm es nicht wahr, weil er mit den Gedanken schon wieder bei seinem Spiel war. Gleich würde er *asch-Schah mat* rufen, wie sie aus Erfahrung wußte. Während sie sich schweigend zu Constanza setzte, deren blaue Augen ihr aufmerksam folgten, überlegte Ymme, ob Cornelius recht haben konnte. Wann war sie selbst pockenkrank gewesen, ohne es zu bemerken? Konnte das sein? Es war ein faszinierender Gedanke, weil er so logisch war.

Constanza war hellwach, mit der gleichen Neugier im Blick, wie vor ihrer Erkrankung.

»Kannst du mir das Papier mit der Botschaft geben?« fragte Ymme. »Ich glaube, Constanza fängt an, sich zu langweilen.« Bedachtsam las sie ihr den Text vor.

»Das Rätsel ist doch einfach zu lösen«, sagte Constanza ein wenig enttäuscht. »Der Leuchtturm ist das Minarett. Wenn es dunkel ist, zündet der Muezzin eine Laterne an, die er an einer Stange aufhängt, bevor er zum Gebet ruft.«

»Natürlich!« Cornelius sah vom Schachbrett auf und tippte sich an die Stirn. »Also doch eine sarazenische Bruderschaft? Aber irgendwie paßt das nicht.«

»Araber würden nie eine Zusammenkunft in einer Kirche abhalten, wenn eine Moschee vorhanden ist«, widersprach Constanza. »Selbst Berber nicht. Gegenüber der Moschee in der Gasse der Flötenspielerinnen steht eine ziemlich alte Kirche, deren Namen ich nicht kenne. Sie ist ganz verfallen. Das muß der Ort sein. Er befindet sich unterhalb der Mauer dicht beim Viertel der Juden.«

Cornelius runzelte grübelnd die Stirn.

»Die Flötenspielerinnen sind Zigeuner«, ergänzte Constanza eifrig. »Sie hausen auch noch da, wo andere sich vor Dschinn und dem Satan fürchten.«

»Mit anderen Worten, der Ort der Zusammenkunft ist Niemandsland. Die Botschaft muß keineswegs dem Mönch Jacopo gegolten haben. Ich werde mich dort umsehen.«

Cornelius schien beängstigend entschlossen. »Denk an deinen ersten Versuch, eine geheime Zusammenkunft zu belauschen«, versetzte Ymme ärgerlich. »Irgendwann werden sie ungeduldig mit dir werden.«

»Es sind doch nicht die gleichen Leute, damals und heute«, widersprach Cornelius. »Beunruhige dich nicht!«

»Soll ich mitgehen, Cavaliere?«

Constanzas Stimme klang so tatendurstig, daß Ymme und Cornelius in Lachen ausbrachen. »Soweit bist du noch nicht«, sagte Ymme milde. »Sei dankbar, wenn du schon den Vogelkäfig erreichst.«

Als hätte sie verstanden, daß von ihr die Rede war, stimmte Constanzas Nachtigall, der man die Augen ausgestochen hatte, damit sie schöner sang, ein Lied an. Cornelius warf den Schah mit Schwung vom Brett, hängte sein langes Messer an den Gürtel und verließ wortlos den Pavillon.

»Komm, laß uns erproben, wie weit du es schaffst«, schlug Ymme vor. »Hier ist es heute so stickig.«

»Es ist nicht stickiger als sonst«, widersprach Constanza und sprang forsch auf den gefliesten Boden. »Ich glaube, Ihr habt Angst um den Cavaliere.«

»Ja, das stimmt«, gab Ymme zu und reichte Constanza den Arm, den sie nach den ersten Schritten annahm.

Sie wanderten gemächlich zu einer Steinbank am Rand des Hains, die fast gänzlich von den Ästen und Luftwurzeln eines Feigenbaumes umhüllt war. Die Gärtner kamen bis hierher nicht, seitdem der Kaiser immer öfter in seinem neuen Palast in Foggia weilte. Gedämpft durch die Bäume, war das Wiehern von Pferden zu hören, und auf den gepflegten Teil des Gartens mit den Wasserbassins hatten sie von hier gute Sicht.

»Hast du jemals etwas Sicheres in Erfahrung gebracht über den Tod deiner Schwester?« fragte Ymme behutsam, als sie es sich bequem gemacht hatten.

Constanza schüttelte den Kopf. »Es war Moro. Er war auch der Vater des Kindes. Aber niemand wagt darüber zu sprechen, denn wenn sie erfährt, daß alle wußten, daß er kein richtiger Eunuch ist, sind sie in Gefahr. Alle haben Angst vor *ihr*«, flüsterte sie, während über ihnen die Blätter in einer Brise säuselten.

»Vor Jolanthe?«

Constanza nickte heftig, einen Finger über den Lippen. »Sie haben Angst, es könnte ihnen so ergehen wie dem Kammerknaben, der vergiftet wurde, erinnert Ihr Euch, Dama?«

»Der schwarze Junge, dessen Sterben Jolanthe soviel Aufmerksamkeit schenkte. Ich wunderte mich damals sehr über sie …«

»Es heißt, sie hätte ein Gift an ihm ausprobiert. Aber er starb nicht schnell genug, um sie zufriedenzustellen.«

Jäh begriff Ymme, daß Jolanthe vermutlich die Giftmischerin Pellagra zu sich bestellt hatte, um mehr Gift oder ein anderes Gift von ihr zu kaufen. »Für wen braucht sie denn Gifte?«

Constanza grub ihre weißen Zähne ganz fest in ihre Oberlippe und betrachtete den steinigen gelben Boden unter ihren nackten Füßen, der von der Sonne ausgedörrt war.

Für ihre Feinde. Natürlich. Und zumindest eine Person kannte Ymme, die Jolanthe als Feindin ansah: sie selbst. Von Anfang an hatte sie Ymme als Hebamme abgelehnt. Vermutlich hatte Jolanthe inzwischen eine zufriedenstellende Dosierung gefunden. »Es wird kühl hier draußen«, sagte sie mit rauer Stimme. »Laß uns wieder hineingehen, damit du dich nicht erkältest.«

Das Gemäuer gegenüber der Moschee war kaum mehr als Kirche zu erkennen. Das, was einmal die Krypta gewesen war, öffnete sich zur Hälfte zum abendlichen Himmel und ließ genügend Licht herein, daß Cornelius die Ruine untersuchen konnte. Ein Rosenbusch, der vom darüber liegenden Klostergarten den Weg nach unten gefunden haben mußte, rankte an einer noch stehenden Wand nach oben und verströmte einen intensiven süßen Duft.

Unter dem erhaltenen Teil des Fußbodens waren die Steinquader der Krypta nur wenig verwittert und gut gefugt. Der Schutt war nur stellenweise fortgeräumt worden. Es war kaum vorstellbar, daß hier geheime Versammlungen stattfinden sollten. Fußgänger konnten von der Gasse sogar hereinblicken. Cornelius stützte sich auf eine uralte Grabplatte und starrte nach oben.

Sie gab nach. Instinktiv warf er sich zur Seite. Die Platte schwang auf und rastete mit leisem Knacken ein. Dahinter war eine schwarze Öffnung.

Stufe für Stufe stieg er vorsichtig nach unten, bald konnte er kaum noch etwas erkennen. Ein kühler Luftzug strich über sein schweißnasses Gesicht. Nur seine eigenen Schritte waren zu hören.

Beiderseits fühlte er Felswände, bis seine Hände plötzlich ins Leere stießen. Offenbar hatte er einen größeren Raum betreten. Er wandte sich nach rechts, um an der Wand zu bleiben, und ertastete nach kurzer Zeit ein Bord mit einem Kerzenstumpf und anderen Gegenständen.

Ein Knirschen warnte ihn. Als er sich umdrehte, blendete ihn das helle Licht einer Laterne, dahinter zeichnete sich eine Gestalt ab, die er nicht erkennen konnte. Er zog sein Messer und warf sich zur Seite.

Stockschläge, gezielt und genau, trafen ihn wie ein Hagelschauer, bis seine beiden Arme gelähmt waren. Das Messer rutschte ihm aus der Hand. Er war benommen, als er herumgerissen und ihm die Hände auf dem Rücken gefesselt wurden. Dann warf der Angreifer ihn zu Boden und verschnürte ihm die Beine.

Ein stechender Schmerz über der Augenbraue holte Cornelius nach einer Weile aus der Betäubung. Überrascht stellte er fest, daß er allein im Stockdunklen war.

Er quälte sich auf die Füße. Er mußte hinauskommen, bevor der Mann zurückkehrte! Ruckartig sprang er vorwärts; stellenweise schien der Felsenboden mit Ziegelsteinen eingeebnet worden zu sein. Gerade war er auf die Wand gestoßen, als der Lichtschein ihn warnte. Zu spät.

Er drückte sich an die Wand. Während der Lichtkegel nach ihm suchte, spannte er den Nacken an und senkte den Kopf wie ein Bulle, der auf den Feind losgehen will.

Eine schwarz behandschuhte Hand erschien in seinem Blickfeld. »Dreh dich um«, flüsterte jemand.

Überrascht blickte Cornelius auf. Er sah nur zwei hellbraune Augen zwischen den Schlitzen einer schwarzen Maske, die den ganzen Kopf umschloß wie die Kapuze eines Henkers. Ihn schauderte. Sollte das sein Ende sein?

»Dreh dich um!« Die Stimme klang eindringlich.

Dann fühlte Cornelius, wie der Mann die Fessel an seinen Händen zu lösen begann. »Schneid durch!« sagte er mit aufkeimender Hoffnung.

»Nein«, murmelte der Kapuzenmann wortkarg.

Cornelius' Hoffnung schwand dahin. Nur einer von seinen Feinden, der sich den Strick für die nächste Gelegenheit aufsparen wollte. Die Laterne stand auf dem Boden. Als seine Hände frei waren, erwog er einen Moment, ob er versuchen sollte, den Mann niederzuschlagen.

»Cavaliere, setz dich!«

Irritiert ließ Cornelius sich zu Boden sinken, damit der Maskierte seine Beine von der Fessel befreien konnte. Schließlich warf der Mann die Stricke in die Mitte des Raums, half Cornelius aufzustehen und griff nach der Laterne. »Komm!«

Als sie in der Ruine angelangt waren und sich der große Stein hinter ihnen schloß, begann Cornelius allmählich an seine wundersame Befreiung zu glauben.

Der Unbekannte winkte Cornelius, ihm zu folgen; mehrmals bedeutete er ihm, im Schatten der Häuser zu bleiben, während Stimmen sich näherten. Als der Palast oberhalb der inneren Stadtmauer in Sicht kam, war er plötzlich wie vom Erdboden verschluckt. Cornelius konnte sich nicht einmal mehr bedanken.

Ymme war beunruhigt, als Cornelius so lange ausblieb. Außerdem hatte sie bei ihrer Rückkehr in den Palast zum ersten Mal seit langer Zeit Pellagra wiedergesehen. Jolanthe mußte sich ihrer Position inzwischen sehr sicher sein. Während der Kaiser sich für ein paar Tage in den Bergen zur Jagd aufhielt, spielte es offenbar keine Rolle mehr, daß die Giftmischerin von Palastwachen und Spitzeln erkannt werden konnte.

Oder sollte es eine andere Erklärung geben? Die Giftmischerinnen stellten auch Liebestränke her. War es möglich, daß Jolanthe Pellagra deswegen zu sich bestellt hatte? Ymme hatte läuten hören, daß der Kaiser jetzt abends oft in den Gemächern seiner Ehefrau zu finden war, allerdings war auch von häufigen Streitereien die Rede gewesen. Ihr einziges gemeinsames Interesse schien es zu sein, einen Sohn zu zeugen.

Echte Liebestränke gab es nicht. Aber schließlich konnte Pellagra, genau wie Ymme, beruhigende Tees mischen. Oder benötigte Jolanthe etwa noch mehr Gift?

Laute Stimmen ließen Ymme aufschrecken. »Was ist denn mit dir passiert?« rief sie in heller Aufregung, als Cornelius hereintaumelte.

»Ich will mich erst einmal waschen«, brummelte er mürrisch. »Schlimm genug, daß Angelina mich so gesehen hat. Wer weiß, welche Gerüchte sie in die Welt setzt!«

»Vermutlich ist das nicht nötig«, sagte Ymme. »Wenn man bedenkt, daß wir sowieso immer unter der Aufsicht von Spitzeln stehen ...«

»Das stimmt«, sagte Cornelius nachdenklich, während er sein schmutziges Wams auszog und Wasser aus dem Krug in das blau geflieste Waschbecken goß. »Jemand muß mir gefolgt sein, aber das war kein Spitzel des Kaisers. Ich glaube eher an einen Helfer, der mir regelrecht nachgeschickt wurde. Und meine Befreiung hat er so getarnt, als ob ich selber die Knoten gelöst hätte. Offenbar will er seine Existenz nicht verraten wissen.«

»Befreiung!« rief Ymme aufgebracht. »Warst du in Gefahr?«

»Nein, ich glaube nicht«, antwortete Cornelius und schrubbte sich ungestüm die aufgeschürfte Haut an den Handgelenken. »Das sind einfach die Risiken eines Kundschafters. Das Risiko von Sizilien. Sizilien funktioniert anders als Lübeck.«

Ymme nickte still. Das hatte sie auch schon festgestellt.

»Bei uns zu Hause gibt es Bürger, Ritter und den Klerus. Und wenn der König kommt, ein höfisches Leben mit

Turnieren und allgemeinem Frohsinn; man kann auch sagen, eine öffentliche Fresserei und Sauferei aller Schichten an langen Bänken, Tanz, Musik und Trinkerei. Hier aber«, sagte Cornelius und starrte nachdenklich an die blau gemusterte Wand, »lebt der König für sich allein, meistens. Er hat ein paar Vertraute, aber ein höfisches Leben gibt es nicht, und seine Ehefrau hat keinen Anteil an seinem Leben. Seine Spitzel überwachen die königlichen Beamten und das einfache Volk. Und das Volk besteht aus mehreren Völkern mit unterschiedlichen Religionen, Sprachen und Gebräuchen, die nebeneinander herleben. Würde mich nicht wundern, wenn sie anfingen einander totzuschlagen. Sie werden nicht immer einen so starken Herrscher wie Friedrich haben, der sie mit Gewalt zusammenhält.«

»Amen«, sagte Ymme. »Das klang wie eine Abschiedsrede.«

»Nein«, sagte Cornelius. »Aber es wird König Waldemar interessieren zu erfahren, daß Sizilien dem Kaiser mehr Schwierigkeiten macht als das ganze übrige Reich. Bei einigem Glück entgeht der Däne in Zukunft vielleicht der Aufmerksamkeit des deutschen Kaisers. Friedrich läßt derzeit verschiedene Gesetze vorbereiten, um das Königreich endgültig zu ordnen, sobald er aus dem Heiligen Land zurückgekehrt ist, habe ich gehört.«

»Er fragte mich gelegentlich um meine Meinung zum Abfall ...« Ymme war immer noch verblüfft über seinen Wortschwall, mit dem Cornelius sich offenbar von den Erlebnissen einer gefährlichen Mission befreite.

»Es wird dich freuen, daß deine Warnungen auf fruchtbaren Boden gefallen sind. Er hat gerade bekanntmachen lassen, daß Abfall in Zukunft nicht mehr innerhalb der Städte und Dörfer entsorgt werden darf.«

»Wie kommst du eigentlich plötzlich auf solche Dinge?« fragte Ymme beunruhigt. »Nur, weil du aussiehst, als ob du selber beinahe zu Abfall geworden wärst?«

»Ich frage mich, ob es der Kaiser selbst ist, der mich beschützen läßt«, gab Cornelius zu. »Da hat er etwas Nachsicht verdient, dachte ich. Und jetzt würde ich mich über Wein, Käse und Oliven freuen. Das habe ich mir verdient.«

»Verdient? Was hast du denn herausgefunden?«

»Die Berechtigung von Abfallgesetzen«, antwortete Cornelius und kam mit strahlendem Lächeln und ausgestreckten Armen auf Ymme zu. »Stell dir vor, in der Krypta verströmte eine Kletterrose ihren Duft. In Lübeck hätte dort ekelhaft stinkender Abfall gelegen, und die Ratten hätten an meinen Zehen herumgekaut.«

Eine Woche nachdem der Kaiser aus den Bergen zurückgekehrt war, erging an Teile des Hofstaates ein erneuter Abmarschbefehl.

»Wir gehen an die Ostküste, um die neugebauten Schiffe zu inspizieren«, berichtete Cornelius. »Nicht, daß ich wüßte, warum ausgerechnet ich den Kaiser begleiten muß – aber es ist so.«

»Wie lange bleibt ihr?« fragte Ymme.

»Das weiß ich nicht, aber der Kaiser kehrt auf jeden Fall hierher zurück.«

»Noch ist Jolanthe nicht in anderen Umständen, glaube ich …«

»Eben.«

Schon am nächsten Tag brach der Kaiser mit einem kleinen Teil seines üblichen Hofstaates auf, zu dem auch einige Falkner und die gesamte geliebte sarazenische Leibwache gehörte. Sie waren erst wenige Stunden fort, als sich das Gerücht im Palast verbreitete, daß Johann von Brienne, der Vater der Königin, eingetroffen sei.

Merkwürdig, daß er sich nicht angekündigt hatte. Der Kaiser hätte für den ersten Besuch seines Schwiegervaters in Palermo gewiß seine Abreise um zwei Tage verschoben. Es sei denn, der Normanne war gekommen, weil er von der Abwesenheit Friedrichs erfahren hatte. Oder war er sogar benachrichtigt worden?

Jedenfalls war Ymme ziemlich neugierig, als sie zu Jolanthes Gemächern eilte, zu denen sie befohlen worden war. Johann von Brienne stand am Fenster, als sie eintrat. Sie musterte unbefangen den korpulenten, nicht besonders großen Mann mit einem Gesicht, das von Ausschweifungen gezeichnet war. Er nahm sie nicht zur Kenntnis.

Jolanthe nutzte eine kleine Pause in seinem Monolog. »Dama Iume, bringt uns Bianca«, befahl sie. »Mein Vater möchte sich selbst davon überzeugen, daß sie eine kleine de Brienne ist.«

Gottlob hatte Jolanthe allmählich aufgegeben zu behaupten, Bianca sei nicht ihre Tochter. Ymme erhob sich aus ihrer knienden Stellung und lauschte dem Gast aus Rom, während sie sich im Schneckentempo rückwärts bewegte.

»Übrigens«, näselte er mißvergnügt, »Bruder Jacopo, der mich begleitet, streift durch den Garten auf der Suche nach etwas, das er hier vergessen hat. Man hat ihn zuerst aus dem luftigen kleinen Sommerpalast und anschließend auch aus dem Königspalast vertrieben, obwohl er krank war – wie du vielleicht nicht weißt –, weil die gräßlichen kleinen Valets deines Ehemannes ja allen verfügbaren Raum beanspruchen. Lustknaben, sagt man in Rom. Was starrt Ihr mich so an, Weib? Ist es hier unbekannt, was man seiner Herrschaft schuldet?«

Ymme gab sich einen Ruck, sank nochmals entschuldigend zu Boden und wollte sich entfernen.

»Stimmt das, Dama?« fragte Jolanthe erzürnt, und zu ihrem Vater erklärend: »Sie hat den Mönch gepflegt. Es ist ihr Handwerk. Wenn jemand Bruder Jacopo unehrerbietig behandelt hat, trägt sie die Verantwortung.«

»Eure Erhabenheit hatte dafür gesorgt, daß ich zu der Zeit im Kerker eingesperrt war«, erklärte Ymme. »Der Mönch war bereits genesen, als er sich entschloß, in den Pavillon umzuziehen, statt auf Wanderschaft zu gehen.«

»Du hast deine Hebamme einsperren lassen?« rief Jean de Brienne bewundernd. »In dir steckt ja doch die Entschlossenheit deiner Vorfahren. Wer weiß, womöglich entschließe ich mich eines Tages, dir die Bürde der Regentschaft von Jerusalem zu übertragen.«

Jolanthes braunes Gesicht wurde noch dunkler. Während sie Luft holte, um ihrem Vater die Meinung zu sagen, schlich Ymme auf Zehenspitzen davon, um Bianca zu holen.

Als sie mit dem kleinen Mädchen auf dem Arm zurückkehrte, hatten die Gemüter sich beruhigt. »Dam ...«, stammelte Bianca zögernd, als sie ihre Mutter sah.

Armes Kind, dachte Ymme und drückte Bianca zärtlich, darf nicht Mutter sagen.

Jolanthe musterte ihre Tochter gleichgültig, während Johann von Brienne sich entzückt auf die breiten Oberschenkel klatschte. »Genauso hast du auch ausgesehen«, schwärmte er.

Das war eine erstaunliche Feststellung, fand Ymme. Bianca war ihrem Vater wie aus dem Gesicht geschnitten; ihrer Mutter ähnelte sie nur so weit, wie auch Schaf und Ziege einander ähneln, weil sie miteinander weiden.

»Setz sie auf mein Knie, Weib!«

Ymme blickte sich um, aber er meinte tatsächlich sie. Jolanthe lächelte spöttisch, während Ymme das Kind rittlings auf seinen fetten Oberschenkel setzte.

Er stieß sein Bein mit dem Hacken ab. Bianca, die unvermittelt in die Höhe geworfen wurde, verzog weinerlich ihr Gesicht. »Ein echtes Jerusalemer Geschöpf. Reiten mag sie nicht«, stellte er gleichgültig fest, um dann unvermittelt das Thema zu wechseln.

»Dein verdammter Ehemann hat sich in den Kopf gesetzt, diesen Kreuzzug durchzuführen. Du mußt ihn unter allen Umständen daran hindern! Schon Honorius war dieser Meinung, aber er war, ehrlich gesagt, ein Schwächling. Gregor ist aus anderem Holz geschnitzt.«

»Aber wie soll ich das denn machen?« entgegnete Jolanthe hitzig. »Er hört doch nicht auf mich. Die Meinungen von Frauen sind ihm grundsätzlich gleichgültig.«

Nein, nicht immer, dachte Ymme, während sie sich bemühte, gleichsam unsichtbar zu sein. Solange Johann von Brienne sie für eine Art Sklavin hielt, würde er sie nicht beachten. Und sofern er seine Tochter reizte, würde diese an nichts anderes als an ihre Wut denken.

»Ich habe dem Heiligen Vater geschworen, daß es dir gelingen wird, deinen Mann aufzuhalten. Ich habe deinen Einfluß auf ihn in leuchtenden Farben geschildert. Also sieh zu, daß du es schaffst. Wie, ist mir gleichgültig.«

»Stimmt es, daß der Heilige Vater versäumt hat, die Pilger zur rechten Zeit aufzurufen?« erkundigte sich Jolanthe neugierig. »Ich hörte Federico darüber schimpfen.«

Johann von Brienne lachte und kniff seiner Enkelin in die Wange. »Versäumt ist wohl nicht der richtige Ausdruck. Es hat viel Planung gekostet, die Kreuzzugspredigten so zu organisieren, daß sowenig Gläubige wie möglich ihnen Folge leisten werden. Dem Herrn sei Dank, daß so viele deutsche Länder von geistlichen Reichsfürsten regiert werden. Mit ihnen gibt es keine Probleme. Sie alle stehen auf der Seite der Kurie und werden keine Pilger schicken Aber in den Ländern der weltlichen Reichsfürsten war es keine einfache Sache, die Leute aufzurufen und sie gleichzeitig von der Teilnahme abzuhalten. Na ja, der Dominikanerorden hat kluge und redegewandte Mitglieder ...«

Jolanthe, die während der langen Rede ihres Vaters begonnen hatte, selbstvergessen in Tanzschritten über die Fliesen zu tänzeln, blieb plötzlich stehen. »Schlau, Vater«, sagte sie staunend. »Habt Ihr es geplant?«

»Gregor und ich.« Jean de Brienne sonnte sich eine Weile in der stummen Bewunderung seiner Tochter. Dann fiel ihm etwas ein. Er griff an seine Brust. »Das wissen wir beide. Für die Welt gilt etwas anderes. Ich habe hier ein Schreiben des Heiligen Vaters an den Kaiser, in dem er ihn aufs schärfste auffordert, nun endlich sein Kreuzzugsversprechen einzulösen. Friedrich wird es als Drohung lesen, und so ist es auch gemeint.«

Jolanthe lächelte entzückt. »Ich verstehe, Vater. Und ich glaube, daß Euer Versprechen gegenüber dem Heiligen Vater vielleicht doch nicht so voreilig war, wie ich anfänglich dachte. Mir ist schon etwas eingefallen.«

»Das wäre?«

»Ich kenne da eine Kräuterfrau«, sagte Jolanthe und betrachtete versonnen ihre flach ausgestreckten Hände, »die unendlich viele Kniffe für alle möglichen Gelegenheiten kennt. Seht meine Fingernägel an. Sie sind noch nie so gleichmäßig gewölbt gewesen wie jetzt, mit vollkommenen rosafarbenen Halbmonden. Das bekommt die beste Maniküresklavin nicht hin. Nur das Pulver der Pellagra!«

Ymme stockte der Atem.

»Und mit Pulver willst du den Kaiser von einem Kreuzzug abhalten?« Jean de Brienne stimmte ein gequältes Lachen an, das abrupt abbrach, während sein Blick von Jolanthe zu Bianca wanderte. »Was zum Teufel erlaubt dieses Kind sich?« brüllte er, packte Bianca mit festem Griff bei den Oberarmen und riß sie in die Höhe.

Bianca begann erschrocken zu schreien, und Ymme nahm sie dem rabiaten Großvater schnell ab, bevor er sie womöglich fallenließ. Ein dunkler Fleck zeichnete sich auf seinem Oberschenkel ab, und Ymme spürte, daß Bianca im Takt ihrer Schluchzer piescherte wie ein verängstigtes Hündchen.

Sie wisperte Bianca tröstende Worte ins Ohr, während sie sich rückwärts zur Tür bewegte. Jolanthe sah sie finster an, als würde ihr erst jetzt bewußt, daß Ymme zur unerwünschten Zeugin einer vertraulichen Unterhaltung geworden war. Aber nach einem knappen Seitenblick auf ihren Vater, der sich verärgert mit seinem Beinkleid beschäftigte, beschloß sie offensichtlich, ihr eigenes Versäumnis stillschweigend zu übergehen.

Draußen atmete Ymme auf. Sie preßte das kleine Mädchen fest an sich. Bianca beruhigte sich sofort, lehnte ihren Kopf an Ymmes Schulter und schloß die Augen. Gedankenverloren wanderte Ymme zum Kinderzimmer zurück.

Zufällig fiel ihr Blick in den Garten, wo sie den Mönch Jacopo sah. Ymme war inzwischen davon überzeugt, daß er die im Pavillon vergessene Botschaft suchte. Bei genauerem Hinsehen entdeckte sie, daß er mit Girolamo Naso sprach.

Sie hatte nicht gewusst, daß die beiden sich kannten. Zu dem hochnäsigen undurchsichtigen Notar passte es nicht, daß er mit einem der in Palermo verabscheuten Franziskaner freundschaftlich verkehrte. Möglicherweise hatte er aber auch nur Wege gefunden, selbst einen armen Mönch zu erpressen.

»Was tut sich in der Kurie, Bruder Jacopo?« verlangte Girolamo Naso zu wissen. »Jetzt nur das Wichtigste und das in Kürze. Du bist schon mindestens zwei Wochen in der Stadt, ohne mich davon zu unterrichten. Du wirst mir heute abend am üblichen Ort ausführlich Bericht erstatten!«

»Es ging nicht früher«, verteidigte sich Jacopo, der unverkennbar ein schlechtes Gewissen hatte, um sofort in schwärmerischem Ton auszurufen: »Der Herr sei gepriesen, daß er uns den Heiligen Vater Gregor beschert hat! Gregor ist von der gleichen Frömmigkeit beseelt wie unser Ordensstifter Franz.«

»Das Wichtigste«, schnarrte Naso.

Jacopo zuckte zusammen. »Der Heilige Vater ist derzeit damit befaßt, einen Rundbrief an die Christenheit zu verfassen, in dem er die Sünden des Kaisers aufzählt.«

»Zum Beispiel?«

»Ich weiß nur, daß der Kaiser die jungfräuliche Geburt der Mutter Christi geleugnet und töricht genannt hat … Die Bischöfe der Welt werden den Brief an ihre Herrscher weitergeben. Er wird sie überzeugen, daß der Kaiser der Antichrist ist, den Joachim von Fiore vorhergesagt hat …« Der Mönch schlug andächtig das Kreuz über seiner schäbigen Kutte.

Girolamo Naso lächelte zufrieden. Diese Information stammte von ihm selbst und war somit sehr geeignet, unauffällig die Wahrheitsliebe des Mönchs zu überprüfen. Er bekam des öfteren Gelegenheit, dem Kaiser im Kreise seiner Berater Schriftstücke vorzulegen, und stets erwies es sich, daß die Herren ihn dank seines kurzen Wuchses für beschränkt wie ein Kind hielten. Anfangs hatte es ihn gekränkt, wenn sie über seinen Kopf hinweg sprachen, aber er hatte schnell die Vorteile erkannt, die sich daraus ergaben.

Plötzlich merkte er, daß Jacopo ihn wie ein ängstliches Kalb anstierte.

»Was noch?« fragte Naso irritiert. »Stottern deine Gedanken? Beeile dich gefälligst, man kann mich hier beobachten wie eine Schmeißfliege auf der Makkaronipastete.« Sein Blick wanderte an den durchbrochenen Fensteröffnungen des Palastes entlang. Eine Bewegung erregte seine Aufmerksamkeit. Ein Gesicht mit sehr heller Haut. Von oben beobachtete ihn jemand.

»Ja, ja, Consiliarius. Ich überlege ja schon. Der Vater der Königin, Jean de Brienne, wird die päpstlichen Schlüsselsoldaten gegen das Königreich Sizilien führen, wenn es nicht gelingen sollte, Kaiser Friedrich von seinem gotteslästerlichen Kreuzzug abzuhalten.«

Naso konnte sich gerade noch davor zurückhalten, durch die Zähne zu pfeifen. Das war eine Neuigkeit, die seinen Verdacht, daß oben am Fenster die Deutsche stand, für einen Augenblick verdrängte. Der verweichlichte Normanne war bisher nicht durch militärische Erfolge bekannt geworden, eher im Gegenteil, denn in Akkon hatte er sich nur dank der Kreuzritter gehalten. Er lachte leise.

»Consiliarius?«

Der Notar sah den Mönch kalt an. Johann von Brienne hatte sich bei Gregor in eine Position gebracht, die er ihm nicht zugetraut hatte. Befehlshaber der päpstlichen Truppen! Möglicherweise würde er umdisponieren müssen. Bisher hatte er den Kontakt mit dem Mann gemieden, er war ihm nicht verlässlich genug erschienen. »Bis heute abend also. Bring den Meister der Nadel mit«, befahl er und ging seiner Wege.

Zwei Tage später erreichte das Gerücht den Palast, daß erneut ein Pockenfall aufgetreten sei. »Hoffentlich kommen die nicht hierher«, sagte Ymme zu Constanza, während sie beide über die Stadt blickten, die in der Nachmittagshitze wie gelähmt war. Das Meer gleißte in der Sonne.

»Ich könnte mich mal umhören«, bot Constanza an. »Mich werden die Pocken nicht erwischen, wo ich sie doch gerade erst hatte.«

Ymme sah sie an, während sie überlegte, ob sie das verlockende Angebot annehmen sollte. Sie selbst wagte nicht, Bianca ein zweites Mal der Gefahr auszusetzen. Es war tollkühn von ihr gewesen, zu den Berbern zu gehen ... Und Constanza hatte es ausbaden müssen. »Lieber nicht ...«

Constanza kicherte. »So wie Ihr das sagt, Dama, weiß ich genau, daß Ihr am liebsten sagen würdet: Lauf sofort los, Constanza! Frag die Leute aus, bis sie um Gnade betteln. Und zwar folgende Fragen ...«

»Oh, Constanza!« Ymme legte die Hand um den Nakken ihrer Helferin und schüttelte sie liebevoll. »Bin ich wirklich so schlimm?«

»Das seid Ihr«, bestätigte Constanza. »Soll ich?«

Ymme nickte.

Als es dämmerte, begegnete Ymme Constanza im Gang. Sie mußte den ganzen Weg aus der Stadt zum Palast hinauf gerannt sein, ihr Atem flog. Aber ihre Augen funkelten, als hätte sie große Neuigkeiten.

»Nun erhole dich erst einmal«, sagte Ymme und zog Constanza zu einer kühlen gefliesten Wandbank.

Constanza nickte und sprudelte sofort los. »Erinnert Ihr Euch an den Darb der Roten Farben, Hakima Iume?«

»Natürlich. Sind wieder Berber betroffen?« Schließlich ging die Pockenerkrankung manchmal seltsame Wege.

»Nein, Araber. Aber es ist wieder eine Familie, in der es zuvor einen Trauerfall gab!« platzte Constanza heraus. »Die Großmutter des Toten hat gespürt, daß unter den Trauergästen ein Dschinn war. Zwei Freitagsgebete sind seither vergangen, aber sie hat sich noch immer gefürchtet.«

Ein böser Geist. Bei den Berbern war bei der Totenfeier ein auffälliger Mann gewesen. »Hat sie erwähnt, ob einer der Gäste kein Muslim war?«

»Nein, das konnte sie nicht merken. Es ist eine große Familie, und die Frauen sitzen nicht mit den Männern zusammen.«

Ja, das stimmte natürlich. Ymme kaute an ihrer Unterlippe.

»Und mit ihrer Furcht hat sie ja recht gehabt, wie man sieht«, fuhr Constanza fort. »Erst der Todesfall, dann die Pocken.«

»Wer ist eigentlich erkrankt?«

»Der älteste Sohn des Toten. Er hat zehn Jahreswechsel erlebt.«

»Jetzt möchte ich wirklich wissen, ob der Dschinn sich bei den Jungen aufgehalten hat«, sagte Ymme unwillkürlich, um ihre Bemerkung dann selbst etwas eigenartig zu finden.

»Ich wußte gar nicht, daß Ihr auch an Dschinn glaubt, Hakima.«

Wieder war Ymme ein Stückchen in der Achtung von Constanza gestiegen, aber sie hatte nicht das Herz, ihrer Helferin auseinanderzusetzen, daß sie es ganz anders gemeint hatte. Was sie eigentlich gemeint hatte, war ihr selbst nicht klar.

»Aber Ihr habt recht, der Dschinn war bei den Jungen«, sagte Constanza.

Ymme schüttelte unwillig den Kopf und erhob sich, um zu ihrer Wohnung zurückzugehen. Die Pocken waren von einem Geheimnis umgeben, aber je mehr sie darüber erfuhr, desto aussichtsloser schien es, das Rätsel zu lösen. »Merkwürdig«, murmelte sie und wunderte sich über Constanza, die mit aufgerissenen Augen auf die Wohnungstür starrte. Bevor Ymme sie aufhalten konnte, lief sie schluchzend davon.

Vor der Tür lag ein Hundekopf inmitten einer Lache von geronnenem Blut. Wie damals, dachte Ymme mitleidig. Kein Wunder, daß Constanza fortgerannt war. Während sie sich zögernd näherte, öffnete Angelina von innen die Tür.

»Was hat das zu bedeuten?« fragte Ymme ratlos, während Angelina mit gerümpfter Nase die Bescherung betrachtete. Über den Tod von Constanzas Schwester und ihrem Neugeborenen war die Zeit hinweggegangen, abgesehen davon, daß die Angst vor Jolanthe allen den Mund verschloß. Niemand außer ihr interessierte sich noch dafür.

»Jemand droht Euch mit dem Tod, Dama«, antwortete Angelina mürrisch und nicht im geringsten erschrocken. »Es geht um Omertá, aber das versteht Ihr nicht.«

16.
Flucht

Girolamo kam sich besonders winzig vor, als die derben behaarten Hände der Nonne ihn packten und auf den Tisch stellten. Er starrte ihr in die azurblauen Augen und hätte vor Wut am liebsten an einer der blonden Haarsträhnen gezogen, die unter dem schwarzen Schleier hervorkrochen, während sie ihn in seiner Nacktheit ausgiebig musterte.

Mit der ganzen Kraft seiner fünf Jahre begann er im gleichen Augenblick normannische Frauen zu hassen, als sie mit ihrer Hand seinen damals noch wenig behaarten Schädel umklammerte und begann, ihn herumzudrehen. Wohl oder übel mußte sein Körper ihrer Hand folgen, bis er mit dem Rücken zu ihr stand. Es raschelte, als sie mißbilligend den Kopf schüttelte. Dann drückte sie auf seinen empfindlichen Buckel. Er wagte nicht, um sich zu schlagen, obwohl es weh tat. Er hatte bereits gelernt, daß Protest fürchterliche Bestrafung nach sich zog.

»Auswüchse am Körper hast du ja reichlich, mein Lieber. Sei froh, wenn wir dich Girolamo Naso rufen. Man könnte dich genauso gut nach deinem gewaltigen Glied oder dem Gewächs auf deinem Rücken benennen. Mach uns keine Schwierigkeiten, Girolamo Naso, dann darfst du im Waisenhaus bleiben.«

Girolamo machte nie Schwierigkeiten. Er überstand die Zeit als Zögling bei Nonnen, dann bei Mönchen, bewies gute Geistesgaben und konnte schließlich mit Hilfe eines finanzstarken geistlichen Gönners in Bologna die Juristerei studieren. Danach ersuchte er im Einvernehmen mit dem Mann, der inzwischen zum Erzbischof und Kardinal aufgestiegen war, am kaiserlichen Hof um eine Anstellung.

Alle Liebe, die er seiner eigenen Mutter hätte geben wollen, übertrug er auf die Mutter Kirche. Gelegentlich, wenn er zufällig auf den Erzbischof von Palermo traf, schien ihm dieser Mann die einzige saure Frucht in einem Hain von süßen Orangen zu sein.

»Du müßtest die kaiserliche Galeere gesehen haben«, schwärmte Cornelius, als er sich nach seiner Rückkehr im kaiserlichen Gefolge am späten Abend endlich hatte zurückziehen dürfen und mit Ymme zusammen einen Krug Wein leerte. »Die *Halbe Welt* heißt sie, und so sieht sie auch aus. Sie wird dreihundert Mann Besatzung haben.«

»Und mir droht jemand mit dem Tod. Ich hoffe, du hegst nicht am Ende den Wunsch, den Kaiser auf den Kreuzzug zu begleiten«, klagte Ymme. Über ihren Körper lief eine Gänsehaut.

Cornelius schüttelte den Kopf und sah sie forschend an. »Ich glaube nicht, obwohl ich dort einige Freunde aus früheren Zeiten wiedersehen würde. Die Pilger sammeln sich schon in Brindisi, Tausende sind es bereits. Wer droht dir?«

»Ich weiß es eben nicht. Aber vor unserer Wohnungstür lag ein Hundekopf. Die letzte Warnung vor dem Tod. Aber warum? Bisher ist nichts passiert. Vielleicht messen Sizilianerinnen einer solchen Sache zuviel Gewicht zu.« Übergangslos kehrte sie zu Cornelius' Reisebericht zurück. »Wo kommen die Pilger denn her? Die Kirchenfürsten Deutschlands schicken doch niemanden.«

Cornelius umschloß Ymmes Rechte mit seinen Händen. »Berichte noch einmal ausführlich, was Jolanthes Vater über sein Gespräch mit dem damaligen Kardinal Hugo erzählte. Ich fürchte, als Papst wird Hugo nicht zögern, unverzüglich alles umzusetzen, was er mit Jean de Brienne plante.«

Seine Hände waren sonnenverbrannt und kräftig. Ach, es war gut, daß er wieder da war. Am Ende war der Hundekopf nur ein Scherz, ein etwas grober vielleicht ... Ymme verschränkte ihre Finger mit seinen. »Johann von Brienne brüstete sich, wie der Kardinal und er die Dominikaner instruiert haben, Kreuzzugpredigten zu halten, die die Interessierten abschrecken sollten. Sämtliche Kirchenfürsten haben sich bereits verpflichtet, keine Pilger zu senden. Offiziell war er jedoch hier, um einen Drohbrief des Papstes zu überbringen, in dem dieser den Kaiser ultimativ auffordert, endlich den Kreuzzug zu beginnen.«

»Welch ein Betrug an der Christenheit ...«, seufzte Cornelius, entzog sich ihrer Hand und leerte sein Glas in einem Zug. Dann starrte er auf die Tischplatte.

»Glaubst du, der Kaiser würde mir morgen eine Audienz gewähren?« fragte Ymme. »Er muß erfahren, was sein Schwiegervater treibt ...«

Cornelius schüttelte den Kopf. »Ausgeschlossen. In seinen Arbeitsräumen haben derzeit nur seine ständigen Räte und die Bischöfe von Sizilien Zutritt. Außerdem würde dir niemand glauben.«

»Bist du dir da so sicher?« entgegnete Ymme. »Bei seinen zahllosen Spitzeln müßten ihm längst Gerüchte über die Machenschaften seines Schwiegervaters zu Ohren gekommen sein.«

»Aber niemand spricht es offen aus. Wenn du es tust, hast du dein Leben vermutlich verwirkt. Vielleicht glaubt er dir sogar, du hast eine seltsame Wirkung auf ihn. Aber meinst du allen Ernstes, die ehrenwerten Herren des Ordens der Justitia würden es sich gefallen lassen, daß eine Fremde dem Kaiser mehr erzählt als sie selbst? Vielleicht haben sie dir deswegen den Hund vor die Tür gelegt. Ymme, kein Kaiser ist es wert, daß du für ihn stirbst.«

»Ritter halten es doch für normal, für ihren Herrn zu sterben. Und Friedrich ist es nun mal«, wandte Ymme einigermaßen verblüfft ein.

»Aber du bist kein Ritter, und ich liebe dich«, sagte Cornelius entschieden. Er sprang auf und zog Ymme mit sich in ihren Schlafraum. Bevor sich ihre Sinne in Leidenschaft verloren, nahm Ymme sich fest vor, den Kaiser zu warnen, auch gegen Cornelius' Rat.

Cornelius hatte recht. Der Erzbischof von Palermo war fast ständig im Palast zu sehen, meist umgeben von drei oder vier Priestern, die mit wichtigen Mienen Botschaften zum erzbischöflichen Palast beförderten und mit Dokumenten zurückkehrten.

Völlig ausgeschlossen, daß Ymme hoffen durfte, eine Audienz zu erhalten. Während Cornelius sich aufmachte, um nach Jacopo zu suchen, ging Ymme am Vormittag zu Bianca. Das Kind hatte wenig Zuspruch und tat ihr leid. Jolanthe war eine höchst uninteressierte Mutter, jedenfalls gegenüber einem Kind, das zu ihren dynastischen Ansprüchen nichts beitragen konnte.

Das Zimmer, in dem Bianca schlief, war noch abgedunkelt, aber der Kammerknabe, der stehend an ihrem Bett wachen sollte, war nicht zu sehen. Ymme schlich auf Zehenspitzen heran, während sie beschloß, Musca tüchtig den Kopf zu waschen. Er galt sonst als zuverlässig, und ihre Art war es nicht, jemanden anzuzeigen, der einmal einen Fehler machte.

Ein Klirren, das sie unbeabsichtigt mit ihrem Fuß verursachte, ließ Bianca in die Höhe fahren. Mit weit aufgerissenen Augen und die Händchen in Abwehr nach vorne gestreckt, saß sie auf ihren zerwühlten Bettlaken, ohne Ymme überhaupt wahrzunehmen, und brüllte aus Leibeskräften.

»Bianca, Herzchen. Was ist denn?« fragte Ymme erschrocken, nahm sie in die Arme und setzte sich mit ihr auf das Bett.

»Schwarzer Mann!« kreischte Bianca und kniff die Augen fest zusammen.

»Sch, sch«, machte Ymme. Ganz allmählich beruhigte Bianca sich. Als sie richtig zu sich gekommen war, schmiegte sie sich an Ymme und begann zu weinen.

Noch immer kam keine der jungen Frauen, die für Bianca zu sorgen hatten. Mit wachsendem Zorn sah Ymme sich um. Und entdeckte dabei den Zipfel einer bestickten Brokatweste, wie die Kammerknaben sie trugen, zwischen Bett und Fensterwand.

Musca. Er lag mit dem Gesicht auf dem Teppich, auf dem kahlgeschorenen Schädel eine schreckliche Schwellung, aus der Blut sickerte.

Mit Bianca auf dem Arm eilte Ymme hinaus und befahl dem vor der Tür wachenden Sarazenen, Hilfe zu holen, einschließlich eines Notars. In diesem Raum war ein Verbrechen geschehen. Eines, das ihrer Meinung nach einer offiziellen Untersuchung durch die Comestabuli bedurfte.

Ymme übergab Bianca an die Mädchen, die begannen mit ihr zu scherzen und ihr vorzusingen. Erleichtert sah Ymme, wie das Kind das schreckliche Erlebnis, das es zweifellos in der Nacht gehabt hatte, abschüttelte und schon wieder lachen konnte.

Unauffällig nahm sie den Gegenstand an sich, der klirrend über die Fliesen gerutscht und neben dem Bett gelandet war. Dann kümmerte sie sich um Musca.

Der Junge war mit einem schweren Gegenstand niedergeschlagen worden. Er rührte sich noch immer nicht, als Ymme seinen Schädel vorsichtig abtastete.

Gleich darauf traf Constanza mit dem Verbandszeug ein, und hinter ihr erschien der Notar Naso. Ymme hörte kaum, wie er näselnd die Frauen befragte, während sie mit Constanzas Hilfe die Kopfwunde des Jungen wusch und verband.

Als Musca auf einem Feldbett abtransportiert werden sollte, versperrte Naso mit ausgebreiteten Armen die Tür. »Hier kommt keiner hinaus, der mit der Angelegenheit zu tun hat«, sagte er hitzig.

»Sieht der Orden der Justitia schon wieder einen Anlaß, an Selbstverstümmelung oder ähnlichen Unsinn zu glauben?« gab Ymme zurück, nicht weniger erregt. »Der Junge braucht Ruhe, nicht die bohrenden Fragen eines

Notars! Ihr seht wohl selber, daß er nicht bei Bewußtsein ist, Notaio.«

Naso trat dicht an Ymme heran, warf den Kopf in den Nacken und starrte ihr ganz gegen seine Gewohnheit in die Augen. »Dama«, zischte er böse, »in diesem Fall gelten meine Befehle. Der Junge bleibt hier! Es hat eine Untersuchung stattzufinden!«

»Gut. Dann entfernt Euch bitte und setzt Eure Befragung woanders fort. Sowohl Ihre Erhabenheit Bianca als auch Musca brauchen Ruhe. Ich sagte es bereits.« Ymme begegnete seinem drohenden Blick mit solcher Entschlossenheit, daß es ihr gelang, ihn zu verunsichern. »Sollten sich bei Bianca spätere Folgen bemerkbar machen, werde ich Seiner Erhabenheit, dem Kaiser, die Umstände ausführlich schildern«, fügte sie hinzu.

Mörderische Wut brannte in Nasos Augen, als er sich abwandte und Biancas Raum verließ. Ymme sah ihm mit zwiespältigen Gefühlen nach. Sie hatte ein Scharmützel gewonnen, aber keinen Sieg davongetragen.

Erst als Ymme abends mit Cornelius allein war, wagte sie den Gegenstand hervorzuholen, den sie neben Biancas Bett gefunden hatte. Es war ein Pfriem mit einem blankpolierten Griff aus Olivenholz. Cornelius unterbrach sein einsames Schachspiel und musterte ihn mit hochgezogenen Augenbrauen. »Was macht ein solch gewöhnliches Werkzeug in einem Kinderzimmer?«

»So gewöhnlich ist es nicht«, meinte Ymme. »Die Nadel ist feiner als eine normale Nähnadel. Ich glaube, nicht einmal die Stickerinnen der seidenen Altardecken benutzen so feine. Aber der Griff würde auch einem Sattler oder Segelmacher gut in der Hand liegen.«

Cornelius nahm den Pfriem an sich und prüfte seine Schärfe. Im schräg einfallenden Kerzenlicht betrachtete er nachdenklich den feinen Riß auf seinem Daumennagel. »Was auch immer es ist, vermutlich wollte der Täter es benutzen. So etwas nimmt man nicht versehentlich mit, um es dann zu verlieren.«

»Und dabei wurde er gestört. Entweder durch Musca, oder durch einen dritten, nachdem er den Jungen schon niedergeschlagen hatte.« Ymme blickte mit geweiteten Augen ins Leere, während in ihrem Kopf das Bild des Mönches Leonardo auftauchte, der sich über den mit dem Tod ringenden Deutschordensmeister Hermann von Salza beugte.

»Woran denkst du, Ymme, Liebling?«

»Cornelius, wenn man dieses Ding in das Herz eines Menschen stäche, würde kaum Blut fließen. Aber es wäre tödlich. Bianca …«

»Bianca ist in Gefahr«, murmelte Cornelius. »Aber warum? Sie ist keine Thronfolgerin. Sie steht niemandem im Wege.«

»Bianca sprach von einem schwarzen Mann. Sie hatte Todesangst. Es sieht so aus, als wäre ein Schwarzer in der Nacht an ihrem Bett gewesen.«

»Schwarze Hautfarbe oder schwarze Kleidung?« überlegte Cornelius.

»Das wird schwierig herauszubekommen sein. Sie spricht noch nicht viel. Cornelius, wir müssen zum Kaiser gehen und ihn warnen. Es ist jetzt noch dringender.«

»Sofort?«

Ymme versteckte den Pfriem unter ihren Instrumenten im Korb und band ein Tuch um den Kopf. »Was sonst? Jolanthe hat nicht das geringste Interesse an Bianca. Komm, begleite mich.«

Vor dem Eingang zu den privaten Gemächern des Kaisers wachten zwei Eunuchen. Er sei nicht anwesend. Sprechen könne man ihn ohnehin nicht um diese späte Stunde.

»Und wenn es eine Angelegenheit von Leben oder Tod ist?« forschte Ymme beharrlich.

Auch dann nicht.

»Und Jolanthe?« schlug Ymme leise an Cornelius vor.

Cornelius lächelte ein wenig. »Ich schätze, er ist bei ihr. Darum.« Er sprach Deutsch und vermied Namen, und Ymme begriff jäh.

»Gut, wenn es denn so sein soll«, sagte sie grimmig und trat den Rückweg an.

Der Sarazene, der vor Biancas Gemach wachte, grinste schief, als Ymme sich vor der Tür niederließ. Cornelius blieb am Fenster stehen, sein Messer für aller Augen sichtbar am Gürtel. Ymme lächelte ihm in Gedanken zu. Sie hatte ihm nichts erklärt. Es war nicht nötig.

»Wer hatte gestern hier Wache?« erkundigte sich Cornelius beiläufig und wiederholte seine Frage auf Arabisch, als er keine Antwort bekam. »Wer ist derzeit oberster Palastwächter?«

»Aitmisch«, antwortete der Sarazene mürrisch.

Ymme wechselte einen Blick mit Cornelius. Der Mann, der kaltblütig einen Kammerknaben umgebracht hatte, konnte auch hier seine Hände im Spiel haben. Zum Beispiel, indem er dafür sorgte, daß Biancas Raum gelegentlich unbewacht blieb. Ihm selbst traute sie die Phantasie nicht zu, mit einer solch seltsamen Waffe wie einem Pfriem zu Werke zu gehen. Und mit Sicherheit war er zu brutal, um einen Mord nicht zu vollenden, wenn er dazu entschlossen war.

Später hörten sie, wie der Sarazene seine Wachablösung in einer Mischung aus drohendem Grummeln und peinlicher Berührtheit unterrichtete. Aber ohne Befehl des Kaisers konnte man eine Dama und einen Cavaliere des Hofstaates nicht einfach von dort entfernen, wo sie sich aufzuhalten beliebten.

Am frühen Morgen aber machte das sonderbare Verhalten der beiden Deutschen die Runde im Palast.

Am Vormittag wurden der Cavaliere Cornelius und die Dama Iume von einem Kammerherrn des Kaisers in aller Form ersucht, sich sofort in seinen Gemächern einzufinden.

»Siehst du«, flüsterte Ymme triumphierend, »auf diese Weise erhält man am schnellsten Zutritt zu ihm. Ungewöhnliches Benehmen interessiert.«

Cornelius äußerte sich nicht. Erstmals seit langem zog er das Kettenhemd über und begleitete Ymme als deutscher Ritter. Ihr wurde ganz seltsam zumute. Waren sie vielleicht zu weit gegangen? Aber letztendlich hatten sie wahrscheinlich Bianca das Leben gerettet, und nur das zählte.

Der Kaiser war nicht allein. In seinem Besprechungszimmer befanden sich mehrere Herren, von denen Ymme der Erzbischof und der Justitiar della Vigna bekannt waren. Und natürlich Hermann von Salza, den sie erst zum zweiten Mal nach ihrer Einführung am Hof von Palermo wiedersah. Mit kühlem Lächeln nahm er ihre Anwesenheit knapp zur Kenntnis.

Auf dem Tisch in der Mitte des Raums standen Karaffen und Pokale sowie Schüsseln mit Eis und Obst, was auf eine stundenlange Besprechung hindeutete.

»Was hat Eure nächtliche Aufführung zu bedeuten, Dama?« fragte der Kaiser knapp, den Ymme bis dahin gar nicht bemerkt hatte.

Sie sank zu Boden. »Biancas Leben ist in Gefahr, Eure Erhabenheit. Der Anschlag, der den Kammerknaben Musca fast das Leben kostete, galt vermutlich ihr. Es schien uns sicherer, sie selbst zu bewachen …«

»Es gibt an meinem Hof Menschen, denen Ihr nicht traut, Dama? Wollt Ihr mir das zu verstehen geben?«

»Der Hof seiner Erhabenheit Federico ist der bestbewachte der Welt, Dama«, warf della Vigna ein. Sein tiefblauer Seidenmantel raschelte, während er auf den Zehen auf und ab wippte und dabei die hölzerne Kassettendecke betrachtete.

Ymme sah stumm zu ihm hinüber. Mit Widerspruch von seiner Seite war zu rechnen gewesen.

»Fürchtet Ihr nicht, Euch lächerlich zu machen?« fuhr der Jurist mit satter Zufriedenheit fort. »Ein Palastwächter steht ständig vor der Tür der kleinen Erhabenheit.«

»Fürchten würde ich nur, daß ein Mensch zu Tode kommt, weil ich wider besseres Wissen nicht eingegriffen habe«, erwiderte Ymme. »Habt Ihr Euch vergewissert, daß Bianca ständig bewacht wird? Bestimmt nicht! Außer mir und Cavaliere Cornelius scheinen sich alle der Verantwortung für sie zu entziehen. Auch uns kommt es unwahrscheinlich vor, daß an einem Hof voller Bewacher und Spitzel niemand davon etwas wissen will, daß die Tochter des Kaisers umgebracht werden sollte.«

»Dama!« zischte Nicola della Vigna.

Der Kaiser winkte ab. »Beruhigt Euch, Giudice. Die Kälte der nördlichen Länder macht die Menschen unfähig zur geschliffenen Rede. In ihrer Grobheit erfassen sie auch die Feinheiten des südlichen Lebens nicht. Es scheint, daß Euch vieles hier mißfällt, Dama.«

Ymme hörte ungläubig zu. Damit, daß ausgerechnet er sie nicht ernst nehmen könnte, hatte sie nicht gerechnet. »Es mag ja ein Ausdruck des feinen südlichen Lebens sein, daß Eure Ehefrau hinter Eurem Rücken Botschaften mit der Kurie austauscht«, entgegnete sie bebend vor Zorn, »in Lübeck würde man es als das benennen, was es ist: Verrat, Eure Erhabenheit!«

Die Mienen sämtlicher Räte und Würdenträger am Tisch wurden noch ausdrucksloser als zuvor.

»Was immer meine Ehefrau tut, geschieht mit meinem Wissen«, sagte der Kaiser trügerisch sanft. »Es steht Euch nicht zu, etwas anderes anzunehmen!«

»Einer der Franziskanermönche – Bruder Jacopo ist sein Name – ist der Bote zwischen dem Heiligen Vater Gregor und Ihrer Erhabenheit Jolanthe«, fuhr Ymme fort, ohne die Warnung zu beachten, »aber in besonders wichtigen Fällen kommt ihr Vater, Jean de Brienne, persönlich.«

Der Kaiser wechselte einen Blick mit dem Erzbischof. Der Justitiar drehte sich um und winkte einen der Kammerknaben zu sich. Nachdem er die ins Ohr geflüsterten Anweisungen entgegengenommen hatte, verließ er im Laufschritt den Raum.

Berard von Castacca erhob sich und wanderte mit auf dem Rücken gefalteten Händen um den Tisch. »Dama, Ihr redet fürchterlich törichte Dinge. Aber Narren und Frauen stehen unter dem besonderen Schutz des Herrn, und Seine Erhabenheit ist ein gläubiger Verteidiger des Christentums. Ihr solltet trotzdem seine Großmut nicht weiter beanspruchen. Übt Euch in Bescheidenheit und ersucht darum, Euch zurückziehen zu dürfen, bevor es zu spät ist.«

Es steigerte Ymmes Erbitterung, daß der Erzbischof sie ermahnte wie ein Kind. »Auf wessen Seite steht Ihr eigentlich, Eminenz? Bei der Kurie, die den Kreuzzug des Kaisers verhindern will? Oder bei den Gläubigen, die Jerusalem für das Christentum zurückerobern wollen?«

Der Erzbischof lächelte ironisch. »Seid nicht Ihr in Wahrheit ebenfalls gegen die Eroberung Jerusalems, Dama? Die Muslime finden durchaus Euer Wohlwollen, wie ich weiß, selbst Muhammad, den die römische Kirche als Betrüger ansieht …«

Eine Falle. Es war eine Falle, das konnte Ymme trotz ihrer Wut erkennen, und tiefe Angst erfüllte sie. Zugleich erinnerte sie sich Wort für Wort an die Warnung des Kaisers. Er hatte *außerhalb der Palastmauern* gesagt. »Die Muslime glauben an den gleichen Gott wie wir«, bekannte sie standhaft. »Kann der Verkünder dieses Gottes ein Betrüger sein?«

»Diese Seele ist verloren, Eure Erhabenheit«, sagte Berard von Castacca und zog sich bis zu den Fenstern zurück.

Der Kaiser nickte, fast bedauernd. »Giudice!«

»Ich habe schon alles veranlaßt, Eure Erhabenheit.« Die kriecherische Unterwürfigkeit des Justitiars wurde Ymme immer mehr zuwider. Warum verließ ein Kaiser sich eigentlich auf solche Kreaturen?

In diesem Augenblick huschte Girolamo Naso zur Tür herein, gefolgt von dem barfüßigen Aitmisch. Naso schwenkte in der hocherhobenen Rechten ein kleines schwarzes Büchlein, sein Blick war fest auf seinen Vorgesetzten gerichtet.

Ihr kleines schwarzes Büchlein. Die Furcht drehte ihr fast den Magen um. Aber Ymme spürte Cornelius' tröstliche Wärme hinter sich. Er wollte nicht, daß sie zu Kreuze kroch.

»Girolamo Naso ist derjenige, den ich mit der Überwachung der Dama beauftragt habe, Eure Erhabenheit«, erläuterte Nicola della Vigna in selbstzufriedenem Ton. »Er ist mit ihren Gewohnheiten vom ersten Tag ihrer Ankunft an vertraut.«

Das hatte Ymme nicht gewußt. Dann fiel ihr Constanza ein! Hoffentlich wurde sie nicht in diesem Augenblick in ein Verlies geschleppt.

»Faßt Eure Anklagen zusammen, Notaio!«

Der Notar lächelte unangenehm. Er brauchte das Büchlein nicht zu Rate zu ziehen. »Dama Iume ist der Giftmischerei überführt worden. Angeklagt wurde sie von dem Eunuchen Moro, der einige Zeit später erstochen aufgefunden wurde. Dieser Fall konnte nicht geklärt werden, aber alles spricht dafür, daß die Dama den Mord in Auftrag gegeben hat. Eine weitere Zeugin ist Pellagra, Kräuterfrau in der Saqâlibah, die beschwören kann, daß sie gezwungen wurde, Gifte in den Palast zu liefern. Für deren heimliches Kommen und Gehen im nächtlichen Palast gibt es ebenfalls Zeugen.«

Die Anklage war nicht zu widerlegen.

»Der Dama war bekannt, daß das Todesurteil über ihr schwebte. Die Eintragungen in ihr Anklagebüchlein wurden pünktlich und korrekt ausgeführt.«

Girolamo Naso hatte wirklich an alles gedacht. Aber er war immer noch nicht am Ende seiner Ausführungen angelangt.

»All diese Vorkommnisse sind noch nachvollziehbar und auch in Sizilien nicht ungewöhnlich«, fuhr Naso mit vor Genugtuung triefender Stimme fort, »aber das zweite Verbrechen der Dama ist für jeden Sizilianer undenkbar.«

Was, um Gottes willen, jetzt noch?

»Sie wurde bereits in Toledo aus der Kirche ausgestoßen, weil sie mit mozarabischen und katharischen Häretikern paktierte. Seitdem hat sie keine Reue gezeigt und ist nie wieder in die Gemeinschaft der Christen zurückgekehrt. Bezeugen kann dies der Mönch Jacopo, der es von seinem Ordensbruder Leonardo erfahren hat. Bruder Leonardo ist der Franziskaner, der sich im Auftrag des Heiligen Vaters Honorius im Gefolge des Deutschordensmeisters Hermann von Salza nach Lübeck zu den Verhandlungen um König Waldemar begab.«

Cornelius stützte Ymme, deren Knie nachgaben.

»Die Messen hat sie besucht, um nicht aufzufallen. Wir haben keinen Geistlichen gefunden, bei dem sie jemals gebeichtet hätte. Ihr angeblicher Beichtvater, dessen Namen sie am Tag, als der Tod des Heiligen Vaters Honorius verkündet wurde, mit Thaddäus Spinola angab, war damals schon ein halbes Jahr tot«, berichtete Girolamo Naso zufrieden. »Zweifellos hatte sie ihn ausgesucht, weil er jung war und sich bester Gesundheit erfreute. Er wurde Opfer eines Anschlags.«

Ymmes Herz raste.

»Während die Dama sich also aus gutem Grund von allem fernhielt, was das Leben einer ehrbaren christlichen Frau ausmacht, wurde sie des öfteren in muslimischen Kreisen beobachtet. Und man kann mit Fug und Recht sagen, daß sie sich in der Sommerresidenz Seiner Erhabenheit mit besonderer Wollust den arabischen Sitten hingab, als sei sie es gewohnt. Der Verwalter schlachtete ihr zu Ehren sogar zwei Schafe, nebenbei gesagt«, endete Girolamo Naso seinen ausführlichen Bericht.

Es blieb eine Weile still. Wollust? Ymme wußte beim besten Willen nicht, was er meinte. Aber immerhin war die Anwesenheit der ehrenwerten Spione in der Zisa eine Erklärung für die Vorbehalte des Verwalters, vielleicht war es sogar eine Warnung gewesen.

»Zuweilen bemerkt man über dem Bestreben, die Welt in Ordnung zu bringen, die Gefahr im eigenen Haus nicht«, bemerkte der Erzbischof bekümmert. »Laßt das Kind Bianca zu mir bringen, Eure Erhabenheit. Ich werde mit ihm zusammen beten und es von den Sünden zu reinigen versuchen, mit denen es in letzter Zeit in Berührung gekommen sein könnte.«

Der Kaiser nickte ihm zu und wandte sich an della Vigna. Unverkennbar war ihm im Augenblick Biancas Seelenheil nicht so wichtig. »Welche Strafe steht auf Hochverrat bei gleichzeitiger erwiesener Ketzerei?«

Der Justitiar verbeugte sich. »Alle Spielarten und Sekten von Patarenern werden mit der Verbrennung bei lebendigem Leibe bestraft, Eure Erhabenheit. So ist es in den Gesetzen festgelegt.«

Aitmisch stand so plötzlich neben Ymme, daß sie zusammenfuhr. Blutgeruch schien von ihm auszugehen.

»Für mich gilt dasselbe wie für meine Frau«, sagte Cornelius in die Stille hinein, fiel auf ein Knie und beugte den Nacken.

»So sei es denn, wenn der Prozeß nichts anderes ergibt«, schloß der Kaiser knapp und verließ mit raschen Schritten den Raum.

Flüsternd berieten Cornelius und Ymme, was sie auf ihre Flucht mitnehmen würden. Sie waren nicht sofort eingesperrt, sondern in ihre Wohnung gebracht worden. Wahrscheinlich hatten sie es der überaus korrekten Verwaltung des kaiserlichen Hofes zu verdanken, nach der die Anklageschrift verfaßt sein mußte, bevor die Angeschuldigten ins Verlies geworfen werden durften. Zumindest, während der Kaiser sich am Hof aufhielt. Die Anklageschrift zu erstellen, würde vermutlich höchstens einen Tag dauern, vielleicht nicht einmal das.

Cornelius zog Ymme dicht an sich heran. »Dieser Gang im Rattengewölbe, von dem ich dir erzählt habe«, raunte er ihr ins Ohr, »endet außerhalb der Palastmauer in der Uferböschung des Kemonia. Es ist der einzige Weg, den wir nehmen können. Ich bin sicher, daß alle Ausgänge des Palastes scharf bewacht werden.«

Ymme nickte beklommen. In Gedanken ging sie die Instrumente durch, die sie mitnehmen mußte. Möglicherweise würde von ihrem Handwerkszeug eines Tages ihr Leben abhängen. Sofern ihnen die Flucht überhaupt gelang.

Zu ihrer Erleichterung gingen Angelina und Stella ihnen aus dem Weg. Niemand konnte von ihnen erwarten, daß sie ihrer in Ungnade gefallenen Herrschaft die Treue bewahrten. Mit Constanza war es anders, aber merkwürdigerweise ließ auch sie sich nicht blicken. Ymme, die sie wie eine Tochter liebgewonnen hatte, tat es Leid, sich von ihr nicht verabschieden zu können.

Innerlich angespannt und vollständig bekleidet, legte Ymme sich auf ihr Bett. Cornelius blieb auf und kramte in seinen Sachen.

Ymme wunderte sich, daß nichts geschah, um im letzten Augenblick noch ihren Plan zu durchkreuzen. Lange vor Morgengrauen schlichen sie aus ihrer Wohnung. Ymme war im Palast so oft nachts unterwegs gewesen, daß sie wußte, wo die Wachen standen und wann sie abgelöst wurden. Ungesehen gelangten sie nach unten.

Als er die Tür des Gewölbekellers hinter sich geschlossen hatte, wagte Cornelius Licht zu schlagen. »Vielleicht nicht den schlimmsten, aber den gefährlichsten Teil des Fluchtweges haben wir bewältigt«, sagte er dankbar.

Ymme antwortete nicht. Ihr Blick wurde wie magisch von der Stelle angezogen, an der Moros Leichnam gelegen hatte. Dort, wo aus dem Halsstumpf des Kammerknaben das Blut herausgeschoßen war und sich auf dem Boden verteilt hatte, war der Lehm schwarz.

»Ich bin soweit. Komm jetzt, Ymme«, mahnte Cornelius, nahm seinen Packsack auf und leuchtete ihnen mit dem Kienspan den Weg zum Anfang des Ganges.

Er war niedrig, sogar Ymme mußte den Kopf einziehen. Ihre Atemgeräusche brachen sich an den Wänden und waren viel lauter zu hören als in einem gewöhnlichen Raum.

Plötzlich blieb Cornelius stehen. »Großer Gott, sie haben den Gang zugemauert«, stammelte er betroffen.

Alles ist aus, dachte Ymme verzweifelt, während sie neben dem Brunnenschacht saß und Cornelius scharren und hacken hörte, der hartnäckig versuchte, die Mauer zu durchbrechen. Unerwarteterweise hatten die Maurer sie mehrere Schichten tief gemacht, und ein Schwert war wahrlich nicht das richtige Werkzeug, um die Steine herauszulösen.

Wenn sie wenigstens hätten in den Garten gelangen können! Ymme war sich sicher, daß sie den Zugang zum unterirdischen Weg nach San Giovanni degli Eremiti gefunden hätte …

»Hör auf, Cornelius!« zischte sie, den Blick wachsam auf die Tür zum Gewölbe gerichtet, aber es war zu spät. Die Tür schwang langsam auf.

Sie sah nichts als Schwärze. »Cornelius!« schrie sie gellend vor Angst.

Cornelius schoß aus dem Gang heraus, den neu entzündeten Kienspan in der Hand. Im flackernden Licht erkannte Ymme eine Gestalt, die von der Kapuze bis zu den Schuhen in schwarzes Tuch gehüllt war.

Der Eindringling machte keine Anstalten, sich zu wehren, als Cornelius mit gezücktem Schwert zwischen ihn und Ymme sprang. *»Wer den Kreuzen dient und durch sie die Rechtleitung wünscht, ist ein Esel mit einer Brandmarke auf der Nasenspitze«*, brummte er verächtlich.

Cornelius senkte verdutzt das Schwert. »Meint Ihr mich?«

»Nein. Die. Komm jetzt, Cavaliere. Es wird Zeit. Die ersten Vögel rühren sich schon.« Ymme und Cornelius sahen verwundert, wie er sich den Umhang von den Schultern zog und begann, ihn zu einem Päckchen zusammenzurollen. Seine Kleidung war unauffällig wie die eines beliebigen Seemannes im Hafen von Palermo.

Ymme wagte sich nicht zu rühren. Er sah trotzdem aus wie ein Henker.

Aber Cornelius steckte das Schwert in die Scheide und holte seinen Sack, während der Fremde sich das Bündel um den Hals hängte. »Wir müssen ein wenig klettern. Richtet euch darauf ein.«

Endlich löste sich Ymme aus ihrer Erstarrung und erhob sich mit zitternden Knien.

»Erst die Hakima, dann der Cavaliere«, befahl der Mann und schwang ein Bein über den Brunnenrand. »Licht brauchen wir jetzt nicht. Wirf den Span ins Wasser.«

Während er in der Tiefe verschwand, dachte Ymme schaudernd an das Wasser, über dem sie gleich schweben würde. Festgehalten von Cornelius, fand ihr Fuß gleichwohl eine Sprosse, die sich sehr stabil anfühlte.

Schritt für Schritt gelangte sie tiefer in den Brunnenschacht, bis sich die Hände ihres Führers um ihre Leibesmitte legten und sie behutsam in eine Öffnung in der Wand gezogen wurde.

Sie tappten hinter ihrem Führer her. Unendlich lange Zeit schien Ymme vergangen, als der Mann plötzlich verschwunden war und frische Luft um ihre Nase strich. Nach dem nächsten Schritt stand sie auf einem steinigen Abhang oberhalb eines Baches.

»Ich glaube, der Cavaliere weiß, wo wir uns befinden«, murmelte ihr Führer gedämpft. »Von hier aus müßt ihr ohne mich weiterkommen. Meine Aufgabe ist beendet.«

»Ja«, sagte Cornelius dankbar. »Es ist das Ende des Ganges, der vermauert wurde. Wir befinden uns am Ufer des Kemonia.«

»Den Schacht kennen sie nicht. Leb wohl, Cavaliere, leb wohl, Hakima. Möge der Herr, der Gott und Allah ist, euch auf eurem Weg beschützen. Möge er euch immer genügend Wasser schenken.«

»Wir danken …«, setzte Cornelius an und betrachtete verdutzt die gefüllten Lederschläuche, die er plötzlich in den Armen hielt.

Aber der maskierte Mann ließ sich nicht aufhalten. Das Plätschern der ins Wasser rutschenden Kiesel war das letzte Geräusch, das sie von ihm hörten.

In ihrer Nähe kündete Bellen den aufdämmernden Morgen an. Nach und nach antworteten die Hunde in den entfernteren Stadtteilen.

»Komm«, flüsterte Cornelius, »wir müssen uns beeilen.«

Durch hohe Schilfstengel und über angeschwemmten Sand traten sie ihre Flucht in Richtung auf die Berge an, die Palermo umgaben. Die Bergspitze des Monte Grifone war schon in den goldenen Schein der Morgensonne getaucht.

Teil IV

Rebellendörfer

17.
In den Bergen

»Wir müssen dort oben hin, wo die Feuer brennen«, sagte Cornelius keuchend und half Ymme aus dem steinigen Flußbett, das sie erst oberhalb der Stadt zu verlassen wagten, wo sie in den Schutz der Zitrushaine eintauchen konnten.

Inzwischen war die Sonne über den Bergen aufgegangen, aber ihre Strahlen hatten weder die Conca d'oro noch die Bergsenken erreicht, und die Luft war so kühl, wie man es an einem Augustmorgen erwarten konnte. Inmitten der Bäume ragte die Zisa empor, und Ymme wäre jetzt für ihr Leben gerne dort gewesen. »Warum halten sie Feuer in Gang?« fragte sie, während sie still Abschied von der Zisa nahm.

»Die Rebellen zünden sie als Zeichen des Widerstandes gegen die Männer des Ordens der Gerechtigkeit an«, erklärte Cornelius. »Die meisten Rebellen sollen Sarazenen sein. Gegen den Kaiser haben sie nichts, aber gegen seine Beamten. Je weiter weg vom Hof, desto bestechlicher und willkürlicher werden die Richter, und in den sarazenischen Dörfern können sie sich die schlimmsten Übergriffe leisten, weil Friedrich nicht so besonders gut auf die Araber zu sprechen ist. Wenn die sich beschweren, nennt er es Unfrieden stiften.«

»Woher weißt du das alles?« staunte Ymme und wich einem alten Mann auf einem Esel aus, der in der Mitte des ausgehöhlten Weges auf sie zukam, ohne Notiz von ihnen zu nehmen.

»Von den Sarazenen, die nach Lucera umgesiedelt wurden. Sie gehorchten, als die Befehle zum Aufbruch ergingen, aber in den Bergen gibt es noch genügend ihrer Glaubensgenossen, die sich weigerten. Wenn die Truppen des Kaisers gerade nichts Besseres vorhaben, nehmen sie sich das nächste sarazenische Dorf vor, um es zu unterwerfen.«

»Dann können wir ja hoffen, daß die Aufständischen uns weiterhelfen«, meinte Ymme erleichtert, »uns zumindest nicht verraten.«

Cornelius zuckte die Schultern und zog Ymme energisch vom Weg herunter.

Sie duckte sich unter die niedrigen Äste eines Zitronenbaums und sah einer Gruppe von Kindern nach, die auf Ziegen hinter dem Mann herritt. »Von einem Mann hätte ich nichts anderes erwartet«, schimpfte sie erbost, »aber die Kinder müßten einen Gast, der schwer an seinem Gepäck trägt, ja nun nicht gerade von der Straße schubsen.«

»Du irrst dich. Wir sind keine Gäste«, versetzte Cornelius mit düsterer Miene. »Hier sind wir Fremde. Und von Fremden haben die Bewohner der Insel fast nur Schlimmes erfahren.«

Der Pfad machte einen scharfen Knick in eine Schlucht, so daß die Stadt außer Sicht geriet. Ymme sank auf einen weißen Steinbrocken, der zwischen den Pinien hindurch vom Berg heruntergerollt war, und zog den Stöpsel vom Schlauch. »Es ist elend heiß«, sagte sie kläglich, nachdem sie getrunken hatte. »Glaubst du, daß sie uns verfolgen?«

»Vielleicht nicht. Es ist der schwierigste Weg in die Berge. Es gibt bessere. Außerdem wäre es in den Augen der Verfolger logischer, daß wir versuchen mit dem Schiff nach Rom oder Spanien zu fliehen. Oder auf dem Landweg nach Osten. Sie werden erst in dieser Richtung alles durchkämmen, denke ich.«

»Müssen wir heute noch weit?«

Cornelius musterte argwöhnisch die Straße, die sie gekommen waren, dann sah er in die andere Richtung. Er zeigte auf eine Gruppe von Olivenbäumen. »Dort muß ein Dorf sein. Ich glaube, für den ersten Tag ist es genug. Wir werden uns an das Marschieren gewöhnen.«

Hitze schien sogar dem Boden zu entströmen, als sie sich zwischen niedrigen beschnittenen Olivenbäumen, die von ihnen unbekannten Bäumen mit langen Schoten abgelöst wurden, dem Weiler näherten. Pinien und Steineichen an den Felsabhängen spendeten den Hütten am Fuß des Berges etwas Schatten. Ymme war so ermattet, daß sie sich neben einem aus Stein gehauenen Becken, in das vom Berghang herab durch ein Rohr Wasser plätscherte, auf die Erde fallenließ.

Cornelius nahm schweigend neben ihr Platz, sein Schwert griffbereit neben sich. Er mischte im Becher ein wenig Wein aus seiner uralten Pilgerflasche mit dem Rest des Wassers aus dem Lederbeutel und spülte ihn dann aus.

Ymme sah sich um. Manche Hütten waren halb verfallen, wurden aber noch bewohnt, wie der Abfall vor ihren Türen bewies. Ein Hund döste in der Sonne, zwei kleine schwarze Schweine durchpflügten den Abfall. Auf der Straße zeigte sich kein Mensch, und kaum ein Laut war zu hören, selbst die Vögel schliefen in der Mittagshitze.

Bis eine alte Frau in umfangreichen schwarzen Röcken die Gasse herabgewackelt kam, einen Bottich in den krummen knochigen Fingern. Ymme und Cornelius schien sie nicht zu bemerken, als sie den Eimer unter das Rohr im Wasserbecken stellte.

»Sie hat schwere Gicht«, stellte Ymme mitleidig fest.

»Du meinst, ich soll ihr helfen.« Cornelius mühte sich stöhnend auf die Füße.

Als er den inzwischen gefüllten Bottich aus dem Becke heben wollte, begann die Frau zu kreischen. Der Hund knurrte, die Schweine jagten quiekend davon, und quer über den Platz rannte ein Mann mit hocherhobenem Knüppel herbei.

Cornelius hob beide Hände und trat einen Schritt zurück, um die Frau zu beruhigen.

»Vorsicht, Cornelius«, rief Ymme.

Er schaffte es gerade noch, dem Knüppel durch einen Sprung zur Seite zu entgehen. »Tut mir leid!« rief er in Volgare, »ich wollte diese Frau nicht erschrecken. Es ist nichts passiert!«

Der Dörfler holte ein zweites Mal aus. Unter seiner niedrigen Stirn sah Ymme zwei bösartige Augen. Möglicherweise hatte er Cornelius' gute Absicht nur verkehrt verstanden. Sie sprang auf, um zu vermitteln.

Mitten im Ausholen zum nächsten Schlag traf er sie. Betroffen wich sie zurück, als der Bauer sie annahm wie ein Keiler den Hund. Cornelius gelang es endlich, sein Schwert aufzuheben und dem Mann Einhalt zu gebieten.

Der spuckte ihm vor die Füße und bedachte anschließend die Frau mit einer längeren Beschimpfung. Daraufhin machte sie kehrt und schlurfte ohne den Eimer den Weg zurück, den sie gekommen war.

Als Ymme sich umsah, war der Mann verschwunden. »Ich habe ihn nicht verstanden«, sagte sie halb verblüfft, halb erleichtert.

»Ich auch nicht. Er sprach Griechisch, glaube ich. Offenbar sind wir hier in einem griechischen Dorf.«

Sie nahmen ihre Packsäcke auf und gingen langsam weiter die Dorfstraße entlang. Alle Häuser waren verschlossen wie Festungen, selbst die Kirchentür.

Cornelius drehte sich um, um den Weg ins Tal zu betrachten. »Zurück können wir nicht, über die Berge auch nicht. Wir müssen in diese Richtung weiter.«

»Oh nein!« rief Ymme. »Ich kann nicht mehr.«

»Hier gibt uns kein Mensch ein Quartier. Und ob es einen Fóndaco in diesem Dorf gibt, bezweifle ich. Wir werden unter den Pinien schlafen müssen.«

Ymme schauderte zusammen. »Wir sind so gar nicht mit den Schlangen und Skorpionen vertraut …«

»Hier oben gibt es wohl keine. Und allmählich werden wir den Umgang mit ihnen erlernen«, sagte Cornelius.

Ymme gab sich geschlagen. Die Pinien dufteten immerhin gut. Sie waren besser als das offene Land mit seinen Giftschlangen.

Entgegen ihrer Erwartung gabelte sich die Straße, und dort fanden sie eine Herberge mit der typischen Steinbank neben der Pforte; Fóndachi sahen wohl überall in der arabischen Welt gleich aus, selbst wenn das Dorf von Griechen bewohnt war.

Der Pförtner öffnete erst nach einer Weile auf ihr Klopfen, ließ sie mürrisch ein und schob die Tür mit dem Fuß zu, während er sie, die Arme auf die Hüften gestemmt, ausgiebig musterte. »Kaufleute seid ihr nicht«, sagte er endlich mißtrauisch in Volgare.

»Ist dies ein Hinderungsgrund?« fragte Cornelius.

»Nein. Vorausgesetzt, ihr zahlt das Lagergeld für die Ware. Darin sind eingeschlossen die Kosten für Bett, Licht und Holz. Der Esel geht extra.«

»Aber wir haben keine Ware«, wandte Cornelius ein. »Und keinen Esel.«

Der Mann betrachtete ihn ausdruckslos. Mit dem Daumen deutete er auf seine Brust, deren schwarze Haare aus der Weste hervorlugten. »Ich bin der Fundicario dieses Fóndaco. Ich sage dir, du bezahlst die Fondacatsgebühr für zwei Personen und das Heu für den Esel ...« Sein selbstgefälliger Ton nahm unversehens eine sanfte Färbung an. »Seid ihr auf der Flucht?«

»Es geht dich zwar nichts an«, erwiderte Cornelius, »aber meine Frau beabsichtigt, ihren Verwandten Luca Filangieri auf seinen Besitzungen in Caltabellotta zu besuchen.«

Seine Miene wandelte sich blitzschnell. »Ich hoffe, die Filangieri gehen mit den Sarazenen so um wie die Morra mit uns Griechen«, schimpfte er in gehässigem Ton. »Ihr solltet durch die Berge nicht ohne Führer gehen. Ich werde dir einen besorgen. Er bringt euch für wenig Geld bis zur Klosterruine unterhalb der Burg von Caltabellotta.«

»laß uns morgen darüber reden«, winkte Cornelius uninteressiert ab. »Jetzt benötigen wir Ruhe, Schatten und einen großen Kübel Wasser. Für den Esel.«

Der Mann zupfte unschlüssig an den schwarzen Haaren auf seiner Brust und betrachtete Cornelius erneut aus lauernden Augen.

»Wie heißt du?« fragte Cornelius scharf.

»Turi Pirrone.«

Cornelius wandte sich plötzlich an Ymme, streichelte ihr die Wange und sagte auf Französisch: »Ich bin sicher, daß Luca Filangieri Mittel und Wege finden wird festzustellen, ob Turi Pirrone ein Rebell ist. Die Anklage durch den Orden der Justitia wird dann nicht lange auf sich warten lassen.«

Soweit ihm die Worte verständlich waren, mußten sie Turi Pirrone überzeugt haben. Er knurrte böse, aber mit einer Kopfbewegung forderte er sie auf, ihm zu folgen. Er zeigte auf die morsche Stiege eines Nebengebäudes und verschwand wieder.

»Woher wußtest du, daß der Name Filangieri ihm etwas sagt?« wunderte sich Ymme, nachdem sie sich in dem großen Raum über dem Stall auf einer harten, knirschenden Matratze, durch die Halme piksten, eingerichtet hatte.

Cornelius grinste. »Nicht immer erhält ein im Hintergrund klimpernder Troubadour seinen Lohn in Form von Geld. Ich habe in der Nähe des Kaisers auch viel über die Familien gelernt, die im Königreich wichtig sind.«

»Der Mann ist mir unangenehm. Er beißt, wenn man ihm den Rücken zukehrt, fürchte ich.« Ymme ließ sich auf den Rücken sinken. Es war unerträglich heiß, obwohl die Fensterläden zugezogen waren.

»Aber nur in die Waden«, sagte Cornelius beruhigend. »Schließlich versucht er, Geschäfte zu machen. Und morgen früh sind wir auf und davon. Schlaf du nur. Ich gehe jetzt das besorgen, wofür wir teuer bezahlen müssen. Vor allem das Heu für unseren Esel.«

Ymme nickte schläfrig.

Als Ymme viel später erwachte, brannte ein flackerndes Licht in einer Tonschale neben ihr, und Cornelius saß an der Fensteröffnung und schaute in den Hof. Die Läden waren zurückgeschlagen, und eine Brise strich ins Zimmer.

Als er hörte, daß sie sich rührte, drehte er sich um. »Besonders entgegenkommend ist hier wirklich niemand. Ich konnte nur eine Melone und Fenchel erstehen. Hier ziehen sie hauptsächlich Mannabäume, aber nicht aus Überzeugung. Friedrich hat den Anbau empfohlen, und seine Aufkäufer kaufen die gesamte Ernte. Das ernährt wenigstens einige Tagelöhner mit ihren Familien, wenn auch mehr schlecht als recht.«

»Von wem weißt du das denn? Ich dachte, sie sind hier so schweigsam«, sagte Ymme belustigt. Nur zu gern war sie bereit, sich auf Unwichtiges einzulassen, um ihre Furcht zu verdrängen.

»Von dem Händler, der mir die Melone verkaufte. Er liegt im Streit mit dem Herbergsverwalter und warnte mich vor dessen Tücke.«

»Und?« So wie Ymme Cornelius kannte, konnte das nicht alles sein.

»Zwei Franziskaner sind hier gewesen«, sagte Cornelius mit einem Seufzer. »Sie behaupten, daß es in diesem Herbst Manna im Überfluß geben wird und die Aufkäufer des Kaisers die Preise vom Vorjahr nicht mehr bezahlen werden. Möglicherweise würde Manna nur noch dort aufgekauft, wo die Pflege der Bäume in arabischer Hand liegt. Griechisches Manna verliert zu schnell die heilende Wirkung …«

»Das kann nicht wahr sein!«

»Aber sie hatten Erfolg. Am gleichen Abend hat die Jugend des Dorfes ein besonders großes Feuer angezündet.«

»Und den Sarazenen werden sie erzählen, daß arabisches Manna nichts taugt, oder?«

»Vermutlich«, sagte Cornelius düster. »Ich frage mich, ob die Spitzel dem Kaiser überhaupt berichten, in welchem Ausmaß die Mönche Sizilien mit üblen Gerüchten überziehen.«

»Was kann er schon gegen Gerüchte unternehmen?« Ymme schüttelte fassungslos den Kopf.

»Die Mönche einsperren und aburteilen. Wenn schon Katharer Hochverrat begehen, indem sie sich gegen Rom auflehnen, dann doch Mönche um so mehr, die gezielt den Ruf des Kaisers untergraben.«

»Ob der Kaiser den Mut hat, es auf solche Weise mit Rom aufzunehmen? Er ist kein Roger II., von dem mir der Kräuterhändler so vorschwärmte, als ob er unter ihm schon gelebt hätte. Roger scherte sich nicht um die verschiedentlichen Exkommunikationen, die der Papst über ihn verhängte. Aber die Zeiten sind jetzt andere. Und Roger war Normanne und vermutlich König Waldemar ähnlich, was man von Friedrich ganz bestimmt nicht behaupten kann.«

»Sage nur, die Staufer hätten keinen Mut! Er hat ihn. Er wird es mit der ganzen Welt aufnehmen, wenn es sein muß«, behauptete Cornelius fest und goß den Becher voll mit dem Rest ihres Weines. Vorsichtig balancierend trug er ihn zu Ymme hinüber, die mit dem Gemüse beschäftigt war. »Derzeit wäre ich allerdings erleichtert, wenn sich seine Tatkraft nicht gegen uns richtete. Was machst du uns?«

»Einen Salat aus Fenchel und Zwiebeln. Salz und einen Rest altes Brot haben wir noch. Aber ab morgen wirst du Kaninchen fangen müssen.«

»Köstlich.« Cornelius lachte, als hätte er keine Sorgen. Doch dann wurden seine Augen schmal, und er horchte in den Hof hinaus. »Da kommt jemand.«

»Warum nicht? Wir werden in einer Herberge nicht die einzigen Gäste sein«, sagte Ymme nüchtern und begann umgehend, ihr Gepäck einzusammeln, das über den Raum mit seinen acht Matratzen verstreut war. Sie saß wieder auf ihrem dreibeinigen Hocker und schnitt Zwiebeln, als die Tür aufgestoßen wurde.

»Hier sind sie, Bajulo.« Turi Pirrone sah über die Schulter eines Mannes, dessen zugeknöpftes Hemd unter der bestickten Weste deutlich erkennen ließ, daß er einen höheren Rang als der Magazinverwalter bekleidete.

Ob der kurzbeinige Neuankömmling einer von des Kaisers reisenden Juristen war? Ymme betrachtete ihn mit Argwohn.

»Wer seid Ihr?« fragte der Mann herrisch.

»Cavaliere Rainier de Normande und Bianca Filangieri, meine Frau«, antwortete Cornelius prompt.

»Die Filangieri behaupten aber, daß sie aus der Bretagne stammen.«

»Genau«, sagte Cornelius entgegenkommend. »Der Herr hat es gefügt, daß ich dort meine Frau kennengelernt habe. Die Normandie und die Bretagne liegen dichter beisammen als Rom und Neapel. Wir sind auf dem Weg zu den Gütern der Filangieri in Caltabellotta. Der ehrenwerte Turi Pirrone erwähnte, daß er uns möglicherweise einen Führer besorgen könnte. Ich bin sicher, daß wir unterwegs schon auf Lucas berittene Garde stoßen werden, die uns entgegenkommen sollte.«

Der Bajulo warf Pirrone einen verdrossenen Blick zu. »Und ich bin sicher, daß Turi zuviel versprochen hat. Ich wüßte keinen im Dorf, der Lust hat, sich mit Sarazenen anzulegen.«

»Wie schade«, sagte Cornelius höflich. »Ich danke Turi Pirrone für den guten Willen.«

»Zieht mit Gott, wenn Ihr alle Gebühren entrichtet habt. Die Inanspruchnahme eines Bajulo zu Schlichtungszwecken beträgt einen halben Tarí oder zehn Grana.« Er hielt Cornelius die offene Hand hin.

Ymme wollte widersprechen. Aber Cornelius öffnete seinen Beutel, ohne zu feilschen, obwohl sie sich die vielen Gebühren nicht leisten konnten. Noch weniger konnten sie es sich allerdings leisten, eingesperrt zu werden.

»Bitte quittiert mir die Entrichtung der Gebühr, Bajulo«, verlangte Cornelius.

Die Miene des Dorfvorstehers war steinern. »Ich lasse sie Euch nachher vorbeibringen, Cavaliere.«

»Der Bote kann dann auch das Geld mitnehmen.« Cornelius zog gleichmütig die Bänder wieder zu und verwahrte den Beutel an seiner Brust. »Noch eins, Bajulo. Ich bin sicher, Ihr erwerbt Euch das Wohlwollen des Kaisers, wenn Ihr seinem Justitiar die Mitteilung macht, daß Franziskanermönche durch die Dörfer ziehen, um Unruhe zu schüren.«

Der Ortsvorsteher zog die Schultern hoch und senkte seine schweren Augendeckel über die Pupillen. »Die Bürger unseres Dorfes sind gute Christen, die dem Patriarchen von Konstantinopel folgen«, sagte er. »Was gehen uns die Mönche des römischen Bischofs an? Dagegen werde ich dem Justitiar gerne Mitteilung davon machen, daß ein Cavaliere des Kaisers sich von den aufständischen Sarazenen helfen läßt.«

Am Morgen wurden sie beim Zusammenpacken ihres Gepäcks durch das Klirren von Metall auf Metall sowie von Geschrei und unbestimmbarem Lärm auf der Gasse gestört. Cornelius rannte mit einem Fluch auf den Lippen zum Fenster, überzeugt davon, daß der Orstvorsteher sie verraten hatte und ein Kontingent des Kaisers im Hof stand.

Aber als er den Holzladen vorsichtig aufdrückte, sah er auf zwei rote Teufel hinunter, die im Hof wütend mit Ketten auf alles eindroschen, was sich ihnen zum Lärmmachen bot. »Tribut!« heulten sie ein ums andere Mal. Eine schmächtige Gestalt neben ihnen, safrangelb von Kopf bis Fuß, mit mächtigen weißen Hauern im Maskenmund, schwenkte drohend Pfeil und Bogen.

»Der Tod!« flüsterte Ymme und sah zutiefst erschrokken, daß der Herbergsvater ihre Aufmerksamkeit auf das Fenster lenkte, in dem sie standen.

»Beeilen wir uns«, befahl Cornelius knapp. »Vielleicht entwischen wir ihnen.«

Als sie im Hof ankamen, traf gerade eine vierte Gestalt ein, die ihnen fordernd einen Korb hinhielt. Cornelius sah hinein und zog sofort seinen Beutel. Eine der teuflischen Ketten traf schmerzhaft seine Waden, bis er ausreichend Tribut entrichtet hatte.

Es ging gar nicht um sie. Es war ein Fest. Immer mehr Teufel liefen vor der Herberge durch die Straße, später folgte ein Bulle am Strick, der kaum gebändigt werden konnte.

Sie machten sich in entgegengesetzter Richtung auf den Weg und waren dankbar, als sie das Dorf hinter sich gelassen hatten. »Ich glaube jetzt nicht mehr, daß es einfach sein wird, durch das Binnenland zu fliehen«, sagte Ymme bedrückt.

Noch vor Mittag erreichten sie den höchsten Punkt der Straße. Die schroffen Berge lagen hinter ihnen, vor ihnen öffnete sich welliges Hügelland, und im Tal floß ein von Schilf gesäumtes Gewässer. An den Fuß eines Berges schmiegte sich eine Stadt. Ymme hätte sie am liebsten umgangen. Aber Cornelius hatte recht: Sie brauchten Nahrungsmittel und Ratschläge, wie sie am günstigsten das Hochland durchqueren konnten.

Diese Stadt unterschied sich grundlegend von dem griechischen Dorf. Sie war von einer Mauer umgeben, über die ein Minarett emporragte, und die Weite des Tals erlaubte es den Bewohnern, in ihrer Umgebung kleine von Kaktuspflanzen umgebene Gärten und Felder zu bewirtschaften. Olivenhaine wurden von Feldern mit Melonen und Weinstöcken abgelöst.

»Dies muß Lato sein, die Stadt, in der noch viele Sarazenen leben. Auch der muslimische Emir hat hier seinen Sitz«, sagte Cornelius erfreut. »Hoffentlich laufen sie nicht schreiend davon, wenn sie dein blondes Haar sehen.«

Ymme warf ihm einen verdrießlichen Blick zu und stopfte sämtliche Haarsträhnen so tief es ging unter das Kopftuch.

Das Stadttor war weit geöffnet und nicht bewacht. Die Luft flimmerte vor Hitze, und die Straßen waren menschenleer. Ein kleiner Junge schoß aus einer Tür heraus, starrte entsetzt auf Ymmes Gesicht, brüllte Dschinn und kehrte wieder um. Die Tür schlug schmetternd hinter ihm zu.

»Sagte ich ja.« Aber Cornelius war nicht sonderlich beunruhigt.

Kurze Zeit später wurde die Tür vorsichtig aufgezogen, und ein Männerkopf mit flachem Turban zeigte sich.

»Nehârek sa'îd«, sagte Cornelius höflich und verbeugte sich wie bei Hofe.

Mechanisch antwortete der Sarazene mit dem Selâm-Gruß, während sein Blick an Cornelius hinauf- und herunterwanderte.

»Leb tausend Jahre«, wünschte dieser. »Würdest du uns wohl sagen, ob es hier einen öffentlichen Brunnen gibt, an dem Reisende ihren Durst stillen können?«

»Gott ist groß. Gott schenkt Leben und Wasser. Tretet ein und trinkt. Und entschuldigt mein ungebührliches Verhalten. Ungewöhnliche Umstände machen heute dieses Haus zu einem Ameisenhaufen, in dem die Frauen durcheinanderlaufen und nicht wissen, was zu tun ist.«

»Ich verstehe«, erwiderte Cornelius teilnahmsvoll und schritt auf die einladend geöffnete grüngestrichene Tür zu.

»Ach, warum hat dieser kleingläubige römische Imam nur den Maristan von Palermo zerstören müssen!« klagte der Mann, während Ymme müde, aber erleichtert den Hof betrat, der von mehreren Gebäuden umschlossen war.

Das Hospital der Moschee von Palermo, die der neuen Kathedrale hatten weichen müssen! Ymmes Lebensgeister kehrten schlagartig zurück. »Der Prophet spricht«, sagte sie: »*Für jede Krankheit gibt es ein Heilmittel, manche kennen es, manche nicht – nur für den Tod gibt es keine Kur.* Kann ich möglicherweise behilflich sein? In Toledo war ich Umm Iume, Hakima und Hebamme am Maristan.«

Der Araber starrte sie ungläubig an. Es dauerte eine Weile, bis er seine Fassung wiederfand. »Eine gelehrte Hebamme, um meinen ersten Sohn zur Welt zu bringen«, stammelte er mit nassen Augen. »Dich hat Allah gesandt. Komm, komm schnell!«

Ymme erweckte zuerst Staunen bei den Frauen des Hauses und den Nachbarinnen, die sich in dem hinteren Raum versammelt hatten, um bei der Geburt Beistand zu leisten.

Der Hausherr winkte eine ältere Frau mit rundem Gesicht und Doppelkinn zu sich, vielleicht seine Mutter, um ihr ins Ohr zu flüstern.

»Friede sei mit dir«, grüßte diese schließlich, nicht ganz überzeugt. »Mögest du Kinder haben.«

Ymme dankte, viel zu knapp, wie sie wußte, und trat resolut an die niedrige Bettstatt, auf der eine ermattete und verängstigte junge Frau lag. Es war nicht zu verkennen, daß sich nicht besonders saubere Hände an ihr zu schaffen gemacht hatten. Aber sie war gut ernährt wie eine Gans vor Martini.

Als erstes sorgte Ymme mit dürftigen Brocken in arabischer Sprache für Ruhe; der Respekt, den Hebammen üblicherweise bei Arabern genießen, half ihr dabei. Nach und nach ließen die Frauen sich an den Wänden nieder und wurden still. Plötzlich klatschte die ältere Frau in die Hände und deutete auf zwei verständig aussehende jüngere Frauen, die mit verlegenem Lächeln aufsprangen und sich Ymme als Helferinnen zur Verfügung stellten.

Ymme bat um frisches Wasser und saubere Tücher, und es gelang ihr sogar, die Angst aus den Augen der Erstgebärenden zu vertreiben. Danach ging die Geburt eines kleinen, aber wohlgeformten Jungen mit schwarzem Haarschopf schneller vonstatten, als sogar Ymme erwartet hatte.

Kaum war der Erbe gewaschen und in ein leichtes Kleidchen gehüllt worden, stand der Vater in der Tür, um ihn als Erster entgegenzunehmen. Er schenkte Ymme ein strahlendes Lächeln, bevor er mit seinem Sohn zu den Männern verschwand.

Ymme untersuchte die Nachgeburt und stellte fest, daß sie nicht vollständig war. Darüber hinaus blutete die junge Mutter stark und hatte sich bisher kaum erholt. Sie benötigte Wein.

Die Frauen schüttelten störrisch die Köpfe. Schließlich gab Ymme auf und lief hinaus, um Cornelius zu suchen. Er stand im Innenhof und sah zu, wie ein älterer Mann die Muskulatur eines Schafes prüfte, das zwei junge Burschen festhielten.

»Cornelius, ich brauche Wein, um Mutterkorn darin aufzulösen«, erklärte sie ungeduldig. »Die junge Frau könnte sonst verbluten. Sag ihnen, daß dieser Wein eine Medizin ist. Ich brauche ihn unbedingt!«

Cornelius übersetzte. Der Alte hörte ihm mit gekrauster Stirn zu, während er dem Schaf unter den gelupften Fettschwanz spähte, und bellte dann einige Befehle hinaus.

»Der Vater des Hausherrn«, erklärte Cornelius leise.

Es erwies sich, daß es überhaupt kein Problem war, den Wein zu beschaffen. Während Ymme darauf wartete, daß die Medizin zu wirken begann, hatte sie Muße, sich umzusehen. Der Säugling war inzwischen in die Wiege gelegt worden; neben ihm stand ein Tonbehälter, in dem ein Feuer glomm, und am Fußende der Wiege lagen das Brot für ein langes Leben, der Zucker, der das Kind mild werden lassen sollte, und die Goldstücke, die das Glück lachen machen würden.

Plötzlich krümmte sich die junge Frau und schrie auf.

Die Frauen im Raum verstummten.

Und dann kam die letzte Wehe, die den Rest der Nachgeburt hinausbeförderte. Das Blut hörte auf zu fließen. Während Ymme der Mutter des Hausherrn Platz machte, die mit einer Waschschüssel herantrat, klatschten die Zuschauerinnen in die Hände und trillerten mit den Zungen, was offenbar den Anfang eines turbulenten Festes darstellte, mit dem der neugeborene Erbe gefeiert werden sollte.

Es ging bereits auf den Mittag zu, als das Haus am nächsten Tag erwachte. Ymme und Cornelius hatten wie die anderen Gäste auf Matten geschlafen. Noch lag der Weihrauchduft im Raum, und Ymme trat auf knirschende Kürbiskerne, als sie sich den Weg zur Wöchnerin bahnte.

Sie war ansprechbar, wurde sogleich von einem jüngeren Mädchen gekämmt und bekam danach zur Stärkung eine Suppe aus Weizenmehl mit Hammelfett und Traubenmus vorgesetzt.

Cornelius' Gesicht erschien im Türspalt zum Wöchnerinnenzimmer. Er winkte Ymme, hinauszukommen. »Draußen ist ein Mann, der sich bereit erklärt hat, uns auf sicheren Wegen nach Castellamare zu führen, das einen verkehrsreichen Hafen hat«, berichtete er leise. »Ich glaube, wir sollten das Angebot annehmen.«

»Kann man ihm denn trauen?«

»Ich weiß es nicht. Unser Gastgeber kennt ihn nicht. Außerdem meint er, man könne in diesen gefährlichen Zeiten überhaupt niemandem trauen außer den eigenen Verwandten.«

»Und wozu rät er?«

»Er wiegt den Kopf und will keinen Rat geben. Er ist übrigens der Bajulo und sagt, daß niemand sonst uns führen kann. Alle Männer der Stadt werden für die Ernte benötigt.«

»Ist es nicht seltsam, daß in dieser Gegend, die so abweisend gegenüber Fremden ist, plötzlich einer daherkommt, der uns helfen will?« fragte Ymme mißtrauisch.

»Ja, es ist seltsam. Aber wir haben keine Wahl. Wir finden allein nicht über die Berge, sofern wir Schleichwege benutzen wollen, hat man mir erklärt. Die Straßen werden für uns unsicherer mit jedem Tag, an dem die Comestabuli sicherer werden, daß wir weder die Küstenstraße genommen noch ein Schiff gefunden haben. Und die Ritter des Kaisers tauchen ohnehin so plötzlich auf wie ein Gewitterguß im Winter, sagt unser Bajulo.«

»Ja, dann ... Ich mache mich fertig.«

Ymme packte hastig zusammen und verabschiedete sich von den Frauen. Beim Anblick des Mannes, mit dem Cornelius sich im Hof unterhielt, überfielen sie heftige Zweifel, ob sie die richtige Entscheidung getroffen hatten, sich ihm anzuvertrauen. Zweifellos war er ein Schafhirte, er trug Fellkleidung und Fellschuhe und über der Schulter eine Steinschleuder. Aber vom ersten Augenblick an hatte Ymme das Gefühl, daß etwas mit ihm nicht stimmte.

Sie wurde abgelenkt durch den Bajulo, der immer noch voller Stolz auf sie zukam und sich vor ihr verbeugte. »Die

Frauen meines Hauses haben euch Wegzehrung eingepackt, die einige Tage ausreicht. Dein Ehemann trägt eine Empfehlung an meinen Oheim in Al Madarig bei sich; er wird euch ein Schiff verschaffen. Bei ihm laßt auch den Esel, den ich euch mitgebe.«

Ymme war zu überwältigt, um sofort Worte zu finden. »Ich danke dir von Herzen für alles«, sagte sie schließlich.

Der junge Vater schüttelte den Kopf. »Danke Allah. Es ist mir eine Ehre, daß die Hebamme, die die Frau unseres Imberadour entbunden hat, mir meinen Erstgeborenen brachte. Lebe wohl, Hakima Iume.«

Einen Augenblick später befanden sie sich schon auf einem steinigen Nebenweg, der am Fuß des Berges aus der Stadt hinausführte.

Weit über ihnen kreisten Raubvögel. Cornelius führte den Esel am geflochtenen Zügel, während er sich lebhaft mit Andrea Giambono unterhielt. Dieser sprach fließend Arabisch und Volgare, wie er Cornelius unbefangen erzählte. Überhaupt war er ungewöhnlich gesprächig.

Alles zusammen verstärkte Ymmes Bedenken, die still hinter den Männern herwanderte. Das Beherrschen einer zweiten Sprache paßte nicht so recht zu einem Schäfer des sizilianischen Hochlandes.

Die heiße Mittagszeit verbrachten sie im Schatten des Berges, aber da Andrea nicht von ihrer Seite wich, konnte Ymme Cornelius nicht nach seiner Meinung fragen. Stattdessen ließ sie sich von Andrea zeigen, wie man die Kaktusfrüchte schälte, ohne sich die Hände an den feinen Stacheln zu stechen. Er hatte recht, die Früchte löschten den Durst besser als Wasser.

Als sie spätabends haltmachten, war Ymme todmüde. Es bestand kein Zweifel mehr, daß Andrea die Gegend kannte, als er die dichten Zweige eines Busches beiseite bog und sich dahinter eine Höhle öffnete.

»Wir sind hier sicher«, sagte Andrea bestimmt. »Wir können sogar Feuer machen, was in den nächsten Nächten nicht der Fall sein wird.«

Dankbar ließ sich Ymme auf den steinigen Boden sinken, der noch warm war von der Sonne, die längst untergegangen war. Obwohl, schreckte sie noch einmal auf, wenn er die Höhle kennt, kennen auch andere sie. Aber sie war derartig erschöpft, daß es ihr fast gleichgültig war.

Andrea hatte die Wanderung nichts ausgemacht. Mit geschlossenen Augen sog er die Luft ein, die eine Brise ihm zutrug, und behauptete anschließend, ein geschickter Koch zu sein. Sie würden Zeugen eines wahren Wunderwerkes von Mahlzeit werden. »Ich muß einige Kräuter holen«, sagte er, nachdem er den Kessel mit Wasser aufgesetzt hatte, und verschwand mit großen Schritten bergab.

»Traust du ihm?« fragte Ymme leise.

»Ich glaube, ja«, antwortete Cornelius und legte ein dürres Hölzchen nach. »Ein einfacher Schäfer ist er zwar nicht, er hat mehrere Jahre in Palermo gelebt und sogar in Rom. Aber welchen Sinn sollte es schon haben, uns durch die Wildnis zu führen, statt gleich nach der Justiz zu rufen?«

»In Rom«, wiederholte Ymme voll Bedenken. »Sollten wir nicht lieber abwechselnd wachen?«

Cornelius schüttelte den Kopf. »Wir würden uns nur zermürben. Wenn er merkt, daß immer einer von uns Wache hält, könnte er uns so viele Tage durch die Berge führen, bis wir vor Übermüdung gleichzeitig in Schlaf fallen, und uns dann überfallen. Es hat einfach keinen Sinn.«

»Hast du dem Bajulo erzählt, daß ich Jolanthe entbunden habe?«

»Nein«, sagte Cornelius überrascht.

Rollendes Geröll zeigte an, daß Andrea zurückkehrte. Als er sich neben das Feuer setzte, legte er Büschel von Kräutern auf den Boden. »Nun, bin ich ehrlich oder nicht?«

Ymme fühlte sich ertappt. Dumm war der Mann nicht. »Welche Kräuter findet man hier oben?« erkundigte sie sich ausweichend.

»Alles, was man zu einem schmackhaften Sugo braucht«, sagte Andrea, ohne sich an ihrem Mißtrauen zu stören. »Abgesehen von dem, was unser Esel in seinem Packsack trägt, natürlich. Fenchel, wilde Zwiebeln, Salbei, Thymian.«

Die Pasta mit Melanzane und dem würzigen Sugo war köstlich. Den Schluß der Mahlzeit bildete ein goldgelber Käse. »Frischer Cacciocavallo!« sagte Andrea anerkennend. »Ihr müßt euch großer Wertschätzung beim Bajulo von Lato erfreuen. Diesen Stutenkäse gibt es nur jetzt, und sie müssen ihn weit weg von hier im Tal von Mazara kaufen. Sie selber haben keine Pferde.«

Seine Bemerkung erfüllte Ymme mit freudigem Stolz. Gerade als sie sich dafür bedanken wollte, löste sich aus der Glut, in der Andrea stocherte, um das Feuer in Gang zu halten, ein glühendes Bröckchen. Vom Wind getragen, landete es in seiner Hand, die von Olivenöl und Käse fettig war. Plötzlich stand die ganze Hand in Flammen. Fluchend schüttete er Wasser aus einer Holzflasche darüber, mit dem Erfolg, daß das Feuer in seinen Ärmel hineinkroch.

Ymme schlang ihr Kopftuch um seinen Unterarm und versuchte die Flammen zu ersticken.

»Ist mir noch nie passiert«, maulte Andrea und überließ Ymme nur widerwillig die Hand, als sie nachsehen wollte, wie groß der Schaden war.

An den Fingern begannen sich Brandblasen zu wölben, und der erhitzte Käsewürfel, der jetzt verkohlt im Gras lag, hatte ein wie von einem Strohhalm ausgestanztes Loch in die Hand gebrannt, in dem rohes Fleisch sichtbar geworden war.

Ymme entfernte vorsichtig einen schwarzen Hautfetzen vom Rand des Loches. »So etwas darf man nicht unterschätzen, Andrea, ich werde dich behandeln. Könntest du eine weitere Zwiebel besorgen?«

»Jederzeit«, sagte Andrea und sprang auf, offenbar froh, ihrer Aufmerksamkeit zu entkommen.

Er bemerkte seinen Irrtum erst, als Ymme die rötliche Zwiebel in dicke Scheiben schnitt, die saftigsten auf die

Brandwunde packte und die ganze Hand mit einem Streifen Leinen umwickelte. »Das ist doch nicht nötig«, murrte er, blankes Entsetzen in den Augen.

»Doch, das ist es. Ich weiß, daß es jetzt höllisch schmerzt«, fuhr Ymme fort. »Aber ich habe noch nie etwas davon gehalten, Wunden mit Öl auszubrennen, von fettem Käse gar nicht zu reden. Mehrfach habe ich erlebt, daß sich anschließend das Bein, oder was immer es war, als jauchiger Klumpen davonmachte. Und anschließend verabschiedete sich die Seele des Behandelten.«

»Ich werde mir die Zwiebelbehandlung merken«, murmelte Andrea beeindruckt, wenn auch jetzt etwas blasser als vorher. »Für meine Seele habe ich noch Verwendung, so Gott will.«

Cornelius goß ihm einen ganzen Becher Wein ein, der sich zu ihrer Freude ebenfalls bei der Wegzehrung der Sarazenen gefunden hatte.

Andrea hatte am nächsten Morgen nur geringfügige Schmerzen und kein Fieber. Ymme erneuerte trotzdem den Zwiebelverband, bevor sie ihr Lager abbrachen.

Hier oben am Berg war die Luft am Morgen frisch und kühl, und sie sah dem Tag zuversichtlich entgegen.

Aber Andrea schien vorsichtiger zu werden, je weiter sie im Tal vorankamen, wo sie den Fluß überqueren mußten, der zu dieser Jahreszeit zwar kaum noch Wasser führte, aber weite schilfbestandene, unübersichtliche Flächen zurückgelassen hatte.

»Sprecht nur, wenn es unbedingt nötig ist«, flüsterte er, als sie eine kurze Pause einlegten. »Hier streifen Banden umher, die nichts dagegen haben, sich begüterter Leute anzunehmen, die ohne Leibwache reisen.«

Ymme wechselte einen Blick mit Cornelius. Die Gefahr drohte offenbar nicht von Andrea. »Wir sind doch nur arme Wanderer«, gab sie leise zurück. »Oder würde uns jemand wegen eines Schwertes und eines Esels erschlagen?«

Andrea lächelte in sich hinein, bevor er sich zu einer Antwort entschloß. »Nein, Esel können sie sich in den

Dörfern beschaffen, so viele sie wollen. Und ein Schwert ist keine brauchbare Waffe für Banditen. Du bist es, die möglicherweise ein lohnendes Objekt darstellt.«

Voll Abscheu wandte sich Ymme von ihm ab. Schon sein eigenartiges Lächeln war ihr nicht geheuer gewesen. Und nun gab er ihr zu verstehen, daß sie ein besonderer Leckerbissen sei. Erweckte sie Begierde, weil sie blond war und die Frauen in den Dörfern eher schwarzhaarig? Plötzlich erwachte wieder ihr ganzer Argwohn gegen den Mann, der sich ihnen förmlich aufgedrängt hatte.

Andrea gab mit einem Nicken das Zeichen zum Aufbruch. Kurz danach überquerten sie eine verfallende steinerne Brücke, unter der Weiden und Schilf wuchsen. Auf der anderen Seite des Flußbettes stand ein Mann und füllte Ledersäcke an einer Röhre mit Wasser. Neben ihm trat ein Esel hin und her, dessen hölzerner Sattel schon mit Krügen bepackt war. Ymme spürte das Mißtrauen zwischen Andrea und dem Bauern, der machte, daß er davonkam.

Andrea verlor keinen Augenblick seine argwöhnische Wachsamkeit, während er und Cornelius die Schläuche füllten. Als sie endlich fertig waren und weitergingen, lokkerte Cornelius sein Schwert.

Dabei wirkte die Gegend so friedlich. Es war kaum zu glauben, daß sie sich zwischen den weiten Feldern, auf denen noch die Weizenstoppeln standen, vor Räubern fürchten sollten. Gelegentlich sahen sie sogar Hütten und irgendwo in der Ferne eine Schafherde, deren Hirte im Schatten eines Baumes saß.

Sie stiegen immer höher. Vor ihnen lag eine Art Pass zwischen zwei niedrigen, baumbestandenen Bergkuppen, und zur rechten Hand waren erneut die schroffen Berge zu sehen, die auch Palermo vom Hinterland trennten. Dahinter mußte Castellamare liegen. Dankbar blickte Ymme über Andreas Schulter nach vorn.

Doch ihre Dankbarkeit verflog jäh, als an den Hängen der beiden Hügel ein struppiger Männerkopf nach dem anderen aus dem Gras auftauchte. Sie wurden erwartet.

18.
Der Rais von Corleone

Sie waren sieben, abgesehen von ihrem Anführer, und die abgerissensten Männer, mit denen Ymme es jemals zu tun gehabt hatte. Ihre erste Regung war, die Flucht zu versuchen. Ein Blick auf Andrea belehrte sie, daß es sinnlos war: Er hatte den Zügel des Esels losgelassen und zeigte mit hängenden Armen seine leeren Hände.

Der Esel begann zu grasen. Der Anführer erhob sich und bahnte sich zwischen Sträuchern mit blauen Beeren und gelb blühenden Blumen den Weg zu ihnen herab. Als er vor ihnen auf dem Pfad stand, sah Ymme, daß er bestimmt einen Kopf kleiner war als Cornelius, und krumme Beine und schwarzes Haar hatte. Er nahm sich Zeit, abwechselnd Cornelius und Ymme zu betrachten, bedachte den Ritter mit einem erheiterten Grinsen und schlenderte dann, den Daumen in seinen breiten Gürtel gehakt, näher.

Wie Ymme schon geahnt hatte, interessierte er sich nur noch für sie. Sie konnte den Blick nicht von seinem Messer abwenden, das mindestens so furchterregend war wie sein narbiges Gesicht.

»Gott schenke dir Leben, Hakima zweier Länder, und auch dir, Cavaliere und Sänger des Imberadour.«

Stumm vor Schreck hörte Ymme seine Worte. Er wußte, wer sie waren!

»Auch dir schenke er Leben, Rais«, erwiderte Cornelius genauso höflich. »Ich nehme an, ich darf dich Rais nennen?«

»Genau so. Ich sehe, du weißt dich zu benehmen, Cavaliere, und das habe ich auch nicht anders erwartet. Ich möchte euch einladen, für eine Weile meine Gäste zu sein. Ich residiere gegenwärtig dort.« Seine umfassende Geste konnte die Berge meinen oder ein Haus, das jenseits des Passes lag und noch nicht zu sehen war.

»Leider haben wir keine Zeit, unsere Reise zu unterbrechen«, entgegnete Cornelius, »aber wir danken dir.«

Leiser Spott malte sich auf dem braunen Gesicht des Anführers, während er sich abwandte und einen Grashalm aus dem felsigen Boden zog. »Erkläre es ihm, Andrea«, sagte er schließlich und begann auf dem Halm zu kauen.

Das war der Beweis. Andrea hatte sie verraten und regelrecht in die Falle geführt. Ymme warf ihm einen zornigen Blick zu. Kein Wunder, daß er sich nicht vor den Männern fürchtete. Er gehörte zu der Bande.

Andrea zuckte gleichmütig die Schultern. »Euch bleibt keine Wahl, Cavaliere. Es verhält sich vielmehr so, daß du als Ritter des Kaisers, aber vor allem die Dama als Hebamme der Königin, einen hohen Wert für Leute darstellen, die selber nichts besitzen. Sie werden euch gefangenhalten ...«

»... bis ihr für Kost und Logis gezahlt habt, Dama, Cavaliere«, ergänzte der Rais.

»Kost und Logis sind nicht nötig«, sagte Cornelius rasch. »Wir haben hundert Tarí bei uns. Nehmt sie und laßt uns unseren Weg fortsetzen.«

Gelächter erhob sich unter den Männern, die Volgare verstanden. Sogar Andrea schmunzelte.

Der Rais schüttelte nachsichtig den Kopf. »Du verstehst immer noch nicht, worum es geht, Cavaliere. Der Imberadour wird zahlen. Er wird dankbar sein, euch zurückzubekommen, und mit Allahs Hilfe wird er erkennen, daß ihr ihm tausend Augustalen wert seid.«

Mutter Gottes, dachte Ymme entsetzt.

»Du kennst unsere Sitten nicht«, fuhr der Anführer fort, »deshalb verzeihe ich dir dein beleidigendes Angebot. Für den Meuchelmord an einem Sarazenen wie mir oder an einem Juden muß eine Dorfschaft fünfzig Augustalen Buße an den Imberadour zahlen, für einen Christen das Doppelte. Du verstehst, daß hundert Tarí eine Beleidigung sind? Für mich und für dich. Vergessen wir, was du gesagt hast.«

Als hätte der Rais sich jetzt ausreichend Mühe gegeben, ihnen die Aussichtslosigkeit ihrer Situation vor Augen zu führen, wandte er sich an seine Männer, schickte zwei von ihnen mit Gesten ins Gelände und stieß dann einen langgezogenen Pfiff aus.

Auf dem Weg, den sie gekommen waren, waren rasche Fußtritte zu hören. Zwei weitere Männer kamen herbei. Man hatte sie offenbar von allen Seiten beobachtet, während sie in die Falle gegangen waren.

»Er hat uns diesen Räubern regelrecht auf die Schlachtbank gelegt«, sagte Ymme voll Erbitterung auf Deutsch zu Cornelius. »Ich wußte doch, daß man sich vor Männern in acht nehmen muß, die schon mal in Rom waren.«

»Hakima!« fuhr der Rais scharf dazwischen und wandte sich um. »Wir sind höfliche Männer. Ein Sarazene würde weder einer römischen Nonne noch einer muslimischen Hebamme oder meinetwegen auch einer christlichen Hakima jemals Gewalt antun. Aber dafür erwarten wir auch Höflichkeit von dir. Sprich in einer der Sprachen, die wir verstehen!«

»Ja«, antwortete Ymme kleinlaut. Dann begriff sie erst richtig, was er gesagt hatte. Sie hatte Andrea ganz falsch verstanden. Ihre Erleichterung war grenzenlos.

Cornelius steckte endlich sein Schwert in die Scheide. Ymme lächelte ihn zuversichtlich an. Er hätte ihre Ehre mit seinem Leben verteidigt. Alle Männer waren mit Steinschleudern ausgerüstet und mit Messern, mit denen sie wahrscheinlich vorzüglich umgehen konnten.

Der Rais rief Andrea mit einer Kopfbewegung zu sich und begann leise auf ihn einzureden. Nebeneinander machten sie sich auf den Weg über den Paß, während der Mann hinter Cornelius ihn mit einem Stoß zum Gehen aufgeforderte.

Auf der Höhe angekommen, erkannte Ymme mit einem Blick ihr Ziel. Der Rais der Banditen hatte tatsächlich eine Residenz, eine alte normannische Burg.

Die Außenmauern des Kastells waren großteils in sich zusammengestürzt, und das Dach fehlte. Über dem großen Saal stand der leuchtendblaue Himmel, aber die Mauern spendeten Schatten. Viele bunte Teppiche lagen vor dem Kamin in einer dicken Schicht aufeinander. Während die Männer sich dort lärmend sammelten, wurde Cornelius und Ymme eine Nische zugewiesen, die durch Flechtwände aus Stroh abgeteilt war.

Ein langer Tisch, geeignet für jeden größeren Mönchsorden, war aus Deckenbalken gezimmert und in der Nische aufgestellt worden. Ymme ließ sich dankbar auf einen Stuhl fallen, während sich im Eingang einer der Männer mit gekreuzten Beinen niederließ.

Der Bewachung würden sie also nicht entgehen, aber es war Ymme gleichgültig. Sie fühlte sich sehr müde und hatte schrecklichen Durst, aber niemand trachtete ihnen nach dem Leben, und für den Augenblick war das genug.

Obendrein kam gerade ein kleiner Kerl mit krummen Beinen herein, auf einem kupfernen Tablett einen Krug und Becher balancierend, die er auf dem Tisch abstellte. Das Getränk stellte sich als verdünnter Wein heraus, in dem Zitronenscheiben schwammen.

»Vermutlich ist es in den Verliesen des Imberadour ungemütlicher als hier«, stellte Cornelius fest, während er einschenkte.

»Ich kann es dir bestätigen.« Ymme war insgeheim verletzt, daß er ihre Gefangenschaft und die Erniedrigung, die ihr widerfahren war, vergessen zu haben schien. »Hätten wir Andrea nur nicht getraut!«

»Dann wären wir auch hier. Vielleicht hat er uns gar nicht verraten. In diesem Land voller Spitzel gibt es wahrscheinlich etliche Menschen, die im Auge behalten, was sich auf den Straßen tut – schon aus Notwehr. Vermutlich liegt der Fehler bei mir. Ich habe die Berichte aus dem Landesinneren, die mir gelegentlich zu Ohren kamen, nicht ernst genommen. Für mich war alles, was mit Rom zu tun hat, wichtiger.«

»Quäl dich nicht«, sagte Ymme, schnell versöhnt. Außer ihm kannte sie keinen Mann, der sich für seine Handlungen entschuldigen würde. »Niemand konnte das voraussehen. Ich bin davon überzeugt, daß Allah in seinem Hoheitsgebiet auch uns schützen wird. Ich vermute sogar, daß er sich gerade um das Essen kümmert. Eben kam mir ein Rüchlein von Zwiebeln und Schmorfleisch in die Nase.«

Cornelius lachte herzhaft und hob seinen Becher. »Ich bin ein glücklicher Ehemann. Ich habe eine Frau, die mit beiden Beinen auf der Erde steht. Auf dein Wohl, Ymme.«

Als es in der Ruine dunkelte, servierte einer der Banditen eine herrlich duftende Pastete, die mit Kaninchenfleisch und Käse gefüllt und mit scharfem Pfeffer gewürzt war. Heißhungrig machten sie sich darüber her.

»Es will mir scheinen, daß es Schlimmeres als eine solche Entführung gibt«, bemerkte Cornelius zufrieden.

Am nächsten Tag saß der Rais bei Cornelius und Ymme am Tisch und trank mit ihnen Wein. »Andrea und einer meiner Männer sind auf dem Weg zum Palast in Palermo«, berichtete er. »Einige Tage wird es dauern …«

»Wir haben keinen Wert für den König«, meinte Cornelius gleichmütig. »Wir sind aus seinem Dienst ausgeschieden. Warum sollte er bezahlen? Wir interessieren ihn nicht mehr.«

Der Rais schlürfte mit Behagen den Wein, während er Cornelius über den Becherrand zweifelnd ansah. »Der Imberadour kann es sich nicht leisten, daß die Gerüchte der braunen Mönche um die Neuigkeit über die abgeschnittenen Fingerglieder seiner ehemals hochgeschätzten fränkischen Hakima ergänzt werden.«

Ymmes Hand bebte. »Würdet ihr das wirklich tun?«

»Ohren, Finger, bei Männern auch ..., na ja, du verstehst schon.« Der Rais zuckte mit den Schultern. »Keine Frage. So geschieht es immer, wenn die andere Seite keine Zusammenarbeit will, den Nutzen des Freikaufs der Gäste bestreitet oder übertrieben feilscht ... Wir werden sehen.«

Sie hatte es ja geahnt. Cornelius nahm diesen erzwungenen Aufenthalt zu sehr auf die leichte Schulter. Ymme stürzte den Rest ihres Weines herunter und spürte sofort, wie ihr die Hitze zu Kopf stieg. Aber ohne sich Mut anzutrinken, brachte sie es nicht über ihre Lippen. »Wir sind nicht freiwillig gegangen«, bekannte sie. »Wir haben uns mit dem Imberadour überworfen und mußten fliehen. Deine Unterhändler wird er abweisen und ihnen seine Comestabuli nachschicken.«

Der Rais warf den Kopf zurück und brach in Gelächter aus. »Wie kann man sich mit einem Kaiser überwerfen? Einem Sultan wird der Kopf eines widerspenstigen Mannes vor die Füße gelegt, bevor der Widerspruch auch nur dessen Lippen erreicht. Aber der Imberadour hat jetzt mit euch den kleinen Ärger. Recht geschieht ihm.«

»Deine Bande wird in Gefahr geraten, aufgerieben zu werden, wenn die Spitzel deinen Männern folgen.« Aber auch Cornelius hatte keinen Erfolg.

»Keine Sorge. Den Umgang mit solchen Leuten lernen unsere Jungen, sobald sie die Wiege verlassen«, prahlte der Rais. »Wenn sie das Geld haben, wird der Ort festgelegt, an dem ihr übergeben werden sollt, und dann ist für mich die Sache erledigt. Hier läuft alles nach bestimmten Regeln, wenn beide Seiten ehrlich sind.«

»Ich finde es auch ungemein angenehm, wenn bei Erpressungen beide Seiten ehrlich sind«, schnaubte Ymme. »Ich hatte schon einmal mit einer unehrlichen Erpressung zu tun!«

Der Rais musterte sie feindlich, stieß seinen Becher mit der Handkante um, so daß der Wein über Ymme spritzte, und verließ wortlos die Gefangenennische.

»Deinen Mann hätte er für eine solche Beleidigung umgebracht«, sagte der Wächter auf dem Boden mit rauer Stimme. Es war immer der gleiche, und bisher hatte er noch nie ein Wort von sich gegeben.

Ymme schaute erschrocken zu ihm hinunter.

»Wenn du auf dem Weg Ärger machst«, drohte der Sarazene in der Kleidung eines Ziegenhirten, »endet dein Leben, bevor wir Palermo erreichen. Du bist hier wie ein Ei auf dem Feuer; ich sehe es schon geknackt, geplatzt und zerflossen!«

Andrea, der neben dem finsteren, verschlossenen Mann einherwanderte, nickte einverständlich. »Ich weiß. Du bist ja der Hüter von Bergziegen und -hühnern. Aber ich mache dir keinen Ärger. Ich bin dem Cavaliere verpflichtet, er hat Anspruch auf mein Leben.« Der überraschte Blick des Banditen traf ihn.

»Du bist sein Mawla? Du kennst ihn schon lange?«

»Einige Zeit«, gab Andrea zu. »Sein Freigelassener bin ich nicht; die Christen des Nordens halten keine Sklaven, sie treiben mit ihnen nur Handel, wie jeder gute Muslim. Klient trifft es eher; aber die Bedeutung ist die gleiche wie bei euch: Ich gehöre zu seinem Klan. Wenn ich nicht für seine Freilassung sorge, bin ich ebenfalls ein toter Mann.«

Der Sarazene warf den Kopf zurück und beschleunigte das Tempo. Sein Mißtrauen gegen Andrea war zwar nicht verschwunden, aber es hatte sich verringert. Am Abend hatte er nichts dagegen, daß Andrea allein auf Kaninchenfang ging, und das Essen ließ er sich mit gutem Appetit schmecken, obwohl es kein Kaninchen, sondern Rebhuhn gab.

»Wie wäre es«, schlug Andrea vor, als sie zwei Tage später Palermo erreichten, »wenn wir uns für kurze Zeit trennen würden? Ich stoße zu dir, sobald ich meinen Mann aufgetrieben habe, der die Nachricht in den Palast bringen wird. Du wirst verstehen, daß ich nicht in die Räume des Imberadour spazieren kann, als wäre ich sein Wesir.«

»Meinetwegen«, stimmte der Sarazene zu. »Gott verhilft seiner Religion zum Sieg durch wen er will.«

»Eben.«

»Wir sind wie zwei Finger an einer Hand«, drohte er noch.

»Genau.« Andrea nickte bekräftigend und zeigte dem Mann die Weinschenke.

»Bist du von Sinnen? Ich bin Muslim!« Nachdem er seinem Glauben mit Entrüstung Genüge getan hatte, machte sich der Ziegenhirte unverzüglich mit seinem schaukelnden Gang auf den Weg in die Taverne, aus der der Lärm der Betrunkenen herausscholl.

Andrea sah ihm grinsend nach. Der Sarazene hatte seine Version geschluckt. Dann tauchte er im Gewirr der Gassen des Suq unter. Ein möglicher Verfolger würde festgestellt haben, daß er schneller verschwinden konnte als Nebel im Schirokko.

Das Essen war jeden Tag anders und immer ganz vorzüglich zubereitet. Aber der Rais setzte sich nicht mehr zu ihnen. Hinaus durften sie auch nicht, und die Zeit wäre ihnen lang geworden, wenn nicht Cornelius ein Schachbrett aufgetrieben hätte.

Mitten in einer Partie kamen die Unterhändler zurück. Cornelius und Ymme wurden bald geholt und vor den Rais geführt.

Der wühlte mit der Hand noch in dem Lederbeutel, der offenbar das Gold enthielt. »Eintausend und achthundert Augustalen. Nicht eben großzügig, aber akzeptabel«, meinte er achselzuckend. Dann heftete er seine Augen auf Ymme. »Der Kaiser hat bezahlt, Dama, will euch aber nicht zurückhaben. Warum? Will er seine Comestabuli zu Übungszwecken in unser Gebiet schicken, um euch zu jagen? Oder stimmt eure ganze Geschichte nicht, und ihr seid gar nicht auf der Flucht? Was aber dann?«

»Sie haben sich in Lato auf sehr geschickte Art eingeführt«, bemerkte einer. »Der Ortsvorsteher hat sie wie Verwandte aufgenommen und ausgerüstet.«

»Spione ganz neuer Art!«

»Der Imberadour ist zwar Sizilianer, aber ist ihm eine solch bemerkenswerte List wirklich zuzutrauen?« Der Rais fixierte an seiner krummen Nase entlang abwechselnd Cornelius und Ymme.

Sie holte tief Luft. Hoffentlich kam er nicht auf die Idee, sie einfach weiter gefangenzuhalten. Oder anderswohin zu verkaufen. Nach Rom an den Hof des Papstes, zum Beispiel.

Der Rais wog den Beutel in seiner Hand. »Ihr seid frei und könnt gehen, wohin ihr wollt. Aber ihr werdet unsere Augen wie Nadeln auf euren Rücken spüren, und wenn ihr ein Pfeifsignal hört, werdet ihr wissen, daß wir in der Nähe sind. Die Gespielin des Imberadour, die sich für die Königin von Jerusalem hält, soll Interesse an euch haben, wie ich erfahren habe. Ihr Vater, dieses selbstgefällige Weinfaß, das den Boden des Imams von Rom küßt, auch. Es gibt jede Menge Interessenten. Und wir finden euch, wenn wir euch brauchen.«

Andrea erwähnte die Lösegeldverhandlung mit keinem einzigen Wort, als sie am nächsten Tag ihre Wanderung fortsetzten. Er schien zu wissen, daß sie ihn verdächtigt hatten, mit den Banditen gemeinsame Sache zu machen, und das ließ sich nicht so einfach aus der Welt schaffen.

Dabei brannte Ymme darauf zu erfahren, wie er den Kaiser zum Zahlen des Lösegeldes hatte bewegen können. Und warum hatte der Kaiser, der seine Gefangenen zurückgekauft hatte, nicht ihre Auslieferung verlangt? War er gar froh, sie auf diese Weise los zu sein und sich und ihnen den Prozeß zu ersparen? Vorsichtig gingen ihre Blicke immer wieder zu Andrea hinüber, aber er verhielt sich ihr gegenüber so ablehnend, daß sie aufgab.

»Wir müssen uns jetzt nur noch vor den Spitzeln des Imberadour in acht nehmen«, belehrte Andrea Cornelius später. »Bis alle Männer Bescheid wissen, daß die Angelegenheit für den Kaiser erledigt ist, wird es Wochen dauern. Die Drohung des Rais, daß er euch jederzeit wieder gefangennehmen kann, bedeutet hingegen einen gewissen Schutz vor anderen Banden. Die wissen, daß ihr dem Rais von Corleone zusteht, und sofern sie nicht beabsichtigen, sich mit ihm anzulegen, werden sie uns in Ruhe lassen.«

Die eine Aussicht fand Ymme so beunruhigend wie die andere. Sie biß die Zähne zusammen und wünschte, sie hätte Flügel, um nach Al Madarig zu fliegen. Sie war mittlerweile des Marschierens in der Sonnenglut müde. Die hohen Berge schienen so unendlich weit weg. Aber an ihnen mußten sie vorbei, um nach Al Madarig zu gelangen, was Andrea mit *Die Stufen* übersetzte, während die Hafenstadt bei den Normannen Castellamare hieß.

Flügel bekam Ymme zwar nicht, aber zwei Tage später ein Maultier. Kurz nachdem sie von der mittäglichen Rast aufgebrochen waren, entdeckten sie vor sich einen Mann mit einem Maultier, der ihnen den Pfad versperrte, als hätte er sie erwartet.

Dieses Mal näherte Andrea sich dem Bauern bedenkenlos. Sie wechselten blumige, wortreiche Grüße in arabischer Sprache, denen Ymme nicht folgen konnte. Dann wandte sich Andrea an sie. »Seine Frau benötigt Hilfe. Er bittet dich zu kommen. Die Stadt heißt Segesta; ihr Hafen ist Al Madarig, und es bedeutet für euch nur einen kleinen Umweg.«

»Eine Geburt?« mutmaßte Ymme.

»Nein, keine Geburt. Eine Verletzung. Sie verblutet, fürchtet er. Sein Maultier ist kräftig und wird euch beide tragen. Der Cavaliere und ich kommen nach, so schnell es geht.«

Ymme betrachtete den Mann zweifelnd. Schwarze Haare fielen ihm in die niedrige Stirn und hingen vor den Ohren, wo sie noch länger waren, und rasiert war er auch nicht. Aber das alles war kein ausreichender Grund, ihm ihre Hilfe zu versagen. Cornelius reichte ihr bereits den Sack mit Medikamenten und Instrumenten.

Das Gesicht des Sarazenen war so maskenhaft starr, daß Ymme ihm nicht einmal Erleichterung anmerken konnte.

Er bestieg sein Maultier, hob sie mit einem kräftigen Griff hinter sich und trabte an.

Als sie zwei Stadttore passiert hatten und es immer noch aufwärts ging, begriff Ymme, daß Segesta eine große Stadt sein mußte. Sehen konnte sie nichts, es war inzwischen stockdunkel. Sie hörte Zikaden und roch Pinien. Das Maultier wurde immer langsamer. Während sie überlegte, ob sie absteigen sollte, um das ermattete Tier zu entlasten, bog sein Besitzer in ein Grundstück auf ebener Fläche ein. Eine Fackel beleuchtete eine Öffnung zwischen Mauern aus gelbem Bruchstein.

Ymme erstarrte, als sie sah, daß der Frau die Nase abgeschnitten worden war. Zwei junge Mädchen bemühten sich um die wimmernde und stöhnende Verletzte, hielten ihre Hände und sprachen auf sie ein. Die am Boden liegenden Tücher zeigten das Ausmaß des Blutbades.

Der Ehemann schnauzte Anweisungen, worauf sich die Augen der Mädchen gehorsam auf Ymme richteten. Mit Gesten erreichte sie, daß die Tücher fortgeräumt wurden, während sie sich nach Wasser umsah. Die Zisterne war eine in den Felsboden gegrabene Höhlung, in der das Wasser zwar kühl, aber nicht besonders sauber blieb. Ymme streute Kreuzkümmel und Sennesblätter hinein.

Nachdem sie das Gesicht der Frau abgewaschen hatte, sickerte weiterhin Blut aus der Wunde. Isländisch Moos wäre das geeignete Mittel zum Tamponieren gewesen, aber ihre Vorräte waren erschöpft.

Die ältere Schwester kochte die Beinwellwurzel nach Ymmes Anweisung, während die jüngere weiße Leinenstreifen aus einem weißen Gewand riß, das offenbar für Trauerfälle bereitlag. Schließlich brachte Ymme noch den Hausherrn an die Arbeit. Sie deutete auf das Strohgeflecht, das offenbar i n allen Häusern des Binnenlandes vorhanden war, um Nischen abzuteilen. Der Bauer brachte ihr einen Korb, in dem sich der Weizenvorrat befand, gleich daneben lagen mehrere Bunde Strohhalme zum Flechten.

Erleichtert wählte Ymme mehrere dicke Röhren aus. Während sie sie mit dem Skalpell in die richtige Länge schnitt, wußte sie, daß sie am liebsten die Behandlung abgelehnt hätte. Nichts an dieser Ausgangssituation hätte das Einverständnis von al-Walid in Toledo gefunden. Aber er hätte auch gesagt, daß ein Arzt helfen muß, selbst wenn keine Hoffnung auf Heilung besteht.

Endlich waren die Vorbereitungen beendet, der Beinwellsud fertig, die Wundfläche mit Wasser und einem Schuß Wein ein letztes Mal gereinigt. Jetzt begann der schwierigere Teil der Behandlung.

Glücklicherweise lasen ihr die Mädchen von den Augen ab, was sie benötigte. Sie stützten die Verletzte hoch, sie hielten die Röhrchen zum Atmen in der richtigen Position, und sie halfen beim Anlegen des Verbandes, den Ymme zwischen Augen und Oberlippe und über den Hinterkopf führte.

Als die Hausfrau schließlich auf ihrer Matratze lag, den Oberkörper hochgestützt auf einem abgepolsterten Sattel, war Ymme mit sich ganz zufrieden. Mehr konnte sie unter den gegebenen Umständen nicht tun. Sie strich ihren beiden Helferinnen über die Wangen, erhielt als Dank ein vorsichtiges Lächeln und ging nach draußen, um sich nach Heilpflanzen umzusehen.

Zu ihrer Überraschung waren Cornelius und Andrea bereits eingetroffen. Der Esel war abgesattelt und kaute, an der Mauer angebunden, in einem Futtersack.

»Alles in Ordnung?« fragte Cornelius, als sie in seinem Arm lag, ungeachtet der Tatsache, daß Andrea verlegen grinste.

»Soweit ja. Natürlich konnte ich ihr keine neue Nase verschaffen wie al-Walid. Er nannte es die Methode des Antyllos, und sie war sehr schwierig und erforderte viele Vorbereitungen und Helfer und Nachsorge«, sprudelte Ymme hervor. »Ich hätte es gerne versucht. Er sagte, man begegnet als Arzt einem geeigneten Patienten nur zwei oder drei Mal im Leben.«

»Ja, doch, ja, Ymme«, sagte Cornelius sanft. »Beruhige dich.«

Der Sarazene, der zu ihnen trat, stellte Andrea einige Fragen.

»Er will wissen, ob sie es überstehen wird«, übersetzte Andrea. »Und ob sie ihm noch Söhne gebären kann. Sonst wird er sich eine andere Frau nehmen müssen.«

»Jetzt soll er sich erst einmal um diese Ehefrau kümmern«, sagte Ymme empört. »Ich benötige Ringelblumen. Zwei solche Futtersäcke voll, wie der Esel ihn vor der Nase hat.«

Der Hausherr machte sich gemächlich auf den Weg.

»Wer die Alte wegen der Neuen verläßt, dem wird's schlecht ergehen«, brummte Andrea finster hinter ihm her.

»Wer hat die Frau denn so bestraft?« wandte sich Ymme an ihn. »Der Ehemann etwa selber?«

»Nein, der Qâdi der Stadt.«

Ymme war verblüfft. »Ich dachte, der Orden der Gerechtigkeit des Kaisers ist dafür zuständig …«

»Sarazenen, Griechen und Juden haben ihre eigene Rechtsprechung«, erläuterte Andrea. »Die Justitiare kümmern sich nur um das öffentliche Recht, nicht um das private. Diebstähle und dergleichen werden nach altem Brauch abgeurteilt.«

»Das muß aber ein uralter Brauch sein, ein ganz barbarischer«, versetzte Ymme böse. »In Toledo habe ich es zwar gesehen, aber dort war es nicht rechtens, eher eine Art Rache oder Mahnung …«

»So ist es auch hier«, sagte Andrea ruhig. »Eine Mahnung an die ganze Familie, ihre Nasen nicht in Dinge zu stecken, die sie nichts angehen.«

»Meint er damit vielleicht auch uns?« Ymme sah zu Cornelius hinüber und sprach Deutsch. Aber sie hatte das böse Gefühl, daß Andrea sie genau verstanden hatte. Sie konnte nicht verhindern, daß ihr Mißtrauen gegen ihn aufs neue erwachte.

In der Stadt, die groß und wichtig genug war, um einen Qâdi zu haben, gab es auch einen Fóndaco, in dem sie am frühen Morgen Quartier bezogen. Der Segestaner, dessen

Hütte zu klein war, um Gäste aufzunehmen, brachte sie selbst hin.

Die Herberge befand sich unterhalb der oberen Stadtmauer und machte im Morgenlicht einen freundlichen Eindruck. Der Eingang war von einem großen Feigenbaum beschattet, und in Kübeln auf der niedrigen Umfassungsmauer wuchsen Geranien und Ringelblumen. Jedenfalls die Stengel und einige niedrige Blüten, die dem nächtlichen Räuber entgangen waren. Ymme lächelte in sich hinein.

Während Cornelius und Andrea sofort in die obere Stadt zurückkehrten, um das öffentliche Bad aufzusuchen, wusch Ymme sich mit dem Zisternenwasser im unteren Raum, der auch einen Ofen enthielt, und machte es sich dann auf dem Bett im Schlafraum bequem.

Sie brauchte hier keine Angst zu haben. Die Banditen hatten keinen Einfluß in dieser Stadt, und die Truppen des Kaisers befanden sich irgendwo im Hinterland. Eine Brise wehte die Düfte von Nadelbäumen ins Zimmer. Sie waren so einschläfernd, daß Ymme die Augen zufielen.

Ymme konnte den Beginn der Badezeit für Frauen am späten Nachmittag kaum erwarten. Cornelius beschrieb ihr den Weg.

Die Moschee und der Hammâm befanden sich auf der oberen Terrasse neben dem Kastell. Als die Kuppeln schon in Sichtweite waren, erklang in einem Hof die Totenklage für einen Verstorbenen. Hoffentlich wurde das Bad nicht wegen der Totenfeier geschlossen! Sie beschleunigte ihre Schritte.

Sie hatte Glück. Außer ihr strebten noch andere Frauen dem Bad zu. Beim Händler am Eingang, der ihr verschiedene Seifen und Enthaarungsmittel anbot, erstand sie ein Pulver aus Judendorn.

Geschrubbt und erfrischt verließ sie geraume Zeit später das Bad, als gerade der Trauerzug vorüberkam. Da sie auf der obersten Stufe stehengeblieben war, konnte sie den Leichnam eines Jungen auf der Bahre liegen sehen.

Der Vater gab sich seinem Schmerz laut hin, zwei Männer stützten ihn.

Unwillkürlich fühlte sich Ymme an die Pocken von Palermo erinnert. Nicht auszudenken, wenn diese Krankheit auch in die Berge käme! Mit Anteilnahme ließ sie die Trauernden an sich vorüberziehen, bis ein ungewöhnlicher Lärm vom Ende des Zuges sie ablenkte.

Hinter den letzten Frauen wanderte ein Mann her, der mit wedelnden Armen und abgehacktem Gekreisch die Trauer störte, und anfänglich dachte Ymme, es handele sich um einen Geisteskranken.

»Lobet den Herrn!« schrie er, völlig außer sich. »Aber nicht den der Hebräer und auch nicht den der satanischen Sekte des Muhammad! Unseren Herrn Jesus Christus lobet! Verflucht sei der König, der Götzenanbeter in seinem Land duldet!«

Der Franziskanermönch Jacopo!

Ymme beobachtete entsetzt, wie er die trauernden Frauen mit seinen langen Armen vor sich herscheuchte. Einem Mann Widerstand zu leisten war nicht ihre Art; sie drängten sich wie die Hühner zusammen, um ihm zu entgehen.

Endlich entschloß sich ein unbeteiligter Eseltreiber, der eine Ladung Feuerholz nach Hause brachte, den Mönch zum Schweigen zu bringen. Sein Stock traf ihn zwischen den Schulterblättern.

Jacopo fuhr herum, schüttelte den Kopf wie ein betäubter Stier und hielt seinen Gegner mit ausgestrecktem Arm von sich ab, während er sich zum Eingang des Bades umdrehte, wo Ymme stand. Sein ungläubiger Blick wanderte die Stufen herauf, bis er ihr mit offenem Mund ins Gesicht starrte.

Ihr Fehler. Aber es war zu spät.

Jacopo ließ den Bauern los und richtete seinen knochigen Zeigefinger auf Ymme. Sie hörte nicht, was er murmelte, aber es waren gewiß Verwünschungen, die nicht einmal endeten, als der Eseltreiber ihn am Kragen packte und unsanft in eine Seitengasse beförderte.

Der Fundicario hatte seinen Gästen Wein besorgt. Cornelius und Andrea zechten unter Gelächter im Schatten des Feigenbaums und waren beide nicht mehr nüchtern, als Ymme zurückkehrte. Vibrierend vor Aufregung, setzte sie sich zu ihnen.

»Was ich immer noch nicht verstehe, Andrea, wie ist es dir gelungen, uns freizukaufen?« Cornelius lallte ein wenig und klatschte mit der flachen Hand auf den Tisch, um seinen Worten Nachdruck zu verleihen. Ymme war nicht ganz sicher, ob er die Trunkenheit vorgab oder nicht. Jedenfalls ließ er Andrea nicht aus den Augen.

Aber wie die meisten Sizilianer, die sie kannten, hatte Andrea seine Miene gut in der Gewalt. »Ja, Cavaliere, das ist oft so«, bestätigte er bereitwillig. »Wer begreift schon Sizilien? Mal hat man Glück, mal nicht. Danke Allah und dem Herrn und nimm es hin!«

Ymme schnaubte grimmig. Andrea ließ sich mit oder ohne Wein nicht übertölpeln.

»Aber das ist keine Erklärung!« murrte Cornelius unwirsch.

»Ihr Leute aus dem Norden wollt immer alles erklärt haben«, meinte Andrea träge und zwinkerte mehrmals überrascht, als habe er jetzt erst entdeckt, daß Ymme zurückgekommen war. »Sizilien läßt sich nicht erklären, und das ist gut so.«

»Der Mönch Jacopo ist in der Stadt«, warf sie nervös ein.

Andrea starrte sie ausdruckslos an. »Jacopo«, wiederholte er. »Der ist kein Sizilianer. Bei dem wäre es gefährlich, sich auf sein Glück zu verlassen.«

Viel später, als Cornelius schon neben ihr schnarchte, fiel Ymme erst auf, daß Andrea Jacopo offensichtlich kannte. Sie hatten nie über den Mönch gesprochen, man konnte ihn nicht beschuldigen, etwas verschwiegen zu haben.

Und trotzdem war es beunruhigend festzustellen, daß der Mann so viele Geheimnisse hatte.

19.
Al Madarig

Am nächsten Morgen, als sie schon unterwegs waren, fragte Ymme geradeheraus, woher Andrea Jacopo kannte. Es ließ ihr einfach keine Ruhe.

Andrea beförderte einen Kalksteinbrocken mit dem Fuß von der Straße und schwieg eine ganze Weile. »Ich kenne ihn nicht«, behauptete er schließlich.

Ymme verschlug es wieder einmal die Sprache. Es war so offensichtlich gewesen. Sie sandte Cornelius einen hilfesuchenden Blick. Der zuckte verlegen die Schultern.

»Allah weiß, warum er uns Männern den Wein verbietet«, fügte Andrea sanft hinzu.

Er wollte nicht darüber sprechen. Da war nichts zu machen. Sie sah sich noch einmal um. Hinter ihnen blieben ein Tempel und ein Theater aus einer fernen Zeit zurück und eine wehrhafte kleine Stadt, die jederzeit auf einen Angriff der königlichen Truppen gefaßt war.

»Da unten sieht man schon das Meer«, meinte Andrea versöhnlich. »Dann seid ihr am Ziel. Jedenfalls fast.«

»Woher wußte der Mann in Segesta, daß wir kommen?« setzte Ymme ihre Befragung hartnäckig fort.

»Oh, das ist leicht erklärt«, sagte Andrea. »Es gibt hier noch einige Familien, die nach alter Sitte Brieftauben halten. Aber sie nimmt ab, je mehr Muslime Sizilien verlassen.«

»Ach so«, antwortete Ymme lahm. Ihr Argwohn gegen Andrea zerplatzte wie eine Seifenblase. Auch seine Behauptung, Jacopo nicht zu kennen, mochte stimmen. Vermutlich hatte er nur von ihm gehört. Sie hob das Gesicht, um die leichte Brise zu spüren, die ihr in einer schmalen Schlucht entgegenkam. »Der Duft von Pinien und Meer«, flüsterte sie mit geschlossenen Augen.

Al Madarig war eine Ansammlung von weißen, würfelförmigen Häusern über einer Bucht mit bleiernem Wasser. Auf einer Landzunge stand ein Turm, ihm gegenüber lag eine Steinmole, dazwischen weißer Sand, auf den einige kleine Ruderboote gezogen waren. Kein Mensch war zu sehen, und nach hier oben an den Rand des Dorfes, das von Kiefern und Olivenbäumen gesäumt war, drang kein Laut.

»Ist das der Hafen? Wo sind die Schiffe?« forschte Cornelius beunruhigt.

»Der Oheim des Rais' wird es wissen«, sagte Andrea und zog den Esel hinter sich her in eine Gasse, die steil bergab führte. Mit dem untrüglichen Gespür des Schäfers fand er schnell ihr Ziel, ein ansehnliches Haus an der Bucht.

Der Hof verriet Zeichen eines hastigen Aufbruchs. Versiegelte Krüge, Warenballen und andere Gepäckstücke waren offensichtlich im letzten Augenblick zurückgelassen worden, dazwischen lagen umgefallene Blumenkübel. Ein alter Mann in arabischer Kleidung kam ihnen, auf einen Stock gestützt, mit würdevoller Miene entgegen.

Nach der wortreichen Begrüßung ging er in Volgare über. »Wir haben euch erwartet«, sagte er, »weil wir euch nicht mehr warnen konnten. Die Truppen des Imberadour werden in den nächsten Stunden hier eintreffen. Die meisten Einwohner sind geflohen, und es besteht kein Zweifel, daß der Name Al Madarig ausgelöscht werden wird, wenn nicht sogar der gesamte Ort.«

Ymme starrte ihn betroffen an. Alle Hoffnungen vergebens!

»Ihr müßt auf der Stelle zurück in die Berge«, fuhr der Araber fort und zog ein versiegeltes Schreiben aus seinem Gewand, das er Andrea übergab. »Wendet euch nach Trápani. Dort besteht keine Gefahr, und der Ort hat einen großen Hafen. Die Botschaft ist an meinen jüngeren Bruder gerichtet, zu dem ich auch meine Familie geschickt habe.«

Jetzt zurückmüssen zwischen die sonnendurchglühten Felsen? »Und du selber?« stammelte Ymme.

»Mein Schicksal liegt in Allahs Händen.« Der alte Mann entbot einen Abschiedsgruß, drehte sich um und humpelte in das Haus zurück.

Von den Truppen war weit und breit noch nichts zu sehen, als sie am oberen Ende von Al Madarig ankamen. Ymme, die vom schnellen Tempo noch ganz atemlos war, wandte sich zurück, um einen letzten Blick auf den Ort zu werfen. Ein vergessenes Huhn flatterte über die Gasse. Der ganze Anblick stimmte sie traurig.

Unbehelligt erreichten sie den Fuß der Berge und die Straße nach Trápani. Felsen, Pinien, eine Schlucht. Und Hitze. Ymme versuchte, an das kühle Lübeck zu denken.

Am zweiten Tag sahen sie endlich die Salzfelder, die Andrea unterwegs angekündigt hatte, wie glitzernd weiße Tupfen am Horizont und rechts davon ein dunkles Mauerband, hinter dem Turmspitzen in den Himmel stachen.

»Jetzt sind wir vor den Rais und den Banden des Binnenlandes sicher, Hakima«, meinte Andrea tröstend.

Ymme nickte vage. Schließlich konnten sie genausogut Friedrichs Männern in die Hände fallen. Sie hatte sich noch nicht entschlossen, wem sie den Vorzug geben sollte. Die Gefangenschaft unter freiem Himmel bei bester Verköstigung war angenehmer gewesen als das Verlies im Palast, umgeben von unbekannten Meuchelmördern. Aber der Verlust von Fingern …? Ganz zu schweigen von anderem. Glücklicherweise war Cornelius ahnungslos, daß sie ihn bereits verstümmelt vor sich sah.

Anscheinend rüstete man sich auch hier für kommende Kämpfe, jedenfalls wurde fieberhaft an den Mauern gebaut. Aber niemand hinderte sie daran, die Stadt durch ein düsteres, schmales Tor zu betreten, nicht weit vom Meer, das an dieser Stelle eine sichelförmige Bucht bildete.

Ihnen schlug eine Wolke von fauligem Gestank entgegen, der vom Fisch- und Fleischmarkt kam. Andrea richtete sich nach dem Sonnenstand und führte sie fort vom Gestank auf die andere Seite der Halbinsel.

Trápani war unübersichtlich wie ein Spinnennetz für eine Fliege, fand Ymme. Ein buntes Gemisch von Menschen bevölkerte die Straßen, in dem nicht einmal sie zwischen Sarazenen, Berbern und Juden in traditionellen Kleidern auffallen würden.

Am Hafen erkundigte sich Andrea bei einem umherwandernden Wasserverkäufer nach dem Kaufmann und Salzhändler Ibn Gubayr. Ohne im Einschenken der Becher, die in seinem Gürtel steckten, innezuhalten, rief der Mann einen kleinen Jungen herbei.

Dieser führte sie in wenigen Augenblicken zum Pförtner eines Anwesens, das aus verschachtelten Häusern rings um einen schattigen Innenhof bestand. Während die Männer in den Besucherraum zum Hausherrn gebracht wurden, sank Ymme müde neben ein muschelförmiges Wasserbekken und ließ ihre Finger von einem Rinnsal benetzen, das in eine steinerne Rinne rieselte und den mit runden Steinen gepflasterten Hof angenehm kühlte.

Nach einer Weile holte eine Dienerin Ymme ab und brachte sie in ein Haus im hinteren Teil des Anwesens. Dort blieb sie sich, auf bunten Kissen, selbst überlassen.

Sie hatte viel Zeit, den Stimmen der Kinder zu lauschen, die im Nachbarraum unterrichtet wurden. Eine strenge Stimme sprach in arabischer Sprache vor, die Kinder wiederholten alles und übersetzten es danach ins Lateinische.

Endlich kam die Dienerin zurück und führte Ymme zu den Männern, was sich, ihrem Gesichtsausdruck nach zu urteilen, in diesem Hause offensichtlich für Frauen nicht gehörte. Ymme bekam Tee in einer winzigen Tasse; während sie ihn in kleinen Schlucken genoß, wurde sie von dem arabischen Hausherrn verstohlen gemustert.

In seinem Schoß lag der Brief seines Neffen aus Lato. »Ihr benötigt ein Schiff, um nach Afrika oder al-Andalus weiterzureisen, sagt der Cavaliere.« Er sprach ein gut verständliches Volgare.

Da er Ymme immer noch ansah, nickte sie.

»Ich habe ihm schon erklärt, daß es in diesen Zeiten, in denen der Imberadour den Druck auf die Muslime verstärkt, immer schwieriger wird, Verräter und verlässliche Menschen auseinanderzuhalten.«

»Wir sind keine Verräter«, entgegnete Ymme hitzig, »wir wurden für bestimmte Zeit an den Hof des Königs von Sizilien verpflichtet und sind jetzt dankbar, sein Gebiet so schnell wie möglich verlassen zu können.«

»Ich verstehe das. Es geht vielen Sarazenen ebenso. Ich meinte nicht euch, sondern die Fischer und Kapitäne der kleinen Tartanen, der Küstenboote. Sie arbeiten für den, der am meisten bezahlt …«

»Du meinst also, ehrenwerter Ibn Gubayr, daß wir überhaupt kein Schiff finden werden, das uns zuverlässig von hier fortbringt?« erkundigte sich Cornelius bestürzt.

»Das meinte ich nicht.« Der Araber trank mit kleinen Schlucken seinen Pfefferminztee aus, in sich gekehrt und nachdenklich. »Nein, ich schlage vor, daß ihr wartet, bis die Feluke angekommen ist, für deren Rais ich meine Hand ins Feuer legen würde. Er befördert meine Waren schon viele Jahre lang. Oran, Cartagena, Trápani, Alexandria – das ist seine Route. Ich erwarte ihn mit jedem Tag, dieses Mal besonders ungeduldig. Er wird euch gerne als Passagiere aufnehmen. Seine Fracht ist im übrigen nicht besonders attraktiv, er fährt mit kastilischen Kupfergefäßen, die in Indien repariert wurden, zurück nach al-Andalus.«

Cornelius runzelte die Augenbrauen. »Ich weiß, es geht mich nichts an. Aber die Reparatur von Kupfergefäßen erscheint mir nicht gewinnbringend genug, um die weite Fahrt zu rechtfertigen.«

Der Sarazene lächelte plötzlich. »Du hast recht, Cavaliere. Dein Einwand spricht sowohl für dein gutes Urteilsvermögen wie für deine eklatante Unvernunft gegenüber einem Mann, den du nicht kennst. Du bist offen wie ein Normanne, was häufig unklug ist. Aber auch ich will offen sein. Der Gewinn liegt ausnahmsweise nicht bei der Ware, sondern in der Geschwindigkeit, mit der ich ein Heilmittel weit aus dem Osten erhalten werde, das ich dringend benötige. Das Kupfer ist nur Ballast; mein Rais wäre auch leer gefahren.«

Ymme rührte sich, um die Aufmerksamkeit des Hausherrn auf sich zu lenken.

»Als Hakima interessierst du dich vermutlich dafür«, sagte er bereitwillig. »Es handelt sich um ein Mittel gegen Pocken. Vielmehr um ein Mittel, durch das die Pocken ferngehalten werden. Es ist unfehlbar. Ich brauche es für meine unmündigen Kinder. Sie sind so vielversprechend … Und jedes Kind ist anders, ich wäre todunglücklich, wenn ich eines verlöre.«

Über Ymmes Gesicht flog ein Lächeln. »Sie hatten gerade Unterricht. In lateinischer Sprache …«

Der Hausherr lächelte stolz zurück. »Ich plane, meinem Sohn eine Stellung am Hof des Imberadour zu verschaffen. Federico ist der einzige Herrscher der westlichen Welt, an dessen Hof die Männer nach ihren Fähigkeiten aufsteigen können, er ist wie ein guter Sultan.«

»Hattest du gerade gesagt, daß die Pocken ferngehalten werden?« fragte Ymme unvermittelt. »Ar-Razi kennt kein solches Mittel!«

»Ich merke, daß es stimmt, was mein Neffe im Überschwang schrieb«, lobte der Hausherr höflich. »Ar-Razi weilt schon eine Weile im Paradies, Allah sei Lob und Preis.«

»Der Gesandte spricht: *Erwirb Wissen; denn es um Gottes willen zu erwerben, ist eine gute Tat, es zu erlernen, eine Lobpreisung Gottes, es zu suchen, heiliger Krieg …*« Ymme ließ das Zitat aus dem Koran unvollendet, dessen kastilische Übertragung von Don Zag in

Toledo sie jetzt aus dem Stegreif in Volgare übersetzen mußte. Oh, warum hatte sie nur schon soviel vergessen! Oder war es die Aufregung?

Der Salzhändler lauschte gebannt, eine Wange in die Hand gestützt. Als Ymme abbrach, schlug er die Augen wieder auf. »Die Worte des Gesandten sind in jeder Sprache gut und richtig, obwohl es sie außer in Arabisch eigentlich nicht geben dürfte. Ich höre heraus, daß du gerne die Anwendung des fremden Mittels sehen würdest ...«

Ymme nickte.

»Die Gefahr vergrößert sich mit jedem Tag, den ihr hier verweilt. Für euch und für mich. Auch hier spinnen die Spione des Imberadour ihre Fäden.«

Ymme sank enttäuscht in die Kissen zurück. Wenn es stimmte: Wieviel Gutes könnte ein solches Mittel in der Welt bewirken!

»Aber was bedeutet schon ein Tag Gefahr, verglichen mit einem gesunden Erben, zu dem du dem Sohn meines Bruders verholfen hast! Du wirst dabei sein.« Der Hausherr klatschte nach seiner Entscheidung in die Hände, die Besprechung war zu Ende.

Zwei junge Mädchen brachten große kupferne Tabletts herein, auf denen verschiedene Speisen in Schüsseln angeordnet waren. Daß in dieser Runde auch Ymme eingeladen war, zeigte ihr endgültig, daß ihr Gastgeber kein gewöhnlicher Mann sein konnte.

Andrea formte den Getreidebrei mit den Fingern so geübt zu kleinen Bällchen, daß Ymme heimlich bei ihm abguckte. Wieder einmal fragte sie sich, wer er eigentlich war. Vielleicht würde er das Geheimnis jetzt lüften, wo sie ihr Ziel endlich erreicht hatten. Die Bällchen aus Couscous wurden in eine scharfe schwarze Sauce getunkt, und dazu gab es einen Fisch, der Ymme unbekannt war. Es schmeckte hervorragend, und sie gab sich dem Genuß erstmals seit Wochen ganz und gar sorglos hin.

Schon am nächsten Tag wagten sie sich in die Stadt hinein. Nicht, daß der geliehene Schleier Ymmes blaue Augen hätte verbergen können, aber sie fühlte sich mit ihm sicherer. Tatendurstig schritt sie hinter Cornelius her, der mit der Tunika eines Dieners ausreichend unkenntlich gemacht worden war, um nicht sofort einem Spion des Kaisers aufzufallen.

Sie hatten beide keine Lust, im Anwesen des Kaufmanns auf sein Schiff zu warten, dazu waren sie viel zu neugierig, und außerdem fühlten sie sich gegenwärtig sicher. Andrea hatte Ibn Gubayr bestätigt, daß sie sich in fremder Umgebung zu benehmen wüßten.

Der Hafen brodelte von Geschäftigkeit. Am langgestreckten Kai lagen unzählige kleinere Küstenschiffe und Fischerboote. Gemächlich ließen sie sich mit der Menge treiben, sahen im Schatten der Palmen zu, wie Kürbiskerne auf dem Boden zum Trocknen ausgebreitet und gewendet wurden, und beobachteten später unter der schattenlosen Sonne das Entladen von Korallen und großen Thunfischen.

Schließlich hatten sie Durst und Hunger und steuerten auf einen fliegenden Händler zu. Der abgeschnittene Kopf eines Schwertfisches, dessen armlange Säge in die Höhe ragte, versprach schon von weitem Fischgerichte.

Während Ymme zwei umgedrehte Körbe zum Sitzen in Beschlag nahm, ließ Cornelius sich am Stand des Fischbräters ein paar Seeigel aufschlagen, deutete auf etwas, das für sie nicht erkennbar war, ließ sich anderes nur erklären und trug schließlich vorsichtig zwei handtellergroße Muschelschalen zu ihr herüber, in denen die Speisen appetitlich angerichtet waren.

»Das sind gefüllte Tintenfische«, erklärte Cornelius, »und diese rötlichen Gebilde das einzige, was man von Seeigeln essen kann. Das andere werfen sie fort, weil es bitter schmeckt.«

Ymme probierte. »Ungewohnt. Ungewohnt gut. Die Tintenfische scheinen sich mit Kräutern zu mästen.«

»Du kannst ihn ja selbst fragen. Er ist sehr stolz auf seine Gerichte und erklärt sie gerne, glaube ich.«

»Und die Seeigel, werden die immer roh verzehrt?«

»Senk deinen Kopf«, raunte Cornelius. »Ich dachte immer, Franziskaner ernährten sich ausschließlich von Almosen. Aber anscheinend nehmen sie sogar Speisen zu sich.«

Verstohlen beobachtete Ymme die beiden Mönche, die aus dem Schatten der Palmen heranschlurften, die hungrigen Blicke unverwandt auf den Röster gerichtet. Glücklicherweise war Jacopo nicht dabei.

»Zwei Scheiben Thunfisch, im Namen des Herrn«, verlangte der eine. »Aber frisch! Ist er frisch?«

Die Mönche standen jetzt mit dem Rücken zu Ymme. Gespannt beobachtete sie die Szene. Offensichtlich fühlte der Fischverkäufer sich beleidigt, wollte es sich aber mit seiner Kundschaft nicht verderben. Er preßte die Lippen zusammen und warf die fingerdicken roten Scheiben auf den Rost.

»He, du Götzenanbeter! Ob der Fisch frisch ist, will ich wissen!«

Der Fischhändler war offenbar entschlossen, über die Ware hinaus weder Freundlichkeit noch Auskunft zu liefern. Er hatte ja so recht. Ymme wechselte einen belustigten Blick mit Cornelius.

Bis der zweite Mönch um den fahrbaren Grill herumging und den Röster am Ärmel packte. »Hast du keine Manieren, Kerl?« zischte er.

»Er will ihn offenbar provozieren«, flüsterte Cornelius.

Ymme nickte erschrocken. »Hoffentlich kommt es nicht zu einer Schlägerei.«

»Die Mönche verlassen sich darauf, daß normalerweise niemand sie anzurühren wagt«, sagte Cornelius mit wachsender Sorge.

Normalerweise. Aber hier waren die Fischer und Hafenarbeiter in der Überzahl und hatten keinen besonderen Grund, Ehrfurcht vor Mönchskutten zu zeigen. Die Mönche hatten eine Abreibung durchaus verdient, fand Ymme, während ein Duft nach Holzkohle und Meer an ihr vorüberzog und der Franziskaner angeekelt die Nase rümpfte und sich demonstrativ abwandte.

Der Araber schob mit stoischer Miene die fremde Hand von seinem Ärmel und wendete in aller Ruhe die Thunfischscheiben.

Der Mönch lächelte in sich hinein und kehrte zu seinem Mitbruder zurück, während der Röster die Fische vom Rost löste, sie auf eine Unterlage aus frischen grünen Blättern bettete und den Mönchen hinschob. »Ein Viertel Dirham für beide«, verlangte er.

»Habt ihr euch immer noch nicht an die Münzen eurer neuen Herren gewöhnt? Euer letzter Sultan – er schmore in der Hölle – muß doch schon ein paar Jahrhunderte tot sein.«

Sein Bruder im Herrn grinste beifällig und biß in das Fischfleisch. »Egal, wir bezahlen sowieso nichts«, bemerkte er mit vollem Mund.

»Was?« stieß der Röster gepreßt hervor, die zusammengekniffenen Augen starr auf den frechen Mann gerichtet. Mit seiner hölzernen Zange zerquetschte er eine gebräunte Thunfischscheibe, ohne es zu bemerken.

»Es ist so«, bestätigte der Mönch. »Kaiser Friedrich hat verfügt, daß christliche Mönche im ganzen Römischen Reich Deutscher Nation und in beiden Sizilien um Christi willen verpflegt werden sollen. Das gilt auch für euch Brüder des Satans.«

»Komm jetzt, Frater Christophorus«, mahnte der andere und schleckte sich zum Abschluß der Mahlzeit die Finger. »Schließlich haben wir unsere Aufgaben im Herrn zu erledigen.«

Verfolgt von den haßerfüllten Blicken des Sarazenen, schlenderten die Mönche davon. Als sie vom Staub und Lärm eines Stadttores, an dem gebaut wurde, verschluckt worden waren, packte der Araber seinen Stand zusammen.

»Das glaube ich nicht«, meinte Ymme empört. »Der Kaiser wird doch nicht seine geliebten Sizilianer auf diese Weise gegen sich aufbringen! Hungrige Mönche würden die Insel ja wie die Heuschrecken kahl fressen! Vor allem die Franziskaner.«

»Sie hetzen. So wie du dich über die Mönche geärgert hast, soll sich der brave Röster über den Kaiser ärgern. Die Bewohner sind geduldig, aber eine Verärgerung kommt zur anderen.«

Als sie ihrem Gastgeber bei der Abendmahlzeit von dem Vorfall berichteten, nickte dieser ernst. »Ich weiß. Die Geschichte hat sich in der muslimischen Gemeinde in Windeseile herumgesprochen. Aus Protest gegen die Verfügung des Imberadour bleibt morgen der Basar geschlossen.«

Die Kugel aus Couscous zerfiel zwischen Cornelius' unruhigen Fingern. »Verehrter Ibn Gubayr!« beschwor er ihn eindringlich. »Es kann nicht stimmen! Der Imberadour liebt den römischen Imam nicht und nichts, was aus Rom kommt. Die Mönche lügen, um euch Muslime gegen den König von Sizilien aufzuhetzen. Jetzt erst wird mir klar, welch schlauer Handstreich das war. Mit zwei Scheiben Thunfisch zetteln sie beinahe einen Aufstand an.«

Der Kaufmann schüttelte ergeben den Kopf. »Einen Aufstand wird es nicht geben. Wir hier in der Stadt sind friedliche Leute. Wir zeigen unseren Unwillen nur durch Gesten. Aber aufhalten läßt sich der Protest meiner Glaubensbrüder nun nicht mehr. Und kannst du deinen Verdacht beweisen?«

»Nein, das kann ich natürlich nicht«, gab Cornelius zu. »Ich kann nur voraussagen, was geschehen wird. Die Spione werden dem Imberadour melden, daß sich jetzt auch die Muslime von Trápani geschlossen gegen ihn wenden. Sie werden ihren Bericht aufbauschen, um sich wichtig zu machen. Das weiß Federico wahrscheinlich auch, weil er schließlich seinen Orden der Gerechtigkeit kennt, aber trotzdem wird er nicht umhinkönnen, euch zu bestrafen.«

Ibn Gubayr nickte schwermütig. »Man wird einige Männer zu Rädelsführern erklären, sie aufhängen und ihre Familien nach Lucera deportieren. Womöglich werden sich die Dinge so schlimm für uns Muslime entwickeln wie unter den beiden Normannen namens Wilhelm, die die christlichen Sizilianer ohne nennenswerten Grund in den Bösen und den Guten unterscheiden. Beide Könige regierten auf gute muselmanische Art, und sie waren nicht schlechter und nicht besser als die meisten Sultane. Die Massaker an uns haben ihre normannischen und sizilianischen Seigneurs, aufgestachelt von den römischen Priestern, begangen. Darauf müssen wir uns jetzt wieder gefaßt machen.«

Ymme senkte den Blick. Ohne zu wissen, warum, fühlte sie sich schuldig.

»Haben deine Glaubensbrüder den gleichen Weitblick wie du, Ibn Gubayr?« fragte Cornelius.

»Ohne Einzelheiten zu kennen, empfinden sie das Gleiche wie ich. Der Dichter spricht«, ergänzte der Kaufmann und schloß die Augen:

»Ich denke an Sizilien, und der Schmerz darüber weckt
in der Seele die Erinnerung.
Ein Ort jugendlichen Übermuts, jetzt verlassen, einst
aber belebt von der Blüte edler Geister.«

Ymme fühlte sich unversehens in den Palast von Palermo zurückversetzt, während Cornelius ein Gesicht machte, als hätte er in eine äußerst saure Zitrone gebissen.

Ibn Gubayr lächelte milde. »Wie ich sehe, rufen die Zeilen die unterschiedlichsten Gefühle bei euch hervor. Es ehrt mich, daß ihr arabische Lyrik kennt, aber ich werde euch künftig nicht mehr damit in Konflikte stürzen.« Er machte eine kleine Pause. »Ich wollte mit den Zeilen des Dichters auch nur sagen, daß der beste Garkoch von Trápani, dessen Speisen kennenzulernen ihr heute das Glück hattet, in dieser Nacht mit seiner ganzen Familie die Stadt verlassen wird. Er kehrt Sizilien für immer den Rücken.«

Ymme wurde immer beklommener zumute. »So schlimm ist Federico?« murmelte sie.

»Nein, nicht Federico«, widersprach Ibn Gubayr warmherzig. »Das müßt ihr nicht glauben. Federico hat Gutes für uns Muslime bewirkt, indem er uns aus der finanziellen Hörigkeit der Kirche von Rom befreit hat; unter seinem Kronrecht geht es gerechter zu. Auch die Juden sind mit ihm ganz zufrieden: Federico vergibt das Judenregal nicht mehr, jedenfalls nicht an die römische Kirche.«

»Ich hörte einmal Andeutungen darüber«, warf Cornelius ein. »Der Erzbischof von Palermo erwähnte, daß der neue Papst gerade darüber sehr erzürnt ist, weil er jeden Dinar für seinen luxuriösen Haushalt benötigt. Mit Federicos Verfügung verlor er Kopfzins, Geburtssteuer und Hochzeitssteuer.«

»Die Federico aus verständlichen Gründen gerne selbst einzieht«, ergänzte der Kaufmann. »Um auf die christlichen Herrscher von Sizilien zurückzukommen: Jeder Einzelne, der hier geboren wurde oder längere Zeit gelebt hat, wußte die Annehmlichkeiten des muselmanischen Lebens zu schätzen, auch Federico. Nein, es sind die Umstände, die sich wandeln. Deswegen betrachten wir Muslime die Veränderung als schlecht. Und haben wir nicht recht?«

»Nein, das glaube ich nicht! Die Umstände wandeln sich nicht von allein, Ibn Gubayr! Der Wandel hat Namen. Er heißt: Hugo von Ostia, der als Gregor IX. das Sultanat Rom über die ganze Welt ausdehnen möchte; Jean de Brienne, sein Kriegsminister; der Orden der Templer, Gregors Leibwache; Franziskaner und Dominikaner, die in viele Ohren flüstern und Stimmungen schüren; und viele andere, deren Namen dir wahrscheinlich nichts sagen ...«

»Aber wenn ich dich richtig verstehe, sind diese Männer und Orden nicht nur unsere, sondern auch deine Feinde, Cavaliere?«

»Das ist so«, bestätigte Cornelius mit einem Seufzer. »Und vor allem die des Imberadour.«

»Nach dem Koran ist es unsere Pflicht, unserem rechtmäßigen Herrscher treu zur Seite zu stehen«, sagte Ibn Gubayr. »Wir befinden uns in einem großen Zwiespalt.«

»Eben. Und daran ist nur Rom schuld. Deswegen sorgt der Papst dafür, daß ihr euch mit eurem Herrscher entzweit.«

»Ich glaube dir, ich glaube dir«, murmelte der Kaufmann. »Ich bitte euch, mich jetzt zu verlassen. Ich muß nachdenken.«

Selbst die Garköche waren am nächsten Tag nicht auf den Straßen. Überhaupt herrschte eine gespannte Ruhe, die auch Ymme und Cornelius spürten, als sie sich zum Hafen begaben, um das von einer Brieftaube angekündigte Handelsschiff ihres Gastgebers einlaufen zu sehen. Andrea begleitete sie, ein letztes Mal, wie er sagte. Damit endete die Verpflichtung, die er sich selbst auferlegt hatte, und er würde seiner Wege gehen.

Und immer noch hatte er nicht gesagt, warum er ganz freiwillig die Gefahren mit ihnen geteilt hatte. Aber Ymme brachte die Frage nicht über die Lippen.

Andrea beobachtete zufrieden, wie die Feluke sich leicht und lautlos in den knapp bemessenen Platz an den Kai schmiegte. Er, der Hirte, war einige Jahre auch zur See gefahren, er konnte besser als Cornelius beurteilen, ob der Rais sein Handwerk verstand. »Man kann ihm vertrauen«, meinte er lakonisch.

»Wir danken für deine Hilfe«, sagte Ymme. »Wärst du nicht gewesen, hätten wir Trápani wohl kaum erreicht …«

»Ich verabschiede mich jetzt von euch«, erwiderte Andrea, ohne darauf einzugehen.

»Du bist nicht der Mann, der du zu sein vorgibst, Andrea.« Ymme blieb hartnäckig. »Hinter der Geschichte, die du erzählt hast, steckt noch eine, die du nicht erzählt hast …«

»Sie ist unwichtig. In diesem Leben werden wir uns nicht mehr wiedersehen.«

»Und wo im Jenseits?« forschte Ymme. »Vielleicht bist du ja im Paradies mit einer Huri …«

»Wenn Allah will …«, antwortete Andrea lächelnd, bahnte sich seinen Weg durch die eintreffenden Lastenträger und tauchte in einem Stadttor unter.

»Es tut mir leid, ihn zu verlieren«, sagte Ymme betrübt. »Erst Constanza, dann er …«

»Jetzt aber, Hakima Iume«, verkündete Cornelius feierlich, »fängt ein neuer Abschnitt deines Lebens an. Sieh nach vorn.«

»Dort sehe ich so etwas wie einen Seeräuber«, stellte Ymme verblüfft fest. »Kann er der Rais sein, auf den der Kaufmann so große Stücke hält?«

»Warum nicht? Nicht die Kleidung macht den Mann. Man braucht nur einmal an gewisse Kardinäle zu denken, die den Prunk besonders lieben und besonders große Schurken sind.«

Der Mann, den sie für den Kapitän hielten, trug eine ausgebleichte weite Hose, ein gestreiftes Leinenhemd und eine helle runde Mütze. Hinter ihm trippelte mit kurzen Schritten eine seltsame Gestalt her, mit einem Strohhut groß wie ein Wagenrad. Sie hielt in den Armen einen schwarzen Kasten, der eine Kostbarkeit zu beinhalten schien.

Die beiden schlugen den Weg zum Haus des Kaufmanns ein. Ymme hatte keinen Zweifel, daß sich in dem Kasten das erwartete Heilmittel befand.

Der Überbringer des Heilmittels hatte eine so gelbe Haut, wie es nicht einmal bei Gelbsucht vorkam. Ymme starrte ihn während der gegenseitigen Vorstellung fasziniert an. Er sprach so viel Arabisch, daß er sich mit Ibn Gubayr verständigen konnte und auch Cornelius einiges verstand. Und er war keineswegs ein einfacher Bote, er war Arzt.

»Sie nennen die Pocken Himmelsblüten«, übersetzte Cornelius leise für Ymme, während der Mann aus dem Land des Sonnenaufgangs mit feierlicher Miene ein eindrucksvolles Siegel erbrach, das einen Silberdraht verschloss, mit dem der glänzend schwarze Kasten verschnürt war.

Ibn Gubayr prüfte es genau, legte es fort und warf als Erster einen Blick in den Kasten, der in vier Abteilungen geteilt und mit Seide ausgeschlagen war.

Ymme sah ein Röhrchen aus Metall, ein skalpellartiges Messer und gebleichte Baumwoll-Läppchen, auf die sie sich überhaupt keinen Reim machen konnte. Der vierten Abteilung entnahm der Arzt endlich behutsam ein daumendickes Bambusrohr, das mit einem Korken verstöpselt war.

»Das Medikament«, erklärte er feierlich.

Selbst Ibn Gubayr nickte ein wenig ungeduldig.

»Es sind deine Kinder. Es ist dein Vorrecht, die Methode zu wählen«, sagte der Arzt. »Die Methode des Stopfens, die des Einblasens, die des Ritzens.« Seine Worte wurden von anschaulichen Gesten begleitet.

Der Kaufmann sah Ymme ratlos an.

»Er soll uns die Unterschiede erklären«, bat Ymme.

Der gelbhäutige Gast lauschte der Bitte mit Verwunderung, offenbar vor allem, weil sie von Ymme ausging. Aber er war ein geduldiger, höflicher Mann. »Dieses«, sagte er und zeigte auf das Bambusgefäß, »enthält das Pulver von Himmelsblüten. Ich kann es nach der traditionellen Methode der Ärzte aus der Shang-Dynastie auf ein Baumwoll-Läppchen geben und einen halben Tag in ein Nasenloch deines Sohnes einlegen. Oder ich blase das Pulver mit Hilfe des Rohrs in die Nase ein.«

»Und dann?« fragte Ymme atemlos vor Spannung. »Was passiert dann?«

Der Arzt verbeugte sich in ihre Richtung, bevor er antwortete. »Der Sohn wird sich einige Tage nicht sehr wohl fühlen. Man soll ihn im abgedunkelten Zimmer schlafen lassen und nicht zum Unterricht zwingen.«

»Und dann?«

Der Arzt verbeugte sich wieder. »Dann darf er seine Übungen wieder aufnehmen.«

»Und Pocken bekommt er nicht?« Ymme hatte erhebliche Zweifel, ob der Mann überhaupt glaubwürdig war.

»In der Regel nicht. Es kann sein, daß er ein oder zwei Pusteln entwickelt, die schnell abheilen. Die Ärzte der erhabenen Kaiser unseres Reiches haben von alters her ihre Töchter mit dieser Methode behandeln lassen, damit sie ohne Narben im Gesicht verheiratet werden konnten.«

»Das ist ja unglaublich!« stammelte Ymme.

»Ich mache keine so weiten Wege, um eine törichte Behandlung durchzuführen«, versetzte der Arzt ernst.

»Nein, gewiß nicht«, beeilte sich Ymme verlegen zu versichern. »Ich meinte es nicht so. Ich ... Wir wissen hier nichts von dieser Methode.«

»Natürlich nicht. Wie könntet ihr auch? Aber das alte Volk der Chinesen besitzt Weisheiten, von denen ihr nicht einmal träumt.«

»Ar-Razi ...«, hob Ymme an, weil sie auf ihn nichts kommen ließ.

Aber der Arzt schnitt ihr mit einer Handbewegung das Wort ab. »Die Kameltreiber sind kein altes Volk! Und wir sind nur bereit, unsere Weisheiten mit ihnen zu teilen, weil wir wissen, daß die Himmelsblüten uns über die Handelsstraßen immer wieder erreichen. Uns wäre es sehr recht, wenn die Menschen in den uns umgebenden Ländern endlich anfangen würden, sie zu bekämpfen! Jedoch sind dort die Sitten in unseren Augen sehr seltsam, um nicht zu sagen, verantwortungslos: Himmelsblüten, die Menschen töten, dulden sie, und Ratten, die Menschen ernähren könnten, erschlagen sie und werfen sie in die Abfallgrube.«

Ymme war stumm vor Staunen über diese nüchterne Beurteilung. In die gleiche Richtung waren ihre eigenen Gedanken zuweilen gewandert, ohne daß sie jemals gewagt hatte, sie zu Ende zu denken.

»Allah vergebe mir meinen Unglauben«, rief der Kaufmann verzweifelt aus. »Ich möchte es trotzdem versuchen!«

Ymme atmete tief durch und sah ihn forschend an. Es hatte etwas mit dem Glauben zu tun, daß Christen und Muslime die Pocken hinnahmen, das erkannte sie jetzt. Aber es gab Völker, die eine andere Religion hatten, und dort war es selbstverständlich, die Krankheit abzuwehren, statt über sie zu klagen und halbherzige Versuche zu machen, die Folgen zu mildern. Das wirklich Merkwürdige war, daß sie anscheinend damit Erfolg hatten.

»Wann wirst du anfangen?« fragte Ibn Gubayr.

»Halt!« rief Ymme. »Die dritte Methode! Er hat sie nicht erklärt.«

Der Arzt, der erstaunlich jung war, wenn man bedachte, welch altehrwürdige Behandlung er durchführte, verlor ein wenig seine Selbstsicherheit, als der Kaufmann die Frage übersetzt hatte. »Es handelt sich um eine sehr junge Variante«, sagte er verlegen. »Diejenigen, die sie anwenden, ritzen die Haut am Oberarm oder am Oberschenkel ein, bis einige Blutstropfen austreten, dann reiben sie den Staub der Blattern hinein.«

»Und der Erfolg ist derselbe, nehme ich an. Aber du liebst die Methode des Ritzens nicht. Warum nicht?«

»Ich könnte dir viele Ärzte aus vergangenen Zeiten nennen«, antwortete der Mann ruhig, »die die zwei ersten Methoden mit gutem Erfolg angewandt haben, aber nur wenige, die über das Ritzen berichten. Diese stammen allesamt aus jüngeren Dynastien. Allerdings beteuern auch diese Ärzte, daß die von ihnen Behandelten ihr ganzes Leben gegen Himmelsblüten gefeit waren.«

Ibn Gubayr wählte mit Bedacht für beide Kinder die Methode des Einblasens, weil, wie er sagte, die Belästigung hierbei am kürzesten währte.

Zum ersten Mal sah Ymme das bräunliche, etwas körnige Pulver, als der Arzt es in eine polierte Kokosnußschale schüttete. Für beide Kinder teilte er die gleiche Menge ab, obwohl der Sohn sechs und die Tochter vier Jahre zählten; die größte Menge blieb im Bambusgefäß.

»Gibst du allen, die du behandelst, die gleiche Menge Pulver?« erkundigte sich Ymme wißbegierig.

»Nein«, antwortete der Arzt bereitwillig. »Aber Mädchen haben weniger Verstand. Sie wird es hinausniesen, deshalb messe ich von vornherein so viel ab, daß das, was übrigbleibt, ausreicht.«

Die Behandlung war erstaunlich einfach. Entgegen der Erwartung des Arztes nieste der Junge das Pulver wieder hinaus, und es mußte ein zweites Mal verabreicht werden. Das Mädchen, das nach ihm drankam und zugeschaut hatte, war schlauer; es wackelte mit dem Näschen so lange, bis der Niesreiz vorüber war.

»Das Unwohlsein wird erst morgen einsetzen. Laßt beide Kinder heute abend leicht speisen und deckt sie zum Schlafen nicht zu warm zu.«

Damit war die Sache erledigt. Der Arzt putzte das Röhrchen mit einem Tuch sauber, legte es auf die Seide und schloß das Kästchen. Zu Ymmes Verwunderung übergab er es dem Araber. »Es gehört dir, ehrenwerter Ibn Gubayr«, sagte er. »Du hast es bezahlt.«

»Deine Ehrlichkeit ehrt dich«, erwiderte Ibn Gubayr gerührt. »Allein, ich wüßte nicht, was ich damit anfangen sollte.«

Aber ich, dachte Ymme, von heftiger Begehrlichkeit ergriffen, die sie nicht zu äußern wagte. »Dürfte ich heute Nacht bei deinen Kindern wachen?« fragte sie statt dessen. »Ich würde gerne sehen, was sich entwickelt.«

Der fremde Arzt lächelte überlegen, verbeugte sich und zog sich zurück.

»Das wäre mir sehr recht«, erwiderte der Hausherr dankbar. »Wenn du etwas benötigst, wende dich an die Amme der beiden.«

Am Nachmittag des nächsten Tages bekamen beide Kinder Fieber, aber nur leicht und nicht besorgniserregend. Die Amme kam mit einem riesigen Tablett, gefüllt mit rosa und grünem Mandelkonfekt, hockte sich vor die Schlafmatte des Jungen und schob ihrem Liebling Stück für Stück in den Mund.

Die kleine Tochter verweigerte jegliches Essen, selbst so etwas Verlockendes wie Konfekt. Ymme setzte sich zu ihr, streichelte ihre Wange und sang ihr ein Schlaflied vor. Mit weit aufgerissenen Augen hörte die Kleine der ungewohnten Melodie zu, bis sie mit einem Lächeln einschlief, ihr Händchen in Ymmes geschmiegt.

Aber ihre Hände waren zu heiß und die Wangen zu rot.

Ymme bat einen der Diener, den Arzt zu holen. Sie war sich nicht sicher, ob diese Erkrankung wirklich noch im

Rahmen dessen blieb, was er als Folge der Behandlung beschrieben hatte. Besorgt kehrte sie wieder zu dem Mädchen zurück. Diese Hitze in einem Kinderkörper, in dem die Pocken wüteten, hatte sie schon einmal erlebt, und die Heftigkeit des Fiebers machte ihr angst.

»Die Tochter hat jetzt Himmelsblüten«, bemerkte die unterkühlte Stimme des Arztes, den Ymme gar nicht hatte kommen hören, hinter ihr. »Das kommt vor.«

»Und was machst du dagegen?« flüsterte Ymme aufgeregt.

Er zog die Schultern hoch und verließ den Raum.

Ymme starrte ihm ungläubig hinterher. Nichts, hatte seine Geste geheißen. Es kam vor, und es interessierte ihn nicht. Sie war auf sich selbst gestellt.

Sie war entschlossen zu tun, was möglich war. Diese süße Kleine durfte nicht unter ihren Händen sterben! Es dauerte nicht lange, bis sie beisammenhatte, was sie benötigte. Sogar Eis ließ sich in diesem begüterten Haus besorgen. Als sie die Waden des Kindes mit einer dicken Pakkung versehen hatte, kam der Vater.

Ibn Gubayr hatte gerötete Augen. »Er hat mir berichtet, daß mein kleines Herzchen einer der seltenen Fälle ist, bei dem die Pocken ausbrechen. Sie wird sterben, sagt er ...«

Ymme sah ihn erbittert an. »Ich glaube, seine Erklärung ist falsch. Er hat ihr zuviel Pulver gegeben, weil er erwartete, daß sie niesen würde. Das hat sie aber nicht.«

Der Kaufmann schnäuzte sich die Nase. »Ich verstehe nicht, was du meinst.«

»Ich stelle es mir vor wie eine Art Gift«, sagte Ymme tastend. Noch hatte sie ihre Überlegungen der letzten Stunden nicht zum Abschluß gebracht. Aber das, was der Arzt berichtet hatte, zusammen mit Ar-Razis Beschreibung und ihren eigenen Beobachtungen in Kastilien hatten in ihr einen Sturm von Gedanken ausgelöst. »Ein Mensch, der von einer Wespe gestochen wurde, wird nicht krank, von zehn Stichen möglicherweise, wenn er schon geschwächt ist; und wenn sich ein ganzes Wespenvolk auf ihn stürzt, stirbt er gewiß.«

»Und sie hat zu viel von dem Gift bekommen?«

»Ja«, sagte Ymme fest. »Ich kann deine Tochter nur noch dabei unterstützen, stark gegen das Gift zu sein. Ein anderer Arzt, der schon lange tot ist, Soran hieß er, wird helfen ...«

Der Kaufmann schlug die Hände vor das Gesicht. »Oh, ihr, die ihr glaubt, nehmt nicht die Juden und Christen zu Freunden«, jammerte er, bevor er mit einem Schluchzen abbrach und das Zimmer verließ.

Ymme war der Koranspruch bekannt, aber sie verstand nicht, was Ibn Gubayr damit hatte sagen wollen. Der gelbe Arzt war kein Jude. Waren sie jetzt selbst in Gefahr, weil sie Christen waren? Vielleicht meinte der Kaufmann einfach, daß ein Muslim sich von Andersgläubigen nicht helfen lassen sollte. Die Lübecker Pfeffersäcke würden ihm sofort beipflichten.

Beunruhigt lauschte sie dem Lärm im Haus, der anschwoll und wieder abebbte. Als es ruhig geworden war, schlüpfte Cornelius ins Zimmer. Ymme sah ihn fragend an.

»Ibn Gubayr hat den Mann hinauswerfen lassen«, erzählte er flüsternd. »Die Gastfreundschaft ist ihm heilig, deshalb darf der Arzt sein Leben behalten. Was ist passiert?«

»Er hat dem Mädchen aus Unachtsamkeit zuviel von dem Pulver gegeben«, erklärte Ymme. Inzwischen hatte sie Klarheit gewonnen. Eigentlich war es ganz einfach. »Er hat sie nicht gefeit, sondern sie wird die Pocken bekommen. Glaubst du, daß es in diesem Haus ein Instrument gibt, auf dem du spielen könntest?«

Cornelius lachte leise. »Glaubst du wirklich, ein Kaufmann, in dessen sizilianischem Haus es Eis gibt, hätte keine Laute? Ich habe drei gesehen.«

»Dann hole eine. Du wirst singen und spielen, und ich werde das Eis wechseln, bis Ibn Gubayrs Tochter die Pokken überstanden hat.«

Als zwei Tage später die Pocken durchbrachen, verschwand das Fieber. Ibn Gubayr war außer sich vor

Glück, als Ymme es ihm mitteilte. Er bestimmte sofort, daß die Genesung seiner Tochter mit einem Festmahl gefeiert werden sollte, um so mehr, als die wenigen Pusteln auf dem Rücken sie nicht entstellen würden.

Ymme und Cornelius wanderten während der Vorbereitungen ein letztes Mal durch den Basar. Am nächsten Morgen würden sie Sizilien verlassen. »Die Mutter der Kinder ist gestorben«, wußte Cornelius zu erzählen, »und Ibn Gubayr hat nie eine andere heiraten wollen. Deshalb hängt er so sehr an seinen Kindern.«

»Hmm«, murmelte Ymme.

»Was ist?« Cornelius musterte sie besorgt. »Du bist so still. Wirst du jetzt auch krank werden? Es ist doch alles in Ordnung. Sogar die Händler haben wieder geöffnet.«

»Ja.« Ymme blieb einsilbig.

»Komm«, sagte Cornelius aufmunternd und strebte auf das schmale Torhaus des Judenviertels zu, »wir kaufen dir den schönen Seidenschal, der dir so gut gefiel.«

»Er war so schrecklich teuer.« Trotzdem war Ymme nicht bei der Sache.

»Aber auch etwas Besonderes. Der Seidenweber ist in Trápani anscheinend der letzte seiner Zunft ... Alle anderen sind schon dem Ruf des Kaisers auf das Festland gefolgt, hat er jedenfalls behauptet.«

»Cornelius«, setzte Ymme an und hielt ihn am Ärmel fest. Der Strom der einkaufenden Menschen, arabischen Wasserverkäufer, altgläubigen Juden und beladenen Esel teilte sich und flutete an ihnen vorbei. Sie achtete nicht darauf, wem sie im Weg standen. »Hör mal zu. Man kann Feuer legen, und man kann es löschen. Nasen werden abgeschlagen, und ein guter Arzt kann sie ersetzen. Man kann Pocken verhindern, und man kann sie hervorrufen, wie wir gesehen haben. Wenn der Arzt versehentlich noch mehr Staub von Pockenpusteln verwendet hätte, wären mehr Pocken entstanden, und Ibn Gubayrs Tochter wäre gestorben wie der kleine Junge in Palermo.«

»Wie konnte er nur so unachtsam sein!«

Ymme beachtete Cornelius' Einwurf nicht. »Wenn jetzt aber einer vorhätte, einen Menschen nicht zu feien, sondern ihn an Pocken erkranken zu lassen – vielleicht weil er sein Feind ist –, könnte er doch genau so vorgehen …«

»Ymme, man merkt doch, wenn einem Staub ins Gesicht geblasen wird!«

»Nicht, wenn es nachts geschieht. Oder …«, Ymme sah Cornelius eindringlich ins Gesicht, »wenn man die Haut ritzt. Oder hineinsticht, zum Beispiel mit einem Werkzeug, das aussieht wie eine besonders scharf angespitzte Ahle.«

»Du meinst, daß Bianca …?«

»Ja.« Ymme nickte nachdrücklich. »Jetzt, da ich diese Methode des Feiens kennengelernt habe, drängt sich mir der Gedanke förmlich auf. Der Junge, der die Pocken überstand, erzählte von Stichen, die er gespürt hatte, aber sie dachten an Kaktusstacheln … Die Umstände, unter denen die Familie des Hennaverkäufers an Pocken erkrankte, waren mir schon damals sonderbar erschienen, weißt du noch?«

»Ymme, willst du allen Ernstes behaupten, daß jemand an irgendwelchen Kindern erprobt haben könnte, welche Menge an Pustelstaub er für Bianca benötigt?«

»Das weiß ich nicht. Auch der Gedanke hat etwas für sich. Auf jeden Fall aber die Methode. Vielleicht hatte der Täter sie nur beschrieben bekommen. Ein Arzt ist er auf keinen Fall.«

»Das ist eine abscheuliche Vorstellung.« Cornelius schüttelte sich.

»Und dazu paßt das Gerücht, daß der Kaiser ein Experiment mit Pocken durchgeführt hätte«, ergänzte Ymme schaudernd. »Sie könnten womöglich eine Pockenepidemie auslösen wollen und sie dem Kaiser in die Schuhe schieben. Und außerdem seine Familie auslöschen.«

»Ich glaube dir«, sagte Cornelius und nahm Ymme bei der Hand, um sie mit sich fortzuziehen, den gleichen Weg, den sie gekommen waren. »Ob der Kaiser dir glaubt, werden wir feststellen. Wir müssen zurück nach Palermo.«

Es wäre einer Beleidigung gleichgekommen, vor dem Festmahl abzureisen, aber sie entschlossen sich, Ibn Gubayr vor dem Mahl aufzusuchen.

Der Kaufmann hatte ein umfangreiches Rechengerät vor sich und addierte Zahlenkolonnen, die er den Unterlagen entnahm, als sie eintraten. »Man muß auf das Schlimmste gefaßt sein«, sagte er mit einem abgrundtiefen Seufzer, während er seinen Blick von den Papyri löste.

»Ich würde gerne den Versuch wagen, dem Imberadour zu erklären, was vorgefallen ist«, bot Cornelius an.

»Ihr wollt außer Landes. Ihr seid auf der Flucht. Allah hat euch bis hierher geholfen. Strapaziert sein Wohlwollen nicht, Cavaliere!«

Cornelius lächelte verlegen. »Meine Frau Ymme hat gerade die Entdeckung gemacht, daß Federicos Tochter Bianca auf eine ganz ungewöhnliche Weise Gefahr droht. Jemand hat versucht, ihr das anzutun, was dem fremden Arzt versehentlich beinahe mit deiner Tochter passiert wäre.«

Die Augen des Kaufmanns weiteten sich vor Staunen. »Ich erkenne die Möglichkeiten«, sagte er nachdenklich. »Aber die Gefahr für euch?«

»Ymme ist Hakima«, entgegnete Cornelius. »Damit leben wir schon viele Jahre. Es war nicht immer gefahrlos, wie du dir denken kannst. Mit ihrem Wissen befindet sie sich oft jenseits der Grenzen dessen, was unsere Landsleute verstehen können. In Lübeck ist sie, obwohl dort zu Hause und anerkannt, die Frau, die bei ungläubigen Muslimen und Juden gelernt hat, was niemand so richtig billigt ...«

»Ich war nicht undankbar gegenüber dem Chinesen«, versetzte der Kaufmann mit einem Anflug von Mürrischkeit, wegen des versteckten Vorwurfs, den er aus Cornelius' Bemerkung herausgehört hatte. »Ich habe den Mann auf ein Schiff setzen lassen, das ihn nach Alexandria bringt.«

Ymme lächelte erleichtert. Sie hatte sich schon gefragt, ob ihre Anschuldigung gegen den Arzt zu weit gegangen war. Schließlich war das Kind ja gesund geworden; möglicherweise hatte es nur heftiger reagiert als der Bruder.

»Der Kaiser ist ebenfalls nicht undankbar«, sagte Cornelius beharrlich. »Ich werde versuchen, ihm klarzumachen, daß es kein Hochverrat ist, stolz auf seine Fischrezepte zu sein. Dagegen fallen die Lügen der Mönche nach den Maßstäben des Imberadour eindeutig unter Hochverrat.«

»Versuche es«, erwiderte Ibn Gubayr, plötzlich entschlossen. »Deine Hakima setzt ihren Kopf durch, wie ich festgestellt habe, und da du sie liebst, bist du ihr vermutlich ähnlich. Wenn es dir gelingt, das Strafgericht von der muslimischen Gemeinde abzuwenden, wird dich unser Dank auch in Palermo erreichen.«

Cornelius schüttelte den Kopf. »Wir haben für deine Hilfe zu danken. Ich wäre ausgesprochen froh, wenn ich dir außer Worten etwas zurückgeben könnte.«

»*Wenn Allah einen Plan hat* …«

»… *dann führt er ihn auch aus*«, ergänzte Ymme. »Vielleicht hat alles so kommen sollen. Wenn wir nicht in deinem Hause zu Gast gewesen wären, hätte ich nie erfahren, woher Bianca Gefahr droht. Das Band zwischen euch und dem Imberadour ist vielleicht fester, als ihr glaubt.«

»Du weißt auch mit Worten Hoffnung zu geben, Hakima«, sagte Ibn Gubayr und erhob sich. »Für dich habe ich ein Abschiedsgeschenk.«

Spät am Abend, als das Festmahl vorüber war, betrachtete Ymme immer wieder mit leuchtenden Augen den Lackkasten mit dem kostbarsten Medikament der Welt.

20.
Kampf den Himmelsblüten!

Drei Tage später konnten sie schon im Hafen von Palermo feststellen, daß etwas Ungewöhnliches vor sich ging. Die *Halbe Welt* war im runden Teil des Hafenbeckens so nahe wie möglich an die Pier verholt worden, und ein steter Strom kleiner Boote schaffte Ausrüstungsgegenstände an Bord. Die kaiserliche Galeere lag bereit zum Auslaufen nach Brindisi, wo das Kreuzfahrerheer auf das Ausschiffen wartete, es konnte jetzt jeden Tag der Befehl ergehen. Dies alles erfuhren Cornelius und Ymme, noch bevor sie den Hafen verlassen hatten, und auch, daß der Kaiser an diesem Tag die letzte Audienz für die Bevölkerung halten würde.

Um dem dichter werdenden Verkehr durch die Porta dei Patitelli zu entgehen, wich Cornelius auf die Porta dei Trabocchetti aus. »Wir kommen vielleicht gerade noch rechtzeitig. Auf eine so günstige Gelegenheit, in den Palast zu gelangen, haben wir gar nicht hoffen dürfen«, sagte er über die Schulter gewandt.

Ymme konnte mit seinem schnellen Schritt kaum mithalten. Beklommen legte sie den Kopf in den Nacken und betrachtete das Fallgitter im Tor, das noch an alte kriegerische Zeiten erinnerte. Sie wünschte sich, daß es kein schlechtes Omen sein möge.

Inmitten von Palermern stiegen sie die breite Treppe zum Audienzsaal nach oben, an diesem außergewöhnlichen Tag kaum durch die Palastwache kontrolliert.

Ymme und Cornelius reihten sich nebeneinander in die Schlange der Bittsteller ein, rückten Schritt für Schritt vor, hörten aus der Ferne, aber dann immer näher freundliches Murmeln oder auch strenge, ermahnende Worte. Endlich waren sie an der Reihe. Cornelius warf sich zur Proskynase auf den Boden, Ymme hinter sich, die es nicht lassen konnte, wieder einmal nach oben zu schielen.

Der Kaiser hatte sie schon erkannt. Seine Augenbrauen hoben sich, und auf seinem Gesicht malte sich Verärgerung. »Ihr wagt es, zurückzukommen?«

Cornelius erhob sich und sank in ritterlicher Kniebeuge vor seinem Kaiser nieder. »Wir sind Eurer Erhabenheit zu Dank verpflichtet wegen des Lösegeldes, mit dem wir aus der Hand von Banditen befreit wurden«, erklärte er in deutscher Sprache. »Wir sahen uns genötigt, unsere Flucht abzubrechen, um Euch vor einer Gefahr zu warnen, die ihrer kleinen Erhabenheit Bianca droht.«

Der Kaiser sah ihn eine Weile stumm an.

Jetzt entscheidet sich unser Schicksal, dachte Cornelius. Als Friedrich sich zur Seite wandte, wo der Befehlshaber der Palastwache stand, schien es besiegelt. Aber dann beugte sich statt dessen Hermann von Salza zum Kaiser hinunter und antwortete mit einem Kopfschütteln auf eine Frage, die Cornelius nicht hören konnte.

»Der Hof hat kein Lösegeld für Euch bezahlt, es sind auch keine Verhandlungen bekannt«, sagte der Kaiser erzürnt, ebenfalls auf Deutsch. »Was ist das für eine Gefahr, von der Ihr sprecht, Cavaliere?«

»Wir haben bei den Sarazenen von Trápani gesehen, daß man Menschen mit Pocken absichtlich krankmachen kann. Ein solcher Anschlag wurde bereits einmal auf ihre Erhabenheit Bianca verübt. Wir erkannten damals nicht, daß es ein Versuch war, ihr die Krankheit zuzufügen!«

»Ein Anschlag«, murmelte der Kaiser erschüttert. »Warum weiß ich das nicht?«

»Wir versuchten, es Eurer Erhabenheit mitzuteilen«, antwortete Cornelius. »Es endete damit, daß wir beide der Ketzerei angeklagt wurden und hingerichtet werden sollten.«

»Wer dem Propheten ausgerechnet in Gegenwart eines Erzbischofs huldigt, muß so enden! Eure Dama war gewarnt.«

»Es war nicht außerhalb der Palastmauern!« Ymme hob den Kopf und senkte ihn rasch wieder, als Cornelius sie wütend anblitzte. Sie hatte fest versprochen, sich zurückzuhalten.

»Und jetzt seid Ihr zurückgekommen, weil Ihr einen Beweis gefunden habt«, meinte Friedrich nachdenklich, ohne Ymme Beachtung zu schenken. »Das ehrt Euch, Cavaliere, zumal Ihr weiterhin unter der Anklage der Ketzerei steht. Und mit den Sarazenen von Trápani werde ich jetzt endgültig aufräumen. Sie waren bislang friedlich, aber der geschlossene Widerstand vor wenigen Tagen war ihr erster Schritt nach Lucera.«

»Bitte, Eure Erhabenheit«, rief Ymme, die es nicht mehr aushalten konnte, »die Sarazenen von Trápani sind Eure treuesten Untertanen. Sie wurden von den Franziskanern in ganz tückischer Weise provoziert. Es ging nur um ein Thunfischgericht, das die Mönche kostenlos beanspruchten.«

»Die Muslime haben den Basar geschlossen. Das ist Auflehnung und Hochverrat.«

»Die Mönche verbreiten in ganz Sizilien die übelsten Gerüchte«, erwiderte Ymme aufgebracht, »in Trápani ging es gegen die Ehre Eurer Erhabenheit, und wenn jemand verdient, wegen Hochverrats bestraft zu werden, dann die Franziskaner!«

»Hermann von Salza?«

»Wir sind einigen Dingen nachgegangen, die die Dama vor ihrer Flucht äußerte«, antwortete der Deutschordensherr, seine Worte diplomatisch abwägend. »Es scheint, daß die Mitglieder dieses Mönchsordens dem Heiligen Vater von den Augen ablesen, was er am liebsten über Eure Erhabenheit hören möchte.«

»Also übelste Behauptungen.«

Von Salza neigte sein Haupt zustimmend.

»Wenn das so ist, bestrafen wir die aufständischen Trápaner mit der Lieferung eines großen Thunfisches an den Königshof von Palermo«, ordnete der Kaiser an.

Cornelius lächelte in sich hinein und beugte den Nakken noch tiefer.

»Cavaliere, alles übrige möchte ich nicht hier während der Audienz besprechen«, fuhr der Kaiser fort, »in Volgare kann ich Euch außerdem besser aufs Rapier spießen. Nur eines noch: Bezieht Eure alten Räume. Ich vermute, daß meine Frau guter Hoffnung ist. Die Dama soll sich um sie kümmern. Das wird ihre Strafe für die Flucht sein. Eure Strafe: Ihr werdet hier in Palermo bleiben, wenn wir uns anschicken, das Heilige Land zurückzuerobern.«

»Er hat es uns leicht gemacht«, sagte Ymme dankbar, während sie die altbekannten Gänge entlangeilten, und ein wenig freute sie sich sogar, zurück zu sein.

»Ich verstehe nicht, wer das Lösegeld bezahlt hat«, grübelte Cornelius laut.

»Andrea weiß es, da könnte ich mit dir wetten!« Und dann schloß Ymme Constanza in die Arme, die ihr mit einem Stapel frischgewaschener Wäsche entgegenkam und sie um ein Haar fallengelassen hätte. »Alles in Ordnung?« erkundigte sie sich.

»Alles, Dama! Ihr könnt gleich wieder einziehen. Hermann von Salza hat befohlen, daß Eure Räume nicht angerührt werden, ich weiß nicht, wieso. Angelina, die Schnippische, und Stella, die Stille, sind auch noch da. Der lange Ritter hat uns aus seiner Tasche bezahlt.«

»Hermann von Salza«, sagte Ymme überrascht. »Haben sie denn erwartet, uns einfangen zu können?«

»Vielleicht gehofft. Niemand wird mehr mit der Gemahlin fertig. Sie ist ein Biest. Und dann wird Euch noch etwas interessieren: Es gibt wieder Pocken.«

Ymme wechselte mit Cornelius einen hastigen Blick. »Geht es Bianca gut?« erkundigte sie sich.

»Oh ja. Sie hat jetzt ihren eigenen Eunuchen, und der tut, was sie will. Aber er verteidigt sie auch wie ein Gepard sein Junges.«

»Dann ist er ja ein echter Glücksfall, und ich kann mich den Pocken zuwenden, bevor Ihre Erhabenheit mich beansprucht«, überlegte Ymme. »Führst du uns hin, Constanza?«

Constanza nickte mit funkelnden Augen. »Alle haben Angst. Sie behaupten, daß es bei diesen Pocken nicht mit rechten Dingen zugeht.«

Sehr nachdenklich betrat Ymme ihre Wohnung. Angelina verzog bei ihrem Anblick keine Miene. Aber es dauerte nicht lange, bis ein erfrischender Salat aus roten und hellen Orangen, angereichert mit Oliven, Zwiebeln und Sardellen, auf dem Tisch stand. Constanza durfte die Reste naschen. Von der Feindseligkeit, die bislang zwischen ihr und den Dienerinnen geherrscht hatte, war nichts mehr zu spüren.

»Und warum meinen die Leute, daß es bei den Pocken nicht mit rechten Dingen zugeht?« fragte Ymme, als sie sich einige Zeit später auf den Weg in die Stadt machten.

»Weil sie immer bei den Händlern der Basare ausbrechen, und meistens am Tag nach dem christlichen Feiertag. Bisher sind alle Märkte außer dem Markt der Ölhändler an der Moschee von Ibn Siqlâb betroffen. Jedes Mal trifft es den angesehensten Händler. Alle fragen sich, warum Allah gerade sie straft und ob die Ölhändler frommer sind als andere Gläubige. Nur deshalb hat bislang niemand gewagt, seinen Laden zu schließen ...«

»Aber wenn es einen Ölhändler trifft, werden sie es tun?« erkundigte sich Ymme voller Sorge.

»Ich denke, schon«, meinte Constanza. »Was ist daran so Besonderes?«

»In dieser Situation wird seine Erhabenheit es als Auflehnung der Muslime gegen ihn erachten. Jetzt, wenige Wochen vor Beginn des Kreuzzuges, wird er kurzen Prozeß machen ...«

»Aber was haben die Muslime von Palermo mit dem Kreuzzug zu tun?« fragte Constanza trotzig. »Es ist ihr gutes Recht, den Basar zu schließen. Sie halten es seit Jahrhunderten so.«

»Natürlich ist es ihr Recht«, versuchte Ymme sie zu beruhigen. »Es ist nur fürchterlich unklug. Cornelius, wir müssen zum Markt der Ölhändler!«

»Aber da sind die Pocken doch gerade nicht!« wandte Constanza voller Unverständnis ein.

»Eben! Vielleicht lassen sie sich verhindern.«

»Ihr versündigt Euch. Wie könnte man Pocken verhindern, wenn es Allahs Wille ist, daß sie ausbrechen?« murmelte Constanza, schlug aber gehorsam den Weg zur Porta dell' Aquila direkt unterhalb des Palastes ein.

Der Markt der Ölhändler begann gleich hinter der Brücke über den Kemonia. Das Flußbett, durch das sie in die Berge geflohen waren, war so trocken wie damals. Ymme versuchte, die beklemmende Erinnerung an die Wochen in den Bergen abzuschütteln, als ihr ein Maultierkarren auffiel, der mit Kräuterbündeln behängt war. In einem ganz ähnlichen Gefährt war sie vor vielen Jahren aus Lübeck geflohen. Damit hatte ihre Lehrzeit begonnen, in deren Verlauf es sie bis nach Toledo verschlagen hatte.

Am Seitenpfosten des Karrens hing eine Mesusa. Der Mann war Jude. Kurz entschlossen drängte Ymme sich zu ihm durch. Vielleicht kannte er Mosse Haluca.

Als sie ihm ins Gesicht sah, war schlagartig alles wieder gegenwärtig, die Angst von damals, das Entsetzen, als sie ihren adeligen Verfolger vermeintlich erschlagen hatte, und die Tapferkeit des Kräuterhändlers, der ihr half, obwohl er sich möglicherweise in größerer Gefahr befand als sie. Er hatte sich kaum verändert.

»Mosse Haluca«, stammelte Ymme. »Seid Ihr es wirklich?«

»Ich bin es selbst«, erwiderte der kleine Mann und lüpfte seinen spitzen Lederhut. »Mehr als Ihr, Ymme von Lübeck, scheint mir. Gelobt sei Er.«

»Gelobt sei Er«, ergänzte Ymme, wie sie es von ihm gelernt hatte, und zog den Schleier beiseite. »Meine Reisekleidung. Wir sind gerade erst nach Palermo zurückgekehrt. In diesem Teil der Welt ist sie nur vernünftig. Geht es Euch gut?«

Der Kräuterhändler wiegte den Kopf. »Geht es gut? Geht es nicht gut? Wem geht es schon gut? Und ist es überhaupt wichtig? In Psalm 119 heißt es: *Ich habe gesehen, daß alles ein Ende hat, aber dein Gebot bleibt bestehen.*«

»Wir müssen die Brücke frei machen, ehrwürdiger Mosse Haluca«, warf Cornelius ein.

Die Augen des Mannes mit dem faltigen Greisengesicht wanderten lebhaft zwischen Cornelius und Ymme hin und her. Ersichtlich versuchte er sich ein Bild von ihrem Verhältnis zueinander zu machen.

»Frau Johanna Cornela bat den Ritter, mich auf meiner Reise nach Toledo zu beschützen. So habe ich Cornelius von Fischbach kennengelernt ...«, erklärte Ymme.

Mosse nickte verständnisvoll und lächelte traurig. »Frau Cornela war eine gute, eine gerechte Frau. Sie weilt nicht mehr unter uns. Aber Gerechtigkeit errettet vom Tode.«

Ymme sandte ihrer Lehrmeisterin in Frankfurt ein stummes Gebet nach. »Und Ihr handelt immer noch mit Kräutern, ehrwürdiger Mosse Haluca?«

»Nein, damit ist es vorbei. Ich bin auf dem Weg nach Djerba zu Verwandten, wo ich mein Leben beschließen werde. Meine Familie in Mainz gibt es nicht mehr, und das Leben in Deutschland wird für einen Juden täglich unsicherer. Die Kirchenfürsten regieren mit noch härterer Hand, seitdem Erzbischof Engelbert von Köln von seinen aufgebrachten Untertanen erschlagen wurde.«

»Ich habe gehört, daß der Kaiser ihnen in allem freie Hand gibt«, sagte Cornelius fragend.

Die Aufmerksamkeit des Juden konzentrierte sich auf ihn. »So ist es, Ritter von Fischbach. Es ist deshalb für Menschen meines Glaubens sehr viel sicherer, in Friedrichs Königreich zu leben als in seinem Kaiserreich. Lebt wohl.«

Womöglich galt das auch für Menschen, deren römischer Glaube schwer erschüttert war, dachte Ymme und sah Mosse Haluca davonziehen, noch kleiner, als sie ihn in Erinnerung hatte, aber wie früher mit einem festen Ziel vor Augen.

Am Tag nach dem Freitagsgebet ging es auf dem Ölmarkt turbulent zu, als hätte jedermann sein Öl aufgebraucht, und Ymme und Cornelius blieben in ihrer sarazenischen Reisekleidung völlig unbeachtet.

Die Sonne stieg höher, es wurde heiß, und Ymme betrachtete immer lustloser die Gefäße mit Olivenöl, Nußöl, Sonnenblumenöl, Fischöl und Rosenöl, stöpselte sie auf und zu, schnupperte, wischte Myriaden von Fliegen aus ihrem Gesicht und rümpfte die Nase zum Zeichen der Ablehnung, damit der Händler Ruhe gab.

Nie wieder Öl in diesem Leben. Was hätte sie jetzt für einen kalten Wintertag in Lübeck gegeben! Ohne Öl, aber mit Schmalzgebackenem.

Sie wußte auch nicht, auf was genau sie wartete. Aber wenn es stimmte, daß die Erkrankungen montags ausbrachen, war es gut möglich, daß die Pockenstecher am Samstag tätig wurden.

»Sie streiten, als gäbe es den Schirokko, dabei ist es die falsche Jahreszeit. In diesen Tagen sind alle gereizt!« Der Händler lauschte mit hocherhobenem Kinn dem Lärm, der aus einer Seitengasse zu kommen schien.

Ymme nutzte die Gelegenheit, während seine Aufmerksamkeit abgelenkt war, zu danken und weiterzuschlendern.

Ohne es eigentlich zu wollen, geriet sie mitten unter die Neugierigen, die sich um die Streithähne versammelten. Ein Handwerker mit einem Werkzeugkasten in der Hand stand mit vorgerecktem Hals vor einem Gewölbe, in dem der würdige Händler auf Teppichen thronte, die verschiedenartigsten Gefäße in Reichweite seiner Arme. Derzeit aber stützte er sich auf seine gekreuzten Beine; aus vollem Hals gab er die Beschimpfungen des Kunden zurück.

Der Wortwechsel der beiden Palermer verlief so schnell, daß Ymme nicht folgen konnte. »Worum geht's?« fragte sie Constanza leise ins Ohr.

»Das Olivenöl, das der Mann vor zwei Tagen gekauft hat, war ranzig. Seine Frau hat es auf die Straße geschüttet und ihm Vorwürfe gemacht. Er will jetzt Ersatz.«

Ymme lächelte. Wenn man es genau betrachtete, war ein sarazenischer Haushalt in Palermo nicht so anders als ein christlicher in Lübeck.

»Der Händler«, flüsterte Constanza weiter, »bestreitet alles. Er sagte dem Mann ins Gesicht, daß er zu geizig war, um eine bessere Qualität zu bezahlen.«

Der Streit eskalierte. Gerade, als Ymme sich mit Cornelius verständigen wollte, daß es Zeit sei zu gehen, schmetterte der Handwerker seinen Kasten zu Boden. Aus den Werkzeugen, die dabei heraussprangen, fischte er, wie es schien, willkürlich ein Gerät heraus und stach damit schnell und unvermittelt auf die Hände des Ölhändlers ein, bevor dieser überhaupt reagieren konnte.

Voll Entsetzen schrie Ymme auf und begann sich durch die Zuschauer hindurchzukämpfen. »Abwaschen!« brüllte sie dem Händler zu, der ihr verständnislos entgegenblickte.

Wahllos ergriff Ymme ein Gefäß mit Öl, goss den gelben Strom abwechselnd über die blutigen Stichstellen auf beiden Händen des Mannes und versuchte, die Spuren abzuwischen.

»Die Welt ist aus den Fugen«, klagte der im Schreck erstarrte Händler, als Ymmes Schleier zur Seite wehte und er ihr Gesicht sah. »Dschinn am hellen Tag!«

»Schluß jetzt, du bist verhaftet!« sagte eine barsche Stimme hinter Ymme.

Der Händler faßte sich. »Ja, nimm die lästige Kröte mit«, sagte er geschmeidig. »Vergessen wir den Vorfall. Sie hat keinen Schaden angerichtet.«

Hinter Ymme stand der Marktaufseher, die Hände in die Seiten gestemmt. Er legte eine seiner Pranken besitzergreifend auf ihre Schulter, rief dem Händler noch ein *Allah sei mit dir* zu und führte sie fort.

Ymme blickte sich suchend um. Cornelius und Constanza waren verschwunden. Wie übrigens auch der Urheber des Streits. »Ich habe nichts getan, ehrwürdiger Muhtasib«, beteuerte sie rasch, »ein Dschinn bin ich nicht.«

Seine Augen weiteten sich vor Überraschung. »Schon lange hat mich keiner so genannt. Du weißt, was ein Muhtasib ist?«

Und wie, dachte Ymme und nickte mit einem Kloß im Hals. Ihre Begegnung mit dem Platzmeister des Toledaner Marktes hatte in einem wahrhaft furchterregenden Gefängnis geendet.

Die Hand des Marktaufsehers, die ihren Oberarm wie ein schmiedeeiserner Ring umklammert hatte, lockerte ihren Griff. Mit einer gewissen Erleichterung bemerkte Ymme die Palastmauern. Zum städtischen Gefängnis hätte er einen anderen Weg genommen. Wohin wollte er mit ihr?

An der Brücke ließ er sie los. »Du bist die Hakima des Imberadour, richtig?« fragte er.

Ymme nickte beklommen.

»Verschwinde!« bellte er zum Vergnügen der Umstehenden, die wahrscheinlich nur eine eingeschüchterte Frau wahrnahmen, die wie eine lästige Bettlerin vom Markt gejagt wurde. »Und misch dich in Zukunft nicht in Dinge ein, die dich nichts angehen!« Er drehte sich um und tauchte mit langen Schritten im Gewühl der Käufer und Händler unter.

»Ich habe nichts ausrichten können«, sagte Cornelius bedauernd und stand am anderen Ende der Brücke plötzlich neben ihr. »Dieser Mann kennt sich im Suq besser aus als ich. Und du?«

Ymme hatte sich noch nicht ganz von ihrem Schrecke erholt. »Der Marktaufseher hat mich verhaftet, als hätte ich den Ärger gemacht«, berichtete sie zitternd, »aber dann erkannte er mich und ließ mich laufen. Aber nicht, ohne mir zu drohen …«

»Es war unvorsichtig von dir, das stimmt.«

»Aber ich habe doch den Pfriem gesehen«, versetzte Ymme ärgerlich. »Er sah aus wie der andere.«

»Vielleicht sind beide ganz gewöhnliche Pfrieme von gewöhnlichen Handwerkern. Wo ist eigentlich Constanza?«

»Ich weiß es nicht!« Ymme fand, sie hätte allen Grund, erzürnt zu sein. Aber Cornelius machte keineswegs einen reuigen Eindruck. »Ihr wart plötzlich alle beide fort. Und ich allein. Ich könnte schon im Gefängnis der Khâlisah sitzen, und du wüßtest nicht einmal, wo du mich suchen müßtest.«

»Mag sein. Aber was wolltest du mit deiner tollkühnen Aktion erreichen? Wenn der Ölhändler gesund bleibt, ist gar nichts bewiesen. Du kannst dich geirrt haben, und der Handwerker war harmlos. Oder du hattest recht und hast das Pockenpulver mit Öl unwirksam gemacht. Das Einzige, was du wirklich wissen wolltest, nämlich ob die Leute mit dem Pfriem Pocken übertragen können, wirst du jetzt nie erfahren.«

»Ich bin doch nicht der Kaiser, der Experimente mit Menschen macht, Cornelius! Ich bin seine Hakima!«

»Seine Hakima!« schnaubte Cornelius. »Ach so! Dann sollte man ihm solche Untersuchungen überlassen, Ymme. Verstehst du nicht, daß du dich in Gefahr bringst und daß ich Angst um dich habe?«

Schweigsam wanderten sie an der Palastmauer entlang, die die Tierställe von der Vorstadt trennte. Eine der Pforten, die sonst immer verschlossen waren, ließ sich öffnen. Ymme erkannte an Cornelius' hochgezogenen Augenbrauen, daß er verwundert war. Aber er sagte nichts.

Im Garten setzte sie sich auf eine Steinbank. Cornelius hielt Abstand. Ymme stieß einen unhörbaren Seufzer aus. Im Augenblick war wohl nichts geeignet, um ihn zu versöhnen.

Constanza erwartete sie im Gang vor ihrer Wohnung. »Ich bin dem braunen Mönch gefolgt«, flüsterte sie ihnen zu.

»Welcher Mönch? War da ein Franziskaner?« Ymme hatte keinen gesehen.

Cornelius schüttelte ebenfalls erstaunt den Kopf.

»Diese Kerle erkenne ich von weitem«, sagte Constanza zufrieden. »Als er sah, daß der geprellte Ölkäufer auf den Verkäufer einstach, machte er sich davon. Warum? Diese Mönche sind neugieriger als die Spitzel des Imberadour. Und trotzdem lief er wie ein Wiesel fort. Und jetzt ratet einmal, wohin.«

»Oh, Constanza, wie sollen wir das denn raten?« fragte Ymme lächelnd und legte ihre Hand auf den Nacken des jungen Mädchens.

»In die Gasse der Flötenspielerinnen«, berichtete Constanza triumphierend. »Er verschwand im Gemäuer der alten Kirche, die einmal Madonna della Ziz hieß, wie ich inzwischen erfahren habe. Mit Ziz ist die Blume Palermo gemeint.«

»Dort, wo auch Jacopo hinbestellt wurde. Aber es ist nicht der Treffpunkt der Franziskaner … Das ist ja interessant.«

»Aber sei vorsichtig«, sagte Ymme hastig, die ganz genau wußte, daß Cornelius sich so bald wie möglich auf den Weg machen würde. Ihre kleine Unstimmigkeit war vergessen. Jetzt hatte sie um ihn Angst. »Das war doch dort, wo dich der Unbekannte befreit hat. Ich möchte mitgehen.«

»Einer kann sich dort mit Glück noch verbergen, zwei auf keinen Fall. Abgesehen von meinem Unbekannten. Vielleicht ist er ja wieder dort …«

Am nächsten Morgen kam Cornelius jedoch nicht dazu, sein Vorhaben zu verwirklichen. Der Kaiser war so erzürnt über die Schließung des Basars der Ölhändler, daß er ein Ausgehverbot verhängte. Bald, nachdem sich dies im Palast herumgesprochen hatte, kam ein Bote, der Ymme zum Kaiser befahl. »Ihr dürft sie begleiten, Cavaliere«, gestattete der kleine Junge gnädig.

Auf dem großen Tisch im kaiserlichen Arbeitsraum lagen Stapel von Dokumenten. Boten kamen und gingen, während Ymme und Cornelius bescheiden warteten. Schließlich wandte der Kaiser sich ihnen mit ungnädiger Miene zu. »Wäre ich ein abergläubischer Mensch«, fuhr er sie an, »würde ich behaupten, daß Ihr mir Unglück bringt. Kaum seid Ihr hier angekommen, brechen die Pocken aus. Obendrein zwingen mich bestimmte Ereignisse in Brindisi, meine Abreise noch mehr zu beschleunigen. Meine Frau wird gleich hier sein.«

Ymme sank statt einer Antwort zu Boden. Offenbar mußten sie dankbar sein, wenn der Ausbruch der Pocken nicht ihnen angelastet wurde. Warum aber Jolanthe bei diesem Gespräch anwesend sein sollte, verstand sie schon gar nicht. Wahrscheinlich war alles der plötzlichen Eile zuzuschreiben.

Jolanthe rauschte herein, ohne Notiz von ihnen zu nehmen.

Der Kaiser sparte sich sogar die Zeit für eine förmliche Begrüßung. »Eure Hebamme ist wieder da«, sagte er. »Vertragt Euch mit ihr, sie ist die beste, die Ihr habt.«

Die Gemahlin schnaubte durch die Nase.

»Damit alles ganz klar ist«, fuhr er fort: »Während meiner Abwesenheit wünsche ich unter keinen Umständen weitere Zwischenfälle, die die Dama und den Cavaliere betreffen. Die Regelung ihres besonderen Verhältnisses zur Kirche hat bis zu meiner Rückkehr zu warten; die Angelegenheit ist mit dem Erzbischof abgesprochen.«

Jolanthe setzte eine äußerst eigensinnige Miene auf und öffnete den Mund zu einer heftigen Erwiderung.

Immer noch hatte sie nicht gelernt, sich zu beherrschen. Die Würdenträger des Reichs wirkten peinlich berührt, aber der Kaiser unterband ihren Ausbruch mit einem entschiedenen Kopfschütteln. »Die Dinge sind, wie sie sind. Wir alle müssen uns manchmal fügen, auch wenn es uns nicht gefällt. Besonders in Zeiten der Pocken. Ich nehme an, Ihr wißt, daß sie in Palermo ausgebrochen sind? Am liebsten würde ich Euch von hier fortnehmen, aber Apulien ist zu nahe an Rom, deshalb könnt Ihr dort nicht bleiben. Und Jerusalem kommt nicht in Frage ...«

Er wanderte nachdenklich zum Fenster hinüber, offenbar ohne von Jolanthe eine Antwort oder eine Meinung zu erwarten. Ymme wechselte einen verstohlenen Blick mit Cornelius.

»Was meint Ihr, Dama, ist Bianca jetzt in größerer Gefahr als vorher? Wie kann ich sie schützen? Sie Tag und Nacht von Palasteunuchen abschirmen lassen? Oder sie zusammen mit ihrer Mutter in der Zisa verstecken?«

»Nicht in der Zisa!« unterbrach Jolanthe ihn mit schriller Stimme. »Ich kann sie nicht ausstehen! Sie ist ein Hort der Ungläubigen!«

»Und warum sind die Pocken unter den Ölhändlern ausgebrochen? Die ehrenwerten Männer des Ordens der Gerechtigkeit sind zum Schluß gekommen, daß die Pokken einem beabsichtigten Aufruhr unter den Muslimen dienen.«

Ymme sah den Kaiser schreckerfüllt an.

Aber er wandte sich bereits einem neuen Problem zu. »Man müßte einen Pockenkranken in eine Zelle mit gesunden Häftlingen legen und untersuchen, was geschieht. Werden sie krank oder nicht? Man hört so oft, daß ein ganzer Stadtteil betroffen ist, wenn die Pocken erst einmal ausgebrochen sind. Genau wie bei den gefährlichen Durchfällen des Sommers. Aber ganz anders als bei der Müdigkeit des Herzens, die mit Blaulippigkeit einhergeht. Und wenn solche Gefangenen wirklich an Pocken erkranken würden, warum? Haltet Ihr es für möglich, Hakima?«

»Bestimmt!« rief Ymme, sprang auf und wischte sich kurz die Knie sauber. »Ich bin ganz sicher, sie würden erkranken!« Einen winzigen Augenblick war sie versucht, von der Feiung zu sprechen, aber sie ließ es ohne bestimmten Grund bleiben. »Deshalb glaube ich auch, daß die Pocken absichtlich unter die Ölhändler getragen wurden!«

Der Kaiser fuhr herum und musterte sie eindringlich. »Durch wen?«

Cornelius machte Ymme durch eine Bewegung darauf aufmerksam, daß sie sich auf gefährliches Gebiet begab. Aber zurück konnte sie nicht mehr. »Durch die Franziskanermönche, vermute ich«, antwortete sie standhaft.

»Ausgeschlossen, Ihr versündigt Euch, Dama!« rief Jolanthe schrill vor Erregung. »Es ist unglaublich, Federico, welche Anschuldigungen diese ketzerische Person gegen die heiligen Männer Roms ausspeit! Und ausgerechnet ihr wollt Ihr Euren ungeborenen Sohn anvertrauen? Von meiner Person will ich gar nicht reden, für mich habt Ihr ja noch nie einen Funken Interesse aufgebracht! Ihr seid abscheulich, Ihr seid wirklich der Antichrist!«

Während Jolanthe vor Wut mit dem Fuß aufstampfte, betrachtete der Kaiser sie mit einer Kälte, die offenbar nicht neu war, die zu zeigen er sich aber jetzt nicht mehr scheute. Ymmes Magen verkrampfte sich. Wäre sie doch nur nicht zum Anlaß für diesen heftigen Streit in der kaiserlichen Familie geworden!

»Woher habt Ihr das Wort, Jolanthe?«

Jolanthes Miene verriet Unbehagen. Schließlich überwand sie ihre Unsicherheit und zuckte mit den Achseln. »Man spricht so in den Straßen von Palermo.«

»Nein«, widersprach der Kaiser scharf, »das tut man nicht. Dagegen sprich man so an der Kurie von Rom, und ich vermute, daß Eure Kenntnisse direkt von dort stammen!«

»Daß eine Tochter ihrem Vater mitteilt, daß sie in Hoffnung ist, ist wohl das Mindeste, was ein Ehemann seiner Ehefrau gestatten müßte«, begehrte Jolanthe mit glühenden Wangen auf. »Und daß der Vater gratuliert und Neuigkeiten aus der heiligen Stadt übermittelt, auch.«

Anders als früher, war sie kein Kind mehr, das sich durch eine strenge Miene und Tadel einschüchtern ließ, stellte Ymme überrascht fest.

»Die Tochter müßte nur penibel darauf achten, daß sie die Grenze zur Konspiration mit den Feinden des Reiches nicht überschreitet«, erwiderte der Kaiser bedächtig. »Wenn ich das erführe ...«

»Was dann?« fiel ihm Jolanthe heftig ins Wort. »Im übrigen habt Ihr gerade zugegeben, ein Feind Roms zu sein, der Feind der Heiligen Mutter Kirche, der Feind auch unseres Herrn Jesus Christus.«

»Die Weltpolitik ist für Euch ein Buch mit sieben Siegeln, Jolanthe.« Der Kaiser schien endgültig seine Langmut verloren zu haben; sein Tonfall hatte sich geändert. »Mein Feind aus persönlichen Gründen ist der ehemalige Nutznießer meines Landes bei Ostia, der Mann, der sich heute Gregor der Neunte nennt. Mein Feind ist nicht die Heilige Römische Kirche; wie sie kämpfe ich gegen die Ungläubigen und werde aus ebendiesem Grund das Heilige Jerusalem den Händen der Ungläubigen entreißen.«

Jolanthe stieß ein gequältes Lachen aus. »Ich glaube eher, es geht Euch nur darum, eine Stadt in Besitz zu nehmen, die Ihr schon lange unbedingt haben wolltet. Leider ging Euer Plan, Jerusalem einfach durch die Heirat mit mir in die Hand zu bekommen, nicht auf. An Euren Kampf gegen die Ungläubigen glaubt im Abendland kein Mensch.«

Der Kaiser lächelte verächtlich. »Nachdem Gregor den Königen und Bischöfen seine persönliche Meinung über mich hat verkünden lassen. Die Nachwelt wird zu einem anderen Schluß kommen. Verlaßt mich jetzt bitte, damit wir unsere Vorbereitungen für den Kreuzzug abschließen können. Ihr auch, Dama, Cavaliere.«

Noch bevor sie sich rückwärts zur Tür zurückgezogen hatten, war der Kaiser bereits mit anderen Dingen beschäftigt. Ein Notar stand aufmerksam neben ihm und tauchte die Feder ein, während der Kaiser zum Diktat ansetzte. »Der Ölhändler soll unverzüglich wegen Aufruhrs gehängt werden«, verfügte er als erstes. »Die Strafe ist in allen Stadtteilen Palermos bekanntzumachen. Und wenn die Muslime wagen sollten, weitere Märkte zu schließen, sollen sämtliche Rädelsführer aufgegriffen und hingerichtet werden.«

Ymme vergaß vor Schreck zu atmen. Aber es entging ihr nicht, daß der Kaiser diese Verfügung erließ, bevor seine Frau den Raum verlassen hatte. Sie mußte es ebenfalls gehört haben.

Teil V

Die Bruderschaft der Pockenstecher

21.

Der Stecher

Im Gewirr, das die Abreise des riesigen kaiserlichen Trosses hervorrief, stahlen sich Ymme und Cornelius aus dem Palast. An einem Tag wie diesem, an dem der Erzbischof im Morgengrauen eine feierliche Messe gelesen und die Kreuzfahrer gesegnet hatte, war am späten Vormittag die ganze Stadt auf den Beinen.

Sämtliche Bewohner Palermos schienen sich zur Cala und zu den Stränden begeben zu haben, selbst das jüdische Viertel war wie leergefegt, und auch die Gasse der Flötenspielerinnen.

Ymmes Herz klopfte heftig, aber nichts hatte sie dazu bewegen können, im Palast zu bleiben, trotz Cornelius' Verärgerung, die immer noch anhielt, als sie die Ruine der Madonna della Ziz schon vor sich liegen sahen.

»Der Kaiser hat dir bestimmt geglaubt, daß die Mönche bei allen Übeln ihre Hand im Spiel haben«, raunte er Ymme zu. »Vermutlich hat er verfügt, daß ich hierbleiben muß, damit ich dich beschützen kann. Es war keine Rede davon, daß du mich beschützen sollst.«

»Sollte ich denn allein im Palast bleiben, wo jetzt vielleicht schon die Franziskaner ein und aus gehen?« fragte Ymme unschuldig.

Cornelius schüttelte mißmutig den Kopf. »Komm schnell, ich glaube die Luft ist rein«, murmelte er und überquerte zügig die Gasse, um in die Krypta einzutauchen und Ymme hinunterzuhelfen.

Nichts schien sich seit seinem ersten Besuch verändert zu haben. Der Schutt lag wie vorher, und die Grabplatte schwang auf, als er auf eine ihrer Seitenkanten Druck ausübte.

Ymme beobachtete die Gasse, aber dort war niemand zu sehen. Dann forderte Cornelius sie auf, ihm zu folgen, schob die Tür zu und zündete eine der mitgebrachten Fakkeln an.

Staunend sah Ymme sich um. Hinter einem kurzen Gang öffnete sich eine Art Höhle, die in Schwärze versank, weil der Lichtschein das hintere Ende des Raums nicht erreichte. Vor der Wand befand sich eine Art Altar, ein großer Steinblock, auf dem zwei Kerzen standen.

»Den habe ich beim ersten Mal nicht gesehen«, stellte Cornelius in gewöhnlicher Lautstärke fest.

Ymme folgte ihm zum Steinblock.

Cornelius bückte sich und schaute dahinter. »Schade«, sagte er, »nur Seitenwände und eine Deckplatte. Ich hatte schon gehofft, er könne ein Geheimnis in sich bergen, irgend etwas, woraus hervorgeht, warum sich die Mönche hier treffen.«

»Eine Botschaft?« Ymme entdeckte nur ein Bord an der Wand, auf dem ein Bündel Kerzen lag. Langsam ging sie hinter Cornelius her, der begonnen hatte, die Wand abzuschreiten, und mit seiner Fackel von oben bis unten große Bögen beschrieb.

Stellenweise wurde der nasse Felsboden von Ziegelsteinen abgelöst. Schließlich erreichten sie wieder den Altar, ohne etwas Bemerkenswertes gesehen zu haben. Das Gewölbe war nicht aufregender als eine Badestube, ziemlich kühl und feucht. Ymme rieb sich frierend die Oberarme, während sie darüber nachdachte, was sie jetzt noch unternehmen konnten, um dem Geheimnis der Männer auf die Spur zu kommen, die diesen Raum als Versammlungsort nutzten.

Plötzlich warf Cornelius seine Fackel zu Boden und rollte sie in einer Pfütze, bis sie erlosch. Ehe sie sich's versah, fühlte Ymme sich von seiner Hand gepackt und hinter den Altar geschoben. Mit Mühe fand er selbst dort noch Platz.

»Was ist?« wisperte Ymme ihm ins Ohr. Cornelius' Finger legte sich über ihre Lippen.

Im flackernden Licht einer Kerze erkannte Ymme durch einen Spalt zwischen dem Deckstein und der aufrecht stehenden Frontplatte drei vermummte Gestalten, eine davon klein wie ein Kind. Sie trugen spitze schwarze Kapuzen, die lediglich schmale Schlitze für die Augen hatten. Ymmes Herz begann zu hämmern. Sie hatte mit Mönchen gerechnet. Von solchen Leuten, die sichtlich einer geheimen Bruderschaft angehörten, hatten sie keine Gnade zu erwarten, wenn sie entdeckt wurden.

Sie wich unwillkürlich zurück, als der Spalt sich verdunkelte. Dann hörte sie über ihren Köpfen Geräusche wie das Rascheln von Pergament. Unerwartet begann eine Stimme einen lateinischen Text herunterzuleiern.

Ymme suchte nach Cornelius' Hand und malte mit dem Finger ein Strichmännchen in die Innenfläche, dessen wichtigstes Merkmal ein riesiger Buckel war. Girolamo Naso. Sie fühlte Cornelius nicken.

Irgendwie ging es um Blattern, *variola,* ausgerechnet darum, aber sie verstand nicht viel.

Nasos abfallende Tonhöhe signalisierte, daß er am Ende des Textes, den er offenbar vorgelesen hatte, angekommen war. »So«, sagte er abschließend, »steht es in den Dokumenten des Domitian geschrieben. Die Römer haben gute Erfahrung mit dieser Methode gemacht; gegen Ende der Regierungszeit dieses Kaisers gab es in Rom mehrere gut bezahlte Stecherbanden, die auf Bestellung arbeiteten. Ein Klient, der ein Amt oder eine Begünstigung erstrebte, brauchte schließlich nur noch zu drohen, daß er eine dieser Banden in seinen Dienst nehmen würde. Wenn das Opfer der Erpressung nicht sofort nachgab, durfte es bestimmen, wer in der Familie zuerst an Blattern sterben sollte. Pocken auf Bestellung!« Naso kicherte leise.

Geradezu erstarrt vor Bestürzung und Empörung, hörte Ymme zu.

»Ich werde euch die Methode jetzt erklären, damit keine Zweifel bestehen, was ihr zu tun habt«, fuhr Naso schließlich fort.

Über ihren Köpfen wurden Gegenstände hin und her gerückt.

»Für jeden eine Nadel und ein Töpfchen mit Pustelinhalt«, erklärte der Notar in sachlichem Ton. »Seid sparsam damit, das Pulver ist kostbarer als der größte Diamant des Antichrist. Der Spezialist, der es herstellt, versichert, daß es bei richtiger Anwendung nach einem oder zwei Tagen wirkt. Preisgünstiger ist ein Pulver, das erst nach einer Woche oder länger Pocken auslöst, das haben wir am Anfang erprobt …« Er machte eine Pause, bevor er in feierlichem Ton fortfuhr. »Die Probe liegt nun hinter uns. Jetzt geht es ums Ganze, und ihr seid als Rächer ausersehen. Tunkt die Nadel um zwei Haaresbreiten ein, kurz bevor ihr stechen wollt.«

»Was passiert, wenn ich mich versehentlich selbst steche?« erkundigte sich eine tiefere Stimme, die Ymme nicht kannte, ebensowenig wie den Klang seiner Sprache, die sich von der eines Palermers unterschied. »Etwa im Gedränge.«

»Wo du stechen wirst, herrscht kein Gedränge«, antwortete Naso nach kurzem Zögern.

Wo denn, dachte Ymme. Wo denn? Sag schon!

»Wenn es aber doch passiert, sei ohne Sorge. Das Paradies wartet auf dich. Der Herr im Himmel wird seine Soldaten, die im Heiligen Krieg für ihn gestorben sind, in seine Arme schließen.«

Ohne genau zu wissen, warum, fühlte Ymme sich durch diese Antwort noch stärker beunruhigt, und möglicherweise entsprach sie auch nicht den Vorstellungen des maskierten Mannes, aber weitere Fragen äußerte er nicht. Vielleicht war alles Weitere schon vorher besprochen worden, denn zu Ymmes Enttäuschung war die Zusammenkunft damit beendet.

»Gott ist groß«, murmelte Naso, danach erlosch das Licht, und die Männer verließen lautlos die Höhle.

»Eine ganze Bande also«, flüsterte Ymme, zutiefst aufgewühlt. »Die Stecherbande, geführt von einem Notar der königlichen Kanzlei!«

»Das Merkwürdigste an dieser Angelegenheit«, sagte Cornelius nach einer Weile, »ist, daß ein Muslim genauso gesprochen haben würde wie dieser Notar. Die Männer waren auf keinen Fall Mönche.«

Ymme starrte immer noch betroffen in die Dunkelheit, die sie seit dem Aufbruch der Männer umgab. »Irgendwie ist jetzt alles anders, als wir dachten«, erkannte sie beklommen. »Waren unsere ganzen Überlegungen falsch?«

»Der Mann, der uns bei der Flucht aus dem Palast half, trug die gleiche Art Kapuze«, sinnierte Cornelius, während er aus ihrem Versteck hinauskroch. »Auch er schien eher ein Muslim zu sein.«

»Ich glaube es nicht«, beharrte Ymme eigensinnig und reichte Cornelius die Hand, um sich emporhelfen zu lassen. »Es macht einfach keinen Sinn.«

Cornelius murrte etwas Unverständliches und begann Licht zu schlagen. Als seine Fackel aufloderte, erkannten sie, daß nichts in der Höhle verändert worden war, alles lag wie vorher an seinem Platz.

»Schade«, bemerkte Ymme, »ich hatte so gehofft, daß Naso das Dokument von Domitian liegenlassen würde. Es wäre so viel einfacher gewesen.«

»Einfacher als was?« erkundigte sich Cornelius, während er die Tür vorsichtig aufzog.

»Als es zu suchen. Du bist dir hoffentlich im Klaren darüber, daß wir dieses Dokument finden müssen. Vielleicht erfahren wir dann auch, für wen die Bande arbeitet.«

»Ymme, mein Herz, das Leben mit dir war noch nie langweilig«, sagte Cornelius anerkennend und schlüpfte ins Freie.

Die Straße der Flötenspielerinnen lag so verlassen wie zuvor, selbst in den ärmlichen Verschlägen der Zigeunerinnen zeigte sich niemand, als sie auf dem Weg zum Stadttor an ihnen vorbeikamen. In ihrem Rücken erhob sich in der Ferne ein unbestimmbares Geräusch.

»Ich nehme an, die Menge jubelt den Kreuzfahrern zu«, mutmaßte Cornelius, »auf jeden Fall dem König. Ich stelle immer wieder fest, daß die Palermer ihn lieben. Vermutlich hat inzwischen jede Familie ihre eigenen Erinnerungen, wie Federico als Waisenkind bei ihnen mit Pasta durchgefüttert wurde.«

»Aber das stimmt doch gar nicht.«

»Natürlich nicht, aber was macht das schon? Kaiser Friedrich ist ihr Held, schon fast so berühmt wie Roland, der für Kaiser Karl im Kampf fiel.«

»Wollen wir nicht auch zum Hafen gehen?« fragte Ymme, erfüllt von leiser Sehnsucht. Was hätte sie darum gegeben, wenn sie hätten mitfahren dürfen. Erst einmal Sizilien entkommen und dann nach Norden! »Ich habe die kaiserliche Galeere noch nie unter Segeln gesehen.«

»Na gut«, stimmte Cornelius zu und machte auf der Stelle kehrt.

Als Ymme wieder an seiner Seite war, sah sie, daß er mit gerunzelter Stirn nach vorne spähte. »Was ist?« fragte sie beunruhigt.

»Ich sah gerade jemanden«, antwortete Cornelius bedächtig, »der mir bekannt vorkam.«

»Wir kennen inzwischen viele Leute, Cornelius.« Ymme lachte erleichtert. »Ich dachte schon, es wäre etwas Ernstes.«

»Jemand, der nach uns Ausschau hält und dann verschwindet, als ob er ertappt worden wäre, ist etwas Ernstes.« Cornelius zuckte resignierend die Schultern. »Der Kaiser läßt uns also immer noch überwachen. Das gefällt mir gar nicht.«

Ymme lauschte dem wachsenden Lärm, der aus der Hafengegend zu ihnen drang. Als sie die Khâlisah erreicht hatten, wo die prächtigen Gebäude der früheren Sultane Platz für Gärten und niedrige Pavillons gelassen hatten, konnte sie hinter der Mauer schon Masten sehen. Große Schiffe, auf denen man nach Lübeck segeln könnte. Ihre

Sehnsucht nach Lübeck wuchs täglich. Gerade wollte sie Cornelius davon erzählen, da deutete er mit dem Kinn zum Gefängnis hinüber, um sie auf die arabisch gekleideten Palermer aufmerksam zu machen, die sich vor dem verschlossenen Tor drängten.

Die meisten waren Männer, aber es waren auch Frauen dabei, die schrien, weinten und sich an die Brust schlugen.

»Vermutlich wird der Ölhändler gerade gehängt«, sagte Cornelius mitleidig. »Die Justiz nutzt aus, daß alle Welt am Hafen ist und den Kaiser verabschiedet.«

»Es ist eine ungerechte Strafe!« versetzte Ymme böse. »Ich glaube, er hat sie nur verhängt, um seiner Frau zu beweisen, wie unnachsichtig er gegen Hochverräter und Ketzer vorgeht ...«

»Wer böswillig ist, könnte sogar behaupten, daß der Ölhändler an unserer Stelle sterben muß.«

Ymme sah ihn betroffen an. Das schien ihr doch etwas zu weit zu gehen. Aber mittlerweile hatte sie gelernt, wie unklug es war, den Kaiser gegenüber Cornelius zu verteidigen. In diesem Augenblick wurden sie beide ohnehin abgelenkt, weil mehrere Männer, die eine schlaffe weibliche Gestalt trugen, sich durch die Menge drängten und sie auf die Gasse betteten.

»Ich müßte nach der Frau schauen«, sagte Ymme zögernd.

»Lieber nicht«, riet Cornelius und hielt sie zurück. »Als normannisch aussehende Frau bist du dort jetzt alles andere als erwünscht.«

Plötzlich ertönte ein Wutschrei, und ein ausgestreckter Arm deutete auf Ymme. Sämtliche Araber drehten sich nach ihnen um.

Cornelius packte Ymme beim Arm und lief los. »Sie haben dich erkannt. Und dir geben sie die Schuld! Schnell!«

Er schlug die Richtung zum Hafen ein. Während Ymme versuchte, mit ihm Schritt zu halten, schoß ihr der Gedanke durch den Kopf, daß sie mit Constanza auf demselben Weg entkommen war. Durch das Tor an den Strand, dann am Hafen entlang. Durch zwei Vorstädte. Der unterirdische Gang, der zum Palast führte, war weit weg.

»Wir müssen in der Menge untertauchen, die den Kaiser verabschiedet«, keuchte Cornelius und sah sich im Laufen um. »Keine andere Möglichkeit. Drei sind hinter uns her.«

Die Schritte der Verfolger hallten in der engen Schlucht der Gasse immer lauter. Vor ihnen schimmerte zwischen den Feigenbäumen der Ausschnitt des Griechischen Tores hindurch. Aber für Ymme war es unerreichbar.

Plötzlich packte jemand ihren Arm und zog sie heftig in einen stockdunklen Gang. Vor Entsetzen wagte sie sich nicht zu rühren. Von Cornelius war sie bereits auf der Straße getrennt worden. »Mir nach«, flüsterte eine Stimme.

»Schnell«, drängte Cornelius, und sie fühlte erleichtert seine Hand auf der Schulter, während er sie vorwärts schob. Trotz ihrer weichen Knie gehorchte sie.

Allmählich gewöhnte sich Ymme an die Dunkelheit, so daß sie den Mann vor sich sehen konnte. Er zog sie wortlos mit sich, sie stolperte zuweilen über seine Hacken und stieß mit dem Kinn gegen seine Schulter. Da erst bemerkte sie, daß sein Kopf von einer schwarzen Kapuze verhüllt war.

Am Ende des Ganges erreichten sie einen verwilderten Garten; ein Blick zurück belehrte Ymme, daß sie durch einen der alten Paläste geflohen waren. Vor sich erkannte sie die Kuppeln eines Bades, an dessen Mauern der Maskierte bereits entlanglief. Außer streunenden Hunden begegneten sie auf einem gewundenen Trampelpfad, der zwischen Ruinen hindurchführte, niemandem.

»Das alte Bàb al fatùb wird nur noch selten benutzt«, murmelte der Unbekannte zur Erklärung.

Ymme wechselte einen Blick mit Cornelius, der die Schultern hochzog und den Kopf schüttelte. Hier war er auch noch nicht gewesen.

Jenseits des alten Tores, von dem der Mann gesprochen hatte, befanden sie sich plötzlich am Kemonia, wo auf beiden Seiten des Flußbettes in einem ungeordneten Durcheinander von Hütten und in den Boden gegrabenen Höhlen zwielichtiges Volk hauste. Männer, die ihren Begleiter mit der Kapuze bemerkten, schlugen einen anderen Weg ein, um nicht in seine Nähe zu kommen. Nur kleine Kinder starrten ihn unverhohlen neugierig an.

Wer mag er nur sein, dachte Ymme und musterte ihn. Seine Gestalt unterschied ihn in nichts von tausend anderen. Unverkennbar war aber, daß er einen gewissen Schrecken verbreitete. Seine Kapuze mußte für die Bewohner eine bestimmte Bedeutung haben.

»Ihr findet euren Weg zum Palast jetzt allein«, raunte der Mann mit heiserer Stimme und blieb stehen. »Zur Mauer und durch die Porta Giudaica, dann steht ihr vor San Cataldo.«

Mit beiden Händen ergriff Ymme die seine und schüttelte sie. »Wir danken Euch von Herzen«, sagte sie.

Die schwarze Kapuze nickte und entzog ihr seine Hand. Wie ein Schatten verschwand er durch das Tor zurück in die Kalsa.

»Er hat seine Stimme verstellt, damit wir ihn nicht erkennen sollten«, bemerkte Cornelius mit einem Seufzer. »Möglicherweise sind wir ihm also schon begegnet oder werden ihm begegnen.«

Ymme begann zu lachen, ohne wirklich erheitert zu sein. »Es war Andrea.«

»Woher weißt du das?« fragte Cornelius betroffen. Er reichte ihr die Hand, um ihr über die Steine im fast trokkenen Flußbett zu helfen.

»Ich habe die Narbe in seiner Hand gefühlt«, erklärte Ymme und wich einem dösenden Hund aus. »Die Narben, die ich hinterlasse, kenne ich.«

»Ich weiß.«

»Oh nein«, sagte Ymme reumütig, weil sie nicht alte Wunden aufreißen wollte, »du weißt, daß ich es so nicht meinte.«

Cornelius hauchte ihr einen Kuß auf die Nasenspitze. »Das erklärt einiges. Dann war es Andrea, der uns beobachtete und plötzlich verschwand. Als wir jetzt unerwarteterweise in Not gerieten, sah er sich gezwungen, uns zu retten, auch ohne Handschuhe. Beim ersten Mal hatte er Handschuhe an.«

»Bei welchem ersten Mal?« Jetzt war es an Ymme, verblüfft zu sein.

»Als er mich aus der Höhle der Madonna della Ziz befreite. Es muß Andrea gewesen sein. Er hatte Schwierigkeiten mit den Knoten, wollte aber weder die Handschuhe ausziehen noch das Tau durchschneiden. Er war auch derjenige, der uns aus dem Palast hinausbrachte. Es ist möglich, daß er im Auftrag eines anderen handelt, vielleicht sogar eines hochrangigen Mannes bei Hof ...«

»Aber nicht des Kaisers«, erinnerte sich Ymme. »Der wußte nichts von dem Lösegeld. Wie beruhigend, daß wir einen heimlichen Helfer haben.«

»Ein Zustand, in dem wir nicht andauernd auf heimliche Helfer angewiesen wären, wäre mir allerdings bedeutend lieber«, schloß Cornelius knapp und bahnte sich durch schlafende Hunde und stinkende Abfälle den Weg zum Stadttor.

Am nächsten Morgen wartete Ymme vergebens darauf, von Jolanthe gerufen zu werden. Daraufhin beschloß sie, Cornelius in die Stadt zu begleiten.

Die Jubelstimmung vom Vortag war wie weggeblasen, und es waren weniger Menschen unterwegs als sonst. Der Suq-el-attarin war geschlossen. Bedrückt wanderten sie die Straße hinunter. Erst am Hafen war es belebter; Fischer teerten und flickten wie üblich ihre Netze, die an den Hauswänden aufgespannt waren, und die Boote wurden, wie sonst auch, lärmend entladen.

»Da ist ein Röster«, sagte Cornelius und ließ Ymme im lichten Schatten einer Tamariske stehen.

Er brauchte lange, um außer gegrilltem Schwertfisch auch Auskünfte zu bekommen. Ymme sah ihn mit Händen und Füßen gegen die unwillige Miene des Garkochs anreden.

Als Cornelius zurückkehrte, war er sehr nachdenklich. Abwesend drückte er Ymme den Spieß in die Hand. »Sie sind wegen der Pocken besorgt und sehr schweigsam. Im Qasr, in der Galca, in der Albergaria, im Harat as-Saqâlibah und in der Khâlisah sind inzwischen Pockenfälle aufgetreten, die meisten sind erst seit heute früh bekannt. Der Mann hat mir schließlich die Stadtteile aufgezählt, weil ich nicht nachgab, und in der Hoffnung, daß ich sie sowieso nicht behalten kann, benutzte er die alten Namen. Die Pocken sind jetzt praktisch überall.«

»Das sind aber nicht die Stecher von gestern gewesen«, befand Ymme entschieden, »damit muß die Bande schon früher angefangen haben.«

»Genauer gesagt, in der vorigen Woche. Da haben nämlich auch die Gerüchte eingesetzt, daß der Kaiser in Wahrheit wegen der Pocken aus Palermo flieht. Daß er seine Stadt im Stich läßt ...«

Ymme sah von ihrem Spieß auf. »Und von wem wurden die in Umlauf gesetzt?«

Cornelius grinste trübe. »Von Mönchen, wie üblich.«

»Sie sind es also doch«, stellte Ymme fest. »Auch wenn wir die Zusammenhänge zwischen den Maskierten und den Mönchen nicht genau kennen: Die Stecherbande ist von Rom gesteuert, ich bin ganz sicher.«

»Die Gerüchte jedenfalls sind bösartig«, ergänzte Cornelius. »Der Kaiser soll seine junge, schwangere Ehefrau zurückgelassen haben, weil sie bereits erkrankt ist. Hilflos und ohne Schutz, läßt er sie im Palast sterben, zusammen mit ihrer ebenfalls erkrankten Tochter Bianca ...«

Ymme verschlug es die Sprache. Schwertfischbrocken fielen von ihrem Spieß.

»Ich habe mich bemüht, ihm zu versichern, daß Jolanthe putzmunter ist und Bianca auch. Daß wir es genau wissen, weil du Biancas Ärztin bist.«

»Du lieber Himmel«, rief Ymme besorgt, »aber wenn es nun stimmt!«

Cornelius zuckte die Schultern. »Geglaubt hat er mir jedenfalls nicht. Und du willst auf der Stelle zurück in den

Palast, wenn ich richtig vermute. Laß mich erst aufessen!«

Ymme warf ihren Spieß fort und wartete ungeduldig, daß Cornelius fertig wurde.

»Pst! Dama!«

Ymmes Blick wanderte verstohlen zu den Palmen, die den Palast von den nächststehenden Häusern trennten. Hinter einem der flaschenförmigen Stämme sah sie Constanza aufgeregt winken.

Noch waren die Palastwächter nicht aufmerksam geworden. Ymme wechselte einen verwunderten Blick mit Cornelius. Als hätten sie etwas vergessen, stiegen sie die Treppe wieder hinunter und warteten unterhalb der Mauer auf Constanza, wo sie vom Palasteingang aus nicht gesehen werden konnten.

Ihre Helferin eilte mit geschürztem Gewand von der anderen Seite heran, über eine sonst nicht benutzte Treppe innerhalb der Mauer. »Im Palast geht etwas Merkwürdiges vor, Dama«, flüsterte sie aufgeregt. »Ich bin von einem verrückten Mann mit einem spitzen Gerät angefallen worden. Er stach von hinten auf mich ein, aber als die faulen Kerle von Wachen endlich herbeigeschlendert waren, war er über alle Berge. Allah beschütze uns vor solchen Männern! Sie taugen nur als Eunuchen!«

»Hat er auch noch andere gestochen, Constanza? Zeig mir bitte den Stich.«

»Hier?« fragte das Mädchen und errötete. »Das geht nicht, Dama.«

Ymme verstand und lächelte. »Ach so. Und andere Opfer?«

»Vom Stechen habe ich nichts gehört, Dama. Aber in der Küche hat man den Fremden erwischt. Sie haben ihn hinausbefördert.«

»Und laufengelassen?«

»Ja. Er war harmlos, haben sie behauptet«, berichtete Constanza. »Ich hätte ihn angezeigt. Im Viertel der Saqâlibah halten sie den Mann nämlich nicht für harmlos. Da soll er auch schon gewesen sein. Es ist ein Genuese, und wie die sind, weiß man ja.«

Jetzt wird es gefährlich, dachte Ymme. Das Ziel der Bande war tatsächlich der Palast. »Hast du gehört, wie es Bianca geht?«

»Bianca?« Constanza brach in Gelächter aus. »Die treibt ihren Eunuchen im Galopp durch die Palastgänge. Jemand hat ihr eine kleine Peitsche geschenkt, und sie weiß sie zu gebrauchen.«

»Wie gut«, meinte Ymme und stieß einen Seufzer der Erleichterung aus. Also doch nur Gerüchte. »Aber ich muß unbedingt mit Ihrer Erhabenheit sprechen, um sie zu warnen. Der Stecher wird nicht aufgeben.«

»Und warum hast du uns hier abgefangen?« mischte Cornelius sich ins Gespräch.

Constanzas Gesicht verdüsterte sich. »Ihre Gemeinheit Jolanthe hat befohlen, daß ich ab sofort nicht mehr in Eurem Dienst stehe. Jetzt, da der Hochmeister abgereist ist, traut sie sich. Ich muß nun in der Küche die Essensreste zusammenkratzen und sie den Schweinen vorwerfen.«

»Schweine?« vergewisserte sich Cornelius erstaunt.

»Sie. Vor allem sie. Sie ist ein Schwein«, ereiferte sich Constanza, die in ihrer Wut gar nicht genau zuhörte. »Eine rachsüchtige, eifersüchtige Sau.«

»Ganz ruhig, Constanza«, sagte Cornelius. »Ich wußte nicht, daß es im Palast Schweine gibt. Ich habe noch nie welche gesehen.«

»Langbeinige, eklige, schwarze Schweine, die jetzt bei den Vogelvolieren herumwühlen! Ihre Gemeinheit kündigte an, daß in Zukunft häufig braune Mönche zu Gast sein würden, und angeblich brauchen sie Schweinswürste, um sich wohl zu fühlen. Ich glaube aber nicht, daß Jolanthe sich auch nur einen Deut darum schert, was die Kuttenträger brauchen. In Wahrheit wendet sie jede Tücke an, die ihr einfällt, um uns Muslime aus dem Palast zu vertreiben.« Constanza ballte erbittert die Fäuste.

»Gegen Jolanthes Befehle ist nichts zu machen«, murmelte Ymme mitleidig. Hermann von Salza befand sich auf Kreuzfahrt, wie alle, deren Hilfe man vielleicht hätte anrufen können. Naso, der der Kanzlei vorstand, würde sich wieder einmal der Gemahlin fügen. Sie seufzte und drückte Constanza fest an sich.

Sie hatten das Portal noch nicht erreicht, als Geschrei den sonst so stillen Palastgarten erfüllte. Constanza, die noch in Sichtweite war, kehrte zu Ymme zurück und schloß sich ihnen unauffällig wie eine junge Katze an.

Ein Palastwächter und ein Stallknecht bogen um die Ecke, einen abgerissenen Mann zwischen sich, der sich mit aller Kraft wehrte und schreiend zu entkommen suchte.

»Das ist er«, meinte Constanza entzückt.

»Laßt mich los!« brüllte er in Panik.

Wie herbeigezaubert, stand plötzlich Girolamo Naso auf den Stufen zum Portal und schaute wie ein Feldherr von oben auf die Szene herab. Der Gefangene schien auf der Stelle beruhigt, als er ihn bemerkte.

»Meister Naso!« rief der Stallknecht mit heller aufgeregter Stimme und brachte es fertig, sich tief zu verbeugen, ohne den Gefangenen loszulassen. »Entschuldigt den ungebührlichen Lärm vor Euren Räumen! Dieser Mann machte sich am Pferd Ihrer Erhabenheit zu schaffen.«

»Und?« fragte Naso streng.

»Es trug eine winzige Wunde davon. Aber geblutet hat es kaum …« Die Stimme des jungen Mannes ging noch mehr in die Höhe. Es war unüberhörbar, daß er ein schlechtes Gewissen hatte.

»Ein Versehen«, behauptete der Gefangene mit sonorer Stimme. »Ich bin gestolpert.«

Ymme stieß Cornelius an, aber er hatte auch schon bemerkt, daß sie den Maskierten aus der Höhle vor sich hatten. An ihm war nichts Besonderes, abgesehen davon, daß er ziemlich groß war. Er hatte Glück, daß sich kein ranghöherer Jurist im Palast befand, und er es nur mit Na-so zu tun hatte.

Der Stecher schien sich dessen bewußt zu sein. Er grinste spöttisch über den Stallknecht, der einen Kopf kleiner war als er selbst und mit aller Macht seinen Arm umklammerte, als müsse er einen Löwen bändigen. Den Befehlshaber der Wache, der hinter dem Notar auftauchte, nahm er nur interessiert zur Kenntnis.

»Ich erwarte Eure Befehle, Notaio«, meldete Aitmisch respektvoll.

Ymme kroch ein ungutes Gefühl über den Rücken.

»Er hatte ein seltsames Werkzeug bei sich. Sollte man nicht eine Untersuchung anstellen, Meister Naso«, schlug der Stallknecht eifrig vor.

»Wer bist du eigentlich?« fragte Naso mit abgrundtiefer Verachtung, wieselte die Treppe hinab und drückte dem Burschen behende seinen dürren Zeigefinger auf einen Nasenflügel, was diesen zwang, den Kopf abzuwenden.

Der Knecht gab einen überraschten Schmerzenslaut von sich. Als er freigekommen war, spiegelte sich in seinem Gesicht die Hoffnung, daß alles nur ein Irrtum war. »Ihr wißt es doch, Meister Naso«, stammelte er, »ich bin der Sohn Eures Nachbarn, dem Ihr oft und oft von Euren wichtigen Untersuchungen schwieriger Fälle berichtet habt. Deswegen dachte ich …«

Der Stecher grinste über die Einfalt des Burschen.

»Deine Arbeit beschränkt sich darauf, für die Pferde zu sorgen«, sagte Naso kühl. »Für dein Versäumnis wirst du bestraft werden.«

»Recht so, Meister Naso«, warf der Stecher zufrieden ein. »Und jetzt schafft mir diese schrille Grille vom Hals, sie beleidigt mein Ohr.«

Nasos Aufmerksamkeit wandte sich wieder dem Gefangenen zu. Einen Augenblick sah er ihn nachdenklich an.

Aitmisch hörte auf, gelangweilt mit der Daumenkuppe über die Schneide seines krummen Säbels zu fahren, und hob erwartungsvoll die buschigen Augenbrauen.

»Der Eindringling wird wegen des Attentats auf das Pferd Ihrer Erhabenheit als Hochverräter mit dem Tod durch Hängen bestraft. Vorher reißt ihm die Zunge heraus wegen Störung des Palastfriedens.«

Einen Moment herrschte Stille vor dem Palast, dann bäumte sich der Gefangene auf. »Bruder Naso«, brüllte er mit sich überschlagender Stimme, »das kann Euer Ernst …«

Ymme fuhr herum, drückte Constanzas Kopf an ihren Busen und hielt ihr die Ohren zu, während hinter ihrem Rücken das Gebrüll in ein ersticktes Röcheln überging. Sie sah, wie alle Farbe aus Cornelius' Gesicht wich, der die Szene vor der Treppe im Auge behielt.

»Stopft dem Kerl die Zunge zurück ins Maul und dann schleift ihn an den Füßen zu irgendeinem Baum und hängt ihn auf«, ordnete der Notar so sachlich an, als ob es um das Beseitigen eines Rattenkadavers ginge.

»Am Feigenbaum der Liebenden, Notaio«, bestätigte Aitmisch mit hörbarem Grinsen.

Zitternd sah Ymme über ihre Schulter zurück. Beim Anblick des Stechers, der sich grunzend auf dem Boden wälzte, über ihm mit gespreizten Beinen Aitmisch, dessen Hände ebenso blutverschmiert waren wie das Gesicht des Stechers, drehte sich ihr der Magen um. Sie konzentrierte sich darauf, nicht die Fassung zu verlieren.

Allmählich versiegten die unmenschlichen Geräusche.

Nur die Blätter der Bäume säuselten, während das Tau beschafft wurde, und einzelne Schmeißfliegen, die ihr Opfer gefunden hatten, brummten. Selbst die Sarazenen, die schließlich das Tau um die Beine des Stechers schlangen, verständigten sich nur flüsternd. Als sie unter Aitmischs wachsamen Augen den Körper über den Plattenweg davonzogen, war der Notar längst im Palast verschwunden.

Gerade als Ymme ihre Knie wieder unter Kontrolle hatte, huschte eine schwarzvermummte Frau mit krummem Rücken hinter einem Palmenstamm hervor, hockte sich vor die Blutlache und rührte mit dem Zeigefinger darin herum. Hochbeglückt begann sie, mit spitzen Fingern Brocken von Blut und Staub auf ein Feigenblatt zu häufeln.

Der unausrottbare Glaube an Zauberkräfte, in Sizilien besonders blutrünstig! Ymme seufzte leise und schob Constanza vor sich her zum Eingang, der im Augenblick nicht bewacht war.

Das Mädchen war am wenigsten mitgenommen. »Merkwürdig, daß der Notaio den Mann auf einmal so hart bestraft hat«, wunderte sie sich.

»Was meinst du?« fragte Cornelius.

»Er ist doch der Genuese, der mich gestochen hat. Aus der Küche hat Meister Naso ihn nur hinauswerfen lassen. Wo es aber um das Pferd Ihrer Gemeinheit geht, verliert er gleich sein Leben«, erklärte Constanza munter.

Um das Pferd war es wohl weniger gegangen. Naso hatte befürchtet, daß der Stecher reden würde. Es war so widerwärtig, daß Ymme es Constanza ganz bestimmt nicht erklären würde. »Du darfst nie wieder Ihre Gemeinheit sagen, auch nicht, wenn du glaubst, mit uns allein zu sein«, flüsterte sie statt dessen Constanza ins Ohr. »Du hast ja selbst gesehen, wie schnell jemand zu Tode befördert wird.«

»Was war vor dem Palast los?« herrschte Jolanthe Ymme an, als ob sie für den Lärm verantwortlich sei.

Zu Ymmes Erleichterung hatte Jolanthe sie zu sich befohlen und ihr damit die Bitte um eine Audienz erspart. In der Wohnung angekommen, hatte Ymme nämlich festgestellt, daß auch Angelina und Stella verschwunden waren, mit allen ihren persönlichen Besitztümern.

»Ein Mann drang unbefugt in die Ställe ein«, berichtete Ymme widerwillig. »Notaio Naso hat den Mann wegen Hochverrats auf der Stelle hängen lassen. Eure Erhabenheit, meine beiden Dienerinnen ...«

Jolanthe, die während Ymmes Erklärung ihre Fingernägel bedächtig auf Länge und Schärfe überprüft hatte, ließ ihre Hand wie eine krallenbewehrte Tatze vorschnellen.

Ymme brachte ihr Gesicht in Sicherheit.

»Diese Pocken«, sagte Jolanthe, eiskalt lächelnd, »breiten sich offenbar aus. Jetzt, da ich wieder in Umständen bin, muß ich mich besonders schützen.«

»Ihr seid sicher, Eure Erhabenheit?« fragte Ymme erfreut und erhob sich aus der knienden Stellung, in der sie sich ihrer Meinung nach ausreichend lange befunden hatte.

»Euch, Dama, geht das nicht das geringste an«, entgegnete Jolanthe hochmütig. »Außerdem stehen Euch Zweifel an dem, was ich sage, nicht zu.«

»Nein, Eure Erhabenheit«, murmelte Ymme und zog sich zwei Schritte zurück.

»Im Gegensatz zu meinem Ehemann pflege ich mich nicht mit Ungläubigen und Ketzern zu umgeben. Als allerletztes würde mir einfallen, mein ungeborenes Kind, das den Odem des Heiligen Geistes in sich trägt, in die Hand einer Exkommunizierten zu geben.«

Du Schlange, dachte Ymme grimmig, während sie sich zwang, der Königin ihre ungeteilte Aufmerksamkeit zu widmen. Sie verstand zunehmend weniger, warum sie überhaupt gerufen worden war.

»Man hat mir berichtet, daß Ihr Euch einige Kenntnisse über Pocken erworben habt, Dama, ob durch Zauberei oder durch Vermittlung der Ungläubigen, will ich hier nicht näher untersuchen.«

Das war dreist, fand Ymme und neigte dankend den Kopf, wie es von ihr erwartet wurde.

»Was muß ich also tun, um den Pocken zu entgehen?«

Ymme holte tief Luft. Jetzt keine Fehler machen! Möglicherweise würde Jolanthe gnädig sein und ihr Angelina und Stella zurückschicken, um sie für einen guten Rat zu belohnen. »Das beste Mittel ist immer die Flucht vor der Krankheit, Eure Erhabenheit. Sich auf keinen Fall dort aufhalten, wo die Menschen schon Pocken haben könnten, noch ohne es zu wissen: auf Märkten, in Basaren, zum Beispiel ...«

Jolanthe starrte sie mit offenem Mund an, bevor sie sich faßte. »Meint Ihr etwa hier in Palermo, Dama, wo die kaiserliche Residenz liegt?«

»Ja, alle Stadtviertel, Eure Erhabenheit«, bestätigte Ymme.

»In die Basare gehe ich sowieso nicht, dort verkaufen sie nur Tand«, sagte Jolanthe wegwerfend. »Schmuck und Seide lasse ich mir von den Juden aus Trani kommen.«

»Das fördert die Gesundheit sehr«, stimmte Ymme zufrieden zu. »Es wäre in der Tat am besten, wenn Eure Erhabenheit sich ausschließlich im Palast und im Palastgarten aufhalten würde.«

»Und die Heilige Messe?«

An die Messe hatte sie dummerweise überhaupt nicht gedacht. Ymme fühlte sich ertappt und sank erneut auf ein Knie, während sie nachdachte. Konnte man die Ehefrau des Königs unter den Augen des himmlischen Herrn im Palast abschirmen lassen, als ob man an Seinen Schutz nicht glaubte? Leider mußte es sein. »Die Vorsichtsmaßnahmen betreffen auch den Besuch der Messe in der Kathedrale«, sagte sie teilnahmsvoll.

Jolanthe starrte sie mit vorgerecktem Hals ohne zu blinzeln an und nickte mehrmals nachdrücklich. »Das ist es also«, zischte sie. »Beim Kreuz unseres Herrn auf Golgatha! Jetzt bin ich Euch auf die Schliche gekommen, wie Ihr Euch mit Satans Hilfe als Versucher betätigt! Der Heilige Vater in Rom hat ja so recht, wenn er die medizinischen Künste der Ungläubigen als Teufelswerk ablehnt. Diese Ketzerei wird ein Nachspiel haben, das schwöre ich Euch, Dama!«

»Seine Eminenz würde bestimmt bereit sein, für Euch allein in der Palastkapelle die Messe zu halten, Eure Erhabenheit«, versuchte Ymme zu retten, was zu retten war, obwohl sie nicht aus ganzem Herzen an ein solches Entgegenkommen des Erzbischofs glaubte.

Aber Jolanthe war nicht zu besänftigen, sie schnippte herrisch mit den Fingern. Der wachhabende Eunuch riß Ymme unsanft in die Höhe und zerrte sie aus dem Gemach. Nur nicht zu Aitmisch, dachte Ymme in Panik und wehrte sich mit aller Macht.

22.
Die Verschwörer

Girolamo Naso beobachtete die Königin einen Augenblick, während er in seinen zierlichen Stiefelchen langsam über die Türschwelle trippelte. Sie stand am Fenster, die Zähne in die Unterlippe gegraben, und betrachtete Palermo, als hätte sie persönlich es erobert. Aber sie wollte natürlich mehr, sie wollte die Anerkennung als Kaiserin.

Als verzogenes, unnützes Weibsbild war sie aus Akkon gekommen, aber das war lange her. Seither hatte sie sich ihre eigene Hausmacht aus intriganten Bediensteten geformt und war gefährlich geworden wie eine Kreuzotter.

Mit einem stillen Seufzer ließ Naso sich auf die Knie sinken und begann zu kriechen, bescheiden und unsichtbar wie ein sizilianischer Pipistrello in der Dämmerung.

»Ist es nicht ein wenig umständlich, mit Dokumenten im Arm zu kriechen, Naso? Ihr seid doch wohl keine Schildkröte?«

Jolanthe lachte herzhaft, und der Notar sah bestürzt zu ihr auf. Nie konnte er unterscheiden, ob sie einfach gut gelaunt war oder ihn auslachte. Doch er gestattete sich im Moment keine Haßgefühle und lächelte gezwungen, während er sich an ihrem Gebetspult in die Höhe zog.

»Eure Erhabenheit«, begann Naso leise und lud die Rollen auf der kupfernen Platte des Tischchens ab, das der Eunuch eilends herbeigeschafft hatte.

»Schön, schön«, sagte Jolanthe und musterte die Rollen neugierig. »Habt Ihr alles beisammen, was mein Vater wünscht?«

Der Notar legte seine krummen Finger um eine besonders dicke Rolle. »Dies ist die Wichtigste. Sie enthält die Pläne sämtlicher Kastelle und Burgen aus normannischer Zeit mit allen ihren Verteidigungsanlagen. Damit hält Euer Vater die Insel Sizilien so gut wie in der Hand.«

»Die Insel«, wiederholte Jolanthe naserümpfend. »Was soll das heißen? Mein Vater wird von Rom aus das wenigstens einigermaßen zivilisierte Sizilien auf dem Festland erobern! Glaubt Ihr, mein Ehemann hielte sich ohne Grund lieber dort auf? Wo ist der Plan von Foggia?«

Naso verbeugte sich tief. »Ich weiß, ich weiß, Eure Erhabenheit. Doch die Pläne von Foggia sind nie nach Palermo gekommen, sondern gleich in der kaiserlichen Kanzlei archiviert worden. Wir bewahren hier nur noch die Pläne aus normannischer Zeit auf, wie ich schon sagte.«

Jolanthe schäumte vor Wut. »Der Heilige Vater und der meinige verlassen sich auf mich, und Euch sollte es eine Ehre sein, Naso! Statt dessen …«

»Es tut mir leid«, flüsterte Naso.

»Hebt Eure Gefühle für später auf!« herrschte Jolanthe ihn an. »Jetzt schreibt Ihr umgehend eine Mitteilung an meinen Vater Jean de Brienne. Einziger Inhalt: alle anderen Pläne befinden sich in Foggia! Bestimmt hat er dort jemanden, der in seinem Dienst steht. Dann sucht Ihr den Mönch auf und schickt ihn unverzüglich nach Rom. Es darf keine Zeit mehr vertan werden! Die Schlüsselsoldaten werden sich in Marsch setzen, sobald das letzte Schiff des Kaisers aus Brindisi ausgelaufen ist. Man kann vom Befehlshaber der Schlüsselsoldaten nicht verlangen, daß er die Mauern von Foggia umkreist, weil er die Pläne nicht rechtzeitig in die Hand bekommen hat. Was denkt Ihr Euch eigentlich dabei!«

»Sehr wohl, Eure Erhabenheit«, murmelte Naso unterwürfig. »Ich gebe jedoch zu bedenken, daß der Mönch Jacopo keine persönlich adressierten Briefe mit sich führen sollte. Er wurde wegen seines ausgezeichneten Gedächtnisses als Bote ausgewählt …«

»Mir gleich, weswegen er ausgewählt wurde! Macht es, wie ich befehle!« Jolanthe gelang es nur mit Mühe, die Beherrschung nicht zu verlieren. »Wenn Ihr Euch nun endlich bewegen würdet!« zischte sie.

Naso verneigte sich resignierend und nahm behende die Dokumente wieder an sich. Mit der Nase fast über dem Teppich, erreichte er rückwärtsgehend die Tür.

Draußen hämmerte er sich mit der Faust gegen die Stirn, bis er seinen übermächtigen Zorn so weit gezügelt hatte, daß er in die Kanzlei zurückkehren konnte.

Ymme stand am Fenster ihrer Wohnung und versuchte den Weg in die Berge auszumachen, auf dem sie vor einigen Wochen geflohen waren. Das war in der heißesten Jahreszeit gewesen, und sie hatten es gemeistert. Immer öfter kamen ihr Zweifel, ob es klug gewesen war, freiwillig zurückzukehren. Vor allem als der Palastwächter sie aus Jolanthes Gemach gezerrt hatte, war ihr klargeworden, wie schutzlos sie in Wahrheit waren. Der Kaiser war fort, und Jolanthe kümmerte sich nicht im geringsten um seine Befehle. Wenn ihr einfiele, Aitmisch auf sie und Cornelius loszulassen, wären sie im nächsten Augenblick tot.

»Sieh mal«, sagte Ymme zu Cornelius. »Girolamo Naso rennt durch den Garten, als sei der Leibhaftige hinter ihm her.«

»Könnte ich mir ohne weiteres vorstellen«, stimmte Cornelius zu und erhob sich vom Bett. »Hoffentlich bekommt er ihn.« Er stellte sich zu Ymme ans Fenster und legte den Arm um ihre Taille.

Der Notar drückte einen der Körbe an sich, wie man sie zum Einkaufen benutzte, aber er ging nicht auf dem Weg, sondern huschte von einer Palme zur anderen, die den Weg bis zum ersten Teich säumten.

»Gesehen werden möchte unser Notaio nicht«, stellte Cornelius belustigt fest. »Aber Granatäpfel wird er trotzdem nicht stehlen wollen. Ich schlage vor, wir machen ebenfalls einen kleinen Spaziergang im Garten.«

Warum nicht? Sie kamen gerade noch rechtzeitig, um den Notar in Richtung auf das bergseitige Tor verschwinden zu sehen, das der Troß beim Umzug des Haushalts in die Zisa benutzt hatte.

Cornelius hakte Ymme unter, machte kehrt und wanderte mit ihr in bemerkenswerter Geschwindigkeit zur Treppe zurück und dann um den Palast herum zum vorderen Eingang. Ymme spürte, daß er sich unter den Augen der Wachen zwingen mußte, ruhig zu wirken.

Endlich befanden sie sich am Fuß der Mauer, wo sie vom Palast aus nicht gesehen werden konnten. Cornelius hielt Ymme zurück und spähte um die Ecke.

»Was machen wir hier?« erkundigte sie sich.

»Ein Mann, dessen Welt die Kanzlei ist, spaziert auch mit einem Korb nicht am Spätnachmittag in die Orangenhaine von Palermo«, antwortete Cornelius grinsend. »Wetten, daß er gleich hier vorbeikommt?«

Das Jagdfieber hatte ihn gepackt. Aber meistens hatte er recht.

Nach einer Weile trippelte der Notar heran. Es fiel ihnen nicht schwer, ihm in einigem Abstand zu folgen. Auf dem Platz vor der Kathedrale, der im gleißenden Sonnenlicht lag, wurde er von einer bettelnden Frau angesprochen, die er ungeduldig beiseite schob. Bald darauf, in gehöriger Entfernung zum Palast, wechselte er die Straßenseite und tauchte in die engen Gassen ein, die zum Suq führten.

»Er wirkt nervös, irgendwie überdreht«, sagte Ymme leise, während sie den Mann beobachteten, wie er auf Zehenspitzen in eine Marktstraße hineinspähte, die sich nach der Mittagspause gerade zu beleben begann. »Wenn er mir mit dem kleinen schwarzen Büchlein droht, tut er ungeheuer souverän. Ich vermute, jetzt hat er Angst.«

»Es ist nicht zu übersehen, daß er nach jemandem sucht«, merkte Cornelius an.

Auf dem Platz vor den beiden Kirchen der Griechen von Palermo hätten sie ihn beinahe im Marktgewühl aus den Augen verloren. Plötzlich aber sprang der Notar auf die erhöhte Fläche zwischen San Cataldo und der dell' Ammiraglio und zerrte einen dort sitzenden Mönch mit festem Griff an der braunen Kapuze in die Höhe.

Der Franziskaner hörte ihm mit verdattertem Gesichtsausdruck zu. Kurz danach klapperte er die Treppe herab und machte sich in Richtung zur Porta dei Patitelli, die zum Hafen führte, davon, während der Notar einen anderen Weg einschlug. Jetzt zeigte er wieder das würdige Verhalten, wie es seinem Amt entsprach, und allein aufgrund seines hocherhobenen Kinns und seiner verächtlichen Miene, machten ihm die einkaufenden Palermer Platz.

»Vermutlich hat er den Mönch als Boten zu jemandem geschickt, den er irgendwo treffen will«, meinte Cornelius nachdenklich. »Das ist ja interessant ...«

»Es ist ganz schön unverschämt von den Mönchen«, sagte Ymme, »vor den Kirchen der Byzantiner herumzulungern. Gerüchte und Beunruhigung, das sind ihre Aufträge. Und findest du es nicht auch bemerkenswert, daß Naso sowohl mit den Maskierten als auch mit den Bettelmönchen in Verbindung steht? Möglicherweise ...«

Cornelius unterbrach sie. »Du solltest in den Palast zurückgehen«, sagte er hastig. »Ich glaube, ich kenne den Ort, an dem sie sich treffen wollen. Wenn ich mich beeile, bin ich vor ihnen in Sant' Antonio Abate. Wenn ich mich irre, habe ich eben Pech gehabt.«

Ymme schüttelte unnachgiebig den Kopf.

Durch die halbrunde Fensteröffnung drang der Ruf des Muezzins zum Nachmittagsgebet nur gedämpft herein.

»Wo wurdest du eigentlich niedergeschlagen?« erkundigte Ymme sich.

Cornelius zeigte auf das Ende des Kirchenschiffs, wo die Trümmer der dritten Kuppel einen unübersichtlichen Haufen bildeten. »Die Mönche haben mich wohl für einen neugierigen Seemann gehalten«, meinte er.

Ymme lachte leise und betrachtete eine zerbröselnde Zeile in arabischer Schrift. Wieder verging einige Zeit. Sie wollte gerade eine Bemerkung darüber machen, daß sie an diesem staubigen, sonnendurchglühten Ort lange genug gewartet hatten, um sicher zu sein, daß es der falsche war. Da hörte sie Stimmen.

Cornelius, der am Rande einer zwischen der Kuppel und dem Kirchenraum eingezogenen Decke lag und nach unten spähte, gab heftig Zeichen mit der Hand. Ymme kroch vorsichtig zu ihm hin. Man konnte nicht wissen, ob der Bretterboden unter ihnen nicht plötzlich nachgab. Wahrscheinlich war er ohnehin nur eingezogen worden, um die Gläubigen einer vergangenen Zeit vor herabstürzenden Mosaiksteinen oder Mörtelbrocken zu schützen.

Gerade unter ihnen war Naso im Begriff, seinen Korb auszupacken, er häufte Schriftrollen auf einen wackeligen, verstaubten Tisch. Neben ihm stand Bruder Jacopo und hinter beiden einer der Verschwörer in schwarzer Kapuze, Mantel und Handschuhen.

Sehr merkwürdig, daß nur er maskiert war. Oder mußte seine Identität vor Jacopo geheim bleiben, weil dieser ihn nicht kennen sollte? Wahrscheinlich eher das. Auf jeden Fall hatten sie den endgültigen Beweis, daß Naso mit beiden Bruderschaften zu tun hatte, und das versetzte Ymme in Höchstspannung.

»Aus Gründen, die ich nicht näher erläutern werde«, begann Naso hochmütig, »eilt es. Spute dich, mit diesen Plänen nach Rom zu gelangen, Bruder Jacopo, und laß dir nicht einfallen, irgendwo länger Rast einzulegen. Mit Hilfe einer kleinen Unpässlichkeit, etwa.«

Es war ihm also nicht entgangen. Ymme preßte die Lippen aufeinander, um nicht zu lachen.

»Damit du verstehst, wie ernst die Lage ist, habe ich einen der schwarzen Brüder herbefohlen. Bisher hast du lediglich Botschaften vom Bruder zur rechten Hand erhalten. Die Bruderschaft ist, wie du weißt, entschlossen, Palermo der Hand des Antichrist zu entreißen. Wer sich in diesem Kampf als unzuverlässig erweist, wird ausgelöscht.«

Nasos in gleichmütigem Plauderton vorgetragene Drohung wurde unterstrichen durch den schwarzen Bruder,

der eine Schnur zwischen den Händen zu wirbeln begann.

Das sirrende Geräusch ließ Bruder Jacopo um die eigene Achse schnurren, und es dauerte eine ganze Weile, bis er imstande war, sich zu bekreuzigen. »Ich war immer zuverlässig«, brachte er mit heiserer Stimme hervor.

Der Notar war mit der Wirkung offenbar zufrieden, da er sich ohne Umschweife wieder den Rollen zuwandte. Der schwarze Bruder versteckte die Henkerschlinge im Ärmel und stand so unbeweglich hinter ihnen wie zuvor.

»Bruder Jacopo, du wirst«, befahl Girolamo Naso, »den Befehlshaber der Schlüsselsoldaten aufsuchen, ihm diese Dokumente übergeben und folgendes mitteilen: Ich, Girolamo Naso, oberster Notar der königlichen Kanzlei zu Palermo, lasse dem König von Jerusalem, Jean de Brienne, meine untertänigsten Grüße übermitteln und versichere ihn meiner ewigen Treue zum Heiligen Vater in Rom, zur Kurie und zu allem, was dem Sieg der Christenheit dient. Wiederhole es, Bruder Jacopo.«

Gehorsam sprach der Mönch den Text fehlerfrei nach. Er hatte wirklich ein gutes Gedächtnis, fand Ymme.

Der Notar nickte und fuhr fort: »In diesem Sinne habe ich, Girolamo Naso, in sorgfältigster Arbeit alles zusammengetragen, was zum Zwecke der raschen Einnahme der Kastelle der Insel Sizilien notwendig zu wissen ist. Die Beschriftung der sarazenischen Baumeister ist ihm möglicherweise unverständlich; wo es notwendig ist, habe ich übersetzt und außerdem bei jeder Zeichnung die Größe der ständigen Besatzung angegeben. Ich küsse Jean de Brienne die Hand in Dankbarkeit und erlaube mir hinzuzufügen, daß es mein sehnlichster Wunsch wäre, nach der Eroberung Siziliens die ehemalig kaiserliche Kanzlei in Foggia zu übernehmen, um dem Heiligen Vater in Rom näher zu sein.«

Ymme war zutiefst empört über Nasos Verrat. Man mußte sofort etwas unternehmen, um ihn aufzuhalten. Sie packte Cornelius am Arm.

Ein Klumpen Mörtel, verbacken mit Stroh und Spinnweben, löste sich vom Rand des Zwischenbodens und segelte nach unten. Ymme biß sich vor Schreck auf die Unterlippe. Als der Brocken auf dem Mosaikboden gelandet war, ließ sie ihren Blick vorsichtig umherschweifen.

Der Notar und der Mönch waren in die Rollen vertieft und hatten nichts bemerkt. Aber dem maskierten Bruder blickte sie geradewegs in die aufmerksamen hellbraunen Pupillen.

Ymme erstarrte. Gleich würden sie beide durch seine Henkerschlinge sterben. Erfüllt von tiefer Hoffnungslosigkeit schloß Ymme die Augen und wartete wie betäubt auf den Alarmruf. Oder würde der Mörder lautlos auf der Leiter nach oben kommen?

Beinahe hätte sie aufgeschrien, als Cornelius ihre schweißnasse Hand umklammerte. Sein Finger deutete nach unten.

Die Verschwörer hatten die Durchsicht der Rollen abgeschlossen. Der Notar rollte den letzten Plan raschelnd zusammen und verschnürte ihn mit einem Lederbändchen. Der schwarze Bruder wartete, wie vorher, mit gesenktem Kopf still im Hintergrund. Als die Männer schweigend und leise das Kirchenschiff verlassen hatten, konnte Ymme die Tränen der Erleichterung nicht mehr zurückhalten.

»Andrea?« fragte Ymme ungläubig, als sie sich wieder gefaßt hatte. »Er kann es nicht gewesen sein. Andrea weiß, daß wir keine Parteigänger des Papstes sind, auch wenn wir unsere Differenzen mit dem Kaiser hatten. Er hätte Alarm geschlagen …, Alarm schlagen müssen.«

»Er hat dich erkannt«, beharrte Cornelius. »Er vertiefte sich lange genug in deine wunderschönen blauen Augen, um zu erkennen, wem sie gehören. Sie sind ihm ja nicht fremd. Andrea ist außerdem der einzige schwarze Bruder, der uns bisher schon beschützt hat.«

Ein unglaublicher Gedanke schoß Ymme durch den Kopf. »Glaubst du, daß er möglicherweise …«

Cornelius nickte. »Ich glaube es. Der Mann unterwandert die Bruderschaft. Das ist die einzige Erklärung, die einen Sinn ergibt. Er muß in irgend jemandes Diensten stehen, der dem Kaiser treu ist. Und dieser jemand muß auch das Lösegeld für uns gezahlt haben.«

Ymme lächelte verloren. »Ein hübscher Gedanke. Ich wünschte, wir wüßten, wo Andrea zu finden ist, damit wir uns bei ihm bedanken können.«

»Nein, Ymme«, sagte Cornelius kopfschüttelnd, »nun bist du zu naiv. Wir befinden uns mitten in einem Kampf, der mit brutalen Mitteln zwischen dem weltlichen Herrscher und dem geistlichen Führer des Abendlandes ausgetragen wird. Daß jemand nebenher uns am Schopf aus dem Sumpf zieht, ist ehrenwert, aber letzten Endes nur Nebensache. Vielleicht hat der Auftraggeber schon längst vergessen, was er Andrea aufgetragen hat.«

»Das glaube ich nicht«, erwiderte Ymme heftig. »Dazu haben sie viel zuviel Mühe mit uns.«

»Das stimmt allerdings«, gab Cornelius verstimmt zu und half Ymme auf.

»Ich gebe ja zu, daß es meine Schuld war«, bekannte Ymme versöhnlich, als sie Augenblicke später bei beginnender Dunkelheit auf die Gasse traten.

»Ja, ja«, murmelte Cornelius.

»Was ist jetzt? Ich habe mich entschuldigt, Cornelius!«

»Ich habe es gehört. Ymme, ich muß so schnell wie möglich zum Kaiser. Der Notar Naso ist der wichtigste Mann im Palast, sein Gehirn gewissermaßen, wenn der Kaiser abwesend ist. Und Aitmisch hat er sich gekauft oder auf andere Weise gefügig gemacht. Die beiden haben den Palast in der Hand, die Wache wird ihn nicht verteidigen.«

Ymme nickte. Außer ihnen stand niemand im Palast auf Friedrichs Seite.

»Naso ist jetzt offen als Handlanger von Jean de Brienne hervorgetreten. Der Kaiser muß erfahren, daß Gregor den Palast von Palermo hinter seinem Rücken schon erobert hat. Das Fehlen der Archivdokumente ist der untrügliche Beweis für Nasos Verrat.« Cornelius blieb stehen und faßte Ymme bei den Händen, um ihr in die Augen zu sehen. »Du mußt ein paar Tage ohne mich auskommen.«

»Ja, natürlich«, stimmte sie zögernd zu. »Wie abscheulich, dies alles! Der Heilige Vater, der in aller Welt von den Gläubigen Geld sammeln läßt, unterstützt damit nicht die Pilger, sondern bezahlt eine Armee, die Sizilien erobern soll. Und dafür nutzt er die Abwesenheit des Kaisers, der mit einem zu kleinen Heer in das Heilige Land zieht, weil Rom verhindert hat, daß ausreichend Pilger dem Aufruf zum Kreuzzug folgen ... Die Summe aus Innozenz und Gregor ist so atemberaubend schrecklich, finde ich, daß man sich auf der Stelle für einen anderen Glauben entscheiden möchte.«

»Nur gut, daß hier niemand Plattdeutsch versteht«, sagte Cornelius lächelnd und küßte ihr die Hände.

»Die Sprache von Ketzern wird überall verstanden.«

Ymme schnellte herum. Vor ihr stand Bruder Leonardo.

Der Mönch suhlte sich in der Genugtuung, sie beide hier überrascht zu haben. »Mein ist die Rache, spricht der Herr«, verkündete er mit unverkennbarer Vorfreude.

»Zweifellos«, stimmte Cornelius höflich zu, »obwohl ich mir den Herrn nicht rachsüchtig vorstellen kann. Eher schon einen Sizilianer. Seid auch Ihr Sizilianer, Bruder?«

Leonardo beachtete ihn nicht, er hatte nur Augen für Ymme.

»Er meint immer sich selber, Cornelius«, bestätigte Ymme und schüttelte den Gedanken an den schaurigen Tod des Genuesers ab. »Wenn er etwas vorhat, das die Grenzen des Erlaubten überschreitet, schiebt er den Herrn im Himmel vor.«

Leonardo trat so dicht an Ymme heran, daß sie seine heftigen Atemstöße auf ihrer Stirn spüren konnte. Sie schenkte ihm ein strahlendes Lächeln. Widersetzlichkeit schien auf ihn wie Öl im Feuer zu wirken, er loderte vor Zorn.

»Im Interregnum des Antichrist«, zischte er, »ist der Vater ein zorniger, unbarmherziger Gott! Seine Sense wütet nicht nur unter den Ketzern, sondern sogar unter den Guten und Gläubigen, die sich auf der falschen Seite befinden!«

»Aber Ihr befindet Euch zweifellos auf der richtigen Seite«, sagte Cornelius sarkastisch.

»Leg dich nicht mit ihm an«, warnte Ymme leise. Plötzlich empfand sie Furcht, weil der Mönch so unmittelbar wieder aufgetaucht war.

Aber Bruder Leonardo ließ sich durch Cornelius nicht reizen. Er entblößte seine Zähne zu einer wissenden Grimasse, schürzte die Kutte und trabte los. Seine Sandalen klapperten auf den Balate, und die wenigen Passanten drückten sich erstaunt an die Hausmauern, um seinen ausladenden Ellenbogen zu entgehen.

»Jetzt ist er wirklich verrückt geworden! Was, um Himmels willen, meinte er?« fragte Ymme beunruhigt. »Diesmal ging es ihm wohl kaum darum, nur seine Rache für das Mus anzukündigen.«

»Joachim von Fiore bemüht man in der Tat eher für den Weltuntergang«, sagte Cornelius zustimmend.

Ymme schauderte es. Weltuntergang. Wußte man, ob die Anhänger des Joachim nicht doch recht hatten? Bedrückt und in tiefem Schweigen kehrten sie zum Königspalast zurück.

Bruder Leonardo hatte früher als der Palast Kenntnis von der schlimmen Kunde gehabt, die ein Bote des Kaisers am nächsten Morgen überbrachte. Was er gemeint hatte, verstanden Ymme und Cornelius, als durch den Palast Gerüchte von einer tödlichen Erkrankung schwirrten, die fast alle Pilger dahingerafft haben sollte, die sich um den Kaiser sammelten.

Kurz nachdem Cornelius sich bei einem der Priester, die zum Stab des Kardinals gehörten, nach Einzelheiten erkundigt hatte, wurde Ymme zu ihrem Erstaunen zu Jolanthe gerufen.

In der Aufregung, die in den Gemächern Ihrer Erhabenheit herrschte, wurde Cornelius von dem an der Tür stehenden Eunuchen nicht abgewiesen. Dicht hinter Ymme sank er vor Jolanthe zu Boden, die sie mit allen Zeichen der Ungeduld erwartete.

»Unter den Pilgern ist ein schreckliches Fieber ausgebrochen«, erklärte sie mit Genugtuung. »Der Herr sendet ein deutliches Zeichen, wie unwillkommen ihm dieser unselige Kreuzzug ist, findet Ihr nicht auch, Dama?«

»Ich wußte nicht, Eure Erhabenheit, daß dem Herrn ein Kreuzzug unwillkommen ist«, antwortete Ymme aufrichtig. »Seit dem Heiligen Vater Innozenz III. haben alle Päpste dazu aufgerufen. Haben sie sich geirrt?«

»Mit Euch kann man nicht vernünftig reden, Ihr seid ja eine Ketzerin. Ich vergaß es, weil ich nicht gewohnt bin, mir Ketzer als Dienstleute aufzwingen zu lassen.« Jolanthe wandte sich ab, rauschte erregt bis zur Stufe des Badebekkens und zurück zu Ymme.

Ymme nahm schweigend hin, daß Jolanthe ihr absichtlich den spitzen Schuh ins Knie stieß, und sah mit stoischer Miene zu ihr auf, um sie nicht zu reizen. Bereits bei ihrer ersten Schwangerschaft hatte sie schon Kleinigkeiten genutzt, um noch ausgiebiger als sonst Rache zu üben.

»Ich würde Euch am liebsten hier zurücklassen, Dama«, fauchte Jolanthe, »aber dann geriete nur ich in Gefahr, nicht wahr? Dann schon besser wir beide! Außerdem seid Ihr auf diese Weise verantwortlich dafür, daß ich das Fieber nicht bekomme!«

Du lieber Himmel, dachte Ymme, der Kaiser wird doch seine schwangere Frau nicht zu den Fieberkranken rufen! Oder war er selbst zu solchen Experimenten bereit?

»Werden wir nach Brindisi reisen, Eure Erhabenheit?« meldete Cornelius sich mit ruhiger Stimme zu Wort.

Einen Augenblick sah es so aus, als ob Jolanthe ihre Gehässigkeit jetzt über ihn ausschütten würde. Aber er war ein gutaussehender Mann. Ymme konnte genau verfolgen, wie Jolanthes Interesse an ihm plötzlich erwachte.

»Der Kaiser befiehlt mich und die Dama nach Otranto, aber Ihr dürft mich gerne begleiten, Cavaliere.«

Das war also der Grund, warum Jolanthe sie hatte rufen lassen.

»Ich werde Dokumente zu unterschreiben haben«, erwähnte Jolanthe nachdenklich genug, um Ymme aufhorchen zu lassen.

Es war selten, daß Jolanthe sich nicht in Szene setzte, aber im Augenblick schien sie ernsthaft darüber nachzudenken, was diese Anweisung zu bedeuten hatte. Offensichtlich standen sie mit dem Fieber in Zusammenhang.

»Eure Erhabenheit, hat der Bote berichtet, um welches Fieber es sich handelt?« wagte Ymme zu fragen.

Jolanthe zuckte mit den Achseln. »Nein. Aber Tausende von Pilgern sind schon gestorben. Im Vatikan spricht man offen darüber, daß der Kaiser Brindisi als Treffpunkt gewählt hat, weil diese Gegend für ihr Fieber bekannt ist und auf diese Weise verborgen bleibt, daß er nicht genügend Schiffe hat bauen lassen.« Sie lachte leise.

Die Gehässigkeit gegen ihren eigenen Ehemann war nicht zu überhören.

»Dann habt Ihr also einen zweiten Boten aus Rom empfangen, Eure Erhabenheit?«

»Ja, gewiß«, antwortete Jolanthe, um erst hinterher zu bemerken, daß diese Antwort unklug war. Sie starrte Cornelius forschend an, aber seine harmlose, ehrliche Miene beschwichtigte offenbar ihren Argwohn. »Mein Vater erkundigt sich regelmäßig, wie es mir geht«, setzte sie hinzu.

»Wann werden wir aufbrechen, Eure Erhabenheit?«

»Wir segeln in drei Tagen, Cavaliere. Ihr werdet Euch in meiner Nähe halten. Einem christlichen Ritter ist mehr zu trauen als einem Sarazenen, mag er auch im Dienst meines Ehemannes stehen. Vielleicht sollte ich gerade darum vorsichtig sein«, murmelte Jolanthe und winkte sie mit dem Handrücken hinaus.

Ymme stand auf. Seite an Seite zogen Cornelius und sie sich zurück. Sie war dankbar, daß Jolanthe Cornelius mit auf die Reise nahm. Aber sie spürte auch einen Stich von

Eifersucht. Jolanthe war zu allen Gemeinheiten fähig, vor allem auf einer langweiligen Seereise.

Dann begann sie zu überlegen, was sie für den Fall, daß Jolanthe von diesem Fieber ergriffen wurde, einpacken mußte.

23.
Nusf-ed-Dunja, die *Halbe Welt*

Die Galeere des Kaisers lag schon im Hafen von Otranto, als das Schiff mit Jolanthe und ihrem Troß einlief.

Von nahem betrachtet, war die *Halbe Welt* groß wie mehrere Häuserblocks zusammen. Es war unmöglich, auf das Deck zu sehen, während die Feluke an der hohen Bordwand vorbeizog, um an der Pier anzulegen. Außer einigen Seeleuten, die beiläufig herunterspuckten, rührte sich dort oben nichts.

Dann wurde ihr Schiff vertäut und Ymme stand an der Reling bereit, aber Jolanthe ließ auf sich warten. War es wieder einmal der richtige Sitz der Kleidung, den die angeblich unfähige Teresina nicht in den Griff bekam, oder wollte Jolanthe einfach nur ihren Ehemann vor aller Welt brüskieren?

»Der Deutschordensmeister kommt«, flüsterte Cornelius ihr ins Ohr.

Ymme fand gerade noch Zeit, ihr Kleid zurechtzuzupfen, als der hohe Ordensritter schon an Bord trat, begleitet von Nicolaus von Hohenburg und einem Priester. Hermann von Salza blieb mit düsterer Miene vor ihr stehen, der Valet sank mit strahlendem Gesicht aufs Knie.

»Ich bringe keine guten Nachrichten«, verkündete der Ordensritter ernst. »Der Kaiser ist erkrankt. Ihr müßt es Ihrer Erhabenheit behutsam beibringen.«

»Hat er das Fieber, an dem die Pilger sterben?« erkundigte Ymme sich erschrocken.

»Es sieht so aus«, antwortete von Salza abwägend. »Noch geht es ihm nicht sehr schlecht, aber das könnte sich schnell ändern. Der Landgraf von Thüringen, der Brindisi gesund verließ, ist gestern hier in Otranto gestorben. Das beste wäre, Ihre Erhabenheit Jolanthe würde alle Dokumente heute noch unterzeichnen. Für alle Fälle, gewissermaßen ...«

»Sie ist in Umständen ...«, begann Ymme zögernd. »Deshalb wäre es besser, die Dokumente herzubringen.«

Hermann von Salza runzelte die Stirn. »Ich verstehe nicht. Kann Ihre Erhabenheit nicht gehen? Oder wolltet Ihr damit sagen, daß der Kaiser ..., hm, in der Nähe seiner Frau nicht erwünscht ist?«

Ymme nickte kaum merklich.

»Warum denn nicht?« erkundigte sich Nicolaus von Hohenburg treuherzig.

»Es gibt Krankheiten, die einen Menschen befallen, nachdem er sich in der Nähe eines anderen Kranken aufgehalten hat«, erklärte Ymme entnervt. »Es wäre daher klüger, Ihre Erhabenheit nicht in die Nähe eines Fieberkranken zu lassen.«

»Wenn dieser Mensch sich der gleichen Sünde schuldig gemacht hat wie der erste Kranke, mögt Ihr recht haben, meine Tochter. Wir sündigen Menschen hier auf Erden vermögen jedoch nicht die Gründe unseres Herrn zu erkennen und wollen auch nicht versuchen, sie zu erforschen.«

Ymme sah den Priester, den sie bislang kaum beachtet hatte, mit einem Hauch von Erbitterung an. Ihre neugewonnenen Erkenntnisse über die Pocken hatten ihre Einstellung zu manchen Erkrankungen grundlegend verändert, aber es war völlig sinnlos, einem Priester diese Zusammenhänge erklären zu wollen.

Der Ordensritter lächelte höflich, aber seine braunen Augen strahlten kaum Wärme aus, als er seinen Begleiter zurechtwies. »Vater, ich glaube nicht, daß es Euch zusteht, über die Sünden des Kaisers und seiner Gemahlin zu spekulieren.«

»Vor Gott sind alle gleich«, murmelte der Priester eigensinnig, aber darin erschöpfte sich sein Mut.

»Ihre Erhabenheit könnte das werdende Kind verlieren«, fuhr Ymme an den Ordensritter gewandt fort.

»Ich verstehe, wie Ihr es sehen müßt«, sagte Hermann von Salza. »Jedoch würde eine solche Verfahrensweise das Verständnis des Kaisers überfordern, zumal er derzeit völlig andere Sorgen hat. Der ganze Kreuzzug steht auf dem Spiel. Von den etwa siebzigtausend Pilgern ist mehr als die Hälfte gestorben. Ein bewaffneter Kampf ist nahezu unmöglich geworden ...«

Ymme knetete ihre Lippen zwischen den Fingern. »Ja, ich werde Ihre Erhabenheit unterrichten«, versprach sie schweren Herzens. »Wir machen uns so schnell wie möglich auf den Weg, sofern es mir gelingt, Ihrer Erhabenheit die Dringlichkeit zu erklären.«

Jolanthe erschien an Deck, kaum daß der Hochmeister auf den Kai gesprungen war, und sah ihm neugierig nach. »Welch ein abscheulicher kleiner Hafen! Man hätte einen schöneren aussuchen sollen. Was wollte er?«

Ymme unterrichtete sie davon, daß Eile geboten war und sie unverzüglich zur Galeere gebracht werden würden.

»Das Boot ist schon da«, verkündete Cornelius von der Reling her.

Jolanthe nahm die Erkrankung ihres Gemahls gleichgültig zur Kenntnis, aber das Ruderboot betrachtete sie beunruhigt. Ymme bemerkte, daß die kurzen Wellen des ständig bewegten Hafenwassers sie taumeln ließen und sie sich hilflos nach einer Stütze umsah.

»Ihr werdet mich beschützen, Cavaliere«, befahl Jolanthe mit ängstlicher Miene.

»Selbstverständlich, Eure Erhabenheit«, sagte Cornelius und sprang bereitwillig hinzu. Zu seinem Unbehagen schmiegte sie sich an ihn wie ein Fohlen an die Stute.

»Bitte, Cavaliere, Strickleitern sind mir ein Greuel«, flüsterte sie.

»Würdet Ihr es wagen, mit mir gemeinsam abgefiert zu werden?« erkundigte sich Cornelius nach einem prüfenden Blick über die Reling. Eigentlich war ihre Furcht lächerlich, aber es galt, diese junge Frau zügig und gefahrlos für das Kind zu ihrem Ehemann zu befördern.

Jolanthe sah ihn mit glänzenden Augen an und nickte. Cornelius lächelte ihr ermutigend zu. Erst der Blick auf seine wütende Frau machte ihm bewußt, daß er Jolanthe auf den Leim gegangen war.

Auch der Seemann, der Cornelius – zur Sicherheit der kaiserlichen Gemahlin – mit einem Palstek um die Brust und weiteren Schlingen um die Oberschenkel verschnürte wie ein Ferkel, das zum Markt gebracht werden soll, grinste in sich hinein.

Gereizt packte Cornelius Jolanthe mit der einen Hand, stieg auf die Reling und gab den Seeleuten am anderen Tauende das Zeichen, sie hinunterzulassen. Sie drehten sich sachte in der Luft, über ihnen knarrte die Jungfer, durch die das Tau lief. Cornelius blickte nach unten: noch anderthalb Manneslängen bis zur Schaluppe.

Plötzlich ging es nicht weiter, irgend etwas hakte.

Jolanthes Lippen näherten sich seinem Ohr. »Wisst Ihr, Cavaliere, daß Euer Leben jetzt in meiner Hand liegt? Ich müßte nur laut hinausschreien, daß Ihr mich unziemlich anfaßt.«

Cornelius sah ihr ins Gesicht. Ihre braunen Augen glitzerten erwartungsvoll. Sie war anscheinend naiv genug, zu hoffen, daß er um sein Leben flehen würde. »Zweifellos, Eure Erhabenheit. Und wißt Ihr, daß ich das Gleiche mit Euch tun könnte? Eine kleine Unachtsamkeit von mir, und Ihr entgleitet mir. Ihr würdet vermutlich mit dem Rücken auf der Relingleiste des Bootes aufschlagen. Eure Wirbelsäule würde mit einem Knacken brechen – Ihr wärt tot, vielleicht noch nicht sofort, aber in einigen Tagen oder Wochen. Und ganz bestimmt gelähmt …«

Sie biß sich auf die Lippen und musterte ihn ungläubig. »Das würdet Ihr wirklich tun?«

»Das würde ich.«

»Laßt mich sofort los!« schrie Jolanthe außer sich vor Wut und brachte es fertig, Cornelius' Lederwams mit kurzen heftigen Schlägen zu bearbeiten.

Jetzt packte er sie wirklich grob, um diese strampelnde Unvernunft nicht zu verlieren. Er war unendlich dankbar, als es den Seeleuten gelang, das Seil mit mehrmaligem Rucken wieder zum Laufen zu bringen, und der Mann in der Schaluppe Jolanthes Beine zu fassen bekam.

Ymme kletterte über die Strickleiter nach unten und nahm im Bug Platz, so weit entfernt von Jolanthe, wie es ging. Sie konnte sich nicht erklären, was Jolanthe so aufgebracht hatte. Jetzt, auf der kurzen Fahrt zur Galeere, lag nur noch ein leeres Lächeln auf ihren Lippen, und sie behandelte Cornelius, als sei er Luft.

»Was war denn los?« flüsterte Ymme, während Jolanthe als Erste die *Halbe Welt* betrat, aber Cornelius, noch ganz atemlos von all dem Schieben und Stützen, blieb ihr die Antwort schuldig, weil das Empfangskomitee schon auf sie zukam.

Ymme kannte keinen der Männer. An sie erging der Befehl des Kaisers, Jolanthe zu begleiten.

Kaiser Friedrich saß an einem breiten Schreibtisch und las in einer der zahllosen Pergamentrollen, die sich um eine halbvolle Weinkaraffe häuften. Nachdem Ymme sich wieder hatte erheben dürfen, sah sie, daß sein Gesicht mäßig gerötet und von einem Schweißfilm bedeckt war; er nickte ihr zu, bevor er sich mit ausdruckslosem Gesicht an seine Frau wandte.

»Es geht um Verfügungen, die zu erlassen ich mich unter diesen Umständen entschlossen habe«, begann er mit etwas heiserer Stimme. »Ich hoffe, die Unannehmlichkeiten für Euch halten sich in Grenzen.«

»Unannehmlichkeiten? Ich habe auf der Fahrt Qualen gelitten«, behauptete Jolanthe.

Gottlob, dachte Ymme. Der Seegang war auszuhalten gewesen, aber immerhin bewegt genug, um Jolanthe von Cornelius fernzuhalten.

»Der Preis dafür ist angemessen, denke ich«, fuhr Friedrich gleichgültig fort. »Für den Fall meines Todes verfüge ich, daß die Regentschaft von Jerusalem an Euch zurückfällt.«

»Und das Königreich Sizilien?« fragte Jolanthe gierig.

»Geht an Heinrich über, das wißt Ihr.«

»Aber nach dem Vertrag mit dem Heiligen Stuhl darf er nicht gleichzeitig König von Sizilien und Kaiser des Reiches sein«, wandte Jolanthe entschlossen ein. »Mein Sohn muß Sizilien erhalten, und ich werde die Regentschaft bis zu seiner Volljährigkeit ausüben.«

Der Kaiser lächelte spröde.

Ymme sah in seinem Gesicht eine Mischung von Verachtung und Schmerz, die sie bestürzte.

»Gregor ist besessen von dem Gedanken, sich Sizilien einzuverleiben«, sagte Friedrich leise. »Glaubt Ihr wirklich, Jolanthe, Ihr würdet Eurem Vater, der wie ein Fettschwanz am obersten Lamm Gottes hängt, auch nur einen Tag widerstehen können? Ich fürchte, nach meinem Tod würdet Ihr als erstes die Regentschaft über das Königreich Sizilien an ihn und damit an Gregor abtreten.«

Aus Jolanthes Gesicht wich alle Farbe und sie stolperte zu einem ungepolsterten Hocker. »Ihr seid ...«, keuchte sie, »wirklich der größte Feind des Heiligen Vaters, ein Ketzer ...« Sie schlug die Hände vor das Gesicht und schluchzte mitleiderregend.

Ymme ließ den Kaiser nicht aus den Augen. Er mußte jetzt endlich von dem Verrat erfahren, aber wie?

Seine Erhabenheit hob unbewegten Gesichtes eine Glocke vom Tisch und klingelte. Ein jüngerer schwarzgekleideter Notar mit Schreibfedern und Siegellack betrat unverzüglich den Raum, als hätte er hinter der Tür gewartet.

»Unterzeichnet, Jolanthe!« befahl Friedrich und schob ihr eine der Rollen hin.

Jolanthe wehrte sich nicht mehr. Tränenüberströmt griff sie nach der Feder und kritzelte ihre Unterschrift auf das Pergament, ohne es durchzulesen.

Die Zeit lief Ymme davon. Gleich würde Jolanthe das Schiff verlassen, und am nächsten Morgen würden sie zurücksegeln. Ihre Unruhe machte den Kaiser auf sie aufmerksam. Er sah sie an und hob die Augenbrauen.

Ymme sank zu Boden. »Eure Erhabenheit«, stammelte sie vor Aufregung. »In Palermo geht Schreckliches vor. Eine Bande von Verbrechern verbreitet absichtlich die Pocken, um die kaiserliche Familie auszulöschen. Sie breiten sich in der Stadt aus und haben den Palast bereits erreicht.«

Was den Kaiser normalerweise sofort interessiert hätte, schien ihn jetzt kaum zu berühren. »Die Künste des Morgenlandes, nehme ich an, obwohl es mir schwerfällt, überhaupt daran zu glauben«, sagte er müde.

Jetzt kam das Schwierigste. Ymme zitterte innerlich. »Nein, eben nicht«, widersprach sie. »Die Spur führt nach Rom. Der Notar Girolamo Naso gibt der Bande die Befehle. Außerdem tauscht er mündliche Botschaften mit dem Befehlshaber der Schlüsselsoldaten aus ... Die Franziskanermönche sind die Boten. Jüngst nahm einer die Pläne der Festungen von Sizilien mit nach Rom, Bruder Jacopo ...« Beim Anblick des Kaisers verließ Ymme der Mut. Seine Miene war furchterregend.

»Geht jetzt, Dama! Und solltet Ihr jemals wieder solche Anschuldigungen vorbringen wollen, schafft einen Beweis herbei!«

Schneller war Ymme noch nie aus einem Raum hinausgelangt. Das Gefühl der Erniedrigung ließ sie fast ersticken. Sie lehnte sich an eine Wand und versuchte Luft zu holen. Kaum nahm sie wahr, daß Jolanthe auf sie zuschoß. Erst eine gewaltige Ohrfeige brachte sie wieder zu sich.

»Ihr gehört auf der Stelle ertränkt!« zischte Jolanthe und rauschte hinaus an Deck.

Die frische Luft, die durch die offene Tür hereinblies, tat gut. Ymmes Herzschlag beruhigte sich langsam. Trotzdem war sie dankbar, daß nach einer Weile Cornelius über das Schott stieg und hereinkam.

»Was ist geschehen?« wollte er wissen. »Jolanthe schäumte vor Wut und hat sich auf der Stelle hinüberrudern lassen. Die Strickleiter hat sie wie ein Äffchen bewältigt.«

Jolanthe interessierte Ymme im Augenblick nicht. »Wahrscheinlich habe ich alles falsch gemacht«, bekannte sie. »Ich habe dem Kaiser von der Verschwörung erzählt, und er hat nichts davon geglaubt.«

»Hat er dich entlassen?«

»Nicht einmal das. Dann könnten wir wenigstens nach Hause und die ganze Geschichte vergessen. Was uns jetzt erwartet, ist vermutlich die Hölle.«

»Schlimmer als Sizilien im August kann es nicht werden. Und wir nehmen sie gemeinsam auf uns.« Cornelius nahm Ymme in den Arm.

»Einen Beweis hat er von mir verlangt«, murmelte Ymme in seine Achselhöhle hinein. »Ich verstehe nicht, warum. Er schließt aus, daß ich recht habe, aber auf der anderen Seite tut er so, als ob er sich möglicherweise doch überzeugen lassen würde.«

»Eigenartig, ja. Wir werden später darüber nachdenken. Jetzt gehen wir an Deck, und ich sehe mich nach einem Boot um, das uns zurückrudert.«

Ungeduldig beobachteten sie, wie die Jolle von zwei unwilligen Seeleuten zu Wasser gelassen wurde. Zugleich mit dem Platschen des Bootes erklang hinter ihnen eine helle Stimme.

»Mein Herr, Cavaliere, Seine Erhabenheit der Kaiser, bittet die Dama unverzüglich zu sich. Die anderen Herren Ärzte sind bereits eingetroffen.«

Ymme musterte sprachlos den Eunuchen, der sich mit einem dümmlichen Lächeln vor ihr verbeugte.

»Selbstverständlich«, sagte Cornelius, der schneller als

Ymme seine Fassung wiederfand, und geleitete sie zurück zum Raum des Kaisers. Der Knabe an der Tür schien Cornelius für einen weiteren Arzt zu halten und ließ ihn ebenfalls eintreten.

Der Raum hatte sich gefüllt. Neben dem Schreibtisch standen ein Sekretär mit feuchter Schreibfeder und ein braunhäutiger Kammerknabe mit Handtüchern über dem Arm. Imposant war der korpulente Arzt, der mit andächtigem Gesicht dem Puls des Kaisers lauschte, dessen Handgelenk zwischen seinen fetten, beringten Fingern fast verschwand. Von dem zweiten Leibarzt, einem dürren, blutarmen Männchen, wußte Ymme, daß er in Bologna studiert hatte. Keiner der beiden hatte in Salerno die einzige medizinische Fakultät des Königreiches besucht.

All das hatte Ymme bereits im Palast erfahren, aber sie hatte noch nie mit den Ärzten zu tun gehabt; auch jetzt nahmen die beiden tonsurierten Gelehrten in der Soutane von ihr keine Notiz. Sie erwartete es nicht anders, denn einen größeren Gegensatz als zwischen zölibatären Klerikern, die im Abendland christliches Heilswerk gelernt hatten, und einer verheirateten Christin, die in einem Maristan bei einem Muslim Medizin studiert hatte, konnte es kaum geben.

Die Untersuchung des Kaisers war bereits in vollem Gange. Auf einem kupfernen Tablett lagen Schröpfköpfe, ein großes leeres Uringlas stand daneben. Der Kaiser hing schlaff in seinem Sessel, sein Kopf war jetzt hochrot.

»Das Fieber ist stärker als gestern, nicht wahr, Eure Erhabenheit?«

Der Kaiser murmelte eine undeutliche Antwort, um sich dann etwas besser verständlich zu erkundigen: »Was sagt Aristoteles dazu?«

»Aristoteles!« schnaubte der leitende Leibarzt. »Man sollte ihn wieder ganz und gar verbieten! Die Pariser stützen sich auf den heiligen Kirchenvater Augustinus, Eure Erhabenheit. Mit seiner Hilfe werde ich Euren Zustand erleichtern, indem ich einige Schröpfköpfe ansetze.«

Während der Kammerknabe geschickt den Rücken seines Herrn entblößte, wußte Ymme gar nicht, wo sie hinschauen sollte vor Unsicherheit, ob ihre Anwesenheit wirklich erwünscht war. Ihr Blick fiel auf die Karaffe, die der Kaiser inzwischen geleert hatte. Außer dem leisen fernen Plätschern der Wellen und dem nahen saugenden Geräusch der Schröpfköpfe war einige Zeit nichts zu hören. Ymme dachte, der Kaiser sei eingeschlafen, bis er die Stille beendete.

»Was ist mit meiner Abreise? Kann ich fahren?«

»Ich rate zum Abbruch des Kreuzzuges, Eure Erhabenheit«, sagte der ältere Medicus, der offensichtlich die Untersuchung leitete, und verbeugte sich, obwohl der Kaiser die Augen geschlossen hielt.

»Danke, Magister Rainier. Und Ihr, Ursone?«

Das war der Arzt aus Bologna. Ymme betrachtete ihn neugierig und mit einer gewissen Sympathie, weil er sich die wahrhaftig unnütze Verbeugung ersparte. »Ich würde es für ratsam halten, zur Erholung die warmen Quellen von Pozzuoli aufzusuchen. Eure Erhabenheit könnten den Pilgern wenige Wochen später folgen.«

Friedrich nickte, und Ymme überlegte, was sie ihm empfohlen hätte.

»Hermann von Salza?«

Der Hochmeister nahm sich für die Antwort Zeit. »Um des Reiches willen«, sagte er bedächtig, »muß alles getan werden, um ihm seinen Kaiser zu erhalten. Eine Reise ist stets gefährlich für einen Kranken, also rate auch ich zu den Bädern. Eine andere Sache ist der Kreuzzug. Es wäre dringend erforderlich, dem Heiligen Vater genauestens zu erklären, warum die Abreise Seiner Erhabenheit erneut verschoben werden muß, selbst wenn es sich nur um wenige Wochen handelt.«

»Ist niemand der Meinung, ich würde sterben?« fragte der Kaiser. Er schien schon sehr geschwächt. »Tausende sind gestorben. Dama?«

Cornelius mußte Ymme erst durch einen sanften Rippenstoß darauf hinweisen, daß der Kaiser tatsächlich ihre

Meinung hören wollte. »Ich glaube nicht, Eure Erhabenheit«, antwortete sie bescheiden. »Ihr befindet Euch in Eurem Königreich, Ihr müßt hundertmal hier gewesen sein, zur Jagd in den Wäldern und in Euren Städten. Ich glaube, daß Ihr genesen werdet, weil Eurem Körper nichts fremd ist, was Luft und Wasser dieser Gegend betrifft. Den Pilgern ist alles fremd.«

»Eine seltsame Ansicht«, murmelte Friedrich. »Stimmt jemand mit der Dama überein?«

Ymmes Blicke huschten zwischen den Leibärzten hin und her. Nein, natürlich nicht.

»An der medizinischen Fakultät von Paris wäre diese Ansicht als ketzerisch verurteilt worden«, verkündete Magister Rainier. »Aber da sie von einer Frau geäußert wird, spielt es keine Rolle. Es kann auch nur einer einfältigen Hausfrau einfallen, Luft oder Wasser mit Fieber in Verbindung zu bringen.«

Einem Kaiser auch, hätte Ymme beinahe laut gesagt. Aber sie biß sich auf die Lippen. Ihre Position war gerade jetzt zu schwach.

»Was ratet Ihr also, Dama?« erkundigte sich Friedrich trotzdem.

»Zu reisen, Eure Erhabenheit«, riet Ymme tapfer. »Ihr habt einige Widersacher, die zu sehr daran interessiert sind, daß der Kreuzzug nicht stattfindet. Sie würden versuchen, ihren Nutzen daraus zu ziehen.«

Hermann von Salza senkte den Kopf, offenbar, um sein Lächeln zu verbergen. Es schien Ymme zwar wohlwollend, aber ganz sicher deutete sie seine Miene falsch. Wahrscheinlich hatte er sich nur auf die Zunge gebissen.

»Nun wissen wir Bescheid, was, Marzuch?«

Der schwarze Kammerknabe kicherte zustimmend.

Der Kaiser schlug die Augen auf und zog sich in seinem Sessel hoch. »Dann ist es entschieden«, verkündete er.

Zu Ymmes Erstaunen schien er seine Schwäche überwunden zu haben.

Er lächelte in die Runde. »Ich reise auf Anraten meiner Leibärzte zu den Quellen, um mich auszukurieren; mit

Gottes Hilfe wird mich dort auch der endlich von Al-Kamil ratifizierte Vertrag erreichen. Hermann von Salza segelt mit dem ehrwürdigen Patriarchen von Jerusalem auf der *Halben Welt* ins Heilige Land, um der ganzen Welt deutlich zu machen, daß der Kreuzzug vertragsgemäß seinen Anfang genommen hat. Aber nicht, bevor er eine zuverlässige Delegation zusammengestellt hat, die dem Heiligen Vater unverzüglich berichten wird, was mich persönlich für einige Wochen zurückhält. Der Tod des einzigen Fürsten unter den Männern des Kreuzzuges sowie von vierzigtausend Pilgern müßte auch einen Gregor von der Gefährlichkeit des Fiebers überzeugen. Abschließend zu meiner Gemahlin: Ihre Erhabenheit Jolanthe begibt sich unverzüglich nach Palermo zurück, wo sie mit der zuverlässigen Unterstützung der Hebamme und Ärztin Iume de Lubica ihrer Niederkunft entgegensehen wird. Ich werde alle Befehle entsprechend ausfertigen lassen und danke allen Anwesenden für die Ratschläge.«

»Deine Kühnheit läßt wirklich nichts zu wünschen übrig«, meinte Cornelius, als sie glücklich wieder auf ihrem Schiff angelangt waren.

»Ich hatte gute Gründe für meine Einschätzung«, sagte Ymme gekränkt. »Der Kaiser ist wirklich nicht besorgniserregend krank. Er hatte eine ganze Karaffe Wein getrunken, und das vermutlich in ziemlich kurzer Zeit. Blonde Menschen bekommen davon leicht einen heißen Kopf.«

»Aber er könnte morgen sterben.«

»Ich denke nicht«, entgegnete Ymme wütend. »Man hat mir erzählt, daß dieses Fieber auch im Tal von Catania vorkommt! Glaubst du etwa, daß dessen Bewohner oder die von Brindisi besonders sündige Menschen sind? Ich nicht! Da kann der alte Zausel aus Paris sagen, was er will! Das Sumpffieber muß mit der Luft oder dem Wasser zusammenhängen. Genau darüber habe ich auch mit dem Kaiser diskutiert. Ich müßte eigentlich beleidigt sein, weil er mir unter vier Augen in Palermo glaubte und in Gegenwart seiner Ärzte nicht.«

»Vielleicht nur, um den Ruf nicht zu zerstören, daß er auf die Meinung von Frauen nichts gibt.«

Entwaffnet begann Ymme zu lachen. »Meinst du, das ist der Grund? Dann wäre er ja nur ein Mann wie alle Männer!«

»So sehe ich ihn auch, nachdem ich nun fast zwei Jahre in seiner Nähe verbracht habe«, sagte Cornelius. »Der Unterschied zwischen ihm und den meisten anderen besteht darin, daß er wenig auf bewaffnete Auseinandersetzungen gibt, weil er es für Verschwendung hält, wenn Männer sterben, die Besseres zu tun hätten. Ich habe läuten hören, daß die Verhandlungen mit dem Sultan von Ägypten über die Rückgabe von Jerusalem längst abgeschlossen wurden – nur ist der Vertrag eben noch nicht da.«

»Schrecklich, daß selbst Päpste die Gläubigen lieber in den Tod schicken, statt zu verhandeln, findest du nicht?« fragte Ymme und verschränkte ihre Finger mit den seinen.

»Wenn man die Sache vom Standpunkt eines guten Kaufmannes betrachtet, nicht«, widersprach Cornelius. »Der Heilige Stuhl sichert sich Ablaßgelder, Legate, Erträge aus Fürbitten, Spenden und Reliquienverkauf, Messen für die Erschlagenen und so weiter. So gesehen, wäre ein simpler Vertrag zwischen Rom und Ägypten das Ungünstigste, was ein Papst sich denken kann.«

»Cornelius«, flüsterte Ymme entsetzt. »Bitte hör auf. Du hast früher selber im Heiligen Land gekämpft.«

»Oh ja«, sagte Cornelius erbittert, »aber inzwischen sind mir die Augen geöffnet worden.«

Ja, sie hatten beide dazugelernt. Die Welt war ganz anders, als man meinen konnte, wenn man sein ganzes Leben in Lübeck verbrachte.

Den ganzen Morgen kamen und gingen auf der *Halben Welt* Männer, die Ausrüstungsgegenstände von Bord trugen, offenbar den persönlichen Haushalt des Kaisers, der auf eine in aller Eile zusammengestellte Transportkarawane umgeladen wurde. Als letzter kam der Kaiser selbst, leicht auf Hermann von Salzas Schulter gestützt, während er eindringlich auf diesen einsprach.

Ymmes Augen folgten den beiden von der Reling aus. Vermutlich würde alles, was in den kommenden Wochen im Heiligen Land geschah, vom diplomatischen Geschick des Hochmeisters abhängen. Vor allem mußte er die Pilger davon abhalten, in einen Taumel von Beutegier und Blutdurst zu verfallen, wie es anläßlich des letzten Kreuzzuges in Konstantinopel geschehen war.

Die in leuchtend hellgrünen Brokat gekleideten Kammerknaben halfen dem Kaiser in eine Sänfte, wonach sich das Kamel sofort erhob und der Troß sich zügig in Bewegung setzte. Das edle arabische Pferd des Kaisers wurde gesattelt hinter seiner Sänfte hergeführt, danach folgte eine dicht verhängte Sänfte, umgeben von einem Trupp der schwer bewaffneten sarazenischen Leibwache.

Die Menschenmenge, die sich am Hafen versammelt hatte, sah der Karawane bedrückt nach. So empfand auch Ymme, obwohl sie nicht daran zweifelte, daß der Kaiser sich erholen würde. Wie unschwer an der verhängten Sänfte zu erkennen war, teilte er selbst diese Meinung. Es entlockte Ymme ein Schmunzeln, und sie hätte gerne gewusst, wer die Frau war und wie sie aussah.

»Wen haben wir denn da?« fragte Cornelius, höchst erstaunt.

Ymme folgte seinem Blick. Unter dem vorgezogenen Schutzdach einer Fischhalle entdeckte sie Andrea in der Kleidung eines Knappen. Mit gezogener Kopfbedeckung und allen Zeichen von Ehrerbietung lauschte er offenbar den Anweisungen, die von einer unsichtbaren Person an ihn ergingen. Er nickte mehrmals und nahm schließlich ein verschnürtes Päckchen an sich, das er sorgfältig im Wams verwahrte.

»Er spricht mit seinem Auftraggeber, vermute ich«, sagte Cornelius, atemlos vor Aufregung. »Mit unserem heimlichen Gönner, Nothelfer, Retter ... Für mein Leben gerne wüßte ich, wer er ist. Aber es ist zu spät, von Bord zu gehen.«

Ymme sah sich um. Das schon hochgezogene lose Segel knatterte, die Heckleine war eingeholt, und die mit vier Mann besetzte Schaluppe lag vor der gestrafften Bugleine bereit, die Feluke von der Kaimauer weg in den Wind zu rudern. Sie würden noch vor der *Halben Welt* ablegen.

Andrea küßte die Hand, die sich ihm entgegenstreckte, und wich einen Schritt zurück. An ihm vorbei trat Hermann von Salza hervor, sah sich auf dem inzwischen menschenleeren Kai um und begab sich gemessenen Schrittes zur kaiserlichen Galeere, die ihn als Gewährsmann für den Kreuzzug ins Heilige Land bringen sollte.

»Der Hochmeister selbst«, flüsterte Cornelius, wie erschlagen von dieser Erkenntnis.

Gegen den steten Westwind kam die Feluke langsamer vorwärts als auf der Hinfahrt. Jolanthe zeigte sich kein einziges Mal an Deck.

Erleichtert sah Ymme, wie sich am Nachmittag des siebten Tages die Bucht von Palermo vor ihnen öffnete. Der Königspalast wuchs langsam aus dem grünen, mit goldenen Tupfern gesprenkelten Gürtel von Palermo heraus, und an der Wasserlinie wurden die Bastionen und Kastelle erkennbar.

»Die Zisa«, sagte Ymme beglückt, während Cornelius sich verärgert nach den Palastwächtern umsah, deren harte Schritte sich so auffällig von denen der Seeleute unterschieden. Sie hätten es beide vorgezogen, den wunderschönen Anblick ungestört zu genießen.

Hinter ihnen machten die Männer halt, und Ymme fuhr herum. Erschrocken betrachtete sie die Krummsäbel und Messer, die nur locker in den breiten Bunden steckten.

»Ihre Erhabenheit schickt Euch in den Laderaum«, sagte der eine Sarazene grob. »Also hinunter mit Euch!«

Cornelius war zu klug, um Widerstand zu leisten. Er nahm Ymme bei der Hand und setzte sich in Bewegung, bevor er nach dem Grund fragte.

Der Mann zuckte mit den Schultern. »Vielleicht will Ihre Erhabenheit Euch beim Landgang nicht sehen.«

Wenigstens wurden die Soldaten nicht handgreiflich. Ymme und Cornelius gelangten heil in einen niedrigen Raum, in dem Taubündel lagerten und es nach Teer roch. Hinter ihnen wurde die Leiter hochgezogen und oben die Luke verschalkt.

»Ich glaube«, sagte Cornelius mit einem verdrossenen Seufzer, »daß wir uns als Gefangene betrachten müssen.«

Sie hörten den üblichen Lärm, als das Schiff anlegte, die Laufplanke wurde ausgelegt, Jolanthes schrille Stimme befahl den Sänftenträgern näher zu kommen, damit sie nicht in den Unrat treten müsse, an Deck wurde aufgeklart, und danach wurde es über ihren Köpfen still.

Nach langer Zeit ließ sich jemand auf die Planken fallen und stimmte eine traurige Melodie auf einer Flöte an.

»Eine Wache«, stellte Cornelius lakonisch fest. »Wir werden anscheinend hier die Nacht verbringen. Mindestens eine. Vielleicht haben sie vor, uns irgendwo an der Küste gefangenzuhalten. Alte Kastelle gibt es genug.«

Ymme fror trotz der Wärme. »Ich habe immer befürchtet, daß sie mich eines Tages mit Gift umbringen wird«, bekannte sie. »Jolanthes Angst vor den Pocken war wohl ein Schutz für einige Zeit. Jetzt scheint sie es sich anders überlegt zu haben … Vielleicht will sie uns beide verschwinden lassen. Hast du sie beleidigt?«

»Meines Wissens nicht«, sagte Cornelius. »Ich habe nur gedroht, sie umzubringen …«

»Oh!« Mehr brachte Ymme nicht heraus. Niedergeschlagen machte sie sich daran, die Taurolle auseinanderzuzerren und zu einer einigermaßen ebenen Liegefläche auszubreiten. Daran war sie schuld. Ohne ihre Eifersucht hätte Cornelius vermutlich klüger gehandelt.

Unter ihnen gluckerte zwischen den Tauschlingen stinkendes Bilgewasser, und dort wo der Laderaum am tiefsten war, schwammen Unrat und Rattenkadaver. Eng aneinandergeschmiegt, konnte in dieser Nacht keiner von ihnen schlafen.

Statt einer Morgenmahlzeit tischte Cornelius einige unangenehme Wahrheiten auf, die Ymme bis dahin nicht an sich herangelassen hatte. »Hermann von Salza ist weit weg, der Kaiser krank oder vielleicht tot, und Andrea wer weiß wo. Außerdem dürfte nach dem ausdrücklichen Befehl des Kaisers, daß du dich um Jolanthe zu kümmern hast, kein Mensch vermuten, daß ausgerechnet seine eigene Frau dem zuwiderhandelt.«

Ymme kaute auf ihrem Fingerknöchel. Es stimmte, und sie hatte gewaltigen Hunger.

Aber den ganzen Tag lang rührte sich an Deck nichts.

Irgendwann balancierte Cornelius über einige Ausrüstungsgegenstände zu einer Stelle, an der sich der Teer zwischen den Decksplanken eine Handbreit gelöst hatte, und spähte mit dem Kopf im Nacken nach oben. »Ich schätze, sie werden heute nicht mehr auslaufen«, meinte er nachdenklich. »Ich glaube, es fängt schon an zu dunkeln, und die meisten Leute sind immer noch an Land.«

»Aber eine Nacht mehr im Hafen von Palermo hilft uns auch nicht weiter«, sagte Ymme düster. »Andrea hat in jedem Fall unsere Spur verloren. Und wir werden verhungern …« Gedankenverloren begann sie ein Lied aus ihrer Kindheit zu summen.

»Still«, befahl Cornelius. »Da kommt jemand.«

Kurze Hammerschläge ertönten, dann wurde das Luk aufgeschlagen. Gegen den noch hellen Abendhimmel zeichnete sich Girolamo Naso ab. Das Lied blieb Ymme im Halse stecken.

»Bei guter Laune, Dama?« begann der Notar höflich. »Das gefällt mir.« Er machte Platz für einen Seemann mit einem Messer zwischen den Zähnen, der die Leiter herunterließ und herabzusteigen begann.

»Welchen Schurkenstreich habt Ihr jetzt wieder vor, Notar des Königs?« fragte Cornelius anzüglich.

»Es wird«, antwortete der Notar gemächlich, während er sich ein Stäubchen vom schwarzen Ärmel schnippte, »Zeit, mit den Feinden abzurechnen. Die Kurie mit ihren großen, ich mit meinen unbedeutenden. In absehbarer Zeit werden wir mit der Säuberung Siziliens beginnen. Ihr zwei seid ein winziger Teil davon, und wir werden uns Euch mit Umsicht widmen.«

Der Seemann war unten angelangt. Er nahm das Messer aus dem Mund und beschrieb mit ihm stumm einen Bogen, der an der Leiter endete.

»Du gehst voraus, Ymme«, bestimmte Cornelius. »Ich kann dem Kerl besser ins Gesicht treten, falls er mir zu nahe kommt.«

Das Deck war leer. Am Fuß der Laufplanke warteten auf dem Kai vier schwarzgekleidete Männer des Ordens der Gerechtigkeit, die Ymme und Cornelius in ihre Mitte nahmen.

Sinibaldo Ferrara, dem nicht entging, daß Ymme ihn sofort erkannte, schenkte ihr ein wölfisches Lächeln, bevor er sich höflich vor ihr verbeugte und sehr viel knapper vor Cornelius. »Ich hoffe, die kleine Platzwunde auf Eurem Kopf ist gut verheilt, Cavaliere. Es zeugt von schlechtem Benehmen, andere zu belauschen, noch dazu Männer im Dienst der Heiligen Mutter Kirche, deshalb fiel mein Schlag möglicherweise etwas hart aus …«

Er war es also gewesen, der Cornelius niedergestreckt hatte. Ymme schluckte trocken. Wie häufig waren sie wohl unter Beobachtung gewesen, ohne es zu ahnen! Sie spürte Ferraras Hand auf ihrer Schulter. Es gelang ihr nicht, sie abzuschütteln, obwohl er sie zutiefst anwiderte.

Sinibaldo Ferrara spitzte die Lippen und näherte sich zu Ymmes Entsetzen ihrer Wange, als ob er sie küssen wollte. »Leider habt Ihr Euch in jeder Hinsicht als unbelehrbar erwiesen, Dama«, flüsterte er. »War der Hundekopf nicht etwa Warnung genug? Was hätten wir noch tun sollen, um Euch von den Pockenerkrankungen fernzuhalten? Was?«

Die Erkenntnis, daß er die blutige Arbeit für die Verschwörer erledigte, schnürte Ymme vollends den Hals zu. Sie starrte ihn entgeistert an, und er lächelte schmal, aber voller Genugtuung.

Ihre Einlieferung in das Gefängnis war ein kurzer Verwaltungsakt. Girolamo Nasos kühl anweisende Stimme ließ dem Wachhabenden keinen Zweifel, daß die Gefangennahme von höchster Stelle angeordnet war.

Während sie einen kahlen, verdreckten Gang entlanggeführt wurden, konnte Ymme an nichts anderes denken als an den Brunnen im Hof, der das Röcheln der Gehängten übertönen sollte. Er hatte bei ihrem Eintreffen besonders lebhaft gesprudelt. Wahrscheinlich hatte sich hier seit des Sultans Zeiten nichts geändert.

24.
Im Gefängnis der Khâlisah

Der Teil des Gefängnisses, in dem Ymme und Cornelius inhaftiert wurden, war ein riesiger großer Saal, in dem Zellen für die Gefangenen durch Gitterstäbe abgeteilt worden waren.

Ymme sah sich unversehens zwischen verwahrloste Frauen gestoßen und landete auf dem mit schütterem Stroh bedeckten Boden, der durchdringend nach Urin stank. Hinter ihr schlug die Tür scheppernd zu, während Cornelius von den Comestabuli vorwärts getrieben wurde und aus ihrem Blickfeld verschwand.

Drüben auf der anderen Seite des Ganges brüllten die Männer, warum, wußte Ymme nicht, während die Frauen in ihrer Zelle sie schweigend und feindselig musterten.

Bis sie sich wie eine Art Urgewalt alle zugleich auf Ymme stürzten, um ihr die Kleidung vom Leib zu reißen.

Als sie endlich von ihr abließen, fand sich Ymme im zerrissenen Unterkleid an der hintersten Wand der Zelle wieder. Aus ihrer Nase schoß das Blut, das rechte Knie war nahezu unbrauchbar, und sie zitterte derart, daß sie kaum noch Gewalt über sich hatte. Sogar der Hunger war ihr vergangen.

Ymme wußte nicht, wie sie überlebt hatte, als ihre Gedanken allmählich wieder klarer wurden, aber jemand mußte ihr geholfen haben, der sich vielleicht gar nicht mehr in der Zelle befand. Sie stellte nach und nach fest, daß jeden Tag neue Frauen hereingestoßen wurden, während andere verschwanden.

An den Gesprächen beteiligte sie sich kaum, was teilweise an den Sprachschwierigkeiten lag, die sie bis dahin nie so deutlich gespürt hatte. Diese Frauen sprachen in einer Mundart, die sie kaum verstehen konnte. Dann aber wurde sie angesprochen, als sie sich mit der hart erkämpften Handvoll Brei niederließ, um ihn zu verschlingen, bevor er ihr aus der Hand geschlagen wurde.

»Ihr seid hochmütig«, sagte die Frau neben ihr einigermaßen verständlich und versenkte ihren zahnlosen Oberkiefer gierig in den eigenen Brei. »Und warum auch nicht, Ihr seid ein anderes Leben gewöhnt.«

»Ich war nie hochmütig«, widersprach Ymme, »aber ich verstehe eure Sprache nicht so gut.«

»Ich habe Euch vor der Pellagra davonlaufen sehen«, plauderte ihre Nachbarin weiter, »und recht hattet Ihr.«

»Und wer seid Ihr selbst?« fragte Ymme verblüfft.

»Nicht nötig, mir solche Ehre zu erweisen. Ich bin schlicht und einfach Menica für Euch. Aber mein Name wird bald vergessen sein.« Für einen Augenblick sah sie auf. An ihren Mundwinkeln klebten Breibröckchen, was ihr ein groteskes Aussehen verlieh.

Ymme lächelte, weil sie plötzlich an die alte Taleke im Lübecker Hospital denken mußte. Es gab keinen Unterschied zwischen den hungrigen Armen dort und hier.

Die alte Frau grinste zurück. »Mein Verbrechen ist die Giftmischerei. Die Pellagra hat mich verpfiffen.«

Das Lächeln verging Ymme.

Die Giftmischerin beugte sich zu ihr herüber. »Aber die Pellagra soll erfahren, daß nichts auf dieser Welt ungesühnt bleibt. Und Ihr werdet das Werkzeug meiner Rache sein.«

Nein, das wollte sie ganz bestimmt nicht. Aber Ymme wußte nicht, wie sie der aufdringlichen Vertraulichkeit der Alten entgehen konnte.

Die Giftmischerin, die Ymme nicht aus den Augen ließ, nickte, während ein listiger Ausdruck auf ihrem Gesicht erschien. »Ihr müßt wissen, daß wir Frauen von Palermo berühmt sind für unsere Gifte. Es war also nur recht, daß sich das Weib aus Akkon gleich nach der Ankunft in Palermo nach Giften umsah. Leider geriet sie an die Pellagra. Aber sogar, als der kleine Mohr ihr zu langsam starb, wollte sie nicht einsehen, daß sie sich an die Falsche gewandt hatte. Ich habe schon immer gesagt, daß Pellagras Ruf besser ist als ihre Mischungen. Bei mir wäre sie besser bedient worden.«

Ymme blickte voll Entsetzen auf Menica, die sich hochzufrieden die bläulichen Mundwinkel säuberte. »Ist Jolanthe denn noch im Besitz dieser Gifte?« erkundigte sie sich zitternd.

»Bestimmt! Und teilt Nicola della Vigna mit, daß sie samt und sonders von der Pellagra stammen. Ihr steht doch gut mit ihm, oder?« Sie sah Ymme forschend an. »Der Zwerg – dieses kleine Ungeheuer, dem der Herr den Hals umdrehen möge –, vor dem nehmt Euch in acht.«

Die Warnung kam leider zu spät. Ymme nickte vage.

»Weshalb sitzt Ihr hier?« fragte die Giftmischerin plötzlich.

»Ich weiß es nicht«, antwortete Ymme zögernd. »Vielleicht wegen Ketzerei …«

»Das kann nicht sein«, sagte Menica und wollte sich über Ymmes Unwissenheit vor Lachen ausschütten. »Die Ketzer werden ins Gefängnis des Erzbischofs gebracht. Die kommen auch manchmal mit dem Leben davon, wenn sie abschwören. Aus dem Gefängnis der Kalsa geht's nur mit den Füßen voraus. Nach dem Verhör, versteht sich, bei dem die Namen von Mittätern aus Euch herausgepresst werden. Aber denkt ja daran, nach Nicola della Vigna zu verlangen! Die Pellagra soll ihre gerechte Strafe bekommen!«

Das Gespräch hatte Ymme so mitgenommen, daß ihre Gedärme in Aufruhr gerieten. Sie erhob sich, um ihre Notdurft in der dafür vorgesehenen Ecke zu verrichten. Menicas stechender Blick ruhte unentwegt auf ihr, als wollte sich die Giftmischerin überzeugen, ob Ymme den Tag ihrer Rache überhaupt erleben würde.

»Verzeiht, daß ich Euch zu belästigen wage, Eminenz.« Andrea öffnete seinen Scapolare, um nach der Hand des Notars zu tasten und diese andächtig zu küssen.

»Was ist?« fragte Girolamo Naso unwillig. »Wer hat dich vorgelassen, Kerl?«

»Da war niemand, Magistrato«, sagte Andrea mit tiefem Respekt. »Ich habe selbst hereingefunden, aufgrund der Beschreibung, die man mir gegeben hat. Ich schwöre bei der Madonna von Sankt Trinità, daß man Euch nicht behelligen wollte. Aber es war niemand da, an den man sich hätte wenden können.«

»Man, man. Wer ist man?« knurrte Naso etwas weniger ungnädig und schielte auf das verschnürte und versiegelte Päckchen, das Andrea an seine Brust drückte. Er streckte die Hand danach aus, aber Andrea wich zurück.

»Die mündliche Botschaft soll ich zuerst ausrichten.« Andrea hielt den Kopf gesenkt und achtete darauf, in nichts an den schwarzen Bruder zu erinnern, als der er den Notar zuweilen begleitete.

»Dann sprich endlich«, versetzte Naso ungnädig.

»Es geht um die Angelegenheiten des Kaisers und unseres Königs.«

Naso lächelte mit schmalen Lippen. Wachsamkeit mischte sich in seine Neugier. »Avanti!«

»Seiner Erhabenheit liegen die Dama und der Cavaliere aus dieser Stadt im Eis mit dem unaussprechlichen Namen sehr am Herzen, weil Seine Erhabenheit von dort seine Lieblingsfalken bezieht. Das ist die mündliche Botschaft«, behauptete Andrea.

Der Zwerg schnaubte abschätzig und erkletterte den Hocker vor seinem Pult. »Man wird sehen. Außerdem ist Federico krank. Die meisten Pilger sind an dieser Krankheit gestorben.«

»Seine Ärzte sind der Meinung, daß er sich bald erholen wird, weil seinem Körper die Gegend von Brindisi nicht fremd ist. Schließlich ist er in der Nähe geboren. Das unterscheidet ihn von den Pilgern, sagen sie.«

Irgendwie schien der Notar sich zu beruhigen. Andrea wußte sich auf dem richtigen Weg. »Dem Herrn und Maria von Sankt Trinità sei Dank«, fügte er fromm hinzu.

»Du bist aus Castelvetrano?« wollte Naso wissen.

»Das bin ich, Eminenz«, sagte Andrea mit leuchtenden Augen.

»Wie kommt einer aus Castelvetrano dazu, den Boten für den König zu machen?«

Andrea lächelte hintergründig und zuckte mit den Schultern. »Seine Erhabenheit weiß, auf wen er sich verlassen kann«, sagte er schließlich. »Und er vergißt nie, nicht einmal einen Feldhüter.«

Naso wiegte bedeutsam seinen schweren Kopf von einer Seite zur anderen. Er sah aus dem Fenster in den Garten und stellte eine, wie er glaubte, beiläufig klingende Frage, den Zeigefinger an der Nase. »Wird Seine Erhabenheit ins Heilige Land reisen?«

Darauf hatte Andrea schon gewartet. »Gewiß wird er das, Eminenz!« rief er mit frommer Freude aus. »Die Segel seiner Tartane blähen sich bereits im Wind; im Hafen von Pozzuoli steht der Hafenmeister bereit, die Kette nach unten zu lassen. Und so Gott will, wird Seine Erhabenheit schon bald inmitten der frommen Pilger in der Grabeskirche beten. Man munkelt, daß es fertig ausgestellte Verträge zwischen dem Kaiser und dem Sultan geben soll. Jerusalem ist so gut wie in der Hand der Christenheit ...«

Nasos Kopf fuhr herum. Er starrte Andrea forschend an. Seine olivfarbene Haut war eine Spur blasser geworden. »Du weißt gut Bescheid«, murmelte er.

»Sie haben mir alles erzählt«, rief Andrea, um kleinlaut fortzufahren: »Um genau zu sein, einer der Stallknechte, Eminenz.«

»Aha. Die Botschaft, also.« Naso streckte die Hand nach dem Päckchen aus. »Weißt du, was sie enthält?«

»Nein, Eminenz«, log Andrea. Es klang aufrichtig. »Das haben sie mir wiederum nicht erzählt.«

Der Notar erbrach das Siegel der kaiserlichen Kanzlei von Foggia und öffnete das Paket mit geübten Bewegungen. Er verzog keine Miene, während er las.

Andrea ließ seine Blicke im Raum umherwandern, folgte den Regalen bis zur Decke, in denen sich die Rollen mit anhängenden Etiketten stapelten, und verweilte schließlich mit offenem Mund und in den Nacken gelegtem Kopf an der obersten Reihe.

»Es ist mir«, sagte Naso endlich, »bekannt, daß die Dama und der Cavaliere inhaftiert wurden. Es geschah auf Veranlassung Ihrer Erhabenheit Jolanthe. Es scheint sich um einen Irrtum zu handeln, für den niemand verantwortlich gemacht werden kann. Solche Dinge geschehen.«

»Gewiß, Eminenz, überall. Manchmal suche ich tagelang nach einem Wolf, bis ich bemerke, daß ich auf der falschen Talseite bin. Solche Dinge geschehen.« Andrea hörte auf, seine Fellmütze in den Händen zu drehen. »Bin ich jetzt entlassen, mit Eurer Erlaubnis?«

»Warte. Du könntest noch etwas erledigen. Geh in das Gefängnis der Kalsa und sage dem Vorsteher, er soll die Dama und den Cavaliere unverzüglich entlassen! Ich gebe dir eine Beglaubigung, daß ich dich geschickt habe. Und zeige dem Magistrato auch das Dokument des Kaisers.«

»Gefängnis der Kalsa. Beglaubigung mitnehmen. Das Dokument des Kaisers vorzeigen«, wiederholte Andrea laut, als sei er bemüht, sich seinen Auftrag einzuprägen. »Ihr könnt Euch auf mich verlassen, Eminenz.«

Der Notar warf schwungvoll einen Schriftzug auf ein Eckchen Papier und reichte es Andrea. »Meine Beglaubigung vernichtest du nach Gebrauch. Wenn du wieder einmal in Palermo bist«, sagte er, sparsam lächelnd, »komm zu mir und erzähl mir, was es Neues gibt. Ein ehrliches Gesicht aus Castelvetrano ist mir immer willkommen.«

»Es ist mir eine Ehre, Eminenz«, murmelte Andrea und küßte Girolamo Naso zum Abschied die Hand.

Bruder Jacopo, den niemand aus dem Palastgarten zu vertreiben wagte, schmiegte sich dicht an den Fuß eines Palmenstammes, als er Andrea kommen sah. Der Kerl war ihm zutiefst zuwider, seitdem er ihn als Führer der beiden Deutschen im Bergland gesehen hatte. Glücklicherweise saßen sie inzwischen im schlimmsten Gefängnis von Palermo und würden irgendwann verschwunden sein – unregistriert, namenlos und spurlos, wie so viele. Um so verwunderlicher war es, daß ihr Helfer sich im Königspalast zu schaffen machte. Jacopo schwankte, ob er erst den Notaio davon unterrichten sollte; aber dann entschloß er sich, lieber dem Burschen zu folgen.

Mit dem geübten Wanderschritt des Feldhüters und Schäfers verließ Andrea den Palastbereich. Im Gewirr der Gassen des Suq fühlte er sich wieder sicher. Es war nicht besonders schwierig gewesen, herauszufinden, in welchem Gefängnis die Dama und der Cavaliere gefangengehalten wurden, aber es war unmöglich, sie ohne die Zustimmung des Notaio dort herauszuholen. Jetzt hatte er die nötigen Dokumente.

Gelassen wanderte er in die Khâlisah hinunter, zufrieden mit seinem diplomatischen Geschick. Er spitzte die Ohren, als er die unruhige Stimmung wahrnahm. Die Röster und ihre appetitanregenden Düfte blieben unbeachtet, während die Männer in Gruppen beisammen standen und stritten. Nicht einmal der einsetzende Regen machte dem ein Ende. Andrea mischte sich unter die nächstbeste Gruppe, um zuzuhören.

Es ging um den Kaiser. Der Heilige Vater hatte ihn exkommuniziert. Er hatte die Delegation nicht einmal vorgelassen, die erklären sollte, warum der Aufbruch des Kaisers sich ein wenig verzögert hatte. Und der Bannspruch, der längst vorbereitet war, führte alle kaiserlichen Verfehlungen auf und war so lang wie der Seidenteppich im Audienzsaal des Palastes.

Andrea holte tief Luft und begann so rasch zu gehen, wie es möglich war, ohne aufzufallen. Falls der Notar in diesem Augenblick von der neuesten Entwicklung erfuhr, würde er einen Läufer zum Gefängnis schicken, der schneller war als ein Schäfer, der unauffällig bleiben mußte. Dann wären die Dama und der Cavaliere so gut wie tot, und er hätte seine Ehre verloren.

»Ich pisse auf Seine Heiligkeit!« brüllte eine Stimme aus dem gegenüberliegenden Männerkäfig.

Ymme hörte auf, sich schlafend zu stellen, und hob ihren Kopf von den Knien. Alle Frauen redeten zugleich, was ungewöhnlich war, und kaum bemerkte die Giftmischerin, daß Ymme wach war, kam sie kriechend auf sie zu.

»Wisst Ihr schon das Neueste?« fragte sie lauernd, um sofort fortzufahren: »Der Heilige Vater hat unseren König exkommuniziert, weil er nicht mit den anderen nach Jerusalem gesegelt ist. Der Herr stehe ihm bei!«

»Der Herr stehe ihm bei«, wiederholte Ymme tonlos. Die Feinde des Kaisers hatten es also wahr gemacht. Und bei all ihrem Mißtrauen gegenüber der Kurie: Die Exkommunikation des Kaisers ausgerechnet in dem Augenblick, als er schon so gut wie auf dem Wege nach Jerusalem war, hätte sie nicht erwartet. »Wie entsetzlich!«

»Nicht wahr?« vergewisserte sich die Giftmischerin treuherzig. »Ich bin froh, daß Ihr auf unserer Seite steht. Die meisten Deutschen sollen es mit dem Papst halten, hört man. Aber wir in Sizilien lassen uns weder von Kaisern noch von Päpsten auffressen. Wir halten treu zu unserem König.«

»Ja«, sagte Ymme abwesend, weil ihr in diesem Augenblick klar wurde, daß ihr und Cornelius' Leben jetzt keinen Pfifferling mehr wert war. Jedermann wußte, daß sie beide zur kaiserlichen Partei gehörten. Und der Kaiser hatte das Spiel verloren.

Eine Unruhe am Eingang lenkte ihren Blick dorthin. Die Essensträger konnten es noch nicht sein, und die Hinrichtungen fanden morgens statt. Ymme wunderte sich nicht wenig, als sie Andrea neben dem Befehlshaber der

Wärter erkannte, einen von Nässe triefenden Umhang über dem Arm. Ohne Rücksichtnahme drängte sie sich durch die Frauen hindurch bis ans Gitter.

Andreas Blick fiel sofort auf sie. »Das wird sie wohl sein«, sagte er träge und kratzte sich die Brusthaare, die aus der Weste hervorlugten, »gelb wie ein Weizenfeld, auf dem Esel eine Menge Äpfel fallenließen, so wurde sie beschrieben ...«

Der Wachhabende lachte höflich, indes er stirnrunzelnd abwechselnd auf ein Pergament und einen Papyros in seinen Händen blickte. Die Männer in den Käfigen, die nach Abwechslung gierten, brüllten vor Lachen. Ymme spürte die Unentschiedenheit, die den Wachmann plagte. Es dauerte Ewigkeiten, bis er beide Botschaften hinter den Gürtel steckte und seinem Untergebenen zunickte, der die Tür für sie öffnete.

Sie trat so rasch hinaus in den Zwischengang, daß sie Andrea auf die Zehen trat. »Cornelio!« raunte er in ihr Ohr, bevor er sich in breitestem Dialekt für seine tölpelhafte Ungeschicklichkeit entschuldigte.

»Ihr müßt wissen«, schwatzte Andrea, an alle gewandt, »die Dama gehört zum Hofstaat. Es war alles ein grässliches Versehen, sagte der Notaio der königlichen Kanzlei, als er mir seinen Kummer anvertraute. Ich hoffe, Ihr werdet nicht allzu hart bestraft, Magistrato, Ihr könnt ja auch nichts dafür. Obwohl, man sagt ja: Den letzten beißen die Hunde.«

Ymme war längst in den leeren Gang vorausgelaufen und suchte nach Cornelius. Daß Andrea ihn beim Vornamen nannte, hatte sie alarmiert, es mußte etwas zu bedeuten haben. Sie spürte, daß Eile geboten war.

»Ymme!« rief Cornelius.

Sie blieb stehen. Gottlob, er sah weniger mitgenommen aus als sie. Ungeduldig drehte sie sich um.

Vor allem Andrea blieb hier und da stehen, betrachtete neugierig die Gitter und die Freßtröge, die für Schweine gemacht schienen, und machte sich vernehmlich über alles mögliche lustig.

Selbst dem Wachhabenden wurde es zu viel. »Nun komm schon endlich, Schäfer«, befahl er barsch. »Hol dir deine Leute und verschwinde!«

»Meine Leute doch nicht, Euer Hochwohlgeboren«, widersprach Andrea beleidigt. »Ich kenne sie nicht einmal, führe nur einen Auftrag des Notaio Naso von der königlichen Kanzlei aus.«

»Ja, ja, schon gut!« Der Wachhabende schlug die Verriegelung zurück, zerrte Cornelius aus dem Käfig und stieß ihn zu Andrea. »Macht, daß ihr fortkommt!«

»Wie Ihr wollt«, murrte Andrea. »Aber ich würde mich gern noch ein bißchen umsehen. Ein Feldhüter ...«

»Schluß jetzt!« bellte der Aufseher nervös.

Beim Abendläuten ließen sie den Brunnen des Gefängnishofes und sein nervenaufreibendes Plätschern hinter sich.

»Langsam«, warnte Andrea und sah sich nach allen Seiten um, bevor er entschlossen auf die Palmen des kleinen Platzes vor dem Gefängnis zuhielt. »Gleich ist es geschafft. Bleibt dicht hinter mir!«

Ymme zog die Kapuze seines schweren Hirtenmantels über den Kopf, während sie versuchte, in die Straßen zu spähen, die auf den Platz mündeten. Aber der Regen strömte, und sie sah nicht viel. Cornelius umklammerte ihre Hand und zerrte sie vorwärts, wenn sie stolperte. »Jungfrau Maria und Allah, laßt uns entkommen«, betete sie leise.

In diesem Augenblick hörten sie entferntes Hufeklappern, das im Nu zum donnernden Hufschlag eines Pferdes wurde, auf dem ein Eilbote durch die Schluchten der Paläste heranjagte.

Jetzt war es aus! Ymme wußte instinktiv, daß der sarazenische Reiter, der in den Gefängnishof einbog, um ihretwillen unterwegs war. Aber er beachtete die kleine Gruppe von Menschen nicht.

Andrea grinste hinter ihm her und schob ohne Eile ein schweres Portal auf, in das er sie hineinließ. »Der ehrenwerte Notaio!« sagte er spöttisch. »Er dreht sich schneller als ein Wetterfähnchen.«

»Das mußt du mir noch erklären, Andrea«, sagte Cornelius' ruhige Stimme neben Ymme, deren Augen sich noch nicht an die Dunkelheit gewöhnt hatten. »Was verbindet dich mit dem Notar? Und vor allem mit Hermann von Salza?«

Andrea lachte leise. »Gewiß, Cavaliere. Ihr sollt alles erfahren. Aber erst muß ich Euch in Sicherheit bringen. Geduldet Euch ein Weilchen.«

Ymme schüttelte den Kopf. Nein, sie wollte nicht mehr. Am liebsten hätte sie sich in diesen Torweg gesetzt und sich dem Schicksal überlassen. Cornelius spürte wie immer ihre Stimmung, nahm sie bei der Hand und zog sie mit sich.

Was von außen wie ein kleiner Palast ausgesehen hatte, war nur eine Fassade vor dem Rest eines Hauses gewesen. Andrea führte sie über Schutt und zwischen notdürftig aus alten Steinen errichteten Hütten durch die Khâlisah, in der jetzt viele Arme hausten. Niemand achtete auf sie, so wie auch Andrea niemanden beachtete.

Ihre Flucht endete in der Gasse der Flötenspielerinnen. Ymme hatte nicht einmal mehr die Kraft zu protestieren, als Andrea sie in den Felsenraum brachte, in dem der Altar stand, obwohl sich alles in ihr sträubte.

»Girolamo Naso ...«, sagte Cornelius zweifelnd.

»Keine Sorge, Cavaliere. Er kennt nur den vorderen Raum.«

Zu Ymmes Verblüffung ließ Andrea sie in einen zweiten Raum hinter dem ersten ein. Gott sei Dank, dachte Ymme und sank auf eine Steinbank, die aus dem Fels gehauen worden war.

Zwei Tage später war ihre Unterkunft schon einigermaßen wohnlich eingerichtet, sie hatten Licht, und Andrea hatte Nahrungsmittel herbeigeschafft.

Aber, wie lange werden wir wohl hierbleiben müssen, dachte Ymme entmutigt beim Anblick ihres dürftigen

Haushalts. Sie hütete sich jedoch, es laut zu sagen, damit Andrea sie nicht etwa für undankbar hielt.

»Du wolltest mir erzählen, was dich mit dem Deutschordensritter verbindet«, erinnerte Cornelius sanft, während er mit Andrea auf die gelungene Flucht anstieß.

»Da gibt es nicht viel zu sagen, Cavaliere. Ich stehe seit vielen Jahren in seinem Dienst. Seitdem er zu Federicos engstem Berater geworden ist, kann ich ihm zuweilen von Nutzen sein, weil ich meine Heimatinsel kenne.«

»Ja, das ist uns nicht entgangen.« Cornelius schmunzelte wegen der Untertreibung.

»Ohne dich wären wir verloren gewesen, Andrea«, ergänzte Ymme dankbar.

»Und noch seid Ihr nicht gerettet.« Andrea seufzte ein wenig, lehnte einen weiteren Becher Wein ab und stahl sich hinaus.

Am nächsten Morgen hörten sie verstohlene Stimmen im vorderen Raum. Cornelius legte einen Finger über die Lippen und löschte das Öllämpchen.

Aber niemand kam herein.

»Naso oder seine Männer waren im vorderen Raum«, berichtete Cornelius Andrea bei seinem nächsten Besuch.

Andrea zuckte die Achseln. »Das war zu erwarten«, meinte er. »Sie treffen sich dort. Aber diesen Raum kennen sie nicht, glaubt mir.«

»Und du glaubst nicht, daß jemand uns beobachtet hat?«

»Nein, eigentlich nicht. Überdies haben wir keine Wahl. Dies ist der einzige Raum in den Katakomben, in dem Ihr Euch verstecken könnt ... Sonst gibt es nur Gänge.«

Ymme sah ihn zweifelnd an. »Ich möchte am liebsten das nächstbeste Schiff nach Hause nehmen«, seufzte sie sehnsüchtig.

»Ich nicht«, sagte Cornelius fest. »Auf diese Weise will ich nicht aus dem Dienst des Kaisers scheiden. Als wir dachten, daß er uns verfolgen ließ, war es etwas anderes.

Aber jetzt denkt er, daß du dich hingebungsvoll um seine Frau kümmerst …«

»Ich weiß, ich weiß.« Auch Ymme quälte dieser Gedanke immer wieder. »Wenn wir wenigstens hoffen könnten, daß er vor seinem Aufbruch ins Heilige Land herkommt …«

Es folgten trostlose Wochen. Allmählich verlor Ymme das Gefühl dafür, wieviel Zeit schon verstrichen war.

Geräusche vor der Felsentür kündigten wie immer Andreas Kommen an, aber er trat ungestümer ein als sonst. Den Korb ließ er gleichgültig auf den Felsboden fallen, und im flackernden Licht war zu erkennen, daß er Neuigkeiten brachte.

»Der Kaiser ist nach Foggia gereist, und der Papst hat den Bann gegen ihn wiederholt«, platzte er heraus. »Von allen Kanzeln haben sie es verkündet. Und unser Federico hat, so wahr mir Gott helfe, einen Brief an die Fürsten der Welt geschrieben, in dem er erklärt, daß der Römer Gregor den Haß gegen ihn schürt.«

»Das ist offener Krieg zwischen dem Kaiser und dem Papst«, sagte Cornelius bewundernd.

Männer! Ymme fand die Nachricht eher bedrükkend.

»Es geht noch weiter«, fuhr Andrea fort. »Der Heilige Vater hat mit der Besetzung und Einziehung des Lehens Sizilien gedroht für den Fall, daß der Kaiser trotz des Banns zum Kreuzzug aufbricht. Er nennt den Kaiser *diesen König der Pestilenz,* und Federico ihn *diesen römischen Oberpriester …*«

Ymme sah ihn sprachlos an.

»Der Kaiser wird sich Gregor nicht unterwerfen.« Cornelius schüttelte zutiefst überzeugt den Kopf. »Das entspricht nicht seinem Verständnis vom Kaisertum. Seiner Meinung nach haben sowohl er als auch der Papst ihr Amt von Gott dem Herrn erhalten. Er billigt einem Priester höchstens die gleiche Stellung zu wie einem Kaiser, aber niemals mehr.«

»Die meisten glauben, daß sich Federico fügen muß. Der Bannspruch ist ein mächtiges Mittel, ganz gleich, gegen wen.« Andrea stieß einen tiefen Seufzer aus.

»Ich sage dir, Andrea, er wird es nicht tun! Jetzt muß Friedrich erst recht ins Heilige Land! Nur so kann er dem übrigen Abendland zeigen, daß die Befreiung Jerusalems eine Angelegenheit der ganzen Christenheit ist und nicht von den persönlichen Vorlieben eines Römers abhängt! Eins kommt hinzu: Er zwingt damit die Fürsten auf seine Seite. Wenn Friedrich das Heilige Land zurückerobert, wer würde zu behaupten wagen, es sei unrecht gewesen? Vielmehr werden sie sagen, der Herr habe ihm geholfen.«

»Das bedeutet, er muß es schaffen«, warf Ymme sorgenvoll ein. »Was aber, wenn es ihm nicht gelingt?«

»Ja«, sagte Andrea gedankenvoll, »jetzt gebe ich dem Cavaliere doch recht. Man munkelt nämlich, daß der Kaiser einen Reichstag einberufen will, um die deutschen Fürsten aufzufordern, noch mehr Ritter und Pilger zu entsenden ... Deshalb also.«

»Siehst du«, sagte Cornelius zufrieden. »Und dann gibt es noch den Vertrag mit den Sarazenen, auf den der Kaiser wartet? Weiß man darüber etwas?«

Andrea schüttelte den Kopf.

Wie um die Papstpartei zu unterstützen, brachen in den nächsten Wochen die Pocken erneut aus. Ymme entschloß sich, Andrea von der Bande der Pockenstecher zu erzählen.

Er hörte erstaunt zu, zweifelte aber nicht an der Möglichkeit, Pocken absichtlich zu verbreiten. »Dieser Satan!« fluchte er. »Das war es also, was Naso in Wirklichkeit trieb! Ich wußte nur von den Gerüchten, die die Mönche verbreiten sollten.«

»Bist du nie dabeigewesen, wenn der Notar Naso die Röhrchen mit den Pocken verteilte?« erkundigte sich Cornelius.

»Nein, Cavaliere. Ich hatte die Aufgabe, die Mönche einzuschüchtern. Es war ein Glück für die Dama, daß

Sinibaldo Ferrara mit einem anderen Auftrag unterwegs war, als Naso dem Mönch Jacopo in Sant' Antonio Abate die Dokumente übergab, und sie fast heruntergepurzelt wäre.«

»Aber Andrea!« protestierte Ymme und wurde mit einem strahlenden Lächeln bedacht.

»Normalerweise«, fuhr er fort, »wäre ich dafür nicht zugezogen worden; ganz traute Naso mir wohl nicht, und von den Blattern habe ich nie erfahren.«

»Ferrara also«, wiederholte Cornelius. »Er war in seiner Eigenschaft als Comestabulo bei unserer Verhaftung anwesend ...«

»Außer dem Genuesen, den Naso im Palast zum Schweigen brachte, gibt es einen zweiten Bruder, der sich ebenfalls als Stecher betätigt haben muß«, warf Ymme ein. »Vermutlich ist er es, der jetzt in Palermo sein Unwesen treibt. Man muß ihm das Handwerk legen!«

»Ich werde es versuchen«, versprach Andrea. »Der Genuese wurde übrigens nur so genannt, er war Palermer, obwohl er sich im Ausland einen merkwürdigen Dialekt angewöhnt hatte. Nach dem, was Ihr erzählt habt, Dama, könnte er oder Sinibaldo Ferrara ausgekundschaftet haben, wo sie diese Pocken erproben wollten. Beide kennen sich in Palermo aus. Allerdings hat Ferrara für eine solche Aufgabe die größere Erfahrung.«

»Er hätte dich nehmen sollen, Andrea«, scherzte Cornelius, »du wärst den Berbern vielleicht gar nicht aufgefallen.«

»Vielleicht nicht, Cavaliere«, gab Andrea lächelnd zu. »Vielleicht aber doch. Meine Mutter, die Araberin war, starb früh. Ich wuchs ähnlich auf wie unser Imberadour. Auf der Straße.«

»Wie viele Mitglieder hat die Bande eigentlich?«

»Ich vermute, nur sechs. Außer mir kenne ich vier mit Namen ...«, antwortete Andrea zögernd.

»Einer bleibt also, der besonders gefährlich ist, weil er uns unbekannt ist«, stellte Cornelius fest.

Andrea nickte. »Übrigens bin ich eigentlich gekommen, um Euch zu sagen, daß Ihr, wenn Ihr vorsichtig seid, jetzt nachts Luft schnappen dürft. Die meisten Comestabuli haben Respekt vor den Pocken.«

Da es zu allen Jahreszeiten bei Tag und Nacht am Hafen am belebtesten war, wagten sich Cornelius und Ymme in der nächsten Nacht dorthin. Endlich, dachte Ymme und atmete tief durch. So dicht bei der Tonnara, an deren Wand sie sich schmiegten, stank es abscheulich nach Thunfisch, aber sie empfand dennoch ein wunderbares Gefühl von Freiheit. Die Spione des Kaisers würden sich freiwillig nicht gerade in die Nähe der Fischzerlegehalle begeben, obendrein trug sie Männerkleidung und hatte ihre Haut mit Walnusssaft gefärbt. Über ihnen glitzerte der Sternenhimmel, und am liebsten wäre sie jetzt mit Cornelius einfach am Hafen entlanggeschlendert. Daß sie den Nordstern entdeckte, erschien ihr wie ein Gruß aus Lübeck.

»Sei mal still, mein Herz«, bremste Cornelius ihren geflüsterten Redeschwall. »Laß mich lauschen, ob ich etwas verstehe.« Sein Kinn wies auf eine Feluke mit arabischem Banner, die unter ihren Augen elegant und lautlos anlegte.

Das Schiff war nicht besonders groß, aber hervorragend gebaut und prächtig ausgestattet, und die disziplinierten Sarazenen, die an Land die Leinen belegten, wirkten wie Seesoldaten im Dienst eines hohen Würdenträgers.

An Deck erschien ein vornehmer Araber in Begleitung eines schwarzen Sklaven, der ein winziges Päckchen hinter ihm hertrug. Er rief einem seiner Seeleute am Kai etwas zu, der mit dem Selâm-Gruß antwortete, sich suchend umsah und sich dann zur Khâlisah aufmachte.

»Er soll ausfindig machen, wo der Palast des Erzbischofs ist«, flüsterte Cornelius atemlos.

»Woran denkst du?« wisperte Ymme, der seine Aufregung nicht entging.

»Ein Schnellschiff des Sultans mit einem vornehmen Boten, der den Erzbischof von Palermo sprechen will, kann meiner Meinung nach nur eines bedeuten«, antwortete Cornelius, schon halb aufgerichtet, »das muß der Vertrag sein, auf den der Kaiser wartet! Ich werde den Mann hinbringen!«

»Nein, nur nicht, das ist zu gefährlich«, sagte Ymme entsetzt, aber es war zu spät.

Cornelius eilte mit festen Schritten zum Kai und sprach den Araber ehrerbietig an. Einige Augenblicke später waren er und der Botschafter in Begleitung des Schwarzen und einer bewaffneten Wache schon auf dem Weg zum Cassaro-Tor.

Im Morgengrauen kam Cornelius zurück in die Unterwelt, er brachte einen Schwall feuchter Luft mit sich und war umgeben von einer Wolke fremdartiger Gerüche. Ymme war so erleichtert, daß sie ihn stumm umarmte. Sie hatte ihn bereits wieder im Gefängnis gesehen.

»Was ist denn?« fragte er erstaunt. »Ich war zum Abendessen auf Al-Kamils Feluke.«

»Was?« Ymme war empört.

»Es gab ein ausgezeichnetes Essen«, sagte Cornelius entwaffnend. »Thunfisch- und Schwertfischrogen, Zakkenbarsch, eine geminzte Sauce aus Meeraal, Couscous in Fleischbrühe …«

»Und warum hat es so lange gedauert?« rief Ymme. »Ich habe mir Sorgen gemacht! Ich habe mir bereits ausgemalt, daß sie dich im Schnellverfahren aufgehängt haben …«

»Die vielen Fischarten, weißt du. Bis die erklärt waren …« Er verstummte.

Ymme küßte ihn unter Tränen. Männer waren manchmal so rücksichtslos.

»Ich habe eine Menge erfahren. Komm, setz dich.« Cornelius zog Ymme auf die Bank hinunter. »Es handelt sich tatsächlich um den von Al-Kamil ratifizierten Vertrag. Der Erzbischof wird ihn höchstpersönlich nach Foggia bringen, weil alles andere zu unsicher wäre. Man vermutet, daß die Päpstlichen schon Wind davon bekommen haben und auf der Lauer liegen, um das Schreiben abzufangen.«

»Was hätten sie denn davon?« fragte Ymme, denn bei genauer Betrachtung kam es ja nur darauf an, daß der Araber und der Kaiser davon wußten.

»Mit dem Vertrag in der Hand kann Friedrich der Welt nachweisen, daß er etwas erreicht hat, das den Päpsten in mehreren Kreuzzügen mit Tausenden von Toten nicht gelungen ist. Trotz des Banns war er erfolgreich, bevor er überhaupt zum Kreuzzug aufgebrochen ist.«

Ymme nickte beeindruckt.

»Aber es ist noch mehr, glaube ich«, fuhr Cornelius fort. »So wunderlich es auch klingt: Al-Kamils Unterschrift könnte die Päpste in Rom überflüssig machen. Wozu braucht die Christenheit dort einen Vertreter Christi, wenn es Jerusalem und die Grabstätte Christi hat?«

»Und das hat Federico alles ins Kalkül gezogen«, sagte Ymme beeindruckt. »Die Welt kann er bestellen; ich wünschte, es wäre mit seiner Familie ebenso.«

»Oh, was das betrifft: Der Botschafter war bereit, den Antwortschreiben der arabischen Gelehrten an den Kaiser einen kurzen Brief von mir beizufügen; Friedrich korrespondiert mit Mathematikern, Philosophen und solchen Leuten, weißt du, und Post geht ständig hin und her. Der Erzbischof bringt alles ungeprüft zum Kaiser. Ich habe dem Kaiser geschildert, daß Jolanthe jegliche Betreuung durch dich ablehnt, daß wir uns verstecken, weil sie uns nach dem Leben trachtet, daß wir aber hierbleiben, für den Fall, daß sie während der Geburt noch nach dir verlangt. Gut so?«

»Bestens«, sagte Ymme und streichelte zärtlich Cornelius' stoppelige Wange. »Ich bin froh, daß ich für dich kein Experiment bin ...«

»Wie meinst du das?«

Sie schüttelte den Kopf und zog Cornelius auf den Boden.

Als die Tage wieder wärmer wurden, hatten sie jede Hoffnung verloren, daß der Kaiser sich ihrem Problem widmen würde. Offenbar hatte der Brief ihn nicht erreicht. Cornelius begann sich jetzt aus Trotz oder Enttäuschung sogar bei Tage aus dem Versteck zu wagen, im Gegensatz zu Ymme.

Sie verbrachte statt dessen ihre Zeit damit, im vorderen Raum nach dem Dokument von Domitian zu suchen. Wo es verborgene Türen gab, konnte es auch geheime Nischen geben. Widerwillig mußte Ymme eines Tages zugeben, daß es entweder keine gab, oder sie sie nicht öffnen konnte. Tiefenttäuscht hörte sie im gleichen Augenblick die nun schon vertrauten Geräusche, die anzeigten, daß Cornelius in die Krypta sprang und zur Grabplatte schlich.

Er kam gerade zur rechten Zeit, um sie aufzumuntern. Erleichtert ging Ymme ihm entgegen, bis sie im Gegenlicht eine braune Kutte erkannte.

Herab stieg Frater Leonardo, beleuchtet von einer blakenden Fackel in der Hand eines weiteren Mannes.

»Seht Ihr, Frater Leonardo, daß ich recht hatte?« erklang die selbstgerechte Stimme von Jacopo. »Seit vielen Wochen verstecken sie sich hier. Auf Knien danke ich dem Herrn, daß Ihr zurück seid, Bruder, und mir endlich die Last der Verantwortung von den Schultern nehmen werdet.«

Ymme schlug das Herz bis zum Hals. Sie war allein, und obendrein stand der Eingang in den geheimen Raum weit offen.

»Diesen Augenblick habe ich herbeigesehnt«, bemerkte Leonardo voller Genugtuung, ohne auf die Schmeicheleien seines Mitbruders einzugehen. »Du hast dich mit geradezu unglaublicher List seit deinem Aufenthalt in Toledo der Kirche zu entziehen verstanden und hast ihren würdigsten Dienern getrotzt. Aber der Heilige Vater Gregorius durchschaut das Ränkespiel des Satans und seiner Jünger mitsamt den ihnen angehörigen Weibern.«

»Gregor ist jetzt schon ein Heiliger«, flocht Jacopo mit ekstatisch leuchtenden Augen ein.

»Sehr richtig, Bruder Jacopo. In Gregors Namen werde ich deshalb dem Treiben der ketzerischen Hakima Iume de Lubicensis ein Ende bereiten. Ich werde dich nach Rom bringen lassen, und dort wirst du als Exempel für alle Ketzer auf dem Scheiterhaufen verbrannt werden.«

»Ist dies nicht vielmehr Eure ganz persönliche Rache dafür, daß ich Eure Unfähigkeit als angeblicher Arzt erkannt habe und Ihr zudem mit dem Knoblauchmus auf der Tonsur ausgesprochen lächerlich anzusehen wart?« erkundigte sich Ymme sarkastisch. Da ihr Schicksal unausweichlich schien, konnte sie sich nicht mehr zurückhalten.

»Was den Hochmeister der Deutschordensritter betrifft«, fuhr Leonardo fort, »so wäre der Christenheit viel Übel erspart geblieben, wenn er in Lübeck im Herrn dahingegangen wäre. Inzwischen ist auch seine Seele verloren, wie ich befürchte ... Und nun komm, Weib! Bruder Jacopo wird dich nach Rom bringen, während ich dieses Nest hier ausräuchere. Ein Ort weniger, an dem sich die Anhänger des Antichrist an christlichen Frauen fleischlich vergehen können!«

»Welchen Unsinn verbreitet Ihr jetzt schon wieder, Bruder?« Cornelius, dem Andrea über die Schulter schaute, eilte herbei und sprang mit erhobenen Fäusten zwischen die Mönche. Sie flogen gegen die Wand und rutschten beide benommen auf den Boden.

»Der Heilige Vater hat es der Christenheit in seinem jüngsten päpstlichen Schreiben mitgeteilt!« fauchte Leonardo mit einem Rest seiner üblichen Überheblichkeit. »Der Antichrist hat sich sogar mit dem *Alten vom Berge* verschworen, um seine Gegner von den Assassinen ermorden zu lassen. Überzeugt Euch das immer noch nicht?«

»Mich überzeugt gar nichts mehr, was ein Papst von sich gibt«, sagte Cornelius und rümpfte die Nase, als der Gestank, der von den Mönchen ausging, sich allmählich in der Höhle ausbreitete. »Was Gregor schreibt, übertrifft an Schmutz und Schund allerdings alles Frühere.«

Andrea betrachtete Jacopo, der vor Angst ohnmächtig

geworden war, wohlgefällig und zog einen Strick aus der Tasche.

»Was machen wir denn mit ihnen?« fragte Cornelius ratlos. »Wir müssen sie zum Schweigen bringen, aber ich möchte ungern jemandem die Zunge abschneiden.«

»Das wird nicht nötig sein«, sagte Andrea und gluckste in sich hinein. »Ich weiß etwas viel Besseres, aber das werde ich in Gegenwart der Dama auf keinen Fall erläutern.«

Leonardo leistete keinen Widerstand, als Andrea ihn auf den Bauch rollte und ihm die Hände auf den Rücke band. Seine Lippen bewegten sich in monotonem Gebet. Jemand, der ihn nicht durchschaute, hätte ihn für fromm gehalten, er sich selbst vermutlich auch.

Ymme nicht. Leonardo war ein selbstgerechter Fanatiker, der zu allem bereit war, was seinen Zielen diente. Mit grimmiger Miene beobachtete sie, wie Andrea den inzwischen wieder erwachten Jacopo verschnürte wie ein Schwein, das zum Markt gebracht werden soll. Jacopo machte ein Gesicht wie ein Märtyrer auf einem Altarbild.

Ymme lehnte sich mit weichen Knien an den Altar, als Andrea die Mönche endlich hinausbugsiert hatte. »Was meinte er nur mit seinem Einfall?«

»Keine Ahnung. Es schien etwas Lustiges zu sein.«

In ihrer höchsten Not besann Jolanthe sich darauf, daß sie eine Hebamme gehabt hatte, die zwar abscheulich gewesen war, aber mehr zustande gebracht hatte als das Weib aus Palermo. »Teresina, hol die Deutsche!« krächzte sie, vom vielen Schreien während der Wehen schon völlig heiser.

Teresina warf sich stumm zu Boden und eilte hinaus.

Jolanthe bemerkte, rasend vor Wut, erst nach einer Weile, daß sie völlig allein war. Sie versuchte aufzustehen. Als sie sich an den Bettpfosten klammerte, überfiel sie eine neue Wehe.

Während der Schmerz in ihr mit vorher nie dagewesener Macht tobte, hörte sie wie aus weiter Ferne Teresinas Stimme.

»Die Deutsche ist verschwunden, wahrscheinlich ist sie an den Pocken gestorben, Eure Erhabenheit, wie so viele. Aber man hat die Kräuterfrau Pellagra herbefohlen.«

Jolanthe antwortete nicht. Wie Sand in einer Uhr schien das Leben aus ihr herauszurinnen. Mit letzter Kraft sandte sie dem Kaiser ihren Fluch nach.

Zwei Tage später kam Andrea kurz vor Dunkelheit zurück, wobei er im Altarraum wie ein Hund bellte, was sich schaurig anhörte und Ymme wiederum in einen Alarmzustand versetzte.

In der Kammer brach er in brüllendes Gelächter aus, was auch nicht aufschlußreicher war, und schlug sich auf die Oberschenkel vor Vergnügen. Ymme setzte sich kopfschüttelnd.

»Der Heilige Vater ist am Gründonnerstag aus dem Petersdom geflohen«, berichtete Andrea. »Regelrecht ausgerissen ist er, als die Anhänger der Familie der Frangipani ihn beim Hochamt verbellt haben. Aber erst, nachdem er den Bann gegen unseren Federico erneuert hatte; die Frangipani sind eine vornehme Familie und wissen, was sich gehört.«

Unwillkürlich mußte Ymme lächeln. Es ging also gar nicht um die Mönche.

»Und jetzt?« fragte Cornelius wißbegierig.

»Nichts. Der Papst geifert gegen den Kaiser, und ganz Rom befindet sich in Aufruhr gegen Gregor. Unter anderem, weil man inzwischen weiß, daß er die für den Kreuzzug eingeworbenen Geldmittel zurückgehalten hat, um Söldner für den Krieg gegen Federico zu bezahlen. Ich hoffe, sie machen mit diesem Papst endlich ein Ende!« Andrea rieb sich in Vorfreude die Hände.

»Und was ist mit den Mönchen?«

Andrea machte eine wegwerfende Geste. »Die Franziskaner werden jetzt in ganz Sizilien schön stillhalten, wo ihr einziger Gönner auf der Flucht ist. Unsere beiden habe ich jemandem mitgegeben, der sie nach Cefalù bringt.«

Ymme hörte verblüfft zu. »Wolltest du sie nicht bestrafen?«

»Ich doch nicht«, sagte Andrea und rollte mit den Augen. »Dieses Gesindel mag man ja gar nicht anfassen. Ich habe ihnen nur gedroht.«

Und das sollte reichen? »Womit?« bohrte Ymme weiter.

»Ich weiß, wie hartnäckig Ihr sein könnt, Dama«, sagte Andrea und seufzte tief. »Wollt Ihr mir wenigstens dieses eine Mal die Antwort ersparen?«

Ymme schüttelte den Kopf.

Andrea zuckte ergeben mit den Schultern. »Für den Fall, daß sie zurückkehren, habe ich versprochen, ihnen den Rais von Corleone auf den Hals zu hetzen. Jacopo weiß gut, was das bedeutet.«

»Nämlich?«

»Entmannung«, murmelte Andrea verlegen. »Selbst Banditen, die vom Kaiser gejagt werden, finden, daß die lügnerischen Franziskaner die höchste Strafe verdienen, die man ihnen antun kann.«

Für einen Moment sah Ymme wieder die beiden zechenden Männer unter dem Feigenbaum vor sich. Andrea hatte Jacopo also doch gekannt. Aber etwas anderes interessierte sie mehr. »Wieso bist du mächtig genug, dem Führer der Banditen von Corleone Befehle zu geben, Andrea?«

Andrea lächelte und schüttelte den Kopf. »Befehle kann ich nicht geben, aber Empfehlungen. Der Rais und ich hatten den gleichen Vater.«

Stumm vor Staunen sah Ymme ihn an. Sie hätte noch gern vieles wissen mögen.

Aber Cornelius wischte die Vergangenheit mit einer Handbewegung beiseite. »Dann hält uns nichts mehr in den Katakomben«, sagte er überzeugt. »Wenn die Welt derart aus den Fugen gerät, jagen uns vermutlich auch die Comestabuli nicht mehr.«

»Man darf die Rachsucht der Palermer nicht unterschätzen«, warnte Andrea. »Mit Naso ist nicht zu spaßen.

Trotzdem glaube ich auch, daß ihr herauskommen solltet.« Plötzlich wirkte er bedrückt.

»Ist etwas passiert?« fragte Ymme.

Andrea zog die Schultern hoch. »Ich weiß nicht genau«, gab er zu, »die Pocken haben jetzt auch den Palast erreicht. Vielleicht wäre es gut ...«

»Natürlich wäre es gut«, fiel Ymme ihm ins Wort. »Ich mache mich sofort auf den Weg. Jolanthe müßte nun auch bald niederkommen, glaube ich ...«

Andrea schüttelte den Kopf. »Zu spät. Sie ist bei der Geburt gestorben. Sie haben versucht, es geheimzuhalten. Aber die Schuldige ist schon hingerichtet worden, eine Giftmischerin.«

»Pellagra?«

Andrea nickte zufrieden. »Sie hätte den Tod schon wegen des Diebstahls eines großen Edelsteins aus dem königlichen Besitz verdient.«

»Und was ist mit dem Kind?«

»Ein kleiner Junge. Er lebt.«

»Und das sagst du erst jetzt!« rief Ymme aufgebracht. »Ich muß sofort dorthin!«

25.
Das Buch Domitian

Palastwachen waren offenbar nicht mehr nötig. Oder waren sie alle krank? Ymme musterte den stillen Garten, der zu ihrer Beruhigung noch genauso gepflegt wie früher wirkte. Zitronenbäume und Narzissen verströmten einen betäubenden Duft.

Die wenigen Wachen, an denen sie vorüberkamen, salutierten überrascht. Kein schlechter Anfang, dachte Ymme und rannte beinahe in eine Frau, in der sie mit großer Mühe Teresina erkannte. Teresina stieß ein Geheul aus und sank zu Boden. Ihrem Gestammel war nur zu entnehmen, daß sich eine Katastrophe ereignet haben mußte und niemand wußte, was zu tun sei.

Ymme begann zu rennen.

Immerhin war Bianca am Leben. Sie saß auf dem Boden und schlug mit Inbrunst gegen ein schepperndes Kupfertablett, unbeachtet von einem jungen Mädchen, das offensichtlich auf Bianca aufpassen sollte, statt dessen aber mit abwesendem Blick auf seine Füße starrte.

»Wo ist Biancas Eunuch?« fragte Cornelius scharf.

»Tot«, antwortete sie teilnahmslos.

Ymme hockte sich zu Bianca. Sie schien wohlauf zu sein. »Versuche, Constanza zu finden, Cornelius!« bat sie leise. »Mit dem Mädchen dort ist nichts anzufangen, die ist betäubt vor Furcht.«

Sie nahm Bianca auf den Arm, die sich wie früher an sie schmiegte, und ging auf die Suche nach dem Neugeborenen. Zu ihrer Überraschung fand sie ihn im Nachbarraum an der Brust einer dunkelhäutigen Amme. Die Frau spreizte ihr alle zehn Finger entgegen und bleckte die Zähne. Sie war nicht zu beruhigen.

Dann stürmte Constanza in den Raum und umarmte Ymme mitsamt Bianca. »Endlich seid Ihr da«, rief sie und zu der Amme: »Die Dama Iume ist zurückgekommen. Allah sei Lob und Preis!« Ein schneller Wortwechsel auf Arabisch folgte, den Constanza gewann. Das Mißtrauen der Amme legte sich.

»Und nun berichte«, forderte Ymme endlich, während sie sich mit Bianca auf die Stufe zum Badebassin setzte.

»Ihre Gemein ..., ihre Erhabenheit ist tot«, verbesserte Constanza sich widerwillig, »und schon begraben. Einer der Priester aus dem Palast des Erzbischofs hat die Gebete gesprochen, das habe ich selbst gehört. Ich wollte sicher sein, daß es stimmt ... Danach bin ich sofort in unsere Wohnung umgezogen und habe alles in Ordnung gebracht.«

»Aber sonst geht es drunter und drüber«, ergänzte Cornelius ärgerlich. »Im Palast laufen praktisch nur noch kleine Knaben umeinander, anscheinend alle in Jolanthes Diensten, aber niemand, der so aussieht, als ob er den Befehl hätte. Aitmisch ist jedenfalls geflohen. Aber wo, zum Beispiel, ist der Notar Naso abgeblieben?«

»Ich weiß es nicht«, sagte Constanza. »Sinibaldo Ferrara, Nasos rechte Hand, ist gestorben. Vielleicht hat sich der Notaio aus Angst versteckt.«

»Seine rechte Hand«, wiederholte Ymme gedankenvoll. »Und ausgerechnet der Notaio sollte sich verstekken?«

»Ja, warum denn nicht? Die Pocken sind überall ...«

»Ich erzähle dir später alles. Jetzt müssen wir erst einmal zusehen, daß wir Bianca und den kleinen Thronfolger vor der Krankheit schützen. Sind Angelina und Stella wieder da?« fragte Ymme weiter.

Constanza nickte und schüttelte gleichzeitig den Kopf. »Ich glaube, daß sie um die Ecke gebracht wurden. Jolanthe erfuhr, daß der Hochmeister, der mit unserem König befreundet ist, sie heimlich in seinen Dienst genommen hatte. Seine kleine Erhabenheit wurde auf den Namen Konrad getauft. Und wieso sollen wir die Kinder vor den Pocken schützen können? Das zu tun steht allein in Allahs Macht.«

»Wir werden Allah tüchtig unter die Arme greifen«, sagte Ymme gedankenverloren. »Er kann nicht alles allein regeln.«

Während Cornelius ging, um sich einen Überblick über die Zustände im Palast zu verschaffen, begann Ymme, Jolanthes Gemächer wie für eine Belagerung einzurichten.

»Constanza«, erklärte sie streng, »den Pocken entkommt man am besten durch Flucht, das ist bekannt. Wir können nicht fliehen, weil sie so gut wie überall sein können. Also werden wir ihnen den Zugang versperren, damit sie nicht hereinkommen.«

»Alles, Dama«, sagte Constanza selig, »ich tue für Euch alles, auch wenn Ihr die Pocken für eine Art Feind zu halten scheint, der durch die Tür hereinspaziert.«

»Genau das sind sie auch«, meinte Ymme und wanderte geschäftig von Vorhang zu Vorhang, um zu überprüfen, ob sich dahinter womöglich Türen befanden.

Jolanthe hatte vier große Gemächer bewohnt, von denen Ymme zu ihren Lebzeiten nur zwei zu sehen bekommen hatte. Der Prunk der anderen beiden Räume ließ ebenfalls nichts zu wünschen übrig. Besonders prächtig war der letzte, der sich in einem Turm befand, wie aufgrund der Fensteröffnungen an drei Seiten zu erkennen war.

Dieser Raum eignete sich am besten für die Kinder und die Amme, bestimmte Ymme in Gedanken; keiner mußte hier durchgehen, denn alle anderen würden die vorderen Räume bewohnen.

Dann entdeckte sie eine schmale Tür, die in der blaugefliesten Wand so gut wie unsichtbar gewesen wäre, wenn sie nicht einen Spalt offengestanden hätte. Vorsichtig zog Ymme sie auf und blickte auf die obersten Stufen einer Wendeltreppe, die nach unten führte.

Sie würden später untersuchen, wo sie hinführte. Jetzt genügte es erst einmal, das Pförtchen mit einer Truhe zu verstellen. Sie setzte Bianca ab. Ymme war ganz zufrieden mit dem, was sie vorgefunden hatte. Wasser gab es im Brünnchen des ersten Raumes, nur das Essen mußten sie sich aus der Küche beschaffen.

»Ist eigentlich noch jemand in der Küche am Leben?« erkundigte sie sich bei Constanza, die ihr wie ein Gänseküken überallhin folgte.

»Ein alte Frau, die keine Angst vor den Pocken hat. Sie behauptet, sie hätte sie mehrmals kommen und gehen sehen.«

»Kann sie kochen?«

»Warum sollte sie nicht kochen können?« fragte Constanza verblüfft. »Ihre Hände sind in Ordnung, nur die Beine wollen nicht mehr.«

»Dann ist sie die richtige für uns«, stellte Ymme erheitert fest. »Jetzt können wir uns in Ruhe anhören, was Cornelius zu berichten hat. Ich glaube, da kommt er.«

Sie fanden Cornelius im vordersten Raum, wo er gerade einen gefüllten Ziegenschlauch zum Kühlen in das Wasserbecken legte. Er lächelte Ymme entgegen. »Eine Frau in der Küche schenkte ihn mir. Ein guter Wein vom Ätna. Sie wußte schon, daß wir wieder hier sind.«

»Und sonst?«

Cornelius' Miene verdüsterte sich. »Sonst ist die Lage weniger gut. Mehr als zwei Handvoll Menschen mit Verstand sind mir nicht begegnet. Einige haben mit sich selbst zu tun, weil sie krank sind, andere sind zu verängstigt, um Rede und Antwort zu stehen. Einer schrie mir zu, das Zeitalter des Vaters sei jetzt zu Ende, ich solle darum beten, daß das Interregnum des Antichrist kurz sein möge, statt nutzlos im Palast herumzustreifen. Die Weissagungen des Joachim von Fiore finden offenbar immer mehr Gehör …«

»Hast du den Notar gefunden?«

»Er ist spurlos verschwunden. Die Kanzlei ist tadellos in Ordnung, als ob Naso mit der Abreise des Kaisers ins Heilige Land pünktlich den Einmarsch der Truppen von Jean de Brienne erwartete.«

»Oh«, sagte Ymme bedauernd, »wir werden dem Kaiser den Beweis für die Existenz der Pockenstecherbande nicht erbringen können, wenn deren Kopf verschwunden ist. Schade. Ich möchte ihm den nicht schuldig bleiben.«

»Ich verstehe dich. Aber je mehr Zeit verstreicht, desto weniger Bedeutung hat es eigentlich.«

»Wenn er nur endlich käme!« Ymme sah sich plötzlich befremdet in dem Raum um, der die Lieblingsfrau eines Sultans zu beherbergen schien. Was taten sie eigentlich noch hier? Sie gehörten nicht hierher. Sie hätten gehen können und im Hafen gewiß schnell ein Schiff gefunden.

Aber die Pflicht hielt sie fest. Sie blickte nach unten, wo sich gerade das Händchen der Pflicht, die Bianca hieß, in ihre eigene Hand schlich.

Andrea, der nach einer Inspektion des Gartens zu ihnen gefunden hatte, stieg mit einer blakenden Fackel die Wendeltreppe hinunter, hinter ihm Cornelius und Ymme. Es waren so viele Stufen, daß Ymme die Orientierung verlor. Weitere Türen in andere Stockwerke hatten sie bisher nicht entdeckt.

»Heiliger Sankt Hieronymus, steh mir bei«, sagte Andrea, dessen Stimme ganz verändert klang.

Ymme stieg drei weitere Stufen abwärts, blieb hinter Cornelius stehen und sah ihm über die Schulter.

Die Treppe mündete in einen lichtlosen Raum, der nur von Andreas Fackel erleuchtet wurde. Der Lichtschein huschte unruhig über Girolamo Nasos kleinen gekrümmten Körper, der auf einer kargen Pritsche lag. Er war tot.

Zwei Fliegen saßen an den Nasenlöchern des Notars. Von Verwesung war noch nichts zu riechen, die Luft war nicht einmal besonders abgestanden. Es mußte einen Ausgang geben. Oder einen Luftschacht.

Zu dem gleichen Schluß wie Ymme war Andrea gekommen. Er suchte die Wände mit der Fackel ab und fand bald eine Tür, die sich zu einem Kanzleiraum öffnete. Er war wesentlich kleiner, als die öffentlich zugänglichen. Ein Regal, das von Ymmes Standort zu sehen war, enthielt sauber geschichtete Rollen, jede ordentlich verschnürt und mit einem beschrifteten Etikett versehen.

Darunter saß Bruder Leonardo, den Kopf an das Regal gelehnt. Er sah aus, als ob er schliefe, aber Ymme wußte, daß er tot war. Seine Hand umklammerte eine Rolle, deren Pergament brüchig, gebräunt und fleckig war.

»Ganz einfach, irgendwie logisch«, befand Cornelius. »Früher hat einer der Normannenkönige die Raumflucht da oben bewohnt. Vermutlich sind den ganzen Tag die Notare mit Dokumenten und Abrechnungen rauf und runter gerannt.«

Ymme versuchte, Bruder Leonardo die Rolle zu entwinden, die dieser auch im Tod nicht loslassen wollte. Behutsam rollte sie das Dokument auf dem Pult des Kanzleiraums auseinander. Verwundert starrte sie auf den Text, dessen Schrift und inhaltlicher Aufbau aus einer anderen Zeit stammten.

»Das Buch Domitian«, sagte sie überwältigt. »Das Buch, aus dem Naso vorgelesen hat. Das Buch, nach dem ich wochenlang in der Madonna della Ziz gesucht habe. Bruder Leonardo ist der sechste der Bande. Wahrscheinlich ist sogar er derjenige, der den Text aus Rom mitgebracht hat.« Sie zeigte Cornelius das Siegel.

Nach wenigen Tagen hatten Ymme und Cornelius sich an ihre neue Verantwortung gewöhnt. Die Gemächer der verstorbenen Königin wurden von einem Sarazenen bewacht, der die beiden Kinder und die Amme nicht hinauslassen durfte.

Eines Vormittags rannte Andrea keuchend die Palasttreppe hinauf. »Sie kommen!« rief er. »Unser König kommt!«

Kurze Zeit später eilte der Kaiser durch den Gang. Hermann von Salza folgte ihm mit wehendem Mantel. Ymme und Cornelius sanken auf die Fliesen und erwarteten ihn.

»Dama Jolanthe ist tot?« fragte der Kaiser. »Diese Nachricht erreichte uns aus dem erzbischöflichen Palast. Warum? Warum nicht aus dem königlichen Palast?«

Ymme fiel es schwer zu antworten. »Es ist wahr«, antwortete sie beklommen. »Ihre Erhabenheit weigerte sich, mich zu ihrer Niederkunft hinzuzuziehen. Nach ihrem Tod sind wir sofort aus den Katakomben herausgekommen, um uns um die Kinder zu kümmern, Bianca und Konrad. Sie sind wohlauf.«

»Konrad. Mein Sohn? Er ist wohlauf? Die Nachricht des Priesters war etwas unverständlich ...«

»Konrad, Euer Sohn, Erhabenheit, gedeiht prächtig. Die Amme ist gesund und hat mehr Milch, als er benötigt. Und von diesem Teil des Palastes haben wir die Pocken ferngehalten.«

»Man hat mich unterwegs unterrichtet«, sagte der Kaiser. »Ich muß gestehen, ich habe der Erkrankung nie viel Bedeutung beigemessen. Es gab sie einfach. Aber nachdem ich sehe, was sie aus meinem Palast gemacht hat ...«

»Darf ich etwas sagen, Eure Erhabenheit?« fragte Ymme entschlossen.

»Ja, und steht auf, Dama, Cavaliere. Ich hörte einmal, daß kalte Fliesen für die Gesundheit schädlich sein können.«

Ymme mußte lächeln. Immer konnte der Kaiser gleichzeitig an viele verschiedene Dinge denken. »Nicht die Pokken, sondern eine Bande von Pockenstechern hat dieses Durcheinander im Palast verursacht. Wir haben Euch davon bereits berichtet. Und jetzt haben wir den Beweis gefunden.«

Der Kaiser blickte ungläubig drein. Cornelius zog das Buch Domitian aus dem Wams und entrollte es. Gegen jedes Protokoll drängten die Begleiter des Kaisers sich um ihn, um ihm über die Schulter zu sehen.

Ymme blieb vor Federico stehen. »Naso Girolamo war der Kopf der Bande. Den Comestabulo Sinibaldo Ferrara hat er ausgeschickt, um Menschen auszuspionieren, die sie pockenkrank machen konnten, und Frater Leonardo war derjenige, der die Methoden ausgearbeitet haben dürfte. Der Notaio bekam seine Befehle direkt aus dem Vatikan. Die Anweisungen, wie die Stecher mit den Pocken umzugehen haben, stammen aus dem römischen Reich. Aber an der Schriftrolle des Kaisers Domitian hängt das Siegel von Papst Gregor IX.«

»Daß dieser Priester sich nicht scheut, seinen persönlichen Kampf gegen mich auch gegen meine Kinder zu führen, wollte ich lange nicht glauben«, murmelte der Kaiser. »Der Herr sei Jolanthe gnädig.«

Er wußte, daß Jolanthe an dem Komplott beteiligt gewesen war. Es war nicht nötig, ihn daran zu erinnern.

»Nun möchte ich Konrad sehen!« Er ging mit raschen Schritten voraus, und Ymme fand sich plötzlich an der Seite des Hochmeisters wieder.

Er verbeugte sich vor ihr und zog zum ersten Mal, seit sie ihn kannte, ihre Hand an seinen Mund, um sie ritterlich zu küssen.

»Wir haben Euch zu danken«, sagte sie, nicht ohne Reue zu empfinden, weil sie ihn falsch beurteilt hatte. »Für Andrea, für das Lösegeld, für unzählige Hilfen, ohne die wir in Sizilien nicht überlebt hätten.«

»Zuweilen habt Ihr mir überraschende Probleme bereitet«, gab Hermann von Salza zu. »Nicola della Vigna sah nichts Ungewöhnliches darin, den Mord an Moro auf seine Weise zu erklären, aber ich dachte mir schon, daß Ihr Euch damit nicht zufriedengeben würdet.«

Es gab Ymme einen Ruck. »Euch war bekannt, daß Ihre Erhabenheit den Befehl zum Mord gab?«

»Sagen wir so, Dama. Seine Erhabenheit mußte sichergehen, daß seine Gattin ihm und dem Reich aufgrund ihrer Verwandtschaft mit dem Befehlshaber der Schlüsselsoldaten keinen Schaden zufügte. Deshalb hat er sie überwachen lassen …«

»Und nun laßt mich raten, Herr! Die Überwachung wurde ausgerechnet Notaio Naso anvertraut, der der wirkliche Verräter war, und er hat die Informationen vermutlich zum eigenen Nutzen verwendet. Verhielt es sich so?«

»Leider ja. Aufmerksam wurde ich erst, als ich am Tag Eurer Anklage begriff, daß in seinen Berichten Bruder Jacopo nie vorgekommen war, obwohl Ihr Euer Augenmerk besonders auf ihn gelegt hattet. Und dann erwähnte Naso, daß Frater Leonardo der Delegation nach Lübeck im Auftrag des Papstes gefolgt war. So erklärt sich auch der Mordversuch an mir, obwohl ich ihn beileibe nicht dem ehrenwerten Papst Honorius unterstellen will. Leonardo ging bestimmt eigenmächtig vor …«

»Oder schon im Auftrag Hugos von Segni, damals noch Kardinal oder Erzbischof«, warf Ymme ein.

Der Hochmeister lächelte schmal. »Gut, daß scharfsinnige Frauen in der Kirche nichts zu sagen haben. Am Ende stünde sie inhaltsleer und ohne Glanz da.«

Äußerer Glanz ist das einzige, das sie zusammenhält, dachte Ymme und preßte die Lippen zusammen, um sich nicht auch noch dieses Ergebnis ihrer bitteren Erfahrungen der letzten Jahre entlocken zu lassen.

»Nun«, fuhr Hermann von Salza fort, als er merkte, daß sie dazu nichts sagen würde, »vermutlich wäre alles noch schlimmer gekommen, wenn Ihr beim Aussuchen Eurer Dienerinnen der Empfehlung des Valets Nicolaus von Hohenburg gefolgt wärt.«

Ymme wurde aufmerksam. »Sie gehörten auch zum Spitzelsystem? Warum wollte er uns das antun?«

»Zu Eurem Schutz«, antwortete er mit einem unechten kleinen Lachen. »Aber es kam ja nun ganz anders. Angelina und Stella sind zwei Sizilianerinnen, wie es viele gibt, und sie stehen treu zu Federico. Inzwischen leben sie in ihrem Heimatdorf.«

Auch dafür hatte er gesorgt. Ymme nickte dankbar. Zugleich hatte sie den Eindruck, daß Hermann von Salza über das kaiserliche Spitzelsystem seine eigene Meinung hatte, dieses Thema aber nicht weiter vertiefen wollte.

»Aber allein, um meine Neugier wegen des Geheimnisses der Pocken zu befriedigen, war es notwendig, Euch ein wenig unter die Arme zu greifen«, fuhr der Hochmeister weniger ernsthaft fort. »Pocken haben manches mit Milzfäulnis gemein, findet Ihr nicht, Hakima?«

»Milzfäulnis.« Ymme blieb plötzlich stehen und dachte angestrengt nach. »Abgesehen davon, daß wir die wirkliche Gefahr durch die Pocken erst später bemerkten, Ihr uns aber viel früher geholfen habt … Bitte wiederholt, was Ihr eben gesagt habt.«

»Pocken haben manches mit Milzfäulnis …«

»Euer Pferd hatte Milzfäulnis«, unterbrach ihn Ymme respektlos. »Ihr habt von Kühen im Heiligen Land erzählt, die Milzfäulnis hatten, nicht wahr?«

»Ja.« Der hochgewachsene Mann sah lächelnd zu ihr herunter. »Warum?«

»Menschen bekommen Milzfäulnis, Kühe und Pferde auch. Ich glaube, ich weiß jetzt, warum ich die Pocken nicht bekommen habe«, sagte Ymme glücklich.

Hermann von Salza neigte sein grau gewordenes Haupt. »Ich höre.«

Ymme schüttelte den Kopf. »Ich vermute, meine Erkenntnisse fallen unter Ketzerei. Ich werde sie lieber für mich behalten.«

Der Deutschritter lachte von Herzen. »Ich erörtere Ketzereien mit unserem Kaiser als Laie mit einem Laien. Er bekämpft Ketzer mit Inbrunst – ich bekämpfe nur Ungläubige, oft nicht einmal das. Tut mir den Gefallen und klärt mich auf.«

»Eine Kuh meines Vaters hatte Pocken an der Zitze, und ich habe die Krusten aus Neugier abgelöst«, erklärte Ymme mit klopfendem Herzen. »Das ist lange her. Möglicherweise bin ich gefeit, weil ich diese Pocken berührt habe. Es gibt die Methode des Einblasens, des Stopfens und des Ritzens … Vielleicht hatte ich eine Wunde, einen ganz kleinen Schnitt in der Haut.«

»Das verstehe ich nicht ganz. Nur soviel, daß Ihr glaubt, man könne solche Blattern wie Milzfäulnis durch den Umgang mit einem kranken Tier bekommen«, sagte Hermann von Salza. »Alles in allem scheint mir das Thema nicht in die Zuständigkeit der Kirche zu gehören.«

»Genau das!« Ymme war überglücklich, als hätte sie einen Schatz entdeckt. »Hochmeister, ich bin den Fußspuren des Kamels, das die Pocken in den Satteltaschen trug, von Kastilien bis nach Sizilien gefolgt. Ich wünschte, ich könnte es mit al-Walid, meinem Lehrer in Toledo, diskutieren!«

»Beredet es mit dem Kaiser! Er mag Kamele.«

Ymme lachte leise und blieb auf der Schwelle zum Gemach der Kinder stehen. »Ich glaube, das wäre möglich ... Aber er ist jetzt mit Konrad ausreichend beschäftigt, denke ich.«

So war es tatsächlich. Unter den ehrfürchtigen Blicke der Höflinge kitzelte der Kaiser seinen Sohn am Kinn und wiederholte versonnen den Namen, mit dem die Hebamme ihn feierlich in seinen Arm gelegt hatte: »*Qurâ ibn Fardarîk,* Konrad, Sohn des Friedrich. Schön, das gefällt mir.« Widerwillig löste er den Blick von seinem jüngsten Sohn. »Ich sehe, es geht ihm gut, Dama. Aber was ist mit den Pocken? Lassen sie sich weiterhin von den Kindern fernhalten?«

Ymme biß sich vor Nervosität auf die Unterlippe, bis es schmerzte. Genau darüber hatte sie in den letzten Tagen immer wieder nachgedacht. »Dürfte ich Euch unter vier Augen sprechen, Eure Erhabenheit?« wagte sie schließlich zu fragen.

Der Kaiser machte eine auffordernde Geste, und der Hofstaat verzog sich außer Hörweite. Kurz und knapp erläuterte ihm Ymme alles, was sie über Pocken wußte. »Ich würde es bei Konrad nicht wagen, aber bei Bianca«, schloß sie.

Friedrich ließ seine Augen so lange auf ihr ruhen, daß es ihr ganz unbehaglich wurde. »Dama«, sagte er, »Ihr habt mir mehrmals den Beweis für Eure bemerkenswerte

Urteilskraft gegeben. Ich konnte nicht gemeinsam mit Euch über meine Leibärzte lachen, obwohl ich es gerne getan hätte. Ich benötigte ihre übereinstimmende Empfehlung, mich auszukurieren, um Zeit zu gewinnen, weil ich auf den Vertrag aus Damaskus wartete. Ich mußte deshalb Euer völlig richtiges Urteil in den Wind schlagen. Es entsprach dem meinigen. Die beiden Medici habe ich zum Teufel gejagt. Seit kurzem ist Michael Scottus mein Leibarzt und Astrologe. Ich vermute, ihn werdet Ihr billigen.«

Überwältigt von seinen Worten, konnte Ymme nur stumm nicken.

»Auch was die Franziskaner betrifft, waren Eure Beobachtungen und Schlüsse sehr scharfsinnig; mit dem heutigen Tag werden in beiden Sizilien alle Mönche verhaftet, derer der Orden der Justitia habhaft werden kann. Frater Jacopo war der erste, ihn haben sie schon. Wenn Ihr die Feiung für Bianca empfehlt, lege ich Euch nichts in den Weg.«

Ymme merkte, daß sie vor Verlegenheit über sein Lob tief errötet war. »Es ist trotzdem so etwas wie ein Experiment«, stammelte sie gegen ihren Willen.

»Ich kann mich nicht erinnern, etwas gegen Experimente zu haben«, erwiderte er spöttisch und fuhr fort: »Übrigens bestätigen mir meine naturkundlichen Gewährsleute in Ägypten, daß Straußeneier durch die Sonne ausgebrütet werden können. Das gleiche Prinzip werden wir jetzt auf den königlichen Domänen bei Hühnereiern anwenden. Was sagt Ihr dazu?« Er schaute sie schmunzelnd an.

»Ja, großartig, Eure Erhabenheit«, stammelte Ymme entgeistert.

»Ich bin mit Euch sehr zufrieden, Dama«, sagte er einen Augenblick später.

Er hatte es bereits einmal gesagt. Das brachte sie wieder zu sich. Ymme versuchte die Gelegenheit zu nutzen und setzte zu ihrer großen Bitte an.

Der Kaiser winkte ab und bedeutete dem Hofstaat mit einer Geste, sich wieder zu nähern. »Ich weiß, ich weiß, Ihr möchtet endlich nach Hause. Es sei Euch gewährt. Unter einer kleinen Bedingung. Bleibt bei den Kindern, bis ihr eigener Hofstaat und eine Leibwache aus Foggia eingetroffen sind, um sie abzuholen. Bis dahin wird auch die Feiung geglückt sein, nehme ich an. Die Kinder werden in Zukunft bei mir in Apulien leben und erzogen werden. Ich werde noch heute alle Anordnungen treffen, bevor wir die Anker lichten, um ins Heilige Land zu reisen, aber zwei, drei Wochen wird es dauern.«

Ymme nickte überwältigt.

»Diese Zeit werdet Ihr außerdem nutzen«, fuhr der Kaiser fort, »um dem Palast des Erzbischofs einen Besuch abzustatten. Berard von Castacca wird Euch und den Cavaliere vom Kirchenbann befreien, ich habe alles mit ihm abgesprochen. Nach dem besonderen Recht der sizilischen Könige hätte ich es gerne persönlich gemacht, aber zur Zeit unterliege ich dem Bann ja selbst ...«

Cornelius fiel vor dem Kaiser auf ein Knie. »Wir danken Eurer Erhabenheit«, sagte er bewegt.

Der Kaiser schmunzelte. »Was Euch betrifft, Cavaliere, grüßt mir König Waldemar und berichtet ihm wortgetreu, was Ihr gehört und erlebt habt, beschreibt ihm insbesondere meine Kastelle und neu erbauten Schiffe. Ich habe Euch ausgiebig Gelegenheit gegeben, sie kennenzulernen. Er soll wissen, wie stark ich bin.«

Er hatte tatsächlich besondere Gründe gehabt, Cornelius mitzunehmen. Ymme hatte nie an die Bösartigkeit des Kaisers geglaubt, und es war alles andere als Gedankenlosigkeit gewesen ...

»Die Treue eines Deutschen wird vermutlich nicht erschüttert durch die Änderung der Machtverhältnisse, jedenfalls nicht durch die Tatsache, daß Ihr längst mein Untertan seid, Cavaliere. Ich kann es Euch nicht verdenken, schließlich galt Eure Treue zuerst ihm ...«

Cornelius verfärbte sich ein wenig, aber er widersprach nicht.

»Es muß Euch schwergefallen sein, Euch vom bewunderten Schwarzen Ritter in einen verspotteten oder zumindest belächelten Spion zu verwandeln.«

Ymme wechselte einen stummen Blick mit Cornelius, den der Kaiser wohlwollend zur Kenntnis nahm, um erst dann fortzufahren.

»Ich weiß selber, wie hart es ist, mit einem grundverkehrten Urteil der Menschen leben zu müssen, ohne sich dagegen wehren zu können. Ich hoffe, Euer Urteil über mich ist nicht allzu schlecht ausgefallen. Ich hoffe außerdem immer noch, Waldemar im Heiligen Land mit einer größeren Schar dänischer Ritter anzutreffen. Übrigens war es ein Vergnügen, mit Euch Schach zu spielen. Ich habe Euch von Anfang an in nichts unterschätzt …«

»Das war mir stets ein gewisser Trost«, sagte Cornelius rauh und beugte sich noch tiefer, bis der Kaiser und der Hofstaat das Gemach der Kinder verlassen hatten.

Als der Palast wieder still geworden war, wanderten sie Hand in Hand zum Fenster und blickten auf die Stadt, die sich unter ihnen ausbreitete. »Hast du wirklich gewußt, daß er deine Absichten durchschaut?« fragte Ymme.

»Mehr geahnt als gewußt. Ich glaube, wenn er nicht Kaiser wäre, hätten wir Freunde sein können.«

Ymme nickte. »Schade, daß sein glühendster Verehrer nicht hier war. Ich hätte mich gern von ihm verabschiedet und erfahren, wie es ihm in der Kanzlei geht …«

»Nicolaus von Hohenburg? Oh, ich habe mich nach ihm erkundigt«, sagte Cornelius. »Der Kaiser hat ihn zum Studium der Juristerei nach Neapel beordert. Er ist so vielversprechend, daß er möglicherweise Aussicht hat, einmal zum Justitiar des Reiches berufen zu werden.«

»Unser Kaufmann in Trápani wußte, daß ein tüchtiger Mann am Hof des Kaisers ungeachtet seiner Herkunft etwas aus sich machen kann, weißt du noch?« fragte Ymme versonnen. »Nicht einmal sein lahmes Bein wird man Nicolaus im Kaiserpalast als teuflisches Merkmal vorwerfen. Wer weiß, wann die Lübecker Pfeffersäcke soviel Vernunft annehmen? Daß eine neue Zeit angebrochen ist, werden sie wohl noch viele Jahre nicht merken.« Sie beugte sich vor und blickte nach unten.

Zwischen den Palmen erhob sich gerade die Staubwolke um die sarazenische Leibwache, die im Schatten unterhalb der Mauer gewartet hatte und jetzt im verhaltenen Galopp heransprengte, um sich um den Kaiser zu sammeln. »Allah schütze unseren Imberadour!« brüllten die Männer und schwenkten ihre Säbel.

Der Kaiser dankte mit einer Geste, dann ritt er in scharfem Tempo an.

»Ein Glück«, sagte Cornelius heiter, »daß der Kaiser die Sarazenen an seiner Seite hat. Da kann der Heilige Vater so viele Bannflüche schleudern, wie er will, darüber lachen sie nur ...«

Während die weißgekleideten Sarazenen die Kathedrale passierten, dachte Ymme darüber nach, wie widersinnig dieser Kreuzzug in jeder Hinsicht war. Nach einiger Zeit nahm sie wahr, was Cornelius summte: »*Der Hahn ist tot ...*« Auf einmal merkte sie auf. Diesen Text hatte er noch nie gesungen.

»Il gallo è morto, il gallo è morto,
il gallo è morto, il gallo è morto.
Non cantarà più, non cantarà pìu.
Coccodi e coccodà ...

Vielleicht wäre es vernünftiger, wir blieben in Sizilien, um uns zu überzeugen, daß der Hahn wirklich tot ist?« fragte Cornelius.

Ymme seufzte leise; es war eine schwere Entscheidung, und sie hatte auch schon darüber nachgedacht. Die Gefahr für Sizilien war zum Greifen nah. Nur wenn alles gutging, würde gegen den Widerstand der Kurie der Vertrag des Kaisers mit dem Sultan Frieden zwischen Christen und Muslimen bringen. Aber wenn er es schaffte ... »Mosse Halucas Bericht klang nicht besonders einladend, nach Deutschland zurückzugehen ...«

»Foggia ist schön, und Lucera ist nicht weit ...«

Sie konnten sich mit der Entscheidung Zeit lassen. Die Finger ineinander verschränkt, beobachteten sie, wie die

Sonne hinter dem Vorgebirge unterging. Sie tauchte die Segel der *Halben Welt,* deren Bug bereits zum Hafenausgang gerichtet war, in einen goldenen Schein, und das Licht über der Bucht verlieh Palermo einen strahlenden Glanz, der allen Befürchtungen zum Trotz auf die friedliche Zukunft der ganzen Welt hoffen ließ.

Nachwort

Der Roman ist frei erfunden, basiert jedoch auf Ereignissen, die stattgefunden haben, insbesondere im Hinblick auf den geradezu tückischen Kampf, den die römische Kirche um den Besitz von Sizilien gegen den Stauferkaiser führte.

Historisch sind folgende Personen – mit von mir mehr oder weniger frei erfundenen Charakteren, wobei ich mich insbesondere bei Jolanthe von Brienne entschuldigen muß: Friedrich II., die Päpste Honorius III. und Gregor IX., Jolanthe (auch Yolande oder Isabella genannt) von Brienne, Johann von Brienne, Hermann von Salza, Berard von Castacca.

Der Stadtplan von Palermo entspricht der normannischen Zeit, wiewohl es einige Unsicherheiten bezüglich der arabischen und sizilianischen Stadtteilnamen gibt; von mir erfundene Gebäude sind gesondert aufgeführt.

Die medizinischen Details sind korrekt; die Araber haben während ihrer Herrschaft in Europa die Nasenplastik nach Italien eingeführt, wo diese über Jahrhunderte tradiert wurde. Die Impfung gegen die Pocken wurde bereits im 2. Jahrtausend v. Chr. in China erfunden (in Europa gilt der englische Arzt Jenner als Initiator der Verimpfung der harmloseren Kuhpocken, obwohl vierzig Jahre vor ihm der holsteinische Schullehrer Plett diese Methode anwandte), und auch der Krieg mit biologischen Waffen wurde schon früher praktiziert: Stecherbanden, die Feinde mit Pocken (weniger wahrscheinlich mit Pest, wie Seneca überliefert) infizierten, gab es im Römischen Reich der Kaiser Domitian (90 n. Chr.) und Commodus (189 n. Chr.).

Der Haß der genannten Päpste gegen die Staufer regte mich dazu an, eine Stecherbande als Werkzeug ihres Kampfes zu verwenden, obwohl erst Innozenz IV., Nachfolger Gregors IX., an Friedrich II. den ersten bekannt gewordenen Mordversuch eines Papstes an einem Kaiser unternehmen ließ. Historisch belegt ist jedoch die geradezu verbissene Tätigkeit der Franziskaner als Agitatoren im Dienst Gregors IX. gegen Friedrich II.

Das gut funktionierende Überwachungssystem Friedrichs, zu dem die ehrenwerten Männer, boni viri, gehörten, war bereits in normannischer Zeit eingeführt worden. Auch in den arabischen Staaten arbeiteten Agenten, »Augen«, für die Sultane.

Kari Köster-Lösche

Personenverzeichnis

Hauptpersonen in Lübeck:

Ymme von Fischbach	Ärztin und Hebamme
Cornelius von Fischbach	Ritter, Ehemann von Ymme
Hermann von Salza	Hochmeister der Deutschordensritter
Nicolaus von Hohenburg	Edelknappe des Kaisers
Bruder Leonardo	Franziskanermönch

Nebenpersonen in Lübeck:

Taleke	arme Hospitalsinsassin
Hindrik	Helfer im Hospital
Ermgard	Helferin im Hospital
Graf von Schwerin	Vasall des Kaisers
Volrad Emeken	Kaufmann, Ymmes Bruder

Hauptpersonen in Sizilien:

Constanza	Ymmes Helferin
Girolamo Naso	Notar der königlichen Kanzlei
Andrea Giambono	undurchsichtiger Sizilianer
Jolanthe de Brienne	Ehefrau Friedrichs II., Tochter von Jean de Brienne

Federico	Kaiser Friedrich II. des
	Heiligen Römischen Reichs
	Deutscher Nation, in Perso-
	nalunion König der beiden
	Sizilien

Nebenpersonen in Sizilien:

Berard von Castacca	Erzbischof von Palermo Vater
Jean de Brienne	von Jolanthe, abgesetzter
	Regent von Jerusalem
Ibn Gubayr	Kaufmann in Trápani
Nicola della Vigna	Justitiar des Großhofes
Bianca	Tochter von Jolanthe und
	Federico
Bruder Jacopo	Franziskanermönch Jolanthes
Moro Lo Nigro	Eunuch
Angelina	Ymmes Dienerin
Stella	Ymmes Dienerin
Teresina	Jolanthes Dienerin Mameluk,
Aitmisch	Führer der Palastwache
	Kammerknabe Friedrichs II.
Marzuch	Kammerknabe im Palast
Musca	Comestabulo
Sinibaldo Ferrara	Giftmischerin
Pellagra	Giftmischerin
Menica	Essigmacher
Ibn al-Hallâl	Berberin
Kahina	Fundicario eines Fondaco
Turi Pirrone	(Herberge)
	Anführer von Banditen in
Rais von Corleone	den Bergen
	Leibarzt des Kaisers Leibarzt
Magister Rainier	des Kaisers jüdischer
Magister Ursone	Kaufmann
Mosse Haluca	

Worterklärungen

Al-Andalus:	Andalusien
Allâhu akbar:	Gott ist groß
Amarzigh:	Bezeichnung der Berber in ihrer eigenen Sprache
An-nâsir an-nasranyya:	Verteidiger des Christentums
Asch-schah mat:	Schachmatt
Attuppateddi:	sehr kleine Nudeln
Augustalen:	von Friedrich II. eingeführte Goldmünze von 20,5 Karat
Al-Azizah:	die Herrliche; Sommerpalast in Palermo, heute: Zisa
Baille:	Bezeichnung des Regenten von Jerusalem
Balate:	traditionelle Pflastersteine in Palermo
Bajulo:	Ortsvorsteher, Kastellan
Boni viri:	ehrenhafte Männer; Bezeichnung für die Begleiter – Christen oder Muslime – der reisenden Juristen, während der arabischen Verwaltung von Sizilien; unter Friedrich II. Teil des Ordens der Gerechtigkeit
Cacciocavallo:	ursprünglich Stutenkäse
Cala:	Hafen von Palermo
Capo:	Anführer

Conca d'oro:	der goldene Gürtel der Orangen- und Zitronenhaine um Palermo
Comestabulo:	Inhaber der unteren Polizeigewalt
Couscous:	Hartweizengries
Curia:	Staatsrat von Sizilien unter Friedrich II.
Darb:	arabischer Baustil; 8–10 Häuser in einer Sackgasse, die nachts mit einem Tor verschlossen ist
Dirham:	arabische Münze
Dschândâr:	Leibwächter
Dschanib:	Feldadjutant; als Amtsbezeichnung unter Roger II. von Sizilien noch gebräuchlich
Dschinn:	böser Geist
Feluke:	Küstenschiff
Fondaco:	staatliches Lagerhaus mit Herberge für die Kaufleute
Fundicarius:	Magazinverwalter
Grana:	Gebrauchsmünze, 1/20 Tarí
Hadschib:	Kämmerer; unter Roger II. noch gebräuchlich
Hakim/Hakima:	gelehrter Arzt/Ärztin
Hammâm:	öffentliche Badeanstalt
Huri:	Jungfrauen im islamischen Paradies
'imama:	traditionelle Kopfbedeckung der Berber
Imberadour:	Bezeichnung Friedrichs II. durch den arabischen Bevölkerungsteil
Jah'nat al-Ard:	irdisches Paradies, Park mit Lustschlössern über dem alten Palermo, zu dem auch die Zisa gehörte
Al-Khâlisah:	die Erwählte; heute Stadtteil Kalsa von Palermo
Liber animalium:	Das Buch der Tiere
Logothet:	Vorleser der Ansprachen Friedrichs an das Volk
Madrasa:	Schule

Magister doanae:	Zollbeamter
Magistrato:	Beamter
Mafia:	arabisch: Ort der Zuflucht; Ehrenwerte Gesellschaft, s. auch boni viri; seit 10. Jahrhundert Begriff im Sizilianischen
Maristan:	Hospital
Maulà:	arabisch: Plural mawali, Klient, Freigelassener, der Höriger des ehemaligen Herrn blieb
Melanzane:	italienisch und österreichisch für Auberginen; auch Eierfrucht, weil Auberginen ursprünglich nicht größer als Hühnereier waren
Mesusa:	Pfostenzeichen an Toren und Haustüren jüdischer Gemeinden
Mushrabiyya:	hölzerner Schirm, der Sonnenstrahlen und Blicke abhält
Mushriq:	Götzenanbeter
Muthasib:	Marktaufseher
Nehârek sa'îd:	dein Tag werde glücklich
Obotriten:	slawischer Volksstamm
Omertá:	Verbergen, aber auch Aufrichtigkeit innerhalb der Sippe, Respekt, Ehre
Orden der Gerechtigkeit:	Beamtenschaft unter Friedrich II.; keine Kleriker
Pipistrello:	Fledermaus
Proskynase:	Geste der Unterwerfung durch ausgestrecktes Liegen vor dem Thron des Kaisers, aus dem Byzantinischen übernommen
Qâdi:	Richter
Qasr:	oberes Viertel von Palermo; Italienisch: cassaro
Qawm:	Clan
Rais:	Führer, auch Schiffsführer
Rîbat:	Spelunke

Salma:	Flächenmaß, gleichzeitig Mengeneinheit für Getreide
Salsabil:	Paradiesbrunnen
Scapolare:	dicker gewebter Hirtenmantel mit Kapuze
Schrangen:	mittelalterliche Verkaufstische
Sectio rationis:	die Sektion von Leichen war im christlichen Europa verboten. Man las statt dessen über Anatomie.
Seigneur:	landbesitzender Adeliger
Sharbat:	schneegekühltes süßes Getränk, in Sizilien von den Arabern eingeführt
Silâhî:	Knappe
Spiedini:	Spießchen
Sugo:	warme, gehaltvolle Soße
Suq:	permanenter Markt
Suq-el-attarin:	Kräuter- und Gewürzmarkt; heutiger Name in Palermo Lattarini
Svantevit:	Gott der Slawen
Tarí:	Gebrauchsmünze aus 16 Karat Gold (1 Unze = 30 Tarí; 1 Tarí = 20 Grana)
Tartane:	Küstensegler
Tonnara:	Gebäude zum Verarbeiten des Thunfischs sowie das gesamte System des Thunfischfangs, in Sizilien von den Arabern eingeführt
Umm:	Mutter
Valet:	Edelknappe des Kaisers
Variola:	Pocken
Volgare:	Sprache des Volkes
Zisa:	Sommerpalast der Normannen in Palermo
Ziz:	Blume

Quellen zur Geschichte

Unter den vielen Werken zur Geschichte, die notwendig waren, um diesen Roman zu schreiben, können nur einige wenige beispielhaft angeführt werden. Besonders möchte ich erwähnen:

Abulafia, D.: *Herrscher zwischen den Kulturen,* Gütersloh 1992

Crespi, G.: *Die Araber in Europa,* Stuttgart und Zürich 1992

Finley, M., Mack Smith, D., Duggan, C.: *Geschichte Siziliens und der Sizilianer,* München 1989

Kantorowicz, E.: *Kaiser Friedrich der Zweite,* Berlin 1928

Köster-Lösche, K.: *Die großen Seuchen. Von der Pest bis Aids,* Frankfurt und Leipzig 1995

Natoli, L.: *Der Bastard von Palermo. Der Roman der Beati Paoli,* Berlin 2000

Nette, H.: *Friedrich II. von Hohenstaufen,* Reinbek 1975

N. N.: *Saline e salinari,* Marsala 1990

Peri, I.: *Uomini città e campagne in Sicilia dall' XI al XIII secolo,* Bari 1990

Pupella, E.: *Die Sizilianische Küche,* Florenz 1999

Wahl, R.: *Wandler der Welt. Friedrich II., der sizilische Staufer,* München 1949

Die zitierten Gedichte von Ibn Hamdîs, 'Abd ar-Rahmân von Butera sowie 'Abd ar-Rahmân al-Iltrabânischî entstammen dem o. a. Werk von G. Crespi.
Die italienischsprachigen Bücher wurden im Hinblick auf den Roman von meinem Mann Karl-Heinz Lösche übersetzt, dem ich an dieser Stelle herzlich dafür danken möchte.